新編本

# 中國歷代詞調名辭典

吳藕汀、吳小汀——著

# 凡例

本編收錄自唐代以來之詞調名。資料來源以諸家詞總、別集為主，旁及詞話、詞譜、筆記、小說、雜著、地方誌等，在範圍上求全求廣，在選擇上求嚴求慎，力求科學準確。

本編收錄的詞調名之始詞、例詞均注有出處，並加注釋義，部分寫有按語。

**出處：**重點注明詞調名之始創者或初見者，及其來源，並注有卷第，以備檢閱。

**例詞：**凡所引用之例詞均注引用版本，盡可能用第一手材料，以供參考。

**釋義：**重在引用調名之本事及旁證參考資料。

**按語：**編者對有關詞調名，做必要補充說明。

本編收錄唐代聲詩、宋代舞曲、元人小令等調名，概以歷代詞家所選入為例，並一一注明。本編對調異名同、正名與別名相同而不同調者，又有同別名而不同調者，特標次序，以資區別。

宋元詞集中凡注有宮調者，悉錄備考。

對《教坊記》、《宋史·樂志》所載調名是否均屬詞調，歷代各家尚無定論，故另編於後，以備參考。

本編例調標點以簡明為主，押韻處用句號「。」句用逗號「，」讀用頓號「、」。

本編正文均按筆劃順次排列，同筆劃字，再按起筆橫、豎、撇、點、鉤筆形順序排列。

# 目錄

## 七畫

## 十四畫

# 一畫

## 一七令

又名：一七體。

（一）調見《唐詩紀事》卷三十九〔唐〕白居易詞。

> 詩。綺美，瑰奇。明月夜，落花時。能助歡笑，亦傷別離。調清金石怨，吟苦鬼神悲。天下只應我愛，世間唯有君知。自從都尉別蘇句，便到司空送白辭。（錄自明汲古閣本）

（二）調見《唐詩紀事》卷三十九〔唐〕韋式詞。

> 竹。臨池，似玉。裛露靜，和煙綠。抱節寧改，貞心自束。渭曲偏種多，王家看不足。仙仗正驚龍化，美實當隨鳳熟。唯愁吹作別離聲，回首駕驂舞陣速。（錄自明汲古閣本）

《唐詩紀事》卷三十九云：「樂天分司東洛，朝賢悉會興化亭送別。酒酣，各請一字至七字詩，以題為韻。」

（三）調見《全唐詩》卷二百九十六〔唐〕張南史詞。

> 花。花。深淺，芬葩。凝為雪，錯為霞。鶯和蝶到，苑占宮遮。已迷金谷路，頻駐玉人車。芳草欲陵芳樹，東家半落西家。願得春風相伴去，一攀一折向天涯。（錄自清康熙楊州詩局本）

（四）調見《全唐詩》卷二百九十六〔唐〕張南史詞。

> 竹。竹。被山，連谷。出東南，殊草木。葉細枝勁，霜停露宿。成林處處雲，抽簡年年玉。天風乍起爭韻，池水相涵更綠。卻尋庾信小園中，閑對數竿心自足。（錄自清康熙楊州詩局本）

《欽定詞譜》卷十一注：「按計敏夫《唐詩紀事》，白樂天分司東洛，朝賢悉會興化亭送別。酒酣，各請一字至七字詩，以題為韻，後遂成詞調。」

《填詞名解》卷一：「【一七令】從一字至七字成調。始自唐人送白樂天席上指物為賦。」

## 一七體

即【一七令】。〔明〕陸人龍詞名【一七體】，見《型世言》第三十五回。

> 報。非幽，非杳。謀固陰，亦復巧。白練橫斜，遊魂縹渺。漫云得子好，誰知冤家到。冤骨九泉不朽，怒氣再生難掃。直教指出舊根苗，從前怨苦方才了。（錄自《中國話本大系》本）

## 一寸金

（一）調見〔宋〕柳永《樂章集》卷中。

> 井絡天開。劍嶺雲橫控西夏。地勝異、錦里風流，蠶市繁華，簇簇歌台舞榭。雅俗多遊賞，輕裘俊、靓妝豔冶。當春畫，撲石江邊，浣花溪畔景如畫。　　夢應三刀，橋名萬里，中和政多暇。仗漢節、攬轡澄清，高掩武侯勳業，文翁風化。台鼎須賢久，方鎮靜、又思命駕。空遺愛，兩蜀三川，異日成嘉話。（錄自《彊村叢書》本）

《樂章集》、《片玉集》注：小石調。《夢窗詞集》注：中呂商。

（二）調見《鳴鶴餘音》卷七〔元〕無名氏詞。

> 堪歎群迷，夢空花、幾人悟。更假鏡、錦帳銅山，朱履玉簪，畢竟於身何故。未若紅塵外，幽隱竹籬蓬戶。青松下，一曲高歌，笑傲年華換今古。　　紫府。春光清都雅會，時妙有真趣。看自然天樂，星樓月殿，鸞飛鳳舞。白雲深處。壺內神仙景，誰肯少年迴顧。逍遙界，獨我歸來，復入寥陽去。（錄自清黃丕烈補明鈔本）

## 一井金

調見〔金〕元好問《遺山先生新樂府》卷五。

> 綠陰清畫。雨茸梅子黃時候。華堂金獸。香潤爐煙透。舞燕回輕袖。歌鳳翻新奏。院靜人稀，永日遲遲花漏。　　一杯為壽。笑捧處自傳纖手。釵頭花有。瑞草宜男□。不願金盈甃。不願珠盈斗。唯願薰風，歲歲人長久。（錄自清光緒石蓮盦本）

按：據此調的聲韻，疑是二首北曲【掛金索】而改換了曲名，俟考。

## 一片子

調見《全唐詩·附詞》，〔唐〕無名氏詞。

> 柳色青山映，梨花雪鳥藏。綠窗桃李下，閑坐歎春芳。（錄自清康熙楊州詩局本）

按：此詞乃取唐王維五律《春日上方即事》之下半首，字句略有不同，原詩如下：「好讀高僧傳，時看辟穀方。鳩形將刻杖，龜殼用支床。柳色青山映，梨花夕鳥藏。北窗桃李下，閑坐但焚香。」

《詞律拾遺》卷一：「《教坊記》載有此調名〔今本無〕。據徐本立云：『與【羅嗊曲】相類，亦五言絕句而別立調名者。』」

《唐聲詩》：「清杜文瀾《詞律拾遺》以此調為五言絕句而別立調名者，殊不知辭調雖同為五言四句，樂調必不相同。……既有其樂調，乃有其調名，並非同一曲調而別立一調名。」

又：「曰一片，可能摘自大曲，片即偏或遍之省。」

## 一半兒

（一）即【憶王孫】。《歷代詩餘》卷二【憶王孫】調注：「一名【一半兒】」。

按：【一半兒】係元人小令，屬北曲仙呂宮。與【憶王孫】詞調相近，唯末句由七字增至九字，加二襯字。明楊慎云：「元曲【一半兒】即此詞（指元白樸【憶王孫】瑤階月色晃疏櫺詞）。蓋其末句『一半兒行書、一半兒草』。兩兒字皆襯字也，蓋可知詞與曲之分矣。」今錄單調、雙調二闋，以供參閱。

〔明〕陳克明詞

自將楊柳品題人。笑撚花枝比較春。輸與海棠三四分。再偷勻。一半兒胭脂、一半兒粉。

〔明〕楊儀詞

扁舟不繫蓼花叢。雲外遙聽夜寺鐘。手把釣絲垂晚風。江湖情。一半兒詩中、一半兒夢。

青山遮斷帶霞紅。岸柳烏紗醉碧筒。水調未殘驚臥龍。玉如童。一盞兒才空、一半兒捧。

《雨村詞話》卷上：「臨川陳克明【春妝曲】云：『一半兒胭脂、一半兒粉』。後遂名此調為【一半兒】」。

（二）調見〔清〕孫在中《大雅堂詩餘》。

撩愁飛絮逐輕風。一任無情數落紅。燕子雙雙小苑東。樹雲中。惹起相思械欲通。（錄自《全清詞》本）

按：此調將元人小令中之「一半兒」句型改成七言句，去其襯詞，與詞調較為接近。

## 一半兒令

即【憶王孫】。〔清〕陳作芝詞名【一半兒令】，見《詞綜補遺》卷二十一引《金陵詞鈔》。

昨宵急雪逐風斜。玉樹堆成頃刻花。曉起侍兒聲忽譁。日烘他。一半兒存留、一半兒化。（錄自書目文獻出版社影印本）

## 一半兒詞

即【憶王孫】。〔清〕佟世恩詞名【一半兒詞】，見《與梅堂遺集》。

夜來中酒未全消。醉把青絲手絆腰。撩人不寐語聲高。憶前宵。一半兒含羞、一半兒惱。（錄自清刻本）

## 一年春

即【青玉案】。〔明〕周履靖詞名【一年春】，見《唐宋元明酒詞》卷下。

今宵共客嘗奇餅。看冰鑒，生東嶺。陣陣涼飆侵袂冷。消愁排恨，溶溶清澈，射卻花枝影。

客歡主樂酣難醒。一曲陽春狂興。更愛歡娛蓮漏永。雅懷未罄。再期來日，挈榼尋佳境。（錄自《叢書集成初編》本）

《歷代詩餘》卷四十三【青玉案】調注：「一名【一年春】」。

《填詞名解》卷二：「【青玉案】，採四愁詩『何以報之青玉案』。一名【一年春】」。

## 一江春水

即【虞美人】。〔明〕王行詞名【一江春水】，見《半軒詞》。

黃花翠竹臨溪處。正是幽人住。不嫌拄杖破蒼苔，便道有時煙雨、也須來。　隔簾塵土紛紛起。久厭襄陽市。若能招我作西鄰，從此一溪流水、兩家分。（錄自惜陰堂《明詞彙刊》本）

## 一串紅牙

〔清〕沈謙自度曲。見《東江別集》卷一。

一串紅牙，有許多格範。笛孔吹龍，箏頭捩雁，偏把歌人難。　愁殺雙鬟，為恃恩心慢。道字常疏，移宮不慣，須要參差按。（錄自惜陰堂《明詞彙刊》本）

詞注：「自度曲。」

按：沈謙詞有「一串紅牙，有許多格範」句，故名【一串紅牙】。

《宋史·錢俶傳》：「太平興國三年，俶貢白金五萬兩，錢萬萬。……銀飾箜篌、方響、羯鼓各四，紅牙樂器二十二事」。

《聽秋聲館詞話》：「《吹劍錄》所謂柳中郎詞，只合十七八女郎，按紅牙板唱楊柳岸曉風殘月。子昂詞云：輕敲象板，緩歌金縷是也。然莫

詳其製。近人斲木三片，貫繩於端以一手拍之。獨台灣北里中聯木六片，兩手捧拍，云是前朝大樂所遺」。

## 一枝花

（一）即【促拍滿路花】。〔宋〕辛棄疾詞名【一枝花】，見《稼軒長短句》卷五。

> 千丈擎天手。萬卷懸河口。黃金腰下印、大如斗。更千騎弓刀，揮霍遮前後。百計千方久。似鬥草兒童，贏個他家偏有。　算枉了、雙眉長恁皺。白髮空回首。那時間，說向山中友。看丘隴牛羊，更辨賢愚否。且自栽花柳。怕有人來，但只道、今朝中酒。（錄自陶氏涉園影小草齋鈔本）

《欽定詞譜》卷二十【促拍滿路花】調注：「元人南呂調【一枝花】詞，皆宗此體。」

（二）即【一翦梅】。〔宋〕李清照詞名【一枝花】，見《彤管遺編》續集卷十七。

> 紅藕香殘玉簟秋。輕解羅裳，獨上蘭舟。雲中誰寄錦書來，雁字回時月滿樓。　花自飄零水自流。一種相思，兩處閒愁。此情無計可消除，才下眉頭，卻上心頭。（錄自明刻本）

## 一枝春

〔宋〕楊纘自度曲。見《武林舊事》卷三。

> 竹爆驚春，競喧填、夜起千門簫鼓。流蘇帳暖，翠鼎緩香霧。停杯未舉，奈剛要、送年新句。應自有、歌字清圓，未誇上林鶯語。　從他歲窮日暮。縱閒愁、怎減阮郎風度。屠蘇辦了，迤邐柳欺梅妒。宮壺未曉，早驕馬、繡車盈路。還又把、月夕花朝，自今細數。（錄自《知不足齋叢書》本）

《武林舊事》卷三：「小兒女終夕博戲不寐，謂之守歲。……守歲之詞雖多，極難其選，獨楊守齋【一枝春】詞最為近世所稱，並書於此（詞略）。」

《太平御覽》卷九七○引《荊州記》：「陸凱與范曄相善，自江南寄梅花一枝，詣長安與曄，並贈花詩曰：折花逢驛使，寄與隴頭人。江南無所有，聊贈一枝春。」調名義此。

## 一枝秋犯

〔清〕戈載自度曲。見《新聲譜》。

> 賦楚吟湘別二年。故園歌舞夢，半闌珊。綠陰庭院夕陽天。蟬訴新涼，鷗盟舊雨，樽酒共流連。　繞徑碧琅玕。四秋吟興好，好分箋。遠林誰似白雲閒。曲指西風，驚心南浦，又看六朝山。（錄自清宣統《懷豳雜俎》本）

詞序：「白石道人云：凡曲言犯者，謂之宮犯商、商犯宮之類。十二宮皆可犯。商角羽唯住字同者可以相犯。予偶讀《張子野詞》內【感皇恩】一闋係雙調。考道調宮即仲呂宮，雙調即仲呂商，其住字皆用上字，是可以相犯者。擬合其調製一新曲而未遑也。己卯早秋，許蓮友自湘中歸，邀同沈蘭生、朱酉生、吳禮堂清如，集一枝山房談宴，席上分韻，予得山字，因譜成些解，即名之曰【一枝秋犯】云。」

按：此調前四句【感皇恩】，後三句【少年游】。後段同。

## 一段雲

即【巫山一段雲】。〔清〕李興祖詞名【一段雲】，見《課慎堂詩餘》。

> 煙景迷離見，鳴泉繞檻流。倚門紅袖送青眸。波翠遠山浮。　徑曲芳蘭繞，庭間修竹幽。依稀當日似曾遊。香茗遞金甌。（錄自清刻本）

## 一捧蓮

調見《秘戲圖考》下編引《花營錦陣》〔清〕無名氏詞。

> 荷風醒暑倦。並坐蒲團，把禪機慢闡。駕蓮航、撲個殷勤，開法門、往來方便。　你身有我，我身有你，團欒頭做圓滿。愁亦愁、苦海無邊。喜剎那、善根種遍。（錄自廣東人民出版社排印本）

## 一撚紅

即【瑞鶴仙】。〔宋〕無名氏詞有「覻嬌紅一撚」句，故名。見《夷堅志》卷十三。

> 覻嬌紅一撚。是西子當日，留心千葉。西都競栽接。賞園林台榭，何妨日涉。輕羅慢褶。費多少、陽和調燮。向曉來、露泡芳苞，一點醉紅潮頰。　雙屐。姚黃國艷，魏紫天香，倚風羞怯。雲鬟試插，引動狂蜂浪蝶。況東君開宴，賞心樂事，莫惜獻酬頻疊。看相將，紅葉翻階，尚餘侍妾。（錄自涵芬樓排印本）

《夷堅志》卷十三：「吳興周權選伯，乾道五年知衢州西安縣，招郡士沈延年為館客，邀致紫姑

神，每談未來事，未嘗不驗。尤善屬文，清新敏捷，出人意表。周每餘暇，必過而觀之。嘗聞窗外鵲噪甚急，周試叩曰：鵲聲頗喜，未審報何事。即書一絕句，末聯云：窗前接接緣何事，萬里看君上豹關。周笑曰：權乃區區邑長，大仙一何相奉過情耶。是日，周與一小吏執箕，箕忽躍而起奮筆塗小吏之頰，大書云：不潔。周表侄胡朝舉在旁，因代其事。俄又昂首舉筆，向周移時，若凝視狀，諸人皆悚然。徐就案書數十字，大略云：平時見令尹神氣未清，面多滯色。今日一覘犀顫，日月角明，天庭瑩徹，三七日內，必有召命之喜，當切記之，毋謂譎語。時十月下旬也。至十一月十三日，大程官自臨安來報召命。越二日，省帖下，以周捕獲偽造楮券，遷一官，仍越都堂審察，距前所說十有八日云。後三年，周從監左藏西庫擢守婺，沈生偕往，周欲延鄉僧智勇住持小院白山曰：此僧絕可人，工琴善弈，仙能為作請疏否。援筆立書，其警句云：指下七弦，彈徹古來之曲；局中一著，深明向上之機。詞既藻麗，且深測禪理。通判方粢宴客，就郡借妓，周適邀仙，從容因求賦一詞往侑席。仙乞題，指瓶內一撚紅牡丹令詠之。又乞詞名及韻，令作【瑞鶴仙】用撚字為韻，意欲以險韻困之，亦不思而就。其詞云：（詞略）。既成，略不加點，其他詩文非一，皆可諷玩。周以紹熙甲寅為福建安撫參議官，大兒倅貳福州，得其說如此。」

《事物紀原》云：「今牡丹有一撚紅，其花葉紅，每一花葉端有深紅一點，如半指。明皇時，民有以此花上進者，值妃子作妝，偶以妝指撚之，胭脂之痕染焉。植之明年，花開俱有其跡。」

《欽定詞譜》卷三十一【瑞鶴仙】調注：「《夷堅志》云：乾道中，吳興周權知衢州西安縣。一日，令術士沈延年邀紫姑神，賦【瑞鶴仙】牡丹詞，有覷嬌紅一撚句，因名【一撚紅】。」

## 一痕沙

（一）即【昭君怨】。〔明〕易震吉詞名【一痕沙】，見《秋佳軒詩餘》卷十一。

> 几淨光明如洗。卻喜閉門無事。端硯寫毫初。寫行書。　　將近熟梅天氣。合向東湖邊去。碧水浸紅蕖。釣金魚。（錄自惜陰堂《明詞彙刊》本）

《古今詞話》引《柳塘詞話》：「【昭君怨】明

之陳繼儒強為一韻曰：水上奏琵琶。一痕沙。遂名之為【一痕沙】」。

（二）即【點絳唇】。《歷代詩餘》卷五【點絳唇】調注：「一名【一痕沙】。」

## 一痕眉碧

〔清〕丁澎新譜犯曲。見《扶荔詞》卷一。

> 風送畫橋春淥。戲水紫鴛爭逐。柳花落盡短長亭，偏亂惹、低鬟綠。　　人倚翠樓如玉。忍使嫵眉長蹙。鷗鷺飛上竹枝啼，停樽且盡吳娘曲。（錄自清康熙家刻本）

詞序：「新譜犯曲。上二句【一痕沙】，下二句【眉峰碧】。後段同。」

## 一斛金

即【一斛珠】。〔明〕夏樹芳詞名【一斛金】，見《消暍詞》卷上。

> 扶桑乍曉。鬱伊捧出天雞叫。金珈璨燦紅光繞。黃歇磯頭，萬井花開鬧。　　曝背獻天君莫笑。淫書尚欲傾殘照。採真或可銜仙詔。手抱雄陽，任意馳三嶠。（錄自惜陰堂《明詞彙刊》本）

## 一斛夜明珠

即【一斛珠】。《欽定詞譜》卷十二【一斛珠】調注：「《宋史·樂志》名【一斛夜明珠】，屬中呂調。」

## 一斛珠

又名：一斛金、一斛夜明珠、怨春風、梅梢雪、章台月、醉落托、醉落拓、醉落魄、醉羅歌、鬪黑麻。

調見《尊前集》〔五代〕李煜詞。

> 曉妝初過。沈檀輕注些兒個。向人微露丁香顆。一曲清歌，暫引櫻桃破。　　羅袖裛殘殷色可。杯深旋被香醪涴。繡床斜憑嬌無那。爛嚼紅茸，笑向檀郎唾。（錄自《彊村叢書》本）

《古今詞話·詞辨》卷上引《梅妃傳》：「江采蘋九歲誦二南詩，期以此見志。開元中，選侍明皇見寵，所居悉植梅花，故號梅妃。時太真遷上陽，明皇於花萼樓念之。會夷使貢珠，命封一斛賜妃。妃謝以詩云：柳葉雙眉久不描。殘妝和淚汙紅綃。長門盡日無梳洗，何必珍珠慰寂寥。明皇以新聲度曲曰【一斛珠】。」

《尊前集》注：商調。《張子野詞》注：高平調。

## 一絲兒

即【訴衷情令】。〔清〕孫在中詞名【一絲兒】，見《大雅堂詩餘》。

柔條弱絮嬝窗紗。似雪糝林花。東風扶起無力，搖曳揚晴霞。　心撩亂，繞天涯。落誰家。乍來乍去，懊恨匆匆，覓計留他。（錄自清刻本）

## 一絲風

即【訴衷情令】。〔宋〕張輯詞有「一釣絲風」句，故名。見《東澤綺語》。

臥虹千尺界湖光。冷浸月茫茫。當日三高何處，漁唱入淒涼。　人世事，縱軒裳。夢黃梁。有誰蓑笠，一釣絲風，吹盡荷香。（錄自《彊村叢書》本）

## 一絡索

即【一落索】。〔宋〕陳鳳儀詞名【一絡索】，見《花庵詞選》卷十。

蜀江春色濃如霧。擁雙旌歸去。海棠也似別君難，一點點、啼紅雨。　此去馬蹄何處。沙堤新路。禁林賜宴賞花時，還憶著、西樓否。（錄自文淵閣《四庫全書》本）

《續景德傳燈錄》：「師曰：請和尚舉。勤遂連舉前輩一絡索淆訛語話詰之，師隨聲酬對，了無滯疑。」

## 一落索

又名：一絡索、上林春、玉連環、洛陽春、窗下繡。

（一）調見〔宋〕歐陽修《醉翁琴趣外編》卷六。

小桃風撼香紅碎。滿簾籠花氣。看花何事卻成愁，悄不會、春風意。　窗在梧桐葉底。更黃昏雨細。枕前前事上心來，獨自個、怎生睡。（錄自雙照樓影宋本）

《張子野詞》、《片玉集》注：雙調。

（二）調見《梅苑》卷八〔宋〕無名氏詞。

臘後東風微透。越梅時候。一枝芳信到江南，來報先春秀。　宿醉頻拈輕嗅。堪醒殘酒。笛聲容易莫相催，留待纖纖手。（錄自文淵閣《四庫全書》本）

（三）調見《中興以來絕妙詞選》卷五〔宋〕嚴仁詞。

清曉鶯啼紅樹。又一雙飛去。日高花氣撲人來，獨自價、傷春無緒。　別後暗寬金縷。倩誰傳語。一春不忍上高樓，為怕見、分攜處。（錄自雙照樓影宋本）

## 一葉舟

即【昭君怨】。〔金〕侯善淵詞名【一葉舟】，見《上清太玄集》卷九。

頂笠披莎歸去。漸入蘆花深處。綠岸纜漁舟。釣綸收。　輕泛壺中一味。野鶴孤雲相濟。橫笛韻清幽。樂無愁。（錄自涵芬樓影明《道藏》本）

## 一葉落

調見《尊前集》〔五代〕李存勗詞。

一葉落。褰朱箔。此時景物正蕭索。畫樓月影寒，西風吹羅幕。吹羅幕。住事思量著。（錄自《彊村叢書》本）

《歷代詞人考略》卷三引《北夢瑣言》：「唐莊宗自傅粉墨為優人之戲。【一葉落】、【陽台夢】皆其所製詞也。同光末兵變，登道旁塚旁，野人獻雉，詢其地，回此愁台也，乃罷飲。《一葉落》云（詞略）。」

《欽定詞譜》卷二【一葉落】調注：「《五代史》：後唐莊宗能自度曲。此其一也，取首句為名。」

《填詞名解》卷一：「《淮南子》『一葉落而知天下秋』。唐莊宗詞『一葉落。褰朱箔』遂以名調。」

## 一萼紅

（一）調見《花草粹編》卷二十三引《雅詞》〔宋〕無名氏詞。

斷雲漏日，青陽布，漸入融和天氣。糝綴天桃，金綻垂楊，妝點亭台佳致。曉露染、風栽雨暈，是牡丹、偏稱化工美。向此際會，未教一萼，紅開鮮蕊。　迤邐。漸成春意。放秀色妖豔，天真難比。粉蕊蝶翅，香上蜂鬚，忍把芳心縈碎。爭似便、移歸深院，將綠蓋青幃護風日。恁時節，占斷與、偎紅倚翠。（錄自文淵閣《四庫全書》本）

按：無名氏詞有「未教一萼，紅開鮮蕊」句，故名【一萼紅】。

（二）調見〔宋〕姜夔《白石道人歌曲》卷四。

古城陰。有官梅幾許，紅萼未宜簪。池面冰

一畫

膠，牆腰雪老，雲意還又沉沉。翠藤共、閑穿徑竹，漸笑語、驚起臥沙禽。野老林泉，故王台榭，呼喚登臨。　　南去北來何事，蕩湘雲楚水，目極傷心。朱戶粘雞，金盤簇燕，空歎時序侵尋。記曾共、西樓雅集，想垂楊、還嫋萬絲金。待得歸鞍到時，只怕春深。（錄自《彊村叢書》本）

（三）調見《嘉善縣志》卷三十三，〔明〕錢繼章詞

憶當年。飛絮燕泥香，往往落芸編。記宗雷在座，阿蓮攜手，靈運齊肩。俯仰亭台猶昔，殘淚濕紅鵑。芳草池邊路，一樣芊綿。　　生怕老懷作惡，似常涓短髮，乍冷秋天。賴高談如綺，撥悶晚山前。盡破除、名香法酒，付餘情、晚柳與衰煙。又爭奈、虞淵日薄，笛聲淒然。（錄自《中國地方誌集成》本）

《填詞名解》卷三：「太真初妝，宮女進白牡丹，妃撚之，手脂未洗，適染其瓣，次年開花俱絳一瓣。明皇為製【一撚紅】曲，詞名沿之曰【一萼紅】」。

## 一箭梅

即【一翦梅】。〔清〕陸機詞名【一箭梅】，見《鐵簫詞》卷六。

門掩涼風耐寂寥。舊雨人遙。夜雨魂遙。客愁禁得此瀟瀟。榻冷琴挑。帳黯燈挑。　　梧桐滴碎又芭蕉。石銚煙銷。瓦鼎香銷。西窗誰與話無聊。豔褪花梢。恨上眉梢。（錄自清陸氏手稿本）

## 一翦梅

又名：一枝花、一箭梅、玉簟秋、醉中、臘前梅、臘梅香、臘梅春。

（一）調見〔宋〕周邦彥《片玉詞》卷上。

一翦梅花萬樣嬌。斜插疏枝，略點眉梢。輕盈微笑舞低回，何事尊前，拍手誤招。　　夜漸寒深酒漸消。袖裏時聞，玉釧輕敲。城頭誰恁促殘更，銀漏何如，且慢明朝。（錄自汲古閣《宋六十名家詞》本）

按：周邦彥詞有「一翦梅花萬樣嬌」句，故名【一翦梅】。

（二）調見〔宋〕張炎《山中白雲詞》卷下。

悶蕊驚寒減豔痕。蜂也消魂。蝶也消魂。醉歸無月傍黃昏。知是花村。知是前村。　　留得

閑枝葉半存。好似桃根。不似桃根。小樓昨夜雨聲渾。春到三分。秋到三分。（錄自《四印齋所刻詞》本）

（三）調見〔宋〕蔣捷《竹山詞》。

一片春愁待酒澆。江上舟搖。樓上簾招。秋娘度與泰娘嬌。風又飄飄。雨又蕭蕭。　　何日歸家洗客袍。銀字笙調。心字香燒。流光容易把人拋。紅了櫻桃。綠了芭蕉。（錄自汲古閣《宋六十名家詞》本）

（四）調見〔宋〕曹勛《松隱樂府補遺》。

不占前村占實階。芳影橫斜積漸開。水邊竹外冷搖春，一帶沖寒，香滿襟懷。　　管領東風要有才。頻攜歌酒上春台。直須日日玉花前，金殿仙人，同賞同來。（錄自《彊村叢書》本）

## 一點春

調見《古詩類苑》卷一二四〔隋〕侯氏詞。

砌雪消無日，捲簾時自顰。庭梅對我有憐意，先露枝頭一點春。（錄自明萬曆刻本）

《詞律》卷一【一點春】調注：「此隋宮看梅曲也」。

按：侯氏詞有「先露枝頭一點春」句，故名【一點春】。

## 一叢花

又名：一叢花令。

調見〔宋〕蘇軾《東坡詞》。

今年春淺臘侵年。冰雪破春妍。東風有信無人見，露微意、柳際花邊。寒夜縱長，孤衾易暖，鐘鼓漸清圓。　　朝來初日半含山。樓閣淡疏煙。遊人便作尋芳計，小桃杏、應已爭先。衰病少情，疏慵自放，唯愛日高眠。（錄自汲古閣《宋六十名家詞》本）

## 一叢花令

即【一叢花】。〔宋〕張先詞名【一叢花令】，見《張子野詞》卷一。

傷高懷遠幾時窮。無物似情濃。離愁正引千絲亂，更東陌、飛絮濛濛。嘶騎漸遙，征塵不斷，何處認郎蹤。　　雙鴛池沼水溶溶。南北小橈通。梯橫畫閣黃昏後，又還是、斜月簾櫳。沉恨細思，不如桃杏，猶解嫁東風。（錄自《彊村叢書》本）

《綠窗新話》卷上：「張先字子野。嘗與一尼私

約，其老尼性嚴，每臥於池島中小閣上。俟夜深人靜，其尼潛下梯，俾子野登閣相遇。臨別，子野不勝惓惓。作【一叢花】詞以道其懷。曰：（詞略）」。

《過庭錄》：「張先子野郎中【一叢花】云：（詞略）。一時盛傳，歐陽永叔尤愛之，恨未識其人。子野家南地，以故至都，謁永叔，閽者以通。永叔倒屣迎之曰：『此乃桃李嫁東風郎中』。」

《張子野詞》注：南呂宮。

## 一籮金

（一）即【蝶戀花】。〔宋〕李石才詞名【一籮金】，見《翰墨大全》乙集卷十七。

> 武陵春色濃如酒。游冶才郎，初試花間手。絳蠟燭殘人靜後。眉峰便作傷春皺。　　一霎風狂和雨驟。柳嫩花柔，渾不禁僝愁。明日餘香知在否。粉羅猶有殘紅透。（錄自《全宋詞》本）

（二）即【菩薩蠻】。〔宋〕無名氏詞名【一籮金】，見《翰墨大全》丁集卷四。

> 新冬十葉萼添一。良辰喜是翁生日。金鴨爇沉香。祥煙繞畫堂。　　遐齡方五十。厚福猶千百。看取小甥孫。年年捧壽樽。（錄自《全宋詞》本）

# 二畫

## 二十五字令

〔清〕毛先舒自度曲。見《填詞名解》卷四。原詞未見。

《填詞名解》卷四：「二十五字令，毛先舒自度曲」。

## 二十四字令

又名：三休撲、六聽。

（一）調見《新聲譜》〔清〕陸葇詞。

> 休撲螢，紗囊照字也通靈。水檻寒光照萬點，如登日觀俯群星。（錄自清宣統《懷嫏嬛雜俎》本）

（二）調見《新聲譜》〔清〕陸葇詞。

> 秋聽雁，星星漁火江楓畔。一派邊聲咽暮笳，長城不為黃雲斷。（錄自清宣統《懷嫏嬛雜俎》本）

按：此調係陸葇自度曲。

## 二十字令

〔清〕毛先舒自度曲。見《瑤華集》卷一。

> 年歲淺，深深學畫眉。瞥然手把綠楊枝。弄遊絲。真癡。（錄自清康熙天藜閣刻本）

《填詞名解》卷四：「【二十字令】錢唐毛先舒稚黃子自度曲也。」

## 二士入桃源

即【點絳唇】。〔清〕易孺詞名【二士入桃源】，見《大厂詞稿·絕影樓詞》。

> 一笛聲中，雙雙吹出春山淚。流紅如醉。招得凡靈碎。　　到處天台，熟了胡麻未。夷和惠。劉情阮思。謾作重來計。（錄自清易氏手稿本）

## 二犯水仙花

調見〔明〕唐寅《六如居士詞》。

> 鈴鬐風流是阿家。滿腔情緒絮如麻。西廂赴約月斜斜。　　將佩捧，趁牆遮。半踏裙襜半踏花。（錄自惜陰堂《明詞彙刊》本）

按：此調即單調平韻體【水仙子】，唐寅將六句分為前後段各三句，成為雙調。

## 二色宮桃

（一）調見《梅苑》卷九〔宋〕無名氏詞。

> 鏤玉香葩酥點萼。正萬木、園林蕭索。唯有一枝雪裏開，江南有信憑誰托。　　前年記賞登高閣。歡年來、舊歡如昨。聽取樂天一句云，花開處，且須行樂。（錄自文淵閣《四庫全書》本）

（二）即【思歸樂】。《蓮子居詞話》卷二：「【思歸樂】一名【二色宮桃】。」

按：【二色宮桃】與【思歸樂】字句相同，平仄略異，唯前段第四句用平，後段同。

## 二色蓮

〔宋〕曹勛自度曲。見《松隱樂府》卷二。

> 鳳沼湛碧，蓮影明潔，清泛波面。素肌鑒玉，煙臉暈紅深淺。占得薰風弄色，照醉妝、梅妝相間。堤上柳垂輕帳，飛塵盡教遮斷。　　重重翠荷淨，列向橫塘暖。爭映芳岸。畫船未槳，清曉最宜遙看。似約鴛鴦並侶，又更與、

春鋤為伴。頻宴賞，香成陣，瑤池任晚。（錄自《彊村叢書》本）

按：曹勛詞詠二色蓮花，故名【二色蓮】。

## 二郎神

又名：二郎神慢、十二郎、碧崖影、轉調二郎神。唐教坊曲名。

調見〔宋〕柳永《樂章集》卷中。

炎光謝。過暮雨、芳塵輕灑。乍露冷風清庭戶爽，天如水、玉鉤遙掛。應是星娥嗟久阻，敘舊約、飆輪欲駕。極目處、微雲暗度，耿耿銀河高瀉。　閒雅。須知此景，古今無價。運巧思、穿針樓上女，擡粉面、雲鬟相亞。鈿合金釵私語處，算誰在、回廊影下。願天上人間，占得歡娛，年年今夜。（錄自《彊村叢書》本）

《能改齋漫錄》：「本朝樂府有【二郎神】，非也。按唐《樂府雜錄》曰【離別難】。天后朝有士人陷冤獄，籍沒家族，其妻配入掖庭，善吹觱栗，乃撰此曲，以寄哀情。始名【大郎神】，蓋取良人行第也。乃以大為二，傳寫之誤。」

《稗史彙編》卷一四四云：「《詢蒭錄》：二郎神，蜀漢孟昶像。藝祖平蜀得花蕊，夫人奉昶於宮中，藝祖怪問，對曰：『此灌口二郎神也』。因名」。

《樂章集》、《于湖先生長短句》注：林鐘商。

《欽定詞譜》卷三十二【二郎神】調注：「此調有二體，前段起句三字者名【二郎神】，前段起句四字者名【轉調二郎神】。其前段第三四句，後段第四五句，第六七句及兩結句讀亦不同。《詞律》疏於考證，以『轉調』為本調，誤矣。」

## 二郎神慢

即【二郎神】。〔金〕馬鈺詞名【二郎神慢】，見《鳴鶴餘音》卷一。

應仙舉。便下手、先除色慾。好玉潔冰清大丈夫。更休任、泥拖水漉。一失人身難再復。莫等閒、把前程失誤。今略訴。長生久視，五件堪為憑據。　聽取。第一要、滌除念慮。第二要、忘貪戒酒肉。第三要、濟貧拔苦。第四要、常行慈善，第五要、精神保護。依此五件，功成行滿，得赴蓬萊仙路。（錄自清黃丕烈補明鈔本）

## 十二月

調見《敦煌歌辭總編》卷五〔唐〕無名氏詞。

正月孟春春漸暄。狂夫一別經數年。無端嫁得長征婿，教妾尋常獨自眠。

二月仲春春未熱。自別征夫實難掣。貞君一去到三秋，黃鳥窗邊喚新月。也也也也。

三月季春春極暄。忽念遼陽愁轉難。賤妾思君腸欲斷。君何無行不歸還。

四月孟夏夏漸熱。忽憶貞君無時節。妾今猶存舊日意，君何不憶妾心結。也也也也。

五月仲夏夏盛熱，忽憶貞夫愁更發。一步一望隴山東。忽見君□愁似結。

六月季夏夏共同。妾亦情如對秋風。□容日日□胡月，後園春樹□□□。

七月孟秋秋已涼。寒雁南飛數萬行。賤妾思君腸欲斷，□□□□□□。

八月仲秋秋已闌。日日愁君行路難。妾願秋胡速相見，□□□□□□。

九月季秋秋欲末，忽憶貞君無時節。鴛鴦錦被冷如冰，與向將□□□□。

十月孟冬冬漸寒。今尚紛紛雪數山。尋思別君盡憔悴，愁君作客在□□。

十一月仲冬冬嚴寒。幽閨猶坐綠窗前。戰袍緣何不開領，愁君肌瘦恐嫌寬。

十二月季冬冬極寒。晝夜愁君臥不安。枕函褥子無人見，忽憶貞君□□□。（錄自上海古籍出版社排印本）

按：原載（斯）六二〇八。

《敦煌歌辭總編》卷五：「此套劉目稱【十二月曲子】，茲擬調名為【十二月】。」

## 十二郎

即【二郎神】。〔宋〕吳文英詞名【十二郎】，見《夢窗乙稿》。

素天際水，浪拍碎、凍雲不凝。記曉葉題霜，秋燈吟雨，曾繫長橋過艇。又是賓鴻重來後，猛賦得、歸期才定。嗟繡鴨解言，香鱸堪釣，尚廬人境。　幽興。爭如共載，越娥妝鏡。念倦客依前，貂裘茸帽，重向淞江照影。醉酒滄茫，倚歌平遠，亭上玉虹腰冷。迎醉面、暮雪飛花，幾點黛愁山暝。（錄自汲古閣《宋六十名家詞》本）

## 十二時

（一）調見《花草粹編》卷二十四〔宋〕柳永詞。

晚晴初，淡煙籠月，風透簷光如洗。覺翠帳、涼生秋思。漸入微寒天氣。敗葉敲窗，西風滿院，睡不成還起。更漏咽、滴破憂心，萬感並生，都在離人愁耳。　　天怎知、當時一句，做得十分縈繫。夜永有時，分明枕上，覷著孜孜地。燭暗時酒醒，元來又是夢裏。　　睡覺來、披衣獨坐，萬種無聊情意。怎得伊來，重諧雲雨，再整餘香被。祝告天發願，從今永無拋棄。（錄自文淵閣《四庫全書》本）

（二）調見《宋史·樂志》〔宋〕無名氏詞。

聖明代，海縣澄清。惠化洽寰瀛。時康歲足，治定武成。遐邇賀昇平。嘉壇上、昭事神靈。薦明誠。報本禪雲亭。俎豆列犧牲。宸心觸潔，明德薦唯馨。紀鴻名。千載播天聲。　　燔柴畢，雲罕回仙杖，慶鸞輅還京。八神扈蹕，四隩來庭。嘉氣覆重城。殊常禮、曠古難行。遇文明。仁恩蘇品匯，沛澤被簪纓。祥符錫祚，武庫永銷兵。育群生。景運保千齡。（錄自清武英殿《二十四史》本）

按：以上二體《欽定詞譜》均列入【十二時慢】。

（三）調見《宋史·樂志》〔宋〕無名氏詞。

治平時。暫垂簾，佑聖子、解危疑。坐安天下逾歲。厭避萬機。退處宸闈。殿開慶養，志入希夷。扶皓日，浴咸池。看神孫，撫禦千載，重雍累熙。四方欽仰洪慈。陰德遠，仁功積。歡養罄九域，禮無違。　　事難期。乘霞去，乍覿升仙，詰下九圍。泣血漣如，更鸞車，動春晚、霧暗翠斿。路指嵩伊。薤歌鳳吹。悠揚逐風悲。珠殿悄，網塵垂。空坐濕岡極，吾皇孝思。縷玉寫音徽，形管煒，青編紀。宵更羨周雅，播聲詩。（錄自武英殿《二十四史》本）

（四）調見《玉蟾先生詩餘》附〔宋〕彭耜詞。

素馨花、在枝無幾。秋入闌干十二。那茉莉、如今已矣。只有蘭英菊蕊。霜蟹年時，香橙天氣。總是悲秋意。問宋玉、當日如何，對此淒涼風月，怎生存濟。　　還未知、幽人心事。望得眼穿心碎。青鳥不來，彩鸞何處，雲鎖三山翠。是碧霄有路，要歸歸又無計。　　奈何他、不長天遠，身又何曾生翼。手撚芙蓉，耳聽鴻雁，怕有丹書至。縱人間富貴，一歲復一歲。此心終日繞香盤，在篆畦兒裏。（錄自《彊村叢書》本）

（五）即【憶少年】。〔宋〕朱敦儒詞名【十二時】，見《樵歌拾遺》。

連雲衰草，連天晚照，連山紅葉。西風正搖落，更前溪鳴咽。　　燕去鴻歸音信絕。問黃花、又共誰折。征人最愁處，送寒衣時節。（錄自四印齋《宋元三十一家詞》本）

（六）唐大曲名。

此調有三言一句五言三句體、三言一句七言三句體、三言兩句七言七句體、三言兩句七言三句體，共四體。

三言一句五言三句體，見《敦煌歌辭總編》卷五〔唐〕無名氏詞。

夜半子。陰中真如止。觀心超有無，寂然俱空理。

雞鳴丑。實相離空有。但作不住觀，薰成無量壽。

平旦寅。學道事須貧。了無卓錐地，會合涅槃因。

日出卯。佛性除煩惱。正念知色空，可得菩提道。

食時辰。勤息除我人。善了平等性，當證法王身。

隅中巳。伏折內魔使。外境自然除，圓成調御士。

正南午。身中有淨土。澄心離斷常，佛性自然覩。

日昳未。識性如鼎沸。定慧圓三空，當成四無畏。

晡時申。法性契於塵。善作無往相，生滅體為真。

日入酉。色心應非久。內外若不安，覺道中為首。

黃昏戌。須詮能所律。與般若相應，湛然離入出。

人定亥。蘊中真如在。但悟八識源，自成七覺海。（錄自上海古籍出版社排印本）

按：原載（伯）二九四二。

三言一句七言三句體，見《敦煌歌辭總編》卷五〔唐〕無名氏詞。

夜半子。干將造劍國無二。臣劍安在石松間，為父報仇不惜死。

**二畫**

雞鳴丑。子胥乃別平王走。會稽山中眉間赤，
龍泉寶劍腰下吼。

平旦寅。昔日巢父堯時人。許由不羨九州長，
臨河洗耳不許臣。

日出卯。五帝三皇原智巧。神農為人辨五穀，
涉歷山川嘗百草。

食時辰。夫子東行厄在陳。九曲明珠難可任，
悔不桑間問女人。

隅中巳。昔日秦王造地市。一心擬捉張子房，
人死為名復為利。

正南午。王莽殿前懸布鼓。路上行人皆來打，
一心擬捉漢光武。

日昳未。荊軻報仇燕太子。不殺秦王為仁義，
如今反作秦地鬼。

晡時申。齊晏雖小大國臣。二桃何為殺三士，
田疆接冶喪其身。

日入酉。昔日秦坑能消酒。項王不取范增言，
轉信投降漢王走。

黃昏戌。蕭何相國能造律。張良謀計無人過，
韓信管兵不輸失。

人定亥。項伯投門多敬愛。項莊舞劍殺漢王，
乃得張良教樊噲。（錄自上海古籍出版社排印本）

按：原載（伯）三八二一。

三言兩句七言七句體，見《敦煌歌辭總編》卷五
〔唐〕無名氏詞。

夜半子。夜半子。眾生重重縈俗事。不能禪定
自觀心，何日得悟真如理。　豪強富貴暫時
間，究竟終歸不免死。非論我輩是凡夫，自古
君王亦如此。

雞鳴丑。雞鳴丑。不分年貶侵蒲柳。忽然明鏡
照前看，頓覺紅顏不如舊。　眼暗匡羸漸加
愁，頭鬢蒼茫面復皺。不覺無常日夜催，即看
強梁那可久。

平旦寅。平旦寅。智慧莫與色為親。斷除三障
及三業，遠離六賊及六塵。　金玉滿室非是
寶，忍辱最是無價珍。男子女人行此事，不染
生死免沉淪。

日出卯。日出卯。濁惡世界多煩惱。欲得當來
證果因，棄捨榮華急修道。　隨時麻褐且充
體，錦鋪羅衣莫將好。如來尚自入涅槃，凡夫
宿業誰能保。

食時辰。食時辰。六賊輪迴不識珍。自恨生長
閻浮提，恒為冤魔令眾勤。　眾生在俗須眼
利，莫著沉淪守迷津。跋提河邊洗罪垢，菩提
樹下證成真。

隅中巳。隅中巳。所恨流浪共生死。法船雖達
涅槃城，二鼠四蛇從後至。　人身猶如水了
泡，無常煞鬼忽然至。三日病臥死臨頭，善惡
二業終難避。

正南午。正南午。人命猶如草頭露。火急努力
勤修福，第一莫貪自迷誤。　閻羅司命難求
囑，積寶陵天無用處。若其放慢似尋常，歷劫
哀哉自受苦。

日昳未。日昳未。眾生稟性唯求利。孰知猛火
逼燃來，不解將身遠相避。　無心誦讀大乘
經，執著慳貪懷思意。一朝臥病死王催，騰身
直入到焦熱地。

晡時申。晡時申。慈悲喜捨最為珍。被他打罵
恒忍辱，當來獲得菩提因。　皮骨肉髓終莫
惜，法水時時得潤身。一切煩惱漸輕微，解脫
逍遙出六塵。

日入酉。日入酉。觀看榮華實不久。劫石尚自
化為塵，富貴那能得常有。　愚人不悟守迷
津，專愛殺生並好酒。無常不肯與人期，地獄
刀山長劫受。

黃昏戌。黃昏戌。冥路幽深暗如漆。牛頭獄辛
把鐵杈，罪人一入無時出。　智者聞聲心膽
驚，幸者思量莫輸失。欲得當來避險路，勤修
若般波羅蜜。

人定亥。人定亥。罪福總是天曹配。善因惡業
自相隨，臨渴掘井終難悔。　榮華恰似風中
燭，眼裏貪色大癡昧。一朝冷落臥黃沙，百年
富貴知何在。（錄自上海古籍出版社排印本）

按：原載（斯）〇四二七。

三言兩句七言三句體，見《敦煌歌辭總編》卷五
〔唐〕無名氏詞。

夜半子。夜半子。時刻循環有終始。始終終始
始還終，有世界來只如此。

死又生，生又死。出沒憧憧何日已。或前或後
即差殊，一例無常歸大地。

夜既闌，天似水。斗轉河回人盡睡。有時卻坐
草堂中，悲見人間無限事。

悲囚徒，牢獄裏。夜靜領來力拷捶。杖鞭繩縛
苦難任，皮肉疼痛連骨髓。

悲病人，久匡悴。四體沉沉難起止。床頭一盞
寂寥燈，枕畔兩行酸楚淚。

悲孕婦，日將至。停燭焚香告天地。性命唯憂
頃刻間，渾家大小專看侍。

悲孤孀，沒依倚。髮鬢茸茸雪相似。霜天寒夜
自嗟籲，骨冷衣單多怨懟。

悲行人，拋幼累。恨別愁明啼不寐。少妻燈下
坐支頤，老母堂前愁齧指。

或富豪，或貧匱。各自前生緣果異。或藏草舍
避驚憂。或臥紅樓整沉醉。

或佳期。或失意。聚散悲歡事難紀。思量一夜
百千家，幾戶憂愁幾家喜。

◇　　　◇　　　◇　　　◇

畫屬人，夜屬鬼。睡是人間之小死。身即冥冥
枕上眠，魂魄悠悠何處去。

夜復曉，曉復夜。晝夕遞邅何日罷。鏡中霜髮
逐時添，頰上桃花隨日謝。

足軒車，多宅舍。蘭室屏幃純繡畫。一朝祿盡
死王來，生事落然難顧藉。

善要修，罪須怕。不是虛言相誑謼。閻王未肯
受分疏，煞鬼豈能容諂詐。

火宅忙，須割捨。自古無常誰免者。暫寄浮生
白日中，終歸永臥黃泉下。

更擬講，日將西。計想門徒總待歸。念佛一時
歸舍去，明日依時莫教遲。（錄自上海古籍出版社
排印本）

按：原載（伯）二〇五四、二七一四、三〇八
七、三二八六。
《敦煌歌辭總編》卷六：「此套長達一百三十四
首，分十三段：前按十二時為十二段，共百廿八
首。末六首，別作全文之總結，乃特點。格調方
面，應認定每一單位為『三、三、七、七、七』
五句，三仄韻，廿七字。辭之一首，恰當聲之
一闋，與在【搗練子】、【瀟湘神】、【桂殿
秋】、【赤棗子】等調者無別，無可疑。唯每首
五句皆叶三仄韻，其首句支字（子——亥）或叶
或否。百三十四首無一平韻，非其他【十二時】
為異者耳。前十二段內多者十三首（申），少者
八首（丑），相差頗甚。倘視曲調須作為上下片
雙疊之調，勢不可能，因八首一組者尚可認為雙
疊四首，十三首一組者將何以處。倘進一步認全
組八首或十三首均各為一首，則更難通，因從字
數看，一首將有二百餘字，甚至三百餘字，則隋
唐燕樂曲之體段，向無如此之長者。」又「此六
首原是總結。從叶韻看，固應與子時十首不同，
而此六首中，竟兩換韻，末首忽然叶平，與通體
不合，乃疑辭。」
《填詞名解》卷三：「【十二時】林鐘調也。案

《樂略》云：隋煬帝幸江都，令大樂令白明達造
新聲，創【十二時】等曲，掩抑摧藏，哀音斷
絕。宋人詞沿其名。」
按：此曲較長，故選首尾二段作例，以作參考。

## 十二時慢

調見〔宋〕朱雍《梅詞》。

粉痕輕，謝池泛玉，波暖琉璃初暖。覘靚芳、
塵冥春浦，水曲漪生遶岸。麝氣柔、雲容影
淡，正日邊寒淺。閒院寂、幽管聲中，萬感併
生，心事曾陪瓊宴。　　春暗南枝依舊，但得
當時繾綣。晝永亂英繽紛，解佩映人輕盈面。
香暗酒醒處，年年共副良願。（錄自四印齋《宋元
三十一家詞》本）

## 十二峰

即【河傳】。〔五代〕李珣詞有「依舊十二峰
前」句，故名。見《記紅集》卷一。

去去。何處。迢迢巴楚。山水相連。朝雲暮
雨。依舊十二峰前。猿聲到客船。　　愁腸豈
異丁香結。因別離。故國音書絕。想佳人花
下，對明月春風。恨應同。（錄自清康熙刻本）

按：唐李涉【竹枝詞】：「十二峰頭月欲低，空
聆灘上子規啼。」巫山十二峰指望霞、翠屏、朝
雲、松巒、集仙、聚鶴、淨壇、上昇、起雲、飛
鳳、登龍、聖泉。

## 十二橋

〔清〕毛先舒自製曲。見《瑤華集》卷十一。

汝臥何峰，忒避盡、狂塵溽暑。最高頭、都望
江南，層層煙雨。好是迷離處。恰如畫裏，瀟
湘平楚。怎人家遠小，珠簾繡榜，玲瓏堪數。
　　秋在十三樓，早歷遍、西陵南浦。漸差
排、白桂黃花，是誰為主。我是憐今古。披襟
長嘯，月輪當午。把一械到手，想伊正醉，賽
神簫鼓。（錄自清康熙天藜閣刻本）

《填詞名解》卷四：「毛稚黃自製曲曰【十二
橋】，字凡九十七。杭州西湖裏六橋曰環碧、流
金、臥龍、隱秀、景行、濬源，外六橋曰映波、
鎖瀾、望山、壓堤、東浦、誇虹，名十二橋。」

## 十八香

即【點絳唇】。〔明〕彭淑詞名【十八香】，見
《眾香詞》御集。

一枕華胥，天涯有夢何人見。綠雲盈簟。月影花如霰。　　底事而今，不比當時慣。偷回面。淚痕如線。訴與雙雙燕。（錄自大東書局印影本）

《欽定詞譜》卷四【點絳唇】調注：「王十朋詞名《十八香》」。

按：《全宋詞》由《全芳備祖》、《溫州府志》等輯出王十朋詠十八香詞十八首，調名均為《點絳唇》。宋史鑄《百菊集譜》卷四云：「王龜齡十朋取莊園花卉，目為十八香，以菊為冷香，有【點絳唇】云（詞略）」。可證《欽定詞譜》以詞題為調名之誤。

## 十六字令

（一）即【歸字謠】。〔宋〕周玉晨詞名【十六字令】，見《歷代詩餘》卷一。

眠。月影穿窗白玉錢。無人弄，移過枕函邊。（錄自清康熙內府本）

（二）即【歸字謠】。〔宋〕周玉晨詞名【十六字令】。見《古今詞統》卷一。

明月影。穿窗白玉錢。無人弄，移過枕函邊。（錄自明崇禎刊本）

《欽定詞譜》卷一【歸字謠】調注：「按張孝祥詞三首，皆以歸字定韻。蔡伸詞以天字起韻。袁去華詞亦以歸字起韻，皆一字句也。元《天機餘錦》周玉晨詞（詞略）本以一字起句，《詞統》及《草堂詩餘》偽眠字為明，遂以『明月影』三字為起句者誤。」

（三）調見〔清〕仲恒《雪亭詞》卷一。

何處笛聲哀。恁可憐。離人聽，竟夜不成眠。（錄自清校稿本）

詞注：「是調美成（應玉晨）為鼻祖。前人有謂首明字乃眠字，即韻也。當作一七句，三五句讀，頗與枕字相呼應，似乎可從。然移作五三五句，或作三五三五句，俱無不可。可見古人用筆之圓妙。」

（四）清代組詞。

調見《花鈿集》〔清〕王梟詞。

愁。心隨湖水共悠悠。風又雨，翻作斷腸流。曉起。獨立嫩紅花裏。儂貌比嬌花。強似他。小女子，池邊覷鴛鴦。心獨喜，來去恰成雙。乍雨乍晴。天氣困人。斷人腸處，杜宇聲聲。浴起臂微寒。立雕欄。惱人愁緒處，是青山。（錄自《全清詞》本）

## 十六賢

〔宋〕曹勛自度曲。見《松隱樂府》卷二。

拱皇圖，御寶曆，上聖垂衣。旰食親萬機。海宇熙熙。登壽域，瑞霞彩雲常捧日，花陰麥疇四民齊。宮衛仗肅，閬苑瑤池。台殿倚晴暉。　　當盛際，風俗美，尋勝事，人物總遊嬉。太平何處，知不搖征旗搖酒旗。四方感格臻上瑞，官家閒暇宴芳菲。千萬歲，嘉會明盛時。（錄自《彊村叢書》本）

《唐宋詞通論》：「【十六賢】可能是集曲，所犯達十六調。」

## 十月桃

又名：十月梅。

調見《樂府雅詞》拾遺卷下〔宋〕無名氏詞。

東籬菊盡，遍園林敗葉，滿地寒荄。露井平明，破香籠粉初開。佳人共喜芳意，呵手剪、密插鷺釵。無言有豔，不避繁霜，變作春媒。　　問武陵溪上誰栽。分付與、南園舞榭歌台。恰似凝酥襯玉，點綴裝裁。東君自是為主，先暖信、律管飛灰。從今雪裏，第一番花，休話江梅。（錄自文淵閣《四庫全書》本）

《欽定詞譜》卷二十七【十月桃】調注：「調見《樂府雅詞》賦十月桃，即以為名。」

## 十月梅

即【十月桃】。〔宋〕無名氏詞名【十月梅】，見《梅苑》卷一。

千林凋盡，一陽未報，已綻南枝。獨對霜天，冒寒先占花期。清香映月浮動，臨水淺、疏影斜欹。孤標不似，綠李夭桃，取次成蹊。縱壽陽妝臉偏宜。應未笑、天然雅態冰肌。寄語高樓，憑欄羌管休吹。東君自是為主，調鼎鼐、終付他時。從今點綴，百草千花，須待春歸。（錄自文淵閣《四庫全書》本）

《欽定詞譜》卷二十七【十月桃】調注：「《梅苑》無名氏詞詠十月梅，即名【十月梅】。」

## 十姊妹

〔近人〕吳藕汀自度曲。見《畫牛閣詞集》。

色染薔薇露，芳名姊妹稱。翠裙紅袖齊頭並。不離分。　　有鳥相思字，無根剪插生。繰絲聲裏花方盛。半陰晴。（錄自《畫牛閣詞集》手稿本）

詞序：「自度曲，賦十姊妹花」。

## 十拍子

唐教坊曲名。

即【破陣子】。〔宋〕趙善扛詞名【十拍子】，見《中興以來絕妙詞選》卷四。

> 柳絮飛時綠暗，荼蘼開後春酣。花外青簾迷酒思，陌上晴光收翠嵐。佳辰三月三。　　解佩人逢遊女，踏青草鬥宜男。醉倚畫闌闌檻北，夢繞清江江水南。飛鶯與共驂。（錄自陶氏涉園影宋本）

《詞律拾遺》卷七《破陣子》調補注：「一名《十拍子》。本唐教坊樂，以此調一唱十拍，因以為名。」

《填詞名解》卷二：「【破陣子】一名【十拍子】，然考之唐樂自是兩曲俱隸教坊也。案金輅云：【十拍子】者，以此調一唱十拍，故名。」

## 十恩德

調見《敦煌歌辭總編》卷三〔唐〕釋願清詞。

第一　懷躬守護恩

> 說著氣不舒。慈親身重力全無。起坐待人扶。如羞病，喘息粗。紅顏漸覺焦枯。報恩十月莫相辜。佛門勸門徒。

第二　臨產受苦恩

> 今日說向君。苦哉母腹似刀分。楚痛不忍聞。如屠割，血成盆。性命只恐難存。勸君問取釋迦尊。慈母報無門。

第三　生子忘憂恩

> 說著鼻頭酸。阿娘腹肚似刀剜。寸寸斷腸肝。聞音樂，無心觀。任他羅綺千般。乞求母子面相看。只願早平安。

第四　咽苦吐甘恩

> 今日各須知。可憐慈母自家饑。貪餧一孩兒。為男女，母饑羸。縱食酒肉不肥。大須孝順寄將歸。甘旨莫教虧。

第五　乳飽養育恩

> 抬舉近三年。血成白乳與兒餐。猶恐更饑寒。聞啼哭，坐不安。腸肚萬計推翻。任他笙歌百千般。偷眼且須看。

第六　回乾就濕恩

> 乾處與兒眠。不嫌污穢及腥膻。慈母臥濕氈。專心縛，怕磨研。不離孩兒體邊。記之慈母苦憂憐。恩德過於天。

第七　洗濯不淨恩

> 除母更誰教。三冬十月洗孩兒。十指被風吹。慈烏鳥，繞林啼。銜食報母來歸。枝頭更教百般飛。不孝也應師。

第八　造作惡業恩

> 為男女作姻。殺個豬羊屈閒人。酒肉會諸親。信果報，下精神。阿娘不為己身。由他造業自難陳。為男為女受沉淪。

第九　遠行憶念恩

> 此事實難宣。既為父母宿因緣。腸肚悉牽鉤。防秋去，往征邊。阿娘魂魄於先。兒身未出到門前。母意過山關。

第十　冤憎會憫恩

> 流淚百千行。愛別離苦繼心腸。憶念是尋常。十恩德，說一場。人聞爭不悲傷。善男善女審思量。莫教辜負阿耶娘。（錄自上海古籍出版社排印本）

《敦煌歌辭總編》卷三：「十辭格調通用三、五、六、七言，錯綜而成。以三言二句為中點，前設五七五言三句，後設六七五言三句，乃雜言格調中之極成熟者。十首所示，不但肯定為依腔著詞，即平仄叶韻亦甚嚴整。通首八句，七平韻，四十一字。通體十首，不重韻。僅第八、第十兩首末句，各有襯字。料作者必取諸當時民間流行之俗曲，原必有一曲牌名在。茲姑據諸本所題，以【十恩德】三字代曲名。」

按：原載（斯）〇二八九、四四三八、五五九一、五六〇一、五六八七、六二七四、五五六四。（伯）二八四三、三四一一。《敦煌歌辭總編》編入雜曲聯章體。

## 十偈辭

調見《敦煌歌辭總編》卷三〔唐〕釋圓鑒詞。

> 勝事難逢切要知。敢希聰鑒細尋思。新春法會開張日，四海茸戈偃息時。佛事茸修惟在信，君恩酬報更何疑。同裝普滿浮圖意，總在微僧十偈詞。（錄自上海古籍出版社排印本）

《敦煌歌辭總編》卷三：「寫本調名『辭』作『詞』。第一首內曰『十偈詞』，末首內又曰『十首詞章』，已充分著明十詩為歌辭，並非一般抒情紀事之徒詩而已。既曰『讚』，又曰『偈』復曰『詞』，雖疊床架屋而不厭其復，但於歌詞方面應有之曲調名如何，卻不提出。於認清此種原始情況後，乃保存【十偈詞】三字作為

擬調名。」

按：原載（伯）二六〇三。原本有十首組成，系雜曲聯章體。今錄其一。

## 十報恩

金大曲名。

調見〔金〕馬鈺《洞玄金玉集》卷七。

山伺一願報師恩。物外生涯世罕聞。鍛煉玉爐三澗雪，修完金鼎一溪雲。　蛟龍宜向火中淜，猛虎堪於水裏焚。一粒神丹光透壁，不神神采獨超群。

山伺二願報師恩。立誓修行志煉心。火焰滅除火養木，水銀枯盡水生金。　木金三間通玄路，水火同流結實岑。久視大丹成不漏，攜雲歸去絕昇沉。

山伺三願報師恩。鍛煉靈胎在玉京。鉛汞烹煎先有驗，虎龍交媾豈無聲。　三光並秀超三昧，五嶽同峰出五行。三五丹成真造化，自然雲步訪蓬瀛。

山伺四願報師恩。天地收來入寶瓶。日月山川添壯觀，虎龍嬰姹得安寧。　清輕濁重陰陽正，博厚高明品物靈。赫赤丹成全性命，超然跨鶴過天庭。

山伺五願報師恩。酒色氣財誓不侵。便把日烏先趕退，次將月兔更牢擒。　月輪重顯無圓缺，日色增耀沒縮沉。功滿丹成何處去，得超雲漢絕陽陰。

山伺六願報師恩。坦蕩逍遙不惹塵。識破假軀端的假，研窮真性的端真。　方知可道非常道，始覺不神所以神。清淨丹成乘赤鳳，大羅天上賞長春。

山伺七願報師恩。掌握虛無死水銀。滿目牛羊當道臥，一軒風月證人純。　清清淨淨難迷假，淨淨清清易見真。龍虎丹成無九轉，自然永永做仙人。

山伺八願報師恩。返覆陰陽伏煉烹。火降水昇拋雪浪，龍吟虎嘯發雷聲。　玉爐瑞雪重重結，金鼎祥光靄靄生。無價丹成無老死，長生路上法身輕。

山伺九願報師恩。意淨心清路坦平。便把無為為造化，不憑有作經營。　恰如逗引龍和虎，還似般調姹與嬰。活藥丹成蓬島去，和公師叔遠來迎。

山伺十願報師恩。劈碎金枷玉杻情。久視門中

修久視，長生路上得長生。　昏昏默默澄澄湛，杳杳冥冥淨淨清。響喨丹成蓬島去，重陽師父遠來迎。（錄自涵芬樓影明《道藏》本）

按：馬鈺以【瑞鷓鴣】詞十首詠報師恩，形成大曲形式，名【十報恩】。

## 十無常

調見《敦煌歌辭總編》卷四〔唐〕無名氏詞。

每思人世流光速。時短促。人生日月暗催將。轉茫茫。　容顏不覺暗裏換。已改變。直饒便是轉輪王。不免也無常。堪嗟歎，堪嗟歎，願生九品坐蓮台。禮如來。（錄自上海古籍出版社排印本）

《敦煌歌辭總編》卷三：「此組思想均極荒謬，而曲調甚好，乃後期【楊柳枝】所自出。短句隨長句末字之平仄叶韻，甚少見。前片與後片之平仄句法全同，唯而換韻處，後片末句襯二字。前九首之末句同作『不免也無常』，於是成重句聯章。此調之來源仍在民間，非佛曲歌辭原本所有。但和聲辭係外加，且如此之長，則是佛曲歌辭之本等措施，非民間歌辭原本所有。」

按：原載（斯）二二〇四、〇一二六。此調共十首，《敦煌歌辭總編》編入雜曲重句聯章體。今錄其一。

## 十愛詞

即【南歌子】。〔金〕鄭子聃詞名【十愛詞】，見《花草粹編》卷一。

我愛沂陽好，民淳訟自稀。誰言珥筆混萊萁。引見離離秋草，鞠圜扉。（錄自文淵閣《四庫全書》本）

《花草粹編》卷一引《齊乘》：「齊州俗有登萊沂密腦行插筆之語。金末子聃知沂州，民淳訟簡，故作此詞云。」

## 十種緣

調見《敦煌歌辭總編》卷三〔唐〕無名氏詞。

父母恩重十種緣。第一懷躬受苦難。不知是男還是女，慈悲恩愛與天連。菩薩子

第二臨產足心酸。命如草上露珠懸。兩人爭命各怕死，恐怕無常落九泉。菩薩子

第三母子足安然。莫忘孝順養殘年。親情遠近皆歡喜，冤家懷抱競來看。菩薩子

第四血入腹中煎。一日二升不屢餐。一年計乳七石二，母身不覺自焦乾。菩薩子

第五漸漸長成年。愁饑愁渴又愁寒。乾處常迴兒女臥，濕處母身自家眠。菩薩子

第六乳哺恩最難。如錫如蜜與兒餐。母吃家常如蜜味，恐怕兒嫌腥不餐。菩薩子

第七洗濯不淨衫。腥臊臭穢母向前。除洗不淨無遍數，尚恐諸人有讒言。菩薩子

第八為避惡業緣。躬親負重蓦關山。若是長男造惡業，要共小女結成緣。菩薩子

第九遠行煩惱緣。一回見出母於先。父母心中百計較，眼中流淚似如泉。菩薩子

第十憐憫無二般。從頭咬取指頭看。十指咬著無不痛，教娘爭忍兩般憐。菩薩子

憂愁煩惱道場邊。逢人即道損容顏。且母懷躬十個月，常怕起臥不安然。菩薩子

兒行千里母行千。兒行萬里母於先。一朝母子再相見，猶如破鏡卻團圓。菩薩子

燒香禮佛歸佛道。願值彌勒下生年。各自虔心禮賢聖，此是行孝本根源。菩薩子（錄自上海古籍出版社排印本）

按：原載（斯）二二○四、○一二六。「菩薩子」三字係和聲。

《敦煌歌辭總編》卷三：「此組首行曰：父母恩重贊，菩薩子和。第一首開端曰：『父母恩重十種緣』。茲以【十種緣】作調名，與【十恩德】之名並行」。

## 十樣花

調見〔宋〕李彌遜《筠溪詞》。

陌上風光濃處。第一寒梅先吐。待得春來也，香銷減，態凝佇。百花休漫妒。（錄自四印齋《宋元三十一家詞》本）

《欽定詞譜》卷一【十樣花】調注：「宋李彌遜詞十首，分詠十樣花，故名。」

按：李詞現存七首，分詠梅、杏、山櫻、桃、海棠、牡丹、紅藥。其他三首已佚。

## 十隱詞

〔明〕木增自度曲。見《滇詞叢錄》。

清樾千章，就此誅茅架屋。半楮床、半楮書櫝。一囊琴、畫圖萬軸。　有客來時，便煮葫蘆首蓿。涼生袍服。影搖棋局。最可人、翠濤滿目。（錄自《全明詞》本）

## 丁香曲

〔清〕賀振能自度曲。見《窺園集‧附詞》。

檢點花容，怪海棠過豔，芍藥多豐。等閒脂粉唐塞盡，春風愛他秀韻。幽香簇簇，盈盈嫋嫋更婷婷。憶惜相思，每喜棟花似爾，肯因爾似棟花輕。　空齋瀟灑，几淨聰明。折來試插膽瓶中。新詩聊作頌，綠酒漫相傾。卻笑癡情，錯疑解語，回首喚卿卿。（錄自清康熙刻本）

詞序：「客有鄙丁香似棟花者，感賦。」

## 丁香結

調見〔宋〕周邦彥《清真集》卷下。

蒼蘚延階，冷螢粘屋，庭樹望秋先隕。漸雨淒風迅。澹暮色、倍覺園林清潤。漢姬紈扇在，重吟玩、棄擲未忍。登山臨水，此恨自古銷磨不盡。　牽引。記試酒歸時，映月同看雁陣。寶幄香纓，薰爐象尺，夜寒燈暈。誰念留滯故國，舊事勞方寸。唯丹青相伴，那更塵昏畫損。（錄自《四印齋所刻詞》仿元本）

《填詞名解》卷三：「【丁香結】商調曲也。取古詩句丁香結恨新。」

《清真集》、《片玉集》注：商調。《夢窗詞集》注：夷則商。

## 七花蚪

即《鷓鴣天》。〔明〕李培詞名【七花蚪】，見《水西全集》卷六。

授得仙人補腦方。壺中歲月足徜徉。天邊送到瓊花液，海上攜來玉荸香。　風月債，利名場。岐途終古總亡羊。遞來遞去空縈自，疑是疑非枉斷腸。（錄自《四庫未收書輯刊》本）

## 七娘子

又名：鴛鴦語。

（一）調見《能改齋漫錄》卷十七〔宋〕黃大臨詞。

銀燭畫堂明如畫。見林宗、巾墊羞蓬首。針插花枝，線賒羅袖。須臾兩帶還依舊。　勸君倒戴休令後。也不須、更灑淵明酒。寶匳深藏，濃香薰透。為經十指如蔥手。（錄自清乾隆武英殿聚珍本）

《能改齋漫錄》卷十七：「豫章先生兄黃元明，宰廬陵縣。赴郡會，坐上巾帶偶脫，太守喻妓令

綴之。既畢，且俾元明撰詞，云：（詞略），蓋
【七娘子】也」。

（二）調見〔清〕張鴻績《枯桐閣詞》。

> 山光不減眉心黛。尋春且喜春常在。不識春愁
> 愁意態，見人一笑拈裙帶。　　又將密約叮嚀
> 再。萬一明朝，灞橋挑菜，斑騅只繫垂楊外。
> （錄自《黔南叢書》本）

## 七騎子

（一）調見〔金〕王嚞《重陽全真集》卷十一。

> 真個重陽子，得個好因緣。因緣。待做做、做
> 神仙。神仙。惺惺誠了了，了了金丹一粒圓。
> 圓圓。祥雲送上天。　　上天。明師更與白花
> 蓮。花蓮。瑩最最、最新鮮。新鮮。輝輝清瀝
> 瀝，清香馥郁妙玄玄。玄上長生玉帝前。（錄自
> 涵芬樓影明《道藏》本）

（二）調見〔金〕王嚞《重陽全真集》卷十一。

> 縱步閑閑，遊玩出郊西。見骷髏，臥臥臥沙
> 堤。問你因緣由恁似，為戀兒孫女與妻。致得
> 如今受苦淒。　　眼內生莎，口裏更填泥。氣
> 氣應難吐，吐吐虹霓。雨瀝風吹渾可可，大抵
> 孩童任踏蹐。悔不前生善事稽。（錄自涵芬樓影明
> 《道藏》本）

## 七寶玲瓏

調見〔金〕王嚞《重陽教化集》卷二。

> 人人每日，問我要求玄。你便待、做神仙。
> 四四一十六個字，二十八字在眾賢。會得之時
> 也未然。　　既要修行，先念樂花蓮。次棄
> 了、冗家緣。物物拈來俱不染，打破般般出
> 上田。一道光明入碧天。（錄自涵芬樓影明《道
> 藏》本）

《金元詞調考》：「王嚞【七騎子】二首與【七
寶玲瓏】『人人每日』一首，實為同調之作。只
『真個重陽子』一首，首句多一字，上片『做做
做神仙』衍二『做』字，下片『最最最新鮮』衍
二『最』字。」

《輪王七寶經》：「其王出時有七寶現。何等為
七，所謂輪寶、象寶、馬寶、主藏臣寶、主兵臣
寶、摩尼寶、女寶。」

## 卜算子

又名：卜算子令、百尺樓、眉峰碧、缺月掛疏
桐、孤鴻、喜秋天、黃鶴洞中仙、楚天遙。

（一）調見〔宋〕蘇軾《東坡詞》。

> 缺月掛疏桐，漏斷人初靜。時見幽人獨往來，
> 縹緲孤鴻影。　　驚起卻回頭，有恨無人省。
> 揀盡寒枝不肯棲，寂寞沙洲冷。（錄自汲古閣《宋
> 六十名家詞》本）

詞序：「惠州有溫都監女，頗有色，年十六不肯
嫁人。聞坡至甚喜。每夜聞坡諷詠，則徘徊窗
下，坡覺而推窗，則其女踰牆而去。坡從而物色
之曰：吾當呼王郎與之為姻。未幾而坡過海，女
遂卒，葬於沙灘側。坡回惠，為賦此詞。」

《歷代詞人考略》卷十一引《古今詞話》：「惠
州溫氏女超超，年及笄不肯字人。聞東坡至，喜
曰：『我婿也』。日徘徊窗外，聽公吟詠，覺則
亟去。東坡知之乃曰：吾將呼王郎與子為姻。及
東坡泛海歸，超超已卒，葬於沙際。公因作《卜
算子》，有揀盡寒枝不肯棲之句。按詞為詠雁，
當別有寄託，何得以俗情附會也。」

《東園叢說》卷下：「坡詞【卜算子】，山谷嘗
謂：非胸中有萬卷詩書，筆下無一點塵氣，安能
道此語。愚幼年嘗見先人與王子家同直閣論文，
王子家言及蘇公少年時常夜讀書，鄰家豪右之女
常竊聽之。一夕來奔，蘇公不納，而約以登第後
聘以為室。暨公既第，已別娶。仕宦歲久，訪問
其所適何人，以守前言不嫁而死。其詞時見幽人
獨往來，縹緲孤鴻影句，正謂斯人也。揀盡寒枝
不肯棲，楓落吳江冷句，謂此人不嫁而云亡也。
其情意繾綣，如他人為之，豈能脫去脂粉，輕新
如此。山谷之云不輕發也。而俗人乃以其詞中有
鴻影二字，便認鴻雁，改後一句作寂寞沙洲冷意
謂沙洲，鴻雁之所棲宿之地也。愚每舉此一事為
人言之，莫以為然，此可與深於詞者語，豈流俗
之所能識也哉。」

（二）調見〔宋〕黃庭堅《山谷詞》。

> 要見不得見，要近不得近。試問得君多少憐，
> 管不解、多於恨。　　禁止不得淚，忍管不得
> 悶。天上人間有底愁，向個裏、都諳盡。（錄自
> 汲古閣《宋六十名家詞》本）

《填詞名解》卷一：「唐駱賓王好用數名，人稱
為卜算子。詞取以名。」

《詞律》卷三【卜算子】調注：「駱義烏詩，用數
名，人謂之卜算子。故牌名取之。按《山谷詞》似
扶著賣卜算。蓋取義以今賣卜算命之人也。」

《于湖先生長短句》注：高平調。《古今詞話·
詞辨》卷上：「《古今詞譜》曰：歇指調曲。」

## 卜算子令

即【卜算子】。〔宋〕無名氏詞名【卜算子令】，見《新編群書類要事林廣記》癸集卷十二。

> 我有一枝花，指自身，復指花。斟我些兒酒。指自令斟酒。唯願花心似我心，指花，指自身頭。歲歲長相守。放下花枝，叉手。　　滿滿泛金杯，指酒壺。重把花來龘。把花枝鼻龘。不願花枝在我傍，把花向下座人。付與他人手。把花付下座接去。（錄自《和刻本類書集成》本）

《新編群書類要事林廣記》癸集卷十二：「凡舉行酒令，乃取笑樂賓之舉，須是通眾，三令五申，庶使行令者不至枉罰。所謂令行如走馬，戒乎持久，無以為樂行樂之時，尤戒喧嘩。只有令官得舉覓，今條具酒令於左：【卜算子令】先取花一枝，然後行令。口唱其詞，逐句指點。舉動稍誤，即行罰酒，後詞准此：（詞略）……【浪淘沙令】（詞略）……【調笑令】（詞略）……【花酒令】（詞略）……。」

按：此為宋代宴飲酒令，共一組四首。此乃四首之一。每句皆伴有動作，大概邊做邊唱，在筵席上勸酒之用。

## 卜算子慢

調見《全唐詩·附詞》，〔五代〕鍾輻詞。

> 桃花院落，煙重露寒，寂寞禁煙晴晝。風拂珠簾，還記去年時候。惜春心、不喜閑窗繡。倚屏山、和衣睡覺，釅釅暗消殘酒。　　獨倚危闌久。把玉筍偷彈，黛娥輕鬥。一點相思，萬般自家甘受。抽金釵、欲買丹青手。寫別來、容顏寄與，使知人清瘦。（錄自清康熙內府本）

《詞徵》卷五：「唐尚小令，自杜牧之《八六子》外，絕少慢聲。咸通中，江南鍾輻有【卜算子慢】詞（詞略）。詞筆哀怨，情深而不詭，殆感於縣樓之事而作也。」

《張子野詞》、《樂章集》注：歇指調。

## 八九子

即【八六子】。〔清〕陳榮昌詞名【八九子】，見《虛齋詞》卷上。

> 甚喧囂。耳勾心引，轔轔徹夜連朝。念花下離蟲不競，山中雲我俱閑，翛然意消。　　前番天假煙寮。支枕老僧床借，催詩小衲鐘敲。曾幾時回頭，已成陳跡，鳥留春住，燕隨秋往，

空教處處塵驚馬逸，年年月近人遙。正無聊。仙禽更鳴九霄。（錄自手稿本）

## 八六子

又名：八九子、感黃鸝。

（一）調見《尊前集》，〔唐〕杜牧詞。

> 洞房深。畫屏燈照，山色凝翠沉沉。聽夜雨冷滴芭蕉，驚斷紅窗好夢，龍煙細飄繡衾。辭恩久歸長信，鳳帳蕭疏，椒殿閑扃。　　輦路苔侵。繡簾垂、遲遲漏傳丹禁，薛華偷悴，翠環羞整，愁坐，望處金輿漸遠，何時彩仗重臨。正消魂，梧桐又移翠陰。（錄自《彊村叢書》本）

《樂章集》注：正平調。

（二）調見〔宋〕晁補之《晁氏琴趣外篇》卷三。

> 喜秋晴。淡雲縈縷，天高群雁南征。正露冷初減蘭紅，風景潛凋柳翠，愁人漏長夢驚。　　重陽景物淒清。漸老何時無事，當歌好在多情。暗自想、朱顏並遊同醉，官名韁鎖，世路蓬萍。難相見，賴有黃花滿把，從教滲酒深傾。醉休醒。醒來舊愁旋生。（錄自雙照樓影宋本）

## 八犯玉交枝

即【八寶妝】。〔宋〕仇遠詞名【八犯玉交枝】，見《無弦琴譜》卷二。

> 滄島雲連，綠瀛秋入，暮景欲沉洲嶼。無浪無風天地白，聽得潮生人語。攀空孤柱。翠倚高閣憑虛，中流蒼碧迷煙霧。唯見廣寒門外，青無重數。　　遙想貝闕珠宮，瓊林玉樹，不知還是何處。倩誰問、凌波輕步。漫凝睇、乘鸞秦女。想庭曲、霓裳正舞。莫須長笛吹愁去。怕喚起魚龍，三更噴作前山雨。（錄自《彊村叢書》本）

《歷代詩餘·詞話》引《詞苑》：「仇遠近居錢塘，遊其門者張雨、張翥俱以能詞名。其詠蟬【齊天樂】極可誦。嘗登招寶山觀日出，作《八犯玉交枝》。」

《詞律》卷十九【八犯玉交枝】調注：「八犯，想採八曲而集成此詞，但不知所犯是何調耳。」

《詞徵》引《樂書》：「以臣犯君謂之犯聲，犯聲自天后末年始也。詞之名犯，皆謂以此宮犯彼宮之調，如……【八犯玉交枝】……皆然。」

按：《欽定詞譜》卷三十五【八寶妝】調注：「仇遠詞名【八寶玉交枝】。」其「寶」字係「犯」字之刻誤。故不另立調名。

## 八拍蠻

唐教坊曲名。

調見《花間集》卷八〔五代〕孫光憲詞。

> 孔雀尾拖金線長。怕人飛起入丁香。越女沙頭爭
> 拾翠，相呼歸去背斜陽。（錄自雙照樓影明仿宋本）

《欽定詞譜》卷一【八拍蠻】調注：「按孫光
憲詞，所詠俱越中事，或即【八拍蠻】之蠻歌
也。」又云：「以上六調（指陽關曲、欸乃曲、
採蓮子、浪淘沙、楊柳枝、八拍蠻），皆唐人七
言絕句，當時音律必有所屬，今歌法不傳矣。」

《唐聲詩》下編：「蠻歌含義在唐代有二，一相
同於蕃曲或蕃歌，一指蠻子辭。蕃曲或以西北蕃
國之聲情入曲，如【蕃女怨】、【蕃將子】、
【菩薩蠻】類，或以歌曲寫南國風光，如本調
名。」

## 八音諧

調見〔宋〕曹勛《松隱樂府》卷二。

> 芳景到橫塘，官柳陰低覆，新過疏雨。望處藕
> 花密，映煙汀沙渚。波靜翠碾琉璃，似佇立、
> 飄飄川上女。弄曉色、正鮮妝照影，幽香潛
> 度。　　水閣薰風對萬妹，共泛泛紅綠，鬧花
> 深處。移棹採初開，嗅金纓留取。趁時凝賞池
> 邊，預後約、淡雲低護。未飲且憑闌，更待
> 滿、荷珠露。（錄自《彊村叢書》本）

詞注：「賞荷花，以八曲聲合成，故名。」

《詞律拾遺》卷四【八音諧】調注：「僻調無
他作可證。《碎金詞譜》：《松隱集》自注以
八曲合成，而無其名。茲按【九宮譜】細為查
校分出。前段第一、二、三句，係【春草碧】首
句至三句。第四、五句，係【望春回】第四句至
五句。第六、七句，係【迎春樂】第三句。第八
句，係【飛雪滿群山】第十二句。第九句及後段
第一、二、三句，係【蘭陵王】第十四至十七
句。第四句至七句，係【孤鸞】第十三至十六
句。第八、九句，係【眉撫】末二句。」

《周禮·春官宗伯》：「……皆播之以八音。
金、石、土、革、絲、木、匏、竹。鄭玄注云，
金，鐘鎛也。石，磬也。土，塤也。革，鼓鞀
也。絲，琴瑟也。木，柷敔也。匏，笙也。竹，
管簫也。」

## 八詠樓

即【念奴嬌】。〔清〕仲恒詞名【八詠樓】，見
《雪亭詞》卷十二。

> 金華名勝，建層樓，千載佳名風雅。樓上珠簾
> 收晚翠，遠映溪山如畫。望里煙雲，眼前花
> 鳥，均助清幽者。郡侯嘉穎，一時塵穢頓卸。
> 　　若夫陰雨霏霏，風聲四起，白霧長空駕。
> 滿眼濛濛天一色，我意依然瀟灑。山水潛形，
> 雲霧變幻，怎肯輕拋捨。前賢勝地，不亞蘭亭
> 佳話。（錄自《雪亭詞》稿本）

## 八節長歡

調見〔宋〕毛滂《東堂詞》。

> 澤國秋深。繡楹天近，坐久魂清。溪山繞尊
> 酒，雲霧泡衣襟。餘霞孤雁送愁眼，寄寒閨、
> 一點離心。杜老兩峰秀處，短髮疏巾。　　佳
> 人為折寒英。羅袖濕、真珠露冷鈿金。幽豔為
> 誰妍，東籬下、卻教醉倒淵明。君但飲，莫覰
> 他、落日蕪城。從教夜、龍山清月，端的便解
> 留人。（錄自《彊村叢書》本）

《周髀算經》卷下：「凡為八節二十四氣。」趙
爽注：「二至者，寒暑之極。二分者，陰陽之
和。四立者，生長收藏之始。是為八節。」即指
立春、春分、立夏、夏至、立秋、秋分、立冬、
冬至。

## 八聲甘州

又名：八聲甘州慢、甘州、甘州詞、甘州歌、宴
瑤池、瀟瀟雨。

（一）調見〔宋〕柳永《樂章集》卷下。

> 對瀟瀟暮雨灑江天，一番洗清秋。漸霜風淒
> 慘，關河冷落，殘照當樓。是處紅衰翠減，苒
> 苒物華休。唯有長江水，無語東流。　　不忍
> 登高臨遠，望故鄉渺邈，歸思難收。歎年來蹤
> 跡，何事苦淹留。想佳人、妝樓顒望，誤幾
> 回、天際識歸舟。爭知我，倚闌干處，正恁凝
> 愁。（錄自《彊村叢書》本）

《碧雞漫志》：「【甘州】世不見。今仙呂調有
曲破，有八聲慢，有令。而中呂調有【蒙甘州】
八聲，他宮調不見也。凡大曲，就本宮調引、
序、慢、近、令，蓋度曲者斂態。若【蒙甘州】
八聲即是用其法於中呂調，其例甚廣，偽蜀毛文
錫有【甘州遍】，顧瓊李珣有【倒排甘州】，顧

瓊又有【甘州子】，皆不著宮調。」

《填詞名解》卷三：「【八聲甘州】一名【甘州歌】。《西域記》云：龜茲國工製曲，【伊州】、【甘州】、【梁州】等曲翻入中國。」

《樂章集》注：仙呂調。

（二）調見《鳴鶴餘音》卷六〔元〕無名氏詞。

　　一團春雪，拋在玉爐中煎。炎炎進火不住添。要燒得、通紅無焰煙。須管莫虧折，斤兩依然。如此三千。鍛煉待不搖不動，方可為禪。

　　　　全真養命，只在恁麼之間。家園自有甘露泉。要澆灌、黃芽長瑞蓮。幽遠待得來，與仙聖齊肩。（錄自清黃丕烈補明鈔本）

## 八聲甘州慢

即【八聲甘州】。〔宋〕鄭子玉詞名【八聲甘州慢】，見《全芳備祖》後集卷十卉部草。

　　漸鶯聲近也探年芳，河畔輾輕輪。旋東風染綠，綿綿平野，無際煙春。最苦夕陽天外，愁損倚欄人。無奈瀟湘杳，留滯王孫。　　冷落池塘殘夢，自送君歸後，南浦消魂。賴東君能客，醉臥展香裀。盡教更行人遠，也相伴、連水復連雲。關山道，算無古今，客恨長新。（錄自文淵閣《四庫全書》本）

## 八歸

（一）調見〔宋〕高觀國《竹屋癡語》。

　　楚峰翠冷，吳波煙遠，吹袂萬里西風。關河迥隔新愁外，遙憐倦客音塵，未見征鴻。雨帽風巾歸夢杳，想吟思、吹入飛蓬。料恨滿、幽苑離宮。正愁黯文通。　　秋濃。新霜初試，重陽催近，醉紅偷染江楓。瘦節相伴，舊遊回首，吹帽知與誰同。想萸囊酒盞，暫時冷落菊花叢。雨凝佇、壯懷立盡，微雲斜照中。（錄自《彊村叢書》本）

《欽定詞譜》卷三十六《八歸》調注：「平韻者，見《竹屋癡語》高觀國自度曲。

（二）調見〔宋〕姜夔《白石道人歌曲》卷四。

　　芳蓮墜粉，疏桐吹綠，庭院暗雨乍歇。無端抱影銷魂處，還見篠牆螢暗，蘚階蛩切。送客重尋西去路，問水面琵琶誰撥。最可惜，一片江山，總付與啼鴂。　　長恨相從未款，而今何事，又對西風離別。渚寒煙淡，棹移人遠，縹緲行舟如葉。想文君望久，倚竹愁生步羅韤。歸來後、翠尊雙飲，下了珠簾，玲瓏閒看月。

（錄自《彊村叢書》本）

《欽定詞譜》卷三十六【八歸】調注：「仄韻者，見《白石詞》姜夔自度夾鍾商曲」。

## 八寶妝

又名：八犯玉交枝。

（一）即【新雁過妝樓】。〔宋〕陳允平詞名【八寶妝】，見《日湖漁唱》。

　　望遠秋平。初過雨、微茫水滿湮汀。亂葉疏柳，猶帶數點殘螢。待月重簾誰共倚，信鴻斷續兩三聲。夜如何，頓涼驟覺，紈扇無情。

　　　　還思驛騎素約，念鳳簫雁瑟，取次塵生。舊日潘郎，雙鬢半已星星。琴心錦意暗懶，又爭奈、西風吹恨醒。屏山冷，怕夢魂飛度，藍橋不成。（錄自《彊村叢書》本）

（二）調見《樂府雅詞》拾遺卷上〔宋〕劉燾詞。

　　門掩黃昏，畫堂人寂，暮雨乍收殘暑。簾捲疏星門戶悄，隱隱嚴城鐘鼓。空街煙暝，半開斜日朦朧，銀河澄淡風悽楚。還是鳳樓人遠，桃源無路。　　惆悵夜久星繁，碧空望斷，玉簫聲在何處。念誰伴、茜裙翠袖，共攜手、瑤台歸去。對修竹、森森院宇。曲屏香暖凝沉炷。問對酒當歌，情懷記得劉郎否。（錄自《粵雅堂叢書》本）

## 八寶裝

調見〔宋〕張先《張子野詞》卷一。

　　錦屏羅幌初睡起。花陰轉、重門閉。正不寒不暖，和風細雨，困人天氣。　　此時無限傷春意。憑誰訴、厭厭地。這淺情薄倖，千山萬水，也須來裏。（錄自《彊村叢書》本）

《張子野詞》注：南呂宮。

## 入塞

又名：入塞曲。

調見〔宋〕程垓《書舟詞》。

　　好思量。正秋風、半夜長。奈銀釭一點，耿耿背西窗。衾又涼。枕又涼。　　露華淒淒月半床。照得人、真個斷腸。窗前誰漫木犀黃。花也香。夢也香。（錄自汲古閣《宋六十名家詞》本）

《晉書‧樂志》：「胡角者，本以應胡笳之聲，後漸用之橫吹，有雙角即胡樂……用者有……【入塞】等十曲」。

《西京雜記》卷一：「（戚夫人）善為翹袖折腰之舞，歌【出塞】，【入塞】望歸之曲。」

二畫

《欽定詞譜》卷九【入塞】調注：「古樂府橫吹曲有【入塞辭】，調名本此。」

## 入塞曲

即【入塞】。〔清〕沈淑蘭詞名【入塞曲】，見《黛吟草詩餘》。

> 謾思量。抱雲和，向瑣窗。理梅花一曲，斜月轉迴廊。調聲長。漏聲長。　露華風細夜初涼。庭鶴唳、此景堪傷。不合階前看海棠。花斷腸。人斷腸。（錄自清刻本）

## 人月圓

又名：人月圓令、青衫子、青衫濕。

（一）調見《花草粹編》卷七〔宋〕王詵詞。

> 小桃枝上春來早，初試薄羅衣。年年此夜，華燈競處，人月圓時。　禁街簫鼓，寒輕夜永，纖手同攜。更闌人靜，千門笑語，聲在簾幃。（錄自文淵閣《四庫全書》本）

按：王詵詞有「人月圓時」句，故名【人月圓】。《能改齋漫錄》卷十六：「樂府有【明月逐人來】李太師撰譜，李持正製詞。……持正又作【人月圓】，今尤膾人口云：（詞略）。後時以為小王都尉作，非也。」

（二）調見〔宋〕楊无咎《逃禪詞》。

> 月華燈影光相射。還是元宵也。綺羅如畫，笙歌遞響，無限風雅。　鬧蛾斜插，輕衫乍試，閒趁尖耍。百年三萬六千夜，願長如今夜。（錄自汲古閣《宋六十名家詞》本）

《詞品》卷一：「宋駙馬王晉卿元宵詞云（詞略）。此曲晉卿自製，名【人月圓】，即詠元宵，猶是唐人之意。」

《古今詞話·詞辨》卷上引《古今詞譜》：「大石調曲」。

## 人月圓令

即【人月圓】。〔宋〕李持正詞名【人月圓令】，見《能改齋漫錄》卷十六。

> 小桃枝上春來早，初試薄羅衣。年年樂事，華燈競處，人月圓時。　禁街簫鼓，寒輕夜永，纖手重攜。更闌人散，千門笑語，聲在簾幃。（錄自《詞話叢編》本）

《能改齋漫錄》卷十六：「持正又作【人月圓令】，尤膾炙人口（詞略）。近時以為小王都尉作，非也。」

## 人心願

原調已佚。〔宋〕陳夢協【渡江雲】壽婦人集曲名詞，有「解稱人心願」句，輯名。見《截江網》卷六。

## 人比黃花瘦

調見〔清〕朱青長《朱青長詞集》卷二十五。

> 彩燭沉沉金章曉。寶鴨銷龍腦。楊柳欲眠時，荳蔻花開，樓閣東風小。　碧雲望斷魚箋杳。別恨知多少。算又到清明，還似去年，天要愁人老。（錄自朱青長手稿本）

## 人在樓上

即【聲聲慢】。〔宋〕吳文英詞名【人在樓上】，見《欽定詞譜》卷二十七。

> 檀欒金碧，婀娜蓬萊，遊雲不蘸芳洲。露柳霜蓮，十分點綴成秋。新彎畫眉未隱，似含羞、低度牆頭。愁送遠，駐西台車馬，共惜臨流。　知道池亭多宴，掩庭花、長是驚落秦謳。膩粉闌干，猶聞憑袖香留。輸他翠連拍瞀，瞰新妝、時浸凝眸。簾半捲，帶黃花，人在小樓。（錄自清康熙內府本）

按：《欽定詞譜》卷二十七【聲聲慢】調注：「吳文英詞有人在小樓句，名【人在樓上】。」查此詞與吳文英有關各種詞集調名均為【聲聲慢】。《欽定詞譜》未知何據，待考。

## 人南渡

即【感皇恩】。〔宋〕賀鑄詞有「人南渡」句，故名。見《東山詞》卷上。

> 蘭芷滿芳洲，游絲橫路。羅襪塵生步。迎顧。整鬟顰黛，脈脈兩情難語。細風吹柳絮。人南渡。　回首舊遊，山無重數。花底深朱戶。何處。半黃梅子，向晚一簾疏雨。斷魂分付與。春將去。（錄自陶氏涉園影宋本）

## 人桂令

調見〔清〕吳航野客《駐春園》第二十二回。

> 鬧紛紛，桂苑攀花。思入丹宵，彩奪朱霞。離別經時，憑空一顧，識是名家。　詎知才別，拔萃占高魁，正慶排班，佳麗出色選嬌娃。不許停車。待哺寒鴉。調奏琵琶。目盼飛鴻，恨遍天涯。（錄自《明清善本小說叢刊》本）

## 人間何世

即【聖塘引】。〔清〕易孺【聖塘引】詞序：「又名【人間何世】」，見《雙清池館詩餘》。按：詞見《聖塘引》。

## 人間癡夢

〔近人〕張伯駒自度曲。見《張伯駒詞集》。

苔鋪碎錦，樹綴繁英，如此一場春夢。人也成癡，事多惹恨，蜂懶蝶慵。相共鎮、飄殘玉井，桐花虛願，引鳳棲鳳。　沉痛。任長江流涸，心泉猶湧。酏甘飴苦，幻雲尊海為家，不勞歸去飆風送。待他年、淚盡魂離，還作再生情種。（錄自中華書局排印本）

詞序：「乙巳十一月四日夜，夢乘舟北去，而長江水盡涸，借他溪流舟浮始濟。後至一庭園，曲徑迴廊，繁花生樹，苔斑點翠，間雜落英。平台上廳事三楹，甚寬敞。後窗枕湖，水天一碧。室懸橫匾一，書三字，皆剝落，有二字但存水旁，意或為『濠濮』二字。前楹復懸橫匾，書『人間癡夢』四字，心為一動。思此地宜春花夏雨，秋月冬雪。正徘徊間，忽有人遽前曰：已先備車，便送君歸。余曰：願居此，不願歸也。醒而記之，賦此詞。前後闋各四十一字，即以夢中橫匾書，為自度曲調名。」

## 九迴腸

即【好女兒】。〔宋〕賀鑄詞有「口九迴腸」句，故名。見《東山詞》卷上。

削玉消香。不喜濃妝。倦高樓、望斷章台路，但垂楊永巷，落花微雨，芳草斜陽。　賴有雕梁新燕，試尋訪、五陵狂。小華箋、付與西飛去，印一雙愁黛，再三歸字，口九迴腸。（錄自陶氏涉園影宋本）

按：漢司馬遷《報任少卿書》：「是以腸一日而九回。」唐劉禹錫《望賦》：「秋之景兮懸清光，偏結憤兮九迴腸。」調名義此。

## 九重春色

〔清〕沈謙新翻曲。見《東江別集》卷三。

正金鉤低控繡帳，絳台尚搖銀燭。鶯睍睆、飛上碧桃枝，畫簾薄、微通朝旭。又隱隱、遞鑰聲相續。驚好夢、鬟欹堆綠，爭如我、怕見菱花，才一夜、暗銷香玉。妝成小立屏山矗。樹

蔭朱闌，燕飛華屋。教人兩眉頻蹙。看晴絲露蕊，時暗相觸。　芳池水正溢。垂楊外、任倒了秋千，嬾蹴泥素襪。石上紅苔，倚翠袖、粉沾新竹。漫書題、魚繭半紙，淚濕鳳羅千幅。宣傷春、常苦病纏綿，似三起三眠蠶熟。斜日墜、愈增幽獨。登小閣、目斷雲山萬里，歸期難卜。倩杜宇、為我催促。蝶和蜂、尚惜韶光晚，抱花自宿。（錄自惜陰堂《明詞彙刊》本）

詞序：「新翻曲。上八句【三台】，下六句【六醜】。後段上九句【三台】，下六句【六醜】。」

## 九張機

宋大曲名。

（一）調見《樂府雅詞》卷上〔宋〕無名氏詞。

醉留客者，樂府之舊名，九張機者，才子之新調。憑裊玉之清歌，寫擲梭之春怨。章章寄恨，句句言情。恭對華筵，敢陳口號。

一擲梭心一縷絲。連連織就九張機。從來巧思知多少，苦恨春風久不歸。

一張機。織梭光景去如飛。蘭房夜永愁無寐。嘔嘔軋軋，織就春恨，留著待郎歸。

兩張機。月明人靜漏聲稀。千絲萬縷相縈繫。織成一段，迴紋錦字，將去寄呈伊。

三張機。中心有朵耍花兒。嬌紅嫩綠春明媚。君須早折，一枝濃豔，莫待過芳菲。

四張機。鴛鴦織就欲雙飛。可憐未老頭先白。春波碧草，曉寒深處，相對浴紅衣。

五張機。芳心密與巧心期。合歡樹上枝連理。雙頭花下，兩同心處，一對化生兒。

六張機。雕花鋪錦半離披。蘭房別有留春計。爐添小篆，日長一線，相對繡工遲。

七張機。春蠶吐盡一生絲。莫教容易裁羅綺。無端剪破，仙鸞彩鳳，分作兩般衣。

八張機。纖纖玉手住無時。蜀江濯盡春波媚。香遺囊麝，花房繡被，歸去意遲遲。

九張機。一心長在百花枝。百花共作紅堆被。都將春色，藏頭裏面，不怕睡多時。

輕絲。象床玉手出新奇。千花萬草光凝碧。裁縫衣著，春天歌舞，飛蝶語黃鸝。

春衣。素絲染就已堪悲。塵世昏污無顏色。應同秋扇，從茲永棄，無復奉君時。

歌聲飛落畫梁塵。舞罷香風捲繡茵。更欲縷成機上恨，尊前忽有斷腸人。（錄自文淵閣《四庫全書》本）

三畫

（二）調見《樂府雅詞》卷上〔宋〕無名氏詞。

　　一張機。採桑陌上試春衣。風晴日暖慵無力，
桃花枝上，啼鶯言語，不肯放人歸。

　　兩張機。行人立馬意遲遲。深心未忍輕分付，
回頭一笑，花間歸去，只恐被花知。

　　三張機。吳蠶已老燕雛飛。東風宴罷長洲苑，
輕綃催趁，館娃宮女，要換舞時衣。

　　四張機。咿啞聲裏暗顰眉。回梭織朵垂蓮子，
盤花易綰，愁心難整，脈脈亂如絲。

　　五張機。橫紋織就沈郎詩。中心一句無人會，
不言愁恨，不言憔悴，只悤寄相思。

　　六張機。行行都是耍花兒。花間更有雙蝴蝶，
停梭一晌，閑窗影裏，獨自看多時。

　　七張機。鴛鴦織就又遲疑。只恐被人輕裁剪，
分飛兩處，一聲離恨，何計再相隨。

　　八張機。迴紋知是阿誰詩。織成一片凄涼意，
行行讀遍，厭厭無語，不忍更尋思。

　　九張機。雙花雙葉又雙枝。薄情自古多離別，
從頭到底，將心縈繫，穿過一條絲。（錄自文淵
閣《四庫全書》本）

## 又鎖門

調見〔金〕王喆《分梨十化集》卷上。

　　且住且住。十月小春，當宜鎖戶。一百日、煉
就重陽，也並無作做。　　　渾身要顯唯真素。
掛靈明紙布。信任他、走玉飛金，自恬然不
顧。（錄自涵芬樓影明《道藏》本）

按：王喆詞有「十月小春，當宜鎖戶」句，故名
【又鎖門】。

# 三畫

## 三冬雪

調見《敦煌歌辭總編》卷四〔唐〕無名氏詞。
沙門入言

　　如來典句。蓋不虛拈。令護命於九旬，遣加提
於一月。是以共邀流輩，同出精藍。諷寶偈於
長街，□深懷於碧砌。希添忍服，望濟寒衣。
他時貌座，上答酬恩。此日軒階，略呈雅韻。

平吟

　　遠辭蕭寺來相謁。總把衷腸斬切說。一回吟了
一傷心，一遍言時一氣咽。

　　話苦辛，申懇切。數個師僧門切列。只為全無
一事衣，如何禦彼三冬雪。

　　或秋深，嚴凝月。蕭寺寒風聲切切。囊中青繮
一個無，身上故衣千處結。

　　最傷情，難申說。杖笠三冬皆總闕。寒窗冷慴
一無衣，如何禦彼三冬雪。

　　被蟬聲，耳邊聒。講席絆縈身又闕。大業鴻名
都未成，禪體衣單難可說。

　　坐更闌，燈殘滅。討義尋文愁萬結。抱膝爐前
火一星，如何禦彼三冬雪。

　　師僧家，滋味別。不解經營無計設。一夏安居
奈苑中，三秋遠詣英聰哲。

　　律藏中，分明說。親許加提一個月。若不今朝
到此來，如何禦彼三冬雪。

　　命同人，相提籃。總向朱門誠懇切。不是三冬
總沒衣，誰能向此談揚說。

　　恨嚴凝，兼臘月。既是多寒且無熱。怕怖憂煎
將告來，垂慈禦彼三冬雪。

　　詣英聰，訪賢哲。盼望仁慈相允察。退故嫌生
惠與僧，教將禦彼三冬雪。

　　尊夫人，也相謁。敬佛敬僧人盡說。背子衫裙
百種衣，施交禦彼三冬雪。

　　諸郎君，不要說。記愛打傍兼出熱。酒沾墨污
損傷衣，施僧禦彼三冬雪。

　　小娘子，娉二八。月下花前避炎熱。萬般新好
汙沾衣，旋交禦彼三冬雪。

　　阿孩子，憐心切。滿篋名衣皆羅列。倘要延年
養北堂，施交禦彼三冬雪。

　　苦再三，斬切說。未沐恩光難告別。回身檢點
篋箱中，施交禦彼三冬雪。

側吟

　　秋風忽爾入僧烏。又被蟬吟別樹鳴。故國未期
愁悄悄，鄉關思處淚盈盈。寒衣未放無支擬，
便覺秋風意不停。結侶共吟花院側，遂將肝膽
一時傾。（錄自上海古籍出版社排印本）

《敦煌歌辭總編》卷三：「此組及下組（指【千
門化】）皆僧徒沿門募化衣裝時所唱，皆作重句
聯章體。此組十五首中，以『禦彼三冬雪』五字
作重句達十一首之多，用『三三七七七』句法，
叶三仄韻者，在唐代雜言歌辭中有柳雜【章台
柳】等。此二組之辭，無從再曰『失調名』。爰

分舉【三冬雪】與【千門化】為擬調名。」

按：原載（伯）二一〇七。（斯）五五七一。原本無調名，《敦煌歌辭總編》因詞有「如何禦彼三冬雪」句，擬名【三冬雪】。編入雜曲重句聯章體。

## 三休撲

即【二十四字令】。〔清〕陸菜詞名【三休撲】，見《雅坪詞選》。

　　休撲蜻。冷然與世本無爭。雲母姍姍輕舞翼，隨風點水又多情。

　　休撲蝶。先秋一片飛黃葉。六幅仙裙是化身，香園出入渾遊俠。

　　休撲螢。紗囊照字也通靈。水檻寒光飄萬點，如登日觀俯群星。（錄自清刻本）

按：此調係由三首組成，首句各用「休撲×」，故曰【三休撲】。

## 三犯渡江雲

（一）即【渡江雲】。〔宋〕周密詞名【三犯渡江雲】，見《蘋洲漁笛譜》卷一。

　　冰溪空歲晚，蒼茫雁影，淺水落寒沙。那回乘夜興，雲雪孤舟，曾訪故人家。千林未綠，芳信暖、玉照霜華。共憑高、聯詩喚酒，暝色奪昏鴉。　　堪嗟。漸鳴玉佩，山護雲衣，又扁舟東下。想故園、天寒倚竹，袖薄籠紗。詩筒已是經年別，早暖律、春動香葭。愁寄遠，溪邊自折梅花。（錄自《彊村叢書》本）

（二）即【渡江雲】。〔宋〕陳允平詞名【三犯渡江雲】，見《日湖漁唱》。

　　風流三徑遠，此君淡薄，誰與伴清足。歲寒人自得，傍石鋤雲，閒裏種蒼玉。琅玕翠立，愛細雨疏煙初沐。春晝長、秋聲不斷，洗紅塵凡俗。　　高獨。虛心共許，淡節相期，幾人閒棋局。堪愛處、月明琴院，雪晴書屋。心盟更許青松結，笑四時、梅礬蘭菊。庭砌曉、東風旋添新綠。（錄自《彊村叢書》本）

詞序：「舊平聲今改入聲，為竹友謝少保壽。」

## 三犯錦園春

即【四犯剪梅花】。〔宋〕盧祖皋詞名【三犯錦園春】，見《欽定詞譜》卷二十三。

　　晝長人倦。正凋紅漲綠，懶鶯忙燕。絲雨濛晴，放珠簾高捲。神仙笑宴。半醒醉、彩鸞飛遍。碧玉闌干，青油幢幕，沉香庭院。　　洛陽圖畫舊見。向天香深處，猶認嬌面。霧縠霞綃，鬥綺羅裁翦。情高意遠。怕容易、曉風吹散。一笑何妨，銀台換蠟，銅壺催箭。（錄自《彊村叢書》本）

《欽定詞譜》卷二十三【四犯剪梅花】調注：「盧祖皋詞名【三犯錦園春】。」

按：〔宋〕盧祖皋《蒲江詞稿》（《彊村叢書》本）調名為【錦園春三犯】。《欽定詞譜》未知何據，待考。」

## 三字令

（一）調見《花間集》卷五〔五代〕歐陽炯詞。

　　春欲盡，日遲遲。牡丹時。羅幌捲，翠簾垂。彩箋書，紅粉淚，兩心知。　　人不在，燕空歸。負佳期。香盡落，枕函欹。月分明，花澹薄，惹相思。（錄自雙照樓影刊明仿宋本）

按：此調前後段俱三字句，故名。

（二）調見〔宋〕向子諲《酒邊詞》。

　　春盡日，雨餘時。紅蔌蔌，綠漪漪。花滿地，水準池。煙光裏，雲影上，畫船移。　　紋鴛並，白鷗飛。歌韻響，酒行遲。將我意，入新詩。春欲去，留且住，莫教歸。（錄自汲古閣《宋六十名家詞》本）

## 三字琵琶

調見〔清〕顧景星《白茅堂詞》。

　　萬花王。園林好，滿庭芳。論絕色，非宋子，即齊姜。眾香國，堪誰伴，戴蟬兒，金鳳子，武仙郎。

　　沉香亭，長壽第，月陂側，善和坊。鬥豐姿，渾爛熳，占韶光。奈何天，春去也，雕欄畔，留餘韻，卸殘妝。（錄自清康熙綠蔭堂《名家詞鈔》本）

## 三光會合

即【韻令】。〔金〕王喆詞名【三光會合】，見《重陽教化集》卷一。

　　扶風且住。聽予言語。決定相隨去。些兒少慮。對公先訴。遇逢艱阻。饑寒雨露。有悽惶處。眉頭莫要聚。　　長生好事，只今堪做。何必候時數。青巾戴取。更衣麻布。得離凡字。入雲霞路。功昭行著。真師自肯度。（錄自涵芬樓影明《道藏》本）

**三畫**

## 三姝媚

又名：三姝媚曲、三株媚。

（一）調見《陽春白雪》卷六〔宋〕杜良臣詞。

花浮深岸樹。迎新曦窗影，細觸遊塵。映葉青梅，記共折南枝，又及嘗新。駐屐危亭，煙墅杳、風物撩人。虹外斜陽留晚，鶯邊落絮催春。　　心事應辜桃葉，但自把新詩，遍寫修筠。恨滿芳洲，倩晚風吹夢，暗逐江雲。慢撚輕攏，幽思切、清音誰聞。漫有鴛鴦結帶，雙垂繡巾。（錄自《粵雅堂叢書》本）

（二）調見〔宋〕史達祖《梅溪詞》。

煙光搖縹瓦。望晴簷多風，柳花如灑。錦瑟橫床，想淚痕塵影，鳳弦常下。倦出犀帷，頻夢見、王孫驕馬。諱道相思，偷理綃裙，自驚腰衩。　　惆悵南樓遙夜。記翠箔張燈，枕肩歌罷。又入銅駝，遍舊家門巷，首詢身價。可惜東風，將恨與、閒花俱謝。記取崔徽模樣，歸來暗寫。（錄自《四印齋所刻詞》本）

《夢窗詞集》注：夷則商（仄韻體）。

## 三姝媚曲

即【三姝媚】。〔宋〕詹玉詞名【三姝媚曲】，見《鳳林書院草堂詩餘》卷上。

一蓬兒別苦。是誰家、花天月地兒女。紫曲藏嬌，慣錦窠金翠，玉璈鐘呂。綺席傳宣，笑聲裏、龍樓三鼓。歌扇題詩，舞袖籠香，幾曾塵土。　　因甚留春不住。怎知道人間，匆匆今古。金屋銀屏，被西風將換，蓼汀蘋渚。如此江山，應卻悔、西湖歌舞。載取斷雲何處，江南煙雨。（錄自雙照樓影元刻本）

## 三段子

即【寶鼎現】。〔宋〕李彌遜詞名【三段子】，見《筠溪詞》。

層林煙霽，巨壁天半，鴻飛無路。雲斷處、兩山之間，十萬琅玕環翠羽。轉秀谷、枕蘋花汀溆。短柳疏籬向暮。看臥壟牛歸，橫舟人去，平蕪鷗鷺。　　並遊不見鞭鸞侶。只僧前、松子隨步。回徑險、凌風遐想，小憩清泉欹茂樹。正筍蕨、過如蘇新雨。磯下游魚可數。縱窈窕、雲關長啟，寂寂誰爭子所。　　世上丹轂朱纓，春夢覺、南柯何許。況榮枯無定，中有歡離愁聚。盡笑我、詫盤中趣。為續昌黎

賦。會有人、秣馬膏車，相屬一尊清醑。（錄自四印齋《匯刻宋元三十一家詞》本）

## 三株媚

即【三姝媚】。〔清〕嚴保庸詞名【三株媚】，見《江山風月譜》。

巫峽飛雲乍。正蘭膏將殘，繡幃低掛。逗得香魂，盡輕撩重壓，千絲飄灑。濕透銖衣，怕倩影、和煙都化。著意溫存，猛蝴蝶驚回，那邊飄瓦。　　總是閒愁牽惹。想有淚無言，玉容如畫。爾許淒迷，定輸伊紅杏，小樓前夜。深掩重門，誰記取、溶溶月下。還待夢騰半枕，墜歡重賈。（錄自清道光《別下齋叢書》本）

按：四印齋所刻詞本《雙白詞》之一《山中白雲詞補》卷上有【三株媚】「芙蓉城畔侶」一詞。查《彊村叢書》本《山中白雲》卷一此詞調名為【三姝媚】。四印齋本之【三株媚】調名無旁證可考，恐係刻誤，待考。

## 三部樂

（一）調見〔宋〕蘇軾《東坡樂府》卷三。

美人如月。乍見掩暮雲，更增妍絕。算應無恨，安用陰晴圓缺。嬌甚空只成愁，待下床又懶，未語先咽。數日不來，落盡一庭紅葉。　　今朝置酒強起，問為誰減動，一分香雪。何事散花卻病，維摩無疾，卻低眉、慘然不答。唱金縷、一聲怨切。堪折便折。且惜取、少年花發。（錄自《彊村叢書》本）

（二）調見〔宋〕周邦彥《片玉詞》。

浮玉飛瓊，向邃館靜軒，倍增清絕。夜窗垂練，何用交光明月。聞道宮閣多梅，趁暗香未遠，凍蕊初發。倩誰折取，寄贈情人桃葉。　　迴紋近傳錦字，道為君瘦損，是人都說。祆知染紅著手，膠梳黏髮。轉思量、鎮長墮睫。都只為、情深意切。欲報信息，無一句、堪喻愁結。（錄自汲古閣《宋六十名家詞》本）

《欽定詞譜》卷二十六【三部樂】調注：「按《唐書・禮樂志》明皇分樂為二部，堂下立奏，謂之立部伎。堂上坐奏，謂之坐部伎。又酷愛法曲，選坐部伎子弟三百，教於梨園，為法曲部。三部之名，疑出於此。」

《片玉集》注：商調。《夢窗詞集》注：黃鐘商，俗名大石調。

## 三奠子

調見〔金〕元好問《遺山樂府》卷中。

> 上高城置酒，遙望春陵。興與廢，兩虛名。江山埋王氣，草木動威靈。中原鹿，千年後，盡人爭。　風雲窅寞，鞍馬生平。鐘鼎上，幾書生。軍門高密策，田畝臥龍耕。南陽道，西山色，古今情。（錄自《彊村叢書》本）

《欽定詞譜》卷十五【三奠子】調注：「按崔令欽《教坊記》有【奠璧子】小曲，此或因奠酒、奠聲、奠璧，取以名詞也。」

## 三登樂

（一）調見〔宋〕范成大《石湖詞》。

> 一碧鱗鱗，橫萬里、天垂吳楚。四無人、檣聲自語。向浮雲、西下處，水村煙樹。何處繫船，暮濤漲浦。　正江南搖落後，好山無數。盡乘流、興來便去。對青燈、獨自歎，一生羈旅。攲枕夢寒，又還夜雨。（錄自《彊村叢書》本）

（二）調見《翰墨大全》丁集卷二〔宋〕羅子衍詞。

> 過了元宵，見七葉簽又飛。恰今朝、昴宿降瑞。初度果生賢，盡道丰姿絕異。翰林人物，雲霄富貴。
> 自樓鶯展驥。迤邐黃堂，每登要路無留滯。暫歸來，訪松菊，趣裝行用濟。增崇福祿，壽延千百歲。（錄自《全宋詞》本）

《欽定詞譜》卷十六《三登樂》調注：「按《漢書·食貨志》三考黜陟，餘三年食，進業曰登。再登曰平，餘六年食。三登曰泰平，二十七歲，遺九年食。然後五德流洽，禮樂成焉。【三登樂】之調名取此。」

## 三撾鼓

調見〔清〕嘯嘯道人《五鳳吟》第十一回。

> 欲圖獻媚。那管氣連枝。世人道我會逢迎。不過暫時幫襯。　愚兄之意，借你生情。若能得彼笑顏親。就是拙荊不吝。（錄自時代文藝出版社排印本）

## 三台

又名：三台令、三台詞、三台春曲、江南三台、宮中三台、突厥三台、開元樂、翠華引。

唐教坊曲名。

（一）調見《尊前集》〔唐〕韋應物詞。

> 一年一年老去，來日後日花開。未報長安平定，萬國豈得銜杯。（錄自《彊村叢書》本）

《資暇集》：「今之促酒三十拍促曲名【三台】何。或曰昔鄴中有三台，石季倫常與遊宴之地，樂工倦怠，造此歌促飲也。一說，蔡邕自治書御史，累遷尚書，三日之間，周歷三台。樂府以邕曉音律，製此曲動邕動心，抑希其厚遺，似近之。」

《靖康緗素雜記》卷七：「李濟翁《資暇集》云：今之啐酒三十拍促曲名【三台】何如。或曰：昔鄴中有三台，石季倫常為遊宴之地，樂工倦怠，造此以促飲也。一說蔡邕自侍書御史累遷尚書，三日之間周曆三台，樂府以邕曉音律，制此曲動邕心，仰希其厚道，亦近之。又劉公《嘉話》云：人以三台送酒，蓋因北齊高洋毀銅雀台，築三個台。宮人拍手呼上台，因以送酒。案：魏武帝建安十四年冬作銅雀台。十八年九月作金虎台。古樂府云：鑄銅為雀，置於台上，因名焉。又案《北史》：齊文宣帝發三十餘萬人營三台於鄴，因其舊基而高博之，大起宮室，乃遊豫焉。至是三台成，改銅雀曰金鳳，金虎曰聖應，冰井曰崇光。冬十一月登三台，御乾象殿，朝宴群臣。則三台所建舊矣。但魏之冰井台不知起自何年，至北齊但因其故基而高博之耳。《嘉話》乃云：北齊高洋毀銅雀，築三個台。與北齊所載不同。以余測之，曲名【三台】者，蓋因北齊營三台，以朝宴群臣得名也」。

《樂府詩集·雜曲歌辭》【三台】詞序：「劉禹錫《嘉話錄》曰：三台送酒，蓋因北齊高洋毀銅雀台，築三個台。宮人拍手呼上台送酒，因名其曲為《三台》。」

《欽定詞譜》卷一：「此亦六言絕句，平仄不拘。按王建集中有【宮中三台】、【江南三台】之分。大約如【竹枝】詞，有蜀中、江南【漁父】之目，各隨其所詠之事而名之也。」

（二）調見《花庵詞選》卷七〔宋〕万俟詠詞。

> 見黎花初帶夜月，海棠半含朝雨。內苑春、不禁過青門，御溝漲、潛通南浦。東風靜，細柳垂金縷。望鳳闕、非煙非霧。好時代、朝野多歡，遍九陌、太平簫鼓。　乍鶯兒百囀斷續，燕子飛來飛去。近綠水，台榭映秋千，鬥草聚、雙雙遊女。餳香更、酒冷踏青路。曾暗

**三畫**

識、夭桃朱戶。向晚驟、寶馬雕鞍，醉襟葱、亂花飛絮。　　正輕寒輕暖漏永，半陰半晴雲幕。禁火天、已是試新妝，歲華到、三分佳處。清明看、漢宮傳蠟炬。散翠煙、飛入槐府。啟兵衛、閶闔門開，佳傳宣、又還休務。

（錄自文淵閣《四庫全書》本）

按：《花庵詞選》作二段，此據《詞律》分三段。《詞律箋榷》卷一：「万俟【三台】向作兩段，萬氏訂作三段，實具精心。蓋此詞作兩段，則句句參差，以如此排比整齊之文，不似有如此參差之調。迨作三段，則實櫛句比，毫無出入，以此信三段之說，為不誣也。」

《唐音癸籤》卷十三：「古今解【三台】者不一。馮鑒《續事始》曰：漢蔡邕三日間周歷三台。樂府以邕曉音律，為制些曲。劉禹錫《嘉話錄》：鄴中有曹公銅雀、金虎、冰井三台。北齊高洋毀之，更築金風、聖應、崇光三台。宮人拍手呼上台送酒，因為其曲為【三台】。李氏《資暇錄》曰：【三台】三十促拍曲名。昔鄴中有三台，石季龍常為宴遊之所，而造成此曲以促飲。今按諸說，李氏說似可據。《樂苑》云：唐【三台】羽調曲。」

《填詞名解》卷三：「或曰唐胡證尚書膂力絕人，與裴晉公度同年。公嘗狎遊，為兩軍力士十許輩，淩轢勢甚危窘，公潛遣使求救於胡。胡卓貂金帶突入，一舉數升，逡巡燈至。胡取鐵燈台，摘去枝葉，合其跗，橫膝上呼曰：鄙夫請非次改令。凡三鍾引滿一遍，三台酒須盡，仍不得有滴瀝，犯令者擊鐵跗。次及一角觝者三台，三台酒未能盡，胡舉跗擬之，群惡俱起拜乞活，呼為神人。故唐曲有【三台】、【上皇三台】、【怨陵三台】、【突厥三台】、【宮中三台】、【江南三台】、【三台詞】等名，蓋取此事。填詞改為【三台令】，一名【翠華引】，一名【開元樂】。然今填詞名，亦有【三台】，本唐曲。

《宋樂志》云：教坊每聖節三大宴，賜群臣酒，百官飲作【三台】。先舒案：晉公德宗時人，而《教坊記》絕天寶前樂曲已有【三台】諸名，或說恐未足據也。今郭孔《詞譜》云：天子有三台，靈台、靈台、囿台。又引《鄴中記》魏武帝於鄴城西北立三台，中有銅雀，南有金虎，北有冰井。《北戶錄》載陸雲與《見書》云：一日上三台，曹公藏名墨數十萬片。《北齊書》文宣營三台，因舊業而高之。改銅雀為金雀，金虎為聖

應，冰井為崇光，三台之名，或本於此。」

## 三台令

（一）調見〔五代〕李煜《南唐二主詞》。

不寐倦長更，披衣出戶行。月寒秋竹冷，風切夜窗聲。（錄自王國維輯本）

（二）即【古調笑】。〔五代〕馮延己詞名【三台令】，見《陽春集》。

春色。春色。依舊青門紫陌。日斜柳暗花蔫。醉臥誰家少年。年少。年少。行樂直須及早。

（錄自《四印齋所刻詞》本）

（三）即【三台】。〔明〕胡儼詞名【三台令】，見《明詞綜》卷一。

樓上角聲嗚咽，天邊斗柄橫斜。酒醒風驚簾幕，漏殘月在梅花。（錄自惜陰堂《明詞彙刊》本）

## 三台春曲

即【三台】。〔宋〕許裴詞名【三台春曲】，見《梅屋四稿》。

昨夜微風細雨，今朝薄霽輕寒。簷外一聲啼鳥，報知花柳平安。（錄自《全宋詞》本）

《全宋詞》：「【三台】乃唐曲，收入《尊前集》。此二首雖見於許裴詩集中，而其調名及字數句法，與唐曲無異。」

按：許氏之【三台春曲】應詞調名為【三台】，而「春曲」二字系詠題名。《全宋詞》將二者混作為一調名者誤。今存其名，以備查考。

## 三台詞

（一）調見《考古》一九七二年第三期載〔唐〕無名氏詞。

正月年首初春。□□改故迎新。李玄附靈求學，樹下乃逢子珍。項托七歲知事，甘羅十二相秦。若無良妻解夢，馮唐甯得忠臣。（錄自《考古》龍晦文）

《考古》一九七二年第一期郭沫若《卜天壽《論語》抄本後的詩詞雜錄》：「卜天壽所寫《論語》鄭氏注抄本，以一九六九年出土於新疆維吾爾自治區吐魯番的阿斯塔那墓地的一座唐墓。……在《公治長》篇之後，寫了一行年月日和寫者的姓名：景龍四年二月一日私學生卜天壽。……十二月【三台詞】新。大概是新制的，故在【三台詞】下帶一新字，所抄寫的是流行歌曲。」

（二）即【三台】。〔明〕胡儼詞名【三台詞】，見《頤庵詩餘》。

> 一陣霜風乍起，半窗月影初斜。寶匣燒殘香篆，銀缸落盡燈花。（錄自惜陰堂《明詞彙刊》本）

## 三學士

調見《皇明文範》卷十四〔明〕侯一元詞。

> 白鹿城邊江正秋。望煙濤、好去仙舟。一天霖雨隨龍節，萬里風雲入鳳樓。覷東嘉，何殊故國，回首是并州。　　三年名氏覆金甌。況艱虞、正屬先憂。禁中頗牧紆籌策，池上夔龍拜晃疏。任天寒，八荒多士，同庇洛陽裘。（錄自《四庫全書存目叢書》本）

## 三歸依

調見《敦煌歌辭總編》卷三〔唐〕無名氏詞。

> 歸依佛，大聖釋迦化主，興慈願，救諸苦。能宣妙法甚深言，聞者如霑甘露。慈悲主，接引眾生，同到淨土。
> 到淨土。五色祥雲滿路。雙童引。頻伽舞。一回風動響珊珊。聞者輕搖階鼓。慈悲主。接引眾生。同到淨士。
> 歸依法。鬒髮四弘誓願。念經卷。頻開轉。速須結取未來因。且要頻親月面。聞身健。速須達取。菩提彼岸。
> 歸依僧。手把數珠持課。焚香火。除人我。速須出離舍娑婆。且要頻親法座。消災禍。速須結取。未來因果。（錄自上海古籍出版社排印本）

《大乘義章》：「依佛為師，故曰歸佛。憑法為藥，故名歸法。依僧為友，故曰歸僧」。

按：原載（斯）四八八〇、四五〇八、四三〇〇。原本無調名，《敦煌歌辭總編》依詞本意，擬調名為【三歸依】。此調由四首組成，《敦煌歌辭總編》編入雜曲普通聯章體。

## 于飛樂

又名：于飛樂令、鴛鴦怨曲。

（一）調見〔宋〕晏幾道《小山詞》。

> 曉日當簾，睡痕猶占香腮。輕盈笑倚鸞台。暈殘紅，勻宿翠，滿鏡花開。嬌蟬鬢畔，插一枝、淡蕊疏梅。　　每到春深，多愁鏡恨，妝成懶下香階。意中人，從別後，縈紆情懷。良辰好景，相思字、喚不歸來。（錄自汲古閣《宋六十名家詞》本）

（二）調見〔宋〕毛傍《東堂詞》。

> 水邊山，雲畔水，新出煙林。送秋來、雙檜寒陰。檜堂寒，香霧碧，簾箔清深。放衙隱幾，誰知共、雲水無心。　　望西園，飛蓋夜，月到清尊。為詩翁、露冷風清。退紅裙，雲碧袖，花草爭春。勸翁強飲，莫孤負、風月留人。（錄自《彊村叢書》本）

《欽定詞譜》卷十六【于飛樂】調注：「金詞注高平調，元詞注南呂調。」

按：《詩經・周南・葛覃》：黃鳥于飛，集於灌木，其鳴喈喈。《左傳・莊公二十二年》：「初，懿氏卜妻敬仲，其妻占之曰：吉是謂鳳凰于飛，和鳴鏘鏘，有媯之後，將育於姜。」杜預注：「雄曰鳳，雌曰凰。雄雌俱飛，相和而鳴鏘鏘然。猶敬仲夫妻和睦，適齊有聲譽。」
調名之義取此。

## 于飛樂令

即【于飛樂】。〔宋〕張先詞名【于飛樂令】，見《張子野詞》卷二。

> 寶奩開，菱鑒靜，一掬清蟾。新妝臉、旋學花添。蜀紅衫，雙繡蝶，裙縷鵃鵃。尋思前事，小屏風、巧畫江南。　　怎空教，草解宜南。柔桑暗、又過春蠶。正陰晴天氣，更暝色相兼。幽期消息，曲房西、醉月薰簾。（錄自《彊村叢書》本）

按：此詞《欽定詞譜》列入【于飛樂】又一體。《張子野詞》注：高平調。

## 下山虎

調見〔清〕潘昶詞，見《金蓮仙史》第二十回。

> 學道人，玄又玄，達至道，煉汞鉛。帝王屢問長生訣，綿綿呼吸氣不輟。　　內外丹成入九天。功圓齊處蟠桃宴。從此蓬瀛會眾仙。自然跳出三千。（錄自上海古籍出版社排印本）

## 下手遲

即【恨歡遲】。〔金〕丘處機詞名【下手遲】，見《磻溪集》。

> 落魄閒人本姓丘。住山東，東路登州。自少年、割斷攀緣網，從師父西游。　　兀兀騰騰不繫留。似長江，一葉孤舟。任紅塵、白日忙如火，但雲漾無憂。（錄自涵芬樓影明《道藏》本）

詞注：「二首本名【恨歡遲】」。

三畫

## 下水船

唐教坊曲名。

調見〔宋〕黃庭堅《山谷詞》。

> 總領神仙侶。齊到青雲岐路。丹禁風微，咫尺諦聞天語。盡榮遇。看即如龍變化，一擲靈梭風雨。　真遊處。上苑尋春去。芳草芊芊迎步。幾曲笙歌，櫻桃艷裹歡聚。瑤觴舉。回祝堯齡萬萬，端的君難負。（錄自汲古閣《宋六十名家詞》本）

《郡齋讀書志》卷四：「沈顏《聱書》十卷，顏少有詞藻，琴棋皆臻妙，場中語曰下水船。言為文敏速，無不載也。」

《欽定詞譜》卷十七【下水船】調注：「按唐王保定《摭言》裴庭裕乾寧中在內廷，文書敏捷，號下水船。調名取此。」

## 下瀧船

即【欸乃曲】。〔唐〕無名氏詞有「下瀧船似入深淵」句，故名。見《古今詞話‧詞辨》卷上。

> 下瀧船似入深淵。上瀧船似欲升天。瀧南始到九嶷郡，應絕高人乘興船。（錄自《詞話叢刊》本）

《古今詞話‧詞辨》卷上：「《詞紀》云：（詞略），亦名【下瀧船】。欸乃，邪許聲，注作棹船相應聲，即吳中棹歌相和聲。」

## 大江西上曲

即【念奴嬌】。〔宋〕戴復古詞有「大江西上」句，故名。見《石屏詞》。

> 大江西上，鬱孤台八境，人間圖畫。地湧千峰搖翠浪，雨派玉虹如瀉。彈壓江山，品題風月，四海今王謝。風流人物，如公一世雄也。　一片憂國丹心，彈絲吹笛，未必能陶寫。西北風塵方漲洞，宰相閒歸綠野。月斧爭鳴，風斤運巧，不用修亭榭。紫樞黃閣，要公整頓天下。（錄自汲古閣《宋六十名家詞》本）

詞序：「【大江西上曲】寄李實夫提刑，時效後兩相皆乞歸。」

按：《楚辭‧九歌湘君》云：「望涔陽兮極浦，橫大江兮揚靈。」大江指長江，調名本此。

## 大江西去曲

即【念奴嬌】。〔清〕周在浚詞名【大江西去曲】，見《梨莊詞》。

> 絲絲楊柳，映清波秋色，秦淮堪畫。獨自晚來憑檻望，漸見月明初瀉。頻首懷人，聞歌墜淚，好景俱凋謝。古今同概，世事盡如斯也。　聞道晉宋諸賢，風流韻致，好處難描寫。家在汝南灣上住，勝地能容草野。往日豪華，而今寥寂，剩得荒台榭。助予愁思，櫓聲忽過橋下。（錄自清康熙刻本）

## 大江東

即【念奴嬌】。〔元〕王旭詞名【大江東】，見《蘭軒集》卷九。

> 南遊三載，只江山不負，中原詩客。萬里行裝無別物，滿意風雲泉石。牛斗星邊，靈槎縹緲，鬢影銀河濕。哀歌誰和，劍光搖動空碧。　回首帝子長洲，洪崖仙去，風雨魚龍泣。海外三山何處是，黃鶴歸飛無力。天上佳人，袖中瑤草，日暮空相憶。乾坤遺恨，月明吹入長笛。（錄自文淵閣《四庫全書》本）

## 大江東去

即【念奴嬌】。〔宋〕何夢桂詞，因蘇軾【念奴嬌】詞有「大江東去」句，故名。見《潛齋先生文集》卷四。

> 半生習氣，被風霜、銷盡頭顱如許。七十年來都鑄錯，回首邯鄲何處。杜曲桑麻，柴桑松菊，歸計成遲暮。一樽自壽，不妨沉醉狂舞。　休問滄海桑田，看朱顏白髮，轉次全故。烏兔相催天也老，千古英雄抔土。汾水悲歌，雍江苦調，墜淚真兒女。興亡一夢，大江依舊東注。（錄自明成化刻本）

## 大江乘

即【念奴嬌】。〔宋〕阮槃溪詞名【大江乘】，見《翰墨大全》丁集卷四。

> 東陽四載，但好事、一一為民做了。談笑半閒風月裹，管甚訟庭生草。甌茗爐香，菜羹淡飯，此外無煩惱。問侯何苦自儆，只要民飽。　猶念甘旨相違，白雲萬里，不得隨昏曉。暫捨蒼生歸定省，回首又看父老。聽得乖崖，交章力薦，道此官員好。且來典憲，中書還二十四考。（錄自《全宋詞》本）

按：《史記‧秦始皇紀》云：「三十七年十月秦始皇上會稽祭大禹，……還過吳，從江乘渡。」調名本此。

## 大江詞

即【念奴嬌】。〔宋〕林橫舟詞名【大江詞】，見《翰墨大全》丁集卷四。

> 一夐呈秀，近迎長佳節，擬書雲物。隱隱虹橋天際下，光照梅仙丹壁。鵬路橫飛，蟾宮直上，早脫麻衣雪。一時篇翰，並遊俱是魁傑。　　長記懷燕良辰，華堂稱慶，皓齒清歌發。自暖杯中須緩舉，莫放金爐香滅。事業伊周，功名韓白，未到星星髮。九天有詔，藍田□□風月。（錄自《全宋詞》本）

## 大有

調見〔宋〕周邦彥《片玉詞》卷上。

> 仙骨清羸，沉腰憔悴，見旁人、驚怪消瘦。柳無言、雙眉盡日齊鬥。都緣薄幸賦情淺，許多時、不成歡偶。幸自也，總由他、何須負這心口。　　令人恨，行坐兒。斷了更思量，沒心永守。前日相逢，又早見伊仍舊。卻更被溫存後。都忘了、當日偎傫。便搊撮、九百身心，依前待有。（錄自汲古閣《宋六十名家詞》本）

《片玉詞抄補》注：小石。

按：《易·序卦》：「與人同者，物必歸焉。故受之以大有。高亨注：大有，所有者大，所有者多也。」調名本此。

## 大官樂

調見〔金〕長筌子《洞淵集》卷五。

> 踏青放適遊人悅。江山明媚陽和節。出谷新鶯聲軟怯。柳綿雪落如飛雪。（錄自涵芬樓影明《道藏》本）

《崇讓論》：「賢人相讓於朝，大才之人桓在。大官小人不爭於野，天下無事矣。」

## 大郎神

即【離別難】。詳見【離別難】條。

## 大椿

調見〔宋〕曹勛《松隱樂府》卷一。

> 梅擁繁枝，香飄翠簾，鈞奏嚴陳華宴。誠孝感南極，正老人星現。垂春東朝功慶遠，享五福、長樂金殿。茲時壽協七旬，慶古今來稀見。　　慈顏綠髮看更新，玉色粹溫，體力加健。導引沖和氣，覺春生酒面。龍章親獻龜台

祝，與中宮、同誠歡忭。萬憶斯年，當蓬萊，海波清淺。（錄自《彊村叢書》本）

《莊子·逍遙遊》：「上古有大椿者，以八千年為春，以八千年為秋。」

《欽定詞譜》卷二十八【大椿】調注：「蓋應製詞也。取《莊子·大椿》句為名」。

## 大聖樂

（一）調見《妙選群英草堂詩餘》前集卷下〔宋〕無名氏詞。

> 千朵奇峰，半軒微雨，曉來初過。漸燕子、引教雛飛，菡萏暗薰芳草，池面涼多。淺斟瓊卮浮綠蟻，展湘簟，雙紋生細波。輕紈舉，動團圓素月，仙桂婆娑。　　臨風對月姿樂，便好把、千金邀豔娥。幸太平無事，擊壤鼓腹，攜酒高歌。富貴安居，功名天賦，爭奈皆由時命呵。休眉鎖，問朱顏去了，還更來麼。（錄自雙照樓影明洪武本）

（二）調見〔宋〕周密《蘋洲漁笛譜》卷一。

> 虹雨黴風，翠縈蘋浦，錦翻葵徑。正小亭曲沼幽深，簟枕夢回，苔色槐陰清潤。暗憶蘭湯初洗玉，襯碧霧、籠綃垂蕙領。輕妝了，嫋涼花絳樓，香滿鸞鏡。　　人間午遲漏永。看雙燕、將雛穿藻井。喜玉壺無暑，涼涵荷氣，波搖簾影。畫舫西湖渾如舊，又菰冷蒲香驚夢醒。歸舟晚，聽誰家、紫簫聲近。（錄自《彊村叢書》本）

（三）即【沁園春】。〔清〕孫在中詞名【大聖樂】，見《大雅堂詩餘》。

> 唐有連公，蕊榜名高，典麗文詞。況飛卿、賞譽宋時，希覺英州牧伯，遺愛連陂。清德人傳簪纓世，顯上黨、家聲並者誰。還堪美，羨君侯五馬，柱百明時。　　向年薇省從容，鳳池畔、應陪龍與夔。慕赤城霧勝，朱輴遍探，甘棠曾樹，輿頌何欺。幸也吾儕，寇君許借，願躋公堂獻壽卮。只愁有，報芝泥封詔，催到黃扉。（錄自清刻本）

按：《歷代詩餘》卷八十八【沁園春】調注：「一名【大聖樂】。」《荀子·哀公》：「孔子曰，人有五儀，有庸人、有士、有君子、有賢人、有大聖。所謂大聖者，知通乎大道，應變而不窮，辨乎萬物之情性者也。」調名似取此。

**三畫**

## 大聖樂令

即【玉團兒】。〔宋〕仲並詞名【大聖樂令】，見《浮山詩餘》。

> 豆蔻梢頭春正早。斂修眉、未經重掃。湖山清遠，幾年牢落，風韻初好。　慢綰垂螺最嬌小。是誰家、舞腰嫋嫋。而今莫謂，春歸等閒，分付芳草。（錄自《彊村叢書》本）

## 大暗香

即【暗香】。〔清〕陸棻詞名【大暗香】，見《雅坪詞選》。

> 苑西銷暑。有蠟函捧出，蘭芽如許。露掌盈盈，月影遙聞九天語。不尚龍團鳳餅，是陽羨、花前先취。趁夜涼、荷靜流螢，新汲冷泉煮。　揮塵。拂輕縷。看蟹眼欲浮，兔紋徐注。羅山何處。蕙句飄香落松楮。吟罷敲炎頓解，也覺得、清風容與。問君謨、箋品錄，定勝陸羽。（錄自《全清詞》本）

按：此詞即【暗香】，何以稱為「大」，不解，是否《全清詞》植誤。因未見原書，只存此調名，以待見原本查考。

## 大酺

調見〔宋〕周邦彥《片玉集》卷七。

> 對宿煙收，春禽靜，飛雨時鳴高屋。牆頭青玉旆，洗鉛霜都盡，嫩梢相觸。潤逼琴絲，寒侵枕障，蟲網吹粘簾竹。郵亭無人處，聽簷聲不斷，困眠初熟。奈愁極頓驚，夢輕難記，自憐幽獨。　行人歸意速。最先念、流潦妨車轂。怎奈向、蘭成憔悴，衛玠清羸，等閒時、易傷心目。未怪平陽客，雙淚落、笛中哀曲。況蕭索、青蕪國。紅糝鋪地，門外荊桃如菽。夜遊共誰秉燭。（錄自《彊村叢書》本）

《歷代詩餘·詞話》引《太平樂府》：「開元中，大酺於勤政樓，觀者喧聚，莫辨魚龍百戲之音。高力士請命宮人張永新出歌，可以止喧。永新出奏曼聲，廣場寂寂，若無一人。【大酺】之曲名始此矣。」

《填詞名解》卷三：「【大酺】越調曲名也。漢唐制皆有賜酺，詞取以名。唐教坊曲有【大酺樂】」。

《欽定詞譜》卷三十七《大酺》調注：「按唐教坊曲有【大酺樂】。《羯鼓錄》亦有太簇商【大酺樂】。宋詞蓋借舊名，自製新聲也。」

《片玉集》注：越調。《夢窗詞集》注：無射商。

## 兀令

又名：想車音。

調見〔宋〕賀鑄《東山詞》卷上。

> 盤馬樓前風日好。雪銷塵掃。樓上宮妝早。認簾箔微開，一面嫣妍笑。攜手別院重廊，窈窕花房小。任碧羅窗曉。　間闊時多書問少。鏡鸞空老。身寄吳雲杳。想輕轆車音，幾度青門道。占得春色年年，隨處隨人到。恨不如芳草。（錄自《彊村叢書》本）

按：【兀令】之調不見宋元詞集，僅見於賀鑄《東山詞》之【想車音】調下注。依《東山詞》慣例，【想車音】係賀氏新題調名，而【兀令】當為該詞之通用名。故今將【兀令】作為正名。宋元以來名【兀令】之詞已無存世，無法能見其真面目，故用賀鑄【想車音】詞補之，以見詞調之一斑，如此處理，未知當否。

## 上小樓

即【相見歡】。〔明〕方鳳詞名【上小樓】，見《改亭詩餘》。

> 今宵恰遇中秋。碧山頭。處處遊人歌舞、日明舟。　樹深處，劍池冷，石亭幽。醉後笑拈花朵、舀雙眸。（錄自惜陰堂《明詞彙刊》本）

## 上丹霄

即【金人捧露盤】。〔金〕丘處機詞名【上丹霄】，見《磻溪詞》。

> 洞天清，神山秀，少行人。盡貪戀、世夢崢嶸。仙風瑞景，眼前雖頓卻如盲。愛河終日，競浮沉、來往縱橫。　東方出，西方沒，南方死，北方生。四方轉、異類翻騰。區區甚日，道眸開闔欲心更。願將靈質，悟空華、彼岸高登。（錄自《彊村叢書》本）

## 上平西

即【金人捧露盤】。〔金〕王嚞詞名【上平西】，見《重陽全真集》卷十一。

> 向終南，成遭遇，做風狂。便遊歷、海上嘉祥。閒閒得得，任從詞曲作詩章。自然神氣，共交結、認正心香。　真清靜，唯清湛，還清澈，處清涼。赤青黑白又兼黃。五般彩色，

近來圍罩寶珠光。這回應許碧霄上，明耀無方。（錄自涵芬樓影明《道藏》本）

## 上平曲

即【金人捧露盤】。〔宋〕程垓詞名【上平曲】，見《書舟詞》。

愛春歸，憂春去，為春忙。旋點檢、雨障雲妨。遮紅護綠，翠幃羅幕任高張。海棠明月杏花天，更惜濃芳。　喚鶯吟，招蝶拍，迎柳舞，倩桃妝。盡呼起、萬籟笙簧。一觴一詠，盡教陶瀉繡心腸。笑他人世漫嬉遊，擁翠偎香。（錄自汲古閣《宋六十名家詞》本）

## 上平南

即【金人捧露盤】。〔金〕劉昂詞名【上平南】，見《花草粹編》卷十五。

蕙銋搖，螳臂展，敢盟寒。恃洞庭、彭蠡狂瀾。天兵小試，萬蹄一飲楚江乾。捷書飛上九重天。春滿長安。　舜明文，周禮樂，唐日月，漢衣冠。洗五川、煙瘴江山。全蜀下也，劍關何用一泥丸。有人傳喜日邊來、都護先還。（錄自文淵閣《四庫全書》本）

《花草粹編》卷十五：「《歸潛志》云，昂字濟霄，南人，有才譽。以先有劉昂字之昂，故號小劉之昂。泰和南征作樂章一闋【上平西】為時所傳。《齊東野語》云：開禧用兵，金人元帥紇石烈子仁領兵濠梁，大書一詞於濠之倅廳壁間。詞名【上平南】，即【上平西】之調云。」

《詞苑叢談》卷六：「宋開禧中，韓侂胄欲立蓋世之功以自固，乃定議伐金。金元帥紇石烈子仁，領兵駐濠梁時，小劉之昂作樂章一闋，大書於濠之倅廳壁間，名【上平南】。

其詞曰：（詞略）」。

按：《詞律》卷十一目錄注作【上南平】誤。《全金元詞》調名作【上平西】當排校之誤。

## 上江虹

即【滿江紅】。〔清〕周金然詞名【上江虹】。見《南浦詞》卷一。

磊砢英多，早傾爾、聲華藉甚。生成就、錦心彩筆，天孫機紝。虎視騷壇誰抵敵，龍蟠學海經沉浸。溯琅琊、七葉會重光，餘槐蔭。

成梁棟，先雕鎪。斯事宣，異人任。趁長沙英妙，獻書清禁。笑我肉生空撫髀，何年夢覺還

高枕。記連床、夜雨細論心，深杯飲。（錄自清康熙刻本）

《冥音錄》：「曲有【樂君樂】（正商調二十八疊）……上江虹（正商調二十八疊）……十曲畢，慘然謂女曰：『此皆宮闈中新翻曲，帝尤所愛重。』」

《詞品》卷一：「唐人小說《冥音錄》載曲名，有【上江虹】即【滿江紅】。」

《詞律》卷十三目錄【滿江紅】調下注：「《冥音錄》云，原名【上江虹】」。

《詞徵》：「【滿江紅】之為【上江虹】，見因刻本誤而異。」

按：【上江虹】之曲子調名，見於唐人小說《冥音錄》。而以【上江虹】即【滿江紅】別名之說，首見於明楊慎的《詞品》。在唐代何來似【滿江紅】之長調曲子，《冥音錄》中又無原詞可作參考，而【滿江紅】調現存世最早見於宋代柳永《樂章集》。此足可說明乃楊慎錯誤之論。而後《詞律》既不查考原書，又不獨立思考，沿楊氏之誤，一錯再錯。

## 上江紅

即【滿江紅】。〔清〕謝章鋌詞名【上江紅】，見《酒邊詞》卷八。

冷炙殘羹，填不了、無厭溪壑。忽畫出、頑肥骨格，支離魂魄。顯者難將窮鬼送，才人愛唱蓮花落。不巧偷、豪奪角英雄，還非錯。

或辟蹙，或摸索。或壯健，或少弱。更昂然中立，破靴似槊。塵世幾番華屋夢，貧婆一樣春風樂。莫攀躋、富貴學齊人，言之怍。（錄自清光緒十五年刻本）

## 上行杯

唐教坊曲名。

（一）調見《花間集》卷三〔五代〕韋莊詞。

芳草灞陵春岸。柳煙深、滿樓弦管。一曲離聲腸寸斷。　今日送君千萬。紅縷玉盤金縷盞。須勸。珍重意，莫辭滿。（錄自雙照樓影明正德仿宋本）

按：《欽定詞譜》卷三此調作單調處理。

（二）調見《花間集》卷八〔五代〕孫光憲詞。

草草離亭鞍馬，從遠道、此地分襟。燕宋秦吳千萬里。　無辭一醉。野棠開，江草濕。佇立。沾泣。征騎駸駸。（錄自雙照樓影明正德仿宋本）

（三）調見《花間集》卷八〔五代〕孫光憲詞。

> 離棹逡巡欲動。臨極浦、故人相送。去住心情
> 知不共。　　金船滿捧。綺羅愁，絲管咽。迴
> 別。帆影滅。江浪如雪。（錄自雙照樓影明正德仿
> 宋本）

《金奩集》注：歇指調。

按：《欽定詞譜》卷三【上行杯】調注：「按
《花間集》所載孫詞二首，俱於第三句分段，但
此詞前段文勢，直至『無辭一醉』始足，況醉字
仍押里字韻。『野棠開』句後又換韻，其界限甚
明，不宜於第三句截住。《詞律》則云，當令為
單調，今從之」。

（四）調見〔五代〕馮延己《陽春集》。

> 落梅著雨消殘粉。雲重煙輕寒食近。羅幕遮
> 香。柳外秋千出畫牆。　　春山顛倒釵橫鳳。
> 飛絮入簾春睡重。夢裏佳期。只許庭花與月
> 知。（錄自《四印齋所刻詞》本）

《陽春集》【上行杯】校記：「本調《全唐詩》
注云：與本調不同。」《詞譜》作【偷聲木蘭
花】，非是。此為【上行杯】之別體詞，每片後
二句連續叶平，為【木蘭花】所絕無，亦為七絕
所絕無。偷聲乃宋詞之發展方法，唐詞所無。」
按：古代風俗，每逢三月上旬巳日，於環曲的水
渠邊高會，置酒於水上流動，杯流至停行於誰
前，誰便取飲。《教坊記箋訂》云：「調名由來
與【回波樂】、【下水船】等同起於曲水流觴之
義，用為酒令著詞。」調名取此。

## 上西平

即【金人捧露盤】。〔宋〕張元幹詞名【上西
平】，見《蘆川詞》卷下。

> 臥扁舟，聞寒雨，數佳期。又還是、輕誤仙
> 姿。小樓夢冷，覺來應恨我歸遲。鬢雲鬆處，
> 枕檀斜、露泣花枝。　　名利空縈繫，添憔
> 悴，漫孤恓。得見了、說與教知。恨香倚暖，
> 夜爐圍定酒溫時。任他飛雪瀧江天，莫下層
> 梯。（錄自雙照樓影宋本）

## 上西平曲

即【金人捧露盤】。〔清〕傅燮詷詞名【上西平
曲】，見《繩庵詞·後琴台遺響》。

> 朔風吹，寒威劇，透簾櫳。況連朝、雨霰濛
> 濛。可憐窗外，蕭蕭鐵馬亂敲風。披裘坐擁金
> 爐暖，歊炭初紅。　　對銀缸，只合是，邀快

友，笑融融。倒尊罍，醉眼朦朧。玉山頹處，
夢魂飛繞故園中。醒來探取梅花信、和凍香
濃。（錄自清康熙刻本）

## 上西樓

（一）即【相見歡】。〔宋〕陸游詞名【上西
樓】，見《渭南文集》卷五十。

> 江頭綠暗紅稀。燕交飛。忽到當年行處、恨依
> 依。　　瀝清淚，歎人事，與心違。滿酌玉壺
> 花露、送春歸。（錄自雙照樓影宋本）

詞注：「一名【相見歡】」。

（二）即【烏夜啼】。《歷代詩餘》卷十八【錦
堂春】調注：「一名【上西樓】」。

## 上林春

（一）即【上林春令】。《詞律》卷三【上林
春】調注：「或加『令』字」。

（二）即【一落索】。《詞律》卷四【一落索】
調注：「又名《上林春》」。

（三）即【上林春慢】。〔宋〕晁端禮詞名【上
林春】，見《閑齋琴趣外編》卷一。

> 霖雨成功，堂稱繼美，舊說安陽家世。峻嶽降
> 神，長庚應夢，佳辰況當秋霽。玉函金篆，帝
> 錫與、壽眉齯齒。向清時，便告老，盡取貂蟬
> 輕棄。　　把朝廷、舊勳屈指。有誰人、似此
> 能全終始。謗書頓釋，先芬未泯，君王自為知
> 己。看花臨水，算已號、醉吟居士。奈蒼生，
> 尚滿望，謝公重起。（錄自雙照樓影宋本）

## 上林春令

又名：上林春。

調見〔宋〕毛滂《東堂詞》。

> 蝴蝶初翻簾繡。萬玉女、齊回舞袖。落花飛絮
> 濛濛，長憶著、瀟橋別後。　　濃香斗帳自永
> 漏。任滿地、月深雲厚。夜寒不近流蘇，只憐
> 他、後庭梅瘦。（錄自《彊村叢書》本）

## 上林春慢

又名：上林春。

調見《續骪骳說》〔宋〕晁冲之詞。

> 帽落宮花，衣惹御香，鳳輦晚來初過。鶴降詔
> 飛，龍擎燭戲，端門萬枝燈火。滿城車馬，對
> 明月、有誰閒坐。任狂遊、更許傍禁街，不扃
> 金鎖。　　玉樓人、暗中擲果。珍簾下、笑著

春衫嫋娜。素蛾繞釵，輕蟬撲鬢，垂垂柳絲梅朵。夜闌飲散，但贏得、翠翹雙鬟。醉歸來，又重向、曉窗梳裹。（錄自《說郛》本）

《續齊諧說》云：「都下元宵，觀游之盛，前人或於歌詞中道之。而故族大家，宗藩戚里宴賞往來，車馬駢闐，五晝夜不止。每出，必窮日盡夜漏乃始還家，往往不及小憩，雖含醒溢疲思，亦不暇寐。皆相呼理殘妝，而速客者已在門矣。又婦女首飾至此一新，髻鬢參插，如蛾蟬、蜂蝶、雪柳、玉梅、燈毬。嫋嫋滿頭，其名件甚多，不知起何時。而詞客未有及之者。晁叔用作【上林春慢】云：（詞略）。此詞雖非絕唱，然句句皆是實事，亦前人所未嘗道者，良可喜也。」

# 上昇花

即【花心動】。〔元〕吳全節詞名【上昇花】，見《鳴鶴餘音》卷五。

緊鎖心猿，悟光陰、塵世百年遄速。下手頓修元本，真靈此日，要住行屋。居家坑塹先須跳，將身己、使令孤宿。靜無觸。氣財色酒，一齊須逐。　俗景般般絕欲。更捨盡、爺娘共妻骨肉。自在逍遙，落魄清閒，認取裹頭金玉。璃英蕊，花心動，放香味，滿空馥郁。異光簇。祥光燦爛，結成仙曲。（錄自清黃丕烈補明鈔本）

按：《六朝事蹟類編》：「茅濛字初成，華陽人也。隱華山修道。秦始皇三十一年，白日上昇。」道家謂修煉功成，能得道升天。調名本此。

# 上陽春

即【驀山溪】。〔宋〕無名氏詞名【上陽春】，見《翰墨大全》丁集卷四。

疏梅點白，漏泄先春信。律欲變黃鐘，但兩日、一陽月盡。龍頭望族，挺挺振家聲。窗下業，月中枝，雁塔書名姓。　琴堂擬步，早發梅仙靭。台閣待風生，想咫尺、天顏已近。壯行未老，便作黑頭公，還未定。祝千春，看子孫昌盛。（錄自《全宋詞》本）

# 上樓春

即【玉樓春】。〔明〕無名氏詞名【上樓春】，見《醒世恒言》卷四。

名花綽約東風裏。占斷韶華都在此。芳心一片可人憐，春色三分愁雨洗。　玉人盡日慵慵

地。猛被笙歌驚破睡。起臨妝鏡似嬌羞，近日傷春輸與你。（錄自上海古籍出版社排印本）

# 小木蘭花

即【減字木蘭花】。〔宋〕無名氏詞名【小木蘭花】，見《翰墨大全》丁集卷四。

日逢三九。相對梅花傾壽酒。次第回春。甲子從頭又一新。　敬翻一曲。付與歌兒勤為祝。為問仙翁。今歲蟠桃幾度紅。（錄自《全宋詞》本）

# 小令

即【醉太平】。〔宋〕顏奎詞名【小令】，見《天下同文》。

茶邊水經。琴邊鶴經。小窗明、甲子初晴。報梅花小春。　小院晉人。小車洛人。醉扶兒子門生。指黃河解清。（錄自涉園影汲古閣鈔本）

# 小西湖

〔近人〕金天羽自製曲，見《天放樓詩季集》附《紅鶴詞》。

江山文藻，古來只許，詞人消領。湖海吟朋秋褉，道宜醉休醒。西湖卅六人間滿，者湖波淡沱，蓬窗也蘸青山影。喚榜人、舫近蓼灘前，叢蝶綴秋錦。　吊古淚，莫向榛叢迸。傷高意，莫向山椒問。渝江鷗鷺，是天付、閒情性。水鄉秋嫩，算無過、黃雀脂肥蛤蜊俊。斜陽莫過西嶺。待山寺晚鐘，飛下舉目見新雁，一繩低，嘹唳隔煙聽。（錄自民國排印本）

詞序：「嘉有招遊虞山，與金叔遠同泛尚湖，虞人稱為小西湖者也。」

# 小沖山

即【小重山】。〔宋〕李邴詞名【小沖山】，見《中興以來絕妙詞選》卷一。

誰勸東風臘裏來。不知天待雪，惱江梅。東郊寒色尚徘徊。雙彩燕，飛傍鬢雲堆。　玉冷曉妝台。宜春金縷字，拂香腮。紅羅先繡踏青鞋。春猶淺。花信更須催。（錄自涉園影宋本）

# 小拋毬樂令

調見《高麗史》卷七十一·樂二〔宋〕無名氏詞。

兩行花竅占風流。縷金羅帶繫拋毬。玉纖高指紅絲網，大家著意勝頭籌。（錄自日本明治四十一年縮印本）

按：此為高麗唐樂【拋毬樂】舞隊曲之一。

## 小紅樓

詞調佚。詞調名見〔金〕李俊明《莊靖先生樂府》目錄。

## 小重山

又名：小沖山、小重山令、玉京山、柳色新、枕屏風、群玉軒、感皇恩、璧月堂。

（一）調見《花間集》卷三〔五代〕韋莊詞。

> 一閉昭陽春又春。夜寒宮漏永、夢君恩。臥思陳事暗消魂。羅衣濕、紅袂有啼痕。　　歌吹隔重閽。繞庭芳草綠、倚長門。萬般惆悵向誰論。凝情立、宮殿欲黃昏。（錄自雙照樓影明正德仿宋本）

（二）調見《鳳林書院草堂詩餘》卷下〔元〕黃子行詞。

> 一點斜陽紅欲滴。白鷗飛不盡、楚天碧。漁歌聲斷晚風急。攬蘆花、飛雪滿林濕。　　孤館百憂集。家山千里遠、夢難覓。江湖風月好收拾。故溪雲、深處著蓑笠。（錄自雙照樓影元本）

《宋史·樂志》屬雙調。《金奩集》注：雙調。《張子野詞》注：中呂宮、道調宮。

《欽定詞譜》卷十三【小重山】調注：「此調例押平聲韻。此詞押入聲韻，即《樂府指迷》所謂平聲字可以入聲替也」。

## 小重山令

即【小重山】。〔宋〕姜夔詞名【小重山令】，見《白石道人歌曲》卷三。

> 人繞湘皋月墜時。斜橫花樹小、浸愁漪。一春幽事有誰知。東風冷、香遠茜裙歸。　　鷗去昔遊非。遙憐花可可、夢依依。九疑雲杳斷魂啼。相思血、都沁綠筠枝。（錄自《彊村叢書》本）

## 小庭花

即【浣溪沙】。〔明〕高濂詞名【小庭花】，見《芳芷樓詞》卷下。

> 一種根枝幾色開。輕盈疑是蝶飛來。卻從芍藥競翻階。　　纖纖嫩白隨風軟，嬝嬝鮮紅傍日歪。雨餘隋苑錦初裁。（錄自惜陰堂《明詞彙刊》本）

《古今詞話·詞評》卷上：「子澄有幽豔語，露濃香泛小庭花是也。時遂有以【浣溪沙】為【小庭花】者。」《古今詞話·詞辨》注：黃鐘宮。

## 小桃紅

（一）即【平湖樂】。〔元〕白樸詞名【小桃紅】，見《天籟集》卷下。

> 雲鬟風鬢淺梳妝。取次樽前唱。比著當時□江上。減容光。　　故人別後應無恙。傷心留得軟金，羅袖猶帶賈充香。（錄自《四印齋所刻詞》本）

（二）即【連理枝】。〔宋〕劉過詞名【小桃紅】，見《龍洲詞》卷上。

> 晚入紗窗靜。戲弄菱花鏡。翠袖輕勻，玉纖彈去，小妝紅粉。畫行人，愁外兩青山，與尊前離恨。　　宿酒釅難醒。笑記香肩並。暖借蓮腮，碧雲微透，暈眉斜印。最多情，生怕外人猜，拭香津微搵。（錄自《彊村叢書》本）

《老學庵筆記》卷四：「歐陽公、梅宛陵、王文公集皆有小桃詩。歐詩云：雪裏花開人未知。摘來相顧共驚疑。便須索酒花前醉，初見今年第一枝。初但謂桃花有一種早開者耳。

及遊成都，如識所謂小桃者，上元前後即著花，狀如垂絲海棠。曾子固《雜識》云：正月二十，開天章閣賞小桃，正謂此也。」

## 小秦王

又名：丘家箏、陽關曲、陽關詞。

唐教坊曲名。

調見《百琲明珠》卷一〔唐〕無名氏詞。

> 柳條金嫩不勝鴉。青粉牆頭道韞家。燕子不來春寂寞，小窗和雨夢梨花。（錄自惜陰堂《明詞彙刊》本）

《百琲明珠》卷一：「唐人絕句，即是詞調。但隨聲轉腔以別宮商，如【陽關】、【伊州】、【梁州】、【水調】皆是。」

《詞品》卷一：「唐人絕句多作樂府歌，而七言絕句隨名變腔。如【水調歌頭】、【春鶯轉】、【胡渭州】、【小秦王】、【三台】、【清平調】、【陽關】、【雨淋鈴】，皆七言絕句而異其名，其腔不可考矣。」

《詞律》卷一【小秦王】調注：「按《漁隱叢話》云：唐初歌舞多是五七言詩，後漸變為長短句，今止存【瑞鷓鴣】、【小秦王】二闋。【瑞鷓鴣】是七言八句，詩猶依字易歌。【小秦王】是七言絕句，必須雜以虛聲乃可歌耳。」

《唐聲詩》下編：「〔一〕【小秦王】傳辭之格調並不同於【渭城曲】，近人已經比勘明確。格調既異，彼此聲情亦必異，有不俟言。乃北宋時本曲與【渭城曲】，甚至與【竹枝】，除蘇軾外，文人都混用，不顧聲情，已不可解。清人譜書中又進一步逕以【陽關曲】之名掩蓋本曲名，近人信之過篤者，甚至依據上列【小秦王】辭以校勘王維【渭城曲】辭之音律，愈出愈奇。未省【小秦王】既從【秦王破樂陣樂】來，應是凱歌，【渭城曲】完全是驪歌，唐人何至混二曲為一。〔二〕宋人歌【小秦王】必雜虛聲。何謂虛聲，如何雜入，均尚模糊不明。〔三〕宋人又謂歌【小秦王】有和聲，與【漁父】、【竹枝】之有和聲同，此和聲又不知果在虛聲之外在否。（四）因《詞品》載下文所列之【氐州第一】辭亦曰【小秦王】。沈雄《古今詞話》遂附會本調別名【丘家箏】，近人猶有用者，宜正。」

## 小梁州

調見《苧蘿志》卷七，〔明〕趙雲章詞。

> 質紗長是憶紗愁。每日盼溪流。如今何況、趙君命也，深宮重鎖，滿目三秋。謾回頭。
> 殷勤分付持柯叟。忠義自當完，卻把因緣，待來生也，君其毋候。齊茂勳猷。柄千秋。（錄自《中國方志叢書》本）

《填詞名解》卷二：「【小梁州】。梁米出蜀漢，美逾諸梁，號竹根黃。梁州以此得名。敦煌間亦產梁米，土沃類蜀，故號小梁州，猶齊之號東秦也。曲名【小梁州】蓋西音也。按：此說出自楊慎《詞品》，而《藝林學山》駁之云：凡稱小曲者，例有此字，必以梁米當之，則《小伊州》豈亦稻米名邪。先舒又按：《演繁露》云：樂府所傳，惟【涼州】最先出。自晉播遷內地，古樂分散，苻堅滅涼，如得漢魏清商之樂，如【公莫】、【巴渝】、【明君】、【子夜】等皆是也。後遂訛為【梁州】。又徐獻忠《樂府原》云：開元中，西涼府都督郭知運進【涼州】宮調曲中有大遍、小遍。張同《幽間鼓吹》云：段和尚善琵琶，自製【西涼州】。後傳康崑崙，即道調【涼州】也。」

## 小梅花

（一）即【梅花引】。〔宋〕賀鑄詞名【小梅花】，見《陽春白雪》外集。

> 思前別。記時節。美人顏色如花發。美人歸。天一涯。娟娟恒娥三五滿還虧。翠眉蟬鬢生離訣。遙望青樓心欲絕。夢中尋。臥巫雲。覺來珠淚滴向湘水深。　　愁無已。奏綠綺。歷歷高山與流水。妙通神。絕知音。不知暮雨朝雲何山岑。相思無計堪相比。珠箔雕闌幾千里。漏將分。月窗明。一夜梅花忽開疑是君。（錄自《粵雅堂叢書》本）

（二）即【如夢令】。《蓮子居詞話》卷二《異調同名錄》云：「【如夢令】一名【小梅花】。」

## 小梅花引

詞調佚。詞調名見〔宋〕蔣捷《竹山詞》【翠羽吟】詞序。注：越調。

## 小窗燈影

〔清〕毛先舒自度曲。《填詞名解》卷四：「【小窗燈影】八十六字，毛先舒作。」原詞未見。

## 小聖樂

又名：驟雨打新荷。

〔金〕元好問自度曲。見《遺山先生新樂府》補遺。

> 綠葉陰濃，遍池亭水閣，偏趁涼多。海榴初綻，朵朵簇紅羅。乳燕雛鶯弄語，對高柳、鳴蟬相和。驟雨過，似瓊珠亂撒，打遍新荷。
> 人生百年有幾，念良辰美景，休放虛過。富貴前定，何用苦奔波。命友邀賓宴賞，飲芳醪、淺斟低歌。且酩酊，從教二輪，來往如梭。（錄自清光緒刻本）

《南村輟耕錄》卷九云：「京城外萬柳堂，亦一宴遊處也。野雲廉公，一日置酒，招疏齋盧公、松雪趙公同飲。時歌兒劉氏名解語花者，左手折荷花，右手執杯，歌【小聖樂】云（詞略），既而行酒。趙公喜，即席賦詩曰：萬柳堂前數畝池。平鋪雲錦蓋漣漪。主人自有滄州趣，遊女仍歌白雪詞。手把荷花來勸酒，步隨芳草去尋詩。誰知咫尺京城處，便有無窮萬里思。此詩集中無。【小聖樂】乃小石調曲，元遺山先生好問所制，而名姬多歌之。

俗以為【驟雨打新荷】者是也。」

《欽定詞譜》卷二十四【小聖樂】調注：「【小聖樂】金元好問自度曲。《太平樂府》、《太和正音譜》俱注雙調。《蔣氏九宮譜目》入小石調。又云：「此元曲也，舊譜亦編入詞調，故為采入。」

## 小樓連苑

即【水龍吟】。〔宋〕楊樵雲詞取秦觀「小樓連苑」句，故名。見《鳳林書院草堂詩餘》卷中。

> 一枝斜墮牆腰，向人顫嫋如相媚。是誰剪取，斷雲零玉，輕輕妝綴。不是幽人，如何能到，水邊沙際。又匆匆過了，春風半面，盡長把、重門閉。　　只管相思成夢，道無情、又關鄉意。蒼苔半歛，如今已是，鹿胎田地。甚欲追陪，卻嫌花下，翠環解語。待何時月轉，幽房醉了，不教歸去。（錄自雙照樓影元本）

## 小狸奴

即【南歌子】。〔近人〕吳藕汀詞有「思念小狸奴」句，名【小狸奴】，見《畫牛閣詞集》。

> 暗壁藏烏鼠，殘書蠹白魚。夜深無寐月兒孤。卻憶花陰，描出捕蟬圖。　　埋骨紅薇樹，喪身綠蝶裾。樓頭青草幾番枯。對此愁宵，思念小狸奴。（錄自《畫牛閣詞集》手稿本）

詞序：「鵉貓於乙未秋夜，戲綠蝶中毒而斃，葬於嘉業藏書樓前，薇花之下。秋宵不寐，憶魏了翁有五十二字一闋，查無調名，依譜填成此解，聊記一時繫念。因摘末句三字，以作調名，時壬寅中元後三日也。」

《貓債》：「戊子七夕淨廬剛修建完成，我在集街友人家中乞得一小狸貓。日後身材肥大而性情和善。使其和鳥類在一起，也不去傷害它的，故而博得一家人的喜歡。癸巳年終，遷住南潯嘉業藏書樓，狸貓也同來樓中。一年多來，不出樓門一步。來樓雖留點鼠，遷避一室，並沒有像白老那樣殘忍。因為糧食緊張，家中吃六角粉及粗麵粉，它也吃，比人還來得懂事。乙未五月二十日我有事到杭州，臨行見狸貓踞在桌上，我很有惜別的心情。每寫家信，必定問起狸貓的近況。不想七月二十九日晚上，戲一綠蝶中毒而死。八月初五我到嘉興晤見內子，內子恐我傷心，一時不願說明。下一天同回南潯，才知狸貓已在七天前死去了，葬在樓前紅薇樹下。不意狸貓死前三

天，我在杭州還接得家書，說貓健如故。因此在燈下填了【金縷曲】一解，悼念我心愛的狸貓。詞云：難忍傷心淚。甚因循、一番離索，孰憐焦尾。一自薇花零落後，始放歸帆重理。驟聞道、狸奴死矣。恨我歸來遲七日，恁無端做弄愁如此。徒然有，平安鯉。　　來時端合雙星喜。記八年、枕邊席畔，卷書漫倚。燕子去巢悲失路，載向一船潯水。再相伴、哦經讀史。今夜挑燈無限感，鎮埋魂、地下長眠瘞。聽四壁、蟲聲起。綠蝶的來歷，實在很難猜測。藏書樓上，房屋高大，很難有蝴蝶能飛進。何況園中從未見過如此大的蝴蝶。這種綠色大蝶，除非山區才有。南潯四周無山，焉能有此。即使是皮蟲所化，皮蟲何時帶進樓中。思索久之，實難理解，無法得出懷疑的答案。此事真太突然，能不悲乎。……一九六二年壬寅，距狸貓之死已有七載，對貓還是常掛在心。不過很少形之筆墨，只有【小狸奴】一闋（詞略）。此詞本是【南柯子】，序中竟說：查無調名，可見正值長物已完稀客估，文房賣盡實堪哀之時。雖太疏忽，實亦何奈。何陋之有，足以自解。」

## 小憐妝

〔清〕毛先舒自度曲。原詞未見待補。《填詞名解》卷四：「【小憐妝】詞百九字，北齊後主妃小憐，帝攻城，陷十餘步，將士乘勢欲入，帝敕且止，召妃觀之。妃妝點不時，至周以木拒塞，城遂不下。毛稚黃詞，取以名調云」。

## 小諾皋

〔明〕王世貞自度曲。見《弇州山人詞》。

> 闔闢以前，乾坤之外，到了不堪窮際。盡追求盡教胡突，依形附氣。何處小兒讕語。羞殺井蛙蛭蟻。說甚麼、出世。住世。治世。黃面瞿曇，青牛老子。更有那、我家司寇，伎倆一般而已。賺人處、還在此。　　稷下萬言，河間千卷，畢竟沒些巴鼻。莫輕容、古人瞞過，常談俗事。妝點幾張故紙，無奈藏頭露尾。不採他、上計。中計。下計。濁酒三杯，清琴一几。別饒借、澹風微月，受用剩山殘水。五更事、休辦取。（錄自惜陰堂《明詞彙刊》本）

詞序：「偶有所感，信筆為長短句一首，第以新名，不足繩墨。曰【小諾皋】，蓋取酉陽生之旨云爾。」

《能改齋漫錄》卷四：「姚寬《西溪叢話》云：段成式《酉陽雜俎》有《諾皋記》，又有【支諾皋】，意義難解。《春秋左氏傳》：襄公十八年秋，齊侯伐我北鄙，中行獻子將伐齊，格與屬公論，弗勝，公以戈擊之，首墜於前，跪而戴之，奉之以走，見梗陽之巫皋，他日見予道，與之言同。巫曰：今若有事於東方，則可以逞。獻之許諾，疑此事也。晁伯字《談助》云：《靈奇秘要避兵法》正月上寅日，禹步取寄生木，三咒曰，喏皋敢告日月震雷，令人無敢見我，我為大帝使者。乃斷取五寸陰乾，百日為簪，二七循頭，乃還著中人。見晁說，非也。以上皆叢語。余以為叢語未盡得之。蓋段氏所載皆鬼神事，雖伏子所夢，有巫名皋，而獻予諾之，是信皋所言之意，亦是可證。然葛洪《抱樸子》內篇載遁甲中經曰：往山林中，左手取青龍上草，折半置蓬星下，歷明堂入陰中禹步而行。三咒曰，諾皋太陰將軍，獨開曾孫王甲，勿開外人，使人見甲者，以束薪，不見甲者，以為非人。則折所持之草，置地上，左手取草以傅鼻人中，右手持草自蔽，左手著前，禹步而行，至六癸下，閉氣而往，人不能見也。以是諾皋乃太陰之名，太陰者，乃隱形之神，晁氏不無所本。二說皆可取，今發明於此。」

《歷代詩餘》卷九十九：「明王世貞自度曲。按諾皋，太陽之名。唐段成式《諾皋記》，又有【支諾皋】，調名取此。」

## 小龍吟

即【水龍吟】。〔清〕葉紹本詞名【小龍吟】，見《白鶴山房詞鈔》卷二。

錦標爭奪晴波，千夫鼓噪旌旗列。螭頭噴水，魚鱗織浪，共歡佳節。日麗蘭津，風暄蒲渚，管弦雲遏。看衣香兩岸，歌喉百囀，直待上、波心月。　　憶得卅年前事，正清遊、浦尋黃歇。一尊乍對斜陽，隔座雲盤鬢髮。羅綺江山，蘅荃心事，非因人熱。只而今、舊夢依稀，怕聽玉簫聲咽。（錄自清道光刻本）

按：「小」字恐「水」之刻誤。存名以備查考。

## 小闌干

（一）即【眼兒媚】。〔宋〕盧祖皋詞名【小闌干】，見《蒲江詞稿》。

露華深釀古香濃。一樹□雲叢。窗間試與，閑

培秋事，聊寄幽悰。　　鈎簾靜對西風晚，塵外小房櫳。輕陰淡日，淺寒清月，想見山中。（錄自《彊村叢書》本）

（二）即【少年游】。〔清〕查元偁詞名【小闌干】，見《㷉齋詩餘》。

倚樓人去隔天涯。煙柳白門遮。海上琴弦，江邊鶴唳，京口夕陽斜。　　廡廊香徑醉尋花，心事訴琵琶。訪到梨雲，簪來相髻，猶記那人家。（錄自清查氏稿本）

按：《欽定詞譜》卷八【少年游】調注：「薩都剌詞名【小闌干】。」查薩都剌詞集中無【小闌干】詞。《欽定詞譜》未知何據，待考。

## 小鎮西

即【小鎮西犯】。〔宋〕柳永詞名【小鎮西】，見《樂章集》卷下。

意中有個人，芳顏二八。天然俏、自來奸黠。最奇絕。是笑時，媚靨深深，百態千嬌，再三偎著，再三香滑。　　久離缺。夜來魂夢裏，尤花殢雪。分明似、舊家時節。正歡悅。被鄰雞喚起，一場寂寥，無眠向曉，空有半窗殘月。（錄自《彊村叢書》本）

《樂章集》注：仙呂調。

## 小鎮西犯

又名：小鎮西、五靈妙仙、鎮西。

調見〔宋〕柳永《樂章集》卷下。

水鄉初禁火，青春未老。芳菲滿、柳汀煙島。波際紅幃縹緲。盡杯盤小。歌拔褉，聲聲諧楚調。　　路縈繞。野橋新市裏，花穠妓好。引遊人、競來喧笑。酩酊誰家年少。信玉山倒。家何處，落日眠芳草。（錄自《彊村叢書》本）

《欽定詞譜》卷十六【小鎮西犯】調注：「唐教坊曲有【鎮西子】。唐樂府亦有鎮西七言絕句詩。此蓋以舊曲名，另創新聲也。」

《唐聲詩》下編：「【鎮西】原是大曲名，北宋有【小鎮西】、【小鎮西犯】二詞調。其曰小之名義，與【小秦王】、【小破陣樂】一類。」

《樂章集》注：仙呂調。

## 口脂香

即【甘州曲】。〔五代〕顧敻詞有「私語口脂香」，故名。見《記紅集》卷一。

一爐籠麝錦帷傍。屏掩映。燭熒煌。禁樓刁斗

喜初長。羅薦繡鴛鴦。山枕上，私語口脂香。
（錄自清康熙刻本）

三畫

## 山中樂

即【憶秦娥】。〔明〕妙聲詞有「山中樂」句，
故名。見《東皋錄》卷二。

山中樂。白雲瑤草黃金藥。黃金藥。流霞片
片，共君斟酌。　　東林道士清如鶴。高情逸
興將誰托。將誰托。陶潛松菊，謝鯤丘壑。（錄
自明刻本）

## 山外雲

即【茅山逢故人】。〔元〕張雨詞有「山外雲帆
煙渚」句，故名。見《歷代詩餘》卷十九。

山下寒林平楚。山外雲帆煙渚。不飲如何，吾
生如夢，鬢毛如許。　　能消幾度相逢，遮莫
而今歸去。壯士黃金，昔人黃鶴，美人黃土。
（錄自清康熙內府本）

## 山花子

又名：南唐浣溪沙、負心期、浣沙溪、添字浣溪
沙、攤破浣溪沙。

唐教坊曲名。

（一）調見《敦煌歌辭總編》卷二〔唐〕無名
氏詞。

去年春日長相對。今年春日千山外。落花流水
東西路，難期會。　　西江水竭南山碎。憶你
終日心無退。當時只合同攜手，悔□□。（錄自
上海古籍出版社排印本）

按：此調原載（斯）五五四〇。

《敦煌歌辭總編》卷二：「自敦煌曲內有【山花
子】發現後，【山花子】之真面貌方有托。向傳
後晉和凝、南唐李璟所作【浣溪沙】亦題【山花
子】，有名無實，唯何以如此？尚待研討。【山
花子】句式為『七、七、七、三』，凡七言句皆
作上四下三，與近體詩合。句中必有二處作平仄
（不作仄平或仄仄或平平）三言句末二字亦作平
仄，（下片因缺字不明）。自成旋律，嚴整不
苟。」又云：「【山花子】調名既列於《教坊
記》曲名表內，其創調時期最遲必在盛唐。《教
坊記箋訂》曰此曲在唐，獨自為調，非若五代
後有指【浣溪沙】為【山花子】也。崔記內【山
花子】、【浣溪沙】並列，當知並非同調異名。
蓋二調句法雖同，而平仄與叶仄韻兩點既各異，

當其所屬宮調亦必異。自從敦煌曲發現後，始得
勘定二名為二調，乃崔記與敦煌曲相應合處之
一。」

《古今詞話・詞辨》注：黃鐘宮。

（二）調見《花間集》卷六〔五代〕和凝詞。

鴛錦蟬縠馥麝臍。輕裾花草曉煙迷。鸂鶒顫金
紅掌墜，翠雲低。　　星靨笑偎霞臉畔，蹙金
開襯襯金泥。春思半和芳草嫩，綠萋萋。（錄自
雙照樓影宋本）

## 山花子慢

調見〔明〕朱翊鈏《廣讌堂集》卷二十四。

傷心不在菊花時。恰是三春紅滿枝。幃前鼠印
燈無焰，有誰知。　　燕子謾來樑上語，鶯兒
休向閣中啼。多少舊愁新怨恨，腸轉轉，淚垂
垂。（錄自文淵閣《四庫全書》本）

## 山抹微雲

即【滿庭芳】。〔清〕柯煜詞名【山抹微雲】，
見《月中簫譜》。

微抹春山，遠澄秋水，分明圖畫長天。此中深
處，採藥不知還。漫道無心出岫，閒妍唱、即
駐筵前。渾忘卻，朝飛畫棟，南浦去無邊。
　　遙憐。當日夢，陽台欲賦，宋玉纏綿。又美
人舞罷，千縷如煙。想見衣裳楚楚，君王醉、
帶笑相看。今唯有，舊時明月，空照此情間。
（錄自清刻本）

按：調名取自宋秦觀【滿庭芳】詞首句。

## 山亭柳

又名：遇仙亭。

（一）調見〔宋〕晏殊《珠玉詞》。

家住西秦。賭博藝隨身。花柳上，鬥尖新。偶
學念奴聲調，有時高遏行雲。蜀錦纏頭無數，
不負辛勤。　　數年來往咸京道，殘杯冷炙漫
消魂。哀腸事，托何人。若有知音見采，不辭
遍唱陽春。一曲當筵落淚，重掩羅巾。（錄自汲
古閣《宋六十名家詞》本）

（二）調見〔宋〕杜安世《壽域詞》。

曉來風雨，萬花飄落。歡韶光，虛過卻。芳草
萋萋，映樓台、淡煙漠漠。紛紛絮飛院宇，燕
子過朱閣。

玉容淡妝添寂寞。檀郎孤願太情薄。數歸期，
絕信約。暗添春宵，恨平康、恣迷歡樂。時時

悶飲綠醑，甚轉轉、思量著。（錄自汲古閣《宋六十名家詞》本）

## 山亭宴

又名：山亭宴慢。

調見〔宋〕張先《張子野詞補遺》卷下。

碧波落日寒煙聚。望遙山、迷離紅樹。小艇載人來，約尊酒、商量岐路。衰柳斷橋西，共攜手、攀條無語。水際見鷗鷺，一對對，眠沙溆。　　西陵松柏青如故。剪煙花、幽蘭啼露。油壁閑花驄，那禁得、風吹細雨。饒他此後更思量，總莫似、當筵情緒。鏡面綠波平，照幾度、人來去。（錄自《彊村叢書》本）

## 山亭宴慢

即【山亭宴】。〔宋〕張先詞名【山亭宴慢】，見《張子野詞》卷一。

宴亭永晝喧簫鼓。倚青空、畫閣紅柱。玉瑩紫微人，藹和氣、春融日煦。故宮池館更樓台，約風月、今宵何處。湖水動鮮衣，競拾翠、湖邊路。　　落花蕩漾愁空樹。曉山靜、數聲杜宇。天意送芳菲，正黯淡、疏煙逗雨。新歡寧似舊歡長，此會散、幾時還聚。試為把飛雲，問解寄、想思否。（錄自《彊村叢書》本）

《欽定詞譜》卷三十【山亭宴】調注：「有美堂贈彥猷主人作。蓋自度曲也。」

按：《欽定詞譜》將此詞調名為【山亭宴】，無慢字。今據彊村本《張子野詞》正之。而詞調之正名仍依《欽定詞譜》，以便查閱。

## 山鬼謠

即【摸魚兒】。〔宋〕辛棄疾詞名【山鬼謠】，見《稼軒詞》甲集。

問何年、此山來此，西風落日無語。看君似是羲皇上，直作太初名汝。溪上路。算只有、紅塵不到今猶古。一杯誰舉。笑我醉呼君，崔嵬未起，山鳥覆林去。　　須記取。昨夜龍湫風雨。門前石浪掀舞。四更山鬼吹燈嘯，驚倒世間兒女。依約處。還問我、清遊杖屨公良苦。神交心許。待萬里攜君，鞭笞鸞鳳，誦我遠遊賦。（錄自涉園影宋本）

詞注：「雨岩有石狀怪甚。取《離騷·九歌》名曰【山鬼】。因賦【摸魚兒】，改今名。」

《稼軒長短句》卷五，【山鬼謠】詞注：「石庵

外巨石也，長三十餘丈。」

## 山莊勸酒

即【霜天曉角】。〔宋〕張輯詞有「兒擬山莊勸酒」句，故名。見《永樂大典》卷一萬二千零四十三。

清吟湘碧。馬首春風驛。聞說西湖梅早，又邀我、能詩客。　　書尺。知到日。月隨人合璧。兒擬山莊勸酒，田家釀，盡篘得。（錄自中華書局影印本）

詞序：「寓【霜天曉角】。家君十一月二十九日生，癸酉冬，自長沙趨京，輯於鄠之境田家，釀酒以俟，先遞詞為壽。」

## 山路花

調見《西陵詞選》〔清〕沈豐垣詞。

春光九十，愁病兼旬臥。簷鵲報初晴，新茗熟、故人剛過。胥山咫尺，遊覽莫辭頻，同上峰頭坐。一片閑雲，萬家搖曳煙火。　　澄江如練，吳越平分破。風急布帆斜，看浪裏、小舟顛簸。重逢勝侶，共解杖頭錢，滿眼飛花墮。試問當爐，愁來酒醒無那。（錄自清康熙刻本）

## 山溪滿路花

〔清〕沈謙新翻曲。調見《東江別集》卷三。

溪回縈畫，漠漠寒煙鎖。垂柳隔虹橋，新月起、亂鶯啼破。草香沙暖，此路是天台，環繞峰千個。屧下雕鞍坐。撫景尋思，幾時夢裏來過。　　朱扉半啟，小立雙鬟嚲。仙飯雜松雲，低問取、阮郎曾餓。玉笙吹罷，萬樹碧桃開，人照紅窗火。醉醒愁無那。春夜厭厭，參旗樓角斜簸。（錄自惜陰陰堂《明詞彙刊》本）

詞序：「新翻曲。上六句【驀山溪】，下四句【滿路花】。後段同。故鄠山中訪妓。」

## 山僧歌

調見《敦煌歌辭總編》卷二〔唐〕無名氏詞。

閑日居山何似好。起時日高睡時早。山中軟草以為衣，齋餐松柏隨時飽。　　臥岩龕，石枕腦。一抱亂草為衣襖。面前若有狼藉生，一陣風來自掃了。　　獨隱山，實暢道。更無諸事亂相撓。（錄自上海古籍出版社排印本）

按：此調原載（斯）五六九二。

《敦煌歌辭總編》卷二：「【山僧歌】三字乃

**三畫**

原題，茲用作擬調名。雖曰【山僧歌】，實際是山歌，並非佛曲。」又云：「論格調，據辭首片七言四句，三仄韻。次片三三，七七，七，三仄韻。末片三三，七，二仄韻。而此八韻一貫到底，內容亦一貫到底，猶之樂府，以三解為一章，應是三片之短調，總是隻曲。」

## 山漸青

即【長相思】。〔宋〕張輯詞有「江南山漸青」句，故名。見《東澤綺語》。

> 山無情。水無情。楊柳飛花春雨晴。征衫長短亭。　　擬行行。重行行。吟到江南第幾程。江南山漸青。（錄自《彊村叢書》本）

## 山鷓鴣

唐教坊曲名。

（一）調見《全唐詩・樂府》〔唐〕蘇頲詞。

> 人坐青樓晚，鶯語百花時。愁多人易老，腸斷君不知。（錄自清康熙揚州詩局本）

按：此調係唐聲詩。依《詞名集解續編》例列入，以備查閱。

《唐聲詩》下編：「【山鷓鴣】唐教坊羽調曲。相傳山鷓鴣乃守貞女所化，取為曲名。」

（二）〔清〕丁澎新譜犯曲。見《扶荔詞》卷一。

> 霧浸梨花冷畫屏。流蘇捲，月透正三更。被郎偷把銀缸滅，將了鴛鴦繡不成。　　小語乍惺惺。低垂銀蒜落，悄無聲。貪歡枕上情如醉，多少啼鵑喚不醒。（錄自清康熙家刻本）

詞序：「新譜犯曲。上三句【小重山】，下二句【鷓鴣天】。後段同。」

## 千年調

即【相思會】。〔宋〕辛棄疾詞名【千年調】，見《稼軒長短句》卷七。

> 左手把青霓，右手挈明月。吾使豐隆前導，叫開閶闔。周遊上下，徑入寥天一。覽玄圃，萬斛泉，千丈石。　　鈞天廣樂，燕我瑤之席。帝飲予觴甚樂，賜汝蒼璧。嶙峋突兀，正在一丘壑。餘馬懷，僕夫悲，下恍惚。（錄自涉園影小草齋鈔本）

《欽定詞譜》卷十七【千年調】調注：「曹組詞名【相思會】，因詞有『剛作千年調』句，辛棄疾改名【千年調】。」

## 千金意

調見《花草粹編》卷十四〔宋〕人依託琴精詞。

> 音音音。音音你負心。你真負心。孤負我、到如今。記得年時，低低唱，淺淺斟，一曲值千金。　　如今寂寞古牆陰。秋風荒草白雲深。斷橋流水何處尋。淒淒切切，冷冷清清，教奴怎禁。（錄自文淵閣《四庫全書》本）

《花草粹編》卷十四引《江湖紀聞》：「曹珪仕吳越，守嘉興，後為蘇州刺史。光啟中，舍宅為招提寺。宋嘉熙丁酉，鄧州金鶴雲以琴書寓嘉興富家，居近寺側，每夜聞歌云云，甚習。一夕，歌聲甚近，窺之，乃一女子也。明夜推戶至榻邊惜別，以百金為意。女子潸然曰：妾曹刺史家女也，遇異人得仙術，但凡心未除，累遭降謫。今方別後，未卜會期。君前程甚遠，夾山之會，君其慎之。金異之，明以告主人，皆不曉其故。後修寺牆，得石匣藏一古琴，係百金焉。珪後為縣令，卒於峽州。」

## 千門化

調見《敦煌歌辭總編》卷四〔唐〕無名氏詞。

> 三月冬，九旬罷。護戒金園僧結夏。賞勞施設律留文，三衣佛勒千門化。（錄自上海古籍出版社排印本）

《敦煌歌辭總編》卷三：「此組之辭七首，皆以『千門化』三字作重句。前四首尾句全同，不止三字，後三首之重句僅有末三字同，餘有變化」。

按：原載（伯）二一〇七。共計七首，《敦煌歌辭總編》編入雜曲重句聯章體，今錄其一。可參見【三冬雪】條。

## 千春詞

即【沁園春】。〔宋〕無名氏詞名【千春詞】，見《截江網》卷四。

> 瞿嶺雲齊，建溪源遠，慶衍英奇。且機乘天巧，臣賢主聖，後光同日，月以為期。千載相逢，一朝盛事，自昔人誇今見之。催歸詔、要領班宸殿，捧萬年卮。　　嘻嘻。莫道春遲。已著梅梢第一枝。映紫荷持橐，星辰步武，黃金橫帶，朝夕論思。不但斯時，重恢事業，整頓乾坤弘所施。洪鈞轉、雖寒根雪穀，物物生輝。（錄自《全宋詞》本）

## 千秋引

即【千秋歲引】。〔宋〕李冠詞名【千秋引】，見《歷代詩餘》卷五十二。

杏花好，仔細君須辨。比早梅深、夭桃淺。把鮫綃澹拂鮮紅綻。蠟融紫蕚重重現。煙外悄，風中笑，香滿院。　　欲綻全開俱可羨。粹美妖嬈無處選。除卿卿、似尋常見。倚天真、豔冶輕朱粉，分明洗出胭脂面。追往事，繞芳樹，千千遍。（錄自清康熙內府刻本）

## 千秋節

即【千秋歲】。《欽定詞譜》卷十六【千秋歲】調注：「《宋史‧樂志》歇指調，金詞注中呂調。一名【千秋節】。」

按：今傳宋元詞，未見有此調名。《欽定詞譜》或有所據，待考。

## 千秋萬歲

即【千秋歲引】。〔宋〕李冠詞名【千秋萬歲】，見《花草粹編》卷十六。

杏花好，仔細君須辨。比早梅深、夭桃淺。把鮫綃澹拂鮮紅面。蠟融紫蕚重重現。煙外悄，風中笑，香滿院。　　欲綻全開俱可羨。粹美妖嬈無處選。除卿卿、似尋常見。倚天真、豔冶輕朱粉，分明洗出胭脂面。追往事，繞芳樹，千千遍。（錄自文淵閣《四庫全書》本）

## 千秋歲

又名：千秋節、催徵頭子。

（一）調見〔宋〕張先《張子野詞》卷二。

數聲鶗鴂。又報芳菲歇。惜春更把殘紅折。雨輕風色暴，梅子青時節。永豐柳，無人盡日飛花雪。　　莫把么弦撥。怨極弦能說。天不老，情難絕。心似雙絲網，中有千千結。夜過也，東窗未白凝殘月。（錄自《彊村叢書》本）

（二）調見〔宋〕秦觀《淮海詞》。

水邊沙外。城郭春寒退。花影亂，鶯聲碎。飄零疏酒盞，離別寬衣帶。人不見，碧雲暮合空相對。　　憶昔西池會。鵷鷺同飛蓋。攜手處，今誰在。日邊清夢斷，鏡裏朱顏改。春去也，飛紅萬點愁如海。（錄自汲古閣《宋六十名家詞》本）

《宋史‧樂志》屬歇指調。《張子野詞》注：仙呂調。

（三）調見〔清〕劉淑《個山遺集》。

北堂萱草。南極輝光耀。瑤台上，華筵表。此日真人集，應有青鸞報。仙丹授，傳度三千年不老。（錄自清刻本）

（四）即【木蘭花慢】。〔宋〕無名氏詞名【千秋歲】，見《花草粹編》卷二十一。

記當初歸家，似德耀、嫁梁鴻。算三十年間，艱難歷遍，甘苦相同。新來有孫可抱，也添些、喜到眉峰。今日又逢生日，不妨樽酒從容。　　老翁。只是一村農。欠你孺人封。幸兒漸知耕，婦能知織，莫問窮通。君看世間富貴，比浮雲、縹緲過晴空。何似大家清健，玉林歲歲清風。（錄自文淵閣《四庫啥　書》本）

按：《花草粹編》作毛滂詞誤，現據《截江網》卷六，作無名氏詞處理。

（五）即【念奴嬌】。〔宋〕游文仲詞名【千秋歲】，見《花草粹編》卷二十一。

今年為壽，都道是、不比尋常時節。預慶我公年八秩，來獻新詞一闋。算得年時，恰當尚父，入相周西伯。親逢盛事，宗孫也五十八。　　一門富貴榮華，盈床牙笏，何待拈來說。且上祝龜齡鶴算，從此千千百百。笑道兒時，風流丹篆，寫向龍駒頴。更將彩筆，十字頭上添一ノ。（錄自文淵閣《四庫全書》本）

（六）即【千秋歲引】。〔明〕梅鼎祚詞名【千秋歲】，見《鹿裘石室集》卷十七。

綰日眉龐，望雲心赤。整乾坤，更開闢。急流早泛五湖舟，微垣猶正中台席。願留公、畢公高，召公奭。　　王謝江東風似昔。韋杜城南天近尺。鳳沼鷺坡燦奎壁，傳家七葉珥貂蟬，行年七袠神姑射。調千秋，酒百榼，雙瞳碧。（錄自《續修四庫全書》本）

## 千秋歲引

又名：千秋引、千秋萬歲、千秋歲、千秋歲令、澹紅綃。

調見〔宋〕王安石《臨川先生歌曲》補遺。

別館寒砧，孤城畫角。一派秋聲入寥廓。東歸燕從海上去，南來雁向沙頭落。楚台風，庾樓月，宛如昨。　　無奈被些名利縛。無奈被他情擔閣。可惜風流總閑卻。當初謾留華表語，而今誤我秦樓約。夢闌時，酒醒後，思量著。（錄自《彊村叢書》本）

## 千秋歲令

即【千秋歲引】。〔宋〕無名氏詞名【千秋歲令】，見《高麗史》卷七十一・樂二。

想風流態，種種般般媚。恨別離時太容易。香箋欲寫相思意。相思淚滴香箋字。畫堂深，銀燭暗，重門閉。　似當日，歡娛何日遂。願早早相逢重設誓。美景良辰莫輕拌，鴛鴦帳裏鴛鴦被。鴛鴦枕上鴛鴦睡。似恁地，長恁地，千秋歲。（錄自日本明治四十一年縮印本）

## 千葉蓮

即【鷓鴣天】。〔宋〕賀鑄詞有「化出白蓮千葉花」句，故名。見《東山詞》卷上。

聞你儂嗟我更嗟。春霜一夜掃穠華。永無清囀欺頭管，賴有濃香著臂紗。　侵海角，抵天涯。行雲誰為不知家。秋風想見西湖上，化出白蓮千葉花。（錄自陶氏涉園影宋本）

《楞嚴經》卷一：「於是世尊頂放百寶無畏光明，光中生出千葉寶蓮，有佛化生，結跏趺坐。」

## 川撥棹

（一）調見〔金〕王喆《重陽全真集》卷三。

酆都路。定置個，凌遲所。便安排了，鐵床鑊湯，刀山劍樹。造惡人，有緣覷。造惡人，有緣覷。　鬼使勾名持黑簿。沒推辭，與他去。早掉下這屍骸，不藉妻兒與女。地獄中，長受苦。地獄中，長受苦。（錄自涵芬樓影明《道藏》本）

（二）元大曲名。

調見〔金〕王喆《重陽全真集》卷十三。

這修行訣，便安排得有次節。把清靜天機，今朝分明漏泄。使人人，玉花結。　從頭一一穩鋪設。向五更裏看擺撥。將此脫殼神仙，玲瓏玎璫做絕。害風兒，怎生說。

一更裏，瞥見參羅萬象列。搜出那坐正罡，內中位貌偏別。向北方也，玉花結。　銀素將來細得熱。把烏龜牢纏絭。然後四隻腳，獰獰子一齊打折。害風兒，怎生說。

二更裏，瞥見天河流無竭。忽見耿耿洪波，潑灩灩底昭徹。向西方也，玉花結。　灌出黃芽色非擔，甲尖上搏白雪。有此一個靈童，擺手親自去折。害風兒，怎生說。

三更裏，瞥見銀蟾圓不缺。吐出一輪光明，滿天瑩然有別。向南方也，玉花結。　白鹿前來行得穩。便銜他新皎潔。將去圭峰山頭，獨自口中醫嚌。害風兒，怎生說。

四更裏，瞥看牛斗光如蒸。照遍滿空清虛，放盡靈輝凜冽。向東方也，玉花結。　攢燭三山似電掣。熠輝如瓊瑤屑。被這惺惺了了，一齊中宵盜竊。害風兒，怎生說。

五更裏，瞥看斗杓無差缺。正合天心斡運，堪作上天喉舌。向中央也，玉花結。　捉得清虛這迴決。便永永除生滅。此個自在逍遙，唯予獨會拈捻。害風兒，怎生說。

曲中詞徹。把來歷事親堪說。住京兆府外縣，終南方孤雲白雪。自觀得，玉花結。　活死人兮放些劣。沒地埋，真歡悅。道號重陽子，字子明姓王名喆。害風兒，怎生說。（錄自涵芬樓影明《道藏》本）

按：唐教坊曲有《撥棹子》，船夫曲也。入宋僧侶用是曲宣佛唱道。《能改齋漫錄》云：「南方釋子作《漁父》、《撥棹子》……唱道之辭。金王喆曾在山東聚徒講道，其所作之詞，意在懲惡揚善，勸人入道。」「撥棹」據《圖經本草》解釋，蟹扁而最大，後足闊者，南方人謂之撥棹，以其後腳如棹也。「川」者河流也。《川撥棹》寓善渡眾生之意。調名本此。

## 子夜

即【菩薩蠻】。〔五代〕李煜詞名【子夜】，見《尊前集》。

人生愁恨何能免。消魂獨我情無限。故國夢重歸。覺來雙淚垂。　高樓誰與上。長記秋晴望。往事已成空。還如一夢中。（錄自《彊村叢書》本）

## 子夜啼

即【菩薩蠻】。〔五代〕李煜詞名【子夜啼】，見《尊前集》。

花明月暗籠輕霧。今宵好向郎邊去。剗襪步香階。手提金縷鞋。　畫堂南畔見。一向偎人顫。好為出來難。教郎姿意憐。（錄自《彊村叢書》本）

## 子夜歌

（一）即【菩薩蠻】。〔五代〕李煜詞名【子夜歌】，見《南唐二主詞》。

人生愁恨何能免。消魂獨我情無限。故國夢重歸。覺來雙淚垂。　　高樓誰與上。長記秋晴望。往事已成空。還如一夢中。（錄自明吳訥《百家詞》本）

（二）即【憶秦娥】。〔宋〕賀鑄詞名【子夜歌】，見《東山詞》卷上。

三更月。中庭恰照梨花雪。梨花雪。不勝淒斷，杜鵑啼血。　　王孫何許音塵絕。柔桑陌上吞聲別。吞聲別。隴頭流水，替人鳴咽。（錄自《彊村叢書》本）

（三）調見《鳳林書院草堂詩餘》卷上〔元〕彭元遜詞。

視春衫、篋中半在，泡泡酒痕花露。恨桃李、如風過盡，夢裏故人成霧。臨穎美人，秦川公子，晚共何人語。對人家、花草池台，回首故園，咫尺未成歸去。　　昨宵聽、危弦急管，酒醒不知何處。漂泊情多，哀遲感易，無限堪憐許。似尊前眼底，紅顏消幾寒暑。年少風流，未諳春事，追與東風賦。待他年、君老巴山，共君聽雨。（錄自雙照樓影元本）

按：此詞題「和尚友」。尚友是宋劉將孫字。知此詞始自劉將孫，惜劉氏原詞已佚。

《新唐書・禮樂志》：「【子夜歌】者，晉曲也。晉有女子名子夜，造此聲，聲過哀苦。」

《宋書・樂志》：「【子夜歌】者，有女子名子夜造此聲。晉孝武太和中，琅邪王軻之家有鬼歌【子夜】。殷允為豫章僑人庾僧度家亦有鬼歌【子夜】。殷允為豫章亦太元中，則子夜是此時以前人也。」

《填詞名解》卷三：「【子夜歌】晉有女子名子夜，造此聲，聲過哀苦。本晉曲也。填詞襲以為名。」

## 女王曲

即【菩薩蠻】。《古今詞話》卷上注：「【菩薩蠻】又名【女王曲】」。

《古今詞話・詞辨》卷上引《杜陽雜編》：「唐大中初，女蠻國貢雙龍犀、明霞錦。其人危髻金冠，瓔珞被體，當時號為菩薩蠻。優者作【女王曲】，文士亦往往聲其詞。」

## 女兒子

即【竹枝】。〔清〕朱青長詞名【女兒子】，見《朱青長詞集》卷二十。

巴東峽長竹枝，棹夫苦女兒。十朝行船竹枝，九朝雨女兒。　　明月淒涼竹枝，美人沱女兒。上峽飲酒竹枝，莫心歌女兒。（錄自朱青長手稿本）

詞注：「即【巴渝詞】，即【竹枝】。【竹枝】作為雙調，人多不識，其來實棹歌。」

## 女冠子

又名：女冠子慢。

唐教坊曲名。

（一）調見《花間集》卷一〔唐〕溫庭筠詞。

含嬌含笑。宿翠殘紅窈窕。鬢如蟬。寒玉簪秋水，輕紗捲碧煙。　　雪胸鸞鏡裏，琪樹鳳樓前。寄語青娥伴，早求仙。（錄自雙照樓影宋本）

（二）調見〔宋〕柳永《樂章集》卷上。

斷雲殘雨。灑微涼，生軒戶。動清籟、蕭蕭庭樹。銀河濃淡，華星明滅，輕雲時度。莎階寂靜無睹。幽蛩切切秋吟苦。疏篁一徑，流螢幾點，飛來又去。　　對月臨風，空恁無眠耿耿，暗想舊況牽情處。綺羅叢裏，有人人、那回飲散，略曾諧鴛侶。因循忍便睽阻。相思不得長相聚。好天良夜，無端惹起，千愁萬緒。（錄自《彊村叢書》本）

（三）調見〔宋〕柳永《樂章集》卷上。

淡煙飄薄。鶯花謝、清和院落。樹陰翠、密葉成幄。麥秋霽景，夏雲忽變奇峰、倚寥廓。波暖銀塘，漲新萍綠魚躍。想端憂多暇，陳王是日，嫩苔生閣。　　正礫石天高，流金晝永，楚榭光風轉蕙，披襟處、波翻翠幕。以文會友，沉李浮瓜忍輕諾。別館清閒，避炎蒸、豈須河朔。但尊前隨分，雅歌豔舞，盡成歡樂。（錄自《彊村叢書》本）

《金奩集》注：歇指調。《樂章集》注：大石調、仙呂調。

《填詞名解》卷一：「唐薛昭蘊始撰此調云：求仙去也，翠鈿金篦盡舍。以詞詠女冠故名。《詞譜》援漢宮披承恩者，賜芙蓉冠子，或緋或碧。然詞名未必緣此事也。」

## 女冠子慢

即【女冠子】。《欽定詞譜》卷四【女冠子】調注：「柳永詞，一名【女冠子慢】。」

按：柳永詞雖係長調慢詞，而各本無有加一慢字者。《欽定詞譜》未知何據，待考。

# 四畫

## 王孫信

即【尋芳草】。〔宋〕辛棄疾詞名【王孫信】，
見《稼軒詞・乙集》。

> 有得許多淚，又閒卻、許多鴛被。枕頭兒、放
> 處都不是。舊家時、怎生睡。　　更也沒書
> 來，那堪被、雁兒調戲。道無書、卻有書中
> 意，排幾個、人人字。（錄自涉園影宋本）

## 天下樂

唐教坊曲名。

（一）調見〔宋〕楊無咎《逃禪詞》。

> 雪後雨兒雨後雪。鎮日價、長不歇。今番為寒
> 忒太切。和天地、也來廝鬧。　　睡不著、身
> 心自暗攧。這況味、憑誰說。枕衾冷得渾似
> 鐵。只心頭、些個熱。（錄自汲古閣《宋六十名家
> 詞》本）

《教坊記》注：正平。

（二）即【瑞鷓鴣】。《欽定詞譜》卷十二【瑞
鷓鴣】調注：「《樂府紀聞》名【天下樂】。」

## 天下樂令

即【減字木蘭花】。〔宋〕無名氏詞名【天下樂
令】，見《高麗史・卷七十一・樂二》。

> 壽星明久。壽曲高歌沉醉後。壽燭熒煌。手把
> 金爐，燃一壽香。　　滿斟壽酒。我意殷勤來
> 祝壽。問壽如何，壽比南山福更多。（錄自日本
> 明治四十一年縮印本）

## 天上春來

調見《毛襄懋先生別集》卷六〔明〕陳邦治詞。

> 皇心臂憑，赤天擎天，遍覆了、茫茫海宇。北
> 鎮胥寧，南征復倚。隨挽著那銀河，一一將氛
> 埃盡洗。享隆平，把這六千甲子，又從頭數
> 起。　　西奎東璧聯輝，九夷八蠻通禮。海內
> 昆蟲，唯歡吟細語。萬代瞻仰在此舉。歎純忠
> 久矣。天人交與。管看全壽全福，與我太平天
> 子。萬歲千秋，同康民物無已。（錄自《四庫全書
> 存目叢書》本）

## 天仙子

又名：秋江碧、萬斯年、萬斯年曲。

唐教坊曲名。

（一）調見《敦煌歌辭總編》卷一《雲謠集雜曲
子》〔唐〕無名氏詞。

> 燕語鶯啼驚覺夢。羞見鸞台雙舞鳳。思君別後
> 信難通。無人共。花滿洞。羞把同心千遍弄。

（錄自上海古籍出版社排印本）

按：原載（斯）一四四一，《敦煌零拾》。

（二）調見《敦煌歌辭總編》卷一《雲謠集雜曲
子》〔唐〕無名氏詞。

> 燕語啼時三月半。煙蘸柳條金線亂。五陵原上
> 有仙娥，攜歌扇。香爛漫。留住九華雲一片。
> 　　犀玉滿頭花滿面。負妾一雙偷淚眼。淚珠
> 若得似珍珠，拈不散。知何限。串向紅絲應百
> 萬。（錄自上海古籍出版社排印本）

按：原載（斯）一四四一，《敦煌零拾》。

按：【天仙子】調《欽定詞譜》曰：「因皇甫松
詞有『懊惱天仙應有以』句，取以為名。」今從
敦煌發現的《雲謠集雜曲子》中有【天仙子】二
首，其中有「五陵原上有仙娥」和「天仙（任氏
作『思君』）別後信難通」句，可證唐代已有人
用此調詠天仙本事。故此二首【天仙子】可定為
該調之始詞，其創調時代當在唐開元、天寶之
間。《欽定詞譜》未見敦煌唐人之作品，故其論
不確。

（三）調見《花間集》卷三〔五代〕韋莊詞。

> 悵望前回夢裏期。看花不語苦尋思。露桃宮裏
> 小腰肢。眉眼細，鬢雲垂。唯有多情宋玉知。

（錄自雙照樓影宋本）

（四）調見《花間集》卷二〔五代〕皇甫松詞。

> 晴野鷺鷥飛一隻。水葒花發秋江碧。劉郎此日
> 別天仙，登綺席。淚珠滴。十二晚風高歷歷。

（錄自雙照樓影宋本）

（五）調見〔宋〕張先《張子野詞》卷二。

> 醉笑相逢能幾度。為報江頭春且住。主人今日
> 是行人，紅袖舞。清歌女。憑仗東風教點取。
> 　　三月柳枝柔似縷。落絮盡飛還戀樹。有情
> 寧不憶西園，鶯解語。花無數。應訝使君何處
> 去。（錄自《彊村叢書》本）

《金奩集》注：歇指調。《張子野詞》注：中呂
調、仙呂調。《古今詞話・詞辨》引《詞譜》
曰：「黃鐘宮曲。」

## 天台宴

〔明〕蔣平階自度曲，見《支機集》卷一。

> 晚雲低映桃花路。雲外雙輈度。香風一派玉塵涼。吹爾落瓊房。是仙鄉。　漫綰綢繆縷。結下同心苣。覷人唯覺黛蛾長。認得蓬山深處舊鸞凰。好思量。（錄自清順治九年刻本）

詞序：「吾門沈子鬮祈、周子壽王、齊年同學，均有高尚之致、物表之思。辛年令序，同舉嘉禮，予以此古劉阮之事，戲為新調以贈之，名曰【天台宴】，亦國風之正變也。其於男女妃匹之際，幃房宴笑之私，不啻詳矣，而仲尼經之。然則聖人之於人情，得其正者有不諱也。或以予詞過婉麗，疑非古道，豈知言哉！」

## 天門謠

即【朝天子】。〔宋〕賀鑄詞有「牛渚天門險」句，故名；見〔宋〕李之儀《姑溪詞》附錄。

> 牛渚天門險。限南北、七雄豪占。清霧斂。與閒人登覽。　待月上潮平波灩灩。塞管輕吹新阿濫。風滿檻。歷歷數、西州更點。（錄自汲古閣《宋六十名家詞》本）

李之儀《姑溪詞》【天門謠】詞序：「次韻賀方回登采石磯峨眉亭。方回詞云（詞略）。」

《東山詞》校注：「【天門謠】，據宋王灼《碧雞漫志》卷四：『此詞調【朝天子】。』按《詞律》卷四【朝天子】錄楊無咎『小閣寬如掌』一首，《詞譜》卷六【朝天子】錄晁補之『酒醒情懷惡』一首，與賀詞相校，僅上闋第三韻，楊作『千奇萬狀』，晁作『寒食過卻』，賀作『清霧斂』，相差一字而已，其餘句度格律悉同，顯係一調異體，可證王灼不誣。【天門謠】則方回另立新名，《東山詞》體例耳。而《詞律》卷四、《詞譜》卷五另立【天門謠】一目，殆未深考也。」

《輿地記》：「博望、梁山，東西隔江，相對如門，相去數里，謂之天門。」賀鑄【蛾眉亭記】曰：「采石鎮瀕江有牛渚磯，磯上絕壁嵌空，與天門相直，嵐浮翠拂，狀若蛾眉。」

## 天淨沙

又名：塞上秋。

調見《朝野新聲太平樂府》卷三〔元〕喬吉詞。

> 一從鞍馬西東。幾番衾枕朦朧。薄倖雖來夢中。爭如無夢。那時真個相逢。（錄自中華書局排印本）

《朝野新聲太平樂府》注：越調。

按：此調為元人小令，依《欽定詞譜》例列入。

## 天香

又名：天香慢、伴雲來、樓下柳。

調見《樂府雅詞·拾遺》卷下〔宋〕王觀詞。

> 霜瓦鴛鴦，風簾翡翠，今年早是寒少。矮釘明窗，側開朱戶，斷莫亂教人到。重陰未解，雲共雪、商量不了。青帳垂氊要密，紅爐收圍宜小。　呵梅弄妝試巧。繡羅衣、瑞雲芝草。伴我語時同語，笑時同笑。已被金樽勸倒。又唱個、新詞故相惱。盡道窮冬，元來恁好。（錄自文淵閣《四庫全書》本）

## 天香引

即【折桂令】。〔宋〕文同詞名【天香引】，見《浙江通志》卷三百七十六。

> 三月三、花霧吹晴。見麟鳳滄洲，駕鷺沙汀。華鼓清簫，紅雲蘭棹，青紵旗亭。　細看來、春風世情。都分在、流水歌聲。剪燕嬌鶯，冷笑詩仙，擊楫揚舲。（錄自浙江書局本）

《聽秋聲館詞話》卷十八：「《浙江通志》錄文與可（同）【天香引】云（詞略）。當是【天香引】正體，為北曲【折桂令】所自出。故不收此詞，而收倪雲林、張小山之【折桂令】，以又名【天香引】合而一之。……考核偶疏，即不免舛誤。」

按：此調係元人小令。據《樂府群玉》應為元喬吉小令。今依《欽定詞譜》、《詞律拾遺》列入，以備查考。

## 天香第一枝

即【折桂令】，見【折桂令】（二）條詞注。

## 天香慢

即【天香】。〔金〕長筌子詞名【天香慢】，見《洞淵集》卷五。

> 萬木歸根，三冬拔翠，曉來梅萼輕坼。妒雪精神，清人氣焰，不許等閒攀摘。百花未發，獨占得、東君春色。庾嶺斜橫，秀孤芳，更妙機難測。　西湖灑然至極。勝蠟黃愈增靈識。漏泄前村驛使，喜傳消息。解引詩人雅詠，對

一枝金蕾，興自適。月浸寒梢，天香可惜。（錄自涵芬樓影明《道藏》本）

## 天道無親

即【甘草子】。〔金〕馬鈺詞有「悟徹本無親，天道堪憑信」句，故名；見《洞玄金玉集》卷十。

唯願想像，莊周夢蝶飛輕粉。悟徹本無親，天道堪憑信。　一志寂寥修行緊。便莫惜、假軀嬌嫩。捐棄家緣須陡頓。任女男妻恨。（錄自涵芬樓影明《道藏》本）

詞注：「本名【甘草子】。」

## 天寧樂

即【金人捧露盤】。宋賀鑄詞名【天寧樂】，見《東山詞》卷上。

斗儲祥，虹流社，兆黃虞。未□□、□聖真符。千齡葉應，九河清，神物出龜圖。□□□□，□盛時、朝野歡娛。　靡不覆，旋穹□，□□□、□坤輿。致萬國、一變華胥。霞觴□□，□□□、□□□宸趨。五雲長在，望子□、□□□□。（錄自《彊村叢書》本）

詞注：「【銅人捧露盤引】。」

《宋史·徽宗紀》：「建中靖國元年……冬十月，丁酉天寧節，群臣及遼使初上壽於垂拱殿。」

《宋史·禮志》：「徽宗以十月十日為天寧節。」章惇表：「離明繼照，敷同四海之歌；天德出寧，請祝萬年之壽。請以十月十日為天寧節。」

## 元會曲

即【水調歌頭】。〔宋〕毛滂詞名【元會曲】，見《東堂詞》。

九金增宋重，八玉變秦餘。千年清浸，洗淨河洛出圖書。一段昇平光景，不但五星循軌，萬點共連珠。垂衣本神聖，補袞妙工夫。　朝元去，鏘環佩，冷雲衢。芝房雅奏，儀鳳矯首聽笙竽。天近黃麾仗曉，春早紅鸞扇暖，遲日上金鋪。萬歲南山色，不老對唐虞。（錄自《彊村叢書》本）

《晉書·禮志》：「魏武帝都鄴，正會文昌殿，用漢儀，又設百華燈。晉氏受命武帝，更定元會儀。傅玄元會賦曰：『考夏後之遺訓，綜殷周典藝。採秦漢之舊儀，定元正之嘉會。』」

按：該詞調名《東堂詞》各本均作【水調歌頭】，「元會曲」係該詞題，毛滂為歌頌群臣朝見皇帝之作，時在元旦，故名元會。《欽定詞譜》卷二十三【水調歌頭】調注：「毛滂詞名【元會曲】。」未知何據。今依《欽定詞譜》，存【元會曲】調名，以備查考。

## 木笪

唐教坊曲名。

調見《朝野新聲太平樂府》卷六〔元〕白樸詞。

海棠初雨歇。楊柳輕煙惹。碧草茸茸鋪四野。俄然回首處，亂紅堆雪。　恰春光也。梅子黃時節。映日榴花紅似血。胡葵開滿院，碎剪宮纈。（錄自中華書局排印本）

《欽定詞譜》卷九【木笪】調注：「唐《教坊記》有【木笪】大曲。宋修內司所刊《樂府渾成集》亦有【木笪】名。周密《齊東野語》以為此音世人罕知。今《太平樂府》有白樸【木笪】一套，疑其遺制。」又云：「此元人套數樂府，以其猶近宋詞體制，採之。」

## 木蘭花

又名：木蘭花令。

唐教坊曲名。

（一）調見《敦煌歌辭總編》卷二〔唐〕無名氏詞。

十年五歲相看過。為道木蘭花一朵。九天遠地覓將來，移將後院深處坐。　又見蝴蝶千千個。由住安良不敢做。傍人不必苦相須，恐怕春風斬斷我。（錄自上海古籍出版社排印本）

按：此調原載（斯）三二九。

《敦煌歌辭總編》卷二：「按【木蘭花】是盛唐曲名，見《教坊記》。唐五代辭有溫庭筠、韓偓、韋莊、魏承班、歐陽炯、毛熙震、徐昌圖、庾傳素、許岷、孟昶等作，皆七言八句，叶仄；亦有雜言之作，較少。右辭詠調名本意，可能為始辭，或為民間流傳較廣之作。原本兩見『曲子名』三字，而其名如何，始終未露。茲於辭前補出調名，有充分依據，非膽大妄為。」

（二）調見《花間集》卷三〔五代〕韋莊詞。

獨上小樓春欲暮。愁望玉關芳草路。消息斷，不逢人，卻斂細眉歸繡戶。　坐看落花空歎息。羅袂濕斑紅淚滴。千山萬水不曾行，魂夢欲教何處覓。（錄自雙照樓影宋本）

（三）即【玉樓春】。〔五代〕牛嶠詞名【木蘭花】，見《全唐詩·附詞》。

> 春入橫塘搖淺浪。花落小園空惆悵。此情誰信為狂夫，恨翠愁紅流枕上。　小玉窗前嗔燕語。紅淚滴穿金線縷。雁歸不見報郎歸，織成錦字封過與。（錄自清康熙內府本）

（四）即【減字木蘭花】。〔明〕周用詞名【木蘭花】，見《周恭肅公詞》。

> 大江東去。金山曾記留題處。密席珍儒。東壁分光照具區。　仁風化雨。大雅不須歌玉汝。一卷周官。古道於今炳若丹。（錄自惜陰堂《明詞彙刊》本）

（五）即【木蘭花慢】。〔宋〕張孝祥詞名【木蘭花】，見《于湖先生長短句》卷一。

> 擁貔貅萬騎，聚千里、鐵衣寒。正玉帳連雲，油幢映日，飛箭天山。錦城啟方面重，對籌壺、盡日雅歌閒。休遣沙場虜騎，尚餘匹馬空還。　那看。更值春殘。斟綠醑、對朱顏。正宿雨催紅，和風換翠，梅小香慳。牙旗漸西去也，望梁州、故壘暮雲間。休使佳人斂黛，斷腸低唱陽關。（錄自雙照樓影宋本）

### 木蘭花令

（一）即【木蘭花】。〔五代〕韋莊詞名【木蘭花令】，見《欽定詞譜》卷十一。

> 獨上小樓春欲暮。愁望玉關芳草路。消息斷，不逢人，卻斂細眉歸繡戶。　坐看落花空歎息。羅袂濕斑紅淚滴。千山萬水不曾行，魂夢欲教何處覓。（錄自清康熙內府本）

《欽定詞譜》卷十一【木蘭花令】調注：「按《花間集》載【木蘭花】、【玉樓春】兩調其七字八句者為【玉樓春】體，【木蘭花】則韋（莊）詞、毛（熙震）詞、魏（承斑）詞共三體，從無與【玉樓春】同者。自《尊前集》誤刻以後，宋詞相沿，率多混填。今照《花間集》本分列，舊譜誤者，悉為校正。」

按：《欽定詞譜》以【木蘭花】雜言體定名為【木蘭花令】。

（二）即【玉樓春】。〔唐〕徐昌圖詞名【木蘭花令】，見《妙選群英草堂詩餘·前集》卷下。

> 沉檀煙起盤紅霧。一剪霜風吹繡戶。漢宮花面學梅妝，謝女雪詩裁柳絮。　長垂夾幕孤鶯舞，旋炙銀笙雙鳳語。紅窗酒病對寒冰，永覺相思無夢處。（錄自雙照樓影明洪武本）

### 木蘭花減字

即【減字木蘭花】。〔宋〕陳師道詞名【木蘭花減字】，見《詩淵》。

> 今年百五。風日清明塵不舉。紫秀紅陳。三節煙花次第春。　來輿去馬。千念一空春事謝。白下門東。誰見初陽弄晚風。（錄自書目文獻出版社影明鈔本）

### 木蘭花慢

（一）調見〔清〕張宗禛《四鳴集詩餘》卷一。

> 秋光明遠照。白蘆蓬首，綠溪尊老。孤帆去飄紗。看清風相送，行雲飛鳥。湖山環繞。倚蓬窗、持杯自笑。笑年來、破帽甌寒，歷盡荒煙衰草。　顛倒。離愁羈思，雨露風霜，都懸牆杪。此來正好。北堂外、萱枝老。吳山漸近，夢魂無賴，豈為秋高。寒悄。甚良謀、料理家園，英雄事了。（錄自清康熙金閶湖田書屋本）

（二）即【木蘭花慢】。〔清〕張宗禛詞名【木蘭花慢】，見《四鳴集詩餘》卷一。

> 向朱門暫泊，蕩湘簾，耀眼明。杏臉粉微勻。櫻桃笑口，體態娉婷。傾城。銀河隔斷，感姮娥顧盼留情。閒倚欄干目注，聞他馨咳聲聲。　盈盈。百媚俱生。冶豔處，會逢迎。歡路傍陌上，惜玉投金，多少神昏。無成。對佳麗地，好持杯痛飲玉山傾。自古巫峰雲雨，一夢春醒。（錄自清康熙金閶湖田書屋本）

### 木蘭花慢

又名：千秋歲、木蘭花、木蘭花幔。

（一）調見〔宋〕柳永《樂章集》卷下。

> 倚危樓佇立，乍蕭索、晚晴初。漸素景衰殘，風砧韻響，霜樹紅疏。雲衢。見新雁過，奈佳人自別阻音書。空遣悲秋念遠，寸腸萬恨縈紆。　皇都。暗想歡遊，成往事、動都歔。念對酒當歌，低幃並枕，翻恁輕孤。歸途。縱凝望處，但斜陽暮靄滿平蕪。贏得無言悄悄，憑欄盡日踟躕。（錄自《彊村叢書》本）

《樂章集》注：南呂調。《于湖先生長短句》注：高平調。

（二）調見〔宋〕呂渭老《聖求詞》。

> 石榴花謝了，正荷葉、蓋平池。試瑪瑙杯深，琅玕簟冷，臨水簾帷。知他故人甚處，晚霞明斷浦、柳枝垂。唯有松風水月，向人長似當

時。　　依依。望斷水窮雲起處，是天涯。奈燕子樓高，江南夢斷，虛費相思。新愁暗生舊恨，更流螢弄月入紗衣。除卻幽花軟草，此情未許人知。（錄自明吳訥《百家詞》本）

## 木蘭香

即【減字木蘭花】。〔宋〕徐介軒詞名【木蘭香】，見《全芳備祖・前集卷七・花部・海棠》。

一簾疏雨。道是無思還有思。坐久魂銷。風動珠唇點點嬌。　　平生浩氣。靜樂機關隨處是。薰透寒衾。蝴蝶休縈萬里心。（錄自文淵閣《四庫全書》本）

## 五三五

〔清〕魏際瑞自製體，見《魏伯子文集》卷十。

春病總懨懨，細雨簾纖。燕子歸來飛未穩，雙雙欲近重簾。　　陌上清明花又老，殷紅杏子裁衫。流水無言，落花有淚，情重錯相嫌。愁欲絕，春恨壓眉尖。（錄自清道光刻本）

詞注：「自製體。」

## 五更令

〔金〕王喆自製大曲，見《重陽全真集》卷八。

一更初，鼓聲傻。槌槌要，敲著心猿意馬。細細而、擊動錚錚，使俱齊擒下。　　萬象森羅空裏掛。潑焰焰神輝，惺惺灑灑。明光射入寶瓶宮，早兒嬌女姹。

二更分，鼓聲按。勻勻打，自然龍虎交換。精氣神、各住丹房，也並無錯亂。　　撞透重樓知片段。這玉液瓊漿，往來澆灌。便須教溉出黃芽，漸生來好看。

三更端，鼓聲正。攀攀響，韻音轉令鳴瑩。其中便、暗現靈根，會通賢道聖。　　慢慢來迴遊捷徑。傳銀箭這番，穿成雅令。用親鏑鏑上紅心，現清清靜靜。

四更高，鼓聲銳。忽然間，振動天花偏墜。前面卻、有個真人，戴星冠月帔。　　得此妙玄成吉利。望北斗杓星，西南正指。看看底別綻瓊花，做祥祥瑞瑞。

五更終，鼓聲閒，被那人，攛動做成顛倒。金盤內、托出十珠，放霞光萬道。　　窈窕冥冥真個好。從此復通他，當初至寶。如今卻歸去何方，住十洲三島。（錄自涵芬樓影明《道藏》本）

## 五更出舍郎

〔金〕王喆自製大曲，見《重陽全真集》卷七。

反會做他出舍郎。便風狂。成功行，到蓬莊。奉報那人如惺悟，好商量。五更裏，細消詳。

一更哩囉出舍郎。離家鄉。前程路，隱排行。便把黑颼先捉定，入皮囊。牢封繫，任飄揚。

二更哩囉出舍郎。變銀霜。湯燒火，火燒湯。夫婦二人齊下拜，住丹房。同眠宿，臥牙床。

三更哩囉出舍郎。最相當。神丹就，養兒娘。一對陰陽真個好，坐車廂。金牛子，載搬忙。

四更哩囉出舍郎。得清涼。重樓上，飲瓊漿。任舞任歌醒復醉，愈堪嘗。真滋味，萬般香。

五更哩囉出舍郎。沒提防。無遮礙，過明堂。一顆明珠顛倒滾，瑞中祥。崑崙上，放霞光。

認得五般出舍郎。黑白彰。當中赤，間青黃。哩囉囉陵哩囉囉哩，妙玄良。玲瓏了，便玎璫。（錄自涵芬樓影明《道藏》本）

## 五更轉

唐大曲名。

（一）調見《敦煌歌辭總編》卷五〔唐〕無名氏詞。

一更每年七月七。此時受□日。在處數座結交□。獻供數千般。　　□晨達天暮。一心待織女。忽若今夜降凡間。乞取一交言。

二更仰面碧霄天。參次眾星前。月明夜□□周旋。□□□□□。　　諸女彩樓畔。燒取玉爐煙。不知牽牛在那邊。望得眼睛穿。

三更女伴近彩樓。頂禮不曾休。佛前燈暗更添油。禮拜再三求。　　會甚□北斗。漸覺更星候。月落西山煴星流。將謂是牽牛。

四更緩步出門聽。直走到街庭。今夜斗末見流星。奔逐向前迎。　　此時為將見。發卻千般願。無福之人莫怨天。皆是少因緣。

五更數設了□□。處分總教收。五個姮娥結彩樓。那個見牽牛。　　看看東方動。來把秦箏弄。黃針撥鏡再梳頭。遙遙到來秋。（錄自上海古籍出版社排印本）

按：原載（斯）一四九七。

《敦煌歌辭總編》卷五：「格調乃雙重結構：以兩片體之【喜秋天】調，演成【五更轉】全套之形式。五辭原題：曲子【喜秋天】。是兩片，換頭，平仄兼叶之調。」

（二）調見《敦煌歌辭總編》卷五〔唐〕無名氏詞。

一更初夜坐調琴。欲奏相思傷妾心。每恨狂夫薄行跡，一過拋人年月深。　君自去來經幾春。不傳書信絕知聞。願妾變作天邊雁，萬里悲鳴尋訪君。

二更孤悵理秦箏。若個弦中無怨聲。忽憶狂夫鎮沙漠，遣妾煩怨雙淚盈。　當本只言今載歸。誰知一別音信稀。賤妾猶自姮娥月，一片貞心獨守空閨。

三更寂寞取箜篌。歎狂夫□□□□。□□□□□□□。　爾為君王效忠節。都緣名利覓封侯。願君早登丞相位，妾亦能孤守百秋。

四更叢竹弄宮商。每恨賢夫在漁陽。池中比目魚遊戲。海鷗雙□□□□。（下缺）（錄自上海古籍出版社排印本）

按：原載（伯）二六四七。有殘缺。

（三）調見《敦煌歌辭總編》卷五〔唐〕釋神會詞。

一更初。涅槃城裏見真如。妄想是空非有實，不言為有不言無。　非垢淨，離空虛。莫作意，入無餘。了性即知當解脫，何勞端坐作功夫。

二更催。知心念念是如來。妄想是空非實有，□□山上不勞梯。　頓見境，佛門開。寂滅樂，是菩提。□□□燈恆普照，了見馨香無去來。

三更深。無生□□坐禪林。內外中間無處所，魔軍不滅不來侵。　莫作意，勿疑心。任自在，離思尋。般若木來無處所，作意何時悟法音。

四更闌。□□□□□□□。□□共傳無作法，愚人造化數數般。　尋不見，難□難。□役似，本來禪。若悟剎那應即見，迷時累劫暗中觀。

五更分。淨體由來無我人。黑白見知而不染，遮莫青黃寂不論。　了了見，的知真。隨無相，離緣因。一切時中常解脫，共俗和光不染塵。（錄自上海古籍出版社排印本）

按：原載（斯）六一〇三、二六七九。

（四）調見《敦煌歌辭總編》卷五〔唐〕無名氏詞。

一更夜月涼。東宮建道場。幡花傘蓋日爭光。燒寶香。

共奏天仙樂。龜茲韻宮商。美人無奈手頤忙。聲繞樑。

太子無心戀，閉目不形相。將身不作轉輪王。只是怕無常。

二更夜月明。音樂堪人聽。美人纖手弄秦箏。貌輕盈。

姨母專承事，耶輸相逐行。太子無心戀色聲。豈能聽。

輪迴三惡道，六趣在死生。從來改欲這般名。只是換身形。

三更夜月亭。嬪妃睡不醒。美人夢裏作音聲。往相迎。

出家時欲至，天王號作瓶。宮中聞喚太子聲。甚叮嚀。

我是四天王，故來遠自迎。朱駿便驪紫雲騰。共去夜逾城。

四更夜月偏。乘雲到雪山。端身正坐欲向前。坐禪延。

尋思父王憶，每當姨母憐。耶輸憶我向門前。眼應穿。

便即喚車匿。分付與衣冠。將吾白馬卻歸還。傳我言。

五更夜月交。帝釋度金刀。毀形落髮紺青毫。鵲莫巢。

牧女獻牛乳，長者奉香茅。誓當作佛苦海嶠。眉間放白毫。

日食一麻麥，六載受勤勞。因充果滿自逍遙。三界超。（錄自上海古籍出版社排印本）

按：原載（伯）三〇六五、三〇六一、李盛鐸舊藏本。此調較整齊，每更一組三首，句式為「五、五、七、三」。末句襯二字成五言句。末組如第二首與第三首倒換，就完整。三首中第一首為主曲，叶四平韻。餘二首為輔曲，叶三平韻，每組必在同一韻。此組在唐敦煌發現的【五更轉】大曲中較為完善。

## 五拍

即【瑞鷓鴣】。〔宋〕關注詞有「猶傳五拍到人間」句，故名；見《墨莊漫錄》卷四。

玄衣仙子從雙髻。緩節長歌一解顏。滿引銅盆效鯨吸，低徊舞袖作弓彎。　舞留月殿春風冷，樂奏鈞天曉夢還。行聽新聲太平樂，猶留五拍到人間。（錄自《四部叢刊》影明鈔本）

《歷代詞人考略》卷二十五：「按：關子東【桂華明】記夢詞，又見《梁溪軼事》，與張氏漫錄所記略同。其夢中所聞【太平樂】醒而以詩記

之，『玄衣仙子從雙鬟』云云，乃【瑞鷓鴣】調。《詞譜》因子東詩句，又名【太平樂】，又名【五拍】，實七言八句也。惜乎子東夢中所記之〈五拍〉今不傳矣。」

按：此詞《墨莊漫錄》注調名為【太平樂】。《欽定詞譜》卷十二【瑞鷓鴣】調注：「《梁溪漫錄》詞有『猶傳五拍到人間』句，名【五拍】。」今存《欽定詞譜》之擬名，以備查考。

## 五福降中天

（一）調見《歲時廣記》卷十二〔宋〕江致和詞。

喜元宵三五，縱馬御柳溝東。斜日映珠簾，瞥見芳容。秋水嬌橫俊眼，膩雪輕鋪素胸。愛把菱花，笑勻粉面露春蔥。　　徘徊步懶，奈一點、靈犀未通。悵望七香車去，慢颭春風。雲情雨態，願暫入陽台夢中。路隔煙霞，甚時還許到蓬宮。（錄自《十萬卷樓叢書》本）

《歲時廣記》卷十二引《古今詞話》：「崇寧間，上元極盛。太學生江致和在宣德門觀燈。會車輿上遇一婦人，姿質極美，恍然似有所失。歸運毫楮，遂得小詞一首。明日妄意復遊故地，至晚車又來，致和以詞投之。自後屢有所遇，其婦笑謂致和曰：『今日喜得到蓬宮矣。』詞名【五福降中天】（詞略）。」

《綠窗新話》卷上：「崇寧間，輦下上元極盛。太學生江致和，一夕，在宣德門前看燈。適會車輿上見一婦人，姿色絕美，與致和目色相授，至夜深乃散。遂作【五福降中天】一曲具道其意，曰（詞略）。明日，致和以此詞妄意於前日之地待之。至晚，車又來，婦人遙見致和，增益歡喜。致和密令小僕以此詞投之，自後致和屢見所遇，約致和於曲室，以盡繾綣。婦人笑曰：『今日喜得君到蓬宮矣。』」

（二）即【齊天樂】。〔宋〕沈瑞節詞名【五福降中天】，見《克齋詞》。

月朧煙淡霜蹊滑。孤宿暮林荒驛。繞樹微吟，巡簷索笑，自分平生相得。冰池半釋。正節物驚心，淚痕沾臆，流水濺濺，照影古寺滿春色。　　沉歎今年未識。暗香微動處，人初寂。酷愛芳姿，最憐幽韻，來款禪房深密。他時恨、悵卻月凌風，信音難的。雪底幽期，為誰還露立。（錄自汲古閣《宋六十名家詞》本）

## 五福降中天慢

即【齊天樂】。〔宋〕沈瑞節詞名【五福降中天慢】，見《花草粹編》卷十九。

月朧煙淡霜溪滑。孤宿暮林荒驛。繞樹微吟，巡簷索笑，自分平生相得。冰池半釋。正節物驚心，淚痕沾臆，流水濺濺，照影古寺滿春色。　　沉歎今年未識。暗香未動人初寂。酷愛芳姿，最憐幽韻，來款禪房深密。他時恨、悵卻月凌風，信音難的。雪底幽期，為誰還露立。（錄自文淵閣《四庫全書》本）

## 五福麗中天

即【齊天樂】。〔清〕龔鼎孳詞名【五福麗中天】，見《定山堂詩餘》卷四。

三公府第鶯花繞，不數畫眉京兆。東閣郎君，槐庭兒子，入手英啼初抱。都人歡笑。恰鎖院詞頭，紫綸新草。宰相金甌，先判福德臨門早。　　官事生來能了。陸俇王仲，寶年皆小。上苑春風，華堂文宴，朱履賓朋齊到。黑頭鼎鼐，魯後周前，拜稽偏好。貞敏勳猷，貽謀天下少。（錄自清康熙刻本）

## 五彩結同心

（一）調見〔宋〕趙彥端《介庵詞》。

人間塵斷，雨外風回，涼波自泛仙槎。非郭還非野，鶯燕、時傍笑語清佳。銅壺花漏長如線，金鋪碎、香暖簪牙。誰知道、東園五畝，種成國艷天葩。　　主人漢家龍種，正翩翩迴立，雪紵鳥紗。歌舞承平舊，圍紅袖、詩興自寫春華。未知三斗朝天去，定何似、鴻寶丹砂。且一醉、朱顏相慶，共看玉井浮花。（錄自汲古閣《宋六十名家詞》本）

（二）調見《樂府雅詞·拾遺》卷上〔宋〕無名氏詞。

珠簾垂戶。金索懸窗，家接浣紗溪路。相見桐蔭下，一鉤月、恰在鳳凰棲處。素瓊扮就宮腰小，花枝嫋、盈盈嬌步。新妝淺、滿腮紅雪，綽約片雲欲度。　　塵寰豈能留住。唯只愁化作，彩雲飛去。蟬翼衫兒薄，冰肌瑩、輕罩一團香霧。彩箋巧綴相思苦。脈脈動、憐才心緒。好作入、秦樓活計，吹簫伴侶。（錄自文淵閣《四庫全書》本）

按：調名之意，用五彩絲帶織成連環迴文樣式，

用以象徵堅貞的愛情。五彩指青、黃、赤、白、黑五種顏色。《荀子》云：「五彩備而成文。」南朝梁武帝〈有所思〉詩：「腰中雙綺帶，夢為結同心。」唐劉禹錫〈楊柳枝〉：「如今縮作同心結，將贈行人知不知。」調名本此。

## 五張機

調見〔清〕陳榮昌《虛齋詞》卷下。

> 五張機。煩君為我製天衣。人間赤子寒生粟，雨絲煙縷，織成奇服，一被萬窮黎。（錄自清陳氏手稿本）

按：此係【九張機】大曲之一，因獨立為一調，故錄之以備參閱。

## 五雜俎

（一）調見〔宋〕范成大《石湖集》。

> 五雜俎，同心結。往復來，當窗月。不得已，話離別。（錄自《詞繫》本）

（二）調見〔宋〕范成大《石湖集》。

> 五雜俎，迴文機。往復來，錦梭飛。不得已，獨畫眉。（錄自《詞繫》本）

《詞繫》卷二十一：「《石湖集》云：『樂府有【五雜俎】及【兩頭纖纖】，殆類小令。孔仲平最愛作此，以詞戲之，故亦效之。』此與後調（指【兩頭纖纖】），各譜皆不收。然【九張機】、【調笑】等調均已編列，此亦宋人作，何獨見遺？」又云：「此等詞雖戲作，已為元曲之開山。錄之以見詞變為曲之漸有由來也。」

## 五靈妙仙

即【小鎮西犯】。〔金〕馬鈺詞名【五靈妙仙】，見《洞玄金玉集》卷九。

> 馬風寧海，過重陽十八。憨憨地、就中奸黠。六塵絕。縱逍遙自在，開懷豁暢，雲遊水歷，瓊瑤路如冰滑。　補天缺。下功收五彩，經營活雪。調龍虎、撞開沖節。得真悅。見晴空瑩淨，圓圓正正，光輝晃郎，元來自家心月。（錄自涵芬樓影明《道藏》本）

按：《竹書紀年》卷上：「率舜等升首山，遵河渚有五老遊焉，蓋五星之精也。」《雲笈七籤》：「元始天王化身成三清之後，繼又化為五方五老。東方青靈始老、南方丹靈真老、中央混元玄靈黃老君、西方皓靈皇老、北方五靈玄老。是為五方五老君，五靈之妙仙。」調名義此。

## 太平令

調見〔金〕侯善淵《上清太玄集》卷九。

> 芝堂無事啟丹經。香煙嫋，慧燈明。聲和流水玉音清。雲收絕霧斂，昈平一色瑤池淨。洞天玄照瑞光凝。分明見，窅然惺。回眸返入道圓成。便忘形羽化，虛皇付我天符令。（錄自涵芬樓影明《道藏》本）

## 太平年

即【太平年慢】。〔宋〕無名氏詞名【太平年】，見《欽定詞譜》卷五。

> 皇州春滿群芳麗。散異香旖旎。鼇宮開宴賞佳致。舉笙歌鼎沸。　永日遲遲和風媚。柳色煙凝翠。唯恐日西墜。且樂歡醉。（錄自清康熙內府本）

## 太平年慢

又名：太平年。

調見《高麗史·卷七十一·樂二》〔宋〕無名氏詞。

> 皇州春滿群芳麗。散異香旖旎。鼇宮開宴賞佳致。舉笙歌鼎沸。永日遲遲和風媚。柳色煙凝翠。唯恐日西墜。且樂歡醉。（錄自日本明治四十一年縮印本）

按：原本調下注有「中腔唱」三字。

## 太平春

即【添聲楊柳枝】。〔清〕郭士璟詞名【太平春】，見《句雲堂詞》。

> 市錦橋花落彩虹。夜晴空。有人偷覷面低紅。兩芙蓉。　風遞脂香人背處，影重重。樓頭明月紫煙濃。有無中。（錄自清康熙刻本）

## 太平時

即【添聲楊柳枝】。〔宋〕賀鑄詞名【太平時】，見《東山詞》卷上。

> 蜀錦塵香生襪羅。小婆娑。個儂無賴動人多。是橫波。　樓角雲開風捲幕，月浸河。纖纖持酒豔聲歌。奈情何。（錄自陶氏涉園影宋本）

《詞律》卷三杜文瀾云：「按《詞譜》此調列名【添聲楊柳枝】，乃以黃鐘商【楊柳枝】曲每句下各添三字一句，如【竹枝】、【漁父】有和聲也。又按《宋史·樂志》：『【太平時】，小石

調。』」

《欽定詞譜》卷三【添聲楊柳枝】調注：「此詞後段第二句，仍押平韻，每句添聲，俱用仄平平，宋詞皆照此填，與唐詞小異。按此體見《梅苑》及《樂府雅詞》皆作【楊柳枝】。又按賀詞八首名【太平時】，都用前人絕句，添入和聲，蓋即【添聲楊柳枝】也。《詞律》以【太平時】另列一體者，誤。」

## 太平歡

即【念奴嬌】。〔宋〕姚述堯詞有「正太平無事，歡娛時節」句，故名；見《蕭台公餘詞》。

蕤賓奏律，正太平無事，歡娛時節。翹首蕭台南望處，兩兩壽星明徹。和滿乾坤，春回草木，瑞露凝金闕。鈞天齊奏，萬呼隱隱三發。　　遙想帝里繁華。慶父堯子舜，賡歌胥悅。醼座傳觴仙杖裏，拜舞兩階英傑。慍解薰風，思覃湛露，玉陛笙鏞咽。溥天同慶，年年沉醉花月。（錄自《彊村叢書》本）

## 太平樂

唐教坊曲名。

即【瑞鷓鴣】。〔宋〕關注詞有「行聽新聲太平樂」句，故名；見《墨莊漫錄》卷四。

玄衣仙子從雙鬟。緩節長歌一解顏。滿引銅盆效鯨吸，低佪舞袖作弓彎。　　舞留月殿春風冷，樂奏鈞天曉夢還。行聽新聲太平樂，猶留五拍到人間。（錄自《四部叢刊》影明鈔本）

《墨莊漫錄》卷四：「宣和二年，睦冠方臘起幫源，浙西震恐，士大夫相與奔竄。關注子東在錢塘，避地攜家於無錫之梁溪。明年，臘就擒，離散之家，悉還桑梓。子東以貧甚，未能歸，乃僑寓於毗陵郡崇安寺古柏院中。一日，忽夢臨水有軒，主人延客，可年五十，儀觀甚偉，玄衣而美鬚髯。揖坐，使兩女子以銅杯酌酒，謂子東曰：『自來歌曲新聲，先奏天曹，然後散落人間。他日東南休兵，有樂府曰【太平樂】，汝先聽其聲。』遂使兩女子舞，主人抵掌而為之節。已而恍然而覺，猶能記其五拍。」

## 太常引

又名：太清引、臘前梅。

（一）調見〔宋〕辛棄疾《稼軒長短句》卷十二。

仙機似欲織纖羅。彷彿度金梭。無奈玉纖何。卻彈作、清商恨多。　　珠簾影裏，如花半面，絕勝隔簾歌。世路苦風波。且痛飲、公無渡河。（錄自涉園影小草齋鈔本）

（二）即【少年游】。〔元〕趙孟頫詞名【太常引】，見《松雪齋樂府》。

弄晴微雨細絲絲。山色淡無姿。柳絮飛殘，荼蘼開罷，青杏已團枝。　　欄干倚遍人何處。愁聽語黃鸝。寶瑟塵生，翠銷香減，天遠雁書遲。（錄自陶氏涉園影元本）

《填詞名解》卷一：「【太常引】，漢周澤為太常恆齋，其妻窺內間之，澤大怒，以為干齋，收送詔獄。故有『居世不諧為太常妻』之謠。後人取其事以名詞。或曰【太常導引】之曲也。」

〈東京賦〉：「建辰旂之太常，紛綜以容裔。」薛綜注云：「辰謂日月星也，畫之於旌旗，垂十二旒，名曰太常。」太常係古代旌旗名，調名取此。

## 太清引

即【太常引】。《欽定詞譜》卷七【太常引】調注：「《太和正音譜》注：『仙呂宮。』一名【太清引】。」

按：宋元人詞，未見有此詞調名。《欽定詞譜》未知何據，待考。

## 太清歌

調見〔宋〕史浩《鄮峰真隱漫錄》卷四十五。

武陵自古神仙府。有漁人迷路。洞戶迸寒泉，泛桃花容與。　　尋花迤邐見靈光，捨扁舟、飄然入去。注目渺紅霞，有人家無數。（錄自文淵閣《四庫全書》本）

## 太清舞

宋大曲名。

調見〔宋〕史浩《鄮峰真隱漫錄》卷四十五。

後行吹道引曲子，迎五人上，對廳一直立。樂住，竹竿子勾念：

洞天門闥鎖煙蘿。瓊室瑤台瑞氣多。欲識仙凡光景異，歡謠須聽太平歌。

花心念：

伏以獸爐縹緲噴祥煙，玳席熒煌開邃幄。諦視人間之景物，何殊洞府之風光。恭唯袞繡主人，簪纓貴客。或碧瞳漆髮，或綠鬢童顏。雄辯風生，

英姿玉立。曾向蕊宮貝闕，為逍遙遊：俱膺丹篆玉書，作神仙伴。故今此會，式契前蹤。但兒等偶到塵寰，欣逢雅宴；欲陳末藝，上助清歡。未敢自專，伏候處分。

竹竿問，念：既有清歌妙舞，何不獻呈？

花心答，念：舊樂何在？

竹竿子問，念：一部儼然。

花心答，念：再韻前來。

念了，後行吹【太清歌】，眾舞訖，眾唱：

> 武陵自古神仙府。有漁人迷路。洞戶逆寒泉，泛桃花容與。　　尋花迤邐見靈光，捨扁舟、飄然入去。注目沙紅霞，有人家無數。

唱了，後行吹【太清歌】，眾舞。舞訖，花心唱：

> 須臾卻有人相顧。把肯漿來聚。禮數既雍容，更衣冠淳古。　　漁人方問此何鄉，眾顰眉、皆能深訴。元是避嬴秦，共攜家來住。

唱了，後行吹【太清歌】，眾舞，換座，當花心一人唱：

> 當時脫得長城苦。但熙熙朝暮。上帝錫長生，任跳丸烏兔。　　種桃千萬已成蔭，望家鄉、杳然何處。從此與凡人，隔雲霄煙雨。

唱了，後行吹【太清歌】，眾舞，換座，當花心一人唱：

> 漁舟之子來何所。盡相猜相語。夜宿玉堂空，見火輪飛舞。　　凡心有慮尚依然，復歸指、維舟沙浦。回首已茫茫，歎愚迷不悟。

唱了，後行吹〈太清歌〉，眾舞，換座，當花心一人唱：

> 我今來訪煙霞侶。沸華堂簫鼓。疑是奏鈞天，宴瑤池金母。　　卻將桃種散階除，俾華實、須看三度。方記古人言，信有緣相遇。

唱了，後行吹【太清歌】，眾舞，換座，當花心一人唱：

> 雲輧羽幰仙風舉。指丹霄煙霧。行作玉京朝，趁兩班鵷鷺。　　玲瓏環佩擁霓裳，卻自有、簫韶隨步。含笑囑芳筵，後會須來赴。

唱了，後行吹【太清歌】，眾舞。舞訖，竹竿子念：

欣聽佳音，備詳仙跡，固知玉步，欲返雲程。宜少駐於香車；佇再聞於雅詠。

念了，花心念：

但兒等暫離仙島，來止洞天。屬當嘉節之臨；行有清都之觀。芝華羽葆，已雜沓於青冥；玉女仙童，正逢迎於黃道。既承嘉命，聊具新篇。

篇曰：

仙家日月如天遠，人世光陰若電飛。絕唱已聞驚列座，他年同步太清歸。

念了，眾唱破子：

> 遊塵世。到仙鄉。喜君王。躋治虞唐。文德格遐荒。四裔盡來王。干戈偃息歲豐穰。三萬里農桑。歸去告穹蒼。錫聖壽無疆。

唱了，後行吹【步虛子】，四人舞上，勸花心酒，花心復勸。勸訖，眾舞列作一字行。竹竿子念遣隊：

仙音縹緲，麗句清新，既歸美於皇家，復激昂於坐客。桃源歸路，鶴馭迎風。抃手階前，相將好去。

念了，後行吹【步虛子】，出場。（錄自文淵閣《四庫全書》本）

## 不如歸去

（一）調見〔明〕邱浚詞，見《重編瓊台集》卷六。

> 不如歸去。幕巢不是安居處。江淮赤氣互天明，居庸是汝來時路。不如歸去。（錄自文淵閣《四庫全書》本）

詞序：「元至正十六年，子規啼於居庸關。」

按：邱浚詞有「不如歸去」句，故名【不如歸去】。

（二）〔清〕魏際瑞自製體，見《魏伯子文集》。

> 去去去。不如歸去。不如歸去不如歸，去去欲歸何處。青草裏、格磔難行，桑條上、雨鳩逐婦。不如歸去不如歸，去去去。不如歸去。（錄自清道光刻本）

按：魏際瑞詞有「不如歸去」句，故名【不如歸去】。

詞注：「杜字。自製體。」

## 不怕醉

即【謁金門】。〔宋〕韓淲詞有「不怕醉。記取吟邊滋味」句，故名；見《澗泉詩餘》。

> 不怕醉。記取吟邊滋味。幽草綠蔭花絮裏。鶯啼雙燕起。　　老去是何鄉里。漠漠吳頭楚尾。一曲荒山清照水。瓣渠杯酒旨。（錄自《彊村叢書》本）

## 不見

（一）即【如夢令】。〔宋〕沈蔚詞有「不見。不見」句，故名；見《樂府雅詞》卷下。

> 日過重簾未捲。嫋嫋欲殘香線。午醉卻醒來，柳外一聲鶯囀。不見。不見。門掩落花深院。
> （錄自文淵閣《四庫全書》本）

（二）〔清〕金農自度曲，見《冬心先生自度曲》。

> 忽有衣香，吹來笑語，卻隔著、重重朱戶。朱戶重重，那得人間別離苦。　月竟長圓，花全不落，便日日、醉倒月窟花叢，也無些趣。
> （錄自清乾隆刻本）

## 比目魚

〔清〕沈謙新翻曲，見《東江別集》卷三。

> 春遊東城陌。懊惱無端逢豔質。偏荷半倒，不動湘裙褶積。嬌滴滴。掩映得、山花水柳俱無色。歡容笑靨。敢未解春愁，臨波聽鳥，故意調行客。　當面紅牆萬尺。堪恨此身無雙翼。憐春春不憐人，雨荒雲黑。情漫切。真個是、多情枉把無情惜。不堪再憶。斜日野橋西，幾番翹首，千里暮煙碧。（錄自惜陰堂《明詞彙刊》本）

詞序：「新翻曲。上四句【魚游春水】，下六句【摸魚兒】；後段同。」

## 比梅

即【如夢令】。〔宋〕張輯詞有「比著梅花誰瘦」句，故名；見《東澤綺語》。

> 深夜沉沉樽酒。酒醒客衾寒透。城角挾霜飛，吹得月如清晝。屏愁。屏愁。比著梅花誰瘦。
> （錄自《彊村叢書》本）

## 少年心

又名：添字少年心。

調見〔宋〕黃庭堅《山谷詞》。

> 對景惹起愁悶。染相思、病成方寸。是阿誰先有意，阿誰薄倖。斗頓恁、少喜多嗔。　合下休傳音問。你有我、我無你分。似合歡桃核，真堪人恨。心兒裏、有兩個人人。（錄自汲古閣《宋六十名家詞》本）

## 少年行

即【少年游】。〔清〕文廷式詞名【少年行】，見《雲起軒詞鈔》。

> 清矑映雪，纖腰貼地，東日照名姝。教剗瓜犀，戲堆臙鳳，情態半憨疏。　還相問、近來消息，懷得漢書無。如此壺天，盡留人住，我欲再乘桴。（錄自清光緒三十三年《懷豳雜俎》本）

## 少年游

又名：小欄干、太常引、少年行、少年游令、玉臘梅枝。

（一）調見〔宋〕柳永《樂章集》卷中。

> 長安古道馬遲遲。高柳亂蟬棲。夕陽島外，秋風原上，目斷四天垂。　歸雲一去無蹤跡，何處是前期。狎興生疏，酒徒蕭索，不似去年時。（錄自《彊村叢書》本）

（二）調見〔宋〕蘇軾《東坡詞》。

> 去年相送，餘杭門外，飛雪似楊花。今年春盡，楊花似雪，猶不見還家。　對酒捲簾邀明月，風露透窗紗。恰似嫦娥憐雙燕，分明照、畫梁斜。（錄自汲古閣《宋六十名家詞》本）

（三）調見〔宋〕晁補之《晁氏琴趣外篇》卷五。

> 當年攜手，是處成雙，無人不羨。自間阻五年也，一夢擁、嬌嬌粉面。　柳眉輕掃，杏腮微拂，依前雙靨。甚睡裏、起來尋覓，卻眼前不見。（錄自雙照樓影宋本）

《張子野詞》注：雙調、林鐘商。《片玉集》注：黃鐘、商調。《古今詞話・詞辨》引《古今詞譜》云：「黃鐘宮曲。」

## 少年游令

即【少年游】。〔宋〕歐陽修詞名【少年游令】，見《能改齋漫錄》卷十七。

> 欄干十二獨憑春。晴碧遠連雲。千里萬里，二月三月，行色苦愁人。　謝家池上，江淹浦畔，吟魄與離魂。那堪疏雨滴黃昏。更特地、憶王孫。（錄自清乾隆武英殿聚珍本）

《能改齋漫錄》卷十七：「梅聖俞在歐陽公座，有以林逋草詞『金谷年年，亂生青草誰為主』為美者。聖俞因別為【蘇幕遮】一闋云：『露堤平，煙墅杳。亂碧萋萋，雨後江天曉。獨有庾郎年最少。窣地春袍，嫩色宜相照。　接長亭，

迷遠道。堪怨王孫，不記歸期早。落盡梨花春又了。滿地殘陽，翠色和煙老。』歐公擊節賞之，又自為一詞云（詞略）。蓋【少年游令】也。不唯前二公行不及，雖置諸唐人溫、李集中，殆與之為一矣。今集本不載此篇，惜哉。」

## 少年游慢

調見〔宋〕張先《張子野詞‧補遺》卷上。

> 春城三二月。禁柳飄綿未歇。仙籟生香，輕雲凝紫，臨層闕。歌掌明珠滑，酒臉紅霞發。華省名高，少年得意時節。　　畫刻三題徹。梯漢同登蟾窟。玉殿初宣，銀袍齊脫，生仙骨。花探都門曉，馬躍芳衢闊。宴罷東風，鞭梢一行飛雪。（錄自《彊村叢書》本）

## 日江神

調見〔清〕吳航野客《駐春園小史》第二十三回。

> 牽衣送別意無窮。永難逢。去匆匆。前度聯盟，翻變忽成空。他日蓮房求並蒂，絲藏在，藕誰同。　　桃花三月浪溶溶。化為雲，回去趁東風。此日成婚舟下結，吳中泛泊驚聞鐘。音慘切，欣邂逅，免西東。（錄自《明清善本小說叢刊》本）

## 中秋月

即【憶秦娥】。〔明〕徐有貞詞有「中秋月，月到中秋偏皎潔」句，故名；見《逸老堂詩話》卷下。

> 中秋月，月到中秋偏皎潔。偏皎潔。知他多少，陰晴圓缺。　　陰晴圓缺都休說。且喜人間好時節。好時節。願得年年，常見中秋月。（錄自《續修四庫全書》本）

《逸老堂詩話》卷下：「觀賦中秋月（詞略）。詞序：八月望夕賞月之作。調寓唐人【憶秦娥】，譜為連環格。因首尾句，易名【中秋月】云。」

## 中秋曲

調見〔清〕楊思本《榴館初函集選‧附詞》。

> 中秋何在。六街燈市人如海。誰曾約會。滾滾前遮後擁，東來西去，也放空中爆火，火蛾兒作對。　　儘自彈箏邀笛，連臂踏歌，向燈前買醉。時見衣香麝染，翩翩冶袖，許多胡覷，一笑低徊。　　獨自我厭得聽聞，對月臺前，

欣然自賞，分付華燈莫礙。也不知、著甚相歡，只是一味，清輝伴我，便覺俗骨都清，神情都改。　　如在十三洲島，見鳳吐流蘇，龍銜翠蓋。抱膝長吟，歎月輪常在。照破多少興亡，說甚蟻蟲兒名利，向人前、爭強數大。較短量長，怪道珊瑚擊碎。　　試問王孫知否，人生為著境，牽出無名煩惱，萬端顛沛。不信呵，沒些時，燈銷人靜，也不知歸在何處，收拾排場傀儡。唯有饑鼠跳樑，蟲聲窸窣。想見魚龍寂寞，華表巍巍，浪說姮娥應悔。　　堪愛。何必鳳渚懷仙，棄家訪道，但得才情無恙，不為剛風吹墮，也勝似、人間十倍，出脫塵坱。（錄自清康熙刻本）

詞序：「意況所到，信筆寫來，不較長短，漫成三曲。未有牌名，亦未檢韻，聊以適興云爾。」

按：以《全清詞》例列入，以供參考。

## 中管高

即【春草碧】。《歷代詩餘》卷六十五【春草碧】調注：「一名【中管高】。」

按：《宋史‧律曆志》卷四引《樂髓新經》云：「大呂宮為高宮，太簇之宮為中管高宮。」蓋乙太簇宮與大呂宮同字譜，故謂之中管也。《歷代詩餘》以中管高為調名者誤。今存其調名，以備查閱。

## 中興樂

又名：西興樂、柳絮飛、眉萼、絲雨隔、濕羅衣、羅衣濕。

（一）調見《花間集》卷五〔五代〕牛希濟詞。

> 池塘暖碧浸晴暉。濛濛柳絮輕飛。紅蕊凋來，醉夢還稀。　　春雲空有雁歸。珠簾垂。東風寂寞，恨郎拋擲，淚濕羅衣。（錄自雙照樓影宋本）

（二）調見《花間集》卷五〔五代〕毛文錫詞。

> 荳蔻花繁煙豔深。丁香軟結同心。翠鬟女。相與。共淘金。　　紅蕉葉裏猩猩語。鴛鴦浦。鏡中鸞舞。絲雨。隔荔枝陰。（錄自雙照樓影宋本）

（三）調見《尊前集》〔五代〕李珣詞。

> 後庭寂寞日初長。翩翩蝶舞紅芳。繡簾垂地，金鴨無香。誰知春思如狂。憶蕭郎。等閒一去，程遙信斷，五嶺三湘。　　休開鸞鏡學宮妝。可能更理笙簧。倚屏凝睇，淚落成行。手尋裙帶鴛鴦。暗思量。忍辜前約，教人花貌，

虛老風光。（錄自《彊村叢書》本）

《填詞名解》：「宋鮑照有【中興歌】，唐人沿之，製此曲名。」

## 內家嬌

（一）調見《敦煌歌辭總編》卷一《雲謠集雜曲子》〔唐〕無名氏詞。

　　絲碧羅冠，搔頭綴鬢，寶妝玉鳳金蟬。輕輕敷粉，深深長畫眉綠，雪散胸前。嫩臉紅唇，眼如刀割，口如朱丹。渾身掛異種羅裳，更薰龍腦香煙。　　屐子齒高，庸移步兩足恐難行。天然有□□靈性，不娉凡間。教招事無不會，解烹水銀，煉玉燒金，別盡歌篇。除非卻應奉君王，時人未可趨顏。（錄自上海古籍出版社排印本）

按：原本載（伯）二八三八。注：林鐘商。

（二）調見〔宋〕柳永《樂章集》卷中。

　　煦景朝升，煙光晝斂，疏雨夜來新霽。垂楊豔杏，絲軟霞輕，繡出芳郊明媚。處處踏青鬥草，人人眩紅偎翠。奈少年、自有新愁舊恨，消遣無計。　　帝里。風光當此際，正好恁攜佳麗。阻歸程迢遞。奈何好景難留，舊歡頻棄。早是傷春情緒。那堪困人天氣。但贏得、獨立高原，斷魂一餉凝睇。（錄自《彊村叢書》本）

《樂章集》注：林鐘商。

（三）即【風流子】。〔明〕鄒樞詞名【內家嬌】，見《十美詞紀》。

　　紗窗夢未醒，簫聲斷、遙憶玉蟬娟。記美髮未齊，嫩鴉初握，步蓮堪印，小鳳新彎。銷魂處、流波傳細語，低翠掠煙鬟。薛氏校書，芙蓉養紙，崔家錄事，芝髓封編。　　草蕙蘭佳句，相鳴和、巧樣卵色魚箋。誰是多才情種，我見猶憐。歡輕鴻甫就，銀屏生暖，彩鸞旋去，繡榻重寒。多少愁霜悲火，頭上心前。（錄自惜陰堂《明詞彙刊》本）

## 水天遠

調見〔清〕蔣敦復《芬陀利室詞集》卷四。

　　白鷗喚我，看一抹、湖光如練。正雪意橫空，雲容欲凍，冷賦梅花鐵硯。烽火西南何時息，忽憶得、甘泉傳箭。自起舞船頭，朔風怒吼，碧琉璃捲。　　遊倦。歡十年心事，商量都遍。恁蕩入波心，釣舟一葉，湖水湖煙不辨。前度溪山，數峰夕照，古字曾捫蒼蘚。無限幽思，茫茫九點黛螺遠。（錄自清咸豐刻本）

詞序：「宋楊恢遊浯溪，作〈碧崖倒影〉一首。末句『漠漠水天遠』五字，詞甚佳，惜調名不著。各家詞選、萬氏《詞律》俱不載，滄海遺珠，可勝歎惋。咸豐辛亥十月，泛月泖湖，凍雲下垂，滄波不流。絮帽篷窗，四望廖廓，興不可遏。爰填此解，即用其韻。援〈魚游春水〉例，名之曰【水天遠】，強作解事，叩舷浩歌，得毋湖神騰笑。」

《聽秋聲館詞話》卷三：「寶山蔣劍人所著《芬陀利室詞》中一題云：『宋楊恢遊浯溪，作〈碧崖倒影〉一首……。』余細繹音調，頗似【二郎神】，唯後結句少一字，恐係『水遙天遠』落去一字。劍人未細考，謂為調名不著，以【水天遠】名之，所作詞又於後段次句多一字，未免自誤誤人。」

按：此調頗似【二郎神】，尤與宋徐伸之【轉調二郎神】更為相似。上闋字句韻俱同，下闋唯第二句與結尾句略有不同，似可作為【轉調二郎神】之變體。

## 水仙子

又名：馮夷曲、湘妃怨。

唐教坊曲名。

調見《類聚名賢樂府群玉》卷五〔元〕張可久詞。

　　天邊白雁寫寒雲。鏡裏青鸞瘦玉人。秋風昨夜愁成陣，思君不見君。　　緩歌獨自開樽。燈挑盡。酒半醺。如此黃昏。（錄自上海古籍出版社排印本）

《欽定詞譜》卷四【水仙子】調注：「張可久《小山樂府》中此調十餘首，自四十二字起，至五十一字，襯字遞增，長短不一，蓋元人小令之漸流於曲者。」

按：【水仙子】唐教坊曲雖有調名，惜唐宋均無傳詞。《欽定詞譜》錄元張可久曲為詞調例，有失考辯。今依其例，以便查閱。

## 水仙詞

調見〔明〕屠隆《白榆集》卷八。

　　萬疊雲峰，個個芙蓉金掌。真堪賞、陌上花鈿，水邊蘭漿。一派笙歌鬥魚龍，空闊處、眾山皆響。遊女凌波羅襪冷。菱葉暗，浪花明。　　不霽時、雪捲青天蓬閬。與諸公、把酒酹波臣。天風下來，一笑冷然蕭爽。明日西陵東

去也，回首六橋，使人惆悵。（錄自《四庫全書存目叢書》本）

## 水流花

調見〔明〕潘廷章《渚山樓詞》。

天外中峰誰削破。分付六丁調護。厮守老僧來，特地把、山靈擔荷。　　茅屋三間隨意措。一瓢一杖真能那。孤坐蒲團，還要火頭一個。（錄自惜陰堂《明詞彙刊》本）

## 水晶簾

又名：玉井蓮。

（一）即【南歌子】。《欽定詞譜》卷一：「張泌詞……有『高捲水晶簾額』句，名【水晶簾】。」

柳色遮樓暗，桐花落砌香。畫堂開處遠風涼。高捲水晶簾額、襯斜陽。（錄自雙照樓影明正德仿宋本）

按：《花間集》卷四，張詞調名為【南歌子】，《欽定詞譜》未知何據，待考。

（二）即【江城子】。〔唐〕牛嶠詞名【水晶簾】，見《填詞圖譜》卷一。

鵁鶄飛起郡城東。碧江空。半灘風。越王宮殿，蘋葉藕花中。簾捲水樓漁浪起，千片雪，雨濛濛。（錄自《詞學全書》本）

《詞律》卷二【江城子】調注：「題本名【江城子】，至別名【水晶簾】者，乃後人因詞中有此三字，故巧取立名。……如此調，《圖譜》作【水晶簾】第一、第二體，竟忘卻【江城子】本來矣。」

（三）調見《翰墨大全·丁集》卷三〔宋〕無名氏詞。

誰道秋期遠。正旬浹、雙星相見。雨足西簾，正玉井蓮開，壽筵初展。麈尾呼風祥暑淨，那更著、綸巾羽扇。斞清歌、不計杯行，任深任淺。　　湖邊小池苑。漸苔痕竹色，青青如染。辨橘中荷屋，晚芳自占。蝸角虛名身外事，付骰子、紛紛戲選。喜時平、公道開明，話頭正轉。（錄自《全宋詞》本）

## 水晶簾外月華清

〔清〕沈謙新翻曲，見《東江別集》卷三。

怕聽催銀箭，早垂地，河光如練。同在瑤台，愛月裏天香，畫簾低捲。私語傍人都不會，要

滅燭、蘋風方便。流盼。又悟得幽情，欲言仍咽。　　醉來也應倦，奈狂朋怪侶，滿斛頻勸。任倚鬟接黛，紅牙重按。竹脆絲嬌空旖旎，怎賽過、肉音清轉。腸斷。任相逢就去，爭如休見。（錄自惜陰堂《明詞彙刊》本）

詞注：「新翻曲。上七句【水晶簾】，下三句【月華清】；後段同。李白詩：『卻下水晶簾，玲瓏望秋月。』」

## 水雲遊

即【黃鶯兒】。〔金〕王喆詞名【水雲遊】，見《分梨十化集》卷上。

思筭。思筭。四假凡軀，干甚厮玩。元來是、走骨行屍，更誇張體段。　　靈明慧性真燦爛。這骨骸須換。害風子、不藉人身，與神仙結伴。（錄自涵芬樓影明《道藏》本）

按：《太清玉冊》云：「道家出遊，尋真問道，謂之雲遊。」道人遊歷四方，其行蹤飄忽不定，如行雲流水之意。調名本此。

## 水鼓子

（一）調見《敦煌歌辭總編》卷三〔唐〕無名氏詞。

降誕宮中呼萬歲。此時長慶退雲風。銀台門外多車馬，儘是公卿進御衣。（錄自上海古籍出版社排印本）

按：原本載（斯）六一七一。此調計三十九首，《敦煌歌辭總編》編入雜曲聯章體，今錄其一。

（二）即【漁家傲】。〔宋〕歐陽修詞名【水鼓子】，見《古今詞話·詞辨》卷下。詞見《一詞》。

正月斗杓初轉勢。金刀剪綵功夫異。稱慶高堂歡幼稚。看柳意。偏從東面春風至。　　十四新蟾圓尚未。樓前乍看紅燈試。冰散綠池泉細細。魚欲戲。園林已是花天氣。（錄自汲古閣《宋六十名家詞》本）

《古今詞話·詞辨》卷下引《古今詞譜》：「黃鐘宮曲。歐陽永叔在李端願席上，作十二月【水鼓子】詞。王荊公記其三句云：『五彩新絲纏角粽。金盤送，生綃畫扇雙描鳳。』每問人索其全稿。」

《唐聲詩》下編：「沈雄《古今詞話·詞品》上：『【水鼓子】，范希文衍之為【漁家傲】，此為短句而衍為長言也。』」又《詞辨》下【漁家

傲】條引《古今詞譜》曰：『黃鐘宮曲。歐陽永叔在李端願席上，作十二月【水鼓子】詞。』又引楊慎《絕句衍義》：『樂府【水鼓子】，即「千年一遇聖明君」也，後衍為【漁家傲】。』按本調辭叶平，【漁家傲】叶仄，難於衍成。楊氏所謂【水鼓子】或【水調子】之訛，不應指本調言。歐陽修作十二月【鼓子詞】、洪適《盤洲樂章》作十二月【漁家傲】舞辭、楊氏《升庵全集》三十九見月節詞【漁家傲】十二首，仿歐陽修體，均不言【水鼓子】，於事甚明。沈氏對【鼓子詞】妄加一『水』字，究何人之意？」

## 水漫聲

又名：水慢聲。

〔明〕屠隆自度曲，見《歷代詩餘》卷九十七。

　　一片大湖何限，浸空城、碧浪崔嵬。白日孤懸，畫屏四合，翠微裏、湧出樓台。落盡桐花，飄殘柳絮，正芙蓉、冉冉將開。衣上冷香飛欲濕，輕鷗如帶，蘭槳共瀠洄。　　天放閒人，時容傲吏，水雲深處，相對且銜杯。君莫對、此景浪生憂喜，請看層波疊疊，前後相催。錢氏舞裙，趙家歌扇，零落總成灰。君去也，西湖無恙，歌舞又重來。（錄自清內府本）

《歷代詩餘》卷九十七【水漫聲】調注：「屠隆作，一首或是隆自度腔也。」

## 水慢聲

即【水漫聲】。〔明〕曹元方詞名【水慢聲】，見《淳村詞》卷上。

　　一片涼雲蕩入，望樓船、山際巍巍。楊柳梢頭，海棠枝上，殘月小、剛照歌台。賦擬坡公，容慚西子，正芰荷、鷗浦爭開。嘶過紫騮塵乍起，漁翁如鷺，撐出綠蔭來。　　記得當年，銀箏翠管，吳娃擁醉，紅葉對銜杯。且休憶、此景千場歌哭，試問趙家錢氏，碧砌瑤階。蟋蟀堂空，海物瓶獻，繁華安在哉。算只有，岳王熱血，湖山共瀠洄。（錄自惜陰堂《明詞彙刊》本）

## 水調子

即【水調歌頭】。〔清〕朱青長詞名【水調子】，見《朱青長詞集》卷二十六。

　　風雨近重九，來問菊花肥。擬登高處遙望，長嘯捲腥霾。轉眼蟲沙萬劫，蹂躪英雄成血，到

此幾人回。獨酹一樽酒，召取穀魂歸。　　天邊月，頭上雪，緊相催。鐵腸冰冷，拚將澆熱不須杯。山外角聲淒慘，眼底旌旗黯淡，我輩復何為。新釀幾時熟，風雨迫花開。（錄自朱青長手稿本）

## 水調歌

唐大曲名。

（一）調見《全唐詩・樂府》唐無名氏詞。

第一

　　平沙落日大荒西。隴上明星高復低。孤山幾處看烽火，壯士連營候鼓鼙。

第二

　　猛將關西意氣多。能騎駿馬弄珣戈。金鞍寶鉸精神出，笛倚新翻水調歌。

第三

　　王孫別上綠珠輪。不羨名公樂此身。戶外碧潭春洗馬，樓前紅燭夜迎人。

第四

　　隴頭一段氣長秋。舉目蕭條總是愁。只為征人多下淚，年年添作斷腸流。

第五

　　雙帶仍分影，同心巧結香。不應須換彩，意欲媚濃妝。

入破第一

　　細草河邊一雁飛。黃龍關裏掛戎衣。為受明皇恩寵甚，從事繆年不復歸。

第二

　　錦城絲管日紛紛。半入江山半入雲。此曲只應天上去，人間能得幾回聞。

第三

　　昨夜遙歡出建章。今朝綴賞度昭陽。傳聲莫閉黃金屋，為報先開白玉堂。

第四

　　日晚笳聲咽戍樓。隴雲漫漫水東流。行人萬里向西去，滿目關山空恨愁。

第五

　　千年一遇聖明朝。願對君王舞細腰。乍可當能任生死，誰能伴鳳上雲宵。

第六徹

　　閨燭無人影，羅屏有夢魂。近來音耗絕，終日望君門。（錄自清康熙揚州詩局本）

《欽定詞譜》卷四十【水調歌】調注：「《樂府詩集》云：『商調曲也。』《理道要訣》：『南

呂商，時號【水調】。』《碧雞漫志》：『【水調】多遍，似是大曲。』按唐曲凡十一疊，前五疊為歌，後六疊為入破，其歌第五疊五言，調聲最為怨切。故白居易云：『五言一遍最殷勤。調少情多似有因。不會當時翻曲意，此聲腸斷為何人。』蓋指此也。」

《碧雞漫志》：「《理道要訣》所載：『唐樂曲南呂商，時號【水調】。』予數見唐人說【水調】各有不同，予因疑【水調】非曲名，乃俗呼音調之異名。按《隋唐嘉話》：『煬帝鑿汴河，自製【水調歌】。』非【水調】中製歌也。世以今曲【水調歌】，為煬帝自製。今曲乃中呂調，而唐所調南呂商，則今俗呼中管林鐘商也。

《脞說》云：『【水調】、【河傳】，煬帝將幸江都時所製，聲韻悲切，帝樂之。【水調】、【河傳】但有去聲。』此說與【安公子】事相類，蓋【水調】中【河傳】也。《明皇雜錄》云：『祿山犯闕，議欲遷幸，帝置酒樓上命作樂。有進【水調歌】者曰：「山川滿目淚沾衣，富貴榮華能幾時。不見只今汾水上，唯有年年秋雁飛。」上問：「誰為此曲？」曰：「李嶠。」上曰：「真才子。」不終飲而罷。』此【水調】中一句七字曲也。白樂天聽【水調】詩云：『五言一遍最殷勤，調少情多但有因。不會當時翻曲意，此聲腸斷為何人。』《脞說》亦云：『【水調】第五遍五言，調聲最愁苦。』此【水調】中一句五字，曲又有多遍，似是大曲也。樂天詩又云：『時唱一聲新水調，旁人謾道採菱歌。』此【水調】中新腔也。《南唐近事》云：『元宗留心內寵，宴私擊鞠無虛日。嘗命樂工楊花飛奏【水調】詞進酒。花飛唯唱「南朝天子好風流」一句，如是數四。上悟覆杯，賜金帛。』此又一句七字。然既曰命奏【水調】詞，則是令楊花飛【水調】撰詞也。《外史檮杌》云：『王衍泛舟巡閬中，舟子皆衣錦。偶自製【水調銀漢曲】。』此【水調】中製【銀漢曲】也。今世所唱中呂調【水調歌】，乃造以俗呼音調異名者，曲雖有首尾，亦各有五言兩句，絕非樂天所聞之曲。」

《唐音癸籤》卷十三：「《脞說》：『【水調】、【河傳】，隋煬帝幸江都時所製，曲成奏之，聲韻怨切，王令言聞而知其不返。』《海錄碎事》：『隋煬帝開汴河，自造【水調】。』按【水調】及新【水調】，並商調曲也。唐曲凡十一疊，前五疊為歌，後六疊為入破。其歌第五疊五言，調聲最為怨切，故白居易詩云：『五言一遍最殷勤，調少情多似有因。不會當時翻曲意，此聲腸斷為何人。』明皇幸蜀，有聽【水調歌】『山川滿目淚沾衣』之辭，問之為李嶠作，感歎。」

《填詞名解》卷三：「唐樂有【水調歌】南呂商，白樂天聽【水調】注云：『第五遍乃五言調，調韻最切。』案唐曲凡十一疊，前五疊為歌，後六疊為入破；其歌第五疊五言最為怨切。

《樂府原》云：『長言曰歌，緩聲疏節，以作其歡。至入破則聲調俱促。始隋煬帝鑿汴河製此歌，唐用其名為樂。』《明皇雜錄》稱：祿山犯闕，帝欲幸蜀，時置酒作樂，有進【水調】，歌唱李嶠『山川滿目淚沾衣』是也。又唐時有【水調】之名，然非【水調歌】。案《脞說》云：『煬帝將幸江都，製【水調】、【河轉】聲韻悲切。』《外史檮杌》云：『王衍泛舟巡閬中，自製【水調銀漢曲】。』蓋冠【河傳】、【銀漢曲】，必冠以【水調】，皆【水調】部中之曲也。整知【水調】者，一部樂之名，【水調歌】者一曲之名也。」

（二）即【水調歌頭】。〔宋〕無名氏詞名【水調歌】，見《翰墨大全‧丁集》卷二。

> 八月秋欲半，後夜月將圓。天潢當日流潤，餘派落人寰。塵掃長淮千里，威振南蠻八郡，梓里繡衣還。芳毓燕山桂，慶衍謝庭蘭。　　小山陰，長松下，白雲間。壺中自有天地，閒早掛蓬冠。笑指橫空丹蜜，閒倚拿雲竹杖，佳處日躋攀。山色既無盡，公壽亦如山。（錄自《全宋詞》本）

## 水調歌頭

又名：元會曲、水調子、水調歌、江南好、花犯念奴、釣魚詞、凱歌、台城遊。

（一）調見〔宋〕毛滂《東堂詞》。

> 九金增宋重，八玉變秦餘。千年清浸，洗淨河洛出圖書。一段昇平光景，不但五星循軌，萬點共連珠。垂衣本神聖，補袞妙工夫。　　朝元去，鏘環佩，冷雲衢。芝房雅奏，儀鳳矯首聽笙竽。天近黃麾仗曉，春早紅鸞扇暖，遲日上金鋪。萬歲南山色，不老對唐虞。（錄自《彊村叢書》本）

（二）調見〔宋〕蘇軾《東坡樂府》卷一。

四畫

明月幾時有，把酒問青天。不知天上宮闕，今
夕是何年。我欲乘風歸去。唯恐瓊樓玉宇。高
處不勝寒。起舞弄清影，何似在人間。　　轉
朱閣，低綺戶，照無眠。不應有恨，何事長向
別時圓。人有悲歡離合。月有陰晴圓缺。此事
古難全。但願人長久，千里共嬋娟。（錄自《彊
村叢書》本）

《歲時廣記》卷三十一引《復雅歌詞》：「（詞
略）此詞乃東坡居士以丙辰中秋，歡飲達旦，大
醉，作【水調歌頭】兼懷子由，時丙辰熙寧九年
也。元豐七年，都下傳唱此詞，神宗問內侍外面
新行小詞，內侍錄此進呈。讀至『又恐瓊樓玉
宇，高處不勝寒』，上曰：『蘇軾終是愛君。』
乃命量移汝。」

《鐵圍山叢談》卷三：「歌者袁綯，乃天寶之李
龜年也。宣和間供奉九重，嘗為吾言：東坡公昔
與客遊金山，適中秋夕，天宇四垂，一碧無際，
加江流灝湧。俄月色如畫，遂共登金山山頂之妙
高台，命綯歌其【水調歌頭】曰：『明月幾時
有，把酒問青天。』歌罷，坡為起舞而顧問曰：
『此便是神仙矣。』吾謂文章、人物誠千載一
時，後世安所得乎？」

（三）調見〔宋〕賀鑄《東山詞》卷上。

南國本瀟灑。六代浸豪奢。台城遊冶。襞箋能
賦屬宮娃。雲觀登臨清夏。璧月留連長夜。吟
醉送年華。回首飛鴛瓦。卻羨井中蛙。　　訪
烏衣，成白社。不容車。舊時王謝。堂前雙燕
過誰家。樓外河橫斗掛。淮上潮平霜下。檣影
落寒沙。商女蓬窗罅。猶唱後庭花。（錄自《彊
村叢書》本）

《欽定詞譜》卷二十三【水調歌頭】調注：
「【水調】乃唐人大曲，凡大曲有歌頭，此必裁
截其歌頭，另倚新聲。」

《填詞名解》卷三：「【水調歌】者，一曲之名
也。歌頭，一曲之始音，如【六州歌頭】、【氐
州第一】之類。或云：『南唐元宗留心內寵，擊
鞠無虛日。樂工楊飛花奏【水調詞】，但唱「南
朝天子好風流」一句，如是數四，以為諷諫。』
後人廣其意為詞，以其第一句，故稱【水調歌
頭】云。」

《于湖先生長短句》注：大石調。

（四）宋大曲名。

調見《玉照新志》卷二〔宋〕曾布詞。

排遍第一

魏豪有馮燕，年少客幽并。擊球鬥難為戲，遊俠
久知名。因避仇、來東郡。元戎留屬中軍。直氣
凌貔虎，須臾叱吒風雲。凜凜坐中生。　　偶乘
佳興。輕裘錦帶，東風躍馬，往來尋訪幽勝。
遊冶出東城。堤上鶯花撩亂，香車寶馬縱橫。
草軟平沙穩。高樓兩岸春風，笑語隔簾聲。

排遍第二

袖籠鞭敲鐙。無語獨閒行。綠楊下、人初靜。
煙淡夕陽明。窈窕佳人，獨立瑤階，擲果潘
郎，瞥見紅顏橫波盼，不勝嬌軟倚銀屏。
曳紅裳，頻推朱戶，半開還掩，似欲倚、咿啞聲
裏，細說深情。因遣林間青鳥，為言彼此心期，
的的深相許，竊香解佩，綢繆相顧不勝情。

排遍第三

說良人滑將張嬰。從來嗜酒，還家鎮長、酩酊
狂醒。屋上鳴鳩空鬥，櫳間客燕相驚。誰與花
為主，蘭房從此，朝雲夕雨兩牽縈。　　似遊
絲飄蕩，隨風無定。奈何歲華荏苒，歡計苦難
憑。唯見新思繾綣，連枝並翼，香閨日日為
郎，誰知松蘿託夢，一比一毫輕。

排遍第四

一夕還家醉，開戶起相迎。為郎引裾相庇，低
首略潛形。情深無隱。欲郎乘間起佳兵。
授青萍。茫然撫歎，不忍欺心。爾能負心於彼，
於我必無情。熟視花鈿不足，剛腸終不能平。假
手迎天意，一揮霜刃。窗間粉頸斷瑤瓊。

排遍第五

鳳凰釵、寶玉雕零。慘然悵，嬌魂怨，飲泣吞
聲。還彼凌波呼喚，相將金谷同遊，想見逢迎
處，揶揄羞面，妝臉淚盈盈。　　醉眠人、醒
來晨起，血凝蝶首，但驚喧，白鄰里、駭我卒
難明。思敗幽囚推究，覆盆無計哀鳴。丹筆終
誣服，闔門驅擁，銜冤垂首欲臨刑。

排遍第六帶花遍

向紅塵裏，有喧呼攘臂，轉身辟眾，莫遣人
冤，濫殺張室，忍偷生。僚吏驚呼呵叱，狂辭
不變如初，投身屬吏，慷慨吐丹誠。　　彷彿
縲絏，自疑夢中，聞者皆驚歎，為不平。割愛
無心，泣對虞姬，手戮傾城寵，翻然起死，不
教仇怨負冤聲。

排遍第七擷花十八

義城元靖賢相國，喜慕英雄士，賜金繒。聞斯
事，頻歎賞，封章歸印。請贖馮燕罪，日邊紫
泥封詔，闔境赦深刑。　　萬古三河風義在，

青簡上、眾知名。河東注，任流水滔滔，水涸
名難泯。至今樂府歌詠，流入管弦聲。（錄自文
淵閣《四庫全書》本）

《玉照新志》卷二：「〈馮燕傳〉見之《麗情
集》，唐賈耽守太原時事也。元祐中，曾文肅
帥幷門，感歎其義風，自製【水調歌頭】以亞
大曲，然世失其傳。近閱故書得其本，恐久而湮
沒，盡錄於後（詞略）。」

## 水調辭

調見《敦煌歌辭總編》卷二〔唐〕無名氏詞。

> 楚江搖曳大川冥，天闕聲名發夢思。孤雁北望
> 呈心遠，不及南山獻壽時。（錄自上海古籍出版社
> 排印本）

按：原本載（斯）六五三八、（伯）三二七一。
原本「辭」作「詞」。

## 水龍吟

又名：小樓連苑、小龍吟、水龍吟令、海天闊
處、疏煙淡月、鼓笛慢、龍吟曲、豐年端。

（一）調見〔宋〕蘇軾《東坡詞》。

> 露寒煙冷兼葭老，天外征鴻寥唳。銀河秋晚，
> 長門燈悄，一聲初至。應念瀟湘，岸遙人靜，
> 水多菰米。乍望極平田，徘徊欲下，依前被、
> 風驚起。　　須信衡陽萬里，有誰家、錦書遙
> 寄。萬重雲外，斜行橫陣，才疏又綴。仙掌月
> 明，石頭城下，影搖寒水。念征衣未搗，佳人拂
> 杵，有盈盈淚。（錄自汲古閣《宋六十名家詞》本）

《片玉集》、《于湖先生長短句》注：越調。
《夢窗詞集》注：無射商。

（二）調見〔宋〕秦觀《淮海詞》。

> 小樓連苑橫空，不窺繡轂雕鞍驟。疏簾半捲，
> 單衣初試，清明時候。破暖輕風，弄晴微雨，
> 欲無還有。賣花聲過盡，垂楊院宇，紅成陣、
> 飛鴛甃。　　玉佩丁東別後。悵佳期、參差難
> 又。名韁利鎖，天還知道，和天也瘦。花下重
> 門，柳邊深巷，不堪回首。念多情、但有當時皓
> 月，照人依舊。（錄自汲古閣《宋六十名家詞》本）

《欽定詞譜》卷三十【水龍吟】調注：「此調句
讀最為參差，起句七字，第二句六字者以蘇軾為
正格。起句六字，第二句為七字者以秦觀為正
格。」今據此。

（三）調見〔宋〕李之儀《姑溪詞》。

> 晚風輕拂，遊雲盡捲，霽色寒相射。銀潢半

掩，秋毫欲數，分明不夜。玉琯傳聲，羽衣催
舞，此歡難借。凜清輝、但覺圓光罩影，冰壺
瑩、真無價。　　聞道水精宮殿，蕙爐薰、珠
簾高掛。瓊枝半倚，瑤觴更勸，鶯嬌燕姹。目
斷魂飛，翠縈紅繞，空吟小斫。想歸來醉裏，
鶯篦鳳朵，倩何人卸。（錄自汲古閣《宋六十名家
詞》本）

（四）調見〔宋〕辛棄疾《稼軒詞·乙集》

> 聽兮清珮瓊瑤。些。明兮鏡秋毫。些，君無去
> 此，流昏漲膩、生蓬蒿。些，虎豹甘人，渴而
> 飲汝，寧猿猱。些，大而流江海，覆舟如芥，
> 君無助、狂濤。些，　　路險兮山高。些，愧
> 余獨處無聊。些，冬槽春盎，歸來為我、製松
> 醪。些，其外芳芬，團龍片鳳，煮雲膏。些，
> 古人兮既往，嗟余之樂、樂簞瓢。些，（錄自涉
> 園影宋本）

《欽定詞譜》卷三十【水龍吟】調注：「此詞
見《稼軒集》，仿楚詞體，每韻下用一『些』
字。」

（五）調見〔清〕汪曰楨《荔牆詞》。

> 幽人家住深山。餘春消受日如年。蒼苔繡砌，
> 緋英糝徑，靜掩松關。或理書籤，或披畫幀，
> 或擘吟箋。正筒羹麥飯，欣然一飽，烹苦茗、
> 汲清泉。　　微步偶出溪邊。伴麢犢、遊息林
> 間。藜扶野老，笛吹牧豎，煙語流連。物外心
> 情，閒中歲月，此即神仙。笑南陽逸士，空規
> 泛棹，訪武陵源。（錄自清稿本）

詞序：「楊守齋有『越調【水龍吟】宜叶平入
聲，不宜叶上去聲』之說。故宋元名人傳作，絕
無用平韻者，故近人多疑之，以為叶入聲固可，
若叶平聲，則無復音節矣。此論予頗不謂然。
蓋守齋最精音律，弁陽老人歌曲皆藉其釐定，是
豈漫語欺人者乎？適讀羅景綸《鶴林玉露》論
唐子西詩『山靜似太古，日常如小年』一則，因
主楊說，衍成此闋，以補自來詞譜之闕遺，諸平
聲字間用入聲或上聲代之。試考石帚平韻【滿江
紅】『正一望千頃翠瀾』之『頃』，『依約前
山』之『約』，『相從諸娣玉為冠』之『玉』，
『別守東關』之『守』，『一篙春水走曹瞞』之
『走』，昔賢自有成例可循也。至首句用韻，則
臆決為之耳。再三吟諷，音節頗亦諧婉，初何嘗
蹇乏、全無宮商哉？」

（六）調見〔明〕徐有貞詞，見《逸老堂詩話》
卷下。

佳麗地，是吾鄉，西山更比東山好。有畫畫樓
台，金碧巖扉，髣髴十洲三島。卻也有風流安
石，清真逸少。向西施洞口，望湖亭畔，天光
雲影，上下相涵相照。似寶鏡裏，翠娥妝曉。
且登臨，且談笑，眼前事、幾多堪弔。　　香
徑蹤消，雁廊聲杳。麋鹿還遊未了。也莫管、
吳越興亡，為他煩惱。是非顛倒。古與今，一
般難料，笑宦海風波，幾人歸早。得在家中
老。遇酒美花新，歌清舞妙。盡開懷抱。又何
須較短量長，此生心、應自有天知道。醉呼
童，更進餘杯，便拼得到三更，乘月回仙棹。
（錄自《續修四庫全書》本）

（七）調見〔明〕劉鈺《重刻完庵先生詩集》
卷下。

西郭外許多山，問遊人，盡道靈巖好。看五彩
雲霞，四面峰巒，平地聳來蓬萊島。有一個名
位八凱，位過三少。續蘭亭觴詠，香山歌舞，
任醉帽軟斜，不把菱花照。胸中風月，幾人諳
曉。一回談，一回笑。洞房冷，妖魂誰弔。
寶塔□□，珠林杳杳。次第都遊遍了。天賜
與、散誕逍遙，有何煩惱。酒籌顛倒。做席
間、五言詩料，我小子非才，乞身偏早。也得
陪元老。況白雪詞高，黃柑帖妙。快人襟袍。
盡強如倒戴山公，惹狂童、齊拍手裏陽道。月
高時，共泛西湖，更有弄珠人，留住花邊棹。
（錄自《四庫全書存目叢書》本）

（八）調見〔明〕沈周《石田詩餘》。

富貴夢勘成空，見何人、保得終身好。趁名遂
功成，力健筋強，別卻鳳洲麟島。不肯做，潦
倒三孤，龍鍾三少。拴條玉帶，抱雙芒屨，儘
辦得風流，又是桑榆斜照。比及要眠，早驚天
曉。鳥無聲，花無笑。舊遊地、豈堪來弔。
黃鶴難招，白雲俱杳。多少閒緣未了。迫把
酒、重唱遺詞，水冤山惱。子期堪鑄，也煞
將、黃金為料。固視死如歸，未應能早。想厭
凡間，老去觀化冥虛，歸真沖妙。無形相抱。
在天上御氣乘風，憺逍遙、端得至人之道。只
除他、千載思鄉，或者在、洞庭月下逢仙棹。
（錄自惜陰堂《明詞彙刊》本）

按：以上三調，與宋元人所作【水龍吟】調不
同，雖系和詞，但句讀平仄各有不同之處，錄
之以供參閱。

## 水龍吟令

即【水龍吟】。〔宋〕無名氏詞名【水龍吟
令】，見《高麗史·卷七十一·樂二》。

洞天景色常春，嫩紅淺白開輕萼。瓊筵鎮起，
金爐煙重，香凝錦幄。窈窕神仙，妙呈歌舞，
攀花相約。彩雲月轉，朱絲網徐在，語笑拋球
樂。　　繡袂風翩鳳舉，轉星眸、柳腰柔弱。
頭籌得勝，歡聲近地，花光容約。滿座嘉賓，
喜聽仙樂，交傳觥爵。龍吟欲罷，彩雲搖曳，
相將歸去寥廓。（錄自日本明治四十一年縮印本）

按：此為高麗唐樂【拋球樂】舞隊曲之一。

## 水龍吟慢

調見《高麗史·卷七十一·樂二》〔宋〕無名
氏詞。

玉皇金闕長春，民仰高天欣載，年年一度定佳
期，風情多感慨。綺羅競交會。爭折花枝兩相
對。舞袖翩翩歌聲妙，掩粉面、斜窺翠黛。
錦額門開彩架，球兒裳、先秀神仙隊。融香
拂席寬裳動，鏗鏘環佩。寶座巍巍五雲密，歡
呼爭拜退。管弦眾作欲歸去，願吾皇、萬年恩
愛。（錄自日本明治四十一年縮印本）

## 化生兒

即【雙雁兒】。〔金〕馬鈺詞名【化生兒】，見
《漸悟集》卷上。

得遇忻然別東州。訪地肺，恣遨遊。水雲自在
沒憂愁。這攀緣，愛念休。　　保護根元二尾
牛。運玉汞，倒顛流。金丹結正不持修。闡玄
談，般若舟。（錄自涵芬樓影明《道藏》本）

按：道家謂無而化有曰「化生」。晉葛洪《抱朴
子·抱惑》曰：「澄濁剖判，庶物化生。」調名
本此。

## 爪茉莉

調見《花草粹編》卷十六〔宋〕柳永詞。

每到秋來，轉添甚況味。金風動、冷清清地。
殘蟬噪晚，甚聒得、人心欲碎。更休道、宋玉
多悲，石人也、須下淚。　　衾寒枕冷，夜迢
迢、更無寐。深院靜、月明風細。巴巴望曉，
怎生捱、更迢遞。料我兒、只在枕頭根底。等
人睡、來夢裏。（錄自文淵閣《四庫全書》本）

## 月下美人來

〔清〕陸浣新翻曲，見《東白堂詞選初集》卷五。

　　菡萏乍開碧沼，孤鴻又叫銀河。佩環空向夜台過。不信等閒情事，易消磨。　　一片夕陽芳草，十年秋月春波。絲絲垂柳暮煙挓。憶著小窗眉黛、奈愁何。（錄自清康熙十七年刻本）

按：此新翻曲。上二句【西江月】，下二句【虞美人】；下段同。

## 月下笛

（一）調見〔宋〕姜夔《白石道人歌曲》卷四。

　　與客攜壺，梅花過了，夜來風雨。幽禽自語。啄香心、度牆去。春衣都是柔荑剪，尚沾惹、殘茸半縷。恨玉鈿似掃，朱門深閉，再見無路。　　凝佇。曾遊處。但繫馬垂楊，認郎鸚鵡。揚州夢覺，彩雲飛過何許。多情須倩梁間燕，問吟袖、弓腰在否。怎道了，誤了人，年少自恁虛度。（錄自《彊村叢書》本）

（二）即【瑣窗寒】。〔宋〕周邦彥詞有「涼蟾瑩徹」及「靜倚官橋吹笛」句，故名；見《片玉詞》卷下。

　　小雨收塵，涼蟾瑩徹，水光浮壁。誰知怨抑。靜倚官橋吹笛。映宮牆、風葉亂飛，品高調、側人未識。想開元舊譜，柯亭遺韻，盡傳胸臆。　　欄干四繞，聽折柳徘徊，數聲終拍。寒燈陋館，最感平陽孤客。夜沉沉、雁啼正哀，片雲盡捲清漏滴。黯凝魂，但覺龍吟，萬壑天籟息。（錄自汲古閣《宋六十名家詞》本）

按：《梅邊吹笛譜》清凌廷堪云：「周清真『小雨收塵』一調，題曰【月下笛】，與白石、玉田諸作迥異。今細校之即【瑣窗寒】，唯換頭處少一字耳。《片玉集》『暗柳啼鴉』詞可按也。疑是【瑣窗寒】之別名，非【月下笛】本調。」周邦彥詞《欽定詞譜》列於卷二十七【月下笛】調中。並注云：「宋人無如此填者。」不確，凌氏所論的是，依之。

《片玉集・抄補》注：越調。

## 月下飲

〔清〕佟世南自度曲，見《東白堂詞選初集》卷一。

　　春漏永，對飲百花叢。深醉了，風前鬓自亂，月下舞偏慵。香腮元是暈微紅。非關春酒濃。

（錄自清康熙十七年刻本）

詞注：「本意。」

## 月上瓜洲

即【相見歡】。〔宋〕張輯詞有「唯有漁竿明月、上瓜洲」句，故名；見《東澤綺語》。

　　江頭又見新秋。幾多愁。塞草連天何處、是神州。　　英雄恨，古今淚，水東流。唯有漁竿明月、上瓜洲。（錄自《彊村叢書》本）

## 月上紗窗烏夜啼

〔清〕丁澎新翻曲，見《扶荔詞》卷二。

　　狨球香細熨紅潮。初雪上梅梢。斜抛雙剪裁金勝，拭花翹。看取釵頭占出、內家嬌。　　唇朱淺約紅蕤冷。為誰怯，瘦盡宮腰。繡工一線新添卻，恁無聊。從此春愁千縷、信難消。（錄自清康熙家刻本）

詞注：「新譜犯曲。上二句【月中行】，中一句【紗窗恨】，下二句【烏夜啼】；後段同。」

## 月上海棠

又名：玉關遙、海棠月。

（一）調見《梅苑》卷五〔宋〕無名氏詞。

　　南枝昨夜先回暖。便臨寒、開花暗香遠。化工忒煞，把瓊瑤、恣情裁剪。瑝瑝的，點綴梢頭又遍。　　橫斜影蘸清溪淺。似玉人、臨鸞照粉面。大家休折，且遲留、對花開宴。祝東風，吹作和羹未晚。（錄自《楝亭十二種》本）

（二）調見〔宋〕姜夔《白石詩詞集》。

　　紅妝豔色，照浣花溪影，絕代姝麗。弄輕風、搖盪滿林羅綺。自然富貴天姿，都不比、等閒桃李。簾櫳靜悄，月上正貪春睡。　　長記初開日，逞妖麗、如與人面爭媚。過韶光一瞬，便成流水。對此日歎浮華，惜芳菲、易成憔悴。留無計。唯有花邊盡醉。（錄自洪正治刻本）

《白石詩詞集》注：夾鐘商。

## 月上海棠慢

調見〔宋〕曹勳《松隱樂府》卷二。

　　東風揚暖，漸是春半，海棠麗煙徑。似蜀錦晴展，翠紅交映。嫩梢萬點胭脂，移西溪、浣花真景。濛濛雨，黃鸝飛上，數聲宜聽。　　風定。朱欄夜悄，蟾華如水，初照清影。喜濃芳滿池，暗香難並。悄如彩雲光中，留翔鸞、靜

臨芳鏡。攜酒去、何妨花邊露冷。（錄自《彊村叢書》本）

《白石詩詞集》注：夾鐘商。

按：此詞明洪正治本《白石詩詞集》錄為姜夔詞，詞調名為【月上海棠】。查此詞與【月上海棠】原調字數多寡懸殊，句讀差異顯著，實非同調異名。《欽定詞譜》將此詞附於【月上海棠】條下，作為同名異調，恐不確。

## 月中仙

（一）調見〔金〕王嚞《重陽全真集》卷五。

自問王三，你因緣害風，心下何處。怡顏獨哂，為死生生死，最分明據。轉令神性悟。更憐羨、人誇五褲。愈覺清涼地，皮毛無用，那更憶絲絮。　渾身要顯之時，這巾衫青白，總是麻布。葫蘆貯藥。又腋袋經文，拯救人苦。竹攜常杖柱。侍自在、逍遙鐘呂。道餘歸去路。煙霞侶。（錄自涵芬樓影明《道藏》本）

（二）即【月中桂】。〔元〕趙孟頫詞名【月中仙】，見《松雪齋樂府》。

春滿皇州。見祥煙擁日，初照龍樓。宮花苑柳，映仙仗雲移，金鼎香浮。寶光生玉斧，聽鳴鳳、簫韶樂奏。德與和氣遊。天生聖人，千載稀有。　祥瑞電繞虹流。有雲成五色，芝生三秀。四海太平，致民物雍熙，朝野歌謳。千官齊拜舞，玉杯進、長生春酒。願皇慶萬年，天子與天齊壽。（錄自陶氏涉園影元本）

## 月中行

即【月宮春】。〔宋〕周邦彥詞名【月中行】，見《片玉詞》卷上。

蜀絲趁日染乾紅。微暖口脂融。博山細篆靄房櫳。靜看打窗蟲。　愁多膽怯疑虛幕，聲不斷、暮景疏鐘。團團四壁小屏風。淚盡夢啼中。（錄自汲古閣《宋六十名家詞》本）

## 月中柳

〔清〕沈謙新翻曲，見《東江別集》卷二。

少年曾共踏青遊。酒滿十三樓。香塵不斷吼驊騮。芳草藍深，夭桃紅淺，白了人頭。　山如屏障周遭在，難抵住、一段閒愁。停杯無語思悠悠。飛絮蒙天，遊絲著地，不要遮留。（錄自惜陰堂《明詞彙刊》本）

詞注：「新翻曲。上三句【月中行】，下三句

【柳梢青】；後段同。」

## 月中桂

又名：月中仙。

調見〔宋〕趙彥端《介庵詞》。

露醑無情，送長歌未終，已醉離別。何如暮雨，釀一襟涼潤，來留佳客。好山侵座碧。勝昨夜、疏星淡月。君欲翩然去，人間底許，貟嶠問帆席。　詩情病非疇昔。賴覷朋對影，且慰良夕。風流雨散，定幾回腸斷，能禁頭白。為君煩素手，薦碧藕、輕絲細雪。去去江南路，猶應水雲秋共色。（錄自汲古閣《宋六十名家詞》本）

按：《酉陽雜俎‧天咫》：「舊言月中有桂，有蟾蜍。故《異書》言月桂高五百丈，下有一人常斫之，樹創隨合。人姓吳名剛，西河人，學仙有過，謫令伐樹。」調名之義由此出。

## 月先圓

即【好女兒】。〔宋〕賀鑄詞有「彩霞深閉，明月先圓」句，故名；見《東山詞》卷上。

才色相憐。難偶當年。屢逢迎、幾許纏綿意，記秋千架底，捼蒲局上，被褉池邊。　收貯一春幽恨，細書編，研綾箋。算蓬山、未抵屏山遠，奈碧雲易合，彩霞深閉，明月先圓。（錄自涉園影宋本）

## 月兒高

調見〔清〕青心才人《雙合歡》。

流落等飄煙。東西實堪憐。背影偷彈血，逢人強取憐。情懷悠的，有甚風流轉。　舊譜難翻，難翻弦屢變。那更宮商錯亂，寂寞轉添。天天。待製新篇。青樓朱箔知音少，辜負瀟湘一段緣。（錄自中州古籍出版社排印本）

## 月底修簫譜

即【祝英台近】。〔宋〕張輯詞有「趁月底、重修簫譜」句，故名；見《東澤綺語》。

客西湖，聽夜雨。更向別離處。小小船窗，香雪照樽俎。斷腸一曲秋風，行雲不語。總寫入、征鴻無數。　認眉嫵。喚醒岩壑風流，丹砂有奇趣。羞殺秦郎，淮海漫千古。要看自作新詞，雙鴛飛舞。趁月底、重修簫譜。（錄自《彊村叢書》本）

詞注：「寓【祝英台近】。」

## 月穿窗

即【歸字謠】。〔宋〕周玉晨詞有「月影穿窗白玉錢」句，故名；見《記紅集》卷一。

> 眠。月影穿窗白玉錢。無人弄，移過枕函邊。（錄自清康熙刻本）

## 月城春

即【四犯剪梅花】。〔宋〕盧祖皋詞名【月城春】，見《蒲江詞稿》。

> 五雲騰曉。望凝香畫戟，恍然蓬島（解連環）。玉露冰壺，照神仙風表（醉蓬萊）。詩書坐嘯。喚淮楚、滿城春好（雪獅兒）。雨穀催耕，風簾戲鼓，家家歡笑（醉蓬萊）。　　南湖細吟未了。看金蓮夜直，丹鳳飛詔（解連環）。鬢影青青，辦功名多少（醉蓬萊）。持杯滿爵。聽千里、載歌難老（雪獅兒）。試問樽前，蟠桃次第，紅芳猶小（醉蓬萊）。（錄自《彊村叢書》本）

《舊五代史·周書·世宗紀》云：「丙午，日南至，眾臣拜賀於月城之上。」月城即甕城，在城外築半圓形小城，做掩護城門、加強防禦之用。

## 月宮春

又名：月中行。

調見《花間集》卷五〔五代〕毛文錫詞。

> 水精宮裏桂花開。神仙探幾回。紅芳金蕊繡重台。低傾瑪瑙杯。　　玉兔銀蟾爭守護，姮娥姹女戲相偎。遙聽鈞天九奏，玉皇親看來。（錄自宋晁謙之本）

按：月宮係傳說中的月中宮殿，為嫦娥所居，亦稱廣寒宮。《開山傳信記》云：「吾昨夜夢遊月宮，諸仙娛予以上清之樂，寥亮清越，殆非人間所聞也。」《龍城樂·明皇夢遊廣寒宮》：「開元六年，上皇與申天師、道士鴻都客，八月望日夜，因天師作術，三人同在雲中遊月中，過天門，見五光中飛浮。宮殿往來無定，寒氣逼人，露濡衣袖皆濕。傾見一大宮府，榜曰廣寒清虛之府。」調名義出於此。

## 月娥新

調見〔清〕陳鍾祥詞，見《香草詞》卷四。

> 網得珊瑚窺海月，拾回翠羽夢江雲。舊遊髣髴記能真。　　卻被罡風吹下界，天門花落掃來曾。醉看前度月娥新。（錄自《黔南叢書》本）

詞序：「『翩若仙史近降』數闋，皆自度新腔。詞旨精美，音律諧暢，各摘詞中句，命為【月娥新】、【無邊風景】、【金魚佩】、【鳳凰台】、【楓丹霞白】等調。因依韻各效其體，醜女效顰，幸勿為夷光見哂也。」

## 月華清

又名：月華清慢。

調見《花草粹編》卷十九〔宋〕朱淑真詞。

> 雪壓庭春，香浮花月，攬衣還怯單薄。欹枕徘徊，又聽一聲乾鵲。粉淚共、宿雨闌干，清夢與、寒雲寂寞。除卻。是江梅曾許，詩人吟作。　　長恨曉風飄泊。且莫遣香肌，瘦減如削。深杏天桃，端的為誰零落。況天氣、妝點清明，對美景、不妨行樂。拚著。向花時取，一杯獨酌。（錄自文淵閣《四庫全書》本）

## 月華清慢

即【月華清】。〔宋〕無名氏詞名【月華清慢】，見《高麗史·卷七十一·樂二》。

> 雨洗天開，風將雲去，極目都無纖翳。當遇中秋夜，靜月華如水。素光晃、金屋樓台，清氣微、玉壺天地。此際。比無常三五，嬋娟特異。　　因念玉人千里。待盡把愁腸，分付沉醉。只恐難當漏盡，又還經歲。最堪恨、獨守書幃，空對景、不成歡意。除是。問姮娥覓取，一枝仙桂。（錄自日本明治四十一年縮印本）

## 月華滿

調見〔明〕梁雲構《豹陵集》卷十八。

> 看雨歇、軒庭風清，院落桂花斜罩。簾幕雲英何處，喜玄霜、搗成仙藥。這清光，籠世界，勝如昨。　　一抹銀河星底，度月華飛過，掩盡玉繩珠絡。廣寒深處，有空中樓閣。這行藏、休作等閒看，乍一吞，還一吐，橫廖廓。（錄自明崇禎刻本）

按：梁雲構詞有「度月華飛過，掩盡玉繩珠絡」句，故名【月華滿】。

## 月照梨花

即【河傳】。〔宋〕陸游取李清照詞「人靜皎月初斜、浸梨花」句，故名；見《中興以來絕妙詞選》卷二。

四畫

霽景，風軟，煙江春漲。小閣無人，繡簾半
上。花外姊妹相呼。約撝蒲。　　修蛾忘了章
台樣。細思一晌。感事添惆悵。胸酥臂玉消
減，擬覓雙魚。倩傳書。（錄自涉園影宋本）

**四畫**

## 月當窗

即【霜天曉角】。〔宋〕張輯詞有「一片月、當
窗白」句，故名；見《東澤綺語》。

看朱成碧。曾醉梅花側。相遇匆匆相別，又爭
似、不相識。　　南北。千里隔。幾時重得
見。最苦子規啼處，一片月、當窗白。（錄自
《彊村叢書》本）

## 月當樓

即【荷葉杯】。〔五代〕顧敻詞有「蘭缸背帳月
當樓」句，故名；見《記紅集》卷一。

歌發誰家筵上。寥亮。別恨正悠悠。蘭缸背帳
月當樓。愁摩愁。愁摩愁。（錄自清康熙刻本）

## 月當廳

（一）〔宋〕史達祖自度曲，見《梅溪詞》。

白壁舊帶秦城夢，因誰拜下，楊柳樓心。正是
夜分，魚鑰不動香深。時有露螢自照，占風
裳、可喜影䤑金。坐來久，都將涼意，盡付沉
吟。　　殘雲事緒無人舍，恨匆匆、藥娥歸去
難尋。綴取霧窗，會唱幾拍清音。猶有老來印
愁處，冷光應念雪翻簪。空獨對，西風緊，弄
一井桐蔭。（錄自汲古閣《宋六十名家詞》本）

（二）即【霜天曉角】。〔宋〕辛棄疾詞名【月
當廳】，見《填詞圖譜》卷一。

吳頭楚尾，一棹人千里。休說舊愁新恨，長亭
今如此。　　宦遊吾倦矣。玉人留我醉。明
日落花寒食，得且住為佳耳。（錄自清康熙木石
居本）

## 月魄

〔清〕丁澎新譜犯曲，見《扶荔詞》卷一。

露掩枕屏香翠。寒透合歡雙被。小閣初日晃簾
鉤，夢逐東風，慣惹梨花醉。　　沉沉春睡
足，幾度抬頭慵起。起來閒坐撥爐灰。好鳥枝
頭，頻喚梳頭未。（錄自清康熙家刻本）

詞注：「春曉。新翻犯曲。上三句【憶漢月】，
下二句【醉落魄】；後段同。」

## 月曉

〔清〕顧無咎自度曲，見《詞綜補遺》卷八十六
引《南社詞錄》。

月曉風清，鉛華洗淨嬌無力。浣紗仙去渺蒼煙。
剩鷺鷥點綴，三十六陂秋色。　　玉佩瓊琚，
凌波微步纖塵絕。雲圍霞意難勝，聽涼蟬一聲
聲，遞西風消息。（錄自書目文獻出版社影手稿本）

詞注：「自度曲。」

按：顧無咎詞有「月曉風清」句，故名【月曉】。

## 月邊嬌

又名：月邊橋。

〔宋〕周密自度曲，見《蘋洲漁笛譜》卷二。

酥雨烘晴，早柳盼鬢嬌，蘭芽愁醒。九街月
淡，千門夜暖，十里寶光花影。塵凝步襪，送
豔笑、爭誇輕俊。笙簫迎曉，翠幕捲、天香宮
粉。　　少年紫曲疏狂，絮花蹤跡，夜蛾心
性。戲叢圍錦，燈簾轉玉，拚卻舞句歌引。前
歡謾省。又輦路、東風吹鬢。醺醺倚醉，任夜
深春冷。（錄自《彊村叢書》本）

## 月邊橋

即【月邊嬌】。〔清〕俞樾詞名【月邊橋】，見
《春在堂詞錄》卷一。

人去商山，剩大腹圍樂，癡皮渾沌。玉壺濯
魄，金刀刮膜，一點酸心都盡。蘭膏乍注，早
逗出、玲瓏紅暈。珠光密護，子細趁、驪龍眠
穩。　　夜深取到蘭房，絳帷高捲，碧紗低
襯。佛頭光滿，仙爐焰小，不怕曉風吹緊。江
南舊岸，早萬顆、霜丸寒隕。迢迢永夜，喜金
缸遲爐。（錄自清刻本）

按：「橋」字恐「嬌」字之誤。錄以待考。

## 月露菊花心

調見〔明〕蔡宗堯《龜陵集・卷二十一・附
詞》。

雲弄山松，風鳴窗竹，涼雨初收。倚危欄、遙
望未歸舟。一溪寒碧，流不盡許多愁。　　拂
鏡自驚羞。疏鬢簪花，不似少年頭。欲洗幽
懷，除非是、金莖上露，笑對玉人甌。（錄自明
洪武本）

## 月籠沙

〔清〕沈謙新翻曲，見《東江別集》卷二。

簾外潺潺暮雨，江邊隱隱寒潮。亂鴻縹緲寄書遙，滿地黃花人病酒，蜂蝶空勞。　自惜明珠離掌，誰憐小帶垂腰。畫樓西畔是虹橋。只恐粉雲遮不斷，怕殺登高。（錄自惜陰堂《明詞彙刊》本）

詞注：「新翻曲。上三句【西江月】，下二月【浪淘沙】；後段同。唐杜牧詩：『煙籠寒水月籠沙。』」

## 丹青引

〔近人〕吳藕汀自度曲，見《畫牛閣詞集》。

醉裏城西，古坊鳳池，舊家齋館清雅。一樹海棠經歷劫，染紅妝未卸。陳茗碗，安硯瓦。半點塵無，階前簾下。關心唯有閒書畫。墨花蝕處，湘囊插架。無事神仙，主人多暇。長伴著、綿鳥啼晨，絮蛩鳴夜。　世係河陽聲價。周趙規模，董巨荒野。寫意天然，咸道丹青曹霸。閉門不問爛羊頭，但只問、寒梅開也。春風夏雨，杖屨曾陪，付了南柯夢話。滄桑幾變化。我還是、客燕淒迷殘社。攤箋淚濕，鏡裏素絲盈把。（錄自《畫牛閣詞集》手稿本）

詞序：「郭師平廬，乙亥春下世，迄今已三十周年。易簀前數日，授余畫序，似有前知。幸而屢遭患難，敝篋尚留。丁茲亂世，風雅蕩然。余今處境，有甚於阮籍途窮之歎，豈師所及料哉。俯仰盛懷，何能抑止！率意寫長短句一百五十字，借杜老詩題，以誌悲痛。歌聲未徹，淚已盈襟矣。」

〈小徑蹤影〉：「乙巳為郭師平廬三十周年祭，余自度丹青引，以紀念之。詞序云（略）。詞中有云：『關心唯有閒書畫。墨花蝕處，緗囊插架。』又：『閉門不問爛羊頭，但只問、寒梅開也。』似為師寫照也。」

## 丹鳳吟

（一）調見〔宋〕周邦彥《片玉集》卷二。

迤邐春光無賴，翠藻翻池，黃蜂遊閣。朝來風暴，飛絮亂投簾幕。生憎暮景，倚牆臨岸，杏靨天邪，榆錢輕薄。晝永唯思傍枕，睡起無聊，殘照猶在庭角。　況是別離氣味，坐來但覺心緒惡。痛引澆愁酒，奈愁濃如酒，無計銷鑠。那堪昏暝，簌簌半簷花落。弄粉調朱柔素手，問何時重握。此時此意，長怕人道著。（錄自《彊村叢書》本）

《片玉集》注：越調。《夢窗詞集》注：無射商。

（二）即【孤鸞】。〔元〕張翥詞名【丹鳳吟】，見《蛻巖詞》卷下。

蓬萊花鳥。記並宿苔枝，雙雙嬌小。海上仙妹，喚起綠衣歌笑。芳叢有時遣探，聽東風、數聲啼曉。月下人歸，淒涼夢醒，悵愁多歡少。　念故巢、猶在瘴雲杪。甚閒入雕籠，庭院深悄。信斷羈雌遠，鎮怨情縈繞。翠襟近來漸短，看梅花、又還開了。縱解收香寄與，奈羅浮春杳。（錄自《彊村叢書》本）

## 文序子

原調已佚。〔宋〕無名氏《滿庭芳》集曲名詞有「文序子」句，輯名，見《事林廣記·戌集》卷二。

《碧雞漫志》卷五：「【文漵子】，《盧氏雜說》云：『文宗善吹小管。僧文漵為入內大德，得罪流之。弟子收拾院中籍入家具，猶作師講聲。上採其聲製曲，曰【文漵子】。』予考《資治通鑑》：『敬宗寶曆二年六月己卯幸興福寺，觀沙門文漵俗講。』敬、文相繼，年祀極近，豈有二文漵哉。至所謂『俗講』，則不可曉。意此僧以俗談侮聖言，誘聚群小，至使人主臨觀，為一笑之樂，死尚晚也。今黃鐘宮大石調、林鐘商歇指調，皆有十拍令，未知孰是。有『漵』字誤作『序』或『緒』。」

《樂府雜錄》：「【文敘子】，長慶中，俗講僧文敘善吟經，其聲宛暢，感動里人。樂工黃米飯，狀其念四聲觀世音菩薩，乃撰此曲。」

## 文姬怨

調見〔明〕楊儀《南宮詩餘》。

碧樹蔭，蒼苔徑。詩卷心，茶杯興。山林幽事總關情。八窗玉帳懸，一枕桃笙淨。只少個、謫仙人到也，塵世上，訓來並。　晴雲高，清夜永。氅袍輕，簾鉤定。劉褒圖畫曲為屏。李相白龍皮，河朔長鯨飲。更續卻、汝陰詩令也，人意好，天難勝。（錄自惜陰堂《明詞彙刊》本）

詞注：雙調。

按：《後漢書·列女傳》：「陳留董祀妻者，同

郡蔡邕之女也，名琰，字文姬。博學有才辯，又妙於音律。適河東衛仲道，夫亡無子，歸寧於家。興平中，天下喪亂，文姬為胡騎所獲，沒於南匈奴左賢王，在胡十二年，生二子。曹操素與邕善，痛其無嗣，乃遣使以金璧贖之，而重嫁於祀，……後感傷亂離亂，作詩學章。」調名義此。

## 六么

即【六么令】。〔清〕左輔詞名【六么】，見《念宛齋詞鈔》。

> 梨花過也，柳絮又看舞。阿誰滴珠團粉，端正倚妝戶。說是春魂易斷，金屋嬌無主。冷煙飛處，句來明月，要共春人夜深語。　前夜丁香細結密，意留將住。今夜晴雪成堆，任意開將去。準待屏風十二，好夢深深與。也無心緒，哀絲嚎竹，只有團團舊情訴。（錄自清宣統《懷廔雜俎》本）

## 六么令

又名：六么、宛溪柳、樂世、綠腰、綠腰令、錄要。

（一）調見〔宋〕柳永《樂章集》卷下。

> 淡煙殘照，搖曳溪光碧。溪邊淺桃深杏，迤邐染春色。昨夜扁舟泊處，枕底當灘磧。波聲漁笛，驚回好夢，夢裏欲歸欲不得。　輾轉翻成無寐，因此傷行役。思念多媚多嬌，咫尺千山隔。都為情深密愛，不忍輕離拆。好天良夕。鴛帷寂寞，算得也應暗相憶。（錄自《彊村叢書》本）

《碧雞漫志》：「【六么】，一名【綠腰】，一名【樂世】，一名【錄要】。元微之〈琵琶歌〉云：『【綠腰】散序多攏撚。』又云：『管兒還為彈【綠腰】，【綠腰】依舊聲迢迢。』又云：『逡巡彈得【六么】徹，霜刀破竹無殘節。』沈亞之《歌者葉記》云：『合韻奏【綠腰】。』又誌盧金蘭墓云：『為【綠腰】玉樹之舞。』《唐史·吐蕃傳》云：『奏【涼州】、【胡渭】、【錄要】雜曲。』段安節《琵琶錄》云：『【綠腰】，本錄要也。樂工進曲，上令錄其要者。』白樂天【楊柳枝】詞云：『【六么】、【水調】家家唱，白雪梅花處處吹。』又《聽歌六絕句·內樂》一篇云：『管急弦繁拍漸稠，【綠腰】宛轉曲終頭。誠知【樂世】聲聲樂，老病人聽未免

愁。』注云：『【樂世】一名【六么】。』王建【宮詞】云：『琵琶先抹【六么】頭。』故知唐人以『腰』作『么』，唯樂天與王建耳。或云：『此曲拍無過六字者，故曰【六么】。』至樂天又獨謂之【樂世】，他書不見也。《青箱雜記》云：『曲有【綠腰】者，錄【霓裳羽衣曲】之要拍。』【霓裳羽衣曲】乃宮調，與此曲了不相關。士大夫論議常患講之未詳，卒然而發，事與理交違；幸有證之者，不過如聚訟耳。若無人攻擊，後世隨以憒憒，或遺禍於天下，樂曲不足道也。《琵琶錄》又云：『貞元中，康崑崙琵琶第一手。兩市樓抵鬥聲樂，崑崙登東彩樓，彈新翻羽調【綠腰】，必謂無敵。曲罷，西市樓上出一女郎，抱樂器云：「我亦彈此曲。」兼移在楓香調中，下撥聲如雷，絕妙入神。崑崙拜請為師。女郎更衣出，乃僧善本，俗姓段。』今【六么】行於世者四：曰黃鐘羽，即俗呼般涉調；曰夾鐘羽，即俗呼中呂調；曰林鐘羽，即俗呼高平調；曰夷則羽，即俗呼仙呂調。皆羽調也。崑崙所謂『新翻』，今四曲中一類乎？或他羽調乎？是未可知也。段師所謂『楓香調』，無所著見，今四曲中一類乎，或他調乎，亦未可知也。」

《齊東野語》卷八：「《演繁露》：『唐有新翻羽調【綠腰】，白樂天詩集自注云：「即【六么】也。」今世亦有【六么】，而其曲有高平、仙呂調，又不與羽調相協，不知是唐遺聲否？』按今【六么】中呂調亦有之，非特高平、仙呂也。《唐·禮樂志》：『俗樂二十八調，中呂、高平、仙呂在七羽之數。』蓋中呂，夾鐘羽也；高平，林鐘羽也；仙呂，夷則羽也。安得謂之不與羽調相協？蓋未考之爾。」

《蕙風詞話》卷四云：「詞名【六么令】，近人寫作『幺』，一說當作『么』，作『幺』誤。『么』是宋樂譜字。按白石自製曲，【揚州慢】『盡薺麥青青』『薺』字、【長亭怨慢】『綠深門戶』『門』字、【淡黃柳】『明朝又寒食』『又』字，旁譜並作『么』（他詞尚多見），今『上』字也。【六么】之『么』，未知是否即今『上』字之『么』？然作『幺』誼亦未優，不如作『么』，較近聲律家言也。」

《樂章集》注：仙呂調。《片玉集》注：仙呂調。《夢窗詞集》注：夷則宮。

（二）調見《全唐詩·附詞》〔唐〕呂巖詞。

> 東與西。眼與眉。偃月爐中運坎離。靈砂且上

飛。最幽微。是天機。你休癡。你不知。（錄自清康熙揚州詩局本）

## 六么花十八

即【夢行雲】。〔宋〕吳文英【夢行雲】詞注：「即【六么花十八】。」見《夢窗丁稿》。

篔波皺纖縠。朝炊熟。眠未足。青奴細膩，未拌真珠斛。素蓮幽怨風前影，搔頭斜墜玉。

畫欄枕水，垂楊梳雨，青絲亂，如乍沐。嬌笙微韻，晚蟬理秋曲。翠蔭明月勝花夜，那愁春去速。（錄自汲古閣《宋六十名家詞》本）

《碧雞漫志》：「歐陽永叔云：『貪看【六么花十八】。』此曲內一疊名【花十八】，前後十八拍，又四花拍，共二十二拍。樂家者流所謂『花拍』，蓋非其正拍也。曲節抑揚可喜，舞亦隨之。而舞筑球【六么】至【花十八】，益奇。」

## 六州

調見《宋史‧樂志》卷十五〔宋〕和峴詞。

嚴夜警，銅蓮漏遲遲。清禁肅，森陛戟，羽衛儼皇闈。角聲勵，鉦鼓攸宜。金管成雅奏，逐吹逶迤。薦蒼璧，郊祀神祇。屬景運純禧。京坻豐衍，群材樂育，諸侯述職，盛德服蠻夷（和聲）。　殊祥萃，九苞丹鳳來儀。膏露降，和氣洽，三秀煥靈芝。鴻猷播，史冊相輝。張四維，卜世永固丕基。敷玄化，蕩蕩無為。合堯舜文思。混並寰宇，休牛歸馬，銷金偃革，蹈詠慶昌期。（錄自上海古籍出版社排印本）

《文獻通考‧樂考‧卷一百四十三‧十六》：「本朝歌吹，止有四曲，【十二時】、【導引】、【降仙台】並【六州】為四。每大禮宿齋，或行幸，遇夜每更三奏，名曰警場。……政和七年，詔【六州】改名【崇明祀】，然天下仍謂之【六州】，其稱謂已熟也。」

《填詞名解》卷三：「【六州】宋鼓吹曲也。宋大禮車駕齋宿所止，夜設警場，歌【六州】、【十二時】，每更三奏之。若巡幸則夜奏於行宮。政和七年詔改為【崇明祀】，【十二時】改名稱【吉禮】。」

《范太史文集》注：雙調。

## 六州歌頭

又名：六州歌頭慢。

（一）調見《詞苑萃編》卷一〔唐〕岑參詞。

西去輪台萬里餘，也知音信日應疏。隴山鸚鵡能言語，為報家人數寄書。（錄自《詞話叢編》本）

《詞苑叢編》卷一：「《樂府紀聞》：『岑參【六州歌頭】（詞略）。注云：「六州：伊、渭、梁、氐、甘、涼也。」……此皆商調曲。』」

按：此調係七言絕句，形式與宋詞異。今依《全唐五代詞》列入。

（二）調見《花草粹編》卷二十四〔宋〕李冠詞。

秦亡草昧，劉項起吞併。鞭寰宇。驅龍虎。掃欃槍。斬長鯨。血染中原戰。視餘耳，皆鷹犬。平禍亂。歸炎漢。勢奔傾。兵散月明。風急旌旗亂，刁斗三更。共虞姬相對，泣聽楚歌聲。玉帳魂驚。淚盈盈。　念花無主。凝愁苦。揮雪刃。掩泉烏。時不利。騅不逝。困陰陵。叱追兵。暗嗚摧天地，望歸路，忍偷生。功蓋世，成閒紀。何處見遺靈。江靜水寒煙冷，波紋細、古木洞零。遣行人到此，追念益傷情。勝負難憑。（錄自文淵閣《四庫全書》本）

（三）調見〔宋〕賀鑄《東山寓聲樂府》。

少年俠氣，交結五都雄。肝膽洞。毛髮聳。立談中。生死同。一諾千金重。推翹勇。矜豪縱。輕蓋擁。聯飛鞚。鬥城東。轟飲酒爐，春色浮寒甕。吸海垂虹。閒呼鷹嗾犬，白羽摘雕弓。狡穴俄空。樂匆匆。　似黃粱夢。辭丹鳳，明月共。漾孤篷。官冗從。懷倥傯。落塵籠。簿書叢。鶡弁如雲眾。供粗用。忽奇功。笳鼓動。漁陽弄。思悲翁。不請長纓，繫取天驕種。劍吼西風。恨登山臨水，手寄七弦桐，目送歸鴻。（錄自《四印齋所刻詞》本）

（四）調見〔宋〕袁去華《宣卿詞》。

柴桑高隱，丘壑歲寒姿。北窗下，羲皇上，古人期。俗人疑。束帶真難事，賦歸去，吾廬好，斜川路，攜筇杖，看雲飛。六翮冥冥高舉，青霄外，繒繳何施。且流行坎止，人世任相違。採菊東籬。　正悠然，見南山處，無窮景，與心會，有誰知。琴中趣，杯中物，醉中詩。可忘機。一笑騎鯨去，向千載，賞音稀。嗟倦翼，瞻遺像，是吾師。門外空餘衰柳，搖疏翠，斜日暉暉。遣行人到此，感歎不勝悲。物是人非。（錄自四印齋《宋元三十一家詞》本）

（五）調見《陽春白雪》卷六〔宋〕韓元吉詞。

東風著意。先上小桃枝。紅粉膩。嬌如醉。倚朱扉。記年時。隱映新妝面。臨水岸。春將

半。雲日暖。斜橋轉。夾城西。草軟沙平，跛
馬垂楊渡，玉勒爭嘶。認蛾眉凝笑，臉薄拂燕
支。繡戶曾窺。恨依依。　　共攜手處。香如
霧。紅隨步。怨春遲。消瘦損。憑誰問。只花
知。淚空垂。舊日堂前燕，和煙雨，又雙飛。
人自老。春長好。夢佳期。前度劉郎，幾許風
流地，花也應悲。但茫茫暮靄，目斷武陵溪。
往事難追。（錄自《粵雅堂叢書》本）

《演繁露》卷十六：「【六州歌頭】本鼓吹曲
也。近世好事者倚其聲為弔古詞。如『秦亡草
昧，劉項起吞併』者是也。音調悲壯，又以古
興亡事實之。聞其歌使人悵慨，良不可與豔詞同
科，誠可喜也。」

《詞品》卷一：「【六州歌頭】本鼓吹曲也。音
調悲壯，又以古興亡事實之，聞之使人慷慨，良
不與豔詞同科，誠可喜也。六州得名，蓋唐人西
邊之州，伊州、梁州、甘州、石州、渭州、氐州
也。此詞宋人大祀大恤，皆用此調。」

《填詞名解》卷三：「先舒案：宋凡車駕所至，
夜設警場，奏嚴歌【六州】、【十二時】。今
《宋史‧樂志》載其樂調與【六州歌頭】迥別，
且宋人【六州歌頭】頗有豔詞，蓋用修誤以此調
即奏嚴之【六州】故耳，其實非也。然楊說本於
宋程大昌《演繁露》。程仕宋至閣學尚書，博諳
故實，訛誤若是，又何怪也。」

《詞徵》卷一：「《容齋隨筆》云：『今樂府所
傳大曲，皆出於唐，而以州名者五：伊、涼、
熙、石、渭也。』謹案：《欽定歷代詩餘》云：
『六州，伊、涼、甘、石、氐、渭也。唐樂府
多以此名，詞調因之。』與《容齋》所記不合。
詞調所謂【六州歌頭】者謂此（宋《樂志》所
載【六州】鼓吹曲也。郊祀明堂大樂多用之，與
【六州歌頭】迥異。然【六州歌頭】亦多言古今
興亡之事，非豔詞可比）。其他若【梁州序】、
【梁州】即【涼州序】、【甘州子】、【石州
慢】、【氐州第一】，皆記名於詞調，而渭州無
之。【于湖先生長短句》注：大石調。

## 六州歌頭慢

即【六州歌頭】。〔清〕何采詞名【六州歌頭
慢】，見《南澗詞選》卷下。

六朝勝跡，爭唱望江南。烏衣巷，吾廬在，燕
呢喃。舊泥銜。我是癡王湛，愁潘岳，窮阮

籍，哀庾信，瘦沈約，恨江淹。　　對此好山
好水，登臨興，劃地全芟。只菰蘆深處，容得
老夫潛。正晚紅酣。曉青粘。　　君攜孤棹，
沿野渡，跟雙屐，訪精藍。攀絕巘，振衣袂，
頻澄潭。照鬚髯。歸路徘徊裏，月東嶺，日西
崦。　　追囊昔，橫逸氣，縱幽探。四十餘年往
矣，渾忘卻，夕靄朝嵐。且高燒絳蠟，沽酒向
青簾。細聽君談。（錄自清《龍眠叢書》本）

## 六花飛

調見〔宋〕曹勛《松隱樂府》卷二。

寅杓乍正，瑞雲開曉，罩紫府宮殿。聖孝虔
恭，率宸庭冠劍。上徽稱，天明地察，奉玉
檢。璿耀金輝，仰吾君，親披袞龍，當檻俯琉
晃。　　中興明天子，舜心溫凊，示未嘗閒
燕。禮無前比，出淵衷深念。贊木父金母至
樂，萬億載，日月榮光俱歡忻。羅綺管弦開壽
宴。（錄自《彊村叢書》本）

## 六國朝

調見〔元〕楊弘道《小亨集》卷五。

繁花煙暖，落葉風高。歲月去如流，身漸老。
歎三十年虛度，月墜難號。痛離散、人何在，
雲沉雁杳。浮萍斷梗，任風水、東泛西飄。萬
事總無成，憂患繞。　　虛名何益，薄宦徒
勞。得預俊遊中，觀望好。漫能出驚人語，瑞
錦秋濤。莫誇有、如神句，鳴禽春草。干戈滿
地，甚處用、儒雅風騷。援筆賦歸田，宜去
早。（錄自文淵閣《四庫全書》本）

## 六國朝令

調見《永樂大典》卷二萬三百五十三〔元〕耶律
鑄詞。

鳴珂繡轂，錦帶吳鈎。曾雅稱，量金結勝遊。
信人間無點事，可掛心頭。須知不，待把閒
情，釀做閒愁。只恐落高人，第二籌。　　歌
雲容易，夢雨遲留。瘀慣振、芳塵不夜樓。光
飾仙春盛跡，點化溫柔。索教頰，縱惜花人，
標榜風流。快入醉鄉來，劉醉侯。（錄自中華書局
影印本）

## 六橋行

調見《永樂大典》卷二千二百六十五〔宋〕周端
臣詞。

芙蓉苑。記試酒清狂，靮鞭遊遍。翠紅照眼。凝芳露、洗出青霞一片。垂楊兩岸，窺鏡底、新妝深淺。應料似、錦帳行春，三千粉春矜豔。　邂逅繫馬堤邊，念玉筒輕攀，笑簪同歡。歲華暗換。西風路、幾許愁腸淒斷。仙城夢黯。還又是、六橋秋晚。凝望處，煙淡雲寒，人歸雁遠。（錄自中華書局影印本）

按：周端臣詞有「還又是、六橋秋晚」句，故名【六橋行】。六橋指西湖蘇堤上之六橋，即映波、鎖瀾、望山、壓堤、東浦、跨虹。蘇軾詩有「六橋橫絕天漢上，北山始與南屏通」之句。

## 六醜

調見〔宋〕周邦彥《片玉集》卷七。

正單衣試酒，恨客裏、光陰虛擲。願春暫留，春歸如過翼。一去無跡。為問花何在，夜來風雨，葬楚宮傾國。釵鈿墮處遺香澤。亂點桃蹊，輕翻柳陌。多情為誰追惜。但蜂媒蝶使，時叩窗槅。　東園岑寂，漸蒙籠暗碧。靜繞珍叢底，成歎息。長條故惹行客。似牽衣待話，別情無極。殘英小、強簪巾幘。終不似、一朵釵頭顫嫋，向人欹側。漂流處、莫趁潮汐。恐斷鴻、尚有相思字，何由見得。（錄自《彊村叢書》本）

《蓮子居詞話》卷一：「【六醜】詞，周邦彥所作。上問【六醜】之義。則曰：『此犯六調，皆聲之美者，然極難歌。昔高陽氏有子六人，才而醜，故以比之。』」

《歷代詞人考略》卷十七引《浩然齋雅談》云：「宣和中，李師師以能歌舞稱時，周邦彥為太學生，每遊其家，……師師又歌【大酺】、【六醜】二解，上顧教坊使問袁綯，綯曰：『此起居舍人新知潞州周邦彥作也。』問六醜之義，莫能對。急召邦彥問之，對曰：『此犯六調，皆聲之美者，然絕難歌。昔高陽氏有子六人而醜，故以比之。』上喜……。」

《叢碧詞話》云：「【六醜】，為清真製詞。萬紅友《詞律》云：『此調楊升庵以其名不雅改曰【個儂】已無謂，《圖譜》乃於【六醜】之外又收【個儂】一調，兩篇相接，何竟未一點勘耶？且本和周韻，而兩調分句大異，可怪之甚。是則升庵和而誤，其誤十之三；《圖譜》創立新調而誤，其誤者，十之七矣。』」

《聽秋聲館詞話》卷十一：「周美成製【六醜】

調，楊升庵嫌其名不雅，改稱【個儂】。若不知宋人廖瑩中自有【個儂】本調，前後極整齊。萬氏《詞律》因升庵所作，雖用周韻，而句讀參差，只知辨其錯謬，亦不知調本【個儂】，詞係廖作，其詞云（詞略）。按瑩中，字群玉，為賈似道門客，乃宋末人。升庵生有明中葉，其為竄易廖詞，竊為己作可知。相傳楊升庵未貶時，每闌入文淵閣攘所藏書，妄意似此單詞，世無傳本，可以公然剝掠，初不料二百年後，原詞復行於世。」

## 六聽

即【二十四字令】。〔清〕陸棻詞名【六聽】，見《雅坪詞選》。

晝聽蟬。新涼雨後晚晴天。綠葉扶疏高隱密，韻長喚作醒人弦。

夕聽蛙。池塘半部不嫌嘩。一自漁陽三弄歇，輸他坦腹五更撾。

春聽鶯。惱殺幽窗少婦情。歌喉遜儞新簧轉，憔悴腰肢曲未成。

夏聽蛩。王孫意氣若為雄。寂寂深閨清漏永，金籠珍重枕函中。

秋聽雁。星星漁火楓江畔。一派邊聲咽暮笳，長城不為黃雲斷。

冬聽鶴。羽衣素縞翩躚樂。松夢青山月露涼，一聲清唳臨風作。（錄自清刻本）

按：此調係由六首組成組詞。首句各用「×聽×」，故曰【六聽】。詞注有「和前人」三字，不知前人是誰，也未見他人作品，待考。

## 心月照雲溪

即【驀山溪】。〔金〕王喆詞名【心月照雲溪】，見《重陽教化集》卷一。

一身之內，二物成真實。著意辯三才，列四象、五行化造。六賊門外，七魄莫狂遊，八卦定，九宮通，功行十分到。　十分修煉，九轉成芝草。八位上仙知，救七祖、遠離六道。五年功滿，四大離凡塵，三清路，二童邀，抱一歸蓬島。（錄自涵芬樓影明《道藏》本）

原注：「俗名【驀山溪】。」

## 引駕行

又名：長春。

（一）調見〔宋〕柳永《樂章集》卷下。

四畫

紅塵紫陌，斜陽暮草長安道，是離人、斷魂處，迢迢匹馬西征。新晴。韶光明媚，輕煙淡薄和氣暖，望花村、路隱映，搖鞭時過長亭。愁生。傷鳳城仙子，別來千里重行行。又記得臨歧，淚眼濕，蓮臉盈盈。　　消凝。花朝月夕，最苦冷落銀屏。想媚容耿耿，無眠屈指，已算回程。相縈。空萬般思憶，爭如歸去睹傾城。向繡幃、深處並枕，說如此牽情。（錄自《彊村叢書》本）

《樂章集》卷下【引駕行】詞，夏敬觀眉批云：「此詞『新晴』以上是秋景，疑是另一首殘詞，編者誤冠於此詞之上。如刪去則與仄叶者無異。」

《樂章集》注：仙呂調。

（二）調見〔宋〕柳永《樂章集》卷中。

虹收殘雨，蟬嘶敗柳長堤暮。背都門、動銷黯，西風片帆輕舉。愁睹。泛畫鷁翩翩，靈鼉隱隱下前浦。忍回首、佳人漸遠，想高城、隔煙樹。幾許。　　秦樓永晝，謝閣連宵奇遇。算贈笑千金，酬歌百琲，盡成輕負。南顧。念吳邦越國，風煙蕭索在何處。獨自個、千山萬水，指天涯去。（錄自《彊村叢書》本）

《樂章集》注：中呂調。

（三）調見〔宋〕晁補之《晁氏琴趣外篇》卷一。

梅梢瓊綻，東君次第開桃李。痛年年、好風景，無事對花垂淚。園裏。舊賞處、幽葩柔條，一一動芳意。恨心事。春來間阻，憶年時、把羅袂。雅戲。　　櫻桃紅顆，為插邊明麗。又漸是。櫻桃嘗新，忍把舊遊重記。何意。便雲收雨歇，瓶沉簪折兩無計。謾追悔。憑誰向說，只厭厭地。（錄自雙照樓影宋本）

按：《欽定詞譜》卷十，將上半闋作為五十二字一調，未知何據。

## 弔嚴陵

又名：暮雲碧。

調見《樂府雅詞》卷下，〔宋〕李甲詞。

蕙蘭香泛，孤嶼潮平，驚鷗散雪。迤邐點破，澄江秋色。暝靄向斂，疏雨乍收，染出藍峰千尺。漁舍孤煙鎖寒磧。畫鷁翠帆旋解，輕艤晴霞岸則。正念往悲酸，懷鄉慘切。何處引羌笛。　　追惜。當時富春佳地，嚴光釣址空遺跡。華星沉後，扁舟泛去，瀟灑開名圖籍。離觴弔古寓目，意闌魂銷淚滴。漸洞天曉，回首

暮雲千古碧。（錄自文淵閣《四庫全書》本）

按：李甲詞有「嚴光釣址空遺跡」及「離觴弔古寓目」句，故名【弔嚴陵】。

## 巴渝曲

即【竹枝】。《古今詞話·詞辨》卷上：「【竹枝】本出巴渝，故亦名【巴渝辭】。」注云：「一名【巴渝曲】。」

按：巴渝蜀古地名，亦古曲調名。《碧雞漫志》云：「至唐武后時舊曲存者，如【白雪】、【公莫】、【巴渝】、【白苧】……等六十三曲。」唐虞世南〈門有車馬客〉詩：「危弦促柱奏巴渝，遺簪墮珥解羅襦。」

## 巴渝辭

即【竹枝】。〔清〕丁澎詞名【巴渝辭】，見《扶荔詞》卷四。

> 舞衫紅映竹枝醉顏酡女兒。鼓棹女兒竹枝教渝歌女兒。　　紗輕浣雨竹枝春潮弄女兒。花桐刺落竹枝釵頭鳳女兒。（錄自清康熙家刻本）

《詞律》卷一【竹枝】調注：「又名【巴渝辭】。」

《唐聲詩》下編：「自《詞律》起，為【竹枝】立一別名曰【巴渝辭】，未詳來歷。據《通典》一四六，【巴渝】為六朝清商樂曲之一，中唐猶傳。專曲、專名，何得因文人想像，便移作夔州兒歌之別號？然而談【竹枝】之出於樂府者，曰晉，曰齊、梁，種因豈即在所謂『巴渝』歟？巴，廣矣，飲，眾矣，又豈古曲之一所能兼該？」

《詞徵》卷一云：「【巴渝詞】有十四字者，有二十八字者。《舊唐書·音樂志》云：『【巴渝】，漢高帝所作也。帝自蜀漢伐楚，以板蠻為前鋒，其人勇而善鬥，好為歌舞，高帝觀之曰：「武王伐紂歌也。」使工習之，號曰【巴渝】。』渝，美也。亦云巴有渝水，故名之。」

# 五畫

## 玉人歌

即【探芳信】。〔宋〕楊炎正詞名【玉人歌】，見《西樵語業》。

> 西風起。又老盡蘺花，寒輕香鈿。漫題紅葉，句裏意誰會。長天不恨江南遠，苦恨無書寄。最相思、盤橘千枚，膾鱸十尾。　鴻雁阻歸計。算愁滿離腸，十分豈止。倦倚欄干，顧影在天際。凌煙圖畫青山約，總是浮生事。判從今、買取朝醒夕醉。（錄自汲古閣《宋六十名家詞》本）

《詞律》卷十三【探芳信】調注：「按楊炎正有【玉人歌】一調，與此詞（指張炎【探芳信】詞）通篇皆同，只『甚探芳』句少一『甚』字。實係一調而異名者。」

按：此調《欽定詞譜》以【玉人歌】名獨立一調，並曰：「此調只有此詞，其平仄無可參校。」實則此調與【探芳信】調相校，唯上片第四句少一字，故列為【探芳信】調之別名。《詞律》所論極是。

## 玉山枕

調見〔宋〕柳永《樂章集》卷下。

> 驟雨新霽。蕩原野、清如洗。斷霞散彩，殘陽倒影，天外雲峰，數朵相倚。露華煙芰滿池塘，見次第、幾番紅翠。當是時、河朔飛觴，避炎蒸，想風流堪繼。　晚來高樹清風起。動簾幕、生秋氣。畫樓畫寂，蘭堂夜靜，舞豔歌姝，漸任羅綺。訟閒時泰足風情，便爭奈、雅歌都廢。省教成、幾闋清歌，盡新聲，好樽前重理。（錄自《彊村叢書》本）

《樂章集》注：仙呂調。

## 玉女迎春慢

調見《鳳林書院草堂詩餘》卷上〔元〕彭元遜詞。

> 淺入新年，逢人日、拂拂淡煙無雨。葉底妖禽自語。小啄幽香還吐。東風辛苦。便怕有、踏青人誤。清明寒食，消得渡江，黃翠千縷。　看臨小帖宜春，填輕暈濕，碧花生霧。為說叙頭嬝嬝，繫著輕盈不住。問郎留否。似昨夜、

教成鸚鵡。走馬章台，憶得畫眉歸去。（錄自雙照樓影元本）

## 玉女度千秋

〔清〕丁澎新譜犯曲，見《扶荔詞》卷二。

> 的的紅珠，滴向鞋尖么鳳。雙纏倩冷，長被香塵擁。肌消羅帶緩，愁壓檀痕重。東風怯，幾回驚起巫山夢。　我亦憐卿，追憶嫵眉常捧。暗雨燈昏，底事憪憪重。鴛衾香尚膩，玉臂寒誰共。歡須早，他年莫弔相思塚。（錄自清康熙家刻本）

詞注：「情思。新翻犯曲。上四句【傳言玉女】，下四句【千秋歲】；後段同。」

## 玉女剔銀燈

〔清〕沈謙新翻曲，見《東江別集》卷二。

> 天氣初寒，樓外月華如雪。孤燈弄影，展卷空悲咽。詞唱金荃，歌翻玉樹，誰似風流英絕。梅花堪折，記分手、櫻桃時節。　萬丈盧山，夢來時怕阻截。素書題就，見曉星窺闥。馬去關河，人稀驛路，誰信雁鴻能說。神交但切，豈畏遠離長別。（錄自惜陰堂《明詞彙刊》本）

詞注：「新翻曲。上四句【傳言玉女】，下五句【剔銀燈】；後段同。」

## 玉女搖仙佩

又名：玉女搖仙輩、金童捧露盤。

調見〔宋〕柳永《樂章集》卷上。

> 飛瓊伴侶，偶別珠宮，未返神仙行綴。取次梳妝，尋常言語，有得幾多姝麗。擬把名花比。恐旁人笑我，談何容易。細思算、奇葩豔卉，唯是深紅淺白而已。爭如這多情，占得人間，千嬌百媚。　須信畫堂繡閣，皓月清風，忍把光陰輕棄。自古及今，佳人才子，少得當年雙美。且恁相偎倚。未消得、憐我多才多藝。願嬭嬭、蘭心蕙性，枕前言下，表余深意。為盟誓。今生斷不孤鴛被。（錄自《彊村叢書》本）

《樂章集》注：正宮。

## 玉女搖仙輩

即【玉女搖仙佩】。〔金〕王喆詞【玉女搖仙輩】，見《重陽教化集》卷二。

> 終南一遇，醴邑相逢，兩次凡心蒙滌。便話修持，重談調攝，莫使暗魔偷滴。養氣全神寂。

稟消遙自在，閑閑遊歷。覽清淨、常行允迪。
應用刀圭，節要開劈。三田會、靈明結作，般
般光輝是績。　先向天涯海畔，訪友尋朋，
得個知音成闋。直待恁時，相將同步，處處嬉
嬉尋覓。暗裏瞤瞤橄。覰你為、作如何鋒鏑。
會舉箭、張弓對敵。百邪千魅，戰迴純晰。無
愁戚，方堪教、可傳端的。（錄自涵芬樓影明《道
藏》本）

按：『佩』、『鞏』二字近音，恐是刻誤。存調
待考。

## 玉井蓮

即【水晶簾】。〔宋〕無名氏詞有「正玉井蓮
開」句，故名；見《翰墨大全·丁集》卷二。

誰道秋期遠。正旬浹、雙星相見。雨足西簾，
正玉井蓮開，壽筵初展。麈尾呼風祥暑淨，那
更著、綸巾羽扇。瞵清歌、不計杯行，任深任
淺。　湖邊小池苑。漸苔痕竹色，青青如
染。辨橘中荷屋，晚芳自占。蝸角虛名身外
事，付骰子、紛紛戲選。喜平時、公道開明，
話頭正轉。（錄自《全宋詞》本）

## 玉水明沙

即【柳梢青】。〔宋〕韓淲詞有「玉水明沙」
句，故名；見《澗泉詩餘》。

玉水明沙。峰迴路轉，城倚橋斜。老我登臨，
同誰酩酊，一望還賒。　飛鴻杳靄天涯。但
拚取、心情酒家。紫菊枝枝，紅茱顆顆，休問
年華。（錄自《彊村叢書》本）

## 玉合

調見《香奩集》〔五代〕韓偓詞。

羅囊繡，兩鳳凰，玉合雕，雙鸂鶒，中有蘭膏
漬紅豆，每回拈著長相憶，長相憶，經幾春。
人悵望，香氲氳。開緘不見新書跡，帶粉猶殘
舊淚痕。（錄自王國維輯本）

按：此調頗整齊，似可分兩段。唯前段七句無
韻，至第八句始起韻，令人難解。歷代詞調均無
此格律，俟考。

按：韓偓詞有「玉合雕，雙鸂鶒」句，故名【玉
合】。

## 玉交枝

（一）即【相思引】。〔宋〕房舜卿詞名【玉交
枝】，見《梅苑》卷八。

蕙死蘭枯待返魂。暗香梅上又重聞。粉妝額
子，多少畫難真。　竹外冰清斜倒影，江頭
雪裏暗藏春。千鍾玉酒，休更待飄零。（錄自文
淵閣《四庫全書》本）

（二）即【憶秦娥】。《詞律》卷四目次【憶秦
娥】調下注：「又名【玉交枝】。」

按：《詞律》在【憶秦娥】調目次中注：「又名
【玉交枝】。」在卷四正文中則無，恐是刻誤。
其他各家均無【憶秦娥】又名【玉交枝】的記
載。錄此待考。

## 玉交梭

調見《鳴鶴餘音》卷四〔元〕無名氏詞。

我已叮嚀勸。展手心休倦。後巷前街，茶坊酒
肆且遍。繞巡門，散喏好降心，與修行方便。
　一志休回轉。趁了今生願。神氣沖和，陰
陽昇降，龍虎爭鬥，迸金燦爛。繞丹田，看真
人出現。（錄自清黃丕烈補明鈔本）

按：《全金元詞》注：「『梭』疑『枝』之
誤。」然此調與【玉交枝】迥異，當是新調。

## 玉宇無塵

即【醉蓬萊】。〔明〕楊儀詞名【玉宇無塵】，
見《南宮詩餘》。

問乳泉華月。歲歲秋期，十分瑩潔。何事今
年，向先春清澈。萱背金芽，桂庭香蔭，八寶
裝嚴別。碧海新梯，嵩山舊斧，寶家遺烈。
　火樹光中榮添，雙鳳斑衣膝下，歡騰四
葉。三五良宵，聽笙歌未歇。試數寰瀛，此樽
此意，有誰能相頡。元夕冰輝，中秋珠彩，吉
鄰宮闕。（錄自惜陰堂《明詞彙刊》本）

《南宮詩餘》注：林鐘商。

## 玉京山

即【小重山】。〔金〕王喆詞名【玉京山】，見
《重陽分梨十化集》卷下。

失笑迷陰化不來。頑愚心鎖硬、怎生開。直饒
富貴沒殃災。天年限、終久落輪迴。　鬼使
早相催。兒孫難替得、有何推。恁時悔恨哭聲
哀。方知道、學道是仙材。（錄自涵芬樓影明《道

藏》本）

《枕中書》：「玄都玉京七寶山，周圍九萬里，在大羅天之上。」又云：「元始天王，在天中心之上，名曰玉京山。山中宮殿，並金玉飾。」調名本此。

## 玉京秋

（一）調見〔宋〕賀鑄《賀方回詞》卷一。

隴首霜晴，泗濱雲晚，乍搖落。廢榭蒼苔，破台荒草，西楚霸圖冥漠。記登臨事，九日勝遊，千載如昨。更想像、晉客□歸，謝生能賦繼高作。　　飄泊。塵埃倦客，風月羈心，潘鬢曉來清鏡覺。蠟屐綺巾，羽觴象管，且追隨、隼旗行樂。東山□，應笑個儂風味薄。念故園黃花，自有年年約。（錄自《彊村叢書》本）

（二）〔宋〕周密自度曲，見《蘋洲漁笛譜》卷一。

煙水闊。高林弄殘照，晚蜩淒切。碧砧度韻，銀床飄葉。衣濕桐陰露冷，採涼花、時賦秋雪。歎輕別。一襟幽事，砌蛩能說。　　客思吟商還怯。怨歌長，瓊壺暗缺。翠扇恩疏，紅衣香褪，翻成消歇。玉骨西風，恨最恨、閒卻新涼時節。楚簫咽。誰寄西樓淡月。（錄自《彊村叢書》本）

詞序：「長安獨客，又見西風，素月丹楓，淒然其為秋也。因調夾鐘羽一解。」

## 玉京謠

〔宋〕吳文英自度曲，見《夢窗甲稿》。

蝶夢迷清曉，萬里無家，歲晚貂裘敝。載取琴書，長安閒看桃李。爛錦繡、人海花場，任客燕、飄零誰計。春風裏。香泥九陌，文梁孤壘。　　微吟怕有詩聲，翳鏡慵看，但小樓獨倚。金屋千嬌，從他駕暖秋被。蕙帳移、煙雨孤山，待對影、落梅清泚。終不似。江上翠微流水。（錄自汲古閣《宋六十名家詞》本）

詞序：「陳仲文，自號『藏一』，蓋取坡詩中『萬人如海一身藏』語。為度夷則商犯無射宮腔，製以贈之。」

《欽定詞譜》卷二十五【玉京謠】調注：「吳文英自度曲，自注夷商犯無射宮。按《枕中書》玉京在大羅天之上。李白詩有『手把芙蓉朝玉京』句。此文英贈陳藏一詞，見《隨隱漫錄》，蓋賦京華羈旅之況，故借『玉京』以為調名。」

## 玉抱肚

（一）調見〔宋〕楊無咎《逃禪詞》。

同行同坐。同攜同臥。正朝朝暮暮同歡，怎知終有拋軃。記江皋惜別，那堪被、流水無情送輕舸。有愁萬種，恨未說破。知重見、甚時可。　　見也渾閒，堪嗟處，山遙水遠，音書也無個。這眉頭、強展依前鎖。這淚珠、強搵依前墮。我平生、不識相思，為伊煩惱忒大。你還知麼。你知後、我也甘心受摧挫。又只恐你，背盟誓、似風過。共別人，忘著我。把揚瀾左蠡、都捲盡、與殺不得，這心頭火。（錄自明吳訥《百家詞》本）

《老學庵筆記》卷七云：「王荊公所賜玉帶，闊十四掏，號『玉抱肚』。」

（二）調見《鳴鶴餘音》卷八〔元〕無名氏詞。

若論玄妙，聽周風一訣。把嬰兒姹女，木金間隔。從頭分別。先擒六賊三尸滅。後捉玉兔飲烏血。仗劍鋒，麾魔障，蕩袄邪，全憑志猛烈。那些個、手段最奇絕。　　龍奔虎走，來往放乖劣。兩獸擒來吾怎捨。爐烹鼎煉無暫歇。乾坤至寶，陰陽造化，斡運龜蛇，東雞叫出西江月。會入黃庭賞白雪。上丹溫，中丹暖，下丹熱。三田寶結。眾仙舉我赴金闕。寥陽勝境，教我怎生說。（錄自清黃丕烈補明鈔本）

## 玉花洞

即【留春令】。〔金〕王喆詞名【玉花洞】，見《重陽分梨十化集》卷上。

要知端的，默默細想，須憑因果。致令喜悅，投歸玄妙，便把門兒鎖。　　惺惺了了真堪可。有自然香火。淨中寂閴，分明一個。師父來看我。（錄自涵芬樓影明《道藏》本）

## 玉美人

調見〔近人〕張淑貞《丹楓詞》。

藍黛縈繞楊柳暗，風搖荷珠亂。朝霞排空架彩虹，裝點山水，樓閣若仙宮。　　清浦泛舟逍遙渡，駕鶖知何處。灎灎波光碎瘦影，不堪回首，當年此地遊。（錄自大眾文藝出版社排印本）

## 玉珥墜金環

（一）即【燭影搖紅】。〔元〕趙雍詞名【玉珥墜金環】，見《趙待制詞》。

乳燕交飛，曉鶯輕囀花深處。畫堂簾幕捲東風，晴雪飄香絮。猶記當時院宇。悄寒輕、梨花暮雨。繡衾同夢，鴛枕雙倚，綠窗低語。

春已闌珊，落紅飄滿西園路。強拈針線解春愁，只是無情緒。無奈年華暗度。黛眉顰、柔腸萬縷，章台人遠，芳草和煙，萋萋南浦。（錄自《彊村叢書》本）

（二）即【秋色橫空】。〔元〕白樸詞名【玉珥墜金環】，見《天籟集》卷下。

兒女情多。甚千秋萬古，不易消磨。拔山力盡英雄困，垓下尚擁兵戈。含紅淚，顰翠蛾，拌血污遊魂逐太阿。草也風流猶弄，舞態婆娑。

當時夜聞楚歌。歎烏騅不逝，恨滿山河。匆匆玉帳人東去，耿耿素志無他。黃陵廟，湘水波。記染竹成斑□舜娥。又豈止虞兮，無可奈何。（錄自《四印齋所刻詞》本）

詞注：「本名【玉珥墜金環】。【秋色橫空】蓋前人詞首句，遺山用以為名。」

## 玉浮圖

即【金浮圖】。〔近人〕吳藕汀詞有「白玉浮圖看」句，故名；見《畫牛閣詞集》。

錢江岸。潮音聽慣。七寶飛空，法輪長轉。鬼工夫、莫測忘形歎。千百年間，萬劫也能回挽。豈待為吾留戀。冰姿綽約，如識佳人面。

繁華散。鶯花不管。賣遍地經，汴京天遠。念沖霄樓閣行宮殿。回望淒涼，但有鳳凰山巘。遊倦斜陽向晚。依依難捨，白玉浮屠看。（錄自《畫牛閣詞集》手稿本）

詞序：「白塔。調即【金浮圖】，應景易名。」

## 玉帶花

調見〔明〕夏言《桂洲集》卷三。

昔日少年今漸老。追憶舊遊，而今難得。朱雀橋邊，烏衣巷口，前朝舊宅。秦淮畔、走馬聽鶯，幾醉笙歌月。　二十七年渾是夢，塵土風波，盡曾經歷。畫省黃扉，但碌碌無庸，枉教頭白。江左故人，時寄我、錦箋盈尺。卻憐幾個同心，又隔天南北。（錄自惜陰堂《明詞彙刊》本）。

## 玉梅令

調見〔宋〕姜夔《白石道人歌曲》卷三。

疏疏雪片。散入西南苑。春寒鎖、舊家亭館。

有玉梅幾樹，背立怨東風，高花未吐，暗香已遠。　公來領略，梅花能勸。花長好、願公更健。便揉春為酒，剪雪作新詩，拚一日、繞花千轉。（錄自《彊村叢書》本）

詞序：「石湖家自製此聲，未有語實之，命予作。石湖宅南，隔河有圃曰范村，梅開雪落，竹院深靜，而石湖畏寒不出，故戲之。」

《白石道人歌曲》注：高平調。

按：姜夔詞有「玉梅幾樹，背立怨東風」句，故名【玉梅令】。

## 玉梅花令

調見〔近人〕袁克文《洹上詞》。

香塵流落幾人家。冷到梅花。豔到梅花。芳約隔輕紗。　春痕只在一些些。月也橫斜。夢也橫斜。簾外已天涯。（錄自張伯駒編油印本）

## 玉梅香慢

調見《梅苑》卷三〔宋〕無名氏詞。

寒色猶高，春力尚怯。微律先催梅柝。曉日輕烘，清風頻觸，凝散數枝殘雪。嫩英妒粉，嗟素豔、有蜂蝶。全似人人，向我依然，頓成離缺。　徘徊付腸萬結。又因花、暗成凝咽。撚蕊憐香，不禁恨深難絕。若是芳心解語，應共把、此情細細說。淚滿欄干，無言強折。（錄自《棟亭十二種》本）

## 玉連環

（一）〔宋〕曹勛自度曲，見《松隱樂府》卷一。

慶雲開霽，清華明晝，殿閣風度薰弦。電虹數瑞，應炎運當千。端景命、符聖德，三階正、萬國歸化，遠勝文思睿藻，問寢格中天。

深嚴。遙啟芳筵。正花擁絳宸，瑤殿神仙。緩聞鈞韶奏下，歌舞雲邊。宮闈靄和氣，浹南山。罩翠靄、上壽煙。祝無疆御曆萬萬年。（錄自《彊村叢書》本）

（二）〔宋〕馮偉壽自度曲，見《中興以來絕妙詞選》卷十。

謫仙往矣，問當年、飲中儔侶，於今誰在。歎沉香醉夢，胡塵日月，流浪錦袍官帶。高吟三峽動，舞劍九州隘。玉皇歸觀，半空遺下，詩囊酒佩。　雲月仰把清芬，攬虯鬚、尚友千載。晉宋頹波，義黃春夢，樽前一慨。待相將共驂，龍肩鯨背，海山何處，五雲縹緲。（錄自

涉園影宋本）

（三）即【一落索】。〔宋〕張先詞名【玉連環】，見《張子野詞》卷一。

　都人未逐風雲散。願留離宴。不須多愛洛城春，黃花訝、歸來晚。　葉落灞陵如剪。淚沾歌扇。無由重肯日邊來，上馬便、長安遠。（錄自《彊村叢書》本）

《張子野詞》注：雙調。

（四）即【解連環】。〔明〕王夫之詞名【玉連環】，見《鼓棹初集》卷一。

　生緣何在。被無情造化，推移萬態。縱盡力、難與分疏，更有何、閒心為之瞅眯。百計思量，且交付、天風吹籟。到鴻溝割後，楚漢局終，誰為疆界。　長空一絲煙靄。任翩翩蝶翅，冷冷花外。笑萬歲、頃刻成虛，將鳩鷃鯤鵬，隨機支配。回首江南，看爛漫、春光如海。向人間、到處逍遙，滄桑不改。（錄自惜陰堂《明詞彙刊》本）

（五）調見《逸老堂詩話》卷下〔明〕徐有貞詞。

　心緒悠悠隨碧浪，良宵空鎖長亭。丁香暗結意中情。月斜門半掩，才聽斷鐘聲。　耳畔盟言非草草，十年一夢堪驚。馬蹄何日到神京。小橋密、山遠路難憑。（錄自《續修四庫全書》本）

《逸老堂詩話》卷下：「近見天全翁徐武功墨蹟一卷於友人家，筆劃遒勁可愛。其詞云（詞略）。其詞句句首尾字相連續，故名之【玉連環】。想此體格自全天翁始。」

按：「連」或作「聯」，各本隨意所刻，故「聯」字不另立條目。

## 玉連環影

〔清〕納蘭性德自度曲，見《通志堂詞》。

　何處。幾葉蕭蕭雨。濕盡簷花，花底人無語。掩屏山、玉爐寒。誰見兩眉愁聚、倚欄干。（錄自《清名家詞》本）

## 玉堂仙

調見〔清〕徐旭旦《世經堂詞》。

　冰輪初映，桂子芳菲，雲繡錦、月窟吳剛。獨付金莖萬斛香。　秋風初翠，五種燕山，今有二、白露紅霞。灑作斕斑樹樹花。（錄自清刻本）

## 玉堂春

（一）調見〔宋〕晏殊《珠玉詞》。

　斗城池館。二月風和煙暖。繡戶珠簾，日影初長。玉轡金鞍，繚繞沙堤路，幾處行人映綠楊。　小檻朱欄回倚，千花濃露香。脆管清弦，欲奏新翻曲，依約林間坐夕陽。（錄自汲古閣《宋六十名家詞》本）

（二）調見〔金〕王喆《重陽全真集》卷三。

　得得修行，能令捷徑走。子午俱無，何須卯酉。只用兩珍，於余堪廝守。鉛汞從教結作毬。　恁則成丹，般般盡總透。擺正真風，名傳不朽。搜出元初，那個為的友。到此方知是徹頭。（錄自涵芬樓影明《道藏》本）

（三）即【玉樓春】。〔清〕王庭詞名《玉堂春》，見《秋間詞》。

　觀瀾院裏頻時晤。每話武康山下路。相期同作住山翁，潦倒漸予方日暮。　古南聊復留師住。乍閱春風才兩度。三旬別後正相尋，驚說堂頭人已故。（錄自清康熙二十二年本）

## 玉壺冰

即【虞美人】。〔宋〕無名氏詞有「只恐怕寒難近，玉壺冰」句，故名；見《花草粹編》卷十一引《張老小說》。

　西園摘處香和露。洗盡南軒暑。莫嫌坐上適來蠅。只恐寒難近、玉壺冰。　井花浮翠金盆小。午夢初回後。詩翁自是不歸來。不是青門無地、可移栽。（錄自文淵閣《四庫全書》本）

按：《欽定詞譜》卷十二作周紫芝詞，而周氏各本此詞均作【虞美人】。《欽定詞譜》未知何據，待考。

## 玉葉重黃

調見〔宋〕晁端禮《閒齋琴趣外篇》卷五。

　玉纖初撚梅花蕊。早憶著、上元天氣。重尋舊曲聲韻，收拾放燈歡計。　況人生、百歲能幾。任東風、笑我雙鬢裏。重來花下醉也，不減舊時風味。（錄自雙照樓影宋本）

## 玉溪清

即【青門引】。〔明〕朱讓栩詞名【玉溪清】，見《長春競辰餘稿》。

　豔麗韶陽景。無限風光濃盛。深春攪轡踏芳

塵，青巒碧水，正是供吟詠。　歸來日暮銜
西嶺。敲入重門靜。回看已被月明，照徹一簾
杏花影。（錄自惜陰堂《明詞彙刊》本）

## 玉團兒

又名：大聖樂令。

調見〔宋〕周邦彥《片玉詞》卷上。

　鉛華淡佇新妝束。好風韻、天然異俗。彼此知
名，雖然初見，情分先熟。　爐煙淡淡雲屏
曲。睡半醒、生香透肉。賴得相逢，若還虛
過，生世不足。（錄自汲古閣《宋六十名家詞》本）

《片玉集・抄補》注：雙調。

## 玉液泉

調見《鳴鶴餘音》卷四〔元〕無名氏詞。

　這消息，幾人知，獨我全真好。大悟來心地，
清涼便分曉。本來面目常照。最玄妙。金關
開，玉戶閉，來往通關竅。遍三田，覺上下和
沖，降銀雪，黃芽遍生芝草。　姹嬰舞跳。
透引動、龍吟虎嘯。般運在，斡旋中，坎離顛
倒。龜蛇戰鬥，水火抽添，爐內燒丹，結就明
珠晃耀。玉皇深恩宣詔。祥雲攢罩。恁時穩跨
青鸞，歸蓬島。（錄自清黃丕烈補明鈔本）

按：梁江淹〈效郭璞遊仙〉：「道人讀丹經，方
士煉玉液。」唐呂巖【憶江南】詞：「玉液初凝
紅粉見，乾坤覆載暗交加。龍虎變成砂。」玉
液，道家煉成的所謂仙液。調名本此。

## 玉階怨

調見〔清〕陸瑤林《九畹閣詩餘》。

　芳草粘階繞暮煙。雲鬟窺晚鏡，夕陽天。香篝薰
罷倚欄干。風簾花影動，悄無言。　西池青鳥
邈秦川。離情千萬種，倩誰傳。慢燒銀燭理徽
弦。林端星月上，照愁眠。（錄自《全清詞》本）

## 玉漏遲

（一）調見《花草粹編》卷十七〔宋〕韓嘉彥詞。

　杏香消散盡，須知自昔，都門春早。燕子來
時，繡陌亂鋪芳草。蕙圃妖桃過雨，弄笑臉、
紅篩碧沼。深院悄。綠楊巷陌，鶯聲爭巧。
　早是賦得多情，更遇酒臨花，鎮辜歡笑。
數曲欄干，故國謾勞凝眺。漢外微雲盡處，亂
峰鎖、一竿修竹。問琅玕，東風淚零多少。（錄
自文淵閣《四庫全書》本）

《夢窗詞集》注：夷則商。

《花草粹編》卷十七注：「韓魏公子都尉嘉彥，
才質清秀，頗有豪氣。因言語間與公主參商，安
置鄧州。泊春來感懷作此詞，都下盛傳。因教池
開，公主出遊教池，李師師獻此詞以侑觴，聲韻
淒惋。公主問之所由，師師具道其意，公主因
緣感疾。帝乃遣使，速召嘉彥還都。」

（二）調見〔元〕張翥《蛻巖詞》卷下。

　病懷因酒惱。依稀夢裏，吳娃嬌小。金縷歌
殘，人去月斜雲杳。怕見樓香燕晚，又怕聽、
啼花鶯曉。庭院悄。生衣欲試，風寒猶峭。
　窈窕。青粉牆低，送影過秋千，驀然閒
笑。半朵棠梨，微露鳳釵紅嫋。近日琴心倦
寫，更遠信、西沉青鳥。虛負了。花月一春多
少。（錄自《彊村叢書》本）

## 玉樓人

調見《梅苑》卷七〔宋〕無名氏詞。

　去年尋處曾持酒。還是向、南枝見後。宜霜宜
雪精神，沒些兒、風味減舊。　先春似與群
芳鬥。暗度香、不待頻喚。有人笑折歸來，玉
纖長、盡露羅袖。（錄自文淵閣《四庫全書》本）

## 玉樓人醉杏花天

〔清〕沈謙新翻曲，見《東江別集》卷二。

　停杯掩袖都無語。容易逢君儂便去。孤雁叫秋
風，亂不成行，似解分離苦。寒山一抹低平
楚。淚滿錢塘古渡。　眉峰未蹙情先露。弦
上傳情渾似訴。一字一俄延，錯亂宮商，誤則
隨他誤。絲絲煙柳愁千縷，柳上斜暉未暮。（錄
自惜陰堂《明詞彙刊》本）

詞注：「新翻曲。上二句【玉樓春】，中三句
【醉花陰】，下二句【杏花天】；後段同。唐李
白句。」

## 玉樓春

又名：上樓春、木蘭花、木蘭花令、玉堂春、玉
樓春令、西湖曲、江南弄、呈纖手、長生芭蕉、
東鄰妙、春從天上來、春曉曲、惜春容、瑞鷓鴣
令、夢相親、歸風便、歸朝歡令、轉調木蘭花、
續漁歌。

（一）調見《花間集》卷六〔五代〕顧敻詞。

　拂水雙飛來去燕。曲檻小屏山六扇。春愁凝思
結眉心，綠綺慵調紅錦薦。　話別情多聲欲

顫。玉筯痕留紅粉面。鎮長獨立到黃昏，卻怕
良宵頻夢見。（錄自雙照樓影明仿宋本）

（二）調見《花間集》卷四〔五代〕牛嶠詞。

> 春入橫塘搖淺浪。花落小園空惆悵。此情誰信
> 為狂夫，恨翠愁紅流枕上。　　小玉窗前嗔燕
> 語。紅淚滴穿金線縷。雁歸不見報郎歸，織成
> 錦字封過與。（錄自雙照樓影明仿宋本）

（三）調見《翰墨大全・丙集》卷三〔宋〕無名
氏詞。

> 天上雙星歡邂逅。報道一門雙喜。果慶雙弧
> 矢，雙桂連芳，雙璧光華起。　　看取他時雙
> 彩戲。雙墮髻、機雲才子。更帶橫雙玉，魚佩
> 雙金，作個無雙字。（錄自《全宋詞》本）

《尊前集》注：大石調、雙調（此據《欽定詞
譜》）。《樂章集》注：大石調、林鐘商。《片
玉集》注：仙呂調、大石調。《今古詞話・詞
辨》引《古今詞譜》注：大石調、雙調。《詞
統》注：林鐘商。

## 玉樓春令

即【玉樓春】。〔宋〕康與之詞名【玉樓春
令】，見《中興以來絕妙詞選》卷一。

> 青箋後約無憑據。誤我碧桃花下語。誰將消息
> 問劉郎，恨望玉溪溪上路。　　春來無限傷情
> 緒。擬欲題紅都寄與。東風吹落一庭花，手把
> 新愁無寫處。（錄自涉園影宋本）

## 玉樓深

〔清〕徐樹銘自度曲，見《澂園詩餘》。

> 好無情緒。甚沒天風雨，歷亂難住。遠岫叢
> 犖，近林堆恨，是春深幾許。千古英雄事業，
> 數不到、張秦蘇楚。算乾坤、門外楊花，銀珠
> 奔舞。　　將進酒，還愁據。容容醉，留誰
> 住。澀鶯黃，吹不透玉樓深處。勃姑晨語。提
> 壺夕語。惡磨陀、巧繫紅絲縷。喚作鳳弦高
> 柱。針氊刺坐，到不如、捶拓殘石，眼光遮
> 與。（錄自清刻本）

按：徐樹銘詞有「吹不透玉樓深處」句，故名
【玉樓深】。

## 玉樓宴

調見〔宋〕晁端禮《閒齋琴趣外篇》卷一。

> 記紅顏日，向瑤階得俊，飲散蓬壺。繡鞍縱驕
> 馬，故墜鞭柳徑，緩彎花衢。斗帳蘭釭曲，曾

是振、聲名上都。醉倒旗亭，更深未歸，笑倩
人扶。　　光陰到今二紀，算難尋前好，懶訪
仙居。近來似聞道，向霧關雲洞，自樂清虛。
月帔與星冠，不念我、華顛皓鬢。縱教重有相
逢，似得舊時無。（錄自雙照樓影宋本）

## 玉樓望江月

〔清〕鄭景會新譜犯曲，見《柳煙詞》。

> 殘紅處處堆花徑。閒步小園春色暝。懨懨病。
> 都是別離情。不知何日短長亭。重會樂昌鸞
> 鏡。　　淒涼夜夜傷單影。俯首無言將夢省。
> 香篆冷。紅蠟半昏明。聽他畫角一聲聲。愁殺
> 夜闌人靜。（錄自清刻本）

詞注：「新犯。」

按：此調前段上二句【玉樓春】，中二句【望江
南】，下二句【西江月】；後段同。

## 玉磁杯

即【尉遲杯】。〔清〕朱青長詞名【玉磁杯】，
見《朱青長詞集》卷五。

> 晚天樹。綠叢叢隔斷江南路。江水太好不留
> 人，長安信非吾土。行蹤無據，逢意發、竟作
> 荒園主。與狂風冷月商量，怕天公滴秋雨。
> 　　朝來自悔邅篷。霜鬢白、誰憐半世辛苦。
> 煮酒呼朋，青梅冷話，還客世間龍虎。劉郎老、
> 孫郎年孺。盡摑熟、江頭新戰鼓。夢醒時、拆羽
> 天門，撒手茫茫千古。（錄自朱青長手稿本）

## 玉磁杯慢

即【尉遲杯】。〔清〕朱青長詞名【玉磁杯
慢】，見《朱青長詞集》卷九。

> 冷雲濕。漸探得東風無氣力。枝梢嫩乳輕舒，
> 傳出瑤圃消息。雪月兩無跡。僅添得、流雲
> 一二筆。與纖蔥、素領相映，玉合霜粘難劈。
> 　　風神舊是飄逸。引前度劉郎，尋尋覓覓。
> 不是甘妃，原非小雪。彷彿水仙落珠泣。綿綿
> 吐芳臭，清露初乾，占斷了薔薇壁。是珠宮、
> 粉蝶飛來千萬，樹梢翔集。（錄自朱青長手稿本）

## 玉碾蕚

即【掃地舞】。〔宋〕無名氏詞有「酥點蕚。玉
碾蕚」句，故名；見《歷代詩餘》卷三十五。

> 酥點蕚。玉碾蕚。點時碾時香雪薄。才折得。
> 春力弱。半掩朱扉垂繡幕。怕吹落。　　撚一

晌。喚一晌。撚時喚時宿酒惡。春筍上。不忍
放。待對菱花斜插向。寶釵上。（錄自清康熙內
府本）

## 玉蓮花

（一）即【謝池春】。〔宋〕孫道絢詞名【玉蓮
花】，見《欽定詞譜》卷十五調注。

消減芳容，端的為郎煩惱。鬢慵梳、宮妝草
草。別離情緒，待歸來都告。怕傷郎，又還休
道。　　利鎖名韁，幾阻當年歡笑。更哪堪、
鱗鴻信杳。蟾枝高折，願從今須早。莫辜負、
風悮人老。（錄自文淵閣《四庫全書》本）

《欽定詞譜》卷十五【謝池春】調注：「孫道
絢詞名【玉蓮花】。」又云：「唯孫道絢詞前
句『消減芳容』，後句『利鎖名韁』，偶然相
同……。」
按：現存宋孫道絢《沖虛居士詞》無【玉蓮花】
詞。據《欽定詞譜》在【謝池春】調校記中引孫
道絢「消減芳容」詞，查係宋孫夫人【風中柳】
詞，見《草堂詩餘》卷二。《欽定詞譜》所云孫
道絢詞名【玉蓮花】未知何據。現引用《草堂詩
餘》卷二宋孫夫人詞，為《欽定詞譜》所引之詞
錄之，以供參閱。

（二）調見〔近人〕寧調元《明夷詞鈔》。

蝶散蜂愁，已往事，休重道。芳涼千里花依
草。鳥啼空樹，待倚危欄眺。綠陰漸漸干雲
表。　　鳳去雌飛，為汝餐眠都少。河魚天雁
消息杳。但祝今後，恩愛能長保。何必暮樂朝
歡好。（錄自湖南人民出版社排印本）

按：宋元以降，未見有將【謝池春】調為【玉蓮
花】者，也未見有【玉蓮花】調名。唯近人寧調
元名之，但與【謝池春】調略有不同，故另立。

## 玉蝶環

調見《繡谷春容》〔明〕無名氏詞。

幾時慵整烏蟬鬢。香消蘭爐。臨床修褚付親
親，淚溫數行書信。　　近日衷情休問。欲言
先恨。君顏遠在五雲端，目與行雲無盡。（錄自
《中國話本大系》本）

## 玉蝴蝶

又名：玉蝴蝶令、玉蝴蝶慢、花影來。

（一）調見《花間集》卷一〔唐〕溫庭筠詞。

秋風淒切傷離。行客未歸時。塞外草先衰。江

南雁到遲。　　芙蓉凋嫩臉，楊柳墮新眉。搖
落使人悲。斷腸誰得知。（錄自雙照樓影明正德仿
宋本）

《金奩集》注：中呂宮。

（二）調見《花間集》卷八〔五代〕孫光憲詞。

春欲盡，景仍長。滿園花正黃。粉翅兩悠揚。
翩翩過短牆。　　鮮飆暖，牽遊伴。飛去立殘
芳。無語對蕭娘。舞衫沉麝香。（錄自雙照樓影明
仿宋本）

（三）調見〔宋〕柳永《樂章集》卷下。

望處雨收雲斷，憑欄悄悄，目送秋光。晚景蕭
疏，堪動宋玉悲涼。水風輕、蘋花漸老，月露
冷、梧葉飄黃。遣情傷。故人何在，煙水茫
茫。　　難忘。文期酒會，幾孤風月，屢變星
霜。海闊山遙，未知何處是瀟湘。念雙燕、難
憑遠信，指暮天、空識歸航。黯相望。斷鴻聲
裏，立盡斜陽。（錄自《彊村叢書》本）

《樂章集》注：仙呂調。《夢窗詞集》注：夷
則商。

（四）調見〔明〕屈大均《騷屑詞》。

蝴蝶粉，鸔鶒斑。凍凝雙玉間。知是漆明閒。
翩翩夢未還。　　化碧煙。蓮花白。風影欲雙
翩。看飛誰當鸞鸞。並飛誰可攀。（錄自清刻本）

詞序：「雲客高子，得水岩石一片，大如掌許。
鋸分之，狀如蝴蝶翅，左右有斑點十三四，背有
六七，如鸔鶒眼，碧綠相暈。高子愛之，將以為
異時飆輪而御太虛，屬同人調【玉蝴蝶】詞。」

## 玉蝴蝶令

（一）即【玉蝴蝶】。〔明〕無名氏詞名【玉蝴
蝶令】，見《繡谷春容・辜駱鍾情麗集》。

憔悴玉人去也，深盟已負，幽怨難招。終日昏
昏，無賴無聊。恨如山，重峰疊嶂，愁落線，
萬緒千條。想嬌娘，眼波波深恨，旆搖搖難
招。　　遊魂飛散，金釵脫股，玉帶寬腰。被
冷香殘，蘭房寂寂，長夜迢迢。僧金袈，倩誰
解結，風流案，何日能消。可憐俏，玉人何
在，風雨瀟瀟。（錄自《中國話本大系》本）

（二）即【玉蝴蝶】。〔清〕傅燮詷詞名【玉蝴
蝶令】，見《後琴台遺響》。

藤簟滑，石床低。圓亭向午時。長晝困難支。
天涯蝴蝶飛。　　人閒眠正穩，院靜夢回遲。
斜日竹林西。娟娟碧玉齊。（錄自《全清詞》本）

## 玉蝴蝶慢

即【玉蝴蝶】。《欽定詞譜》卷四【玉蝴蝶】調注：「一名【玉蝴蝶慢】。」

## 玉嬌詞

調見〔元〕高氏詞，見《南詔事略》。

風捲殘雲，九霄冉冉逐。龍池水雲一片綠。寂寞倚屏幃，春雨紛紛促。蜀錦半閒，駕鴛獨自宿。好語我將軍，只恐樂極生悲，冤鬼哭。（錄自清刻本）

按：此詞《堯山堂外紀》卷七十四無調名。

## 玉樹後庭花

即【後庭花】。〔宋〕張先詞名【玉樹後庭花】，見《張子野詞‧補遺》卷上。

華燈火樹紅相鬥。往來如畫。河橋水白青天，訝別生星斗。　　落梅穠李還依舊。寶釵沾酒。曉蟾殘漏心情，恨雕鞍歸後。（錄自《彊村叢書》本）

《碧雞漫志》卷五：「《南史》云：『陳後主每引賓客對張貴妃等遊宴，使諸貴人及女學士與狎客共賦新詩相贈答，採其尤豔麗者為曲調，其曲有【玉樹後庭花】。……』吳蜀雞冠花有一種小者，高不過五六尺，或紅，或淺紅，或白，或淺白，世目曰後庭花。又按《國史纂異》：『雲陽縣多漢離宮故地，有樹似槐而葉細，土人謂之玉樹。』揚雄〈甘泉賦〉「玉樹青蔥」，左思以為假稱珍怪者，實非也，似之而已。予謂雲陽既有玉樹，即〈甘泉賦〉中未必假稱。陳後主【玉樹後庭花】，或疑是兩曲，謂詩家或稱【玉樹】，或稱【後庭花】，少有連稱者。偽蜀時，孫光憲、毛熙震、李珣有【後庭花】曲，皆賦後主故事，不著宮調，兩段各四句，似令也。今曲在，兩段各六句，亦令也。」

《陳書‧皇后傳‧後主張貴妃》：「後主每引賓客對張貴妃等遊宴，則使諸貴人及女學士與狎客共賦新詩，互相贈答。採其尤豔麗者以為曲調，被以新聲……其曲有【玉樹後庭花】、【臨春樂】等。大指所歸，皆美張貴妃、孔貴嬪之容色也。」

## 玉蹀躞

即【解蹀躞】。〔宋〕曹勳詞名【玉蹀躞】，見《松隱樂府‧補遺》。

雨過池台秋靜，桂影涼清晝。槁葉喧空、疏黃滿堤柳。風外殘菊枯荷，憑欄一餉，猶喜冷香襟袖。　　少歡偶。人道消愁須酒。酒又怕醒後。這般光景，愁懷煞難受。謾念千種秋情，乍涼雖好，還恨夜長時候。（錄自《彊村叢書》本）

## 玉環清江引

調見〔清〕徐旭旦《世經堂詞》。

酒聖花顛，已是掄魁選。曲祖詞仙，未便容檥貶。飲酒好花邊，妙辭揮墨薛。做得詩篇，醉吟聊自遣。拾得花鈿，酒空還自典。　　花酒詩詞緣不淺。許下如來願。生生住酒泉，世世僉花縣。雪花唱歌隨步輦。（錄自清刻本）

## 玉鷓鴣

即【鷓鴣天】。〔明〕李培詞名【玉鷓鴣】，見《水西全集》卷六。

混跡雞群可自由。虛憐壯氣欲橫秋。愚公不解移山力，夸父焉知逐日羞。　　聊散淡，且消憂。乾坤容我縱雙眸。關渠失駿曾攜駿，若個呼牛即應牛。（錄自《四庫未收書輯刊》本）

## 玉燭新

調見〔宋〕周邦彥《片玉集》卷七。

溪源新臘後。見數朵江梅，剪裁初就。暈酥砌玉，芳英嫩、故把春心輕漏。前村昨夜，想弄月黃昏時候。孤岸峭、疏影橫斜，濃香暗沾襟袖。　　樽前賦與多材，問嶺外風光，故人知否。壽陽漫鬥。終不似、照水一枝清瘦。風嬌雨秀。好亂插、繁花盈首。須通道、羌笛無情，看看又奏。（錄自《彊村叢書》本）

《隋書‧律曆志》：「黃鐘：包育、含徵……玉燭、調風。右黃鐘一部三十四律。」

《舊唐書‧音樂志》：「黃鐘既陳玉燭，紅粒方殷稔歲。」玉燭樂律名，調名源此。

《片玉集》注：雙調。《夢窗詞集》注：夾鐘商。

## 玉欄干

調見〔宋〕杜安世《壽域詞》。

珠簾捲，春殘景。小雨牡丹零盡。庭軒悄悄燕

高空，風飄絮、綠苔暗侵。　欲將幽恨傳愁信。想後期、無個憑定。幾回獨睡不思量，還悠悠、夢裏尋趁。（錄自汲古閣《宋六十名家詞》本）

## 玉簟秋

即【一剪梅】。〔宋〕李清照詞名【玉簟秋】，見《欽定詞譜》卷十三。

紅藕香殘玉簟秋。輕解羅裳，獨上蘭舟。雲中誰寄錦書來，雁字回時，月滿西樓。　花自飄零水自流。一種相思，兩處閒愁。此情無計可消除，才下眉頭，卻上心頭。（錄自《四印齋所刻詞》本）

《欽定詞譜》卷十三【一剪梅】調注：「李清照詞有『紅藕香殘玉簟秋』句，名【玉簟秋】。」按：李氏此詞未見有題【玉簟秋】調名者，《欽定詞譜》未知何據，待考。

## 玉簟涼

調見〔宋〕史達祖《梅溪詞》。

秋是愁鄉。自錦瑟斷弦，有淚如江。平生花裏活，奈舊夢難忘。藍橋雲樹正綠，料抱月、幾夜眠香。河漢阻，但鳳音傳恨，欄影敲涼。　新妝。蓮嬌試曉，梅瘦破春，因甚卻扇臨窗。紅巾銜翠翼，早弱水茫茫。柔指各自未剪，問此去、莫負王昌。芳信準，更敢尋、紅杏西廂。（錄自《四印齋所刻詞》本）

## 玉關遙

即【月上海棠】。《欽定詞譜》卷十六【月上海棠】調注：「陸游詞有『幾曾傳玉關遙信』句，更名【玉關遙】。」按：陸游詞無【玉關遙】調名詞。《欽定詞譜》所引陸游詞句者，各本均名【月上海棠】，而所引詞句「玉關遙信」之「遙」字，係「邊」之誤。今存調名，以備考查。

## 玉露寒秋

調見《梅里詞輯》卷二〔清〕徐榦詞。

楓樹遍牆東。繞門紅。西風蕭瑟，哀音一夜老秋蟲。　葉墮亂流中。曉雲空。孤眠人起，疏林淡月帶霜鐘。（錄自清同治清稿本）

按：《金清詞鈔》作【玉露寒】誤。

## 玉瓏璁

即【攤破詞】。〔宋〕無名氏詞名【玉瓏璁】，見《能改齋漫錄》卷十六。

城南路。橋南路。玉鈎簾捲香橫露。新相識。舊相識。淺颦低笑，嫩江輕碧。惜。惜。惜。　劉郎去。阮郎住。為雲為雨朝還暮。心相憶。空相憶。露荷心性，柳花蹤跡。得。得。得。（錄自《詞話叢編》本）

《能改齋漫錄》卷十六：「近時有士人，嘗於錢塘江漲橋，為狹邪之遊，作樂府名【玉瓏璁】。」

## 玉蠟梅枝

即【少年游】。〔宋〕韓淲詞有「明窗玉蠟梅枝好」句，故名；見《澗泉詩餘》。

閒尋杯酒，清翻曲語，相與道殘冬。天地推移，古今興替，斯道豈雷同。　明窗玉蠟梅枝好，人情淡、物華濃。個樣風光，別般滋味，無夢聽飛鴻。（錄自《彊村叢書》本）

## 玉籠璁

調見〔金〕侯善淵《上清太玄集》卷九。

守清貧，憑志懇，絕盡荒淫。持內境，月透雙林。玉童戲，遙指處，碧潭波心。撈摝取，水中金。　靈寶燦，慧燈明，神光相任。對面有，沒人推尋。君還省，明瞭了，災禍不侵。龍虎伏，鬼神欽。（錄自涵芬樓影明《道藏》本）

## 玉籠鸚鵡

即【歸國遙】。〔五代〕韋莊詞有「惆悵玉籠鸚鵡」句，故名；見《記紅集》卷一。

春欲暮，滿地落花紅帶雨。惆悵玉籠鸚鵡，單棲無伴侶。　南望去程何許。問花花不語。早晚得同歸去，恨無雙翠羽。（錄自清康熙刻本）

## 玉爐三澗雪

即【西江月】。〔金〕王喆詞名【玉爐三澗雪】，見《重陽教化集》卷三。

決烈修行要猛。存亡莫擬先生。心田可否自親耕。休賴他人僥倖。　出離須憑福幸。捨家迷裏難行。空宵愁起滴長更。尋甚金山銀鑛。（錄自涵芬樓影明《道藏》本）

## 玉籠金

即【蝶戀花】。〔明〕高濂詞名【玉籠金】，見《芳芷樓詞》卷下。

> 輕煙細雨當重九。蘿伴孤芳，香為金風透。翠葉黃英憐獨秀。弄月欺霜枝影瘦。　三徑人歸花下酒。一段風流，占卻秋時候。最是黃花憐故舊。不嫌芳屋年年有。（錄自惜陰堂《明詞彙刊》本）

## 正春風

即【憶江南】。〔五代〕李煜詞有「花月正春風」句，故名；見《記紅集》卷一。

> 多少恨，昨夜夢魂中。還似舊時遊上苑，車如流水馬如龍。花月正春風。（錄自清康熙本）

## 甘州

即【八聲甘州】。〔宋〕周密詞名【甘州】，見《蘋洲漁笛譜集外詞》。

> 漸萋萋、芳草綠江南，輕暉弄春容。記少年遊處，簫聲巷陌，燈影簾櫳。月暖烘爐戲鼓，十里步香紅。軟枕聽新雨，往事朦朧。　還是江南夢曉，怕等閒愁見，雁影西東。喜故人好在，水驛寄詩筒。數芳程、漸催花信，送歸帆、知第幾番風。空吟想、梅花千樹，人在其中。（錄自《彊村叢書》本）

## 甘州子

即【甘州曲】。〔五代〕顧敻詞名【甘州子】，見《花間集》卷六。

> 每逢清夜與良辰。多悵望，足傷神。雲迷水隔意中人，寂寞繡羅茵。山枕上、幾點淚痕新。（錄自雙照樓影明正德本）

## 甘州令

調見〔宋〕柳永《樂章集》卷下。

> 凍雲深，淑氣淺，寒欺綠野。輕雪伴、早梅飄謝。豔陽天，正明媚，卻成瀟灑。玉人歌，畫樓酒，對此景、驟增高價。　賣花巷陌，放燈台榭。好時節、怎生輕捨。賴和風，蕩霽靄，廓清良夜。玉塵鋪，桂華滿，素光裏、更堪遊冶。（錄自《彊村叢書》本）

《樂章集》注：仙呂調。

## 甘州曲

又名：甘州子、口脂香。

唐教坊曲名。

（一）調見《分門古今類事》卷十三〔五代〕王衍詞。

> 畫羅衫子畫羅裙。能結束，稱腰身。柳眉桃臉不勝春。薄媚足精神。可惜許，流落在風塵。（錄自《隋唐五代燕樂雜言歌辭集》本）

《欽定詞譜》卷二：「《唐書‧禮樂志》天寶間樂曲，皆以邊地為名，【甘州】其一也。」又云：「舊譜泥於【甘州曲】、【甘州子】兩名小異，而另列之。不知『曲子』二字，互為省文，並無分別也。」

《分門古今類事》卷十三云：「偽蜀少主，季年遊豫無度。時徐貴妃姊妹皆有文辭，善應制，各賦詩留題丈人觀。及晨登上清宮，遣內人悉衣羽服，黃羅裙帔畫雲鶴，金逍遙冠，前後妓從，動簫韶，奏【甘州曲】，蓋王少主意在秦庭也。登山將半，少主甚悅，命止樂，自製詞。」

（二）調見〔清〕方中通《陪詞》。

> 望雲霞。光閃爍，墜名花。靚妝眉目不曾遮。仔細再看他。此際誰識有重紗。（錄自《全清詞》本）

## 甘州詞

即【八聲甘州】。〔清〕李應機詞名【甘州詞】，見《圃隱類編》。

> 又秋風飛度彩雲來，梧葉伴蟬嘶。悵白頭潘鬢，花期易過，酒力難支。短景無端昔昔，恰似夢遊時。夢覺還軏夢，夢已全非。　多少繁華事業，看須臾零落，煙鎖雲迷。盡黃齏白飯，暢好飽晨炊。都休問、紅塵紫陌，算老年、只有靜相宜。無聊處、北窗高臥，絕似皇義。（錄自《全清詞補編》本）

## 甘州遍

調見《花間集》卷五〔五代〕毛文錫詞。

> 春光好，公子愛閒遊。足風流。金鞍白馬，雕弓寶劍，紅纓錦襜出長楸。　花蔽膝，玉銜頭。尋芳逐勝歡宴，絲竹不曾休。美人唱、揭調是甘州。醉紅樓。堯年舜日，樂聖永無憂。（錄自雙照樓影明正德仿宋本）

《欽定詞譜》卷十四【甘州遍】調注：「唐教坊

五畫

大曲有【甘州】，凡大曲多遍，此則【甘州】之一遍也。」

## 甘州歌

（一）調見《全唐詩》〔唐〕符載詞。

月裏嫦娥不畫眉。只將雲霧作羅衣。不知夢逐青鸞去，猶把花枝蓋面歸。（錄自清康熙內府本）

按：此調依《全唐五代詞》列入。

（二）即【八聲甘州】。〔宋〕陸叡詞名【甘州歌】，見《西湖遊覽志餘》卷五。

滿清平世界慶秋成，看看斗三錢。論從來活國，論功第一，無過豐年。辦得閭民一飽，餘事談笑間。若問平戎策，微妙難傳。　玉帝要留公住，把西湖一曲，分入林園。有茶爐丹灶，更有釣魚船。覺秋風、未曾吹著，但砌蘭、長倚北堂萱。千千歲，上天將相，平地神仙。（錄自《津逮秘書》本）

《西湖遊覽志餘》卷五云：「似道臥治湖山，母猶在養。每歲八月八日，似道生辰，四方善頌者以數千計，悉俾魁才眷考，以第甲乙，一時傳誦，為之紙貴，然皆諂辭囈語耳。」

## 甘草子

又名：天道無親。

（一）調見《湘山野錄》卷下〔宋〕寇準詞。

春早。柳絲無力，低拂青門道。暖日籠歸鳥。初坼桃花小。　遙望碧天淨如掃。曳一縷、輕煙縹緲。堪惜流年謝芳草。任玉壺傾倒。（錄自《擇是居叢書》本）

《湘山野錄》卷下：「公歷富貴四十年，無田園邸第。入覲則寄僧舍，或僦居。詩人魏野獻詩曰：『有官居鼎鼐，無宅起樓台。』採詩者以為中的。虜使至大名，問公曰：『莫是「無宅起樓台」相公否？』公因早春宴客，自撰樂府詞，俾工歌之曰（詞略）。」

（二）調見〔宋〕柳永《樂章集》卷上。

秋暮。亂灑衰荷，顆顆真珠雨。雨過月華生，冷徹鴛鴦浦。　池上憑欄愁無侶。奈此個、單棲情緒。卻傍金籠共鸚鵡。念粉郎言語。（錄自《彊村叢書》本）

《樂章集》注：正宮。

（三）調見《瑤華集》卷一〔明〕吳棠楨詞。

珠絡青驄美少年。紫陌上，墜珊鞭。十六吳姬學數錢。低首笑嫣然。將進酒，未敢近郎前。

（錄自清康熙天藜閣刻本）

## 甘露歌

又名：古祝英台。

（一）調見《花草粹編》卷一〔宋〕王安石詞。

折得一枝香在手。人間應未有。疑是經春雪未消。今日是何朝。（錄自文淵閣《四庫全書》本）

（二）調見《樂府雅詞》卷上〔宋〕王安石詞。

折得一枝香在手。人間應未有。疑是經春雪未消。今日是何朝。　盡日含毫難比興。都無色可並。萬里晴天何處來。真是屑瓊瑰。　天寒日暮山谷裏。的皪愁成水。池上漸多枝上稀。唯有故人知。（錄自文淵閣《四庫全書》本）

《欽定詞譜》卷十六【甘露歌】調注：「按《花草粹編》分此詞三段為三首，今從《樂府雅詞》訂正。」

《臨川先生歌曲》曹元忠校記：「《臨川集》第三十七卷，前集句，後歌曲。而【桂枝香】又適與【甘露歌】相接，故當時曾慥、黃大輿輩皆誤以【甘露歌】為詞；明陳耀文無論已。其實《臨川集》目錄於【甘露歌】後，標題『歌曲』二字，而本卷【桂枝香】調下復注『歌曲』二小字，皆所以別於集句詩也，特諸家未之察耳。」

《全宋詞》唐圭璋【甘露歌】校記：「曹元忠據王安石本集云：『此絕句詩。曾慥、黃大輿誤為詞。』考曾、黃二人去王安石時代未遠，必有所據。龍舒本亦以為詞，今從之。」

按：《欽定詞譜》以【甘露歌】為一首三段，七十二字，每段各四句，兩仄韻，兩平韻。《花草粹編》分三首。看原詞內容，似作三首為宜。

## 甘露滴喬松

調見《欽定詞譜》卷二十四引《翰墨大全》〔宋〕無名氏詞。

沙堤路近，喜五年相遇，朱顏依舊。盡道名世半千，公望三九。是今日、富民侯。早生聚、考堂戶口。誰歟兼政，文章燕許，歌辭蘇柳。　更饒萬卷圖書，把藤笈芸編，遍題青鏤。一經傳得，舊事韋平先後。試袞袞、數英遊。問好事，如今能否。麴車正滿，自酌太和春酒。（錄自清康熙內府本）

《全宋詞》按：「元刊二百零四卷本及常見之一百二十七卷《翰墨大全》（或《翰墨全書》）俱無此首。」

## 古四北洞仙歌

調見《全宋詞》引鄭元佐《新注斷腸詩集》卷五〔宋〕無名氏殘句。

銀釭挑盡，紗窗未曉，獨擁寒衾一半。（錄自中華書局排印本）

按：《兩浙作家文叢》本《朱淑真集注・前集》卷五冀勤校記：「原作【古四比洞仙歌】，四比不詳。」據此，《全宋詞》所引之「古四北」恐排印有誤，但也難知所以。「古四比」與「古四北」兩者之義均不詳，故存《全宋詞》名，待考。

## 古相思

調見《詩淵》〔宋〕梅堯臣詞。

劈竹兩分張，情知無合理。織作雙紋簟，依然淚花紫。淚花雖復合，疑岫幾千里。欲識舜娥悲，無窮似湘水。（錄自書目文獻出版社影明鈔本）

## 古香慢

〔宋〕吳文英自度曲，見《夢窗詞集補》。

怨娥墜柳，離佩搖葓，霜訊南圃。漫憶橋扉，倚竹袖寒日暮。還問月中遊，夢飛過、金風翠羽。把殘雲剩水萬頃，暗薰冷麝淒苦。　漸浩渺、凌山高處。秋淡無光，殘照誰主。露粟侵肌，夜約羽林輕誤。剪碎惜秋心，更腸斷、珠塵蘚路。怕重陽，又催近、滿城風雨。（錄自《彊村叢書》本）

《夢窗詞集補》注：夷則商犯無射宮。

## 古烏夜啼

即【相見歡】。〔金〕元好問詞名【古烏夜啼】，見《遺山樂府》卷下。

花中閒遠風流。一枝秋。只枉十分清瘦、不禁愁。　人欲去。花無語。更遲留。記得玉人遺下、玉搔頭。（錄自陶氏涉園影明高麗本）

## 古祝英台

即【甘露歌】。見《花草粹編》卷一〔宋〕王安石詞。

折得一枝香在手。人間應未有。疑是經春雪未消。今日是何朝。（錄自文淵閣《四庫全書》本）

按：《花草粹編》卷一王安石詞【甘露歌】注有：「【古祝英台】。」

## 古記

即【如夢令】。〔宋〕無名氏詞名【古記】，見《梅苑》卷十。

一枕懨懨春困。記得小梅風韻。何處最關情，嫩蕊初傳芳信。堪恨。堪恨。誰傍橫斜疏影。（錄自《楝亭十二種》本）

《古今詞話》云：「後唐莊宗修內苑，掘得斷碑，中有字三十二，曰：『曾宴桃源深洞。一曲舞鸞歌鳳。長記欲別時，殘月落花煙重。如夢。如夢。和淚出門相送。』莊宗使樂工入律歌之，名曰【古記】。又使翰林作數篇。」

《古今詞話・詞辨》卷上引《古今詞譜》云：「小石調曲，莊宗於宮中掘得石刻，名曰【古記】。後取調中二字為名，曰【如夢令】。」

## 古梅曲

即【念奴嬌】。〔宋〕韓淲詞名【古梅曲】，見《澗泉詩餘》。

園居好處，是古梅飛動，欺霜凌雪。底事粉華桃李態，自倚天姿明潔。城外靈山，橋頭玉水，多少佳風月。歲寒時候，南枝尤與清絕。　幾回喚酒尋詩，詩人小醉，絮帽渾欹側。領略不辭身跌宕，一洗群兒啁哳。太始遺音，元和新樣，到了都難說。草玄經在，對花何悶孤寂。（錄自《彊村叢書》本）

詞序：「楊民瞻索【古梅曲】，次其韻。」

## 古釵歎

調見《全唐詩》〔唐〕張籍詞。

古釵墮井無顏色。百尺泥中今復得。鳳凰宛轉有古儀。欲為首飾不稱時。女伴傳看不知主，羅袖拂拭生光輝。蘭膏已盡股半折。雕文刻樣無年月。雖離井底入匣中。不用還似墮時同。（錄自清康熙揚州詩局本）

按：此調依《全唐五代詞》列入。

## 古傾杯

即【傾杯樂】。〔宋〕柳永詞名【古傾杯】，見《樂章集》卷中。

凍水消痕，曉風生暖，春滿東郊道。遲遲淑景，煙和露潤，偏繞長堤芳草。斷鴻隱隱歸飛，江天杳杳。遙山變色，妝眉淡掃。目極千里，閒倚危檣迴眺。　動幾許、傷春懷抱。

五畫

念何處、韶陽偏早。想帝里看看，名園芳樹，
爛漫鶯花好。追思往昔年少。繼日恁、把酒聽
歌，量金買笑。別後暗負，光陰多少。（錄自
《彊村叢書》本）

《樂章集》注：林鐘商。

## 古陽關

（一）即【陽關引】。〔宋〕晁補之詞名【古陽
關】，見《晁氏琴趣外編》卷三。

　　暮草蛩吟噎。暗柳螢飛滅。空庭雨過，西風
　　緊，飄黃葉。捲書帷寂靜，對此傷離別。重感
　　歎、中秋數日又圓月。　　沙嘴檣竿上，淮水
　　闊。有飛鳧客，詞珠玉，氣冰雪。且莫教皓
　　月，照影鶯華髮。問幾時、清樽夜景共佳節。
　　（錄自雙照樓影宋本）

（二）調見《古今詞話》〔宋〕無名氏詞。

　　渭城朝雨，一霎裛輕塵。更灑遍、客舍青青。
　　弄柔凝，千縷柳色新。更灑遍、客舍青青。千
　　縷柳色新。　　休煩惱。勸君更盡一杯酒，人
　　生會少。自古富貴功名有定分。莫遺容儀瘦
　　損。　　休煩惱。勸君更盡一杯酒，只恐怕、
　　西出陽關，舊遊如夢，眼前無故人。（錄自《詞
　　話叢編》本）

（三）即【陽關曲】。《敬齋古今黈》卷四：
「亦名【古陽關】。」

　　渭城朝雨裛輕塵。客舍青青柳色新。勸君更
　　盡一杯酒，西出陽關無故人。（錄自《藕香零
　　拾》本）

《敬齋古今黈》卷四：「王摩詰〈送元安西詩〉
（詩略）。其後送別者，多以此詩附腔，作【小
秦王】唱之，亦名【古陽關】。予在廣寧時，學
唱此曲於一老樂工某乙云：『渭城朝雨（和：剌
里離賴）裛輕塵。客舍青青（和：剌里離賴）
柳色新。勸君更盡一杯酒（不和），西出陽關
（和：剌里來離來）無故人。』當時予以為樂天
詩有聽唱陽關第四聲，必指西出陽關無故人一句
耳，又誤以為所和『剌里離賴』等聲便謂之疊，
舊稱【陽關三疊】，今此曲前後三和，是疊與
和一也。後讀樂天集，詩中自注云：『第四聲謂
「勸君更盡一杯酒」。』又《東坡志林》亦辨此
云：『以樂天自注驗之，則一句不疊為審。然則
「勸君更盡一杯酒」前兩句中果有一句不疊，此
句及落句皆疊。又疊者不指和聲，乃重其全句而

歌之。』予始悟曩日某乙所教者，未得其正也。
因博訪諸譜，或有取《古今詞話》中所載疊為十
數句者，或又有疊作八句而歌之者。予謂《詞
話》所載，其辭粗鄙重複，既不足採，而疊作八
句雖若近似，而句句皆疊，非三疊本體，且有違
於白注，蘇《志》亦不足徵。乃與知音者再譜
之，為定其第一聲云『渭城朝雨裛輕塵』，依某
乙中和而不疊；第二聲云『客舍青青柳色新』，
直舉不和；第三聲云『客舍青青柳色新』，依某
乙中和之；第四聲云『勸君更盡一杯酒』，直舉
不和；第五聲云『勸君更盡一杯酒』，依某乙中
和之；第六聲云『西出陽關無故人』，及第七聲
云『西出陽關無故人』，皆依某乙中和之。止為
七句，然後聲諧意圓。所謂『三疊』者，與樂天
之注合矣。」

## 古鳳簫吟

即【芳草】。〔宋〕韓縝詞名【古鳳簫吟】，見
《花草粹編》卷十九。

　　鎖離愁，連綿無際，來時陌上初熏。繡幃人念
　　遠，暗垂珠淚，泣送征輪。長行長在眼，更重
　　重、遠水孤雲。但望極樓高，盡日目斷王孫。
　　　　消魂。池塘別後，曾行處、綠妒輕裙。恁
　　時攜素手，亂花飛絮裏，緩步香茵。朱顏空自
　　改，向年年、芳意長新。遍綠野，嬉遊醉眼，
　　莫負青春。（錄自文淵閣《四庫全書》本）

## 古調笑

又名：三台令、古調笑令、古調轉應曲、宮中調
笑、調笑、調笑令、調嘯令、調嘯詞、轉應曲、
轉應詞。

調見《花庵詞選》卷一〔唐〕王建詞。

　　團扇。團扇。美人並來遮面。玉顏憔悴三年。
　　誰復商量管弦。弦管。弦管。春草昭陽路斷。
　　（錄自文淵閣《四庫全書》本）

按：《全唐詩・附詞》調名為【調笑令】。

## 古調笑令

即【古調笑】。〔明〕邵復孺詞名【古調笑
令】，見《蛾術詞選》卷二。

　　雙燕。雙燕。飛過柳梢不見。舊時王謝堂前。
　　回首斜陽暮煙。煙暮，暮煙。煙暮。芳草落花
　　滿路。（錄自涉園影明本）

按：邵詞【古調笑令】，與唐宋詞調不同之處在於第七句疊韻後加一句，由上下二字轉換，即多「煙暮」句。

## 古調歌

即【蘇幕遮】。〔宋〕俞紫芝詞名【古調歌】，見《揚州瓊花集》。

地鍾靈，天應瑞。簇簇香苞，團作真珠蕊。玉宇瑤台分十二。要伴姮娥，月裏雙雙睡。月如花，花似月。花月生香，添此真奇異。不許揚州誇閏氣。昨夜春風，喚醒瓊瓊醉。（錄自《全宋詞》本）

## 古調轉應曲

即【古調笑】。〔明〕朱讓栩詞名【古調轉應曲】，見《長春競辰集》卷十三。

雙燕。雙燕。畫棟朱簾深院。春風拂拂差池。飛去飛來影移。移影。移影。青草長安路永。（錄自《四庫未收書輯刊》本）

## 古搗練子

即【搗練子】。〔宋〕賀鑄詞名【古搗練子】，見《東山詞》卷上。

收錦字，下鴛機。淨拂床砧夜搗衣。馬上少年今健否。過瓜時見雁南歸。（錄自陶氏涉園影宋本）

按：宋本《東山詞》調名已缺，唯存一「古」字。《全宋詞》補足成【古搗練子】調名，確是。

## 古憶仙姿

即【如夢令】。〔宋〕沈蔚宗詞名【古憶仙姿】，見《樂府雅詞》卷下。

日過重簾未捲。嫋嫋欲殘香線。午醉卻醒來，柳外一聲鶯囀。不見。不見。門掩落花深院。（錄自文淵閣《四庫全書》本）

## 瓦盆歌

調見〔金〕王喆《重陽全真集》卷十三。

你敲著得恁響聲大。無祥瑞，沒災禍。元誰知得那。外唇有口能發課。內虛有腹成因果。貴賤賢愚，細思量、人人放一個。這風狂、悟斯不肯爭人我。除煩惱，減心火。日日隨緣過。逍遙自在任行坐。功成行滿攜雲朵。帶殼昇騰，恁時節、方知不打破。（錄自涵芬樓影明《道藏》本）

## 瓦雀兒

調見〔明〕周履靖《梅顛稿選》卷十。

涼飆披拂秋聲動，林壑長空雲漠漠。恨旅館、情寥廓。朝暮相思，如何擔閣。無聊孤倚，抑鬱消爍。時時遣悶浮杯酌。愁腸漫釋，俄然微醉。印疏窗、月光流箔。竹床夜冷嫌衾薄。醒後千般想著。撩亂腸偏惡。屈指經年，令人瘦削。思歸難寢，忽聽譙樓，數聲殘角。（錄自《四庫全書存目叢書》本）

## 石竹子

〔明〕楊儀自度曲，見《南宮詩餘》。

蔜尾杯殘，春事了，取次安排嫩叢。漸又到石竹花，五彩輕綃擁。始信是、流轉年光有化工。一枝枝古羅繡出，纖玉嬌蛾手中。赤心好比戎葵，日午祥光捧。恰好處眠鬐，悠然送暖風。（錄自惜陰堂《明詞彙刊》本）

按：楊儀詞有「漸又到石竹花」句，故名【石竹子】。

《南宮詩餘》注：雙調。

## 石州

調見《詞品》卷一〔唐〕無名氏詞。

自從君去遠巡邊。終日羅幃獨自眠。看花情轉切，攬鏡淚如泉。一自離君後，啼多雙眼穿。何時狂虜滅，免得更留連。（錄自明刻本）

## 石州引

又名：石州詞、石州慢、石州影、柳色黃。

調見〔宋〕賀鑄《東山詞補》。

薄雨收寒，斜照弄晴，春意空闊。長亭柳色才黃，倚馬何人先折。煙橫水漫，映帶幾點歸鴻，平沙消盡龍荒雪。猶記出關來，恰如今時節。將發。畫樓芳酒，紅淚清歌，便成輕別。回首經年，杳杳音塵都絕。欲知方寸，共有幾許新愁，芭蕉不展丁香結。憔悴一天涯，兩厭厭風月。（錄自《彊村叢書》本）。

《能改齋漫錄》卷十六：「賀方回眷一妓，別久，妓寄詩云：『獨倚危欄淚滿襟。小園春色懶追尋。深恩縱似丁香結，難展芭蕉一寸心。』賀得詩，初敘分別之景色，後用所寄詩，成【石州引】云（詞略）。」

五畫

## 石州詞

即【石州引】。〔宋〕胡松年詞名【石州詞】，見《雲麓漫鈔》卷十四。

　　月上疏簾，風射小窗，孤館岑寂。一杯強洗愁懷，萬里堪嗟行客。亂山無數，晚秋雲物蒼然，何如輕抹淮山碧。喜氣拂征衣，作眉間黃色。　　役役。馬頭塵暗斜陽，隴首路回飛翼。夢裏姑蘇城外，錢塘江北。故人應念我，負吹帽佳時、同把金英摘。歸路且加鞭，看梅花消息。（錄自《別下齋叢書》本）

《雲麓漫鈔》卷十四云：「樞密胡公松年，紹興間使虜，彼盛稱甲兵之富，胡曰：『兵猶火也，弗戢將自焚。』既歸，作【石州詞】二首。」

## 石州慢

（一）調見〔宋〕王之道《相山居士集》卷十八。

　　天迥樓高，日長院靜，琴聲幽咽。昵昵恩情，切切言語，似傷離別。子期何處，漫高山流水，又逐新聲徹。彷彿江上移舟，聽琵琶淒切。　　休說。春寒料峭，夜來花柳，弄風搖雪。大錯因誰，算不趐六州鐵。波下雙魚，雲中乘雁，嗣音無計，空歎初謀拙。但願相逢，同心再綰重結。（錄自文淵閣《四庫全書》本）

（二）即【石州引】。〔宋〕張元幹詞名【石州慢】，見《蘆川詞》卷上。

　　寒水依痕，春意漸回，沙際煙闊。溪梅晴照生香，冷蕊數枝爭發。天涯舊恨，試看幾許消魂，長亭門外山重疊。不盡眼中青，是愁來時節。　　情切。畫樓深閉，想見東風，暗消肌雪。辜負枕前雲雨，樽前花月。心期切處，更有多少淒涼，殷勤留與歸時說。到得卻相逢，恰經年離別。（錄自雙照樓影宋本）

## 石州漫

即【石州引】。〔清〕丁澎詞名【石州漫】，見《扶荔詞》卷三。

　　幾許春光，殘紅數片，遊絲牽漾。可憐似我冷香，墜粉今生虛枉。為誰瘦損，枕邊檢點鮫綃，裙襴不似前春樣。著意問東君，肯把儂輕放。　　惆悵。鶯聲漸老，午夢初驚，落釵空響。倦起不勝梳掠，鏡台斜傍。暫時消遣，枝頭數遍青梅，香痕暗逗眉尖上。蝴蝶卻飛來，又低頭半晌。（錄自清康熙家刻本）

按：據清康熙十年家刻本，此「漫」字，目次作「慢」，應作刻誤。但查清康熙文芸館重校本卷三亦作「漫」，而無目次可校，存以備查閱。

## 石州影

即【石州引】。〔宋〕賀鑄詞名【石州影】，見《陽春白雪》卷二。

　　薄雨初寒，斜照弄晴，春意空闊。長亭柳色才黃，遠客一枝先折。煙橫水際，映帶幾點歸鴉，東風消盡龍沙雪。還記出關來，恰而今時節。　　將發。畫樓芳酒，紅淚清歌，頓成輕別。已是經年，杳杳音塵都絕。欲知方寸，共有幾許清愁，芭蕉不展丁香結。枉望天涯，兩厭厭風月。（錄自《守山閣叢書》本）

## 石湖山

即【石湖仙】。〔清〕金安清詞名【石湖山】，見《抱山樓詞錄》題詞。

　　玉堂天上。笑十載駕湖，清絕漁唱。聽雨臥逍遙，比蘇家、略增惆悵。烽煙雲詭，更忙煞、渡頭雙槳。流浪。剩吟朋、幾人來往。　　雁峰壯遊歸後，又輸邊、書生奇想。畫壁旗亭，歌遍蘇辛豪放。夢裏艣棱，愁邊亭樹，慢詞搜盡玉田賞。江天夜月空蕩。（錄自清光緒十五年刻本）

## 石湖仙

又名：石湖山。

〔宋〕姜夔自度曲，見《白石道人歌曲》卷五。

　　松江煙浦。是千古三高，遊衍佳處。須信石湖仙，似鷗夷、翩然引去。浮雲安在，我自愛、綠香紅舞。容與。看世間、幾度今古。　　廬溝舊曾駐馬，為黃花、閒吟秀句。見說胡兒，也學綸巾欹雨。玉友金蕉，玉人金縷。緩移箏柱。聞好語。明年定在槐府。（錄自《彊村叢書》本）

詞序：「壽石湖居士。」

《白石道人歌曲》注：越調。

按：姜夔詞有「須信石湖仙，似鷗夷、翩然引去」句，故名【石湖仙】。

## 石榴紅

〔近人〕吳藕汀自度曲，見《畫牛閣詞集》。

　　一杯濁酒，香煙繚繞燭花融。小樓淒黯，往事朦朧。今日魂歸余再拜，恕黔婁、青鳥也無通。料膝下承歡，幼兒有母應尋見，去年冬。

難逢。糟糠侶，三更夢裏卻成空。相違兩載，怨曲誰同。破碎家庭從此起，想泉台、定亦掛心中。歎時序依然，酥雨侵簾催綠蠟，安石榴紅。（錄自《畫牛閣詞集》手稿本）

詞序：「先室兩周年祭，自度曲。」

按：吳藕汀詞有「酥雨侵簾催綠蠟，安石榴紅」句，故名【石榴紅】。

《藥窗雜談》一九七三年五月四日：「拙荊去世正是榴花開放的時節，所以我有『年來憎見榴火』的詞句。在兩周年祭，我自度【石榴紅】一闋，詞云（詞略）。」

《孤燈夜話》：「先室謝世，正是五月榴花時節。故我有自度曲【石榴紅】，為先室二周年祭所作。又有【石榴紅令】自度曲，為先室三周年祭所作。前闋有『酥雨侵簾催綠蠟，安石榴紅』之句，後闋有『算來三度石榴紅』句，蓋悼亡詞也。」

## 石榴紅令

〔近人〕吳藕汀自度曲，見《畫牛閣詞集》。

　　青衫淚濕，算來三度石榴紅。魂歸何處，斷了霓虹。　　匆匆。難分手，一朝離去苦愁中。鼓盆箕倨，做了莊蒙。（錄自《畫牛閣詞集》手稿本）

詞序：「先室三周年祭，自度曲。」

按：吳藕汀詞有「算來三度石榴紅」句，故名【石榴紅令】。

《藥窗雜談》一九七三年五月四日：「三周年祭又有自度曲【石榴紅令】四闋，詞云（詞略）。」

## 石藍花

〔清〕毛先舒自度曲。

《填詞名解》卷四云：「【石藍花】字凡七十。《十洲記》：『昆丘外有蘭沙地，去中都萬里，石藍之花，千年一開。』稚黃子取以名其自度曲焉。」

按：原詞未見，待補。

## 平等會

即【相思會】。〔金〕馬鈺詞名【平等會】，見《洞玄金玉集》卷九。

　　信口便胡轟，不管無腔調。暢我情懷歌舞，一任人笑。還童返老。志在無憂惱。向妙處，下功搜，細勘校。　　瓊漿恣飲，元氣充來飽。鍛鍊神丹，無大無小。胎仙養就，捧出靈芝草。便自銜，這番兒，道決了。（錄自涵芬樓影明《道藏》本）

詞注：「本名【相思會】。」

《南史·梁紀》：「帝幸同泰寺，設平等法會。」調名義此。

## 平調念奴嬌

即【念奴嬌】。〔近人〕張素詞名【平調念奴嬌】，見《瘦眉詞》癸丑卷。

　　江洲何處，指南天月曉，北府煙沉。蠟屐行春前日事，春去催綠成陰。一水東流，應今休問，離緒淺還深。釣魚台畔，幾番為我行吟。　　寄語遼左重遊，山川餘歷歷，鴻雪堪尋。急鼓哀笳誰聽得，一片斜陽登臨。瀝盡清樽，曾無知己，來話素時心。悠然獨嘯，待招雲鶴歸林。（錄自民國鈔校本）

按：張素所說之「平調」，係平韻之意，非正平調。

## 平調發引

又名：清平調。

調見《類說》卷十九引《倦遊雜錄》〔宋〕王珪詞。

　　玉宸朝晚，忽掩赭黃衣。愁霧鎖金扉。蓬萊待得仙丹至，人世已成非。　　龍軒天仗轉西畿。旌旆入雲飛。望陵宮女垂紅淚，不見翠輿歸。（錄自文學古籍刊行社影明本）

按：此調與《宋史·樂志》所錄【導引曲】相同。「平調」即「正平調」，「發引」是否「導引」之別名，或刻誤，因無資料，不敢妄斷。待考。

## 平調滿江紅

即【滿江紅】。〔近人〕張素詞名【平調滿江紅】，見《瘦眉詞》庚戌卷。

　　三月春深，正水國、新雨乍過。沙痕漲、鴨頭濃蘸，浮絮深莎。風起舵樓人遠近，雲歸江樹影婆娑。更那堪、長此湧愁心，波浪多。　　燕飛處，好掠梭。柳蔭外，綠盈坡。問弄珠神女，消息如何。新碧搖光稠似酒，迴文挑怨薄於羅。向晚來、霞騖兩微茫，聞棹歌。（錄自民國鈔校本）

**五畫**

## 平調聲聲慢

即【聲聲慢】。〔近人〕張素詞名【平調聲聲慢】，見《瘦眉詞》辛亥卷。

> 隨蓬腳轉，折柳心長，風塵落拓經年。筆札依人，此去更有誰憐。青衫料應濕透，在吟邊、還在愁邊。離別意，伴松花江水，一碧浮天。
> 才識雞林詩價，又遄征遼瀋，行李蕭然。極目關山，幾度駐馬停鞭。我今亦傷飄泊，隔萬里、夢斷烽煙。歸未得，把愁心付與杜鵑。
> （錄自民國鈔校本）

## 平湖秋月

即【秋霽】。《歷代詩餘》卷八十三【秋霽】調注：「一名【平湖秋月】。」

## 平湖樂

又名：小桃紅、採蓮詞、笑悼翁、絳桃春。

調見〔元〕王惲《秋澗樂府》卷四。

> 平湖雲錦碧蓮秋。香泛蘭舟透。一曲菱歌滿樽酒。暫消憂。　人生安得長如舊。醉時記得，花枝仍好，卻羞上老人頭。（錄自《彊村叢書》本）

《欽定詞譜》卷四【平湖樂】調注：「此金人小令，猶遵古韻，以本部平上去三聲叶者。若元詞此調，則依中原音韻，平上去入四聲，別部北音，無不叶矣。詞與曲之分，正於此辨之。」

## 平陽興

即【踏莎行】。〔宋〕賀鑄詞有「有人高臥平陽塢」句，故名；見《東山詞》卷上。

> 涼葉辭風，流雲捲雨。寥寥夜色沉鐘鼓。誰調清管度新聲，有人高臥平陽塢。　草暖滄洲，潮平別浦。雙鳧乘雁方容與。深藏華屋鎖雕籠，此生乍可輸鸚鵡。（錄自《彊村叢書》本）

## 占春芳

調見〔宋〕蘇軾《東坡詞》。

> 紅杏了，天桃盡，獨自占春芳。不比人間蘭麝，自然透骨生香。　對酒莫相忘。似佳人、兼合明光。只憂長笛吹花落，除是寧王。
> （錄自汲古閣《宋六十名家詞》本）

《欽定詞譜》卷六：「蘇軾詠梨花製此調，取詞中第三句為名。」

《全宋詞》云：「此首出《春渚紀聞》卷六，原不著調名。《花草粹編》卷三始以為【占春芳】，殆出杜撰。」

按：蘇軾詞有「獨自占春芳」句，故名【占春芳】。

## 北山移文哨遍

即【哨遍】。〔宋〕王安中名【北山移文哨遍】，見《初寮詞》。

> 世有達人，瀟灑出塵，招隱青霄際。終始追、遊覽老山棲。藐千金、輕脫如屣。彼假容江皋，濫巾雲嶽，攖情好爵欺松桂。觀向釋譚空，尋真講道，巢由何足相擬。待詔書來起便驅馳。席次早焚烈芰荷衣。敲撲誼誼，牒訴匆匆，抗顏自喜。　嗟明月高霞，石徑幽絕誰回睞。空悵猿驚處，淒涼孤鶴嘹唳。任列鼙爭譏，眾峰疏誚，林慚澗愧移星歲。方浪栧神京，騰裝魏闕，徘徊經過留憩。致草堂靈怒蔣侯庭。烏岬幌、驅煙勒新移。忍丹崖碧嶺重湮。鳴湍聲斷深谷，遮客歸何計。信知一逐浮榮，便喪素守，身成俗士。伯鸞家有孟光妻，豈逡巡、眷戀名利。（錄自汲古閣《宋六十名家詞》本）

詞序：「孔德彰作《北山移文》以譏周彥倫，後之託隱求達，指終南、嵩少為仕宦捷徑者，讀而羞之，是足為勇退者之鼓吹。陽翟蔡侯原道，恬於仕進，其內呂夫人有林下風，相與營歸歟之計而未果。則囑予以此文度曲，且朝夕使家童歌之，亦可想見泉石之勝。」

按：此詞調名見《全宋詞》引汲古閣鈔本《初寮詞》。汲古閣《宋六十名家詞》本《初寮詞》作【哨遍】，無「北山移文」四字。

## 北邙月

調見《唐詞紀》卷五〔唐〕妙香詞。

> 勸君酒莫辭。花落拋舊枝。只有北邙山下月，清光到死也相隨。（錄自《四庫全書存目叢書》本）

《詞苑萃編》卷二十四引《詞苑》云：「鄭繼超遇田參軍，贈妓曰妙香，數年告別，歌【北邙月】一闋送酒。翌日，同至北邙山下，化狐而去。」

《詩話總龜》前集卷四十六引《洞微志》：「鄭繼超，廣州人，赴官鳳翔，道逢田參軍同行，實累千餘人，言是東川替罷入西京。繼超與款，自

言洛下有莊在北邙山下。因問鞍乘極多何也。曰：『亡室人來多年，皆蜀中孤寡家子息，亦欲旋旋與人。』繼超曰：『願得一人。』乃令妙香與之，是夕歸繼超家。數年，繼超卜居西洛，一日忽謂繼超曰：『妙香非人也，今將歸北邙山舊穴，願乞同乘至北邙。』因問田參軍何人。曰：『狐也。』是夕作別，妙香歌以送酒曰（詞略）。翌日，同至北邙山下老君廟後，妙香佯墜馬，化為一狐，迅走而去。」

按：此詞初見《詩話總龜》引《洞微志》，原本無調名。《花草粹編》收入該詞，命調名為【北邙月】。後人皆因之。

## 且坐令

又名：且坐吟。

調見〔宋〕韓玉《東浦詞》。

閒院落。誤了清明約。杏花雨過胭脂綽。緊了秋千索。鬥草人歸，朱門悄掩，梨花寂寞。
書萬紙、恨憑誰託。才封了，又揉卻。冤家何處貪歡樂。引得我、心兒惡。怎生全不思量著。那人人情薄。（錄自汲古閣《宋六十名家詞》本）

## 且坐吟

即【且坐令】。〔清〕茅麟詞名【且坐吟】，見《溯紅詞》。

難著落。夢裏揚州鶴。故人不能忘前約。猶向新豐索。此會若非，文字飲笑，秋雲未薄。
高話久、夜寒霜作。香縈篆、燈垂萼。新詞敢入屯田幕。人散後、歸途錯。關前尉休相詬。已無愁可權。（錄自《全清詞》本）

## 冉冉雲

又名：弄花雨。

調見〔宋〕盧炳《烘堂詞》。

雨洗千紅又春晚。留牡丹、倚欄初綻。嬌婭姹、偏賦精神君看。算費盡、工夫點染。
帶露天香最清遠。太真妃、曉妝體段。拌對花、滿把流霞頻勸。怕逐東風零亂。（錄自汲古閣《宋六十名家詞》本）

## 田家樂

調見〔明〕馮敏效《小有亭詩餘》。

梅雨足。觀晴旭。斑鳩飛去啄。殘紅布穀。飛來啼暗綠。　日下犁鋤正及時，雲邊杖履無拘束。無拘束。溪水一彎山幾曲。（錄自明坊刊本）

## 四仙韻

即【減字木蘭花】。〔金〕馬鈺詞名【四仙韻】，見《漸悟集》卷下。

丘劉譚馬。幸遇風仙親教化。一別山東。雲水秦川興不窮。　清貧快樂。自在逍遙無做作。清淨門庭。闡出家風合聖經。（錄自涵芬樓影明《道藏》本）

## 四代好

即【宴清都】。〔宋〕程垓詞名【四代好】，見《書舟詞》。

翠幕東風早。蘭窗夢，又被鶯聲驚覺。起來空對，平階弱絮，滿庭芳草。厭厭未欣懷抱。記柳外、人家曾到。憑畫欄、那更春好。花好。酒好。人好。　春好。尚恐闌珊，花好。又怕飄零難保。直饒酒好。酒好。未抵意中人好。相逢盡拚醉倒。況人與、才情未老。又豈關、春去春來，花愁花惱。（錄自汲古閣《宋六十名家詞》本）

## 四犯令

又名：四合香、四和香、四塊玉、桂華明。

調見〔宋〕侯寘《嬾窟詞》。

月破輕雲天淡注。夜悄花無語。莫聽陽關牽離緒。拌酩酊、花深處。　明月江郊芳草路。春逐行人去。不似酴醾開獨步。能著意、留春住。（錄自汲古閣《宋六十名家詞》本）

《詞律》卷六【四犯令】調注：「題名四犯，必犯四調者。或每一句犯一調，然未注明，不知所犯何調也。」

## 四犯玲瓏

即【玲瓏四犯】。〔清〕黃文達詞名【四犯玲瓏】，見《綠梅花龕詞》。

堦角語低，鄰雞聲倦，寒宵閒緒何許。硯田生計拙，有筆貧無補。匆匆歲華又暮。感王孫、卅年歧路。夢冷關河，愁深風雪，誰識旅懷苦。
思量此生多誤。對驚心節候，嗟負芳杜。鏡中雙鬢改，莫挽朱顏駐。琴弦海上終孤調，問何日、知音重遇。憐寂處。猶有梅花伴侶。（錄自清刻本）

詞序：「江樓雪夜，寒不成眠，凍角吹愁，殘燈

漾影，歲華將晚，百感紛來。昔白石老人越中歲暮，聞箭鼓感懷，為譜黃鐘商寫之，音旨清寂，固效其體，以遣予懷。」

## 四犯翠連環

〔清〕吳承勳自度曲，見《篋中詞》卷四。

露剪聲輕，風鈴語急，西園亂紅難繫。屈戌漫將春放了，孤負燕歸千里。舞腰慵未起，啼痕濕透秋千地。鬥香時節，鬥茶天氣，釀就愁滋味。　　此際。休說銷魂，只緣綠陰芳草，那堪遊戲。十二玉笙吹夢遠，空誤鳳簫鸞綺。釀寒清似水。垂楊小院深深閉。鎮獨自閒理霓裳譜，拋盡相思子。（錄自清光緒刻本）

詞注：「雙調自度曲。」

## 四犯剪梅花

又名：三犯錦園春、月城春、錦園春、錦園春三犯、轆轤金井。

調見〔宋〕劉過《龍洲詞》卷上。

水殿風涼，賜環歸、正是夢熊華旦。疊雪羅輕，稱雲章題扇。西清待宴。望黃傘、日華龍輦。金券三王，玉堂四世，帝恩偏眷。　　臨安記、龍飛鳳舞，信神明有後，竹梧陰滿。笑折花看，橐荷香紅潤。功名歲晚，帶河與、礪山長逸。麟脯杯行，猊韉坐穩，內家宣勸。（錄自《彊村叢書》本）

《欽定詞譜》卷二十二：「此調前段第一、二句，即【解連環】之第一、二、三句。第三、四句，即【醉蓬萊】之第四、五句。第五、六句，即【雪獅兒】之第六、七句。第七、八、九句，即【醉蓬萊】之第九、第十、第十一句。後段第一、二、三句，即【解連環】之第一、二、三句。第四、五句，即【醉蓬萊】之第五、六句。第六、七句，即【雪獅兒】之第六、七句。第八、九、十句，即【醉蓬萊】之第十、第十一、第十二句。凡集四調，故曰四犯。本屬三調，故又曰三犯。」

清沈傳桂【四犯剪梅花】詞序：「是調為劉龍洲所創，採【解連環】、【醉蓬萊】、【雪獅兒】三調合成，實即【轆轤金井】，唯首四字稍異。萬氏謂前段起句與【解連環】全不相似。細按之，當以『水殿風涼』作『風涼水殿』則合矣。而與【轆轤金井】平仄亦合。換頭七字，萬氏謂誤多一字，宜去之，是。已然失注叶韻亦誤。蓋

龍洲詞本不精於律也。」

## 四合香

即【四犯令】。〔清〕朱青長詞名【四合香】，見《朱青長詞集》卷二十。

記得淮南春曉月。繡枕甜如蜜。萬頃玉波船一隻。窗外遠山三尺。　　輕雨小風楊柳濕。驀與他相識。停槳漚汀相對立。水瀲瀲、斜陽碧。（錄自朱青長手稿本）

詞注：「合本和，和讀荷，合亦同。」

## 四字令

即【醉太平】。〔宋〕劉過詞名【四字令】，見《龍洲詞》。

情深意真。眉長鬢青。小樓明月調箏。寫春風數聲。　　思君憶君。魂牽夢縈。翠銷香暖雲屏。更那堪酒醒。（錄自《全宋詞》本）

## 四和香

即【四犯令】。〔宋〕李處全詞名【四和香】，見《晦庵詞》。

香雪新苞偏勝韻。領袖催花信。華節良辰人有分。看士女、簪垂鬢。　　莫向春風尋舊恨。樂事隨方寸。眉壽故應天不吝。浮大白、吾無悶。（錄自四印齋彙刻《宋元三十一家詞》本）

## 四季妝

即【憶江南】。〔清〕柯煜詞名【四季妝】，見《小丹丘詞》。

風光好，花影上春衫。種得紅蘭誇待女，鬥將碧草賽宜男。一種為誰憨。（錄自清刻本）

按：柯詞以四首【憶江南】分詠四季，故名。詞原注：「寓【江南春】。」

## 四笑江梅引

即【江城梅花引】。〔宋〕洪皓詞名【四笑江梅引】，見《鄱陽詞》。

天涯除館憶江梅。幾枝開。使南來。還帶餘杭、春信到燕台。准擬寒英聊慰遠，隔山水，應銷落，赴懽誰。　　空恁遐想笑摘蕊。斷迴腸，思故里。漫彈綠綺。引三弄、不覺魂飛。更聽胡笳，哀怨淚沾衣。亂插繁花須日，待孤諷，怕束風，一夜吹。（錄自《彊村叢書》本）

詞序：「頃留金國，四經除館。十有四年，復館

於燕。歲在壬戌，甫臨長至，張總侍御邀飲。眾賓皆退，獨留少款。侍婢歌【江梅引】，有『念此情、家萬里』之句，僕曰：『此詞殆為我作也。』又聞本朝使命將至，感慨久之。既歸，不寢，追和四章，多用古人詩賦，各有一『笑』字，聊以自寬。如『暗香』、『疏影』、『相思』等語，雖甚奇，經前人用者眾，嫌其一律，故輒略之。卒押『吹』字，非風即笛，不可易也。北方無梅花，士人罕知有梅事者，故皆注所出。」

詞序原注：「舊注闕一首，此錄示鄉人者，北人謂之【四笑江梅引】。」

《欽定詞譜》卷二十一【江城梅花引】調注：「洪皓詞三聲叶韻者四首，每首有一『笑』字，名【四笑江梅引】。」

## 四時竹枝詞

調見〔清〕劉鳳紀《炊沙詞》。

玲瓏髻子竹枝插山花女兒。臂挽筠筐竹枝罷採茶女兒。郎若扶儂竹枝山下去女兒，與郎親手竹枝煮蘭芽女兒。（春）

漁郎生小竹枝住湖中女兒。日向荷叢竹枝理釣篷女兒。郎若載儂竹枝花裏戲女兒，與郎親手竹枝剝蓮蓬女兒。（夏）

木樨深處竹枝是儂家女兒。到得秋來竹枝盡著花女兒。郎若到儂竹枝家裏坐女兒，與郎親手竹枝點香茶女兒。（秋）

朔風淒緊竹枝雪花飛女兒。長日鳴梭竹枝不下機女兒。郎若伴儂竹枝來夜話女兒，與郎親手竹枝補寒衣女兒。（冬）（錄自清劉氏手稿本）

## 四時花

調見《東白堂詞選初集》卷十四〔清〕張戩詞。

翠幕光沉，銀床響絕，幽幽洞戶清悄。朦朧見、西南月小。屋樑落外，困騰騰、只道人歸早。涼颸爽氣侵山枕，日華生、彩雲垂照。念此情深，蒼穹黃壤，也須分曉。　夢回滿面啼痕，總為伊、寒食常抱。眠不是、起來閒靠。縱然無謂，也勝似、醒處空煩惱。記來夢裏孜孜地，怪雞聲、一霎催覺。便捱清宵如年永，曉來愁，怎丟掉。（錄自清康熙十七年本）

## 四時詞

調見〔明〕李堂《菫山詩餘》。

和氣融融簾半捲。庭草鋪金勻似剪。粉蝶驚魂梅子酸，雛鶯學語東風軟。　悠悠新撤比遊絲。牽惹花心桂柳枝。侍兒催起烏雲鬖，寶鴨香消春睡遲。（錄自惜陰堂《明詞彙刊》本）

按：此調共四首，詠春夏秋冬四時之情，故曰【四時詞】。

## 四時樂

調見《花草粹編》卷一〔宋〕李公麟詞。

桃李花開春雨晴。聲聲布穀迎村鳴。家家場頭醉酒舤，為告莊主東作興。黃犢先破東南村。（錄自文淵閣《四庫全書》本）

《填詞名解》卷一云：「【四時樂】宋李公麟作，言山莊四時，野人之樂也。」

《全宋詞》注：「【四時樂】乃詩而非詞。」

## 四時歡

原調已佚。〔宋〕無名氏《滿庭芳》集曲名詞，有「四時歡會」句，輯名；見《事林廣記·戊集》卷二。

## 四換頭

即【醉公子】。〔清〕孫致彌詞名【四換頭】，見《杕左堂集·別花餘事》卷一。

同心雙姊妹。絮語珠簾內。話到合歡時。紅潮各自低。　低頭閒自忖。此際教儂怎。驚喜又驚疑。春風到玉兒。（錄自清康熙刻本）

《花間集》湯顯祖評曰：「【醉公子】即公子醉也。其詞意四換，又稱【四換頭】。爾後變風，漸與題遠。」

《詞品》卷一：「唐人【醉公子】云：『門外猧兒吠，知是蕭郎歸。剗襪下香階，冤家今夜醉。扶得入羅幃，不肯脫羅衣。醉則從他醉，還勝獨睡時。』此詞又名【四換頭】，因其意四換也。前輩謂此可以悟詩法，或以問韓子蒼，子蒼曰：『只是轉折多，且如剗襪下階，是一轉矣；而苦其今夜醉，又是一轉；喜其入羅幃，又是一轉；不肯脫衣又是一轉；後兩句自開釋又是一轉。其後則四換韻一調，亦名【醉公子】云。」

《古今詞話·詞辨》卷上：「雙調【醉公子】一名【四換頭】，平仄互叶，詞意四換，如【虞美

人】、【菩薩蠻】、【減字木蘭花】之類。」
《欽定詞譜》卷三【醉公子】調注:「薛照蘊、
顧敻詞俱四換韻,一名【四換頭】。」
《唐聲詩》下編:「《詞譜》於【甘州令】後
云:『前後段句讀相對,唯後段起句四字,與前
段起句三字二句不同,所以謂之換頭,又謂之過
變。』此乃換頭之正確解釋。」
按:唐宋詞人無用【四換頭】調名,各家論說未
知何據。

## 四望樓

即【樓上曲】。〔明〕王屋詞名【四望樓】,見
《草閒堂詞箋》。

曾聞三月不違仁。我乃經時不見君。今日把君
書一過。如在野疇堂上坐。　　鬢眉照眼不言
中。和藹如披柳上風。何日與君終一席。免我
十年書裏役。(錄自《全明詞》本)

## 四園竹

又名:西園竹。
調見〔宋〕周邦彥《片玉集》卷五。

浮雲護月,未放滿朱扉。鼠搖暗壁,螢度破
窗,偷入書幃。秋意濃,閒佇立、庭柯影裏。
好風襟袖先知。　　夜何其。江南路繞重山,
心知謾與前期。奈向燈前墮淚。腸斷蕭娘,舊
日書辭。猶在紙。雁信絕、清宵夢又稀。(錄自
《彊村叢書》本)

《片玉集》注:小石調。

## 四塊玉

(一)調見《鳴鶴餘音》卷一〔元〕無名氏詞。

光景如梭,勸早早回頭尋活計。莫被利役名
牽,酒色昏迷。是非人我,空惹閒氣。鉛枯汞
竭,恁時休悔,謾爾傷悲。便做從今,下手理
會,寧早莫稽遲。　　呆癡。自落便宜。縱養
家千口成何濟。枉使身心勞碌,晝夜無眠,老
卻朱顏,教君憔悴。何須自苦,怎不回首,自
家推算無常,有誰能替。(錄自明鈔清黃丕烈補鈔
本)

(二)即【四犯令】。〔金〕侯善淵詞名【四塊
玉】,見《上清太玄集》卷七。

一點皎然冰玉潔。浩劫無生滅。跨古騰今無暫
歇。遍極目,真空攝。　　此法方知通妙訣。
玄理人難別。兩路曹溪分關節。映水照,天空

月。(錄自涵芬樓影明《道藏》本)

## 四檻花

〔宋〕曹勳自度曲,見《松隱樂府》卷三。

駕瓦霜濃。歇爐煙冷,瑣窗漸明。芙蓉紅暈
減,疏篁曉風清。睡覺猶眠,怯新寒,仍宿
酒,尚有餘醒。擁閒衾。先記早梅糝糝,流水
泠泠。　　須記歲月堪驚。最難管、蒼華滿鏡
生。心地常自樂,誰能問枯榮。一味情塵,揩
摩盡,人間世,更沒虧成。唯蕭散,眠食外,
且樂昇平。(錄自《彊村叢書》本)

## 叩叩詞

即【憶江南】。〔清〕董以寧詞有「叩叩結新
歡」句,故名;見《詞則·閒情集》。

章台女,叩叩結新歡。堂下每迎花底笑,人前
私向鏡中看。可許一生拚。(錄自手稿本)

## 生查子

又名:陌上郎、春恨長、美少年、荔枝紅、梅和
柳、梅溪渡、晴色入青山、楚雲深、遇仙槎、愁
風月、綠羅裙、懶卸頭。
唐教坊曲名。
(一)調見《敦煌歌辭總編》卷二〔唐〕無名
氏詞。

三尺龍泉劍。篋裏無人見。一張落雁弓,百隻金
花箭。　　為國竭忠貞,苦處曾征戰。先望立
功勳,後見君王面。(錄自上海古籍出版社排印本)

按:原載(伯)三八二一。

(二)調見《花間集》卷九〔五代〕魏承班詞。

煙雨晚晴天,零落花無語。難話此時心,梁燕
雙來去。　　琴韻對薰風,有恨和情撫。腸斷
斷弦頻,淚滴黃金縷。(錄自雙照樓影明仿宋本)

(三)調見《花間集》卷五〔五代〕牛希濟詞。

春山煙欲收,天澹稀星小。殘月臉邊明,別淚臨
清曉。　　語已多,情未了。回首猶重道。記得
綠羅裙,處處憐芳草。(錄自雙照樓影明仿宋本)

《填詞名解》卷一:「【生查子】,古『槎』字
通,取海客事。」
《歷代詩餘》卷四:「『查』本『楂梨』之
『楂』,與浮槎事無涉。」
《教坊記箋訂》:「唐明皇呼人為查,言士大夫
如仙查,隨流變化,升天入地能處清濁也。調名
之查,亦可以用此義。」

《尊前集》、《張子野詞》注：雙調。《于湖先
生長短句》注：中呂調。

## 丘家箏

即【小秦王】。《古今詞話‧詞辨》卷上引《柳
塘詞話》云：「唐人絕句作樂府歌曲，皆七言而
異其名，如無名氏之【小秦王】，一名【丘家
箏】者。」

按：明楊慎《詞品》將唐張祜【題宋州田大夫
家樂丘家箏】「十指纖纖玉筍紅」一詞，錯認
為【小秦王】。沈雄遂附會本調別名為【丘家
箏】。丘家乃一善彈箏之女伎。認三字為調名，
未知何據。今存其調名，以備查考。

## 付金釵

即【更漏子】。〔宋〕賀鑄詞有「付金釵，平斗
酒」句，故名；見《東山詞》卷上。

> 付金釵，平斗酒。未許解攜纖手。吟警句，寫
> 清愁。浮驂為少留。　　舊遊賒，新夢後。月
> 映隔窗疏柳。閒硯席，剩衾裯。今秋似去秋。
> （錄自《彊村叢書》本）

## 仙家竹枝

調見《古今詞統》卷二〔明〕袁宏道詞。

> 華陽巾子碧條環。紫府簾前舊押班。阿母筵頭
> 爭一擲，醉中輸卻小蓬山。（錄自明崇禎刊本）

## 仙源拾翠

即【兩同心】。《歷代詩餘》卷四十五【兩同
心】調注云：「亦名【仙源拾翠】。」

## 仙鄉子

即【南鄉子】。〔金〕侯善淵詞名【仙鄉子】，
見《上清太玄集》卷八。

> 咄這醜形骸。臭穢蛆蟲塞滿懷。地水火風虛積
> 聚，沉埋。類我平生惹禍災。　　欲免生死催。
> 莫執凡軀作聖胎。保煉琅膏凝結處，成胚。沐浴
> 嬰兒坐寶台。（錄自涵芬樓影明《道藏》本）

## 白玉盤

即【廣寒遊】。〔清〕董蠡舟詞名【白玉盤】，
見《湖州詞錄》。

> 星辰昨夜，冰鏡已高懸。此夕菱花檻畔，準擬
> 鬥嬋娟。驀地西風，作弄出、絲雨纖輕煙。相

思人對，方諸清淚泛濫。只負了、紅樓高處，
一曲欄干。　　借謫仙杯酒，來問青天。要睹
嫦娥體態，莫煩他、脆管繁弦。翡帷雙笑，讓
人間、好夢猶圓。不惜深宵扶病，挤立來、風
露小庭寒。待四掃纖雲，終須還我白玉盤。（錄
自嘉業堂《吳興叢書》本）

詞序：「中秋無月，謙甫自度【廣寒遊】之曲，
為姮娥促妝。余亦詣舊譜倚新聲繼之。」

按：董蠡舟詞有「終須還我白玉盤」句，故名
【白玉盤】。

## 白玉樓步虛詞

即【憶江南】。〔宋〕范成大詞名【白玉樓步虛
詞】，見《石湖居士詩集》卷三十二。

> 珠霄境，卻似化人宮。梵氣彌羅融萬象，玉樓
> 十二倚清空。一片寶光中。（錄自清康熙二十七年
> 顧氏本）

詞序：「趙從善示余《玉樓圖》，其前玉階一
道，橫跨綠霄中。琪樹垂珠網，夾階兩旁。綠
霄之外，周以玉蘭。欄外方是碧落，階所接亦
玉池。中間湧起玉樓三重，千門萬戶，無非連璐
重璧。屋覆金瓦，屋山綴紅牙垂璫。四簷黃簾皆
捲，樓中帝座，依約可望。紅雲自東來，雲中虛
皇乘玉輅，駕兩金龍。侍衛可見者：靈官法服騎
而夾侍二人、力士黃麾前導二人、儀劍二人、金
圍子四人、夾輅黃幡二人、五色戟帶二人、珠幢
二人、金龍旗四人、負納陛而後從二人。雲頭下
垂，將至玉階。樓前仙官冠帔出迎，方下階，雙
舞鶴行前。雲駕之旁，又有紅雲二：其一，仙官
立幢節間；其二，女樂並奏。玉樓之後，又有小
玉樓六，其制如前，寶光祥雲，前後蔽虧，或隱
或現。小案之前，獨為金池，亦有仙官自金池下
迎。傍小樓最高處，有飛橋直瑤台，仙人度橋登
台以望。名數可紀者，大略如此。若其景趣高
妙、碧落浮黎、青冥風露之境，則覽者可以神
會，不能述於筆端。此畫運思超絕，必夢遊帝所
者彷彿得之，非世間俗史匠可到。明窗淨几，盡
卷展玩，恍然便覺身在九霄三景之上，奇事不可
以不識。簡齋有水府【法駕導引】歌詞，仍倚其
體，作【步虛詞】六章，以遺從善。羽人有不俗
者，使歌之於清風明月之下，雖未得仙，亦足以
豪矣。」

## 白苧

又名：白苧歌。

調見《花草粹編》卷二十四〔宋〕柳永詞。

> 繡簾垂，畫堂悄，寒風漸凓。遙天萬里，黯淡同雲冪冪。漸紛紛、六花零亂散空碧。姑射宴瑤池，把碎玉、零珠拋擲。林巒望中，高下瓊瑤一色。嚴子陵、釣台歸路迷蹤跡。　追惜。燕然畫角，寶篝珊瑚，是時丞相，虛作銀城換得。當此際偏宜，訪袁安宅。醺醺醉了，任他金釵舞困，玉壺頻側。又是東君，暗遣花神，先報南國。昨夜江梅，漏泄春消息。（錄自文淵閣《四庫全書》本）

《碧雞漫志》卷二：「正宮【白苧曲】賦雪者，世傳紫姑神作。寫至：『追惜。燕然畫角，寶篝珊瑚，是時丞相，虛作銀城換得。』或問出處，答云：『天上文字，汝那得知？』末後句：『又是東君，暗遣花神，先報南國。昨夜江梅，漏泄春消息。』殊可喜也。」

《欽定詞譜》卷三十六【白苧】調注：「按古樂府有【白苧曲】宋人蓋借舊曲名，別倚新聲也。王灼《頤堂集》云：『【白苧】詞傳者至少。其正宮一闋，世傳為紫姑神作，今從《花草粹編》為柳永詞。』」

《填詞名解》卷三：「【白苧】，晉宋以來，舞曲俱有【白苧辭】。宋蔣捷作春情詞云：『……料想裁縫，白苧春衫薄。』遂名【白苧】。一作【白紵歌】。」

## 白苧歌

即【白苧】。〔宋〕蔣捷詞名【白苧歌】，見《古今詞統》卷十六。

> 正春晴，又春冷，雲低欲落。瓊苞未剖，早是東風作惡。旋安排、一雙銀蒜鎮羅幕。幽壑。水生游，皺嫩綠、潛鱗初躍。惜惜門巷，桃樹紅才約略。知甚時，霽華烘破青青萼。　憶昨。引蝶花邊，近來重見，身學垂楊瘦削。問小翠眉山，為誰攢卻。斜陽院宇，任蛛絲冒遍，玉箏弦索。戶外唯聞，放剪刀聲，深在妝閣。料想裁縫，白苧春衫薄。（錄自明崇禎刊本）

《詞律》卷二十目次【白苧】詞注：「又名【白紵歌】。」

《嘉泰會稽志》卷十七：「苧之精者，本出苧羅山，下有西子浣紗石；蓋俗所謂『苧紗』者，於此浣之，故以越苧最為得名。夏侯開國〈吳都賦〉曰：『纖絺細越，青簽白苧。』而樂府因是有【白紵歌】。」

## 白雪

（一）宋楊無咎自度曲，見《逃禪詞》。

> 簷收雨腳，雲乍斂、依舊又滿長空。紋蠟焰低，薰爐爐冷，寒食擁盡重重。隔簾櫳。聽撩亂、撲漉春蟲。曉來見、玉樓珠殿，恍若在蟾宮。　長愛越水泛舟，藍關立馬，畫圖中。悵望幾多時，無句可形容。誰與問、已經三白，或是報年豐。未應真個，情多老卻天公。（錄自汲古閣《宋六十一名家詞》本）

（二）即【念奴嬌】。〔宋〕米友仁詞名【白雪】，見《鐵網珊瑚‧畫品》卷一。

> 洞天晝永，正中和時候，涼飆初起。羽扇綸巾雲流處，水繞山重雲委。好雨新晴，綺霞明麗，全是丹青戲。豪攘橫捲，楚天應解深秘。　留滯。字學書林，折腰緣為米，無機涉世。投組歸來欣自肆，目仰雲霄醒醉。論少卑之，家聲接武，月旦評吾子。憑高臨望，桂輪徒共千里。（錄自《全宋詞》本）

詞序：「夜雨欲霽，曉煙既泮，則其狀類此。余蓋戲為瀟湘寫，千變萬化不可名，神奇趣，非古今畫家者流也。唯是京口翟伯壽，余生平至交，昨豪奪余自秘著色袖卷，盟於天而後不復力取歸。往歲掛冠神武門，居京城舊廬，以【白雪】詞寄之，世所謂【念奴嬌】也。」

## 白雪詞

即【念奴嬌】。《欽定詞譜》卷二十八【念奴嬌】調注：「米友仁詞名【白雪詞】。」

按：據《鐵網珊瑚‧畫品》卷一，米詞調名應作【白雪】。原詞序有「以白雪詞寄之」句，《欽定詞譜》讀破句有訛「白雪詞」為調名。原詞跋云：「昨與吳傅朋蜀冷金箋上戲作一幅，比與達功相遇，知亦為此郎奪。因追省此詞，跋於小卷後。舊曾寫寄蔡天任，以【白雪】易其名，舊名可謂惡甚。懶拙道人元暉。」《欽定詞譜》之誤明矣。今存其調名備查。

## 白雲吟

調見〔清〕李百川《綠野仙蹤》第二十七回。

> 埋兄同返煙霞路。古剎聊停住。至親好友喜相

逢，此遇真奇遇。　　蛇驚方罷心猶懼。又被婦人咶絮。勘破色即空，便是無情欲，可取許悲朝夕聚。（錄自《古本小說集成》本）

## 白鼻騧

調見《金唐詩・樂府》〔唐〕李白詞。

銀鞍白鼻騧，綠地障泥錦。細雨春風花落時，揮鞭且就胡姬飲。（錄自清康熙揚州書局本）

《填詞名解》卷四：「元魏高陽王樂人歌有『可憐白鼻騧』之句，後人摘其語，以為此歌。」

按：此調依《全唐五代詞》例列入。

## 白燕令

〔清〕陸烜自度曲，見《夢影詞》。

梨花夜月。記舊日池塘，波浪清闊。一雙玉剪，剪不斷春愁，素娥憑處，珠簾十二漫高揭。　　莫向昭陽殿裏，恐入宮見妒，忌他孤潔。烏衣故國，幾度又東風，預防歸去，江湖冷落遍霜雪。（錄自清刻本）

按：陸烜詞有「一雙玉剪，剪不斷春愁」句，故名【白燕令】。

## 白鶴子

又名：白觀音。

調見〔金〕馬鈺《洞玄金玉集》卷八。

譴號不勤勤，名為養拙人。穿衣慵舉臂，吃飯懶抬唇。　　面垢但尋水，頭蓬倦裹巾。塵勞不復夢，悟徹個中真。（錄自涵芬樓影明《道藏》本）

詞注：「本名【白鶴子】。」

## 白蘋香

即【西江月】。〔五代〕歐陽炯詞有「兩岸蘋香暗起」句，故名；見《尊前集》。

月映長江秋水。分明冷浸星河。淺沙汀上白雲多。雪散幾叢蘆葦。　　扁舟倒影寒潭裏。煙光遠罩輕波。笛聲何處響漁歌。兩岸蘋香暗起。（錄自《彊村叢書》本）

《欽定詞譜》卷八【西江月】調注：「歐陽炯詞有『兩岸蘋香暗起』句，名【白蘋香】。」

按：歐陽炯未有用【白蘋香】調名，此據《欽定詞譜》。〔清〕吳綺《鳳鄉詞》有【白蘋香】詞，錄以參閱。

萬疊芙蓉曉綠，一陂蘆葦秋黃。碧波無際浸雲涼。鷗鷺從知無恙。　　咿啞櫓搖殘火，參差

網矖斜陽。重來我擬作漁郎。可是玄真模樣。（錄自《全清詞補編》本）

## 白觀音

即【白鶴子】。〔金〕馬鈺詞名【白觀音】，見《洞玄金玉集》卷八。

久視長生法，須當萬事忘。守心猿易滅，防意馬難狂。　　引虎居龍窟，調龍住虎房。兩般成一物，跨鶴赴蓬莊。（錄自涵芬樓影明《道藏》本）

## 氐州第一

又名：熙州摘遍。

（一）調見《詞苑萃編》卷一〔唐〕張祜詞。

十指纖纖玉筍紅。雁行輕度翠弦中。分明自說長城苦，水闊雲寒一夜風。（錄自《詞話叢編》本）

《詞苑萃編》卷一云：「《樂府紀聞》曰：『張氏【氐州第一】，此商調曲也。』」

（二）調見〔宋〕周邦彥《片玉集》卷六。

波落寒汀，村渡向晚，遙看數點帆小。亂葉翻鴉，驚風破雁，天角孤雲縹緲。官柳蕭疏甚尚掛、微微殘照。景物關情，川途換目，頓來催老。　　漸解狂朋歡意少。奈猶被、思牽情繞。座上琴心，機中錦字，覺來縈懷抱。也知人、懸望久，薔薇謝、歸來一笑。欲夢高唐，未成眠、霜空又曉。（錄自《彊村叢書》本）

《唐宋大曲考》：「熙州一作氐州，周邦彥《片玉集》、《清真集》有【氐州第一】詞。毛晉所藏《清真集》作【熙州摘遍】，蓋【熙州】之第一遍也。」

《片玉集》注：商調。

## 市橋柳

調見《詞綜》卷二十五〔宋〕蜀中妓詞。

欲寄意、渾無所有。折盡市橋官柳。看君著上春衫，又相將、放船楚江口。　　後會不知何日又。是男兒、休要鎮日相守。苟富貴、無相忘、有如此酒。（錄自清康熙本）

按：此調原出《齊東野語》卷十一，未注調名。《欽定詞譜》卷十二云：「調見《齊東野語》，因第二句有『折盡市橋官柳』句，取以為名。」宋王質【紅窗怨】詞，與此詞內容有相同之處，而字句則有差異。二者之間之關係，無從查考，仍以二調處理。附王質【紅窗怨】詞，以備參考；詞見《雪山詞》。

五畫

欲寄意、都無有，且須折贈，市橋官柳。看君
著上征衣，也尋思、榜舟楚江口。　此會未
知何時有。恨男兒，不長相守。苟富貴、毋相
忘，若相忘、有如此酒。（錄自《彊村叢書》本）

## 半死桐

即【鷓鴣天】。〔宋〕賀鑄詞有「梧桐半死清霜
後」句，故名；見《東山詞》卷上。

重過閶門萬事非。同來何事不同歸。梧桐半死
清霜後，頭白鴛鴦失侶飛。　原上草，露初
晞。舊棲新壟兩依依。空床臥聽南窗雨，誰復
挑燈夜補衣。（錄自涉園影宋本）

## 永同歡

調見《詩淵》〔宋〕仲殊詞。

繡簾捲，沉煙細。燕堂深，玳筵初啟。庭下芝
蘭，勸金卮，有多少雍容和氣。（錄文獻出版社
影明本）

## 永裕陵歌

調見《宋史・樂志》卷一百四十〔宋〕無名氏詞。

升龍德，當位富春秋。受天球。膚駿命，玉帛
走諸侯。寶閣珠樓臨上苑，百卉弄春柔。隱約
瀛洲。旦旦想宸遊。那知羽駕忽難留。八馬入
丹邱。哀仗出神州。笳聲凝咽，旌旆去悠悠。
碧山頭。真人地，龜洛奧，鳳台幽。繞伊流，
嵩峰岡勢結蛟虯。皇堂一閟咸顏香，寒霧帶天
愁。守陵嬪御，想像奉龍輈。牙盤賭案肅神
休。何日覩雲裘。紅淚滴衣裓。那堪風點綴，
柏城秋。（錄自清乾隆武英殿本）

按：此調不分段，依《全宋詞》列入。

## 永遇樂

又名：永遇詞、消息。

（一）調見〔宋〕柳永《樂章集》卷中。

薰風解慍，晝景清和，新霽時候。火德流光，蘿
圖薦社，累慶金枝秀。璿樞繞電，華渚流虹，
是日挺生元後。續唐虞垂拱，千載應期，萬靈
敷佑。　殊方異域，爭貢琛贄，架巘航波奔
湊。三殿稱觴，九儀就列，韶護鏘金奏。藩侯
瞻望彤庭，親攜僚吏，競歌元首。祝堯齡、北
極齊尊，南山共久。（錄自《彊村叢書》本）

《樂章集》注：歇指調。

（二）調見〔宋〕陳允平《日湖漁唱》。

玉腕籠寒，翠欄憑曉，鶯調新簧。暗水穿苔，
遊絲度柳，人靜芳晝長。雲南歸雁，樓西飛
燕，去來慣認炎涼。王孫遠、青青草色，幾回
望斷柔腸。　薔薇舊約，樽前一笑，第閱孤
負年光。鬥草庭空，拋梭架冷，簾外風絮香。
傷春情緒，惜花時候，日斜尚未成妝。聞嬉
笑，誰家女伴，又還採桑。（錄自《彊村叢
書》本）

詞注：「舊上聲韻，今移入平聲。」

《唐音癸籤》卷十三：「【永遇樂】，杜秘書
工小詞，鄰女酥香能諷才人歌曲，悅而奔之。
事發，杜流河朔，述此訣別。女口附紙三唱而
死。」

《填詞名解》卷三：「【永遇樂】歇指調也。
唐杜秘書工小詞。鄰家有小女名酥香，凡才人
歌曲，悉能吟諷，尤喜杜詞，遂成逾牆之好。
後為僕所訴，杜竟流河朔。臨行，述【永遇樂】
詞訣別，女持紙三唱而死。第未知此調創自杜與
否。」

## 永遇詞

即【永遇樂】。〔明〕周楫詞名【永遇詞】，見
《西湖二集》卷二十七。

傾國名妹，出塵才子，真個佳麗。魚水因緣，
鸞鳳契合，事如人意。內闕煙花，龍宮風月，
漫詫傳書柳毅。想傳奇、又添一段，勾欄裏做
還魂記。　稀稀罕罕，奇奇怪怪，湊得完完
備備。夢葉神言，婚諧復偶，兩姓非容易。牙
床兒上，繡衾兒裏，渾似牡丹雙蒂。問這番、
怎如前度，一般滋味。（錄自《古今小說集成》本）

## 出家樂

調見《敦煌歌辭總編》卷三〔唐〕釋法照詞。

出家樂。出家樂。無始起，離諸著。今生值善
割親緣，頓捨塵情斷眾惡。　發身心，依聖
學。除於結使下金刀，落髮披衣餐寶藥。
懷法喜，加踴躍。誰其長夜睡重昏，此日輕身
忻大覺。（錄自上海古籍出版社排印本）

按：原載（伯）二〇六六。《敦煌歌辭總編》
因釋法照詞有「出家樂」句，擬調名為【出家
樂】。此調共二首，《敦煌歌辭總編》編入雜曲
聯章體，今錄其一。

《敦煌歌辭總編》卷三：「每片末三字，原本均
作雙行小字，乃以疊句代和聲辭，不在正文定格

之內。原本不分章解，但空格斷句，且多不中。茲依韻分為二章，每章依其句法，分為三片，嚴整自然，分明出於依腔著詞。叶韻一仄一平，正合唐曲之常。」

## 出塞

即【謁金門】。〔宋〕李石詞名【出塞】，見《中興以來絕妙詞選》卷四。

花樹樹。吹碎胭脂紅雨。將謂郎來推繡戶。暖風搖竹塢。　睡起欄干凝佇。漠漠紅樓飛絮。剗踏襪兒垂手處。隔溪鶯對語。（錄自涉園影宋本）

## 加字長相思

調見〔清〕楊在浦《碧江詩餘》卷二。

浩蕩乾坤，洄瀾逝水，胸懷誰認風流。溯追年少，怒視雕蟲，時思劍叱天仇。志託拿雲，願師猿帝，竭嘯虎王謀。揮淚灑江州。歎生緣、月斗宮牛。　想誤謫雲輪，福慳慧老，原合挫煉磨愁。猶自慚、華髮誰速，協影卜韜獸。照水悲秋。玉衡有字問魚鉤。且取陰符書，自實津頭。（錄自清鈔本）

按：此調與【長相思慢】相校，沒有加字，反在下片減去四字一句。句式也有所不同。但為何稱「加字」，不明。

## 皮車子

調見〔清〕靜恬主人《金石緣全傳》第十六回。

賄囑清廉無路，銀交馬扁成空。錯認舅爺真姓賈，誤抑老叟假司農。堪憐撞木鐘。　訪察有心得實，密拿無計潛蹤。滿擬黃金能免罪，那知狹路適相逢。乘機萬姓攻。（錄自遠方出版社排印本）

# 六畫

## 吉了犯

即【倒犯】。〔宋〕周邦彥詞名【吉了犯】，見《清真集》卷下。

霽景、對霜蟾乍升，素煙如掃。千林夜縞。徘徊處、漸移深窈。何人正弄、孤影蹁躚西窗悄。冒霜冷貂裘，玉孴邀雲表。共寒光，飲清醥。　淮左舊遊，記送行人，歸來山路杳。駐馬望素魄，印遍碧，金樞小。愛秀色、初娟好。念漂浮、綿綿思遠道。料異日宵征，必定還相照。奈何人，自衰老。（錄自《四印齋所刻詞》本）

《清真集》注：仙呂調。

## 老君吟

又名：愛蘆花。

調見〔金〕王吉昌《會真集》卷三。

清神奪鳳髓，止息收鳥血。六陽飛宇宙，五氣通關節。雲雷風電，擊向三天降冰雪。瑤山海嶠噴紅霧，赫赫如晴晝，性光明徹。　兩情結。禪天齊物變，意寫成歡悅。陽魂全造化，號真功，功妙絕。三千數合無圓缺。神超歸物外，永離生滅。（錄自涵芬樓影明《道藏》本）

## 再相逢

調見《敦煌歌辭總編》卷二〔唐〕無名氏詞。

與君別後，何日再相逢。關山阻隔信難通。情恨切，氣填胸。連襟淚落重重。　世通榮貴壽如松。寒雁來過附書蹤。謂君憔悴損形容。教兒淚落千重。（錄自上海古籍出版社排印本）

按：原載（斯）二六〇七。《唐雜言·格調》因無名氏詞有「何日再相逢」句，擬名為【再相逢】。

## 再團圓

即【喜團圓】。〔宋〕王嬌娘詞有「再與團圓」句，故名；見《嬌紅記》。

將刁心一點，柔腸萬轉，有意偷憐。孜孜守著，甚日來、結得惡姻緣。　言是心聲，明神在上，說破從前。天還知道，不違人願，再與團圓。（錄自上海古籍出版社排印本）

## 西入宴

即【浪淘沙】。〔宋〕賀鑄詞名【西入宴】，見《東山詞補》校記。

一葉忽驚秋。分付東流。殷勤為過白蘋洲。洲上小樓簾半捲，應認歸舟。　回首戀朋遊。跡去心留。歌塵蕭散夢雲收。唯有樽前曾見

月，相伴人愁。（錄自《彊村叢書》本）

《東山詞補》校記云：「王輯本注作【西入宴】。」

## 西子妝

即【西子妝慢】。〔宋〕張炎詞名【西子妝】，見《山中白雲詞》卷下。

白浪搖天，清陰漲地，一片野情幽意。楊花點點是春心，替風前、萬花吹淚。遙岑寸碧，有誰看、朝來清氣。自沉吟，甚流光輕把，繁華如此。　　斜陽外，隱約孤村，隔塢閒門閉閉。漁舟何似莫歸來，想桃源、路通人世。危橋靜倚。千年事、都消一醉。謾依依，愁落鵑聲萬里。（錄自《四印齋所刻詞》本）

詞序：「吳夢窗自製此曲，余喜其聲調嫻雅，久欲效而未能。甲午春，寓羅江，陳文卿閒行江上。景況離離，因填此詞。惜舊譜零落，不能倚聲而歌也。」

## 西子妝慢

又名：西子妝。

〔宋〕吳文英自度曲，見《夢窗詞集》。

流水麴塵，豔陽醅酒，畫舸遊情如霧。笑拈芳草不知名，乍凌波、斷橋西堍。垂楊漫舞。總不解、將春繫住。燕歸來，問彩繩纖手，如今何許。　　歡盟誤。一箭流光，又趁寒食去。不堪衰鬢著飛花，傍綠陰、冷煙深樹。玄都秀句。記前度、劉郎曾賦。最傷心，一片孤山細雨。（錄自《彊村叢書》本）

## 西平曲

即【金人捧露盤】。《欽定詞譜》卷十八【金人捧露盤】調注：「一名【西平曲】。」

## 西平樂

又名：西平樂慢。

（一）調見〔宋〕柳永《樂章集》卷中。

盡日憑高目，脈脈春情緒。嘉景清明漸近，時節輕寒乍暖，天氣才晴又雨。煙光淡蕩，妝點平蕪遠樹。黯凝佇。台榭好，鶯燕語。　　正是和風麗日，幾許繁紅嫩綠，雅稱嬉遊去。奈阻隔、尋芳伴侶。秦樓鳳吹，楚館雲約，空悵望，在何處。寂寞韶華暗度。可堪向晚，村落聲聲杜宇。（錄自《彊村叢書》本）

《樂章集》注：小石調。

（二）調見〔宋〕周邦彥《片玉集》卷三。

稚柳蘇晴，故溪歇雨，川迴未覺春賒。駝褐寒侵，正憐初日，輕陰抵死須遮。歎事逐孤鴻盡去，身與塘蒲共晚，爭知向此，征途迢遞，佇立塵沙。追念朱顏翠髮，曾到處、故地使人嗟。　　道連三楚，天低四野，喬木依前，臨路欹斜。重慕想、東陵晦跡，彭澤歸來，左右琴書自樂，松菊相依，何況風流簪紱未華。多謝故人，親馳鄭驛，時倒融樽，勸此淹留，共過芳時，翻令倦客思家。（錄自《彊村叢書》本）

《片玉集》注：小石調。

## 西平樂慢

即【西平樂】。〔宋〕吳文英詞名【西平樂慢】，見《夢窗詞集》。

岸壓郵亭，路歆華表，隋堤舊色依依。紅索新晴，翠陰寒食，天涯倦客重歸。歎廢綠平煙帶苑，幽渚塵香蕩晚，當時燕子，無言對立斜暉。追念吟風賞月，十載事，夢惹綠楊絲。　　畫船為市，天妝豔水，日落雲沉，人換春移。誰更與、苔根洗石，菊井招魂，漫省連車載酒，立馬臨花，猶認蔫紅傍路枝。歌斷宴闌，榮華露草，冷落山丘，到此徘徊，細雨西城，羊曇醉後花飛。（錄自《彊村叢書》本）

《夢窗詞集》注：中呂商，俗名小石調。

## 西江月

又名：玉爐三澗雪、白蘋香、西江美人、江月令、步虛、步虛詞、留窮詞、晚春時候、壺天曉、滿鏡愁、醉高歌、雙飛燕、雙錦瑟、蘋香。唐教坊曲名。

（一）調見《敦煌歌辭總編》卷三〔唐〕無名氏詞。

女伴同尋煙水，今宵江月分明。舵頭無力一船橫。波面微風暗起。　　撥棹乘船無定止，楚詞處處閒聲。連天江浪浸秋星。誤入蓼花叢裏。

浩渺天涯無際，旅人船薄孤洲。團圞明月照江樓。遠望荻花風起。　　東去不回千里，乘船正值高秋。此時變作望鄉愁。一夜苦吟雲水。

雲散金波初吐，煙迷沙渚沉沉。棹歌聲起亂棲禽。女伴各歸南浦。　　船壓波光搖夜檜，貪歡不覺更深。楚詞哀怨出江心。正值月當南午。（錄自上海古籍出版社排印本）

按：原載（斯）二六〇七。任半塘先生曰：「此調平仄韻相間而叶，甚嚴。三辭同詠女伴弄舟，又同卷相續，故為聯章。」《敦煌歌辭總編》編入雜曲聯章體。

（二）調見《尊前集》〔五代〕歐陽炯詞。

> 月映長江秋水。分明冷浸星河。淺沙汀上白雲多。雪散幾叢蘆葦。　扁舟倒影寒潭裏。煙光遠罩輕波。笛聲何處響漁歌。兩岸蘋香暗起。（錄自《彊村叢書》本）

（三）調見〔宋〕柳永《樂章集》卷上。

> 鳳額繡簾高捲，獸環朱戶頻搖。兩竿紅日上花梢。春睡厭厭難覺。　好夢狂隨飛絮，閒愁濃勝香醪。不成雨暮與雲朝。又是韶光過了。（錄自《彊村叢書》本）

（四）調見〔宋〕蘇軾《東坡詞》。

> 點點樓頭細雨。重重江外平湖。當年戲馬會東徐。今日淒涼南浦。　莫恨黃花未吐。且教紅粉相扶。酒闌不必看茱萸。俯仰人間今古。（錄自汲古閣《宋六十名家詞》本）

（五）調見《絕妙好詞箋》卷七〔宋〕趙與仁詞。

> 夜半河痕依約，雨餘天氣冥濛。起行微月偏池東。水影浮花，花影動簾櫳。　量減難追醉白，恨長莫盡題紅。雁聲能到畫樓中。也要玉人，知道有秋風。（錄自清同治刻本）

《樂章集》、《于湖先生長短句》注：中呂宮。
《張子野詞》注：中呂宮、道調宮。

按：唐李白詩：「只今唯有西江月，曾照吳王宮裏人。」張祜詩：「西江江上月，遠遠照征衣。」調名所本。

## 西江月慢

（一）調見〔宋〕呂渭老《聖求詞》。

> 春風淡淡，清晝永，落英千尺。桃杏散平郊，晴蜂來往，妙香飄擲。傍畫橋、煮酒青簾，綠楊風外，數聲長笛。記去年、紫陌朱門，花下舊相識。　向寶帕、裁書憑燕翼。望翠閣、煙林似織。聞道春衣猶未整，過禁煙寒食。但記取、角枕情題，東窗休誤，這些端的。更莫待、青子綠陰春事寂。（錄自明吳訥《百家詞》本）

（二）調見《高麗史·卷七十一·樂二》〔宋〕無名氏詞。

> 煙籠細柳，映粉牆、垂絲輕裊。正歲梢暖律風和，裝點後苑台沼。見乍開、桃若燕脂染，便須信、江南春早。又數枝、零亂殘花，飄滿地、未曾掃。　幸到此、芳菲時漸好。恨閒阻、佳期尚杳。聽幾聲、雲裏悲鴻，動感怨愁多少。漫送目、層閣天涯遠，甚無人、音書來到。又只恐、別有深情，盟言忘了。（錄自日本明治四十一年縮印本）

清蔣敦復【西江月慢】詞序：「萬氏列此一百三字調於【西江月】後，既注調名曰【西江月慢】，復注云：『與本調無涉。』固不知詞之有令有慢，同此一調也。案：此調屬中呂宮，又入道調宮中呂，《詞源》謂之夾鐘。殺聲用下一字道調宮，《詞源》謂之中呂，殺聲用上字，宮聲七韻之第三、第四韻也。南渡與唐宋樂律高下不同，則自有說。」

## 西江美人

即【西江月】。〔清〕傅燮詷詞名【西江美人】，見《繩庵詞·借閒歌譜》。

> 煙斂醫巫閭頂，月明鴨綠江灘。塞鴻聲裏荻寒。望斷家書，不見屢憑欄。　不寐難償夢債，多情易惹愁山。偷將珠淚背人彈。彈作一天，霜霰染林丹。（錄自清康熙刻本）

詞序：「秋懷。此南宋人譜，亦名【西江月】。予以末句似【虞美人】，因易今名。」

## 西江紅

調見〔明〕醉西湖心月主人《宜春香質·風集》第一回。

> 蕩情年少，似楊花、著意留戀。故妝盡妖嬈，風騷賣遍。蝴蝶枕前顛倒夢，杜鵑被底溫柔天。嘗滋味、夜夜做新人，心所願。　朝三三，三不厭。暮四四，四欣美。猛撞著魔頭，風流過犯。正人棄擲羞為伍，流落窮途受苦難。問世人、如今作嫩郎，蕩可賤。（錄自《中國話本大系》本）

按：此調前四句依【西江月慢】；第五句至末句均依【滿江紅】，但平仄出入較大，亦民間文學之病也。

## 西地錦

（一）調見〔宋〕蔡伸《友古詞》。

> 寂寞悲秋懷抱。掩重門悄悄。清風皓月，朱欄重閣，雙鴛池沼。　不忍今宵重到。惹離愁多少。蓬山路杳，藍橋信阻，黃花空老。（錄自汲古閣《宋六十名家詞》本）

（二）調見《梅苑》卷六〔宋〕無名氏詞。

　　不與群花相續。獨占春光速。幽香遠遠散西東，唯竹籬茅屋。　　羌管誰調一曲。送月夜、猶芬馥。憑君折取向玉堂，只這些清福。（錄自文淵閣《四庫全書》本）

（三）調見《眾香詞·禮集》〔明〕韓知玥詞。

　　宛轉金鋪春暮，蹁躚繡襦寒遲。雨香雲片披零下，東風著意禁持。（錄自大東書局石印本）

## 六畫

## 西吳曲

調見《花草粹編》卷二十二〔宋〕劉過詞。

　　說裏陽、舊事重省。記銅駝巷陌、醉還醒。笑鶯花別後，劉郎憔悴萍梗。倦客天涯，還買個、西風輕艇。便欲訪、騎馬山翁，問峴首、那時風景。　　楚王城裏，知幾度經過，摩挲故宮柳瘦。漫弔景。冷煙衰草淒迷，傷心興廢，賴有陽春古郢。乾坤誰望，六百里路中原，空老盡英雄，腸斷劍鋒冷。（錄自文淵閣《四庫全書》本）

## 西河

又名：西河慢、西湖。

（一）調見〔宋〕周邦彥《片玉集》卷八。

　　佳麗地。南朝盛事誰記。山圍故國繞清江，髻鬟對起。怒濤寂寞打孤城，風檣遙度天際。　　斷崖樹，猶倒倚。莫愁艇子曾繫。空遺舊跡鬱蒼蒼，霧沉半壘。夜深月過女牆來，傷心東望淮水。　　酒旗戲鼓甚處市。想依稀、王謝鄰里。燕子不知何世，入尋常、巷陌人家，相對說興亡，斜陽裏。（錄自《彊村叢書》本）

《片玉集》注：大呂（夏敬觀眉批云：『俗呼中無稱大呂者。』）。《夢窗詞集》注：中呂商。

（二）調見〔宋〕劉一止《苕溪詞》。

　　山驛晚，行人昨停征響。白沙翠竹鎖柴門，亂峰相倚。一番急雨洗天回，掃雲風定還起。　　斷岸樹，愁無際。念淒斷，誰與寄。雙魚尺素難委。遙知洞戶隔煙窗，簟橫秋水。淡花明玉不勝寒，綠樽初試冰蟻。　　小歡細酌任欹醉。撲流螢、應卜心事。誰記天涯憔悴。對今宵、皓月明河千里。夢越空城疏煙裏。（錄自《彊村叢書》本）

按：《彊村叢書》本無「斷岸樹，愁無際」二句，此據《欽定詞譜》卷三十四【西河】調引劉一止詞錄入。《欽定詞譜》未知所據何本，

待考。

## 西河長命女

原調已佚。

《碧雞漫志》卷五云：「崔元範自越州幕府，拜侍御史李訥尚書，餞於鑑湖，命盛小叢歌，坐客各賦詩送之。有云：『為公唱作【西河】調，日暮偏傷去住人。』」《理道要訣》：『【長命女西河】在林鐘羽，時號平調，今俗呼高平調也。』《脞說》云：『張紅紅者，大曆初，隨父丐食，過將軍韋青所居，青納為姬，自傳其藝，穎悟絕倫。有樂工取古【西湖長命女】，加減節奏，頗有新聲。未進間先歌於青。青令紅紅潛聽，以小豆數合記其拍，紿云：「女弟子久歌此，非新曲也。」隔屏奏之，一聲不失。樂工大驚，請與相見，歎伏不已。兼云：「有一聲不穩，今已正矣。」尋達上聽，召入宜春院，寵澤隆異，宮中號「記曲小娘子」，尋為才人。』按此曲起開元以前，大曆間，樂工加減節奏，紅紅又正一聲而已。《花間集》有和凝【長命女】曲，偽蜀李珣《瓊瑤集》亦有之，句讀各異，然皆今曲子，不知孰為古製林鐘羽並大曆加減者。近世有【長命女令】，前七拍，後九拍，屬仙呂調、宮調，句讀並非舊曲。又別出大石調【西河慢】，聲犯正平，極古奇。蓋【西湖長命女】本林鐘羽，而近世所分二曲，在仙呂、正平兩調，亦羽調也。」

## 西河慢

即【西河】。《欽定詞譜》卷三十四【西河】調注：「《碧雞漫志》大石調【西河慢】聲犯正平。」

按：《碧雞漫志》：「又別出大石調【西河慢】，聲犯正平，極古奇。」詞調未傳，僅存其調名。

## 西施

（一）調見〔宋〕柳永《樂章集》卷下。

　　苧蘿妖豔世難偕。善媚悅君懷。後庭恃寵，盡使絕嫌猜。正恁朝歡暮宴，情未足，早江上兵來。　　捧心調態軍前死，羅綺旋變塵埃。至今想怨魂，無主尚徘徊。夜夜姑蘇城外，當時月，但空照荒台。（錄自《彊村叢書》本）

《樂章集》注：仙呂調。

按：柳永此詞即詠西施故事，調名或即取此。

（二）即【戚氏】。〔清〕蒲松齡詞名【西施】，見《聊齋詞》卷上。

　　秀娟娟。綠珠十二貌如仙。么鳳初羅，那年翹粉未曾乾。短髮覆香肩。海棠睡起柳新眠。分明月窟離妓，一朝活謫在人間。細臂半握，小腰盈把，影同燕子翩躚。又芳心自愛，初學傳粉，才束雙彎。　　那更笑處嫣然。嬌癡尤甚，貪耍曉妝殘。晴窗下，輕舒玉腕，仿寫雲煙。聽吟聲嚶嚶，玉碎珠圓。慧意早辨媸妍。唐人百首，獨愛龍標，西宮春怨一篇。　　萬喚才能至，莊容佇立，斜睨畫簾。時教吟詩向客，音未響，羞暈上朱顏。憶得顫顫如花，亭亭似柳，默默情無限。恨狂客，兜搭千千遍。垂粉領、繡帶常拈。數歲來、未領袖仙班。又不識、怎勝當年。趙家姊妹道，斯妮子，我見猶憐。（錄自清鈔本）

按：原調名下有「三疊」二字。或可名為【西施三疊】，待考。

## 西施愁春

〔清〕丁澎新譜犯曲，見《扶荔詞》卷二。

　　殘英小苑露春嬌。長袖倚衰桃。三生無分，一盼也難消。湘裙微展處，芳徑滑，顫弓腰。多應有恨，雙蛾頻促，怯上蘭橈。　　不因偶爾傳眉語，爭無奈、上心苗。多情見慣，直恁是難拋。弄珠人遠，瓊樓何處更吹簫。東風立盡，夢隨伊去，好度今宵。（錄自清康熙家刻本）

詞序：「一盼。新譜犯曲。前段上四句【西施】，下六句【愁春未醒】；後段上五句【西施】，下五句【愁春】。」

## 西笑吟

即【蝶戀花】。〔宋〕賀鑄詞有「每話長安，引領猶西笑」句，故名；見《東山詞》卷上。

　　桃葉園林風日好。曲徑珍叢，處處聞啼鳥。翠珥金丸委芳草。襪羅塵暗香裙掃。　　片帆乘興東流早。每話長安，引領猶西笑。離索年多故人少。江南有雁無書到。（錄自涉園影宋本）

## 西湖

（一）即【西河】。〔宋〕張炎詞有「西湖曾泛煙艇」句，故名；見《填詞圖譜・續集》卷下。

　　花最盛。西湖曾泛煙艇。閑紅深處，小秦箏斷橋夜飲。鴛鴦水宿不知寒，如今翻被驚醒。

那時事，都倦省。欄干來此閒憑。是誰分得半機雲，恍疑畫錦。想當年、飛燕皺裙時，舞盤微墮珠粉。　　軟波不剪素練靜。碧盈盈、移下秋影。醉裏玉書難認。且脫巾露髮，飄然乘興一葉，愁香天風冷。（錄自本石居《詞學全書》本）

（二）調見〔清〕仲恆《雪亭詞》卷十一。

　　吳越名都，山川秀麗，當年無限繁華。更南邊趙宋，半壁爭誇。回想當年舊事，何處是鳳輦龍車。憑欄望，經嘶芳草，雁逐殘霞。　　堪嗟。人生如夢，問平章故宅，古樹棲鴉。只兩堤桃李，常醉琵琶。記得錢王入覲，民眷主，建浮圖祐福，塔影橫斜。登眺久，平堤皓月，浪走金蛇。（錄自清鈔校稿本）

## 西湖五月寒

〔清〕易孺自度曲，見《雙清池館詩餘》。

　　雨意生獰，風威屠暑，山態忽明減。遊舸收棹，行車緩轍。簾繩蛛絲輕絕。除了竹聲鳴重，只今日、荷高一尺。午釀薄餘，寒添絨重，知我好秋切。　　蜀客。曾譜前度湖腔，煙軟雲癡，宮呂足淒裂。歌鶯潭印，啼猿江澈。同教琴徽分說。拋彼國華瓊樹，盡愛夏，誰能執熱。傳唱霖鈴，來搖畫槳，共汝西溪蘆雪。（錄自清胡塙手鈔本）

詞序：「自度。寄懷同學陳厚庵蜀中。」詞注：「厚庵究心譜學，已有成矣。前曾譜余自度之湖雨一調。復依余指譜屯田【雨霖鈴】一闋，聲律均婉妙。此次所度，余既自譜復正其譜之。」

## 西湖月

〔宋〕黃子行自度曲，見《鳳林書院草堂詩餘》卷下。

　　湖光冷浸玻璃，蕩一餉薰風，小舟如葉。藕花十丈，雲梳霧洗，翠嬌紅怯。壺觴圍坐處，正酒釀吹波紅映頰。尚記得、玉臂生涼，不放汗香輕浹。　　殢人小摘牆榴，為碎搯猩紅，細認裙褶。舊遊如夢，新愁如織，淚珠盈睫。秋娘風味在，怎得對銀釭生笑靨。消瘦沈約詩腰，彷彿堪熱。（錄自雙照樓影元本）

詞注：「自度商調。」

清戈載【西湖月】詞序：「戊寅元夕後一日，宴客春窗，同人中唯蔣淡懷、曹艮甫、沈蘭如、朱酉生以遊杭未與。座上咸繫懷思，乃歌此寄

六畫

之。調本南宋遺民黃蓬甕所製，注云：『自度商調。』商調者非商聲之統名，乃商聲七調之一，名曰無射商，實即林鐘商也。何以言之，考燕樂，四均二十八調不用黍律。以琵琶弦叶之，七商為琵琶之第二弦，商調為第二弦之第六聲。七商皆生於太簇，用太簇、夾鐘、中呂、林鐘、南呂、無射、黃鐘七律。起太簇則無射為第六，而太簇一均其聲皆生於應鐘，用應鐘、黃鐘、太簇、姑洗、蕤賓、林鐘、南呂七律。起應鐘則林鐘為第六，是其名無射而其實林鐘。故段安節《琵琶錄》不曰無射商而曰林鐘商也。宋元人省言之，則直曰商調耳。沈括補《筆談》，下凡字配無射，又曰無射商，今為林鐘商，殺聲用凡字。予觀白石【霓裳中序第一】亦注曰商調，兩旁譜作，即下凡下凡也，是可引彼以證此矣。四子知音士也，能即倚聲和否？」

## 西湖曲

即【玉樓春】。〔宋〕朱敦儒詞名【西湖曲】，見《樵歌》卷下。

今冬寒早風光好。休怪攙先軟絮帽。蟹肥一個可稱斤，酒美三杯真合道。　年年閒夢垂垂了。且喜松風吹不倒。平分兩月是新春，卻共梅花依舊笑。（錄自《四印齋所刻詞》本）

## 西湖竹枝

調見《古今詞統》卷二〔明〕楊基詞。

採蓮女郎蓮花腮。藕絲衣輕難剪裁。瞥然一見唱歌去，荷葉滿湖風雨來。（錄自明崇禎刊本）

## 西湖明月引

即【江城梅花引】。〔宋〕陳允平詞名【西湖明月引】，見《日湖漁唱》。

朝回花底曉星明。瑞煙凝。暖風輕。修禊漙裙，時節又聞鶯。綽約岸桃堤柳近，波萬頃，碧琉璃，鏡樣平。　仙翁佩襪秋水清。泛蓮舟，浮翠瀛。御樓香近，東風裏、吹下青冥。鮫緝圍紅，春在牡丹屏。日正遲遲人正酒，畫簾外，一聲聲、賣放生。（錄自《彊村叢書》本）

## 西湖念語

調見〔宋〕歐陽修《歐陽文忠公近體樂府》卷一。

昔者王子猷之愛竹，造門不問於主人；陶淵明之臥輿，遇酒便留於道上。況西湖之勝概，擅東潁之佳名。雖美景良辰，固多於高會；而清風明月，幸屬於閒人。並遊結於良朋，乘興有時而獨往。鳴蛙暫聽，安問屬官而屬私；曲水臨流，自可一觴而一詠。至歡然而會意，亦傍若於無人。乃知偶來常勝於特來，前言可信；所有雖非於己有，其得已多。因翻舊闋之辭，寫以新聲之調，敢陳薄伎，聊佐清歡。

採桑子

輕舟短棹西湖好，綠水逶迤。芳草長堤。隱隱笙歌處處隨。　無風水面琉璃滑，不覺船移。微動漣漪。驚起沙禽掠岸飛。

又

春深雨過西湖好，百卉爭妍。蝶亂蜂喧。晴日催花暖欲然。　蘭橈畫舸悠悠去，疑是神仙。返照波間。水闊風高颺管弦。

又

畫船載酒西湖好，急管繁弦。玉盞催傳。穩泛平波任醉眠。　行雲卻在行舟下，空水澄鮮。俯仰留連。疑是湖中別有天。

又

群芳過後西湖好，狼藉殘紅。飛絮濛濛。垂柳欄干盡日風。　笙歌散盡遊人去，始覺春空。垂下簾櫳。雙燕歸來細雨中。

又

何人解賞西湖好，佳景無時。飛蓋相追。貪向花間醉玉卮。　誰知閒憑欄干處，芳草斜暉。水遠煙微。一點滄州白鷺飛。

又

清明上巳西湖好，滿目繁華。爭道誰家。綠柳朱輪走鈿車。　遊人日暮相將去，醒醉喧嘩。路轉堤斜。直到城頭總是花。

又

荷花開後西湖好，載酒來時。不用旌旗。前後紅幢綠蓋隨。　畫船撐入花深處，香泛金卮。煙雨微微。一片笙歌醉裏歸。

又

天容水色西湖好，雲物俱鮮。鷗鷺閒眠。應慣尋常聽管弦。　風清月白偏宜夜，一片瓊田。誰羨驂鸞。人在舟中便是仙。

又

殘霞夕照西湖好，花塢蘋汀。十頃波平。野岸無人舟自橫。　西南月上浮雲散。軒檻涼生。蓮芰香清。水面風來酒面醒。

又

平生為愛西湖好，來擁朱輪。富貴浮雲。俯仰流年二十春。　歸來恰似遼東鶴，城郭人民。觸目皆新。誰識當年舊主人。

**又**

畫樓鐘動君休唱，往事無蹤。聚散匆匆。今日歡娛幾客同。　去年綠鬢今年白，不覺衰容。明月清風。把酒何人憶謝公。

**又**

十年一別流光速，白首相逢。莫話衰翁。但斗樽前語笑同。　勸君滿酌君須醉，盡日從容。畫鷁牽風。即去朝天泛舜聰。

**又**

十年前是樽前客，月白風清。憂患凋零。老去光陰速可驚。　鬢華雖改心無改，試把金觥。舊曲重聽。猶似當年醉裏聲。（錄自雙照樓景宋元明刊本）

## 西湖春

即【探芳信】。《欽定詞譜》云：「張炎詞名【西湖春】。」詞見《山中白雲》卷三。

坐清晝。正冶思縈花，餘醒倦酒。甚採芳人老，芳心尚如舊。消魂忍說銅駝事，不是因春瘦。向西園、怎掃頹垣，蔓蘿荒甃。　風雨夜來驟。歡歌冷鶯簾，恨凝蛾岫。愁到今年，多似去年否。舊情懶聽山陽笛，目極空搔首。我何堪，老卻江潭漢柳。（錄自《彊村叢書》本）

按：《欽定詞譜》卷二十二【探芳信】調注：「張炎次周密『西湖春感』韻詞，名【西湖春】。」但此詞四印齋本《山中白雲詞》、彊村叢書本《山中白雲》調名均為【探芳信】。《欽定詞譜》或因題為「西湖春感寄草窗」誤「西湖春」為調名，或另有所據，待考。

## 西湖春色似蓬萊

〔清〕潘雲赤新翻曲，見《幽光集》。

宛然在水中央，更嶂列青山，庭輝紫霧。流鶯乳燕，也學笙歌低度。華堂笑語，盡驚道、德星相聚。曲獻仙音，杯傾仙釀，廚供麟脯。　須知世德流芳，看壞擊康衢，玉耀庭樹。文章媲美，恰稱式歌且舞。清閒是樂，盡承受、兩峰佳趣。從此年年，桃花流水，同傳新句。（錄自清康熙本）

## 西湖路

即【青玉案】。〔宋〕韓淲詞有「蘇公堤上西湖路」句，故名；見《澗泉詩餘》。

蘇公堤上西湖路。柳外躍、青驄去。多少韶華驚暗度。南山遊遍，北山歸後，總是題詩處。　如今老矣傷春暮。澤畔行吟漫尋句。落拓情懷空自許。小園芳草，短籬修竹，點點飛花雨。（錄自《彊村叢書》本）

## 西窗燭

〔宋〕譚宣子自度曲，見《陽春白雪》卷六。

春江驟漲，曉陌微乾，斷雲如夢相逐。料應怪我頻來去，似千里迢遙，傷心極目。為楚腰、慣舞東風，芳草萋萋襯綠。　燕飛獨。知是誰家，簫聲多事，吹咽尋常怨曲。盡教衫袖香泥涴，君不見、揚州三生杜牧。待淚華、暗落銅盤，甚夜西窗剪燭。（錄自《粵雅堂叢書》本）

詞題：「雨霽江行。自度。」

按：譚宣子詞有「甚夜西窗剪燭」句，故名【西窗燭】。

## 西園竹

即【四園竹】。〔宋〕周邦彥詞名【西園竹】，見《清真集》卷下。

浮雲護月，未放滿朱扉。鼠搖暗壁，螢度破窗，偷入書幃。秋意濃，閒佇立、庭柯影裏。好風襟袖先知。　夜何其。江南路繞重山，心知謾與前期。奈向燈前墮淚。腸斷蕭娘，舊日書辭。猶在紙。雁信絕、清宵夢又稀。（錄自《四印齋所刻詞》本）

詞注：「官本作【西園竹】。」

## 西溪子

唐教坊曲名。

（一）調見《花間集》卷四〔五代〕牛嶠詞。

捍撥雙盤金鳳。蟬鬢玉釵搖動。畫堂前，人不語。弦解語。彈到昭君怨處。翠蛾愁。不抬頭。（錄自雙照樓影明正德仿宋本）

（二）調見《花間集》卷五〔五代〕毛文錫詞。

昨日西溪遊賞。芳樹奇花千樣。瑣春光，金抽樽滿。聽弦管。嬌妓舞衫香暖。不覺到斜暉。馬馱歸。（錄自雙照樓影明正德仿宋本）

（三）即【江城子】。〔清〕沈豐垣詞名【西溪

子】，見《百名家詞鈔》。

> 西風蕭颯做殘秋。動簾鉤。冷颼颼。兩點眉
> 兒，藏得許多愁。縱使儂如清夜月，能幾度，
> 到妝樓。（錄自《全清詞》本）

## 西樓

即【相見歡】。《歷代詩餘》卷三【相見歡】調
注：「【西樓】，取南唐後主詞中字名調也。」

## 西樓子

即【相見歡】。〔宋〕蔡伸詞名【西樓子】，見
《友古詞》。

> 樓前流水悠悠。駐行舟。滿目寒雲衰草、使人
> 愁。　　多少恨，多少淚，漫遲留。何以蕭然
> 拚捨、去來休。（錄自汲古閣《宋六十名家詞》本）

## 西樓月

（一）即【春曉曲】。〔宋〕張元幹詞名【西樓
月】，見《花草粹編》卷一。

> 瑤軒倚欄春風度。柳垂煙，花帶露。半閒鴛被
> 怯餘寒，燕子時來窺繡戶。（錄自文淵閣《四庫全
> 書》本）

詞注：「即【春曉曲】。」

（二）即【阿那曲】。朱淑真詞名【西樓月】，
見《古今詞話・詞辨》卷上。

> 夢迴酒醒春愁怯。寶鴨煙銷香未歇。薄衾無奈五
> 更寒，杜鵑叫落西樓月。（錄自《詞話叢編》本）

《古今詞話・詞辨》卷上：「朱淑真曾為【阿那
曲】云（詞略）。時有作【西樓月】調者。」

（三）即【相見歡】。〔金〕馬鈺詞名【西樓
月】，見《漸悟集》卷上。

> 閒行閒坐閒眠。養丹田。常把東西南北、合和
> 煎。　　處玄妙，波中燎，用抽添。五彩霞光
> 覆載、一胎仙。（錄自涵芬樓影明《道藏》本）

## 西樓夢

調見《記紅集》卷一〔唐〕彝陵女子詞。

> 楊柳，楊柳，嫋嫋隨風急。西樓美人春夢中，
> 翠簾斜捲千條入。（錄自清康熙刻本）

## 西興樂

即【中興樂】。〔清〕龔翔麟詞名【西興樂】，
見《紅藕莊詞》卷三。

> 草蘭幽徑雨痕消。苔枝粉圻瓊苞。啼雀聲中，

香零甃袍。　　花外東風小橋。有停橈。倚欄
雙影，憐他梳掌，約往詩腰。（錄自清康熙《浙西
六家詞》本）

## 百尺樓

即【卜算子】。〔清〕梁清標詞名【百尺樓】，
見《棠村詞》。

> 屋角碧陰濃，岩畔朱樓窅。戚戚西風一葉飛，
> 閒倩奚童掃。　　捲幔茗煙沉，閒徑羊求到。
> 手把殘書岸幘吟，目送秋鴻小。（錄自清刻本）

## 百字令

即【念奴嬌】。〔宋〕韓淲詞名【百字令】，見
《澗泉詩餘》。

> 詔飛天上，看金狨繫馬，西湖風月。朝罷香煙
> 攜滿袖，身在瓊樓玉闕。錦繡肝腸，珠璣咳
> 唾，綠鬢非華髮。與誰經濟，河山應笑吳越。
> 　　且把春酒尋梅，年年眉壽，坐對南枝發。
> 兵衛朱門森畫戟，醉舞塵生羅襪。山面高堂，
> 溪浮新艦，留取邦人說。等閒餘事，一時如此
> 奇絕。（錄自《彊村叢書》本）

## 百字折桂令

即【折桂令】。〔元〕白賁詞雙調一百字體名
【百字折桂令】，見《詞綜》卷三十三。

> 敝裘塵土壓征鞍，鞭絲倦嫋蘆花。弓劍蕭蕭，
> 一徑入煙霞。動羈懷、西風木葉，秋水蒹葭。
> 千點萬點，老樹昏鴉。三行兩行，寫長空啞
> 啞，雁落平沙。　　曲岸西邊，近水灣、漁網
> 綸竿釣槎。斷橋東壁，傍溪山、竹籬茅舍人
> 家。滿山滿谷，紅葉黃花。正是淒涼時候，離
> 人又在天涯。（錄自清康熙刻本）

《欽定詞譜》卷十【折桂令】調注：「按《太和
正音譜》所錄：『壓征鞍鞭嫋蘆花。弓劍蕭蕭，
一徑煙霞。秋水蒹葭。老樹昏鴉。雁落平沙。近
水灣綸竿釣槎。傍溪山茅舍人家。紅葉黃花。淒
涼時候，人在天涯。』實見五十三字，即倪瓚體
也。可見元人小令，襯字之多，與宋詞不同。」

## 百字歌

即【念奴嬌】。〔宋〕無名氏詞名【百字歌】，
見《翰墨大全・丁集》卷二。

> 清和天氣，月方生，報道曲江生日。一點奎星
> 騰瑞彩，降作人間英傑。曾記當時，平分玉

果，今已年多歷。才華拔萃，早宜仙桂高折。自是鶚表連登，功收三箭，人羨真無敵。雁塔題名方愜意，暫作鶯棲枳棘。整頓箱書，紫泥封誥，即召歸西掖。壽朞五福，請君長對箕翼。（錄自《全宋詞》本）

## 百字謠

即【念奴嬌】。〔宋〕方岳詞名【百字謠】，見《秋崖先生小稿》卷三十八。

河南靈地，信從生俊傑，皆由天佑。見說簪纓稱世襲，復是青氈還舊。學海淵源，筆端鋒鏑，未遜誰居右。使台暫贊，直須黃閣環召。　欣遇初度良辰，中元節過，九日方稱壽。好看萊衣舞處，盡羨一門三秀。名過河東，送居宰職，復見韋平胄。祝君遐算，南山松柏長茂。（錄自陶氏涉園影宋本）

## 百花時

即【憶江南】。〔清〕程庭詞名【百花時】，見《若庵詩餘》。

鮫珠顆顆明如雪。曉露融開，一叢蝴蝶。憐伊風韻自清涼。當年偏喚小南強。　花枝素手都無別。碧玉欄邊，含笑盈盈折。串成銀蒜一般圓。賺郎低押風幃前。（錄自清刻本）

## 百宜嬌

（一）調見〔宋〕呂渭老《聖求詞》。

陳月垂篦，亂蛩催織，秋晚嫩涼房戶。燕拂簾旌，鼠窺窗網，寂寂飛螢來去。金鋪鎮掩，謾記得、花時南浦。約重陽、莫慳菊英，小樓遙夜歌舞。　銀燭暗、佳期細數。簾幕漸西風，午窗秋雨。葉底翻紅，水面皺碧，燈火裁縫砧杵。登高望極，正霧鎖、官槐歸路。定須相將，寶馬鈿車，訪吹簫侶。（錄自明吳訥《百家詞》本）

（二）即【眉嫵】。〔宋〕姜夔詞名【百宜嬌】，見《白石道人歌曲》卷四。

看垂楊連苑，杜若侵沙，愁損未歸眼。信馬青樓去，重簾下、娉婷人妙飛燕。翠樽共款。聽豔歌、郎意先感。便攜手，月地雲階裏，愛良夜微暖。　無限。風流疏散。有暗藏弓履，偷寄香翰。明日閶津鼓，湘江上、催人還解春纜。亂紅萬點。悵斷魂、煙水遙遠。又爭似相攜，乘一舸、鎮長見。（錄自《彊村叢書》本）

《白石道人歌曲》卷四【眉嫵】調注：「一名【百宜嬌】。」

《歷代詩餘》卷一百十八引《耆舊續聞》云：「堯章嘗寓吳興張仲遠家，仲遠屢外出，其室人知書，賓客通問，必先窺來箚，性頗妒。堯章戲作【百宜嬌】詞以遺仲遠，竟為所見。仲遠歸，竟莫能辯，則受其指爪損面，至不能出外云。」

## 百衲錦

即【樂府合歡曲】。〔元〕王惲詞名【百衲錦】，見《秋澗樂府》卷四。

驛塵紅。荔枝風。吹斷繁華一夢空。玉輦不來宮殿閉，青山依舊御牆中。（錄自《彊村叢書》本）

詞序：「讀《開元遺事》去取唐人詩而為之。一名【百衲錦】。因觀任南麓所畫《華清宮圖》而作。」

按：此元人小令，因在詞集中，存名備查。

## 百媚娘

調見〔宋〕張先《張子野詞》卷一。

珠闕五雲仙子。未省有誰能似。百媚算應天氣與，淨飾豔妝俱美。若取次芳華皆可意。何處比桃李。　蜀被錦紋鋪水。不放彩鴛雙戲。樂事也知存後會，爭奈眼前心裏。綠皺小池紅疊砌。花外東風起。（錄自《彊村叢書》本）

《張子野詞》注：雙調。

按：張先詞有「百媚算應天氣與，淨飾豔妝俱美」句，故名【百媚娘】。

## 百葉桃

清毛先舒自度曲。

《填詞名解》卷四：「【百葉桃】，杭州毛稚黃自度曲也。王建【古調笑】詞云：『百葉桃花樹紅』名取其語，字六十一。」

按：原詞未見，待補。

## 百歲令

即【念奴嬌】。〔宋〕朱澳詞名【百歲令】，見《截江網》卷四。

瑞芳樓下，有花中君子，群然相聚。笑把筒爽露浥囗，來慶黃堂初度。淨植無塵，清香近遠，人與花為伍。六郎那得，這般瀟灑襟宇。　運了多少兵籌，依紅泛綠，向儉池容與。

歌袴方騰持節去，未許製衣湘楚。紫禁荷囊，玉堂蓮炬，遍歷清華處。歸尋太乙，輕舟一葉江渚。（錄自《全宋詞》本）

## 百歲篇

唐大曲名。

調見《敦煌歌辭總編》卷五〔唐〕無名氏詞。

> 一十一。春禾壟上苗初出。東園桃李花漸紅，西苑垂楊更齊密。
> 二十二。蒼鷹出籠毛爪利。四歲□寒初搭鞍，狐狸並得相逢值。
> 三十三。開筵美酒正初含。彎弓直向單于北，仗劍仍過瀚海南。
> 四十四。蛾眉鏡裏無青翠。紅顏夜夜改常儀，蟬鬢朝朝不相似。
> 五十五。林野東西遍道路。鬢邊白髮如素絲，頰上青顏若秋露。
> 六十六。寒暑無端來逼逐。妻兒男女伴愁容，冤家肯教寡情欲。
> 七十七。壽年鄉黨無人匹。童僕朝扶暮坐看，眼中冷淚連珠出。
> 八十八。力弱形枯垂鶴髮。骨瘦窮秋怯夜風，身老霜天愁盡日。
> 九十九。臨崖摧殘一株柳。新生白髮頭上無，映日紅顏更何有。
> 一百終。寂寂泉台掩夜空。閉骨不知寒暑變，月明長照壟頭松。（錄自上海古籍出版社排印本）

按：原調載（伯）三三六一、（斯）一五八八。

## 百寶妝

（一）即【新雁過妝樓】。〔宋〕無名氏詞名【百寶妝】，見《高麗史‧卷七十一‧樂二》。

> 一抹弦器，初宴畫堂，琵琶人把當頭。髻雲腰素，仍占風流。輕攏慢撚，生情豔態，翠眉黛顰、無愁漫似愁。變新聲曲、自成獲索，共聽、一奏梁州。　彈到遍急敲穎，分明似語，爭知指面纖柔。坐中無語，唯斷續金虬。曲終暗會王孫意，轉步蓮、徐徐卸鳳鉤。捧瑤觴，為喜知音，勸佳人、沉醉遲留。（錄自日本明治四十一年縮印本）

（二）調見〔金〕長筌子《洞淵集》卷五。

> 榴蕊濃芳。簾幕半捲，清閒白晝偏長。院宇無塵，微雨過池塘。幽軒細細風披竹，欹石枕、藤床分外涼。看雲峰偃仰高眠，晃然已到義

皇。　休休塵世俱忘。真常妙用，安排黃卷爐香。莫羨俗情，如蟻慕羶腸。清虛淡素甘貧樂，縱酷暑難侵道哲堂。好棲心見素家風，洞中別是仙鄉。（錄自涵芬樓影明《道藏》本）

（三）調見〔金〕王吉昌《會真集》卷五。

> 雲水閒情，松筠雅操，根究入道真訣。掃霧驅煙，磨鍊志如鐵。慨然不改簞瓢樂，廓愚谷，聰明養素拙。放胸襟取興狂吟，奮筆楮面揮徹。　龍虎發怒，盤旋萬丈，豔噴詞翰，摛錦清絕。靜裏功夫，神用至靈泄。如如性月光全露，表耀古明今圓若缺。混希夷一氣，縱橫八表，真體無別。（錄自涵芬樓影明《道藏》本）

## 有有令

調見〔宋〕趙長卿《惜香樂府》卷六。

> 前山減翠。疏竹度輕風，日移金影碎。還又年華暮，看看是、新春至。那更堪、有個人人，似花似玉，溫柔伶俐。　準擬。恩情忺戲。拈弄上、則人難比。我也埋根豎柱，你也爭些氣。大家一捺頭地。美中更美。廝守定、共伊百歲。（錄自汲古閣《宋六十名家詞》本）

## 成功了

即【繡停針】。〔金〕長筌子詞名【成功了】，見《洞淵集》卷五。

> 瞥然曉。便識破浮生，一場虛矯。利路驅馳，光陰迅速，空惹物情衰老。自歌自笑。念好景、幾人曾到。故園春色，海棠半開，綠楊輕嫋。　休休萬事了。聽亂山深處，杜鵑啼早。歸去來兮，長安古道。隱隱斷霞殘照。洞庭寂悄。歛門外，落花風掃。故人別後，青鸞鳳吟杳杳。（錄自涵芬樓影明《道藏》本）

## 夷則商國香慢

調見〔清〕張文虎《索笑詞‧甲集》。

> 海國仙人。乍盈盈出水，縞襪無塵。微波通蘭訊，脈脈含矉。莫認天寒翠袖，玉妃住、台閣金銀，羞貽漢皋佩，一片冰心，緩度初春。　冷香凝素質，記炎涼遍閱，幽魄重溫。日華融照，露莖潛擢靈根。瘦怯銖衣特立，伴紙窗、霜月梅魂。年光怕回溯，曲幾屏山，靜對清芬。（錄自清光緒《舒藝室全集》本）

按：此即【國香】，而用夷則商之宮調名於前，不解。故不作【國香】之又名，備之查考。

## 早春怨

（一）即【柳梢青】。〔元〕張雨詞名【早春怨】，見《貞居詞》。

> 盼得春來，春寒春困，陡頓無聊。片時春夢，過了元宵。　　空山暮暮朝朝。到此際無魂可消。卻倚東風，水如衣帶，草似裙腰。（錄自《彊村叢書》本）

（二）調見《梅里詞緒》〔清〕戴錡詞。

> 好春過半。日長寒退，有花慵看。坐樹鶯兒，窺梁燕子，莫教飛散。　　而今不比當年，且放下、風流一段。白髮朱顏，青山碧水，等閒都換。（錄自手稿本）

## 早梅芳

又名：早梅芳近。

（一）調見〔宋〕周邦彥《片玉集》卷十。

> 花竹深，房櫳好。夜闃無人到。隔窗寒雨，向壁孤燈弄餘照。淚多羅袖重，意密鶯聲小。正魂驚夢怯，門外已知曉。　　去難留，話未了。早促登長道。風披宿霧，露洗初陽射林表。亂愁迷遠覽，苦語縈懷抱。漫回頭、更堪歸路杳。（錄自《彊村叢書》本）

《片玉集》注：正宮。

（二）即【早梅芳慢】。〔宋〕柳永詞名【早梅芳】，見《樂章集》卷上。

> 海霞紅，山煙翠。故都風景繁華地。譙門畫戟，下臨萬井，金碧樓台相倚。芰荷浦漵，楊柳汀洲，映虹橋倒影，蘭舟飛棹，遊人聚散，一片湖光裏。　　漢元侯，自從破虜征蠻，峻陟樞庭貴。籌帷厭久，盛年畫錦歸來，吾鄉我里。鈴齋少訟，宴館多歡，未周星，便恐皇家，圖任勳賢，又作登庸計。（錄自《彊村叢書》本）

《樂章集》注：正宮。

（三）即【喜遷鶯】。《欽定詞譜》卷六【喜遷鶯】調注：「李德載詞有『殘臘裏，早梅芳』句，名【早梅芳】。」

按：此李詞載《永樂大典》卷二千八百零八「梅」字韻，調名為【早梅芳近】。《欽定詞譜》未知所據何本，待考。

## 早梅芳近

（一）即【喜遷鶯】。〔宋〕李德載詞名【早梅芳近】，見《永樂大典》卷二千八百零八。

> 殘臘裏，早梅芳。春信報新陽。曉來枝上鬥寒光。輕點壽陽妝。　　雪難欺，霜莫妒。別是一般風措。望林人意正天饒。又看長新條。（錄自中華書局影印本）

（二）即【早梅芳】。〔宋〕周邦彥詞名【早梅芳近】，見《片玉詞》卷上。

> 繚牆深，叢竹繞。宴席臨清沼。微呈纖履，故隱烘簾自嬉笑。粉香妝暈薄，帶緊腰圍小。看鴻驚鳳嬌，滿座歡輕妙。　　酒醒時，會散了。回首城南道。河陰高轉，露腳斜飛夜將曉。異鄉淹歲月，醉眼迷登眺。路迢迢，恨滿千里草。（錄自汲古閣《宋六十名家詞》本）

## 早梅芳慢

調見《欽定詞譜》卷三十三引《花草粹編》，〔宋〕柳永詞。

> 海霞紅，山煙翠。故都風景繁華地。譙門畫戟，下臨萬井，金碧樓台相倚。芰荷浦漵，楊柳汀洲，映虹橋倒影，蘭舟飛棹，遊人聚散，一片湖光裏。　　漢元侯，自從破虜征蠻，峻陟樞庭貴。籌帷厭久，盛年畫錦，歸來吾鄉我里。黔齋少訟，宴館多歡，未周星，便恐皇家，圖任勳賢，又作登庸計。（錄自清內府刻本）

《欽定詞譜》卷三十三【早梅芳慢】調注：「此見《花草粹編》選本，《樂章集》不載。」

按：《四庫全書》本《花草粹編》卷二十二為無名氏詞，而該詞調名【早梅芳】，無「慢」字，《欽定詞譜》未知所據何本。

## 早梅春

調見《梅苑》卷四〔宋〕無名氏詞。

> 北帝收威，又探得早梅，漏春消息。粉蕊瓊苞，擬將胭脂，輕染顏色。素質盈盈，終不許、雪霜欺得。奈化工、偏宜賦與、壽陽妝飾。　　獨自逞冰姿，比天桃繁杏殊別。為報山翁，逢此有花，樽前且須攀折。醉賞吟戀，莫辜負、好天風月。恐笛聲悲，紛紛便是，亂飛香雪。（錄自文淵閣《四庫全書》本）

按：無名氏詞有「又探得早梅，漏春消息」句，名【早梅春】。此調即【早梅香】，唯文閣四庫本《梅苑》作【早梅春】，從詞句內容來看，似應作【早梅春】為宜。但《梅苑》其他各本均為【早梅香】，《花草粹編》亦同。而《永樂大典》卷二千八百零八作程過詞，調名為【萬年

歡】。故係四庫本書寫之誤，或其他之誤，尚待研究。今與【早梅香】並列，待考。

## 早梅香

調見《梅苑》卷四〔宋〕無名氏詞。

　　北帝收威，又探得早梅，漏春消息。粉蕊瓊苞，擬將胭脂，輕染顏色。素質盈盈，終不許、雪霜欺得。奈化工、偏宜賦與、壽陽妝飾。　　獨自逞冰姿，比天桃繁杏，迥然殊別。為報山翁，逢此有花，樽前且須攀折。醉賞吟戀，莫辜負、好天風月。恐笛聲悲，紛紛便是、亂飛香雪。（錄自清錫福堂本）

《欽定詞譜》卷二十五注：「因詞中有『探得早梅』及『亂飛香雪』句，故名。」

## 曳腳望江南

即【憶江南】。〔清〕袁九詞名【曳腳望江南】，見《詞則・別調集》卷六。

　　無人到花外，已聞倒掛一聲聲。往事都為商女笑，新詩要掩大家名。乞得情人小字篆雙成。（錄自上海古籍出版社影手稿本）

按：此詞與唐白居易詞相校，首句添二字作五字句，第二句添二字作七字句，結句添四字作九字句。

## 同心結

調見《繡谷春容》〔明〕無名氏詞。

　　懶上牙床。懶下牙床。捱到黃昏整素妝。有約不來過夜半，念有千遍劉郎。　　朝也思量。暮也思量。滿擬今宵話一場。人面不知何處去，念有千遍蓮娘。（錄自《中國話本大系》本）

## 同心樂

〔清〕陸進新譜犯曲，見《巢青閣詩餘・付雪詞》。

　　葡萄酒美，芍藥香濃。宮粉薄、乍沾曉霧，玉顏淡、已過春風。留賓高會，鶯箋裏、新句誰工。　　此際莫嫌飄蓬。聊住行蹤。能幾度、倚儷麗色，才轉眼、寂寞芳容。不如俪我，明月下、醉倒芳叢。（錄自清康熙刻本）

詞注：「新犯曲。」

按：此調前段上四句【兩同心】，下三句【于飛樂】；後段同。

## 同心蘭

〔清〕萬樹新翻曲，見《香膽詞選》。

　　魚魷凝煙，鳳臀承露。懷春久、因抱孿胎，吹香遠、早垂駢乳。半窗月晼，正玉立、翠綃群聚。只杜蘭蘇蕙，攜手雙雙私語。　　料得楚台誰見，漢宮應妒。芙蓉覿、並蒂無從，桃實間、合歡何處。羅含深院，碧簾鎖護。須怕他、八翼試風飛去。（錄自清刻本）

詞序：「藥巷齋頭，盆蘭數朵，特八瓣分張，雙心聯綴，較並頭者更勝。守齋、雪舫俱賦詞誌瑞。蓋取【兩同心】、【蕙蘭芳引】各半，填此調云。」

按：前段上四句【兩同心】，下五句【蕙蘭芳引】；後段上四句【兩同心】，下三句【蕙蘭芳引】。

## 同命鴛鴦

〔近人〕吳藕汀自度曲，見《畫牛閣詞集》。

　　侵簷飄社雨，不見燕商量。真堪羨，歸去各成雙。　　生前卿受苦，死後我悲傷。天生就，同命是鴛鴦。（錄自《畫牛閣詞集》手稿本）

詞注：「自度曲。」

按：吳藕汀詞有「天生就，同命是鴛鴦」句，故名【同命鴛鴦】。

## 曲入冥

即【浪淘沙】。〔宋〕賀鑄詞名【曲入冥】，見《東山寓聲樂府》。

　　一葉忽驚秋。分付東流。殷勤為過白蘋洲。洲上小樓簾半掩，應認歸舟。　　回首戀朋遊。跡去心留。歌塵蕭散夢長收。唯有樽前曾見月，相伴人愁。（錄自《四印齋所刻詞》本）

按：《彊村叢書》本《東山詞補・校記》云：「毛鈔本旁注亦名【曲入冥】。『曲入冥』暗合之意。」唐孔穎達《毛詩正義・序》云：「若夫哀樂之起，冥於自然，喜怒之端，非由人事。」調名義於此。

## 曲玉管

唐教坊曲名。

調見〔宋〕柳永《樂章集》卷上。

　　隴首雲飛，江邊日晚，煙波滿目憑欄久。立望關河蕭索，千里清秋。忍凝眸。杳杳神京，盈

盈仙子，別來錦字終難偶。斷雁無憑，冉冉飛
下汀洲，思悠悠。　　暗想當初，有多少，幽
歡佳會。豈知聚散難期，翻成雨恨雲愁。阻追
遊。每登山臨水，惹起平生心事，一場消黯，
永日無言，卻下層樓。（錄自《彊村叢書》本）

《樂章集》注：大石調。

## 曲江花

即【憶秦娥】。〔宋〕秦觀詞名【曲江花】，見
《少游詩餘》。

帝城東畔富韶華。滿路飄香爛彩霞。
多少春風年少客，馬蹄踏遍曲江花。
　　曲江花。宜春十里錦雲遮。錦雲遮。水邊院
落，山下人家。　　茸茸細草承香車。金鞍玉
勒爭年華。爭年華。酒樓青旆，歌板紅牙。（錄
自汲古閣《詞苑英華》本）

## 曲江秋

調見〔宋〕楊無咎《逃禪詞》。

前山雨歇。愛竹樹低蔭，軒窗無熱。珠箔半垂，
清風細繞，蕭蕭吹華髮。珍簟粲枕設。珊瑚瘦，
琉璃滑。永日敧枕，知誰是伴，舊書重揭。
清絕。輕雲淡月。夢同泛、滄波萬疊。杯盤狼
藉處，相扶就枕，歡笑歌翻雪。轉棹小溪灣，
人家燈火斷明滅。正攜手，無端驚回，檻外數
聲鶗鴂。（錄自汲古閣《宋六十名家詞》本）

《東浦詞》注：正宮。

## 曲遊春

調見《絕妙好詞箋》卷四〔宋〕施嶽詞。

畫舫西泠路，占柳蔭花影，芳意如織。小楫沖
波，度麴塵扇底，粉香簾隙。岸轉斜陽隔。又
過盡、別船簫笛。傍斷橋、翠繞紅圍，相對半
篙晴色。　　頃刻。千山暮碧。向沽酒樓前，
猶繫金勒。乘月歸來，正梨花夜縞，海棠煙
羃。院宇明寒食。醉乍醒、一庭春寂。任滿
身、露濕東風，欲眠未得。（錄自道光刻本）

《草窗詞》卷上【曲遊春】詞序云：「禁煙湖上
薄遊，施仲山（嶽）賦詞甚佳，余因次其韻。蓋
平時遊舫，至午後則盡入裏湖，抵暮始出，斷橋
小駐而歸，非習於遊者不知也。故中山極擊節余
『閒卻半湖春色』之句，謂能道人之所未云。」

## 回心院

（一）調見《本事詞》卷下〔遼〕蕭觀音詞。

拂象床。憑夢借高唐。敲壞半邊知妾臥，恰當
天處少輝光。拂象床。待君王。（錄自《詞話叢
編》本）

（二）調見《本事詞》卷下〔遼〕蕭觀音詞。

掃深殿。閉久金鋪暗。遊絲絡網塵作堆，積歲
青苔厚階面。掃深殿。待君宴。（錄自《詞話叢
編》本）

《焚椒錄》云：「懿德皇后蕭氏，姿容端麗，為
蕭氏稱首，皆以觀音目之，因小字觀音。清寧元
年冊為皇后。后上疏諫獵秋山，上雖嘉納，心頗
厭遠。咸雍之末，希得幸御，后因作詞曰【回心
院】被之管弦，以寓望幸之意。」

《本事詞》卷下云：「后小字觀音，工書能歌
詞。天祐帝初寵之，敕為懿德皇后，帝後荒於遊
畋。后諷詩切諫，帝遂疏之。后乃作【回心院】
詞十首，寓望幸之意。」

## 回波詞

即【回波樂】。〔唐〕楊廷玉詞名【回波詞】，
見《全唐詩》。

回波爾時廷玉。打獠取錢未足。阿姑婆見作天
子，傍人不得撗觸。（錄自清康熙揚州詩局本）

《唐音癸籤》卷十三：「【回波詞】商調曲。蓋
出於曲水引流泛觴，後為舞曲。中宗朝內宴，群
臣多撰此詞獻佞及自要榮位，最盛行。然考朝野
僉載楊廷玉這詞，則天時已先有之矣。《教坊
記》又有大曲【回波詞】。」

## 回波樂

又名：回波詞。

唐教坊大曲名。

（一）調見《敦煌歌辭總編》卷三〔唐〕王梵
志詞。

回波爾時六賊。不如持心斷惑。縱使誦經千
卷。眼裏見經不識。不解佛法大意，徒勞排文
數黑。頭陀蘭若精進，希望後世功德。持心即
是大患，聖道何由可剋。若悟生死如夢，一切
求心皆息。（錄自上海古籍出版社排印本）

按：原載（蘇）藏本，未編號。原題名：「王梵
志【迴波樂】。」《敦煌歌辭總編》編入雜曲聯
章體，今錄其一。

《敦煌歌辭總編》卷三:「七辭一組,七首皆六言。唯其中四首各十二句,三首作八句,無定格。」

(二)調見《全唐詩》〔唐〕李景伯詞。

　回波爾時酒巵,微臣職在箴規。侍宴既過三爵,喧嘩竊恐非儀。(錄自清康熙揚州詩局本)

《唐書・李景伯傳》:「中宗嘗宴侍臣,及朝集使,酒酣,令各為【回波辭】。眾皆為諂佞之辭,及自要榮位。次至景伯,曰(詞略)。中宗不悅。中書令蕭至忠稱之曰:『此真諫官也。』」

《歷代詞人考略》卷一〈詞考〉曰:「《日知錄》:『劉肅《大唐新語》:「中宗宴興慶池,侍宴者並唱【回波詞】。給事中李景伯歌曰:「回波詞,持酒巵,微臣職在箴規。侍宴既過三爵,喧嘩竊恐非儀。」首二句三言,下三句六言,蓋【回波詞】體也。今《通鑑》作「回波爾時酒巵」,恐傳寫之誤。』」

(三)調見《全唐詩》〔唐〕無名氏詞。

　回波爾時栲栳。怕婦也是大好。外邊只有裴談,內裏無過李老。(錄自清康熙揚州詩局本)

按:「回」一作「迴」。

《詞律》卷一【回波詞】調注:「此調平仄不拘,即六言絕句體。當時入於歌曲,回波其調名也。皆用『回波爾時』四字起。杜文瀾云:『按唐劉肅《大唐新話》云:「景龍中,中宗遊興慶池,侍宴者唱【回波詞】。」』」又元郭茂倩《樂府詩集》云:『【回波】商調曲,唐中宗時造,蓋出於曲水引流泛觴也。』又按顧亭林《日知錄》謂:『首二句三言,下三句六言。』蓋以《大唐新話》載李景伯此詞首句作:『回波詞,持酒巵。』故以詞、巵為叶韻。」

《羯鼓錄》屬太簇宮。

《唐聲詩》下篇〈回波樂雜考〉云:「有六義須陳:一、傳辭凡屬【回波樂】者,首句『回波爾時』四字已是定格,其他六言歌辭凡無此定格者,不能混同。同時其首句為六言,亦不容加以破壞。顧炎武析為三言二句,鄭賓于分為上二下四,皆不可。二、回波乃為流杯,【回波樂】乃酒令著辭。其調與【上行杯】、【下水船】及宋曲【勸金船】或【泛金船】等性質相同。三、中宗朝群臣歌舞【回波樂】,在政治上已形成賢與不孝之兩面。輿論於不孝所為,甚至推為肇亂之漸,於李景伯之歌辭諫諍,乃特為褒美。——

是聲詩之直接有關政治者。四、蒙古小曲【回盞曲】,可能為【回波樂】之遺聲。五,日本有【迴杯樂】,屬於越調,調『杯』與『波』乃聲之轉,其樂譜尚傳。六、回波之的解乃曲水,非外語譯音。如北歌【簸邏迴】等,與【回波】無涉。」

## 回紇

調見《樂府詩集》卷八十〔唐〕無名氏詞。

　曾聞瀚海使難通。幽閨少婦罷裁縫。緬想邊庭征戰苦,誰能對鏡治愁容。久戍人將老,須臾變作白頭翁。(錄自中華書局排印本)

《欽定詞譜》卷三【怨回紇】調注:「此見《樂府詩集》名【回紇】。《樂苑》注:『商調曲也。』與皇甫松詞(指【怨回紇】詞)句讀不同。元郭茂倩編入近代曲辭,故亦採入以備一體。」

《詞品》卷一:「【回紇】商調曲也,其詞云(詞略)。其詞纏綿含蓄,有長歌之哀,過於痛哭之意。惜不見作者名姓,必陳隋初唐之作也。」

按:《欽定詞譜》以此體類列於【怨回紇】調後。

## 竹林詞

調見〔宋〕無名氏詞,見《詞調輯遺》引《翰墨全書》。

　小兒密詔飛九重。大兒升朝恩始封。今年二喜得生日,更須浮蟻添一鍾。　我家大父今八十,始覺半簪華髮新。公逾八十更強健,元祐典型今幾人。(錄自貴州人民出版社排印本)

《詞調輯遺》原注:「見《翰墨全書》。七言八句,近【瑞鷓鴣】調,而多作拗句;且前後兩段,各用一韻,此其別也。」

## 竹枝

又名:女兒子、巴渝曲、巴渝辭。

(一)調見《尊前集》〔唐〕皇甫松詞。

　芙蓉並蒂〔竹枝〕一心連〔女兒〕。花侵隔子〔竹枝〕眼應穿〔女兒〕。(錄自《彊村叢書》本)

(二)調見《尊前集》〔唐〕皇甫松詞。

　山頭桃花〔竹枝〕谷底杏〔女兒〕。兩花窈窕〔竹枝〕遙相映〔女兒〕。(錄自《彊村叢書》本)

(三)調見《花間集》卷八〔五代〕孫光憲詞。

　門前春水〔竹枝〕白蘋花〔女兒〕。岸上無人〔竹枝〕小艇斜〔女

兒。商女經過竹枝江欲暮女兒，散拋殘食竹枝飼神鴉女兒。（錄自雙照樓影明仿宋本）

劉禹錫【竹枝】序云：「四方之歌，異音而同樂。歲正月，余來建平，里中兒聯歌【竹枝】，吹短笛、擊鼓以赴節。歌者揚袂睢舞，以曲多為賢。聆其音，中黃鐘之羽，卒章激訐如吳聲。雖傖儜不可分，而含思宛轉，有【淇澳】之豔音。昔屈原居沅湘間，其民迎神，詞多鄙陋，乃為作《九歌》。到於今，荊楚歌舞之。故余亦作【竹枝】九篇，俾善歌者颺之，附於末，後之聆【巴歈】，知變風之自焉。」

## 竹枝子

唐教坊曲名。

調見《敦煌歌辭總編》卷一《雲謠集雜曲子》〔唐〕無名氏詞。

> 高捲珠簾垂玉牖。公子王孫女。顏容二八小娘。滿頭珠翠影爭光。百步唯聞蘭麝香。
> 口含紅豆相思語。幾度遙相許。修書傳與蕭娘。倘若有意嫁潘郎。休遣潘郎爭斷腸。（錄自上海古籍出版社排印本）

按：原載《敦煌零拾》、（斯）一四四一。

《唐聲詩》下編引《蕭滌非論詞之起源》云：「《雲謠集雜曲子》所載之【竹枝子】二首，見已併『竹枝』、『女兒』諸和聲而為實字，遂成長短句。二首文句……與七絕體之【竹枝】亦不甚相遠，知必由孳乳而來。此辭之作，應在孫光憲之前，亦足為【竹枝】自始即有和聲之一證。【竹枝子】……腔調雖出於里巷之【竹枝】，而其由七絕體之【竹枝】變為長短句，則亦未始不緣填泛聲也。」任半塘按：「蕭氏篤信朱熹『將泛聲填實字，便生長短句』說。是形而上學，害人不淺。泛聲乃琴音所有，非燕樂歌聲所有。王國維、胡適及蕭氏所謂『亦不甚相遠』，不符事實，事實明明甚相遠。主觀願望不能代替事實。請看敦煌辭【竹枝子】是七五六七七兩片，並叶二仄與三平，此點甚突出造成齊雜言交流之莫大障礙，牽附不來。【竹枝子】出開天，孫辭在五代，能由孫作絕句孳乳出開天這首長短句乎？蕭氏孳乳而來說，未經深慮，亦無從落實。」

## 竹枝曲

（一）調見《詩淵》〔宋〕陳允平詞。

> 峨嵋山頭月如眉。畫眉夫婿歸不歸。十日學得

眉似月，眉成又是月圓時。（錄自文獻書目出版社影明鈔本）

《雲仙雜記》：「張旭醉後唱【竹枝曲】，反覆必至九回乃止。」

（二）〔清〕金農自度曲，見《冬心先生自度曲》。

> 山中蟄龍三日眠。龍子龍孫飛上天。秋來弄雲掃紫煙。一唱竹枝人可憐。　人不見，愁萬千。餘音在、水湘江邊。蕭蕭暮雨增幽怨。（錄自清乾隆刻本）

詞注：「八句，四十八字。」

## 竹枝宛轉詞

調見《詩淵》〔元〕袁桷詞。

> 長年久客學吳儂。應對嫦娥認妾容。聞道秋來三十日，雪花飄處似深冬。（錄自文獻書目出版社影明鈔本）

## 竹枝詞

（一）調見《唐詞紀》卷五〔唐〕劉禹錫詞。

> 兩岸山花似雪開。家家春酒滿銀盃。昭君坊中多女伴，永安宮外踏青來。（錄自《四庫全書存目叢書》本）

（二）調見《唐詞紀》卷五〔五代〕孫光憲詞。

> 亂繩千結竹枝絆人深女兒。越羅萬丈竹枝表長尋女兒。楊柳在身竹枝垂意緒女兒，藕花落盡竹枝見蓮心女兒。（錄自《四庫全書存目叢書》本）

## 竹枝歌

調見《詩淵》〔宋〕蘇軾詞。

> 蒼梧山高湘水深。中原北望度千岑。帝子南遊飄不返，唯有蒼蒼楓桂林。（錄自文獻書目出版社影明鈔本）

《苕溪漁隱叢話·後集》卷十二：「苕溪漁隱曰：【竹枝歌】云：『楊柳青青江水平。聞郎江上唱歌聲。東邊日出西邊雨，道是無晴也有晴。』予嘗舟行苕溪，夜間舟人唱吳歌。歌中有此後兩句，餘皆雜以俚語，豈非夢得之歌自巴渝流傳到此乎？」

## 竹香子

調見〔宋〕劉過《龍洲詞》。

> 一瑣窗兒明快。料想那人不在。薰籠脫下同衣裳，件件香難賽。　匆匆去得忒煞。這鏡

兒、也不曾蓋。千朝百日不曾來，沒這些兒個
采。（錄自《彊村叢書》本）

## 竹馬子

又名：竹馬兒。

調見〔宋〕柳永《樂章集》卷下。

> 登孤壘荒涼，危亭曠望，靜臨煙渚。對雌霓掛
> 雨，雄風拂檻，微收煩暑。漸覺一葉驚秋，殘
> 蟬噪晚，素商時序。覽景想前歡，指神京，非
> 霧非煙深處。　　向此成追感，新愁易積，故
> 人難聚。憑高盡日凝佇。贏得消魂無語。極目
> 霽靄霏微，暝鴉零亂，蕭索江城暮。南樓畫
> 角，又送殘陽去。（錄自《彊村叢書》本）

《樂章集》注：仙呂調。

## 竹馬兒

即【竹馬子】。〔宋〕葉夢得詞名【竹馬兒】，
見《石林詞》。

> 與君記、平山堂前細柳，幾回同挽。又征帆夜
> 落，危檻依舊，遙臨雲巘。自笑來往匆匆，朱顏
> 漸改。故人俱遠。橫笛想遺聲，但寒松千丈，
> 傾崖蒼蘚。　　世事終何已，田陰縱在，歲陰仍
> 晚。嵇康老來尤懶。只要尊羹菰飯。卻欲便買
> 茅廬，短篷輕楫，樽酒猶能辦。君能過我，水
> 雲聊為伴。（錄自汲古閣《宋六十名家詞》本）

## 仰屋歎

〔近人〕吳藕汀自度曲，見《畫牛閣詞集》。

> 百尺遊絲爭繞樹。欲留春去。落盡枝頭桃李，
> 燕拂檐眉語。人遲暮。被東風驚破，一夢黃梁
> 煮。　　無情有恨歌南浦。晚鴻飛，夜鶴舞。
> 久客懷歸心緒。撫笛孔、眠孤最苦。歎臥床仰
> 屋，和淚尋詞句。（錄自《畫牛閣詞集》手稿本）

詞注：「自度曲。」

按：吳藕汀詞有「歎臥床仰屋，和淚尋詞句」
句，故名【仰屋歎】。

## 伊川令

即【伊州令】。〔宋〕范仲胤妻詞名【伊川
令】，見《花草粹編》卷五。

> 西風昨夜穿簾幕。閨院添消索。最是梧桐零
> 落，迤邐秋光過卻。　　人情音信難託。教奴
> 獨自守空房，淚珠與燈花共落。（錄自文淵閣《四
> 庫全書》本）

《古今詞話·詞辨》卷上：「此【伊川令】范仲
胤妻寄外詞也。范為相州錄事，久而不歸，其妻
寄此詞。仲胤覽之，『伊字』作『尹』字，遂作
【行香子】寄回云：『頓首起情人。即日恭維問
好音。接得彩箋詞一首，堪驚。題起詞名恨轉
身。輾轉意多情。寄與音書不志誠。不寫伊字題
尹字，無心。料想伊家不要人。』妻復答云：
『奴啟情人勿見罪，閒將小書作尹字。情人不解
其中意。問伊間別幾多時，身邊少個人兒睡。』
胤見之大笑稱賞，時人咸榮之。」

## 伊州三台

又名：伊州三台令。

調見〔宋〕趙師俠《坦庵詞》。

> 桂華移自雲巖。更被靈砂染丹。清露濕酡顏。
> 醉乘風、下臨世間。　　素娥襟韻蕭閒。不與
> 群芳並看。蕨薇絳綃單。覺身輕、夢回廣寒。
> （錄自汲古閣《宋六十名家詞》本）

《欽定詞譜》卷七【伊州三台】調注：「按唐有
【宮中三台】、【江南三台】等曲，此云【伊
州】者，亦本唐曲，取邊地為名也。【三台】皆
用六字成句，觀趙師俠詞，前後起二句，亦作六
言，猶沿唐人舊體。若兩結攤破六字二句，為五
字一句、七字一句，則新聲矣。故另編一體。」

## 伊州三台令

即【伊州三台】。〔宋〕楊韶父詞名【伊州三台
令】，見《陽春白雪》卷六。

> 水村月淡雲低。為愛寒香晚吹。瘦馬立多時。
> 是誰家、茅舍竹籬。　　三三兩兩芳蕤。未放
> 瓊鋪雪堆。只這一些兒。勝東風、千枝萬枝。
> （錄自《粵雅堂叢書》本）

## 伊州令

又名：伊川令。

唐教坊曲名。

調見《欽定詞譜》卷九〔宋〕無名氏詞。

> 西風昨夜穿簾幕。閨院添蕭索。才是梧桐零
> 落，又迤邐、秋光過卻。　　人情音信難託。
> 魚雁成耽閣。教奴獨自守空房，淚珠與、燈花
> 共落。（錄自清康熙內府本）

按：此調四庫本《花草粹編》卷五作【伊川令】
花（應作范，筆誤）中胤妻詞，詞句與《欽定詞
譜》不同，《欽定詞譜》作【伊州令】，所據未

知何本；又云是唐教坊曲名，但查今本《教坊記》卻無此調名，未知何故。

## 伊州曲

調見《歲時廣記》卷二十七〔宋〕無名氏詞。

金雞障下胡雛戲。樂極禍來，漁陽兵起。鷺輿幸蜀，玉環縊死。馬嵬坡下塵滓。夜對行宮皓月，恨最恨、春風桃李。洪都方士。念君縈繫。妃子。蓬萊殿裏。尋覓太真，宮中睡起。遙謝君意。淚流瓊臉，梨花帶雨，彷彿霓裳初試。寄鈿合、共金釵，私言徒爾。在天願為，比翼同飛。居地應為，連理雙枝。天長與地久，唯此恨無已。（錄自十萬卷樓本）

按：此詞意為櫽括白居易之〈長恨歌〉詩。意義連貫，無分段痕跡，故《全宋詞》未予分段，今從之。此調係仄韻，而在結尾處間入兩平韻，平仄同部通叶，較為特殊，恐非詞調。今依《全宋詞》列入，以做參考。

## 伊州歌

唐教坊大曲名。
調見《全唐詩·樂府》〔唐〕無名氏詞。

第一
秋風明月獨離居。蕩子從戎十載餘。征人去日殷勤囑，歸雁來時數寄書。

第二
彤闈曉闢萬鞍迴。玉輅春遊薄晚開。渭北清光搖草樹，州南嘉景入樓台。

第三
聞道黃花戍，頻年不解兵。可憐閨裏月，偏照漢家營。

第四
千里東歸客，無心憶舊遊。掛帆遊白水，高枕到青州。

第五
桂殿江烏對，雕屏海燕重。只應多釀酒，醉罷樂高鍾。

入破第一
千門今夜曉初晴。萬里天河微帝京。璨璨繁星駕秋色，稜稜霜氣韻鐘聲。

第二
長安二月柳依依。西出流沙路漸微。閼氏山上春光少，相府庭邊驛使稀。

第三
三秋大漠冷溪山。八月嚴霜變草顏。捲旆風行宵度磧，銜枚電掃曉應還。

第四
行樂三陽早，芳菲二月春。閨中紅粉態，陌上看花人。

第五
君住孤山下，煙深夜徑長。轅門渡綠水，遊苑繞垂楊。（錄自清康熙揚州詩局本）

《碧雞漫志》卷三：「【伊州】見於世者凡七：商曲大石調、高大石調、雙調、小石調、歇指調、林鐘商、越調。」

《苕溪漁隱叢話·後集》卷二十六引《西清詩話》云：「余嘗觀唐人《西域記》言，龜茲國王與臣庶知樂者，於大山間，聽風雨之聲，均節成音。後翻入中國如【伊州】、【涼州】、【甘州】皆龜茲樂也。」

《教坊記》云：「戲日，內伎初舞；教坊人唯得舞【伊州】、【五天】，重來疊去，不離此兩曲，餘盡讓內人也。」

《新唐書·禮樂志》：「天寶樂曲皆以邊地名，若【涼州】、【伊州】、【甘州】之類。」白居易【伊州】詩：「老去將何散老愁，新教小玉唱【伊州】。」

## 向湖邊

調見《花草粹編》卷二十二〔宋〕江緯詞。

退處鄉關，幽棲林藪，舍宇第須茅蓋。翠巘清泉，啟軒窗遙對。遇等門、鄰里過從，親朋臨顧，草草便成幽會。策杖攜壺，向湖邊柳外。

旋買溪魚，便斫銀絲膾。誰復欲痛飲，如長鯨吞海。共惜醺酣，恐歡娛難再。翛清風明月非錢買。休追念、金馬玉堂心膽碎，且門樽前，有阿誰身在。（錄自文淵閣《四庫全書》本）

《詞律》卷十八【向湖邊】調注：「或謂此調略似【剪牡丹】，非也。余謂酷似前【拜星月慢】。」杜文瀾注：「萬氏注謂此調酷似前【拜星月慢】。按詞內有『向湖邊柳外』句，似本譜【拜星月慢】，因此句而立新名，不必另立一調。」

按：《欽定詞譜》卷三十三【向湖邊】調注：「江緯自製曲，詞有『向湖邊柳外』之句，取以為名。」但據《花草粹編》該調題為『江緯讀書堂』並無注明自製曲，不知《欽定詞譜》所據何本。《詞律》謂此調略似【拜星月慢】，非。校

前段雖「遇等門」二句略有不同而後段則全異，故不能作為【拜星月慢】之又一體。

## 合曲蘇武慢

調見〔明〕熊過《南沙先生文集》卷八。

符月呈鉤，流螢逐火，恰逢物候迎秋。對酒當歌，逢場作戲，蒼胡乾闔齊謳。擊壤閒身，懸車遺老，塵網等閒能夠。空斷送白日，黃雞消除，翠壁丹丘。　　曾記得、柱下猶龍，殿中如虎，九關烈豹番休。天上青童，匣中黃老，年來叢桂堪留。陟岵瞻雲，傳觴戲彩，邀歡鼓缶相求。且休論、劫石銖衣，先看海屋牙籌。

重剖繫不住，烏飛兔走。尋不到、馬渤牛溲。學不得、龍驤虎驟。算不定、蛙角蠅頭。有味清時，能無白首。庭中種槐，門前栽柳。英雄伎倆，待一筆與都勾。　　坐獵尉遲杯，起把郭郎袖。且謀一甌滿浮。則便是、堂開錦晝。卻問郭郎知否。可復道、錦重重，花滿樓。（錄自《四庫全書存目叢書》本）

按：此調分為二部分，前部分是【蘇武慢】，後半部是二首散曲。既稱【合曲蘇武慢】，故將後散曲部分保持原貌。

## 合宮歌

調見《宋會要輯稿》〔宋〕無名氏詞。

泰階平。勳業屬全盛。旰昃焦勞，訪道纘三朝仁政。大庭藏事款上靈。服冕執圭，侑饗樽累聖。豆籩奕奕嘉靖。神光四照百禮成。回御天門。講盂彝，敷大慶。蒙被草本，萬國仰聲明。（錄自《全宋詞》本）

《尸子‧君治》：「夫黃帝曰合宮，有虞氏曰總章，殷人曰陽館，周人曰明堂，皆所以名休其善也。」

張衡〈東京賦〉：「必以肆奢為賢，則是黃帝合宮。有虞總期，固不如夏癸之瑤台、殷辛之瓊宮也。」薛綜注：「謂黃帝明堂，以草蓋之，名曰合宮。」

按：此係宋樂曲，與詞不同，今依《全宋詞》列入，以備查閱。

## 合璧

〔清〕王晫新譜犯曲，見《峽流詞》。

綺閣莚開，看廣座、群鶯作賦才。相逢無草草，把樂事安排。松煙細、龍賓乍潑，溪藤膩、鸞繭新裁。況值笙歌清妙，揮霍情懷。屬吾儕，酣搖五嶽，一時翻浪奔雷。燈重剪、倡予未終，私汝頻催。　　悠哉。更深不覺，滿庭明月浸蒼苔。霜濃寒意重，尚客主歡陪。撥金爐、沉香縹緲，傳玉斝、別酒徘徊。那堪片刻言歡，征帆遽隔天涯。問誰偕、客子長途，算唯有、雁陣悲哀。春思發，如到驛亭，折寄枝梅。（錄自清刻本）

詞序：「此調上三句【瑤台第一層】，四、五句【玉簟涼】，六、七句【玉蝴蝶】，八、九、十句【曲玉管】，十一、十二句【玲瓏玉】，十三、十四、十五句【紫玉簫】；後段同。冬夜季孚公張樂會客，送別諸駿男，即席賦詩，紙不暇給，為譜新聲，以紀其概。」

## 合歡

〔清〕丁澎新譜犯曲，見《扶荔詞》卷三。

蹙損春山，憶畫眉人去，何日重見。似雨非雲，團就夢兒一片。想從來未慣。分明說與鶯和燕。問天涯、那人消息，何似隨春遠。　　只是今宵，有幾多離恨，沒個方便。料得伊行，也索平分一半。又愁他瘦減。將儂小字千回喚。這衷情、海枯石爛，怎把伊心換。（錄自清康熙家刻本）

詞序：「新譜犯曲。上五句【萬年歡】，下五句【歸朝歡】；下段同。」

## 合歡帶

（一）調見〔宋〕柳永《樂章集》卷中。

身材兒、早是妖嬈。算風措、實難描。一個肌膚渾似玉，更都來、占了千嬌。妍歌豔舞，鶯慚巧舌，柳妒纖腰。自相逢、便覺韓娥價減，飛燕聲消。　　桃花零落，溪水潺湲，重尋仙徑非遙。莫道千金酬一笑，便明珠、萬斛須邀。檀郎幸有，凌雲詞賦，擲果風標。況當年、便好相攜，鳳樓深處吹簫。（錄自《彊村叢書》本）

《樂章集》注：林鐘商。

（二）調見〔宋〕杜安世《壽域詞》。

樓台高下玲瓏。鬥芳草、綠陰濃。芍藥孤棲香豔晚，見櫻桃、萬顆初紅。巢喧乳燕，珠簾鏤曳，滿戶香風。罩紗幬、象床屏枕，晝眠才似朦朧。　　起來無語更兼慵。念分明、事成空。被你厭厭牽繫我，怪纖腰、繡帶寬鬆。春

來早是，分飛兩處，長恨西東。到如今、扇移明月，簟鋪寒浪與誰同。（錄自汲古閣《宋六十名家詞》本）

## 合歡羅勝

即【臨江仙】。〔清〕孔傳鐸詞名【合歡羅勝】，見《紅蕚詞》卷上。

葉墜霜黃臨野岸，晚風還過重湖。北來飛雁旅人孤。已行千里路，猶未半長途。　獨臥支床棲破壁，前村隱隱吹蘆。征驂促起發寒梳。小橋霜凍斷，覓渡少船呼。（錄自近人張宗祥鈔本）

## 行不得也哥哥

調見〔明〕邱浚詞，見《重編瓊台集》卷六。

行不得也哥哥。十八灘頭亂石多。東去入閩南入廣，溪流湍駛嶺嵯峨。行不得也哥哥。（錄自清刻本）

詞序：「金兵追宋，元祐後至章賢，幾及之。時人有詞曰：『天晚正愁予，春山啼鷓鴣。』蓋言行不得也。」

按：此調與清陳洪綬【鷓鴣詞】相校，唯末句前少兩三字句。

## 行香子

又名：爇心香、讀書引。

調見〔宋〕歐陽修《歐陽文忠公近體樂府》卷三。

舞雪歌雲。閒淡妝勻。藍溪水染輕裙。酒香醺臉，粉色生春。更雅談話，好情性，美精神。　空江不斷，凌波何處，向越橋邊，青柳朱門。斷鐘殘角，又送黃昏。奈眼中淚，心中事，意中人。（錄自雙照樓影宋吉州本）

《西溪叢話》卷下：「行香起於後魏及江左齊梁間，每燃香薰手，或以香末散引，謂之行香。」唐張籍〈送令孤尚書赴東都留守〉詩：「行香暫出天橋上，巡禮常過禁殿中。」

## 行香子慢

調見《高麗史·卷七十一·樂二》〔宋〕無名氏詞。

瑞景光融。換中天霽煙、佳氣蔥蔥。皇居崇壯麗，金碧輝空。彤霄外、瑤殿深處，簾捲花影重重。迎步輦、幾簇真仙，賀慶壽新宮。　方逢。聖主飛龍。正休盛大寧，朝野歡同。何妨宴賞，奉宸意慈容。韶音按、霞觴將進，蕙

爐飄馥香濃。長願承顏，千秋萬歲，明月清風。（錄自日本明治四十一年縮印本）

## 行路難

（一）調見《敦煌歌辭總編》卷三〔唐〕無名氏詞。

丈夫恍忽憶家鄉，歸去來，歸去從來無所住。來去百過空來去。不見一個舊住處。　住處皆是枷鎖紐。勸君學道須避就。法界平等一如如。理中無有的親疏。君不見。行路難。行路難。道上無蹤跡。（錄自上海古籍出版社排印本）

按：此調共八首，《敦煌歌辭總編》編入雜曲聯章體，今錄其一。

（二）調見《敦煌歌辭總編》卷四〔唐〕無名氏詞。

君不見，無心之大施。曠然忘懷絕衰利。隨緣聚散任五家，不計彼此之差二。開門任取不爲限，緣起即往非關自。三事由來不預懷，豈簡福田之漸次。一切無求無所欲，任運無施無施。無心之心超世間，故得稱爲施中至。無心之心通法界，澶界平等非殊異。若能悟此一體檀，即是無礙檀那地。　行路難。行路難。無心甚奇特。不見福田之是非，深達無利無功德。（錄自上海古籍出版社排印本）

按：原載（斯）六〇四二，（日本）龍谷大學藏本。原作十六首，現存十二首。《敦煌歌辭總編》編入雜曲重句聯章，今錄其一。

（三）即【梅花引】。〔宋〕賀鑄詞名【行路難】，見《東山詞》卷上。

縛虎手。懸河口。車如雞棲馬如狗。白綸巾。撲黃塵。不知我輩，可是蓬蒿人。衰蘭送客咸陽道。天若有情天亦老。作雷顛。不論錢。誰問旗亭，美酒斗十千。　酌大斗。更爲壽。青鬢常青古無有。笑嫣然。舞翩然。當爐秦女，十五語如弦。遺音能記秋風曲。事去千年猶恨促。攬流光。繫扶桑。爭奈愁來，一日卻爲長。（錄自涉園影宋本）

## 名園綠水

〔近人〕金天羽自度曲，見《紅鶴山房詞》。

柳梢拂面，漾日春波軟。清明過、採蘭挑紫筍，嫩晴遊絲牽暖。不趁花前，尋鶯佇蝶，邀舊時吟伴。酒熟樽空，坐對流年鬢絲換。　名園自鎖修竹，淌裙客來，會無人管。蠻奴

點、傳花打鼓，賺客觴無算。江左群賢，永和
朝事，覺去人漸遠。歸去也，巷陌花飛，玉驄
嘶步緩。（錄自民國排印本）

詞注：「自製曲。龍堪、韋齋上巳修禊網師園，
賓主合蘭亭之數。余久不倚聲，專製此曲，倩瞿
安訂譜。」

## 多景樓

六畫

調名見〔清〕朱青長手稿本《朱青長詞集》卷二
十五存目。

## 多麗

（一）即【綠頭鴨】。〔宋〕聶冠卿詞名【多
麗】，見《能改齋漫錄》卷十六。

　　想人生，美景良辰堪惜。問其間、賞心樂事，
就中難是並得。況東城、鳳台沙苑，泛晴波、
淺照金碧。露洗華桐，煙霏絲柳，綠陰搖曳，
蕩春一色。畫堂迥、玉簪瓊佩，高會盡詞客。
清歡久、重燃絳蠟，別就瑤席。　　有翩若輕
鴻體態，暮為行雨標格。逞朱唇、緩歌妖麗，
似聽流鶯亂花隔。慢舞縈迴，嬌鬟低嚲，腰肢
纖細困無力。忍分散、彩雲歸後，何處更尋
覓。休辭醉，明月好花，莫漫輕擲。（錄自《詞
話叢編》本）

　《能改齋漫錄》卷十六：「翰林學士聶冠卿，嘗
於李良定公席上賦【多麗】詞云（詞略）。蔡君
謨時知泉州，寄定公書云：『新傳【多麗】詞，
述宴遊之娛，使病夫舉首增歡耳。』又近者有客
至自京師，言諸公春日多會於天伯園池，因念昔
遊，輒形篇詠：『綠渠春水走潺湲。畫閣峰巒映
碧鮮。酒令已行金盞側，樂聲初認翠裙圓。清遊
盛事傳都下，多麗新詞到海邊。曾是樽前沉醉
客，天涯迴首重依然。』」

　《于湖先生長短句》注：中呂調。

（二）調見《東白堂詞選初集》卷十五〔清〕關
鍵詞。

　　恨春歸、不知去路。買扁舟、急尋東下，笑倩
邗關留住。念四橋、煙花落地，十二樓、紅粉
堆處。隋柳絲拖，雷塘香飲，綺羅金釧，朝朝
暮暮。曾記小杜風流，當筵回顧。散纏綿、韶
光九十，更添無數。　　望大江、金焦兩點，
滌盡胸懷雲霧。縱高吟、浪花漁舶，筆瀾翻、
寫入登臨佳句。候館鳴箏，行驄踏月，醉來休
問街頭鼓。料歸期、彩絲半臂，香閣迎符虎。

對蒲樽、話揚州風土。（錄自清康熙十七年刻本）

## 衣染鶯黃

調見〔明〕王太白《耕心子漫稿》卷十二。

　　正儞綢繆。忽征夫戎道，促上皇州。魂銷綠柳
陌，淚灑碧江流。山疊疊，水悠悠。十步九回
頭。悔當時、征書誤奉，監冑錯遊。　　卿住
芳洲。正風狂雨驟，枝嫩花柔。吳宮方鼓篋，
梁園劇凝眸。千種恨，百般愁。一日抵三秋。
最不堪，天涯春暮，煙雨登樓。（錄自《孤本秘笈
叢書》本）

## 忴憎令

即【清平樂】。〔宋〕劉過詞有「忴憎憎地」
句，故名；見《天機餘錦》卷四。

　　忴憎憎地。一撚兒年紀。待道瘦來肥不是。宜
著淡黃衫子。　　唇邊一點櫻多。見人頻斂雙
蛾。自金陵懷古，唱時休唱西河。（錄自明鈔本）

## 安公子

唐教坊曲名

（一）調見〔宋〕柳永《樂章集》卷下。

　　長川波瀲灩。楚鄉淮岸迢遞，一霎煙汀雨過，
芳草青如染。驅驅攜書劍。當此好天好景，自
覺多愁多病，行役心情厭。　　望處曠野沉
沉，暮雲黯黯。行侵夜色，又是急槳投村店。
認去程將近，舟子相呼，遙指漁燈一點。（錄自
《彊村叢書》本）

（二）調見〔宋〕柳永《樂章集》卷下。

　　遠岸收殘雨。雨殘稍覺江天暮。拾翠汀洲人寂
靜，立雙雙鷗鷺。望幾點、漁燈隱映蒹葭浦。
停畫橈、兩兩舟人語。道去程今夜，遙指前村
煙樹。　　遊宦成羈旅。短檣吟倚閒凝佇。萬
水千山迷遠近，想鄉關何處。自別後、風亭月
榭孤歡聚。剛斷腸、惹得離情苦。聽杜宇聲
聲，勸人不如歸去。（錄自《彊村叢書》本）

（三）調見〔宋〕陸游《渭南文集》卷五十。

　　風雨初經社。子規聲裏春光謝。最是無情，零
落盡、薔薇一架。況我今年，憔悴幽窗下。人
盡怪、詩酒消聲價。向藥爐經卷，忘卻鶯窗柳
榭。　　萬事收心也。粉痕猶在香羅帕。恨月
愁花，爭通道、如今都罷。空憶前身，便面章
台馬。因自來、禁得心腸怕。縱遇歌逢酒，但
說京都舊話。（錄自雙照樓影宋本）

《樂府雜錄》云：「【安公子】，隋煬帝遊江都時，有樂工笛中吹之。其父老於臥內聞之，問曰：『何得此曲子？』對曰：『宮中新翻也。』父乃謂其子曰：『宮曰君，商曰臣，此曲宮聲往而不返，大駕東巡，必不回矣。汝可託疾勿去也。』精鑑如此。」

《碧雞漫志》卷四云：「【安公子】，《通典》及《樂府雜錄》稱，煬帝將幸江都，樂工王令言者，妙達音律，其子彈胡琵琶作【安公子】曲，令言驚問：『那得此？』對曰：『宮中新翻。』令言流涕曰：『慎毋從行。宮，君也。宮聲往而不返，大駕不復回矣。』據《道理要訣》，唐時【安公子】在太簇角，今已不傳。其見於世者，中呂調有近，般涉調有令，言尾聲皆無所歸宿，亦異矣。」

《教坊記》云：「【安公子】，隋大業末，煬帝幸揚州，樂人王令言以年老不去，其子從焉。其子在家彈琵琶，令言驚問：『此曲何名？』其子曰：『內裏新翻曲子，名【安公子】。』令言流涕悲愴，謂其子曰：『爾不須扈從，大駕必不回。』子問其故，令言曰：『此曲宮聲，往而不返，宮為君，吾是以知之。』」

《北軒筆記》：「隋有樂工萬寶常者善為音律，開皇初命沛國公鄭繹等定樂，為黃鐘調，樂成奏之，寶常曰：『此亡國之音，豈所宜聞？』後復聽太常所奏樂，泫然泣曰：『聲淫麗而哀，天下不久將盡。』時方全盛，至大業末，其言卒驗。時王令言亦妙達音律，煬帝將幸江都，其子從戶外彈胡琵琶，作翻調【安公子】曲，令言臥室中驚起曰：『變，變。』急呼其子曰：『此曲何時興？』子曰：『頃來有之。』令言遂歔欷，謂其子曰：『汝慎勿行，帝必不返。』子問其故，曰：『此曲宮聲，宮，君也。其聲往而不返，吾故知之。』帝果被弒江都。以此觀之，二人者，師曠、季札亦不多讓。乃知吉凶先見，亦理數之必然也。」

《樂章集》注：中呂調、般涉調。

## 安公子近

按：此調名見《欽定詞譜》卷十九【安公子】調注。注曰：「唐時【安公子】在太簇角，今已不傳矣。其見於世者，中呂調有【安公子近】，般涉調有【安公子慢】。按柳永『長川波潋豔』詞，自注中呂調；『遠岸收殘雨』自注般涉調。」

## 安公子慢

按：參見【安公子近】。

## 安平樂

（一）即【安平樂慢】。〔宋〕曹勳詞名【安平樂】，見《松隱樂府》卷一。

聖德如堯，聖心如舜，欣逢出震昌期。中興繼體，撫有寰瀛，三陽方是炎曦。萬國朝元，奉崇嚴宸辰，咫尺天威。瑞色滿三墀。漸萬呼、均慶彤闈。　　正金屋妝成，翠園紅繞，香靄高散猊貎。東朝移琱輦，與坤儀、同奉瑤卮。閶殿花明，億萬載、咸歌壽祺。視天民，永祈寶曆，垂衣端拱無為。（錄自《彊村叢書》本）

（二）調見《高麗志・卷七十一・樂二》〔宋〕無名氏詞。

開瓊筵，慶佳辰。綵帝中月華明。笙歌樂、如夢幻，望丹山彩鳳，飛舞遶庭。　　遐齡異，壽盃同斟。抃舞謳歌泆歡聲。方今永永太平。更衍多男，共集錦昌壽恩。（錄自日本明治四十一年縮印本）

## 安平樂慢

又名：安平樂。

調見《花庵詞選》卷七〔宋〕万俟詠詞。

瑞日初遲，緒風乍暖，千花百草爭香。瑤池路穩，閬苑春深，雲樹水殿相望。柳曲沙平，看塵隨青蓋，絮惹紅妝。賣酒綠陰傍。無人不醉春光。　　有十里笙歌，萬家羅綺，身世疑在仙鄉。行樂知無禁，五侯半隱少年場。舞妙歌妍，空妒得、鶯嬌燕忙。念芳菲、都來幾日，不堪風雨疏狂。（錄自文淵閣《四庫全書》本）

## 安陽好

（一）即【憶江南】。〔宋〕王安中詞有「安陽好」句，故名；見《初寮詞》。

安陽好，形勝魏西州。曼衍山河環故國，昇平歌鼓沸高樓。和氣鎮飛浮。　　籠畫陌，喬木幾春秋。花外軒窗排遠岫，竹間門巷帶長流，風物更清幽。（錄自汲古閣《宋六十名家詞》本）

（二）宋大曲名。

調見〔宋〕王安中《初寮詞》。

口號

賦盡三都左太沖。當年偏說鄴都雄。如今別唱安陽好，勝日佳時一醉同。

一

安陽好，形勝魏西州。曼衍山河環故國，昇平歌鼓沸高樓。和氣鎮飛浮。　籠畫陌，喬木幾春秋。花外軒窗排遠岫，竹間門巷帶長流，風物更清幽。

二

安陽好，戟戶府居雄。白畫錦衣清宴處，鐵梁丹榭畫圖中。壁記舊三公。　棠訟悄，池館北園通。夏夜泉聲來枕簟，春風花影透簾櫳。行樂興無窮。

三

安陽好，物外占天平。疊疊接藍煙岫色，淙淙鳴玉晚溪聲。仙杖取風行。　松路轉，丹碧照飛甍。金界花開常爛熳，雲根石秀小崢嶸。幽事不勝清。

四

安陽好，泮水盛儒宮。金字照碑光射斗，芸香書閣勢凌空。肅肅採芹風。　來勸學，鄉兗首文翁。歲歲青衿多振鷺，人人彩筆競騰虹。九萬奮飛同。

五

安陽好，耆舊跡依然。醉白垂楊低掠水，延松高檜老參天。曾映兩貂蟬。　王謝族，蘭玉秀當年。畫隼朱輪人繼踵，丹台碧落世多賢。簪紱看家傳。

六

安陽好，負郭相君園。綠野移春花自老，平泉醒酒石空存。月館對風軒。　人選勝，幽徑破苔痕。擁砌翠筠侵坐冷，穿亭玉溜落池喧。歸意黯重門。

七

安陽好，曲水似山陰。咽咽清泉岩溜細，彎彎碧甃篆痕深。永晝坐披襟。　紅袖小，歌扇畫泥金。鴨綠波隨雙葉轉，鵝黃酒到十分斟。重聽繞梁音。

八

安陽好，□□又肇飛。撥畦旋栽花密密，著行重接柳依依。鴛瓦蕩晴輝。　池面渺，相望是榮歸。兩世風流今可見，一門恩數古來稀。誰與賦緇衣。

九

安陽好，千古鄴台都。穗帳歌人春不見，金樓

夢鳳夜相呼。輦路舊縈紆。　　閒引望，漳水繞城隅。暗有漁樵收故物，誰將宮殿點新圖。平野漫煙蕪。（錄自汲古閣《宋六十名家詞》本）

## 安慶摸

即【摸魚兒】。〔宋〕張榘詞名【安慶摸】，見《芸窗詞》。

渺長江，浩無古今，悠悠經幾流景。橋家松竹知何在，寂歷丹楓如錦。行陣整。想鬥艦連艘，談笑煙灰冷。寒光萬頃。算只有當年，暮天霜月，慘澹照山影。　元戎隊，畫角梅花緩引。樓船飛渡波穩。中流擊楫酬初志，此去君王高枕。應暗省。使萬里塵清，誰遜周公瑾。勳名不泯。看陽藝潛開，老龍挾雨，淵睡為民醒。（錄自汲古閣《宋六十名家詞》本）

## 字字雙

又名：宛轉曲。

調見《花草粹編》卷一〔宋〕王麗貞詞。

床頭錦衾斑復斑。架上朱衣殷復殷。空庭明月閒復閒。夜長路遠山復山。（錄自文淵閣《四庫全書》本）

《詞品》卷二：「女郎王麗貞，有詞名【字字雙】。」

《古今詞話・詞辨》卷上引《才鬼錄》云：「唐中涓宿宮妓館，見童子捧酒核導三人至，皆古衣冠。相謂曰：『崔常侍來何遲。』俄一人至，有離別意，共聯四句為【字字雙】曲。」

《欽定詞譜》卷一【字字雙】調注：「【字字雙】見《才鬼記》，因每句有疊字，故名【字字雙】。」

## 冰玉風月

即【醉蓬萊】。〔宋〕韓淲詞有「玉作山前，冰為水際，幾多風月」句，故名；見《澗泉詩餘》。

慶文章太守，燕寢凝香，誕彌佳節。庾嶺歸來，又經年梅發。棋酒心情，笙歌滋味，便合朝天闕。玉作山前，冰為水際，幾多風月。　綠鬢朱顏，浩然相對，自是中原，舊家人物。鵷鷺班回，尚記陪清切。好把胸蟠萬卷，談笑了、濟時勳業。錦幄初溫，寶杯深勸，舞迴香雪。（錄自《彊村叢書》本）

## 江上船

調見〔清〕于光褒《翠芝山房詩餘》。

一別神仙侶。積了離愁無數。一樣紅燈，照不到玉人處。同誰語。桃花門裏，春風苴篭，梢頭夜雨。　難歡聚。夢遠天涯路，被柳色依依留住。多病文園園，欣遇良朋北赴。片帆舉、船過麻姑舊里，為我帶將愁去。（錄自清鈔本）

## 江山如畫

調見〔清〕陸進《巢青閣詩餘・付雪詞》三集。

新涼睡起鬢雲鬆。啟簾櫳。整金蟲。窗前不住響梧桐。葉葉西風。　等閒蹙損舊眉峰。憶青驄。問征鴻。空將錦字寄重重。忘卻臨邛。（錄自清康熙刻本）

## 江天秋影

調見〔清〕吳頡鴻《荃石居詞》。

新霜黃到楓亭樹，舞秋空、颼颼幾陣。聽槭槭蕭蕭，抵多少、風淒雨冷。瓊簫吹出吳江曲，早淡了、斜陽數頃。林角又黃昏，補一片，棲鴉影。　酒人易惹飄零恨，最銷魂、銅階金井。寂寞古牆根，無數螢愁蛩病。殘僧指點殘鐘外，怕迷卻、空山舊徑。回首柳蔭邊，露片帆漁艇。（錄自清刻本）

按：此調與【山亭宴】相近，前段句式同，唯首句不起韻，後段第四句減一字作六字句、結尾減一字作五字句異，其他平仄有小異，故疑為【山亭宴】之別名。

## 江月令

即【西江月】。〔明〕王行詞名【江月令】，見《半軒詞》。

向暖漸生慵思，尋春似減情忺。酒懷詩興總厭厭。只有看山不厭。　薄晚正須憑欄，新晴鎮自鉤簾。幾多濃翠曉來添。說與白雲休占。（錄自惜陰堂《明詞彙刊》本）

## 江月晃重山

調見〔金〕元好問《遺山樂府》卷中。

塞上鼓風鼓角，城頭落日旌旗。少年鞍馬適相宜。從軍樂，莫問所從誰。　候騎才通薊北，先聲已動遼西。歸期猶及柳依依。春閨月，紅袖不須啼。（錄自《彊村叢書》本）

《詞律》卷六【江月晃重山】調注：「用【西江月】、【小重山】串合，故名【江月晃重山】，此後世曲中用　犯之嚆矢也。詞中題名犯字者，有二義：一則犯調，如以宮犯商、角之類。夢窗云：『十二宮住字不同，唯道調與商調，俱上字住，可犯。是也。一則犯他詞句法，若【玲瓏四犯】、【八犯玉交枝】等，所犯竟不止一詞，但未將所犯何調，著於題名，故無法查考。如【四犯剪梅花】，下注小字，則易明。此題明用兩調串合，更為易曉耳。」

《欽定詞譜》卷十【江月晃重山】調注：「每段上三句【西江月】體，下二句【小重山】體。」

## 江西造

即【菩薩蠻】。〔宋〕辛棄疾詞名【江西造】，見《天機餘錦》卷四。

鬱孤台下清江水。中間多少行人淚。西北是長安。可憐無數山。　青山遮不住。畢竟東流去。江晚正愁予。山深聞鷓鴣。（錄自明鈔本）

按：此詞有題「書江西造口壁」，《天機餘錦》將其中三字作調名誤。今留其名以備查考。

## 江如練

即【蝶戀花】。〔宋〕賀鑄詞有「潮平月上江如練」句，故名；見《東山詞》卷上。

睡鴨爐寒薰麝煎。寂寂歌梁，無詩留歸燕。十二曲欄閒倚遍。一杯長待何人勸。　不識當年桃葉面。吟詠佳詞，想像猶曾見。兩槳往來風與便。潮平月上江如練。（錄自涉園影宋本）

## 江南三台

即【三台】。〔唐〕王建詞名【江南三台】，見《尊前集》。

揚州池邊少婦，長干市里商人。三年不得消息，各自拜鬼求神。（錄自《彊村叢書》本）

## 江南子

即【南鄉子】。〔明〕張喬詞名【江南子】，見《粵東詞抄》。

曉日上簾櫳。射透青山鏡影重。垂柳半池花又落，飄紅。十二欄干度軟風。　草色綠茸茸。暖水寒煙淡復濃。欲試羅衣還自怯，愁慵。遠近樓台望眼中。（錄自清刻本）

**六畫**

## 江南竹枝

調見《古今詞統》卷二〔明〕屠隆詞。

朱樓白日掩疏櫳。越女當壚見未曾。香滅江邊蘇小小，寒潮送月上西陵。（錄自明崇禎刊本）

## 江南好

（一）即【憶江南】。〔宋〕曾布詞名【江南好】，見《揮麈餘話》卷一。

江南客，家有寧馨兒。三世文章稱大手，一門兄弟獨良眉。藉甚眾多推。　千里足，來自渥窪池。莫倚善題鸚鵡賦，青山須待健時歸。不似傲當時。（錄自《全宋詞》本）

按：此調名最先見於《塵史》卷下葉清臣詞，但詞已殘，僅存三句，附此以備考：「丞相有才裨造化，聖皇寬詔養疏頑。贏取十年間。」

（二）即【滿庭芳】。〔宋〕吳文英詞名【江南好】，見《夢窗甲稿》。

行錦歸來，畫眉添嫵，暗塵重拂雕籠。穩瓶泉暖，花溢鬥春容。圍密籠香晻靄，煩纖手、親點圍籠。溫柔處，垂楊罨鬌，燈暗豆花紅。　行藏，多是客，鶯邊話別，橘下相逢。算江湖幽夢，頻繞殘鐘。好結梅兄羹弟，莫輕似西燕南鴻。偏宜醉，寒欺酒力，簾外凍雲重。（錄自四印齋刻本）

詞序：「友人還中吳，密圍坐客，杯深情洽，不覺沾醉。越翌日，吾儕載酒問奇字，時齋示【江南好】詞，紀前夕之事，聊次韻。」

《夢窗甲稿·江南好》王鵬運校記：「按此調即【滿庭芳】，殆以坡詞有『江南好』句易名。《詞律》於【水調歌頭】注云：『夢窗名【江南好】。』《詞律拾遺》謂：『與【鳳凰台上憶吹簫】相近。』均誤。」

## 江南曲

（一）即【囉嗊曲】，〔唐〕于鵠詞名【江南曲】，見《全唐詩》。

偶向江邊採白蘋。還隨女伴賽江神。眾中不敢分明語，暗擲金錢卜遠人。（錄自清康熙揚州詩局本）

按：于鵠詞係七言絕句。《欽定詞譜》卷一列為唐劉采春詞，名【囉嗊曲】詞調，而《全唐詩》列為唐于鵠作，題名【江南曲】。二者未知孰是，存名待考。

（二）調見《國老談苑》卷二〔宋〕寇準詞。

波渺渺，柳依依。孤村芳草遠，斜日杏花飛。江南春盡離腸遠，蘋滿汀洲人未歸。（錄自《中華再造善本》本）

《國老談苑》卷二：「寇準初為密學，方年少得意，偶撰【江南曲】云：『江南春盡離腸斷，蘋滿汀洲人未歸。』又云：『日暮汀洲一望時，柔情不斷如春水。』意皆淒慘，末年果南遷。」

按：《國老談苑》卷二所引寇準【江南曲】二首，一名【江南春】，見《花草粹編》卷一，一為【阿那曲】，見《古今詞統》卷一。實此二首均係詩而非詞，見《忠愍公詩集》卷上。

（三）即【踏莎行】。〔宋〕賀鑄詞有「殷勤更唱江南曲」句，故名；見《賀方回詞》卷二。

蟬韻清弦，溪橫翠轂。翩翩彩鷁帆開幅。黃簾絳幕掩香風，當筵粲粲人如玉。　淺黛凝愁，明波轉矚。蘭情似怨臨行促。不辭寸斷九回腸，殷勤更唱江南曲。（錄自《彊村叢書》本）

（四）即【憶江南】。〔明〕王夫之詞名【江南曲】，見《鼓棹初集》卷一。

寒月迴，霜氣護嬋娟。眼暈乍臨秋水鏡，眉黃初學遠山煙。不盡使人憐。　清賞處，猶自憶華年。移几當軒添歠篆，捲簾呵手拂鸞箋。人在玉山前。（錄自惜陰堂《明詞彙刊》本）

## 江南弄

（一）調見〔元〕周巽《性情集》卷六。

春意動。池塘初解凍。花間啼鳥驚人夢。綺戶微開曙色明。沉香火暖曉寒輕。　夭桃半吐傳芳訊，新鶯百囀感中情。感中情。憐淑景。思君望斷青鸞影。（錄自文淵閣《四庫全書》本）

（二）調見《詞綜補遺》卷五十二〔明〕唐樞詞。

香撥飛雲出綺屏。六么春軟轉關輕。房暉遠勁不堪情。江月明。人不見，數峰青。（錄自書目文獻出版社影印本）

（三）即【玉樓春】。〔明〕姚廣孝詞名【江南弄】，見《逃虛子詞》。

萬里江天秋浩浩。水清沙白芙蓉老。煙鬟峨峨翠拂空，寒綠橫分鏡初曉。　莎香露凝蟾影減。涼風颼颼蘆葦折。蓮舟輕棹入菱灣，一曲同歌人未歇。（錄自惜陰堂《明詞彙刊》本）

# 江南春

又名：江南春慢。

（一）調見〔唐〕劉禹錫《劉賓客文集》。

> 新妝宜面下朱樓。深鎖春光一院愁。行到中庭數花朵，蜻蜓飛上玉搔頭。（錄自《全唐五代詞》本）

（二）調見《古今詞話・詞話》卷上〔唐〕王建詞。

> 良人早朝夜半起。櫻桃如珠露如水。下堂把火送郎歸，移枕重眠曉窗裏。（錄自《詞話叢編》本）

《古今詞話・詞話》卷上：「錢謙益曰：『白樂天、王仲春【江南春】詞，未曾有律作詞者。兩者畢竟是詞而非詩。」

（三）即【秋風清】。〔宋〕寇準詞名【江南春】，見《花草粹編》卷一。

> 波渺渺，柳依依。孤村芳草遠，斜日杏花飛。江南春盡離腸遠，蘋滿汀洲人未歸。（錄自文淵閣《四庫全書》本）

《溫公續詩話》：「萊公詩才思融遠，年十九進士及第，初知巴東縣。有詩云：『野水無人渡，孤舟盡日橫。』又嘗為【江南春】云（詞略），為人膾炙。」

《填詞名解》卷一：「梁柳惲樂府：『汀洲採白蘋，日落江南春。』而寇準詞有『江南春盡離腸遠』，詞調遂名【江南春】。」

《歷代詩餘》卷二：「寇準自度曲，有『江南春盡離腸遠』之句，故名。」

（四）〔宋〕吳文英自度曲，見《夢窗甲稿》。

> 風響牙籤，雲寒古硯，芳銘猶在堂笏。秋床聽雨，妙謝庭、春草吟筆。城市喧鳴轍。清溪上、小山秀潔。便向此、搜松訪石，葺屋營花，紅塵遠避風月。　瞿塘路，隨漢節。記羽扇綸巾，氣凌諸葛。青天萬里，料漫憶、尊絲鱸雪。車馬從休歇。榮華事、醉歌耳熱。天與此翁，芳芷嘉名，紉蘭佩兮瓊玦。（錄自汲古閣《宋六十名家詞》本）

《夢窗詞集》注：中呂商。

（五）調見〔元〕倪瓚詞，見《江南春詞集》。

> 汀洲夜雨生蘆筍。日出瞳曨簾幕靜。驚禽蹴破杏花煙，陌上東風吹鬢影。遠江搖曙劍光冷。轆轆水咽青苔井。落花飛燕觸衣巾。沉香火微紫綠塵。　青風顛，春雨急。清淚泓泓江竹濕。落花辭枝悔何及。絲桐哀鳴亂朱碧。嗟我胡為去鄉邑。相如家徒四壁立。柳花入水化綠萍。

風波浩蕩心怔營。（錄自惜陰堂《明詞彙刊》本）

《重刻江南春詞集》序：「《詞律》錄【江南春】調，凡三十字，為寇萊公自度曲。元時倪雲林亦有自度【江南春】調，凡一百十一字，而《詞律》不錄，殆萬氏未見之歟。……余按《清秘閣集》以此詞列入七言古中，編次殊舛。……此本中或疑三首，或謂二首。其實一首，分上下闋而已。夫詩與詞界域判然，詞多七字句者，尤易與詩混。」

《聽秋聲館詞話》卷二：「【江南春】為倪雲林高士自度曲，與宋裊【穆護砂】同為元調。雖篇中均七言句，然前後四換韻，換頭係三字兩句，明明是詞非詩，乃《詞譜》、《詞律》均未收入，後人亦無填用者。」

# 江南春慢

即【江南春】。〔宋〕吳文英詞名【江南春慢】，見《欽定詞譜》卷三十五。

> 風響牙籤，雲寒古硯，芳銘猶在堂笏。秋床聽雨，妙謝庭、春草吟筆。城市喧鳴轍。清溪上、小山秀潔。便向此、搜松訪石，葺屋營花，紅塵遠避風月。　瞿塘路，隨漢節。記羽扇綸巾，氣凌諸葛。青天萬里，料漫憶、尊絲鱸雪。車馬從休歇。榮華事、醉歌耳熱。天與此翁，芳芷嘉名，紉蘭佩兮瓊玦。（錄自清康熙內府本）

《欽定詞譜》卷三十五【江南春慢】調注：「吳文英自度曲，注小石調。」

《詞律拾遺》卷五【江南春慢】調注：「此調與【夢橫塘】略相似，與三十字之【江南春】毫不相涉。葉本另立，今從之。」

按：此詞吳文英各本詞集均名【江南春】，而《欽定詞譜》卷三十五和《詞律拾遺》卷五均作【江南春慢】，未知何據，待考。

# 江南柳

即【憶江南】。〔宋〕張先詞名【江南柳】，見《張子野詞》卷一。

> 隋堤遠，波急路塵輕。今古柳橋多送別，見人分袂亦愁生。何況自關情。　斜照後，新月上西城。城上樓高重倚望，願身能似月亭亭。千里伴君行。（錄自《彊村叢書》本）

《張子野詞》注：南呂宮。

## 江南柳枝

調見《四明近體樂府》〔明〕全大訓詞。

東洞庭連西洞庭。鷗鷺風起滿船鯹。垂楊一帶
荊溪路，二沈原頭見鵓鴣。（錄自清刻本）

## 江南秋

即【秋風清】。〔清〕朱斗兒詞名【江南秋】，
見《眾香詞・數集》。

紅葉亂。黃花熳。風高聲滿林，水落痕生岸。
何處霜砧入夢驚，誰家玉笛將愁喚。（錄自大東
書局影印本）

## 江南詞

即【浣溪沙】。〔明〕鄭以偉詞名【江南詞】，
見《靈山藏詩餘》。

馬載端端絕可憐。卻將腰裹換嬋娟。偷彈粉淚灑
花鈿。　　首宿終宵嘶去路，釀蕪甚日是歸年。
憶君今夜枕鞍眠。（錄自惜陰堂《明詞彙刊》本）

## 江南煙雨

即【黑漆弩】。〔元〕王惲詞名【江南煙雨】，
見《秋澗先生樂府》卷三。

蒼波萬頃孤岑矗。是一片、水面上天竺。金鼈
頭、滿嗘三杯，吸盡江山濃綠。　　蛟龍慮恐
下燃犀，風起浪翻如屋。任夕陽、歸棹縱橫，
待償我、平生不足。（錄自涉園影元本）

詞序：「鄰曲子嚴伯昌嘗以【黑漆弩】侑酒，省
郎仲先謂予曰：『詞雖佳，曲名似未雅。若就以
【江南煙雨】目之，如何？』予曰：『昔東坡作
【念奴曲】，後人愛之，易其名曰【酹江月】，
其誰曰不然！』仲先因請予效颦，遂追賦遊金山
寺一闋，倚其聲而歌之。昔漢儒家畜聲妓，唐人
例有音學。而今之樂府，用力多而難為工，縱使
有成，未免筆墨勸淫為俠耳。渠輩年少氣銳，淵
源正學，不致費日力於此也。」

## 江南夢

即【憶江南】。〔清〕無名氏詞名【江南夢】，
見《餐玉堂詩稿・附詞》。

縈情處，簾幕畫還垂。金勒垂鞭花外過，簫聲
遙倚曲欄吹。腸斷許誰知。（錄自無名氏手稿本）

## 江南樹

調見〔清〕吳綺《蕭瑟詞》。

秋冷長干，幾夜風吹黃葉。殘土不成堆，下有
萇弘如血。　　荒亭人獨倚，望見蒼龍扉。杜
宇一雙飛，夜叫鍾陵月。（錄自《全清詞》本）

詞序：「過長干里折登山，有木末亭，亭有方正
學先生祠墓，面向鍾山，或從其志也。傍有景公
忠烈祠，因取《離騷》『採芙蓉於木末』之句以
名亭，亭在萬樹之杪。因賦【江南樹】一闋。」

## 江南憶

即【憶江南】。〔清〕魏浣初詞名【江南憶】，
見《倚聲初集》卷一。

江南憶，第一憶梅坡。月下藤支苦茗立，雪中
笠帶矮驢馱。伴個小頭陀。（錄自清順治刻本）

## 江城子

又名：水晶簾、西溪子、江神子、江神子令、村
意遠、雙調江城子、雙調水晶簾。

（一）調見《花間集》卷三〔五代〕韋莊詞。

恩重嬌多情易傷。漏更長。解鴛鴦。朱唇未
動、先覺口脂香。緩揭繡衾抽皓腕，移鳳枕，
枕檀郎。（錄自雙照樓影明仿宋本）

（二）調見〔宋〕蘇軾《東坡樂府》卷下。

鳳凰山下雨初晴。水風清。晚霞明。一朵芙
蕖，開過尚盈盈。何處飛來雙白鷺，如有意，
慕娉婷。　　忽聞江上弄哀箏。苦含情。遣誰
聽。煙斂雲收、依約是湘靈。欲待曲終尋問
取，人不見，數峰青。（錄自《彊村叢書》本）

《歷代詞人考略》卷十一引《墨莊漫錄》云：
「東坡在杭州，一日，遊西湖，坐孤山竹閣前臨
湖亭上，時二客皆有服預焉。久之，湖心有一彩
舟，漸近亭前，靚妝數人，中有一人尤麗，方鼓
箏，年且三十餘，風韻嫻雅，綽有態度。二客競
目送之。曲未終，翩然而逝。公戲作長短句云
（詞略）。」

（三）調見〔宋〕黃庭堅《山谷詞》。

新來曾被眼奚搐。不甘伏。怎拘束。似夢還
京、煩亂損心曲。見面暫時還不見，看不足。
惜不足。　　不成歡笑不成哭。戲人目。遠山
蹙。有分看伊、無分共伊宿。一貫一文踡十
貫，千不足。萬不足。（錄自汲古閣《宋六十名家
詞》本）

《金奩集》注：雙調。《張子野詞》注：高平調。

## 江城子慢

又名：江神子慢。

調見〔宋〕呂渭老《聖求詞》。

新枝媚斜日。花徑齊、晚碧泛江滴。近寒食。蜂蝶亂、點檢一城春色。倦遊客。門外昏鴉啼夢破，春心似、遊絲飛遠碧。燕子又語斜簷，行雲自沒消息。　當時烏絲夜語，約桃花時候，同醉瑤瑟。甚端的。看看是、榆角楊花飛擲。怎忘得。斜倚紅樓回淚眼，天如水、沉沉連翠壁。想伊不整啼妝影簾側。（錄自明吳訥《百家詞》本）

## 江城引

即【江城梅花引】。〔明〕馬洪詞名【江城引】，見《詞品》卷六。

雪晴閒覽瘦筇扶。過西湖。訪林逋。湖上天寒，草樹盡凋枯。忽見瓊葩光照眼，仙格調，玉肌膚。　夜空雲靜月輪孤。巧相摹。海濤圖。時聽枝頭，啁哳翠禽呼。縱有明珠三百斛，知似得，此花無。（錄自《詞話叢編》本）

## 江城如畫

調見《東白堂詞選初集》卷三〔清〕狄循厚詞。

輕風簾外蕩銀鉤。晚霞收。淡煙浮。月香花醉夜庭幽。不解相留。　酒醒無語上蘭舟。望西州。水悠悠。怎知燈下有人愁。吹笛高樓。（錄自清康熙十七年刻本）

按：此係新翻曲。上三句【江城子】，下二句【畫堂春】；後段同。

## 江城明月引

即【江城梅花引】。〔清〕項廷紀詞名【江城明月引】，見《憶雲詞》甲編。

是誰深院夜調笙。霧冥冥。月盈盈。過了燒燈時節峭風輕。幾日後堂新攏鑷，閒繡並、冷緗奩，掩畫屏。　畫屏畫屏最無情。天又明，寒漸生。喚也喚也，喚不應一枕春醒。偏我銷魂人聽賣花聲。碎剪夢雲裁恨句，尋曉燕、盼昏雅，寄與卿。（錄自清光緒刻本）

## 江城梅花引

又名：四笑江梅引、江城引、江城明月引、江梅引、西湖明月引、明月引、明月影、明月影子、梅花引、攤破江城子。

（一）調見〔宋〕丘崈《丘文定公詞》。

輕煤一曲染霜紈。小屏山。有無閒。宛是西湖，雪後未晴天。水外幾家蘺落晚，半開關。有梅花、傲峭寒。　漸看。漸遠。水瀰漫。小舟輕，去又還。野橋斷岸，隱蕭寺、□出晴巒。憶得孤山，山下竹溪前。佳致不妨隨處有，小窗閒，與詞人，伴醉眠。（錄自《彊村叢書》本）

（二）調見《精選名賢草堂詩餘》卷下〔宋〕康與之詞。

娟娟霜月冷侵門。怕黃昏。又黃昏。手撚一枝，獨自對芳樽。酒又不禁花又惱，漏聲遠，一更更、總斷魂。　斷魂。斷魂。不堪聞。被半溫。香半薰。睡也睡也，睡不穩、誰與溫存。唯有床前，銀燭照啼痕。一夜為花憔悴損，人瘦也，比梅花、瘦幾分。（錄自《四印齋所刻詞》本）

（三）調見《唐宋諸賢絕妙詞選》卷五〔宋〕王觀詞。

年年江上見寒梅。暗香來。為誰開。疑是月宮，仙子下瑤台。冷豔一枝春在手，故人遠，相思寄與誰。　怨極。恨極。嗅香蕊。念此情，家萬里。暮霞散綺。楚天碧，片片輕飛。為我多情，特地點征衣。花易飄零人易老，心正碎，那堪塞管吹。（錄自《四部叢刊》影明本）

（四）即【江城子】。〔明〕俞彥詞名【江城梅花引】，見《俞少卿集·近體樂府》。

古梅芳榭悄含英。冷香凝。滿空庭。我共花魂，相對惜孤清。更值眾芳搖落後，撚吟髭，霜月下，最關情。　羅浮夢斷曉參橫。句初成。自丁寧。從此一杯，歌底莫教停。化作玉鱗君便見，小橋邊，蘺落外，已星星。（錄自《四庫未收書輯刊》本）

詞序：「詠梅。即【江城子】，未多一句，似【行香子】，絕非【梅花引】。不知犯何調，姑俟博雅。」

《填詞名解》卷二：「【江城梅花引】採李白：『江城五月落梅花。』其體蓋取【江城子】前半調，【梅花引】後半調，合為此詞也。」

六畫

《詞律》卷二【江城梅花引】調注：「此詞相傳為前半用【江城子】，後半用【梅花引】，故合名【江城梅花引】。蓋取『江城五月落梅花』句也。但前半自首至『花又惱』確然為【江城子】，而後全不似【梅花引】。至過變以下則並與兩調俱不相合，止唯有『憔悴損』十六字同耳，未知以為【梅花引】是何故也。」

《詞通‧論名》：「【攤破江城子】又名【江城梅花引】。萬紅友《詞律》云：『相傳前半用【江城子】，後半用【梅花引】，故合名【江城梅花引】。』而疑其後半與【梅花引】未合。余謂此調並非兩調合名，所謂【江城梅花引】者，自是【攤破江城子】之別名，與五十七字之【梅花引】無涉，宜其不能相合，非若【江月晃重山】合兩調而為名也。假使果合兩調，則填此詞者，必不得偏舉一調之名。而周草窗、蔣竹山、趙霞山皆題【梅花引】，是殆此詞之省名，猶洪忠宣之省稱【江梅引】耳。萬紅友所謂『相傳』者，不知其說何所本，一名之附會遂致全調支離。以渺不相涉之詞，而必求其所以為【梅花引】之故，亦云勞矣。毛稚黃《填詞名解》直用【江城子】之上半、【梅花引】之下半，則尤武斷。」

## 江亭怨

又名：荊州亭、清平樂令、離亭燕。

調見《花草粹編》卷六〔宋〕吳城小龍女詞。

> 簾捲曲欄獨倚。江展暮天無際。淚眼不曾晴，家在吳頭楚尾。　　數點雪花亂委。撲漉沙鷗驚起。詩句欲成時，沒入蒼煙叢裏。（錄自文淵閣《四庫全書》本）

《花草粹編》卷六引《冷齋夜話》云：「黃魯直登荊州亭，亭柱間有此詞。夜夢一女子云：『有感而作。』驚悟曰：『此必吳城小龍女也。』」

《苕溪漁隱叢話‧前集》卷五十八引《冷齋夜話》云：「魯直自黔安出峽，登荊州亭，柱間有詞曰（詞略）。黃魯直讀之淒然曰：『似為予發也。不知何人所作，所題筆勢欹斜類女子。而有『淚眼不曾晴』之句，不然，則鬼詩也。』是夕，女子絕豔，夢於魯直曰：『我家豫章吳城山，附客船至此，墮水死，不得歸。登江亭有感而作，不意公能識之。』魯直驚寤，謂所親曰：『此必吳城小龍女也。』」

## 江神子

即【江城子】。〔宋〕蘇軾詞名【江神子】，見《東坡樂府》卷下。

> 鳳凰山下雨初晴。水風清。晚霞明。一朵芙蕖，開過尚盈盈。何處飛來雙白鷺，如有意，慕娉婷。　　忽聞江上弄哀箏。苦念情。遣誰聽。煙斂雲收，依約是湘靈。欲待曲終尋問取，人不見，數峰青。（錄自《彊村叢書》本）

《甕牖閒評》卷四：「蘇東坡謫黃州，鄰家一女子甚賢，每夕只在窗下聽東坡讀書。後其家欲議親，女子云：『須得讀書如東坡者乃可。』竟無所諧而死，故東坡作【卜算子】以記之。黃太史謂語意高妙，蓋東坡是詞為冠絕也。獨不知其別有一詞名【江神子】者。東坡倅錢塘日，忽劉貢父相訪，因拉與同遊西湖。時二劉方在服制中。至湖心，有小舟翩然至前。一婦人甚佳，見東坡自敘：『少年景慕高名，以在室無由得見，今已嫁為民妻。聞公遊湖，不避罪而來，善彈箏，願獻一曲，輒求一小詞，以為終身之榮，可乎？』東坡不能卻，援筆而成，其詞云（詞略）。此詞豈不更奇於【卜算子】耶！」

《稗史彙編》卷一百四十四引《復齋漫錄》云：「施肩吾〈及第後過揚子江〉詩：『江神也有情，為我風色好。』遂以曲名。」

## 江神子令

即【江城子】。〔金〕劉志淵詞名【江神子令】，見《啟真集》卷中。

> 金藏木性木藏金。體難尋。火生禽。二物烹煎，庚甲定浮沉。返本還元真體現，魂魄聚，淨無陰。　　九陽消息自來臨。耳鳴琴。運清音。喚出靈靈，越古與超今。遍界遍空無不是，顯了了，這真心。（錄自涵芬樓影明《道藏》本）

## 江神子慢

即【江城子慢】。〔宋〕田為詞名【江神子慢】，見《陽春白雪》卷二。

> 玉台掛秋月。鉛素淺、梅花傳香雪。冰姿潔。金蓮襯、小小凌波羅襪。雨初歇。樓外孤鴻聲漸遠，遠山外、行人音信絕。此恨對語猶難，那堪更寄書說。　　教人紅銷翠減，覺衣寬金縷，都為輕別。太情切。銷魂處、畫角黃昏時節。聲嗚咽。落盡庭花春去也，銀蟾迥、無情

圓又缺。恨伊不似餘香，惹鴛鴦結。（錄自《粵
雅堂叢書》本）

## 江梅引

即【江城梅花引】。〔宋〕姜夔詞名【江梅
引】，見《白石道人歌曲》卷三。

> 人間離別易多時。見梅枝。忽相思。幾度小
> 窗，幽夢手同攜。今夜夢中無覓處，漫徘徊。
> 寒侵被，尚未知。　　濕紅恨墨淺封題。寶箏
> 空，無雁飛。俊遊巷陌，算空有、古木斜暉。
> 舊約扁舟，心事已成非。歌罷淮南春草賦，又
> 萋萋。漂零客，淚滿衣。（錄自《彊村叢書》本）

## 江樓令

調見〔宋〕吳則禮《北湖詩餘》。

> 憑欄試覓紅樓句。聽考考、城頭暮鼓。數騎翩
> 翩度孤戍。盡雕弓白羽。　　平生正被儒冠
> 誤。待閒看、將軍射虎。朱檻瀟瀟□微雨。送
> 斜陽西去。（錄自《彊村叢書》本）

按：依吳則禮詞首句「憑欄試覓紅樓句」句，則
此調應作【紅樓令】。或因字形相近而刻誤，或
本名【江樓令】，無資料可證。

## 江瀆神

即【河瀆神】。〔清〕繆泳詞名【江瀆神】，見
《南枝詞》卷二。

> □□□鬱岩嶢。望中煙柳蕭蕭。暮天風起咽寒
> 潮。何處飛來畫橈。　　簫鼓滿堂燈火夕。舞
> 衣歌管如織。相勸玉杯金液。願君歡樂無極。
> （錄自清康熙手稿本）

## 如此江山

即【齊天樂】。〔宋〕張輯詞有「如此江山，更
蒼煙白露」句，故名；見《東澤綺語》。

> 西風揚子江頭路。扁舟雨晴呼渡。岸隔瓜洲，
> 津橫蒜石，搖盡波聲千古。詩仙一去。但對峙
> 金焦，斷磯青樹。欲下斜陽，長淮渺渺正愁
> 予。　　中流笑與客語。把貂裘為浣，半生塵
> 土。品水烹茶，看碑憶鶴，恍似舊曾遊處。聊
> 憑陸諝。問八極神遊，肯重來否。如此江山，
> 更蒼煙白露。（錄自《彊村叢書》本）

## 如花女

調見〔清〕朱青長《朱青長詞集》卷二十八。

> 新雨發。朝花滿地覆。留多半，分與綠窗紗。
> （錄自朱青長手稿本）

按：此調平仄互叶，與【歸字謠】不同。

## 如魚水

（一）調見〔宋〕柳永《樂章集》卷下。

> 輕靄浮空，亂峰倒影，澈豔十里銀塘。繞岸垂
> 楊。紅樓朱閣相望。芰荷香。雙雙戲、鸂鶒鴛
> 鴦。乍雨過、蘭芷河洲，望中依約似瀟湘。
> 　　風淡淡，水茫茫。動一片晴光。畫舫相將。
> 盈盈紅粉清商。紫薇郎。修禊飲、且樂仙鄉。
> 便歸去、遍歷巒坡鳳沼，此景也難忘。（錄自
> 《彊村叢書》本）

《樂章集》注：仙呂調。

（二）調見〔宋〕柳永《樂章集》卷下。

> 帝里疏散，數載酒縈花繫，九陌狂遊。良景對
> 珍筵，惱佳人、自有風流。勸瓊甌。絳唇啟、
> 歌發清幽。被舉措、藝足才高，在處別得豔姬
> 留。　　浮名利，擬拚休。是非莫掛心頭。富
> 貴豈由人，時會高志須酬。莫閒愁。共綠蟻紅
> 粉相尤。向繡幃，醉倚芳姿睡，算除此外何
> 求。（錄自《彊村叢書》本）

《樂章集》注：仙呂調。

## 如意令

調見《翰墨大全·丁集》卷三，〔宋〕無名氏詞。

> 炎暑尚餘八日。火老金柔時節。聞道間生賢，
> 儲秀降神崧極。無敵。無敵。當代人倫準的。
> 　　射策當為第一。高躍龍門三級。榮著綠袍
> 新，常渥必加寵錫。良弼。良弼。真個國家柱
> 石。（錄自《全宋詞》本）

按：此調《欽定詞譜》列入【如夢令】又一體。
唐宋詞人無【如夢令】有雙調者。宋人唯有二首
雙調，但均名【如意令】，《欽定詞譜》列入
【如夢令】又一體不妥，故另列。

## 如夢令

又名：不見、比梅、古記、玩華胥、宴桃源、無
夢令、詠燈花、憶仙姿、歸田樂令。

（一）調見〔宋〕蘇軾《東坡詞》。

> 水垢何曾相受。細看兩俱無有。寄語揩背人，

**六畫**

盡日勞君揮肘。輕手。輕手。居士本來無垢。
（錄自汲古閣《宋六十名家詞》本）

詞序：「元豐七年十二月十八日，浴泗洲雍熙塔下，戲作【如夢令】兩闋。此曲本唐莊宗製，名【憶仙姿】，嫌其不雅，故改為【如夢令】。莊宗作此詞，卒章云：『如夢。如夢。和淚出門相送。』因取以為名云。」

（二）調見〔宋〕吳文英《夢窗甲稿》。

秋千爭鬧粉牆。閒看燕紫鶯黃。啼到綠陰處，喚回浪子閒忙。春光。春光。正是拾翠尋芳。
（錄自汲古閣《宋六十名家詞》本）

《片玉集》注：中呂調。《古今詞話》引《古今詞譜》曰：「小石調曲。」

（三）金大曲名。

調見〔金〕王喆《重陽全真集》卷八。

如知九九妙中談。明月分明照碧潭。會得雙關真個是，前三三與後三三。

九九明詞要正。修整互初元性。須是返陽陰，決作清吟雅詠。賢聖。賢聖，容許陳如夢令。
九一初寒有自。朔氣任從開肆。是處蠻嚴凝，正遇中冬節至。藏異。藏異。內隱新陽欲施。
九二玄陰凜凜。白雪遍鋪緣甚。還許潤靈根，接引黃芽悉審。如恁。如恁。北海神龜暢飲。
九三隅維積凙。水面盡為凌凍。奇性最堅貞，任放明光出眾。遙送。遙送。返照天涯蟬蝀。
九四寒風似箭。威勢遍行方便。射退這群魔，吉慶嘉祥得見。堪羨。堪羨。隱顯晴光一片。
九五天池盡泮。淑景漸令堪玩。識看嶺頭梅，沖暖已成爛熳。香案。香案。獨占真陽一半。
九六舒張瑩氣。上下沖和溉濟。周匝普流通，正顯道尊德貴。經緯。經緯。欲放瓊苞寶卉。
九七門開八脈。洞達永無相隔。渾似吐氤氳，運轉周迴素白。難測。難測。一點當中堪赫。
九八般般洽協。普遍盡歸調燮。處處見光輝，燦燦尤增煒燁。相接。相接。長出瑤枝玉葉。
九九八方端鎖。團聚光明如火。焰焰做紅霞，裏面天花遍妥。成裹。成裹。瑩瑩明珠一顆。
九九榮詞已徹。誰做姓王名喆。雅字稱知明，道重重陽子別。歡悅。歡悅。一粒金丹永結。
（錄自涵芬樓影明《道藏》本）

## 好女兒

又名：九回腸、月先圓、好女兒令、相思兒令、國門東、綺筵張、畫眉郎、繡帶子、繡帶兒。

（一）調見〔宋〕黃庭堅《山谷詞》。

小院一枝梅。衝破曉寒開。偶到張園遊戲，沾袖帶香回。　玉酒覆銀盃。盡醉去、猶待重來。東鄰何事，驚吹怨曲，雪片成堆。（錄自汲古閣《宋六十名家詞》本）

（二）調見〔宋〕晏幾道《小山詞》。

綠偏西池。梅子青時。盡無端、盡日東風惡，更靠微細雨，惱人離恨，滿路春泥。　應是行雲歸路，有閒淚、灑相思。想旗亭、望斷黃昏月，又依前誤了，紅箋香信，翠袖歡期。（錄自汲古閣《宋六十名家詞》本）

（三）調見〔明〕楊慎《升庵長短句》卷一。

柳似腰枝。月似蛾眉。看千姣百媚、堪憐處，有紅拂當筵，金蓮襯步。玉筍彈棋。　心事一春誰問，同心結、斷腸詞。歡雙魚、不見征鴻遠，蕉心綠展。櫻唇紅滿，梅子黃肥。（錄自惜陰堂《明詞彙刊》本）

## 好女兒令

即【好女兒】。〔宋〕歐陽修詞名【好女兒令】，見《醉翁琴趣外篇》卷四。

眼細眉長。宮樓梳妝。靸鞋兒、走向花下立，著一身繡出，兩同心字，淺淺金黃。　早是肌膚輕紗，抱著了、暖仍香。姿姿媚媚端正好，怎教人別後，從頭仔細，斷得思量。（錄自雙照樓影宋本）

## 好心動

即【花心動】。〔宋〕曹勳詞名【好心動】，見《欽定詞譜》卷三十三。

椒柏稱觴，撫寰瀛佳辰，正臨端月。瑞應屢臻，宮籤多祥，氣候暖回微冽。聖母七旬壽，夐無前、天心昭格。溥慶處，坤珍效社，宴開清切。　金殿簫韶備設。鏘鈞奏留雲，舞容回雪。赭袍繡擁，裶翟同誠，遞捧玉杯歡悅。願將億萬喜，祝億萬、從茲無缺。太平主，永隆聖孝鳳闕。（錄自清康熙內府本）

《欽定詞譜》卷三十三【花心動】調注：「曹勳詞名【好心動】。」

按：曹勳《松隱樂府》無【好心動】調名，《欽定詞譜》未知所據何本，或係筆誤，待考。

## 好花時

即【落花時】。〔清〕納蘭性德詞名【好花時】，見《納蘭詞》。

> 夕陽誰喚下樓梯。一握香荑。回頭忍笑階前立，總無語、也依依。　筆書直恁無憑據。休說相思。勸伊好向紅窗醉，須莫及、落花時。（錄自清道光鐵網齋刻本）

## 好事近

又名：倚鞦韆、釣船曲、釣船笛、秦刷子、翠圓枝。

調見〔宋〕張先《張子野詞》卷一。

> 月色透橫枝，短葉小花無力。北客一聲長笛，怨江南先得。　誰教強半臘前開，多情為春憶。留取大家沉醉，正雨休風息。（錄自《彊村叢書》本）

《張子野詞》注：仙呂宮。

## 好時光

調見《尊前集》〔唐〕李隆基詞。

> 寶髻偏宜宮樣，蓮臉嫩、體紅香。眉黛不須張敞畫，天教入鬢長。　莫倚傾國貌，嫁取個、有情郎。彼此當年少，莫負好時光。（錄自《彊村叢書》本）

《欽定詞譜》卷五【好時光】調注：「或疑此詞非明皇筆，然《尊前集》所收，固唐詞也，編入以備一體。」

《歷代詞人考略》卷一引《開元軼事》云：「明皇諳音律，善度曲。嘗臨軒縱擊製一曲曰【春光好】，方奏時，桃李俱發。又製一曲曰【秋風高】，奏之風雨颯然。帝曰：『此事不喚我作天公可乎？』詞俱失傳。唯【好時光】一闋云（詞略）。」

《詞史》第二章云：「玄宗皇帝好詩歌，精音律，多御製曲，有【紫雲曲】……等詞。今傳有【好時光】一詞。」

按：李隆基詞有「莫負好時光」句，故名【好時光】。

## 好鳥巢林

調見《歷代蜀詞全輯》〔清〕楊光坰詞。

> 玉漏音凝。銀檠焰冷，長宵誰伴寒衾。記相逢夢裏，被雞聲啼破，倚枕杳難尋。願學長房縮地，縮來同處，不脹分襟。　甚愁離怨別，知相思、兩地同心。同倩女離魂。腰圍依舊，是否如今。縱說歸期不遠，這淒清未易消沉。轉羨他、雙宿雙飛，好鳥巢林。（錄自重慶出版社排印本）

詞注：「右詞乃己亥冬所作也，時館宜賓，姚季陶以詞見示，作此和之。詞譜未在行篋，不知有合古調否。以無名，故名之曰【好鳥巢林】。」

按：楊光坰詞有「雙宿雙飛，好鳥巢林」句，故名【好鳥巢林】。

## 好精神

原調已佚。〔宋〕無名氏【滿庭芳】集曲名詞，有「更好精神」句，輯名；詞見《事林廣記‧戊集》卷二。

## 好溪山

即【阮郎歸】。〔宋〕張輯詞有「西窗仍見好溪山」句，故名；見《永樂大典》卷一萬一千三百十三「館」字韻引《東澤綺語》。

> 孤鴻遙下夕陽寒。秋清懷抱寬。籬根香滿菊金團。客中邀客看。　呼濁酒，共清歡。五弦隨意彈。西窗仍見好溪山，幾年誰倚欄。（錄自中華書局影印本）

## 好離鄉

即【南鄉子】。〔金〕丘處機詞名【好離鄉】，見《蟠溪集》。

> 獨坐向南溪。一事無能百不知。所愛冥冥煙雨後，東西。雲綻峨峨列翠微。　蒼骨太虛齋。冉冉寒光映日飛。何事中心看不足，忘歸。似有膏肓病著肌。（錄自涵芬樓影明《道藏》本）

## 羽仙歌

即【洞仙歌】。〔宋〕潘牥詞名【羽仙歌】，見《歷代詩餘》卷五十三。

> 雕簷綺戶，倚晴空如畫。曾是吳王舊台榭。自浣紗人去後，落日平蕪，行雲斷，幾見花開花謝。　淒涼欄檻外，一簇青山，多少圖王共爭霸。莫閒愁，金杯瀲灩，對酒當歌，歡娛地、夢中蕣騰休話。漸倚遍西風晚潮生，明月裏，鷺鷺背人飛下。（錄自清康熙內府本）

六畫

## 羽調解語花

調見〔清〕朱青長《朱青長詞集》卷十八。

　　尋山築室，覓水垂綸，迂於甚年月。閡冷了蛾
眉，釣波徒、要幾生修得。荷鄉水泊。由家一
漚分大國。好處不教魚鳥占，汪茫無南北。
　　從今日剪盡蘆嶼，蓼汀營造撐天業。掇鱉撈
蝦，兩衰翁、權當一時豪傑。臨風鼓瑟，誰識
憑欄心膽裂。醉鏟嶤岩書一字，江月通宵白。
　　（錄自朱青長手稿本）

## 羽調醉鄉春曲

即【醉鄉春】。〔清〕張振夔詞名【羽調醉鄉春
曲】，見《東甌詞徵》卷七。

　　竟把色空參了。先上勝山營兆。聘趙進，遠劉
伶，謀畫似君非矯。　　萬事總如過鳥。此獨
乾坤共老。協生氣，度流泉，異日須題表。（錄
自《溫州文獻叢書》本）

# 七畫

## 弄月吟風

〔清〕沈彩自度曲，見《采香詞》。

　　乍見繁花堆繡，轉眼落葉飄紅。也莫管、春來
秋去，弄月與吟風。　　閱盡萬里山色，開拓
萬古心胸。那知道、金釵玉佩，身在小樓中。
　　（錄自清乾隆寫刊本）

詞序：「自度曲，題春雨樓壁。」

《采香詞》注：正宮。

按：沈彩詞有「春來秋去，弄月與吟風」句，故
名【弄月吟風】。

## 弄花雨

即【冉冉雲】。〔宋〕韓淲詞有「倚遍欄干弄花
雨」句，故名；見《澗泉詩餘》。

　　倚遍欄干弄花雨。捲珠簾，草迷芳樹。山崦
裏、幾許雲煙來去。畫不就、人家院宇。
　　社寒梁燕呢喃舞。小桃紅、海棠初吐。誰通
道、午醉醒時情緒。閑整春衫自語。（錄自《彊

村叢書》本）

## 弄珠英

即【驀山溪】。〔宋〕賀鑄詞有「弄珠英、因風
委墜」句，故名；見《東山詞》卷上。

　　楚鄉新歲。不放殘寒退。月曉桂娥開，弄珠
英、因風委墜。清淮鋪練，十二玉峰前，上簾
櫳，招佳麗。置酒成高會。　　江南芳信，目
斷何人寄。應占鏡邊春，想晨妝、膏濃壓翠。
此時乘興，半道忍回橈，五雲溪、門深閉。璧
月長相對。（錄自涉園影宋本）

## 弄珠樓

〔清〕沈謙自度曲，調見《東江別集》卷二。

　　煙濤萬頃，看九龍、奔赴弄珠樓。重簾高枕，
水天日夜悠悠。白雁風驅，黃花露濯，描畫十
分秋。莫負佳人勸飲，玉杯似手，翠蟻香浮。
　　搔頭。燈前敲斷，應為節輕謳。星移物
換，淪亡古跡難求。錦障催詩，紅衣扶醉，改
席上蘭舟。囑咐青衫司馬，襟懷磊落，漫學江
州。（錄自惜陰堂《明詞彙刊》本）

詞序（據姚虞琴民國排印本）：「弄珠樓宴集，
贈陸嗣端司馬。」詞注：「當湖九龍港，在平湖
縣，中有弄珠樓。」

按：沈謙詞有「看九龍、奔赴弄珠樓」句，故名
【弄珠樓】。

## 赤棗子

唐教坊曲名。

調見《尊前集》〔五代〕歐陽炯詞。

　　夜悄悄，燭熒熒。金爐香盡酒初醒。春睡起來回
雪面。含羞不語倚雲屏。（錄自《彊村叢書》本）

《詞律》卷一【赤棗子】調注：「此詞與【搗練
子】、【桂殿秋】句法相同，未免錯認。今考定
之曰：首次二句，三詞俱同；第三句，【搗練
子】用仄仄平平仄仄平，【赤棗子】反之（平平
平仄仄平平），【桂殿秋】則兩者不拘；後二句
【搗練】、【赤棗】用平仄平平平仄仄、平平仄
仄仄平平，【桂殿秋】反是。」

按：《選聲集》【桂殿秋】調注云：「末二句
對，不對即【赤棗子】恐亦不確。」《古今詞
話·詞辨》卷上將【赤棗子】為【搗練子】之別
名則誤。

## 赤壁詞

即【念奴嬌】。〔宋〕陸游詞名【赤壁詞】，見《渭南詞》卷一。

> 禁門鐘曉，憶君來朝路，初翔鸞鵠。西府中台推獨步，行對金蓮宮燭。麝繡華韉，仙葩寶帶，看即飛騰速。人生難料，一尊此地相屬。
> 　　回首紫陌重門，西湖閬院，鎖千梢修竹。素壁棲鴉應好在，殘夢不堪重續。歲月驚心，功名看鏡，短鬢無多綠。一歡休惜，與君同醉浮玉。（錄自雙照樓影宋本）

## 赤壁謠

即【念奴嬌】。

《古今詞話・詞辨》卷下引《樂府解題》云：「【念奴嬌】中有公瑾、小喬事，名【赤壁謠】。」

## 孝順歌

調見《金瓶梅》卷二十四〔明〕無名氏詞。

> 芙蓉面，冰雪肌。生來娉婷年已笄。嫋嫋倚門餘，梅花半含蕊。似開還閉。　初見簾邊，羞澀還留住，再過樓頭，款接多歡喜。行也宜。立也宜。坐又宜。偎傍更相宜。（錄自張竹坡批評本）

按：此調換頭十九字才起韻，而又連用四疊韻，明代小說中詞，不足為法，採以存調，以供研究。

## 孝順樂

唐大曲名。

調見《敦煌歌辭總編》卷三〔唐〕無名氏詞。

> 人生一世大堪傷。浮生如似電中光。道場今日苦相勸，是須孝順阿耶娘。孝順樂。孝順樂。孝順阿耶娘。孝順樂。
> 起初第一是懷胎。阿娘日夜數般災。日夜只憂分離去，思量爭不淚濡濡。孝順樂。孝順樂。孝順阿耶娘。孝順樂。
> 第二臨產更艱辛。須臾前看喪其生。好惡只看一晌子，思量爭不鼻頭辛。孝順樂。孝順樂。孝順阿耶娘。孝順樂。
> 第三生子得身安。多般痛苦在身邊。眼看孩兒生草上，阿娘喜歡□百般。孝順樂。孝順樂。孝順阿耶娘。孝順樂。

> 第四嚥苦更難言。殷勤育養轉加難。好物阿娘不吃□，調和香餌與兒餐。孝順樂。孝順樂。孝順阿耶娘。孝順樂。
> 就中第五更難陳。阿娘日夜受□勤。勝處安排與兒臥，心中猶怕練兒身。孝順樂。孝順樂。孝順阿耶娘。孝順樂。
> 洗濯第六遇天寒。腥臊不淨阿娘看。十指凍來疑欲落，阿娘日夜轉焦乾。孝順樂。孝順樂。孝順阿耶娘。孝順樂。
> 須臾第七又悽惶。三年乳哺痛悲傷。吐熱免寒抬舉大，爭令辜負阿耶娘。孝順樂。孝順樂。孝順阿耶娘。孝順樂。
> 苦哉第八長成人。殺害命禍□姻親。兒大長成娶新婦，女還長大送他門。孝順樂。孝順樂。孝順阿耶娘。孝順樂。
> 遠行第九切心酸。兒行千里母心牽。只見母心隨兒去，不見兒身在母前。孝順樂。孝順樂。孝順阿耶娘。孝順樂。
> 第十男女不思量。高言忤逆阿耶娘。約束將來盡不肯，曾多日夜淚千行。孝順樂。孝順樂。孝順阿耶娘。孝順樂。
> 並勸面前諸弟子，是須孝順阿耶娘。願得今生行孝道，□□□□□□□。孝順樂。孝順樂。孝順阿耶娘。孝順樂。（錄自上海古籍出版社排印本）

按：原載（伯）二八四三，原題【孝順樂贊】。《敦煌歌辭總編》以調名本意輯名。

## 求因果

調見《敦煌歌辭總編》卷三〔唐〕無名氏詞。

> 一一勸君學好事。孝義存終始。立身禮讓最為先。每事學周旋。　學取每常存禮義。好事人皆美。不得摴蒲學賭錢。非道沒良賢。（錄自上海古籍出版社排印本）

《敦煌歌辭總編》卷三：「此卷原題為〈求因果詩〉。翟目曰：『五七言交替，用紅標點，為十六頁之冊子。』劉目但曰：『約二百數十行而已。』未料加以章解以後，乃雙疊長短句調之歌辭四十五首也。各首皆以七五七五二片，或七五四組之調，叶韻以各組仄平相間為主，亦有上片全叶平，或下片全叶平者。最早隋曲【紀遼東】格調即大概如此，確是歌辭，非徒詩，不容掩沒。」

按：原載（斯）五五八八。原本同調計四十五首，《敦煌歌辭總編》編入雜曲聯章體，今錄其

一首。

## 扶桑引

調見《留青新編》〔清〕蔣守大詞。

瑤草幾番花。任天風扶起，飛上鸞車。何處說丹砂。兩行朱鷺，路海為家。　雙髻引風斜。一灣銀海浪，萬里玉堤沙。記取山頭博著，便留與後人誇。（錄自《全清詞》本）



## 扶醉怯春寒

〔清〕沈謙自度曲，見《東江別集》卷三。

花曉玉簾紅，鶯聲百囀偏相混。睡眼瞢騰，見向壁燈初燼。強扶餘醉怯春寒，奈又是、東風幾陣。心頭悶。將寶枕推斜，繡衾壓損。
記得綢繆初印。別易會何難。真是轉眼韶光盡。驗取瑤簪，怎上有通長璺。春來倒喜夢糊塗，全不是、舊時幫襯。難思忖。待得見他時，將他細問。（錄自惜陰堂《明詞彙刊》本）

詞注：「自度曲。周邦彥詞：『紅日三竿，醉頭扶起寒怯。』」

按：沈謙詞有「強扶餘醉怯春寒」句，故名【扶醉怯春寒】。

## 扶醉待郎歸

〔清〕丁澎新譜犯曲，見《扶荔詞》卷一。

斂眉擅暈薄寒侵。紅酥透，力難禁。迷離春思幾沉吟。含羞錯弄琴。　流螢點點過花蔭。吹不度，是郎心。玉人真個到溫衾。巫山夢未深。（錄自清康熙家刻本）

詞注：「本意。新譜犯曲，上三句【醉紅妝】，下二句【阮郎歸】；後段同。」

## 杜宇

〔清〕魏際瑞自製體，見《魏伯子文集》。

傷心杜宇。正落泊天涯，隻身無侶。國破家亡千古恨，目斷雲山煙樹。對楊柳春風枉斷腸，更梨花夜月寒侵羽。向愁人、心上耳邊啼，啼不住。　心欲碎，春無語。魂欲斷，天將曙，到血盡喉乾，分明句句。怕靜掩重門細雨時，並落花孤館斜陽暮。任聲聲、還道不如歸去，歸何處。（錄自清刻本）

詞注：「自製體。」

按：魏際瑞詞有「傷心杜宇」句，故名【杜宇】。

## 杜韋娘

唐教坊曲名。

調見〔宋〕杜安世《壽域詞》。

暮春天氣，鶯老燕子忙如織。間嫩葉、題詩哨梅小，乍遍水、新萍圓碧。初牡丹謝了，秋千搭起，垂楊暗鎖深深陌。暖風輕，盡日閒把，榆錢亂擲。　恨寂寂。芳容衰減，頓欹玳枕困無力。為少年、狂蕩恩情薄，尚未有、歸來消息。想當初鳳侶鴛儔，喚作平生，更不輕離拆。倚朱扉，淚眼滴損，紅綃數尺。（錄自汲古閣《宋六十名家詞》本）

（二）調見《樂府雅詞・拾遺》卷下〔宋〕無名氏詞。

華堂深院，霜籠月采生寒暈。度翠幄、風觸梅香噴。漸歲晚、春光將近。惹離恨萬種，多情易感，歡難聚少愁成陣。擁紅爐，鳳枕慵欹，銀燈挑盡。　當此際，爭忍前期後約，度歲無憑準。對好景、空積相思恨。但自覺、懨懨方寸。擬蠻箋象管，丹青好手，寫出寄與伊教信。盡千工萬巧，唯有心期難問。（錄自文淵閣《四庫全書》本）

## 村意遠

即【江城子】。〔宋〕韓淲詞有「臘後春前村意遠」句，故名，見《澗泉詩餘》。

雪消霜入小溪舟。試浮游。上山頭。薄薄寒煙，依舊未全收。問道梅花開也未，吟不盡，一春愁。　襟懷如此老還休。懶凝眸。轉深幽。詩罷一眉，新月又如鉤。臘後春前村意遠，回棹穩，水西流。（錄自《彊村叢書》本）

## 杖前飛

調見《敦煌歌辭總編》卷三〔唐〕無名氏詞。

脫緋紫。著錦衣。銀鐙金鞍耀日暉。場裏塵飛馬後去，空中毬勢杖前飛。（錄自上海古籍出版社排印本）

按：原本無調名，《唐雜言・格調》因詞有「空中毬勢杖前飛」句，擬調名【杖前飛】。此調原載（斯）二〇四九、（伯）二五四四。此調計五首，《敦煌歌辭總編》編入雜曲聯章體，今錄其一。

## 杏花天

又名：杏花風、於中好。

（一）調見〔宋〕朱敦儒《樵歌》卷中。

> 殘春庭院東風曉。細雨打、鴛鴦寒峭。花尖望
> 見秋千了。無路踏青鬥草。　　人別後、碧雲
> 信杳。對好景、愁多歡少。等他燕子傳音耗。
> 紅杏開也未到。（錄自《彊村叢書》本）

《欽定詞譜》卷十【杏花天】調注：「此調微近
【端正好】，坊本頗多誤刊。今以六字折腰者為
【端正好】，六字一氣者為【杏花天】。」

（二）即【念奴嬌】。〔宋〕無名氏詞名【杏花
天】，見《翰墨大全・丁集》卷二。

> 婺星呈瑞，對春餘幾許，日臨三九。正屬我姑
> 初度旦，悅設當年門右。綠鬢猶新，紅顏未
> 改，真月宮仙友。柏舟節義，富而榮貴長守。
> 　　況有詵桂青春，潛心黃卷，指日功名就。
> 女郎乘龍全四德，未老得閒仁壽。天命方知，
> 歲饑常賑，陰德還多有。麻姑王母，千千同宴
> 春酒。（錄自《全宋詞》本）

（三）即【杏花天慢】。〔宋〕曹勳詞名【杏花
天】，見《松隱樂府》卷二。

> 桃蕊初謝，雙燕來後，枝上嫩苞時節。絳萼滋
> 浩露，照曉景、裁剪冰綃標格。煙傳靜質。似
> 淡拂、妝成香頰。看暖日、催吐繁英，占斷上
> 林風月。　　壇邊曾見數枝，算應是真仙，故
> 留春色。頓覺偏造化，且任他、桃李成蹊誰
> 說。晴霽易雪。待對飲、清賞無歇。更愛惜、
> 留引鵾禽，未須再折。（錄自《彊村叢書》本）

（四）即【杏花天影】。〔宋〕姜夔詞名【杏花
天】，見《白石道人歌曲》卷三。

> 綠絲低拂鴛鴦浦。想桃葉、當時喚渡。又將愁
> 眼與春風，待去。倚蘭橈、更少駐。　　金陵
> 路。鶯吟燕儛。算潮水、知人最苦。滿汀芳草
> 不成歸，日暮。更移舟，向甚處。（錄自《彊村叢
> 書》本）

按：《彊村叢書》本卷三目錄調名作【杏花天
影】。

（五）調見〔明〕楊儀《南宮詩餘》。

春來準備看花眼。苦經旬、風狂雨顛。窗前誰作
催花使，喚起我、同看水仙。　　藍裙綽約盈
步，捧金杯、雙雙袖擅。山礬幸與梅兄並，醉醒
處、蟾光正圓。（錄自惜陰堂《明詞彙刊》本）

詞序：「辛亥正月水仙盛開，對花夜酌，以古調
【杏花天】歌以進觴。此曲初似不叶，然入越
調，北音發聲，自得悠揚之趣，乃知易安之能賞
者，以解婦為足少也。」

## 杏花天引子

即【杏花天影】。〔清〕朱青長詞名【杏花天引
子】，見《朱青長詞集》卷二十。

> 碧桃雙綻丁香結。是挑菜、年時四月。只今相見
> 聽流鶯，不識。個人兒、可記得。　　傷離別、
> 花啼柳咽。千種思量枉說。整年漂蕩學楊花，
> 今日。視斜陽，早窻黑。（錄自朱青長手稿本）

按：《朱長青詞集》目錄作【杏花天影子】。

## 杏花天慢

又名：杏花天。

調見〔宋〕曹勳《松隱樂府》卷二。

> 桃蕊初謝，雙燕來後，枝上嫩苞時節。絳萼滋
> 浩露，照曉景、裁剪冰綃標格。煙傳靜質。似
> 淡拂、妝成香頰。看暖日、催吐繁英，占斷上
> 林風月。　　壇邊曾見數枝，算應是真仙，故
> 留春色。頓覺偏造化，且任他、桃李成蹊誰
> 說。晴霽易雪。待對飲、清賞無歇。更愛惜、
> 留引鵾禽，未須再折。（錄自《全宋詞》本）

## 杏花天影

又名：杏花天、杏花天引子。

調見〔宋〕姜夔《白石道人詞集》卷一。

> 綠絲低拂鴛鴦浦。想桃葉、當時喚渡。又將愁
> 眼與春風，待去。倚蘭橈、更少駐。　　金陵
> 路。鶯吟燕儛。算潮水、知人最苦。滿汀芳草
> 不成歸，日暮。更移舟，向甚處。（錄自《四印齋
> 所刻詞》本）

清戈載【杏花天影】詞序：「壬申早春，園中杏
花盛開，約客為探春之宴。客翻白石譜，請予賦
此。白石自度腔，多注明宮調，是曲獨否。因細
考其旁譜，起調畢曲，皆下下凡，住字亦同。二
十八調中，用下凡者唯黃鐘宮。黃鐘宮者，宮聲
七調之一，即無射宮也。若正宮之黃鐘宮，則住
用合字，清用六字，與此全異。白石又有【惜紅
衣】調，注曰無射宮，亦用下凡，而末兼四字，
此則所謂『寄煞』耳。推尋得之甚樂，酌客舊
醅，聽予新倡。」

## 杏花風

（一）即【桃源憶故人】。〔宋〕韓淲詞有「杏花雨裏東風峭」句，故名；見《澗泉詩餘》。

> 杏花雨裏東風峭。不比尋常開了。枝上飛來多少。人與春將老。　山城燈火笙簫香。夢到十洲三島。睡覺綺窗清曉。綠遍池塘草。（錄自《彊村叢書》本）

（二）即【酒泉子】。〔五代〕張泌詞有「御溝輦路暗相通。杏花風」句，故名；見《記紅集》卷一。

> 紫陌青門，三十六宮春色，御溝輦路暗相通。杏花風。　咸陽沽酒寶釵空。笑指未央歸去，插花走馬落殘紅。月明中。（錄自清刻本）

（三）即【杏花天】。〔宋〕辛棄疾詞名【杏花風】，見《欽定詞譜》卷十。

> 牡丹昨夜方開遍。畢竟是、今年春晚。茶付與薰風管。燕子忙時鶯懶。　多病起、日長人倦。不待得、酒闌歌散。副能得見茶甌面。卻早安排腸斷。（錄自涉園影小草齋鈔本）

《欽定詞譜》卷十【杏花天】調注：「辛棄疾詞名【杏花風】。」

按：查宋本、小草齋本、唐宋百家詞本、汲古閣本等辛棄疾詞集中，均無【杏花風】調名，《欽定詞譜》未知所據何本，待考。

## 杏梁燕

即【解連環】。〔宋〕張輯詞有「把千種舊愁，付與杏梁語燕」句，故名；見《東澤綺語》。

> 小樓春淺。記鉤簾看雪，袖沾芳片。似不似、柳絮因風，更細與品題，屢呵冰硯。宛轉吟情，縱真草、鳳箋都遍。到燈前笑謔，酒袚峭寒，移盡更箭。　而今柳陰滿院。知花空雪似，人隔春遠。歎萬事、流水斜陽，漫贏得前詩，醉汙團扇。脈脈重來，算唯有、畫欄曾見。把千種舊愁，付與杏梁語燕。（錄自《彊村叢書》本）

## 杏園芳

又名：杏園春。

調見《花間集》卷九〔五代〕尹鶚詞。

> 嚴妝嫩臉花明。教人見了關情。含羞舉步越羅輕。稱娉婷。　終朝咫尺窺香閣，迢迢似隔層城。何時休遣夢相縈。入雲屏。（錄自雙照樓影明仿宋本）

## 杏園春

即【杏園芳】，〔清〕朱青長詞名【杏園春】，見《朱青長詞集》卷二十。

> 青山修竹名園。鈔得說鬼談仙。花遙造屋共鶯眠。辨戈天。　水漚老鶴還相識，休教走入塵寰。何當堅築白雲間。徙千山。（錄自朱青長手稿本）

## 折丹桂

（一）調見〔宋〕王之道《相山居士詞》。

> 照人何處雙瞳碧。玉去江城北。過江風順莫遲留，快雁飛聯翼。　西湖花柳傳消息。知是東君客。家書須辦寫泥金，報科名，題淡墨。（錄自《彊村叢書》本）

（二）即【步蟾宮】。〔宋〕無名氏詞名【折丹桂】，見《翰墨大全・丁集》卷三。

> 初秋雨雨留葵荽。算恰是、生申佳節。祝君壽閣八千秋，歲歲對、長空皓月。　咸宣比部推剛決。氣凜凜、秋霜爭烈。灘頭雙鵝看飛來，便有詔、催歸天闕。（錄自《全宋詞》本）

## 折月桂

即【步蟾宮】。《歷代詩餘》卷二十九【步蟾宮】調注云：「一名【折月桂】。」

按：【折月桂】之「月」字，疑是「丹」字之刻誤。或另有所依，不詳待考。

## 折花三台

宋大曲花舞曲名之一。

調見〔宋〕史浩《鄮峰真隱大曲》卷二。

> 算仙家，真巧妙，能使眾芳長繡組。羽軿芝葆，曾到世間，誰共凡花為伍。　桃李漫誇豔陽，百卉又無香可取。歲歲年年長是春，何用芳菲分四序。（錄自《彊村叢書》本）

## 折花令

調見《高麗史・卷七十一・樂二》〔宋〕無名氏詞。

> 翠幕華筵，相將正是多歡宴。舉舞袖、迴旋遍。羅綺簇宮商，共歌清羨。瓊漿泛泛滿金樽。莫惜沉醉，永日長遊衍。願樂嘉賓，嘉賓式燕。（錄自日本明治四十一年縮印本）

按：此為高麗唐樂【拋球樂】舞隊曲之一。《高麗史・樂志》原注有「三台詞」，但其體格律與【三台】不同，其意費解。此首《欽定詞譜》分二段。

## 折紅英

即【擷芳詞】。〔宋〕程垓詞名【折紅英】，見《書舟詞》。

> 桃花暖。楊花亂。可憐朱戶春強半。長記憶。探芳日。笑憑郎肩，㼈紅偎碧。惜。惜。惜。
> 　春宵短。離腸斷。淚痕長向東風滿。憑青翼。問消息。花謝春歸，幾時來得。憶。憶。憶。（錄自汲古閣《宋六十名家詞》本）

## 折紅梅

（一）調見《梅苑》卷三〔宋〕無名氏詞。

> 隴上消殘雪，曲水流斷，淑氣潛通。群花冷未吐，夜來梅萼，數枝繁紅。先奪化工。發豔色、不染東風。信憑曉風，難壓精神，占青春未上，別是標容。　天香漸杳，似蓬閬玉妃，酒困嬌慵。只愁恐、上陽愛惜，和種移向瑤宮。西歸驛使，折贈處、庾嶺溪東。又須寄與，多感多情，道此花開早，未識遊蜂。（錄自文淵閣《四庫全書》本）

（二）調見《梅苑》卷三〔宋〕吳感詞。

> 喜冰漸初泮，微和漸入，東郊時節。春消息、夜來頓覺，寒梅數枝爭發。玉溪仙館，不是個、尋常標格。化工別與，一種風情，似勻點胭脂，染成香雪。　重吟細閱。比繁杏天桃，品流真別。只愁共、彩雲易散，冷落謝池風月。憑誰向說。三弄處、龍吟休咽。大家留取，時倚欄干，聞有花堪折，勸君須折。（錄自文淵閣《四庫全書》本）

按：此詞又見汲古閣本《壽域詞》。《欽定詞譜》卷三十四【折紅梅】調注：「【折紅梅】，調見《壽域詞》。此杜（安世）自度曲。明毛晉《壽域詞》跋云：「本集載【折紅梅】一首，龔希仲又謂是吳中丞紅梅閣詞，紀之甚詳。吳感字應之，以文章知名。天聖二年省試為第一，又中九年書判拔萃科，仕致殿中丞。居小市橋，有侍姬曰紅梅，因以名其閣。嘗作【折紅梅】詞曰（詞略）。其詞傳播人口，春日群宴，必使倡人歌之。吳死，其閣為林少卿所得，兵火前尚存。子純字晦叔，文行亦高，鄉人呼吳

先生。楊元素《本事集》誤以為蔣堂侍郎有小鬟號『紅梅』，其殿丞作此詞贈之。可見詩詞名篇互淆者甚多，同時尚未能析疑，何況千百年後耶！」

《中吳紀聞》卷一曰：「吳感字應之，以文章知名。天聖二年省試為第一，又中天聖九年書判拔萃科，仕致殿中丞。居小市橋，有侍姬曰紅梅，因以名其閣。嘗作【折紅梅】詞曰（詞略）。其詞傳播人口，春日群宴，必使倡人歌之。吳死，其閣為林少卿所得，兵火前尚存。」

## 折桂令

又名：天香引、天香第一枝、百字折桂令、秋風第一枝、廣寒秋、蟾宮曲。

（一）調見《歷代詩餘》卷二十五〔元〕倪瓚詞。

> 片帆輕、水遠山長。鴻雁將來，菊蕊初黃。碧海鯨鯢，蘭苕翡翠，風露鴛鴦。　問音信，何人諦當。想情懷，舊日風光。楊柳池塘。隨處凋零，無限思量。（錄自清康熙內府本）

《欽定詞譜》卷十【折桂令】調注：「元人小令，不拘襯字者，莫過此詞。」

（二）調見〔明〕彭孫貽《茗齋詩餘》。

> 多愁。況又經愁。睡皺衣篝。銷瘦金軀。翠袖西樓。凝眸。別酒滴透江流。　颼颼。渡頭。衰柳難留。江口孤舟。邂逅相兜。倦繡相摟。生受綢繆。此後休休。（錄自惜陰堂叢書本）

詞注：「詞一名【廣寒秋】，一名【天香第一枝】。二字短柱促韻，難於見工。偶讀《輟耕錄》元人詞，亦效為之，不能有加昔人也。」

## 折新荷引

即【新荷葉】。〔宋〕趙抃詞名【折新荷引】，見《樂府雅詞・拾遺》卷上。

> 雨過迴廊，圓荷嫩綠新抽。越女輕盈，畫橈穩泛蘭舟。芳容豔粉，紅香透、脈脈嬌羞。菱歌隱隱漸遙，依約回眸。　堤上郎心，波間妝影遲留。不覺歸時，淡天碧襯蟾鉤。風蟬噪晚，餘霞際、幾點沙鷗。漁笛、不道有人，獨倚危樓。（錄自文淵閣《四庫全書》本）

## 折楊柳

即【楊柳枝】。《詞律》卷一目錄【楊柳枝】調注：「又名【折楊柳】。」

按：自唐曲子至宋元詞人，無一人提及【楊柳

枝】又名【折楊柳】者，也無人用【折楊柳】做詞調名。唯《唐詞紀》卷一錄唐楊巨源「水邊楊柳麴塵絲」詩，題調名為【楊柳枝】，而該詩在《全唐詩》中題為【折楊柳】。《詞律》大概據此而誤注。今錄其詩，以供參閱：

> 水邊楊柳麴塵絲。立馬憑君剪一枝。唯有春風最相惜，殷勤更向手中吹。

## 折楊柳曲

調見〔明〕朱讓栩詞，有「折楊柳」句，故名；見《長春競辰集》卷十三。

> 谷風振鳴條。鳧鳥初飛來，料峭作寒朝。折楊柳。幾度倚欄人，空閨獨難守。（錄自《四庫未收書輯刊》本）

## 更漏子

又名：付金釵、更漏子慢、無漏子、獨倚樓、翻翠袖。

（一）調見《花間集》卷一〔唐〕溫庭筠詞。

> 柳絲長，春雨細。花外漏聲迢遞。驚塞雁，起城烏。畫屏金鷓鴣。　香霧薄。透簾幕。惆悵謝家池閣。紅燭背，繡簾垂。夢長君不知。（錄自雙照樓影明仿宋本）

（二）調見《尊前集》〔五代〕歐陽炯詞。

> 三十六宮秋夜永，露華點滴高梧。丁丁玉漏咽銅壺。明月上金鋪。　紅線毯，博山爐。香風暗觸流蘇。羊車一去長青蕪。鏡塵鸞影孤。（錄自《彊村叢書》本）

（三）調見《尊前集》〔五代〕孫光憲詞。

> 掌中珠，心上氣。愛惜豈將容易。花下月，枕前人。此生誰更親。　交頸語，合歡身。便同比目金鱗。連繡枕，臥紅茵。霜天暖似春。（錄自《彊村叢書》本）

（四）調見〔宋〕杜安世《壽域詞》。

> 庭遠途程。算萬水千山，路入神京。暖日春郊，綠柳紅杏，香徑舞燕流鶯。客館悄悄閒庭，堪惹舊恨深。有多少驅馳，蓁嶺涉水，枉廢身心。　思想厚利高名。漫惹得憂煩，枉度浮生。幸有青松，白雲深洞，清閒且樂昇平。長是宦遊羈思，別離淚滿襟。望江鄉蹤跡，舊遊題書，尚自分明。（錄自汲古閣《宋六十名家詞》本）

《尊前集》、《花間集》注：大石調、商調。《金奩集》注：林鐘商調。《張子野詞》注：林鐘商。

按：白天用滴漏計時，夜間憑漏刻傳更。許渾詩曰：「文人不醉下樓去，月在南軒更漏長」句。唐代人則泛稱夜間時分曰「更漏」，調名本此。

## 更漏子慢

即【更漏子】。〔清〕呂傳元詞名【更漏子慢】，見《詞綜補遺》卷七十五。

> 高柳飄絲，正晚煙籠戶，片月當門。幾疊屏山，數重瓊幔，盈盈玉柱初薰。羅帶浣取芳麝，襟邊濃翠痕。東風幻住，畫檻詩心，遣意留春。　一笑綺席輕塵。對竹枝花影，洗盡愁根。宛宛鮫沙，瑤窗寒悄，明燈灩灩能溫。良宵釀味閒情，清歌邀酒樽。且莫辭更迴，新曲剛成，吟望纖雲。（錄自書目文獻出版社影印本）

## 更漏長

唐教坊曲名。

（一）調見《敦煌歌辭總編》卷二〔唐〕歐陽炯詞。

> 三十六宮秋夜永，露華點滴高梧。丁丁玉漏咽銅壺。明月上金鋪。　紅線毯，博山爐。香風暗觸流蘇。羊車一去長青蕪。塵鏡彩鸞孤。（錄自上海古籍出版社排印本）

《敦煌曲初探》：「唐五代人【更漏子】之諸作中，唯歐陽炯『三十六宮秋夜』一首特異。普通【更漏子】句法為『三三、六、三三、五』兩片。炯作『六六七五』與『三三六七五』兩片，一也。普通平仄兼叶，炯作全叶平韻，二也。普通換韻，炯作不換，三也。普通六字句以仄起，炯作平起，四也。普通五字句平起，炯作仄起，五也（注：炯作仄起為『塵鏡彩鸞孤』，唯在敦煌卷內尚可觀，若《尊前集》已改為『鏡塵鸞影孤』，是遷就普通【更漏子】之平仄也）。據此，炯作分明為另調，不僅為【更漏子】之別體而已。」

按：此詞又見《尊前集》歐陽炯詞。據任半塘云：「前後片末句，『明月上金鋪、塵鏡彩鸞孤』，均作平仄仄平平，乃【更漏長】之格調。《尊前集》作『鏡塵鸞影孤』，乃【更漏子】之格調，彼此有別。」今依任先生論，分二調。

（二）調見《敦煌歌辭總編》卷二〔唐〕溫庭筠詞。

> 金鴨香，紅蠟淚。偏照畫堂秋思。眉翠盡。鬢

雲殘。夜長衾枕寒。　　梧桐樹。三更雨。不
道離心正苦，一葉葉，一聲聲。空階滴到明。
（錄自上海古籍出版社排印本）

按：原載（伯）三九九四。原本調名為【更漏
長】，《敦煌歌辭總編》卷二調名作【更漏子】。
因原本作【更漏長】，筆者尊重原件所題。

## 更漏促紅窗

〔清〕丁澎新譜犯曲，見《扶荔詞》卷一。

雁聲頻，霜華墜。悄過畫屏愁倚。梧桐滴盡蚪
壺水。添枕函清淚。　　初鬆髻，方成寐。誰
把夢兒驚起。芭蕉送雨，到暗燈窗裏。（錄自清
康熙家刻本）

詞注：「本意。新譜犯曲，上三句【更漏子】，
下二句【紅窗睡】；後段同。」

## 豆葉黃

（一）即【憶王孫】。〔宋〕陳克詞名【豆葉
黃】，見《赤城詞》。

粉牆丹柱柳絲中。簾箔輕明花影重。午醉醒來
一面風。綠蔥蔥。幾顆櫻桃葉底紅。（錄自《彊
村叢書》本）

按：張元幹【豆葉黃】詞原注有「唐腔也」之
句，似此調在唐五代時已存在，並非【憶王孫】
之別名。因無旁證，存疑待考。

（二）調見〔金〕王喆詞，見《重陽全真集》
卷五。

奉報英賢，早些出路。卜靈景清涼，恬淡好
住。開闢長生那門戶。便下手修持，真功真
行，真性昭著。　　姹女騎龍，嬰女跨虎。把
珠玉瓊瑤，顛倒換取。正是逍遙自在處。結一
顆明珠，金丹金鏡，金耀攢聚。（錄自涵芬樓影明
《道藏》本）

## 巫山一片雲

（一）即【菩薩蠻】。《詞律》卷四目錄注：
「【菩薩蠻】又名【巫山一片雲】，與【巫山一
段雲】無涉。」
《填詞名解》卷一引《北夢瑣言》云：「宣宗愛
唱【菩薩蠻】詞，一名【巫山一片雲】。」

（二）即【巫山一段雲】。〔明〕陳霆詞名【巫
山一片雲】，見《水南詞》。

落日邊聲急，寒雲客路愁。西風吹度岳陽樓。
木葉正辭秋。　　陣亂驚漁火，聲寒墜舲舟。

月明投足荻花洲。聊緩稻粱謀。（錄自惜陰堂《明
詞彙刊》本）

## 巫山一段雲

又名：一段雲、巫山一片雲、金鼎一溪雲。

唐教坊曲名。

（一）調見《花間集》卷五〔五代〕毛文錫詞。

雨霽巫山上，雲輕映碧天。遠風吹散又相連，
十二晚峰前。　　暗濕啼猿樹，高籠過客船。
朝朝暮暮楚江邊，幾度降神仙。（錄自雙照樓影明
仿宋本）

（二）調見《全唐詩·附詞》〔唐〕李曄詞。

蝶舞梨園雪，鶯啼柳帶煙。小池殘日豔陽天，
苧蘿山又山。　　青鳥不來愁絕。忍看鴛鴦雙
結。春風一等少年心。閒情恨不禁。（錄自清康
熙揚州詩局本）

《樂章集》注：雙調。

宋玉【高唐賦】序：「昔者先王嘗遊高唐，怠而
晝寢，夢見一婦人曰：『妾巫山之女也，為高唐
之客。聞君遊高唐，願薦枕席。』王因幸之。去
而辭曰：『妾在巫山之陽，高丘之阻，旦為朝
雲，暮為行雨，朝朝暮暮，陽台之下。』」調名
本此。

按：《選聲集》〔五代〕毛文錫【巫山一段
雲】調注：「用仄韻即【卜算子】。」此說未見
他書。

## 巫山十二峰

即【虞美人】。〔宋〕姜夔詞名【巫山十二
峰】，見《白石道人歌曲別集》。

欄干表立蒼龍背。三面攙天翠。東遊才上小蓬
萊。不見此樓煙雨、未應回。　　而今指點來
時路。卻是冥濛處。老仙鶴馭幾時歸。未必山
川城郭、是耶非。（錄自《四部叢刊》本）

## 巫山雪

調見〔清〕佩蘅子《吳江雪》卷一。

巫山雲送。玉人心動。繡幕□幽。珠簾靜垂金
帶鉤。玉容誰慣愁。　　只為雪婆撩撥起。支
硎美。也去閒隨喜。姻緣奇。遇玉兒。相思只
愁無盡期。（錄自春風文藝出版社排印本）

## 夾竹桃花

調見〔宋〕曹勛《松隱樂府》卷二。

絳彩嬌春，蒼筠靜鎖，掩映天姿凝露。花顋藏翠，高節穿花遮護。重重蕊葉相憐，似青帔豔妝神仙侶。正式陵溪暗，淇園曉色，宜望中煙雨。　　向暖景、誰見斜枝處。喜上苑韶華漸布。又似瑞霞低擁，卻恐隨風飛去。要留最妍麗，須且閒憑佳句。更秀容、分付徐熙，素屏畫圖取。（錄自《彊村叢書》本）

按：此調係曹勛詠夾竹桃花之作，似自度曲。《宋史·樂志》有宋太宗自製曲高大石調【夾竹桃】曲，並曰：「乾興以來通用之。」曹勛之詞或即此調，但無根據，不敢妄斷。

## 夾湖竹枝詞

調見〔清〕茅麐《溯紅詞》。

亂荷深處好停舟。捲得湘簾半上鉤。卻笑村童有何意，傍船來看妾梳頭。（錄自《全清詞》本）

## 步月

（一）調見〔宋〕史達祖《梅溪詞》。

剪柳章台，問梅東閣，醉中攜手初歸。逗香簾下，璀璨縷金衣。正依約、冰絲射眼，更莊苒、蟾玉西飛。輕塵外、雙鴛細甃，誰賦洛濱妃。　　霏霏。紅霧繞，步搖共鬢影，吹入花圍。管弦將散，人靜燭籠稀。泥私語、香櫻乍破，怕夜寒、羅襪先知。歸來也，相偎未肯入重幃。（錄自《四印齋所刻詞》本）

（二）調見《絕妙好詞箋》卷四〔宋〕施嶽詞。

玉宇薰風，寶階明月。翠叢萬點晴雪。煉霜不就，散廣寒霏屑。採珠蓓、綠萼露滋，嗅銀豔、小蓮冰潔。花痕在，纖指嫩痕，素英重結。　　枝頭香未絕。還是過中秋，丹桂時節。醉鄉冷境，怕翻成消歇。玩芳味、春焙施薰，貯穠韻、水沉頻爇。堪憐處，輸與夜涼睡蝶。（錄自清道同治十一年刊本）

## 步步高

元大曲名。

調見《鳴鶴餘音》卷七〔元〕無名氏詞。

一更裏，澄心披襟坐。猿馬牢擒鎖。慧劍磨，六賊三尸盡奔波。退群魔。困也和衣臥。
醒覺朦朧清風送。悟入桃源洞。閬苑中。閒訪

三茅興無窮。透窗風。驚覺遊仙夢。
二更裏，白牛溪邊睡。牧童釀釀醉。蓑笠堆。月下方堪把笛吹。樂然歸。歸去華胥國。
得到華胥寬懷抱。閒把瑤琴操。聲韻高。火裏烏龜產白鶴，弄雲簫。紫霧紅光照。
三更裏，銀漢星移淡。出戶將身探。月正南。二八嬌娥配童男，煉三三，手把天關撼。
五明宮裏元辰聚。七寶山頭去。禱玉虛。元始高懸黍米珠。演金書。國泰民安富。
四更裏，玄圃清風細。來往無凝滯。解垢衣。心月高懸照雲溪。上天梯。獨折蟾宮桂。
三界十方唯獨步。認得曹溪路。一物無。真歡真樂飲醍醐。不須沽。高唱無聲曲。
五更裏，架上金雞叫。蟲上行人俏。方欲曉。沒底籃兒杖頭挑。跨風飆。同赴蓬萊島。
此個家風誰知道。得也無衰老。琅板敲。碧波深處釣鯨鼇。出波濤。採就長生藥。（錄自清黃丕烈補明鈔本）

## 步步嬌

調見《鳴鶴餘音》卷六〔元〕范圓曦詞。

住在古窰墓。行坐立歌舞。捉住這真空，猛悟。自古及今說龍虎。無一無一個人悟。（錄自清黃丕烈補明鈔本）

## 步花間

即【訴衷情】。〔宋〕賀鑄詞有「馮陵殘醉步花間」句，故名；見《東山詞》卷上。

馮陵殘醉步花間。風緯佩珊珊。踏青解紅人散，不耐日長閒。　　纖手指，小金環。擁雲鬟。一聲水調，兩點春愁，先占眉山。（錄自涉園影宋本）

## 步珊珊

〔明〕沈憶年自度曲，見《支機集》卷三。

珂月似眉灣。雪藕銜環。步珊珊。　　相對相看長不足，無語擲金丸。好攜紅玉袖，明日天邊，今日人間。（錄自清順治九年刻本）

詞序：「花蔭徐步，顧影成詞，遂以為調。」

按：沈憶年詞有「雪藕銜環。步珊珊」句，故名【步珊珊】。

## 步虛

即【西江月】。〔清〕胡微元詞名【步虛】，見《天倪閣詞》。

百載尚書私第，數家流水橋邊。玉樓疏影墮花鈿。香草美人深院。　遙指江頭秋雁，劇憐沙外饑鳶。英雄幾輩可能傳。只記當年巴蔓。（錄自清光緒刻本）

## 步虛子令

調見《高麗史・卷七十一・樂二》〔宋〕無名氏詞。

碧煙籠曉海波閒。江上數峰寒。佩環聲裏，異香飄落人間。弭絳節，五雲端。　宛然共指嘉禾瑞，開一笑，破朱顏。九重嶢闕，望中三祝高天。萬萬載，對南山。（錄自日本明治四十一年縮印本）

按：此為高麗唐樂【五羊仙】舞隊曲之一。

## 步虛詞

（一）即【西江月】。〔宋〕程珌詞名【步虛詞】，見《洺水詞》。

休怪頻年司鑰，仙官長守仙宮。東風未肯到凡紅。先舞雲韶彩鳳。　都是一團和氣，故教上苑春濃。群仙拍手過江東。高唱紫芝新頌。（錄自汲古閣《宋六十名家詞》本）

（二）調見〔唐〕李德裕詞，見《彥周詩話》。

仙家女侍董雙成。桂殿夜寒吹玉笙。曲終卻從仙官去，萬戶千門空月明。（錄自《全唐五代詞》本）

《樂府解題》：「【步虛詞】，道家曲也，備言眾仙縹緲輕舉之美。庾信有道士【步虛辭】十首。」

## 步虛聲

（一）即【憶江南】。〔宋〕蔡真人詞名【步虛聲】，見《欽定詞譜》卷一。

欄干曲，紅揚繡簾旌。花嫩不禁纖手撚，被風吹去意還驚。眉黛蹙山青。　鏗鐵板，閒引步虛聲。塵世無人知此曲，卻騎黃鶴上瑤京。風冷月華清。（錄自文淵閣四庫本《花草粹編》）

《苕溪漁隱叢話・前集》卷五十八引《夷堅志》云：「陳東靖康間嘗飲於京師酒樓，有倡打坐而歌者，東不顧，倡去倚欄獨立，歌【望江南】詞，音調清越，東不覺傾聽。視其衣服皆故弊，時以手揭衣爬搔，肌膚綽約如雪。乃復呼使前再歌之，其詞曰（詞略）。東問：『何人製？』曰：『上清蔡真人詞也。』歌罷，得數錢即下樓。亟遣僕追之，已失矣。」

《苕溪漁隱叢話・後集》卷三十八引《復齋漫錄》云：「李定記宣和中太學士人，飲於任氏酒肆，忽有一婦人，妝飾甚古，衣亦穿弊，肌膚雪色，而無左臂。右手執拍板，乃鐵為之，唱詞曰：『欄干曲，紅揚繡簾旌。花嫩不禁纖手撚，被風吹去意還驚。眉恨蹙山青。』諸公怪其辭異，即問之曰：『此何詞也？』答曰：『此上清蔡真人【法駕道引】也。妾本唐人，遭五季之亂，左手為賊所斷。今遊人間，見諸公飲酒，求一杯之適耳。』遂與一杯，飲畢而去。諸公送之出門，杳無所見。」苕溪漁隱曰：「《夷堅志》所記與此小異，此仍少詞一半，未詳孰是。」

《花草粹編》卷十詞注：「陳東靖康間嘗飲於京師酒樓，有倡打坐而歌者，東不顧，倡去倚欄獨立，歌此詞，音調清越。東問：『何人製？』曰：『上清蔡真人也。』歌罷得數錢，即下樓。亟遣僕追之，已失矣。」

《欽定詞譜》卷一【憶江南】調注：「蔡真人詞有『鏗鐵板，閒引步虛聲』句，名【步虛聲】。」

按：此調名《苕溪漁隱叢話・前集》卷五十八引《夷堅志》及《花草粹編》卷十均作【望江南】。《苕溪漁隱叢話・後集》卷三十八引《復齋漫錄》載此詞上半首，云是上清蔡真人【法駕導引】。

（二）即【憶江南】。〔宋〕范成大詞名【步虛聲】，見《蘆浦筆記》卷九。

琳霄境，卻似化人宮。梵氣彌羅融萬象，玉樓十二倚晴空。一片寶光中。（錄自《知不足齋叢書》本）

《蘆浦筆記》卷九：「〈白玉樓賦〉石湖跋云：『自玉階及紅雲法駕之後，以至六小樓，意趣超絕，形容高妙，必夢遊帝所者彷彿得之，非世間俗史意匠可到。明窗淨几，盡卷展玩。恍然便覺在九霄三景之上。《簡齋集》有【水府法駕導引曲】，仍倚其體，作【步虛聲】詞六章，羽人有不俗者，使歌之風清月明之下，雖未得仙，亦足以豪矣。』詞一曰（詞略）。」

七畫

## 步雲鞋

即【縷山月】。〔金〕王丹桂詞有「殷勤獻，步雲鞋」句，故名；見《草堂集》。

> 幸遇教風開。和氣洽吾懷。玄真清眾總仙才。志謙和、恭順垂慈惠，殷勤獻，步雲鞋。妙手巧剡裁。珠寶□雙頤。一回朝禮驪壇台。待他年、真行真功滿，超塵世，赴蓬萊。（錄自涵芬樓影明《道藏》本）

詞序：「本名【軟翻鞋】，贈玄真觀單姑等獻履鞋。」

## 步蟾宮

又名：折丹桂、折月桂、釣台詞。

（一）調見〔宋〕黃庭堅《山谷詞》。

> 蟲兒真個惡靈利。惱亂得、道人眼起。醉歸來、恰似出桃源，但目斷、落花流水。　不如隨我歸雲際。共作個、住山活計。照清溪，勻粉面，插山花，算終勝，風塵滋味。（錄自汲古閣《宋六十名家詞》本）

《古今詞話・詞辨》卷上：「【步蟾宮】係平調。」

（二）調見〔宋〕蔣捷《竹山詞》。

> 玉窗掣鎖香雲漲。喚綠袖、低敲方響。流蘇拂處字微訛，但斜倚、紅梅一餉。　濛濛月在簾衣上。做池館、春陰模樣。春陰模樣不如晴，這催雪、曲兒休唱。（錄自《彊村叢書》本）

## 呈纖手

即【玉樓春】。〔宋〕賀鑄詞有「秦弦絡絡呈纖手」句，故名；見《東山詞》卷上。

> 秦弦絡絡呈纖手。寶雁斜飛三十九。微韶新譜日邊來，傾耳吳娃驚未有。　丈園老令難堪酒。蜜炬垂花知夜久。更須嫵媚做腰肢，細學永豐坊畔柳。（錄自涉園影宋本）

## 呂令

即【品令】。〔宋〕黃庭堅詞名【呂令】，見《記紅集》卷二。

> 鳳舞團團餅。恨分破、教孤令。金渠體淨，雙輪慢碾，玉塵光瑩。湯響松風，早減了、二分酒病。　味濃香永。醉鄉路、成佳境。恰如燈下，故人萬里，歸來對影。口不能言，心下快活自省。（錄自清康熙刻本）

## 吹柳絮

即【瑞鷓鴣】。〔宋〕賀鑄詞有「閒倚繡簾吹柳絮」句，故名；見《東山詞》卷上。

> 月痕依約到西廂。曾羨花枝拂短牆。初未識愁那得淚，每渾疑夢奈餘香。　歌逢嫋處眉先嫵，酒半酣時眼更狂。閒倚繡簾吹柳絮，問人何似冶遊郎。（錄自涉園影宋本）

## 吳山青

即【長相思】。〔宋〕周密詞名【吳山青】，見《草窗詞》卷下。

> 山青青。水泠泠。養得風煙數畝成。乾坤一草亭。　雲無心。竹無心。我亦無心似竹雲。歲寒同此盟。（錄自《四印齋所刻詞》本）

《草窗詞》注：「笛譜【長相思】。」

## 吳門柳

即【漁家傲】。〔宋〕賀鑄詞名【吳門柳】，見《賀方回詞》卷二。

> 窈窕盤門西轉路。殘陽映帶青山暮。最是長楊攀折苦。堪憐許。清霜剪斷和煙縷。　春水歸期端不負。依依照影臨南浦。留取木蘭舟少住。無風雨。黃昏月上潮平去。（錄自《彊村叢書》本）

## 吳音子

又名：擁鼻吟。

（一）調見〔宋〕賀鑄《賀方回詞》卷一。

> 別酒初銷，憮然弭棹兼葭浦。回首不見高城，青樓更何許。大艑軒峨，越商巴賈。萬恨龍鍾，篷下對語。　指征路。山缺處，孤煙起，歷歷聞津鼓。江豚吹浪，晚來風轉，夜深雨。擁鼻微吟，斷腸新句。粉碧羅箋，封淚寄與。（錄自《彊村叢書》本）

《吳郡志》卷二：「吳音，清樂也，乃古之遺音。唐初古曲漸缺，管弦之曲多訛失，與吳音轉遠，議者請求吳人，使之傳習。《唐會要》：『貞觀中，有趙師者善琴獨步。嘗云：「吳聲清婉，若長江廣流，綿綿徐遊，國土之風。」』今樂府有【吳音子】，世俗之樂耳。」

按：【吳音子】調詞最初見於鄭元佐新注《斷腸詩集》卷五宋無名氏詞殘句，現唯存「早團圓、早早團圓」七字。賀鑄在【擁鼻吟】調下注有

【吳音子】調名，而賀詞有「擁鼻微吟」句，改名為【擁鼻吟】，可知【吳音子】乃其調之本名。但賀詞中無無名氏殘句之句式，恐另有體式。近人夏敬觀以為是賀鑄自製曲。

（二）調見《鳴鶴餘音》卷一〔元〕無名氏詞。

> 欲要神仙做，抱元炁，胎息綿綿。一回炁滿一回煎。陰陽媾，赤龍蟠。地戶牢封玄門啟，滾丹砂、透入泥丸。崑崙上，明珠晃朗，瑪瑙珊珊。　一爐火減一爐丹。灰心顯、五色光鮮。雙關路上氣連連。擷真花，上丹田。姹女嬰兒交歡笑，駕河車、地火雷遷。醴泉酒，時時飲罷，醉臥桃源。（錄自清黃丕烈補明鈔本）

（三）調見《斷腸詩集新注》卷五〔宋〕無名氏殘句。

> 早團圓、早早團圓。（錄自浙江出版社排印本）

## 別仙子

調見《敦煌歌辭總編》卷二〔唐〕無名氏詞。

> 此時模樣，算來似、秋天月。無一事，堪惆悵，須圓闕。穿窗牖，人寂靜，滿面蟾光如雪。照淚痕何似，兩眉雙結。　曉樓鐘動，執纖手、看看別。移銀燭，猥身泣，聲哽噎。家私事，頻付囑，上馬臨行說。長思憶。莫負少年時節。（錄自上海籍出版社排印本）

按：原載（斯）四三三二。

《全唐五代詞》卷七箋評：「此調他處未見，唯敦煌寫卷有之。前後二片，字句似應全同。但前片『滿面蟾光如雪』句，襯一『如』字，後片『上馬臨行說』不襯，已少異。結處前『五四』一韻，後片作『三六』二韻，乃大異。其辭詠調名本意，文理、叶韻毫不粗率，在全部曲辭中殊罕見。北宋柳詞之用調、遣辭、造境，都此一類。其調起句作四字句，結句作『三六』二句，頗似北宋調【洞仙歌】。北宋有數調均與有部分相似處，卻無真正相合者，譜書亟應補列其調。」

按：據陳寅恪在《元白詩箋證稿》一書中對仙子之名曰：「六朝人已侈談仙女杜蘭香、萼綠華之世緣。流傳至唐代，仙之一名，遂多用作妖豔婦人或風流放誕之女道士之代稱，亦竟有以之目倡妓者」之論，與此詞內容相吻合，故應作【別仙子】調之始詞。

## 別怨

調見〔宋〕趙長卿《惜香樂府》卷六。

> 嬌馬頻嘶。曉霜濃、寒色侵衣。鳳帷私語處，翻成離怨不勝悲。更與叮嚀祝後期。　素約諧心事，重來了、比看相思。如何得見，明年春事濃時。穩乘金腰裊，來爛醉、玉東西。（錄自汲古閣《宋六十名家詞》本）

《歷代詩餘》卷四十三云：「【別怨】止傳趙長卿一首，但詠本意，或係詞題而非詞調，然無可考證。」

按：《欽定詞譜》卷十四，上段第四句「離怨」作「別怨」，故在注中云：「因詞有『翻別怨不勝悲』句，取以為名。」未知何據。

## 別素質

即【憶瑤姬】。〔宋〕王質詞名【別素質】，見《雪山詞》。

> 一個茅庵，三間七架。兩畔更添兩廈。倒坐雙亭平分，扶欄兩下。門前數十丘□稑。塍外更、百十株桑柘。一溪活水長流，餘波及、蔬畦菜把。　便是招提與蘭若。時鈔疏鄉園，看輕社社。隨分斗米相酬，鑲錢相謝。便闕少亦堪借借。常收些、筍乾蕨鮓。好年歲，更無兵無火，快活殺也。（錄自《彊村叢書》本）

## 別瑤姬慢

即【憶瑤姬】。〔宋〕万俟詠詞名【別瑤姬慢】，見《花草粹編》卷二十二。

> 可惜香紅。又一番驟雨，幾陣狂風。霎時留不住，便夜來和月，飛過簾櫳。離愁未了，酒病相仍，便堪此恨中。片片隨流水，斜陽去、各自西東。　又還是、九十春光，誤雙飛戲蝶，並採遊蜂。人生能幾許，細算來何物，得似情濃。沉腰暗減，潘鬢先秋，寸心不易供。望暮雲、千里沉沉障翠峰。（錄自文淵閣《四庫全書》本）

## 別離難

調見〔明〕李漁《笠翁詩餘》。

> 汝自何來，貫重裘、直入褌襠癢。肌膚思浴蘭湯。愛搔爬，誤認疥和瘡。誰料伊、暗襲皮囊。不因詩瘦，搴汝何妨。塊年來，膏血書中耗盡，欲濟恨無糧。　肥不食，瘦偏嘗。枉

多情、辜負伊行。憶當時，相鬚遊遍，近天顏、御目看翱翔。今即上、揩大腮邊，吟髭易斷，難免彷徨。祇博得、敗絮衣中，難覓牢固作家鄉。（錄自惜陰堂《明詞彙刊》本）

七畫

## 牡丹枝上祝英台

〔清〕沈謙新翻曲，見《東江別集》卷二。

漠漠湖雲白。捲起浪花千尺。獨倚孤舟，滿袖淚珠偷滴。可堪凍雪凝鬚，塵冰墮指，甚時候、要人行役。　有何益。漫把芳年擲。淹留水邨山驛。還記佳人，擁衾此際憐惜。料應為我情癡，柔腸縈損，懨懨地、懶將笙炙。（錄自惜陰堂《明詞彙刊》本）

詞注：「新翻曲。前段上四句【碧牡丹】，下三句【祝英台近】；後段上五句【碧牡丹】，下三句【祝英台近】。」

## 何滿子

（一）調見《碧雞漫志》〔唐〕薛逢詞。

繫馬宮槐老，持杯店菊黃。故交今不見，流恨滿川光。（錄自文淵閣《四庫全書》本）

《碧雞漫志》卷四：「【何滿子】，白樂天詩云：『世傳滿子是人名，臨就刑時曲始成。一曲四詞歌八疊，從頭便是斷腸聲。』自注云：『開元中，滄州歌者姓名，臨刑進此曲以贖死，上竟不免。』元微之【何滿子歌】云：『何滿能歌聲宛轉，天寶年中世稱罕。嬰刑繫在囹圄間，下調哀音歌憤懣。梨園為子奏玄宗，一唱承恩羈網緩，便將何滿為曲名，御府親題樂府纂。』甚矣，帝王不可妄有嗜好也。明皇喜音律，而罪人遂欲進曲贖死。然元、白平生交好，聞見率同，獨紀此事少異。《盧氏雜說》云：『甘露事後，文宗便殿觀牡丹，誦舒元輿【牡丹賦】，歎息泣下，命樂適情。宮人沈翹翹舞【何滿子】，詞云：『浮雲蔽白日。』上曰：『汝知書耶？』乃賜金臂環。』又薛逢【何滿子詞】云：『繫馬宮槐老，持杯店菊黃。故交今不見，流恨滿川光。』五字四句。樂天所謂『一曲四詞』，庶幾是也。歌八疊，疑有和聲如【漁父】、【小秦王】之類。今詞屬雙調，兩段各六句，內五句各六字，一句七字。五代時尹鶚、李珣亦同此。其他諸公所作，往往只一段，而六句各六字，皆無復有五字者。字句既異，即知非舊曲。」

《唐聲詩》下編：「此曲乃開元中歌者何滿子所

創，屬水調。原為大曲，亦為雜曲，唱時有疊句。何滿子之為人，亦為降胡，其始徙青、徐，乃寄籍滄洲。」

（二）唐大曲名。

調見《敦煌歌辭總編》卷七〔唐〕無名氏詞。

第一

半夜秋風凜凜高。長城俠客逞雄豪。手執鋼刀利如雪，腰間恆掛可吹毛。

第二

秋水澄澄深復深。喻如賤妾歲寒心。江頭寂寞無音信，薄暮唯聞黃鳥吟。

第三

城傍獵騎各翩翩。側坐金鞍掉馬鞭。胡言漢語真難會，聽取胡歌甚可憐。

第四

金河一去路千千。欲到天邊更有天。馬上不知時曆變。回來未半早經年。（錄自上海古籍出版社排印本）

按：原載（斯）六五三七、（伯）三二七一。原本「辭」作「詞」。

（三）即【河滿子】。〔清〕胡念修詞名【何滿子】，見《捲秋亭詞鈔》卷一。

花好月圓時節。春來春去年年。儂笑拔釵綾上畫，人兒依舊雲邊。何事朱顏消瘦，篋篋怨想夫憐。　都道神山咫尺。回頭秋水涓涓。海若有情天不老，空教心似鈿堅。兩字小名夢裏，一聲雙淚君前。（錄自清光緒《刻鵠齋叢書》本）

## 何傳

即【河傳】。〔宋〕郭詎詞名【何傳】，見《畫墁錄》。

大官無悶。剛被傍人、競來相問。又難為捷便敷陳。且只將、甘草論。　朴消大戟並銀粉。疏風緊。甘草閒相混。及至下來，轉殺他人，偁甘草、有一分。（錄自《說郛》本）

《畫墁錄》：「郭詎性善謔，攻詞曲，以選人入市易務，不數年至中行。元祐初，釐校市易，復以為承議郎，親知每見之，必詰問所因，郭齚吃，不能答，作【何傳】詠甘草以見意云（詞略）。」

## 似娘兒

（一）即【攤破南鄉子】。〔宋〕趙長卿詞名【似娘兒】，見《惜香樂府》卷五。

橘綠與橙黃。近小春、已過重陽。晚來一霎霏
微雨，單衣漸覺，西風冷也，無限情傷。
孤館最淒涼。天色兒、苦恁懷惶。離愁一枕燈
殘後，睡來不是，行行坐坐，月在迴廊。（錄自
汲古閣《宋六十名家詞》本）

（一）即【促拍醜奴兒】。《詞律》卷四【促拍
醜奴兒】調注：「又名【似娘兒】。」

## 伴登臨

即【採桑子】。〔宋〕賀鑄詞有「且伴登臨」
句，故名；見《東山詞》卷上。

中吳茂苑繁華地，冠蓋如林。桃李成陰。若個
芳心。真個會琴心。　高秋霽色清於水，月
榭風襟。且伴登臨。留與他年，樽酒話而今。
（錄自涉園影宋本）

《東山詞》注：中呂宮。

## 伴雲來

即【天香】。〔宋〕賀鑄詞有「好伴雲來」句，
故名；見《東山詞》卷上。

煙絡橫林，山沉遠照，邐迤黃昏鐘鼓。燭映簾
櫳，蛩催機杼，共苦清秋風露。不眠思婦。齊
映和、幾聲砧杵。驚動天涯倦宦，駸駸歲華行
暮。　當年酒狂自負。謂東君、以春相付。
流浪征驂北道，客檣南浦。幽恨無人晤語。賴
明月、曾知舊遊處。好伴雲來，還將夢去。（錄
自涉園影宋本）

## 皀羅特髻

又名：採菱拾翠。

（一）調見〔宋〕蘇軾《東坡詞》。

採菱拾翠，算似此佳名，阿誰消得。採菱拾
翠，稱使君知客。千金買、採菱拾翠，更羅
裙、滿把珍珠結。採菱拾翠，正髻鬟初合。

真個採菱拾翠，但深憐輕拍。一雙手、採菱
拾翠，繡衾下、抱著俱香滑。採菱拾翠，待到
京尋覓。（錄自汲古閣《宋六十名家詞》本）

《詞律》卷十二【皀羅特髻】調注：「疊用『採
菱拾翠』字，凡七句，或此調格應如此，或是坡
仙遊戲為之，未可考也。」

《欽定詞譜》卷十九【皀羅特髻】調注：「蘇軾
詞中有『髻鬟初合』句，亦賦題也。」又曰：
「此調無別詞可校，按詞中凡七用『採菱拾
翠』，想其體例應然，填者依之。」

（二）調見〔清〕陳維崧《湖海樓詞》

山風幾斛，吹萬竅晴螺，寺前堆積。陰陰竹
院，與塵寰都隔。斜川外、幾姓漁蠻，攜綠
篛、醉臥菱湖柵。雨添濕翠，怕晚來偏劇。

小啜僧寮茗粥，助玉川茶癖。禪榻後、三間
茅閣，恰面對、九龍峰脊。推窗驚叫，怪龍鱗
都裂。（錄自《清名家詞》本）

## 角招

〔宋〕姜夔自度曲，見《白石道人歌曲》卷五。

為春瘦。何堪更繞西湖，儘是垂柳。自看煙外
岫。記得與君，湖上攜手。君歸未久。早亂
落、香紅千畝。一葉凌波縹緲，過三十六離
宮，遣游人回首。　猶有。畫船障袖。青樓
倚扇，相映人爭秀。翠翹光欲溜。愛著宮黃，
而今時候。傷春似舊。蕩一點、春心如酒。寫
入吳絲自奏。問誰識，曲中心、花前友。（錄自
《彊村叢書》本）

詞序：「甲寅春，余與俞商卿遊西湖，觀梅於孤
山之西村。玉雪照映，吹香薄人。已而商卿歸吳
興，予獨來，則山橫春煙，新柳被水，游人容與
飛花中，悵然有懷，作此寄之。商卿善歌聲，稍
以儒雅緣飾。予每自度曲吟洞簫，商卿輒歌而和
之，極有山林縹緲之思。予離憂，商卿一行作
吏，殆無復此樂矣。」

《白石道人歌曲》注：黃鐘角。

## 快活年

調見鄭元佐新注《斷腸詩集》卷五〔宋〕無名氏
殘句。

蛩吟聲不住。（錄自浙江出版社排印本）

## 快活年近拍

調見《花草粹編》卷十五〔宋〕万俟詠詞。

千秋萬歲君，五帝三王世。觀風重令節，與民
樂盛際。蕊宮長春，洞天不老，花豔蟬輝，十
里照春珠翠。　闐羅綺。遙望太極，一簇通
明裏。釣台奏壽，蓬山呈妙戲。六宮人來，五
雲樓迴，風送歌聲，依約睿思聖制。（錄自文淵
閣《四庫全書》本）

## 灼灼花

即【連理枝】。〔明〕楊慎詞名【灼灼花】，見
《升庵長短句續集》卷一。

誰把纖纖月。掩在湘裙褶。鳳翠花明，猩紅珠瑩，蟬紗雪疊。顫巍巍、一對玉弓兒，把芳心生拽。　　掌上呈嬌怯。痛惜還輕撚。戲蕊含蓮，齒痕斜印，凌波羅襪。踏青回、露濕怕春寒，倩檀郎搵熱。（錄自惜陰堂《明詞彙刊》本）

## 汪秀才

調見《桯史》卷六〔宋〕無名氏詞。

有個秀才姓汪。騎個驢兒過江。江又過不得，做盡萬千趔鞺。（錄自《津逮秘書》本）

《全宋詞》注：「案此二首原無曲名，據《宋史·五行志》補。又《宋史》作：『騎驢渡江，過江不得。』文字不同，未知孰是？」

《宋史·五行志》：「淳熙中，淮西競歌，【汪秀才】曲曰：『騎驢渡江，過江不得。』又為蝶舞以和之。後舒城狂生汪格謀不軌，州兵入其家，縛之。其子拒殺，聚惡少數千為亂，聲言渡江。事平，格也伏誅。」

## 沙頭雨

即【點絳唇】。〔宋〕張輯詞有「遙隔沙頭雨」句，故名；見《東澤綺語》。

帶醉歸時，月華猶在吹簫處。晚愁情緒。忘卻匆匆語。　　客裏風霜，詩鬢空如許。江南去。岸花迎櫓。遙隔沙頭雨。（錄自《彊村叢書》本）

## 沙塞子

又名：沙磧子。

（一）調見〔宋〕朱敦儒《樵歌》卷中。

萬里飄零南越，山引淚，酒催愁。不見鳳樓龍閣，又經秋。　　九日江亭閒望，蠻樹繞，瘴煙浮。腸斷紅蕉花晚，水西流。（錄自《彊村叢書》本）

（二）調見〔宋〕趙彥端《介庵詞》。

春水綠波南浦。漸理棹、行人欲去。黯消魂、柳上輕煙，花梢微雨。　　長亭放琖無計住。但芳草、迷人去路。忍回頭、斷雲殘日，長安何處。（錄自汲古閣《宋六十名家詞》本）

（三）調見〔宋〕葛立方《歸愚詞》。

天生玉骨冰肌。瘦損也、知他為誰。□寒底、傲霜凌雪。不教春知。　　高樓橫笛試輕吹。要一片、花飛酒卮。拚沉醉、帽簷斜插，折取南枝。（錄自汲古閣《宋六十名家詞》本）

按：《欽定詞譜》將此調列入唐教坊曲，未知所

據何本。

## 沙磧子

唐教坊曲名。

即【沙塞子】。《欽定詞譜》卷四【沙塞子】調注：「一名【沙磧子】。」

按：此調名見《教坊記》，為唐教坊曲。而《欽定詞譜》以為即宋詞【沙塞子】之別名，似乎於理不合。

## 汩羅怨

調見〔近人〕呂碧城《曉珠詞》卷三。

翠拱屏嶂，紅邐宮牆，猶見舊時天府。傷心麥秀，過眼滄桑，消得客車延住。認斜陽、門巷烏衣，匆匆幾番來去。輸與寒鴉，占取垂楊終古。　　閒話南朝往事，誰踵清遊，採香殘步。漢宮傳蠟，秦鏡熒星，一例穠華無據。但江城、零亂歌弦，哀入黃陵風雨。還怕說、花落新亭，鷓鴣啼苦。（錄自呂碧城手寫本）

按：此調與宋吳文英【藻蘭香】調相似，僅前段結句減去一字，作四字一句、六字一句，平仄亦略有小異。

## 沉醉東風

〔明〕龔用卿自度曲，見《雲岡選稿》卷一。

沉醉東風開小桃，步隘園林如綺。萬戶千門，華燈寶幬，處處笙歌起。遊蓋飄雲，飛埃結霧，隊隊尋芳年少子。良宵美景看扶歸，真個是、太平市里。　　歌弦樓台七貴豪，翠苑遊車如水。問柳尋花，村醪社鼓，巷陌春光裏。俊俏成群，風流結陣，樂事韶華紛眼底。浮生令節勿蹉跎，不枉了、青春紅紫。（錄自《四庫全書存目叢書》本）

按：龔用卿詞有「沉醉東風開小桃」句，故名【沉醉東風】。

## 沁園春

又名：大聖樂、千春詞、念離群、東仙、洞庭春色、壽星明。

（一）調見〔宋〕韋驤《韋先生詞》。

林葉陰濃，海雲峰聳，夏景漸分。稱畫堂開宴，雍雍笑語，高年耆德，初拜君恩。漢相家聲，一經傳訓，賞典今朝歸慶門。清和畫，見香飄百和，樂按長春。　　休論。萬事紛紜。

算壽考、鄉閭能幾人。況鳳書才降，龜齡正永，莫辭金盞，一醉醺醺。萱草忘憂，榴花含笑，庭院風光如再新。成歡頌，願齊堅檜柏，頻奉絲綸。（錄自《彊村叢書》本）

（二）調見〔宋〕蘇軾《東坡詞》。

孤館燈青，野店雞號，旅枕夢殘。漸月華收練，晨霜耿耿，雲山摛錦，朝露漙漙。世路無窮，勞生有限，似此區區長鮮歡。微吟罷，憑征鞍無語，往事千端。　當時共客長安。似二陸、初來俱少年。有筆頭千字，胸中萬卷，致君堯舜，此事何難。用捨由時，行藏在我，袖手何妨閒處看。身長健，但優遊卒歲，且鬥樽前。（錄自汲古閣《宋六十名家詞》本）

（二）調見《眾香詞・御集》〔明〕孫蕙媛詞。

月下瓊姿，風前瑤質，春深簾外初颺。寒憐梅蕊，狂笑楊花，一種豐神冉冉。重門院落，白燕雙飛爭閃。似初下、仙舞霓裳，遙臨影拂冰簟。　　煙雨更經點染。便楊妃含怨，啼痕澆灩。一枝晴雪，幾樹水魂，粉蝶低翻畫掩。尋香人到，偏覺得、紅綃微玷。還幸有、酒熟花時，醉吟春色非儉。（錄自大東書局石印本）

（三）調見〔清〕梁雲構《豹陵集》卷十八。

剩粉勻梅，新黃上柳，煙冒席扉欲暮。晚載銀罌，小院都關春住。鹿苑宵鐘落，玉灣雉城，明月懸珠浦。且拆著、藉草眠花，驅車欲問狹斜路。　　未惹羅浮新夢，一番輕雨過，且學蟻渡。更有花神濯魄，便娟眉嫵。正鶯燕、兩兩飛來，是蠹魚、朝朝披處。是深夜、叫足梟盧，移燈作手語。（錄自明崇禎本）

《能改齋漫錄》卷十六：「今世樂府傳【沁園春】詞，按《後漢書》竇憲女弟立為皇后，憲持宮掖聲勢，遂以縣直請奪沁水公主園。然則沁水園者，公主之園也。故唐人類用之。」

## 初開口

調見〔明〕楊儀《南宮詩餘》。

江上清風，山間明月，漪瀾亭下遊蹤滅。酒重斟，花再折，人生此會真奇絕。　　萬竹琮琤，二泉清冽。銅爐熱火添生菜。佛燈明，山漏徹，醉眠不覺人離別。（錄自惜陰堂《明詞彙刊》本）

## 君不悟

即【漁歌子】。〔宋〕徐積詞名【君不悟】，見《節孝先生文集》卷十四。

一酌村醪一曲歌。回首塵世足風波。憂患大，是非多。縱得榮華有幾何。（錄自文淵閣《四庫全書》本）

## 君來路

即【金錯刀】。〔宋〕葉李詞名【君來路】，見《欽定詞譜》卷十。

余歸路。君來路。天理昭昭胡不悟。公田關子竟何如，子細思量真自誤。　　雷州戶，崖州戶。人生會有相逢處。客中邂逅乏蒸羊，聊贈一篇長短句。（錄自清康熙內府本）

《欽定詞譜》卷十【金錯刀】調注：「葉李押仄韻詞名【君來路】。」

《南村輟耕錄》卷十九：「中書左丞葉公亦愚李，錢塘人。宋太學生。上書詆賈似道公田關子不便，專權誤國。似道怒，嗾林德夫告公泥金飾齋匾不法，令獄吏鞫之云：『只要你做個麻糊。』公即口占一詩曰：『如今便一似麻糊。也是人間大丈夫。筆裏無時那解有，命中有處未應無。百千萬世傳名節，二十三年非故居。寄語長安朱紫客，盡心好上帝王書。』遂遭黥流嶺南。及蒙恩放還，與似道遇諸途，公以詞贈云：『君來路。吾歸路。來來去去何時住。公田關子竟何如，國事當時誰汝誤。　　雷州戶。崖州戶。人生會有相逢處。客中頗恨乏蒸羊，聊贈一篇長短句。』歸附後，入京上書言時相，並獻至元鈔樣。此樣在宋時固嘗進呈，請以代關子，朝廷不能用。故今別改年號而復獻之。世皇嘉納使用鑄板。以功累官至今任而終。」

按：此詞《南村輟耕錄》未注調名。《欽定詞譜》未知何據，況與《南村輟耕錄》之詞字句平仄均有不同。此調唯清錢芳標《湘瑟詞》卷二有名【君來路】詞，今將此詞附後，以備參考。

東華路。西華路。青袍綻盡顏非故。歸家百事似黔婁，不見黔婁當日侶。　　逢伊處。拋伊處。一燈搖曳魂來去。鏤金單枕未分明，陣陣綠紗窗外雨。（錄自清康熙刻本）

## 君看取

即【漁歌子】。〔宋〕徐積詞名【君看取】，見《節孝先生文集》卷十四。

　　管得江湖占得山。白雲同散學雲閒。清旦出，夕陽還。不知身在畫屏間。（錄自文淵閣《四庫全書》本）

## 尾犯

又名：碧芙蓉。

（一）調見〔宋〕柳永《樂章集》卷上。

　　夜雨滴空階，孤館夢回，情緒蕭索。一片閒愁，想丹青難貌。秋漸老、蛩聲正苦，夜將闌、燈花旋落。最無端處，總把良宵，祇恁孤眠卻。　　佳人應怪我，別後寡信輕諾。記得當初，剪香雲為約。甚時向、幽閨深處，按新詞、流霞共酌。再同歡笑，肯把金玉珠珍博。（錄自《彊村叢書》本）

《樂章集》注：正宮。《夢窗詞集》注：黃鐘宮。

（二）調見〔宋〕柳永《樂章集》卷中。

　　晴煙冪冪。漸東郊芳草，染成輕碧。野塘風暖，游魚動觸，冰澌微坼。幾行斷雁，旋次第、歸霜磧。詠新詩，手撚江梅，故人贈我春色。　　似此光陰催逼。念浮生、不滿百。雖照人軒冕，潤屋珠金，於身何益。一種勞心力。圖利祿，殆非長策。除是恁、點檢笙歌，訪尋羅綺消得。（錄自《彊村叢書》本）

《樂章集》注：林鐘商。

## 忍辱仙人

即【漁家傲】。〔金〕丘處機詞名【忍辱仙人】，見《磻溪集》。

　　物外天機唯不審。人間世事無過恁。縱你英雄官極品。身如賃。貪饕逼迫應圖甚。　　我自饑餐並渴飲。布裘不羨披綾錦。飽暖之餘邪僻禁。虛堂任。曲肱展腳和衣寢。（錄自涵芬樓影明《道藏》本）

## 忍淚吟

即【採桑子】。〔宋〕賀鑄詞有「忍淚重吟」句，故名；見《東山詞》卷上。

　　十年一覺揚州夢，雨散雲沉。隔水登臨。揚子灣西夕照深。　　當時玉管朱弦句，忍淚重吟。瓣取沾襟。餖飣西風□□□。（錄自涉園影宋本）

## 阮郎歸

又名：好溪山、宴桃源、宴桃園、院郎歸、道成歸、碧桃春、碧雲春、醉桃源、蝶戀花、憶桃源、濯纓曲、鶴沖天、攤破訴衷情。

（一）調見《南唐二主詞》〔五代〕李煜詞。

　　東風吹水日銜山。春來長自閒。落花狼藉酒闌珊。笙歌醉夢間。　　春睡覺，晚妝殘。無人整翠鬟。留連光景惜朱顏。黃昏獨倚欄。（錄自人民文學出版社排印本）

（二）調見《林下詞選·明詞》卷三〔明〕端淑卿詞。

　　園林春到清明節。花柳愁攀折。人生何事輕離別。水遠山重疊。　　杜宇啼殘更月。銀釭照明滅。莊周有夢驚飛蝶。關心猶未說。（錄自惜陰堂《明詞彙刊》本）

（三）調見〔明〕吳子孝《玉霄仙明珠集》卷二。

　　百年歡會苦無多。情深面易酡。水晶簾外數聲歌。莫道白頭，不似少年何。　　畫棟來新燕，芳池長舊荷。欄干東畔共婆娑。試看漸圓明月，上高柯。（錄自《四庫全書存目叢書》本）

《續齊諧記》：「永平中，劉晨、阮肇入天台山採藥，見二女，顏容絕妙。便喚劉阮姓名，因邀至家，設胡麻飯與之。」調名出此。

## 妝閣梅

即【減字鷓鴣天】。〔清〕丁澎詞名【妝閣梅】，見《扶荔詞》【減字鷓鴣天】詞注。參見【減字鷓鴣天】條。

# 八畫

## 奉禮歌

宋導引曲名。

調見《宋會要輯稿·樂》卷八〔宋〕無名氏詞。

　　皇澤均普，群生遂。萬字和衵。講天津、合祭聖宗神祖。八音鈞奏諧節，堂上薦鳴球，琴瑟擊，越布濩。霜空靜，月華凝，光景藹藹。紛紛曉霞披。和鈴作，鑾輿迴，天人共睹。慶無

疆、祚崇明祀。五輅駕、騰黃純駟，旗常扈蹕
嚴環衛。公卿奉引虛徐，馳道裖容藿蘤。蔥蔥
鬱鬱，祥風端靄。發天光旖旎。錫羡豐融，漏
泉該浹，上恩遐被。群心豫，頌聲作，皇德
至。侔乾覬，浩浩霈。（錄自《全宋詞》本）

按：原本不分段。尚有平韻體、平仄互押體等，
不錄。依《全宋詞》例列入備閱。

## 玩丹砂

（一）調見〔金〕馬鈺《漸悟集》卷上。
　　運三車入寶瓶。花燦爛，玉堂明。光照耀，鬼
　　神驚。　散陰魔，精自秘，藏丹顆，性靈靈。
　　明出現，絕多能。（錄自涵芬樓影明《道藏》本）

（二）即【浣溪沙】。〔金〕馬鈺詞名【玩丹
砂】，見《漸悟集》卷上。
　　一片無為霜雪心。自然塵事不能侵。長舒雲袖舞
　　雙林。　九轉丹砂生紫霧，一溪白玉養黃金。
　　山侗唯恨少知音。（錄自涵芬樓影明《道藏》本）

## 玩秋燈

調見〔清〕陸進《巢青閣集·付雪詞》三集。
　　湖上中元，日隱西山，共泛輕舟一葉。蕩漾中
　　流，萬盞燈火相接。星移波面，疑宛在、水晶
　　宮闕。遠聽得，城頭鼓響，捧出銀盤月。
　　還聽斷橋，幾處畫舫，歌聲不歇。映水紅妝，
　　都似荷花嬌怯。年年今夜，引蘇小、同心雙
　　結。火照亂山歷歷，炙得秋雲熱。（錄自清康熙刻
　　本）

## 玩華胥

即【如夢令】。〔金〕侯善淵詞名【玩華胥】，
見《上清太玄集》卷九。
　　古岸蟠桃初綻。新月素光交燦。塵世幾人窺，
　　唯我留心高盼。長歎。長歎。迴首遠遊仙梵。
　　（錄自涵芬樓影明《道藏》本）

《拾遺詞》：「庖犧所都之國，有華胥之洲，神
母遊其上。」

《列子》：「黃帝晝寢而夢遊於華胥氏之國。華
胥氏之國在弇州之西，台州之北，不知斯齊國幾
千萬里，蓋非舟車足力之所及，神遊而已。」調
名本此。

## 玩溪沙

即【浣溪沙】。〔金〕王吉昌詞名【玩溪沙】，
見《會真集》卷三。
　　離坎昇沉氣不迷。天門減息飲刀圭。月宮飛過日
　　中雞。　東北朋生調玉兔，兩情和氣吐虹霓。
　　烹成火棗玉童攜。（錄自涵芬樓影明《道藏》本）

## 玩瑤台

即【耍三台】。〔金〕長筌子詞名【玩瑤台】，
見《洞淵集》卷五。
　　直指玄元路。歎苦海、迷人不悟。在目前、平
　　平穩穩，又無些、險難相阻。把萬緣、一切放
　　下，他自然有聖賢提舉。似斷雲、野鶴飛騰，
　　向物外、青霄信步。　慶會神仙語。渴時
　　飲、蟠桃釀醑。出入在、星樓月殿，笑人間、
　　死生今古。跨彩鳳祥鸞玩太虛，歸來臥、碧霄
　　深處。這逍遙活計誰傳，分付與、蓬萊伴侶。
　　（錄自涵芬樓影明《道藏》本）

八畫

## 武林春

即【武陵春】。〔宋〕無名氏詞名【武林春】，
見《梅苑》卷七。
　　昨夜前村深雪裏，春信為誰傳。風送清香滿座
　　間。不用熱沉檀。　竹外一枝斜更好，偏稱玉
　　人攀。休放遊蜂去又還。嫌怕損芳顏。（錄自
　　《楝亭十二種》本）

## 武陵春

又名：武林春、花想容。

（一）調見〔宋〕張先《張子野詞》卷一。
　　秋染青溪天外水，風棹採菱還。波上逢郎密意
　　傳。語近隔叢蓮。　相看忘卻歸來路，遮日
　　小荷圓。菱蔓雖多不上船。心眼在郎邊。（錄自
　　《彊村叢書》本）

《張子野詞》注：雙調。

（二）調見《花草粹編》卷七〔宋〕万俟詠詞。
　　燕子飛來花在否，微雨退、掩重門。正滿院梨
　　花雪照人。獨自個、怯黃昏。　輕風淡月總
　　消魂。羅衣暗惹啼痕。謾覷著秋千腰褪裙。可
　　然是、不宜春。（錄自文淵閣《四庫全書》本）

八畫

## 青山相送迎

即【長相思】。〔明〕王行詞名【青山相送迎】，見《半軒詞》。

煙蒼蒼。水茫茫。閒訪幽人煙水鄉。扁舟孤興長。　蒲含霜。柳含霜。蒲柳蕭蕭青又黃。水空鷗鷺藏。（錄自惜陰堂《明詞彙刊》本）

## 青山遠

即【彩鸞歸令】。〔宋〕袁去華詞名【青山遠】，見《宣卿詞》。

花竹亭軒。曲徑通幽小洞天。翠幬莘莘隔輕煙。鎖嬋娟。　畫圖初試春風面，消得東君著意憐。到伊歌扇舞裙邊。要前緣。（錄自四印齋彙刻《宋元三十一家詞》本）

## 青山濕遍

即【青衫濕遍】。〔清〕王錫振詞名【青山濕遍】，見《龍壁山房詞》。

菱花破也，依然靈夢，潦草霜晨。不道西風倦羽，驀歸來、並影鸞分。感黔妻、身世總難論。祇青山、有約偕歸處，待白頭、長對如賓。禁得孤生暮景，重傷弱草輕塵。　癡絕石麟空禱，靈萱佩影，愁帶三春。那識江潭搖落，又淒涼、瓣蕚含萫賚東華，百故恨長貧。算從頭、十六年間事，到今宵、一一淒神。斷送瑤華倩影，支離未了殘魂。（錄自《清名家詞》本）

## 青玉案

又名：一年春、西湖路、青蓮池上客、帶馬行、客中憶、橫塘路、謝師恩。

（一）調見〔宋〕蘇軾《東坡詞》。

三年枕上吳中路。遣黃耳、隨君去。若到松江呼小渡。莫驚鷗鷺，四橋儘是，老子經行處。　輞川圖上看春暮。常記高人右丞句。作個歸期天已許。春衫猶是，小蠻針線，曾濕西湖雨。（錄自汲古閣《宋六十名家詞》本）

（二）調見〔宋〕趙長卿《惜香樂府》。

梅黃又見纖纖雨。客裏情懷兩眉聚。何處煙村啼杜宇。勸人歸去早思家，轉聽得、聲聲苦。　利名縈絆何時住。惱亂愁腸成萬縷。滿眼興亡知幾許。不如尋個，老松石畔，作個柴門戶。（錄自汲古閣《宋六十名家詞》本）

（三）調見〔宋〕毛滂《東堂詞》。

今宵月好來同看。月未落、人還散。把手留連簾兒畔。含羞和恨轉嬌盼。悵花映、春風面。　相思不用寬金釧。也不用、多情似玉燕。問取嬋娟學長遠。不必清光夜夜見。但莫負、團圓願。（錄自吳訥《名家詞》本）

（四）調見〔宋〕張炎《山中白雲》卷八。

萬紅梅裏幽深處。甚杖屨、來何暮。草帶湘香穿水樹。塵留不住。雲留卻住。壺內藏今古。　獨清懶入終南去。有忙事、修花譜。騎省不須重作賦。園中成趣。琴中得趣。酒醒聽風雨。（錄自《彊村叢書》本）

《于湖先生長短句》注：正平調。

## 青玉碗

調見《履園叢話》卷二十一〔清〕紫珊居士詞。

生綃誰倩佳人織。織就相思，難織同心結。私願欲教郎解識。為郎忍痛，醬破蓮花舌。　點點猩紅親染出。不是胭脂，不是鵑啼血。一片情天容易缺。幾時雙槳，迎來桃葉，煉取媧皇石。（錄自清刻本）

《履園叢話》卷二十一：「有紫珊居士者，喜步平康。一日遊秦淮河上，與妓翹雲相愛甚篤。頻行，翹雲醬舌上血，染素帕為贈，以訂終身。兒女情癡，一至於此。紫珊為賦【玉碗】一闋云（詞略）。」

## 青年樂

即【清平樂】。〔明〕劉淑詞名【青年樂】，見《個山遺集》卷六。

追霞琢月。欲把青天拭。閒身且向虛空立，況是黃花時節。　節意也解相關。花信豈失初顏，忽將懶雲拘住，付與一半秋山。（錄自《全明詞》本）

## 青杏兒

（一）即【攤破南鄉子】。〔宋〕趙長卿詞名【青杏兒】，見《惜香樂府》卷八。

最苦是離愁。行坐裏、只在心頭。待要作個巫山夢，孤衾輾轉，無眠到曉，和夢都休。　夢裏也無由。誰敢望、真個綢繆。暫時不見渾閒事，只愁柳絮楊花，自來擺蕩難留。（錄自汲古閣《宋六十名家詞》本）

（二）即【促拍醜奴兒】。《詞律》卷四【促拍醜奴兒】調注：「又名【青杏兒】。」

## 青房並蒂蓮

調見《陽春白雪》卷四〔宋〕王沂孫詞。

醉凝眸。是楚天秋晚，湘岸雲收。草綠蘭紅，淺淺小汀洲。芰荷香裏駕鴛浦，恨菱歌、驚起眠鷗。望去帆、一片孤光，棹聲伊軋櫓聲柔。　　愁窺汴堤翠柳，曾舞送當時，綿纜龍舟。擁傾國、纖腰皓齒，笑倚迷樓。空令五湖夜月，也羞照、三十六宮秋。正朗吟、不覺回橈，水花楓葉兩悠悠。（錄自《粵雅堂叢書》本）

## 青門引

又名：玉溪清、青門引令。

（一）調見《花庵詞選》卷五〔宋〕張先詞。

乍暖還輕冷。風雨晚來方定。庭軒寂寞近清明，殘花中酒，又是去年病。　　樓頭畫角風吹醒。入夜重門靜。那堪更被明月，隔牆送過秋千影。（錄自文淵閣《四庫全書》本）

（二）調見《靜齋至正直記》卷一〔元〕無名氏詞。

憑雁書遲，化蝶夢速，家遙夜永，翛然已到。稚子歡呼，細君迎迓，拭去故袍塵帽。問我假使，萬里封侯，何如歸早。時運且宜斟酌，富貴功名，造求非道。　　靖節田園，子真巖谷好。記古人真樂，此言良可取，被驢嘶、恍然驚覺。起來時、欲話無人，賦與黃沙衰草。（錄自明刻本）

（三）即【青門飲】。〔宋〕黃裳詞名【青門引】，見《演山先生文集》卷三十一。

鴻落寒濱，燕辭幽館，西成萬室，顰眉人少。自古雲隮，洞門何處，南望數峰秋曉。千騎旌麾遠，去尋真、忙中心了。佩聲盤入，煙霞絕頂，誰聞歡笑。　　當候青童相報。因待訪仙人，長生微妙。置俎爭來，四鄉宴社，且看翠圍紅繞。似可捫青漢，到北扉、兩城斜照。醉翁回首，丹台夢覺，鈞天聲杳。（錄自文淵閣《四庫全書》本）

《填詞名解》卷一【青門引】：「《三輔黃圖》云：『長安城東出南頭第一門，門色青。』《蕭相國世家》云：『召平種瓜長安城東。』而阮籍詩『昔聞東陵侯，種瓜青門外』語，亦可證詞取以名。」

## 青門引令

即【青門引】。〔清〕閔奕仕詞名【青門引令】，見《載雲舫詩餘》。

曉起愁無緒。乍雨乍晴天氣。榴花初放近端陽，題不起，去年此日情事。　　時光易擲入遣次。誰縮相思地。怨綠傷紅無濟，難徑風鶴紛傳遞。（錄自甲子春影嵐自書本）

## 青門怨

即【河傳】。〔宋〕無名氏詞名【青門怨】，見《陽春白雪》卷七。

月痕煙景。遠思孤影。舊夢雲飛，離魂冰冷。脈脈恨滿東風。對孤鴻。　　翠珠塵冷香如霧。人何許。心逐章台絮。夜深酒醒燭暗，獨倚危樓。為誰愁。（錄自《粵雅堂叢書》本）

## 青門飲

又名：青門引、剪淞波、菱花怨。

調見《花草粹編》卷二十三〔宋〕秦觀詞。

風起雲間，雁橫天末，嚴城畫角，梅花三奏。塞草西風，凍雲籠月，窗外曉寒輕透。人去香猶在，孤衾長閒餘繡。恨與宵長，一夜薰爐，添盡香獸。　　前事空勞回首。雖夢斷春歸，相思依舊。湘瑟聲沉，庾梅信斷，誰念畫眉人瘦。一句難忘處，怎忍辜、耳邊輕咒。任人攀折，可憐又學，章台楊柳。（錄自文淵閣《四庫全書》本）

《綠窗新話》卷上：「秦少游嘗惓一妓，臨別，誓閶門相待。後有毀之者，少游作【青門飲】曰（詞略）。妓見『任人攀折』之句，遂削髮為尼。」

## 青衫子

即【人月圓】。〔明〕施紹華詞名【青衫子】，見《秋水庵花影詞》

孤燈燈畔孤燈影，燈影照窗紗。一陣輕敲，有時重打，雨在籬笆。　　竹門戲水，茅齋半漏，冷靜人家。蒼頭乞絮，荊妻問米，一會嗟呀。（錄自惜陰堂《明詞彙刻》本）

## 青衫濕

即【人月圓】。〔金〕吳激詞有「青衫濕淚」句，故名；見《中興以來絕妙詞選》卷二。

南朝千古傷心地，還唱後庭花。舊時王謝，堂前燕子，飛入人家。　　恍然在遇，天姿勝雪，宮鬢堆鴉。江州司馬，青衫濕淚，同是天涯。（錄自涉園影宋本）

## 青衫濕遍

又名：青山濕遍。

〔清〕納蘭性德自度曲，見《飲水詞》。

青衫濕遍，憑伊慰我，忍便相忘。半月前頭扶病，剪刀聲、猶在銀釭。憶生來、小膽怯空房。到而今、獨畔梨花影，冷冥冥、盡意淒涼。願指魂兮識路，教尋夢也迴廊。　　咫尺玉鉤斜路，一般消受，蔓草殘陽。判把長眠滴醒，和清淚、攪入椒漿。怕幽泉、還為我神傷。道書生薄命宜將息，再休耽、怨粉愁香。料得重圓密誓，難禁寸裂柔腸。（錄自清刻本）

按：納蘭性德詞有「青衫濕遍，憑伊慰我」句，故名【青衫濕遍】。

## 青苔思

〔清〕毛先舒自度曲。

《填詞名解》卷四：「【青苔思】，毛先舒作，取『樓穎石上，青苔思殺人』之句。」

按：原詞未見，待補。

## 青梅引

調見《鳴鶴餘音》卷四〔元〕無名氏詞。

我笑迷人，不信乖劣。癡心戀，貪名利縈繫。落魄狂遊，每將衛藝養道，用安身己。羌笛和息。藜杖藥瓢，蓑衣蠻笠。縱大地、有滿日珍珠，那的直甚閒氣。　　無限峰巒聳翠，略撰箇茅庵，用做棲心，幸有靈苗裔。更兼泉水。饑渴自然無礙，獨坐深山裏。悶看乾坤間隔，望落落、如曉星之勢。再遇何年，駕雲朝上帝。（錄自清黃丕烈補明鈔本）

## 青蓮池上客

（一）調見〔金〕王喆《重陽教化集》卷三。

亙初獨許能騎坐。這駿駒、從牽拖。直走盤旋雙慶賀。三山骨健，力筋偏大。馬輔佐。萬丈洪崖過。　　謝伊馳出深坑禍。銜玉轡，金纓鞾。喊霧嘶風游水火。月華前面，四蹄輕鎖。馬負荷。與我成因果。（錄自涵芬樓影明《道藏》本）

（二）即【青玉案】。〔元〕丘處機詞名【青蓮

池上客】，見《磻溪集》。

重陽羽化登仙路。兄弟如何措。各各勤修生覺悟。通無人有，靜思忘念，密考丹經祖。　　一時浩劫真容露。放蕩情懷任詩句。直待人間功行具。雲朋霞友，爽邀風月，笑指蓬瀛去。（錄自涵芬樓影明《道藏》本）

## 長生芭蕉

即【玉樓春】。〔清〕沈淑蘭詞名【長生芭蕉】，見《黛吟草詩餘》。

不覺東風驚瘦萼。庭空玉照花枝弱。聽鶯久佇倩誰知，疏影憐香幾淚落。　　羅浮好夢應難託。拂遍題箋春恨惡。無情最怪燕雙飛，啼紅濕透春衫薄。（錄自清康熙刻本）

## 長生樂

調見〔宋〕晏殊《珠玉詞》。

玉露金風月正圓。台榭早涼天。畫堂嘉會，組繡列芳筵。洞府星辰龜鶴，來添福壽。歡聲喜色，同入金爐泛濃煙。　　清歌妙舞，急管繁弦。榴花滿酌魷船。人盡祝、富貴又長年。莫教紅日西晚，留著醉神仙。（錄自汲古閣《宋六十名家詞》本）

## 長安月

調見〔明〕韓邦奇《苑洛詞》。

望驪山。秦官凌漢，周火連天。到如今、繁華薶瓦礫，恩愛襃姒付塵煙。周家長，秦家短，眼前一樣凋殘。　　歎溫泉。玉娥貴妃參乘，翠輦鳴鑾。到如今、西風吹水冷，孤月照沙寒。飛霜樓，明珠殿。無人更倚朱欄。（錄自惜陰堂《明詞彙刊》本）

## 長安辭

調見《敦煌歌辭總編》卷三〔唐〕無名氏詞。

天長地闊杳難分。中國眾生不可聞。長安帝德承恩報，萬國歸投拜聖君。

漢家法用令章新。四方取則玉華吟。文章繹絡如流水，白馬馱經即自臨。

故來行險遠尋求。誰謂明君不暫留。修身不避關山苦，學問仍須度百秋。

誰知此地卻回還。淚下沾衣不覺斑。願身死作中華鬼，來生得見五台山。（錄自上海古籍出版社排印本）

《敦煌歌辭總編》卷三：「題尾既綴有詞字，乃歌辭之標誌，說明並非徒詩。」

按：原載（斯）五五四〇、（蘇）一三六九、（伯）三六四四。原本調名「辭」作「詞」。《敦煌歌辭總編》作四首雜曲聯章體。

## 長命女

又名：長命女令、長命汝、長命縷、薄命女、薄命妾。

唐教坊曲名。

（一）調見《唐詞紀》卷七〔唐〕無名氏詞。

> 雪送關西雨，風傳渭北秋。孤燈燃客夢，寒杵搗鄉愁。（錄自《四庫全書存目叢書》本）

（二）調見〔五代〕馮延巳《陽春集》。

> 春日宴。綠酒一杯歌一遍。再拜陳三願。一願郎君千歲，二願妾身常健。三願如同梁上燕。歲歲長相見。（錄自《四印齋所刻詞》本）

詞注：「別本此處（指『再拜陳三願』句）分段作雙調。」

《唐聲詩》下編：「【長命女】調之始，必託於一定人物及故事，猶之【濮陽女】、【浣紗女】、【如意娘】等，其詳惜已無考。」

## 長命女令

即【長命女】。《歷代詩餘》卷三【薄命女】調注：「一名【長命女】，或加『令』字。」

《碧雞漫志》卷五：「近世有【長命女令】，前七拍，後九拍。屬仙呂調，宮調句讀並非舊曲。」

## 長命汝

即【長命女】。〔清〕謝章鋌詞名【長命汝】，見《酒邊詞》卷八。

> 風乍嬝。一縷春痕低又小。亭院斜陽悄。墜處彎彎欄角，搭處疏疏林表。昨夜輕魂還渺渺。又到花蔭了。（錄自清光緒十五年刻本）

## 長命縷

即【長命女】。〔五代〕馮延巳詞名【長命縷】，見《能改齋漫錄》卷十七。

> 春日宴。綠酒一杯歌一遍。再拜陳三願。一願郎君千歲，二願妾身常健。三願如同梁上燕。歲歲長相見。（錄自清乾隆武英殿聚珍本）

《能改齋漫錄》卷十七：「南唐宰相馮延巳有樂府一章，名【長命縷】云（詞略）。」

## 長亭青雀

調見〔清〕丁介《問鸝詞》。

> 夜如年，正檢書、燒燭漏方午。漸更深、月過雕欄畔，不道送君南浦。綠酒千杯，陽關三疊，忘卻離愁別苦。料此時、分手長亭，青雀舫、幾宵篷底凝眸，風前詠絮。　　夾岸早梅開處。掛征帆、便好風吹轉，也應酸楚。問天涯、水驛吳門路。只在七里山塘，畫船韻鼓。君聽取。姑蘇台畔劍池邊，人間一夢無今古。難回首、蕭蕭衰柳，寒鴉無數。（錄自《四庫全書存目叢書》本）

按：丁介詞有「料此時、分手長亭，青雀舫、幾宵篷底凝眸」句，故名【長亭青雀】。

## 長亭怨

即【長亭怨慢】。〔宋〕張炎詞名【長亭怨】，見《山中白雲》卷二。

> 笑海上、白鷗盟冷。飛過前灘，又顧秋影。似我知魚，亂蒲流水動清飲。歲華空老，猶一縷、柔絲戀頂。悵憶駕行，想應是、朝回花徑。　　人靜。悵離群日暮，都把野情消盡。山中舊隱。料獨樹、尚懸蒼暝。引殘夢、直上青天，又何處、溪風吹醒。定莫負、歸舟同載，煙波千頃。（錄自《彊村叢書》本）

## 長亭怨慢

又名：長亭怨。

〔宋〕姜夔自度曲，見《白石道人歌曲》卷五。

> 漸吹盡、枝頭香絮。是處人家，綠深門戶。遠浦縈回，暮帆零亂向何許。閱人多矣，誰得似、長亭樹。樹若有情時，不會得、青青如此。　　日暮。望高城不見，只見亂山無數。韋郎去也，怎忘得、玉環分付。第一是、早早歸來，怕紅萼、無人為主。算空有并刀，難剪離愁千縷。（錄自《彊村叢書》本）

詞序：「予頗喜自製曲，初率意為長短句，然後協以律，故前後闋多不同。桓大司馬云：『昔年種柳，依依漢南。今看搖落，悽愴江潭。樹猶如此，人何以堪。』此語予深愛之。」

《白石道人歌曲》注：中呂宮。

## 長春

即【引駕行】。〔宋〕晁補之詞名【長春】，見《晁氏琴趣外篇》卷五。

　　春雲輕鎖，春風乍扇園林曉。掃華堂、正桃李芳時，誕辰還到。年少。記絳蠟光搖，金猊香郁寶妝了。驟駿馬、天街向晚，喜同車、詠窈窕。　　多少。盧家壺範，杜曲家聲榮耀。慶孟光齊眉，馮唐白首，鎮同歡笑。綵綯。待琅函深討。芝田高隱去偕老。自別有、壺中永日，比人間好。（錄自雙照樓影宋本）

詞注：「亦名【長春】。」

## 長相思

又名：山漸青、吳山青、青山相送迎、長相思令、長思仙、長思令、相思令、琴調相思令、越山青、葉落秋窗、憶多嬌、雙紅豆。

唐教坊曲名。

（一）調見《唐宋以來絕妙詞選》卷一〔唐〕白居易詞。

　　汴水流。泗水流。流到瓜洲古渡頭。吳山點點愁。　　思悠悠。恨悠悠。恨到歸時方始休。月明人倚樓。（錄自《四部叢刊》影明本）

（二）調見《敦煌歌辭總編》卷三〔唐〕無名氏詞。

　　估客在江西。富貴世間稀。終日紅樓上，□□舞著辭。　　頻頻滿酌醉如泥，輕輕更換金卮。盡日貪歡逐樂，此是富不歸。

　　旅客在江西。寂寞自家知。塵士滿面上，終日被人欺。　　朝朝立在市門西。風吹□淚雙垂。遙望家鄉腸斷，此是貧不歸。

　　作客在江西。得病臥毫釐。還往□消息，看看似別離。　　村人曳在道傍西。耶娘父母不知。身上剜牌書字，此是死不歸。（錄自上海古籍出版社排印本）

按：《敦煌歌辭總編》收有【長相思】三首，與白居易調不同，頗整齊。內容分詠商人在江西經商的情景，很生動。每首均以「×客在江西」，又以「此是×不歸」句型為首尾句，似大曲而無遍數次序。任半塘先生將三首列入雜曲聯章體，極是。

《唐音癸籤》卷十三：「【長相思】古曲，梁張率始以【長相思】三字為句發端。陳後主及徐陵、江統輩襲其調，益工之。唐李白諸家多有作。」

（三）調見〔宋〕晏幾道《小山詞》。

　　長相思。長相思。若問相思甚了期。除非相見時。　　長相思。長相思。欲把相思說似誰。淺情人不知。（錄自汲古閣《宋六十名家詞》本）

（四）調見《中興以來絕妙詞選》卷五〔宋〕劉光祖詞。

　　玉樽涼。玉人涼。若聽離歌須斷腸。休教成鬢霜。　　畫橋西，畫橋東。有淚分明清漲同。如何留醉翁。（錄自陶氏涉園影宋本）

（五）即【長相思慢】。〔宋〕柳永詞名【長相思】，見《樂章集》卷中。

　　畫鼓喧街，蘭燈滿市，皎月初照嚴城。清都絳闕夜景，風傳銀箭，露金莖。巷陌縱橫。過平康款轡，緩聽歌聲。鳳燭熒熒。那人家、未掩香屏。　　向羅綺叢中，認得依稀舊日，雅態輕盈。嬌波豔冶，巧笑依然，有意相迎。牆頭馬上，漫遲留、難寫深誠。又豈知、名宦拘檢，年來減盡風情。（錄自《彊村叢書》本）

《樂章集》注：林鐘商。

## 長相思令

（一）即【長相思】。〔五代〕無名氏詞名【長相思令】，見《樂府雅詞・拾遺》卷上。

　　雲一緺。玉一梭。澹澹衫兒薄薄羅。輕顰雙黛螺。　　秋風多。雨相和。簾外芭蕉兩三窠。夜長人奈何。（錄自文淵閣《四庫全書》本）

（二）即【長相思慢】。〔宋〕譚意哥詞名【長相思令】，見《青瑣高議別集》卷二。

　　舊燕初歸，梨花滿院，迤邐天氣融和。新晴巷陌，是處輕車駿馬，褉飲笙歌。舊賞人非，對佳時、一向樂多愁多。遠意沉沉，幽閨獨自顰蛾。　　正消黯、無言自感，憑高遠意，空寄煙波。從來美事，因甚天教，兩處多磨。開懷強笑，向新來、寬卻衣羅。似恁他、人怪憔悴，甘心總為伊呵。（錄自《全宋詞》本）

## 長相思帶山花子

調見〔明〕張鳳翼《處實堂集》。

　　得干休。且干休。萬事由天不自由。百歲光陰真撚指，半生名利急回頭。分付只作醉鄉侯。　　得優遊。且優遊。身處浮名晚更浮。昨夜一番新雨過，今朝六月作深秋。不管炎涼是白鷗。（錄自惜陰堂《明詞彙刊》本）

按：此調前三句【長相思】，後三句【浣溪沙】；後段同。

## 長相思慢

又名：長相思、長相思令、望揚州、雙紅豆、雙紅豆慢。

調見〔宋〕周邦彥《片玉詞》卷下。

夜色澄明，天街如水，風力微冷簾旌。幽期再隔，坐久相看，才喜欲歎還驚。醉眼重醒，映雕欄修竹，共數流螢。細語輕輕。盡銀台、掛壁潛聽。　　自初識伊來，便惜妖嬈靜質，美盼柔情。桃溪換世，鸞馭凌空，有願須成。遊絲蕩絮，任輕狂、相逐牽縈。但連環不解，流水長東，難負深盟。（錄自汲古閣《宋六十名家詞》本）

按：此詞據別本增「流水長東」句。

《片玉集‧抄補》注：高調。

## 長思仙

即【長相思】。〔金〕王嚞詞名【長思仙】，見《重陽全真集》卷四。

莫哦吟。莫追尋。這個玄機奧最深。如何識本心。　　好鈴擒。好登臨。明月孤輪照玉岑。方知水裏金。（錄自涵芬樓影明《道藏》本）

## 長思令

即【長相思】。〔明〕孫承忠詞名【長思令】，見《孫文忠公詞》。

鶯飛飛。燕飛飛。春色還從鶯燕歸，關山換旅衣。　　花垂垂。葉垂垂。秋颺閑將花葉吹，鴛鴦立釣磯。（錄自惜陰堂《明詞彙刊》本）

## 長歌

即【念奴嬌】。〔清〕彭孫遹詞有「長歌當哭」句，故名；見《延露詞》。

長歌當哭，把琅玕擊折，珊瑚敲碎。悔不當初多弄戟，領取中郎都尉。鵲印累累，蟬冠岌岌，忍見人皆醉。雕龍何益，算功名，偶然逐。　　等閒付與兒曹，三旌已矣，返我屠羊肆。吳下秋風歸去好，飽啖菰羹鱸鱠。病藉神君，巧資天女，無計祛窮鬼。夜珠休探，怕驪龍，未成睡。（錄自清刻本）

詞序：「雨窗獨坐，百感茫茫，因信筆成【百字令】，自歌且自和之。白太傅謂：『長歌之哀過於慟哭。』此語誠然。以今觀之，不誠然耶？」

## 長楊碧

即【謁金門】。〔清〕壽富詞名【長楊碧】，見《詞綜補遺》卷首引《伯茀詩存》。

柴桑柳。染出霜華韶秀。返照玲瓏紅影透。胭脂痕細鏤。　　幾日秋寒特驟。冷逼珊珊翠袖。簾捲西風人病久。長眉花樣瘦。（錄自文獻書目出版社影印本）

## 長壽仙

調見〔元〕趙孟頫《松雪齋樂府》。

瑞日當天。對絳闕蓬萊，非霧非煙。翠光覆禁苑。正淑景芳妍。彩仗和風細轉。御香飄滿黃金殿。喜萬國會朝，千官拜舞，億兆同歡。　　福祉如山如川。應玉渚流虹，璿樞飛電。八音奏舜韶，慶元燭調元。歲歲龍輿鳳輦。九重春醉蟠桃宴。天下太平，祝吾皇、壽與天地齊年。（錄自涉園影宋本）

《松雪齋樂府》注：道宮。

《欽定詞譜》卷二十八【長壽仙】調注：「此平仄互叶，元詞也。然遵古韻本部三聲叶，與元曲中原音韻不同。」

## 長壽仙促拍

調見〔宋〕曹勛《松隱樂府‧補遺》。

舜德日輝光，正初冬盛期。東朝喜、誕生時。向彤闈、清淨均化有，自然和氣。長生久視。金殿熙熙。宴瑤池。　　褕衣俱侍。玳筵啟。花如錦，耀朝暉。太平際天子。天下養、共瞻誠意。南山虔祝，億萬同歲。（錄自《彊村叢書》本）

## 長壽樂

（一）調見〔宋〕柳永《樂章集》。

尤紅嚲翠。近日來、陡把狂心牽繫。羅綺叢中，笙歌筵上，有個人人可意。解嚴妝、巧笑次姿，別成嬌媚。知幾度、密約秦樓盡醉。　　仍攜手，眷戀香衾繡被。情漸美。算好把、夕雨朝雲相繼。便是仙禁春深，御爐香嫋，臨軒親試對。（錄自《彊村叢書》本）

按：《樂章集》注：平調。

（二）調見〔宋〕柳永《樂章集》。

繁紅嫩翠。豔陽景、妝點神州明媚。是處樓台，朱門院落，弦管新聲騰沸。恣遊人、無限馳驟，嬌馬車如水。竟尋芳選勝，歸來向晚，

起通衢近遠，香塵細細。　太平世。少年時，忍把韶光輕棄。況有紅妝，楚腰越豔，一笑千金何奢。向樽前、舞袖飄雪，歌響行雲止。願長繩、且把飛烏繫。任好從容痛飲，誰能惜醉。（錄自《彊村叢書》本）

按：《樂章集》注：般涉調。

## 長橋月

即【霜天曉角】。〔宋〕吳禮之詞有「長橋月，斷橋月」句，故名；見《欽定詞譜》卷四。

連環易缺。難解同心結。癡呆佳人才子，情緣重、怕離別。　意切。人路絕。共沉煙水闊。蕩漾香魂何處，長橋月。斷橋月。（錄自文淵閣《四庫全書》本《花庵詞選》續集卷四）

八畫

《欽定詞譜》卷四【霜天曉角】調注：「吳禮之有『長橋月』句，名【長橋月】。」

按：《四部叢刊》影明本《中興以來絕妙詞選》卷四、文淵閣《四庫全書》本《花庵詞選》續集卷四，吳禮之詞，調名均為【霜天曉角】。《填詞名解》卷四：「宋淳熙初，行都角妓陶師兒，與蕩子王生狎甚，為姥所間。一日，王生拉師兒遊西湖，迤邐更闌，舟人俱倦寢，舟泊淨慈寺藕花深處，王生、師兒相抱入水中俱死。都人作【長橋月】、【短橋月】歌之。二調今不傳。」

按：《填詞名解》所指【長橋月】係宋吳禮之【霜天曉角】。吳詞序云：「王生、陶氏月下共沉西湖，賦此弔之。」本事相同。毛先舒所云「二調今不傳」，失考矣。

## 芙蓉月

〔宋〕趙以夫自度曲。詞詠芙蓉，有「殘月澹」句，故名；見《虛齋樂府》卷上。

黃葉舞碧空，臨水處、照眼紅苞齊吐。柔情媚態，佇立西風如訴。遙想仙家城闕，十萬綠衣童女。雲縹紗，玉娉婷，隱隱彩鸞飛舞。　樽前更風度。記天香國色，曾占春暮。依然好在，還伴清霜涼露。一曲欄干敲遍，悄無語。空相顧。殘月淡，酒闌時、滿城鐘鼓。（錄自涉園影宋本）

## 芙蓉曲

即【朝中措】。《欽定詞譜》卷七【朝中措】調注：「韓淲詞名【芙蓉曲】。」

按：今所見韓詞均無【朝中措】名【芙蓉曲】者，《欽定詞譜》未知所據何本，待考。

## 芙蓉夢

調見《柳州詞選》〔清〕施鑑詞。

從前不語孤眠味。那更夜長人醉。流螢點點飛，剛映相思字。撩人最是搗衣秋，疏砧霜下思歸淚。　捲簾望斷征鴻處，月小山無際。千斛閒愁，一番秋信，倚枕渾無寐。好夢欲行還，又被雞聲留住。（錄自清刻本）

## 芙蓉謠

調見〔明〕王道通《簡平子詩餘》。

朱欄六曲。歸燕辭華屋。記此中、曾有人如玉。笑撚芙蓉，背牽我、輕綃半幅。共向牆蔭，聽汲井鄰娃，轆轤聲斷續。　流年迅速。秋雨淒金谷。休再來、危樓送目。且道石岡南還，最誰家、蒼梧翠竹。月色空山，雞聲遠麓。知渠何處思量。何處吞聲哭。（錄自惜陰堂《明詞彙刊》本）

## 芰荷香

調見《花草粹編》卷十九〔宋〕万俟詠詞。

小瀟湘。正天影倒碧，波面容光。水仙朝罷，間列綠蓋紅幢。吹風細雨，蕩十頃、泛泛清香。人在水精中央。霜綃霧縠，襟袂收涼。　款放輕舟闖紅裏，有蜻蜓點水，交頸鴛鴦。翠蔭密處，曾覓相並青房。晚霞散綺，泛遠淨、一葉鳴榔。擬去盡促瑚觴。歌雲未斷，月上飛樑。（錄自文淵閣《四庫全書》本）

## 花上月令

〔宋〕吳文英自度曲，見《夢窗丁稿》。

文園消渴愛江清。酒腸怯，怕深酲。玉舟曾洗芙蓉水，瀉清冰。秋夢淺，醉雲輕。　庭竹不收簾影去，人睡起，月空明。瓦瓶汲井和秋葉，薦吟醒。夜深重，怨遙更。（錄自汲古閣《宋六十名家詞》本）

## 花月詞

即【秋風清】。〔清〕朱中楣有「花影移，月影移。」句，故名；見《隨草詩餘》。

花影移。月影移。梧葉驚秋落，更聲入漏遲。西風幾度芙蓉發，試問歸鴻知不知。（錄自清刻本）

按：此詞與【秋風清】相校，唯第二句用疊韻異。

# 花心動

又名：上昇花、好心動、花心動慢、風裏楊花、桂飄香、梅梢月。

（一）調見〔宋〕周邦彥《片玉詞》卷上。

> 簾捲青樓，東風滿、楊花亂飄晴晝。蘭袂襯香，羅帳裹紅，繡枕旋移相就。海棠花謝春融暖，偎人恁、嬌波頻溜。象床穩，鴛衾漫展，浪翻紅綃。　　一夜情濃似酒。香汗漬、鮫綃幾番微透。鷙困鳳慵，婭姹雙眼，畫也畫應難就。問伊可煞於人厚。梅萼露、胭脂檀口。從此後，纖腰為郎管瘦。（錄自汲古閣《宋六十名家詞》本）

《片玉集·抄補》注：雙調。

（二）調見《樂府雅詞·拾遺》卷上〔宋〕劉燾詞。

> 偏憶江南，有塵表豐神，世外標格。低傍小橋，斜出疏籬，似向隴頭曾識。暗香孤韻冰霜裏，初不怕、春寒邀勒。問桃杏盈門，怎生向前爭得。　　省共蕭娘手摘。玉纖映瓊枝，照人一色。澹粉暈酥，多少飛來，到得壽陽宮額。再三留待東君看，管都將、別花不惜。但只恐、高樓又三弄笛。（錄自文淵閣《四庫全書》本）

（三）調見《花草粹編》卷二十二〔宋〕蟾英詞。

> 忽睹菱花，這一程、減卻風流顏色。鄰姬戲問，愧我為羞，無語低頭寥寂。珠淚紛紛和粉垂，襟袂舊痕乾又濕。但感起愁懷，堆堆積積。　　杜宇催春急。煙籠花柳，粉蝶難尋覓。紫燕喃喃，黃鶯恰恰，對景脂消香浥。篆煙將盡愁未休，乍得御溝玻璃碧。教紅葉往來，傳個消息。（錄自文淵閣《四庫全書》本）

（四）調見《草堂詩餘》別集卷四〔宋〕謝逸詞。

> 風裏楊花輕薄性，銀燭高燒心熱。香餌懸鉤，魚不輕吞，辜負釣兒虛設。桑蠶到老絲長絆，針刺眼、淚流成血。思量起，拈枝花朵，果兒難結。　　海樣情深忍撇。似夢裏相逢，不勝歡悅。出水雙蓮，摘取一枝，可惜並頭分折。猛增期滿會姮城，誰知是、初生新月。折翼鳥，甚是于飛時節。（錄自明刻本）

按：據《全宋詞》曰：「【花心動】係明人傳奇《覓蓮記》中詞。」非謝逸作。而依《欽定詞譜》曰：「此詞與諸家不同，因宋人傳誦已久，謂其得風人比興遺意。」如據此說，該詞在宋已甚流行，明人之說恐不確。是否謝逸所作，尚須查考。

# 花心動慢

即【花心動】。〔宋〕無名氏詞名【花心動慢】，見《高麗史·卷七十一·樂二》。

> 暑逼芳襟，甚全無、困依便教人惡。賴有枕溪百尺，朱樓映日，數重香箔。馱冰圓定猶嫌暖，紅日綻、雨收殘腳。漫試取，紅綃弄雪，碎瓊推削。　　妝罷低雲未稔。葉葉地衣仙，剪輕裁薄。汗灑淚珠，急捧金盤，向前顆顆盛卻。鳳凰雙扇相交扇，越攔就、越腰肢弱。待做個、青紗罩兒罩著。（錄自日本明治四十一年縮印本）

# 花犯

又名：繡鸞鳳花犯。

（一）調見〔宋〕周邦彥《片玉詞》卷上。

> 粉牆低，梅花照眼，依然舊風味。露痕輕綴。疑淨洗鉛華，無限佳麗。去年勝賞曾孤倚。冰盤同燕喜。更可惜、雪中高樹，香篝薰素被。　　今年對花最匆匆，相逢似有恨，依依愁悴。吟望久，青苔上、旋看飛墜。相將見、脆圓薦酒，人正在、空江煙浪裏。但夢想、一枝瀟灑，黃昏斜照水。（錄自汲古閣《宋六十名家詞》本）

《片玉集》注：小石調。《夢窗詞集》注：中呂商。

（二）即【水調歌頭】。〔明〕楊慎詞名【花犯】，見《填詞圖譜》卷五。

> 雲軿不輾地，仙居多麗醮。湖海念，元龍臥錦漣清雪苕。甫里筆床茶灶，山陰楸枰方罫，香籀記昏朝。醉鄉無畔岸，北斗挹天瓢。　　樓中人，誰是伴，有松喬。靈文綠帙，齊物與逍遙。肯念草玄寂寞，暫遣壺公縮地，風御蔦琅霄。欄干憑倒影，共和曉仙謠。（錄自清康熙木石居刻本）

# 花犯念奴

即【水調歌頭】。〔明〕楊慎詞名【花犯念奴】，見《升庵長短句續集》卷三。

> 雲軿不輾地，仙居多麗醮。湖海廿年龍臥，錦漣清雪苕。甫里筆床茶灶，山陰楸枰方罫，香籀記昏朝。醉鄉無畔岸，北斗挹天瓢。　　樓中人，誰是伴，有松喬。靈文綠帙，齊物與逍遙。肯念草玄寂寞，暫遣壺公縮地，風御蔦琅

霄。欄干誰憑到，共和曉仙謠。（錄自惜陰堂《明詞彙刊》本）

詞序：「司空南坦劉公之瑞，卜居湖州，寓慎帖云：『吾友某公，作文樓十餘楹，諸文房服餌庖幅，悉具樓上，數十年不下。子登甲榜，亦止於樓上叩頭。麟心慕之而不能構。吾友文衡山為圖，一樓俾神棲焉。』射陂朱子，作清調曲七解，所謂『神樓一何峻』也，並緘以示慎。慎為尻輪神馬，正不須駕雲級霞，登亦何用樓？乃隱括為近調一闋，以白石譜【花犯念奴】按之，可歌也。」

《詞律》卷十四【水調歌頭】調注：「白石名【花犯念奴】。」

《歷代詩餘》卷五十八【水調歌頭】調注：「姜夔填此詞名【花犯念奴】。」

按：姜夔唯在《白石道人歌曲‧別集》中有【水調歌頭】一首，未有【花犯念奴】名調者，《詞律》及《歷代詩餘》未知何據，待考。另據《古今詞話‧詞辨》卷下引《古今詞譜》曰：「【水調歌頭】仄韻即【花犯念奴】。」迄今未發現【水調歌頭】有用仄韻者，此說恐誤。

## 花自落

即【謁金門】。〔宋〕張輯詞有「無風花自落」句，故名；見《東澤綺語》。

春寂寞。簾底蕙爐煙薄。聽盡歸鴻書怎託。相思天一角。　象筆鸞箋閒卻。秀句與誰商略。睡起愁懷何處著。無風花自落。（錄自《彊村叢書》本）

## 花非花

調見《百琲明珠》卷一〔唐〕白居易詞。

花非花，霧非霧。夜半來，天明去。來如春夢不多時，去似朝雲無覓處。（錄自惜陰堂《明詞彙刊》本）

《詞品》卷一：「白樂天之詞，予獨愛其【花非花】一首，蓋其自度之曲，因情生之作也。」

《欽定詞譜》卷一：「此本《長慶集》長短句詩，後人採入詞中，其平仄不拘。」

按：白居易詞有「花非花，霧非霧」句，故名【花非花】。

## 花信風

調見《詞綜補遺》卷三十六引《重論文齋筆錄》〔清〕王紹蘭詞。

梅花笑了，正小寒、第一番報花風信。百花頭上獨先開，且漫說元燈相印。　蠟黃宮豔，綠萼仙華，須讓雪香月韻。一枝驛使寄江南，兩處林逋何遜。

山茶淡了，正小寒、第二番報花風信。玉皇收拾上天宮，我向曼陀羅問訊。　角犀何綠，頂鶴何丹，兒女花名何俊。海榴誰綻錦窠勻，玉茗淺分紅韻。

水仙罥了，正小寒、第三番報花風信。攣兄梅弟作蘭朋，誰夢見凌波襪襯。　中洲北渚，遠望湘君，更望湘夫人近。漢皋解佩弄珠迴，交甫仙緣無分。

瑞香結了，正大寒、第一番報花風信。廬山夢覺睡香名，又轉瑞幻圓夢暈。　綠雲畫黛，紅錦薰籠，紫上蓬萊幾仞。動人譯樹本風流，半透芳心須趁。

蘭花夢了，正大寒、第二番報花風信。國香空谷自含芳，況九畹餘滋堪紉。　荒郊遠蒔，綺石清供，癸丑春亭禊旮。笙詩補後採南陔，戒養心傷方寸。

山礬香了，正大寒、第三番報花風信。瑒花雅號色兼香，見黃九更名飯噴。　梅邊月淡，李外露酣，高節春風幾陣。而今礬弟水仙呼，占了傾城香韻。（錄自書目文獻出版社影印本）

按：王紹蘭詞有「第一番報花風信」句，故名【花信風】。此係組詞，依內容可能有數首之多。今只見六首，抄錄以供參閱。

## 花前飲

調見《古今詞話》〔宋〕無名氏詞。

雨餘天色漸寒滲。海棠綻、胭脂如錦。告你休看書，且共我、花前飲。　皓月穿簾未成寢。篆香透、鴛鴦雙枕。似恁天色時，你道是、好做甚。（錄自《詞話叢編》本）

按：無名氏詞有「且共我、花前飲」句，故名【花前飲】。

## 花神友

〔近人〕吳藕汀自度曲，見《畫牛閣詞集》。

風雨欲來卯色天，水昏雲黯淡，淒涼時候。想

八畫

汝無家歸得，況離娘未久。畏縮簷前，那甚禁、西風欺負。我愛猶憐，恍似人有傷心瘦。堪補救。買藥煎湯，穿魚相誘。　　祖龍遘。書焚後。隔宿糧虛，破衣膩垢。毋須鼠將呼，但作花神友。遊蜂莫逐，浪蝶休擒，誰說非仁獸。明歲開庭，種了紫芥茴香，何妨嬉溜。待放鴛舟，喜看春波柳。（錄自《畫牛閣詞集》手稿本）

詞序：「贈小狸自度曲。」

按：吳藕汀詞有「但作花神友」句，故名【花神友】。

《十年鴻跡》戊辰卷：「我之愛貓出於本性，一生莫不以貓為友，視貓為珍。自從嘉興攜來狸貓死後，十年來未曾養貓。至一九六六年丙午春夏之交，蓄一花貓，又得一狸，以後生生死死都有詩詞以紀念牠們。【花神友】，丙午贈小狸自度曲。」

## 花酒令

調見《新編群書類要事林廣記・癸集》卷十二〔宋〕無名氏詞。

花酒。左手把花，右指酒。是我平生，結底親朋友。指自身及眾賓。十朵五枝花，以手伸五指反覆，應十朵；又舒五指，應五枝，仍指花。三杯兩盞酒。伸三指，又伸二指，應三杯兩盞數，指酒。　　休問南辰共北斗。伸手做休問狀，指南北。任從他、烏飛兔走。以手發退，做任從狀，又做飛走狀。酒滿金卮花在手。指酒盞，指花。且戴花飲酒。左手插花，右手持酒飲。（錄自《和刻本類書集成》本）

按：此為宋代宴飲酒令，共一組四首，此其中之一。每句皆伴有動作，大概邊唱邊做，在筵席上勸酒之用。

## 花深深

即【憶秦娥】。〔宋〕孫道絢詞有「花深深」句，故名；見《欽定詞譜》卷五。

花深深，一鉤羅襪行花蔭。行花蔭。閒將柳帶，細結同心。　　日邊消息空沉沉。畫眉樓上愁登臨。海棠開後，望到如今。（錄自《宋詞紀事》排印本）

《欽定詞譜》卷五【憶秦娥】調注：「宋媛孫道絢詞有『花深深』句，名【花深深】。」

按：此詞據《古杭雜記》為鄭文妻作，調名為【憶秦娥】。《欽定詞譜》未知何據。《古杭雜

記》云：「太學服膺齋上舍鄭文，秀州人，其妻寄以【憶秦娥】。此詞為同舍見者傳播，酒樓妓館皆歌之。」

## 花富貴

調見《雅州府志》卷十六〔明〕范文光詞。

有許多心事，恨年來、曾不過伊人。賴小園、有名花數朵，豐豔出風塵。不歡此花富貴，香色兩精神。歡此花隨我，歷盡艱辛。　　記當日、風雪到此，人花共避無門。幸遮防護，惜留此芳根。到今朝、獨花長在，與我白頭相親。恨人顏不如花顏少，愧此清樽。（錄自清乾隆本）

按：范文光詞有「不歡此花富貴，香色兩精神」句，故名【花富貴】。

## 花發狀元紅慢

又名：素蛺蝶。

調見《花草粹編》卷二十二〔宋〕劉幾詞。

三春向暮，萬卉成陰，有嘉豔方坼。嬌姿嫩質。冠群品、共賞傾城傾國。上苑晴晝暄，千素萬紅尤奇特。綺筵開，會詠歌才子，壓倒元白。　　別有芳幽葩小，步障華絲，綺軒油壁。與紫鴛鴦，素蛺蝶。自清旦、往往連夕。巧鶯喧翠管，嬌燕語雕梁留客。武陵人，念夢役意濃，堪遣情溺。（錄自文淵閣《四庫全書》本）

《詞林紀事》卷四引《避暑錄話》云：「劉幾在神宗時，與范蜀公重訂大樂。洛陽花品狀元紅，為一時之冠。樂工花日新能為新聲，汴妓郜懿以色著，秘監致仕劉伯壽精音律。熙寧中，幾攜花日新就郜懿家，賞花歡詠，乃撰此曲，填詞以贈之。」

## 花發沁園春

又名：暮花天。

（一）調見《花庵詞選》卷三〔宋〕王詵詞。

帝里春歸，早先妝點，皇家池館園林。雛鶯未還，燕子乍歸，時節戲弄晴陰。瓊樓珠閣，恰正在、柳曲花心。翠袖豔衣，憑欄干、慣聞弦管新音。　　此際相攜宴賞，縱行樂隨處，芳樹遙岑。桃腮杏臉，嫩英萬葉，千枝綠淺紅深。輕風終日，泛暗香、長滿衣襟。洞戶醉、歸訪笙歌，晚來雲海沉沉。（錄自文淵閣《四庫全書》本）

（二）調見《花庵詞選續集》卷十〔宋〕劉子寰詞。

> 換譜伊涼，選歌燕趙，一番樂事重起。花新笑靨，柳軟纖腰，濟楚從芳園裏。年年佳會，長是傍、清明天氣。正魏紫衣染天香，蜀妝紅破春睡。　　一簇猩羅鳳翠。遍東園西城，點檢芳事。鈐齋吏散，畫館人稀，幾閱管弦清脆。人生適意，流轉共、風光遊戲。到遇景、取次成歡，怎教良夜休醉。（錄自文淵閣《四庫全書》本）

## 花間意

即【菩薩蠻】。〔宋〕韓淲詞有「新聲休寫花間意」句，故名；見《澗泉詩餘》。

> 小園紅入春無際。新聲休寫花間意。一笑喚真真。香腮酒未醒。　　惜芳追勝事。暢飲餘詩思。無處說衷情。暗塵羅帳生。（錄自《彊村叢書》本）

## 花間訴衷情

即【訴衷情】。〔元〕邵亨貞詞名【花間訴衷情】，見《蟻術詞選》卷二。

> 江路。風雨。春又去。掩重門。樓上暮山翠，鎖愁痕。煙草弄黃昏。王孫。好懷誰與論。暗消魂。（錄自涉園影明好德軒本）

## 花間虞美人

即【虞美人】。〔清〕陳維崧詞名【花間虞美人】，見《湖海樓詞集》。

> 角弓硬箭黃金弛。須上凌煙畫。不然脫帽五湖天。藕絲筍粉伴茶煙。亦前緣。　　雄心畢竟輕餘子。知我佳人耳。雙接裙帶繞花行。涼軒水檻十分清。說平生。（錄自《清名家詞》本）

## 花落寒窗

調見〔明〕金木散人《鼓掌絕塵》雪集第二十五回。

> 徘徊無語倚南樓。目送歸鴻淚轉流。羅帶緩，倩誰收。　　人情唯有相思切，乍去還來無盡頭。爭似水，只東流。（錄自《中國話本大系》本）

## 花裏

〔清〕丁澎自度曲，見《扶荔詞》卷一。

> 早起。為惜嫩紅花裏。小蕊未曾開，怕蜂來。（錄自清康熙家刻本）

詞注：「本意。新譜自度曲。」

自注：「新譜者，藥園之所定也。有自度曲，有犯曲，有翻曲。自度曲者，取唐宋以來詩家詞，依聲按律，自成一調，或因原調而益損之，如減字、攤破、偷聲、促拍皆可歌者是也。犯曲者，節兩調或數調之音，而叶之於宮商，以合一調，如【江月晃重山】、【江城梅花引】之類是也。翻曲者，一調之韻，可平仄互換，如【憶王孫】之為【漁家傲】、【卜算子】之為【巫山一段雲】是也。要皆前人所有不自我倡，雖云好事，非同妄作，後之學者，庶無譏焉。」

按：丁澎詞有「為惜嫩紅花裏」句，故名【花裏】。

## 花溪碧

即【菩薩蠻】。〔宋〕韓淲詞有「山城望斷花溪碧」句，故名；見《澗泉詩餘》。

> 絲絲柳色清愁織。山城望斷花溪碧。回首仲宣樓。登臨無計愁。　　雨聲吹海立。流轉韶光急。九萬有鵬程。沉香天上亭。（錄自《彊村叢書》本）

## 花想容

即【武陵春】。〔宋〕賀鑄詞有「雲想衣裳花想容」句，故名；見《東山詞》卷上。

> 南國佳人推阿秀，歌醉幾相逢。雲想衣裳花想容。春未抵情濃。　　津亭回首青樓遠，簾箔更重重。今夜扁舟淚不供。猶聽隔江鐘。（錄自涉園影宋本）

## 花幕暗

即【添聲楊柳枝】。〔宋〕賀鑄詞有「月轉參橫花幕暗」句，故名；見《東山詞》卷上。

> 綠綺新聲隔坐聞。認殷勤。樽前為舞鬱金裙。酒微醺。　　月轉參橫花幕暗，夜初分。陽台拚作不歸雲。任郎嗔。（錄自涉園影宋本）

## 花舞

宋大曲名。

調見〔宋〕史浩《鄮峰真隱漫錄》卷四十六。

兩人對廳立，自勾，念：

> 伏以騷賦九章，靈草喻為君子；詩人十詠，奇花命以佳名，因其有香，尊之為客。欲知標格，請觀一字之褒；爰藉品題，遂作群英之冠。適當麗

景，用集仙姿。玉質輕盈，共慶一時之會；金樽
瀲灩，式均四坐之歡。女伴相將，折花入隊。
念了，後行吹【折花三台】。舞上，取花瓶。又
舞上，對客放瓶，念〈牡丹花詩〉：
花是牡丹推上首。大家侑宴為賓友。料應雨露久
承恩，貴客之名從此有。
念了，舞。唱【蝶戀花】，侍女持酒果上，勸客
飲酒。

> 貴客之名從此有。多謝風流，飛馭陪樽酒。持
> 此一巵同勸後。願花長在人長壽。

舞，唱了，後行吹【三台】。舞轉，換花瓶。又
舞上，次對客放瓶，念〈瑞香花詩〉：
花是瑞香初擢秀。達人鼻觀通廬阜。遂令聲價滿
寰區，嘉客之名從此有。
念了，舞。唱【蝶戀花】，侍女持酒果上，勸客
飲酒。

> 嘉客之名從此有。多謝風流，飛馭陪樽酒。持
> 此一巵同勸後。願花長在人長壽。

舞，唱了，後行吹【三台】。舞轉，換花瓶。又
舞上，次對客放瓶，念〈丁香花詩〉：
花是丁香花未剖。青枝碧葉藏瓊玖。如居翠幄道
家妝，素客之名從此有。
念了，舞。唱【蝶戀花】，侍女持酒果上，勸客
飲酒。

> 素客之名從此有。多謝風流，飛馭陪樽酒。持
> 此一巵同勸後。願花長在人長壽。

舞，唱了，後行吹【三台】。舞轉，換花瓶。又
舞上，次對客放瓶，念〈春蘭花詩〉：
花是春蘭樓遠岫。竹風松露為交舊。仙家佩劍羽
霓裳，幽客之名從此有。
念了，舞。唱【蝶戀花】，侍女持酒果上，勸客
飲酒。

> 幽客之名從此有。多謝風流，飛馭陪樽酒。持
> 此一巵同勸後。願花長在人長壽。

舞，唱了，後行吹【三台】。舞轉，換花瓶。又
舞上，次對客放瓶，念〈薔薇花詩〉：
花是薔薇如綺繡。春風滿架暉晴晝。為多規刺少
拘攣，野客之名從此有。
念了，舞。唱【蝶戀花】，侍女持酒果上，勸客
飲酒。

> 野客之名從此有。多謝風流，飛馭陪樽酒。持
> 此一巵同勸後。願花長在人長壽。

舞，唱了，後行吹【三台】。舞轉，換花瓶。又
舞上，次對客放瓶，念〈酴醾花詩〉：

花是酴醾紆翠袖。釀泉曾入真珠溜。更無塵氣到
杯盤，雅客之名從此有。
念了，舞。唱【蝶戀花】，侍女持酒果上，勸客
飲酒。

> 雅客之名從此有。多謝風流，飛馭陪樽酒。持
> 此一巵同勸後。願花長在人長壽。

舞，唱了，後行吹【三台】。舞轉，換花瓶。又
舞上，次對客放瓶，念〈荷花詩〉：
花是芙蕖冰玉漱。人間暑氣何曾受。本來泥滓不
相關，淨客之名從此有。
念了，舞。唱【蝶戀花】，侍女持酒果上，勸客
飲酒。

> 淨客之名從此有。多謝風流，飛馭陪樽酒。持
> 此一巵同勸後。願花長在人長壽。

舞，唱了，後行吹【三台】。舞轉，換花瓶。又
舞上，次對客放瓶，念〈秋香花詩〉：
花是秋香偏鬱茂。姮娥月裏親栽就。一枝平地合
登瀛，仙客之名從此有。
念了，舞。唱【蝶戀花】，侍女持酒果上，勸客
飲酒。

> 仙客之名從此有。多謝風流，飛馭陪樽酒。持
> 此一巵同勸後。願花長在人長壽。

舞，唱了，後行吹【三台】。舞轉，換花瓶。又
舞上，次對客放瓶，念〈菊花詩〉：
花是菊英真耐久。長年只在臨風嗅。東籬況是見
南山，壽客之名從此有。
念了，舞。唱【蝶戀花】，侍女持酒果上，勸客
飲酒。

> 壽客之名從此有。多謝風流，飛馭陪樽酒。持
> 此一巵同勸後。願花長在人長壽。

舞，唱了，後行吹【三台】。舞轉，換花瓶。又
舞上，次對客放瓶，念〈梅花詩〉：
花是寒梅先節候。調羹須待青如豆。為於雪底倍
精神，清客之名從此有。
念了，舞。唱【蝶戀花】，侍女持酒果上，勸客
飲酒。

> 清客之名從此有。多謝風流，飛馭陪樽酒。持
> 此一巵同勸後。願花長在人長壽。

舞，唱了，後行吹【三台】。舞轉，換花瓶。又
舞上，次對客放瓶，念〈芍藥花詩〉：
芍藥來陪群客後。矜其末至當居右。奇姿獨許侍
花王，近客之名從此有。
念了，舞。唱【蝶戀花】，侍女持酒果上，勸客
飲酒。

八畫

近客之名從此有。多謝風流，飛馭陪樽酒。持此一卮同勸後。願花長在人長壽。

舞，唱了，後行吹【三台】。舞轉，換花瓶。又舞上花裀，背花對坐，唱【折花三台】：

算仙家，真巧數，能使眾芳長繡組。羽軿芝葆，不到世間，誰曾共凡花為伍。　桃李漫誇艷陽，百卉又無香可取。歲歲年年長是春，何用芳菲分四序。

又唱：

對芳辰，成良聚，珠服龍妝環宴組。我御清風，來此縱觀，還須折枝歸去。　歸去蕊珠繞頭，一一是東君為主。隱隱青冥怯路遙，且向台中尋伴侶。

八畫

唱了，起舞，後行吹【折花三台】一遍。舞訖，相對坐，取盆中花插頭上，又唱：

歎塵寰，烏兔走，花謝花開能幾許。十分春色，一半遣愁，那堪飄零風雨。　爭似此花自然，悄不待、根生下土。花既凋，春又長，好帶花枝傾壽醑。

又唱：

是非場，名利海，得喪炎涼徒自苦。至樂陶陶，唯有醉鄉，誰人向此間知趣。　花下一杯一杯，且莫把、光陰虛度。八極神遊長壽仙，蝶贏螻蟻休來覷。

唱了，侍女持果酒置裀上，相對自飲。飲訖，起，舞【三台】一遍，自陳遣隊：

伏以仙家日月，物外煙霞。能令四季之奇葩，會作一筵之重客。莫不香浮綺席，影覆瑤階。森然群玉之林，宛在列真之府。相逢今日，不醉何時。敢持萬斛之流霞，用介千春之眉壽。歡騰絲竹，喜溢湖山。觀者雖多，歡未曾有。更願九重萬壽，四海一家。屢臻年穀之豐登，永錫田廬之快樂。於時花驄嘶晚，絳蠟迎宵。飲散瑤池，春在烏紗帽上；醉歸蕊館，香分白玉釵頭。式因天上之芳容，流作人間之佳話。尚期再集，益侈遐齡。歌舞既終，相將好去。

後行吹【三台】出隊。（錄自文淵閣《四庫全書》本）

## 花嬌女

即【歸字謠】。〔清〕黃德貞詞名【花嬌女】，見《林下詞選》卷十二。

芳草織，前溪去路迷。絲絲柳，難繫片帆西。（錄自清康熙十年寧靜堂本）

## 花影來

即【玉蝴蝶】。〔元〕無名氏詞有「粉牆花影來疑是」句，故名；見《記紅集》卷三。

為甚夜來添病，強臨寶鑑，憔悴嬌慵。一任釵橫鬢亂，永日薰風。惱脂消、榴花徑裏，羞玉減、蝶粉叢中。思悠悠，垂簾獨坐，倚遍薰籠。　朦朧。玉人不見，羅裁囊寄，錦寫箋封。約在春歸，夏來依舊各西東。粉牆花影來疑是，羅帳雨、夢斷成空。最難忘，屏邊瞥見，野外相逢。（錄自清康熙刻本）

## 花蝶犯

〔清〕姚燮新翻曲，見《疏影樓詞》。

蛺蝶紅氍枕，鴛鴦碧鈿車。銅鐶十二綠用遮。只種酸心梅子樹，不種枇杷。　南部三姝媚，東風百合花。那時聽夢倚琵琶。聽到一聲腸不斷，清淚彈些。（錄自姚燮手稿本）

詞序：「偶檢舊贈媚波樓南部十字，合【風蝶】、【賣花】二令，倚成此解。」

按：【風蝶】即【風蝶令】，為【南歌子】別名。【賣花】即【賣花聲】，為【浪淘沙令】之別名。合此二調為一。上三句【南歌子】，下二句【浪淘沙令】；後段同。

## 芳心苦

即【踏莎行】。〔宋〕賀鑄詞有「紅衣脫盡芳心苦」句，故名；見《東山詞》卷上。

楊柳回塘，鴛鴦別浦。綠萍漲斷蓮舟路。斷無蜂蝶慕幽香，紅衣脫盡芳心苦。　返照迎潮，行雲帶雨。依依似與騷人語。當年不肯嫁春風，無端卻被秋風誤。（錄自涉園影宋本）

## 芳洲泊

即【踏莎行】。〔宋〕賀鑄詞有「蘭橈明夜芳洲苦」句，故名；見《賀方回詞》卷二。

露葉棲螢，風枝嫋鵲。水堂離燕寨珠箔。一聲橫玉吹流雲，厭厭涼月西南落。　江際吳邊，帥侵楚角。蘭橈明夜芳洲泊。殷勤留語採香人，清樽不負黃花約。（錄自《彊村叢書》本）

## 芳草

又名：古鳳簫吟、芳草鳳樓吟、鳳樓吟、鳳簫曲、鳳簫吟。

（一）調見《花草粹編》卷十九〔宋〕韓縝詞。

鎖離愁，連綿無際，來時陌上初熏。繡幃人念遠，暗垂珠淚泣，送征輪。長行長在眼，更重重、遠水孤雲。但望極樓高，盡日目斷王孫。　消魂。池塘別後，曾行處、綠妒輕裙。恁時攜素手，亂花飛絮裏，緩步香茵。朱顏空自改，向年年、芳意長新。遍綠野，嬉遊醉眼，莫負青春。（錄自文淵閣《四庫全書》本）

（二）〔清〕李佳自度曲，見《左庵詩餘》。

按：詞缺待補。

## 芳草渡

（一）調見〔五代〕馮延巳《陽春集》。

梧桐落，蓼花秋。煙初冷，雨才收。蕭條風物正堪愁。人去後，多少恨，在心頭。　燕鴻遠。羌笛怨。渺渺澄江一片。山如黛，月如鉤。笙歌散。夢魂斷。倚高樓。（錄自上海古籍出版社排印本）

（二）調見〔宋〕張先《張子野詞・補遺》卷上。

雙門晚鎖響朱扉。千騎擁，萬人隨。風鳥弄影畫船移。歌時淚，和別怨，作秋悲。　寒潮小，渡淮遲。吳越路，漸天涯。宋王台上為相思。江雲下，日西盡，雁南飛。（錄自《彊村叢書》本）

（三）調見〔宋〕周邦彥《片玉詞》卷下。

昨夜裏，又再宿桃源，醉邀仙侶。聽碧窗風快，疏簾半捲愁雨。多少離恨苦。方留連啼訴。鳳帳曉，又是匆匆，獨自歸去。　愁顧。滿懷淚粉，瘦馬沖泥尋去路。漫回首、煙迷望眼，依稀見朱戶。似癡似醉，暗惱損、憑欄情緒。澹暮色，看盡棲鴉亂舞。（錄自汲古閣《宋六十名家詞》本）

（四）即【繫裙腰】。〔宋〕魏夫人詞名【芳草渡】，見《欽定詞譜》卷十三。

燈花耿耿漏遲遲。人別後、夜涼時。西風瀟瀟夢初回。誰念我，就單枕，皺雙眉。　錦屏繡幌與秋期。腸欲斷、淚偷垂。月明還到小窗西。我恨你，我憶你，你爭知。（錄自清康熙內府本）

按：魏氏詞文淵閣《四庫全書》本《花草粹編》卷十三，調名為【繫裙腰】，但在魏夫人名下注有【芳草渡】調名。《欽定詞譜》大概據此。

## 芳草鳳樓吟

即【芳草】。〔清〕吳錫麒詞名【芳草鳳樓吟】，見《有正味齋詞集》卷一。

問何時，蕭家帝子，層樓來占巢痕。能精文選理，一時教授，須策秘書勳。丹黃今縱倦，剩蟲魚、燈火黃昏。甚四面罘罳，軟風吹滿遊塵。　休論。翠華歸去，冷螢飛照，聽唱秋墳。舊是紅袖在，玉欄曾倚處，已散氤氳。綺羅都是夢，只名流、標格猶存。看竹外、涼峰畫翠，書破河雲。（錄自《清名家詞》本）

## 芭蕉雨

（一）調見〔宋〕程垓《書舟詞》。

雨過涼生藕葉。晚庭消盡暑、渾無熱。枕簟不勝香滑。爭奈寶帳情生，金樽意愜。　玉人何處夢蝶。思一見冰雪。須寫個帖兒、丁寧說。試問道、肯來麼、今夜小院無人，重樓有月。（錄自汲古閣《宋六十名家詞》本）

（二）調見〔清〕周稚廉《容居堂詞鈔》。

雨蕭蕭，風颯颯，耐人冷緒閒情。蘭潋翠魚掠荇，白鷺窺庭。滿眼桂殘菊嫩，花欄下、蟋蟀秋鳴。擁襆被胡床，書帷一點青燈。　削盡剡溪藤。香沁銀光，露洗金星。夜靜呼童瀹茗，五字拈成。料得士衡少伯，翻懊儂、吹徹鵝笙。待來朝、重叩巖扉，渭城細按歌聲。（錄自清刻本）

## 取性遊

調見《敦煌歌辭總編》卷三〔唐〕無名氏詞。

只向巖前取性遊，每看飛鳥作忙鬧。念佛鳥，分明叫。啾啾唧唧撩人笑。

蟒蛇鹿獐作隊行，猿猴石上打筋斗。林中鳴，種種有。更有醍醐沽美酒。

寒影常聞受凍聲，山雞攀折起花毦。貪看山，石擲倒。不能卻起睡到曉。

時人笑我作癡憨，自作清閒無煩惱。糧木子，衣結草。鹵莽賊來無可盜。（錄自上海古籍出版社排印本）

按：原載（斯）五六九二，原本缺調名。無名氏詞有「只向巖前取性遊」句，故《敦煌歌辭總編》擬調名為【取性遊】；編入雜曲聯章體。

八畫

## 拔荊曲

調見〔清〕周樹《倚玉堂填詞》。

按：詞缺待補。

## 拔荊釵

〔清〕周之道自度曲，見《壁上詞》。

> 相如消渴臨邛客。太常妻把鐺來滌。覷他沽酒
> 拔荊釵。徘徊。荊釵不是金釵。（錄自清刻本）

詞序：「余好飲酒，癸歲客中，妻拔釵為賒酒，貰之弗得，謂余占云：『欲君盡醉還沽酒，可奈荊釵不值錢。』余為之感傷良久，因度【拔荊釵】曲。」

按：周之道詞有「覷他沽酒拔荊釵」句，故名【拔荊釵】。

## 拋毬曲

調見《墨客揮犀》卷七〔唐〕無名氏詞。

> 侍燕黃昏晚未休。玉階夜色月如流。朝來自覽
> 承恩醉，笑倩旁人認繡毬。（錄自《稗海》本）

《墨客揮犀》卷七：「海州士人李慎言，嘗夢至一水殿中，觀宮女戲球，山陽蔡繩為之傳說其事甚詳。有【拋毬曲】十餘首，詞皆清麗，今獨記二闋（詞略）。」

## 拋毬樂

又名：莫思歸、擿毬樂。

唐教坊曲名。

（一）調見《尊前集》〔唐〕劉禹錫詞。

> 春早見花枝。朝朝恨發遲。及看花落後，卻憶
> 未開時。幸有拋球樂，一杯君莫違。（錄自《彊
> 村叢書》本）

（二）調見《尊前集》〔唐〕皇甫松詞。

> 金蹙花球小，真珠繡帶垂。繡帶垂。幾回沖鳳
> 蠟，千度入香懷。上客終須醉，觥盂且亂排。
> （錄自《彊村叢書》本）

《欽定詞譜》卷二注：「按古樂府：『賤妾與君共餔糜。共餔糜。』有疊句和聲。此詞疊『繡帶垂』三字，亦和聲也。」

（三）調見《陽春集》〔五代〕馮延巳詞。

> 霜積秋山萬樹紅。倚岩樓上掛朱櫳。白雲天遠
> 重重恨，黃草煙深淅淅風。彷彿梁州曲，吹在
> 誰家玉笛中。（錄自《四印齋所刻詞》本）

（四）調見《雲謠集雜曲子》〔唐〕無名氏詞。

> 寶髻釵橫綴鬢斜。殊容絕色上陽家。蛾眉不掃
> 天生綠，蓮臉能勻似早霞。無端略入後園看，
> 羞煞庭中數樹花。（錄自上海古籍出版社排印本）

按：原載（伯）二八三八。

（五）調見《雲謠集雜曲子》〔唐〕無名氏詞。

> 珠淚紛紛濕綺羅。少年公子負恩多。當初姊妹
> 分明道，莫把真心過與他。仔細思量著。淡薄
> 知聞解好麼。（錄自上海古籍出版社排印本）

按：原載（伯）二八三八。

（六）調見〔宋〕柳永《樂章集》卷中。

> 曉來天氣濃淡，微雨輕灑。近清明、風絮巷
> 陌，煙草池塘，盡堪圖畫。艷杏暖、妝臉勻
> 開，弱柳困、宮腰低亞。是處麗質盈盈，巧笑
> 嬉嬉，手簇鞦韆架。戲彩毬羅綬，金雞芥羽，
> 少年馳騁，芳郊綠野。占斷五陵遊，奏脆管、
> 繁弦聲和雅。　　向名園深處，爭桄畫輪，競
> 羈寶馬。取次羅列杯盤，就芳樹、綠陰紅影
> 下。舞婆娑，歌宛轉，彷彿鶯嬌燕姹。寸珠片
> 玉，爭似此、濃歡無價。任他美酒，十千一
> 斗，飲竭仍解金貂貰。恣幕天席地，陶陶盡醉
> 太平，且樂唐虞景化。須信豔陽天，看未足、
> 已覺鶯花謝。對綠蟻翠蛾，怎忍輕捨。（錄自
> 《彊村叢書》本）

（七）調見〔金〕王喆《重陽全真集》卷十二。

> 扶桑祥瑞生芝草。便移在、蓬萊島。金枝玉葉
> 自然好。崑崙上、變珍寶。　　霞光四面添玄
> 奧。明焰裏、通顛倒。青童捧詔添嘉號。無為
> 處、這回到。（錄自涵芬樓影明《道藏》本）

（八）調見〔元〕長筌子《洞淵集》卷五。

> 細開根基妙道，幾人深知。自大樸初分，剖散
> 洪濛，畫八卦、帝尊伏羲。辨百草、功顯神
> 農，播稼穡、德布華夷。次後運啟軒轅，聖明
> 宣教，諸方吐瑞芝。感遘荒蒦枕，清寧萬國，
> 更迤邐求道，七十餘師。從此闡淳風，降後
> 代、神仙出世機。既到今日，不悟群迷。總被
> 利名驅馳。　　獨余擺脫羈縻。任落魄、南北
> 與東西。壺中景，真消息，三火烹煎坎離。杳
> 冥恍惚，誰信有、純陽龍飛。斡開玉戶金關，
> 祥煙瑞氣，紅雲罩紫微。聽無弦雪曲，仙音韻
> 正美，見日月配合，結就刀圭。功滿大丹成，
> 便拂神、長生中上歸。住天宮快樂，武陵瑤
> 池。（錄自涵芬樓影明《道藏》本）

《樂章集》注：林鐘商。《唐聲詩》注：五言體屬太簇商。

八畫

《唐音癸籤》：「【拋球樂】，酒筵中拋球為令，其所唱之詞也。禹錫亦有作。」

《宋史‧樂志》卷一百四十二：「女弟子隊……三曰拋球樂隊。衣四色繡羅寬衫，繫銀帶，奉繡球。」

《欽定詞譜》卷二【拋球樂】調注：「此本唐人小律，後入教坊，被之管弦，遂相沿為詞。」

《敦煌曲初探》：「（拋球之戲）大約用繡金小球，上繫紅綃帶二，帶上綴小球，球飛，帶尚可舉。夜筵在燭下，畫筵在花下，先由伎歌舞，飛球入席，席上方傳遞花枝。有中球者則分數定，酒執事以籌記數，以旗宣令，客乃按律引觥，想為一極為緊張熱鬧之酒令。《酉陽雜俎》續三有『舞令閃球之令』語，大概指此。」

## 拍欄干

調見〔明〕陳繼儒《陳眉公詩餘》。

> 落紅狼藉。東皇忍把春光擲。挽住春兒才一日。趁此新晴，不怕沾泥屐。樹頭百舌聲聲急。分付黃鸝，調舌催遊客。　薔薇花發櫻桃坼，豆熟茶香，衫子如蟬翼。歸來月掛梧桐碧。仔細思量，春去也欄干拍。（錄自惜陰堂《明詞彙刊》本）

按：陳繼儒詞有「春去也欄干拍」句，故名【欄干拍】。

## 林鐘商小品

（一）調見《曲律》卷四引《樂府渾成》〔宋〕無名氏詞。

> 正天氣淒涼，鳴幽砌，向枕畔、偏惱愁心，盡夜苦吟。（錄自《全宋詞》本）

（二）調見《曲律》卷四引《樂府渾成》〔宋〕無名氏詞。

> 戴花瓛酒。酒泛金樽，花枝滿帽。笑歌醉拍手。戴花瓛酒。（錄自《全宋詞》本）

按：此二詞似殘片，而【林鐘商小品】亦似非詞調名。或【小品】之體例本就如此，或另有調名而現今已佚，均不可考。本調依《全宋詞》例列入，以作參考。

## 枇杷歌

〔清〕金農自度曲，見《冬心先生自度曲》。

> 野枇杷。雪中開花老僧家。天生蠹葉聳且奢，常把山樓一半遮。　飲澗猿，白毫長。好似

圍圍明月光。隔林遊戲偷先嘗。不待洞庭滿樹黃。（錄自清乾隆刻本）

詞注：「九句，五十一字。」

## 枕屏子

即【枕屏兒】。〔元〕無名氏詞名【枕屏子】，見《鳴鶴餘音》卷五。

> 涉歷名山，巖巒盡皆遊過。上高坡，登峻嶺，勞神怎麼。道在身，心著物，交加相趂。終不失，本來這個。　白日同行，晚來同眠同臥。到天明，相遂定，同行同坐。驀然地，忽然間，分明識破。元來是大哥。（錄自涵芬樓影明《道藏》本）

## 枕屏兒

又名：枕屏子。

調見《梅苑》卷六〔宋〕無名氏詞。

> 江國春來，留得素英肯住。月籠香，風弄粉，詩人盡許。酥蕊嫩，檀心小，不禁風雨。須東君、與他做主。　繁杏天桃，顏色淺深難駐。奈芳容，全不稱，冰姿伴侶。水亭邊，山驛畔，一枝風措。十分似、那人淡佇。（錄自文淵閣《四庫全書》本）

## 枕屏風

即【小重山】。《歷代詩餘》卷三十五【小重山】調注：「重或作沖，一名【枕屏風】。」

按：未知何出，待考。

## 杵聲齊

即【搗練子】。〔宋〕賀鑄詞有「杵聲齊」句，故名；見《東山詞》卷上。

> 砧面瑩，杵聲齊。搗就征衣淚墨題。寄到玉關應萬里，戍人猶在玉關西。（錄自涉園影宋本）

## 松江哨遍

即【哨遍】。〔宋〕劉學箕詞名【松江哨遍】，見《方是閒居士小稿》。

> 木葉盡凋，湖色接天，雪月明江水。凌萬頃、一葦縱所之。若憑虛取風仙子。聽洞簫、綿延不絕如縷，餘音嫋嫋遊絲曳。乃舉酒賦詩，玉鱗霜蟹，是中風味偏美。任滿頭堆絮雪花飛。更月澹篷窗凍雲垂。山鬱蒼蒼，橋臥沉沉，夜鵲驚起。　噫。倚蘭槳兮。我今恍惚遺身

世。漁樵甘放浪，蜉蝣然、寄天地。歎富貴何時。功名浪語，人生寓樂雖情爾。知逝者如斯。盈虛如彼，則知變者如是。且物生宇宙各有司。非己有、纖毫莫得之。委吾心、耳目所寄。用之而不竭，取則不吾禁，自色自聲，本非有意。望東來孤鶴縞其衣。快乘之、從此仙矣。（錄自涉園影元本）

詞序：「長橋，天下絕景也。松江大湖，舉目千里，風濤不作，水面砥平。歸帆征棹，相望於黃蘆煙草之際。去來乎橋之左右者，若非人世，極畫工之巧所莫能形容。每來維舟，未嘗即去，徜徉延佇，意盡然後行。至欲作數語以狀風景勝概，辭不意逮，筆隨句閣，良可慨歎。己未冬，自雲陽歸閩。臘月望後一日，漏下二鼓，艤舟橋西，披衣登垂虹。時夜將半，雪月交輝。水天一色，顧影長嘯，不知此身之寄於旅。返而登舟，謂偕行者周生曰：『佳哉斯景也，詎可無樂乎？』於是相與破霜蟹，斫細鱗，持兩螯，舉大白，歌〈赤壁〉之賦，酒酣甚樂。周生請曰：『今日之事，安可無一言以識之？』余曰：『然。』遂檃括坡仙之語，為【哨遍】一闋，詞成而歌之。生笑曰：『以公之才，豈不能自寓意數語，而乃綴輯古人之辭章，得不為名文疵乎？』余曰：『不然。昔坡仙蓋嘗以靖節之詞寄聲乎此曲矣，人莫有非之者。余雖不敏，不敢自亞於昔人。然捧心效顰，不自知醜，蓋有之矣。而寓意於言之所樂，則雖賢不肖抑何異哉！今取其言之足以寄吾意者，而為之歌，知所以自樂耳，子何哂焉。』」

### 松風夢

〔清〕王晫自度曲，見《峽流詞》

胸少甲兵，眼多青白，生成不合時宜。愛讀陶公詩句，興來聊復為之。靜掩柴門，任五陵年少，裘馬輕肥。　人生樂事，時為醉酒，時為彈棋。在我都無繫戀，唯愁花落鶯啼。夢醒松風，覺塵緣易盡，悔作情癡。（錄自清刻本）

按：王晫有「夢醒松風，覺塵緣易盡」句，故名【松風夢】。

### 松風慢

即【風入松】。〔元〕趙汸詞名【松風慢】，見《東山存稿》卷一。

溪亭春晚共離觴。何處是衡陽。香羅初剪征衫

好，東風裏、快馬輕裝。市遠擎張閑暇，年豐虎落相羊。　蒼梧雲盡暮天長。山色似吾鄉。鶯啼綠樹飛紅雨，三千里、處處耕桑。說與年年歸雁，重來應念瀟湘。（錄自清康熙本）

### 松梢月

〔宋〕曹勳自度曲，見《松隱樂府》卷二。

院靜無聲。天邊正、皓月初上重城。群木搖落，松路徑暖風輕。喜揖蟾華當松頂，照樹閣、細影縱橫。杖策徐步空明裏，但襟袖皆清。　恍若如臨異境，漾鳳沼岸闊，波淨魚鷺。氣入層漢，疑有素鶴飛鳴。夜色徘徊宮漏，漸坐久、露濕金莖。未忍歸去，聞何處、更吹笙。（錄自《彊村叢書》本）

按：曹勳詞有「喜揖蟾華當松頂」句，故名【松梢月】。

### 松液凝空

〔金〕元好問自製曲。《古今詞話‧詞評》卷下引《金源言行錄》云：「元好問有《錦機集》，其【三奠子】、【小聖樂】、【松液凝空】，皆自製曲也。」

按：元好問現存詞中無此調名詞作，恐該詞已佚。

### 拂霓裳

唐教坊曲名。

調見〔宋〕晏殊《珠玉詞》。

樂秋天。晚荷花綴露珠圓。風日好，數行新雁貼寒煙。銀簧調脆管，瓊柱撥清弦。捧觥船。一聲聲、齊唱太平年。　人生百歲，離別易，會逢難。無事日，剩呼賓友啟芳筵。星霜催綠鬢，風露損朱顏。惜清歡。又何妨、沉醉玉樽前。（錄自汲古閣《宋六十名家詞》本）

《宋史‧樂志》卷一百四十二：「女弟子隊……五曰拂霓裳隊。衣紅仙砌衣、碧霞帔，戴仙冠，紅繡抹額。」

《碧雞漫志》卷三：「世有般涉調【拂霓裳】曲，因石曼卿取作傳踏，述開元、天寶舊事。曼卿云：『本是月宮之作，翻作人間之曲。』近夔帥曾端伯增損其辭，為勾遣隊口號，亦云開寶遺音。蓋二公不知此曲（指【霓裳羽衣曲】）自屬黃鐘商，而【拂霓裳】則般涉調也。」

## 東仙

即【沁園春】。〔宋〕張輯詞名【東仙】，見《中興以來絕妙好詞選》卷九。

東澤先生，誰說能詩，興到偶然。但平生心事，落花啼鳥，多年盟好，白石清泉。家近宮亭，眼中廬阜，九疊屏開雲錦邊。出門去，且掀髯大笑，有釣魚船。　　一絲風裏嬋娟，愛月在滄波上下天。更叢書觀遍，筆床靜晝，篷窗睡起，茶灶疏煙。黃鶴來遲，丹砂成未，何日風流葛稚川。人間世，聽江湖詩友，號我東仙。（錄自涉園影宋本）

詞序：「予頃遊廬山，愛之。歸結屋馬蹄山中，以『廬山書堂』為匾。包日庵作記，見稱『廬山道人』，蓋援涪翁山谷例。黃叔豹謂予居鄱，不應捨近取遠，為更『東澤』。黃魯直詩帖往來，於『東澤』下加以『詩仙』二字。近與馮可遷遇於京師，又能節文，號予『東仙』，自是詩盟遂以為定號。十年之間，習隱事業略無可記，而江湖之號凡四遷。視人間朝除夕繳者，真可付一笑。對酒而為之歌曰（詞略）。」

## 東吳竹枝

調見《古今詞統》附《徐卓晤歌》〔明〕卓人月詞。

曾尋蘇小過西陵。水佩風裳煙雨深。那知復有真娘墓，春草萋萋沒處尋。（錄自明崇禎刊本）

## 東吳樂

即【尉遲杯】。〔宋〕賀鑄詞有「信東吳絕景饒佳麗」句，故名；見《東山詞》卷上。

勝遊地。信東吳絕景饒佳麗。平湖底見層嵐，涼月下，聞清吹。人如穠李。泛衿袂、香潤蘋風起。喜凌波、素襪逢迎，領略當歌深意。　　鄂君被。雙鴛綺。垂楊蔭，夷猶畫舲相艤。寶瑟弦調，明珠佩委。回首碧雲千里。歸鴻後、芳音誰寄。念懷縣，青鬢今無幾。枉分將、鏡裏年華，付與樓前流水。（錄自涉園影宋本）

## 東坡引

又名：東坡引子。

（一）調見〔宋〕曹冠《燕喜詞》。

涼飆生玉宇。黃花曉凝露。汀蘋岸蓼秋將暮。登高開宴俎。　　傳杯興逸，分詠得句。思戲馬、長懷古。東籬候酒人何處。芳樽須送與。（錄自四印齋彙刻《宋元三十一家詞》本）

（二）調見〔宋〕辛棄疾《稼軒長短句》卷十二。

花梢紅未足。條破驚新綠。重簾下遍闌干曲。有人春睡熟。有人春睡熟。　　鳴禽破夢，雲偏目蹙。起來香腮褪紅玉。花時愛與愁相續。羅裙過半幅。羅裙過半幅。（錄自雙照樓影小草齋鈔本）

（三）調見《東白堂詞選初集》卷四〔清〕佟世南詞。

月兒圓似鏡。偏是人孤零。下階怕露弓鞋影。晝裙風不定。晝裙風不定。　　欄干還獨憑。露濕蒼苔冷。新篁敲遍誰相應。此情郎自省。此情郎自省。（錄自清康熙十七年刻本）

（四）調見〔日本〕中島棕隱詞，見《日本詞選》。

秋霞猶未散，天外疏鐘緩。丹楓映落深深岸。水禽三四喚。水禽三四喚。　　歸來繫艇，漁村西畔。店燈輝輝照青幔。尋常酒債何清算。罾魚輸一半。罾魚輸一半。（錄自塵齋藏書本）

## 東坡引子

即【東坡引】。〔清〕朱青長詞名【東坡引子】，見《朱青長詞集》卷八。

絳雲低水渡。不能共伊去。斜陽芳草凌波步。桃花人一路。桃花人一路。　　銷魂客子無頭緒。未識人人盡處。斷腸寸寸無言語。一步十迴顧。一步十迴顧。（錄自朱青長手稿本）

## 東風吹酒面

即【謁金門】。〔宋〕韓淲詞有「東風吹酒面」句，故名；見《澗泉詩餘》。

花影半。晴色乍開雲捲。擇勝尋春愁日短。雨餘山路晚。　　澗底桃深紅滿。人意不禁閒遠。蝴蝶繞枝啼鳥怨。東風吹酒面。（錄自《彊村叢書》本）

## 東風第一枝

又名：春風第一枝、瓊林第一枝。

（一）調見《梅苑》卷三〔宋〕無名氏詞。

溪側風回，前村霧散。寒梅一枝初綻。雪豔凝酥，冰肌瑩玉，嫩條細軟。歌台舞榭，似萬斛、珠璣飄散。異眾芳、獨占東風，第一點裝瓊苑。　　青萼點、絳唇疏影，瀟灑噴、紫檀

龍麝。也知青女嬌羞，壽陽懶勻粉面。江梅臘盡，武陵人、應知春晚。最苦是、皎月臨風，畫樓一聲羌管。（錄自文淵閣《四庫全書》本）

（二）調見〔宋〕史達祖《梅溪詞》。

巧沁蘭心，偷粘草甲，東風欲障新暖。謾凝碧瓦難留，信知暮寒輕淺。行天入鏡，做弄出、輕鬆纖軟。料故園、不捲重簾，誤了乍來雙燕。　　青未了、柳回白眼。紅欲斷、杏開素面。舊遊憶著山陰，厚盟遂妨上苑。寒爐重暖，便放慢、春衫針線。恐鳳靴、挑菜歸來，萬一灞橋相見。（錄自汲古閣《宋六十名家詞》本）

《夢窗詞集》注：黃鐘商。

**八畫**

## 東風寒

即【眼兒媚】。〔宋〕韓淲詞有「東風拂檻露猶寒」句，故名；見《澗泉詩餘》。

東風拂檻露猶寒。花重濕欄干。淡雲瀰日，晨光微透，簾幕香殘。　　陰晴不定瑤階潤，新恨覺心闌。憑高望斷，綠楊南陌，無限關山。（錄自《彊村叢書》本）

按：《欽定詞譜》卷四【浣溪沙】調注：「韓淲詞有『東風拂檻露猶寒』句，名【東風寒】。」考此句乃韓氏【眼兒媚】調別名【東風寒】句，《欽定詞譜》誤。

## 東風無力

〔清〕沈謙自度曲，見《東江別集》卷二。

翠密紅疏，節候乍過寒食。燕衝簾，鶯睨樹，東風無力。正斜陽、樓上獨憑欄，萬里春愁直。　　情思厭厭，縱寫遍新詩，難寄歸鴻雙翼。玉簪恩，金鈿約，竟無消息。但蒙天捲地是楊花，不辨江南北。（錄自惜陰堂《明詞彙刊》本）

詞序：「自度曲。范至能詞：『溶溶曳曳，東風無力，欲皺還休。』」

按：沈謙詞有「鶯睨樹，東風無力」句，故名【東風無力】。

## 東風齊著力

調見《草堂詩餘》卷三〔宋〕胡浩然詞。

殘臘收寒，三陽初轉，已換年華。東君律管，迤邐到山家。處處笙簧鼎沸，會佳宴、坐列仙娃。花叢裏，金爐滿爇，龍麝煙斜。　　此景轉堪誇。深意祝、壽山福海增加。玉甌滿泛，且莫厭流霞。幸有迎春壽酒，銀瓶浸、幾朵梅花。休辭醉，園林秀色，百草萌芽。（錄自文淵閣《四庫全書》本）

《欽定詞譜》卷二十二【東風齊著力】調注：「調見《草堂詩餘》，胡浩然除夕詞也。按《禮記・月令》：『孟冬之月，東風解凍。』又唐人曹松〈除夜詩〉：『殘臘即又盡，東風應漸聞。』故云【東風齊著力】。」

## 東風嫋娜

即【春風嫋娜】。〔清〕王翃詞名【東風嫋娜】，見《槐堂詞存》。

任無情做色，貯滿閒秋。依水動，映空流。漸草沒陳根，濃知新泄，花明野岸，淡見將收。高不沾雲，低能作翠，地盡氤氳翳白鷗。慣向湖邊弄晴影，容容吹濕木蘭舟。　　幾處隨波生滅，移來縹渺，微茫際、似靜還浮。時暗嫋，遠絲遊。才迷茶鼎，或起香篝。煎心燭上，微搖蠟暈，紫魂柳外，暗鎖鶯樓。歎曉風殘月，一生聚散，多在寒洲。（錄自清刻本）

## 東湖月

調見〔清〕沈謙《東江別集》卷三。

甚鍾靈。便珊瑚、百丈老重溟。問談天鄒衍，凌雲司馬，此日敢縱橫。骨帶銅聲敲不響，有黃金、伏櫪難行。只好衲衣持缽，繡幕聞笙。　　山青。兼水綠，對蕭疏、白髮轉多情。笑磨崖天半，沉碑潭底，身後枉垂名。霧裏看鳶非我事，盡優遊、下澤同乘。漫道出、堪作雨處亦關星。（錄自惜陰堂《明詞彙刊》本）

詞序：「己酉生日，潘生雲赤以自度曲壽余，覽次有感，依韻答之。」

## 東陽歎

即【清商怨】。〔宋〕賀鑄詞有「東陽銷瘦帶展」句，故名；見《東山詞》卷上。

流連狂樂恨景短。奈夕陽送晚。醉未成歡，醒來愁滿眼。　　東陽銷瘦帶展。望日下、舊遊天遠。淚灑春風，春風誰復管。（錄自涉園影宋本）

## 東鄰妙

即【玉樓春】。〔宋〕賀鑄詞有「傾城猶記東鄰妙」句，故名；見《東山詞》卷上。

張燈結綺籠馳道。六六洞天連夜到。昭華吹斷紫雲回，悵恨人間新夢覺。　　傾城猶記東鄰

妙。樽酒相逢留一笑。盧郎任老也多才，不數五陵狂俠少。（錄自涉園影宋本）

## 兩心知

即【思帝鄉】。〔清〕孔傳鐸詞名【兩心知】，見《炊香詞》。

裁漢月，剪齊紈。知是誰家紅淚，露猶溥。想見輕輕搖動，倚欄干。憐汝秋來捐棄，不勝家。（錄自近人張宗祥鈔本）

## 兩同心

又名：仙源拾翠。

（一）調見〔宋〕柳永《樂章集》卷上。

佇立東風，斷魂南國。花光媚、春醉瓊樓，蟾彩迥、夜遊香陌。憶當時、酒戀花迷，役損詞客。　別有眼長腰搦。痛憐深惜。鴛鴦阻、夕雨淒飛，錦書斷、暮雲凝碧。想別來，好景良時，也應相憶。（錄自《彊村叢書》本）

《樂章集》注：大石調。

（二）調見〔宋〕楊無咎《逃禪詞》。

枕簟涼生秋早。夢魂忒好。見玉人、且喜且悲，挨瓊臉、廝偎廝抱。信言多磨，剛被山禽，一聲催曉。　覺來滿船清悄。愁恨多少。知是我、憐你心微，知你、與我情厚。謝殷勤，不易山遙水遠尋到。（錄自《全宋詞》引毛晉校刊本）

（三）調見〔宋〕楊無咎《逃禪詞》。

行看不足。坐看不足。柳條短、斜倚春風，海棠睡、醉歌紅玉。清堪掬。桃李漫山，真成粗俗。　遙夜幾番相屬。暗魂飛逐。深酌酒、低唱新聲，密傳意、解回嬌目。知誰福。得似風流，可伊心曲。（錄自汲古閣《宋六十名家詞》本）

（四）調見〔宋〕晏幾道《小山詞》。

楚鄉春晚，似入仙源。拾翠處、閒隨流水，踏青路、暗惹香塵。心心在，柳外青簾，花下朱門。　對景且醉芳樽。莫話消魂。好意思、曾同明月，惡滋味、最是黃昏。一紙紅箋，無限啼痕。（錄自《彊村叢書》本）

（五）調見〔宋〕杜世安《壽域詞》。

巍巍劍外，寒霜覆林枝。望衰柳、尚色依依。暮天靜、雁陣高飛。入碧雲際，江天秋色，遣客心悲。　蜀道崎嶇行遲。瞻京都迢遞。聽巴峽、數聲猿啼。唯獨個、未有歸計。漫空悵望，每每無言，獨對斜暉。（錄自汲古閣《宋六十

名家詞》本）

（六）調見〔明〕于慎思《龐眉生集》卷十六。

昨夜西風。雨洗秋容。似水斷鴻聲裏。舊恨曾題起。　漸老黃花瘦怯。寒香襲人如此。玉容慘澹，目斷心千里。（錄自《四庫全書存目叢書》本）

《填詞名解》卷二：「古樂府【蘇小歌】：『何處結同心？』唐教坊樂曲遂有【同心結】。然有兩調同此名，填詞採以名之曰【兩同心】。」

## 兩地相思

〔清〕陳祥裔新譜犯曲，見《凝香集》卷二。

風也囉。雨也囉。雨雨風風可奈何。孤燈短劍，瘦影伴愁魔。　住也波。去也波。去住而今計怎麼。鷓鴣聲裏，行不得哥哥。（錄自清康熙刻本）

詞注：「前三句【長相思】，後二句【相思引】；後段同。」

## 兩相思

〔清〕丁澎新譜犯曲，見《扶荔詞》卷一。

翠袖練裙香苑，花底送愁蛾。錦瑟櫻桃相和歌。爭看無奈何。　素手嬌映紅螺。畫屏深、細炙銀鵝。愛盼周郎曲誤多。教儂卻怎麼。（錄自清康熙家刻本）

詞注：「歌席調劉晉度。新譜犯曲，上二句【相思兒令】，下二句【長相思】；後段同。」

## 兩隻雁兒

金大曲名。

〔金〕馬鈺自度曲，見《鳴鶴餘音》卷六。

一更裏，要精專。安閒靜坐眼看。猿猴耍，莫放顛。先須減睡眠。　眠心散，露青天。恆沙功滿大千。工夫要，行功圓。非干是自然。

二更裏，二氣運，鉛消汞焰煎。鉛是汞，汞成鉛。沖和滿洞天。　沖和氣，任虛源。九曲明珠串。雙闕透，射碧天。元來是自然。

三更裏，月正圓。笙歌宵夜天。金童喜，玉女歡。凡間不一般。　長生酒，醉不顛。飲了還少年。曲江上，望懸懸。酤買不用錢。

四更裏，微玲瓏，玲瓏微碧天。登彼岸，跨鳳鸞。辛苦三二年。　言非大，莫虛傳。傳了無一言。猿是馬，馬是猿。休教付兩邊。

五更裏，畫角喧。驚回清夢遊仙。眠是夢，夢是眠。方知心是天。　天生地，地生天。一

炁合混元。添一歲，減一年。真空不動然。（錄自清黃丕烈補明鈔本）

## 兩頭纖纖

（一）調見〔宋〕范成大《石湖集》。

兩頭纖纖探宮繭。半白半黑鶴鶿綠。腷腷膊膊上帖箭。磊磊落落封侯面。（錄自《詞繫》本）

（二）調見〔宋〕范成大《石湖集》。

兩頭纖纖小秤衡。半白半黑月未明。腷腷膊膊扣戶聲。磊磊落落金盤冰。（錄自《詞繫》本）

《詞繫》卷二十一：「《石湖集》云：『樂府有【五雜組】及【兩頭纖纖】，殆類小令。孔仲平最愛作此，以詞戲，故亦效之。』此（指【五雜組】）與後調（指本調），各譜皆不收。然【九張機】、【調笑】等調均已編列，此亦宋人作，何獨見遺？」又云：「此等詞雖戲作，已為元曲之開山。錄之以見詞變為曲之漸有由來也。」

## 雨中花

又名：雨中花令、明月棹孤舟。

（一）調見〔宋〕晏殊《珠玉詞》。

剪翠妝紅欲就。折得清香滿袖。一對鴛鴦眠未足，葉下長相守。　　莫傍細條尋嫩藕。怕綠刺、罥衣傷手。可惜許、月明風露好，卻在人歸後。（錄自汲古閣《宋六十名家詞》本）

（二）《詞律》卷七【雨中花】調注：「又名【明月棹孤舟】，或加『令』字。」

（三）即【夜行船】。《詞律》卷七【雨中花】調注：「按黃在軒有【明月棹孤舟】詞，《逃禪詞》有四首，俱與此趙詞（指趙長卿『綠鎖窗紗梧葉底』詞）一字無異。汲古閣注云：『向誤作【夜行船】。今按譜正之，改為【明月棹孤舟】。』蓋逃禪四首載於【雨中花】之後，【夜行船】之前，故毛氏以為訂正如此也。不知此調即【夜行船】。必因『夜行船』三字，而以『明月』代『夜』字，『棹』代『行』字，『孤舟』代『船』字也。是則【夜行船】與【明月棹孤舟】一調無異矣。而觀此趙詞，則【夜行船】亦即【雨中花令】。」

《欽定詞譜》卷九【雨中花令】調注：「【雨中花】與【夜行船】調最易相混，宋人集中，每多誤刻。今照《花草粹編》所編，以兩結句五字者為【雨中花】，兩結句六字、七字者為【夜行船】。」

按：《詞律》卷七所列之【雨中花】，即《欽定詞譜》卷九所列之【雨中花令】。二者可相互參考。

（四）即【促拍滿路花】。〔宋〕袁去華詞名【雨中花】，見《宣卿詞》。

江上西風晚。野水兼天遠。雲衣拖翠縷，易零亂。見柳葉滿梢，秀色驚秋變。百歲今強半。　　兩鬢青青，盡著吳霜偷換。　　向老來、功名心事懶。客裏愁難遣。乍飄泊、有誰管。對照壁孤燈，相與秋蟲歎。人間事，經了萬千，這寂寞、幾時曾見。（錄自四印齋彙刻《宋元三十一家詞》本）

（五）即【雨中花慢】。〔宋〕張才翁詞名【雨中花】，見《歲時廣記》卷九。

萬縷青青，初眠官柳，向人猶未成蔭。據征鞍無語，擁鼻微吟。遠宦情懷誰問，空勞壯志銷沉。正好花時節，山城留滯、又負歸心。　　別離萬里，飄蓬無定，誰念會合難憑。相聚裏，莫辭金盞，酒淺還深。欲把春愁抖擻，春愁轉更難禁。亂山高處，憑欄垂袖，聊寄登臨。（錄自十萬卷樓本）

《歲時廣記》卷九引《古今詞話》：「白雲先生之子張才翁風韻不羈，敏於詞賦。初任臨邛秋官，邛守張公不知之，待之不厚。臨邛故事：正月七日有白鶴之遊郡，守率屬官同往，而才翁不預焉。才翁密語官妓楊皎曰：『此老到彼，必有詩詞，可速寄來。』公庠即到白鶴，登信美亭，使留題曰：『初眠官柳未成蔭。馬上聊為擁鼻吟。遠宦情懷銷壯志，好花時節負歸心。別離長恨人南北，會合休辭酒淺深。欲把春愁閒抖擻，亂山高處一登臨。』楊皎錄此詩以寄，才翁得詩，即時增減【雨中花】一闋以遺楊皎，使皎調歌之曰（詞略）。公庠再坐晚筵，皎歌於公庠側。公庠怪而問，皎進稟曰：『張司理恰寄來，令皎歌之，以獻台座。』公庠遂青顧才翁，尤加禮焉。」

## 雨中花令

又名：雨中花、送將歸、問歌顰。

（一）調見〔宋〕張先《張子野詞・補遺》卷上。

近饗彩鈿雲雁細。好客豔、花枝爭媚。學雙燕、同樓還並翅。我合著、你難分離。　　這佛面、前生應佈施。你更看、蛾眉下秋水。似賽九底、郵他三五二。正悶裏、也須歡喜。（錄

自《彊村叢書》本）

（二）調見〔宋〕周紫芝《竹坡詞》。

> 山雨細、泉生幽谷，水滿平田。雪繭紅蠶熟後，黃雲隴麥秋間。武陵煙暖，數聲雞犬，別是山川。　　嗟老去、倦遊蹤跡，長恨華顛。行盡吳頭楚尾，空慚萬壑千巖。不如休也，一庵歸去，依舊雲山。（錄自汲古閣《宋六十名家詞》本）

《欽定詞譜》卷九【雨中花令】調注：「此詞裁【雨中花慢】平韻詞，其前後段第三句以下，悉皆慢詞中句讀也。」

（三）調見〔宋〕李之儀《姑溪詞》。

> 休把身心攔就。著便醉人如酒。富貴功名雖有味，畢竟因誰守。　　看取刀頭切藕。厚薄都隨他手。趁取日中歸去好，莫待黃昏後。（錄自汲古閣《宋六十名家詞》本）

## 雨中花慢

又名：雨中花、錦堂春。

（一）調見〔宋〕柳永《樂章集》。

> 墜髻慵梳，愁蛾懶畫，心緒是事闌珊。覺新來憔悴，金縷衣寬。認得這疏狂意下，向人誚譬如閒。把芳容陡頓，恁地輕孤，爭忍心安。　　依前過了舊約，甚當初賺我，偷剪香鬟。幾時得歸來，香閣深關。待伊要、尤雲殢雨，纏鴛衾、不與同歡。盡更深款款，問伊今後，更敢無端。（錄自汲古閣《宋六十名家詞》本）

《樂章集》注：林鐘商。

（二）調見〔宋〕蘇軾《東坡詞》。

> 今歲花時深院，盡日東風，蕩揚茶煙。但有綠苔芳草，柳絮榆錢。聞道城西，長廊古寺，甲第名園。有國豔帶酒，天香染袂，為我留連。　　清明過了，殘紅無處，對此淚灑樽前。秋向晚、一枝何事，向我依然。高會聊追短景，清商不假餘妍。不如留取，十分春態，付與明年。（錄自汲古閣《宋六十名家詞》本）

《于湖先生長短句》注：雙調。

（三）調見〔宋〕黃庭堅《山谷詞》。

> 政樂中和，夷夏宴喜，官梅乍傳消息。待新年歡計，斷送春色。桃李成陰，甘棠少訟，又移旌戟。念晝樓朱閣，風流高會，頓冷談席。　　西州縱有，舞裙歌板，誰共茗邀棋敵。歸來未、先霑離袖，管弦仙滴。樂事賞心易散，良辰美景難得。會須醉倒，玉山扶起，更傾春碧。（錄自汲古閣《宋六十名家詞》本）

（四）即【望雲間】。〔元〕趙可詞名【雨中花慢】，見《中州樂府》。

> 雲朔南陲，全趙幕府，河山襟帶名藩。有朱樓縹緲，千雉迴旋。雲度飛狐絕險，天圍紫塞高寒。弔興亡遺跡，咫尺西陵，煙樹蒼然。　　時移事改，極目傷心，不堪獨倚危欄，唯是年年飛雁，霜雪知還。樓上四時長好，人生一世誰閒。故人有酒，一樽高興，不減東山。（錄自《彊村叢書》本）

## 雨花風柳

〔清〕佟國璵新犯曲，見《東白堂詞選初集》卷九。

> 深院坐殘閒晝。看盡雨花風柳。翠羽文禽，紅襟小燕，兩兩思珍偶。春光幾許，竟等閒孤負。況更有、恁多僝愁。　　枉了為伊消瘦。不肯說聲生受。問山驛猿啼，江亭月落，可也曾回首。新歡恁好，把舊情遺漏。怎禁我、背人私咒。（錄自清康熙十七年刻本）

按：佟國璵詞有「看盡雨花風柳」句，故名【雨花風柳】。此調係新譜犯曲，前五句【雨中花令】，後三句【風中柳令】；後段同。

## 雨洗元宵

即【柳梢青】。〔宋〕韓淲詞有「雨洗元宵」句，故名；見《澗泉詩餘》。

> 雨洗元宵。樓台煙鎖，隱隱笙簫。且插梅花，自燒銀燭，沉水香飄。　　軟紅塵裏星橋。想霽色、皇都絳霄。屏掩瀟湘，醉和衣倒，春夢迢迢。（錄自《彊村叢書》本）

## 雨霖鈴

又名：雨霖鈴慢。

唐教坊曲名。

（一）調見《全唐詩・樂府》〔唐〕張祜詞。

> 雨淋鈴夜卻歸秦。猶是張徽一曲新。長說上皇垂淚教，月明南內更無人。（錄自清康熙本）

按：此詞本七言絕句，依《全唐五代詞》例列入。

（二）調見〔宋〕柳永《樂章集》卷中。

> 寒蟬淒切。對長亭晚，驟雨初歇。都門帳飲無緒，留戀處，蘭舟催發。執手相看淚眼，竟無語凝咽。念去去、千里煙波，暮靄沉沉楚天闊。　　多情自古傷離別。更那堪、冷落清秋節。今宵酒醒何處，楊柳岸、曉風殘月。此去

八畫

經年，應是良辰，好景虛設。便縱有、千種風情，更與何人說。（錄自《彊村叢書》本）

（三）調見《陽春白雪》卷八〔宋〕杜龍沙詞。

窗影瓏璁，畫樓平曉，翳柳啼鴉。門巷漸有新煙，東風定、人掃桐花。峭寒鬥減，看旅雁、爭起蒹葭。逆斷雲，多少悲鳴，數行又下遠汀沙。　　應是故園桃李謝。送清江、一曲欄干下。染翰為賦春羈，嗟雙鬢、客舍成華。繡鞭綺陌，強攜酒、來覓吳娃。聽扇底、淒惋新聲，醉裏翻念家。（錄自《粵雅堂叢書》本）

《樂章集》注：雙調。

## 八畫

《碧雞漫志》卷五：「《明皇雜錄》及《楊妃外傳》云：『帝幸蜀，初入斜谷，霖雨彌旬，棧道中聞鈴聲，帝方悼念貴妃，採其聲為【雨霖鈴】曲以寄恨。時梨園弟子唯張野狐一人，善篳篥，因吹之，遂傳於世。』予考史及諸家說，明皇自陳倉入散關，出河池，初不由斜谷路。今劍州梓桐縣地名上亭，有古今詩刻，記明皇聞鈴之地，庶幾是也。……世傳明皇宿上亭，雨中聞牛鐸聲，悵然而起，問黃幡綽：『鈴作何語？』曰：『謂陛下特郎當。』特郎當，俗稱不整治也。明皇一笑，遂作此曲。《楊妃外傳》又載：上皇還京後，復幸華清，侍宮嬪御多非舊人，於望京樓下，命張野狐奏【雨霖鈴】曲。上四顧淒然，自是聖懷耿耿，但吟：『刻木牽絲作老翁。雞皮鶴髮與真同。須臾弄罷寂無事，還似人生一世中。』……張祐詩云：『雨淋鈴夜卻歸秦。猶是張徽一曲新。長說上皇和淚教，月明南內更無人。』張徽，即張野狐也。或謂祐詩言上皇出蜀時曲，與《明皇雜錄》、《楊妃外傳》不同。祐意明皇入蜀時作此曲，至雨淋鈴夜卻又歸秦。猶是張野狐向來新曲，非異說也。元微之【琵琶歌】云：『淚垂捍撥朱顏濕，水泉嗚咽流鶯澀。因茲倚作【雨淋鈴】，風雨蕭條鬼神泣。』今雙調【雨霖鈴慢】，頗極哀怨，真本曲遺聲。」

## 雨霖鈴慢

即【雨霖鈴】。〔宋〕柳永詞名【雨霖鈴慢】，見《高麗史・卷七十一・樂二》。

寒蟬淒切。向長亭晚，驟雨初歇。都門帳飲無緒，方留戀處，蘭舟初催發。執手相看淚眼，竟無語凝咽。念去去、千里煙波，暮靄沉沉楚天闊。　　多情自古傷離別。更那堪、冷落清秋節。今宵酒醒何處，楊柳岸、曉風殘月。此

去經年，應是良辰，好景虛設。便縱有、千種風情，更與何人說。（錄自日本明治四十一年縮印本）

## 卓牌子

調見〔近人〕汪東《夢秋詞》卷十七。

長安昔經遊，堪記述、河山勝處。華嶽峻極，雲橫半嶺，潼關天險，草封危堵。偷閒覺溫柔，猶髯鬆、華清豔侶。池畔凳玉階欄，料應是、曾洗凝脂，四圍香度。　　夜蜂驟舉。恨房馬、奔馳無阻。廢興千古。嗟憑臨難據。長見金人咸陽在，放牧桃林未數。回顧。隱幾行秦樹。（錄自齊魯書社影手稿本）

《詞律》卷八【卓牌子】調注：「『子』或作『兒』，或加『慢』字。」

《欽定詞譜》卷十二【卓牌子】調注：「此調有兩體，五十六字者始自楊無咎，一名【卓牌子令】。九十七字者始自万俟詠，一名【卓牌子慢】。」

按：宋元詞人之總、別集中，均無【卓牌子】調名。楊無咎「西樓天將晚」一詞，調名為【卓牌子慢】，見《逃禪詞》。万俟詠「東風綠楊天」一詞，調名為【卓牌兒】，見《唐宋諸賢絕妙詞選》卷七。據此，《欽定詞譜》所注均誤。《詞律》所注無詳細說明。二書所列之【卓牌子】正名或有所據，俟考。

## 卓牌子令

調見〔近人〕汪東《夢秋詞》卷十一。

池荷銷殘粉。池畔立、西風漸緊。無意畫出秋容，便任新月牽愁，暮寒欺鬢。　　相忘終不忍。拌獨對、菱花瘦損。擬待小閣重憑，紫萸堪插，歸鴻定還成陣。（錄自齊魯書社影手稿本）

按：參見《欽定詞譜》卷十二【卓牌子】調注。

## 卓牌子近

調見〔宋〕袁去華《袁宣卿詞》。

曲沼朱欄，綠牆翠竹晴晝。金萬縷、搖搖風柳。還是燕子歸時，花信來後。看淡淨洗妝態，梅樣瘦。春初透。　　盡日明窗相守。閒共我焚香，伴伊刺繡。睡眠騰騰，今朝早是病酒。那堪更、因人時候。（錄自四印齋《宋元三十一家詞》本）

## 卓牌子慢

調見〔宋〕楊無咎《逃禪詞》。

西樓天將晚。流素月、寒光正滿。樓上笑揖姮娥，似看羅襪塵生，鬢雲風亂。　珠簾終夕捲。判不寐、欄干憑暖。好在影落清樽，冷侵香幄，歡餘未教人散。（錄自汲古閣《宋六十名家詞》本）

## 卓牌兒

又名：卓牌兒慢。

（一）調見《花庵詞選》卷七〔宋〕万俟詠詞。

東風綠楊天，如畫出、清明院宇。玉豔淡泊，梨花帶月，胭脂零落，海棠經雨。單衣怯黃昏，人正在、珠簾笑語。相並戲蹴秋千，共攜手、同倚欄干，暗香時度。　翠窗繡戶。路繚繞、潛通幽處。斷魂凝佇。嗟不似飛絮。閒悶閒愁難消遣，此日年年意緒。無據。奈酒醒春去。（錄自文淵閣《四庫全書》本）

（二）調見《梅苑・拾遺》卷下〔宋〕無名氏詞。

當年早梅芳，曾邂逅、習瓊侶。肌雲瑩玉，顏開嫩桃，腰支輕嫋，未勝金縷。佯羞整雲鬟，頻積壓人、嬌波寄語。湘佩笑解，韓香暗傳，幽歡後期難訴。　夢魂頓陰。似一枕、高唐雲雨。蕙心蘭態，知何計重遇。試問春蠶絲多少，未抵離愁半縷。凝佇。望鳳樓何處。（錄自文淵閣《四庫全書》本）

## 卓牌兒慢

即【卓牌兒】。〔清〕田同之詞名【卓牌兒慢】，見《晚香詞》。

東風恁多情，吹我到、羅舍宅上。竹石掩映，湘簾半捲，梅花過也，海棠初放。當時共伊人，曾把臂、花間酬唱。荏苒別去三年，喜今日、重與江東，一樽相向。　畫屏錦帳。愛西府、嬌姿別樣。綠思紅想。鶯燕互來往。冶葉倡條都拋卻，只此偏宜佇望。忻賞。又酒闌月上。（錄自清乾隆《田氏叢書》本）

《歷代詩餘》卷三十四【卓牌兒】調注：「亦名【卓牌兒慢】。」

## 昆明池

即【金明池】。〔宋〕李彌遜詞名【昆明池】，見《筠溪詞》。

帳錦籠庭，囊香飄樹，過了芳時強半。覓殘紅、蜂鬚趁日，占新綠、鶯喉吒暖。數花期、望得春來，春去也、把酒南山誰伴。更簾幕垂垂，惱人飛絮，亂落一軒風晚。　手拍狂歌揮醉椀。笑浪走江頭，幾逢歸燕。憶黃華、曾吹紗帽，訝彩樓、催放紈扇。功名事、於我如雲，漫贏得星星，滿簪霜換。向棠棣花間，鶺鴒原上，莫厭樽罍頻來見。（錄自四印齋《宋元三十一家詞》本）

## 昇平樂

（一）調見《花草粹編》卷二十一〔宋〕吳奕詞。

水閣層臺，短亭深院，依稀萬木籠蔭。飛暑無涯，行雲有勢，晚來細雨回晴。庭槐轉影，紗廚雨雨蟬鳴。幽夢斷枕，金猊旋熱，蘭柱微薰。　堪命俊才儔侶，對華筵坐列，朱履紅裙。檀板輕敲，金樽滿泛，縱交畏日西沉。金絲玉管，閒歌喉、時奏清音。唐虞景，盡陶陶沉醉，且樂昇平。（錄自文淵閣《四庫全書》本）

《欽定詞譜》卷三十二【昇平樂】調注：「《宋史・樂志》：『教坊都知李德昇作【萬歲昇平樂】曲。』周密《天基節樂次》：『樂奏夾鐘宮，第三盞，笙起【昇平樂慢】。』」

（二）調見〔明〕孫承忠《孫文忠公詞》。

好辭不管君苗硯。錦字休消蘇蕙箋。雁行愁寫蔚藍天。黃華相勸。白雲都捲。聽催歸、小樓深院。（錄自惜陰堂《明詞彙刊》本）

## 明月引

即【江城梅花引】。〔宋〕陳允平詞名【明月引】，見《日湖漁唱》。

雨餘芳草碧蕭蕭。暗春湖，蕩雙橈。紫鳳青鸞，舊夢帶文簫。綽約佩環風不定，雲欲墮，六銖香，天外飄。　相思為誰蘭恨銷。渺湘魂、無處招。素縑猶在，真真意、還倩誰描。舞鏡空圓，羞對月明宵。鏡裏心心心裏月，君去矣，舊東風，新畫橋。（錄自《彊村叢書》本）

詞序：「和白雲趙宗簿自度曲。」

宋周密《蘋洲漁笛譜》卷二【明月引】詞序：「趙白雲初賦此詞，以為自度腔，其實即【梅花引】也。陳君衡、劉養源皆再和之。會余有西州之恨，因用韻以寫幽懷。」

## 明月生南浦

即【蝶戀花】。〔明〕張以寧詞名【明月生南浦】，見《翠屏詞》。

> 海角亭前秋草路。榕葉風清，吹散蠻煙霧。一笑英雄曾割據，癡兒卻被潘郎誤。　　寶氣消沉無覓處。薛暈猶殘，鐵鑄遺宮柱。千古興亡知幾度。海門依舊潮來去。（錄自惜陰堂《明詞彙刊》本）

詞序：「廣州省治南，漢主劉鋹故宮，鐵鑄四柱猶存。周覽歎息之餘，夜泊三江口。夢中作一詞，覺而忘之，但記二句云：『千古興亡多少恨，總付潮回去。』因概括為【明月生南浦】一闋云。」

八畫

按：《欽定詞譜》卷十三【蝶戀花】調注：「司馬槱詞有『夜涼明月生南浦』句，名【明月生南浦】。」查司馬槱詞此調名為【黃金縷】。《詞律》卷九【蝶戀花】調注：「又名【明月生南浦】。」考現存宋元詞中未見有【明月生南浦】即【蝶戀花】者。二書未知何據，待考。

## 明月吹簫引

即【江城梅花引】。〔近人〕汪東詞名【明月吹簫引】，見《夢秋詞》卷十八。

> 冷侵珠箔雨蕭蕭。趁輕潮。蕩蘭橈。隔岸青樓，連夜肆笙簫。欲去徘徊無限思，風信急，似楊花，帶淚飄。　　香殘夢殘魂半消。盡山中、叢桂招。何如共守，章台月、眉樣親描。密語深情，歡度幾良宵。此願告天天不許，篷背濕，數歸程，第四橋。（錄自齊魯書社影手稿本）

## 明月穿窗

調見〔清〕李百川《綠野仙蹤》。

> 花娘死去龜婆惱。禿子面花開了。況又被他推倒。齒抉知多少。　　說條念律神魂杳。家業不堪全掃。為獻殷勤窮到老。此禍真非小。（錄自《古本小說集成》本）

## 明月孤舟

即【夜行船】。〔清〕丁應鼎詞名【明月孤舟】，見《海門家言‧附詞》。

> 一葦扁舟乘月下。片帆藉、西風高掛。疊疊青山，溶溶秋水，極目天然圖畫。　　兩岸漁燈光四射。又聽那、妻孥相罵。豈為錢事，想緣

酒發，儘是煙波家話。（錄自清刻本）

## 明月棹孤舟

即【夜行船】。〔宋〕楊無咎詞名【明月棹孤舟】，見《逃禪詞》。

> 不假鉛華嫌太白。玉槎成、體柔腰搦。明月堂深，蓮花杯軟，情重自斟瓊液。　　寄語礛碈休並色。信秦城、未教輕易。絳闕樓成，藍橋藥就，好吹簫共乘鸞翼。（錄自汲古閣《宋六十名家詞》本）

《四庫全書總目：《逃禪詞》提要》：「集中【明月棹孤舟】四首，晉注云：『向誤作【夜行船】，今按譜正之。』按：此調即【夜行船】，亦即是【雨中花】。諸家詞雖有小異，按其音律，要非二調。無咎此詞，實與趙長卿、吳文英詞中所載之【夜行船】無一字不同。晉第見《詞譜》收黃在軒詞，名【明月棹孤舟】，不知『明月』即『夜』，『棹』即『行』，『孤舟』即『船』。」

## 明月斜

即【梧桐影】。〔唐〕呂巖詞名【明月斜】，見《唐詞紀》卷十一。

> 明月斜，秋風冷。今夜故人來不來，教人立盡梧桐影。（錄自《四庫全書存目叢書》本）

《竹坡老人詩話》卷三：「大梁景德寺峨眉院壁間有呂洞賓題字，寺僧相傳，以謂頃時有蜀僧號『峨眉道者』，戒律甚嚴，不下席者二十年。一日，有布衣青裘昂然一偉人來，與語良久，期以明年是日復相見於此，願少見待也。明年是日，日方午，道者沐浴，端坐而逝。至暮，偉人果來，問：『道者安在？』曰：『亡矣。』偉人歎息良久，忽復不見。明日書數語於側堂壁間絕高處，其語云：『落月斜，秋風冷。幽人今夜來不來，教人立盡梧桐影。』字畫飛動，如翔鸞舞鳳，非世間筆也。宣和間，余遊京師，猶及見之。」

## 明月逐人來

又名：壽仙翁。

調見《花草粹編》卷十三〔宋〕李持正詞。

> 星河明淡。春來深淺。紅蓮正、滿城開遍。禁街行樂，暗塵香拂面。皓月隨人近遠。　　天半鼇山，光動鳳樓兩觀。東風靜、珠簾不捲。

玉輦待歸，雲外聞弦管。認得宮花影轉。（錄自文淵閣《四庫全書》本）

《能改齋漫錄》卷十六：「樂府有【明月逐人來】詞，李太師撰譜，李持正製詞。東坡曰：『好個「皓月隨人近遠」。』」

按：李持正詞有「皓月隨人近遠」句，故名【明月逐人來】。

## 明月照高樓慢

調見《歲時廣記》卷三十一引《復雅歌詞》〔宋〕万俟詠詞。

平分素商。四垂翠幕，斜界銀潢。顥氣通建章。正煙澄練色，露洗水光。明映波融太液，影隨簾掛披香。樓觀壯麗，附霽雲、耀紺碧相望。　　宮妝。三千從赭黃。萬年世代，一部笙簧。夜宴花漏長。乍鶯歌斷續，燕舞回翔。玉庭頻燃絳蠟，素娥重按霓裳。還是共唱御製詞，送御觴。（錄自《十萬卷樓叢書》本）

《歲時廣記》卷三十一引《復雅歌詞》：「宣和間，万俟雅言中秋應製，作【明月照高樓慢】云（詞略）。」

## 明月影

（一）即【蒼悟謠】。〔清〕林企忠詞名【明月影】，見《翠露軒詩餘》。

人語靜，天空雁影寒。輕風度，霜月照欄干。（錄自清刻本）

（二）即【江城梅花引】。〔清〕鄭融詞名【明月影】，見《梅里詞緒》。

重陽佳節雨濛濛。過溪東。又村東。到得他家，問訊文人翁。門又不關筵又散，尋歸路，隔橫塘。聽晚鐘。　　晚鐘。晚鐘。野煙籠。蔭半濃。樽半空。看也看也，看不見、天外飛鴻。唯有多情、黃菊伴秋風。興盡一番憔悴甚，思後會，是何年，再相逢。（錄自原稿本）

## 明月影子

即【江城梅花引】。〔清〕朱青長詞名【明月影子】，《朱青長詞集》卷十四。

月明花徑教聽簫。繡羅袍。遠歸朝。玉手春燈，百折度深宵。彷彿翠環敲鳳竹，聲不定，是珠瑙，鳴細腰。　　淒涼犯，無魂可銷。亂宮商，清漏迢迢。換頭還尾，真冷久、終是難牢。誤點重尋，仍不十分調。花外人，樓下月，雙寂寂，

只孤星，明樹梢。（錄自朱青長手稿本）

## 明妃怨

即【昭君怨】。〔清〕堵霞詞名【明妃怨】，見《含煙閣詞》。

縷縷柔姿風揚。睡足香魂飄蕩。想也為春愁。懶擡頭。　　映月似施粉黛。著雨暗垂紅淚。含笑復含情。最娉婷。（錄自清玉煙堂鈔本）

## 岷江綠

調見《南村輟耕錄》卷八〔元〕曹明善詞。

長門柳絲千萬縷。總是傷心處。行人折柔條，燕子銜芳絮。都不由、鳳城春做主。（錄自陶氏影元本）

《南村輟耕錄》卷八：「太師伯顏擅權之日，剗王徹徹都、高昌王帖木兒不花皆以無罪殺。山東憲吏曹明善，時在都下，作【岷江綠】以諷之，大書揭於五門之上。伯顏怒，令左右暗察得實，肖形捕之。明善出避吳中一僧舍。居數年，伯顏事敗，方再入京。」

按：此調似元人小令，今依《記紅集》例列入，以作參考。

## 知非引

即【晝錦堂】。〔清〕何采詞名【知非引】，見《南礀詞選》卷下。

率爾狂呼，忽在嫚罵，君不嗤我為非。敢倚一人知己，遂飾其非。人皆阿阿還唯唯，我偏是是更非非。雖然過、四十九年，從茲未必無非。　　非非。非捷足，非炙手，自知寧待人非。差勝同流同俗，無刺無非。蒙莊喻馬何嘗是，令威化鶴幾曾非。柴桑老，唯覺昨非今是，果是耶非。（錄自《全清詞》本）

詞序：「即【晝錦堂】。答蔡抑庵。五十初度，謝客山居，抑庵遠貽手書，製【晝錦堂】詞枉祝，有『恰值同心老友，初度知非』之句，倚聲而和之，盡叶『非』字。自撰此名，聊志吾過，專以晝錦屬抑老云。」

## 垂絲釣

又名：垂絲釣近。

調見〔宋〕周邦彥《片玉集》卷三。

縷金翠羽。妝成才見眉嫵。倦倚繡簾，看舞風絮。愁幾許。寄鳳絲雁柱。　　春將暮。向層

八畫

城苑路。鈿車似水，時時花徑相遇。舊遊伴
侶。還到曾來處。門掩風和雨。梁燕語。問那
人在否。（錄自《彊村叢書》本）

### 垂絲釣近

即【垂絲釣】。〔宋〕吳文英詞名【垂絲釣
近】，見《夢窗詞集》。

聽風聽雨，春殘花落門掩。乍倚玉欄，旋剪天
豔。攜醉屧。放遍溪遊纜。波光撼。映燭花黯
淡。　　碎霞澄水，吳宮初試菱鑑。舊情頓
減。孤負深杯灩。衣露天香染。通夜飲。問漏
移幾點。（錄自《彊村叢書》本）

《夢窗詞集》注：夷則商，俗名商調。

### 垂楊

（一）調見〔宋〕陳允平《日湖漁唱》。

銀屏夢覺。漸淺黃嫩綠，一聲鶯小。細雨輕
塵，建章初閉東風悄。依然千樹長安道。翠雲
鎖、玉窗深窈。斷橋人、空倚斜陽，帶舊愁多
少。　　還是清明過了。任煙縷露條，碧纖青
嫋。恨隔天涯，幾回惆悵蘇堤曉。飛花滿地誰
為掃。甚薄倖、隨波縹緲。縱啼鵑、不喚春
歸，人自老。（錄自《彊村叢書》本）

《欽定詞譜》卷二十八注：「調見陳允平《日湖
漁唱》，本詠垂楊，即以為名。」

（二）調見〔元〕白樸《天籟集》卷下。

關山杜宇。甚年年喚得，韶光歸去。怕上高城
望遠，煙水迷南浦。賣花聲動天街曉，總吹
入、東風庭戶。正紗窗、濃睡覺來，驚翠娥愁
聚。　　一夜狂風橫雨。恨西園媚景，匆匆難
駐。試把芳菲點檢，鶯燕渾無語。玉纖空折梨
花撚，對寒食、厭厭心緒。問東君、落花誰為
主。（錄自《四印齋所刻詞》本）

### 垂楊碧

即【謁金門】。〔宋〕張輯詞有「樓外垂楊如此
碧」句，故名；見《東澤綺語》。

花半濕。睡起一窗晴色。千里江南真咫尺。醉
中歸夢直。　　前度蘭舟送客。雙鯉沉沉消
息。樓外垂楊如此碧。問春來幾日。（錄自《彊
村叢書》本）

### 垂楊鬟

即【謁金門】。〔清〕周金然詞名【垂楊鬟】，
見《南浦詞》卷一。

新雨足。釀出嫩紅嬌綠。陌上誰家人似玉。近
前微步蹴。　　著處花濃草鬱。幾隊鶯翻燕
簇。歸去溫存香夢熟。春光休便促。（錄自清康
熙刻本）

### 刮鼓社

（一）調見〔金〕王喆《重陽全真集》卷四。

刮鼓社，這刮鼓、本是仙家樂。見個靈童，於
中傻俏，自然能做作。長長把、玉繩輝霍。金
花一朵頭邊爍。便按定、五方跳躍。早展起踏
雲腳。早展起踏雲腳。　　會戲謔。正洽真歡
樂。顯現玲瓏，玎璫了了，遍體纓絡。遂引
下、滿空鸞鶴。迎來接去同盤礴。共舞出、九
光丹藥。蓬萊路有期約。蓬萊路有期約。（錄自
涵芬樓影明《道藏》本）

（二）調見〔金〕王喆《重陽教化集》卷一。

刮鼓社，這刮鼓食中拍。且說豌豆出來後，卻
勝大小麥。便接著、五方顏色。　　青紅黃黑
更兼白。又同那五方標格。蒸炒煮燒生喫。蒸
炒煮燒生喫。（錄自涵芬樓影明《道藏》本）

按：王喆詞有「刮鼓社，這刮鼓」句，故名【刮
鼓社】。

### 佳人醉

調見〔宋〕柳永《樂章集》卷中。

暮景蕭蕭雨霽。雲淡天高風細。正月華如水。
金波銀漢，瀲灩無際。冷浸書帷夢斷，卻披衣
重起。　　臨軒砌。素光遙指。因念翠娥，杳
隔音塵何處，相望同千里。盡凝睇。厭厭無
寐。漸曉雕欄獨倚。（錄自《彊村叢書》本）

《樂章集》注：雙調。

### 佳色

即【疏影】。〔清〕夏寶晉詞名【佳色】，見
《冬生草堂詞》。

按：詞缺待補。

### 侍香金童

調見《樂府雅詞・拾遺》卷上〔宋〕無名氏詞。

寶台蒙繡，瑞歊高三尺。玉殿無風煙自直，迤

邐傍懷盈綺席。芊芊菲菲，斷處凝碧。　　是
龍涎鳳髓，惱人情意極。想韓壽、風流應暗
識。去似彩雲無處覓。唯有外情，袖中留得。
（錄自《粵雅堂叢書》本）

《欽定詞譜》卷十四【侍香金童】調注：「金詞
注黃鐘宮，又黃鐘調。按《開天遺事》，王元寶
常於寢帳床前，雕矮童二人，捧七寶博山爐，自
暝焚香徹曉。調名取此。無名氏詞，即詠其事
也。」

## 使牛子

調見〔宋〕曹冠《燕喜詞》。

晚天雨霽橫雌霓。簾捲一軒月色。紋簟坐苔
茵，乘興高歌飲瓊液。　　翠瓜冷浸冰壺碧。
茶罷風生兩腋。四座沸歡聲，喜我投壺全中
的。（錄自四印齋彙刻《宋元三十一家詞》本）

按：此調與宋蔡伸【歸田樂】「風生蘋末蓮香
細」詞相校，字句平仄及用韻均同，而《欽定詞
譜》卻另列，未知何故。今據《欽定詞譜》另立
備考。

## 金人奉玉盤

即【金人捧露盤】。〔越南〕白毫子詞名【金人
奉玉盤】，見《鼓枻詞》。

愛山幽，緣山入到山深。無人處、歷亂雲林。
禪宮樵徑。樓鞋桐帽獨行吟。東溪明月，恰離
離，相向招尋。　　輞川詩，柴桑酒，宣子
杖，戴公琴。盡隨我，此地登臨。振衣千仞，
從須教、煙霧蕩胸襟。醉歌一曲，指青山，做
個知音。（錄自《詞學季刊》本）

## 金人捧玉盤

即【金人捧露盤】。〔清〕徐籀詞名【金人捧玉
盤】，見《吾丘詩餘》。

我何如，東籬老，醉鄉翁。問到今、何處牆
東。教栽五柳，遠疇平望早秋風。望雲思舊，
鼓輕棹訪戴山中。　　算年來，爭蝸角，營鷗
壘，葺蜂簡。幾年曾種綠移紅。都休戀也，茅
簏蓬舍好從容。荷鋤牽犬，從茲去、請學為
農。（錄自清康熙刻本）

## 金人捧露盤

又名：上丹霄、上平西、上平曲、上平南、上西
平、上西平曲、天寧樂、西平曲、金人奉玉盤、

金人捧玉盤、凌歊、銅人捧露盤、銅人捧露盤
引、蘆花雪。

（一）調見〔宋〕曾覿《海野詞》。

記神京、繁華地，舊遊蹤。正御溝、春水溶
溶。平康巷陌，繡鞍金勒躍青驄。解衣沽酒醉
弦管，柳綠花紅。　　到如今，餘霜鬢，嗟前
事，夢魂中。但寒煙、滿目飛蓬。雕欄玉砌，
空鎖三十六離宮。塞笳驚起暮天雁，寂寞東
風。（錄自汲古閣《宋六十名家詞》本）

（二）調見〔宋〕晁端禮《閒齋琴趣外篇》卷二。

天錫禹圭堯瑞，君王受釐，未央宮殿。三五慶
元宵，掃春寒、花外蕙風輕扇。龍闕前瞻、鳳
樓背聳，中有鼇峰見。漸紫宙、星河晚。放桂
華浮動，金蓮開遍。御簾捲。須臾萬樂喧天，
群仙扶輦。　　雲間，都人望天表，正仙葩競
插，異香飄散。春宵苦長短。指花陰，愁聽漏
傳銀箭。京國繁華，太平盛事，野老何因見。
但時效華封祝，願歲歲閒道，金輿遊宴。暗魂
斷。天涯望極長安遠。（錄自雙照影宋本）

《漢書・郊祀志》：「又作柏梁、銅柱、承露仙
人掌之屬矣。」蘇林注曰：「仙人以手掌擎盤承
甘露。」顏師古注：「《三輔故事》云：『建章
宮承露盤，高二十丈，大十圍，以銅為之。上有
仙人掌承露和玉屑飲之。』」調名本事由此。

## 金川曉行

即【菩薩蠻】。〔明〕楊育秀詞名【金川曉
行】，見《玩易堂詩集》卷二。

小橋橫影方塘曉。曉塘方影橫橋小。黃樹滿林
霜，霜林滿樹黃。　　早行山眇眇。眇眇山行
早。長路客心傷。傷心客路長。（錄自明刊本）

## 金井梧桐

調見〔清〕先著《勸影堂詞》卷上。

東京黨籍，以先公、名氏廁於陳李。最後見、
海濱高士。已賈禍因文，破家為客，總成奇
致。　　掀髯一笑，深締念過去，靈巖瓣香誰
屬，無限傷心，向空王決矣。雙丸勇逝。能幾
得、聚頭私語。種秫移家，來於何日，待之忍
涕。（錄自清刻本）

## 金衣公子

即【黃鶯兒】。〔清〕徐旭旦詞名【金衣公
子】，見《世經堂詞》。

雲雨下陽台。一窩絲鳳髻歪。輕拈螺筆修眉
黛。親添玉釵。親分繡鞋。盈盈笑靨同心帶。
偲香腮。許多恩愛。攜手步瑤階。（錄自清刻本）

## 金字經

又名：梅邊、閬金經。

（一）調見《太平樂府》〔元〕張可久詞。

　水冷溪魚貴，酒香霜蟹肥。環綠亭深掩翠微。
　梅。落花浮玉杯。山翁醉。笑隨明月歸。（錄自
　《全元散曲》本）

《欽定詞譜》卷二【金字經】調注：「《太平樂
府》注南呂宮。《元史・樂志》說法舞隊有【金
字經】曲。此亦元人小令，平仄韻互叶者，因
《元史》採入舞曲，且各有宮調，故存之。」

（二）調見《鳴鶴餘音》卷七〔元〕無名氏詞。

　善功八百行三千。四海遨遊度有緣。緣。九重
　丹詔宣。乘鸞鶴，班行列御前。（錄自清黃丕烈補
　明鈔本）

## 金杯酒

調見〔清〕朱青長《朱青長詞集》卷十三。

　大江月。小江雪。人共蘆花泊。小江雪。大江
　月。記得那年說。（錄自朱青長手稿本）

## 金明池

又名：金明春、昆明池、夏雲峰。

（一）調見《精選名賢詞話草堂詩餘》卷上
〔宋〕秦觀詞。

　瓊苑金池，青門紫陌，似雪楊花滿路。雲日淡、
　天低畫永，過三點兩點細雨。好花枝、半出牆
　頭，似悵望、芳草王孫何處。更水繞人家，橋
　當門巷，燕燕鶯鶯飛舞。　　怎得東君長為
　主。把綠鬢朱顏，一時留住。佳人唱、金衣莫
　惜，才子倒、玉山休訴。況春來、倍覺傷心，
　念故國情多，新年愁苦。縱寶馬嘶風，紅塵拂
　面，也只尋芳歸去。（錄自《四印齋所刻詞》本）

（二）調見〔明〕廖道南《玄素子集》。

　南國賢侯，東泉華胄，鳳見文星貫斗。看河
　陽、縣裏栽花，似彭澤、門前垂柳。人道口碑
　載路，勝裏野名題峴首。更龍虎城邊，鳳凰台
　右，佳氣長浮鍾阜。　　姚崇勳望世非偶。把
　十事數陳，明通納牖。鯨島清、萬里波涵，麟
　閣深、五雲天覆。瞻水部、江湖山虞林藪。喜
　帝載明良，皇風仁壽，賴君筆彌諧元後。（錄自

　明嘉靖刻本）

《填詞名解》卷三：「金明池，宋汴京遊幸地
也。《情史》載趙應之池上遇當爐女，事近委巷
語，且無關詞名，故不詳。然池名略見於此。南
渡後，壽皇每奉德壽三宮出遊，往往修舊京金明
池故事，以安太上之心。」

## 金明春

即【金明池】。〔宋〕劉弇詞有「共賞金明春
意」句，故名；見《龍雲先生樂府》。

　寶曆延洪，昌辰開泰，崧嶽儲靈特異。賢才
　並、□時閒出，盡一一驚人絕藝。捧鄉書、氣
　格飄飄，似閬苑神仙，參差相繼。縱子墨文
　章，相如才調，驟覺雷聲平地。　　太守賓興
　當此際。正瑞靄寒輕，虛堂風細。舞腰旋、飛
　塵彷彿，歌管遞、清聲嘹唳。況相將、桂籍榮
　登，對酒面鱗紅，何妨沉醉。但管取明年，宮
　花重載，共賞金明春意。（錄自《彊村叢書》本）

## 金花葉

調見〔金〕王喆《重陽全真集》卷十三。

　名利牽纏怎徹。誰肯把、善緣總結。在火宅、
　居常炙協。尚穿聯惡業。　　鬥巧爭如守拙。
　早離了、機心切切。稍能悟、三教秘訣。（錄自
　涵芬樓影明《道藏》本）

## 金芭蕉

即【金蕉葉】。〔清〕王士祿詞名【金芭蕉】，
見《炊聞詞》卷下。

　昔遊記向西陵去。迴油壁、□□曾遇。一笑燈
　前，春心暗擲幽情注。頓使清愁如濾。　　柳枝
　帶結同心屢。尚惆悵、鳥啼窗曙。堪別後，雲中
　無復來香雨。忍看玉爐雙炷。（錄自清康熙刻本）

## 金波月滿

〔近人〕顧學頡自度曲，見《秋影詞》。

　看金波月滿，更情傷，客裏芳樽淺。記一霎繡
　戶重簾，華燈綺宴。長安秋色春無限。　　玉
　骨清冷，靈犀彷彿，恍是瑤台見。縱語阻雷
　聲，心傳萬遍。候館已三更，淒涼斷，聲聲
　雁。（錄自一九九二年自印鉛字本）

詞序：「己卯初冬，長安紀遇。自度腔。」

按：顧學頡詞有「看金波月滿」句，故名【金波
月滿】。

## 金門賀聖朝

〔清〕沈謙新翻曲，見《東江別集》卷二。

炎威逼火雲，萬朵俄成墨。電掣金蛇江樹黑。天河直下夜深寒，把煩熇都滌。　半掩羅幃暫息。簾外碧桐如拭。隱隱殘雷無氣力。暗思玉簟軿煙鬟，料今宵眠得。（錄自惜陰堂《明詞彙刊》本）

詞序：「新翻曲。上三句【謁金門】，下二句【賀聖朝】；後段同。」

## 金門歸去

〔清〕丁澎新譜犯曲，見《扶荔詞》卷一。

辭金闕。何似茂陵歸切。東山絲竹西山芴。海天還弄明月。　曾記柳條初折。又是馬啼霜結。延秋門外花如雪。今年別忩時節。（錄自清康熙家刻本）

詞序：「懷張補闕螺浮病假歸禾中。新譜犯曲。上二句【謁金門】，下二句【歸去來】；後段同。」

## 金風玉露曲

即【鵲橋仙】。〔清〕樓儼詞名【金風玉露曲】，見《戴月吟》。

中秋過也，重陽將至，秋色三分之二。些須殘暑尚驕人，做弄山、炎炎餘勢。　譬如老健，渾同春冷，要亦無多日耳。且將團扇暫驅除，聊換個、清涼時世。（錄自清刊本）

## 金風玉露相逢曲

即【鵲橋仙】。〔宋〕韓淲詞名【金風玉露相逢曲】，見《澗泉詩餘》。

詩非漫與，酒非無算，都是悲秋興在。與君觴詠欲如何，畫不就、新涼境界。　微雲抹月，斜河回斗，隱隱奇奇怪怪。剛風九萬舞瑤林，甚些少、人間利害。（錄自《彊村叢書》本）

詞序：「閒舉【金風玉露相逢】之曲，因賦。」

## 金浮圖

又名：玉浮圖。

調見《尊前集》〔五代〕尹鶚詞。

繁華地。王孫富貴。玳瑁筵開，下朝無事。壓紅茵、鳳舞黃金翅。玉立纖腰，一片揭天歌吹。滿目綺羅珠翠。和風淡蕩，偷散沉檀氣。

堪判醉，韶光正媚。坼盡牡丹，豔迷人意。金張許史應難比。貪戀歡娛，不覺金烏墜。還惜會難別易。金船更勸，勒住花驄轡。（錄自《彊村叢書》本）

《填詞名解》：「漢桓帝於宮中鑄黃金浮圖，調名取此。」

## 金雀鬟

調見〔清〕吉珠詞，見《眾香詞·書集》。

庭院春深好。牡丹開遍了。不分是、雙鬟偷拗。（錄自大東書局影印本）

## 金魚佩

調見〔清〕陳鍾祥《香草詞》卷四。

金粟香濃，銀河夜耿，領得新涼一味。蓬島秋深，也自別開天地。山渺渺，水茫茫，雲海何邊際。　金魚解佩，羨換骨丹成，瑤池引睇。控鶴青天偏自在，騎鯨碧海情何似。問先生舊侶，可同攜，尋歸處。（錄自《黔南叢書》本）

詞序：「翩若仙史近降數闋，皆自度新腔。詞旨精美，音律諧暢，各摘詞中句，命為【月娥新】、【無邊風景】、【金魚佩】、【鳳凰台】、【楓丹霞白】等調。因依韻各效其體，醜女效顰，幸勿為夷光見哂也。」

## 金陵

調見〔五代〕韓偓《香奩詞》。

風雨瀟瀟，石頭城下木蘭橈。煙月迢迢。金陵渡口去來潮。自古風流皆暗銷。才魄妖魂誰與招。彩箋麗句今已矣，羅襪金蓮何寂寥。（錄自王國維輯本）

## 金菊香

調見〔明〕楊儀《南宮詩餘》。

涼風剪剪露濃濃。籬菊勁肥未吐黃。習池路熟不能忘。會晤難量。如有待，兩重陽。　千頭橙橘候新霜。萬頃黃雲足稻粱。與君重約到茆堂，壽祝無疆。酬晚景，醉霞觴。（錄自惜陰堂《明詞彙刻》本）

## 金菊對芙蓉

又名：憶楚宮。

調見《妙選群英草堂詩餘·前集》卷下〔宋〕康與之詞。

梧葉飄黃，萬山空翠，斷霞流水爭輝。正金風西起，海燕東歸。憑欄不見南來雁，望故人、消息遲遲。木樨開後，不應誤我，好景良時。

只念獨守孤幃。把枕前囑付，一旦分飛。上秦樓遊賞，酒媚花迷。誰知別後相思苦，悄為伊、瘦損香肌。花前月下，黃昏院落，珠淚偷垂。（錄自雙照樓影明本）

## 金貂換酒

即【賀新郎】。〔清〕朱彝詞名【金貂換酒】，見《畫亭詞草・紅豆續集》。

話舊當徂暑。憶前秋、斜陽南郭，遊蹤何許。日月都從閒裏過，老卻秦淮煙樹。更休作、傷心人語。白髮簪花吾自笑，看秋風、吹變章台路。零落盡，紗籠句。　嗟君擲帽狂歌處。便待學、觴浮金谷，罰君如數。第一詩翁先潦倒，枉獻窮途三賦。漫說個、殘年射虎。太息詞壇飛將老，也須隨、醉尉呵呼去。讓李蔡，侯封住。（錄自清太岳山房本）

## 金童捧露盤

即【玉女搖仙佩】。〔元〕姬翼詞名【金童捧露盤】，見《知常先生雲山集》卷三。

夢幻閃浮，捨故趨新，倏忽化機潛換。天地一丘墟，會心冥沖漠，野雲舒捲。寄跡虛舟，鑑形止水，風激遊絲斷。空玉宇無塵清澈，混物我冤親，相忘鵬鷃。鎮樗散。此際飯食鶉居，逍遙遊宴。　聞乎無聲視無色，罷金鎞去膜，作空花觀。窗戶有餘清，泯人牛蹤跡，素華明煥。勝概幽遐，洞靈縹紗，直許群真玩。步坦途、搖頭拊臂，到醉鄉、勝入高陽池館。世情遠。浮生瞬息歸來晚。（錄自雙照樓影元本）

## 金殿樂慢

調見《高麗史・卷七十一・樂二》〔宋〕無名氏詞。

駕紫鸞軒。乘風縹紗遊仙。紅霓蘸影，近瑤池、鶴戲芝田。　臨蕙圃、飲瓊泉。上簫台、遙瞻九天。對真人、蕊書親授，已向南宮住長年。（錄自日本明治四十一年縮印本）

按：原本調下注有「踏歌唱」三字。

## 金落索

調見鄭元佐《新注斷腸詩集》卷五〔宋〕無名氏殘句。

風撼梧桐影碎，淒涼天氣。（錄自浙江古籍出版社排印本）

按：此殘句與【一落索】上下片起二句同，未知是否同調，或係【一落索】之別名，因無全詞，不能確斷，待考。

## 金盞子

（一）調見〔宋〕晁端禮《閒齋琴趣外篇》卷三。

斷魂凝睇，望故國迢迢，倦搖征轡。恨滿西風，有千里雲山，萬重煙水。遙夜枕冷衾寒，數更籌無寐。想伊家、應也背著孤燈，暗彈珠淚。　屈指。重算歸期，知他是、何時見去裏。翻思繡閣舊時，無一事、只管愛爭閒氣。及至恁地單棲，卻千般追悔。從今後，彼此記取，厭厭況味。（錄自雙照樓影宋本）

（二）即【金盞兒】。〔金〕王吉昌詞名【金盞子】，見《會真集》卷五。

鎮猿心。慮沉沉。冥冥杳杳玄機運。南天火，北淵金。開汞鼎，虎龍吟。滋九氣，剝群陰。　酒勤斟。韻風琴。斷送木童洪醉飲。六腑暢，五神歆。濟聖域，脫凡襟。清淨體，鬼神欽。（錄自涵芬樓影明《道藏》本）

## 金盞子令

調見《高麗史・卷七十一・樂二》〔宋〕無名氏詞。

東風報暖，到頭嘉氣漸融怡。巍峨鳳闕，起鼇山萬仞，爭聳雲涯。　梨園弟子，齊奏新曲，半是塤箎。見滿筵、簪紳醉飽，頌鹿鳴詩。（錄自日本明治四十一年縮印本）

按：此為高麗唐樂【獻仙桃】舞隊曲之一。

## 金盞子慢

調見《高麗史・卷七十一・樂二》〔宋〕無名氏詞。

麗日舒長，正蔥蔥瑞氣，遍滿神京。九重天上，五雲開處，丹樓碧閣崢嶸。盛宴初開，錦帳繡幕交橫。應上元佳節，君臣際會，共樂昇平。　廣庭。羅綺紛盈。動一部、笙歌盡新聲。蓬萊宮殿神仙景，浩蕩春光，邐迤玉城。

煙收雨歇，天色夜更澄清。又千尋火樹，燈山
參差，帶月鮮明。（錄自日本明治四十一年縮印本）

按：此為高麗唐樂【獻仙桃】舞隊曲之一。此詞
《欽定詞譜》列入【金盞子】平韻體。仄韻體，
除前段第一、二、三句相似外，其餘句讀均不相
同。今據其調名之異，列為二調。

## 金盞兒

又名：金盞子。

調見〔金〕劉志淵《啟真集》卷中。

　　放心閒。樂林泉。山檀瓦鼎龍涎暖。寒罇興，
　　冷茶煙。情湛湛，腹便便。陪遊鹿，伴啼猿。
　　　　淨靈源。火生蓮。清涼照見諸塵遣。明五
　　眼，證重玄。珠瑩海，月沉淵。圓明相，應無
　　邊。（錄自涵芬樓影明《道藏》本）

## 金盞倒垂蓮

（一）調見〔宋〕晁端禮《閒齋琴趣外篇》卷二。

　　流水漂花，記同尋閬苑，曾宴桃源。痛飲狂
　　歌，金盞倒垂蓮。未省負，佳時良夜，爛遊風
　　月三年。別後空抱瑤琴，誰聽朱弦。　　風流
　　少年儒將，有威名震虜，談笑安邊。寄我新
　　詩，何事賦歸田。想歌酒、情懷如舊，後房應
　　也依然。此外莫問升沉，且鬥樽前。（錄自雙照
　　樓影宋本）

按：〔宋〕晁端禮詞有「金盞倒垂蓮」句，故名
【金盞倒垂蓮】。

（二）調見《梅苑》卷二〔宋〕無名氏詞。

　　依約疏林，見盈盈春意，幾點霜蕤。應是東
　　君，試手作芳菲。粉面倚、天風微笑，是日
　　暖、雪已晴時。人靜么鳳翩翩，踏碎殘枝。
　　　　幽香渾無著處，甚晴一般雨露，獨占清奇。
　　淡月疏雲，何處不相宜。陌上報春來也，但綠
　　晴、青子離離。桃香應仗先容，次第追隨。（錄
　　自文淵閣《四庫全書》本）

（三）調見〔宋〕曹勛《松隱樂府》卷二。

　　穀雨初晴，對曉霞乍斂，暖風凝露。翠雲低
　　映，捧花王留住。滿欄嫩紅貴紫，道盡得、韶
　　光分付。禁籞浩蕩，天香巧隨天步。　　群仙
　　倚春似語。遮麗日、更著輕羅深護。半開微
　　吐，隱非煙非霧。正宜夜闌秉燭，況更有、姚
　　黃嬌妒。縱賞任放，濛濛柳絮。（錄自《彊村叢
　　書》本）

《詞律》卷十三【金盞倒垂蓮】調注：「倒垂
蓮，乃金盞之像。即如左相之金捲荷耳。」

## 金鼎一溪雲

即【巫山一段雲】。〔金〕王嚞詞名【金鼎一溪
雲】，見《重陽教化集》卷二。

　　對月成詞句，臨風寫頌章。一枝銀管瑞中祥。
　　隨山染清涼。　　玉洞門開深淺。寶樹花分香
　　篆，蓬萊仙島是吾鄉。宴罷後瓊堂。（錄自涵芬
　　樓影明《道藏》本）

## 金鳳鉤

（一）調見〔宋〕晁補之《晁氏琴趣外篇》卷一。

　　春辭我，向何處。怪草草、夜來風雨。一簪華
　　髮，少歡饒恨，無計瘚春且住。　　春回常恨
　　尋無路。試向我、小園徐步。一欄紅藥，倚風
　　含露。春自未曾歸去。（錄自雙照樓影宋本）

（二）調見〔宋〕晁補之《晁氏琴趣外篇》卷一。

　　雪消閒步花畔。試屈指、早春將半。櫻桃枝上
　　最先到，卻恨小梅芳淺。　　忽驚拂水雙來
　　燕。暗自憶、故人猶遠。一分風雨占春愁，一
　　來又對花腸斷。（錄自雙照樓影宋本）

《欽定詞譜》卷十一：「此調微近【夜行船】，
其實不同也。」

## 金蓮出玉花

即【減字木蘭花】。〔金〕馬鈺詞名【金蓮出玉
花】，見《洞玄金玉集》卷十。

　　畢公好志。官障私魔心不二。決烈修持。能可
　　移山志不移。　　塵緣一削。世上榮華無染
　　著。可稱仙徒。堪許完全大藥爐。（錄自涵芬樓影
　　明《道藏》本）

詞注：「本名【減字木蘭花】。」

## 金蓮堂

即【惜黃花】。〔金〕王嚞詞名【金蓮堂】，見
《重陽教化集》卷一。

　　家自悟。今觀睹。扶風安手腳、未知門戶。鬼
　　作乖疏，下如何做。人來、金相覷。　　裏為
　　誰主。風語汝。還嬰兒復姹，寶瓶牢固。聖說
　　因緣，係能結慕。真洪登雲路。（錄自涵芬樓影
　　明《道藏》本）

詞注：「俗【惜黃花】藏頭，拆起各字。」

**八畫**

## 金蓮繞鳳樓

調見〔宋〕趙佶《宋徽宗詞》。

　　絳燭朱籠相隨映。馳繡轂、塵清香襯。萬金光
　　射龍軒瑩。繞端門、瑞雷輕震。　　元宵為開
　　聖景。敷坐觀燈錫慶。帝家華宴乘春興。搴珠
　　簾、望堯瞻舜。（錄自《彊村叢書》本）

## 金樓子

調佚。《填詞名解》卷四：「【金樓子】，梁元
帝所著書也。詞名本此，調失傳矣。」

## 金蕉花

即【金蕉葉】。〔清〕馮雲驤詞有「金蕉葉裏斟
花露」句，故名；見《寒山吟》。

　　金蕉葉裏斟花露。看春色、柳煙飛絮。皓齒清
　　歌，淡紅衫子迴香霧。洛水更憐微步。　　偏
　　愁此夜殘更度。好持竿、掛月休曙。兩情繾
　　綣，哀弦自遣周郎顧。曲罷燭銷紅雨。（錄自
　　《全清詞》本）

## 金蕉葉

又名：金芭蕉、金蕉花、定風波令。

（一）調見〔宋〕柳永《樂章集》卷上。

　　厭厭夜飲平陽第。添銀燭、旋呼佳麗。巧笑難
　　禁，豔歌無閒聲相繼。準擬幕天席地。　　金
　　蕉葉泛金波齊。未更闌、已盡狂醉。就中有
　　個，風流暗向燈光底。惱遍兩行珠翠。（錄自
　　《彊村叢書》本）

《樂章集》注：大石調。

按：柳永詞有「金蕉葉泛金波齊」句，故名【金
蕉葉】。

（二）調見〔宋〕袁去華《宣卿詞》。

　　江楓半赤。雨初晴、雁空紺碧。愛籬落、黃花
　　秀色。帶零露旋摘。　　向晚西風淡日。鬢蕭
　　蕭、任從帽側。更莫把、茱萸歎息。且更持大
　　白。（錄自四印齋彙刻《宋元三十一家詞》本）

（三）調見〔宋〕袁去華《宣卿詞》。

　　行思坐憶。知他是、怎生過日。煩惱無千萬
　　億。請將做飯吃。　　舊日輕憐痛惜。卻如
　　今、怨深恨極。不覺長吁歎息。便直恁下得。
　　（錄自四印齋彙刻《宋元三十一家詞》本）

## 金錢子

唐教坊曲名。

調見《古今合璧事類備要別集》卷三十八〔宋〕
無名氏詞。

　　昨夜金風，黃葉亂飄階下。聽窗前、芭蕉雨
　　打。觸處池塘，睹風荷凋謝。景色淒涼，總閒
　　卻、舞台歌榭。　　獨倚欄干，唯有木犀幽
　　雅。吐清香、勝如蘭麝。似金罍妝成，想丹青
　　難畫。纖手折來，膽瓶中、一枝瀟灑。（錄自
　　《全宋詞》本）

## 金錯刀

又名：步虛詞、君來路、採茶歌、醉瑤瑟。

（一）調見〔五代〕馮延巳《陽春集·補遺》。

　　雙玉斗，百瓊壺。佳人歡飲笑喧呼。麒麟欲畫
　　時難偶，鷗鷺何猜興不孤。　　歌婉轉，醉模
　　糊。高燒銀燭臥流蘇。只銷幾覺憒騰睡，身外
　　功名任有無。（錄自《四印齋所刻詞》本）

（二）調見《花草粹編》卷十〔五代〕馮延巳詞。

　　日融融，草芊芊。黃鶯求友啼林前。柳條嫋嫋
　　拖金線。花蕊茸茸簇錦氈。　　鳩逐婦，燕穿
　　簾。狂蜂浪蝶相翻翻。春光堪賞還堪玩。惱煞
　　東風誤少年。（錄自文淵閣《四庫全書》本）

（三）調見《花草粹編》卷十〔宋〕葉李詞。

　　余歸路。君來路。天理昭昭胡不悟。公田關會
　　竟何如，仔細思量真自誤。　　雷州戶，崖州
　　戶。人生會有相逢處。客中頗恨乏蒸羊，聊贈
　　一篇長短句。（錄自文淵閣《四庫全書》本）

按：參閱【君來路】調。

《欽定詞譜》卷十【金錯刀】調注：「漢張衡
詩：『美人贈我金錯刀。』調名本此。」

按：金錯刀，古錢幣名。漢王莽鑄造，以黃金錯
鏤其文。張衡〈四愁詩〉：「美人贈我金錯刀，
何以報之英瓊瑤。」調名由此。

## 金環子

調見〔明〕王道通《簡平子詩餘》。

　　唧唧啾啾。話到燈花瘦。猛省十年前事、在青
　　樓。君知否。　　臉上眉頭。老盡相思皺。爭
　　似一腔心事、付東流。從今後。（錄自惜陰堂《明
　　詞彙刊》本）

## 金縷曲

（一）調見《詞林紀事》卷一〔唐〕杜秋娘詞。

> 勸君莫惜金縷衣。勸君莫惜少年時。有花堪折君須折，莫待無花空折枝。（錄自古典文學出版社排印本）

《詞林紀事》引《客座贅語》曰：「唐有杜秋娘歌行，相傳是金陵女子，為浙西觀察李錡妾。錡有陰謀，秋娘時解勉之，嘗為錡製小曲。後錡敗，籍入宮。此蓋以詞隱諫者，《唐詞選》為【金縷曲】。今尚存金縷巷名，則不獨桃葉、桃根專美於秦淮也。」

（二）即【賀新郎】。〔宋〕張榘詞名【金縷曲】，見《芸窗詞》。

> 粉社新相識。恍瞻君、豐神氣貌，飄然仙白。筆底三江鯨浪注，胸次一甌冰雪。怎不做、龍門上客。坎止流行元無定，敢一朝、挨卻塵泥跡。且剩把，綿雲織。　試看自古賢侯伯。一時間、失雖暫失，得還終得。儋石空無君家事，百萬付之一擲。漸養就、摶風鵬翼。任你祖鞭先著了，占鷗天、浩蕩觀浮沒。掣富貴，等幾劇。（錄自汲古閣《宋六十名家詞》本）

## 金縷衣

即【賀新郎】。〔宋〕無名氏詞名【金縷衣】，見《翰墨大全·丁集》卷六。

> 帝遣司花女。炯瓊琚、瑤佩新來，滿空飛舞。飛到水晶宮闕處，還被六丁留住。喚月姊、天孫說與。道是雲溪新洞府，槃玉虹、擁出神仙宇。齊星漢，切雲霧。　朝來細把虹梁舉。命日叱、催上金鴉，高高騰鶩。雲母捲簾三萬數，不礙風斤月斧。真箇是、去天尺五。恰則紫皇香案近，那礴花、院柳宜年少。雙鬢綠，朝天去。（錄自《全宋詞》本）

## 金縷詞

即【賀新郎】。〔宋〕無名氏詞名【金縷詞】，見《截江網》卷五。

> 瑞氣重闉宇，小春餘、璿霜避暖，斂威青女。一點陽和鍾英氣，崧嶽今朝誕甫。正雨英、尚留萲舞。應想寧川稱壽處，聽金籠、放鴿兒童語。願千歲，祝慈父。　君家自有安民譜。袖良規、時寬繆策，夜閒桴鼓。真賴汀南為保障，無復鮟鱷嘯聚。果峻秩、陞朝褒敘。治最

行將書第一，去思碑、擬頌歌明府。飛韶趣，綴鴛鷺。（錄自《全宋詞》本）

## 金縷歌

即【賀新郎】。〔宋〕吳文英詞名【金縷歌】，見《中興以來絕妙詞選》卷十。

> 喬木生雲氣。訪中興、英雄陳跡，暗追前事。戰艦東風慳借便，夢斷神州故里。旋小築、吳宮閒地。華表月明歸夜鶴，歎當時、花竹今如此。枝上露，濺清淚。　遨頭小簇行春隊。步蒼苔、尋幽別塢，看梅開未。重唱梅邊新度曲，催發寒梢凍蕊。此心與、東君同意。後不如今今非昔，兩無言、相對滄浪水。懷此恨，寄殘醉。（錄自涉園影宋本）

## 金雞叫

調見〔金〕王喆《重陽全真集》卷五。

> 社結金蓮都不曉。金盤獻、七珠明瞭。金陵河裏知多少。要現金光，須得金匙攪。　牽過般密妙。金風內、好香籠罩。金枝玉葉同成俏。喚出金翁，便做金雞叫。（錄自涵芬樓影明《道藏》本）

按：王喆詞有「喚出金翁，便做金雞叫」句，故名【金雞叫】。

## 金瓏璁

調見〔明〕楊儀《南宮詩餘》。

> 海棠才半吐，別樣精神。銀燭爛，月華新。長安紅日外，爭忍獨對芳樽。花底恨，意中人。　邯鄲初夢破，驚喜難真。兩般味，一花身。土橋春色裏，寶驕蹴香塵。炊未熟，跡俱陳。（錄自惜陰堂《明詞彙刊》本）

## 征部樂

調見〔宋〕柳永《樂章集》卷中。

> 雅歡幽會，良辰可惜虛拋擲。每追念、狂蹤舊跡。長祗恁、愁悶朝夕。憑誰去，花衢覓。細說此中端的。道向我、轉覺厭厭，役夢勞魂苦相憶。　須知最有，風前月下，心事始終難得。但願我、蟲蟲心下，把人看待，長似初相識。況漸逢春色。便是有、舉場消息。待這回、好好憐伊，更不輕離拆。（錄自《彊村叢書》本）

《樂章集》注：雙調。

## 念奴嬌

又名：千秋歲、大江西上曲、大江西去曲、大江東、大江東去、大江乘、大江詞、太平歡、古梅曲、平調念奴嬌、白雪、白雪詞、百字令、百字歌、百字謠、百歲令、百歲篇、杏花天、赤壁詞、赤壁謠、長歌、乳燕飛、洞中仙、鬲指、淮甸春、湘月、湘中月、無俗念、畫中天、壽南枝、壺中天、壺中天慢、醉江月、醉月、醉江月、醉湘月、慶長春、蕭條庭院、賽天香、雙翠羽、續斷令。

（一）調見〔宋〕葉夢得《石林詞》。

故山漸近，念淵明歸意，翛然誰論。歸去來兮秋已老，松菊三徑猶存。稚子歡迎，飄飄風袂，依約舊衡門。琴書蕭散，更欣有酒盈樽。　惆悵萍梗無根。天涯行已遍，空負田園。去矣何知窗戶小，容膝聊倚南軒。倦鳥知還，晚雲遙映，山氣欲黃昏。此還真意，故應欲辨忘言。（錄自汲古閣《宋六十名家詞》本）

（二）調見〔宋〕曹勳《松隱樂府・補遺》。

半陰未雨，洞房深、門掩清潤芳晨。古鼎金爐，煙細細、飛起一縷輕雲。羅綺嬌春。爭攏翠袖，笑語蔥蘭芬。歌筵初罷，最宜斗帳黃昏。　樓上念遠佳人。心隨沉水，學蘭她俱焚。事與人非，爭似此、些子香氣常存。記得臨分。羅巾餘贈，盡日把濃薰。一回開看，一回腸斷重聞。（錄自《彊村叢書》本）

（三）調見《全芳備祖・前集卷十・花部・杏花》〔宋〕沈唐詞。

杏花過雨，漸殘紅零落，胭脂顏色。流水飄香人漸遠，難託春心脈脈。恨別王孫，牆陰目斷，手把青梅摘。金鞍何處，綠楊依舊南陌。　消散雲雨須臾，多情因甚，有輕離輕折。燕語千般爭解說，些子伊家消息。厚約深盟，除非重見，見了方端的。而今無奈，寸腸千恨堆積。（錄自文淵閣《四庫全書》本）

（四）調見〔宋〕蘇軾《東坡詞》

大江東去，浪淘盡、千古風流人物。故壘西邊，人道是、三國周郎赤壁。亂石穿空，驚濤拍岸，捲起千堆雪。江山如畫，一時多少豪傑。　遙想公瑾當年，小喬初嫁了，雄姿英發。羽扇綸巾，談笑間、檣艫灰飛煙滅。故國神遊，多情應笑我，早生華髮。人間如寄，一樽還酹江月。（錄自汲古閣《宋六十名家詞》本）

《欽定詞譜》卷二十八【念奴嬌】調注：「《容齋隨筆》載此詞云：『大江東去，浪聲沉、千古風流人物。故壘西邊，人道是、三國孫吳赤壁。亂石崩雲，驚濤掠岸，捲起千堆雪。江山如畫，一時多少豪傑。遙想公瑾當年，小喬初嫁，了雄姿英發。羽扇綸巾，談笑處、檣艫灰飛煙滅。故國神遊，多情應是，笑我生華髮。人間如夢，一樽還酹江月。』《詞綜》云：『他本「浪聲沉」作「浪淘盡」，與調未協；「孫吳」作「周郎」，犯下「公瑾」；「崩雲」作「穿空」，「掠岸」作「拍岸」，又「多情應是，笑我生華髮」作「多情應笑我，早生華髮」，益非；而「小喬初嫁」，宜絕句，以「了」字屬下句乃合。』按：容齋，洪邁，南渡詞家，去蘇軾不遠，又本黃魯直手書，必非偽託。《詞綜》所論，最為諦當。」

《片玉集・抄補》注：大石調。《于湖先生長短句》注：大石調。

《碧雞漫志》卷五云：「元微之【連昌宮詞】云（詞略）。自注云：『念奴，天寶中名倡，善歌。每歲樓下酺宴，萬眾喧溢。嚴安之、韋黃裳輩辟易不能禁，眾樂為之罷奏。明皇遣高力士大呼樓上曰：「欲遣念奴唱歌，使二十五郎吹小管，看人能聽否？」皆悄然奉詔。然明皇不欲奪狎遊之盛，未嘗置在宮禁。歲幸溫湯，時巡東洛，有司潛遣從行而已。』《開元天寶遺事》云：『念奴有色善歌，宮伎中第一。帝嘗曰：「此女眼色媚人。」又云：「念奴每執板當席，聲出朝霞之上。」』今大石調【念奴嬌】，世以為天寶間所製曲，予固疑之。然唐中葉漸有今體慢曲子，而近世有填【連昌宮詞】入此曲者。後復轉此曲入道調宮，又轉入高宮大石調。」

（五）調見〔明〕胡維霖《壁山吟》卷三。

斜風細雨，吹到東來第一山，嫣嫣梅紅杯浮綠。鵲銜殘雪，手把蟹螯，老君殿上，聽唱東坡幾曲。屧聲促促。宮漏長送歸院去，金蓮燭。尋紅梅不見，何處雲雨，巫山六六。　經年藏色收香，而今疏影橫斜，恰似幽人在空谷。玄都觀裏桃，要與劉郎，爭妍不足。孤山湖水清淺，可憐和靖相知篤。怎敢為雨復為雲，對影同聲，雪敲松竹。（錄自《四庫禁毀書叢刊》本）

## 念良遊

即【滿江紅】。〔宋〕賀鑄詞名【念良遊】，見《東山詞》卷上。

> 山繚平湖，寒飆揚、六英紛泊。清鏡曉、倚岩琪樹，撓雲珠閣。窈窕繪窗裹翠幕，樽前皓齒歌梅落。信醉鄉、絕境待名流，供行樂。
>
> 時易失，今猶昨。歡莫再，情何薄。扁舟幸不繫，會尋佳約。相見徘徊華表下，個身似是遼東鶴。訪舊遊、人與物俱非，空城郭。（錄自涉園影宋本）

## 念家山

唐教坊曲名。

原調已佚，見《教坊記》。

《填詞名解》卷四：「調已失傳，解見【念家山破】。」

《野說》：「亡國之音，信然不止【玉樹後庭花】也。南唐後主精於音律，凡度曲莫非奇絕。開寶中，國將除，自撰【念家山】一曲，既而廣為【念家山破】，其讖可知也。宮中、民間日夜奏之，未及兩月，傳滿江南。蓋李氏將亡，雖聰明睿智，不能無感其怨，於今音尚在焉。」

## 念家山破

調見《詞壇紀事》卷上引《堯山堂外紀》〔五代〕李煜詞。

> 櫻桃落盡春歸去，蝶翻輕粉雙飛。子規啼月小樓西。曲欄珠箔，惆悵捲金泥。門巷寂寥人散後，望殘煙草低迷。（錄自《學海類編》本）

《填詞名解》卷四：「【念山家破】今失其調，南唐後主李煜所作，蓋舊曲【念家山】，後主親演為破。昭惠后亦作【邀醉舞】、【恨來遲】二破，既久而忘之。後後主悼昭惠，詢問舊曲，左右無復曉者。有宮人流珠，獨能記憶，故三曲復傳。」

《唐音癸籤》卷十三：「南唐後主翻舊曲為【念家山破】，其音焦殺，名尤不祥，識者以為亡徵。」

《歷代詩餘》卷一百十三引陳暘《樂書》：「南唐後主樂曲有【念家山破】，至宋祖開寶八年，悉收其地乃入朝，是【念家山破】之應也。」

《詞壇紀事》卷上引《堯山堂外紀》：「樂曲有【念家山】，後主親演其聲為【念家山破】，識

者知其不祥。在圍城中作長短句，未就而城破。其詞曰（詞略）。有人嘗見其殘稿，點染晦昧，心為危窘而不在書也。」

《耆舊續聞》卷三：「蔡絛作《西清詩話》，載江南李後主【臨江仙】，云：『圍城中書，其尾不全。』以余考之，殆不然。余家藏李後主《七佛戒經》又雜書二本，皆作梵葉；中有【臨江仙】，塗注數字，未嘗不全；其後則書太白詞數章，是平日學書也。本江南中書舍人王克正家物，後歸陳魏之孫世功君懋。余，陳氏婿也。其詞云：『櫻桃落盡春歸去，蝶翻輕粉雙飛。子規啼月小樓西。玉鉤羅幕，惆悵暮煙垂。別巷寂寥人散後，望殘煙草低迷。爐香閒嫋鳳凰兒。空持羅帶，回首恨依依。』後有蘇子由題云：『淒涼怨慕，真亡國之音也。』」

按：此詞《詞壇紀事》卷上引《堯山堂外紀》調名為【念家山破】。而後有康與之補末三句，調作【瑞鶴仙令】，見《陽春白雪》卷三；劉延仲補末三句為【臨江仙】，見《墨莊漫錄》卷七。未知孰是？

## 念彩雲

即【夜遊宮】。〔宋〕賀鑄詞有「可憐許、彩雲飄泊」句，故名；見《賀方回詞》卷二。

> 流水蒼山帶郭。尋塵跡、宛然如昨。猶記黃花攜手約。誤重來、小庭花，空自落。　　不怨蘭情薄。可憐許、彩雲飄泊。紫燕西飛書漫託。碧城中、幾青樓，垂盡幕。（錄自《彊村叢書》本）

## 念離群

即【沁園春】。宋賀鑄詞有「離群。客宦漳濱」句，故名；見《東山詞》卷上。

> 宮燭分煙，禁池開鑰，鳳城暮春。向落花香裏，澄波影外，笙歌遲日，羅綺芳塵。載酒追遊，聯鑣歸晚，燈火平康尋夢雲。逢迎處，最多才自負，巧笑相親。　　離群。客宦漳濱。但驚見、來鴻歸燕頻。念日邊消耗，天涯悵望，樓台清曉，簾幕黃昏。無限悲涼，不勝憔悴，斷盡危腸銷盡魂。方年少，恨浮名誤我，樂事輸人。（錄自涉園影宋本）

八畫

## 近東鄰

〔清〕魏際端自製曲，見《魏伯子文集》。

深院粉牆高，小徑苔痕綠。酴醾裙子牡丹袍，繫不牢，行步蹤。　佳期折大刀，密約憑雙足。東風臨水笑夭桃，語叨叨，人似玉。（錄自清刻本）

## 返魂香

〔清〕朱和羲自度曲，見《新聲譜》。

綻新枝，憐故土。幾度啼煙泣露。忍把恩情輕自負。春易去。一番魔劫和愁訴。　鬢添絲，顏恁駐。能似玉簫來否。剩得酸心梅子樹。能解語。為吾傳出相思苦。（錄自《懷甌雜俎》本）

詞序：「家山失陷，四載不歸。有家人自山中來言，庭中老梅被賊斫死，旁復生枝，今已著花，不禁憮然。憶梅可返魂，而香姬不可返矣。案頭適有素紙，約略塗形，並自度小詞以誌慨，即名之曰【返魂香】云。」

## 受恩深

又名：愛恩深。

調見〔宋〕柳永《樂章集》卷上。

雅致裝庭宇。黃花開淡濘。細香明豔盡天與。助秀色堪餐，向曉自有真珠露。剛被金錢妒。擬買斷秋天，容易獨步。　粉蝶無情蜂已去。要上金樽，唯有詩人曾許。待宴賞重陽，恁時盡把茲心吐。陶令輕回顧。免憔悴東籬。冷煙寒雨。（錄自《彊村叢書》本）

《樂章集》注：大石調。

## 乳鴉啼曉

調見〔清〕朱青長《朱青長詞集》卷十六。

夕陽山，紅葉渡，殘草綠如蔓。萬柳千樹，曲水西流轉。小窗長屋迴廊，讀書聲裏，親認得、蓬萊真面。　遠還見，峰勢突，屈屈盤奇巇。二十三點，收入詩眸，靈秀崢嶸險。甚時待我東歸，茅齋小築，一了稼軒心願。（錄自朱青長手稿本）

## 乳燕飛

（一）即【賀新郎】。〔宋〕黃機詞名【乳燕飛】，見《竹齋詩餘》。

擊碎珊瑚樹，為留春、怕春欲去，駛如風雨。春不留兮君休問，付與流鶯自語。但莫賦、綠波南浦。世上功名花梢露。政何如、一笑翻金縷。繫白日，莫教暮。　蒼頭引馬城西路。趁池亭、荻芽尚短，梅心未苦。小雨欲晴晴不定，漠漠雲飛輕絮。算行樂、春來幾度。鞭影不搖鞍小據。過橫塘、試把前山數。雙白鷺，忽飛去。（錄自汲古閣《宋六十名家詞》本）

（二）即【念奴嬌】。〔宋〕劉克莊詞名【乳燕飛】，見《截江網》卷五。

風流八十，是人間妝點，孩兒眉額。再著三星添上面，又是一般奇特。且置零頭，舉將成數，算起君須識。從今十倍，恰當彭祖八百。　更把百倍添來，莊椿身世，又十頭添撇。況邁非熊年紀在，管取方來勳業。子既生孫，孫還又子，堆幾床牙笏。瑤池會宴，飽看幾度桃實。（錄自《全宋詞》本）

## 迎仙客

唐教坊大曲名。

（一）調見〔宋〕史浩《鄮峰真隱大曲》卷一。

瑞雲繞。四窗好。何須隔水尋蓬島。日常曉。春不老。玉蕊樓台，果然無塵到。　沒智巧。沒華妙。個中只喜風波少。清樽倒。朱顏笑。回首行人，猶在長安道。（錄自《彊村叢書》本）

《江南餘載》卷下：「開寶中，張昭通判建州，奉敕至武夷山。清秋雨歇，聞雲中仙樂自辰及酉不絕，大抵多竹聲。昭故曉音律，審其曲，有人間【迎仙客】云。」

宋代組詞。

（二）調見《新編群書類要事林廣記・壬集》卷二〔宋〕無名氏詞

小登科，好時節。合座欣欣皆喜色。醉又歌，手須拍。且聽大家，齊唱迎仙客。　麝蘭香，綺羅側。燭影搖紅月華白。引新郎，離綺席。步入桃源，尋訪神仙宅。（入席）

人世間，歡娛地。玳筵珠麖三千履。語聲喧，簫韻止。拍手高歌，齊唱囉囉哩。　少年郎，逡巡起。酒紅微襯眉閒喜。逞容儀，縱佳麗。兩行絳燭，引入蓬壺裏。（出席）

繡簾垂，同心結。祥煙靄靄迷仙闕。送芳音，憑巧舌。一簇笙歌，賓客都排闥。　請開門，莫宅說。劉郎進步歡悅。腳兒輕，心兒熱。綺羅叢裏，盡放些乖劣。（開門）

門已開，怎奈向。彩霧祥雲遮絳帳。也須知，莫惆悵。但借清風，千里來開放。　仙郎來，是誰壯。得見姮娥欲偎傍。惱情懷，莫相放。眼去眉來，做盡些模樣。（開關）

頸交鴛，儀舞鳳。芙蓉繡遍紅羅幌。鬢雲低，花霧重。仔細看來，便是桃源洞。　好郎君，真出眾。蝴蝶戀花心動。未身低，先目送。看看歡合，不數襄王夢。（開帳）

夜將深，催玉漏。新郎帳外專祗候。情雙蛾，扶窈窕。款下牙床，步步金蓮小。　鞋兒弓，裙兒釣。這個新人誠要峭。玉能行，花解笑。便是真妃，乍出蓬萊島。（下床）（錄自《和刻本類書集成》本）

（三）調見《鳴鶴餘音》卷七〔元〕無名氏詞。

水深清，水色好。天下是非全不到。竹窗幽，茅屋小。個中樂，莫向人間道。（錄自清黃丕烈補明鈔本）

## 迎春樂

又名：迎春樂令、辟寒金、舞迎春、辨弦聲、攀鞍態。

（一）調見〔宋〕晏殊《珠玉詞》。

長安紫陌春歸早。轡垂楊、染芳草。被啼鶯語燕催清曉。正好夢、頻驚覺。　當此際、青樓臨大道。幽會處、兩情多少。莫惜明珠百琲，占取長年少。（錄自汲古閣《宋六十名家詞》本）

（二）調見〔宋〕柳永《樂章集》卷中。

近來憔悴人驚怪。為別後、相思然。我前生，負你愁煩債。便苦恁、難開解。　良夜永、牽情無計奈。錦被裏、餘香猶在。怎得依前燈下，恣意憐嬌態。（錄自《彊村叢書》本）

《樂章集》注：林鐘商。《張子野詞》注：小石調。《片玉詞》注：雙調。《半軒詞》注：夾鐘商。

（三）調見〔宋〕楊無咎《逃禪詞》。

新來特特更門地。都收拾、山和水。看明年、事事如意。迎福祿、俱來至。　莫管明朝添一歲。盡同向、樽前沉醉。且唱迎春樂，祝母千秋歲。（錄自汲古閣《宋六十名家詞》本）

（四）調見《碧雞漫志》卷二〔金〕宇文虛詞。

寶幡彩勝堆金縷，雙燕釵頭舞。人間要識春來處，天際雁，江邊樹。　故國鶯花又誰主，念憔悴幾年羈旅。把酒祝東風，吹取人歸去。（錄自上海古籍出版社排印本）

《碧雞漫志》卷二：「宇文叔通久留金國不得歸，立春日作【迎春樂】曲。」

## 迎春樂令

即【迎春樂】。〔宋〕無名氏詞名【迎春樂令】，見《高麗史・卷七十一・樂二》。

神州麗景春先到。看看是、韶光早。園林深處東風過，紅杏裏，鶯聲好。　漠漠青煙遠遠道。觸目是、綠楊芳草。莫惜醉重遊，逡巡又、年華老。（錄自日本明治四十一年縮印本）

## 迎新春

調見〔宋〕柳永《樂章集》卷上。

嶰管變青律，帝里陽和新布。晴景回輕煦。慶嘉節、當三五。列華燈、千門萬戶。遍九陌、羅綺香風微度。十里燃絳樹。鰲山聳、喧天簫鼓。　漸天如水，素月當午。香徑裏、絕纓擲果無數。更闌燭影花陰下，少年人、往往奇遇。太平時、朝野多歡民康阜。隨分良聚。堪對此景，爭忍獨醒歸去。（錄自《彊村叢書》本）

《樂章集》注：大石調。《宋史・樂志》屬雙角調。

## 夜半樂

唐教坊曲名。

（一）調見〔宋〕柳永《樂章集》卷中。

凍雲黯淡天氣，扁舟一葉，乘興離江渚。渡萬壑千巖，越溪深處。怒濤漸息。樵風乍起。更聞商旅相呼，片帆高舉。泛畫鷁、翩翩過南浦。　望中酒斾閃閃，一簇煙村，數行霜樹。殘日下、漁人鳴榔歸去。敗荷零落，衰楊掩映，岸邊兩兩三三，浣紗遊女。避行客、含羞笑相語。　到此因念，繡閣輕拋，浪萍難駐。歎後約、丁寧竟何據。慘離懷，空恨歲晚歸期阻。凝淚眼、杳杳神京路。斷鴻聲遠長天暮。（錄自《彊村叢書》本）

（二）調見〔宋〕柳永《樂章集・續添曲子》。

豔陽天氣，煙細風暖，芳郊澄朗閑凝佇。漸妝點亭台，參差佳樹。舞腰困力，垂楊綠映，淺桃穠李夭夭，嫩紅無數。度綺燕、流鶯鬥雙語。　翠娥南陌簇簇，躡影紅陰，緩移嬌步。搧粉面、韶容花光相妒。絳綃袖舉。雲鬟風顫，半遮檀口含羞，背人偷顧。競鬥草、金釵笑爭賭。　對此嘉景，頓覺消凝，惹成愁

緒。念解佩、輕盈在何處。忍良時、孤負少年
等閒度。空望極、回道斜陽暮。歎浪萍風梗知
何去。（錄自《彊村叢書》本）

《樂章集》注：中呂調。

《碧雞漫志》：「【夜半樂】，《唐史》云：
『明皇自潞州還京師，夜半舉兵誅韋皇后，製
【夜半樂】、【還京樂】二曲。』《樂府雜錄》
云：明皇自潞州入平內難，夜半斬長樂門關，領
兵入宮後，撰【夜半樂】曲。今黃鐘宮有【三
台】、【夜半樂】；中呂調有慢，有近拍，有
序。不知何者為正？」

## 八畫

### 夜合花

（一）調見〔宋〕晁補之《晁氏琴趣外篇》卷二。

百紫千紅，占春多少，共推絕世花王。西都萬
家俱好，不為姚黃。漫腸斷巫陽。對沉香、亭
北新妝。記清平調，詞成進了，一夢仙鄉。

天葩秀出無雙。倚朝暉、半如酣酒成狂。無
言自有，檀心一點偷芳。念往事情傷。又新
豔、曾說滁陽。縱歸來晚，君王殿後，別是風
光。（錄自雙照樓影宋本）

（二）調見〔宋〕曹勛《松隱樂府》卷一。

星拱堯眉，日臨雲幄，曉天初靜炎曦。香凝翠
辰，花籠禁殿風遲。彩山高與雲齊。奉明主、
玉斝交揮。慶天申旦，九州四海，同詠昌時。

今年參有雙歧。別有琅玕並節，深秀聯
枝。豐世瑞物，嘉祥效社熙熙。坐中莫惜沉
醉，仰三聖、玉德光輝。獻南山壽，嚴宸萬
載，永奉垂衣。（錄自《彊村叢書》本）

《夢窗詞集》注：黃鐘商。

《欽定詞譜》卷二十五【夜合花】調注：「按夜
合花，合歡樹也。唐韋應物詩：『夜合花開香滿
庭。』調名取此。」

### 夜如年

即【搗練子】。〔宋〕賀鑄詞有「破除今夜夜如
年」句，故名；見《東山詞》卷上。

斜月下，北風前。萬杵千砧搗欲穿。不為搗衣
勤不睡，破除今夜夜如年。（錄自涉園影宋本）

### 夜行船

又名：雨中花、明月孤舟、明月棹孤舟、夜懨
懨、憶黛眉。

（一）調見〔宋〕歐陽修《歐陽文忠公近體樂

府》卷三。

憶昔西都歡縱。自別後、有誰能共。伊川山水
洛川花，細尋思、舊遊如夢。　　今日相逢情
愈重。愁聞唱、畫樓鐘動。白髮天涯逢此景，
倒金樽、殢蝶相送。（錄自雙照樓影宋本）

（二）調見〔宋〕史達祖《梅溪詞》。

不剪春衫愁意態。過收燈、有些寒在。小雨空
簾，無人深巷，已早杏花先賣。　　白髮潘郎
寬沉帶。怕看山、憶它眉黛。草色拖裙，煙光
惹鬢，常記故園挑菜。（錄自《四印齋所刻詞》本）

### 夜來花

即【玲瓏四犯】。〔清〕王闓運詞名【夜來
花】，見《湘綺樓詞》。

瘦蕊濃花，更不管人愁，香滿涼夜。欲睡還
休，長記玉窗燈下。冰簟夢醒惺惺，誤茉莉、
暗兜羅帕。想帶煙、羃露無語，開遍鬧庭閒
榭。　　一年容易秋還夏。望銀河、月斜星
亞。玉真自許禁離別，妝晚饒嬌姹。聽到絡緯
一聲，重繞向翠藤雙架。即許西風裏，羅裙拽
處，散香和麝。（錄自《清名家詞》本）

### 夜飛鵲

又名：夜飛鵲慢。

調見〔宋〕周邦彥《片玉詞》卷上。

河橋送人處，良夜何其。斜月遠墮餘輝。銅盤
燭淚已流盡，霏霏涼露霑衣。相將散離會，探
風前津鼓，樹杪參旗。華驄會意，縱揚鞭、亦
自行遲。　　迢遞路回清野，人語漸無聞，空
帶愁歸。何意重經前地，遺鈿不見，斜徑都
迷。兔葵燕麥，向殘陽、影與人齊。但徘徊班
草，欷歔酹酒，極望天西。（錄自汲古閣《宋六十
名家詞》本）

《片玉集》注：道宮。《夢窗詞集》注：黃鐘商。

### 夜飛鵲慢

即【夜飛鵲】。〔宋〕盧祖皋詞名【夜飛鵲
慢】，見《蒲江詞稿》。

驕嘶破清曉，分恨臨期。花下恁月明知。餘光
是處散離思，最憐香靄霏霏。牽衣搵彈淚，問淒
風愁露，剗地東西。留鞭換佩，怕匆匆、已是遲
遲。　　涼怯幾番羅袂，還燕別文梁，螢點書
幃。一自秋娘迢遞，黃金對酒，爭忍輕揮。新來
院落，雁難尋、簾幕長垂。怕凋梧敲徑，驚回舊

夢，應也顰眉。（錄自《彊村叢書》本）

## 夜郎神

調見〔清〕徐旭旦《世經堂詞》。

喜君才，十倍彩筆縱橫，攫盡山中飛兔。每得句偏貽我，新穎還同謝朓，出水芙蓉初吐。正平蠻草檄先成，卻題柱、金華更可高千古。看十丈、如椽飛舞。　幸有君家大令，諸兒司成，持贈錦毫硯歊。一闋長調分賡，深愧雷門布鼓。羨即墨特拜中書，又豈唯、文章第五花樣嫵。共快取、紅雲萬朵。（錄自清刻本）

## 夜度娘

調見《全宋詞》〔宋〕寇準詞。

煙波渺渺一千里，白蘋香散東風起。日暮汀洲一望時，柔情不斷如春水。（錄中華書局排印本）

按：歷代無【夜度娘】調名，據《古今詞統》卷一錄【阿那曲】詞，寇準詞前劉才邵【阿那曲】詞題名「夜度娘」，《全宋詞》將詞題作調名，誤。今存其調名，以備查閱。考此係仄韻七絕詩，見《忠湣公詩集》卷上。題為：「追思柳惲汀洲之詠，尚有餘妍回書一絕。」

## 夜窗秋

調見〔清〕王翃《槐堂詞存》。

秋風夜半西來，先集響他鄉耳。獨處不堪聽，又恰似在，幾楞疏紙。　淒然燈火閒房，蛩聲語涼方始。夢外落雞聲，更誰念有，離人居此。（錄自清刻本）

## 夜遊玉女

〔明〕潘炳孚新翻曲，見《珠塵詞》。

斜倚欄干遙望。想香澤、輕衫初傍。人在玉堂隔漢廣。桃花濕煙，飛度曲廊重帳。一雙愁碧，半絲情向。　背地多想訪。怕有個、人兒相枉。心事如今莫調謊。春柔暗牽，燈火細穿書幌。月明時節，語聲低放。（錄自惜陰堂《明詞彙刻》本）

按：此調前三句【夜遊宮】，後四句【傳言玉女】；後段同。

## 夜遊宮

又名：念彩雲、夜蓮宮、新念別、蕊珠宮。
調見〔宋〕毛滂《東堂詞》。

長記勞君送遠。柳煙重、桃花波暖。花外溪城望不見。古槐邊，故人稀，秋鬢晚。　我有凌霄伴。在何處、山寒雲亂。何不隨君弄清淺。見伊時，話陽春，山數點。（錄自汲古閣《宋六十名家詞》本）

《填詞名解》卷一：「【夜遊宮】，古詩：『晝短苦夜長，何不秉燭遊。』《拾遺記》：『漢成帝於太液池旁起宵遊宮。又隋煬帝好月夜從宮女數千騎遊西苑，作【清夜遊】曲，於馬上奏之。』詞名蓋取諸此。」

## 夜擣衣

即【擣練子】。〔宋〕賀鑄詞有「淨拂床砧夜擣衣」句，故名；見《東山詞》卷上。

收錦字，下鴛機。淨拂床砧夜擣衣。馬上少年今健否，過瓜時見雁南歸。（錄自涉園影宋本）

## 夜蓮宮

即【夜遊宮】。〔宋〕張孝祥詞名【夜蓮宮】，見《于湖先生長短句·拾遺》。

聽話危亭句景。芳郊迥、草長川永。不待崇岡與峻嶺。倚欄杆，望無窮，心已領。　萬事浮雲影。最曠閒、鷺閒鷗靜。好是炎天煙雨醒。柳陰濃，芰荷香，風日冷。（錄自涉園影宋本）

《于湖先生長短句·拾遺》注：般涉調。

按：此調目錄作【夜遊宮】，存名以備查考。

## 夜懨懨

即【夜行船】。〔宋〕張先詞名【夜懨懨】，見《張子野詞》卷一。

昨夜小筵歡縱。燭房深、舞鸞歌鳳。酒迷花困共懨懨，倚朱弦、未成歸弄。　峽雨忽收尋斷夢。依前是、畫樓鐘動。爭拂雕鞍匆匆去，萬千恨，不能相送。（錄自《彊村叢書》本）

《張子野詞》注：小石調。

## 放心閒

調見〔金〕王吉昌《會真集》卷三。

地水火風。裝成四大，到頭衰老成空。死生蟬蛻，憑據妙用修崇。合天地、推移真造，陰陽運、匹配雌雄。神胎剖判，氤氳聖體，輕健還童。　養就如如，玄皇消息，匠至虛、法像靈通。密藏浩氣，廓變化、體無窮。恣烜赫、元初模樣，跨鸞鶴、笑傲天宮。縱橫自在，

顯超凡入聖，千古清風。（錄自涵芬樓影明《道藏》本）

按：此調與【夜合花】調頗相似，但略有差異。是否王吉昌用【夜合花】調改名，待考。

## 於中好

（一）即【端正好】。〔宋〕楊無咎詞名【於中好】，見《逃禪詞》。

> 牆頭豔杏花初試。繞珍叢、細接紅蕊。欲知占盡春明媚。請無意、看桃李。　　持杯準擬花前醉。早一葉、兩葉飛墜。晚來旋旋深無地。更聽得、東風起。（錄自汲古閣《宋六十名家詞》本）

（二）即【鷓鴣天】。《詞律》卷八【鷓鴣天】目次條注：「又名【於中好】。」《填詞名解》卷一：「【鷓鴣天】，一名【於中好】。」

（三）即【杏花天】。《填詞名解》卷一：「【杏花天】，取李白詩，一名【於中好】。」

## 妾十九

即【章台柳】。〔清〕蒲松齡詞有「妾十九。妾十九」句，故名；見《聊齋詞》卷下。

> 妾十九。妾十九。郎二九時妾始有。月老當年早記名，赤繩繫定駕鴦偶。（錄自清鈔本）

## 怕春歸

即【謝池春】。〔金〕蔡松年詞名【怕春歸】，見《蕭閒老人明秀集注》卷二。

> 老去心情，樂在故園生處。客愁如隋堤亂絮。秋嵐照水度黃衣，微雨。記篷窗、舊年吳楚。　　飄蕭鬢綠，日日西風吹去。夢頻頻、蕭閒風土。橙黃蟹紫醉琴書，容與。向他年、尚堪接武。（錄自《四印齋所刻詞》本）

## 並蒂芙蓉

調見〔宋〕晁端禮《閒齋琴趣外篇》卷六。

> 太液波澄，向鑑中照影，芙蓉同蒂。千柄綠荷深，並丹臉爭媚。天心春臨聖日，殿宇分明敞嘉瑞。弄香喚蕊。願君王、壽與南山齊比。　　池邊屢回翠輦，擁群仙醉賞，憑欄凝思。萼綠攬飛瓊，共波上遊戲。西風又看露下，更結雙雙新蓮子。鬥妝競美。問駕鴦、向誰留意。（錄自照樓影宋本）

《能改齋漫錄》卷十六：「政和癸巳，大晟樂成，嘉瑞既至。蔡元長以晁端禮次膺薦於徽宗，詔乘驛赴闕。次膺至都，會禁中嘉蓮生，分苞合蚥，夐出天造，人意有不能形容者。次膺效樂府體，屬詞以進，名【並蒂芙蓉】。上覽之稱善，除大晟府協律郎，不克受而卒。其詞云（詞略）。」

## 並頭蓮

調見〔清〕蔣進《蔣退庵遺稿‧附詞》。

> 西子湖頭，憶戲探君懷，紅箋錦字。香閨遠寄，上道是、無那暮秋天氣。有夢只純江干，奈連天煙水。沙岸際。但見征鴻，早從玉關來矣。　　何日也見郎歸，欺人而不似，鳥能知止。怨耶弗怒，真句句、才與情深堪味。昨者又有新詩，訴多時無寐。便夢裏，難得相尋，迢迢燕市。（錄自清康熙刻本）

## 法曲

宋大曲名

調見〔宋〕曹勳《松隱樂府》卷一。

散序

> 飛金走玉常奔馳。日上還西。自古待著長繩繫。算塵心、謾勞役堪悲。盤古到此際。桑田變海，海復成陸高低。噫嘻。下土是凡質容儀。壽考能消，幾日支持。念一世。真若朝榮暮落難期。幸有志、日傳得神仙希夷。希夷。堪為千古人師。

歌頭

> 柱史乘車，青牛駕軛，紫雲覆頂，函關令已前知。西升稍駐，尹喜虔恭誓。求老子。親談道德微旨。五千餘言，俱救末俗，度脫令咸歸生理。體元機。人間方解道術，兼明治身，與國階梯。更有黃庭，專分二境，內外皆舉璿題。羽客見者，傾誠懇誦合彞儀。萬神潛禮。密奉二經，炷香靜默，心無競，靡端倪。得失掃去，意海澄流要體。內景防忿失。外景忘疲。閬風蓬島豈能移。念誦靈辭。指群迷。

遍第一

> 麗景早春時。正花漏初遲。東君出震，太和應物，恍惚中立丹基。天風卦成隨象，記合成□□□□□□□必相契。三千六百火候，密運精微。蒸入肌膚，嫩紅潮頰，自然舊容生輝。情志。鄙凡塵，瑤圃滿眼，都看桃李。晴雲萬疊開異色。靈光湛湛增秀逸。與道合。真境丹房，隨時沐浴，亦向朝夕。

遍第二

向虛靖晨起。朝元意達，沖漠怡怡。三天澄映，九光霽碧，如有鶴舞鸞飛。泛空際。瑤室明輝。動與真期。至理常寂，戶庭無遠，欣欣端比。侍宴日在瑤池。師友多閒，抱琴沽酒度曲，笑採華芝。九節倚筇時。何須釣月眠石，尋覓占淵靜逸。樂修持。澹然靈府泳真諦。怡養丹光裏。春已收功，自育火棗交梨。

遍第三

珠星璧月，晝景夜色相催。正陽炎序火府，龍珠蘊照，冰海融漸。洞天春常好，日日琪花，瓊蕊芳菲。絳景無別，唯似琉璃。平地環繞清泚。火中生蓮，會成真物，更取海底龜兒。勝熱滌暑風，全形瑩若冰肌。常存道意。鑠石流金無畏。共協混元一氣。入沖極。覺自己。乾體還歸。

第四攧

南薰殿閣，捲窗戶新翠。池沼十頃淨，俯橋影橫霓。龜魚自樂，潺潺螭口，流水照碧，芰荷綠滿長堤。柳煙水色，一派漣漪。松竹蔭中，細風緩引涼吹。琴韻響，玉德鳳軫，聲轉瑤徽。疏襟曳履。或行或憑几。待飲徹、玉鼎雲英，怎更有炎曦。

入破第一

秋容應節，漸肅景入窗扉。碧洞連翠微。南律回岩桂。金精壯盛時。擁蟾輪、生素輝。啟口天為侶，是列仙行綴。心均太上，欲度世緣無廚。用定力堅持。奉真常，唯凝寂。忱誠貫斗極。賜長生，仍久視。洞達虛皇位。德壽高與天齊。

入破第二

清晝靜居香冷，風動萬年枝。涼應兌卦體。秋色鳴輕颸。冥心運正一、御鐵牛、耕寸地。都種金錢花，秀色照戊己。新霜萬物凋謝，我常無為。沖起浩然氣。抱沖和，人間世。登高共賞宴，泛東籬。菊盡醉。誰會。登高意表、迥出凡塵外。

入破第三

光鋪曉曦。雲影拂霜低。空闊飛鴻過，兩三行、向天際。晴景乍升，晃疏櫺，蜂翅迷。密障紅爐暖，香縷飄煙細。超然坐久，幽徑試尋寒梅。酥點竹間稀。正疏蓓吐南枝。微陽動細蕊。任斜日、沉澹暉。慘慘寒成。晚知皓雪欲垂垂。

入破第四

黃鐘正嚴凜，飛舞屑瓊瑰。清賞豐年瑞。雲液喜傳杯。陰爻會見復，動一陽、生浩氣。誰問添宮線，煉功在金液。晴簷試暖，表裏瑩如無疵。庭柳漏春信，更萱色、侵苔砌。優遊歲向晚，歎人間時序疾。還捧椒觴，羽衣禮無極。

第五煞

多景推移。便似風燈裏。將塵寰喻，塵裏白駒過隙。今世過卻，來生何處覓。失時節。生死到來嗟何及。勤而行之。競力待與、鐘呂相期。三千行滿，連環脫下已。駕青鸞素鶴朝太微。（錄自《彊村叢書》本）

## 法曲第二

即【法曲獻仙音】。〔宋〕柳永詞名【法曲第二】，見《樂章集》卷中。

青翼傳情，香徑偷期，自覺當初草草。未省同衾枕，便輕許相將，平生歡笑。怎生向、人間好事到頭少。漫悔懊。　細追思，恨從前容易，致得恩愛成煩惱。心下事、千種盡憑音耗。以此縈牽，等伊來、自家向道。泊相見、喜歡存問，又還忘了。（錄自《彊村叢書》本）

《樂章集》注：小石調。

《宋史・樂志》卷九十五：「法曲部其曲二：一曰道調宮【望瀛】，二曰小石調【獻仙音】。」

《樂書》云：「聖朝法曲樂器有琵琶、五弦箏、箜篌、笙笛、觱篥、方響、拍板，其曲所存，不過道調【望瀛】，小石調【獻仙音】而已，其餘皆不復見矣。」

## 法曲琵琶教念奴

〔清〕丁澎新譜犯曲，見《扶荔詞》卷三。

帝里繁華，勾欄酒市，銀燭清光如晝。雕鞍並掛流蘇，香車出紅袖。研光帽、鵝翎斜軃，五明障、鸞頭鋪繡。夜靜天街，御橋月映，笑語同攜手。洞簫何處，霓裳第一先奏。　休辜負。看星球、蘭膏明滅，宮漏永、一派笙歌時候。鬧隊子、永豐坊裏，多少是、梨園行首。拾翠歸來，釵橫鬢亂，暖玉鮫綃透。重挑紅地，太平只醉春酒。（錄自清康熙家刻本）

詞注：「長安元夜。新譜犯曲。上三句【法曲獻仙音】，中四句【琵琶仙】，下五句【念奴嬌】；後段上四句【法曲】，中二句【琵琶仙】，下同。」

## 法曲獻天音

調見〔元〕薩多剌詞，見《詞調輯遺》引《雁門集》。

　　鬢未銀，東風早掛冠。侑詞圖、鄉人稱瑞。度蓬瀛、仙祝靈丹。繞膝舞斕斒。　　天喉舌、尚書老白衣。向璿穹、嘗扶日出。捲珠箔、閒看雲飛。成全今古稀。（錄自貴州人民出版社排印本）

《詞調輯遺》原注：「見《雁門集》附詞。《賭棋山莊集》：『薩天錫壽大宗伯致仕于公，填【法曲獻仙（應作「天」字）音】平韻雙調，五十四字。考《律》、《譜》則此調只有九十一字、九十二字仄韻體。且一首之中，上用寒、刪，下變支、微，韻亦參差不叶，豈自度之腔，而《譜》、《律》失收乎？』按：此詞《歷代詩餘》以兩段分載兩首，單調二十七字，而名【法曲獻天音】，與【法曲獻仙音】，字、句及用韻均相去甚遠，或天錫借用調名自度，寓頌禱之意。原屬單調兩首，而非前後用韻參差也。」

## 法曲獻仙音

又名：法曲第二、法音獻仙曲、越女鏡心、獻仙音。

（一）調見〔宋〕柳永《樂章集》卷中。

　　追想秦樓心事，當年便約，于飛比翼。每恨臨歧處，正攜手、翻成雲雨離拆。念倚玉偎香，前事頓輕擲。慣憐惜。　　饒心性，鎮厭厭多病，柳腰花態嬌力。早是乍清減，別後忍教愁寂。記取盟言，少孜煎，剩好將息。遇佳景、臨風對月，事須時恁相憶。（錄自《彊村叢書》本）

《樂章集》注：小石調。《白石道人歌曲》注：大石調、黃鐘商。《夢窗詞集》注：黃鐘商。

（二）調見〔宋〕周邦彥《片玉集》卷四。

　　蟬咽涼柯，燕飛塵幕，漏閣鐵聲時度。倦脫綸巾，困便湘竹，桐蔭半侵朱戶。向抱影凝情處。時聞打窗雨。　　耿無語。歎文園、近來多病，情緒懶，樽酒易成間阻。縹緲玉京人，想依然、京兆眉嫵。翠幕深中，對徽容、空在紈素。待花前月下，見了不教歸去。（錄自雙照樓影宋本）

（三）調見〔宋〕李彭老《龜溪二隱詞》。

　　雲木槎枒，水葓搖落，瘦影半臨清淺。翠羽迷空，粉容羞曉，年華柱弦頻換。甚何遜、風流在，相逢共寒晚。　　總依黯。念當時、看花遊冶，曾錦纜移舟，寶箏隨輦。池苑鎖荒涼，嗟事逐、鴻飛天遠。香徑無人，甚蒼蘚、黃塵自滿。聽鴉啼春寂，暗雨蕭蕭吹怨。（錄自《彊村叢書》本）

《片玉集》注：大石調。

《宋史·樂志》卷九十五：「『法曲部其曲二：一曰道調宮【望瀛】，二曰小石調【獻仙音】。樂用琵琶、箜篌、五弦箏、笙、觱篥、方響、拍板。』」

《欽定詞譜》卷二十二引陳暘《樂書》：「法曲興於唐，其聲始出清商部，比正律差四律。有鐃鈸鐘磬之音，【獻仙音】其一也。」

《填詞名解》卷三：「【法曲獻仙音】，小石調曲也。宋春秋聖節三大宴，第十七奏鼓吹，或用法曲，或用龜茲法曲部。其曲有二：一曰道調宮【望瀛】，一曰小石調【獻仙音】。樂用琵琶、箜篌、五弦、方響等器。或云：『【獻仙音】即唐【霓裳】之遺聲。』先舒案：唐樂府自作兩曲，而《夢溪筆談》亦謂：『【霓裳】，道調。』【法曲獻仙音】乃小石調，恐緣俱隸法曲，遂誤以為遺聲耳。楊慎《詞品》云：『【法曲獻仙音】，唐有此曲，即【望江南】也。但【法曲】三疊，【望江南】兩疊。南宋紹興中，杭都酒肆有道人攜烏衣椎結女子，買斗酒獨飲，女子歌以侑之，凡九闋，非人世語。有道士聞之，驚曰：「此赤城韓夫人所製【水府蔡真君法駕導引】也。烏衣女子，蓋龍云。」』先舒案：其詞調與【憶江南】不異，特首三字則重唱一句，是要即【憶江南】歌法之變，好事者遂神之而異其名耳。至吳君特、周邦彥多有【法曲獻仙音】詞長調至九十二字，雖未知與大宴第十七所奏樂曲果同，要去【望江南】遠矣。況【獻仙音】本小石調，而【望江南】自唐歷宋俱屬南呂，後入大石。且【望江南】故不入法曲，寧得在唐時便同為一曲邪？蓋楊以龍女所唱，當是仙音；而宋樂有【導引】，乃法駕奏嚴之曲；又，龍女詞即【憶江南】；【憶江南】又【望江南】之單遍；遂誤五名為一耳。予總辨之：【憶江南】，單調之【望江南】也；【法駕導引】，疊句之【憶江南】也，與宋【導引】及唐宋法曲【獻仙音】了無相預也；至於赤城所製，與【憶江南】同調而異名，唐人【獻仙音】與宋人【獻仙音】則同名而異調，不得溷之也。楊又謂：『白樂天嘗改【法曲獻仙音】為【憶江南】。』」

尤無說。此調萌於六朝，定譜於李太尉，源流可核，寧始香山邪？」

（四）調見〔元〕薩都剌《雁門集》。

　　鬢未銀，東風早掛冠。侑詞圖鄉人稱瑞，度蓬瀛仙祝靈丹。繞膝舞斕斒。（錄自《全金元詞》本）

按：此詞與單調【望江南】相似，除平仄聲略有小異。《詞品》云：「【望江南】，即唐【法曲獻仙音】也。但【法曲】凡三疊，【望江南】止兩疊爾。白樂天改【法曲】為【憶江南】。」如據《詞品》之說，薩詞當有所據，或乃唐代之遺音。惜唐宋著述均無論及，楊慎之「唐之遺音也」無依據，待考。

## 法音獻仙曲

即【法曲獻仙音】。〔清〕傅世垚詞名【法音獻仙曲】，見《詞覯》卷五。

　　瑜瑾徒懷，砆砆增價，千古斯文無口。投閣揚雄，傷時賈傅，淚痕至今如舊。漫挾策、風塵裏，誰憐馬牛走。　　忙回首。向長安，道傍凝眺，恍惚處、似聽黃金夜吼。揮手謝東皇，問年華、還定來否。始悟勳名，總不似、樵子漁叟。且花前柳下，醉了再扶殘酒。（錄自清天尺樓鈔校本）

## 法駕導引

又名：法駕導引曲、導引曲。

調見〔宋〕陳與義《無住詞》。

　　朝元路，朝元路，同駕玉華君。千乘載花紅一色，人間遙指是祥雲。回望海光新。（錄自汲古閣《宋六十名家詞》本）

詞序：「世傳頃年都下市肆中，有道人攜烏衣椎髻女子，買斗酒獨飲。女子歌詞以侑，凡九闋，皆非人世語。或記之以問一道士，道士驚曰：『此赤城韓夫人所製【水府蔡真人法駕導引】也。烏衣女子，疑龍』云。得其三而忘其六，擬作三闋。」

《欽定詞譜》卷二：「此詞與【望江南】相近，但起句下多一疊句耳。」

## 法駕導引曲

即【法駕導引】。〔明〕夏言詞名【法駕導引曲】，見《桂洲集》卷六。

　　丹崖上，丹崖上，立壁倚青冥。赤霧濛濛迷翠壑，白雲杳杳漾滄溟。岩下走雷霆。（錄自惜陰堂《明詞彙刊》本）

## 河上鵲橋仙

調見《東白堂詞選初集》卷五〔清〕張星耀詞。

　　桂花，無恙。湖頭往事，不堪重想。小樓依舊月團圓，應不似、那時心賞。　　秋來多病，瘦得如何樣。強起牽羅帳。曉窗寂寂淚盈盈，饒倖殺、鏡兒不亮。（錄自清康熙十七年刻本）

按：此係新譜犯曲。前段前四句【河傳】，後二句【鵲橋仙】；後段前三句【河傳】，後二句【鵲橋仙】。唯後段前三句之第二句少一字異。

## 河傳

又名：十二峰、月照梨花、何傳、青門怨、河轉、秋光滿目、怨王孫、紅杏枝、唐河傳、慶同天。

（一）調見《花間集》卷二〔唐〕溫庭筠詞。

　　湖上。閒望。雨蕭蕭。煙浦花橋路遙。謝娘翠蛾愁不銷。終朝。夢魂迷晚潮。　　蕩子天涯歸棹遠。春已晚。鶯語空腸斷。若耶溪。溪水西。柳堤。不聞郎馬嘶。（錄自雙照影明仿宋本）

（二）調見《花間集》卷四〔五代〕張泌詞。

　　渺莽，雲水。惆悵暮帆，去程迢遞。夕陽芳草，千里萬里。雁聲無限起。　　夢魂悄斷煙波裏。心如醉。相見何處是。錦屏香冷無睡。被頭多少淚。（錄自雙照影明仿宋本）

（三）調見《花間集》卷十〔五代〕李珣詞。

　　春暮。微雨。送君南浦。愁斂雙蛾。落花深處。啼鳥似逐離歌。粉檀珠淚和。　　臨流更把同心結。情哽咽。後會何時節。不堪回首，相望已隔汀洲。檝聲幽。（錄自雙照影明仿宋本）

（四）調見《花間集》卷七〔五代〕孫光憲詞。

　　柳拖金縷。著煙籠霧。濛濛落絮。鳳凰舟上楚女。妙舞。雷喧波上鼓。　　龍爭虎戰分中土。人無主。桃葉江南渡。襞花箋。豔思牽。成篇。宮娥相與傳。（錄自雙照影明仿宋本）

（五）調見《花間集》卷四〔五代〕張泌詞。

　　渺莽，雲水。惆悵暮帆，去程迢遞。夕陽芳草，千里萬里。雁聲無限起。　　夢魂悄斷煙波裏。心如醉。相見何處是。錦屏香冷無睡。被頭多少淚。（錄自雙照影明仿宋本）

（六）調見《尊前集》〔五代〕徐昌圖詞。

　　秋光滿目。風清露白。蓮紅水綠。何處夢回，弄珠拾翠盈盈，倚欄橈，眉黛蹙。　　採蓮調

穩，吳侶聲相續。倚棹吳江曲。鷺起暮天，幾雙交頸鴛鴦，入蘆花，深處宿。（錄自《彊村叢書》本）

（七）調見〔宋〕柳永《樂章集》。

淮岸。向晚。圜荷向背，芙蓉深淺。仙娥畫舸，露清紅芳交亂。難分花與面。　採多漸覺輕船滿。呼歸伴。急槳煙波遠。隱隱棹歌，漸被蒹葭遮斷。曲終人不見。（錄自汲古閣《宋六十名家詞》本）

（八）調見〔宋〕秦觀《淮海詞》。

恨眉醉眼。甚輕輕覷著，神魂迷亂。常記那回，小曲欄干西畔。鬢雲鬆、羅襪剗。　丁香笑吐嬌無限。語軟聲低，道我何曾慣。雲雨未諧，早被東風吹散。悶損人、天不管。（錄自汲古閣《宋六十名家詞》本）

《金奩集》注：南呂宮。《樂章集》、《張子野詞》注：仙呂調。

《碧雞漫志》：「【河傳】，唐詞存者二：其一屬南呂宮，凡前段平韻後仄韻；其一乃今【怨王孫】曲，屬無射宮。以此知煬帝所製【河傳】不傳已久。然歐陽永叔詞內【河傳】附越調，亦【怨王孫】曲。今世【河傳】乃仙呂調，皆非也。」

《古今詞話・詞辨》卷上：「舊記【河傳】為隋煬帝開汴河所製勞歌也。其聲犯角，詞多失傳。《海山記》曰：『煬帝宮中障壁有廣陵圖，帝視之，移時不能舉步。謂蕭后曰：「朕不愛此畫，為思舊遊處。」爰指圖中山水，及入村落寺院，歷歷皆在目前，昔年征陳主日遊此。及幸江都，作【泛龍舟】詞，歌龍女曲，創柳堤迷樓，設錦帆殿腳。』此【河傳】乃後人所造勞歌也。』」

（九）調見〔清〕張錦《塞外詞》卷一。

正月

坤元，亨利。試筆香奩，宜南作字。屠蘇滿酌，和郎共醉。賀同添一歲。　上元節與娘行會。破燈謎，月下圍珠翠。結作同心姊妹。相推牛耳戲。

二月

來是社，啣泥燕、報導今朝。杏花紅發豔溪橋。煙籠細柳條。　踏青遊去鑽榆火。風光好，春色宜人果。賣花指點認秋千。嘩闐梅香解問錢。

三月

晴午。景暖芳郊，擷草閒依鷗渚。煙似輿。露襦。點點飛紅回袖舞。　鳥啼如點群芳譜。放春去。魂嫋遊絲縷。恨兒家。空浣紗。難遮。香流水面花。

四月

瘦紅委謝。肥枝低亞。不道春風。重來送豔，牡丹芍藥爭容。翻階紅。　一枰殘局花陰下。敲棋罷。香浸羅裙衩。侍兒扶去，珠簾斜捲烹茶。倚窗紗。

五月

良時端午。釵符蘭虎。艾人衝縷。蘭湯浴自翠釜。焰吐。榴花紅照戶。　粉圍角黍盤中置。彎弓戲。中者蒲觴遺。扇搖葵，臂纏絲。相思。郎看競渡時。

六月

長日如年，垂簾午睡。樑燕呼醒，朦朧似醉。侍兒佳。擎來新煮茶。　風亭水榭堪依倚。沉瓜李。閒琢冰為器。夜來明月納涼宜。披衣開窗放入帷。

七月

金風玉露。雲中烏鵲。駕成橋路。雙星今夕渡銀河。疏雨。灑淚相逢處。　新涼滌暑深閨院。珠簾捲。乞巧承圜扇。巧乞將。繡鴛鴦。憑郎。閒中仔細相。

八月

中秋節屆，平分秋色，晴空雲斂。正階前叢桂，飛香滿院。惜檀郎不見。　廣寒深處霓裳舞。清歌苦。奔月嫦娥誤。比人間。鏡影單。淚彈。珠珠零露團。

九月

良侯。重九。霜紅滿樹，真宜把酒。一樓山色夕陽斜。漁家。臨溪醉臥沙。　夜來閒坐孤燈繡。秋寒透。菊影當窗瘦。月華盈。夢難成。淒清。煮愁煙嫋輕。

十月

霜冷。風勁。摧殘落葉，飄零殆盡。寒雲深處，誰把陽春偷領。小試梅花頂。　簷前曝背行堪緩。衣生暖。竹外涼煙散。掛鸚哥。趁旭柯。婆娑。閒呵玉鏡磨。

十一月

長至。陽始。律初調。做節垂簾薦糕。簷前冰筯戲相敲。閒瞧。射干荔子苗。　日影量來添一線。彩絲揀。豔繡鴛鴦絹。晚霞沉。暮寒擎。峥嶸。階前雪岫橫。

十二月

寒沍。歲暮。探春花吐。酒釀屠蘇，甕儲薺
素。準備新節。凌波。鴛鴦襪繡羅。　藏鈎
戲逐釵裙隊。郎襪襪。射覆輸姑妹。聽兒家囑
咐切，莫賣癡獃。買愁來。（錄自清乾隆刻本）
按：此調原注：「戲擬閨中十二月樂詞。」在每
調下注有第一體、第二體……至十二體。與《欽
定詞譜》卷十一所列詞調不同。似可按大曲例，
故錄以待考。

## 河傳令

又名：超彼岸。
調見〔金〕王喆《重陽全真集》卷五，詞有「索
河傳令」句，故名。

德夫知縣。坐上將余便。索河傳令，堂下落
花，你咱分明親見。稍知空，這攀緣、都不
戀。　爭如修取來生善。早悟光陰，急急同
飛箭。足愛前親，好心長行方便。若回頭，隨
我訪、神仙面。（錄自涵芬樓影明《道藏》本）

## 河轉

即【河傳】。〔宋〕柳永詞名【河轉】，見《樂
章集》。

翠深紅淺，愁蛾黛蹙，嬌波刀剪。奇容妙伎，
爭逞舞袍歌扇。妝光生粉面。　坐中醉客風
流慣。樽前見。特地驚狂眼。不似少年時節，
千金爭選，相逢何太晚。（錄自汲古閣《宋六十名
家詞》本）
按：此調之「轉」字，恐係「傳」字之刻誤。

## 河滿子

又名：何滿子、斷腸詞、鸚鵡舌。
唐教坊曲名。
（一）調見《花間集》卷六〔五代〕和凝詞。
寫得魚箋無限，其如花鎖春輝。目斷巫山雲
雨，空教殘夢依依。卻愛薰香小鴨，羨他長在
屏幃。（錄自雙照樓影明仿宋本）
（二）調見《花間集》卷六〔五代〕和凝詞。
正是破瓜年紀，含情慣得人饒。桃李精神鸚鵡
舌，可堪虛度良宵。卻愛藍羅裙子，羨他長束
纖腰。（錄自雙照樓影明仿宋本）
（三）調見《尊前集》〔五代〕尹鶚詞。
雲雨常陪勝會，笙歌慣逐閒遊。錦里風光應
占，玉鞭金勒驊騮，戴月潛穿深曲，和香醉脫
輕裘。　方喜正同鴛帳，又言將往皇州。每

憶良宵公子伴，夢魂常掛紅樓。欲表傷離情
味，丁香結在心頭。（錄自《彊村叢書》本）
（四）調見〔宋〕毛滂《東堂詞》。
急雨初收珠點。雲峰巉絕天半。轆轤金井捲紺
冽，簾外翠蔭遮遍。波翻水晶重簾，秋在琉璃雙
簟。　漏永流花緩緩。未放崦嵫晼晚。紅荷
綠芰暮天好，小宴水亭風館。雲亂香噴寶鴨，
月冷釵橫玉燕。（錄自汲古閣《宋六十名家詞》本）
《韻語陽秋》卷十五：「白樂天云：『河滿子，
開元中滄州歌者，臨刑，進此曲以贖死，竟不得
免。』故樂天為詩曰：『世傳滿子是人名。臨
就刑時曲始成。一曲四歌聲八疊，從頭便是斷
腸聲。』張祐集載：『武宗疾篤，孟才人以歌笙
獲寵，密侍左右。上目之曰：「吾當不諱，爾
何為哉？」才人指笙囊泣曰：「請以此就縊。」
復曰：「妾嘗藝歌，願歌一曲。」上許之。乃歌
一聲【何滿子】，氣亟立殞。上令醫候之，曰：
「脈尚溫，而腸已絕。」則是【河滿子】真能斷
人腸者。』祐為詩云：『偶因歌態詠嬌頻，傳唱
宮中十二春。卻為一聲【河滿子】，下泉須弔舊
才人。』又有『故國三千里，深宮二十年。一聲
【河滿子】，雙淚落君前』之詠。一稱十二春，
一稱二十年，未知孰是也？杜牧之有酬祐長句，
其末句云：『可憐故國三千里，虛唱歌詞滿六
宮。』言祐詩名如此，而惜其未遇也。元微之嘗
於張湖南座為唐有態作【河滿子】歌云：『梨園
弟子奏明皇，一唱承恩羈網緩。便將河滿為曲
名，御譜親題樂府纂。漁家入內本領絕，葉氏有
年聲氣短。』又敘製曲之因，與樂天之說同。」

## 河漢

調見〔清〕朱青長《朱青長詞集》卷二十五。
巫峽女，雲為裳衣。荷花臉，容有雪肌。澄波
萬頃踏空去，渺渺霜風明月西。（錄自朱青長手
稿本）

## 河瀆神

又名：江瀆神。
唐教坊曲名。
（一）調見《花間集》卷一〔唐〕溫庭筠詞。
河上望叢祠。廟前春雨來時。楚山無限鳥飛
遲。蘭棹空傷別離。　何處杜鵑啼不歇。豔
紅開盡如血。蟬鬢美人愁絕。百花芳草佳節。
（錄自雙照樓影明仿宋本）

（二）調見《花間集》卷五〔五代〕張泌詞。

> 古樹噪寒鴉。滿庭楓葉蘆花。畫燈當年隔輕紗。畫閣珠簾影斜。　門外往來祈賽客，翩翩帆落天涯。回首隔江煙火，渡頭三兩人家。（錄自雙照樓影明仿宋本）

《金奩集》注：仙呂宮。

《花庵詞選》卷一：「唐詞多緣題所賦，【臨江仙】則言仙事，【女冠子】則述道情，【河瀆】則詠祠廟，大概不失本題之意。」

## 八畫

## 泛金船

即【勸金船】。〔宋〕蘇軾詞名【泛金船】，見《東坡樂府》卷一。

> 無情流水多情客。勸我如相識。杯行到手休辭卻。似軒冕相遍。曲水池上，小字更書年月。還對茂林修竹，似永和節。　纖纖素手如霜雪。笑把秋花插。樽前莫怪歌聲咽。又還是輕別。此去翱翔，遍上玉堂金闕。欲問再來何歲，應有華髮。（錄自《彊村叢書》本）

## 泛清波拆遍

即【泛清波摘遍】。〔清〕朱青長詞名【泛清波拆遍】，見《朱青長詞集》卷九。

> 隨波萬拆，在水千灣，依約受風輕管束。淺叢繁葉，點點生涯水雲窟。宵來綠。連生九子，漫漫蔓蔓，新織玉波成錦幅。鷗來鷺去，觸碎青雲散還復。　較蘆竹。依土傍山，託生寄死，太無根骨。分割煙波江湖，獨享清福。門歸不。南浦北條盡住，只挑水環山曲。不定去向何方，自成家族。（錄自朱青長手稿本）

## 泛清波摘遍

又名：泛清波拆遍。

調見〔宋〕晏幾道【小山詞】。

> 催花雨小，著柳風柔，都似去年時候好。露紅煙綠，盡有狂情鬥春早。長安道。鞦韆影裏，絲管聲中，誰放豔陽輕過了。倦客登臨，暗惜光陰恨多少。　楚天渺。歸思正如亂雲，短夢未成芳草。空把吳霜點鬢華，自悲清曉。帝城杳。雙鳳舊約漸虛，孤鴻後期難到。且趁朝花夜月，翠樽頻倒。（錄自《彊村叢書》本）

《宋史‧樂志》卷九十五：「林鐘商其曲三，曰【賀皇恩】、【泛清波】、【胡渭州】。又：「雲韶部者，黃門樂也……大曲十三……五曰林

鐘商【泛清波】。」

《夢溪筆談》卷五：「（大曲）每解有數疊者，裁截用之，則謂之摘遍。」

## 泛清苔

又名：感皇恩慢、濺羅裙。

調見〔宋〕張先《張子野詞‧補遺》卷上。

> 綠淨無痕，過曉霽清苔，鏡裏遊人。紅柱巧，彩船穩，當筵主，秘館詞臣。吳娃勸飲韓娥唱，競豔容、左右皆春。學為行雨，傍畫槳，從教水濺羅裙。　溪煙混月黃昏。漸樓台上下，火影星分。飛檻倚，斗牛近，響簫鼓、遠破重雲。歸軒未至千家待，掩半妝，翠箔朱門。衣香拂面，扶醉卸簪花，滿袖餘溫。（錄自《彊村叢書》本）

《欽定詞譜》卷三十五：「此張先自度曲，吳興泛舟作，即賦題本意。」

## 泛蘭舟

（一）調見《梅苑》卷一〔宋〕無名氏詞。

> 霜月亭亭時節，野溪開冰灼。故人信付江南，歸也仗誰託。寒影低橫，輕香暗度，疏籬幽院何在，秦樓朱閣。稱簾幕。　攜酒共看，依依承醉更堪作。雅淡一種天然，如雪照煙薄。腸斷相逢，手撚嫩枝，追思渾似，那人淺妝梳掠。（錄自《棟亭十二種》本）

（二）即【新荷葉】。〔宋〕趙抃詞名【泛蘭舟】，見《欽定詞譜》卷十九。

> 雨過迴廊，圓荷嫩綠新抽。越女輕盈，畫橈穩泛蘭舟。芳容豔粉，紅香透、脈脈嬌羞。菱歌隱隱漸遙，依約回眸。　堤上郎心，波間妝影遲留。不覺歸時，淡天碧襯蟾鉤。風蟬噪晚，餘霞際、幾點沙鷗。漁笛、不道有人，獨倚危樓。（錄自清康熙內府本）

《欽定詞譜》卷十九【新荷葉】調注：「【新荷葉】，趙抃詞名【折新荷引】。又因詞中有『畫橈穩泛蘭舟』句，或名【泛蘭舟】；然與仄韻之【泛蘭舟】調迥別。」

## 泛龍舟

唐教坊曲名。

唐教坊大曲名。

調見《敦煌歌辭總編》卷二〔唐〕無名氏詞。

> 春風細雨露衣濕，何時恍忽憶揚州。南至柳城

新造口，北對蘭陵孤驛樓。回望東西二湖水，復見長江萬里流。白鷺雙飛出溪塹，無數江鷗水上游。（泛龍舟．遊江樂。）（錄自上海古籍出版社排印本）

《宋史·樂志》屬雙調。

《唐音癸籤》卷十三：「【泛龍舟】，隋煬帝作，唐有【泛龍舟】大曲。」

《唐聲詩》下編：「此曲乃隋煬帝至江都時作，論者目為亡國之音。唐《教坊記》曲名與大曲內均有【泛龍舟】。《唐會要》列之於太常梨園別教院所教法曲樂章內，乃承隋之清商樂無疑。但又列於林鐘商，即小石調。」

按：原載（斯）六五三七、（伯）二三七一。此調久佚，今僅存一首，見於敦煌殘卷中。《樂府詩集》載有隋煬帝【泛龍舟辭】一首，七言八句，平仄押韻，與敦煌曲大致相近，唯無詞後六字和聲。

## 泣西風

調見〔清〕金烺《綺霞詞》二編。

蕭瑟西風起雁群。向梅花嶺上，篆字斜分。歸路擔篗盤鳥道，看層巒飛嶂，蒼蒼秀沐螺痕。一峽開天矚，雙崖劈石根。　正秋滿長空蕩白雲。望郊原紅樹，掩映山村。偶值傷心逢九日，想登高兄弟，黃花對酌清樽。遍插茱萸後，應憐少一人。（錄自清康熙觀文堂刻本）

## 定西番

唐教坊曲名。

（一）調見《敦煌歌辭總編》卷二〔唐〕無名氏詞。

事從星車入塞，衝沙磧，冒風寒。度千山。　三載方達王命，豈辭辛苦艱。為布我皇綸綍，定西番。（錄自上海古籍出版社排印本）

按：原載（伯）二六四一。題：「曲子一首，寄在【定西番】。」

《敦煌歌辭總編》卷二：「此辭比一般唐調之【定西番】（指溫、韋集內五首）句法全同，唯僅押四平韻，不兼押仄韻，此乃早期格調之明徵。」

《敦煌曲·拾遺》：「此闋末句為『定西番』，正合本題，當作於溫（庭筠）之前，為現存曲子詞中最早之【定西番】。」

（二）調見《花間集》卷一〔唐〕溫庭筠詞。

漢使昔年離別。攀弱柳，折寒梅。上高台。　千里玉關春雪。雁來人不來。羌笛一聲愁絕。月徘徊。（錄自雙照樓影明仿宋本）

（三）調見《尊前集》〔五代〕韋莊詞。

芳草叢生縷結，花豔豔，雨濛濛。曉庭中。　塞遠久無音問，愁銷鏡裏紅。紫燕黃鸝猶生。恨何窮。（錄自《彊村叢書》本）

（四）調見〔宋〕張先《張子野詞》。

秀眼緩生千媚，釵玉重，髻雲低。寂寂把妝羞淚，怨分攜。　鴛帳願從今夜，夢長連曉雞。小逐畫船風月，渡江西。（錄自明吳訥《百家詞》本）

《金奩集》、《張子野詞》注：高平調。

## 定風波

又名：捲春空、定風波令、定風波慢、定風流、破陣子、轉調定風波。

唐教坊曲名。

（一）調見《敦煌歌辭總編》卷三〔唐〕無名氏詞。

攻書學劍能幾何。爭如沙塞騁僂儸。手執綠沉槍似鐵。明月。龍泉三尺斬新磨。　堪羨昔時軍伍。謾誇儒士德能康。四塞忽聞狼煙起。問儒士。誰人敢去定風波。

征服僂儸未是功。儒士僂儸轉更加。三策張良恐弱。謀略。漢興楚滅本由他。　項羽翹據無路。酒後難消一曲歌。霸王虞姬皆自刎。當本。便知儒士定風波。（錄自上海古籍出版社排印本）

按：原載（伯）三八二一。此調計二首，《敦煌歌辭總編》編入雜曲聯章體。

《敦煌歌辭總編》卷三：「【定風波】，乃盛唐所興之曲調，始詞表現儒士能立功定難，政治意味極強。同時又為『盛唐三士曲』之一，詠儒士與武士及羽士之間如何爭取仕進。」

（二）調見《尊前集》〔五代〕歐陽炯詞。

暖日閒窗映碧紗。胸清水浸晴霞。數樹海棠紅欲盡。爭忍。玉閨深掩過年華。　獨憑繡床方寸亂。腸斷。淚珠穿破臉邊花。鄰舍女郎相借問。音信。教人羞道未還家。（錄自《彊村叢書》本）

（三）調見〔宋〕蘇軾《東坡詞》。

好睡慵開莫厭遲。自憐冰臉不時宜。偶作小紅桃杏色，閒雅，尚餘孤瘦雪霜姿。　休把閒心隨物態，何事，酒生微暈沁瑤肌。詩老不知

梅格在，吟詠，更看綠葉與青枝。（錄自汲古閣《宋六十名家詞》本）

《張子野詞》注：雙調。《片玉集》注：商調。

（四）調見〔宋〕柳永《樂章集》卷中。

自春來、慘綠愁紅，芳心是事可可。日上花梢，鶯穿柳帶，猶壓香衾臥。暖酥消、膩雲嚲。終日厭厭倦梳裹。無那。恨薄情一去，音書無個。　　早知恁麼。悔當初、不把雕鞍鎖。向雞窗，只與蠻箋象管，拘束教吟課。鎮相隨，莫拋躲。針線閒拈伴伊坐。和我。免使年少，光陰虛過。（錄自《彊村叢書》本）

《樂章集》注：林鐘商、雙調。《銳岩詞》注：商角調。《于湖先生長短句》注：商調。

（五）即【漁家傲】。〔宋〕范仲淹詞名【定風波】，見《敬齋古今黈》卷三。

羅綺滿城春欲暮。百花洲上尋芳去。浦映花，花映浦。無盡處。恍然身入桃源路。　　莫怪山翁聊逸豫。功名得喪歸時數。鶯解新聲蝶解舞。天賦與。爭教我輩無歡緒。（錄自《藕香零拾》本）

《敬齋古今黈》卷三：「【定風波】，曲凡有五……本事曲子載范文正公自前二府鎮穰下，營百花洲，親製【定風波】五詞，其第一首云（詞略）。尋其聲律，乃與【漁家傲】正同。又賀方回《東山樂府別集》有【定風波】異名【醉瓊枝】者云（詞略）。尋其聲律，乃與【破陣子】正同。右五曲中，前三腔固常聞之，其後二腔未有人歌者，不知此二曲真為【漁家傲】、【破陣子】而但為改名【定風波】乎，或別有聲調也？予以為但改其名耳，不然何為舉世無人歌之。而又遍考諸樂府中，無有詞語類此而名為【定風波】者也。」

## 定風波令

（一）即【相思引】。〔宋〕周紫芝詞名【定風波令】，見《竹坡詞》卷三。

梅粉梢頭雨未乾。淡煙疏日帶春寒。暝鴉啼處，人在小樓邊。　　芳草只隨春恨長，塞鴻空傍碧雲還。斷霞銷盡，新月又嬋娟。（錄自汲古閣《宋六十名家詞》本）

（二）即【定風波】。〔宋〕張先詞名【定風波令】，見《張子野詞・補遺》卷上。

西閣名臣奉詔行。南床吏部錦衣榮。中有瀛仙賓與主。相遇。平津遷首更神清。　　溪上玉

樓同宴喜。歡醉。對堤杯葉惜秋英。盡道賢人聚吳分。試問。也應旁有老人星。（錄自《彊村叢書》本）

《苕溪漁隱叢話・後集》卷三十九：「東坡云：『吾昔自杭移高密，與楊元素同舟，而陳令舉、張子野皆從吾過李公擇於湖，遂與劉孝叔俱至松江。夜半月出，置酒垂虹亭上。子野年八十五，以歌詞聞於天下，作【定風波令】，其略云：「盡道賢人聚吳分。試問。也應旁有老人星。」坐客歡甚，有醉倒者。此樂未嘗忘也。今七年耳，子野、孝叔、令舉皆為異物。而松江橋亭，今歲七月九日，海風駕潮，平地丈餘，蕩盡無復子遺矣。追思曩時，真一夢耳。』苕溪漁隱曰：吳興郡圃今有六客亭，即公擇、子瞻、元素、子野、令舉、孝叔。時公擇守吳興也。東坡有云：『余昔與張子野、劉孝叔、李公擇、陳令舉、楊元素會於吳興，時子野作【六客詞】，其卒章云：「盡道賢人聚吳分。試問。也應旁有老人星。」凡十五年，再過吳，而五人者皆已亡之矣。時張仲謀與曹子方、劉景文、蘇伯固、張秉道為坐客，仲謀請作【後六客詞】，云：「月滿苕溪照夜堂。五星一老鬥光芒。十五年間真夢裏。何事。長庚對月獨淒涼。綠鬢蒼顏同一醉。還是。六人吟笑水雲鄉。賓主談鋒誰得似。看取。曹劉今對兩蘇張。」』」

按：兩說不同，待考。

（三）即【金蕉葉】。《歷代詩餘》卷十二【金蕉葉】調注：「一名【定風波令】。」

## 定風波慢

即【定風波】。〔宋〕無名氏詞名【定風波慢】，見《梅苑》卷二。

漏新春、消息前村，數枝楚梅輕綻。□雪豔精神，冰膚淡佇，姑射依稀見。冷香凝，金蕊淺。青女饒伊妒無限。堪羨。似壽陽妝閣，初勻粉面。　　纖條綠染。異群葩、不似和風扇。向深冬、免使遊蜂舞蝶，撩撥春心亂。水亭邊，山驛畔。立馬行人暗腸斷。吟戀。又忍隨羌管，飄零千片。（錄自文淵閣《四庫全書》本）

## 定風流

即【定風波】。〔五代〕李珣詞名【定風流】，見《欽定詞譜》卷十四。

十載逍遙物外居。白雲流水似相於。乘興有時

攜短棹。江島。誰知求道不求魚。　到處等
閒邀鶴伴。春岸。野花香氣撲琴書。更飲一杯
紅霞酒。回首。半鈎新月貼清虛。（錄自雙照樓影
明仿宋本）

《欽定詞譜》卷十四【定風波】調注：「李珣詞
名【定風流】。」

## 定乾坤

調見《敦煌歌辭總編》卷二〔唐〕無名氏詞。
　修文寰海聖明君。感皇恩。八方無事妖氛靖。
　定乾坤。　君臣道泰如魚水，衣永掛長新。
　道屬輕山嶽，千秋與萬春。（錄自上海古籍出版社
排印本）

按：原載（斯）五六四三。原本失調名，《唐雜
言・格調》因詞有「定乾坤」句，擬調名為【定
乾坤】。

## 定情曲

調見〔宋〕賀鑄《賀方回詞》卷一。
　沈水濃薰，梅粉淡妝，露華鮮映春曉。淺顰輕
　笑。真物外、一種閒花風調。可待合歡翠被，
　不見忘憂芳草。擁膝渾忘羞，回身就郎抱。兩
　點靈犀心顛倒。　念樂事稀逢，歸期須早。
　五雲聞道。星橋畔、油壁車迎蘇小。引領西陵
　自遠，攜手東山偕老。殷勤製、雙鳳新聲，定
　情永為好。（錄自《彊村叢書》本）

按：賀鑄詞有「定情永為好」句，故名【定情
曲】。

## 宜男草

（一）調見〔宋〕范成大《石湖詞》。
　蕪菊灘蘆被霜後。嫋長風、萬里高柳。天為
　誰、展盡湖光渺渺，應為我、扁舟入手。
　橘中曾醉洞庭酒。輾雲濤、掛帆南斗。追舊
　遊、不減商山杏杳，猶有人、能相記否？（錄自
　《彊村叢書》本）
（二）調見〔宋〕范成大《石湖詞》。
　舍北煙霏舍南浪。雪傾蘆、雨荒薇漲。問小橋、
　別後誰過，唯有迷鳥羈雌來往。　重尋山水
　問無恙。掃柴荊、土花塵網。留小桃、先試光
　風，從此芝草琅玕日長。（錄自《彊村叢書》本）

## 空亭日暮

〔清〕沈謙新翻曲，見《東江別集》卷二。
　空亭日暮。記聲斷驪歌，援鞭欲去。沙草半連
　雲，雪花時帶雨。夢難憑，期難許。但相看無
　語。才轉眼、散髮披襟，江南酷暑。　我有
　離情怎訴。想望月蘆溝，也思舊侶。斫地為誰
　哀，談天何自苦。妙文傳，芳信阻。正金台弔
　古。愁多少、駿骨如山，寒煙宿莽。（錄自惜陰
　堂《明詞彙刊》本）

詞序：「新翻【意難忘】用仄韻。寄洪昉思，時
客薊門。」

按：沈謙詞有「空亭日暮」句，故名【空亭日
暮】。

## 空相憶

即【謁金門】。〔五代〕韋莊詞有「空相憶」
句，故名；見《古今詞話》。
　空相憶。無計得傳消息。天上嫦娥人不識。寄
　書何處覓。　新睡覺來無力。不忍把伊書
　跡。滿院落花春寂寂。斷腸芳草碧。（錄自《詞
　話叢編》本）

《古今詞話》：「韋莊以才名寓蜀，王建割據，
遂羈留之。莊有寵人，資質豔麗，兼善詞翰。建
聞之，託以教內人為詞，強莊奪去。莊追念惆
悵，作【小重山】及【空相憶】。情意淒怨，
人相傳播，盛行於時。姬後傳聞之，遂不食而
卒。」

## 空無主

調見《敦煌歌辭總編》卷三〔唐〕無名氏詞。
　處眾未曾同轟轟，孤獨未辭無伴侶。或在深山
　曠野中，身心無知如灰土。　空無主。春秋
　冬夏常不變，寂寞□遊無處所。學慈父。四大
　五蘊腐爛空，誓願為君作梁柱。（錄自上海古籍出
　版社排印本）

按：原載（伯）三〇五六。《敦煌歌辭總編》
因無名氏詞有「空無主」句，擬調名為【空無
主】。此調計八首，《敦煌歌辭總編》編入雜曲
聯章體，今錄其一。

## 宛溪柳

即【六么令】。〔宋〕賀鑄詞有「宛溪楊柳」
句，故名；見《東山詞》卷上。

八畫

夢雲蕭散，簾捲畫堂曉。殘薰盡燭隱映，綺席金壺倒。塵送行鞭嫋嫋。醉指長安道。波平天渺。蘭舟欲上，回首離愁滿芳草。　　已恨歸期不早。枉負狂年少。無奈風月多情，此去應相笑。心記新聲縹紗。翻是相思調。明年春杪。宛溪楊柳，依舊青青為誰好。（錄自涉園影宋本）

## 宛轉曲

即【字字雙】。〔唐〕王建詞名【宛轉曲】，見《古今詞話・詞辨》卷上。

宛宛轉轉勝上紗。紅紅綠綠苑中花。紛紛泊泊夜飛鴉。寂寂寞寞離人家。（錄自《詞話叢編》本）

《古今詞話・詞辨》卷上：「諸選又以王建詞為【字字雙】，意亦近似，而又見一集中為【宛轉曲】，宜從之。」

## 宛轉歌

（一）調見《唐詩箋要・後集・附詞》〔唐〕郎大家宋氏詞。

風已清。月朗琴復鳴。掩抑非千態，殷勤是一聲。　　歌宛轉，宛轉和且長。願為雙黃鵠，比翼共翱翔。（錄自《全唐五代詞》本）

（二）調見《唐詩箋要・後集・附詞》〔唐〕郎大家宋氏詞。

日已暮。長簷鳥聲度。望君君不來，思君君不顧。　　歌宛轉，宛轉那能異棲宿。願為形與影，出入恆相逐。（錄自《全唐五代詞》本）

## 狀江南

調見《全唐詩》〔唐〕謝良輔詞。

江南仲春天。細雨色如煙。絲為武昌柳，布作石門泉。（錄自清康熙揚州詩局本）

按：此調依《全唐五代詞》例列入。

## 弦索

調見〔清〕繆泳《南枝詞》。

曉汲銀瓶，聲斷落花庭院。轆轤高下繫愁腸，牽動彩繩千轉。　　春睡覺來猶懶。夢回人遠。憑將心事寫烏絲，爭耐意長箋短。（錄自清代稿本百種彙刊本）

## 姍姍來遲

〔清〕毛先舒自度曲。

《填詞名解》卷四：「漢武帝李夫人歌：『翩何

姍姍其來遲。』錢塘毛先舒稚黃自度曲，百十三字，曰【姍姍來遲】。」

按：原詞未見。

## 孟家蟬

調見《陽春白雪》卷一〔宋〕潘汾詞。

向賣花擔上，落絮橋邊，春思難禁。正暖日溫風裏，鬥採遍香心。夜夜穩棲芳草，還處處、先蟬春禽。滿園林。夢覺南華，直到如今。　　情深。記那人小扇，撲得歸來，繡在羅襟。芳意贈誰，應費萬綠千針。謾道滕王畫得，枉謝客、多少清吟。影沉沉。舞入梨花，何處相尋。（錄自《粵雅堂叢書》本）

《詞徵》卷一：「【孟家蟬】九十七字，潘元質所創調也。朱彧《可談》云：『孟后衣服畫作雙蟬，目為孟家蟬。識者謂蟬有禪意，久之竟廢。』姜堯章詩：『遊人總戴孟家蟬。』張伯雨詞：『玉梅金縷孟家蟬。』指此。」

## 孤雁兒

即【御街行】。〔宋〕程垓詞名【孤雁兒】，見《書舟詞》。

在家不覺窮冬好。向客裏、方知道。故園梅花正開時，記得清樽頻倒。高燒紅蠟，暖薰羅幌，一任花枝惱。　　如今客裏傷懷抱。忍雙鬢、隨花老。小窗獨自對黃昏，只有月華飛到。假饒真個，雁書頻寄，何似歸來早。（錄自汲古閣《宋六十名家詞》本）

## 孤雁斜月

即【憶少年】。〔明〕無名氏詞有「孤雁斜月」句，故名；見《百琲明珠》卷四。

淒涼天氣，淒涼院宇，淒涼時候。孤雁斜月，寒燈伴殘漏。　　落盡梧桐秋影瘦。鑑古畫眉難就。重陽又近也，對黃花依舊。（錄自惜陰堂《明詞彙刻》本）

詞注：「即【憶少年】。」

按：此詞與【憶少年】略有不同。上段第四句少一字，後段第二句為六字句，實應為三、四式七字句；餘皆同。

## 孤館深沉

（一）調見《花草粹編》卷六〔宋〕權無染詞。

瓊英雪豔嶺梅芳。天付與清香。向臘後春前，

解壓萬花，先占東陽。　擬待折、一枝相贈，奈水遠天長。對妝面、忍聽羌笛，還空斷人腸。（錄自文淵閣《四庫全書》本）

（二）即【歸田樂】。〔宋〕蔡伸詞名【孤館深沉】，見《記紅集》卷一。

風生蘋末蓮香細。新浴晚涼天氣。猶自倚朱欄，波面雙雙彩鴛戲。　鴛釵委墜雲堆髻。誰會此時情意。冰簞玉琴橫，還是月明人千里。（錄自清康熙刻本）

## 孤鴻

即【卜算子】。《歷代詩餘》卷十【卜算子】調注：「一名【孤鴻】。」

## 孤鷺

即【孤鸞】。〔清〕徐旭旦詞名【孤鷺】，見《世經堂詞》。

悲哉秋氣，正苦雨如綿，愁雲似墨。回首吳山，遮斷黃河之曲。西風不憐人意，慣打窗、楞楞偏毒。直簷前瀑布，更空階斷續。　想嫦娥、天上因嫌獨。還阻隔清光，難共銀燭。恰恰鳥啼歌，又雞鳴喔喔。一聲心幾滴碎，何處尋、桂花香馥。莫把英雄氣短，且沉醉靈醐。（錄自《全清詞》本）

## 孤鷹

調見《鳴鶴餘音》卷一〔金〕馬鈺詞。

苦海為人，隨波逐羨，茫茫甚日休期。為酒色財氣。一向粘惹，瞞心昧己。不算前程，幻軀有限，待作千年之計。忽一朝陰公來請，看你教誰替。　千間峻宇，金玉滿堂，畢竟成何濟。勸諸公省，早把凡籠猛跳出，向物外飄蓬，放落魄婪耽，鶉居鷇食，昏昏煉己。默默地、怡神養氣。丹成旣濟。乘彩雲，跨鳳歸。（錄自涵芬樓影明《道藏》本）

## 孤鸞

又名：丹鳳吟、孤鷺。

調見〔宋〕朱敦儒《樵歌補遺》。

天然標格。是小萼堆紅，芳姿凝白。淡佇新妝，淺點壽陽宮額。東君想留厚意，倩年年、與傳消息。昨夜前村雪裏，有一枝先折。

念故人、何處水雲隔。縱驛使相逢，難寄春色。試問丹青手，是怎生描得。曉來一番雨過，更那堪、數聲羌笛。歸去和羹未晚，勸行人休摘。（錄自《四印齋所刻詞》本）

按：《欽定詞譜》卷二十六【孤鸞】調注：「此調始見《太平樵唱》。」惜此書大概已佚，四印齋本《樵歌補遺》未注明出處。二書相校唯「歸來」和「歸去」一字之異。

《填詞名解》卷三：「昔罽賓國王，結罝於峻岐之山，獲一鸞鳥，甚欲其鳴而不能致。夫人曰：『鳥見其類則鳴，可懸鏡以映之。』鸞睹形感契悲鳴，哀響中宵，一奮而絕。詞取其事，以有【孤鸞】之名。」

## 阿那曲

又名：雞叫子。

調見《全唐詩》卷六〔唐〕楊玉環詞。

羅袖動香香不已。紅蕖嫋嫋秋煙裏。輕雲嶺上乍搖風，嫩柳池邊初拂水。（錄自清康熙揚州書局本）

《詞品》卷一：「仄韻絕句，唐人以入樂府。唐人謂之【阿那曲】，宋人謂之【雞叫子】。」

《太平廣記》卷六十九：「薛昭者，唐元和末為平陸尉，……昭潛於古殿之西間，……見階前有三美女。……昭詢其姓字。長曰雲容，張氏；次曰鳳台，蕭氏；次曰蘭翹，劉氏。飲將酣，蘭翹命骰謂二女曰：『今夕佳賓相會，須有匹偶，請擲骰子，遇采強者得薦枕席。』乃遍擲，雲容采勝，翹遂命薛郎近雲容姊坐。又持雙杯而獻曰：『真所謂「合巹」矣。』昭拜謝之。遂問：『夫人何許人，何以至此？』容曰：『某乃開元中楊貴妃之侍兒也。妃甚愛惜，常令獨舞【霓裳】於繡嶺宮。妃贈我詩曰（詩略）。詩成，明皇吟詠久之，亦有繼和，但不記耳。』」

《西河詞話》：「楊太真【阿那曲】，自是詞格。」

## 阿曹婆辭

唐大曲名。

調見《敦煌歌辭總編》卷七〔唐〕無名氏詞。

第一

昨夜春風入戶來。動人懷。祇見庭前花欲發，半含咍。　直為思君容貌改，征夫鎮在隴西坏。正見庭前雙鵲喜，君在塞外遠征回。夢先來。

第二

獨坐幽閨思轉多。意如何。秋夜更長難可度，慢憐他。　每恨狂夫薄行跡，一從征出鎮

蹉跎。直為思君容貌改，疆場還道□□□。
□□□。

第三

當本祇言三載歸。灼灼期。朝暮啼多淹損眼，
信音稀。　　妾守空閨恆獨寢，君在塞北亦
應知。懊惱無辭呈肝膽，留心會合待明時。
□□□。（錄自上海古籍出版社排印本）

按：原載（斯）六五三七、（伯）三二七一。原
本「辭」作「詞」。

## 陂塘柳

即【摸魚兒】。〔清〕徐旭旦詞名【陂塘柳】，
見《世經堂詞》。

過清明、一番風景，庭前小燕私語。春花滿眼
偏撩亂，都在鎖窗朱戶。逢勝侶。還重向、西
堂此夕排樽俎。清歌妙舞。看競目揮毫，練裙
書遍。儘是嬋情句。　　杯頻勸，真覺風流豪
舉。座中渾忘賓主。羽衣一部鈞天奏，妙選聲
容俱具。君記取。原只有、傾城名士堪朝暮。
嬌花無數。拚沉醉如泥，梢頭月上，怎忍說歸
去。（錄自清刻本）

《欽定詞譜》卷三十六【摸魚兒】調注：「晁補
之詞有『買陂塘，旋栽楊柳』句，更名【買坡
塘】，又名【陂塘柳】。」

# 九畫

## 春日吟

調見《歷代蜀詞全輯》〔清〕岳照詞。

桃漸謝，柳初齊。燕鶯互相語。蜂蝶亂離迷。
滿地梨花歸信杳，連天草色雨淒淒。畫眉偏對
曉窗啼。（錄自重慶出版社排印本）

## 春水令

〔清〕陸莱自度曲，見《雅坪詞選》。

入春才九日。孤舟早辨行色。笑余何事棲棲
者，未築袁閎土室。看舴艋如箕，漁叉似戟。
生計風波窄。一派野岸殘冰，卻似馬蹄霜戰。
淒涼怎禁得。　　偪側。艫聲澀。浪撲船高，

百丈牽風急。相逢小阮，一葉自西來，知伊訪
問金仙跡。帆揚飽，鳥正疾。痛飲未能償酒
債，窮愁漸有逃禪癖。吾今衰矣，寒擁一爐
灰，並禪心都息。（錄自清刻本）

詞注：「自調。」

## 春水寄雙魚

〔清〕沈謙自度曲，見《西陵詞選》。

春遊東城陌。懊恨無端逢豔質。偏荷半倒，不
動湘裙褻積。嬌滴滴。掩映得、山花水柳都無
色。歡容笑魘。敢未解春愁，臨波聽鳥，故意
調行客。　　當面紅牆萬尺。堪恨此身無雙
翼。憐春春不憐人，雨荒雲黑。情漫切。真是
個、多情枉把無情惜。不堪再憶。斜日野橋
西，幾番翹首，千里暮煙碧。（錄自清刻本）

按：此詞沈謙《東江別集》卷三調名作【比目
魚】。

## 春去也

（一）即【憶江南】。〔唐〕劉禹錫詞有「春去
也，多謝洛城人」句，故名；見《歷代詩餘》卷
一百十二。

春去也，多謝洛城人。弱柳從風疑舉袂，叢蘭
浥露似沾巾。獨坐亦含顰。（錄自清內府刻本）

《歷代詩餘》卷一百十二引《古今詞話》：
「『春去也，多謝洛城人。……』劉賓客詞也。
一時傳唱，乃名為【春去也】曲。」

（二）調見《瑤華集》卷五〔清〕儲右文詞。

恰輕寒，乍離情況。初試清和，著意將他釀。
一朝枝上杜鵑啼，麥雨葵風春又住。　　縱有
畫屏難障。滿地落紅誰葬。已知拋卻惜花人，
無聊只向東風想。（錄自清康熙天黎閣刻本）

（三）調見〔清〕龔士稚《芳草詞》。

心心只願秦川聚。不為桃花、牽引東西去。縱
教牽去不多時，歸來仍向秦川住。　　曲誤歌
時君顧。酒誤斟時君護。芳情一縷細如絲，相
思認定如絲路。（錄自清刻本）

## 春光好

又名：春陰好、倚欄令、愁倚欄、愁倚欄干令、
愁倚欄令、鶴沖天。

唐教坊曲名。

（一）調見《敦煌歌辭總編》卷二〔唐〕無名
氏詞。

□□□，□□□，□□□。□□□塞舊戎裝。
卻著漢衣裳。　　家住大楊海□，蠻夔不會宮
商。今日得逢明聖主，感恩光。（錄自上海古籍出
版社排印本）

按：原載（伯）二五〇六。

（二）調見《花間集》卷六〔五代〕和凝詞。

> 紗窗暖，畫屏閒，軃雲鬟。睡起四肢無力，半春
> 閒。　　玉指剪裁羅勝，金盤點綴酥山。窺宋
> 深心無限事，小眉彎。（錄自雙照樓影明仿宋本）

（三）調見《梅苑》卷九〔宋〕無名氏詞。

> 看看臘盡春回。消息到、江南早梅。昨夜前村
> 深雪裏，一朵花開。　　盈盈玉蕊如裁。更風
> 細、清香暗來。空使行人腸欲斷，駐馬徘徊。
> （錄自文淵閣《四庫全書》本）

《羯鼓錄》曰：「玄宗尤愛羯鼓、玉笛，常云：
『八音之領袖，諸樂不可為比。』嘗遇二月初，
吉旦，巾櫛方畢。當時宿雨初晴，景色明麗，小
殿內庭，柳杏將吐，睹而歡曰：『對此景物，豈
得不為他判斷之乎？』左右相目，將命備酒，獨
高力士遣取羯鼓。上旋命之，臨軒縱擊一曲，曲
名【春光好】。神思自得，及顧柳杏，皆已發
坼。上指而笑謂嬪御曰：『此一事，不喚我作天
公可乎？』嬪御、侍官皆呼：『萬歲！』」
《碧雞漫志》卷五：「《羯鼓錄》云：『明皇尤
愛羯鼓、玉笛，云：「八音之領袖。」時春雨
始晴，景色明麗，帝曰：「對此豈可不與他判
斷？」命取羯鼓，臨軒縱擊，曲名【春光好】，
回顧柳杏皆已微坼。上曰：「此一事，不喚我作
天工可乎？」』今夾鐘宮【春光好】，唐以來都
有此曲。或曰：『夾鐘宮屬二月之律，明皇依月
用律，故能判斷如神。』予曰：『二月柳杏坼久
矣，此必正月用二月律催之也。』【春光好】近
世或易名【愁倚欄】。」
《欽定詞譜》卷三：「按《羯鼓錄》載【春光
好】曲，入太簇宮，本正月律也。豈明皇所作乃
太簇宮，而和凝等詞入夾鐘宮耶？今明皇詞已不
傳，所傳止《花間》、《尊前》中詞也。」

（四）即【喜遷鶯】。〔五代〕馮延巳詞有「拂
面春風長好」句，故名；見《陽春集》。

> 霧濛濛，風淅淅，楊柳帶疏煙。飄飄輕絮滿南
> 園。牆下草芊綿。　　燕初飛，鶯已老。拂面
> 春風長好。相逢攜酒且高歌。人生得幾何。（錄
> 自《四印齋所刻詞》本）

按：此調與韋莊之【喜遷鶯】詞相校，唯前段第

一、二句平仄相反且次句不起韻異，故應作【喜
遷鶯】之別體為宜。今依《欽定詞譜》卷六注：
「馮延巳詞有『拂面春風長好』句，名【春光
好】」論，作【喜遷鶯】之又名，以便查閱。

## 春早湖山

即【謁金門】。〔宋〕韓淲詞有「春尚早。春入
湖山漸好」句，故名；見《澗泉詩餘》。

> 春尚早。春入湖山漸好。人去人來雖未老。酒
> 徒猶恨少。　　梅落桃開煙島。日日更吹香
> 草。一片芳心拚醉倒。冷雲藏落照。（錄自《彊
> 村叢書》本）

## 春曲

調見〔清〕楊思本《榴館初函集選‧附詞》。

> 夢魂深處。一線隙光欲曙。暖衾繡褥氳人醉。
> 睡不著，還須睡。正好夢來時，奈出林嬌鳥，
> 聲聲逗人情緒。趁春時早起。早起下妝台，理
> 上春風鬐。春衫試，春何處。　　說不盡會裏
> 何須語。訪幾個、眼中人，會我意中事。走向
> 誰家花樹。酒幾杯，詩幾句。拾得春趣須聽
> 取。三十年，容易老，莫辜負、日暖風恬，銅
> 池吹皴，煙繞青山嘴。有時節、淒淒村雨，泥
> 深屐齒。空懊恨，殘英亂落，水流春去。（錄自
> 清康熙刻本）

詞序：「意況所到，信筆寫來不較長短，漫成三
曲。未有牌名，亦未檢韻，聊以適興云爾。」

按：以《全清詞》例列入，以供參考。

## 春江路

調見《瑤華集》卷二十一〔清〕王翃詞。

> 雨銷花，風剪絮。腸斷暮春江路。可憐芳草不
> 知愁，又逐輪蹄千里去。　　秣陵煙，京口
> 樹。進退離魂無據。夢中最是泥人情，身在南
> 樓歌舞處。（錄自清康熙天藜閣刻本）

按：王翃詞有「斷腸暮春江路」句，故名【春江
路】。此調與【金錯刀】調極相似，唯上下片之
第三句各減去一字，作六字句式，上下片起二句
亦不用疊韻，異。

## 春雨打窗

即【酒泉子】。〔五代〕張泌詞有「春雨打窗」
句，故名；見《記紅集》卷一。

> 春雨打窗。驚夢覺來天氣曉。畫堂深，紅焰

小。背蘭缸。　　酒香噴鼻懶開缸。惆悵更無人共醉。舊巢中，新燕子。語雙雙。（錄自清康熙刻本）

## 春到也

即【酷相思】。〔清〕孔毓埏詞名【春到也】，見《蕉露詞》。

世事紛紛如轉磨。誰耐得、愁城大。看百年風光彈指過。憂悶也，三杯破。寂寞也，千鍾破。　　好友良朋偏轗軻。大半經摧挫。向月夕花朝同倡和。杯到也，窗前坐。酒到也，花前坐。（錄自清刻本）

**九畫**

## 春衫淚

調見〔清〕徐釚《菊莊詞》。

子規叫初歇。正客懷撩亂，無人猜著。明月樓前，碧桃花下，記當日、煙鬟霧薄。癡如中酒，也都想、日斜妝閣。　　心情惡。看翠袖重搵，淚珠彈卻。斜壓香衾，底垂羅帳，幽夢後、天涯原各。且把斷腸提起，拚做楊花，向江南流落。（錄自《清名家詞》本）

## 春風第一枝

即【東風第一枝】。〔清〕江臨泰詞有「枝頭春意何許」句，故名；見《煮石山房詞鈔》。

豔笑桃紅，姿慚李白，枝頭春意何許。誰家碎錦坊前，冶遊客曾暗數。玉樓人醉，大半是、籠煙團霧。漫移將、活色生香，重憶江南春雨。　　牧笛指、村沽舊路。燕尾掠、探花伴侶。任他開遍長安，盡教馬蹄踏去。沾衣欲濕，愛幾點、脂痕深處。倩三郎、羯鼓催來，回首滿林紅吐。（錄自清鈔本）

## 春風嬝娜

又名：東風嬝娜。

〔宋〕馮偉壽自度曲，見《中興以來絕妙詞選》卷十。

被梁間雙燕，話盡春愁。朝粉謝，午花柔。倚紅欄、故與蝶圍蜂繞，柳綿無數，飛上搔頭。鳳管聲圓，蠶房香暖，笑挽羅衫酒少留。隔院蘭馨趁風遠，鄰牆桃影伴煙收。　　些子風情未減，眉頭眼尾，萬千事、欲說還休。薔薇露，牡丹毬。殷勤記省，前度綢繆。夢裏飛紅，覺來無覓，望中新綠，別後空稠。相思難

偶，歎無情明月，今年已是，三度如鉤。（錄自涉園影宋本）

詞注：「黃鐘羽。」

## 春恨長

即【生查子】。〔清〕于光褻詞名【春恨長】，見《翠芝山房詩餘》。

蜂見好花喜，花愁蜂兒抱。天公到春來，辦盡相思料。　　祇有夢魂清，又被雨聲攪。一夜悄無眠，相思直到曉。（錄自清鈔本）

## 春夏兩相期

調見〔宋〕蔣捷《竹山詞》。

聽深深、謝家庭館。東風對語雙燕。似說朝來，天上婺星光現。金裁花詁紫泥香，繡裹藤輿紅茵軟。散蠟宮輝，行鱗廚品，至今人羨。　　西湖萬柳如線。料月仙當此，小停飆輦。付與長年，教見海心波淺。紫雲玉佩五侯門，洗雪華桐三春苑。謾拍調鶯，急鼓催鸞，翠蔭生院。（錄自汲古閣《宋六十名家詞》本）

## 春宵曲

即【南歌子】。〔唐〕溫庭筠詞有「恨春宵」句，故名；見《選聲集》。

轉眄如波眼，娉婷似柳腰。花裏暗相招。憶君腸欲斷，恨春宵。（錄自清刻本）

## 春宵憶

即【南歌子】。〔清〕孔毓埏詞名【春宵憶】，見《蕉露詞》。

愛石全依砌，尋梅亂舞風。轉盼失前峰。詩思何處覓，灞橋中。（錄自清刻本）

## 春草碧

又名：中管高。

（一）調見《全芳備祖・後集卷十・卉部・草》〔宋〕万俟詠詞。

又隨芳緒生，看翠連霽空，愁遍征路。東風裏，誰望斷西塞，恨迷南浦。天涯地角，意不盡，消沉萬古。曾是送別，長亭下、細綠暗煙雨。　　何處。亂紅鋪繡茵，有醉眠蕩子，拾翠遊女。王孫遠，柳外共殘照，斷雲無語。池塘夢生，謝公後、還能繼否。獨上畫樓春山暝，雁飛去。（錄自農業出版社影宋刻本）

（二）即【番槍子】。〔金〕李獻能詞，因韓玉詞有「春草碧」句，故名；見《中州樂府》。

　　紫簫吹破黃州月。簌簌小梅花，飄香雪。寂寞花底風鬟，顏色如花命如葉。千里浣兵塵、凌波襪。　　心事鑑影孤，箏弦雁絕。舊時雪堂上，今華髮。斷腸金縷新聲，杯深不覺琉璃滑。醉夢繞南雲、花上蝶。（錄自雙照樓影元本）

《歷代詞人考略》卷二十七引《聽秋聲館詞話》：「【春草碧】即【番槍子】，以韓玉詞尾三字名之。《詞律》未加研究，誤分二體。」

## 春雪間早梅

調見《梅苑》卷四〔宋〕無名氏詞。

　　梅將雪共春。彩豔灼灼不相因。逐吹霏霏能爭密，排枝碎碎巧妝新。誰令香來滿座，獨使淨斂無塵。芳意饒呈瑞，寒光助照人。玲瓏次第開已遍，點綴坐來頻。　　那是俱疑似，須知造化，兩各遍天真。熒煌□□初亂眼，浩蕩逸氣忽迷神。未許瓊花□重，將從玉樹相親。先期迎獻歲，更同歌酒占茲辰。六華蠟蒂相輝映，輕盈敢自珍。（錄自《楝亭十二種》本）

《欽定詞譜》卷三十六【春雪間早梅】調注：「調見《梅苑》。詞隸括韓愈『春雪間早梅』長律詩，即以題為調名。」

## 春從天上來

又名：春從天外來、春從何處來。

（一）調見《中州樂府》〔金〕吳激詞。

　　海角飄零。歎漢苑秦宮，墜露飛螢。夢裏天上，金角銀屏。歌吹競舉青冥。問當時遺譜，有絕藝、鼓瑟湘靈。促哀彈，似林鶯瀝瀝，山溜冷冷。　　梨園太平樂府，醉幾度春風，鬢變星星。舞破中原，塵煙滄海，風雪萬里龍庭。寫胡笳幽怨，人憔悴、不似丹青。酒微醒、對一窗涼月，燈火青熒。（錄自雙照樓影元本）

《古今詞話·詞話》卷下：「【燕谷剽聞】曰：『吳彥高在會寧府，遇老姬善琵琶者，自言故宋梨園舊籍，有感賦【春從天上來】。』寧宗慶元間，三山鄭中卿，從張貴謨出使北地，有歌之者，歸而述之。元遺山聞之曰：『曾見王防禦公玉述之，句句用琵琶故實，引據甚明，惜不能記憶焉。』」

（二）調見〔宋〕張炎《山中白雲》卷三。

　　海上回槎。認舊時鷗鷺，猶戀蒹葭。影散香消，水流雲在，疏樹十里寒沙。難問錢塘蘇小，都不見、擘竹分茶。更堪嗟。似荻花江上，誰弄琵琶。　　煙霞。自延晚照，盡換了西林，窈窕紋紗。蝴蝶飛來，不知是夢，猶疑春在鄰家。一掬幽懷難寫，春何處、春已天涯。減繁華。是山中杜宇，不是楊花。（錄自《彊村叢書》本）

（三）調見《皇明文範》卷十四，〔明〕洪貫詞。

　　早黃甲蜚英。牛刀小試，花縣馳聲。知先時有備，欲保衛民生。須設險、在承平。動甍甍版築，民趨事，唾手功成。雄障一方天塹，百雉金城。　　跳踉蹢躅，羽書傳警。黎庶交驚。烏鐍堅嚴，甲兵精屬，寰時殲殄奔傾。四郊無事，功成後、名重台評。彩帛旌章榮被，載道歡迎。（錄自《四庫全書存目叢書》本）

（四）即【玉樓春】。〔明〕萬福詞名【春從天上來】，見《黃氏詞翰錄》卷四。

　　發身賢科起東浙。體用彌彪負卓越。例推教鐸鳴鍾陵，後學山斗瞻截皋。　　當道交章公論列。聖明天子需人傑。命司民牧拜星郎，經世勳名紹伊說。（錄自清光緒萃渙堂本）

## 春從天外來

即【春從天上來】。〔金〕王吉昌詞名【春從天外來】，見《會真集》卷四。

　　名利如何。歎六朝七國，五霸山河。幾多興廢，一夢南柯。光陰暗裏消磨。悟雲山煙水，好歸去、策杖披蓑。任春秋，樂調神養氣，行止蹉跎。　　家園雪梅火棗，醞玉壺潋灩，滿泛金波。爛飲醺醺，神遊雲外，真樂自在吟哦。伴清風明月，通天爽、飛舞婆娑。泄沖和。證鴻濛體段，超彼波羅。（錄自涵芬樓影明《道藏》本）

## 春從何處來

即【春從天上來】。〔清〕袁悙大詞名【春從何處來】，見《海虹詞》。

　　瘦矣梅花。忽葉葉枝枝，朵朵些些。近看苔沒，遙望山遮。寒風直透窗紗。隱漁舟樵徑，頃刻間、路斷飛鴉。捲湘簾，渺天然畫幅，何處村家。　　襄陽道中此際，有策蹇詩翁，醉影欹斜。謝氏風流，山陰豪興，差個黛女烹茶。盡千秋佳趣，堪生受、說甚繁華。敝貂裘，是吾知己，安用咨嗟。（錄自《全清詞》本）

九畫

## 春陰曲

調見〔清〕孫芝田《鶴亭詩存》。

> 風風雨雨無休歇。蕭條孤館真愁絕。問東君何處，任幽恨，遍人間，不放暖煙晴日。　　鶯鶯燕燕忙時節。好春光、景都埋滅。歎陰霾有勢，妒殺了，梅花也，狼藉一園香雪。（錄自清康熙本）

## 春陰好

即【春光好】。〔清〕魯之裕詞有「春陰好」句，故名；見《式馨堂詩餘偶存》。

> 春陰好，柳堤平。筍輿輕。一路黃鶯紫燕，喚新晴。　　大輅鞜鞓輬輬，芳阡粉素娉娉。更愛小橋紅杏底，酒爐春。（錄自清鈔本）

## 春雲怨

〔宋〕馮偉壽自度曲，見《中興以來絕妙詞選》卷十。

> 春風惡劣。把數枝香錦，和鶯吹折。雨重柳腰嬌困，燕子欲扶扶不得。軟日烘煙，乾風收霧，芍藥荼蘼弄顏色。簾幕輕陰，圖書清潤，日永篆香絕。　　盈盈笑靨宮黃額。試紅鶯小扇，丁香雙結。圍鳳眉心倩郎貼。教洗金罍，共看西堂，醉花新月。曲水成空，麗人何處，往事暮雲萬葉。（錄自涉園影宋本）

詞注：「黃鐘商。」

## 春晴

調見〔宋〕晁端禮《閒齋琴趣外篇》卷三。

> 燕子來時，清明過了，桃花亂飄紅雨。倦客淒涼，千里雲山將暮。淚眸回望，人在玉樓深處。向此多應念遠，憑欄無語。　　芳菲可惜輕負。空鞭弄遊絲，帽沖飛絮。恨滿東風，誰識此時情緒。數聲啼鳥，勸我不如歸去。縱寫香箋，仗誰寄與。（錄自雙照樓影宋本）

## 春曉曲

又名：西樓月。

（一）調見〔宋〕朱敦儒《樵歌》卷下。

> 西樓落月難聲急。夜浸疏香淅瀝。玉人酒渴嚼春冰，曉色入簾橫寶瑟。（錄自《四印齋所刻詞》本）

《欽定詞譜》卷一：「此詞見《花草粹編》。第二句本六字，乃舊譜於『香』字下增一『寒』字，作七字四句，名【阿那曲】。查唐宋詞並無【阿那曲】名。自明楊慎以唐詩絕句，偽託為詞，今正之。」

按：此論不確，【阿那曲】唐宋詞人俱有填者，如楊玉環、朱淑真等人。

（二）即【玉樓春】。〔五代〕李煜詞名【春曉曲】，見《全唐詩‧附詞》。

> 曉妝初了明肌雪。春殿嬪娥魚貫列。鳳簫聲斷水雲閒，重按霓裳歌遍徹。　　臨風誰更飄香屑。醉拍欄干情未切。歸時休放燭花紅，待踏馬蹄清夜月。（錄自清康熙揚州詩局本）

## 春樓月

調見《梅里詞輯》卷五〔清〕顧仲清詞。

> 愁難說。樓頭目送江頭楫。水天靜處，夢魂飛越。　　暮雲唱斷菱歌闋。空閨愁對天涯月。徒郎一去，幾回圓缺。（錄自清稿本）

按：此調韻律、字句，均與【憶秦娥】調同，僅減去三字疊句，似可作為【憶秦娥】調之變體。因無他首作證，存以待考。

## 春滿皇州

調見〔明〕龔用卿《雲岡選稿》卷一。

> 粉紅數朵染朝霞。輕盈綠映窗紗。瓊珠碎雨斜。深深庭院，細細蒹葭。隔牆池館是誰家。　　小窗簾外看開花。嬌姿欲語羞遮。清漪露綠芽。身留京國，人在天涯。高歌一曲數歸鴉。（錄自《四庫全書存目叢書》本）

## 春聲碎

〔宋〕譚宣子自度曲，見《陽春白雪》卷六。

> 津館貯輕寒，脈脈離情如水。東風不管，垂楊無力，總雨聲煙寂。欄干外。怕春燕掠天，疏鼓疊、春聲碎。　　劉郎易憔悴。況是厭厭病起。蠻箋漫展，便寫就新詞，倩誰能寄。當此際。渾似夢峽啼湘，一寸相思千里。（錄自《宛委別藏》本）

詞序：「南浦送別。自度腔。」

按：譚宣子詞有「疏鼓疊、春聲碎」句，故名【春聲碎】。

## 春歸怨

調見《陽春白雪》卷五〔宋〕周端臣詞。

> 問春為誰來，為誰去，匆匆太速。流水落花，

夕陽芳草，此恨年年相觸。細履名園，閒看嘉樹，藹翠陰成簇。爭如也被韶華，換卻詩人鬢邊綠。　小院深院靜，旋引清樽，自歌新曲。燕子不歸來，風絮亂吹簾竹。誤文姬、凝望久，心事想勞頻卜。但門掩黃昏，數聲啼鳩，又換起、相思一掬。（錄自《粵雅堂叢書》本）

詞注：「越調。」

## 春鶯囀

調見《全唐詩》〔唐〕張祜詞。

興慶池南柳未開。太真先把一枝梅。內人已唱春鶯囀，花下偓偟軟舞來。（錄自清康熙揚州詩局本）

《全唐詩》注：「【大春鶯囀】，又有【小春鶯囀】，並商調曲。」

《唐音癸籤》卷十三：「（【春音囀】）帝（唐高宗）曉音律，晨坐聞鶯聲，命樂工白明達寫為曲。」

《近事會元》卷四引《教坊記》：「【春鶯囀】，高宗曉音律，因風葉鳥聲，晨坐聞之，命樂工白明達寫之，遂有此曲。凡箜篌，大弦未嘗鼓，唯作此曲，入鳥聲，即彈之箏，則移西柱向上，鳥聲畢，入急，復移如舊也。」

按：此調依《全唐五代詞》例列入。

## 春霽

即【秋霽】。〔宋〕胡浩然詞賦春晴，故名；見《妙選群英草堂詩餘・後集》卷上。

遲日融和，乍雨歇東郊，嫩草凝碧。紫燕雙飛，海棠相襯，妝點上林春色。黯然望極。困人天氣渾無力。又聽得。園苑，數聲鶯囀柳陰直。　當此暗想，故園繁華，儼然遊人，依舊南陌。院深沉、梨花亂落，即堪如練點衣白。酒量頓寬洪量窄。算此景，除非釅酒狂歡，恣歌沉醉，有誰知得。（錄自雙照樓影明洪武本）

## 珍珠令

調見〔宋〕張炎《山中白雲》卷八。

桃花扇底歌聲杳。愁多少。便覺道、花陰閒了。因甚不歸來，甚歸來不早。　滿院飛花休要掃。待留與、薄情知道。怕一似飛花，和春都老。（錄自《彊村叢書》本）

## 珍珠衫

即【真珠簾】。〔清〕陸進詞名【珍珠衫】，見《巢青閣集・付雪詞》。

錢塘城北幽棲處。有吾家、小阮經年同住。雪盡翠浮山，雨後紅遮路。兀坐樓頭書自把，問平生、幾雙芒屨。無語。對蒼天搔首，暮雲飛去。　我歎歲華遲暮。恨少年、不早援弓被注。策馬向沙場，覓侯封萬戶。日月兩丸驚跳擲，只贏得、虛名如故。誰與。說幾多豪傑，沉埋塵土。（錄自清康熙刻本）

## 珍珠簾

即【真珠簾】。〔宋〕吳文英詞名【珍珠簾】，見《夢窗詞集》。

蜜沉爐暖萸煙嫋。層簾捲、佇立行人官道。麟帶壓愁香，聽舞簫雲渺。恨縷情絲春絮遠，悵夢隔、銀屏難到。寒峭。有東風嫩柳，學得腰小。　還遶綠水清明，歎孤身如燕，將花頻遶。細雨濕黃昏，半醉歸懷抱。盡損歌紈人去久，漫淚沾、香蘭如笑。書杳。念客枕幽單，看看春老。（錄自《彊村叢書》本）

## 珍珠髻

即【真珠髻】。《詞律拾遺》卷五【真珠髻】調注：「真或作珍。」

## 玲瓏四犯

又名：四犯玲瓏。

（一）調見〔宋〕周邦彥《片玉集》卷二。

穠李夭桃，是舊日潘郎，親試春豔。自別河陽，長負露房煙臉。憔悴鬢點吳霜，細念想、夢魂飛亂。歎畫欄玉砌都換。才始有緣重見。　夜深偷展香羅薦。暗窗前、醉眠蔥蒨。浮花浪蕊都相識，誰更曾抬眼。休問舊色舊香，但認取、芳心一點。又片時一陣，風雨惡，吹分散。（錄自《彊村叢書》本）

《片玉集》注：大石調。

（二）調見〔宋〕史達祖《梅溪詞》。

雨入愁邊，翠樹晚無人，風葉如剪。竹尾通涼，卻怕小簾低捲。孤坐便怯詩慳，念後賞、舊曾題遍。更暗塵、偷鎖鶯影，心事屢羞圍扇。　賣花門館生秋草，恨弓彎、幾時重見。前歡盡屬風流夢，天共朱樓遠。聞道秀骨

九畫

病多，難自任、從來恩怨。料也和、前度金籠
鸚鵡，說人情淺。（錄自《四印齋所刻詞》本）
（三）調見〔宋〕姜夔《白石道人歌曲》卷四。

　　疊鼓夜寒，垂燈春淺，匆匆時事何許。倦遊歡
　　意少，俛仰悲今古。江淹又吟恨賦。記當時、
　　送君南浦。萬里乾坤，百年身世，唯有此情
　　苦。　　揚州柳、垂官路。有輕盈換馬，端正
　　窺戶。酒醒明月下，夢逐潮聲去。文章信美如
　　何用，漫贏得、天涯羈旅。教說與。春來要、
　　尋花伴侶。（錄自《彊村叢書》本）

詞注：「此曲雙調，世別有大石調一曲。」（此
據陸鍾輝刻本）
《欽定詞譜》卷二十七注：「姜夔又有自度黃鐘
商曲。」
清蔣敦復【玲瓏四犯】詞序：「按白石自注云：
『此曲雙調，世別有大石調一曲。』《詞律》所
載《片玉》、《梅溪》、《夢窗》諸作，與此
大異，即所謂『大石調』也。雙調者商聲七調
之一，即仲呂商；《詞源》謂之夾鐘商。南宋律
高，故云夾鐘，殺聲用上字。大石調亦商聲，即
大簇商；《詞源》謂之黃鐘商，殺聲用高四字。
二調相近，中隔一高大石調；亦猶【念奴嬌】
本大石調，於雙調吹之為【湘月】。【湘月】鬲
指，字句不異；此則字句隨調而易。所云犯者，
白石自注，玉由《詞源》言之甚詳。謂之四犯，
所犯四調，同一殺聲，歸於本律也。讀白石『文
章信美知何用』句，慨然賦此。」

## 玲瓏玉

調見《鳳林書院草堂詩餘》卷中〔宋〕姚雲文詞。

　　開歲春遲，早贏得、一白瀟瀟。風窗漸簌，夢
　　驚金帳春嬌。是處貂裘透暖，任樽前回舞，紅
　　倦柔腰。今朝。虧陶家、茶鼎寂寥。　　料得
　　東皇戲劇，怕蛾兒街柳，先鬥元宵。宇宙低
　　迷，倩誰分、淺凸深凹。休嗟空花無據，便真
　　個、瓊雕玉琢，總是虛飄。虛飄。且沉醉，趁
　　樓頭，零片未消。（錄自雙照樓影元本）

按：此調或係姚雲文自度曲，原題作「半閒堂賦
春雪」。詞有「便真個、瓊雕玉琢，總是虛飄」
句以詠雪，調名當此。

## 苗而秀

即【採桑子】。〔宋〕賀鑄詞有「吳都佳麗苗而
秀」句，故名；見《東山詞》卷上。

　　吳都佳麗苗而秀，燕樣腰身。按舞華茵。促遍
　　涼州、羅襪未生塵。　　□□□□□□透，歌
　　怨眉顰，張宴宜頻。□□□□、□□□□□。
　　（錄自涉園影宋本）

## 英台近

即【祝英台近】。〔宋〕周密詞名【英台近】，
見《蘋洲漁笛譜》卷二。

　　燭搓花，香嫋穗，獨自奈春冷。過了收燈，才
　　始作花信。無端雨外餘醒，鶯邊殘夢，又還
　　動、惜芳心性。　　忍重省。幾多綠意紅情，
　　吟箋倩誰整。香減春衫，老卻舊荀令。小樓深
　　閉東風，曲屏斜倚，知他是、為誰成病。（錄自
　　《彊村叢書》本）

## 茅山逢故人

又名：山外雲。
調見〔元〕張雨《貞居詞》。

　　山下寒林平楚。山外雲帆煙渚。不飲如何，吾
　　生如夢，鬢毛如許。　　能消幾度相逢，遮莫
　　而今歸去。壯士黃金，昔人黃鶴，美人黃土。
　　（錄自《彊村叢書》本）

《欽定詞譜》卷七【茅山逢故人】調注：「調見
元人《葉兒樂府》張雨句曲道中送友。自製詞
也。」

## 胡渭州

唐教坊曲名。
調見《全唐詩》〔唐〕張祜詞。

　　亭亭孤月照行舟。寂寂長江萬里流。鄉國不知何
　　處是，雲山漫漫使人愁。（錄自清康熙揚州書局本）

《近事會元》卷四：「【胡渭州】、【伊州】，
《樂譜錄》：『唐明皇天寶中，西涼節度使蓋喜
運進。』」
《唐音癸籤》卷十三：「商調曲。唐有兩渭州，
一屬內關，一屬隴右。此出隴右渭州，為近邊
地，故以『胡渭州』別之。開元中，樂工李龜
年、鶴年兄弟，尤妙製【渭州】。《五行志》
云：『天寶樂曲，多以邊地為名，其曲遍繁聲入
破。安史之亂，西幸後，其地盡吐番所沒破，乃
其兆也。』洪容齋曰：『今樂府所傳大曲，皆
出於唐。而以州名者五：伊、涼、熙、石、渭
也。』」
《碧雞漫志》：「【胡渭州】，《明皇雜錄》

云：『開元中，樂工李龜年弟兄三人，皆有才學盛名。彭年善舞，鶴年、龜年能歌，製【渭州】曲，特承顧遇。』《唐史・吐蕃傳》亦云：『奏【涼州】、【胡渭】、【綠要】雜曲，今小石調【胡渭州】是也。然世所行【伊州】、【胡渭州】、【六么】，皆非大遍全曲。」《宋史・樂志》屬小石調、林鐘商。

## 胡搗練

又名：胡搗練令、望仙樓。

（一）調見〔宋〕晏殊《珠玉詞》。

小桃花與早梅花，儘是芳妍品格。未上東風先坼。分付春消息。　　佳人釵上玉樽前，朵朵穠香堪惜。誰把彩毫描得。免恁輕拋擲。（錄自汲古閣《宋六十名家詞》本）

（二）即【桃源憶故人】。《欽定詞譜》卷七【桃源憶故人】：注「張先詞，或名【胡搗練】。」

按：【胡搗練】與【桃源憶故人】兩調，字數及句讀相同，區別之處唯上下片起句叶韻與不叶韻之分。因古樂譜已無查考，故難以確定兩者是否同調。又《欽定詞譜》卷七【胡搗練】調注：「坊本張先集有【胡搗練】詞，查係【桃源憶故人】，故不編入。」查現存宋張先詞無名【桃源憶故人】詞，亦無名【胡搗練】詞，《欽定詞譜》所指未知何本，待考。

## 胡搗練令

即【胡搗練】。〔宋〕韓維詞名【胡搗練令】，見《南陽詞》。

夜來風橫雨飛狂，滿地閒花衰草。燕子漸歸春悄。簾幕垂清曉。　　天將佳景與閒人，美酒寧嫌華皓。留取舊時歡笑。莫共秋光老。（錄自《彊村叢書》本）

## 耍三台

又名：玩瑤台。

調見〔金〕長筌子《洞淵集》卷五。

直指玄元路。歎苦海、迷人不悟。在目前、平平穩穩，又無些、險難相阻。把萬緣、一齊放下他，自然有、聖賢提舉。似斷雲、野鶴飛騰，向物外、青霄信步。　　慶會神仙語。渴時飲、蟠桃釀醑。出入在、星樓月殿，笑人間、死生今古。跨彩鳳祥鸞玩太虛，歸來臥、

碧雲深處。這逍遙、活計誰傳，分付與、蓬萊伴侶。（錄自涵芬樓影明《道藏》本）

詞注：「【玩瑤台】本名【耍三台】。」

## 耍鼓令

調見《詩淵》〔宋〕陳曄詞。

化日長。政鶯語，囀新篁。到處園林垂綠幄，槐風細，梅雨涼。見庭戶，瑞靄回翔。擁真仙，鶯取臨華堂。闐闐珠履爭相慶，笙簫奏，綺筵張，捧玉觴。好深酌九霞漿，舞袖弓彎呈妙態，更（以下缺）（錄自書目文獻出版社影明鈔本）

## 耍蛾兒

調見〔金〕王喆《重陽全真集》卷十一。

不會休行空養肚。腎肺心肝脾祖。五圍臭肉怎為主。先把黃婆咄去。　　趕退青龍兼白虎。不用嬰兒姹女。諸公要覓長生路。別有一般門戶。（錄自涵芬樓影明《道藏》本）

## 南山壽

即【綠頭鴨】。〔明〕夏言詞名【南山壽】，見《桂洲集》卷四。

望南躔，一星光映三階。有仙翁、紫袍金帶，佳辰海上筵開。數流年、才周花甲，論風采、獨步霜台。晚歲功名，諸郎科第，占卻人間五福偕。遙瞻祝、青天岱嶽，翁壽並崔巍。還歌詠、日升川至，山有台萊。　　羨吾鄉、蘇山甘水，鍾靈畢出奇材。念當年、東山燈火，辛此日、北闕風雷。契重金蘭，情深葭玉，廊廟江湖共此懷。念同庚、初度與翁，不得共銜杯。佇看取、喬遷赴闕，丹詔飛來。（錄自惜陰堂《明詞彙刻》本）

## 南州春色

調見《花草粹編》卷十六〔宋〕汪梅溪詞。

清溪曲，一株梅。無人修採，獨立古牆隈。莫恨東風吹不到，著意挽春回。一任天寒地凍，南枝香動，花傍一陽開。　　更待明年首夏，酸心結子，天自栽培。金鼎調羹，仁心猶在，還種取，無限根荄。管取南州春色，都自此中來。（錄自文淵閣《四庫全書》本）

按：汪梅溪詞有「管取南州春色」句，故名【南州春色】。

## 南阮令

調見〔清〕陸繼輅《崇百藥齋三集》卷三。

　　思芳草，蝴蝶幾時來。蝴蝶見花不見草，南牆
　　出現北牆飛。花殘蝶又歸。（錄自清嘉慶刻本）

詞序：「積陰遣悶，戲合【望江南】、【阮郎
歸】二調填詞一首。接日有作，牽連書之。」
按：此調上三句【憶江南】，下二句【阮郎
歸】。

## 南柯子

（一）即【南歌子】，〔宋〕田為詞名【南柯
子】，見《唐宋諸賢絕妙好詞選》卷五。

　　夢怕愁時斷，春從醉裏回。淒涼懷抱向誰開。
　　些子清明時候、被鶯催。　　柳外都絲，欄邊
　　半是苔。多情簾燕獨徘徊。依舊滿身花雨、又
　　歸來。（錄自《四部叢刊》影明本）

（二）即【南歌子】。〔清〕汪觀詞名【南柯
子】，見《夢香詞》。

　　竹榻長貪臥，亭陰暑漸消。午夢總無聊。醒來
　　窗外寂，雨瀟瀟。（錄自清康熙松羅書屋刻本）

## 南香子

即【南鄉子】。〔明〕張著詞名【南香子】，見
《海虞文苑》卷八。

　　雨過碧雲收。望斷蓬瀛隔十洲。白苧衣涼風滿
　　樹，颼颼。卻怪南還已白頭。　　對酒酢還酬。
　　此去西江正值秋。無限相思那忍別，休休。回
　　首青山總是愁。（錄自《四庫全書存目叢書》本）

## 南唐浣溪沙

即【山花子】。〔五代〕李璟詞名【南唐浣溪
沙】，見《歷代詩餘》卷十八。

　　菡萏香消翠葉殘。西風愁起綠波間。還與韶光
　　共憔悴，不堪看。　　細雨夢回雞塞遠，小樓
　　吹徹玉笙寒。多少淚珠何限恨，倚闌干。（錄自
　　清康熙內府本）

## 南徐好

即【憶江南】。〔宋〕仲殊詞有「南徐好」句，
故名；見《嘉定鎮江志》卷二十一。

　　南徐好，鼓角亂雲中。金地浮山星兩點，鐵城
　　橫鎖甕三重。開國舊誇雄。　　春過後，佳氣
　　蕩晴空。淥水畫橋沽酒市，清江晚渡落花風。

千古夕陽紅。（錄自《宋元方志叢刊》本）
《嘉定鎮江志》卷二十一引《寶月集》云：「崔
鷗德符命僧仲殊賦【南徐好】十詞（詞略）。」

## 南浦

（一）調見〔宋〕周邦彥《清真集·集外詞》。

　　淺帶一帆風，向晚來、扁舟穩下南浦。迢遞阻
　　瀟湘，衡皋迥、斜艤蕙蘭汀渚。危檣影裏，斷
　　雲點點遙天暮。菡萏裏，風偷送清香，時時微
　　度。　　吾家舊有簪纓，甚頓作、天涯經歲羈
　　旅。羌管怎知情，煙波上、黃昏萬斛愁緒。無
　　言對月，皓彩千里人何處。恨無鳳翼身，只待
　　而今，飛將歸去。（錄自《四印齋所刻詞》本）

《片玉集·抄補》注：中呂調。

（二）調見《唐宋諸賢絕妙詞選》卷八〔宋〕孔
夷詞。

　　風悲畫角，聽單于、三弄落譙門。投宿駸駸征
　　騎，飛雪滿孤村。酒市漸闌燈火，正敲窗、亂
　　葉舞紛紛。送數聲驚雁，下離煙水，嘹唳度寒
　　雲。　　好在半朧溪月，到如今、無處不銷
　　魂。故國梅花歸夢，愁損綠羅裙。為問暗香閒
　　豔，也相思、萬點付啼痕。算翠屏應是，兩眉
　　餘恨倚黃昏。（錄自《四部叢刊》影明本）

（三）調見〔宋〕王沂孫《花外集》。

　　柳下碧粼粼，認曲塵乍生，色嫩如染。清溜滿
　　銀塘，東風細、參差縠紋初遍。別君南浦，翠
　　眉曾照波痕淺。再來漲綠迷舊處，添卻殘紅幾
　　片。　　葡萄過雨新痕，正拍拍輕鷗，翩翩小
　　燕。簾影蘸樓陰，芳流去、應有淚珠千點。滄
　　浪一舸，斷魂重唱蘋花怨。採香幽徑鴛鴦睡，
　　誰道湔裙人遠。（錄自《四印齋所刻詞》本）

《欽定詞譜》卷三十三：「按唐《教坊記》有
【南浦子】曲，宋詞蓋舊曲名另倚新聲也。」

（四）調見《青浦詩傳》〔清〕張德純詞。

　　茜落楓林，絮飛荻浦，一時老卻秋容。笑他慣
　　看離別，今也匆匆。何不邀青女，好結鄰、長
　　住宋家東。難禁是、數聲邊角，幾陣霜鐘。
　　　　留無計，歸何處，只在寒江畔、夕陽中。堪
　　恨來時殘暑，去又西風。未是君偏搖落，天涯
　　如我正飄蓬。殷勤意、早將春信，路寄征鴻。
　　（錄自《全清詞》本）

# 南浦月

即【點絳唇】。〔宋〕張輯詞有「邀月過南浦」句，故名；見《東澤綺語》。

> 來剪鬢絲，江頭一陣鳴簑雨。孤蓬歸路。吹得蘋花暮。　短髮蕭蕭，笑與沙鷗語。休歸去。玉龍嘶處。邀月過南浦。（錄自《彊村叢書》本）

# 南浦看花回

調見〔明〕潘炳孚《珠塵詞》

> 小梅吹罷，又還來、西院澀銀箏。窗電簾雲迷目，些個近蓬瀛。低垂素幕，罘罳細覰，一枝豔雪含星。驚紅如未定，語自難成。　暗問愁香癡媚，怎教人、夜夜訴孤燈。便把蘭心蕙性，學做鶯燕盟。那椿公案，今生也怪，扁舟橋畔行行。凝眸同卻顧，感得深情。（錄自惜陰堂《明詞彙刻》本）

按：此詞上四句【南浦】，末三句【看花回】，唯五、六二句無著落處；下段同。

# 南鄉一剪梅

調見〔元〕虞集《道園樂府》。

> 南阜小亭台。薄有山花取次開。寄語多情熊少府，晴也須來。雨也須來。　隨意且銜杯。莫惜春衣坐綠苔。若待明朝風雨過。人在天涯。春在天涯。（錄自《彊村叢書》本）

按：此詞上三句【南鄉子】，下二句【一剪梅】；下段同。

# 南鄉子

又名：仙鄉子、江南子、好離鄉、南香子、南湘子、莫思鄉、減字南鄉子、蕉葉怨、畫舸、撥燕巢、鷗鴣啼、蘭鄉子。

唐教坊曲名。

（一）調見《花間集》卷六〔五代〕歐陽炯詞。

> 岸遠沙平。日斜歸路晚霞明。孔雀自憐金翠尾。臨水。認得行人驚不起。（錄自雙照樓影明本）

（二）調見〔五代〕馮延巳《陽春集》。

> 細雨濕流光。芳草年年與恨長。煙鎖鳳樓無限事，茫茫。鸚鏡鴛衾兩斷腸。　魂夢任悠揚。睡起楊花滿繡床。薄倖不來門半掩，斜陽。負你殘春淚幾行。（錄自《四印齋所刻詞》本）

《金奩集》注：黃鐘宮。《張子野詞》注：中呂宮。《片玉集》注：商調。《于湖先生長短句》注：雙調。

按：《片玉集》卷三陳元龍【南鄉子】注：「晉國高士全隱於南鄉，因以為氏也。」此當調名之所本。

# 南湘一剪梅

〔清〕朱青長新翻曲，見《朱青長詞集》卷八。

> 爭戰幾星霜。要捲旌旗掘戰場。笑國無人垂一淚，南望長江。西望長江。　天意近聾盲。不愛蒼生愛斧戕。混得龍蛇來一局，才是興亡。才算興亡。（錄自朱長青手稿本）

按：此調前三句【南鄉子】，後二句【一剪梅】；後段同。

# 南湘子

即【南鄉子】。〔清〕朱青長詞名【南湘子】，見《朱青長詞集》卷二十六。

> 冷雨紛紛。可憐生老錦官城。雨霽秋宵月明凍。霜重。裹著孤衾人做夢。（錄自朱青長手稿本）

# 南歌子

又名：十愛詞、小狸奴、水晶簾、南柯子、春宵曲、風蝶令、宴齊雲、悟南柯、望秦川、碧空月、碧空月詞、碧窗怨、碧窗夢、醉厭厭、謝秋娘、斷腸聲。

唐教坊曲名。

（一）調見《敦煌歌辭總編》卷二唐無名氏詞。

> 翠柳眉間綠，桃花臉上紅。薄羅衫子掩酥胸。一段風流難比，像白蓮出水中。（錄自上海古籍出版社排印本）

按：原載（伯）三一三七。

（二）調見《敦煌歌辭總編》卷二唐無名氏詞。

> 悔嫁風流婿，風流無準憑。攀花折柳得人憎。夜夜歸來沉醉，千聲喚不應。　回覷簾前月，鴛鴦帳裏燈。分明照見負心人。問道些須心事，搖頭道不曾。（錄自上海古籍出版社排印本）

按：原載（伯）三一三七。

（三）調見《花草粹編》卷一〔唐〕裴誠詞。

> 不是廚中串，爭知炙灸心。井邊銀釧落，輾轉恨還深。（錄自文淵閣《四庫全書》本）

《雲溪友議》卷十：「裴郎中誠，晉國公次子也。足情調，善談諧，與舉子溫歧為友。好作歌曲，迄今飲席多是其詞焉。裴君既入台，而為三院所詬曰：『能為淫豔之歌，有異清潔之士

也。」裴君【南歌子】詞云（詞略）。二人又為
【新添聲楊柳枝】詞，飲筵競唱其詞而打令也，
詞云（詞略）。」

（四）調見《花間集》卷一〔唐〕溫庭筠詞。

> 手裏金鸚鵡，胸前繡鳳凰。偷眼暗形相。不如
> 從嫁與，作鴛鴦。（錄自雙照樓影明本）

（五）調見《花間集》卷上〔五代〕張泌詞。

> 錦薦紅鸂鶒，羅衣繡鳳凰。綺疏飄雪北風狂。
> 簾幕晝垂事，鬱金香。（錄自明吳訥《百家詞》本）

（六）調見《花間集》卷九〔五代〕毛熙震詞。

> 遠山愁黛碧，橫波慢臉明。膩香紅玉茜羅輕。
> 深院晚堂人靜、理銀箏。　　鬢動行雲影，裙
> 遮點屐聲，嬌羞愛問曲中名。楊柳杏花時節、
> 幾多情。（錄自雙照樓影明本）

（七）調見《樂府雅詞·拾遺》卷下〔宋〕無名
氏詞。

> 閣兒雖不大，都無半點俗。窗兒根底數竿竹。
> 畫展江南山景、兩三幅。　　彝鼎燒異香，膽
> 瓶插嫩菊。翛然無事淨心目。共那人人相對、
> 弈棋局。（錄自《粵雅堂叢書》本）

《金奩集》注：仙呂宮。《張子野詞》注：林鐘
商。《于湖先生長短句·拾遺》注：轉調。

## 南樓令

即【唐多令】。〔宋〕周密詞名【南樓令】，見
《蘋洲漁笛譜》卷一。

> 桂影滿空庭。秋更共五聲。一聲聲、都是消
> 凝。新雁舊蛩相應和，禁不過、冷清清。
> 酒與夢俱醒。病因愁做成。展紅綃、猶有餘
> 馨。暗想芙蓉城下路，花可可、霧冥冥。（錄自
> 《彊村叢書》本）

## 南樓曲

〔清〕徐梗自度曲，見《梅里詞輯》卷三。

> 過輕塵。圓莎結翠茵。惹紅襟、乳燕來頻。乍
> 暖乍寒花事了，留不住、塞垣春。　　歸夢苦
> 難真。別離情更深。恨天涯、芳信無因。欲話
> 去年今日事，能幾個、去年人。（錄自清稿本）

## 拾菜娘

即【鷓鴣天】。〔金〕丘處機詞名【拾菜娘】，
見《鳴鶴餘音》卷四。

> 一片頑心要似飛。引入千古不思歸。幸遇明師
> 因曉了，肯教熟境再相隨。　　你來時，我卻

西。我今省悟即從伊。萬劫輪迴皆為汝，百般
> 魔障更因誰。（錄自涵芬樓影明《道藏》本）

按：《欽定詞譜》將此調列入【瑞鷓鴣】之別
名，誤。依律調格式，應是【鷓鴣天】之別名，
唯平仄有異。

## 拾翠羽

調見〔宋〕張孝祥《于湖先生長短句·拾遺》。

> 春入園林，花信總諸遲速。聽鳴禽、稍遷喬
> 木。夭桃弄色，海棠芬馥。風雨霽，芳徑草心
> 頻綠。　　禊事才過，相次禁煙追逐。想千
> 歲、楚人遺俗。青旗沽酒，名家炊熟。良夜
> 遊，明月勝燒紅燭。（錄自涉園影宋本）

《于湖先生長短句·拾遺》注：大石調。

## 拾翠翹

調見〔清〕李百川《綠野仙蹤》。

> 詩歌求友易，載同人，知己親。誼重理合恤患
> 難，下榻留賓。　　自從分袂後，山島寄閒
> 身。總修行、寧廢天倫。探妻子、紅塵債了，
> 依舊入仙津。（錄自嶽麓書社排印本）

## 柯梢青

調見〔清〕青心才人【雙合歡】第十六回。

> 曰恩曰愛，試問而今安在。眼瞎心聾，兼之口
> 啞，何用大驚小怪。　　曾明蓋載一思之，已
> 在天地之外。此等情人，若想為歡，定然遺
> 害。（錄自中州古籍出版社排印本）

## 柘枝引

唐教坊曲名。

調見《樂府詩集》卷五十六〔唐〕無名氏詞。

> 將軍奉命即須行。塞外領強兵。聞道烽煙動，
> 腰間寶劍匣中鳴。（錄自中華書局排印本）

《夢溪筆談》卷五：「【柘枝】舊曲，遍數極
多。如《羯鼓錄》所謂【渾脫解】之類，今無復
此遍。」

按：《樂府詩集》作【柘枝詞】，今調名依《欽
定詞譜》卷一。此調之初來自波斯國（即今伊
朗），係波斯國之一種舞蹈名。「柘枝」二字，
源出波斯語。

九畫

## 柘枝令

調見〔宋〕史浩《鄮峰真隱大曲》卷一。

> 回頭卻望塵寰去。喧畫堂簫鼓。整雲鬟、搖曳
> □霄，愛一曲柘枝舞。好趁華封盛祝笑，共指
> 南山煙霧。蟠桃仙酒醉昇平，望鳳樓歸路。（錄
> 自《彊村叢書》本）

按：參見【柘枝舞】條。

## 柘枝詞

調見《全唐詩》〔唐〕白居易詞。

> 柳闇長廊合，花深小院開。蒼頭鋪錦褥，皓腕
> 捧銀盃。繡帽珠稠綴，香衫袖窄裁。將軍拄球
> 杖，看按柘枝來。（錄自清康熙揚州詩局本）

按：此調依《全唐五代詞》例列入。

## 柘枝歌

見《詩淵》〔宋〕梅堯臣詞。

> 漁陽三疊音隆隆。紅葉亂圻當秋風。披香擁霧
> 出妖嬈，嫵眉壯髮翩驚鴻。（錄自書目文獻出版社
> 影明本）

## 柘枝舞

宋大曲名。

調見〔宋〕史浩《鄮峰真隱大曲》卷一。

五人對廳，一直立，竹竿子勾念：

> 伏以瑞日重光，清風應候。金石絲竹，閒六律以
> 皆調；僸佅兜離，賀四夷之率伏。請翻妙舞，來
> 奉多歡。鼓吹連催，柘枝入隊。

念了，後行吹引子半段入場，連吹【柘枝令】，分作五方舞。舞了，竹竿子又念：

> 適見金鈴錯落，錦帽蹁躚。芳年玉貌之英童，翠
> 袂紅綃之麗服。雅擅西戎之舞，似非中國之人。
> 宜到階前，分明祇對。

念了，花心出，念：

> 但兒等名參樂府，幼習舞容。當芳宴以宏開，屬
> 雅音而合奏。敢呈末技，用讚清歌。未敢自專，
> 伏候處分。

念了，竹竿子問，念：既有清歌妙舞，何不獻呈？
花心答，念：舊樂何在？
竹竿問，念：一部儼然。
花心答，念：再韻前來。
念了，後行吹【三台】一遍，五人舞拜。起舞，後行再吹【射雕遍】連【歌頭】。舞了，眾唱

【歌頭】：

> □人奉聖□人朝人□□□□主□人□□□留
> 伊。得荷雲戲、幸遇文明、堯階上、太平時。
> 六□□□何不罷歲久征舞柘枝。

唱了，後行吹【朵肩】遍。吹了，又吹【撲蝴蝶】遍，又吹【畫眉】遍。舞轉，謝酒了，眾唱
【柘枝令】：

> 我是柘枝嬌女。人□多風措。□□□一人住，
> 深妙學得柘枝舞。□□□頭戴鳳冠，□□纖腰
> 束素。□□遍體錦衣裝，來呈柘枝歌舞。

又唱：

> 回頭卻望塵寰去。喧畫堂簫鼓。整雲鬟、搖曳
> 青綃，愛一曲柘枝舞。好趁華封盛祝笑，共指
> 南山煙霧。蟠桃仙酒醉昇平，望鳳樓歸路。

唱了，後行吹【柘枝令】。眾舞了，竹竿子念遣隊：

> 雅音震作，既呈儀鳳之吟；妙舞回翔，巧著飛鸞
> 之態。已洽歡娛綺席，暫歸縹緲仙都。再拜階
> 前，相將好去。

念了，後行吹【柘枝令】出隊。（錄自《彊村叢書》本）

《夢溪筆談》卷五：「【柘枝】舊曲遍數極多，如《羯鼓錄》所謂【渾脫解】之類，今無復此遍。寇萊公好【柘枝舞】，會客必舞【柘枝】，每舞必盡日，時謂之『柘枝顛』。今鳳翔有一老尼，猶是萊公時柘枝妓，云：『當時【柘枝】，尚有數十遍；今日所舞【柘枝】，比當時十不得二三。』老尼尚能歌其曲，好事者往往傳之。」

《宋史·樂志》卷十七：「隊舞之制，其名各十；小兒隊凡七十二人。一曰柘枝隊，衣五色繡羅寬袍，戴胡帽，繫銀帶。」

## 相見歌

即【相見歡】。〔清〕吳綺詞名【相見歌】，見《詞覯》卷六。

> 西風落日難台。眼重開。無處繞城山色，送青
> 來。　　古今事，吳越地，幾雄才。一片項王
> 馬□，重雲堆。（錄自清天尺樓鈔校本）

## 相見歡

又名：上小樓、上西樓、月上瓜洲、古烏夜啼、西樓、西樓子、西樓月、相見歌、秋夜月、烏夜啼、憶真妃、憶真娘。

唐教坊曲名。

（一）調見〔五代〕馮延巳《陽春集》。

晓窗夢到昭華。阿瓊家。攲枕殘妝一朵、臥枝花。　　情極處。卻無語。玉釵斜。翠閣銀屏回首、已天涯。（錄自《四印齋所刻詞》本）

（二）調見〔宋〕李處全《晦庵詞》。

新涼襟袂然。乍晴天。風送誰家羌管、月便娟。　　雲散盡，秋空碧，玉鉤懸。洗耳時聽三弄、等團圓。（錄自《四印齋所刻詞》本）

（三）調見〔宋〕楊無咎《逃禪詞》。

不禁枕簟新涼。夜初長。又是驚回好夢、葉敲窗。　　江南望。江北望。水茫茫。贏得一襟清淚、伴餘香。（錄自汲古閣《宋六十名家詞》本）

## 九畫

## 相府蓮

調見《全唐詩·樂府》〔唐〕無名氏詞。

夜聞鄰婦泣，切切有餘哀。即問緣何事，征人戰未迴。（錄自清康熙揚州書局本）

《國史補》卷下：「于司空以樂曲有【想夫憐】，其名不雅，將改之。客有笑者曰：『南朝相府有瑞蓮，故歌【相府蓮】。』自是後人語訛，相承不改耳。」

按：此調依《全唐五代詞》例列入。

## 相思引

又名：玉交枝、定風波令、琴調相思引、鏡中人、攤破浣溪沙。

（一）調見〔宋〕袁去華《宣卿詞》。

皓齒清歌絕代音。眼波斜處寄情深。東風吹散，雲雨杳難尋。　　試手羅箋花樣在，唾窗茸線暗塵侵。向來多事，觸緒碎人心。（錄自四印齋《宋元三十一家詞》本）

（二）調見〔宋〕賀鑄《東山寓聲樂府補鈔》。

團扇單衣楊柳陌，花似春風□無跡。賴白玉香奩供彩澤。借秀色。添春色。借秀色。添春色。　　雲幕華燈張綺席。半醉客。留醒客。半醉客。留醒客。漸促膝傾鬢琴差拍。問此夕。知何夕。問此夕。知何夕。（錄自《四印齋所刻詞》本）

（三）調見《梅苑》卷六〔宋〕無名氏詞。

笑盈盈，香噴噴。姑射仙人風韻。天與肌膚常素嫩。玉面猶嫌粉。　　斜倚小樓凝遠信。多少往來人恨。只恐乘雲春雨困。迤邐嬌容損。（錄自文淵閣《四庫全書》本）

## 相思令

（一）即【長相思】。〔宋〕張先詞名【相思令】，見《張子野詞》卷一。

蘋滿溪。柳繞堤。相送行人溪水西。回時隴月低。　　煙霏霏。風凄凄。重倚朱門聽馬嘶。寒鷗相對飛。（錄自《彊村叢書》本）

（二）即【相思兒令】。〔宋〕晏殊詞名【相思令】，見《花草粹編》卷七。

昨日探春消息，湖上綠波平。無奈繞堤芳草，還向舊痕生。　　有酒且醉瑤觥。更何妨、檀板新聲。誰教楊柳千絲，就中牽繫人情。（錄自文淵閣《四庫全書》本）

《張子野詞》注：雙調。

## 相思兒令

又名：相思令、檀板新聲。

（一）調見〔宋〕晏殊《珠玉詞》。

昨日探春消息，湖上綠波平。無奈繞堤芳草，還向舊痕生。　　有酒且醉瑤觥。更何妨、檀板新聲。誰教楊柳千絲，就中牽繫人情。（錄自汲古閣《宋六十名家詞》本）

（二）即【好女兒】。〔宋〕張先詞名【相思兒令】，見《張子野詞》卷一。

春去幾時還。問桃李無言。燕子歸樓風緊，梨雪亂西園。　　猶有月嬋娟。似人人、難近如天。願教清影長相見，更乞取長圓。（錄自《彊村叢書》本）

《張子野詞》注：中呂宮。

## 相思會

又名：千年調、平等會、思仙會、神仙會。

調見《樂府雅詞》卷下〔宋〕曹祖詞。

人無百年人，剛作千年調。待把門關鐵鑄，鬼見失笑。多愁早老，惹盡閒煩惱。我醒也，枉勞心，漫計較。　　粗衣淡飯，贏取暖和飽。住個宅兒，只要不大不小。常教潔淨，不種閒花草。據見在，樂平生，便是神仙了。（錄自《粵雅堂叢書》本）

按：《欽定詞譜》以【千年調】為正名，曰：「曹組詞名【相思會】，因詞有『剛作千年調』句，辛棄疾改名【千年調】。」似乎本末倒置。

## 柳色新

即【小重山】。〔宋〕韓淲詞有「點染煙濃柳色新」句，故名；見《澗泉詩餘》。

　點染煙濃柳色新。小桃紅映水，日初勻。露收芳徑草鋪茵。凝情久，風淡起輕塵。　梁燕已爭春。折花閒伴酒，試濡唇。流鶯何處語聲頻。欄干曲，蜂蝶更隨人。（錄自《彊村叢書》本）

## 柳色黃

即【石州慢】。〔宋〕賀鑄詞有「長亭柳色才黃」句，故名；見《花草粹編》卷二十一。

　薄雨催寒，斜照弄晴，春意空闊。長亭柳色才黃，遠客一枝先折。煙橫水映，帶幾點歸鴻，東風銷盡龍沙雪。還記出關來，恰而今時節。　將發，畫樓芳酒，紅淚清歌，便成輕別。已是經年，杳杳音塵都絕。欲知方寸，共有幾許清愁，芭蕉不展丁香結。望斷一天涯，兩厭厭風月。（錄自文淵閣《四庫全書》本）

## 柳含金

即【柳含煙】。《歷代詩餘》卷十一【柳含煙】調注：「一名【柳含金】。」

## 柳含煙

又名：柳含金。

唐教坊曲名。

調見《花間集》卷五〔五代〕毛文錫詞。

　河橋柳，占芳春。映水含煙拂露，幾回攀折贈行人。暗傷神。　樂府吹為橫笛曲。能使離腸斷續。不知移植在金門。近天恩。（錄自雙照樓影明仿宋本）

按：毛文錫詞有「河橋柳，占芳春。映水含煙拂露」句，名【柳含煙】。《能改齋漫錄》云：「京師僧念【梁州】、【八相】、【太常引】、【三皈依】、【柳含煙】等，號『唐贊』。」此調在唐已流為佛曲，惜原詞已佚，不能與毛文錫詞相比對，是否同屬一調。

## 柳初新

調見〔宋〕柳永《樂章集》卷上。

　東郊向曉星杓亞。報帝里、春來也。柳抬煙眼，花勻露臉，漸覺綠嬌紅姹。妝點層台芳榭。運神功、丹青無價。　別有堯階試罷。

新郎君、成行如畫。杏園風細，桃花浪暖，競喜羽邊鱗化。偏九陌、相將遊冶。驟香塵、寶鞍驕馬。（錄自《彊村叢書》本）

《樂章集》注：大石調。

## 柳枝

（一）即【楊柳枝】。《詞律》卷一【楊柳枝】調注：「即【柳枝】。」

按：《柳枝》是唐代聲詩，唐賀知章之「碧玉妝成一樹高」詩，係代表作。該調是近體詩，創初唐，至盛唐入教坊曲。後白居易據此另翻新聲名【楊柳枝】，遂為詞調。

（二）調見〔宋〕朱敦儒《樵歌》卷下。

　江南岸柳枝。江北岸柳枝。折送行人無盡時。恨分離柳枝。　酒一杯柳枝。淚雙垂柳枝。君到長安百事違。幾時歸柳枝。（錄自《彊村叢書》本）

按：此調和聲「柳枝」之「枝」字即本詞韻，「柳枝」兩字於詞意似有關聯，此乃偶合，不能作為詞調之實對。《欽定詞譜》將「柳枝」兩字作為添聲而列入【添聲楊柳枝】調，誤。

（三）即【添聲楊柳枝】。〔明〕李漁詞名【柳枝】，見《笠翁詩餘》。

　誰家玉笛暗飛聲。月三更。散入春風滿洛城。太縱橫。　此夜曲中聞折柳。懷分手。何人不起故園情。夢難成。（錄自惜陰堂《明詞彙刻》本）

## 柳枝詞

（一）調見《全唐詩》〔唐〕何希堯詞。

　大堤楊柳雨沉沉。萬縷千條惹恨深。飛絮滿天人去遠，東風無力繫春心。（錄自清康熙揚州詩局本）

按：此調依《全唐五代詞》例列入。

（二）調見《詩淵》〔宋〕陳師道詞。

　紅青沙日暖，雄鴨雌鴛鴦。相看不相識，花晚褪紅香。（錄自書目文獻出版影明鈔本）

## 柳長春

即【踏莎行】。〔宋〕趙長卿詞名【柳長春】，見《惜香樂府》卷九。

　梅喜先春，雁驚未臘。于門瑞氣浮周匝。正當月應上弦時，長庚夢與良辰合。　螺水恩濃，盱江德洽。壽杯勸處燃紅蠟。明年此際祝遐齡，賀賓一一趨東閣。（錄自汲古閣《宋六十名家詞本》）

九畫

## 柳青娘

唐教坊曲名。

調見《敦煌歌辭總編》卷一《雲謠集雜曲子》〔唐〕無名氏詞。

> 青絲髻綰臉邊芳。淡紅衫子掩酥胸。出門斜捻同心弄，意恛惶。故使橫波認玉郎。　　叵耐不知何處去，教人幾度掛羅裳。待得歸來須共語，情轉傷。斷卻妝樓伴小娘。（錄自上海古籍出版社排印本）

《敦煌歌辭總編》卷一【柳青娘】調注：「此調二辭而外，更無他辭可供參訂。暫作二片，六十二字，前片『七七七三七』五句，四平韻；後片換頭句平仄異，不叶，因較前少一韻，餘同。冒本（指冒廣生《新校雲謠雜曲子》）妄指為【漁家傲】，全非。」

《唐音癸籤》卷十三：「【柳青娘】者，豈亦歌妓之名，後遂沿為曲名歟？」

按：原載（斯）一四四一、《敦煌拾零》。《桂苑叢談》云：「國樂婦人有永新婦、御史娘、柳青娘，皆一時之妙也。」永新婦為唐玄宗時歌女。唐劉禹錫有詩云：「天下能歌御史娘，花前月底奉君王。九重深處無人見，分付新聲與順郎。」據此，柳青娘當亦是盛唐時「國樂婦人」，此調當流行於盛唐時期。

## 柳垂金

即【柳搖金】。〔宋〕仲殊詞名【柳垂金】，見《詩淵》。

> 中春天氣禁煙暖。餘七葉，丹蕚未捲。海嶽靈輝儲慶遠。降非熊，運符亨旦。　　寶香凝非錦筵，紅蔫永算。金樽屢滿。酒裏千年春爛漫。共朱顏，鎮長相見。（錄自書目文獻出版影明鈔本）

## 柳條青

即【柳梢青】。〔日本〕山本駕梁詞名【柳條青】，見《日本詞選》。

> 嫩日烘晴，麗人天氣，蝶送鶯迎。芳草芊綿，香羅鮮美，釵燕風輕。　　行行笑語春生。帶殘醉、相扶入城。斜日薰花，暝煙戀柳，奈這餘情。（錄自塵齋藏書本）

按：初以為此調名之「條」字恐「梢」字之刻誤，錄之存考。今見清陳鍾岳《聽楓詞》卷下亦有【柳條青】調名，疑點頓消。

## 柳梢青

又名：玉水明沙、早春怨、雨洗元宵、柳條青、雲淡秋空、隴頭月。

（一）調見《唐宋諸賢絕妙詞選》卷九〔宋〕仲殊詞。

> 岸草平沙。吳王故苑，柳嫋煙斜。雨行寒輕，風前香軟，春在梨花。　　行人一棹天涯。酒醒處，殘陽亂鴉。門外秋千，牆頭紅粉，深院誰家。（錄自《四部叢刊》影明本）

（二）調見〔宋〕蔡伸《友古詞》。

> 數聲鶗鴂。可憐又是，春歸時節。滿院東風，海棠鋪繡，梨花飄雪。　　丁香露泣殘枝，算未比、愁腸寸結。自是休文，多情多感，不干風月。（錄自汲古閣《宋六十名家詞》本）

（三）調見〔宋〕張孝祥《于湖先生長短句》卷四。

> 碧雲風月無多。莫被名韁利鎖。白玉為車，黃金作印，不戀休呵。　　爭如對酒當歌。人是人非恁麼。年少甘羅，老成回望，必竟如何。（涉園影宋本）

《于湖先生長短句》注：中呂宮。

## 柳絮飛

即《中興樂》。〔五代〕牛希濟詞名【柳絮飛】，見《記紅集》卷一。

> 池塘暖碧浸晴暉。濛濛柳絮輕飛。紅蕊凋來，醉夢還稀。　　春雲空有雁歸。珠簾垂。東風寂寞，恨郎拋擲，淚濕羅衣。（錄自清康熙刻本）

## 柳搖金

又名：柳垂金。

（一）調見《花草粹編》卷十一〔宋〕沈蔚詞。

> 相將初下蕊珠殿。似醉粉、生香未遍。愛惜嬌心春不管。被東風、賺開一半。　　中黃宮裏賜仙衣，鬥淺深、妝成笑面。放出妖嬈難繫絆。笑東君、自家腸斷。（錄自文淵閣《四庫全書》本）

（二）即【思歸樂】。《歷代詩餘》卷三十四【柳搖金】調注：「亦名【思歸樂】。」

《欽定詞譜》卷十二：「此調（指【柳搖金】）句讀近【思歸樂】，唯前後兩句平仄不同，且換頭不押韻，故與【思歸樂】有別。」

## 柳腰輕

調見〔宋〕柳永《樂章集》卷上。

> 英英妙舞腰肢軟。章台柳，昭陽燕。錦衣冠蓋，綺堂筵會，是處千金爭選。顧香砌、絲管初調，倚輕風、佩環微顫。　乍入霓裳促遍。逞盈盈、漸催檀板。慢垂霓袖，急趨蓮步，進退奇容千變。笑何止、傾國傾城，暫回眸、萬人腸斷。（錄自《彊村叢書》本）

《樂章集》注：中呂宮。

《欽定詞譜》卷十九：「調近【柳初新】，但【柳初新】調，前後第六句押韻，此不押韻。又柳詞所注宮調不同，自應各為一體。」

## 要銷凝

即【清商怨】。〔宋〕賀鑄詞有「要自銷凝」句，故名；見《東山詞》卷上。

> 雕梁尋巢舊燕侶，似向人欲語。試問來時，逢郎郎健否。　春風深閉繡戶，盡便旋、一庭花絮。要自銷凝，吟郎長短句。（錄自涉園影宋本）

## 威儀辭

（一）調見《西天目祖山志》卷六〔元〕原妙詞。

> 山中行。步高身盡輕。擬飛去，唯恐世人驚。（錄自《全金元詞》本）

（二）調見《西天目祖山志》卷六〔元〕原妙詞。

> 山中住。黯淡雲無數。誓相去，共守無生路。（錄自《全金元詞》本）

## 映山紅

唐教坊曲名。

調見〔宋〕文彥博《文潞公文集》卷七殘句。

> 遞請後。願頻醉、石樓溪口。（錄自《全宋詞》本）

## 映山紅慢

〔宋〕元絳自度曲，見《花草粹編》卷二十一。

> 穀雨風前，占淑景、名花獨秀。露國色仙姿，品流第一，春工成就。羅幃護日金泥皺。映霞腮動檀痕溜。長記得天上，瑤池閬苑曾有。　千匝繞、紅玉欄干，愁只恐、朝雲難久。須款折、繡囊剩戴，細把蜂鬚頻嗅。佳人再拜抬嬌面，斂紅巾、捧金杯酒。獻千千壽。願長恁、天香滿袖。（錄自文淵閣《四庫全書》本）

《歷代詞人考略》卷十七引【織餘瑣述】云：

> 「宋元絳有牡丹詞調寄【映山紅慢】『穀雨風前』云云。吾廣右呼杜鵑花為映山紅，每屆清明前後，峰巒蒼翠間，火齊競吐，照灼雲霞，奇景也。」

## 昭君怨

又名：一痕沙、一葉舟、明妃怨、洛妃怨、宴西園、道無情、德報怨、添字昭君怨。

（一）調見〔宋〕蘇軾《東坡詞》。

> 誰作桓伊三弄。驚破綠窗幽夢。新月與愁煙。江滿天。　欲去又還不去。明日落花飛絮。飛絮送行舟。水東流。（錄自汲古閣《宋六十名家詞》本）

（二）調見〔宋〕蔡伸《友古居士詞》。

> 一曲雲和松響。多少離愁心上。寂寞掩屏帷。淚沾衣。　最是銷魂處。夜夜綺窗風雨。風雨伴愁眠。夜如年。（錄自明吳訥《百家詞》本）

（三）調見〔宋〕周紫芝《竹坡詞》卷二。

> 滿院融融花氣。紅繡一簾垂地。往事憶年時，只春知。　風又暖。花漸滿。人似行雲不見。無計奈離情。惡銷凝。（錄自汲古閣《宋六十名家詞》本）

《填詞名解》卷一：「【昭君怨】，漢王昭君作怨詩，入琴操。樂府吟歎曲有【王昭君】，蓋晉石崇擬其意作之，以教綠珠。陳隋相沿有此曲，一名【王昭君】，一名【明君詞】，一名【昭君歎】。填詞專名【昭君怨】，又名【一痕沙】。」

## 昭陽怨

即【連理枝】。〔唐〕李白詞有「點滴昭陽淚」句，故名；見《記紅集》卷一。

> 淺畫雲垂帔，點滴昭陽淚。咫尺宸居，君恩斷絕，似遠千里。望水晶簾外竹枝寒，守羊車未至。（錄自清康熙刻本）

## 思牛女

即【踏莎行】。〔宋〕賀鑄詞有「微雲度漢思牛女」句，故名；見《東山詞》卷上。

> 樓角參橫，庭心月午。侵階夜色涼經雨。輕羅小扇撲流螢，微雲度漢思牛女。　擁髻柔情，抉肩昵語。可憐分破□□□。□□□□有佳期，人間底事長如許。（錄自涉園影宋本）

## 思仙會

即【相思會】。〔金〕元好問詞名【思仙會】，見《遺山先生新樂府》卷二。

人無百年人，枉作千年計。傀儡棚頭，看過幾場興廢。朱顏易改，可歎歡娛地。勸君酒，唱君歌，為君醉。　　滄溟一葉，正在橫流際。阮籍途窮，啼得血流何濟。天公老大，不管人間世。莫莫休休，莫問甚底。（錄自《宛委別藏》本）

## 思佳客

（一）即【歸字謠】。《欽定詞譜》卷二【歸字謠】調注：「趙彥端詞名【思佳客】。」

（二）即【鷓鴣天】。〔宋〕歐陽修詞名【思佳客】，見《醉翁琴趣外篇》卷四。

學畫宮眉細細長。芙蓉出水鬥新妝。只知一笑能傾國，不信相看有斷腸。　　雙黃鵠，兩鴛鴦。迢迢雲水恨難忘。早知今日長相憶，不及從初莫作雙。（錄自雙照樓影宋本）

（三）調見《浩然齋雅談》卷中〔宋〕吳文英詞。

叙燕攏雲睡起時。隔牆折得杏花枝。青春半面妝如畫，細雨三更花欲飛。　　情輕愛別舊相知。斷腸青塚幾斜暉。斷紅一任風吹起，結習空時不點衣。（錄自清乾隆武英殿本）

《浩然齋雅談》卷中：「坡翁嘗作【女髑髏贊】云：『黃沙枯髑髏……。』其後徑山大慧師宗杲亦作【半面女髑髏贊】云：『十分春色……。』吳君特尚戲賦【思佳客】詞云（詞略）。」

## 思佳客令

即【歸字謠】。〔宋〕趙彥端詞名【思佳客令】，見《介庵琴趣外篇》卷六。

天似水。秋到芙蓉如亂綺。芙蓉意與黃花倚。　　歷歷黃花矜酒美。清露委。山間有個閒人喜。（錄自《彊村叢書》本）

按：《詞律》將趙詞【思佳客令】列入【歸國謠】，誤。

## 思帝鄉

又名：兩心知、萬斯年曲。

唐教坊曲名。

調見《花間集》卷二〔唐〕溫庭筠詞。

花花。滿枝紅似霞。羅袖畫簾腸斷，卓香車。迴面共人閒語，戰篦金鳳斜。唯有阮郎春盡，

不歸家。（錄自雙照樓影明仿宋本）

《金奩集》注：越調。《教坊記》注：正宮。

《教坊記箋訂》：「令狐楚有『坐中聞【思帝鄉】有感』詩，劉禹錫和之，足見此曲頗能感人。」

## 思晴好

即【憶江南】。〔宋〕黃公紹詞有「思晴好，去上竹山窠」句，故名；見《在軒集》。

思晴好，去上竹山窠。自古常言光霽好，如今卻恨雨聲多。奈此坐愁何。（錄自文淵閣《四庫全書》本）

詞注：「一作【思晴好】。」

## 思越人

又名：思遠人。

（一）調見《敦煌歌辭總編》卷二〔唐〕無名氏詞。

美東鄰，多窈窕，繡裙步步輕抬。獨向西園尋女伴，笑時雙臉蓮開。　　□□分手低聲問，匆匆恨闕良媒。怕被顛狂花下惱，牡丹不折先回。（錄自上海古籍出版社排印本）

（二）調見《花間集》卷八〔五代〕孫光憲詞。

古台平，芳草遠，館娃宮外春深。翠黛空留千載恨，教人何處相尋。　　綺羅無復當時事，露花點滴香淚。惆悵遙天橫淥水。鴛鴦對對飛起。（錄自雙照樓影明仿宋本）

（三）即【朝天子】。〔五代〕馮延巳詞名【思越人】，見《陽春集》。

酒醒情懷惡。金縷褪、玉肌如削。寒食過卻。海棠零落。　　乍倚遍、欄干煙淡薄。翠幕簾櫳籠畫閣。春睡著。覺來失、秋千期約。（錄自《四印齋所刻詞》本）

《溫韋馮詞新校》之《陽春集》注：「此調《全唐詩》注云：『與本調不同。』《晁氏琴趣外篇》作【朝天子】，《詞譜》採之為【朝天子】體，注云：『唐教坊曲名。』《陽春集》名【思越人】。查《教坊記》並未列【朝天子】曲名。任半塘《教坊記箋訂》附錄六載《教坊記》以外之唐五代曲名一百四十六，亦無【朝天子】，而有【思越人】，則【朝天子】非唐五代時曲名已顯然。《詞譜》所云未可據信。」

（四）即【鷓鴣天】。〔宋〕趙令畤詞名【思越人】，見《欽定詞譜》卷十一。

素玉朝來有好懷。一枝梅粉照人開。晴雲欲向
杯中起，春色先從臉上來。　　深院落，小樓
台。玉盤香篆看裴佪。須知月色撩人恨，數夜
春寒不下階。（錄自文淵閣《四庫全書》本《樂府雅
詞》卷中）

《欽定詞譜》卷十一【鷓鴣天】調注：「趙令時
詞名【思越人】。」

（五）即【品令】。〔宋〕趙長卿詞名【思越
人】，見《惜香樂府》卷五。

情難託。離愁重，悄愁沒處安著。那堪更、一葉
知秋後，天色兒、漸冷落。　　馬上征衫頻搵
淚，一半斑斑汙卻。別來為、思憶叮嚀話，空贏
得、瘦如削。（錄自汲古閣《宋六十名家詞》本）

按：汲古閣本《惜香樂府》此詞作【思越人】，
注云：「向刻【品令】，非。」不知【思越人】
從無有仄韻之體，應依舊刻本，為【品令】。

## 思遠人

（一）調見〔宋〕晏幾道《小山詞》。

紅葉黃花秋意晚，千里念行客。飛雲過盡，歸
鴻無信，何處寄書得。　　淚彈不盡臨窗滴。
就硯旋研墨。漸寫到別來，此情深處，紅箋為
無色。（錄自汲古閣《宋六十名家詞》本）

《欽定詞譜》卷九：「因詞有『千里念行客』
句，取其意以為名。」

（二）即【鷓鴣天】。〔宋〕趙令時詞名【思遠
人】，見《樂府雅詞》卷中。

素玉朝來有好懷。一枝梅粉照人開。晴雲欲向
杯中起，春色先從臉上來。　　深院落，小樓
台。玉盤香篆看裴佪。須知月色撩人恨，數夜
春寒不下階。（錄自文淵閣《四庫全書》本）

（三）即【思越人】。〔清〕宋元鼎詞名【思遠
人】，見《詞覯》卷六。

登層城，俯高閣，江南煙草黃昏。二十四橋明
月在，倚欄誰不消魂。　　孤山放鶴人何處。
柳花歷亂飛絮。水調淒涼清夜起。春鴻那肯南
去。（錄自清鈔本）

## 思歸引

即【鷓鴣天】。〔明〕李培詞名【思歸引】，見
《水西全集》卷六。

家住層城駕水傍。逍遙人在白雲鄉。因憐索米
沉金馬，卻憶餐芝駕木羊。　　青竹杖，紫瓊
漿。靈符一帙枕中藏。登登天目蛾眉秀，採採

山臍石乳香。（錄自《四庫未收書輯刊》本）

## 思歸樂

又名：二色宮桃、柳搖金、惜芳時、惜時芳。

調見〔宋〕柳永《樂章集》卷中。

天幕清和堪宴聚。想得盡、高陽儔侶。皓齒善
歌長袖舞。漸引入、醉鄉深處。　　晚歲光陰
能幾許。這巧宦、不須多取。共君把酒聽杜
宇。解再三、勸人歸去。（錄自《彊村叢書》本）

《樂章集》注：林鐘商。

## 虹窗迥

即【紅窗迥】。《填詞名解》卷一：「【紅窗
迥】，《冥音錄》云：『初名【紅窗影】，後易
一字得今名。紅一作虹。』」

## 品令

又名：呂令、思越人、品字令、海月謠。

（一）調見〔宋〕歐陽修《醉翁琴趣外篇》卷三。

漸素景。金風勁。早是淒涼孤冷。那堪聞、蛩
吟穿金井。喚愁緒難整。　　懊惱人人薄倖。
負雲期雨信。終日望伊來，無憑準。悶損我、
也不定。（錄自雙照樓影宋本）

（二）調見《碧雞漫志》卷一〔宋〕李薦詞。

唱歌須是，玉人檀口，皓齒冰膚。意傳心事，
語嬌聲顫，字如貫珠。　　老翁雖是解歌，無
奈雪鬢霜須。大家且道，是伊模樣，怎如念
奴。（錄自《知不足齋叢書》本）

《碧雞漫志》卷一：「古人善歌得名，不擇男
女。……今人獨重女音，不復問能否。而士大夫
所作歌詞，亦尚婉媚，古意盡矣。政和間，李方
叔在陽翟，有攜善謳老翁過之者，方叔戲作【品
令】云（詞略）。方叔固是沉於習俗，而『語嬌
聲顫』，那得『字如貫珠』？不思甚矣。」

（三）調見〔宋〕黃庭堅《山谷詞》。

敗葉霜天曉。漸鼓吹、催行棹。栽成桃李未
開，便解銀章歸早。去取麒麟圖畫，要及年
少。　　勸君醉倒。別語怎、醒時道。楚山千
里暮雲，鎮鎖離人情抱。記取江州司馬，坐中
最老。（錄自汲古閣《宋六十名家詞》本）

## 品字令

（一）即【品令】。〔明〕王行詞名【品字
令】，見《半軒詞》。

九畫

飛瓊環佩在，縹緲香雲影裏。冰絲瑩靆霞綃帔。瑤階玉砌。雪月看初霽。　　不奈妖妍相，嫵媚任、天然風致。綽約仙姿真絕世。眾芳無地。先得春風意。（錄自惜陰堂《明詞彙刊》本）

詞序：「青陽肇令，淑氣載新，萬卉未芳，梅先應候。繼梅而豔，唯杏能之。梅杏聯芳春，物滋麗韶華。九十二卉開端，杏雖晚生，見梅之清，深之加敬，故度夷則商一曲以美之，曲曰【品字令】。梅亦愛杏之麗，因答以夾鐘商之曲，曰【迎春樂】。春見二卉交歡，不能自默，亦度林鐘羽一曲以嘉賞焉，曲曰【解語花】。夫梅杏皆以色事春者，乃能不妒忌而相敬愛，讚美如此，可謂賢矣。既賢之，其詞不可不錄，故錄之。錄之者，緱嶺仙人之裔，不知其名，人稱之楮園叟云。」

（二）調見《佛印師四調琴娘》〔宋〕了元詞。

覷著腳。想腰肢如削。歌罷遏雲聲，怎得向、掌中托。　　醉眠不如歸去，強罷身心虗霍。幾回欲去侍掀簾，猶恐主人惡。（錄自《全宋詞》本）

## 拜月星慢

即【拜星月慢】。〔清〕鈕琇詞名【拜月星慢】，見《臨野堂集·詩餘》卷上。

揣雪梁園，巡梅粵嶠，幾度愁天雲散。一紙書來，尚錦談珠辯。塵衰衰，堪笑重分鶴體，猶向杞廚抄飯。共入長安，不惜雙鳧賤。　　看迢迤、接翠山容蒨。更何日、把盞鶯聲畔。多少旗亭舊事，總與春俱遠。記柔情、祇剩青鏤管。花蔭午，小閣薰風淺。待攲枕、寄夢相思，忽瘦紅飄斷。（錄自清康熙刻本）

按：此與【拜星月慢】調名只一字之差，有恐刻誤，但目錄也作【拜月星慢】，故錄以存考。

## 拜星月

即【拜星月慢】。〔宋〕周邦彥詞名【拜星月】，見《片玉集》卷九。

夜色催更，清塵收露，小曲幽坊月暗。竹檻燈窗，識秋娘庭院。笑相遇，似覺、瓊枝玉樹相倚，暖日明霞光爛。水眄蘭情，總平生稀見。　　畫圖中、舊識春風面。誰知道、自到瑤台畔。眷戀雨潤雲溫，苦驚飛吹散。念荒寒、寄宿無人館。重門閉、敗壁秋蟲歎。怎奈向、一縷相思，隔溪山不斷。（錄自《彊村叢書》本）

## 拜星月慢

又名：拜月星慢、拜星月、拜新月、拜新月慢。

（一）調見〔宋〕周邦彥《清真集》卷下。

夜色催更，清塵收露，小曲幽坊月暗。竹檻燈窗，識秋娘庭院。笑相遇，似覺、瓊枝玉樹相倚，暖日明霞光爛。水眄蘭情，總平生稀見。　　畫圖中、舊識春風面。誰知道、自到瑤台畔。眷戀雨潤雲溫，苦驚飛吹散。念荒寒、寄宿無人館。重門閉、敗壁秋蟲歎。怎奈向、一縷相思，隔溪山不斷。（錄自《四印齋所刻詞》本）

《宋史·樂志》屬般涉調。《清真集》注：高平調。

（二）調見〔明〕姚應龍《巢鵲樓吟稿》。

東風軟軟，麗日遲遲，九十春光過半。玉樹瓊枝，交映綠姝庭院。叩雙扉笑迎，驚睹如花面。自是柔腸撩亂，漫說道、司空見慣。青樓不數無雙傳，華堂簫鼓開芳燕。春戀永夜清歌，恍覺鶯聲初囀。都總是、曲裏傳幽怨，良宵永、正酒闌人倦。偏宜雨潤雲溫，身在瑤池西畔。（錄自《全明詞補編》本）

## 拜新月

唐教坊曲名。

（一）調見《樂府詩集》卷八十二〔唐〕李端詞。

開簾見新月，便即下階拜。細語人不聞，北風吹裙帶。（錄自中華書局排印本）

《唐聲詩》下編：「唐之此曲，因民間拜新月之風俗而產生。大都婦孺所為，旨在乞美、乞巧、乞遂人事。拜七月為多，五月亦有，並拜牛雙星，與拜月之俗相鄰，亦具歌辭。」

（二）調見《敦煌歌辭總編》卷一《雲謠集雜曲子》〔唐〕無名氏詞。

蕩子他州去，已經新歲未還歸。堪恨情如水，到處輒狂迷。不思家國，花下遙指祝神祇，直至於今，拋妾獨守空閨。　　上有穹蒼在，三光也合遙知。倚屏幃坐，淚流點滴，金栗羅衣。自嗟薄命，緣業至於斯。乞求得見面，誓不辜伊。（錄自上海古籍出版社排印本）

按：原載（伯）二八三八。

（三）調見《敦煌歌辭總編》卷一《雲謠集雜曲子》〔唐〕無名氏詞。

國泰時清晏，咸賀朝列多賢士。播得群臣美，卿貳如同魚水。況當秋景，蔞葉初敷卉。同登

新樓上，仰望蟾色光起。　　回顧玉兔影媚。
明鏡匣、參差斜墜。澄波美。猶怯怕半鉤銜
餌。萬家向月下，祝告深深跪。願皇壽千千，
歲登寶位。（錄自上海古籍出版社排印本）

按：原載（伯）二八三八。

（四）調見《全唐詩》〔唐〕張夫人詞。

拜新月，拜月出堂前。暗魄初籠掛，虛弓未引
弦。拜新月，拜月妝樓上，鸞鏡始安台，娥眉
已相向。拜新月，拜月不勝情。庭花風露清。
月臨人自老，人望月長明。東家阿母亦拜月，
一拜一悲聲斷絕。昔年拜月逞容輝。如今拜月
雙淚垂。回看眾女拜新月，卻憶紅閨年少時。
（錄自清康熙揚州詩局本）

按：此調依《全唐五代詞》例列入。

《醉翁談錄》：「俗傳齊國無鹽女，天下至醜，
幼年拜月。後以德選入宮，王未寵幸。因賞月見
之，姿色異常，卒愛幸之，立為后。乃知女子拜
月，有自來矣。」

《全唐五代詞》卷七：「【拜新月】曲調，因
拜新月之民俗而產生，此乃唐人一種幽美有趣、
極富詩意之風俗，惜不得其詳。《樂府詩集》所
錄【拜新月】，訂為近代曲辭者有李端五言四句
仄韻及吉中孚妻張氏之長短句。」

（五）即【拜星月慢】。《欽定詞譜》卷三十三
【拜星月慢】調注：「一作【拜新月】。」

## 拜新月慢

即【拜星月慢】。〔宋〕吳文英詞名【拜新月
慢】，見《夢窗甲稿》。

絳雪生涼，碧霞籠夜，小立中庭蕪地。昨夢西
湖，老扁舟身世。歡遊蕩，暫賞、吟花酌露樽
俎，冷玉紅香籠洗。眼眩意迷，古陶洲十里。
　　翠參差、淡月平芳砌。磚花溷、小浪魚鱗
起。霧盎淺障青羅，洗湘娥春膩。蕩蘭煙、麝
馥濃侵酒。吹不散、繡屋重門閉。又怕便、綠
減西風，泣秋槃燭外。（錄自汲古閣《宋六十名家
詞》本）

《夢窗詞集》注：林鐘羽，俗名高平調。

## 看花回

（一）調見〔宋〕柳永《樂章集》卷上。

屈指勞生百歲期。榮瘁相隨。利牽名惹逐迢巡
過，奈兩輪、玉走金飛。紅顏成白髮，極品何
為。　　塵事常多雅會稀。忍不開眉。畫堂歌

管深深處，難忘酒盞花枝。醉鄉風景好，攜手
同歸。（錄自《彊村叢書》本）

（二）調見〔宋〕黃庭堅《山谷詞》。

夜永蘭堂，醺飲半倚頹玉。爛熳墜鈿墮履，是
醉時風景，花暗燭殘。歡意走閣，舞燕歌珠成
斷續。催茗飲、旋煮寒泉，露井瓶竇響飛瀑。
　　纖指緩、連環動觸。漸泛起、滿甌銀粟。
香引春風在手，似粵嶺閩溪，初採盈掬。暗想
當年，探春連雲尋篁竹。怎歸得、須將老，付
與杯中綠。（錄自汲古閣《宋六十名家詞》本）

（三）調見〔宋〕趙彥端《介庵詞》。

注目。正江湖浩蕩，煙雲離屬。美人衣蘭佩
玉。澹秋水凝神，陽春翻曲。烹鮮坐嘯，清淨
五千言自足。橫劍氣、南斗光中，浩然一醉引
雙鹿。　　回雁到、歸書未續。夢草處、舊芳
重綠。誰憶瀟湘歲晚，為喚起長風，吹飛黃
鵠。功名異時，圯上家傳謝榮辱。待封留，拜
公堂下，授我長生錄。（錄自汲古閣《宋六十名家
詞》本）

《樂章集》注：大石調。《片玉集·抄補》注：
越調。

《填詞名解》卷二：「【看花回】，取唐劉禹錫
詩：『無人不道看花回。』」

## 看花忙

〔清〕毛先舒自度曲。

《填詞名解》卷四曰：「【看花忙】，毛先舒
作，字七十五。」

按：原詞未見，待補。

## 看春迴

調見《隱居放言》〔清〕夏基詞。

月降瑤台，香飄仙子，西風謫下天英。絕世丰
姿，人間那許留停。鈿由蝶化，釵隨鳳杳，魂
消柳暗花明。墓成陰，恨積空山，淚漬芳蘅。
　　憶逢卓犖風流客，許溪陰把袂，野閣同
登。乍締新歡，無端陡起愁城。三春夜半梅花
夢，夢嬌容、腸斷三更。願來生，再續鴛儔，
重結姻盟。（錄自清康熙本）

## 看瑞香

即【鷓鴣天】。〔宋〕韓淲詞有「看了香梅看瑞
香」句，故名；見《澗泉詩餘》。

看了香梅看瑞香。月橋花檻更雲窗。不知是有

春多少，玉水靈山醉幾場。　　閒蝶夢，褪蜂黃。盡溫柔處盡端相。珠簾十里揚州路，贏得潘郎兩鬢霜。（錄自《彊村叢書》本）

## 香山會

調見《花草粹編》卷七〔宋〕無名氏詞。

向神前發願，燒香做咒。斷了去、媧家吃酒。果子錢、早是遭他毒手。更一個、瓶兒滲漏。　　才斟兩盞三盞，早斟不勻。又添和、薄澠半斗。奴哥有我，奴哥道我，有我時、當面蕩酒。（錄自文淵閣《四庫全書》本）

《新唐書・白居易傳》：「暮節惑浮圖道尤甚，至經月不食葷，稱香山居士。嘗與胡杲、吉旼、鄭據、劉真、盧真、張渾、狄兼謨、盧貞宴集，皆高年不事者，人慕之，為繪《九老圖》。」調名本此。

## 秋千兒

調見《朱淑真集注・前集》卷七〔宋〕鄭元佐殘句。

小子裏，燈□聲，明年又添一歲。（錄自浙江古籍出版社排印本）

## 秋千索

即【端正好】。〔清〕納蘭性德詞有「弄一縷，秋千索」句，故名；見《通志堂詞》。

遊絲斷續東風弱，渾無語、半垂簾幕。茜袖誰招曲檻邊，弄一縷，秋千索。　　惜花人共殘春浦。春欲盡、纖腰如削。新月才堪照獨愁，卻又照，梨花落。（錄自《清名家詞》本）

## 秋日田父辭

即【漁歌子】。〔宋〕高翥詞名【秋日田父辭】，見《菊磵小集》。

啄黍黃雞沒骨肥。繞籬綠橘綴枝垂。新釀酒，旋裁衣，正是婚男嫁女時。（錄自《全宋詞》本）

## 秋水

〔清〕納蘭性德自度曲，見《通志堂詞》。

誰道破愁須仗酒，酒醒後，心翻醉。正香消翠被，隔簾驚聽，那又是、點點絲絲和淚。憶剪燭幽窗小憩，嬌夢垂成，頻喚覺一眶秋水。　　依舊亂蛩聲裏。短檠明滅，怎教人睡。想幾年蹤跡，過頭風浪，只消受、一段橫波花底。

向擁髻燈前提起。甚日還來，同領略、夜雨空階滋味。（錄自《清名家詞》本）

按：納蘭性德詞有「頻喚覺一眶秋水」句，故名【秋水】。

## 秋江碧

即【天仙子】。〔唐〕皇甫松詞有「水葓花發秋江碧」句，故名；見《記紅集》卷一。

晴野鷺鷥飛一隻，水葓花發秋江碧。劉郎此日別天仙，登綺席。淚珠滴。十二晚峰高歷歷。（錄自清康熙刻本）

## 秋光滿目

即【河傳】。〔五代〕徐昌圖詞名【秋光滿目】，見《欽定詞譜》卷十一。

秋光滿目。風清露白。蓮紅水綠。何處夢回，弄珠拾翠盈盈，倚欄橈、眉黛蹙。採蓮調穩聲相續。吳兒伴侶，倚棹吳江曲。鷺起暮天，幾雙交頸鴛鴦，入蘆花、深處宿。（錄自清康熙內府本）

《欽定詞譜》卷十一【河傳】調注：「徐昌圖有『秋光滿目』句，更名【秋光滿目】。」

按：徐詞各本均為【河傳】，《欽定詞譜》未知何據，待考。

## 秋色橫空

又名：玉珥墜金環。

（一）調見〔金〕元好問《遺山先生新樂府》卷二。

松液香凝。澹幽姿一洗，若下宜城。甘腴小苦中山賦，千古齒頰春生。燈花喜，缸面清。愛竹港、冰泉落枕聲。恰值劉綱夫婦，此日丹成。　　雲峰翠展畫屏。更晴樓水閣，樹擁煙橫。留連光景中年，要歌管淘寫襟靈。人間世，身外名。笑朝馬晨鐘夢易驚。且留看神仙，白晝地行。（錄自清光緒本）

（二）即【燭影搖紅】。《欽定詞譜》卷七【燭影搖紅】調注：「金元好問詞名【秋色橫空】。」

按：查元好問詞集無【燭影搖紅】又名【秋色橫空】詞者。現存【秋色橫空】詞與【燭影搖紅】迥異。元白樸【秋色橫空】詞注云：「本名【玉珥墜金環】，『秋色橫空』蓋前人詞首句，遺山用以為名。」因【玉珥墜金環】亦即【燭影搖紅】之別名，元好問借用「秋色橫空」句為

九畫

調名，不等於【秋色橫空】即【燭影搖紅】之別名。《欽定詞譜》未做考定，誤。

## 秋波媚

即【眼兒媚】。〔宋〕陸游詞名【秋波媚】，見《渭南文集》卷四十九。

> 秋到邊城角聲哀。烽火照高台。悲歌擊筑，憑高醉酒，此興悠哉。　　多情誰似南山月，特地暮雲開。灞橋煙柳，曲江池館，應待人來。（錄自雙照樓影宋本）

## 秋夜月

（一）調見《尊前集》〔五代〕尹鶚詞。

> 三秋佳節。罩晴空，凝碎露，茱萸千結。菊蕊和煙輕撚，酒浮金屑。微雲雨，調絲竹，此時難輟。歡極、一片艷歌聲揭。　　黃昏慵別。炷沉煙，薰繡被，翠帷同歇。醉並鴛鴦雙枕，暖偎春雪。語丁寧，情委曲，論心正切。夜深、窗透數條斜月。（錄自《彊村叢書》本）

《欽定詞譜》卷二十一【秋夜月】調注：「調見《尊前集》。因尹鶚詞起結有『三秋佳節』及『夜深、窗透數條斜月』句，取以為名。」

（二）調見〔宋〕柳永《樂章集》卷中。

> 當初聚散。便喚作、無由再逢伊面。近日來，不期而會重歡宴。向樽前，閒暇裏，敏著眉兒長歎。惹起舊愁無限。　　盈盈淚眼。漫向我耳邊，作萬般幽怨。奈你自家心下，有事難見。待信真個，恁別無縈絆。不免收心，共伊長遠。（錄自《彊村叢書》本）

《樂章集》注：商調、夾鐘商。

（三）即【相見歡】。〔五代〕李煜詞有「無言獨上西樓，月如鉤」句，故名；見《欽定詞譜》卷三。

> 無言獨上西樓。月如鉤。寂寞梧桐深院鎖清秋。　　剪不斷。理還亂。是離愁。別是一番滋味在心頭。（錄自《四部叢刊》影明本《唐宋諸賢絕妙詞選》卷一）

《欽定詞譜》卷三【相見歡】調注：「南唐李煜詞有『無言獨上西樓，月如鉤』句，更名【秋夜月】。」

按：《詞調溯源》：「【秋夜月】，一名【相見歡】，見《教坊記》。」所云不知何據。

## 秋夜別思

即【應天長】。〔清〕陳玉璂詞名【秋夜別思】，見《學文堂詩餘》卷一。

> 疏星點點空庭濕。水沉煙冷金徽澀。藕香殘，蟬語切。今宵著意東風急。　　許多情，難盡憶。恰似亂蛩明滅。十二繡簾休揭。月乍關山別。（錄自《常州先哲遺書》本）

## 秋夜雨

調見〔宋〕吳潛《履齋先生詩餘別集》卷二。

> 雲頭電掣好金索。須臾天盡幃幕。一涼恩到骨，正聽雨、盆傾簷角。　　桃笙今夜難禁也，賴醉鄉、情分非薄。清夢何處託。又只是、故園蘺落。（錄自《彊村叢書》本）

## 秋夜長

調見《敦煌歌辭總編》卷二〔唐〕無名氏詞。

> 天暮蘆花白，秋夜長。庭前樹葉黃。旋草霜。　　門前客來了，繡襠襠。夫妻在他鄉。淚千行。（錄自上海古籍出版社排印本）

按：原載（伯）三一二三。原本失調名，《敦煌曲子初探》因詞有「秋夜長」句，擬名【秋夜長】。

## 秋思

即【秋思耗】。〔宋〕吳文英詞名【秋思】，見《夢窗詞集》。

> 堆枕香鬟側。驟夜聲、偏稱畫屏秋色。風碎串珠，潤侵歌板，愁壓眉窄。動羅篋清商，寸心低訴敏怨抑。映夢窗、零亂碧。待漲綠春深，落花香泛，料有斷紅流處，暗題相憶。　　歡酌。簷花細滴。送故人、粉黛重飾。漏侵瓊瑟。丁東敲斷，弄晴月白。怕一曲霓裳未終，催去驂鳳翼。歎謝客、猶未識。漫瘦卻東陽，燈前無夢到得。路隔重雲雁北。（錄自《彊村叢書》本）

《夢窗詞集》注：夾鐘商。

《夢窗詞集》校記：「【秋思】，毛本作【秋思耗】，《詞律》同。按【秋思】為琴曲，見白居易【池上篇·序】，當即詞調所本。或別本題首有『毛』字，傳寫誤衍作『耗』，俟考。」

## 秋思耗

又名：秋思、畫屏秋色。

調見〔宋〕吳文英《夢窗丙稿》。

堆枕香鼇側。聽夜聲、偏稱畫屏秋色。風碎串珠，潤侵歌板，愁壓眉窄。動羅篝清商，寸心低訴敘怨抑。映夢窗、零亂碧。待漲綠春深，落花香泛，料有斷紅流處，暗題相憶。　　歡酌。簷花細滴。送故人、粉黛重飾。漏侵瓊瑟。丁東敲斷，弄晴月白。怕一曲霓裳未終，催去驂鳳翼。歡謝客、猶未識。漫瘦卻東陽，燈前無夢到得。路隔重雲雁北。（錄自汲古閣《宋六十名家詞》本）

**九畫**

## 秋風引

即【秋風清】。《欽定詞譜》卷二【秋風清】調注：「一名【秋風引】。」

## 秋風清

又名：江南春、江南秋、花月詞、秋風引、秋風辭、新安路。

（一）調見《欽定詞譜》卷二〔唐〕李白詞。

秋風清。秋月明。落葉聚還散，寒鴉棲復驚。相思相見知何日，此時此夜難為情。（錄自清康熙內府本）

（二）調見《全唐詩》〔唐〕劉長卿詞。

新安路。人來去。早潮復晚潮，明日知何處。潮水無情亦解歸，自憐長在新安住。（錄自清康熙揚州詩局本）

《欽定詞譜》卷二【秋風清】調注：「此本三五七言詩，後人採入詞中。」

## 秋風第一枝

即【折桂令】。〔元〕邵庵虞詞名【秋風第一枝】，見《廣客談》。

鸞與三顧茅廬，漢祚難扶。日暮桑榆，深渡南瀘。長驅西蜀，力拒東吳。　　美乎周瑜妙術，悲哉關羽雲殂。天數盈虛，造物乘除。問汝何如，早賦歸歟。（錄自《廣四十家小說》本）

《廣客談》：「僕在京師時，館於邵庵虞先生僑寓。一日，先生在散館學士處高宴而歸，秉燭夜坐，備言終席之歡。郭氏順時秀歌時曲，清新婉麗，中有【秋風第一枝】，與尋俗不同。此曲唯『溥山銅細嫋香風』一句兩韻，名曰短柱，作者

不易。今所歌者兩句一韻為尤難，迨是絕唱。次日早，先生命紙筆，亦寫一曲云（詞略）。」

《欽定詞譜》卷十【折桂令】調注：「又名【秋風第一枝】。」

## 秋風歎

即【越江吟】。〔宋〕賀鑄詞名【秋風歎】，見《東山詞》卷上。

瓊鉤褰幔，秋風觀。漫漫，白雲聯度河漢。長宵半，參旗爛爛，何時旦。　　命閣人，金徽重按。商歌彈，依稀廣陵清散。低眉歎，危弦未斷，腸先斷。（錄自涉影宋本）

## 秋風辭

即【秋風清】。《歷代詩餘》卷二【秋風清】調注：「一名【秋風辭】。」

## 秋宵吟

〔宋〕姜夔自製曲，調見《白石道人歌曲》卷六。

古簾空，墜月皎。坐久西窗人悄。蛩吟苦，慚漏水丁丁，箭壺催曉。引涼颸、動翠葆。露腳斜飛雲表。因嗟念，似去國情懷，暮帆煙草。　　帶眼銷磨，為近日、愁多頓老。衛娘何在，宋玉歸來，兩地暗縈繞。搖落江楓早。嫩約無憑，幽夢又杳。但盈盈、淚灑單衣，今夕何夕恨未了。（錄自《彊村叢書》本）

《白石道人歌曲》注：越調。

清戈載【秋宵吟】詞序：「孟秋中旬九日，董琢卿邀集廣川書屋，出示籜石老人《秋葉圖》，寫溫飛卿『一葉葉，一聲聲』詞意，索座客題詠，予賦此解。調本白石自製，注曰：『越調。』越調者，《琵琶錄》所謂商七調之第一運黃鐘商，是為琵琶第二弦之第七聲，其聲實應南呂，今俗樂之六字調也。《白石集》又有【越九歌·越王】一首，亦曰越調，注曰：『無射商。』無射商乃商調之名。越調為黃鐘商，何以又云無射商，不知宋時燕樂七商一均與七宮同。用黃鐘、大呂、夾鐘、仲呂、林鐘、夷則、無射七律之名，越調為第七聲，居無射之位。故朱子《儀禮經傳通解》云：『無射清商，俗呼越調。』張玉田《詞源》云：『無射商，俗名越調也。』考白石原詞，『古簾空』至『箭壺催曉』，與下『引涼颸』至『暮帆煙草』句法既同，旁譜亦無少異。萬紅友疑是雙拽頭，甚是。上應分二段，下

作一段為三疊。觀前『曉』字用六上四，『草』字亦用六上四，可悟。六字為殺聲兼上四，畢曲與《石湖仙》同調也。其中平仄無一字移動，且叶韻皆用上聲，諸去聲字尤為吃緊。予謹守之，庶幾與古譜合耳。用以質諸主人，並同社諸子。」

清蔣敦復【秋宵吟】詞序：「此調戈氏定為雙拽頭，余以旁譜案之良是。白石自注云：『越調。』越調者七商一韻之第七律。唐人謂之黃鐘商見第一運也。殺聲用六字配黃鐘清，《詞源》謂之無射商者。南宋七商亦如七宮，用黃鐘、大呂、夾鐘、仲呂、林鐘、夷則、無射，此調又當無射之位也。若《琵琶錄》之無射商，《詞源》又以為夷則商。不明古今樂律就下之故，宮調難乎言之。」

## 秋浦雲

調見《瑤華集》卷二十一〔清〕程麟德詞。

足跡逐萍來，正浙江潮信，秋生八月。浦際煙輕，山頭雨細，天外亂帆吹不絕。空悵望斷魂，長笛樓頭，有人紫綃獨立。　　猶憶西子晴湖，雲鬟霧鬢，管繁歌急。只今冷蘸垂楊，寒迎落雁，一段閒情銷不得。唯買醉六橋，明月依然，天應不負酒客。（錄自清康熙天藜閣刻本）

## 秋深柳

調見〔清〕姚燮《疏影樓詞》。

疏火照船衾。杜宇千山啼夢醒。百里夜潮雙槳月，到越王城。　　舵尾遂初停。小泊在、第三短亭。木落煙昏，雁飛天遠，人語樓深。（錄自《姚燮手稿》本）

## 秋滿瀟湘

調見《詞綜補遺》卷四〔清〕韋鍾炳詞。

有淚不堪彈，此日天風，似捲江濤，隔牆隱隱響雲璈。伴我寒燈聽夜雨，短髮頻搔。　　故國青山望不見，長安裘馬空勞。只將濁酒讀離騷。便是茱萸羞自插，何況登高。（錄自書目文獻出版社影印本）

## 秋蕊香

又名：秋蕊香令。

（一）調見〔宋〕晏殊《珠玉詞》。

梅蕊雪殘香瘦。羅幕輕寒微透。多情只似春楊柳。占斷可憐時候。　　蕭娘勸我杯中酒。翻紅袖。金烏玉兔長飛走。爭得朱顏舊。（錄自汲古閣《宋六十名家詞》本）

《片玉集》注：雙調。

（二）調見〔宋〕曹勛《松隱樂府》卷二。

秋色宮庭，黃花禁御，西風乍透羅衣。龍山意漸爽，瑤砌葉初飛。喜天宇、明潔曉晴時。翠樓都捲簾帷。奉宴賞，菊英環坐，金玉成圍。　　憑欄海山萬里，登望處，休論戲馬台池。攬幽芳、泛酒面香凝，攜手與、仙姿共遊嬉。從他紗帽頻欹。並寶馬，何妨歸路，月掛天西。（錄自《彊村叢書》本）

（三）調見〔宋〕趙以夫《虛齋樂府》卷上。

一夜金風，吹成萬粟，枝頭點點明黃。扶疏月殿影，雅澹道家裝。阿誰倩、天女散濃香。十分薰透寬裳。徘徊處，玉繩低轉，人靜天涼。　　底事小山幽詠，渾未識清妍，空自情傷。憶佳人、執手訴離湘。招蟾魄、和酒吸秋光。碧雲日暮何妨。惆悵久，瑤琴微弄，一曲清商。（錄自陶氏涉園影宋本）

## 秋蕊香令

即【秋蕊香】。〔宋〕賀鑄詞名【秋蕊香令】，見《陽春白雪》卷七。

花外數聲風定。煙際一痕月淨。水晶屏小欹醉枕。院靜鳴蛩相應。　　香銷斜掩青銅鏡。背燈影。寒砧夜半和雁陣。秋在劉郎綠鬢。（錄自《粵雅堂叢書》本）

## 秋蕊香引

調見〔宋〕柳永《樂章集》。

留不得。光陰催促，奈芳蘭歇，好花謝，唯頃刻。彩雲易散琉璃脆，驗前事端的。　　風月夜，幾處前蹤舊跡。忍思憶。這回望斷，永作終天隔。向仙島歸冥路，兩無消息。（錄自《彊村叢書》本）

《樂章集》注：小石調。

《欽定詞譜》卷十三【秋蕊香引】調注：「此柳永自度曲。」

## 秋蘭香

調見《全芳備祖·前集卷十二·菊門》〔宋〕陳亮詞。

未老金莖，些子正氣，東籬淡佇齊芳。分頭潛

九畫

樣白，同局幾般黃。向閒處、須一一排行。淺深饒間新妝。那陶令、漉他誰酒，趁醒消詳。　況是此花開後，便蝶亂無花，管甚蜂忙。你從今、採卻蜜成房。秋英試商量。多少為誰，甜得清涼。待說破、長生真訣，要飽風霜。（錄自《全宋詞》本）

按：此調宋本、嘉業堂舊鈔本及四庫本均無，今據《全宋詞》本。

## 秋蘭詞

〔清〕金農自度曲，見《冬心先生自度曲》。

楚山疊翠，楚水爭流。有幽蘭生長芳洲。纖枝駢穗，占住十分秋。　無人問國香，零落抱香愁。豈肯同蔥同蒜，去買街頭。（錄自清乾隆刻本）

詞注：「九句，四十四字。」

## 秋霽

又名：春霽、平湖秋月。

調見《名賢詞話草堂詩餘》卷上〔宋〕無名氏詞。

虹影侵階，乍雨歇長空，萬里凝碧。孤鶩高飛，落霞相映，遠狀水鄉秋色。黯然望極。動人無限愁如織。又聽得。雲外數聲，新雁正嘹嚦。　當此暗想，畫閣輕拋，杳然殊無，些個消息。漏聲稀、銀屏冷落，那堪殘月照窗白。衣帶頓寬猶阻隔。算此情苦，除非宋玉風流，共懷傷感，有誰知得。（錄自《四印齋所刻詞》本）

《詞品》卷二：「《草堂詞選》【春霽】、【秋霽】二首相連，皆胡浩然作也。格韻如一，尾句皆是『有誰知得』，而不知何等妄人，於【秋霽】下添入陳後主名。不知六朝焉知此等慢調，況其『孤鶩落霞』語，乃襲用王勃之序，陳後主豈能預知勃文而倒用之邪？」

《填詞名解》卷三：「《詞品》忘為李後主作，乃誤為陳後主，遂加辯駁，可哂也。」又曰：「【秋霽】之調創自李後主，至宋胡浩然用此調作春晴詞，遂名【春霽】，又作秋晴詞，亦名【秋霽】，蓋是一調。」

按：考今傳李煜詞無【秋霽】之作，《填詞名解》之說，亦未必有據。

## 重頭菩薩蠻

即【菩薩蠻】。〔清〕張八詞名【重頭菩薩蠻】，見《詞則·別調集》卷六。

今宵屋掛前宵月。前年鏡入新年髮。芳心不共芳時歇。草色洞庭南。送君花滿潭。別花君豈堪。　綺窗臨水岸。有鳥當窗喚。水上春帆亂。遊蝶化行衣。行人遊未歸。蓬飛魂更飛。（錄自上海古籍出版社影稿本）

按：此即【菩薩蠻】調之添字體。與宋樓扶詞相校，上片於首句前添仄韻七字一句，此所謂重頭；於末句後添平韻五字一句。下片首句前添仄韻五字一句，於末句後添平韻一句。兼句平仄同第二句，其餘所添之句，平仄俱同前句。

## 重疊令

即【菩薩蠻】。〔清〕趙維烈詞名【重疊令】，見《蘭舫詞》。

晴林風細調鶯語。一庭香散桃花雨。獨自理新妝。雙眉鎖恨長。　歸期空負約。莫噪簷前鵲。休更話封侯。宜男草也羞。（錄自清刻本）

## 重疊金

即【菩薩蠻】。〔宋〕趙善扛詞名【重疊金】，見《中興以來絕妙詞選》卷四。

楚宮楊柳依依碧。遙山翠隱橫波溢。絕豔照穠春。春光欲醉人。　纖纖芳草嫩。微步輕羅襪。花戴滿頭歸。遊蜂花上飛。（錄自涉園影宋本）

《欽定詞譜》卷五：「溫詞有『小山重疊金明滅』句，名【重疊金】。」

《古今詞話·詞辨》卷上：「溫庭筠善屬詞。唐宣宗好歌【菩薩蠻】，令孤相公假溫修撰以進，有『小山重疊金明滅』句，為【重疊金】。」

## 保壽樂

調見〔宋〕曹勛《松隱樂府》卷一。

和氣暖回元日，四海充庭琛貢至。仗衛儼東朝，鬱鬱蔥蔥，響傳環佩。鳳歷無窮，慶慈闈上壽，皇情與天俱喜。念永錫難老，在昔難比。　六宮嬪嬙羅綺。奉聖德、坤寧俱備。簫韶動鈞奏，花似錦，廣筵啟。同祝宴賞處，從教月明風細。億載享溫情，長生久視。（錄自《彊村叢書》本）

《欽定詞譜》卷二十三：「周密天基聖節樂次，再坐第六盞，觱篥獨吹商角調，筵前【保壽樂】。」

## 促叫鷗鴣

調見〔明〕潘炳孚《珠塵詞》。

> 人在雲澹時。愁來夢先知。鳥飛隨風老，花落似雨遲。　　能憐否，莫癡。盡教負心期。忘他還思我，記得相喚伊。（錄自惜陰堂《明詞彙刊》本）

詞序：「唐宋詞雖時用拗句，無如古體詩者。予因仿【鷗鴣天】，去其中間。謂之促叫者，以其促拍也。題取六一語。」

## 促拍山花子

即【攤破南鄉子】。《歷代詩餘》卷四十一【攤破南鄉子】調注：「亦名【促拍山花子】。」

## 促拍採桑子

又名：促拍醜奴兒。

調見《歷代詩餘》卷二十二〔宋〕朱敦儒詞。

> 清露濕幽香。想瑤台、無語淒涼。飄然欲去，依然似夢，雲度銀潢。　　又是天風吹淡月，佩丁東、攜手西廂。泠泠玉磬，沉沉素瑟，舞遍霓裳。（錄自清康熙內府刻本）

《欽定詞譜》卷八：「促拍者，即促節繁聲之意，《中原音韻》所謂『急曲子』也。字句與【採桑子】、【添字採桑子】迥別。」

## 促拍滿路花

又名：一枝花、雨中花、喝馬一枝花、滿路花、滿路花岩、滿園花、歸去難。

（一）調見〔宋〕柳永《樂章集》卷下。

> 香靨融春雪，翠鬢嚲秋煙。楚腰纖細正笄年。鳳幃夜短，偏愛日高眠。起來貪顛耍，只恁殘卻黛眉，不整花鈿。　　有時攜手閒坐，偎倚綠窗前。溫柔情態盡人憐。畫堂春過，悄悄落花天。長是嬌癡處，尤殢檀郎，未教折了鞦韆。（錄自《彊村叢書》本）

（二）調見〔宋〕秦觀《淮海詞》。

> 露顆添花色。月彩投窗隙。春思如中酒、恨無力。洞房咫尺，曾寄青鸞翼。雲散無蹤跡。羅帳薰殘，夢回無處尋覓。　　輕紅膩白，步步薰蘭澤。約腕金環重、宜裝飾。未知安否，一

向無消息。不似尋常憶。憶後教人，片時存濟不得。（錄自汲古閣《宋六十名家詞》本）

（三）調見《鳴鶴餘音》卷八〔元〕無名氏詞。

> 抱元能守一，四大自輕安。心中須返照，幾曾閒。金烏沖耀，飛入爛銀盤。心心心是道，只在心心，更於何處求丹。（錄自清黃丕烈補明鈔本）

## 促拍醜奴兒

（一）即【促拍採桑子】。〔宋〕朱敦儒詞名【促拍醜奴兒】，見《樵歌》卷中。

> 清露濕幽香。想瑤台、無語淒涼。飄然欲去，依然如夢，雲度銀潢。　　又是天風吹淡月，佩丁東、攜手西廂。泠泠玉磬，沉沉素瑟，舞遍霓裳。（錄自《四印齋所刻詞》本）

（二）《詞律》卷四【促拍醜奴兒】調注又名【似娘兒】、【青杏兒】。詳見各條。

## 促拍醜奴兒令

即【攤破南鄉子】。〔清〕周卜年詞名【促拍醜奴兒令】，見《裔雲詞》。

> 風落燕泥香。看雕簷、位置安詳。雙飛盡日珠簾捲，相呼相喚，烏衣巷口，軟語商量。　　簾低往來忙。記當年、繡拱雕樑。相期欲問前朝事，日斜煙淡，還來深院，閒話興亡。（錄自《全清詞》本）

## 皇帝感

唐教坊曲名。

調見《敦煌歌辭總編》卷三〔唐〕無名氏詞。

> 新歌舊曲遍州鄉。未聞典籍入歌場。新合孝經皇帝感，聊談聖德奉賢良。（錄自上海古籍出版社排印本）

按：原載（伯）二七二一、三九一○，（斯）○二八九、五七八○。此調十八首，《敦煌歌辭總編》編入雜曲聯章體，今錄其一。

## 俊蛾兒

調見〔金〕王喆《重陽全真集》卷四。

> 見個惺惺真脫灑，堪比大丈夫兒。莫晞燈下俊蛾兒。壞了命兒。　　早早回頭搜密妙，營養姹女嬰兒。道袍換了皂衫兒。與太上做兒。（錄自涵芬樓影明《道藏》本）

按：此調與【畫堂春】相似，但平仄稍有不同。王詞用獨木橋體。是否即【畫堂春】，因無旁

證，存疑待考。

按：王喆詞有「莫晞燈下俊蛾兒」句，故名【俊蛾兒】。

## 後庭花

唐教坊大曲名。

又名：玉樹後庭花、海棠春。

（一）調見《花間集》卷十〔五代〕毛熙震詞。

　　鶯啼燕語芳菲節，瑞庭花發。昔時歡宴歌聲揭，管弦清越。　　自從陵谷遊歇，畫梁塵飄。傷心一片如珪月，閒鎖宮闕。（錄自雙照樓影明仿宋本）

《碧雞漫志》卷五：「【後庭花】，《南史》云：『陳後主每引賓客，對張貴妃等遊宴，使諸貴人及女學士與狎客共賦新詞相贈答。採其尤麗者為曲調，其曲有【玉樹後庭花】。』偽蜀時孫光憲、毛熙震、李珣有【後庭花】曲，皆賦後主故事。不著宮調，兩段各四句，似令也。」

（二）即【後庭花破子】。〔元〕趙孟頫詞名【後庭花】，見《松雪齋樂府》。

　　清溪一葉舟。芙蓉兩岸秋。採菱誰家女，歌聲起莫鷗。亂雲愁。滿頭風雨，帶荷葉、歸去休。（錄自涉園影元本）

## 後庭花破子

又名：後庭花、後庭破子。

調見〔金〕元好問《遺山樂府》卷下。

　　玉樹後庭前，瑤草妝鏡邊。去年花不老，今年月又圓。莫教偏，和月和花，大家長少年。（錄自陶氏影明高麗晉州本）

《欽定詞譜》卷二：「《太平樂府》注：『仙呂調。』《唐書・禮樂志》：『夷則羽，俗呼仙呂調。』此金元小令，與唐詞【後庭花】、宋詞【玉樹後庭花】異。所謂『破子』者，以其繁聲入破也。」

《古今詞話・詞辨》卷上：「陳氏《樂書》曰：『本清商曲，賦【後庭花】，孫光憲、毛熙震都賦之，雙調四十四字；又有【後庭花破子】，李後主、馮延巳相率為之，則是（詞略）。是單調三十二字；俱與古體【玉樹後庭花】異。非『璧月夜夜滿，瓊樹朝朝新』，為商女所歌也。』楊慎云：『無限江南新樂府，君王獨賞後庭花。』」

《唐聲詩》下編：「【玉樹後庭花】既為大曲，

又為雜曲。至五代，大曲內之破聲，別行為【後庭花破子】，已入雜言體。」

按：此詞《古今詞話・詞辨》卷上誤為李煜詞。

## 後庭破子

即【後庭花破子】。〔元〕王惲詞名【後庭破子】，見《秋澗先生樂府》卷四。

　　綠樹連遠舟，青山壓樹頭。落日高城望，煙霏翠滿樓。木蘭舟，彼汾一曲，春風佳可遊。（錄自涉園影元本）

## 後庭宴

調見《金唐詩・附詞》〔唐〕無名氏詞。

　　千里故鄉，十年華屋，亂魂飛過屏山簇。眼重眉褪不勝春，菱花知我銷香玉。　　雙雙燕子歸來，應解笑人幽獨。斷歌零舞，遺恨清江曲。萬樹綠低迷，一庭紅撲簌。（錄自清康熙揚州詩局本）

《庚溪詩話》卷下：「宣和間，修西京洛陽大內，掘地得一碑，隸書小詞一闋名【後庭宴】。詞云（詞略）。余見此碑墨本於李丙仲南家，仲南云：『得之張魏公侄椿處也。』」

《詞苑叢談》卷一：「宋宣和間，掘地得石刻一詞，唐人作也。本無題，後人名之【後庭宴】云。」

《詞史》：「此詞前與【踏莎行】同，後半截然各別。與毛熙震四十四字體之【後庭花】又無一相似處。唐人詞自【河傳】外，前後疊相去無如是之遠者。且眼重句，與前蜀後主『柳眉桃臉不勝春』句法同，當是五代人所作也。」

## 後清江曲

即【清江曲】。〔宋〕蘇庠詞名【後清江曲】，見《後湖詞》。

　　層波渺渺山蒼蒼。輕霜隕木蓮葉黃。呼兒極浦下筌箵，社甕欲熟浮蛆香。　　輕蓑淅瀝鳴秋雨。日暮乘流自相語。一笛清風萬事休，白鳥翩翩落湮渚。（錄自《全宋詞》本）

《韻語陽秋》卷三：「蘇養直【清江曲】見賞於東坡，以為李太白無異，所謂『屬玉雙飛水滿塘，菰蒲深處浴鴛鴦』是也。既為前輩所賞，名已不沒，而又作【後清江曲】一篇，豈養直尚惡其少作耶？所謂『呼兒極浦下筌箵，社甕欲熟浮蛆香、輕蓑淅瀝鳴秋雨。日暮乘流自相語』，如

此等句，【前清江曲】似未到也。」

按：此乃古體詩，非詞調。依《全宋詞》例列入，以備查閱。

## 風入松

又名：松風慢、風入松慢、添字風入松、遠山橫、銷夏。

（一）調見〔宋〕晏幾道《小山詞》。

> 柳陰庭院杏梢牆。依舊巫陽。鳳簫已遠青樓在，水沉難、復暖前香。臨鏡舞鸞離照，倚箏飛雁辭行。　墜鞭人意自淒涼。淚眼回腸。斷雲殘雨當年事，到如今、幾度難忘。兩袖曉風花陌，一簾夜月蘭堂。（錄自汲古閣《宋六十名家詞》本）

《宋史·樂志》屬林鐘商。

《填詞名解》卷二：「【風入松】，古琴曲。又李白詩：『風入松下清，露出草間白。』詞取以名。按《詞譜》云：『漢吳叔文善琴，隱居石壁山，山多松樹，嘗盛夏時，撫琴於松下，遂作此操。』」

（二）調見《鳴鶴餘音》卷七〔元〕披雲真人詞。

> 一聲長嘯冷雲堆。老鶴徘徊。清名莫向皇都說，恐妨人、高臥天台。準各扁舟短棹，安排竹笠芒鞋。（錄自清王黃丕烈補明鈔本）

（三）即【蝶戀花】。〔明〕毛紀詞名【風入松】，見《鼇峰類稿》卷二十六。

> 五馬東來持漢節。課最朝京，遙向津亭別。把酒西風情哽咽。曲塵柳綠無須折。　好共循良書史牒。芳名雅望，天地堪掀揭。便恐長才留帝闕。萬年玉燭資調燮。（錄自《四庫全書存目叢書》本）

## 風入松慢

即【風入松】。《欽定詞譜》卷十七【風入松】調注：「又名【風入松慢】。」

## 風中柳

即【謝池春】，〔宋〕孫夫人詞名【風中柳】，見《類編草堂詩餘》卷二。

> 銷減芳容，端的為郎煩惱。鬢慵梳、宮妝草草。別離情緒，待歸來都告。怕傷郎、又還休道。　利鎖名韁，幾阻當年歡笑。更那堪、鱗鴻信杳。蟾枝高折，願從今須早。莫辜負、鳳幃人老。（錄自明嘉靖刻本）

## 風中柳令

即【謝池春】。〔宋〕無名氏詞名【風中柳令】，見《高麗史·卷七十一·樂二》。

> 嚲鬢雲長，惜眉山、尋乍相見，一時眠起。為伊尚驗，未欲將言相戲。早樽前、會人深意。　霎時間阻，眼兒早巴巴地。便也解、封題相寄。怎生是款曲，終成連理。管勝如、舊來識底。（錄自日本明治四十一年縮印本）

## 風中葉

調見〔清〕王翃《槐堂詞存》。

> 天地無根誰是客。千秋可待鞭餘力。文章皓首將何益。寥落空城憐惜。盡老乾書，鼠窮殘汁。總與人同儳色。　舟南馬北。笑萬里、托浮萍蹤跡。征衫屢被愁霖濕。怨飄零、約亂蛋俱泣。歸何日。年年黃葉，西風道上，薄暮吹他急。（錄自清刻本）

按：王翃詞有「年年黃葉，西風道上，薄暮吹他急」句，故名【風中葉】。

## 風光子

即【歸自謠】。《欽定詞譜》卷二【歸自謠】調注：「一名【風光子】。」

## 風光好

調見《玉壺清話》卷四〔五代〕陶谷詞。

> 好姻緣。惡姻緣。只得郵亭一夜眠。別神仙。　琵琶撥盡相思調。知音少。安得鸞膠續斷弦。是何年。（錄自《知不足齋叢書》本）

《南唐近事》：「陶穀學士奉使，恃上國勢，下視江左，辭色毅然不可犯。韓熙載命妓秦弱蘭詐為驛卒女，每日敝衣持帚掃地。陶悅之，與狎。因贈一詞名【風光好】云（詞略）。明日後主設宴，陶辭色如前，乃命弱蘭歌此詞勸酒。陶大沮，即日北歸。」

《玉壺清話》卷四：「朝廷遣陶穀使江南，以假書為名，實使覘之。李相密遣熙載書曰：『吾之名從五柳公，驕恣喜奉，宜善待之。』至，果爾容色凜然，崖岸高峻，宴席談笑，未嘗啟齒。韓熙載謂所親曰：『吾輩綿歷久矣，豈煩至是耶。觀秀實公字也，非端人介士，其守可隳，諸君請觀。』因令留宿，俟寫六朝書畢，館泊半年。熙載遣歌人秦弱蘭者，詐為驛卒之女以中之，敝衣

竹釵，且暮擁帚，灑掃驛庭。蘭之容止，宮掖殆
無。五柳乘隙因詢其跡。蘭曰：『妾不幸，夫亡
無歸，託身父母，即守驛翁嫗是也。』情既瀆，
失『慎獨』之戒。將行日，又以一闋贈之。後數
日宴於澄心堂，李中主命玻璃巨鍾滿酌之，觳觳
然不顧，威不稍霽。出蘭於席，歌前闋以侑之。
觳慚笑捧腹，簪珥幾委，不敢不釂。釂罷復灌，
幾類漏卮，倒載吐茵，尚未許罷。後大為主禮所
薄，還朝日，止遣數小吏攜壺漿薄餞於郊。迨歸
京，鸞膠之曲已喧，陶因是竟不大用。其詞【風
光好】云（詞略）。」

《野雪鍛排雜說》：「陶尚書穀奉使江南，邂逅
驛女秦弱蘭，犯謹獨之戒。作【風光好】詞。前
人小說或有以為曹翰者，疑其傳疑，本不足論
也。僕比見括蒼所刻沈叡達遼《雲巢集》中所
紀，獨以為陶使吳越，惑倡妓杜任娘，遂作此
詞。又以求遺貓為尋逸犬，且倡既得陶詞，後還
落髮，創仁王院。與諸家之說大異。審如其實，
則此倡亦不凡矣。叡達，杭人，所聞當不謬。院
不知何地，今城中吳山自有仁王院，建於近年，
非也。」

## 風流子

又名：內家嬌、神仙伴侶、驪山石。
唐教坊曲名。

（一）調見【花間集】卷八〔五代〕孫光憲詞。
　　茅屋槿籬溪曲。雞犬自南自北。菰葉長，水葓
　　開，門外春波漲淥。聽織。聲促。軋軋鳴梭穿
　　屋。（錄自雙照樓影明仿宋本）

（二）調見〔宋〕周邦彥【片玉集】卷四。
　　楓林凋晚葉，關河迥，楚客慘將歸。望一川暝
　　靄，雁聲哀怨，半規涼月，人影參差。酒醒
　　後，淚花銷鳳蠟，風幕捲金泥。砧杵韻高，喚
　　回殘夢，綺羅香減，牽起餘悲。　亭皋分襟
　　地，難拚處、偏是掩面牽衣。何況怨懷長結，
　　重見無期。想寄恨書中，銀鉤空滿，斷腸聲
　　裏，玉筯還垂。多少暗愁密意，唯有天知。（錄
　　自陶氏涉園影宋本）

（三）調見〔宋〕賀鑄【賀方回詞】卷一。
　　何處最難忘。方豪健，放樂五雲鄉。彩筆賦
　　詩，禁池芳草，香韉調馬，輦路垂楊。綺筵
　　上，扇侷歌黛淺，汗浥舞香。蘭燭伴歸，繡
　　輪同載，閒花別館，隔水深坊。　零落少年
　　場。琴心漫流怨，帶眼偷長。無奈占床燕月，

侵鬢吳霜。念北里音塵，魚封永斷。便橋煙
雨，鶴表相望。好在後庭桃李，應記劉郎。（錄
自《彊村叢書》本）

【片玉詞】注：大石調。《夢窗詞集》注黃鐘商。
《開元天寶遺事》：「長安有平康坊，妓女所居
之地。京都俠少，萃集於此。兼每年新進士以紅
箋名紙遊謁其中，時人謂此坊為風流藪澤。」
【風流子】調名義此。

## 風流怨

〔清〕沈豐垣自製曲，見《東白堂詞選初集》卷
十五。

　　恨東風，染就紅花翠柳，偏吹得、行人頭白。
　　紛紛年少，雕輪寶馬，競遊賞、鳳城寒食。自
　　歎無聊，縱對歌筵舞席，也感悲戚。飛來飛
　　去，未識誰家燕子，難問玉樓消息。幾回夢向
　　橋西，又無奈、雲深路黑。聽流鶯、似訴三春
　　離恨，叫斜陽裏，憫憫無力。　念疇昔。正
　　兩小無嫌，一點情難隔。扇羅掩月，裙帶飄
　　香，往來只在屏山側。燈前相見，眉邊傳意，
　　偏自臉兒易赤。私語停時，背人行處，只愛月
　　蔭花密。悄把玉樹瓊枝，強比並、鏡中顏色。
　　每向黃昏，不教先睡，鎮貪歡適。最可惜、當
　　時為雨為雲，任風流，未曾知得。（錄自清康熙
　　十七年刻本）

## 風馬令

又名：風馬兒。
調見〔金〕王嚞《重陽全真集》卷十二。

　　意馬擒來莫容縱。長堤備、璫滴瑠玎。被槽
　　頭、猢猻相調弄。攢蹄舉耳，早臨風、璫滴瑠
　　玎。　椿上韁兒緊纏鞚。這回你、璫滴瑠
　　玎。待馴良、牽歸白雲洞。逍遙自在，更不
　　肯、璫滴瑠玎。（錄自涵芬樓影明《道藏》本）

## 風馬兒

（一）即【風馬令】。〔金〕王嚞詞名【風馬
兒】，見《重陽教化集》卷三。

　　意馬擒來莫容縱。長堤備、璫滴瑠玎。被槽
　　頭、猢猻相調弄。攢蹄舉耳，早臨風、璫滴瑠
　　玎。　椿上韁兒緊纏鞚。這回你、璫滴瑠
　　玎。待馴良、牽歸白雲洞。逍遙自在，更不
　　肯、璫滴瑠玎。（錄自涵芬樓影明《道藏》本）

（二）〔清〕顧貞觀自度曲，見【彈指詞】卷上。

繞欄幽澗乍冷冷。又雨一聲聲。漏一聲聲。兩
處閒眠，那夜不同聽。更。更。　病眸才展
訝青青。是燈一星星。螢一星星。偏到薄幃，
單枕最分明。生。生。（錄自清鍾珚校錄本）

## 風雪幔

即【鵲橋仙】。〔清〕陳祥裔詞名【風雪幔】，
見【凝香集】卷二。

鄰雞破夢，曉酒扶頭，欲起又還成懶。總把衣
裳烘熱也，怎抵得、被窩中暖。　煙暗村
遙，雪凝路滑，馬瘦蹄行惢緩。心急一鞭催未
了，凍手已呵幾轉。（錄自清康熙刻本）

按：末句似缺一字，似應作「□凍手、已呵幾
轉」。

## 風捲雲

調見《古今名媛百花詩餘》〔清〕歸淑芬詞。

全賴根深，碧波不斷。魚龍相渾，浮蹤那處
穩。豈礙採蓮舟，鷗鷺堪為伴。　只待素
風，紛紛透水面。粉萼愛新涼，點點似雪，秋
分溪繞滿。（錄自清康熙本）

## 風裏楊花

即【花心動】。〔宋〕謝逸詞有「風裏楊花輕薄
性」句，故名；見《記紅集》卷三。

風裏楊花輕薄性，銀燭高燒心熱。香餌懸鉤，
魚不輕吞，辜負釣兒虛設。桑蠶到老絲長絆，
針刺眼、淚流成血。思量起，拈枝花朵，果兒
難結。　海樣情深忍撇。似夢裏相逢，不勝
歡悅。出水雙蓮，摘取一枝，可惜並頭分折。
猛增期滿會姮娥，誰知是、初生新月。折翼
鳥，甚是于飛時節。（錄自清康熙刻本）

## 風敲竹

即【賀新郎】。〔宋〕蘇軾詞有「又卻是、風敲
竹」句，故名；見《欽定詞譜》卷三十六。

乳燕飛華屋。悄無人、槐蔭轉午，晚涼新浴。
手弄生綃白團扇，扇手一時似玉。漸困倚、孤
眠清熟。簾外誰來推繡戶，枉教人、夢斷瑤台
曲。又卻是，風敲竹。　石榴半吐紅巾蹙。
待浮花浪蕊都盡，伴君幽獨。穠豔一枝細看
取，芳意千重似束。又恐被、秋風驚綠。若待
得君來向此，花前對酒不忍觸。共粉淚，兩簌
簌。（錄自清康熙內府本）

《欽定詞譜》卷三十六【賀新郎】調注：「蘇軾
有『風敲竹』句，名【風敲竹】。」

## 風蝶令

即【南歌子】。〔宋〕朱敦儒詞名【風蝶令】，
見《樵歌》卷下。

試看何時有，元來總是空。丹砂只在酒杯中。
看取乃公雙頰、照人紅。　花外莊周蝶，松
閒御寇風。古人漫爾說西東。何似自家識取、
賣油翁。（錄自《四印齋所刻詞》本）

## 風蝶度南樓

〔清〕王源新翻曲，見《耕餘詩餘》。

似象而非象，云空亦未空。論傳神、只在雙
瞳。飯袋酒囊衣架子，聊混俗，不妨同。
春草長年綠，秋花鎮日紅。正堪陪、無事衰
翁。把卷消閒成獨坐，茅舍下，竹籬中。（錄清
自王氏稿本）

詞注：「自題傳神。此余自度腔也。」

按：此調上二句【南歌子】，下四句【唐多
令】；後段同。原本詞上片前二句下注「【風蝶
令】頭」，後四句下注：「【南樓令】尾。」後
段各注：「同前。」

## 風瀑竹

即【賀新郎】。〔宋〕牟子才詞名【風瀑竹】，
見《翰墨大全・後甲集》卷十。

閣住杏花雨。便新晴、等閒勾引，香車成霧。
璧月光中簫鳳遠，嫋嫋餘音如縷。請一似、□
群仙府。天意乍隨人意好，漸星橋、度漢珠還
浦。又何啻，列千炬。　晚來乍覺陰盤固。
笑人間、玉瓶瑤瑟，錦茵雕俎。無限昇平宣政
曲，回首中原何處。慨鳴鏑、已無宮武。撲面
胡塵渾未掃，強歡謳、還肯軒昂否。縈舊恨，
為誰賦。（錄自《全宋詞》本）

## 負心期

即【山花子】。〔宋〕賀鑄詞有「負心期」句，
故名；見《東山詞》卷上。

節物侵尋迫暮遲。可勝搖落長年悲。回首五湖
乘興地，負心期。　驚雁失行風剪剪，冷雲
成陣雪垂垂。不拚樽前泥樣醉，個能癡。（錄自
涉園影宋本）

## 怨三三

調見〔宋〕賀鑄《賀方回詞》卷二。

> 玉津春水如藍。宮柳蔥蔥。橋上東風側帽簷。記佳節、約是重三。　　飛樓十二珠簾。恨不貯、當年彩蟾。對夢雨廉纖。愁隨芳草,綠遍江南。（錄自《彊村叢書》本）

《填詞名解》卷一:「【怨三三】古怨詞有『狂喚醉裏三三』之句,遂取以名。」

## 怨王孫

又名:怨春郎。

（一）調見《草堂詩餘》前集卷上〔宋〕無名氏詞。

> 夢斷漏悄。秘濃酒惱。寶枕生寒,翠屏向曉。門外誰掃殘紅。夜來風。　　玉簫聲斷人何處。春又去。忍把歸期負。此情此恨此際,擬託行雲。問東君。（錄自雙照樓影明洪武本）

（二）即【憶王孫】。〔宋〕李清照詞名【怨王孫】,見【漱玉詞】。

> 湖上風來波浩渺。秋已暮,紅稀少。水光山色與人親,說不盡、無窮好。　　蓮子已成荷葉老。青露洗、蘋花汀草。眠沙鷗鷺不回頭,似也恨、人歸早。（錄自《四印齋所刻詞》本）

（三）即【河傳】。〔五代〕韋莊詞名【怨王孫】,見《全唐詩・附詞》。

> 錦里,蠶市。滿街珠翠,千萬紅妝。玉蟬金雀,寶髻花簇鳴璫,繡花裳。　　日斜歸去人難見,青樓遠,隊隊行雲散。不知今夜,何處深鎖蘭房,隔仙鄉。（錄自清康熙揚州詩局本）

《碧雞漫志》卷四:「【河傳】,唐詞存者二,其一屬南呂宮,凡前段平韻後仄韻。其一乃今【怨王孫】曲,屬無射宮。」

## 怨回紇

調見《尊前集》〔唐〕皇甫松詞。

> 白首南朝女,愁聽異域歌。收兵頡利國,飲馬胡盧河。　　毳布腥膻久,穹廬歲月多。雕窠城上宿,吹笛淚滂沱。（錄自《彊村叢書》本）

《詞律》卷三【怨回紇】調注:「或曰此本是五言律一首,不宜混入詞譜。余曰:此因《尊前集》載入,故仍之。且題名與曲意不合,正是詞體。」

## 怨回鶻

即【離別難】。詳見【離別難】條。

## 怨朱弦

〔明〕王世貞自度曲,見《弇州山人詞》。

> 譜朱弦、一片秋聲。萬壑松濤,銀漢初傾。挾遍侯門,沉深似海,雕欄十二嬌鶯。流蘇帳底,小按銀箏。啞啞軋軋嚶嚶。罵書生熬橫,撚冷裝酸,攪破春情。我道高山流水,管道香雲暖雨,兩語難憑。怎能勾、師涓老子,證個分明。　　酒人哉、匕首荊卿,宋意悲歌,高漸沾纓。應徵飛霜,倚天紫霓,長河倒瀉珠繩。葡萄尚暖,蝴蝶猶縈。從彼杜宇啼醒。道不如歸去,歸去來兮,任汝縱橫。魚為洞庭清樂,風為蘇門長嘯,飛躍爭聽。何須借、天公兩耳,枉拖瑤京。（錄自惜陰堂《明詞彙刻》本）

詞序:「和王明佐新聲,慰其不遇,名【怨朱弦】。」

按:王世貞詞有「譜朱弦、一片秋聲」句,故名【怨朱弦】。

## 怨東風

（一）即【醉春風】。〔清〕尤侗詞名【怨東風】,見《百末詞》。

> 蒲葉端陽寓。又看銀河渡。江山何事苦留人,住。住。住。破屋頹垣,古槐荒草,滿庭秋雨。　　泥滑長安路。馬首無停處。一鞭落日又西風,去。去。去。茅店孤燈,故鄉回首,夢中雲樹。（錄自《清名家詞》本）

〔清〕高鶚【怨東風】詞序:「及母知婿病,聽人言送女還家。居近百日,婿益病。後乃力疾迎女去,而病始漸痊。總計琴瑟之好,止此月餘耳。按此調本名【醉春風】,西堂《百末集》作【怨東風】,今以儷事屬辭,尤名為近,從之。」

按:《欽定詞譜》卷十四【醉春風】調注:「趙鼎詞名【怨東風】。」查趙詞無【怨東風】調名。據《欽定詞譜》所引的趙詞,四印齋本《得全居士詞》名【怨春風】。「東」字恐「春」字之誤。

（二）調見〔清〕王翃《槐堂詞存》。

> 芳草粘歸騎。人醉。月樹綠春城。煙外生煙半水生。水煙平。　　金鞭更向誰家宿。舊怨章

台曲。今日東風，明日西風。幾個哀鵑不淚
紅。（錄自清刻本）

按：王翃詞有「舊怨章台曲。今日東風」句，故
名【怨東風】。

## 怨春風

（一）即【一斛珠】。〔宋〕張先詞名【怨春
風】，見《張子野詞》卷二。

　　無由且住。綿綿恨似春蠶緒。見來時鉤還須
　　去。月淺燈收，多在偷期處。　　今夜掩妝花
　　下語。明朝芳草東西路。願身不學相思樹。但
　　願羅衣，化作雙飛羽。（錄自《彊村叢書》本）

《張子野詞》注：高平調。

（二）即【醉春風】。〔宋〕趙鼎詞名【怨春
風】，見《得全居士詞》。

　　寶鑑菱花瑩。孤鸞慵照影。魚書蝶夢兩浮沉，
　　恨。恨。恨。結盡丁香，瘦如楊柳，雨疏雲
　　冷。　　宿醉厭厭病。羅巾空淚粉。欲將遠意
　　託湘弦，悶。悶。悶。香絮悠悠，畫簾悄悄，
　　日長春困。（錄自《四印齋所刻詞》本）

## 怨春郎

（一）調見〔宋〕歐陽修《醉翁琴趣外篇》卷三。

　　為伊家，終日悶。受盡悽惶誰問。不知不覺上
　　心頭，悄一霎身心頓也沒處頓。　　懊惱愁腸，
　　成寸寸。已慲莫把人縈損。奈每每人前道著
　　伊，空把相思淚眼和衣搵。（錄自雙照樓影宋本）

（二）即【怨王孫】。〔宋〕王質詞名【怨春
郎】，見《雪山詞》。

　　蘆花已老。蓼花已老。江腹沖風，山頭殘照。
　　暮煙不辨棲鷗。識歸舟。　　歸舟照顧新洲
　　閣。驚波惡。別揀深灣泊。南津北濼，水村總
　　沒人家。莽平沙。（錄自《彊村叢書》本）

## 怨春閨

調見《敦煌歌辭總編》卷二〔唐〕無名氏詞。

　　好天良夜。□月碧霄高掛。羞對文鴛，淚濕紅
　　羅帊。時斂愁眉，恨君顛闀，夜夜歸來，紅燭
　　長流雲樹。　　夜久更深，羅帳虛薰蘭麝。頻
　　頻出戶，迎取嘶嘶馬。含笑覷，輕輕罵。把衣
　　搏搽。巨耐金枝，扶入水精簾下。（錄自上海古籍
　　出版社排印本）

按：原載（伯）二七四八。

## 怨桃花

〔清〕丁澎新譜犯曲，見《扶荔詞》卷一。

　　雕樑彩燕晚窗紗。人似盧家。眉拭翠，臉勻
　　霞，時樣、不爭差。　　起看簾日初斜。睡未
　　足、痕生鬢鴉。劉郎歸夢彌天涯，怨桃花。（錄
　　自清康熙家刻本）

詞注：「春閨。新譜犯曲，上三句【怨三三】，
下二句【桃花水】；後段同。」

按：丁澎詞有「怨桃花」句，故名【怨桃花】。

## 怨啼鵑

即【浣溪沙】。〔宋〕韓淲詞有「一番春事怨啼
鵑」句，故名；見《澗泉詩餘》。

　　錦瑟瑤琴續斷弦。璧堂初過牡丹天。玉鉤斜壓
　　小珠簾。　　睡鴨爐溫吟散後，雙鴛屏掩酒醒
　　前。一番春事怨啼鵑。（錄自《彊村叢書》本）

## 急樂世

調見〔唐〕白居易《白氏長慶集》卷五十三。

　　正抽碧線繡紅羅。忽聽黃鶯斂翠蛾。秋思冬愁
　　春恨望，大都不得意時多。（錄自清刻本）

《唐聲詩》下編：「此乃【綠腰】大曲終拍之
遍。因中唐【綠腰】一曰【樂世】，故名此曲曰
【急樂世】。盛行於德宗貞元間。」

《敦煌曲初探》：「按【樂苑】云：『【樂
世】，羽調曲。又有【急樂世】。』查【樂世】
詞有張說一首，詞體較長。至中唐時或有摘其後
段急拍美聽之部分，呼為【急樂世】。」

按：此調依《全唐五代詞》例列入，以供參考。

## 亭前柳

（一）調見〔宋〕石孝友《金谷遺音》。

　　有件偷遮，算好事、大家都知。被新冤家覓索
　　後，沒到底，似別底也難為。　　識盡千千並
　　萬萬，那得恁、海底猴兒。這百十錢，一個潑
　　性命，不分付，待分付與誰。（錄自汲古閣《宋
　　六十名家詞》本）

（二）即【廳前柳】。〔宋〕朱雍詞名【亭前
柳】，見《梅詞》。

　　拜月南樓上，面嬋娟、恰對新妝。誰憑欄干
　　處，笛聲長。追往事，遍淒涼。　　看素質、
　　臨風消瘦盡，粉痕輕、依舊真香。瀟灑春塵
　　境，過橫塘。度清影，在迴廊。（錄自四印齋彙刻

《宋元三十一家詞》本）

## 哀江南

（一）〔清〕潘觀保自度曲，見《新聲譜》。

蠟易成灰，蠶空作繭。無賴遊絲、暗把春愁
綰。尋常道是傷心，還不道、韶華忒賤。東風
吹又轉。去年人面，甚時重見。　　何況剩水
殘山，滄桑都換。盡由他、萬紫千紅，總成淒
春。全家都付飄零，無奈是、青衫濕遍。鄉關
天樣遠。一聲河滿。一回腸斷。（錄自清刻本）

詞序：「家山一別，倏又春深，劫火茫茫，欲歸
無所。自度此腔，命之曰【哀江南】。對酒當
歌，不覺淚數行下也。」

（二）調見《歷代蜀詞全輯續編》〔清〕李映
棻詞。

依舊台城恨不消。笳聲淒斷廣陵潮。十年鴻爪
分明在，愁間江南烏鵲橋。（錄自重慶出版社排印
本）

按：此係七言絕句，恐非詞。今依《歷代蜀詞全
輯》例列入，以供參閱。

## 度清宵

宋大曲名。

調見〔宋〕張繼先《虛靖真君詞》。

一更一點一更初。城門半掩行人疏。茅庵瀟灑
一事無。孤燈相對光清虛。　　蒲團安穩身不
拘。跏趺大坐心如如。月輪微出天東隅。空中
露出無名珠。

二更二點二更深。宮鐘聲絕夜沉沉。明月滿天
如寫金。同光共影無昏沉。　　起來閒操無弦
琴。聲高調古驚人心。琴罷獨歌還獨吟。松風
澗水俱知音。

三更三點三更中。煙開霧斂靜無風。月華迸入
水晶宮。四方上下同一空。　　光明遍轉華胥
同。千古萬古無初終。鐵蛇飛舞如流虹。倒騎
白鳳遊崆峒。

四更四點四更長。迎午迸鼠心不忙。丹爐伏火
生新香。群陰剝盡回真陽。　　金娥木父歡相
當。醍醐次進無停觴。主賓倒置情不傷。更闌
別去還相忘。

五更五點五更殘。青冥風露逼人寒。扶桑推出
紅銀盤。城門依舊聲喧喧。　　明暗二景交相
轉。生來死去紛易換。道人室中天宇寬。日出
三竿方啟關。

### 結語

獨自行兮獨自坐。獨自歌兮獨自和。日日街頭
走一過。我不識吾誰識我。　　人間旦暮自四
時。玄中消息不推移。覿面相呈知不知。知時
自唱囉囉哩。（錄自《全宋詞》本）

## 度新聲

即【踏莎行】。〔宋〕賀鑄詞有「紫簫閒撚度新
聲」句，故名；見《賀方回詞》卷二。

小苑浴蘭，微波寄葉。石城回首山重疊。綺窗
煙雨夢佳期，飛霞艇子雕檀楫。　　樓迥披
襟，廊長響屜。供愁麝月眉心帖。紫簫閒撚度
新聲，有人偷倚欄干搯。（錄自《彊村叢書》本）

## 帝鄉子

調見〔清〕陳榮昌《虛齋詞》卷上。

龍。龍上天，雲爾從。別有怪蛟奇鼉，盡同
宗。蠃蚌不堪吞噬，結群爭長雄。掀爾水晶宮
殿，倒波中。（錄自手稿本）

按：此鈔本上有批語云：「此可歸入詞集中。」
依此列入。

## 帝台春

又名：帝台新、帝台春慢。

唐教坊曲名。

調見《樂府雅詞》卷五〔宋〕李甲詞。

芳草碧色。萋萋遍南陌。暖絮亂紅，也知人、
春愁無力。憶得盈盈拾翠侶，共攜賞、鳳城寒
食。到今來，海角逢春，天涯為客。　　愁旋
釋，還似織。淚暗拭，又偷滴。漫佇立、遍倚
危欄，盡黃昏，也只是、暮雲凝碧。拚則而今
已拚了，忘則怎生便忘得。又還問鱗鴻，試重
尋消息。（錄自《粵雅堂叢書》本）

## 帝台春慢

即【帝台春】。〔宋〕李甲詞名【帝台春慢】，
見《高麗史‧卷七十一‧樂二》。

芳草碧色。萋萋遍南陌。暖絮亂紅，也似知
人，春愁無力。憶得盈盈拾翠侶，共攜賞、鳳
城寒食。到今來，海角逢春，天涯為客。
愁旋釋，還似織。淚暗拭，又偷滴。漫佇立、
遍倚危欄，儘黃昏，也只是、暮雲凝碧。拚則
而今已拚了，忘則怎生便忘得。又還問鱗鴻，
試重尋消息。（錄自日本明治四十一年縮印本）

九畫

## 帝台新

即【帝台春】。〔明〕王交詞名【帝台新】，見《綠槐堂集・癸集》。

壯行堪賦。飛節澄秋路。東海潮生，為誰吹向，勾餘煙渡。錦纜牙檣船欲西，潮也似、送君西去。看紫紆，禹穴丹霞，錢塘碧霧。　暮冰輪，晨玉露。岸垂楊，洲芳杜。謾南陌風來，又為誰、吹度橫江煙樹。天闕雲霄心欲北，風也似、送君北去。華衰煥絲綸，蒼原足霖雨。（錄自明刻本）

## 恨江南

調見《朱淑真集注・前集》卷九鄭元佐注〔宋〕殘句。

塞北魚沉雁杳，空腸斷，書難寄。（錄自浙江出版社排印本）

## 恨來遲

又名：恨歡遲。

調見〔宋〕王灼《頤堂詞》。

柳暗汀洲，最春深處，小宴初開。似泛宅浮家，水平風軟，咫尺蓬萊。　更勸君，吹盡紫霞杯。醉看鸞鳳徘徊。正洞裏桃花，盈盈一笑，依舊憐才。（錄自《彊村叢書》本）

## 恨來遲破

《填詞名解》卷四：「【恨來遲破】，南唐大周后作。按此調今不傳。」

## 恨春遲

調見〔宋〕張先《張子野詞》卷一。

好夢才成又斷。日晚起、雲鬟梳鬖。秀臉拂新紅，酒入嬌眉眼，薄衣減春寒。　紅柱溪橋波平岸。畫閣外、落日西山。不分閒花並蒂，秋藕連根，何時重得雙眠。（錄自《彊村叢書》本）

《張子野詞》注：大石調。

## 恨歡遲

又名：下手遲。

（一）即【恨來遲】。〔宋〕張鎡詞名【恨歡遲】，見《花草粹編》卷九。

淡薄情懷，淺綴胭脂。獨占江梅。最好是、嚴凝苦寒天氣，卻是開時。　也不許、桃杏鬥妍嬈。也不許、雪霜相欺。又只恐、誰家一聲羌笛，落盡南枝。（錄自文淵閣《四庫全書》本）

（二）調見〔金〕王喆《重陽全真集》卷四。

名喆排三本姓王。字知明、子號重陽。似菊花、如要清香吐，緩緩等濃霜。　學易年高便道裝。遇淵明、語我嘉祥。指蓬萊、雲路如歸去，慢慢地休忙。（錄自涵芬樓影明《道藏》本）

## 美人香

〔明〕黃幼藻自度曲，見《眾香詞・御集》。

柔肌豔質發芳芬。似賈如苟。生香豈為麝蘭薰。自是天然百和，撚就輕盈。　東風蕩起石榴裙。散出氤氳。簫郎幾度欲消魂。一種柔情深處，蜂蝶難爭。（錄自大東書局影誦芬室本）

詞注：「本意。自度曲。」

## 美人賣花

〔清〕陳祥裔新譜犯曲，見《凝香集》卷三。

今宵月色明如畫。莫負花時候。欄干橫處惹佳人。覰著看花花上臉，鬥月精神。　官貧不道饒清興。花月心頭境。露凝花氣月都香。拚得朝衣聊當酒，買醉何妨。（錄自清康熙刻本）

詞注：「月下看花。上三句【虞美人】，下二句【賣花聲】。」

## 美人臨江

〔清〕陳祥裔新譜犯曲，見《凝香集》卷三。

牽情牽恨何時了。斷送人多少。而今憔悴倚長亭。瘦拖殘照黑，病抱野煙青。　風流贏得愁千縷。付與鴉兒語。一番零落一番寒。纖眉消翠易，冷眼覷人難。（錄自清康熙刻本）

詞注：「上三句【虞美人】，下二句【臨江仙】。」

## 美人歸

〔明〕俞彥自度犯曲，見《俞少卿近體樂府》。

遠山凝黛波凝盼。苦海茫無岸。裹蹄為鑄屬為螺。業風吹愛河。　墜樓人別黃金塢。曾上揚州路。他生未卜此生休。應愁不解愁。（錄自《四庫未收書輯刊》本）

序注：「此調犯【虞美人】、【阮郎歸】，故名。」

## 美人鬠

〔清〕沈謙新翻曲，見《東江別集》卷一。

銀燈低照眉山綠。催唱相思曲。暗裏踢紅靴。春寒夜轉多。　嘈嘈箏板聲何急。漫撚花枝說。郎自要銷魂。魂銷莫怪人。（錄自惜陰堂《明詞彙刻》本）

詞注：「新翻曲。上二句【虞美人】，下二句【菩薩蠻】；後段同。」

## 美少年

（一）即【生查子】。〔五代〕魏承班詞名【美少年】，見《填詞圖譜》卷一。

煙雨晚晴天，零落花無語。難話此時心，梁燕雙來去。　琴韻對薰風，有恨和情撫。腸斷斷弦頻，淚滴黃金縷。（錄自《詞學全書》本）

《詞律》卷三：「《圖譜》注【生查子】名改作【美少年】，可笑。夫『美少年』三字，因晏小山此調首句『金鞍美少年』故也。彼牛（希濟）、張（泌）、孫（光憲）、魏（承班）四公乃五代時人，百餘年之前，豈即預知宋朝晏氏有此一句，而取以自名其調乎？」

（二）即【生查子】。〔清〕黃賣理詞名【美少年】，見《東皋詩餘》卷二。

青青垂玉階，貪舞春風早。趙女鬥腰肢，嫉妒生多少。　色易衰，難自保。回首邊霜到。葉葉帶愁容，棄置同秋草。（錄自清乾隆刻本）

## 洞中天

即【鷓鴣天】。〔金〕馬鈺詞名【洞中天】，見《洞玄金玉集》卷九。

休賭休飲休保人。減些煙焰少婪塵。能搜已過為長便，不見他非獲好因。　驚寵辱，樂清貧。修心養性惜精神。常憑如此成功行，明月清風作友真。（錄自涵芬樓影明《道藏》本）

詞注：「本名【鷓鴣天】。」

## 洞中仙

（一）即【洞仙歌】。《欽定詞譜》卷二十【洞仙歌】調注：「《宋史・樂志》名【洞中仙】，注林鐘商調，又歇指調。」

按：【洞中仙】調係宋太宗趙炅所製小曲，見《宋史・樂志》卷一百四十二。原調已佚，屬林鐘商。《欽定詞譜》注為【洞仙歌】之別名，未知何據。

（二）即【念奴嬌】。〔明〕季孟蓮詞名【洞中仙】，見《前八大家詩選・季叔房卷》卷八。

金飆素昊，莽澄空羽翼，一時高潔。綽約恠來姑射子，爽颯瓊崖冰雪。寶鴨烘旈，白螺盛醞，鶴舞琴三疊。猢猻藤杖，不須支此飛骨。　曾記天上吹簫，翩翩霞舉，一葦稱奇絕。我道千年雙比翼，寧論蒼顏華髮。麟管生花，龍光吐劍，彩鳳毛摘血。蟾蜍玉水，丹經閒灑清冽。（錄自《四庫禁毀書叢刊》本）

## 洞天春

調見〔宋〕歐陽修《歐陽文忠公近體樂府》卷三。

鶯啼綠樹聲早。檻外殘紅未掃。露點真珠遍芳草。正簾幃清曉。　鞦韆宅院悄悄。又是清明過了。燕蝶輕狂，柳絲撩亂，春心多少。（錄自雙照樓影宋本）

## 洞天歌

即【洞仙歌】。〔清〕鍾朝煦詞名【洞天歌】，見《甌廬詞稿》卷四。

九儒十丐，自昔聞其語。不意吾生乃如許。是前生、罪惡報應分明，親嘗試、滋味酸鹹辣苦。　問誰鞭迫汝，種種牽纏，鷺鶴化鴟虎成鼠。看冷甑寄食，破帽沿門，只缺乏、一枝狗杵。偶然夢、少年致青雲，蘧醒眼燈昏，野風如雨。（錄自南溪自力公司排印本）

## 洞仙詞

即【洞仙歌】。〔元〕袁易詞名【洞仙詞】，見《靜春詞》。

江楓汀樹，掛寒雲零亂。天闊誰填莫愁滿。散玉塵千斛，妝□柴門，堪笑處、天女多情恨晚。　灞橋絲樣柳，恰試鵝黃，笛裏東風便吹斷。莫話剡溪船，乘興歸來，早閒了落梅庭院。愛才占西園做飛花，天不道春光，暗中消減。（錄自吳訥《百家詞》本）

## 洞仙歌

又名：羽仙歌、洞天歌、洞中仙、洞仙詞、洞仙歌令、洞仙歌慢、洞玄歌。

唐教坊曲名。

（一）調見《敦煌歌辭總編》卷一《雲謠集雜曲子》〔唐〕無名氏詞。

華燭光輝，深下屏幃。恨征人久鎮邊夷。酒醒
後多風醋，少年夫婿。向綠窗下左偎右倚。擬
鋪鴛被。把人尤泥。　　　須索琵琶重理。曲中
彈到，想夫憐處，轉相愛幾多恩義。卻把絮衷
鴛衾枕，願長與今宵相似。（錄自上海古籍出版社
排印本）

按：原載（斯）一四四一、《敦煌零拾》。

（二）調見〔宋〕柳永《樂章集》卷中。

佳景留心慣。況少年彼此，風情非淺。有笙歌
巷陌，綺羅庭院。傾城巧笑如花面。恣雅態、
明眸回美盼。同心綰。算國豔仙材，翻恨極逢
晚。　　　繾綣。洞房悄悄，繡被重重，夜永歡
餘，共有海約山盟，記得翠雲偷剪。和鳴彩鳳
于飛燕。閒柳徑花陰攜手遍。情春戀。向其
間，密約輕憐事何限。忍聚散。況已結深深
願。願人間天上，暮雲朝雨長相見。（錄自《彊
村叢書》本）

《樂章集》注：般涉調、仙呂調、中呂調。

（三）調見〔宋〕蘇軾《東坡詞》。

冰肌玉骨，自清涼無汗，水殿風來暗香滿。繡
簾開、一點明月窺人，人未寢、欹枕釵橫鬢
亂。　　　起來攜素手，庭戶無聲，時見疏星渡
河漢。試問夜如何，夜已三更，金波淡、玉繩
低轉。但屈指、西風幾時來，又不道、流年暗
中偷換。（錄自汲古閣《宋六十名家詞》本）

詞序：「僕七歲時，見眉州老尼，姓朱，忘其
名，年九十餘。自言嘗隨其師入蜀主孟昶宮中。
一日大熱，蜀主與花蕊夫人夜起避暑摩訶池上，
作一詞，朱俱能記之。今四十年來，朱已死矣，
人無知此詞者。獨記其兩句，暇日尋味：豈【洞
仙歌令】乎？乃為足之。」《苕溪漁隱叢話‧
前集》卷六十引《漫叟詩話》云：「楊元素作
【本事曲】，記【洞仙歌】（詞略）。錢塘有一
老尼能誦後主詩首章兩句，後人為足其意，以填
此詞。余嘗見一士人誦全篇云：『冰肌玉骨清無
汗，水殿風來暗香暖。簾開明月獨窺人，欹枕釵
橫雲鬢亂。起來瓊戶啟無聲，時見疏星渡河漢。
屈指西風幾時來，只恐流年暗中換。』」又云：
「東坡作【洞仙歌】序云：『僕七歲時，見眉州
老尼，姓朱，忘其名，年九十餘。自言嘗隨其師
入蜀主孟昶宮中。一日大熱，蜀主與花蕊夫人夜
起避暑摩訶池上，作一詞，朱俱能記之。今四十
年來，朱已死矣，人無知此詞者。獨記其兩句，
暇日尋味：豈【洞仙歌令】乎？乃為足之。』」苕

溪漁隱曰：《漫叟詩話》所載【本事曲】云：
『錢塘有一老尼能誦後主詩首章兩句。』與東坡
【洞仙歌】序全然不同，當以序為正也。」

《墨莊漫錄》卷九：「東坡作長短句【洞仙
歌】，所謂『冰肌玉骨，自清涼無汗』者，公自
敘云：『予幼時見一老人，年九十餘，能言孟蜀
主時事。云蜀主嘗與花蕊夫人夜坐，納涼於摩訶
池上，作【洞仙歌令】，老人能歌之。予但記其
首兩句，乃為足之。近見李公彥季成詩話，乃
云：『楊元素作《本事曲》，記【洞仙歌】：
「冰肌玉骨，自清涼無汗。」錢唐有老尼能誦後
主詩首章兩句，後人為足其意，以填此詞。』其
說不同。予友陳興祖德昭云：『頃見一詩話，亦
題云：「李季成作。」乃全載孟蜀主一詩：「冰
肌玉骨清無汗。水殿風來暗香滿。簾間明月獨窺
人，欹枕釵橫雲鬢亂。三更庭院悄無聲，時見
疏星度河漢。屈指西風幾時來？只恐流年暗中
換。」云：「東坡少年遇美人，喜【洞仙歌】，
又邂逅處景色暗相似，故櫽括，稍協律以贈之
也。」予以為此說近之。』據此，乃詩耳。而東
坡自敘乃云『是【洞仙歌令】』，蓋公以此敘自
晦耳。【洞仙歌】腔出近世，五代及國初未之有
也。」

按：《陽春白雪》卷二有宋無名氏【洞仙歌】
詞。序云：「宜春潘明叔云：『蜀主與花蕊夫
人避暑摩訶池上，賦【洞仙歌】，其詞不見於
世。東坡得老尼口誦兩句，遂足之。元明因開摩
訶池，得古石刻，遂見全篇。』」詞云：「冰肌
玉骨，自清涼無汗。貝闕琳宮恨初遠。玉欄干倚
遍，怯盡朝寒回首處，何必留連穀滿。　　　芙蓉
開過也，樓台香融，千片紅英泛波面。洞房深深
鎖，莫放輕舟瑤台去，甘與塵寰路斷。更莫遣、
流紅到人間，怕一似當時，誤他劉阮。」此詞據
《樂府餘論》云：「拉雜湊集，明是南宋人偽
託。」所論極是。

（四）調見〔宋〕辛棄疾《稼軒長短句》卷六。

婆娑欲舞，怪青山歡喜。分得清溪半篙水。記
平沙鷗鷺，落日漁樵，湘江上，風景依然如
此。　　　東籬多種菊，待學淵明，酒興詩情不
相似。十里漲春波，一棹歸來，只做個、五湖
范蠡。是則是、一般弄扁舟，爭知道，他家有
個西子。（錄自雙照樓影小草齋鈔本）

（五）調見《梅苑》卷四〔宋〕無名氏詞。

廣寒曉駕，姑射尋仙侶。偷被霜華送將去。過

越嶺、棲息南枝，勻妝面、凝酥輕聚。愛橫管、孤度隴頭聲，盡拚得幽香，為君分付。

水亭山驛，衰草斜陽，無限行人斷腸處。盡為我、留得多情，何須待、春風相顧。任倒斷、深思向梨花，也無奈寒食，幾番春雨。（錄自文淵閣《四庫全書》本）

（六）調見〔明〕姚應龍《巢鵲樓吟稿》。

長安遊客，被天風吹入，珠宮紫極。笑挾秦娥共棲息，不知今夕何夕。麗質羞花，仙牛振蓼，兩兩連城璧。鳳緣曾締，丹鳳彩鸞連翼。

綺幃春似海，百媚千嬌消息。盡相思，此愁臆。魚水投情，始信人間樂事。端在衾席，香汗流蘇，怕聽雞聲傳紫陌。若問春宵多少價，千金一刻。（錄自《全明詞補編》本）

（七）調見〔明〕鄧志謨《鐵樹記》第五回。

丹之始。無上元君授聖主。法出先天五太初，遇元修煉身沖舉。（錄自《中國話本大系》本）

九畫

## 洞仙歌令

即【洞仙歌】。〔宋〕康與之詞名【洞仙歌令】，見《全芳備祖・前集卷十一・花部・荷花》。

若耶溪路。別岸花無數。斜斂嬌紅向人語。綠荷相倚恨，回首西風，波淼淼、三十六陂煙雨。　　新妝明照水，汀渚生香，不嫁東風被誰誤。遣踟躕、客意千里綿綿，仙浪遠、何處凌波微步。想南浦、潮生畫橈歸，正月曉風清，斷腸凝佇。（錄自文淵閣《四庫全書》本）

## 洞仙歌慢

即【洞仙歌】。〔宋〕柳永詞名【洞仙歌慢】，見《犬窩北宋詞矩》卷下。

嘉景，況少年彼此，爭不雨沾雲惹。奈傅粉英俊，夢蘭品雅。金絲帳暖銀瓶亞。並粲枕輕偎輕倚，綠嬌紅姹。算一笑，百琲明珠非價。

閒暇。每只向、洞房深處，痛憐極寵，似覺些子輕孤，早恁背人淚灑。從來嬌縱多猜訝。更對剪香雲，深要深心同寫。愛搵了雙眉，索人重畫。忍負艷冶。斷不等閒輕捨。鴛衾下。願常恁、好天良夜。（錄自廣陵古籍刻印社影稿本）

## 洞玄歌

即【洞仙歌】。〔金〕長筌子詞名【洞玄歌】，見《洞淵集》卷五。

野堂花老，檻外幽香度。綠影沉沉映窗戶。任從他、日轉西郊，且閒看、雲生南浦。見隱隱遙岑接天青，又石齒分泉，迸珠飛雨。　　丹丘咫尺，幾個人回顧。鼹鼠穿窬豈足數。假直鏡、綺陌長遊，爭似向、煙嵐深處。枕萬壑雲霞樂平生，便不勝紅塵，點染緇素。（錄自涵芬樓影明《道藏》本）

## 洞花歌

調見〔清〕朱青長《朱青長詞集》卷三。

採香調雪，挽春風稍住。諒遞來合運忘聽，排紅渝綠。洗盡繁華，叢蔭裏、呼出金衣仙女。

問瑤花玉朵，能得瓊肌，絕少天然紫風味。傳語夢愁堂，偎傍飛瓊，還較鬱金濃十倍。但尊重，柔荑莫輕，翻教刺破梨蕊，滴燕支淚。（錄自朱青長手稿本）

## 洞庭春色

即【沁園春】。〔宋〕陸游詞名【洞庭春色】，見《渭南文集》卷五十。

壯歲文章，暮年勳業，自昔誤人。算英雄成敗，軒裳得失，難如人意，空喪天真。請看邯鄲當日夢，待炊罷黃粱徐欠伸。方知道，許多時富貴，何處關身。　　人間定無可意，怎換得、玉鱠絲蓴。且釣竿漁艇，筆床茶灶，閒聽荷雨，一洗衣塵。洛水秦關千古後，尚棘暗銅駝空愴神。何須更，慕封侯定遠，圖像麒麟。（錄自雙照樓影宋本）

## 洞庭秋色

即【沁園春】。〔清〕陸進詞名【洞庭秋色】，見《巢青閣集・付雪詞》。

鶯語辭春，蟬聲入夏，節序如流。正明湖波暖，絲牽翠荇，平堤綠暗，花放紅榴。滿耳歌聲聽不得，說公子、將歸白鷺洲。情難說，向河橋折柳，無計相留。　　屈指十年壇坫，冷落盡、酒侶詩儔。賴君家崛起，詞填彩筆，騷人高會，酒泛金甌。回首青山斜照外，漸拂拂、南風催去舟。惆悵甚，問何時握手，細語重遊。（錄自清康熙刻本）

按：此調《付雪詞》目錄作【洞庭春色】，而正文作【洞庭秋色】，未知孰是？今以正文調名作條目，以供考查。

## 洛妃怨

即【昭君怨】。〔宋〕朱敦儒詞名【洛妃怨】，見《樵歌》卷下。

拾翠當年延佇。解佩感君誠素。微步過南岡。獻明璫。　襟上淚難再會。惆悵幽蘭心事。心事永難忘。寄君王。（錄自《四印齋所刻詞》本）

## 洛陽春

（一）即【一落索】。〔宋〕歐陽修詞名【洛陽春】，見《歐陽文忠公近體樂府》卷三。

紅紗未曉黃鸝語。蕙爐銷蘭炷。錦屏羅幕護春寒，昨夜三更雨。　繡簾閒倚吹輕絮。斂眉山無緒。看花拭淚向歸鴻，問來處，逢郎否？（錄自雙照樓影宋本）

（二）調見〔清〕鄒天嘉《耦漁詞》。

泛泛輕舠蓬梗。煙波清境。數聲淒切聽霜前，也暗惜、孤鴻影。　濁酒瓦甌斟盡。閒心偏醒。秋風不久戀鱸香，怕落葉、吳江冷。（錄自清刻本）

## 洛陽紙貴

〔近人〕吳藕汀自度曲，見《畫牛閣詞集》。

紅日炎炎如焚，窗前金鳳花枯死。朱瓜累累，滿架遮三徑，燒燈疑是。額汗涔涔，猶握管、低頭矮几。五十年間舊事，盡寫入，洛陽紙。　紙貴。難能易取，但憑節米。不問老之將至。盡餘生、書示來人耳。堪憐字字傷心，行行流淚。且喜三年辛苦，沙塔方成，莫道雕蟲小技。（錄自《畫牛閣詞集》手稿本）

按：吳藕汀詞有「盡寫入，洛陽紙」及「紙貴」等句，故名【洛陽紙貴】。

## 宣州竹

即【虞美人】。〔宋〕呂本中詞名【宣州竹】，見《永樂大典》卷二千八百十三「梅」字韻。

小溪蓬底湖風重。吹破凝酥動。一枝斜映庾門深。冷淡無言香泛、月華清。　已經輕瘦誰為共。魂繞徐熙□。恥同桃李困春容。肯向毫端開發、兩雲中。（錄自中華書局影印本）

## 宣清

調見〔宋〕柳永《樂章集》卷中。

殘月朦朧，小宴闌珊，歸來輕寒凜凜。背銀缸、孤館乍眠，擁重衾、醉魄猶噤。永漏頻傳，前歡已去，離愁一枕。暗尋思、舊追遊，神京風物如錦。　念擲果朋儕，絕纓宴會，當時曾痛飲。命舞燕翩翩，歌珠貫串，向玳筵前，儘是神仙流品。至更闌、疏狂轉甚。更相將、鳳幃鴛寢。玉釵亂橫，任散盡高陽，這歡娛、甚時重恁。（錄自《彊村叢書》本）

《樂章集》注：林鐘商。

## 宣靖三台

又名：宣靜三台。

調見《鳴鶴餘音》卷四〔金〕王喆詞。

有限形軀，無涯火院，剎那催促光陰。想人生、有似當風燭，整日家、晝忙夜驚。有等愚迷，千思萬想，家緣逼迫渾沈。愛子憐妻，被冤家、繫縛縈身。　猛悟回頭，名韁割斷，恩山推倒重重。將愛海跳出，清閒樂道逍遙，半張紙，一張琴。土榻安眠，牢拴意馬，莫教鬥亂身心。慧劍揮時，斬群魔、萬神自寧。　二炁相交，龍奔虎走，金烏玉兔相迎。入玉爐、金鼎丹砂，煉陽神、出朝玉京。此個家風，冰清玉潔，點頭多謝知音。欲要成雙全後，價值千金。（錄自涵芬樓影明《道藏》本）

按：此調係依柳永之【宣清】詞上片三疊而成，但字句平仄又稍有不同。

## 宣靜三台

即【宣靖三台】。〔元〕牛真人詞名【宣靜三台】，見《鳴鶴餘音》卷一。

自小飄蓬，身心落魄，雲遊多在山東。世間事，看破渾是假，想榮華、猶似夢中。蓋個庵兒，隈山靠水，栽松種竹成林，烷暖窗明，樂清閒、勝競利名。　月朗山東，涼風細細，南溪綠水瀰瀰。漸煉得方寸如灰冷，一陽生，玉鼎自溫。秀氣氤氳，仙花爛熳，芳芬開遍黃庭。玉女金童，採將來、煉就紫金。　運轉三關，驅回四象，沖和一點靈明。氣結神凝。聽笙簫、一派樂音。夙世前緣，生逢正教，全真妙道幽深。行滿功成，跨鸞鶴上太清。（錄自涵芬樓影明《道藏》本）

## 室無妻

〔近人〕吳藕汀自度曲，見《畫牛閣詞集》。

小樓占一角，無端拼了舊巢泥。舊巢泥。驀地

九畫

玉釵敲斷，剪孤燈淚漬悼亡詩。　　想墳頭已
是草萋萋。螻蛄弔月苦悲啼。苦悲啼。比作樂
天曾語，也廚無煙火室無妻。（錄自《畫牛閣詞
集》手稿本）

詞注：「自度曲。」

按：吳藕汀詞有「也廚無煙火室無妻」句，故名
【室無妻】。

## 客中憶

即【青玉案】。《蓮子居詞話》卷二：「【青
玉案】一名【客中憶】，見無名氏《同調異名
錄》。」

九畫

## 突厥三台

即【三台】。〔唐〕盛小叢詞名【突厥三台】，
見《全唐詩》。

雁門山上雁初飛。馬邑欄中馬正肥。日旰山西逢
驛使，殷勤南北送征衣。（錄自清康熙揚州書局本）

《唐聲詩》下編：「隋初定七部樂，而另有突
厥等國之伎。初，盛唐與突厥關係益切，伎樂
舞蹈，彼此影響，朝野皆然。《教坊記》大曲
名內列【突厥三台】，本調應為大曲之一遍。」

《歷代詞人考略》卷三：「盛小叢所歌詞云（詞
略），雖七言四句。然據《全唐詩》注自是【突
厥三台】詞，不得謂為詩也。唯小叢所歌未必即
其所作，姑以屬之小叢云爾。」

按：此調依《全唐五代詞》例列入。

## 扁舟尋舊約

即【飛雪滿群山】。〔宋〕蔡伸詞有「長記得、
扁舟尋舊約」句，故名；見《友古詞》。

冰結金壺，寒生羅幕，夜闌霜月侵門。翠筠敲
竹，疏梅弄影，數聲雁過南雲。酒醒欹綉枕，
憶猶有、殘妝淚痕。繡衾孤擁，餘香未減，猶
是那時薰。　　長記得、扁舟尋舊約，聽小窗
風雨，燈火昏昏。錦裯才展，瓊籤報曙，寶釵
又是輕分。黯然攜手處，倚朱箔、愁凝黛顰。
夢回雲散，山遙水遠空斷魂。（錄自汲古閣《宋
六十名家詞》本）

詞注：「【飛雪滿群山】又名【扁舟尋舊
約】。」

## 眉峰碧

即【卜算子】。〔宋〕無名氏詞有「蹙破眉峰
碧」句，故名；見《玉照新志》卷二。

蹙破眉峰碧，纖手還重執。鎮日相看未足時，
忍便使、鴛鴦隻。　　薄暮投村驛，風雨愁通
夕。窗外芭蕉窗裏人，分明葉上心頭滴。（錄自
清刻本）

《玉照新志》卷二：「祐陵親書木後云：『此詞
甚佳，不知何人作，奏來。』蓋以詔曹組者。今
宸翰尚藏其家。」

《古今詞話・詞辨》卷上：「宋徽宗手書此詞以
問曹組，組亦未詳。徽宗曰：『朕粘於屏以悟作
法。』真州柳永少讀書時，遂以此詞題壁，後悟
作詞章法。一妓向人道之，永曰：『某亦願變化
多方也。』然遂成屯田蹊徑。」

## 眉萼

即【中興樂】。〔清〕丁澎詞名【眉萼】，見
《扶荔詞》卷一。

綠窗人靜榴花瘦。眉萼翠香依舊。記得堂前，籤
錢羞走。　　不合當時迤逗。愁時候。心頭念
著，小字千回，忍將伊咒。（錄自清康熙刻本）

詞注：「憶舊。新譜翻曲，【中興樂】用仄
韻。」

按：丁澎詞有「眉萼翠香依舊」句，故名【眉
萼】。

## 眉撫

又名：百宜嬌。

調見〔宋〕姜夔《白石道人歌曲》卷四。

春垂楊連苑，杜若侵沙，愁損未歸眼。信馬青
樓去，重簾下、娉婷人妙飛燕。翠尊共款。聽
豔歌、郎意先感。便攜手，月地雲階裏，愛良
夜微暖。　　無限。風流疏散。有暗藏弓屨，
偷寄香翰。明日聞津鼓，湘江上，催人還解春
纜。亂紅萬點。悵斷魂、煙水遙遠。又爭似相
攜，乘一舸、鎮長見。（錄自《彊村叢書》本）

## 姹鶯嬌

即【惜奴嬌】。〔金〕王丹桂詞名【姹鶯嬌】，
見《草堂集》。

泉石清幽，好個真遊地。香風散、彩雲呈瑞。
日暖天和，更時有、珍禽戲。嘉致。總妝山家

況味。　　外景充盈，內景還相契。丹爐畔，龍虎交會。女姹嬰嬌，頻勸我、傾金液。深醉。但高臥、晴霞影裏。（錄自涵芬樓影明《道藏》本）

詞注：「本名【惜奴嬌】。」

## 陌上花

調見〔元〕張翥《蛻巖詞》卷下。

關山夢裏歸來，還又歲華催晚。馬影雞聲，諳盡倦郵荒館。綠箋密記多情事，一看一回腸斷。待殷勤、寄與舊遊鶯燕，水流雲散。

滿羅衫、是酒痕凝處，唾碧啼紅相半。只恐梅花，瘦倚夜寒誰暖。不成便沒相逢日，重整釵鸞箏雁。但何郎、縱有春風詞筆，病懷渾懶。（錄自《彊村叢書》本）

《欽定詞譜》卷二十六【陌上花】調注：「《東坡詞話》：『錢塘人好唱【陌上花】、【緩緩曲】，蓋吳越王遺事也。』調名取此。」

## 陌上郎

即【生查子】。〔宋〕賀鑄詞有「揮金陌上郎」句，故名；見《東山詞》卷上。

西津海鶻舟，徑度滄江雨。雙艣本無情，鴉軋如人語。　　揮金陌上郎，化石山頭婦。何物繫君心，三歲扶床女。（錄自涉園影宋本）

## 降中央

調見〔金〕王吉昌《會真集》卷五。

盜天地沖和，一氣造化丹基。玄牝輔弼樞機。四象三奇。消息盈虛否泰，鉛汞抽添坎離。進退循環，玉關風透九霄吹。　　雲行雨施，遍澆溉、黃芽雪肌。五彩騰輝低陰，二八香姿。六陽鼎沸，運火候、周天數隨。引養形全，霧收雲斂入無為。（錄自涵芬樓影明《道藏》本）

## 降仙台

宋鼓吹曲名。

調見〔宋〕洪適《盤洲文集》卷十八。

漏殘柝靜，雞聲遠到，高燎入層霄。雲裘蟠瑞霞，天步下嘉壇，旗旆飄援。黃麾列仗，貌貅整，氣壓江湖。導前從後盛官僚。玉佩間金貂。　　望扶桑，日漸高。陰霾霜雪，底處不潛消。輦路祥飆。披拂絳紗袍。雲間瑞闕仰岧嶢。播春澤、喜浹黎苗。禮成大慶，鼇三拃、

受昕朝。（錄自《四部叢刊》本）

## 紅杏枝

即【河傳】。〔五代〕張泌詞有「紅杏，交枝相映」句，故名；見《記紅集》卷一。

紅杏。紅杏。交枝相映。密密濛濛。一庭濃豔倚東風。香融。透簾櫳。　　斜陽似共春光語。蝶爭舞。更引流鶯妒。魂銷千片玉樽前。神仙。瑤池醉暮天。（錄自清康熙刻本）

## 紅杏洩春光

〔清〕陸烜自度曲，詞有「玉樓紅杏洩春光」句，故名；見《新聲譜》。

小苑迴廊。畫橋流水，垂柳下、罩鴛鴦。隱隱花間笑語，吹出口脂香。　　正鞦韆外，一抹斜陽。鶯聲巧似笙簧。關不住、玉樓紅杏洩春光。淩波憐洛浦，殘雨憶瀟湘。思量。（錄自《懷廬雜俎》本）

詞注：「仙呂。」

按：陸烜詞有「玉樓紅杏洩春光」句，故名【紅杏洩春光】。

## 紅芍藥

（一）調見《鳴鶴餘音》卷四〔宋〕王通叟詞。

人生百歲，七十稀少。更除十年孩童小。又十年昏老。都五十載，一半被睡魔分了。那二十五載之中，寧無些個煩惱。　　仔細思量，好追歡及早。遇酒迫朋笑傲。任玉山摧倒。沉醉且沉醉，人生似、露垂芳草。辛新來、有酒如澠，結千秋歌笑。（錄自清黃丕烈補明鈔本）

按：南宋有二人名王通叟，一名塈，見《寶祐登科錄》；另有一王通叟，見《澗泉集》卷九。北宋王通叟名觀。《鳴鶴餘音》所收之詞究屬何人，待考。《欽定詞譜》作王觀詞。

（二）調見〔金〕王嚞《重陽全真集》卷三。

這王嚞知明，見菊花堅操。便將重陽子為號。正好相倚靠。每常卻要。綴作詩詞，筆無停、自然來到。心香起、印出仙經，便實通顛倒。便實通顛倒。　　早得得良因，速推推深奧。玄玄妙妙任窮考。又更餐芝草。白氣致使，上下盈盈，金丹結、煉成珍寶。恁時節、永處長生，住十洲三島。住十洲三島。（錄自涵芬樓影明《道藏》本）

## 紅林擒近

調見〔宋〕周邦彥《片玉詞》卷下。

> 高柳春才軟，凍梅寒更香。暮雪耶清峭，玉塵散林塘。那堪飄風遞冷，故遣度幕穿窗。似欲料理新妝。呵手弄絲簧。　　冷落詞賦客，蕭索水雲鄉。援毫授簡，風流猶憶東梁。望盧簷徐轉，迴廊未掃，夜長莫惜空酒觴。（錄自汲古閣《宋六十名家詞》本）

《片玉集》注：雙調。

《古今詞話・詞辨》卷下：「《洽聞記》曰：『唐永徽中，王方言於沙灘拾得小樹，栽之，及長，乃林擒也。進於高宗，以為朱柰，又名五色林擒。』俗名蘋婆，此云相思，教坊有此曲名，隸雙調。」

## 紅衫兒

原調已佚。〔宋〕無名氏【驀山溪】集曲詞有「紅衫兒歌」句，輯名；見《翰墨大全・丁集》卷四。

## 紅香

即【暗香】。〔清〕蔣敦復詞名【紅香】，見《芬陀利室詞》卷一。

> 淡變濃抹。甚瘦瓊、尚帶一痕殘雪。淺薄東風，卻恐鉛華易衰歇。珍重芳心未變，千里夢、故人輕別。看凍雨、灑遍胭脂，清韻更愁絕。　　爐蒸。火初活。蕩玉女酒魂，沁入花骨。海珊夜折。笑嚼流霞弄明月。歌罷雙聲絳樹，騎紫鳳、歸來瑤闕。漫寂寞、空自賦，廣平冷鐵。（錄自清咸豐本）

詞序：「白石道人石湖詠梅，製仙呂宮二闕，曰【暗香】、【疏影】。玉田用其調詠荷花、荷葉，名之曰【紅情】、【綠意】。余詠紅綠梅二種，兼取兩家製調命名之意，曰【紅香】、【綠影】。」

## 紅袖扶

（一）調見〔金〕王寂《拙軒詞》。

> 風拂冰簷，鎮犀動、翠簾珠箔。秘壺暖、宮黃破萼。寶薰閒卻。玻璃甕頭，瀝雪擘新橙，秀色浮杯杓。雙蛾小，驪珠一串，梁塵驚落。　　俗事何時了，便可束置高閣。笑半紙功名，何物被人拘縛。青春等閒背我，趁良時、莫惜追行樂。玉山倒，從教喚起，紅袖扶著。（錄自《彊村叢書》本）

《詞律》卷三：「此文肅自度腔也。」

按：王寂詞有「從教喚起，紅袖扶著」句，故名【紅袖扶】。

（二）調見《閩詞徵》〔清〕丁焯詞。

> 畫舸笙歌歇，平湖璧月方中。垂鞭信馬東風路，人似柳花慵。　　剗襪露階愁濕，扶頭山枕眠濃。阿誰勸得蕭郎醉，恨煞玉玲瓏。（錄自清刻本）

（三）即【聖無憂】。〔宋〕歐陽修詞有「紅袖莫來扶」句，故名；見《記紅集》卷一。

> 此路風波險，十年一別須史。人生聚散長如此，相見且歡娛。　　好酒能消光景，春風不染髭鬚。為公一醉花前倒，紅袖莫來扶。（錄自清康熙刻本）

## 紅娘子

（一）調見《敦煌歌辭總編》卷二〔唐〕無名氏詞。

> □□□□宣。美人秋水似天仙。紅娘子本住□□，蝶兒終日繞花間。　　舉頭聚落秋□□，悔上採蓮船。楊柳枝柔，墮落西番。（錄自上海古籍出版社排印本）

按：原載（斯）五六四三。原本無調名。《唐雜言・格調》因詞有「紅娘子本住□□」句，擬名為【紅娘子】。

（二）即【連理枝】。〔宋〕程垓詞名【紅娘子】，見《書舟詞》。

> 小小閒窗底。曲曲深屏裏。一枕新涼，半床明月，留人歡意。奈梅花引裏，喚人行，苦隨他無計。　　幾點清觴淚。數曲烏絲紙。見少離多，心長分短，如何得是。到如今留下，許多愁，枉教人憔悴。（錄自汲古閣《宋六十名家詞》本）

## 紅梅已謝

即【鵲橋仙】。〔宋〕韓淲詞有「紅梅已謝，杏花開也」句，故名；見《澗泉集》卷二十。

> 紅梅已謝，杏花開也，一片海棠猶未。春風吹我帶湖煙，甚恰限、新晴天氣。　　黃昏樓上，燭花影裏，拚得那回滋味。暗塵弦索拂纖纖，夢留取，巫山十二。（錄自《四庫全書》珍本初集）

## 紅情

即【暗香】。〔宋〕張炎詞名【紅情】，見《山中白雲》卷六。

> 無邊香色。記涉江白採，錦機雲窖。剪剪紅衣，學舞波心舊曾識。一見依然似語，流水遠、幾回空憶。看□□、倒影窺妝，玉潤露痕濕。　　閒立。翠屏側。愛向人弄芳，背酣斜日。料應太液。三十六宮土花碧。清興凌風更爽，無數滿、汀洲如昔。泛片葉、煙浪裏、臥橫紫笛。（錄自《彊村叢書》本）

詞序：「【疏影】、【暗香】，姜白石為梅著語，因易之曰【紅情】、【綠意】，以荷花、荷葉詠之。」

## 紅窗月

即【紅窗迥】。〔清〕納蘭性德詞名【紅窗月】，見《飲水詞》。

> 燕歸花謝，早因循、又過清明。是一般風景，兩樣心情。猶記碧桃影裏、誓三生。　　烏絲闌紙紅箋，歷歷春星。道休孤密約，鑑取深盟。語罷一絲香露、濕銀屏。（錄自《天風閣叢書》本）

## 紅窗怨

調見〔宋〕王質《雪山詞》。

> 簾不捲。人難見。縹緲歌聲，暗隨香轉。記與三五少年，在杭州、曾聽得幾遍。　　唱到生綃白團扇。晚涼初、桐陰滿院。待要圖入丹青，奈無緣識如花面。（錄自《彊村叢書》本）

## 紅窗迥

又名：紅窗月、虹窗迥、紅窗影、清心鏡。

（一）調見〔宋〕周邦彥《片玉詞》卷下。

> 幾日來，真個醉。不知道窗外亂紅，已深半指。花影被風搖碎。　　擁春醒乍起。有個人人，生得濟楚，來向耳畔問道，今朝醒未。情性兒、漫騰騰地。惱得人又醉。（錄自汲古閣《宋六十名家詞》本）

（二）調見《庶齋老學叢談》卷中〔宋〕曹組詞。

> 春期近也，望帝鄉迢迢，猶在天際。懊恨這一雙腳底。一日廝趕上五六十里。　　爭氣。扶持我去，轉得官歸，恁時賞你。穿對朝靴，安排你在轎兒裏。更選個、宮樣鞋，夜間伴

你。（錄自《知在足齋叢書》本）

《片玉集·抄補》注：仙呂調。

《填詞名解》卷二：「其詞創自宋周邦彥，詞云：『不知道窗外亂紅，已深半指。』《冥音錄》云：『初名【紅窗影】，後易一字得今名。』紅一作虹。」

## 紅窗睡

即【紅窗聽】。〔宋〕柳永詞名【紅窗睡】，見《樂章集》。

> 如削肌膚紅玉瑩。舉措有、許多端正。二年三歲同駕寢，表溫柔心性。　　別後無非良夜永。如何向、名牽利役，歸期未定。算伊心裏，卻冤人薄倖。（錄自汲古閣《宋六十名家詞》本）

## 紅窗影

即【紅窗迥】。《詞律》卷八【紅窗迥】調注：「又名【紅窗影】。」

《詞品》卷一：「唐人小說《冥音錄》載曲名有【紅窗影】，即【紅窗迥】也。」

按：《冥音錄》唯有曲名【紅窗影】，注雙柱調四十疊，係箏曲名。楊慎何以得知詞調【紅窗迥】之別名？完全是杜撰，不可信。《詞律》依《詞品》誤。

## 紅窗燈影

調見《歷代詩餘》卷四十九〔明〕王錫爵詞。

> 高倚危樓，垂垂四面空翠。離天近矣，除了凡心未。歡濁賢、少清緣奇異。一段斜陽，團簇個、閒愁送至。　　試問斯愁，端倪還向何邊起。黃村綠墅，總是傷人意。笑遺恨、特登樓一味。相對長吁，看又是、寒雲擁蔽。（錄自清康熙內府本）

《歷代詩餘》詞注：「王錫爵一詞，和友人自度曲也。」

## 紅窗聽

又名：紅窗睡。

調見〔宋〕晏殊《珠玉詞》。

> 淡薄梳妝輕結束。天付與、臉紅眉綠。斷環書素傳情久，許雙飛同宿。　　一晌無端分比目。誰知道、風前月底，相看未足。此心終擬，覓鴛弦重續。（錄自汲古閣《宋六十名家詞》本）

《樂章集》注：仙呂調。

九畫

**九畫**

## 紅影

調見〔清〕顧貞觀《彈指詞》卷上。

有命從他薄，無才倚佛憐。聽小娃、親切私語曲屏邊。乍閒情、教掠鬢，更密意、試憑肩。好減卻、繡工夫，同理十三弦。　偶經挑筍處，剛值鬥茶天。泥人何事，新來不似從前。料多應提起，斷腸消息，今番惆悵對花眠。（錄自清鍾珣校錄本）

清名家詞本《彈指詞》按語：「當作【紅林擒近】。」

按：此調係【紅林擒近】，唯上片第五、六、七句做折腰句式異。

## 紅樓慢

調見〔宋〕吳則禮《北湖詩餘》。

聲慴燕然，勢壓橫山，鎮西名重榆塞。千霄百雉朱欄下，極目長河如帶。玉壘涼生過雨，捲卷晴嵐凝黛。有城頭、鐘鼓連雲，殷春雷天外。　長嘯，疇昔馳邊騎。聽隴底鳴笳，風寒雙旆。霜髯飛將曾百戰，欲據是王朝帝。錦帶吳鉤未解，誰識憑欄深意。空沙場，牧馬蕭蕭晚無際。（錄自《彊村叢書》本）

## 紅樓憶

即【憶江南】。〔清〕無名氏詞有「紅樓憶」句，故名；見《紅樓圓夢》第三十回。

紅樓憶，最憶舊羅巾。濕盡鮫珠千點少，題殘魚素幾行勻。珍重為誰人。（錄自清光緒石印本）

## 紅羅襖

唐教坊曲名。

調見〔宋〕周邦彥《片玉詞》卷上。

畫燭尋歡去，羸馬載秋歸。念取酒東爐，樽罍雖近，採花南圃，蜂蝶須知。　自分袂、天闊鴻稀。空懷乖夢約心期。楚客憶江蘺。算宋玉、未必為秋悲。（錄自汲古閣《宋六十名家詞》本）

《片玉集》注：大石調。

## 紇那曲

調見《尊前集》〔唐〕劉禹錫詞。

楊柳鬱青青。竹枝無限情。同郎一回顧，聽唱紇那聲。（錄自《彊村叢書》本）

《唐音癸籤》云：「【紇那曲】，不知所出。考唐天寶中，崔成甫翻得體歌，有得體紇那也。紇囊得體那之句，豈其所本歟？」

《詞品》卷一：「禹錫夔州【竹枝詞】云：『楚水巴山山雨多。巴人能唱本鄉歌。今朝北客思歸去，回人紇那披綠蘿。』【阿那】、【紇那】皆當時曲名。劉禹錫詩言翻南調為北曲也。【阿那】皆叶上聲，【紇那】皆叶平聲，此又隨方音而轉也。」

《唐聲詩》下編：「【紇那曲】云：『蹋曲興無窮。調同詞不同。願郎千萬壽，長作主人翁。』可知為女子踏舞時所歌。其性質與【柳枝】、【竹枝】相近，故上詞首句暗指【楊柳枝】。『紇那』二字讀如『核奴』與『紇囊』等，同為歌時之和聲。」

## 飛仙曲

即【菩薩蠻】。〔明〕盛于斯詞有「相對若飛仙」句，故名；見《休庵詞》。

臨風閣上香風起。結綺窗前青杏子。相對若飛仙。無言隔曉煙。　翩躚留不住。只恐乘風去。又是景陽鐘。花殘玉樹空。（錄自惜陰堂《明詞彙刊》本）

## 飛來峰

調見《東白堂詞選初集》卷十二〔清〕張星耀詞。

新秋雨初霽，遙望靈峰。萬朵繡簇芙蓉。曹鐘敲斷風生樹，見雲過、青山月在松。白猿誰喚，人不見、石屋苔封。行過處、洞門不鎖，冷霧濛濛。　一顧目驚心詫，翠壁嫋蒼藤，似舞虯龍。崖深路黑疑無底，忽徑轉、天光一線通。攀躋欲倦，牽衣坐、幽興何窮。聽林外、一聲虎嘯，萬葉吟風。（錄自清康熙十七年刻本）

## 飛雪滿堆山

即【飛雪滿群山】。〔宋〕張槩詞名【飛雪滿堆山】，見《芸窗詞》。

愛日烘晴，梅梢春動，曉窗客夢方還。江天萬里，高低煙樹，四望猶擁螺鬟。是誰邀勝六，釀薄暮、同雲沍寒。卻元來是，鈐閣露熏，俄忽老青山。　都盡道、年來須更好，無緣農事，雨澀風慳。鵝池夜半，銜枚飛渡，看樽俎折衝間。盡青油談笑，瓊花露、杯深量寬。功名做了，雲臺寫作圖畫看。（錄自汲古閣《宋六十名家詞》本）

## 飛雪滿群山

又名：扁舟尋舊約、飛雪滿堆山。

調見〔宋〕蔡伸《友古詞》。

冰結金壺，寒生羅幕，夜闌霜月侵門。翠筠敲竹，疏梅弄影，數聲雁過南雲。酒醒欹綈枕，愴猶有、殘妝淚痕。繡衾孤擁，餘香未減，猶是那時薰。　　長記得、扁舟尋舊約，聽小窗風雨，燈火昏昏。錦裯才展，瓊籤報曙，寶釵又是輕分。黯然攜手處，倚朱箔、愁凝黛顰。夢回雲散，山遙水遠空斷魂。（錄自汲古閣《宋六十名家詞》本）

## 飛龍宴

調見《花草粹編》卷十九〔宋〕蘇小娘詞。

炎炎暑氣時，流光閃爍，閒倚深院。水閣涼亭，半開簾幕遙觀。灼灼榴花吐豔。細雨灑、小荷香淺。樹蔭竹影，清涼瀟灑，枕簟搖紈扇。　　堪歎。浮世忙如箭。對良辰歡樂，莫辭頻勸。遇酒逢歌，恣情遂意迷戀。須信人生聚散。奈區區、利牽名絆。少年未倦。良天皓月金樽滿。（錄自文淵閣《四庫全書》本）

## 幽時近

調見〔明〕陳繼儒《陳眉公詩餘》。

何處扁舟，青風篙轉垂楊渡。捲簾一笑相逢，驀驚起、睡鷗眠鷺。　　邀君坐，剪燈市酒茆堂破。竹床土剉，商略閒功課。曉來拂拭醉時巾，猶帶桃花露。（錄自惜陰堂《明詞彙刊》本）

# 十畫

## 秦刷子

即【好事近】。〔宋〕陳東詞名【秦刷子】，見《陳少陽先生文集》卷五。

誰聽碧浪玗，影撼半庭風月。尚有歲寒心在，留得數根華髮。　　龍孫受戲碧波濤，喜動清風發。到得浪花深處，□一甌香雪。（錄自《全宋詞》本）

## 秦娥怨

即【憶秦娥】。〔明〕湯胤勣詞名【秦娥怨】，見《東谷遺稿》卷十三。

燕山雪。漫漫千里行人絕。絕。絕。煙消土炕，布衾如鐵。　　嚴城鼓角聲悲切。長河欲曉冰漸結。結。結。結。誰家錦帳，醉魂嬌熱。（錄自明成化刻本）

按：此調唯將第三句三字疊韻句式，改作一字一韻句異。

## 秦娥點絳唇

〔清〕柯炳新翻曲，見《瑤華集》卷二十一。

春漸老。輕揚翠幕蘭風好。蘭風好。紗窗窈窕。柳浪啼鶯曉。　　屏山寂寞爐煙嫋。露華顆顆凝芳草。凝芳草。海棠睡覺。依舊迎人笑。（錄自清康熙天蓼閣本）

詞注：「新譜犯調。」

按：此調上三句【憶秦娥】，下二句【點絳唇】；後段同。

## 秦淮竹枝

調見《古今詞統》卷二〔明〕鍾惺詞。

女兒十五未知羞。市上門前作伴遊。今日相邀伴不出，郎家昨送玉搔頭。（錄自明崇禎刊本）

## 秦樓月

（一）即【憶秦娥】。〔宋〕毛滂詞名【秦樓月】，見《東堂詞》。

薔薇折。一懷秀影花和月。花和月。著人濃似，粉香酥色。　　綠蔭垂幕簾波疊。微風過竹涼吹髮。涼吹髮。無人分付，這些時節。（錄自汲古閣《宋六十名家詞》本）

（二）即【鵲橋仙】。〔明〕唐寅詞名【秦樓月】，見《六如居士詞》。

業傳三世，學通四庫，志在濟人利物。刀圭信手就囊拈，能事在、醫人醫國。　　雷封薄宦，身身逆旅，忽感阽危困厄。過承惠賜餘生，只撰個，新詞酬德。（錄自惜陰堂《明詞彙刊》本）

## 秦樓薄倖

調見《東白堂詞選初集》卷十四〔清〕佟世南詞。

遠岫銜雲，寒塘破凍，春報初來未試。笛弄梅

花，酒斟竹葉，總覺醉歌無味。向眼前、紫陌紅樓。如何動是傷心地，笑約負踏青，情忘鬥草，總是無端憔悴。　還記得、病裏殷勤，愁時將息。此意向誰提起，松亭別淚，竹嶺離筵。恍在五更夢裏，想東風、幾度鶯花夜月。小樓何事，韋鴛被、春江目斷，空把畫欄畫碎。（錄自清康熙十七年刻本）

## 珠沉淵

調見〔清〕李百川《綠野仙蹤》第四十八回。

且去聽他。白晝鬧風華。淫聲豔語噯呀呀。氣殺冤家。　一曲琵琶干戈起，打罵相加。郎今去也各天涯。心上結深疤。（錄自嶽麓書社排印本）

**十畫**

## 珠簾十二

調見〔清〕邵錫榮《二峰詞》。

海棠雨過飛紅濕。也如儂、倦酒傷春無力。針線縱橫，小婢懶教收拾。妒殺閒階苔痕滿，似賽我、兩彎眉碧。聽鸚鵡籠中，春愁說破，此情難得。　自看如花顏色。捨了他、更有誰憐惜。件件不思量，只要溫柔將息。輕呼低應，休便遠拋時刻。問因何，簾外東風，一陣把燈吹黑。（錄自清刻本）

按：此係新翻曲。前段上四句【真珠簾】，下五句【十二郎】；後段同。

## 珠簾捲

即【聖無憂】。〔宋〕歐陽修詞有「珠簾捲，暮雲愁」句，故名；見《歷代詩餘》卷十七。

珠簾捲，暮雲愁。垂煙暗鎖青樓。煙雨濛濛如畫，輕風吹旋收。　香斷錦屏新別，人間玉簟初秋。多少舊歡新恨，書杳杳，夢悠悠。（錄自清康熙內府本）

## 素蛺蝶

即【花發狀元紅慢】。《歷代詩餘》卷七十八【花發狀元紅慢】調注：「一名【素蛺蝶】。」

## 馬家春慢

調見《梅苑》卷四〔宋〕無名氏詞。

珠箔風輕，繡簾浪捲，乍入人間蓬島。鬥玉欄干，漸庭館簾櫳春曉。天許奇葩貴品，異繁杏天桃輕巧。命化工傾國風流，與一枝纖妙。　樽前五陵年少。縱丹青異格，難別顏貌。悲

露凝煙，困紅嬌額，微顰低笑。須信濃香易歌，更莫惜、醉攀吟繞。待舞蝶遊蜂，細把芳心都告。（錄自《楝亭十二種》本）

## 城頭月

調見《花草粹編》卷八〔宋〕馬天驥詞。

城頭月色明如晝。總是青霞有。酒醉茶醒，饑餐困睡，不把雙眉皺。　坎離龍虎勤交媾。煉得丹將就。借問羅浮鶴侶，還似先生否。（錄自文淵閣《四庫全書》本）

《詞律》卷五：「此調與【少年游】字句同，但係仄韻，不敢擅以為一調，故另立收之。」

《歷代詩餘》卷二十二：「雙調五十字，與【少年游】無異，但係仄韻，向來另立調名，以馬天驥詞中有『城頭月色明如晝』句也。」

## 城裏鐘

即【菩薩蠻】。〔宋〕賀鑄詞有「猶聞城裏鐘」句，故名；見《東山詞》卷上。

厭厭別酒商歌送。蕭蕭涼葉秋聲動。小泊畫橋東。孤舟月滿篷。　高城遮短夢。衾藉餘香擁。多謝五更風。猶聞城裏鐘。（錄自涉園影宋本）

## 鬥百花

又名：夏州、韶光媚、鬥百花近拍、鬥修行。

調見〔宋〕柳永《樂章集》卷上。

煦色韶光明媚。輕靄低籠芳樹。池塘淺蘸煙蕪，簾幕閒垂風絮。春困厭厭，拋擲鬥草工夫，冷落踏青心緒。終日扃朱戶。　遠恨綿綿，淑景遲遲難度。年少傅粉，依前醉眠何處。深院無人，黃昏乍拆秋千，空鎖滿庭花雨。（錄自《彊村叢書》本）

《樂章集》注：正宮。

## 鬥百花近拍

即【鬥百花】。〔宋〕仲殊詞名【鬥百花近拍】，見《詩淵》。

九鳳嘯歌宛轉。鶴舞長生排遍。彩衣朱綬，醉把綺園彭羨。香在雲頭，星宮壽紀重新，東斗瑞光昏見。嘉慶留西宴。　酒乍醒時，便擁一封歸傳。雨露舊恩，長沙再膺天春。還了宮符，前席受取丁寧，功業算來何晚。（錄自書目文獻出版社影印本）

## 鬥百草

（一）調見〔宋〕晁補之《晁氏琴趣外篇》卷六。

> 別日常多，會時常少天難曉。正喜花開，又愁花謝，春也似人易老。慘無言、念舊日朱顏，清歡莫笑。便苒苒如雲，霏霏似雨，去無音耗。　追想牆頭梅下，門裏桃邊，名利為伊都忘了。血寫香箋，淚封羅帕，記三日、離腸恨攪。如今事，十二樓空憑誰到。此情悄。擬回船、武陵路杳。（錄自雙照樓影宋本）

（二）唐大曲名。

調見《敦煌歌辭總編》卷七〔唐〕無名氏詞。

第一

> 建寺祈長生，花林摘浮郎。有情離合花，無風獨搖草。喜去喜去覓草。色數莫令少。

第二

> 佳麗重明城，爭花鬥競新。不怕西山白，唯須東海平。喜去喜去覓草，覺走鬥花先。

第三

> 望春希長樂，南樓對北花。但看結李草，何時染纈花。喜去喜去覓草，鬥罷且歸家。

第四

> 庭前一株花，芬芳獨自好。欲摘問傍人，兩兩相撚笑。喜去喜去覓草，灼灼其花報。（錄自上海古籍出版社排印本）

按：原載（斯）六五三七、（伯）三二七一。《全唐五代詞・正編》卷四：「此調不載《教坊記》曲名表。據《隋書・音樂志》記載，隋煬帝命樂正白明達所造新聲曲有【鬥百草】。又《唐會要》所載太常梨園別教院法曲樂章中亦有此曲，當屬燕樂曲子或大曲性質。唐五代向不見傳辭，宋代用為詞調。」

## 鬥修行

即【鬥百花】。〔金〕馬鈺詞有「同流宜鬥修行」句，故名；見《洞玄金玉集》卷八。

> 同流宜鬥修行，鬥把剛強摧。挫鬥降心，忘酒色財氣人我。鬥不還鄉，時時鬥悟清貧。逍遙放慵閑過。鬥要成功果。　鬥沒纖塵，鬥進長生真火。鬥煉七返九還，燦爛丹顆。鬥起慈悲，常常似鬥無爭，鬥早得攜雲朵。（錄自涵芬樓影明《道藏》本）

詞注：「本名【鬥百花】，犯正宮。」

## 鬥黑麻

即【一斛珠】。《古今詞話・詞辨》卷上【一斛珠】調注：「又名【鬥黑麻】。」

## 鬥嬋娟

（一）即【霜葉飛】。〔宋〕張炎詞名【鬥嬋娟】，見《山中白雲詞》卷二。

> 舊家池沼。尋芳處、從教飛燕頻繞。一灣柳護水房春，看鏡鶯窺曉。暈宿酒、雙蛾淡掃。羅襦飄帶腰圍小。盡醉方歸去，又暗約明朝鬥草。誰解先到。　心緒亂若晴絲，那回遊處，墜紅爭戀殘照。近來心事漸無多，尚被鶯聲惱。便白髮、如今縱少。情懷不似前時好。謾佇立、東風外，愁極還醒，背花一笑。（錄自《彊村叢書》本）

（二）調見《全清詞鈔》卷十六〔清〕吳存楷詞。

> 一碧盼瓊宇，多少蠶機織煙縷，織就高寒雲路。看瓦濕青鴛，藥殘玄兔，飆輪對駐。抱秋心、幽怨同訴。待描取、腰肢眉樣，雲葉萬重護。　延佇。曲欄花午，好踏霞車過星渚。玉樓肌粟都聚，相思人在何處，漸影界舳艫，響淒鐘乳。又催涼夢作，也不辨、霜甜月苦。西風吹下層霄，老鶴夜深語。（錄自中華書局排印本）

## 鬥雞回

調見《陽春白雪》卷七〔宋〕杜沙龍詞。

> 鶯啼人起，花露真珠灑。白苧衫，青驄馬。繡陌相將，鬥雞寒食下。　迴廊暝色惜惜，應是待、歸來也。月漸高，門猶亞。悶剔銀釭，漏聲初入夜。（錄自《粵雅堂叢書》本）

詞注：「夾鐘商。」

按：杜沙龍詞有「鬥雞寒食下」句，故名【鬥雞回】。

## 鬥鵪鶉

調見《鳴鶴餘音》卷五〔元〕無名氏詞。

> 木馬嘶風，我之不然。石人點頭，啞子會言。碧眼胡僧，沒手指天。畫一圈。無所傳。任意咆哮，如瓶瀉泉。枉費工夫，去磨砌磚。安用機關，奪勝爭先。戈甲俱寧，太平四邊。不參禪。不問仙。一味醒醐，我知自然。　不移一步到西天。木人把住，鐵牛便牽。火裏生蓮。玄之又玄。雲霧斂，月正圓。石女停機，

十畫

金針線穿。謝三郎許我釣魚船。帶甲金鱗，紅錦更鮮。不出波瀾。浮沉自然。自喜歡，便忘筌。這些消息，誰敢亂傳。（錄自清黃丕烈補明鈔本）

## 荊州亭

即【江亭怨】。〔宋〕女鬼詞名【荊州亭】，見《古今詞統》卷六。

簾捲曲欄獨倚。江展暮雲無際。淚眼不曾晴，家在吳頭楚尾。　數點落花亂委。撲漉沙鷗驚起。詩句欲成時，沒入蒼煙叢裏。（錄自明崇禎刊本）

《詞律》卷四：「此原無調名，因題在荊州江亭，故以名之。」

## 十畫

## 荊溪詠

即【漁家傲】。〔宋〕賀鑄詞有「荊溪笠澤相吞吐」句，故名；見《東山詞》卷上。

南嶽去天才尺五，荊溪笠澤相吞吐。十日一風仍再雨，宜禾黍，秋成處處宜禾黍。　坊市萬家連島嶼，長楊□□□□□。□□□□□宴，能歌舞，劉郎不□□□□。（錄自涉園影宋本）

## 茱萸香慢

即【紫萸香慢】。〔清〕徐倬詞名【茱萸香慢】，見《水香詞》。

趁月華、相逢畫舫，連宵打破愁城。喜纏綿極處，覺鷗鷺、也多情。正好鉤簾月上，看蘆花吐白，柳葉餘青。忽簾纖小雨，風過又開晴。待留我、茗杯細傾。　飄零。料量平生。身似蝶，栩還輕。謂遠遊屈子，悲秋杜甫，任世閒評。笑儂掛帆何去，定回首、子雲亭。憑夢魂、相思覓路，怕霜露冷，教我連夢難行。短檠獨醒。（錄自清刻本）

## 茶瓶兒

（一）調見《冷齋夜話》卷三〔宋〕李元膺詞。

去年相逢深院宇。海棠下、曾歌金縷。歌罷花如雨。翠羅衫上，點點紅無數。　今歲重尋攜手處。空物是人非春暮。回首青門路。亂英飛絮。相逐東風去。（錄自《津逮秘書》本）

《冷齋夜話》卷三：「許彥周曰：『李元膺做南京教官，喪妻，作長短句，李元膺尋亦卒。』」

（二）調見《花草粹編》卷九〔宋〕梁意娘詞。

滿地落花鋪繡。麗色著人如酒。曉鶯窗外啼楊柳。愁不奈，兩眉頻皺。　關山杳，音信悄，那堪是，昔年時候。盟言辜負知多少，對好景、頓成消瘦。（錄自文淵閣《四庫全書》本）

《新編醉翁談錄·己集》卷一：「意娘復與李生批，其略云：『比日媽媽拉諸母遊東園，日暖風和，紅稠翠疊，暗想年時蹤跡，頓添愁緒。對諸姊妹，雖強陪歡笑，思凡之情，終不可抑。因成小詞，並以錄去。』詞名【茶瓶兒】（詞略）。」

## 茶瓶詞

調見《繡谷春容·相思記》〔明〕無名氏詞。

憶昔當年相會。共結百年姻配。枕邊盟誓如山海。此意千載難買。　恩和愛，知何在。情默默，有誰揪採。妾心未改君先改。爭奈好事多成敗。（錄自《中國話本大系》本）

按：此調與梁意娘【茶瓶兒】相似。

## 荔子丹

調見《高麗史·卷七十一·樂二》〔宋〕無名氏詞。

鬥巧宮妝掃翠眉。相喚折花枝。曉來深入豔芳裏，紅香散、露浥在羅衣。　盈盈巧笑詠新詞。舞態畫嬌姿。嫋娜文回迎宴處，簇神仙、會赴瑤池。（錄自日本明治四十一年縮印本）

《欽定詞譜》卷十：「宋賜高麗大晟樂，故《樂志》中猶存宋人詞，此亦其一也。」

按：原本不分段，此依《欽定詞譜》。

## 荔枝香

又名：荔枝香近。

調見〔宋〕柳永《樂章集》卷中。

甚處尋芳賞翠，歸去晚。緩步羅襪生塵，來繞瓊筵看。金縷霞衣輕裾，似覺春遊倦。遙認、眾裏盈盈好身段。　擬回首，又佇立、簾帷畔。素臉紅眉，時揭蓋頭微見。笑整金翹，一點芳心在嬌眼。王孫空恁腸斷。（錄自《彊村叢書》本）

《樂章集》注：歇指調。

《新唐書·禮樂志》卷二十二：「帝幸驪山，楊貴妃生日，命小部張樂長生殿，因奏新曲未有名，會南方進荔，因名【荔枝香】。」

《碧雞漫志》卷四：「【荔枝香】，《唐史·禮

樂志》云：『帝幸驪山，楊貴妃生日，命小部張
樂長生殿，奏新曲，未有名。會南方進荔枝，因
名曰【荔枝香】。』《脞說》云：『太真妃好食
荔枝，每歲忠州置急遞卜進，五日至都。天寶四
年夏，荔枝滋甚，開籠時，香滿一室，供奉李龜
年撰此曲進之，宣賜甚厚。』《楊妃外傳》云：
『明皇在驪山，命小部音聲於長生殿奏新曲，未
有名，會南海進荔枝，因名【荔枝香】。』三說
雖小異，要是明皇時曲。然史及《楊妃外傳》皆
謂帝在驪山，故杜牧之〈華清〉絕句云：『長安
回望繡成堆，山頂千門次第開。一騎紅塵妃子
笑，無人知是荔枝來。』《邇齋閒覽》非之曰：
『明皇每歲十月幸驪山，至春乃還，未曾用六
月，詞意雖美，而失事實。』予觀小杜〈華清〉
長篇，又有『塵埃羯鼓索，片段荔枝筐』之語。
其後歐陽永叔詞亦有：『一從魂散馬嵬間，只有
紅塵無驛使，滿眼驪山。』唐史既出永叔，宜此
詞亦爾也。今歇指、大石兩調，皆有近拍，不知
何者為本曲。」

《考古篇》卷八：「『長安回望繡成堆，山頂
千門次第開。一騎紅塵妃子笑，無人知是荔枝
來。』說者非之，謂明皇帝以十月幸華清宮，涉
春輒回，是荔枝熟時，未嘗在驪山。然咸通中有
袁郊自作【甘澤謠】，載許雲封所得【荔枝香】
笛曲曰：『天寶十四年六月一日，貴妃誕辰，駕
幸驪山，命小部聲音奏樂長生殿，進新曲，未
有名，會南海獻荔枝，因名【荔枝香】。』《開
元遺事》：『帝與妃每至七月七日夜在華清宮遊
宴。』而白樂天【長恨歌】亦言：『七月七日長
生殿，夜半無人私語時。』則知杜牧之詩乃當時
傳信語也。世人但見《唐史》所載，遽以傳聞而
疑傳信，最不可也。」

## 荔枝香近

即【荔枝香】。〔宋〕周邦彥詞名【荔枝香
近】，見《片玉詞》卷上。

　　夜來寒侵酒席，露微泫。烏屨初會，香澤方
　薰，無端暗雨催人，但怪燈偏簾捲。回顧、始
　覺驚鴻去遠。　　大都世間，最苦唯聚散。到
　得春殘，看即是、閒離宴。細思別後，柳眼花
　鬚更誰剪。此懷何處消遣。（錄自汲古閣《宋六十
　名家詞》本）

《片玉集》注：歇指調。《夢窗詞》注：黃鐘商。
《欽定詞譜》卷十八：「七十六字者名【荔枝

香】，七十三字者名【荔枝香近】。」

## 荔枝紅

即【生查子】。〔五代〕張泌詞有「擅畫荔枝
紅」句，故名；見《記紅集》卷一。

　　相見稀，喜相見。相見還相遠。擅畫荔枝紅，金
　蔓蜻蜓軟。　　魚雁疏，芳信斷。花落庭陰晚。
　可惜玉肌膚，消瘦成慵懶。（錄自清康熙刻本）

## 夏日燕黌堂

調見《樂府雅詞・拾遺》卷下〔宋〕無名氏詞。

　　日初長。正園林換葉，瓜李飄香。簾外雨過，
　送一霎微涼。萍薰徑曲凝珠顆，襯沙汀、細簇
　蜂房。被晚風輕颭，園荷翻水，澄覺鴛鴦。
　　　此景最難忘。趁芳樽泛蟻，筠簟鋪湘。蘭舟
　棹穩，倚何處垂楊。豈能文字成狂飲，更紅
　裙、問也何妨。任醉歸明月，蝦鬚簾捲，幾綠
　餘霜。（錄自《粵雅堂叢書》本）

## 夏日遲

〔清〕黃泊自度曲，見《露華亭詞》。

　　十載辦煙霞。自童年至老，以病為家。夏日舒
　遲，面容清癯，羞對石榴花。　　彈指數年
　華。悔從前、作過百事都差。歌笑聲中，鹿蕉
　夢裏，總不是生涯。（錄自清刻本）

按：黃泊詞有「夏日舒遲」句，故名【夏日
遲】。

## 夏州

即【鬥百花】。〔宋〕晁補之詞名【夏州】，見
《欽定詞譜》卷十九。

　　斜日東風深院。繡幕低迷歸燕。瀟瀧小屏嬌
　面，彷彿燈前初見。與選莛中，銀盆半坼姚
　黃，插向鳳凰釵畔。微笑遮紈扇。　　教展香
　裀，看舞霓裳促遍。紅颭翠翻，驚鴻乍拂秋
　岸。柳困花慵，盈盈自整羅巾，須勤倒金盞。
　（錄自清康熙內府本）

《欽定詞譜》卷十九【鬥百花】調注：「晁補之
詞，一名【夏州】。」
《歷代詩餘》卷五十：「唐時鬥花以奇者為勝，
調名取此。一名【夏州】。」

## 夏初臨

即【宴春台】。〔宋〕劉涇詞名【夏初臨】，見《妙選群英草堂詩餘・前集》卷上。

> 泛水新荷，舞風輕燕，園林夏日初長。庭樹蔭濃，雛鶯學弄新簧。小橋飛入橫塘。跨青蘋、綠藻幽香。朱欄斜倚，霜紈未搖，衣袂先涼。　　歌歡稀遇，怨別多同，路遙水遠，煙淡梅黃。輕衫短帽，相攜洞府流觴。況有紅妝。醉歸來、寶蠟成行。拂牙床。紗廚半開，月在迴廊。（錄自雙照樓影明本）

《欽定詞譜》卷二十六：「後段第七句押韻，第十句四字，凡名【夏初臨】者，俱如此填。」

## 夏雲峰

又名：夏雲峰慢。

（一）調見〔宋〕柳永《樂章集》卷中。

> 宴堂深。軒檻雨、輕壓暑氣低沉。花洞彩舟泛斝，坐繞清潯。楚台風快，湘簟冷、永日披襟。坐久覺、疏弦脆管，時換新音。　　越娥蘭態蕙心。逞妖豔、昵歡邀寵難禁。筵上笑歌閒發，舄履交侵。醉鄉歸處，須盡興、滿酌高吟。向此免、名韁利鎖，虛費光陰。（錄自《彊村叢書》本）

《樂章集》注：歇指調。

（二）調見〔宋〕曹勳《松隱樂府》卷二。

> 五雲開，過夜來、初收幾陣梅雨。盡羅攜芳扇，正喜逢重午。角黍星團，巧縈臂、龍紋輕縷。細祝降福天中，列簫韶歌舞。　　薰風涼殿開處。稱綃裙霧縠，蓮步儔侶。翠鋪交枝艾，便手香微度。菖絲浮玉，向台榭、留連歡聚。笑語。自有冰姿消煩暑。（錄自《彊村叢書》本）

（三）調見〔宋〕趙長卿《惜香樂府》卷五。

> 露華清。天氣爽、新秋已覺涼生。朱戶小窗，坐來低按秦箏。幾多妖豔，都總是、白雪餘聲。那更、玉肌膚韻勝，體段輕盈。　　照人雙眼偏明，況周郎、自來多病多情。把酒為伊，再三著意須聽。銷魂無語，一任側耳與心傾。是我不卿卿。更有誰可卿卿。（錄自汲古閣《宋六十名家詞》本）

（四）即【金明池】。〔宋〕仲殊詞名【夏雲峰】，見《唐宋諸賢絕妙詞選》卷九。

> 天闊雲高，溪橫水遠，晚日寒生輕暈。閒階靜、楊花漸少，朱門掩、鶯聲猶嫩。悔匆匆、

過卻清明，旋占得餘芳，已成幽恨。都幾日沉陰，連宵慵困，起來韶華都盡。　　怨入雙眉閒鬥損。作品得情懷，看承全近。深深態、無非自許，厭厭意、終羞人問。爭知道、夢裏蓬萊，待忘了餘香，時得商信。縱留得鶯花，東風不住，也則眼前愁悶。（錄自《四部叢刊》影明本）

## 夏雲峰慢

即【夏雲峰】。〔宋〕柳永詞名【夏雲峰慢】，見《高麗史・卷七十一・樂二》。

> 宴坐深。軒檻雨，輕壓暑氣低沉。花洞彩舟泛斝，坐繞清潯。楚台風快，湘潭冷、永日披襟。坐久覺、疏弦脆管，時換新音。　　越娥蘭態蕙心。呈妖豔、昵歡邀寵難禁。筵上笑歌閒發，舄履交侵。醉鄉歸處，須盡興、滿酌高嗑。向此免、名韁利鎖，虛費光陰。（錄自日本明治四十一年縮印本）

## 夏雲疊嶂

調見《歷代詩餘》卷九十七〔明〕王錫爵詞。

> 盡把南窗洞啟，覺荷香十里，尚未全衰。早近水人家，三分暑散，沿樓樹色，一味寒來。縱飛仙飛到，也教重築避風台。真所謂、清涼世界，笑渠河朔，未免塵懷。　　原是大家風月，豈山僧野老，讓彼應該。便冷落行囊，剩書殘卷，尋常供具，竹箸磁杯。得終年居此，世間樂事孰如哉。但不識、塵魔許我，幾多牽絆，可肯離開。（錄自清康熙內府本）

《歷代詩餘》卷九十七：「王錫爵一詞，和友人自度曲也。」

## 真珠髻

又名：珍珠髻。

調見《梅苑》卷一〔宋〕無名氏詞。

> 重重山外，苒苒流光，又是殘冬時節。小園幽徑，池邊樓畔，翠木嫩條春別。纖蕊輕苞，粉萼染、猩猩鮮血。乍幾日、好景和風，次第一齊催發。　　天然香豔殊絕。比雙成皎皎，培增芳潔。去年因遇，東歸使，指遠恨、意曾攀折。豈謂浮雲，終不放，滿枝明月。但歎息、時飲金鍾，更繞叢叢繁雪。（錄自文淵閣《四庫全書》本）

## 真珠簾

又名：珍珠衫、珍珠簾。

調見〔宋〕陸游《放翁詞》。

> 山村水館參差路。感羈遊、正似殘春風絮。掠地穿簾，知是竟歸何處。鏡裏新霜空自憫，問幾時、鸞台鼇署。遲暮。漫憑高懷遠，書空獨語。　　自古。儒冠多誤。悔當年、早不扁舟歸去。醉下白蘋洲，看夕陽鷗鷺。蓴菜鱸魚都棄了，只換得、春衫塵土。休顧。早收身江上，一蓑煙雨。（錄自汲古閣《宋六十名家詞》本）

## 真歡樂

即【晝夜樂】。〔金〕王喆詞有「裏面禮明師，現真歡真樂」句，故名；見《重陽分梨十化集》卷上。

> 便把戶門安鎖鑰。內更蘊、最奇略。安爐灶、鍛鍊金精，養元神、修完丹藥。二粒圓成光灼灼。虛定外、往來盤礴。五彩總扶掛，也無施無作。　　冥冥杳杳非投託。占盈盈，赴盟約。蓬萊路、永結前期，定長春、瑤芳瓊萼。等接清涼光遍爍。放馨香、自然雯作。裏面禮明師，現真歡真樂。（錄自涵芬樓影明《道藏》本）

## 挽綠韁

即【添聲楊柳枝】。〔清〕無名氏詞名【挽綠韁】，見《秘戲圖考》下篇。

> 春透香閨苦寂寥。肯相饒。學騎竹馬聘花郊。自飄搖。　　汗把紅珠顫欲墜。春已醉。但聞花內雨疏疏。灑平蕪。（錄自廣東人民出版社排印本）

## 桂花曲

即【桂殿秋】。〔唐〕無名氏詞名【桂花曲】，見《苕溪漁隱叢話・後集》卷十二。

> 仙女下，董雙成。漢殿夜京吹玉笙。曲終卻從仙宮去，萬戶千門月正明。（錄自《海山仙館叢書》本）

《苕溪漁隱叢話・後集》卷十二「苕溪漁隱曰：【桂花曲】云（詞略）。此曲《許彥周詩話》謂是李衛公作，《湘江詩話》謂是均州武當山石壁上刻之，云是神仙所作，未知孰是。」

按：此詞《全唐詩・附詞》題唐李白作。

## 桂花春

〔明〕鄒枚自度曲，見《鄒荻翁集》。

> 名場舊例，千秋無比。杏花開向金波裏。是何人、力轉東皇，可真稱、陽和天子。不許寒光趁西風，怎令伊人兼葭水。　　相將北闕，均瞻帝里。燕台玉律初吹起。真個是、年逢己亥，漫休言、誤認三豕。期我三萬六千場，我今二首六身矣。（錄自清康熙刻本）。

詞序：「為兒曹北征賦。特旨以己亥六月待詔，公申為新詞以紀事，用餞兩兒北上，命曰【桂花春】。」

## 桂枝香

又名：桂枝香慢、疏簾淡月。

調見〔宋〕王安石《臨川先生歌曲》。

> 登臨送目。正故國晚秋，天氣初肅。千里澄江如練，翠峰如簇。歸帆去棹殘陽裏，背西風、酒旗斜矗。彩舟雲淡，星河鷺起，畫圖難足。　　念往昔、繁華競逐。歎門外樓頭，悲恨相續。千古憑高，對此漫嗟榮辱。六朝舊事隨流水，但寒煙芳草凝綠。至今商女，時時猶歌，後庭遺曲。（錄自《彊村叢書》本）

《古今詞話・詞辨》卷下引《古今詞譜》：「仙呂宮曲。」

《妙選群英草堂詩餘・後集》卷上引《古今詞話》：「金陵懷古，諸公寄詞於【桂枝香】凡三十餘首，獨介甫最為絕唱。東坡見之，不覺歎息曰：『此老乃野狐精也。』」

《填詞名解》卷三：「唐裴思謙狀元及第，作紅箋紙十數，詣平康里宿。詰旦賦詩曰：『銀釭斜背解鳴璫。小語低聲賀玉郎。從此不知蘭麝貴，夜來新惹桂枝香。』又咸通中，袁皓登第，悅妓蕊珠，有『桂枝香惹蕊珠香』句，詞名【桂枝香】略出於此。」

## 桂枝香慢

即【桂枝香】。〔宋〕無名氏詞名【桂枝香慢】，見《高麗史・卷七十一・樂二》。

> 暖風遲日，正韶陽時節，淑景明媚。一霎雨打紅桃，花落滿地。閨獨坐簾高捲，困春容、懶臨香砌。自從檀郎，金門獻賦，不絕朱翠。　　聞上國、才有書回，應賢良明庭，已擢高第。拆破香箋，離恨卻成新喜。早教宴罷瓊林

苑，願歸來，永同連理。這回良夜，從他桂枝，香惹鴛被。（錄自日本明治四十一年縮印本）

## 桂華明

即【四犯令】。〔宋〕關注詞名【桂華明】，見《墨莊漫錄》卷四。

綵紗神京開洞府。遇廣寒宮女。問我雙鬟梁溪舞。還記得、當時否。　碧玉詞章教仙侶。為按歌宮羽。皓月滿窗人何處。聲永斷、瑤台路。（錄自《四部叢刊》影明本）

《墨莊漫錄》卷四：「宣和二年，睦寇方臘起邦源，浙西震恐，士大夫相與奔竄。關注子東在錢塘，避地於無錫之梁溪。明年，臘就擒，離散之家，悉還桑梓。子東以貧甚未能歸，乃僑寓於毗鄰群崇安寺古柏院中。一日，忽夢臨水有軒，主人延客，可年五十，儀觀甚偉，玄衣而美鬚髯。……前後三夢，後多忘其聲，唯紫髯翁笛聲尚在，乃倚其聲而為之詞，名曰【桂華明】云（詞略）。子東嘗自為予言之。」

## 桂殿香

即【桂殿秋】。〔清〕陸進詞名【桂殿香】，見《付雪詞》三集。

挑繡罷，厭燈明。梅花帳冷月三更。梧桐葉落空階響，倚遍薰籠睡不成。（錄自《全清詞》本）

## 桂殿秋

又名：桂花曲、桂殿香。

調見《全唐詩・附詞》〔唐〕李白詞。

仙女下，董雙成。漢殿夜京吹玉笙。曲終卻從仙宮去，萬戶千門唯月明。（錄自清康熙揚州書局本）

《欽定詞譜》卷一：「【桂殿秋】本唐李德裕【送神】、【迎神】曲，有『桂殿夜涼吹玉笙』句，取為調名。」

按：相傳李白詞二首，原為李德裕【送神】、【迎神】二曲，唯將首句改為三字二句，恐非李白所作。

## 桂飄香

即【花心動】。〔宋〕曹冠詞有「一年好處，桂花時節」句，故名；見《燕喜詞》。

律應清商，嫩涼生、金風乍飄林葉。玉兔騰精，光浸樓台，宛似廣寒宮闕。遠山橫翠煙霏斂，鵲枝繞、蛩聲淒切。氣蕭爽，一年好處，桂花時節。　香壓群芳妙絕。記蟾窟高枝，兩曾攀折。思報君親，何事壯懷猶鬱。傅巖莘野時方隱，心先定、經綸施設。賞花醉，持杯更邀皓月。（錄自四印齋彙刻《宋元三十一家詞》本）

詞注：「原名【花心動】。」

## 桐花鳳

（一）即【蝶戀花】。〔清〕劉世珍詞名【桐花鳳】，見《詞綜補遺》卷六十一引《閨秀詞鈔》。

歲晚韶華成寂寞。暗轉星杓，一線添瓊閣。盼到陽春來有腳。繡簾猶怯春寒薄。　九九圖中將字著。百五光陰，容易閒拋卻。比似梅花描綽約。看來日日增紅萼。（錄自書目文獻出版社影印本）

（二）〔清〕易孺自度曲，見《雙清池館詩餘》。

修翎軟紫高冠翠。新乳串珠黃綴。雨廊清趣，兩三聲和都成對。　相思嬌小初簹碎。輸汝濃蔭甜睡。為郎沉醉。萬千糧課從無稅。（錄自清胡壻手鈔本）

詞序：「本意。自度小令，寓廬書所見。」

## 桃花水

（一）即【訴衷情】。〔五代〕毛文錫詞有「桃花流水漾縱橫」句，故名；見《全唐詩・附詞》。

桃花流水漾縱橫。春晝彩霞明。劉郎去，阮郎行，惆悵恨難平。　愁坐對雲屏。算歸程。何時攜手洞邊迎。訴衷情。（錄自清康熙揚州書局本）

詞注：「一名【桃花水】。」

（二）調見〔清〕汪觀《夢香詞》。

一灣流水繞層城。朝霞散，晚霞明。畫艇鏡中行。　何處聽歌聲。碧瀾清。蓮花莊畔囀啼鶯。柳枝橫。（錄自清康熙松蘿書屋刻本）

按：此調與【訴衷情】相似，但異處較多，故另列。

## 桃花曲

（一）調見《全唐詩・樂府》〔唐〕顧況詞。

魏帝宮人舞鳳樓。隋家天子泛龍舟。君王夜醉春眠晏，不覺桃花逐水流。（錄自清康熙揚州書局本）

按：此調依《全唐五代詞》例列入，以供參閱。

（二）即【憶少年】。〔元〕劉秉忠詞有「恨桃花流水」句，故名；見《藏春樂府》。

> 茸茸芳草，漫漫長路，匆匆行李。佳人在何許，渺雲山千里。　莫惜千金沽一醉，道劉郎、不宜憔悴。春歸寂寞語，恨桃花水流。（錄自四印齋彙刻《宋元三十一家詞》本）

## 桃花行

調見《全唐詩・樂府》〔唐〕李嶠詞。

> 歲去無言忽憔悴，時來含笑吐氛氳。不能擁路迷仙客，故欲開蹊待聖君。（錄自清康熙揚州書局本）

《唐音癸籤》卷十三：「景龍四年春，宴桃花園，群臣畢從。學士李嶠等各獻桃花詩，上令宮女歌之。辭既清婉，歌乃妙絕，獻詩者舞蹈稱萬歲。上敕太常簡二十篇入樂府，號曰【桃花行】。」

按：此調依《全唐五代詞》例列入，以供參閱。

## 桃花落

即【瑞鷓鴣】。〔宋〕陳彭年詞名【桃花落】，見《欽定詞譜》卷十二【瑞鷓鴣】調注。詞見《花草粹編》卷十一。

> 盡出花鈿散寶津。雲鬟初剪向殘春。因驚風燭難留世，遂作池蓮不染身。　貝葉乍翻疑錦軸，梵聲才學誤梁塵。從茲艷質歸空後，湘浦應無解佩人。（錄自文淵閣《四庫全書》本）

按：李詞之【桃花落】，實係唐陽郇伯詩，見《能改齋漫錄》卷三。《花草粹編》仍名【瑞鷓鴣】。

## 桃絲

〔清〕顧貞立自度曲，見《棲香閣詞》。

> 清波難寫流虹影，喜夢裏垂垂。比似人間枝葉異，桃絲。　紅房爛煮瓊花宴，問此會何時。四十九年償慧業，歸遲。（錄自清刻本）

詞序：「壬子九月二十一日，夜夢兩仙子，煙鬟雲鬢，霧縠霞綃，芬芳襲人。珊珊而來，光彩耀室。遺餘草二株，一株條碧紅絲，非花非葉，纖纖可愛，不與垂楊似，云是桃絲。一株翠葉淺深，如梧如菊，如桂如藥，方圓斜整，種種可異，云是翠渚波。因其名遂各製一詞記之。」

按：顧貞立詞有「比似人間枝葉異，桃絲」句，故名【桃絲】。

## 桃園憶故人

即【桃源憶故人】。〔宋〕陸游詞名【桃園憶故人】，見《放翁詞》。

> 斜陽寂歷柴門閉。一點炊煙時起。雞犬往來林外，俱有蕭然意。　袞翁老去疏榮利。絕愛山城無事。臨去畫樓頻倚。何日重來此。（錄自汲古閣《宋六十名家詞》本）

詞序：「三榮郡治之西，因數城作樓觀曰高齋。下臨山村，蕭然如世外。予留七十日，被命參成都戎幕而去，臨行徙倚竟日，作【桃園憶故人】。」

## 桃源人去絳幃寒

調見〔明〕周履靖《梅顛稿選》卷十七。

> 桃源人去絳幃寒。欹枕無眠漏未殘。幾度愁懷思□□，終宵魂夢到邯鄲。（錄自《四庫全書存目叢書》本）

按：周履靖詞有「桃源人去絳幃寒」句，故名【桃源人去絳幃寒】。

## 桃源行

即【蝶戀花】。〔宋〕賀鑄詞名【桃源行】，見《東山詞》卷上。

> 流水長煙何縹緲。詰□□□，□逗漁舟小。夾岸桃花爛□□，□□□□□□□。　蕭閒村落田疇好。避地移家，□□□□□。□□殷勤送歸棹。閒邊勿為他人道。（錄自涉園影宋本）

按：【桃源行】唐樂府題，唐代詩人有例賦陶潛桃花源故事之作，賀鑄詞亦然，故取以為調名。

## 桃源憶故人

又名：杏花風、胡搗練、桃園憶故人、虞美人影、醉桃園、轉聲虞美人。

調見〔宋〕歐陽修《歐陽文忠公近體樂府》卷三。

> 梅梢弄粉香猶嫩。欲寄江南春信。別後寸腸縈損。說與伊爭穩。　小爐獨守寒灰燼。忍淚低頭畫盡。眉上萬重新恨。竟日無人問。（錄自雙照樓影宋本）

## 桃葉令

〔清〕姚燮自度曲，見《疏影樓詞》。

> 天百五。人三五。娟娟。花影膩雙鬟，眇凝思何許。　隔煙村。露春痕。怕黃昏。鎖春

魂。一絲風，一剪月，一重門。（錄自《姚燮手稿》本）

詞序：「自度清商調。因題改七薌《桃花人面圖》，故名。」

## 索酒

調見〔宋〕曹勳《松隱樂府》卷二。

乍喜惠風初到，上林翠紅，競開時候。四吹花香撲鼻，露裁煙染，天地如繡。漸覺南薰，總冰綃紗扇避煩晝。共遊涼亭消暑，細酌輕謳須酒。　江楓裝錦雁橫秋，正皓月瑩空，翠欄侵斗。況素商霜曉，對徑菊、金玉芙蓉爭秀。萬里彤雲，散飛霙、爐中焰紅歊。便須點水傍邊，最宜著酉。（錄自《彊村叢書》本）

《欽定詞譜》卷三十三【索酒】調注：「此曹勳自製曲。」

## 鬲指

（一）即【湘月】。〔宋〕姜夔詞名【鬲指】，見《白石詞集》。

五湖舊約，問經年底事，長負清景。暝入西山，漸喚我、一葉夷猶乘興。倦網都收，歸禽時度，月上汀洲冷。中流容與，畫橈不點清鏡。　誰解喚起湘靈，煙鬟霧鬢，理哀弦鴻陣。玉塵談玄，歎坐客、多少風流名勝。暗柳蕭蕭，飛星冉冉，夜久知秋信。鱸魚應好，舊家樂事誰省。（錄自《四庫全書存目叢書》本）

按：《四庫全書提要》曰：「【湘月】一首毛本題下注即【念奴嬌】之鬲指聲也。文義甚明。此本乃以『鬲指』二字作為調名，注曰一名【湘月】，皆謬戾無理。」今存其目，以便查閱。

（二）即【念奴嬌】。〔清〕俞星垣詞名【鬲指】，見《清聞堂詞》。

海波泛綠，甚西風做就，一天秋恨。極目斜陽疏柳外，多少驚寒雅陣。蓮粉飄殘，桐蔭老去，紅蓼迎霜信。廣寒宮闕，幾人曾共清景。　試把繡戶重重，欄干低護處，畫簾垂穩。雙枕安排明錦段，沉香細薰金鼎。莫待龍沙，吹來瓊玉，卻道窗紗冷。候蟲聲苦，個中情事誰省。（錄自清思穆手編本）

## 鬲溪梅

即【鬲溪梅令】。〔清〕陸繼輅詞名【鬲溪梅】，見《詞略·國朝》卷下。

遊絲不繫可憐身。竟誰憐、早又飛花和雨委輕塵。將魂付與春。　羅浮仙侶怨輕分。怕黃昏。待得清光一院月如銀。無由更覓君。（錄自清友竹山房鈔本）

## 鬲溪梅令

又名：高溪梅、高溪梅令、鬲溪梅。

〔宋〕姜夔自度曲，見《白石道人歌曲》卷三。

好花不與殢香人。浪粼粼。又恐春風歸去、綠成蔭。玉鈿何處尋。　木蘭雙槳夢中雲。小橫陳。漫向孤山山下、覓盈盈。翠禽啼一春。（錄自《彊村叢書》本）

《白石道人歌曲》注：仙呂調。

## 破子

調見〔清〕宋俊《岸舫詞》卷一。

春去留春住。十二樓頭吹細雨。東風不做鶯花主。牆外綠蔭如許。清宵嫁盡深閨女。畢竟春歸何處。（錄自清康熙刻本）

## 破子清平樂

即【清平樂】。〔宋〕王安中詞名【破子清平樂】，見《初寮詞》。

煙雲千里。一抹西山翠。碧瓦紅樓山對起。樓下飛光流水。　錦堂風月依然。後池蓮葉田田。縹緲貫珠歌裏，從容倒玉樽前。（錄自涉園影汲古閣鈔本）

## 破字令

調見《高麗史·卷七十一·樂二》〔宋〕無名氏詞。

縹緲三山島，十萬歲，方分昏曉。春風開遍碧桃花，為東君一笑。　祥飆暫引香塵到。祝高齡、後天難老。瑞煙散碧，歸雲弄暖，一聲長嘯。（錄自日本明治四十一年縮印本）

《欽定詞譜》卷八【破字令】調注：「此宋賜高麗【五羊仙】舞隊曲也。」

按：此為高麗唐樂【五羊仙】舞隊曲之一。此首原本不分段，此依《欽定詞譜》。

## 破陣子

又名：十拍子、破隊子、齊破陣、醉瓊枝。

唐教坊曲名。

（一）調見《敦煌歌辭總編》卷一《雲謠集雜曲

子》〔唐〕無名氏詞。

> 蓮臉柳眉休暈，青絲罷攏雲。暖日和風花帶媚，畫閣雕樑燕語新。捲簾恨去人。　　寂寞長垂珠淚，焚香禱盡靈神。應是瀟湘紅粉繼，不念當初羅帳恩。拋兒虛度春。（錄自上海古籍出版社排印本）

按：原載（斯）一四四一、《敦煌零拾》。

《填詞名解》卷二：「【破陣子】一名【十拍子】，然考之唐樂，自是兩曲，俱隸教坊也。

按《唐樂志》云：『七德舞者，本太宗破劉武周軍中相與作。【秦王破陣樂】曲，《舊唐書》載其辭，乃五言絕句體。』而《詞譜》云：『唐有【破陣樂】，六言八句，太宗所製，蓋商調曲。』然所謂『六言八句』者，此《詞譜》特據張說所擬作者言耳，恐本詞未必如是。又按：玄宗作【小破陣樂】亦舞曲。宋太宗作【平戎破陣樂】正宮調，未知【破陣子】與諸曲同異也。金璐云：『【十拍子】者，以此調十唱十拍故名。』」

（二）調見〔宋〕晏殊《珠玉詞》。

> 海上蟠桃易熟，人間好月長圓。唯有擘釵分鈿侶，離別常多會面難。此情須問天。　　蠟燭到明垂淚，薰爐盡日生煙。一點淒涼愁絕意，謾道秦箏有剩弦。何曾為細傳。（錄自明吳訥《百家詞》本）

按：《欽定詞譜》卷十四【破陣子】調注：「此調始見此詞。」誤，因未見敦煌曲子之故。

（三）即【醉瓊枝】。〔宋〕賀鑄詞名【破陣子】，見《東山寓聲樂府》。

> 檻外雨波新漲，門前煙柳渾青。寂寞文園淹臥久，推枕援琴涕自零。無人著意聽。　　緒緒風披芸幌，駸駸月到萱庭。長記合歡東館夜，與解香羅掩繡屏。瓊枝半醉醒。（錄自《四印齋所刻詞》本）

詞注：「按李冶云：『《東山樂府別集》有【定風波】異名【醉瓊枝】者，尋其聲律，與【破陣子】正同。』」

《彊村叢書》本【東山詞】校記：「李冶《敬齋古今黈》：『《東山樂府別集》有【定風波】異名【醉瓊枝】者，尋其聲律，與【破陣子】正同。』」

《宋詞別集叢刊・東山詞》校記：「按李冶金人，去北宋不遠，其書可信。又檢《詞譜》卷十四載【定風波】異名【卷春空】者，亦不類此，

可證宋本必誤。唯四印齋已引敬齋，加以訂補，又在彊村之先。至亦園、知不足、八千卷樓諸本，則沿宋本之誤。」

## 破陣樂

唐教坊曲名。

調見〔宋〕柳永《樂章集》卷中。

> 露花倒影，煙蕪蘸碧，靈沼波暖。金柳搖風樹樹，繫彩舫龍舟遙岸。千步虹橋，參差雁齒直趨水殿。繞金堤、曼衍魚龍戲，簇嬌春羅綺，喧天絲管。霽色榮光，望中似睹，蓬萊清淺。　　時見。鳳輦宸遊，鸞觴禊飲，臨翠水，開鎬宴。兩兩輕舠飛畫楫，競奪錦標霞爛。罄歡娛，歌魚藻，徘徊宛轉。別有盈盈遊女，各委明珠，爭收翠羽，相將歸遠，漸覺雲海沉沉，洞天日晚。（錄自《彊村叢書》本）

《樂章集》、《張子野詞》注：林鐘商。《宋史・樂志》屬正宮。

《唐聲詩》下編：「《唐會要》於此曲分屬越調、雙調、水調、大石調、小石調——皆商調也。其樂建於太宗貞觀元年，就軍中所歌【秦王破陣】之曲，改訂為大曲體制，於國家大典中奏之。……入宋，先製正穎之【平戎破陣樂】大曲，後有【破陣樂】之慢曲。」

《教坊記》注：「貞觀時製。」

《欽定詞譜》卷十四：「陳暘《樂書》云：『唐【破陣樂】屬龜茲部。秦王所製。舞用二千人，皆畫衣甲，執旗旆。外藩鎮春衣犒軍設樂，亦舞此曲，兼馬軍引入場，尤壯觀也。」

## 破隊子

即【破陣子】。〔明〕陳如綸詞名【破隊子】，見《二餘詞》。

> 須認本原洞徹，莫隨文字支離。堯舜規模相印證，孔孟工夫任執持。聖賢皆可為。　　腳踏直尋實地，口開便落他歧。平旦清明無梏害，冬至天心無改移。此時君自知。（錄自惜陰堂《明詞彙刻》本）

按：「隊」疑「陣」之誤，惜無他本可校，存以待考。

## 剔銀燈

又名：剔銀燈引。

調見〔宋〕柳永《樂章集》卷下。

十畫

何事春工用意。繡畫出、萬紅千翠。豔杏夭
桃，垂楊芳草，各鬥雨膏煙膩。如斯佳致。早
晚是、讀書天氣。　　漸漸園林明媚。便好安
排歡計。論檻買花，盈車載酒，百琲千金邀
妓，何妨沉醉。有人伴、日高春睡。（錄自《彊
村叢書》本）

《樂章集》注：仙呂調。《欽定詞譜》注：金詞
注仙呂調。元高拭詞注：中呂宮。

## 剔銀燈引

即【剔銀燈】。《欽定詞譜》卷十七【剔銀燈】
調注：「蔣氏《九宮譜》屬中呂調，名【剔銀燈
引】。」

## 哨遍

又名：松江哨遍、稍遍。
（一）調見〔宋〕蘇軾《東坡樂府》卷二。

為米折腰，因酒棄家，口體交相累。歸去來，
誰不遣君歸。覺從前皆非今是。露未晞。征夫
指予歸路，門前笑語喧童稚。嗟舊菊都荒，新
松暗老，吾年今已如此。但小窗容膝閉柴扉。
策杖看、孤雲暮鴻飛。雲出無心，鳥倦知還，
本非有意。　　噫。歸去來兮。我今忘我兼忘
世。親戚無浪語，琴書中有真味。步翠麓崎
嶇，泛溪窈窕，涓涓暗谷流春水。觀草木欣
榮，幽人自感，吾生引且休矣。念寓形宇內復
幾時。不自覺、皇皇欲何之。委吾心、去留誰
計。神仙知在何處，富貴非吾志。但知臨水登
山嘯詠，自引壺觴自醉。此生天命何疑。且乘
流、遇坎還止。（錄自《彊村叢書》本）

詞序：「陶淵明賦〈歸去來辭〉，有其詞而無其
聲。余治東坡，築雪堂於上，人俱笑其陋。獨都
陽董毅夫過而悅之，有卜鄰之意。乃取〈歸去來
辭〉，稍加檃括，使就聲律，以遺毅夫。使家僮
歌之，時相從於東坡，釋耒而和之，扣牛角而為
之節，不亦樂乎。」

汲古閣本《東坡詞》注：「其詞蓋世所謂『般瞻
之【稍遍】』也。般瞻，龜茲語也，華言為五
聲，蓋羽聲也，於五音之次為第五。今世稍讀去
聲，世作哨，或作涉，皆非是。」

《苕溪漁隱叢話・前集》卷二：「東坡云：『余
舊好誦陶潛〈歸去來〉，嘗患其不入音律，近輒
微加增損，作【般涉調・哨遍】。』雖微改其
詞，而不改其意，請以《文選》及本傳考之，方

知字字皆非創入也。詞曰（詞略）。」
（二）調見〔宋〕汪莘《方壺詩餘》卷二。

近臘景和，故山可過，足下聽余述。便自往山
中，憩精藍，與僧飯訖。北涉灞川，明月華映
郭，夜登華子岡頭立。嗟輞水淪漣，與月上
下，寒山遠火縈籠。聽林外犬類豹聲雄。更村
落誰家鳴夜舂。疏鐘相聞，獨坐此時，多思往
日。　　憶。記與君同。清流仄徑玉琤琮。攜
手賦佳什，往來蘿月松風。只待仲春天，春山
可望，山中卉木垂蘿密。見山水輕鯈，點溪白
鷺，青臯零露方瀜。雉朝飛，麥隴鳴儔匹。念
此去非遙莫相失。儻能從我敢相必。天機非子
清者，此事非所急。是中有趣殊深，願子無
忽。不能一一。偶因馹駮附吾書，是山人王維
摩詰。（錄自《彊村叢書》本）
（三）調見〔宋〕辛棄疾《稼軒長短句》卷一。

池上主人，人適忘魚，魚適還忘水。洋洋乎，
翠藻青萍裏。想魚兮、無便於此。嘗試思，莊
周正談兩事。一明豕虱一羊蟻。說蟻慕於膻，
於蟻棄知，又說於羊棄意。甚虱焚於豕獨忘
之。卻驟說於魚為得計。千古遺文，我不知
言，以我非子。　　子固非魚，噫。魚之為計
子焉知。河水深且廣，風濤萬頃堪依。有網罟
如雲，鵜鶘成陣，過而留泣計應非。其外海茫
茫，下有龍伯，饑時一啖千里。更任公五十犗
為餌。使海上人人厭腥味。似鵾鵬、變化能
幾。東游入海，此計直以命為嬉。古來謬算狂
圖，五鼎烹死，指為平地。嗟魚欲事遠遊時。
請三思而行可矣。（錄自雙照樓影小草齋鈔本）
（四）調見《花草粹編》卷二十四〔明〕董解
元詞。

太皞司春，春工著意，和氣生暘谷。十里芳
菲，盡東風、絲絲柳搓金縷。漸次第、桃紅杏
淺，水綠山青，春漲生煙渚。九十光陰能幾，
早鳴鳩呼婦，乳燕攜雛。亂紅滿地任風吹，飛
絮蒙空有誰主。春色三分，半入窘塘，半隨塵
土。　　滿地榆錢，算來難買春光住。初夏
永、薰風池館，有藤床冰簟紗廚。日轉午。脫
巾散髮，沉李浮瓜，寶扇搖紈素。著甚消磨永
日，有掃愁竹葉，侍寢青奴。霎時微雨送新
涼，些少金風退殘暑。韶華早、暗中歸去。（錄
自文淵閣《四庫全書》本）

《填詞名解》卷三：「【哨遍】本作【稍遍】，
般涉調。般涉，本作般瞻，龜茲語也。猶華言五

聲，蓋此調本羽音，羽於宮商次為第五。【哨遍】三疊，每疊加促，今詞只作雙調耳。」《欽定詞譜》卷三十九：「《蘇軾集》注：『般涉調。』」

## 哭相思

即【酷相思】。〔明〕支如玉詞名【哭相思】，見《蘭皋明詞彙選》卷四。

> 新柳月痕初墜。恨春鳥、催人起。想盟言、花片隨波逝。欲住也、留無計。欲去也、來無計。　印舊添新衣上淚。左右拚憔悴。問九峰、桃李曾開未。人遠也、書忘寄。春盡也、愁難寄。（錄自清康熙刻本）

## 恩愛深

調見〔清〕董元愷《蒼悟詞》。

> 記得當初，曾私語酴醾下。芳茵促坐，花枝低亞。幾曲柔腸，兔毫吟就香羅帕。細把儂歡寫。而今何事，暗愁縈惹。　卜盡金錢還是假。只一幅鸞箋，消受半生良夜。孤雁叫寒汀，淒涼絮出傷心話。誰伴殘燈影，聽暮雨瀟瀟，淚珠同灑。（錄自《清名家詞》本）

按：此調與宋柳永汲古閣本《樂章集》之【愛恩深】調名，僅一字顛倒之別。但兩詞相校，互有異同。故另立調名，存疑待考。

## 峭寒輕

調見〔宋〕曹勛《松隱樂府》卷二。

> 照溪流清淺，正萬梅都開，峭寒天氣。才過了元宵，漸晝長禁宇，迤邐佳時，斷腸枝上雪，殘英已、片影初飛。苒苒隨風，送春到、便爛熳香遲。　凝睇。迎芳菲至。覺欣欣桃李，嫩色依微。應是有新酸，向嫩梢定須，一點藏枝。乍晴還又冷，從樽前、自落輕細。寄語高樓，夜笛聲、且緩吹。（錄自《彊村叢書》本）

按：曹勛詞有「正萬梅都開，峭寒天氣」句，故名【峭寒輕】。

## 缺月掛疏桐

即【卜算子】。〔金〕趙秉文詞名【缺月掛疏桐】，見《中州樂府》。

> 烏鵲不多驚，貼貼風枝靜。珠貝橫空冷不收，半濕秋河影。　缺月墮幽窗，推枕驚深省。落葉蕭蕭聽雨聲，簾外霜華冷。（錄自《彊村叢書》本）

詞注：「擬東坡作。」因蘇軾【卜算子】詞有「缺月掛疏桐」句，故名。

## 秣陵砧

（一）即【鷓鴣天】。〔清〕蘇始芳詞名【秣陵砧】，見《筠綠剩稿詞》。

> 簷溜縈收見夕陽。砌花寫影滿迴廊。西風也解塗金粉，冒住嬌黃蝶一雙。　愁思亂，夢雲涼。綠窗瑣事謾縈腸。深宵試搗金盆汁，染取猩紅指甲長。（錄自清乾隆刻本）

（二）即【望遠行】。〔五代〕李煜詞有「秣陵砧」句，故名；見《記紅集》卷一。

> 碧砌花光照眼明。朱扉長日鎖長扃。餘寒不去夢難成。爐香煙冷自亭亭。　遶陽月，秣陵砧。不傳消息但傳情。黃金窗下忽然驚。征人歸日二毛生。（錄自清康熙刻本）

## 特地新

調見〔金〕王喆《重陽全真集》卷十二。

> 天地人生，同來相遇。應將甚、昭彰顯務。道門開，釋門闡，儒門堪步。識元初，習元本，睹元辰，元陽自固。　日月星辰，齊旋躔度。唯臨涖、虛空照布。精關局，氣關達，神關超露。稟三才，立三教，得三光，三丹寶聚。（錄自涵芬樓影明《道藏》本）

## 笑悼翁

即【平湖樂】。〔近人〕許白鳳詞名【笑悼翁】，見《亭橋詞》。

> 鄰翁愛賭異尋常。不計輸贏悵。午後八圈小麻將。逞頑強。　昨宵打到天明亮。紅中獨吊，高沖腦血，誰說好收場。（錄自《平湖文史資料》第五輯）

## 倩畫眉

即【甘草子】。〔宋〕柳永詞名【倩畫眉】，見《記紅集》卷一。

> 秋暮。亂灑衰荷，顆顆真珠雨。雨過月華生，冷徹鴛鴦浦。　池上憑欄愁無侶。奈此個、單棲情緒。卻傍金籠共鸚鵡。念粉郎言語。（錄自清康熙刻本）

**十畫**

## 倚西樓

調見《汴京勾異志》卷四〔宋〕無名氏詞。

> 禁鼓初傳時下打。虛過清風明月夜。眼如魚目
> 幾曾乾，心似酒旗終日掛。　　銀漢低垂星斗
> 斜，院宇空寥銀燭卸。西樓蕭瑟有誰知，教我
> 獨自上來獨自下。（錄自《全宋詞》本）

按：無名氏詞有「西樓蕭瑟有誰知」句，故名
【倚西樓】。

《汴京勾異志》卷四引《苕溪詩話》：「韋彥溫
少不拘，落泊京師。偶閒步過一宅，望見樓上有
一女子。靚妝麗服，倚欄凝佇而歌。彥溫屢見
之，稍玩，乃逾牆而入。見門戶四闢，寂無人
跡。遂登西樓，但見積塵滿几，上有幅紙，字墨
尚新，題一詞。彥溫出，問其鄰，皆云：『此宅
多祟，無人敢居將百餘年矣。』彥溫愛其詞調，
乃名之曰【倚西樓】云。」

《欽定詞譜》卷十三【倚西樓】調注：「調近
【玉樓春】，唯後段結句多兩字耳。」

《詞律拾遺》卷二【倚西樓】調注：「其結句有
少『教我』兩字，只五十六字者，恐是七言仄韻
詩，誤傳為詞也。」

## 倚東風

即【樓上曲】。〔宋〕張元幹詞有「樓中人倚東
風裏」句，故名；見《記紅集》卷一。

> 樓外夕陽明遠水。樓中人倚東風裏。何事有情
> 怨別離。低鬟背立君應知。　　東望雲山君去
> 路。斷腸迢迢盡愁處。明朝不忍見雲山。從今
> 休傍曲欄干。（錄自清康熙刻本）

## 倚風嬌近

調見〔宋〕周密《蘋洲漁笛譜》卷二。

> 雲葉千重，麝塵輕染金縷。弄嬌風軟霞綃舞。
> 花國選傾城，暖玉倚銀屏，綽約娉婷，淺素宮
> 黃爭嫵。　　生怕春知，金屋藏嬌深處。蜂蝶
> 尋芳無據。醉眼迷花映紅霧。修花譜。翠毫夜
> 濕天香露。（錄自《彊村叢書》本）

按：原詞題有：「填霞翁譜，賦大花。」霞翁，
係楊纘別號「紫霞翁」之簡稱。此調應為楊纘自
度曲，惜楊詞已佚。

## 倚欄人

又名：倚樓人。

〔宋〕曹勛自度曲，見《欽定詞譜》卷三十五引
《松隱集》。

> 清明池館，芳菲漸晚，晴香滿架籠永晝。翠擁柔
> 條，玉鋪繁蕊，嫋嫋舞低襟袖。秀蓓凝浩露，
> 疑掛六銖衣縐。檀點芳心，體薰清馥，粉容宜
> 撚春風手。　　肯與芝蘭共喚。洞戶花、別是
> 素芳依舊。剪取長梢。青蛟噴雪，挽住晚雲爭
> 秀。樓上人未去，常恐風欺雨瘦。紅綃收取，
> 舉觴猶喜，窨得釀釀酒。（錄自清康熙內府本）

按：今存曹勛各本詞集中，均無【倚欄人】調
名。《松隱集》未見。

## 倚欄令

即【春光好】。〔宋〕晏幾道詞有「拚卻一襟懷
遠淚，倚欄看」，故名；見《欽定詞譜》卷三。

> 春羅薄，酒醒寒。夢初殘。軟枕片時雲雨事，
> 已關山。　　樓上斜日欄干。樓前路、曾試雕
> 鞍。拚卻一襟懷遠淚，倚欄看。（錄自汲古閣《宋
> 六十名家詞》本）

《欽定詞譜》卷三【春光好】調注：「因晏幾道
詞有『拚卻一襟懷遠淚，倚欄看』，改名【愁倚
欄令】，或名【愁倚欄】，或【倚欄令】。」

## 倚樓人

即【倚欄人】。〔宋〕曹勛詞名【倚樓人】，見
《松隱樂府》卷二。

> 清明池館，芳菲漸晚，晴香滿架籠永晝。翠擁柔
> 條，玉鋪繁蕊，嫋嫋舞低襟袖。秀蓓凝浩露，
> 疑掛六銖衣縐。檀點芳心，體薰清馥，粉容宜
> 撚春風手。　　肯與芝蘭共喚。向夜闌凝月，
> 素芳依舊。剪取長梢。青蛟噴雪，挽住晚雲爭
> 秀。樓上人未去，常恐風欺雨瘦。紅綃收取，
> 舉觴猶喜，窨得釀釀酒。（錄自《彊村叢書》本）

## 倚鞦韆

即【好事近】。〔宋〕張輯詞有「倚鞦韆斜立」
句，故名；見《東澤綺語》。

> 人在玉屏間，逗曉柳絲風急。簾外相花微雨，
> 罨春紅愁濕。　　單衣初試麴塵羅，中酒病無
> 力。應是繡床慵困，倚鞦韆立。（錄自《彊村叢
> 書》本）

## 倒犯

又名：吉了犯。

（一）調見〔宋〕周邦彥《片玉集》卷七。

> 霽景，對霜蟾乍昇，素煙如掃。千林夜縞。徘
> 徊處、漸移深窈。何人正弄，孤影蹁躚西窗
> 悄。冒露冷貂裘，玉甖邀雲表。共寒光，飲清
> 醥。　　淮左舊遊，記送行人，歸來山路窅。
> 駐馬望素魄，印遙碧，金樞小。愛秀色、初娟
> 好。念漂浮、綿綿思遠道。料異日宵征，必定
> 還相照。奈何人，自衰老。（錄自涉園影宋本）

（二）調見〔宋〕陳允平《西麓繼周集》。

> 百尺鳳凰樓，碧天暮雲初掃。冰華散縞。雙鸞
> 駕鏡懸空窈。婆娑桂影，香滿西樓闌干悄。漸
> 玉魄金輝，飛度千山表。餌玄霜、醉瓊醥。
> 　　身在九霄，獨步丹梯，飄飄輕霧窅。縹緲廣
> 寒殿，覺世山河小。愛十二、瓊樓好。算誰
> 知、消息盈虛道。任地久天長，今古無私照。
> 但仙娥不老。（錄自《彊村叢書》本）

《片玉集》注：仙呂調。《夢窗詞集》注：夾
鐘商。

## 倒垂柳

唐教坊曲名。

調見〔宋〕楊無咎《逃禪詞》。

> 曉來煙露重，為重陽、增勝致。記一年好處，
> 無似此天氣。東籬白衣至，南陌芳筵啟。風流
> 曾未遠，登臨都在眼底。　　人生如寄。漫把
> 茱萸看仔細。擊節聽高歌，痛飲莫辭吏。烏帽
> 任教，顛倒風裏墜。黃花明日，縱好無情味。
> （錄自汲古閣《宋六十名家詞》本）

按：《詞律》卷十二目錄調名【倒垂柳】，正文
作【倒垂楊】。「楊」字係刻誤，故不另立。

## 倒菩薩蠻

即【菩薩蠻】。〔清〕魏際瑞詞名【倒菩薩
蠻】，見《伯子詩餘》。

> 人離遠水三春暮。寒花飛色浮嵐渡。東陌翠消
> 煙。清明細雨天。　　春晴傷別恨。幽夢隨花
> 隱。半閣雲重陰。紅影遠平林。（錄自清刻本）

## 倦情芳

即【倦尋芳】。〔清〕杜貴墀詞名【倦情芳】，
見《桐華閣詞鈔》卷一。

> 繁華何處，翠壁丹崖，屏風新換。綠卸濃鬟，
> 認取淡妝人面。木落讓誰高枕看，魂歸枉共斜
> 陽戀。隔天涯、便十分瘦也，還遮望眼。
> 記檻外、難名蒼翠，採菊籬邊，岸幘頻見。約
> 伴扶筇，展齒競誇誰健。遙憶孤峰飄落葉，舊
> 時行跡鋪應遍。悔輸與、隴頭人，碧雲千片。
> （錄自清光緒庚子刻本）

## 倦尋芳

又名：倦情芳、倦尋芳慢。

調見《花庵詞選》卷七〔宋〕潘汾詞。

> 歡錄半掩，鴛甃無塵，庭院瀟灑。樹色沉沉，
> 春盡燕嬌鶯姹。夢草池塘青漸滿，海棠軒檻紅
> 相亞。聽簫聲，記秦樓夜約，彩鸞齊跨。
> 漸迤邐、更催銀箭，何處貪歡，猶繫驕馬。旋
> 剪燈花，雨點翠眉誰畫。香滅羞回空帳裏，月
> 高猶在重簾下。恨疏狂，待歸來、碎揉花打。
> （錄自文淵閣《四庫全書》本）

《夢窗詞集》注：林鐘羽。

## 倦尋芳慢

即【倦尋芳】。〔宋〕王雱詞名【倦尋芳慢】，
見《樂府雅詞・拾遺》卷上。

> 露晞向曉，簾幕風輕，小院閒晝。翠徑鶯來，
> 驚下亂紅鋪繡。倚危樓，登高榭，海棠經雨胭
> 脂透。算韶華，又因循過了，清明時候。
> 倦遊燕，風光滿目，好景良辰，誰共攜手。恨
> 被榆錢，買斷兩眉長鬥。憶高陽，人散後。落
> 花流水仍依舊。這情懷，對東風，盡成消瘦。
> （錄自文淵閣《四庫全書》本）

《樂夜雅詞・拾遺》注：中呂宮。

《捫虱新話》下集卷四：「世傳王元澤一生不作
小詞，或笑之，元澤遂作【倦尋芳慢】一首，時
服其工。其詞曰（詞略）。此詞甚佳，今人多能
誦之，然元澤自此亦不復作。」

## 烏啼月

即【烏夜啼】。宋賀鑄詞有「城烏可是知人意，
偏向月明啼」句，故名；見《永樂大典》卷二千
三百四十六「烏」字韻。

> 牛女相望處，星橋不礙東西。重牆未抵蓬山
> 遠，卻恨畫樓低。　　細字頻傳幽怨，凝釭長
> 照單棲。城烏可是知人意，偏向月明啼。（錄自
> 中華書局印影本）

十畫

## 烏夜啼

又名：上西樓、烏啼月、聖無憂、錦堂月、錦堂春。

唐教坊曲名。

（一）調見〔五代〕李煜《南唐二主詞》。

昨夜風兼雨，簾幃颯颯秋聲。燭殘漏斷頻欹枕，起坐不能平。　世事漫隨流水，算來夢裏浮生。醉鄉路穩宜頻到，此外不堪行。（錄自《唐宋名賢百家詞》本）

（二）即【相見歡】。〔五代〕李煜詞名【烏夜啼】，見《南唐二主詞》。

林花謝了春紅。太匆匆。無奈朝來寒雨、晚來風。　胭脂淚。留人醉。幾時重。自是人生長恨、水長東。（錄自《唐宋名賢百家詞》本）

**十畫**

《教坊記》：「【烏夜啼】，宋彭城王義康、衡陽王義季，帝囚之潯陽，後宥之。使未達，衡王家人扣二王所囚院曰：『昨夜烏夜啼，官當有赦。』少頃使至。故有此曲。亦入琴操。」

《填詞名解》卷一：「【烏夜啼】，一名【錦堂春】，一名【上西樓】，一名【相見歡】，一名【秋夜月】，一名【憶真娘】。古樂府有【烏夜啼】，宋臨川王義慶所作。元嘉中，義慶為江州，徵還，懼。伎妾聞烏夜啼聲，扣齋閣云：『明日應有赦。』因此作歌。一云魏何晏繫獄，有二烏止晏舍上，晏女曰：『烏有嘉聲，父必免。』遂撰此操。至唐相沿有此曲，填詞因之。」

《唐音癸籤》卷十三：「杜佑云：『本宋臨川王義慶所作。今所傳歌，似非義本旨。老坊謝大善歌此，明皇嘗親御觱篥和之。』」

《樂府詩集》卷四十七：「【烏夜啼】者，元嘉二十八年，彭城王義康有罪放逐，行次潯江，江州刺使衡陽王義季，留連飲宴，歷旬不去。帝聞而怒，皆囚之。會稽公主，姊也，嘗與帝宴洽，中席起拜。帝未達其旨，躬止之。主流涕曰：『車子歲暮，恐不為階下所容。』車子，義康小字也。帝指蔣山曰：『必無此。不爾，便負。』初寧陵、武帝葬於蔣山，故指先帝陵為誓。因封餘酒寄義康，且曰：『昨夜與會稽姊飲，樂，憶弟，故附所飲酒往。』遂宥之。使未達潯陽，衡陽家人扣二王所囚院曰：『昨夜烏夜啼，官當有赦。』少頃使至，二王得釋。故有此曲。亦入琴操。」

## 師師令

調見〔宋〕張先《張子野詞》卷一。

香鈿寶珥，拂菱花如水。學妝皆道穩時宜，粉色有、天然春意。蜀彩衣長勝未起。縱亂雲垂地。　都城池苑誇桃李。問東風何似。不須回扇障清歌，唇一點、小於珠子。正是殘英和月墜。寄此情千里。（錄自《彊村叢書》本）

《張子野詞》注：中呂宮。

《詞品·拾遺》云：「李師師，汴京名妓。張子野為製新詞，名【師師令】。秦少游亦贈之詞云：『看遍穎川花，不似師師好。』後徽宗幸之。見《宣和遺事》。」

《古今詞話·詞辨》卷下：「沈雄曰：張子野贈妓李師師。按《東都遺事》：『李師師，汴京名妓，道君微行幸之。秦觀贈以【生查子】，周美成贈以【蘭陵王】。』是也。子野晚年多為官妓作詞以此。」

《填詞名解》卷二：「李師師，汴京名妓，張子野為製新詞名【師師令】。按《尚書》：『百僚師師。』又陸機〈豪士賦〉序云：『高平師師，側目博陸之勢。』但此大遠古，似非填詞所宜名。或云取此，非也，當以子野事為近耳。」

按：宋張先為李師師製新詞名【師師令】，歷代引以為美談，然此本事殊可疑也。考兩人所處之年代相距較大。查張先生於宋淳化元年，卒於元豐元年。李師師生卒年雖不詳，但可以理推斷。宋徽宗趙佶登基，時年十九歲。古代名妓雖然重色藝雙全，但年齡也是一個重要因素。當時李師師應在十五歲至二十歲之間妙齡之時吧，否則徽宗也不會「微服而幸之」了。以上論點如成立，就可推斷。將徽宗登基之年為基點，假定是年即「微服而幸之」，李師師之最大年齡是二十歲，用這三個條件做推算，則元豐四年李師師剛出世，而張先已去世三年矣。故張先所作之【師師令】，不應是指徽宗時之汴京名妓李師師，或另有一女子名師師者，亦未可知。惜無史料可證。但後人對此本事也有懷疑，如《蓮子居詞話》卷一云：「張子野【師師令】，相傳為贈李師師之作。按子野，天聖八年進士，見《齊東野語》。至熙寧六年年八十五，見《東坡集》。熙寧十年年八十九卒，見《吳興志》。自子野之卒，距政和、重和、宣和年間又三十餘年，是子野已不及見師師，何由而為是言乎？調名【師師令】，非

因李師師也。好事者率意附會，並忘子野年幾何矣，豈不疏與？」

## 狹路逢

調見〔清〕嘯嘯道人《五鳳吟》第十五回。

義海相伴，愛河復攻。哪堪這、襪小鞋弓。恨殺殺、倒做了兩頭俱空。　　陽關人又急，天台路不通。欲學個丈夫女中。怎奈我、南北西東，各天又共。（錄自上海古籍出版社排印本）

## 般涉瑞鷓鴣

即【瑞鷓鴣】。〔近人〕汪東詞名【般涉瑞鷓鴣】，見《夢秋詞》卷二。

胭脂紅破淺深椒。道裝相襯蠟潛消。弄影瓶花，絕似詞人句，蝶粉蜂黃大小喬。　　舊家亭館今誰在，數聲玉笛輕飄。剩笑枕上心情，頻探春來未、盡良宵。夢被羅浮翠羽招。（錄自齊魯書社影手稿本）

## 留春令

又名：玉花洞。

（一）調見〔宋〕晏幾道《小山詞》。

畫屏天畔，夢回依約，十洲雲水。手撚紅箋寄人書，寫無限、傷春事。　　別浦高樓曾漫倚。對江南千里。樓下分流水聲中，有當日、憑高淚。（錄自汲古閣《宋六十名家詞》本）

（二）調見〔宋〕李之儀《姑溪詞》。

夢斷難尋，酒醒猶困，那堪春暮。香閣深沉，紅窗翠暗，莫羨顛狂絮。　　綠滿當時攜手路，懶見同歡處。何時卻得，低幃昵枕，盡訴情千縷。（錄自汲古閣《宋六十名家詞》本）

（三）調見〔宋〕黃庭堅《小山詞》。

江南一雁橫秋水。歎咫尺、斷行千里。迴文機上字縱橫，欲寄遠。憑誰是。　　謝客池塘春都未。微微動、短牆桃李。半陰才暖卻清寒，是瘦損、人天氣。（錄自汲古閣《宋六十名家詞》本）

（四）調見〔宋〕沈端節《克齋詞》。

舊家元夜，追隨風月，連宵歡宴。被那懣、引得滴流地，一似蛾兒轉。　　而今百事心情懶。燈下幾曾忺看。算靜中、唯有窗間梅影，合是幽人伴。（錄自汲古閣《宋六十名家詞》本）

## 留客住

唐教坊曲名。

（一）調見〔宋〕柳永《樂章集》卷中。

偶登眺。憑小欄、艷陽時節，乍晴天氣，是處閑花野草。遙山萬疊雲散，漲海千里，潮平波浩渺。煙村院落，是誰家、綠樹數聲啼鳥。　　旅情悄。遠信沉沉，離魂杳杳。對景傷懷，度日無言誰表。惆悵舊歡何處，後約難憑，看看春又老。盈盈淚眼，望仙鄉、隱隱斷霞殘照。（錄自《彊村叢書》本）

（二）調見〔宋〕周邦彥《片玉詞》卷下。

嗟烏兔。正茫茫、相催無定，只恁東生西沒，半均寒暑。昨見花紅柳綠，處處林茂。又睹霜前籬畔，菊散餘香，看看又還秋暮。　　忍思處。念古往賢愚，終歸何處。爭似高堂，日夜笙歌齊舉。選甚連宵徹晝，再三留住。待擬沉醉扶上馬，怎生向、主人未肯交去。（錄自汲古閣《宋六十名家詞》本）

《樂章集》注：林鐘商。

## 留窮詞

即【西江月】。〔清〕吳騏詞名【留窮詞】，見《吳日千先生集》。

周室曾依顏子，晉時亦伴陶潛。問君譜牒起何年。卻道源流久遠。　　我既留君不去，友朋更送相添。華宗無數總周旋。但覺多多益善。（錄自清刻本）

詞序：「莊天申作【送窮詞】，日千反之。」

## 祔陵歌

調見《宋史·樂志》卷十五〔宋〕無名氏詞。

真人地，瑞應待聖時。鞏原西。滎河會，澗洛與瀍伊。眾水縈迴。嵩高映抱，幾疊屏幃。秀嶺參差。遙山群鳳隨。共瞻陵寢浮佳氣，非煙朝暮飛。龜筮告前期。奠收玉筓，筵捲時衣。　　鑾輅曉駕載龍旗。路逶遲。鈴歌怨，畫翣引華芝。霧薄風微。真遊遠，閟寶閣金扉。侍女悲啼。玉階春草滋。露桃結子靈椿翠，青車何日歸。銜恨望西畿。便房一鑰，夜台曉無期。（錄自武英殿本）

按：原本不分段。依《全宋詞》例列入。

**十畫**

## 高山流水

又名：錦瑟清商引。

〔宋〕吳文英自度曲，見《夢窗詞集》。

素弦一一起秋風。寫柔情、都在春蔥。徽外斷腸聲，霜宵暗落驚鴻。低鬟處、剪綠裁紅。仙郎伴，新製還賡舊曲，映月簾櫳。似名花並蒂，日日醉春穠。　　吳中。空傳有西子，應不解、換徵移宮。蘭蕙滿襟懷，唾碧總噴花茸。後堂深、想費春工。客愁重，時聽蕉寒雨碎，淚濕瓊鍾。恁風流也，稱金屋、貯嬌慵。（錄自《彊村叢書》本）

詞序：「丁基仲側室，善絲桐賦詠，曉達宮呂，備歌舞之妙。」

《欽定詞譜》卷三十五【高山流水】調注：「吳文英自度曲，贈丁基仲妾作也。妾善琴，故以【高山流水】為調名。」

《夢窗詞集》注：黃鐘商。

## 高平探芳新

〔宋〕吳文英自度曲，見《欽定詞譜》卷二十三。

九街頭。正軟塵酥潤，雪消殘溜。褉賞祗園，花豔雲陰籠晝。層梯峭，空麝散，擁凌波，縈翠袖。歎年瑞，連環轉，爛漫遊人如繡。　　腸斷迴廊佇久。便寫成澌波，傳愁蠆岫。漸沒飄紅，空惹閒情春瘦。椒杯香，乾醉醒，怕西窗，人散後。暮寒深，遲回處，自攀庭柳。（錄自清康熙內府本）

《欽定詞譜》卷二十三【高平探芳新】調注：「此調淵源似出【探芳訊】，但攤破句法，移換宮調，自成新聲，即與【探芳訊】不同，故另編一體。」又云：「吳文英自度高平調《詞律》卷六【探芳新】調按：「葉譜（指《蘋軒詞譜》）題名【高平探芳新】，另立一調。蓋高平為調名，【探芳新】為詞名，意者以【探芳新】轉入高平調，故字句與諸家稍異耳。」

按：今存吳文英各家刻本，此調名均作【探芳新】。

《夢窗詞集》注：林鐘羽。

## 高冠軍

即【蘭陵王】。《歷代詩餘》卷九十七【蘭陵王】調注：「亦作【高冠軍】。」未知何出，待考。

## 高唐夢

即【神女】。〔清〕沈謙詞有「花落高唐夢」句，故名；見《東白堂詞選初集》卷十二。

草堂竹暗巫山曙。記宸遊、空凝佇。疏疏雨自何來，靄靄雲無處所。此日登台，當年薦枕，聞道佳期在朝暮。怎想像夢裏，姚姬不管，深宮細腰苦。　　侍臣宋玉偏能賦。動浮思、牽愁緒。豈知惆悵中宵，贏得悲哀萬古。浪說神人，鳴鸞易返，又逢薄怒。今但有、杜宇啼紅，花落高唐路。（錄自清康熙十七年刻本）

## 高陽台

又名：慶春宮、慶春澤、慶春澤慢。

調見《陽春白雪》卷二〔宋〕王觀詞。

紅入桃腮，青回柳眼，韶華已破三分。人不歸來，空教草怨王孫。平明幾點催花雨，夢半闌、欹枕初聞。問東君。因甚將春，老了閒人。　　東郊十里香塵滿，旋安排玉勒，整頓雕輪。趁取芳時，共尋島上紅雲。朱衣引馬黃金帶，算到頭、總是虛名。莫閒愁、一半愁秋，一半傷春。（錄自《粵雅堂叢書》本）

## 高陽憶舊遊

〔清〕丁澎新譜犯曲，見《扶荔詞》卷三。

衰衰諸公，浮沉京洛，酒爐何意重開。浪跡人間，休論野馬塵埃。玉瓷低映銀燭，檀板更相催。任謝朓長吟，陸雲長笑，庾信長哀。　　蕭蕭木葉重階。念物猶如此，何以為懷。蹴踘吹簫，不妨偕與俱來。今宵莫問明日，且覆掌中杯。看漫天飛雪，銅駝金谷安在哉。（錄自清康熙家刻本）

詞序：「冬夜同沈大匡、嚴顥亭、顧且巷、邵戒三、嚴柱峰諸君，飲關六鈞草堂，即席新譜犯曲。上五句【高陽台】，下五句【憶舊遊】；後段同。」

## 高溪梅

即【高溪梅令】。〔宋〕姜夔詞名【高溪梅】，見《白石詞集》。

好花不與帶香人。浪粼粼。只恐春風歸去綠成陰。玉鈿何處尋。　　木蘭雙槳夢中雲。小橫陳。漫向孤山山下覓盈盈。翠禽啼一春。（錄自《四庫全書存目叢書》本）

按：《四庫全書》提要：「【鬲溪梅令】毛本注曰仙呂調。此本乃訛作【高溪梅】，又訛注為仙宮調。」今存其調名，以備查閱。

## 高溪梅令

即【鬲梅溪令】。〔宋〕李之儀詞名【高溪梅令】，見《花草粹編》卷七。

> 好花不與殢香人。浪粼粼。只恐春風歸去綠成蔭。玉鈿何處尋。　　木蘭雙槳夢中雲。小橫陳。漫向孤山山下覓盈盈。翠禽啼一春。（錄自文淵閣《四庫全書》本）

按：此詞係宋姜夔詞，見《白石道人歌曲》卷三，調名為【鬲溪梅令】。調名與作者，《花草粹編》均誤。今存調名，以備查考。

## 高興歌

調見《敦煌歌辭總編・補遺》〔唐〕無名氏詞。

> 王公特達越今古。六尺堂堂善文武。但令朝夕醉如泥，不惜錢財用如土。
> 遠近咸知用度慣。輕棄隋珠召玉環。綠酒長令能漲海，黃金不用積如山。
> 嵇叔夜，阮促容。冰玉琢，成千鍾。為與劉伶千日酒，醉臥南山百尺松。
> 一言道合即知音。酒如泉水肉如林。有膽渾淪天許大，泰山團作小於心。
> 瘦木杯，犀酒角。長鋪抵唇聲瀲灩。白日林裏訪山濤，夜向甕前尋畢卓。
> 珊瑚杓，金巨羅。傾酒淙淙如龍渦。酒若懸流注不歇，口如滄海吸黃河。
> 鵝兒黃，鴨頭綠。桑落蒲桃看不足。相令唯憂日勢斜，吟歡只怕時光促。
> 挑金燈，燃玉燭。綠珠姮娥送歌曲。遮莫酒如黑黶湫，終須欲入嶍嶵谷。
> 點清酒，如竹葉。沾著唇，甜入頰。罇中湛湛旁人怯，酒薰花色赤翩翩。面上紫光凝潹潹。
> 鳳凰杯，瑪瑙盞。左旋右旋大蟲眼。千車鹿脯作資財，百隻槍筹是家產。
> 無勞四字犯章程。不明不快酒滿盛。銀碗渾擎張口瀉，君聽且作瀲灩聲。
> 箏笛相和聲沸天。更將新曲入繁弦。為聽十拍黃花酒，打折一條白玉鞭。
> 新開九醞氣氛氲。嫌何昔日孟嘗君。壺觴百杯徒浪飲，章程不許李稍云。
> 徹曉天明坐不起。酕醄酩酊芳筵裏。回頭吐出

蓮花杯。浮萍草蓋泛香水。
暖淳淳。本無骨。嚥入喉中聲喟喟。
納麵酒，楀梓桃。撥醅嘗卻三五瓢。心頭舊酒逢新酒，半似含消半未消。
今年九月寒應早。高幡百度樽前倒。人醉何愁不得歸，馬識酒家來去道。
入凝冬，香滿室。紅地爐，相厭膝。銀鑪亂點野駞酥。罍罍酒消魚眼出。戶外多應凍慄寒。筵中不若三春日。
孔夫子，並顏淵。古今高哲稱大賢。辯士甲乙魯仲連，何晏馬融老鄭玄。桃花園裏看無地，走入壺中卻有天。
燦然可觀辭賦客。興治文章光懼赫。人生一代不榮華，彭祖徒勞年七百。
醉眠更有何所憂。衣冠身外復何求。但得清罇消日月，莫愁紅粉老春秋。（錄自上海古籍出版社排印本）

《敦煌歌辭總編・補遺》云：「此辭僅見於敦煌文獻，詳查二十一首中，有十一首作『三三七七七』型之雜言體，其中大半（六首）叶仄韻（均入聲），有十首作七絕體，其中六首叶平韻。通體主題一貫，層次富有情節，體裁原接近普通聯章。但全套歌辭兼有齊、雜二體，各有相當數量，故訂為組曲。『三三七七七』為唐五代雜言歌辭中最普遍、最重要之一種形式。如李白【桂殿秋】、劉禹錫【瀟湘神】、李煜【搗練子】等，占四十餘調，存辭一百多首。其中且有相當數量之和尚作品，較富民間風格。今又發現詠酒一組之作，特色顯著，有利於遠一步認識『三三七七七』調式之辭，其價值及其發展。」

按：原載（斯）二〇四九，（伯）四九九三、二六三三、二五五五、二四八八、二五四四、三八一二。原本無調名，任半塘先生曰：七本相較，以丁本「（伯）二五五五」最善，訛奪最少，故借其所題「高興歌」三字為此套歌辭之擬調名。《敦煌歌辭總編》編入組曲類。

## 旅夢雨驚回

〔清〕楊光坰自度曲，見《歷代蜀詞全輯》

> 一樣長宵，最難處。是孤客淒涼，獨寐無人語。說駕夢沉酣，二更直到天明，還共說，長宵不過如許。今宵旅夢乍驚回，正街柝敲三，淒風苦雨。又恐明朝，路滑達難行，累我輿人，泥他行旅。憶人意，自傷情，一齊都上心

來，這滋味，渾不辨、酸鹹辛苦。　　夢中
事，心中意，愁中恨，欲理都無頭緒。醒時歷
盡迤邐，到夢裏，依然齟齬。朝酣暮死等浮
俎，此境那能領取。甚不願、一沉黑甜安眠，
到朝旭烘窗，但願落拓盧生，霎時聲聲華颭
舉。縱然是夢，夢也風流，人說怎如非夢，卻
不道人間富貴，真如夢耳，到頭來，幾能延
佇。（錄自重慶出版社排印本）

詞序：「甲午秋闈報罷，九月十三日赴潼川，十
五日夜宿樂安鋪。枕上不眠，作此以寄悲憤，自
抒胸懷，不能與古調吻合也。爰名曰【旅夢雨驚
回】，自我作古，詞人往往有之也。」
按：楊光峒詞有「今宵旅夢乍驚回，正街柝敲
三，淒風苦雨」句，故名【旅夢雨驚回】。

## 十畫

### 庭院深深

即【臨江仙】。〔清〕徐旭旦詞名【庭院深
深】，見《世經堂集》。

　　風送一江春盡雨，添來無限波聲。遠山糧黛不
　　分明。茫茫疑淚影，漠漠似愁生。　　隔斷畫
　　溪人正杳，西江獨下行旌。晚來初霽夕陽平。
　　半篙看水漲，千樹有煙橫。（錄自清刻本）

按：《妙選群英草堂詩餘·前集》卷上歐陽修
【蝶戀花】詞注引《易安居士序》云：「歐陽公
作【蝶戀花】，有『深深深幾許』之句，予酷愛
之，用其語作【庭院深深】數闋，其聲即舊【臨
江仙】也。」《古今詞話·詞辨》卷上引《樂府
記聞》：「李清照每愛歐陽公【蝶戀花】詞『庭
院深深深幾許』，作【庭院深深】曲，即【臨江
仙】也。」據李清照此詞各本均名【臨江仙】，
未見有名【庭院深深】者。《妙選群英草堂詩
餘》所引之序或有所據，尚待查考。

### 庭樹梟

〔近人〕吳藕汀自度曲，見《春雨軒日記殘
稿》。

　　庭樹梟聲，攪白髮衰翁，沉吟病榻。愁上心頭
　　同藥苦，淚流破袷。　　天難答。欲問前生何
　　過，受人目眨。鏡散雙鸞歸劫數，不成和合。
　　（錄自手稿本）

注：吳藕汀詞有「庭樹梟聲，攪白髮衰翁」句，
故名【庭樹梟】。
《春雨軒日記殘稿》：「一九八〇年庚申二月二
十六日。【庭樹梟】是我已未所作的自度曲子，

詞云（詞略）。」

### 唐多令

又名：南樓令、箜篌曲、鮜多令。
調見〔宋〕劉過《龍洲詞》卷下。

　　蘆葉滿汀洲。寒沙帶淺流。二十年、重過南
　　樓。柳下繫船猶未穩，能幾日、又中秋。
　　黃鶴斷磯頭。整人曾到不。舊江山、渾是新
　　愁。欲買桂花同載酒，終不似、少年遊。（錄自
　　《彊村叢書》本）

《填詞名解》卷二：「【唐多令】，仙宮曲
也。」

### 唐河傳

即【河傳】。〔宋〕辛棄疾詞名【唐河傳】，見
《稼軒詞·丙集》。

　　春水。千里。孤舟浪起。夢攜西子。覺來村巷
　　夕陽斜。幾家。短牆紅杏花。　　晚雲做此兒
　　雨。折花去。岸上誰家女。太狂顛。那岸邊。
　　柳綿。被風吹上天。（錄自涉園影印宋本）

### 悟南柯

即【南歌子】。〔金〕王喆詞名【悟南柯】，見
《重陽分梨十化集》卷下。

　　芋粟今翻徹，賢愚兩共餐。一能陽氣做圜圞。
　　一個沉淪，陰魄愈摧殘。　　來者少清淨，迷
　　人俗冗盤。通全跳入好仙壇。恰恰同居，吉吉
　　永相看。（錄自涵芬樓影明《道藏》本）

《蟠溪集》注：「三首本【南柯子】。」

### 悟黃粱

即【燕歸梁】。〔金〕馬鈺詞有「故更易，悟黃
粱」句，故名；見《洞玄金玉集》卷七。

　　詞名本是燕歸梁。無理趣、忒尋常。馬風思憶
　　祖純陽。故更易，悟黃粱。　　百年一夢暫時
　　光。如省悟、棄家鄉。常清常淨處真常。累功
　　行、赴蓬莊。（錄自涵芬樓影明《道藏》本）

### 送入我門來

又名：送我入門來。
（一）調見《妙選群英草堂詩餘·後集》卷上
〔宋〕胡浩然詞。

　　茶曇安扉，靈旭掛戶，神儺烈竹轟雷。動念流
　　光，四序式遒回。須知今歲今宵盡，似頓覺明

年明日催。向今夕，是處迎春送臘，羅綺筵開。　今古遍同此夜，賢愚共添一歲，貴賤仍階。互祝遐齡，山海固難摧。石崇富貴箋鏗壽，更潘岳儀容子建才。仗東風盡力，一齊吹送，入此門來。（錄自雙照樓影明洪武本）

《妙選群英草堂詩餘》注：黃鐘商調。

按：胡浩然詞有「仗東風盡力，一齊吹送，入此門來」句，故名【送入我門來】。

（二）調見《選聲集》卷中〔明〕吳鼎芳詞。

翠館歌檀，紅樓舞袖，金鞭留醉誰家。數尺遊絲，惹恨到天涯。君同秋去春來燕，奈妾似、朝開暮落花。　說與傍人不解，種種淒淒切切，調入琵琶。帶孔頻移，瘦得這些些。無端今日千行淚，總有分、當時一念差。（錄自清康熙大來堂刻本）

《詞律》卷十八【送入我門來】調注：「按《詞統》載此調七十八字一體，……乃明人吳鼎芳作，不知其何所本。歷查唐宋金元皆無此體，不足為法。」

## 送我入門來

即【送入我門來】。〔清〕冒殷書詞名【送我入門來】，見《東皋詩餘》卷三。

几上燈兒，窗前影子，清宵如對知音。幾首新詞，即是伯牙琴。看來燈影俱蕭索，似念我、懷人直到今。　夜夜風風雨雨，坐坐行行睡睡，哭哭吟吟。碧海滄江，不抵此情深。三更燈照三更影，可負了、當初一片心。（錄自清乾隆刻本）

## 送征衣

唐教坊曲名。

（一）調見《敦煌歌辭總編》卷二〔唐〕無名氏詞。

今生共你如魚水，是前世因緣。兩情準擬過千年。轉轉計較難，教汝獨自眠。　每見庭前雙飛燕。他家好自然。夢魂往往到君邊。心專石也穿，愁甚不圍圓。（錄自上海古籍出版社排印本）

按：原載（斯）五六四三。

（二）調見〔宋〕柳永《樂章集》卷上。

過韶陽。璿樞電繞，華渚虹流，運應千載會昌。馨襄宇、薦殊祥。吾皇。誕彌月、瑤圖纘慶，玉葉騰芳。並景貺、三靈眷祐，挺英哲，掩前王。遇年年、嘉節清和，頌率士稱觴。

無間要荒華夏，盡萬里、走梯航。彤庭舜張大樂，禹會群方。鵷行。望上國、山呼鼇抃，遙爇爐香。竟就日瞻雲獻壽，指南山、等無疆。願巍巍、寶曆鴻基，齊天地遐長。（錄自《彊村叢書》本）

《樂章集》注：中呂宮。

## 送春曲

（一）調見〔清〕吳嘉枚《壺山草堂詞集》。

春向晚，剪燭夜常遊。簾捲西風入，琴聲分外幽。畫堂歸乳燕，一曲好歌喉。（錄自《全清詞》本）

（二）調見〔清〕吳嘉枚《壺山草堂詞集》。

春向晚。多情春睡穩。處處鳥啼聲，夢魂猶不返。紅日已西沉，兩岸桃花遠。（錄自《全清詞》本）

## 送將歸

即【雨中花令】。〔宋〕王觀詞名【送將歸】，見《歷代詩餘》卷三十四。

百尺清泉聲陸續。映瀟灑、碧梧翠竹。面千步迴廊，重重簾幕，小枕欹寒玉。　試展鮫綃看畫軸。見一派、瀟湘凝綠。待玉漏穿花，銀河垂地，月上欄干曲。（錄自清康熙內府本）

## 送遠曲

〔清〕金農自度曲，見《冬心先生自度曲》。

津頭車馬，柳邊花下，鞭絲帽影太匆匆。他日再相逢。　人折柳，花勸酒。柳生離別酒生愁。不如不去覓封侯。（錄自清乾隆刻本）

詞注：「八句，四十字。」

## 粉蝶兒

調見〔宋〕毛滂《東堂詞》。詞有「粉蝶兒，這回共花同活」句，故名。

雪遍梅花，素光都共奇絕。到窗前、認君時節。下重幃，香篆冷，蘭膏明滅。夢悠揚，空繞斷雲殘月。　沈郎帶寬，同心放開重結。褪羅衣、楚腰一搦。正春風，新著摸，花花葉葉。粉蝶兒，這回共花同活。（錄自汲古閣《宋六十名家詞》本）

## 粉蝶兒慢

調見〔宋〕周邦彥《片玉詞》卷下。

宿露藏春，餘寒帶雨，占得群芳開晚。蠱初弄
秀。倚東風嬌懶。隔葉黃鸝傳好音，喚入深叢
中探。數枝新，比昨朝、又早紅稀香淺。
眷戀。重來倚檻。當韶華、未可輕辜雙眼。賞
心隨分樂，有清樽檀板。每歲嬉遊能幾日，莫
使一聲歌欠。忍因循、片花飛，又成春減。（錄
自汲古閣《宋六十名家詞》本）

## 迷仙引

（一）調見〔宋〕柳永《樂章集》卷中。

才過笄年，初綰雲鬟，便學歌舞。席上樽前，
王孫隨分相許。算等閒，酬一笑，便千金慵
覷。常只恐容易，薴華偷換，光陰虛度。
已受君恩顧。好與花為主。萬里丹霄，何妨攜
手同歸去。永棄卻、煙花伴侶。免教人見妾，
朝雲暮雨。（錄自《彊村叢書》本）

《樂章集》注：雙調。

（二）調見《增修詩話總龜》前集卷三十五引
《古今詩話》〔宋〕關詠詞。

春陰齊。岸柳參差，嫋嫋金絲細。畫閣畫眠鶯
喚起。煙光媚。燕燕雙高，引愁人如醉。慵緩
步，眉斂金鋪倚。嘉景易失，懊惱韶光改。花
空委。忍厭厭地。施朱粉，臨鸞鑑。膩香銷減
摧桃李。　　獨自個凝睇。暮雲暗，遙天翠。
天色無情，四遠低垂淡如水。離恨託、征鴻
寄。旋嬌波，暗落相思淚。妝如洗。向高樓、
日日春風裏。悔憑欄、芳草人千里。（錄自明
鈔本）

《增修詩話總龜》前集卷三十五引《古今詩
話》：「石曼卿嘗於平陽會中，代作寄尹師魯一
篇曰：『十年一夢花空委。依舊河山損桃李。雁
聲北去燕南飛，高樓日日春風裏。眉黛石州山對
起，嬌波淚落妝如洗。汾河不斷天南流，天色無
情淡如水。』曼卿死後數年，關永言夢曼卿曰：
『延年平生作詩多矣，常以為〈平陽代意〉篇最
得意，而世人少稱之。能令余此詩傳於世者，
在永言耳。』永言乃增其詞為曲，度以【迷仙
引】，於是人爭歌之。他日夢曼卿致謝焉。曲云
（詞略）。」

《歷代詩人考略》卷十一云：「按：曼卿代平陽
一篇乃【玉樓春】調，非詩也。身後見夢故人，

諄諄託以傳世，彼芙蓉城主者，顧猶未忘結習
耶？」

《填詞名解》卷三：「【迷仙引】，浙人項昇為
隋煬帝造迷樓，帝顧左右曰：『使真仙遊其中，
亦當自迷。』填詞取以名引。」

按：《皇朝事實類苑》卷三十九調名為【迷神
引】。

## 迷神引

調見〔宋〕柳永《樂章集》卷下。

一葉扁舟輕帆捲。暫泊楚江南岸。孤城暮角，
引胡笳怨。水茫茫，平沙雁，旋驚散。煙斂寒
林簇，畫屏展。天際遙山小，黛眉淺。　　舊
賞輕拋，到此成遊宦。覺客程勞，年光晚。異
鄉風物，忍蕭索、當愁眼。帝城賒，秦樓阻，
旅魂亂。芳草連空闊，殘照滿。佳人無消息，
斷雲遠。（錄自《彊村叢書》本）

《樂章集》注：中呂調、仙呂調。

## 益壽美金花

即【減字木蘭花】。〔金〕侯善淵詞名【益壽美
金花】，見《上清太玄集》卷九。

丹田固蒂。旋引靈泉頻溉濟。漸長黃芽。風撼
孤根一徑斜。　　美金花發。蠱放清香初破
甲。煎插銀瓶。兼炷龍涎獻上清。（錄自涵芬樓影
明《道藏》本）

## 烘春桃李

即【喜遷鶯】。〔宋〕江漢詞有「又管領年年，
烘春桃李」句，故名；見《欽定詞譜》卷六【喜
遷鶯】調注。

昇平無際。慶八載相業，君臣魚水。鎮撫風
稜，調燮精神，合是聖朝房魏。鳳山政好，還
被畫轂朱輪催起。按錦韉。映玉帶金魚，都人
爭指。　　丹陛。常注意。追ören裕陵，元佐今
無幾。繡袞香濃，鼎槐風細。榮耀滿門朱紫。
四方具瞻師表，盡道一夔足矣。運化筆，又管
領年年，烘春桃李。（錄自《知不足齋叢書》本）

《鐵圍山叢談》卷二：「政和初，有江漢朝宗
者，亦有聲。獻魯公詞曰（詞略）。時兩學盛
謳，播諸海內。魯公喜，為將上進呈，命之以
官，為大晟府製撰，使遇祥瑞，時時作為歌曲
焉。」

按：江漢詞《鐵圍山叢談》未注調名。《欽定詞

譜》所云【烘春桃李】者，未知何據，待考。

## 恣逍遙

即【殢人嬌】。〔金〕丘處機詞名【恣逍遙】，見《蟠溪集》。

　　昔種良因，今生福地。虛空感、上真加衛。開壇闡化，垂恩普濟。凡一月、於中建三會。　　至日相呼，臨時莫避。乘齋且、散心遊戲。家中不足，眉頭長繫。也則是、浮生過了半世。（錄自涵芬樓影明《道藏》本）

詞注：「二首本名【殢人嬌】。贈眾道友虢縣渭南也。」

## 浦湘曲

調見《曲阿詞綜》卷一〔宋〕蔡士裕詞。

　　功名早。步武青雲繚繞。斯文近有成效。絳紗拍拍春風滿，香動一池芹藻。　　瓜期到。便勇撤棠比，此去應光耀。立登樞要。向紅藥階前紫薇閣，管不負年少。（錄自清道光刻本）

《全宋詞》云：「按《曲阿詞綜》所收之詞，不可信者極多。蔡士裕是否確有其人，其詞是否為其所作，俱有可疑。俟考。」

## 酒泉子

又名：杏花風、春雨打窗、憶餘杭。
唐教坊曲名。

（一）調見《敦煌歌辭總編》卷二〔唐〕無名氏詞。

　　每見惶惶。隊隊雄軍驚御輦。驀街穿巷犯皇宮。祇擬奪九重。　　長槍短劍如麻亂。爭奈失計無投竄。金箱玉印自攜將。任他亂芬芳。（錄自上海古籍出版社排印本）

按：原載（伯）二五○六。

（二）調見《花間集》卷一〔唐〕溫庭筠詞。

　　花映柳條。閒向綠萍池上。憑欄干，窺細浪。雨瀟瀟。　　近來音信兩疏索。洞房空寂寞。掩銀屏，垂翠箔。度春宵。（錄自雙照樓影宋本）

（三）調見《花間集》卷四〔五代〕牛嶠詞。

　　記得去年，煙暖杏園花正發，雪飄香。江草綠，柳絲長。　　鈿車纖手捲簾望。眉學春山樣。鳳釵低嫋翠鬟上。落梅妝。（錄自雙照樓影宋本）

（四）調見《花間集》卷四〔五代〕張泌詞。

　　紫陌青門，三十六宮春色，御溝輦路暗相通。

杏花風。　　咸陽沽酒寶釵空。笑指未央歸去，插花走馬落殘紅。月明中。（錄自雙照樓影宋本）

（五）調見〔五代〕馮延巳《陽春集》。

　　深院空幃。廊下風簾驚宿燕，香印灰，蘭燭小，覺來時。　　月明人自搗寒衣。剛愛無端惆悵，階前行，欄畔立，欲雞啼。（錄自《四印齋所刻詞》本）

《金奩集》注：高平調。

《填詞名解》卷四：「漢武帝置酒泉郡。城下有泉，味甘如酒。敦弘好飲，嘗曰：『得封酒泉郡，實出望外。』詞名取此曰【酒泉子】。」

## 消息

即【永遇樂】。〔宋〕晁補之詞名【消息】，見《晁氏琴趣外篇》卷一。

　　紅日葵開，映牆遮牖，小齋端午。杯展荷金，簪抽筍玉，幽事還數。綠窗纖手，朱奩輕縷。爭鬥彩文虎。想沉江怨魄歸來，空惆悵、對菰黍。　　朱顏老去，清風好在，未減佳辰歡聚。趣蠟酒深斟，菖葅細糝，圍坐從兒女。還同子美，江村長夏，閒對燕飛鷗舞，算何須，楚王雄風，方消畏暑。（錄自雙照樓影宋本）

詞序：「東皋寓居。自過腔，即越調【永遇樂】，端午。」

## 海天秋

調見《全清詞鈔》卷十三〔清〕黎簡詞。

　　南浦風煙，五湖寫就，六橋荒跡。范蠡扁舟何處覓。只見是、蒼蒼山色。古渡頭，秋苔衰柳情無極。陳隋故事何人識。一幀圖畫，寒雲澄漢空凝碧。　　白蘋水動雁初飛，相思無限遙相憶。好趁江潮掛帆席。閒雲野鶴難相值。湍瀨月明時，剩水殘山，夢中歷歷。（錄自中華書局排印本）

## 海天闊處

即【水龍吟】。〔清〕汪灝詞名【海天闊處】，見《披雲閣詞》。

　　蒼茫一派濤聲，個中點點磯兒小。張牙掉尾，隨潮澎湃，赤螭猶叫。帆去帆來，船頭都指，孫天人廟。算劉郎別後，瞿塘峽上，曾幾遣魚箋到。　　豈羨丹簷碧嶠。最恨他、干戈中擾。割據心長，婚姻情短，即消偕老。空剩兒

家，年年江上，西風殘照。問而今、兩姓河山，比舊日，誰多少。（錄自清康熙刻本）

## 海月謠

即【品令】。〔宋〕韓淲詞名【海月謠】，見《澗泉詩餘》。

晚秋煙渚。更舟倚、瀟瀟雨。水痕清記，迤邐漸整，雲帆西去。三疊陽關，留下別離情緒。　　溪南一塢。對風月、誰為主。酒徒詩社，自此冷，胸懷塵土。目送鴻飛，莫聽數聲柔櫓。（錄自《彊村叢書》本）

## 海棠月

即【月上海棠】。〔清〕納蘭性德詞【海棠月】，見《通志堂詞》。

重簷淡月渾如水。浸寒香、一片小窗裏。雙魚凍合，似曾伴、個人無寐。橫眸處，索笑而今已矣。　　與誰更擁燈前髻。乍橫斜、疏影疑飛墜。銅瓶小注，休教近、麝爐煙氣。酬伊也，幾點夜深清淚。（錄自《清名家詞》本）

## 海棠曲

調見〔清〕楊思本《榴館初函集選・附詞》。

記舊時遊處，重門半鎖，蕤葳動搖。正值海棠時候，照水妮人嬌。鬧烘烘、成團糕塊，畫長人靜，一段生紅翠欲銷。長只是、深慵淺懶，似醉似欹，豐韻無聊。　　悵望玉人何在，期不至、音問迢迢。空擲下、生花一把，祇剩得、供人詩料。興未盡，摘得來、絳紗還照，煙朝霧曉。蜂來蝶去，等閒歡處，生怕雨瀟瀟。如今一別蓬萊香。唯有夢魂還到。知他猶在，舊時紅處，未通道、飛鴻踏雪，仗花神、愛護咫尺藍橋。（錄自清康熙刻本）

詞序：「意況所到，信筆寫來，不較長短，漫成三曲。未有牌名，亦未檢韻，聊以適興云爾。」

按：以《全清詞》例列入，以供參考。

## 海棠花

即【海棠春】。〔宋〕馬子嚴詞名【海棠花】，見《欽定詞譜》卷七。

柳腰暗怯花風弱。紅映鞦韆院落。歸逐雁兒飛，斜撼真珠箔。　　滿林翠葉胭脂萼。不忍頻頻覷著。護取一庭春，莫彈花間鵲。（錄自清內府本）。

按：《欽定詞譜》卷七【海棠春】調注：「馬莊父詞名【海棠花】。」此詞唯見《中興以來絕妙詞選》卷六，調名為【海棠春】。《欽定詞譜》未知何據，待考。

## 海棠春

又名：神清秀、海棠花、海棠春令、笙歌會。

（一）調見〔宋〕秦觀《淮海詞》。

流鶯窗外啼聲巧。睡未足、把人驚覺。翠被曉寒輕，寶篆沉煙嬝。　　宿醒未解宮娥報。道別院、笙歌會早。試問海棠花，昨夜開多少。（錄自汲古閣《宋六十名家詞》本）

（二）調見〔宋〕吳潛《履齋先生詩餘》。

天涯芳草迷征路。還又是、匆匆春去。烏兔裹光陰，鶯燕邊情緒。　　雲梢霧末，溪橋野渡，儘是春愁落處。把酒勸斜陽，小向花間駐。（錄自《彊村叢書》本）

（三）即【後庭花】。《歷代詩餘》卷十【後庭花】調注：「一名【海棠春】。」

## 海棠春令

即【海棠春】。〔宋〕史達祖詞名【海棠春令】，見《梅溪詞》。

似紅如白含芳意。錦宮外、煙輕雨細。燕子不知愁，驚墮黃昏淚。　　燭花偏在紅簾底。想人怕、春寒正睡。夢著玉環嬌，又被東風醉。（錄自《四印齋所刻詞》本）

## 海棠嬌

即【臨江仙】。〔五代〕和凝詞名【海棠嬌】，見《記紅集》卷一。

海棠香老春紅晚，小樓霧縠涳濛。翠環初出繡簾中，麝煙鸞佩惹蘋風。　　碾玉釵搖鸂鶒戰，雪肌雲鬢將融。含情遙指碧波東，越王台殿蓼花紅。（錄自清康熙刻本）

## 浣沙溪

（一）即【浣溪沙】。〔五代〕閻選詞名【浣沙溪】，見《花間集》卷九。

寂寞流蘇冷繡茵。倚屏山枕惹香塵。小庭花露泣濃春。　　劉阮信非仙洞客，嫦娥終是月中人。此生無路訪東鄰。（錄自雙照樓影宋本）

（二）即【山花子】。〔五代〕毛文錫詞名【浣沙溪】，見《花間集》卷五。

春水輕波浸綠苔。枇杷洲上紫檀開。晴日眠沙鸂鶒穩，暖相隈。　　羅襪生塵遊女過，有人逢著弄珠回。蘭麝飄香初解佩，忘歸來。（錄自雙照樓影宋本）

## 浣花溪

即【漁家傲】。〔明〕張邦奇詞名【浣花溪】，見《張文亭公四友亭集》卷二十。

小築樓台風月主。日華天上還親睹。眼底么么何足顧。身國柱。六鼇自頂乾坤住。　　忠賢莫訝人猜妒。人情好付東流去。不須重上明心疏。看如許。江湖度量能含污。（錄自《續修四庫全書》本）

## 浣溪沙

又名：小庭花、江南詞、玩丹砂、玩溪沙、怨啼鵑、浣沙溪、掩蕭齋、清和風、換追風、最多宜、減字浣溪沙、隋堤柳、楊柳陌、試香羅、滿院春、踏花天、廣寒枝、廣寒秋、慶雙椿，醉木犀、醉中真、錦纏頭、霜菊黃、頻載酒。
唐教坊曲名。
（一）調見《敦煌歌辭總編》卷一《雲謠集雜曲子》〔唐〕無名氏詞。

髻綰湘雲淡淡妝。早春花向臉邊芳。玉腕慢從羅袖出，捧杯觴。　　纖手令行勻翠柳，素咽歌發繞雕樑。但是五陵爭忍得，不疏狂。（錄自上海古籍出版社排印本）

按：原載（斯）一四四一、《敦煌零拾》。
（二）調見《敦煌歌辭總編》卷二《雲謠集雜曲子》〔唐〕無名氏詞。

良人去，住邊庭。三載長征。萬家砧杵搗衣聲。坐寒更。添玉漏，嫩頻聽。　　向深閨，遠聞雁悲鳴。遙望行人。三春月影照階庭。簾前跪拜，人長命，月長生。（錄自上海古籍出版社排印本）

按：原載（斯）二六〇七。原本調名【浣溪沙】。任半塘、王重民諸先生曰：「誤。有仍題【浣溪沙】」者，但未說明理由。從內容上看此詞可能出現在盛唐時期，如依五代和宋詞來對校，是否準確，有待資料來說明。故仍錄於此，以做參證。而《唐雜言‧格調》所擬之【搗衣聲】調名不廢，不做又名處理，另立條目，以供查閱。
（三）調見〔五代〕韓偓《香奩集》。

宿醉離愁慢髻鬟。六銖衣薄惹輕寒。慵紅悶翠掩青鸞。　　羅襪況兼金菡萏，雪肌仍是玉琅玕。骨香腰細見沉檀。（錄自王國維輯本）

（四）調見〔五代〕李煜《南唐二主詞》。

紅日已高三丈透。金爐次第添香獸。紅錦地衣隨步皺。　　佳人舞點金釵溜。酒惡時拈花蕊嗅。別殿遙聞簫鼓奏。（錄自王國維輯本）

（五）調見《尊前集》〔五代〕孫光憲詞。

風撼芳菲滿院香。四簾慵捲日初長。鬢雲垂枕響微鐘。　　春夢未成愁寂寂，佳期難會信茫茫。萬般心，千點淚，泣蘭堂。（錄自《彊村叢書》本）

《金奩集》、《于湖先生長短句》注：黃鐘宮。
《張子野詞》注：中呂宮。《片玉集》注：黃鐘。
《唐聲詩》下編：「『浣溪沙』三字費解。《教坊記》與【浪淘沙】、【撒金沙】二名相次，示末字應作『沙』。唯唐代所有名物論，調名似應作『紗』。本調唐名所以曰【浣溪沙】者，疑憑樂工手記之訛。」
按：據《康熙字典》云：「紗古通沙。」《周禮‧天官》有「內司服素沙」之句。故調名為【浣溪紗】者，不另立調名；【浣溪紗慢】亦同。

## 浣溪沙慢

調見〔宋〕周邦彥《片玉詞》卷下。

水竹舊院落，櫻筍新蔬果。嫩英嫋嫋，紅杏交榴火。心事暗卜。葉底尋雙朵。深夜歸青鎖。燈盡酒醒時，曉窗明、釵橫鬢嚲。　　怎生那。初間阻時多，奈愁腸數疊，幽恨萬端，好夢還驚破。可怪近來，傳語也無個。莫是嗔人呵。真個若嗔人，卻因何、逢人問我。（錄自汲古閣《宋六十名家詞》本）

## 浪打江城

〔清〕沈謙新翻曲，見《東江別集》卷二。

愁病鈿犀簪。猶帶宜男。怎樣分離滋味不曾諳。枕上朦朧才片刻，知何處，是江南。　　料得戀嬌慵。燕攪鶯探。人在綠楊煙裏喚停驂。舞蹴地衣歌卻扇，沉醉也，污銀衫。（錄自惜陰堂《明詞彙刻》本）

詞注：「新翻曲。上二句【浪淘沙】，下四句【江城子】。唐詩：『潮打孤城寂寞回。』」

十畫

## 浪淘沙

又名：西入宴、曲入冥、浪淘沙令、浪淘沙近、浪淘沙詞、浪濤沙、過龍門、過龍門令、煉丹砂、賣花聲，夢歌處、紫金峰、增字浪淘沙。唐教坊曲名。

（一）調見《尊前集》〔唐〕劉禹錫詞。

> 九曲黃河萬里沙。浪淘風簸自天涯。如今直上銀河去，同到牽牛織女家。（錄自《彊村叢書》本）

（二）調見《尊前集》〔唐〕白居易詞。

> 隨波逐浪到天涯。遷客西還有幾家。卻到帝都重富貴，請君莫忘浪淘沙。（錄自《彊村叢書》本）

《欽定詞譜》卷一：「此與宋人【浪淘沙令】、【浪淘沙慢】不同。蓋宋人借舊曲名，另倚新腔。此七言絕句也。」

《柳塘詞話》卷三：「【浪淘沙】亦有詩體，而入選列前單體調者，亦即歇指調也。」

（三）調見〔五代〕李煜《南唐二主詞》。

> 簾外雨潺潺。春意闌珊。羅衾不耐五更寒。夢裏不知身是客，一餉貪歡。　　獨自莫憑欄。無限江山。別時容易見時難。流水落花春去也，天上人間。（錄自王國維輯本）

（四）調見〔宋〕杜安世《壽域詞》。

> 又是春暮。花落飛絮。子規啼盡斷腸聲，鞦韆庭院，紅旗彩索，淡煙疏雨。　　念念相思苦。黛眉長聚。碧池驚散睡鴛鴦，當初容易分飛去。恨孤兒歡侶。（錄自汲古閣《宋六十名家詞》本）

《欽定詞譜》卷十一：「按唐人【浪淘沙】本七言絕句，到南唐李煜始製兩段令詞，雖每段尚存七言詩兩句，其實因舊曲名另創新聲也。」

（五）即【浪淘沙慢】。〔宋〕柳永詞名【浪淘沙】，見《樂章集》卷中。

> 夢覺，透窗風一線，寒燈吹息。即堪酒醒，又聞空階，夜雨頻滴。嗟因循久作天涯客。負佳人、幾許盟言，便忍把、從前歡會，陡頓翻成憂戚。　　愁極。再三追思，洞房深處，幾度飲散歌闌，香暖鴛鴦被，豈暫時疏散，費伊心乃。殢雲尤雨，有萬般千種相憐相惜。　　恰到如今，天長漏永，無端自家疏隔。知何時、卻擁秦雲態，願低幃昵枕，輕輕細說與，江鄉夜夜，數寒更思憶。（錄自《彊村叢書》本）

《樂章集》注：歇指調。

## 浪淘沙令

（一）即【浪淘沙】。〔宋〕柳永詞名【浪淘沙令】，見《樂章集》卷中。

> 有個人人，飛燕精神。急鏘環佩上華裀。促拍盡隨紅袖舉，風柳腰身。　　欵欵輕裙。妙盡尖新。曲終獨立斂香塵。應是西施嬌困也，眉黛雙顰。（錄自《彊村叢書》本）

《樂章集》注：歇指調。

（二）調見《事林廣記·癸集》卷十二〔宋〕無名氏詞。

> 今日□筵中。指席上。酒侶相逢。指同餘人。大家滿滿泛金鐘。指眾賓，指酒盞。自起自斟還自飲，自起身，自斟酒，舉盞。一笑春風。止可一笑。
> 傳與主人翁。執盞向主人。權且饒儂。指主人，指自身。儂今沉醉眼朦朧。指自身，復拭目。此酒可憐無伴飲，指酒。付與諸公。指酒，付鄰座。（錄自《和刻本類書集成》本）

《新編群書類要事林廣記·癸集》卷十二：「凡舉行酒令，乃取笑樂賓之舉，須是通眾，三令五申，庶使行令者不致枉罰。所謂令行如走馬，戒乎持久，無以為樂行樂之時，尤戒喧嘩。只有令官得舉覓，今條具酒令於左：【卜算子令】（詞略）……【浪淘沙令】（詞略）……【調笑令】（詞略）……【花酒令】（詞略）……。」

按：此為宋代宴飲酒令，共一組四首，此乃四首之一。每句皆伴有動作，大概邊做邊唱，在筵席上勸酒之用。

## 浪淘沙近

即【浪淘沙】。〔宋〕宋祁詞名【浪淘沙近】，見《能改齋漫錄》卷十七。

> 少年不管。流光如箭。因循不覺韶光換。到如今、始惜月滿花滿酒滿。　　扁舟欲解垂楊岸。尚同歡宴。日斜歌闋分散。倚蘭橈、望水遠天遠人遠。（錄自《詞話叢編》本）

《能改齋漫錄》卷十七：「侍讀劉原父守維揚，宋景文赴壽春，道出治下，原父為具以待宋。又為【踏莎行】詞以侑歡云（詞略）。宋即席為【浪淘沙近】，以別原父。」

## 浪淘沙詞

即【浪淘沙】。〔唐〕劉禹錫詞名【浪淘沙詞】，見《唐詞紀》卷一。

濯錦江邊兩岸花。春風吹浪正淘沙。女郎剪下
鴛鴦錦，將向中流定晚霞。（錄自《四庫全書存目
叢書》本）

## 浪淘沙慢

又名：浪淘沙、浪濤沙、浪濤沙慢。

（一）調見〔宋〕柳永《樂章集》。

夢覺、透窗風一線，寒燈吹息。即堪酒醒，又
聞空階，夜雨頻滴。嗟因循久作天涯客。負佳
人、幾許盟言，便忍把、從前歡會，陡頓翻成
憂戚。　　愁極。再三追思，洞房深處，幾度
飲散歌闌，香暖鴛鴦被，豈暫時疏散，費伊心
乃。殢雲尤雨，有萬般千種相憐相惜。恰到如
今，天長漏永，無端自家疏隔。知何時、卻擁
秦雲態，願低幃昵枕，輕輕細說與，江鄉夜
夜，數寒更思憶。（錄自《彊村叢書》本）

（二）調見〔宋〕周邦彥《片玉詞》卷下。

曉陰重，霜凋岸草，霧隱城堞。南陌脂車待
發。東風悵飲乍闋。正拂面垂楊堪攬結。掩紅
淚、玉手親折。念漢浦離鴻去何許，經時信音
絕。　　情切。望中地遠天闊。向露冷風清，
無人處、耿耿寒漏咽。嗟萬事難忘，唯是輕
別。翠樽未竭。憑斷雲留取，西樓殘月。羅帶
光銷紋衾疊。連環解、舊香頓歇。怨歌永、瓊
壺敲盡缺。恨春去、不與人期，弄夜色，空餘
滿地梨花雪。（錄自汲古閣《宋六十名家詞》本）

《樂章集》注：歇指調。《夢窗詞集》注：夷
則商。

（三）調見〔宋〕陳允平《日湖漁唱》。

暮煙愁，鴉歸古樹，雁過空堞。南浦牙檣漸
發。陽關歌盡半闋。便恨入迴腸千萬結。長亭
柳、寸寸攀折。望日下長安近，莫遣鱗鴻成閒
絕。　　淒切。去帆浪遠江闊。悵頓解連環，
西窗下、對燭頻哽咽。歎百歲光陰，幾度離
別。翠銷粉竭。信乍圓易散，彩雲明月。浙水
吳山重重疊。流蘇帳、陽台夢歇。暗塵鎖、孤
鸞秦鏡缺。羞人問、怕說相思，正滿院，楊花
落盡東風雪。（錄自《彊村叢書》本）

## 浪濤沙

（一）即【浪淘沙】。〔唐〕皇甫松詞名【浪濤
沙】，見《花間集》卷二。

灘頭細草接疏林。浪惡罾船半欲沉。宿露眠鷗
非舊浦，去年沙嘴是江心。（錄自雙照樓影明正
德本）

（二）即【浪淘沙慢】。〔宋〕周邦彥詞名【浪
濤沙】，見《清真集》卷上。

曉陰重，霜凋岸草，霧隱城堞。南陌脂車待
發。東風悵飲乍闋。正拂面垂楊堪攬結。掩紅
淚、玉手親折。念漢浦離鴻去何許，經時信音
絕。　　情切。望中地遠天闊。向露冷風清，
無人處、耿耿寒漏咽。嗟萬事難忘，唯是輕
別。翠樽未竭。憑斷雲留取，西樓殘月。羅帶
光銷紋衾疊。連環解、舊香頓歇。怨歌永，瓊
壺敲盡缺。恨春去、不與人期，弄夜色，空餘
滿地梨花雪。（錄自《四印齋所刻詞》本）

《清真集》注：商調。

## 浪濤沙慢

即【浪淘沙慢】。〔宋〕周邦彥詞名【浪濤沙
慢】，見《清真集外詞》。

萬葉戰、秋聲露結，雁度砂磧。細草和煙尚
綠，遙山向晚更碧。見隱隱雲邊新月白。映落
照、簾幕千家，聽數聲、何處倚樓笛。裝點盡
秋色。　　脈脈。旅情暗自消釋。念珠玉、臨
水猶悲感，何況天涯客。憶少年歌酒，當時蹤
跡。歲華易老，衣帶寬，懊惱心腸終窄。飛散
後、風流人阻，藍橋約、恨恨路隔。馬蹄過、
猶嘶舊巷陌。歎往事、一一堪傷，曠望極，凝
思又把欄干拍。（錄自《四印齋所刻詞》本）

## 凌波曲

即【醉太平】。〔明〕卓人月詞名【凌波曲】，
見《徐卓晤歌》。

雲兮可凌。煙兮可凌。不愁湘水波興。況芳塵
幾層。　　生花也曾。生香也曾。水晶盤上飛
騰。羨馮郎有能。（錄自惜陰堂《明詞彙刊》本）

## 凌歊

即【金人捧露盤】。〔宋〕賀鑄詞名【凌歊】，
見《東山詞》卷上。

控滄江。排青嶂，燕台涼。駐彩仗、樂未渠
央。岩花礜蔓，妒千門、珠翠倚新妝。舞閒歌
悄，恨風流、不管餘香。　　繁華夢，驚俄
頃，佳麗地，指蒼茫。寄一笑、何與興亡。量
船載酒，賴使君、相對兩胡床。緩調清管，更
為儂、三弄斜陽。（錄自涉園影宋本）

## 凌歊引

即【金人捧露盤】。〔宋〕賀鑄詞名【凌歊引】，見〔宋〕李之儀《姑溪居士前集》卷四十跋【凌歊引】後。詞見【凌歊】條。

李之儀〈跋【凌歊引】後〉：「凌歊臺表見江左，異時詞人墨客，形容藻繪，多發於詩句，而樂府之傳則未聞焉。一日，會稽賀方回登而賦之，藉【金人捧露盤】以寄其聲，於是昔之形容藻繪者，奄奄如九泉下人矣。至其必待到而後知者，皆因語以會其境，緣聲以同其感，亦非深造而自得者，不足以擊節。方回又以一時所寓，固已超然絕詣，獨無桓野王輩相與周旋，遂於卒章以申其不得而自已者，則方回之人物茲可量已。」

## 家山好

調見《湘山野錄》卷中〔宋〕劉述詞。

掛冠歸去舊煙蘿。閒身健，養天和。功名富貴非由我，莫貪他。這歧路，足風波。　　水晶宮裏家山好，物外勝遊多。晴溪短棹，時時醉唱裏綾羅。天公奈我何。（錄自《擇是居叢書》本）

《湘山野錄》卷中：「劉孝叔吏部公述，深味道腴，東吳端清之士也。方強仕之際，已恬於進，撰一闋以見志曰（詞略）。後將引年，方得請為三茅宮僚，始有養天和之漸，夫何已先朝露。歌此闋幾三十年，信乎一林泉與軒冕難為必期。」

《欽定詞譜》卷十二【家山好】調注：「調見《湘山野錄》，因詞中有『水晶宮裏家山好』句，取為調名。」

## 家山破

〔近人〕吳藕汀自度曲，見《畫牛閣詞集》。

家山破，迤邐橫塘，畫暮風帆。白苧村邊，水流來去城南。菱歌唱澈波心苦，且休問、鰈鰈鶼鶼。最幽情，湖樓薄醉憑欄望，細柳絲中掛玉蟾。此景非凡。　　歎無巢客燕總愁添。更雙鶩散失，奈何垂淚青衫。聲悲畫角繁華盡，意難忘、舉目憎嫌。似者般、長天倒影紅窗迥，返顧前時百不堪。一朵優曇。（錄自《畫牛閣詞集》手稿本）

詞注：「自度曲。」

按：吳藕汀詞有「家山破」句，故名【家山破】。

《孤燈夜話》：「一九六一年辛丑暮春，我悼亡未一年，不知因何驅使，而去嘉興，登煙雨樓，獨自徘徊，惆悵毋已。【家山破】亦在此時成之。隨手拈來，豈有存意，句長句短，非我所顧焉。詞云（詞略）。」

## 宴山亭

調見〔宋〕曾覿《海野詞》。

河漢風清，庭戶夜涼，皓月澄秋時候。冰鑑乍開，跨海飛來，光掩滿天星斗。四捲珠簾，漸移影、寶階鵷鷺。還又。看歲歲嬋娟，向人依舊。　　朱邸高宴簪纓，正歌吹瑤臺，舞翻宮袖。銀管競酬，棟萼相輝，風流古來誰有。玉笛橫空，更聽徹、霓裳三奏。難偶。拚醉倒、參橫曉漏。（錄自汲古閣《宋六十名家詞》本）

按：「宴」字與「燕」及「讌」字通。為求統一，故調名中凡用「宴」字意之「燕」及「讌」均改作「宴」。餘不另列調目。

## 宴西園

即【昭君怨】。〔宋〕侯寘詞名【宴西園】，見《嬾窟詞》。

晴日烘香花睡。花豔浮杯人醉。楊柳綠絲風。水溶溶。　　留戀芳叢深處。懶上錦韉歸去。待得牡丹開。更同來。（錄自汲古閣《宋六十名家詞》本）

詞注：「亦名【宴西園】。」

## 宴春臺

又名：夏初臨、宴春臺慢、燕臺春。

調見《妙選群英草堂詩餘·前集》卷上〔宋〕張先詞。

麗日千門，紫煙雙闕，瓊林又報春回。殿閣風微，當時去燕還來。五侯池館屏開。探芳菲、走馬重簾人語，轔轔車轍，遠近輕雷。　　雕觴霞灩，醉幙雲飛，楚腰舞柳，宮面妝梅。金猊夜暖，羅衣暗裏香煤。洞府人歸，笙歌燈火樓臺。下蓬萊。猶有花上月，清影徘徊。（錄自雙照樓影明洪武本）

## 宴春臺慢

即【宴春臺】。〔宋〕張先詞名【宴春臺慢】，見《張子野詞》卷一。

麗日千門，紫煙雙闕，瓊林又報春回。殿閣風

微，當時去燕還來。五侯池館屏開。探芳菲、走馬天街，重簾人語，轔轔繡軒，遠近輕雷。

雕觴霞灩，醉幕雲飛，楚腰舞柳，宮面妝梅。金猊夜暖，羅衣暗裏香煤。洞府人歸，放笙歌、燈火下樓台。蓬萊。猶有花上月，清影徘徊。（錄自《彊村叢書》本）

《張子野詞》注：仙呂宮。

## 宴桃源

（一）即【如夢令】。〔宋〕晁補之詞名【宴桃源】，見《晁氏琴趣外篇》卷三。

往歲真源謫去。紅淚揚州留住。飲罷一帆東，去入楚江寒雨。無緒。無緒。今夜秦淮泊處。（錄自雙照樓影宋本）

（二）即【阮郎歸】。〔宋〕曹冠詞名【宴桃源】，見《燕喜詞》。

西湖避暑棹扁舟。忘機狎白鷗。荷香十里供瀛洲。山光翠欲流。　歌浩浩，思悠悠。詩成興未休。清風明月解相留。琴聲萬籟幽。（錄自《全宋詞》本）

## 宴桃園

即【阮郎歸】。〔宋〕曹冠詞名【宴桃園】，見《燕喜詞》。

廉纖小雨養花天。池光映遠山。蕙蘭風暖正暄妍。歸檣燕翼偏。　芳草碧，綠波漣。良辰近禁煙。酒酣午枕興怡然。鶯聲驚夢仙。（錄自四印齋彙刻《宋元三十一家詞》本）

## 晏清宮

調見〔清〕朱青長《朱青長詞集》卷三。

小雨淋急，點時自滴，似離人淚珠線。春心尚苦，慳紅吝綠，做寒裝暖，花信念番將半。早弄得、梅疏杏懶。燕子飛來，又說江外洲邊，麥薺還殘。　堪念竊粉雛鶯，待香蝴蝶，無地消遣。煙煙雨雨，朝朝暮暮，乍晴還變。金爐潤香燃斷，玉手儘輕翻幾遍。捉弄得上巳風光，零零欻欻。（錄自朱青長手稿本）

## 宴清堂

調見《朱淑真集注》卷四鄭元佐注〔宋〕無名氏殘句。

旋折枝頭新果。（錄自浙江古籍出版社排印本）

## 宴清都

又名：四代好、宴滿都。

（一）調見〔宋〕周邦彥《片玉集》卷五。

地僻無鐘鼓。殘燈滅，夜長人倦難度。寒吹斷梗，風翻暗雪，灑窗填戶。賓鴻謾說傳書，算過盡、千儔萬侶。始信得、庾信愁多，江淹恨極須賦。　淒涼病損文園，徽弦乍拂，音韻先苦。淮山夜月，金城暮草，夢魂飛去。秋霜半入清鏡，歡帶眼、多移舊處。更久長、不見文君，歸時認否。（錄自《彊村叢書》本）

（二）調見《樂府雅詞・拾遺》卷上〔宋〕何籀詞。

細草沿階軟。遲日薄，蕙風輕藹微暖。春工斬惜，桃紅尚小，柳芽猶短。羅幃繡幕高捲。又早是、歌慵笑懶。憑畫樓，那更天遠。山遠。水遠。人遠。　堪怨。傳粉疏狂，竊香俊雅，無計拘管。青絲絆馬，紅巾寄羽，甚處迷戀。無言淚珠零亂。翠袖儘、重重漬遍。故要得、別後思量。歸時覷見。（錄自文淵閣《四庫全書》本）

《片玉集》注：中呂調。《夢窗詞集》注：夾鐘羽，俗名中呂調。

## 宴滿都

即【宴清都】。〔清〕莊棫詞名【宴滿都】，見《中白詞》。

春去尋王謝。花草亞、甚時梁燕才嫁。尋常巷陌，人人自比，莫愁聲價。芹泥拾去還怕。醉夢裏、宮衣暗卸。漫夕陽、低說興亡，香巢且壘蘭麝。　須知葉底流鶯，樹陰啼鴂，春殘到夏。屏山似舊，簾櫳未改，舞休歌罷。歡娛好趁良夜。快輕剪、雲羅繡帊。那更堪、梅子青圓，薔薇滿架。（錄自《清名家詞》本）

## 宴瑤池

（一）調見〔宋〕歐陽修《醉翁琴趣外篇》卷六。

戀眼噥心終未改。向意問長在。都緣為、顏色殊常，見餘花、盡無心愛。　都為是、風流煞。至他人、強來廝壞。從今後、若得相逢，繡幃裏、痛惜嬌態。（錄自雙照樓影宋本）

（二）即【越江吟】。〔宋〕賀鑄詞名【宴瑤池】，見《東山詞》卷上。

瓊鉤褰幔。秋風觀。漫漫。白雲聯度河漢。長

宵半。參旗爛爛。何時旦。　命閨人、金徽重按。商歌彈。依稀廣陵清散。低眉歎。危弦未斷。腸先斷。（錄自涉園影宋本）

（三）調見《陽春白雪》卷八〔宋〕奚㟧詞。

紫鸞飛舞，又東華宴罷，歸步凝碧。縹緲天風吹送處，冷冷佩聲清逸。青童兩兩，爭笑撚、琪花半折。羽衣寒露香披，翠幢珠絡去雲疾。　　西真還又傳帝敕。霞城檢校，問學仙消息。玉府高寒，有不老丹容，自然瓊液。人間塵夢，應誤認、煙痕霧跡。洞雲依約開時，丹華飛素白。（錄自《粵雅堂叢書》本）

（四）即【八聲甘州】。〔元〕白樸詞名【宴瑤池】，見《天籟集》卷下。

玉龜山、阿母統群仙。幽閒志蕭然。有金城千里，瓊樓十二，紫翠霏煙。穆滿當時西狩，八駿戲芝田。駐蹕瑤池上，命賜華筵。　　天樂雲璈鼎沸，看飛瓊舞態，醉飲留連。漸月斜河漢，霞綺布晴天。望神州、東回玉輦，杏花風、數里響鳴鞭。長安近、依稀柳色，翠點秦川。（錄自《四印齋所刻詞》本）

詞序：「【宴瑤池】本名【八聲甘州】，樂府【八聲甘州】名頗鄙俚。予愛其法雅健，因採東坡〈戚氏〉一篇，稍加檃括，使就新翻，仍改其名。」

## 宴齊雲

即【南歌子】。〔宋〕賀鑄詞名【宴齊雲】，見《東山詞》卷上。

境跨三千里，樓侵尺五天。碧鴛鴦瓦畫生煙。未信西山台觀、壓當年。　　野色分禾黍，秋聲入管弦。閒揮談塵裛吟箋。三十萬家風月、共留連。（錄自涉園影宋本）

## 宴瓊林

調見〔宋〕黃裳《演山先生文集》卷三十一。

紅紫趁春闌，獨萬簇瓊英，猶未開罷。問誰共、綠幃宴群真，皓雪肌膚相亞。華堂路，小橋邊，向晴陰一架。為香清、把作寒梅看，喜風來偏惹。　　莫笑因緣，見景跨春空，榮稱亭榭。助巧笑、曉妝如畫。有花鈿堪借。新醑泛、寒冰幾點，拼今日、醉猶飛斝。翠羅幃中，臥蟾光碎，何的須待還舍。（錄自文淵閣《四庫全書》本）

按：《欽定詞譜》卷三十三曰：「【宴瓊林】，

---

為唐教坊曲名。」查今本《教坊記》無此調名，《欽定詞譜》或誤或有所本。

## 宮中三台

即【三台】。〔唐〕王建詞名【宮中三台】，見《尊前集》。

魚藻池邊射鴨，芙蓉苑裏看花，日色赭袍相似，不著紅鸞扇遮。（錄自《彊村叢書》本）

## 宮中調笑

即【古調笑】。〔唐〕韋應物詞名【宮中調笑】，見《樂府詩集》卷八十二。

胡馬。胡馬。遠放燕支山下。跑沙跑雪獨嘶，東望西望路迷。迷路。迷路。邊草無窮日暮。（錄自中華書局排印本）

《欽定詞譜》卷二【古調笑】調注：「【古調笑】，【樂苑】商調曲，一名【宮中調笑】。」

## 宮怨春

調見《敦煌歌辭總編》卷二〔唐〕無名氏詞。

柳條垂處處，喜鵲語零零。焚香稽首表君情。慕得蕭郎好武，累歲長征。向沙場裏，輪寶劍，定欃槍。　　去時花欲謝，幾度葉還青。相思夜夜到邊庭。願天下銷戈鑄戟，舜日清平。待功成日，麟閣上，畫圖形。（錄自上海古籍出版社排印本）

《敦煌歌辭總編》卷二：「在敦煌寫本中『荼』（『荼』字草字頭下有一橫）既為『恭』之訛，又為『茶』之訛，皆緣形近，各有多例。參詳結果，以由『恭』音轉為『宮』，作【宮怨春】者義較平穩，故改用。」

按：原載（斯）二六〇七。

## 神女

又名：高唐夢。

〔清〕沈謙新翻曲，見《東江別集》卷三。

草堂竹暗巫山曙。記宸遊、空凝佇。疏疏雨自何來，靄靄雲無處所。此日登台，當年薦枕，聞道佳期在朝暮。怎想像夢裏，姚姬不管，深宮細腰苦。　　侍臣宋玉偏能賦。動浮思、牽愁緒。豈知惆悵中宵，贏得悲哀萬古。浪說神人，鳴鸞易返，又逢薄怒。今但有、杜宇啼紅，花落高唐路。（錄自惜陰堂《明詞彙刊》本）

詞注：「新翻曲。上三句【晝夜樂】，中三句

【春雲怨】，下二句【雨霖鈴】；後段同。」
按：詞注中「上三句【晝夜樂】」，應作上四句。

## 神仙伴侶

即【風流子】。〔五代〕孫光憲詞有「瞥見神仙伴侶」句，故名；見《記紅集》卷一。

> 樓倚長衢欲暮。瞥見神仙伴侶。微傅粉，攏梳頭，隱映畫簾開處。無語。無緒。慢曳羅裙歸去。（錄自清康熙刻本）

## 神仙會

即【相思會】。〔金〕長筌子詞名《神仙會》，見《洞淵集》卷五。

> 堪嗟世上人，個個蠶成繭。不肯回頭，抵死火坑貪戀。千辛萬苦，甘受無辭歎。置家計，慮妻男，恐不辦。　一朝業滿，看你如何免。眼光落地，別改一般頭面。披毛戴角，恁時難分辯。早下手，出迷津，應仙選。（錄自涵芬樓影明《道藏》本）

## 神仙樂

調見《東甌詞徵》卷七〔清〕張振夔詞。

> 何處是花城，山水寄浮生。黃河雨泛枯槎小，白驢風試紙鞍輕。怎移情。朝煮石滴夕陽舲。餐碧奈飯青精。　也莫問、順流波不作，也莫問、倒騎路不錯，早覺了道圓成。未償兒女千秋債，已憐圖畫二難並。笑餘年，餐碧飯青精。（錄自《溫州文獻叢書》本）

## 神光燦

即【聲聲慢】。〔宋〕趙希蓬詞名【神光燦】，見《詩淵》。

> 譚歌昔日，瞻養家緣，積孳不若山丘。因遇仙師東歷，海島三洲。勸誘頑愚向善，悟輪迴、捨愛回頭。隨緣過，守清貧柔弱，雲水閒遊。　因過懷州仙府，後閒行，貴縣時遇深秋。迤入嚴冬寒冷，得避無由。不免化些紙布，望諸公、念憶同流。如省悟，結雲朋霞友，物外同修。（錄自書目文獻出版社影明鈔本）

## 神清秀

即【海棠春】。〔金〕馬鈺詞名【神清秀】，見《洞玄金玉集》卷七。

> 些兒微妙非常好。猛焰裏、自然芝草。玉虎與

金龍，密護三田寶。　丹成九轉青童報。便授取、紫微宣誥。體掛六銖衣，跨鶴歸蓬島。（錄自涵芬影明《道藏》本）

## 祝英台

（一）即【祝英台近】。〔宋〕曹勳詞名【祝英台】，見《松隱樂府》卷三。

> 晚寒濃，殘雪重，春意在何許。萼綠仙姿，海上未飛去。粲粲玉立豐標，天寒日暮，笑東風，不曾輕付。　幾凝佇。閒為寫出橫斜，無聲斷腸句。常對幽情，何事更重賦。待約他日貂裘，玉溪清夜，噴龍吟、月明徐步。（錄自《彊村叢書》本）

（二）調見〔金〕王喆《重陽全真集》卷五。

> 無事閒行郊野過。見棺函板破。裏頭白白一骷髏。獨瀟灑愁愁。　為甚因緣當路臥。往來人誹謗，在生昧了真修。這回卻休休。（錄自涵芬影明《道藏》本）

按：此調與【阮郎歸】字句相同，唯叶同部三聲韻異。

## 祝英台令

即【祝英台近】。〔宋〕辛棄疾詞名【祝英台令】，見《稼軒詞・甲集》。

> 寶釵分，桃葉渡。煙柳暗南浦。怕上層樓，十日九風雨。斷腸片片飛紅，都無人管，倩誰喚、流鶯聲住。　鬢邊覷。試把花卜心期，才簪又重數。羅帳燈昏，嗚咽夢中語。是他春帶愁來，春歸何處。卻不解、將愁歸去。（錄自涉園影宋本）

## 祝英台近

又名：月底修簫譜、英台近、祝英台、祝英台令、揉碎花箋、寒食詞、楚宮腰、燕鶯語、寶釵分、憐薄命。

（一）調見〔宋〕蘇軾《東坡詞》。

> 掛輕帆，飛急槳，還過釣台路。酒病無聊，欹枕聽鳴櫓。斷腸簇簇雲山，重重煙樹，回首望、孤城何處。　閒離阻。誰念縈損裏王，何曾夢雲雨。舊恨前歡，心事兩無據。要知欲見無由，癡心猶自，倩人道、一聲傳語。（錄自汲古閣《宋六十名家詞》本）

（二）調見〔宋〕陳允平《日湖漁唱》。

> 待春來，春又到，花底自徘徊。春淺花遲，攜

酒為春催。可堪碧小紅微，黃輕紫豔，東風外、妝點池台。　　且銜杯。無奈年少心情，看花能幾回。春自年年，花自為春開。是他春為花愁，花因春瘦。花殘後、人未歸來。（錄自《彊村叢書》本）

《寧波府志》：「晉梁山伯，字處仁，家會稽，少遊學，道逢祝氏子，同往肄業。三年祝先返，後二年山伯方歸，訪之上虞，始知祝女子也，名曰英台。山伯悵然，歸告父母求姻。時祝已許鄮城（今寧波鄞縣）馬氏，弗遂。山伯後為鄮令，嬰疾弗起，遺命葬於鄮城西清道原（今鄞縣高橋鎮）。明年，祝適馬氏，舟經墓所，風濤不能前，英台聞有山伯墓，臨塚哀慟。地裂而埋璧焉。馬言之官，事聞於朝，丞相謝安奏封義婦塚。」

**十畫**

## 院郎歸

即【阮郎歸】。〔清〕潘書馨詞名【院郎歸】，見《聞和草詞集・香雪吟》。

銀釭孤影浸書帷。含情空對伊。蕭蕭簾外雨聲稀。淒涼深掩扉。　　簷溜滴，漸添肥。輕寒欺薄衣。風喧鐵馬促相思。愁煎鬢易絲。（錄自清康熙玉森堂刻本）

按：此調之「院」字恐係「阮」字之刻誤。錄之，待考。

## 紗窗恨

唐教坊曲名。

調見《花間集》卷五〔五代〕毛文錫詞。

新春燕子還來至。一雙飛。壘巢泥濕時時墜。洿人衣。　　後園裏、看百花發，香風拂、繡戶金扉。月照紗窗，恨依依。（錄自雙照樓影明本）

# 十一畫

## 琅天樂

調見〔明〕沈億年《支機集》卷三。

何處上真家。始青天際霞。龍車。人間歸路

賒。　　瑤台月。不炤燕山闕。此日說興亡。竟相忘。（錄自清順治九年刻本）

詞序：「夢至霄闕，引見一真官，官命合樂饗之。覺而依調成此詞。真官蓋曾主人間云。」

## 荳蔻花

即【中興樂】。〔清〕丁煒詞名【荳蔻花】，見《紫雲詞》。

蕭局溫紅半粟沉。文鴛懶疊雙衾。含嬌坐。新恨費沉吟。　　分明夢裏描鴛譜。憑肩語。衣沾蘭露。香蝶散，不堪尋。（錄自清康熙希鄴堂刻本）

按：五代毛文錫詞有「荳蔻花繁煙豔深」句，故名【荳蔻花】。唯與毛詞略有不同。

## 莫打鴨

調見《花草粹編》卷一〔宋〕梅堯臣詞。

莫打鴨，打鴨驚鴛鴦。鴛鴦新自南洲落，不比孤洲老禿鶬。禿鶬尚有獨飛去，何況鴛鴦羽翼長。（錄自文淵閣《四庫全書》本）

《臨漢隱居詩話》：「呂士隆知宣州，好以事笞官妓，妓皆欲逃去而未得也。會杭州有一妓到宣，其色藝可取，士隆喜之，留之使不去。一日，郡妓復犯小過，士隆又欲笞之，妓泣訴曰：『某不敢辭罪，但恐杭妓不能安也。』士隆憫而舍之。聖俞因作【莫打鴨】一篇曰（詞略），蓋謂此也。」

《侯鯖錄》：「呂士隆好緣微罪杖營妓。後樂籍中得一客娼，名麗華，善歌，有聲於江南，士隆眷之。一日，復欲杖營妓，妓泣訴曰：『某不敢避杖，但恐新到某人者，不安此耳。』士隆笑而從之。麗華短肥，故聖俞作【莫打鴨】以解之曰（詞略）。」

《歷代詞人考略》卷十引《溫叟詩話》云：「呂士隆知宣州，好笞妓。適杭妓到，喜之。一日，欲笞宣妓，妓曰：『不敢辭，但恐杭妓不安。』士隆宥之。梅聖俞為詞云：『莫打鴨，打鴨驚鴛鴦。鴛鴦新向池中落，不比孤洲老鵁鶄。』若增一句，即【謝秋娘】也。」

## 莫思鄉

即【南鄉子】。〔金〕王喆詞名【莫思鄉】，見《重陽分梨十化集》卷下。

果子味堪收。更山馨，香是芋頭。今後吃時思

想定，追求。為甚般般各六籌。　　細認細
尋搜。芋有青苗果有緌。空外地中歸一處，
休休。說破玄玄你越愁。（錄自涵芬樓影明《道
藏》本）

## 莫思歸

即【拋球樂】。〔五代〕馮延巳詞名【莫思
歸】，見《陽春集・補遺》。

> 花滿名園酒滿觴。且開笑口對穠芳。鞦韆風暖
> 鶯釵鞞，綺陌春深翠袖香。莫惜黃金貴，日日
> 須教賞酒嘗。（錄自《四印齋所刻詞》本）

《溫韋馮詞新校》之《陽春集》校記：「《陽春
集》原無此闋，四印齋本補入，注云見《花草粹
編》。曾按：《花草粹編》為書廣博有餘，而謹
嚴不足，非絕對可據。且成書於萬曆年間，前此
未有題作馮詞者，是可疑也。姑存此，俟考。」
《花草粹編》卷二注：「即【拋球樂】。」
按：此詞見《花草粹編》卷二，未題作者姓名，
應作無名氏詞為是。

## 荷華媚

（一）調見〔宋〕蘇軾《東坡詞》。

> 霞苞霓荷碧。天然地、別是風流標格。重重青
> 蓋下，千嬌照水，好紅紅白白。　　每恨望、
> 明月清風夜，甚低迷不語，妖邪無力。終須
> 放、船兒去，清香深處，住看伊顏色。（錄自汲
> 古閣《宋六十名家詞》本）

（二）調見〔清〕易孺《雙清池館詩餘》。

> 弓彎雨為洗。風裳好、初見妝成西子。西泠橋
> 外影，微波閒臥，又欄紅蓋翠。　　者幾日梅
> 子黃時雨，助尋詩意潤，小舟仍橫。斜陽淡、
> 猶帶得，餘香無數，向宜亭心醉。（錄自清胡墦手
> 鈔本）

按：易孺門生胡墦眉批曰：「原詞聲律大差，與
坡公詞迥異。師此作品，只可借『荷花媚』三字
為題，牌仍謂之自度可矣。」

## 荷葉曲

即【荷葉杯】。〔清〕陳沆詞名【荷葉曲】，見
《詞綜補遺》卷二十一引《常州詞錄》。

> 自笑愁多歡少。癡了。底事倩傳杯。酒一巡時
> 腸九迴。推不開。推不開。（錄自書目文獻出版社
> 影印本）

## 荷葉杯

又名：月當樓、荷葉曲、畫簾垂。
唐教坊曲名。

（一）調見《花間集》卷二〔唐〕溫庭筠詞。

> 一點露珠凝冷。波影。滿池塘。綠莖紅豔兩相
> 亂。腸斷。水風涼。（錄自雙照樓影明仿宋本）

《金奩集》注：南呂宮。

（二）調見《花間集》卷七〔五代〕顧敻詞。

> 春盡小庭花落。寂寞。憑檻斂雙眉。忍教成病
> 憶佳期。知麼知。知麼知。（錄自雙照樓影明仿
> 宋本）

（三）調見《花間集》卷二〔五代〕韋莊詞。

> 記得那年花下。深夜。初識謝娘時。水堂西面
> 畫簾垂。攜手暗相期。　　惆悵曉鶯殘月。相
> 別。從此隔音塵。如今俱是異鄉人。相見更無
> 因。（錄自雙照樓影明仿宋本）

《金奩集》注：雙調。
《歷代詞話》卷三引《古今詞話》：「韋莊字端
己，著【秦婦吟】，稱為秦婦吟秀才，舉乾寧進
士。以才名寓蜀，蜀主建羈留之。莊有寵人，姿
質豔麗，兼善詞翰。建聞之，託以教內人為詞，
強奪去。莊追念惘快，作【荷葉杯】、【小重
山】詞，情意悽怨，人相傳播，盛行於時。」又
引《堯山堂外紀》云：「韋端己思舊姬作【荷葉
杯】詞，流傳入宮，姬聞之，不食死。」
按：「荷葉杯」係唐酒器名。白居易有詩云：
「石榴枝上花千朵，荷葉杯中酒十分。」宋蘇軾
〈中山松醪〉詩注有：「唐人以荷葉為酒杯，謂
之碧筒酒。」調名本此。

## 荷葉鋪水面

調見《花草粹編》卷十二〔宋〕康與之詞。

> 春光豔冶，遊人踏綠苔。千紅萬紫競香開。暖
> 風拂鼻籟，驀地暗香透滿懷。　　荼蘼似錦
> 栽。嬌紅間綠白，只怕迅速春回。誤落在塵
> 埃。折向鬢雲間，金鳳釵。（錄自文淵閣《四庫全
> 書》本）

## 莊椿歲

即【水龍吟】。〔宋〕方味道詞有「長是伴、莊
椿歲」句，故名；見《截江網》卷四。

> 綸巾少駐家山，北窗睡覺南薰起。黃庭細看，
> 長生秘訣，神仙奇趣。奈此蒼生，顧蘇炎熱，

仰為霖雨。趁丹心未老，將整頓乾坤，手為經理。　　好事今年慶事。抱奇孫、一門佳氣。蓬山振佩，麟符重錫，褒綸新美。玉樹參庭，桂枝分種，香浮蘭芷。看他年、接武三槐，長是伴、莊椿歲。（錄自《全宋詞》本）

詞序：「壽趙丞相。恭審某官間期淑氣，特立高標。仰維嶽之生賢，一朝獻頌，賦〈緇衣〉而入相，四海同聲。欣逢五百年之期，願上八千歲之祝。可占耆艾，曷盡形容。音寄【水龍吟】，名為【莊椿歲】。倘蒙省覽，萬有榮光。」

## 教池回

調見〔宋〕史浩《鄮峰真隱詞曲》卷一。

雲淡天低，疏雨乍霽，桃溪嫩綠蒙茸。珠簾映畫轂，金勒耀花驄。繞湖上、羅衣溢香風。擘波雙引蛟龍。尋奇處，高標錦段，各騁英雄。

縹緲初登彩舫，簫鼓沸，群仙玉佩丁東。夕陽低、拚一飲千鍾。看看見、璧月穿林杪，十洲三島春容。醉歸去，雙旌搖曳，夾路金籠。（錄自《彊村叢書》本）

## 乾荷葉

調見《詞綜》卷二十七〔元〕劉秉忠詞。

乾荷葉，色蒼蒼。老柄風搖盪。減清香。越添黃。都因昨夜一番霜。寂寞秋江上。（錄自清康熙裘杼樓本）

《欽定詞譜》卷二【乾荷葉】調注：「元劉秉忠自度曲，屬南呂宮。取起句三字為調名。此亦元人小令，平仄韻互押。」

《詞品》卷一：「元太保劉秉忠【乾荷葉】，曲云（詞略）。此秉忠自度曲，曲名【乾荷葉】，即詠乾荷葉，猶是唐辭之意也。」

## 掛金索

元大曲名。

（一）調見《鳴鶴餘音》卷六〔金〕馬鈺詞。

一更裏，端坐慢慢調龍虎。運轉三關，透入泥丸去。龍蟠金鼎，虎繞黃庭戶。這些兒工夫，等閒休分付。

二更裏，二點陰陽真凭妙。上下三關，休教差錯了。姹女嬰兒，兩個都放嬌。金公黃婆，自然匹配了。

三更裏，明月正把乾坤照。嚇得妖魔，千里不見了。退盡陰兵，不用萬圭妙。海底龜蛇，自

然相盤繞。

四更裏，無事好把真經看。句句幽玄，說道教修煉。不用水火，不用柴和炭。煉就靈丹，萬兩金不換。

五更裏，天昆架上金雞叫。有個忙兒，拍手哈哈笑。放飽牛兒，快活睡一覺。行滿功成，自有丹書詔。（錄自涵芬樓影明《道藏》本）

（二）調見《混然子崔公入藥鏡注解》〔元〕王玠詞。

一更端坐，下手調元炁。混沌無言，絕念存真意。呼吸綿綿，配合居中位。撥轉些兒，黍米藏天地。

二更清淨，心要常虛守。默默回光，照見無中有。趕退群魔，振地金獅吼。頃刻功成，便與天齊壽。

三更雞叫，冬至陽初動。取坎填離，直向泥丸送。火運周天，爐內鉛投汞。九轉丹成，白雪飛仙洞。

四更安樂，萬事都無想。水滿華池，澆灌靈根長。靜裏乾坤，仙樂頻頻響。道大沖虛，名掛黃金榜。

五更月落，漸覺東方曉。谷裏真人，已見分明了。玉戶鸞驂，金頂龍蟠繞。打破虛空，萬道金光皎。（錄自《全金元詞》本）

## 掛金燈

調見〔金〕王喆《重陽全真集》卷五。

好池亭。華麗於中瑩。善修外景，裝成內景。這兩事、誰能省。　　謹按黃庭緝整。表裏通賢聖。水心炎炎，火焰猛勁。溉煉出、真清淨。（錄自涵芬樓影明《道藏》本）

## 掛松枝

調見《梅里詞緒》〔清〕徐梗詞。

花風蕩漾起浮漚，消盡漁翁閒眺。晴沙清淺無塵，攪碎空明嫌小棹。行人坐如天上，雲影輕移動荇藻。溶溶睡得鴛鴦穩，撥剌又驚魚跳。

低飛燕子初來到。怪他剪破冰紋，頓減卻、碧潭清耀。有時風定波澄，群山遠映，看幾點、黛螺都倒。此際江娥濯錦，玉顏清麗，宛在鏡中照。（錄自薛廷文手稿本）

## 掩蕭齋

即【浣溪沙】。〔宋〕賀鑄詞有「碧梧紅藥掩蕭齋」句，故名；見《東山詞》卷上。

> 落日逢迎朱雀街。共乘青舫度秦淮。笑拈飛絮冒金釵。　洞戶華燈歸別院，碧梧紅藥掩蕭齋。願隨明月入君懷。（錄自涉園影宋本）

## 排歌

調見《湖州詞徵》卷二十八〔明〕沈桐詞。

> 鳳口銜鈎，蝦鬚彈簾。銀盤篆冷沉煙。相思斜倚繡床前。線斷紅絨懶再撚。　心勞攘，意掛牽。不知人去幾時還。花消粉，柳褪顏。杜鵑聲裏又春殘。（錄自《吳興叢書》本）

## 梧桐引

〔清〕金農自度曲，見《冬心先生自度曲》。

> 金井轆轤空。苔階澀露濕梧桐。弱枝先墮，不待秋風。吳宮夜漏，又添新恨，二十五聲中。（錄自清乾隆刻本）

詞注：「七句，三十三字。」

## 梧桐雨

即【聲聲慢】。〔宋〕李清照詞名【梧桐雨】，見《三百詞譜》卷四。

> 尋尋覓覓，冷冷清清，淒淒慘慘戚戚。乍暖還寒時候，最難將息。三杯兩盞淡酒，怎敵他、晚來風急。雁過也，正傷心，卻是舊時相識。　滿地黃花堆積，憔悴損，如今有誰堪摘。守著窗兒，獨自怎生得黑。梧桐更兼細雨，到黃昏、點點滴滴。這次第，怎一個、愁字了得。（錄自清康熙本）

## 梧桐影

又名：明月斜、落日斜。

調見《全唐詩·附詞》〔唐〕呂巖詞。

> 落日斜，秋風冷。今夜故人來不來，教人立盡梧桐影。（錄自清康熙揚州詩局本）

《苕溪漁隱叢話·後集》卷三十八：「回仙於京師景德寺僧房壁上題詩云（詩略）。相傳此詞，自國初時即有之。柳耆卿詞云：『愁緒終難聲，人立盡，梧桐碎影。』用回仙語也。」

《竹坡詩話》：「大梁影德寺峨嵋院壁間有呂洞賓題字。寺僧相傳，以為頃時有蜀僧號『峨嵋道子』，戒律甚嚴，不下席者三十年。一日，有布衣青裘，昂然一偉人來，與語良久。期以明年是日，復相見於此，願少見待也。明年是日，日方午，道者沐浴端坐而逝。至暮，偉人果來，問道者，曰亡矣。偉人歎息良久，忽復不見。明日書數語於堂側壁間絕高處。字畫飛動，如翔鸞舞鳳，非世間筆也。宣和間余遊京師，猶及見云。」

《詞綜》卷一：「此本詩耳，今人以為長短句，故用入詞，而取其末字為名。」

## 梧桐樹

（一）調見〔元〕牧常晁《玄宗直指萬法同歸》卷五。

> 世間人，須覺悟。難得人身休辜負。莫把時虛度。不離方寸蓬萊島。多少時人行不到。勸君早覓長生路。（錄自《全金元詞》本）

（二）元大曲名。

調見《鳴鶴餘音》卷七〔元〕無名氏詞。

> 一更裏，調神氣。意馬心猿盡構繫。莫放閒遊戲。昏昏默默煉胎息，開卻天門地戶閉。果然通玄理。
> 二更裏，傳宇宙。一點靈光漸通透。虎龍初交嚴抵備。三尸莫教走，慧劍空中報冤仇。斬卻群魔首。
> 三更裏，一陽動。金鼎熱煎玉爐烹。煉就真鉛汞。匠手鑿開玉蓮蓬，兩道霞光照崑頂。萬顆珍珠迸。
> 四更裏，雲收徹。海底星龜弄明月。處處瓊花結。火候抽添按時節，子午氤氳降紅屑。猛把天機洩。
> 五更裏，朦朧促。心養浩月一輪鏡。照破貪嗔病。這回須要鬼神驚，只要真清為真靜。功滿朝上聖。（錄自涵芬樓影明《道藏》本）

## 梧葉兒

調見〔元〕張雨《貞居詞》。

> 參苓籠，山水間。好處在西關。放取詩瓢去，攜將酒榼還。把酒倩歌鬟。休舉似、江南小山。（錄自《彊村叢書》本）

《欽定詞譜》卷一【梧葉兒】調注：「《太平樂府》注：『商調。』《唐書·禮樂志》：『商調，乃夷則之商聲也。』此在元人為小令，其實則曲也。」

十一畫

**十畫**

## 梧葉兒詞

調見《鳴鶴餘音》卷六〔元〕無名氏詞。

觀白露，看烏鴉。水底摸魚蝦。鶯穿柳，蝶戀花。景幽雅。若非雲門莫誇。（錄自清黃丕烈補明鈔本）

## 接賢賓

調見《花間集》卷五〔五代〕毛文錫詞。

香韉鏤襜五花驄。值春景初融。流珠噴沫躞蹀，汗血統紅。　少年公子能乘取，金鑣玉轡瓏璁。為惜珊瑚鞭不下，驕生百步千蹤。信穿花，從拂柳，向九陌追風。（錄自雙照樓影明仿宋本）

## 梅巳謝

即【鵲橋仙】。〔宋〕韓淲詞有「紅梅巳謝，杏花開也」句，故名；見《澗泉詩餘》。

紅梅巳謝，杏花開也，一片海棠猶未。春風吹我帶湖煙，甚恰限、新晴天氣。　黃昏樓上，燭花影裏，拚得那回滋味。暗塵弦索拂纖纖，夢留取，巫山十二。（錄自《彊村叢書》本）

彊村本校記：「原本作【梅巳謝】。」

## 梅子黃時雨

調見〔宋〕張炎《山中白雲》卷二。

流水孤村，愛塵事頓消，來訪深隱。向醉裏誰扶，滿身花影。鷗鷺相看如瘦，近來不是傷春病。嗟流景。竹外野橋，猶繫煙艇。　誰引。斜川歸興。便喚鵾縱少，無奈時聽。待棹擊空明，魚波千頃。彈到琵琶留不住，最愁人是黃昏近。江風緊。一行柳蔭吹暝。（錄自《彊村叢書》本）

《欽定詞譜》卷二十三【梅子黃時雨】調注：「此張自度曲。」

## 梅月圓

即【朝中措】，〔宋〕韓淲詞有「香動梅梢圓月」句，故名；見《澗泉詩餘》。

為茲春酒壽詩翁。我輩一樽同。香動梅梢圓月，年年先得東風。　冰溪清淺流環玉，蓮幕漫從容。但願人生長久，揮弦目送飛鴻。（錄自《彊村叢書》本）

## 梅仙

調見《東白堂詞選初集》卷七〔清〕佟國器詞。

豔質依然耐雪霜。占得春光。破臘飛香。紅紗新換素羅裳。小亭明月，灔灔浸霞光。　羞與天桃鬥豔妝。自愛孤芳。風外飄揚。胭脂點點落銀塘。隨波流去，只恐誤漁郎。（錄自清康熙十七年刻本）

按：此調為新翻曲。上四句【一剪梅】，下二句【臨江仙】；後段同。

## 梅花三弄

（一）〔清〕丁澎新譜犯曲，見《扶荔詞》卷二。

背銀燈。促瑤箏。指亂湘弦心暗驚。此意分明。寄與多情。問恨滿天涯何處，只在離鴻第二聲。　隴頭流水長城雪。寒猿叫破巫山月。恨也無憑。夢也難成。落盡梅花枕上冰。直恁少忪惺。（錄自清康熙家刻本）

詞注：「搊箏，新譜犯曲。上三句【梅花引】，中二句【一剪梅】，下二句【望梅花】；後段同。」

（二）〔清〕陳祥裔新譜犯曲，見《凝香集》卷三。

奈何人。奈何春。花柳風情今斷魂。蜂瘦三分。蝶瘦三分。只有杜鵑啼不住，一口口，一聲聲，是血痕。　江頭遊子愁如許。淚珠化作千山雨。春累人心。人累春心。慢道春隨人去也，春去也，比人歸，早幾旬。（錄自清康熙刻本）

詞序：「奈何。上三句【梅花引】，中二句【一剪梅】，下四句【江城梅花引】；後段同。」

## 梅花引

又名：小梅花、行路難、貧也樂、將進酒。

（一）調見《花庵詞選》卷七〔宋〕万俟詠詞。

曉風酸。曉霜乾。一雁南飛人度關。客衣單。客衣單。千里斷魂，空歌行路難。　寒梅驚破前村雪。寒雞啼破西樓月。酒腸寬。酒腸寬。家在日邊，不堪頻倚干。（錄自文淵閣《四庫全書》本）

（二）調見〔宋〕向子諲《酒邊詞》。

花如頰。梅如葉。小時笑弄階前月。最盈盈。最惺惺。閒愁未識，無計定深情。十年空省春風面。花落花開不相見。要相逢。得相逢。須

信靈犀，中自有心通。　　同杯勺。同斟酌。
千愁一醉都推卻。花陰邊。柳陰邊。幾回擬
待，偷憐不成憐。傷春玉瘦慵梳掠。拋擲琵琶
閒處著。莫猜疑。莫嫌遲。鴛鴦翡翠，終是一
雙飛。（錄自雙照樓影宋本）

（三）調見《梅苑》卷二〔宋〕無名氏詞，
　　園林靜。蕭索景。寒梅漏洩東君信。探春回。
探春回。四時卻被，伊家苦相催。夭桃紅杏誇
顏色。爭似情懷雪中折。綻芬芳。噴清香。壽
陽宮裏，愛學靚梳妝。　　江村畔。開爛熳。
看看又近年光晚。冒嚴寒。冒嚴寒。遊蜂戲
蝶，莫作等閒看。故人別後何處。春色嶺頭逢
驛使。贈新詩。折高枝。樓上一聲，羌管不須
吹。（錄自文淵閣《四庫全書》本）

（四）即【江城梅花引】。〔宋〕周密詞名【梅
花引】，見《蘋洲漁笛譜》卷二。
　　瑤妃鸞影逗仙雲。玉成痕。麝成塵。露冷鮫
房，清淚霰珠零。步繞羅浮歸路遠，楚江晚，
賦宮斜、招斷魂。　　酒醒夢醒惹新恨。褪素
妝。愁浣粉。翠禽夜冷，舞香惱、何遜情。
委佩殘鈿，空相墜樓人。欲挽湘裙無處覓，情
為誰，寄江南、萬里春。（錄自《彊村叢書》本）

## 梅花令

即【霜天曉角】。〔明〕高濂詞名【梅花令】，
見《芳芷樓詞》卷下。
　　淡粉輕勻。微紅淺帶顰。葉較茶枝更綠，花卻
似、與梅渾。　　傲霜開小春。輕霞浮翠雲。
最好此時花盡。喜相對、共溫存。（錄自惜陰堂
《明詞彙刊》本）

## 梅花句

即【菩薩蠻】。〔宋〕韓淲詞有「風前覓得梅花
句」句，故名；見《澗泉詩餘》。
　　風前覓得梅花句。香來自是相分付。片月動黃
昏。一枝橫酒樽。　　人間何處有。又到春時
候。莫負此詩家。將心吟好花。（錄自《彊村叢
書》本）

彊村校記：「原本題作【梅花句】。」

## 梅花曲

宋大曲名。
調見《梅苑》卷三〔宋〕劉幾詞。
其一

漢宮中侍女，嬌額半塗黃。盈盈粉色凌時，寒
玉體、先透薄裝。好借月魂來，娉婷畫燭旁。
唯恐隨、陽春好夢去，所思飛揚。　　宜向風
亭把盞，酬孤豔，醉永夕何妨。雪徑蕊、真凝
密，降回輿、認暗香。不為藉我作和羹，肯放
結子花狂。向上林，留此占年芳。

其二

結子非貪，有香不俗，宜當鼎鼐嘗。偶先紅
紫，度韶華、玉笛占年芳。眾花雖色滿上林，
未能教、臘裏埋藏。卻怕春風漏泄，一一盡天
香。　　不須更御鉛黃。知國色稟自，天真殊
常。祇裁雲縷，奈芳滑、玉體想仙妝。少陵為
爾東閣，美豔激詩腸。當已陰未雨春光。無心
賦海棠。

其三

淺淺池塘。深深庭院，復出短短垣牆。年年為
爾，若九真巡會、實惜流芳。向人自有，綿渺
無言，深意深藏。傾國傾城，天教與、抵死芳
香。　　嫋嬝金色，輕危欲壓，綽約冠中央。
帶圍紅蠟，蘭肌粉豔巧能妝。嬋娟一種風流，
如雪如冰衣霓裳。永日依倚，春風笑野棠。（錄
自《棟亭十二種》本）

詞序：「以介父三詩度曲。」

## 梅花影

又名：梅花影子。

（一）即【踏莎行】。〔清〕張嘉胤詞名【梅花
影】，見《詞綜補遺》卷四十。
　　綠鎖珠欄，紅翻碧沚。韶光驀地清明矣。愁多
好夢已難尋，那堪又被鶯呼起。　　妝懶臨
鸞，期愆乘鯉。當時盟誓都虛耳。有情燕子解
憐香，也銜落瓣歸窠裏。（錄自書目文獻出版社影
印本）

（二）調見〔清〕朱青長《朱青長詞集》卷十一。
　　在，煙月黃昏。拋別忽來邂逅，束腰仍繫瘦羅
裙。盈盈。盼相看眼熟，不大分明。（錄自朱青
長手稿本）

（三）調見〔清〕朱青長《朱青長詞集》卷十。
　　梅花月。梅花雪。等閒過了春時節。雪波溫，
月重明。流鶯燕子，依舊在花陰。畫簾遮斷春
風信。仙裏難醫可憐病。約今年。約明年。唯
有夕陽天院冷風尖。　　翻詞稿。翻詩稿。迷
離好夢隨天曉。山千重。水千重。算來咫尺行
蹤不相通。蒼天作弄癡魂鬼，夢也些兒通不

得，是相憐。是相思。何時會著，親口問聲
伊。（錄自朱青長手稿本）

## 梅花影子

即【梅花影】。〔清〕朱青長詞名【梅花影
子】，見《朱青長詞集》卷十六。

春來信。秋來信。水萍蹤跡桃花命。看春朝。
落花朝。柳眉窗眼，依舊赤欄橋。赤欄橋畔人
家近，千里相思廿年恨。恨重重。悔重重。幽
約一詩通。罪殘詞工。　　還京好。還鄉好。
珠梟夢影隨風杳。別吳山。別楚山。淒風苦雨
相纏見君難。情天不愛風流鬼，今日吳頭明楚
尾。得相思。且相思。他生來世，當有見伊
時。（錄自朱青長手稿本）

## 梅花瘦

即【偷聲木蘭花】。〔清〕江閶詞，因宋張先詞
有「雪籠瓊苑梅花瘦」句，取以為名；見《春蕪
詞》卷上。

沉煙簾幕絲絲綠。慢拾輕綃彈藕覆。短鬢初
留。小燕新鶯未解愁。　　花名錯占風流藪。
早學人前歌折柳。再隔年餘。不數多情薛校
書。（錄自清康熙留松閣刻本）
詞序：「舊名【偷聲木蘭花】，取子野詞中三字
易之。」

## 梅弄影

調見〔宋〕丘　《丘文定公詞》。

雨晴風定。一任春寒逞。要勒群芳未醒。不廢
梅花，晚來妝面靚。　　曲欄斜憑。水檻臨清
鏡。翠竹蕭騷相映。付與幽人，巡池看弄影。
（錄自《彊村叢書》本）

## 梅和柳

即【生查子】。宋韓淲詞有「都是梅和柳」句，
故名；見《澗泉詩餘》。

山意入晴，都是梅和柳。白白與青青，日映風
前酒。　　歸去也如何，路上休回首。各自做
新年，柳嫩梅枝瘦。（錄自《彊村叢書》本）
彊村校記：「原本題作【梅和柳】。」

## 梅香慢

即【臘梅香】。〔宋〕無名氏詞名【梅香慢】，
見《梅苑》卷二。

高閣寒輕，映萬朵芳梅，亂堆香雪。未待江南
早，冠百花、先占一陽佳節。剪綵凝酥，無處
學、天然奇絕。便壽陽妝，工夫費盡，豔姿終
別。　　風裏弄輕盈，掩珠英明瑩，待臘飄
烈。莫放芳菲歇。剩永宵歡賞，酒酣吟折。倒
玉何妨，且聽取、樽前新闋。怕笛聲長，行雲
散盡，謾悲風月。（錄自文淵閣《四庫全書》本）
按：《欽定詞譜》卷二十九獨立調名。

## 梅梢月

即【花心動】。〔元〕楊弘道詞名【梅梢月】，
見《小亨集》卷五。

春到人間，嫩黃染長條，暖煙晴晝。未按舞
腰，學畫妝眉，二八女兒纖瘦。絳桃穠李攜佳
伴，陳步障、青紅如繡。過微雨，年年好在，
禁煙時候。　　嬌困如酣卯酒，應惱殺、翩翩
燕朋鶯友。綠水灞橋，斜日章台，雪絮亂飄襟
袖。勸伊休管別離事，但贏取、青青依舊。再
相見，清陰漸成畝。（錄自《四庫全書》本）

## 梅梢雪

即【一斛珠】。〔清〕納蘭性德詞有「一痕微褪
梅梢雪」句，故名；見《通志堂詞》。

星球映徹。一痕微褪梅梢雪。紫姑待話經年
別。竊藥心灰，慵把菱花揭。　　踏歌才起清
鉦歇。扇紈仍似秋期潔。天公畢竟風流絕。教
看蛾眉，特放些時缺。（錄自《清名家詞》本）

## 梅溪渡

即【生查子】。〔宋〕韓淲詞有「煙蕊梅溪渡」
句，故名；見《澗泉詩餘》。

霜葉柳塘風，煙蕊梅溪渡。茅店問村醪，未許
空歸去。　　倚杖小徘徊，寫我吟邊句。醉眼
復何之，落日孤鴻處。（錄自《彊村叢書》本）

## 梅影

〔清〕顧貞觀自度曲，見《彈指詞》卷下。

好寒天。正孤山凍合，誰喚覺、梅花夢，瘦影
重傳。自簇桃笙歡炭，偎金斗，微熨芳箋。更
未解鴛膠，絳唇呵展，才融雀瓦，酥手親研。
土木形骸，爭消受、丹青供養，況承他、十著
意周旋。丁寧說，要全刪粉墨，別譜清妍。
　　憑肩。端詳到也，看側帽輕衫，風韻依然。
入洛愁餘，遊梁倦極，可惜逢卿憔悴，不似當

年。一段心情難寫處，分付朦朧淡月、暈秋煙。披圖笑我，等閒無語，人憶誰邊。卿知否，離程縱遠，只應難忘，弄珠垂箔，乍浦停船。　甚日身閒、瑣窗幽對，畫眉郎、還向畫中圓。且緩卻標題，留些位置，待虎頭癡絕，與伊貌出嬋娟。彷彿記、脂香浮玉斝，翠縷揚珊鞭。淡妝濃抹俱瀟灑，莫教輕墮塵緣。便眼前阿堵，聊供任俠，早心空及第，似學安禪。共命雙棲，都緣是、雪泥鴻爪，從今夜、省識春風紙帳眠。須信傾城名士，相逢自古相憐。（錄自清鍾琦校錄本）

詞序：「金校書臨別，為余寫照，曹秋岳先生屬賦長調記之。是夜積雪堆簷，擁爐沉醉，詞成後都不知為何語，先生命之曰【梅影】，因圖中有照水一枝也。」

## 梅邊

即【金字經】。〔元〕吳鎮詞名【梅邊】，見《梅花道人詞》。

雪冷松邊路，月寒湖上村。縹緲梨花入夢雲。巡。小簷芳樹，春江梅信，翠禽啼向人。（錄自《彊村叢書》本）

## 採白吟

〔清〕蔣敦復自度曲，見《新聲譜》。

彩雲易散，白玉無瑕。藐姑射之仙耶。等香銷鏡碎，黃門哀誄不須誇。兒女子、能明大義，者應書，彤管瑤華。小謫飛瓊許氏，于歸魯國朱家。　回頭往事堪嗟。正連天烽火，動地胡笳。望莫釐峰下，風吹白骴亂黃沙。憐玉貌、霜刀濺血，渺芳魂、杜宇啼花。此恨綿綿無盡，其人冉冉雲遐。（錄自《懷豳雜俎》本）

詞序：「書〈許烈姬傳〉後。朱君紫鶴，隱居莫釐峰下。納箎室許氏，性惠淑，工吟詠，自號『採白仙子』。咸豐十一年仲春之朔，粵賊掩至，姬猝遇，懼遭污，大呼罵賊，斷右臂，左手投石，中賊面，刃加於喉乃絕。嗚呼，可謂烈矣。同治三年，晤紫鶴於滬上，出〈姬傳〉徵同人題詠。語予曰：『君方從事聲律，乞製新聲，俾風雅中更增一重公案。』余許諾，爰譜此解，道宮犯仙呂調。按道宮係中呂宮，仙呂調係中呂羽，羽逐宮，音同一中呂，故可相犯。唐宋俗工合字作宮，即中呂宮。四字調中，凡字作羽，即中呂羽。此調尺字調起，凡字調止，起調畢曲，

如終用下凡字即得。紫鶴精於音者，希為我填譜如何？」

## 採桑

〔清〕沈謙自度曲，見《東江別集》卷一。

淡月明。孤燈背。夢難成。暗齧鴛鴦被。（錄自惜陰堂《明詞彙刊》本）

詞注：「自度曲。」

## 採桑子

又名：伴登臨、忍淚吟、苗而秀、添字採桑子、添字醜奴兒、添字羅敷媚、醉夢迷、戰掉醜奴兒、醜奴兒、醜奴兒令、轉調採桂枝、羅敷令、羅敷媚、羅敷媚歌、羅敷歌、羅敷豔歌。

唐教坊曲名。

（一）調見《花間集》卷六〔五代〕和凝詞。

蝤蠐領上訶梨子，繡帶雙垂。椒戶閒時。競學樗蒲賭荔枝。　叢頭鞋子紅編細，翠窣金絲。無事嚬眉。春思翻教阿母疑。（錄自雙照樓影宋本）

《尊前集》注：羽調。《樂府雅詞》注：中呂宮。《張子野詞》注：雙調。《片玉集》、《于湖先生長短句》注：大石調。《古今詞話‧詞辨》引《古今詞譜》：「大石調曲。」《唐音癸籤》：「【採桑子】，皆清商西曲羽調，唐有大曲。」

（二）調見《花草粹編》卷四〔宋〕朱希真詞。

王孫去後無芳草，綠遍香階。塵滿妝台。粉面羞搽淚滿腮。教我甚情懷。　去時梅蕊全然少，等到花開。花已成梅。梅子青青又帶黃，兀自未歸來。（錄自文閣《四庫全書》本）

按：《教坊記》載有大曲【採桑】，雜曲有【場下採桑】。《羯鼓錄》有名曰【涼下採桑】。《舊唐書‧音樂志》云：「【採桑】，因【三州】而生。」【三州】，商人歌。調名本此。

## 採桑子慢

又名：愁春未醒、醜奴兒近、醜奴兒慢、疊青錢。

調見《絕妙好詞箋》卷四〔宋〕吳文英詞。

桐敲露井，殘照西窗人起。悵玉手、曾攜烏紗，笑整風欹。水葉沉紅，翠微雲冷雁慵飛。樓高莫上，魂消正在，搖落江蘺。　走馬斷橋，玉台妝榭，羅帕香遺。歎人老、長安燈外，愁喚秋衣。醉把茱萸細看，清淚濕芳枝。

重陽重處，寒花怨蝶，新月東籬。（錄自清道光刻本）

按：《欽定詞譜》卷二十二【採桑子慢】列有平韻及三聲叶韻兩體。宋人中唯吳文英詞名【採桑子慢】，係三聲叶韻，餘皆名【醜奴兒慢】或其他別名，詳見各條。

《夢窗詞集》注：黃鐘商。

## 採明珠

調見〔宋〕杜安世《壽域詞》。

雨乍收、小院塵消，雲淡天高露冷。坐看月華生，射玉樓清瑩。蟋蟀鳴金井。下簾幃、悄悄空階，敗葉墜風，惹動閒愁，千端萬緒難整。　　秋夜永。涼天迥。可不念光景。嗟薄命。倏忽少年，忍交孤冷。燈閃紅窗影。步迴廊、懶入香閨，暗落淚珠滿面，誰人知我，為伊成病。（錄自汲古閣《宋六十名家詞》本）

《宋史‧樂志》：「中呂調【採明珠】。」

## 採茶春煮碧

即【採蓴秋煮碧】。〔清〕朱羲和詞名【採茶春煮碧】，見《新聲譜》。

雲間吹出回風雪。良朋勝同朝夕。觸我鄉思，望斷湖山迢隔。和誰重訴好時光，獨憐強對新秋色。記申江、勝侶如雲，幾成陳跡倍悽憶。　　槎溪一枝寄息。楓冷江干，燕雁遞分南北。為望秦川，欲奮飛，無雙翼。蓴絲反羨太湖濱，鱸魚還美長橋側。待明年、共躋螺峰，採茶春煮碧。（錄自清宣統《懷豳雜俎》本）

詞序：「張筱峰自度新腔見懷，約遊吾山，取詞中末句『採蓴秋煮碧』為調名。即用其腔，轉約明春，亦取末句『採茶春煮碧』，猶之【春霽】、【秋霽】同一調耳。」

## 採茶歌

即【金錯刀】。〔明〕楊儀詞名【採茶歌】，見《南宮詩餘》。

雨前時，亂鶯啼。山茶幽興夢先馳。隔竹已開香玉碾，對山閒賦教饕辭。　　烹雀舌，鬥槍旗。月輪的歷玻璃。幾度松風醒酒惡，半窗蘭馥沁詩脾。（錄自惜陰堂《明詞彙刊》本）

《南宮詩餘》注：南呂。

## 採菱拾翠

即【皂羅特髻】。《歷代詩餘》卷五十【皂羅特髻】調注：「一名【採菱拾翠】，以蘇軾詞起句得名也。」

## 採蓴秋煮碧

又名：採茶春煮碧。

〔清〕張鴻卓自度曲，見《新聲譜》。

風回海上溙如雪。青禽不來天夕。萬竹樓遙，極目滬城煙隔。東風紅豆動相思，此窗明月疑顏色。料新詞、譜集賢賓，定應前度餞春憶。　　池塘藕花氣息。涼逗微芬，續斷水晶簾北。替訴哀情，轉恨甚，憑蟬翼。離愁易觸玉簫橫，歡悰還念金杯側。太湖濱、我欲期君，採蓴秋煮碧。（錄自清宣統《懷豳雜俎》本）

詞序：「乙丑新秋，自度新曲，奉懷朱紫鶴。即摘詞中句，以名其調，兼訂洞庭之遊。」

詞注：「去年立夏日，予在滬上，君招秦少園、潘罄生集餞春會，各譜新詞。傳至皖城，周縵雲侍郎、家嘯山廣文皆有和章。節相曾公見之，以為漸見承平勝事。」

## 採蓮

宋大曲名。

調見〔宋〕史浩《鄮峰真隱大曲》卷一。

延遍

霞霄上，有壽鄉，廣袤無際。東極滄海，縹緲虛無，蓬萊弱水。風生屋浪，鼓楫揚舲，不許凡人得至。甚幽邃。　　試右望金樞外。西母樓閣，玉關瑤池。萬頃琉璃。雙成倩巧，方朔詼諧。來往徜徉，霓裳飄颻寶砌。更希奇。

攧遍

南鄰丹幄宮，赤伏顯符記。朱陵曜綺繡，箕翼炳、瑞光騰起。每歲秋分老人見，表皇家、襲慶迎祺。　　天子當膺，無疆萬歲。北窺玄冥，魁杓擁佳氣。長拱極、終古無移。論南北東西。相直何啻千萬里。信難計。

入破

璿穹層雲上覆，光景如梭逝。唯此過隙緩征轡。垂象森列昭回。碧落卓然躔度，炳曜更騰輝。永永清光暐煒。綿四野、金璧為地。蕊珠館，瓊玖室，俱高崎。千種奇葩，松椿可比。暗香幽馥，歲歲長春，陽烏何曾西委。

十畫

#### 袞遍

遍此境，人樂康，挾難老術，悟長生理。盡阿僧祗劫，赤松王令安期。彭籛盛矣。尚為嬰稚。鶴算龜齡，絳老休誇甲子。鮐背聳、黃髮垂髻。更童顏，長鼓腹，同遊戲。真是華胥。行有歌，坐有樂，獻笑都是神仙，時見群翁啟齒。

#### 實催

露華霞液，雲漿椒醑，恣玉斝金罍。交酬成雅會。拚沉醉。中山千日，未為長久，今此陶陶一飲，動經萬祀。　　陳果蓏，皆是奇異，似瓜如斗盡備。三千歲。一熟珍味。訒坐中，瑩似玉、爽口流涎，三偷不枉，西真指議。

#### 袞

有珍饌，時時饋，滑甘豐膩。紫芝熒煌，嫩菊秀媚。貯瑪瑙琥珀精器。延年益壽莫疑。人間烹飪徒費。休說龍肝鳳髓。動妙樂、仙音鼎沸。玉簫清，瑤瑟美。龍笛脆。雜沓飛鸞，花裀上、趁拍紅牙，餘韻悠揚，竟海變桑田未止。

#### 歇拍

其間有洞天侶，思遊塵世。珠葆搖曳。華表真人，清江使者，相從密議。此老遨嬉。我輩應須隨侍。正舉步、忽思同類。十八公、方簞夤，宜邀致。鳳駕星言，人爭圖繪。竭來鄞山甬水。因此崇成，四明里第。

#### 煞袞

吾皇喜。光寵無貳。玉帶金魚榮貴。或者疑之。豈識聖明，曾主斯鄉，嘗相與盡繾綣，膠漆何可相離。今日風雲合契。此實天意。吾皇聖壽無極，享晏粲千載相逢，我翁亦昌熾。永作昇平上瑞。（錄自《彊村叢書》本）

### 採蓮子

唐教坊曲名。
調見《花間集》卷二〔唐〕皇甫松詞。

菡萏香連十頃陂舉棹。小姑貪戲採蓮遲年少。晚來弄水船頭濕舉棹，更脫紅裙裹鴨兒年少。（錄自雙照樓影宋本）

《欽定詞譜》卷一【採蓮子】調注：「此亦七言絕句，其舉棹、年少，乃歌時相和之聲，與【竹枝】體同。但【竹枝】以『竹枝』二字和於句中，『女兒』二字和於句尾，此則一句一和聲耳。」

《唐音癸籤》卷十三：「【採蓮子】，梁清商曲【江南弄】有【採蓮曲】，唐曲本此曲，和聲曰『舉棹』、『年少』。」

### 採蓮令

調見〔宋〕柳永《樂章集》卷中。

月華收，雲淡霜天曙。西征客、此時情苦。翠娥執手送臨歧，軋軋開朱戶。千嬌面、盈盈佇立，無言有淚，斷腸爭忍回顧。　　一葉蘭舟，便恁急槳凌波去。貪行色、豈知離緒。萬般方寸，但飲恨、脈脈同誰語。更回首、重城不見，寒江天外，隱隱兩山煙樹。（錄自《彊村叢書》本）

《樂章集》注：雙調。

### 採蓮回

即【臨江仙】。〔宋〕賀鑄詞有「薄暮採蓮回」句，故名；見《東山詞》卷上。

翡翠樓高簾幕薄，溫家小玉妝台。畫眉難稱怯人催。羞從面色起，嬌逐語聲來。　　門外木蘭花艇子，垂楊風掃纖埃。平湖一鏡綠萍開。緩歌輕調笑，薄暮採蓮回。（錄自《全宋詞》本）

### 採蓮曲

（一）調見《唐詩箋要·後集》卷八〔唐〕李康成詞。

採蓮去，月沒春江曙。翠鈿紅袖水中央。青荷蓮子雜衣香。雲起風生歸路長。歸路長。急迴船，兩搖手。（錄自《全唐五代詞》本）

按：此調依《全唐五代詞》例列入。

（二）調見〔明〕孫一元《太白山人漫稿》。

越女顏如玉，和歌行晚風。舉頭乍相識，棹入蓮葉中。（錄自《全明詞》本）

（三）調見〔日本〕細合半齋詞，見《日本詞選》。

爭蕩芳橈月出時。折來愁絕藕中絲。殷勤欲語同心結。裙帶風香濕綠池。（錄自塵齋藏書本）

### 採蓮詞

即【平湖樂】。〔元〕楊果詞有「採蓮人唱採蓮詞」句，見《太平樂府》卷三。

採蓮人唱採蓮詞。洛浦神仙似。若比蓮花更強似。那些兒。　　多情解怕風流事。淡妝濃抹。輕顰微笑。端的勝西施。（錄自《全元散曲》本）

十畫

《欽定詞譜》卷四【平湖樂】調注：「此金人小令，亦名【採蓮詞】，取《太平樂府》『採蓮湖上採蓮嬌』句也。」

## 採蓮舞

宋大曲名。

調見〔宋〕史浩《鄮峰真隱漫錄》卷四十五。

五人一字對廳立，竹竿子勾念：

伏以濃蔭緩響，化國之日舒以長；清奏當筵，治世之音安以樂。霞舒絳彩，玉照鉛華。玲瓏環佩之聲，綽約神仙之伍。朝回金闕，宴集瑤池。將陳倚棹之歌，式侑回風之舞。宜邀勝伴，用合仙音。女伴相將，採蓮入隊。

勾念了，後行吹【雙頭蓮令】。舞上，分作五方，竹竿子又勾念：

伏以波涵碧玉，搖萬頃之寒光；風動青蘋，聽數聲之幽韻。芝華雜沓，羽幰飄搖。疑紫府之群英，集綺筵之雅宴。更憑樂部，齊迓來音。

勾念了，後行吹【採蓮令】。舞轉作一直了，眾唱【採蓮令】：

練光浮，煙斂澄波渺。燕脂濕、靚妝初了。綠雲傘上露滾滾，的皪真珠小。籠嬌媚、輕盈佇立。無言不見仙娥，凝望蓬島。　　玉闕蔥蔥，鎮鎖佳麗春難老。銀潢急、星槎飛到。暫離金砌，為愛此、極目香紅繞。倚蘭棹。清歌縹紗。隔花初見，楚楚風流年少。

唱了，後吹打，分作五方，竹竿子勾念：

伏以遏雲妙響，初容與於波間。回雪奇容，乍婆娑於澤畔。愛芙蕖之豔冶；有蘭芷之芳馨。蹙蝶凌波，洛浦未饒於獨步；雍容解佩，漢皋諒得以齊驅。宜到階前，分明祇對。

花心出，念：

但兒等玉京侍席，久陟仙階；雲路馳驂，乍遊塵世。喜聖明之際會；臻夷夏之清寧。聊尋澤國之芳，雅寄丹台之曲。居慚鄙俚，少頌昇平。未敢自專，伏候處分。

竹竿子問，念：「既有清歌妙舞，何不獻呈？」

花心答，問：「舊樂何在？」

竹竿子再問，念：「一部儼然。」

花心答：「再韻前來。」念了，後行吹【採蓮曲破】，五人眾舞。到入破，先兩人舞出，舞到裀上住，當立處訖。又二人舞，又住當立處，然後花心舞徹。竹竿子念：

伏以仙裾搖曳，擁雲羅霧縠之奇；紅袖翩翩，極

鸞翩鳳翰之妙。再呈慶瑞，一洗凡容。已奏新詞，更留雅詠。

念了，花心念詩：

我本清都侍玉皇。乘雲馭鶴到仙鄉。輕舠一葉煙波闊，嗜此秋潭萬斛香。

念了，後行吹【漁家傲】。花心舞上，折花了，唱【漁家傲】：

蕊沼清冷涓滴水。迢迢煙浪三千里。微孕青房包繡綺。薰風裏。幽芳洗盡閒桃李。　　羽氅飄蕭塵外侶。相呼短棹輕偎倚。一片清歌天際起。聲尤美。雙雙驚起鴛鴦睡。

唱了，後行吹【漁家傲】。五人舞，換座，當花心立人念詩：

我昔瑤池飽宴遊。揭來樂國已三秋。水晶宮裏尋幽伴，菡萏香中蕩小舟。

念了，後行吹【漁家傲】。花心舞上，折花了，唱【漁家傲】：

翠蓋參差森玉柄。迎風泣露香無定。不著塵沙真體淨。蘆花徑。酒侵酥臉霞相映。　　掉撥木蘭煙水暝。月華如練秋空靜。一曲悠揚沙鷺聽。牽清興。香紅已滿蒹葭艇。

唱了，後行吹【漁家傲】。五人舞，換座，當花心立人念詩：

我弄雲和萬古聲。至今江上數峰青。幽泉一曲今憑棹，楚客還應著耳聽。

念了，後行吹【漁家傲】。花心舞上，折花了，唱【漁家傲】：

草軟沙平風掠岸。青篛一釣煙江畔。荷葉為裯花作幔。知誰伴。醇醪只把鱸魚換。　　盤縷銀絲杯自暖。筵窗醉著無人喚。逗得醒來橫脆管。清歌緩。彩鷺飛去紅雲亂。

唱了，後行吹【漁家傲】。五人舞，換座，當花心立人念詩：

我是天孫織錦工。龍梭一擲度晴空。蘭橈不逐仙槎去，貪擷芙蕖萬朵紅。

念了，後行吹【漁家傲】。花心舞上，折花了，唱【漁家傲】：

太華峰頭冰玉沼。開花十丈干雲杪。風散天香聞四表。知多少。亭亭碧葉何曾老。　　試問靄煙登鳥道。丹崖步步祥光繞。折得一枝歸月嶠。蓬萊島。霞裾侍女爭言好。

唱了，後行吹【漁家傲】。五人舞，換座，當花心立人念詩：

我入桃源避世紛。太平才出報君恩。白龜已閱千

千歲，卻把蓮巢作酒樽。

念了，後行吹【漁家傲】。花心舞上，折花了，唱【漁家傲】：

> 珠露漙漙清玉宇。霞標綽約消煩暑。時取清風之帝所。尋舊侶。三千仙仗臨煙渚。　　舴艋飄搖來復去。漁翁問我居何處。笑把紅葉呼鶴馭。回頭語。壺中自有朝天路。

唱了，後行吹【漁家傲】。五人舞，換座如初，竹竿子勾念：

伏以珍符薦至，朝廷之道格高深；年穀累豐，郡邑之和薰遐邇。式均歡燕，用樂清時。感遊女於仙衢，詠奇葩於水國。折來和月，露浥霞腮。舞處隨風，香盈翠袖。既徜徉於玉砌，宜宛轉於雕樑。爰有佳賓，冀聞清唱。

念了，後眾唱【畫堂春】：

> 彤霞出水弄幽姿。娉婷玉面相宜。棹歌先得一枝枝。波上畫鯨飛。　　向此畫堂高會，幽馥散、堪引瑤巵。幸然逢此太平時。不醉可無歸。

唱了，後行吹【畫堂春】。眾舞，舞了，眾又唱【河傳】：

> 蕊宮閬苑。聽鈞天帝樂，知他幾遍。爭似人間，一曲採蓮新傳。柳腰輕，鶯舌囀。　　逍遙煙浪誰羈絆。無奈天階，早已催班轉。卻駕彩鸞，芙蓉斜盼。願年年，陪此宴。

唱了，後行吹【河傳】。眾舞，舞了，竹竿子念遣隊：

浣沙一曲媚江城。雅合鳧鷖醉太平。楚澤清秋餘白浪，芳枝今已屬飛瓊。歌舞既闌，相將好去。

念了，後行吹【雙頭蓮令】。五人舞，轉作一行，對廳杖鼓出場。（錄自文淵閣《四庫全書》本）

## 採綠吟

調見〔宋〕周密《蘋洲漁笛譜》卷一。

> 採綠鴛鴦浦，畫舸水北雲西。槐薰入扇，柳蔭浮槳，花露侵詩。點塵飛不到，冰壺裏、紺霞淺壓玻璃。相明璫、凌波遠，依依心事寄誰。　　移棹艤空明，蘋風度、瓊絲霜管清脆。咫尺把幽香，悵岸隔紅衣。對滄洲、心與鷗閒，吟情渺、蓮葉共分題。停杯久，涼月漸生，煙合翠微。（錄自《彊村叢書》本）

詞序：「甲子夏，霞翁會吟社諸友，逃暑於西湖之環碧。琴樽筆研，短葛練巾，放舟於荷深柳密間。舞影歌塵，遠謝耳目。酒酣，採蓮葉，探題賦詞。余得【塞垣春】，翁為翻譜數字，短簫按之，音極諧婉，因易今名云。」

《欽定詞譜》卷二十八【採綠吟】調注：「宋周密自度曲，取詞中起句二字為調名。」

按：此詞周密於詞序中曰：「余得【塞垣春】，翁為翻譜數字。」今依【塞垣春】校之。上片首句，第三、四、五句，第八、九、十句，下片換頭句，第三、四、五、六句均與【塞垣春】調同。此調上片第二句添作上二下四字句；第六、七句，【塞垣春】作上一下七八字句；折腰式六字一句，此調為五字一句，上三下六九字一句。下片第二句添二字，作上三下六九字句；結句添一字，作三字一句，四字兩句。【塞垣春】用仄韻，此調用平韻三聲押。據此似可作【塞垣春】之變體，不必另列。為檢譜之便，仍依《欽定詞譜》例。

## 探花令

即【探春令】。〔清〕錢肇修詞名【探花令】，見《檗園詩餘》。

> 月明沙浦繫舟舠，喜風波初定。怪何人、柳外能高詠。又引起，狂歌興。　　多年混跡忘名姓。更有何堪贈。待明朝重傍，汀洲望處，一片蘆花境。（錄自清刻本）

## 探芳信

又名：玉人歌、西湖路、探芳訊。

調見〔宋〕史達祖《梅溪詞》。

> 謝池曉。被酒滯春眠，詩縈芳草。正一階梅粉，都未有人掃。細禽啼處東風軟，嫩約關心早。未燒燈、怕有殘寒，故園稀到。　　說道試妝了。也為我相思，占他懷抱。靜數窗櫺，最歡聽、鵲聲好。半年白玉台邊話，屢見銀鈎小。指芳期、夜月花陰夢老。（錄自《四印齋所刻詞》本）

《夢窗詞集》注：夾鐘羽。

## 探芳訊

即【探芳信】。〔宋〕周密詞名【探芳訊】，見《蘋洲漁笛譜集外詞》。

> 步晴晝。向水院維舟，津亭喚酒。歎劉郎重到，依依謾懷舊。東風空結丁香怨。花與人俱瘦。甚淒涼、暗草沿池，冷苔侵甃。　　橋外晚風驟。正香雪隨波，淺煙迷岫。廢苑塵梁，如今燕來否。翠雲零落空堤冷，往事休回首。

最消魂、一片斜陽戀柳。（錄自《彊村叢書》本）

## 探芳新

參見【高平探芳新】條。

## 探春

（一）即【探春慢】。〔宋〕陳允平詞名【探
春】，見《日湖漁唱》。

上苑鳥啼，中洲鷺起，疏鐘才度雲窈。篆冷香
篝。燈微塵幌，殘夢猶吟芳草。搔首捲簾看，
認何處、六橋煙柳。翠橈才艤西泠，趁取過湖
人少。　　掠水風花繚繞。還暗憶年時，旗亭
歌酒。隱約歌聲，鈿車寶勒，次第鳳城開了。
唯有踏青心，縱早起，不嫌寒峭。畫欄閒立東
風，舊紅誰掃。（錄自《彊村叢書》本）

（二）即【探春慢】。〔宋〕吳文英詞名【探
春】，見《歷代詩餘》卷五十四。

苔徑曲深深，不見故人，輕敲幽戶。細草春
回，目送流光一羽。重雲冷，哀雁斷，翠微
空，愁蝶舞。逞鳴鞭，遊蓬小夢，枕殘驚寤。
　　還識西湖醉路。向柳下並鞍，銀袍吹絮。
事影難追，那負燈床夜雨。冰溪憑誰照影，有
明月，乘興去。暗相思，梅孤瘦，共江亭暮。
（錄自清康熙內府本）

## 探春令

又名：探花令、景龍燈。

（一）調見《能改齋漫錄》卷十六〔宋〕趙佶詞。

簾旌微動，峭寒天氣，龍池冰泮。杏花笑吐香
猶淺。又還是、春將半。　　清歌妙舞從頭
按。等芳時開宴。記去年、對著東風，曾許不
負鶯花願。（錄自《守山閣叢書》本）

（二）調見《草堂詩餘》卷一〔宋〕晏幾道詞。

綠楊枝上曉鶯啼，報融和天氣。被數聲、吹入
紗窗裏。又驚起、嬌娥睡。　　綠雲斜軃金釵
墜。惹芳心如醉。為少年濕了，鮫綃帕上，都
是相思淚。（錄自文淵閣《四庫全書》本）

（三）調見〔宋〕趙長卿《惜香樂府》卷二。

笙歌間錯華筵啟。喜新春新歲。菜傳纖手，青
絲輕細。和氣入、東風裏。　　幡兒勝兒都姑
姊。戴得更忔戲。願新春已後，吉吉利利。百
事都如意。（錄自汲古閣《宋六十名家詞》本）

（四）調見〔金〕王嚞《重陽全真集》卷十二。

兀然真性，杳杳默默，無微無大。一團瑩寶，

光明圍繞，五彩同隨那。　　逍遙自在堪經
過。有玉童相賀。滿空馥郁，盈盈裏面，來伴
神仙坐。（錄自涵芬樓影明《道藏》本）

（五）調見〔金〕馬鈺《漸悟集》卷上。

洞天幾陣清清雨。遙指瓊林堪睹。一條玉杖，
隨行探得，性內金蓮吐。　　嬰嬌女姹來相
聚。更有真龍虎。自然顯出，祥光覆載，一個
靈明主。（錄自涵芬樓影明《道藏》本）

## 探春梅

即【探春慢】。〔清〕章永康詞名【探春梅】，
見《海粟樓詞》。

水澀銅瓶，寒生紙帳，霜颸吹透簾隙。紫陌尋
香，華旛書勝，長記故國今日。春信渾如夢，
盡孤負、酒紅箋碧。祇他兩意惺忪，永畫茶煙
蕭瑟。　　翠羽天涯何處，憶綠萼臨窗，幾枝
同惜。瘦影侵琴，清姿怯鏡，一夜縞衣涼遍。
月落參橫也，又驚聽、高樓吹笛。多恐冰蟾，
照人愁鬢先白。（錄自《黔南叢書》本）

## 探春慢

又名：探春、探春梅。

（一）調見〔宋〕姜夔《白石道人歌曲》卷四。

衰草愁煙，亂鴉送日，風沙迴旋平野。拂雪金
鞭，欺寒茸帽，還記章台走馬。誰念漂零久，
漫贏得、幽懷難寫。故人青沔相逢，省窗閒共
情話。　　長恨離多會少，重訪問竹西，珠淚
盈把。雁磧波平，漁汀人散，老去不堪遊冶。
無奈苕溪月，又照我、扁舟東下。甚日歸來，
梅花零亂春夜。（錄自《彊村叢書》本）

（二）調見〔宋〕吳文英《夢窗丙稿》。

苔徑曲深深，不見故人，輕敲幽戶。細草春
回，目送流光一羽。重雲冷，哀雁斷，翠微
空，愁蝶舞。逞鳴鞭，遊蓬小夢，枕殘驚寤。
　　還識西湖醉路。向柳下並鞍，銀袍吹絮。
事影難追，那負燈床閒雨。冰溪憑誰照影，有
明月，乘興去。暗相思，梅孤瘦，共江亭暮。
（錄自汲古閣《宋六十名家詞》本）

《夢窗詞集》校記：「按此調見《白石道人歌
曲》，別是一體。是作句律與集中【探芳新】
同，唯起二字未合，疑『苔徑』二字誤倒，同為
自度腔而異其名也。」

## 捲春空

即【定風波】。〔宋〕賀鑄詞有「武陵流水捲春空」句，故名；見《東山詞》卷上。

> 牆上夭桃鬆鬆紅。巧隨輕絮入簾櫳。自是芳心貪結子。翻使。惜花人恨五更風。　露萼鮮濃妝臉靚。相映。隔年情事此門中。粉面不知何處在。無奈。武陵流水捲春空。（錄自涉園影宋本）

## 捲珠簾

即【蝶戀花】。〔宋〕張元幹詞名【捲珠簾】，見《蘆川詞》。

> 祥景飛光盈袞繡。流慶崑台，自是神仙冑。誰遣陽和放春透。化工重入丹青手。　雲璈錦瑟爭為壽。玉帶金魚，共願人長久。偷取蟠桃薦芳酒。更看南極星朝斗。（錄自汲古閣《宋六十名家詞》本）

按：此詞前後段，第四句第五、六字拗聲，為【蝶戀花】所無，應為【轉調蝶戀花】之別名。

## 捲簾愁

調見〔清〕馬左《涵秋閣集·詩餘》。

> 不如意事，十常八九，絲絲喃語原非假。密約幽期，卻被殘年註。望陽和、謀面與論心，又忽地、把新年丟下。上元簫鼓，觸亂香塵，惹得有情人罵。　迤一身飄蕩，離思無從話。兩番愁夢，卻寄魚書，爭奈浮沉堪吒。待都將、心事付清明，恨茫茫、寒食梨花謝。那更堪、月夜雨昏，花朝風大。（錄自清康熙本）

## 掃市舞

唐教坊曲名。

即【掃地舞】。〔宋〕潘閬詞名【掃市舞】，見《夢溪筆談》卷二十五。

> 出砒霜，價錢可。贏得撥灰兼弄火。暢殺我。（下缺）（錄《津逮秘書》本）

《唐音癸籤》卷十三：「【掃市舞】，楊虞卿善歌此詞，白樂天哭之有『何日重聞掃市歌』之句。宋潘閬謫信州，戲為【掃市舞】，其遺調也。」

《夢溪筆談》卷二十五：「潘閬字逍遙，咸平間有詩名，與錢易、許洞為友，狂放不羈。……後坐盧遜黨亡命，捕跡甚急。……後會赦，以四門

助教召之。閬乃自歸，送信州安置，仍不懲艾。復為【掃市舞】詞曰（詞略）。以此為士人不齒，放棄終身。」

## 掃地光

即【掃地遊】。〔清〕楊在浦詞名【掃地光】，見《碧江詩餘》卷四。

> 浩氣摩銅，每譚問若耶，鍔思赤瑾。古花出地。抱青龍結繡，鱗斑舌潤。口付風胡，勤拂芙蓉細鱗。比雷煥。射鬥豐城，更饒光暈。　恨事難灰盡。要斬鱷殲蛇，方銷幽憤。英雄難認。歎虯髯客少，羊肝切客。中夜澆杯，自發聞雞舞迅。祝霜刀。掃妖氛，追鋒破陣。（錄自清楊氏手校本）

## 掃地花

即【掃地遊】。〔宋〕周邦彥詞名【掃地花】，見《清真集》卷上。

> 曉陰翳日，正霧靄煙橫，遠迷平楚。暗黃萬縷。聽鳴禽按曲，小腰欲舞。細繞回堤，駐馬河橋避雨。信流去。一葉怨題，今到何處。　春事能幾許。任占地持杯，掃花尋路。淚珠濺俎。歎將愁度日，病傷幽素。恨入金徽，見說文君更苦。黯凝佇。掩重關、遍城鐘鼓。（錄自《四印齋所刻詞》本）

《清真集》注：雙調。

## 掃地遊

又名：掃地光、掃地花、掃花庭、掃花遲、掃花遊。

調見《欽定詞譜》卷二十四〔宋〕周邦彥詞。

> 曉陰翳日，正霧靄煙橫，遠迷平楚。暗黃萬縷。聽鳴禽按曲，小腰欲舞。細繞回堤，駐馬河橋避雨。信流去。問一葉怨題，今到何處。　春事能幾許。任占地持杯，掃花尋路。淚珠濺俎。歎將愁度日，病傷幽素。恨入金徽，見說文君更苦。黯凝佇。掩重關、遍城鐘鼓。（錄自清康熙內府本）

《欽定詞譜》卷二十四：「調見《清真詞》，因詞有『任占地持杯，掃花尋路』句，取以為名。」

按：周邦彥此詞各本均名【掃地花】或【掃花遊】。《欽定詞譜》名【掃地遊】，並做詞調之正名。查宋代詞人無有【掃地遊】調名者，《欽

定詞譜》未知何據，待考。今仍依《欽定詞譜》例，用為調之正名，以便查閱。

## 掃地舞

又名：玉碾篲、掃市舞。

唐教坊曲名。

調見《梅苑》卷七〔宋〕無名氏詞。

　　酥點篲。玉碾篲。點時碾時香雪薄。才折得。春方弱。半掩朱扉垂繡幕。怕吹落。　　撚一餉。嗅一餉。撚時嗅時宿酒忘。春爭上。不忍放。待對菱花斜插向。寶釵上。（錄自文淵閣《四庫全書》本）

## 掃花庭

即【掃地遊】。〔清〕孫致彌詞名【掃花庭】，見《杕左堂詞集》卷三。

　　清溪曲曲，映綠樹濃蔭，閉門如畫。柳邊繫馬。記頻投井轄，拍浮消夏。置驛留賓，肯問江東米價。興瀟灑。愛象鼻碧彎，翠液香乍。　　素馨初滿架。傍夾竹桃花，幾枝低亞。捲波散打。便呼盧也似，晉人風雅。未了清歡，別館羊燈早掛。醉吟罷。看新蟾、又窺簾罅。（錄自清康熙刻本）

## 掃花遊

即【掃地遊】。〔宋〕周邦彥詞名【掃花遊】，見《片玉集》卷一。

　　曉陰翳日，正霧靄煙橫，遠迷平楚。暗黃萬縷。聽鳴禽按曲，小腰欲舞。細繞回堤，駐馬河橋避雨。信流去。問一葉怨題，今到何處。　　春事能幾許。任占地持杯，掃花尋路。淚珠濺組。歡將愁度日，病傷幽素。恨入金徽，見說文君更苦。黯凝佇。掩重關、遍城鐘鼓。（錄自《彊村叢書》本）

《夢窗詞集》注：夾鐘商。

## 掃花遲

即【掃地遊】。〔清〕仲恆詞名【掃花遲】，見《雪亭詞》卷十一。

　　冰輪乍起，映水面澄波，一泓如練。碧空掃盡，把濛濛霧翳，裕焉消散。耿耿銀河，間隔雙星卻半。更凝睇、玉色貯滿庭，光耀如旦。　　花影勻如剪。覺砌下疏疏，別枝分幹。畫樓笑玩。道嫦娥此夕，有歡無怨。擊鼓催花，

更比人間繾綣。漏稀也。拚來宵、再遊無倦。（錄自清鈔校稿本）

## 掃殘紅

即【洞天春】。〔宋〕歐陽修詞有「檻外殘紅未掃」句，故名；見《記紅集》卷一。

　　鶯啼綠樹聲早。檻外殘紅未掃。露點真珠遍芳草。正簾幃清曉。　　秋千宅院悄悄。又是清明過了。燕蝶輕狂，柳絲撩亂，春心多少。（錄自清康熙刻本）

## 軟翻鞋

即【猴山月】。〔金〕王處一詞名【軟翻鞋】，見《雲光集》卷四。

　　清信出寬懷。都莫亂參猜。累蒙施惠宴重開。又百無回奉，相酬賽，春深去，夏歸來。　　齋會好安排。增福更消災。始終如一不生乖。守無為清淨，真功滿，離塵世，赴蓬萊。（錄自涵芬樓影明《道藏》本）

## 連理枝

又名：小桃紅、灼灼花、紅娘子、昭陽怨、連理一枝花。

（一）調見《尊前集》〔唐〕李白詞。

　　雪蓋宮樓閉。羅幕昏金翠。鬥壓欄干，香心淡薄，梅梢輕倚。噴寶猊香爐、麝煙濃，馥紅綃翠被。　　淺畫雲垂帔。點滴昭陽淚。咫尺宸居，君恩斷絕，似遠千里。望水晶簾外、竹枝寒，守羊車未至。（錄自《彊村叢書》本）

《尊前集》注：黃鐘宮。

按：《詞律》收唐李白詞單調（即下片）三十五字，並云此唐調也，宋詞俱加後疊。然李白詞歷來多疑為偽作，所謂「唐調」亦無論證，姑從《尊前集》列為雙調。

（二）調見《梅苑》卷四〔宋〕邵叔齊詞。

　　淡泊疏籬隔。寂寞官橋側。綠萼青枝風塵外，別是一般姿質。念天涯、憔悴各飄零，記初曾相識。　　雪裏情寒逼。月下幽香襲。不似薄情無憑準，一去音書難得。看年年、時候不逾期，報陽和消息。（錄自文淵閣《四庫全書》本）

## 連理一枝花

（一）〔清〕丁澎新譜犯曲，見《扶荔詞》卷一。

　　楓冷西陵棹。帆落煙波小。楚天西望，淮陰舊

里，當年垂釣。悵歸去王孫，已歷遍、天涯芳草。　　霜雁迎寒早。畫閣眉重掃。詞客飄零，懷中剩有，哀蟬幽摻。好續冰弦，休辜負、鳳悼人老。（錄自清康熙家刻本）

詞序：「送黃大宗歸淮陰。新譜犯曲。上五句【連理枝】，下二句【一枝花】；後段同。」

（二）即【連理枝】。〔清〕許禑詞名【連理一枝花】，見《詞綜補遺》卷七十四引《玉瓊集》。

雨裏韶華換。花事還多欠。已拂薰風，晴光初弄，牡丹香泛。悵名姝洛下，信何遍、負春情一段。　　日暖嬌容倩。拂檻新妝絢。數朵輕盈，依稀醉酒，紅潮上面。把春詞補出，幾多情、愛一枝絕豔。（錄自書目文獻出版社影印本）

## 連環扣

調見〔清〕李百川《綠野仙蹤》第十八回。

蛩聲泣露驚秋枕。淚濕鴛鴦衾。立志救夫行。癡心與恨長。　　世事難憑斷。竟有雪中炭。夫婦得周全。豪俠千古傳。（錄自嶽麓書社排印本）

## 曹門高

宋詞調名。原調已佚。

《老學庵筆記》卷七：「天聖、明道間，京師盛歌一曲曰【曹門高】。未幾，慈聖太后受冊中宮，人以為驗矣。其後，宣仁與慈聖皆垂簾攝政，而宣仁實聖慈之甥，以故選配英廟，則徵兆之意。若曰曹門之高，當相繼而起也，何其神矣。」

## 雪月交光

即【醉蓬萊】。〔宋〕劉一止詞名【雪月交光】，見《苕溪樂章》。

正五雲飛杖，縞練褰裳，亂空交舞。拂石歸來，向玉階微步。欲喚冰娥，暫憑風使，為掃氛驅霧。漸見停輪，人間未識，高空真侶。　　千里無塵，地連天回，倦客西來，路迷江樹。故國煙深，想溪橋何處。雲鬟分行，翠眉縈曲，對夜寒樽俎。清影徘徊，端應坐有，風流能賦。（錄自《彊村叢書》本）

## 雪月江山夜

即【賀新郎】。〔清〕張文虎詞名【雪月江山夜】，見《索笑詞·乙集》。

雪月江山夜。占新題、拈詞角韻，消寒偶借。歲晏蘇齋聯小集，復睹承平風雅。又荏苒、年華如瀉。身到江南心皖北，笑鴻泥、爪印添佳話。思往事，宛如乍。　　錦箋恰共瑤花下。噴珠璣、九天飛至，拾來盈把。後月今辰曾憶否，舊例還應薦罩。且莫管、爐頭酒價。醉上翠微亭子望，好江山、無恙蟲沙化。須踏雪，寒驢跨。（錄自清光緒《舒藝室全集》本）

張文虎【金縷曲】詞序：「癸亥十一月十四夜，偕緪老集壬叔堂，瀹茗清談，不覺夕午。送客出門，雪月交映，江山如畫。予有『雪月江山』之語，緪老因填此調，即用為起語，次語和之。見者以為當改調名，為『雪月江山夜』矣。」

## 雪外天香

〔清〕佟國璵自度曲，見《東白堂詞選初集》卷十四。

竹敲繡戶。正夢回孤館，三更風雨。惻惻寒侵翠被，被底餘香難問取。小帳停鈎，殘紅結蕊，別恨今宵向誰訴。那更有、枝頭杜宇。泣血啼花，渾不管、有人愁苦。　　因思那日同分手，道明年春色，莫教虛度。著意叮嚀萬千句，誰料而今，兩地淹留，數年辜負。寂寞寒窗無寐，問笑飲歡歌在何處。空對鶯花，東風無主。（錄自清康熙十七年刻本）

## 雪花飛

調見〔宋〕黃庭堅《山谷詞》。

攜手青雲路穩，天聲迤邐傳呼。袍笏恩章乍賜，春滿皇都。　　何處難忘酒，瓊花照玉壺。歸媚絲梢競醉，雪舞郊衢。（錄自汲古閣《宋六十名家詞》本）

## 雪夜漁舟

即【繡停針】。〔宋〕張繼先詞有「漫自棹扁舟，順流觀雪」句，故名；見《虛靖真君詞》。

晚風歌。謾自棹扁舟，順流觀雪。山聳瑤峰，林森玉樹，高下盡戎寫別。性情澄澈。更沒個、故人堪說。恍然身世，如居天上，水晶宮闕。　　萬塵聲影絕。透塵空無外，水天相

接。浩氣沖盈，真宮深厚，永夜不愁寒冽。愧
憐鄙劣。只解□、赴炎趨熱。停橈失笑，知心
都付，野梅江月。（錄自《彊村叢書》本）

## 雪明鳱鵲夜

又名：雪明鳱鵲夜慢。

調見《花草粹編》卷十七〔宋〕趙佶詞。

望五雲多處春深，開閬苑，別就蓬島。正梅雪
韻清，桂月光皎。鳳帳龍簾縈嫩風，御座深、
翠金間繞。半天中、香泛千花，燈掛百寶。
聖時觀風重臘，有簫鼓沸空，錦繡匝道。競
呼盧氣貫雕歡笑。袖裏金錢擲下，來侍宴。歌
太平睿藻。願年年此際，迎春不老。（錄自文淵
閣《四庫全書》本）

按：此詞係宋万俟詠詞。《花草粹編》作宋趙佶
詞，誤。

十畫

## 雪明鳱鵲夜慢

即【雪明鳱鵲夜】。〔宋〕万俟詠詞名【雪明鳱
鵲夜慢】，見《歲時廣記》卷十一。

望五雲多處春深，開閬苑，別就蓬島。正梅雪
韻清，桂月光皎。鳳帳龍簾縈嫩風，御座深、
翠金間繞。半天中、香泛千花，燈掛百寶。
聖時觀風重臘，有簫鼓沸空，錦繡匝道。競
呼盧氣貫雕歡笑。暗裏金錢擲下，來侍燕。歌
太平睿藻。願年年此際，迎春不老。（錄自《十
萬卷樓叢書》本）

《歲時廣記》卷十一引《復雅歌詞》：「景龍樓
先賞，自十二月十五日便放燈，直至上元，謂之
預賞。《東京夢華錄》云：『景龍門在大內城
角，寶籙宮前也。』万俟雅言作【雪明鳱鵲夜
慢】（詞略）。」

## 雪梅香

又名：雪梅春。

調見〔宋〕柳永《樂章集》卷上。

影蕭索，危樓獨立面晴空。動悲秋情緒，當時
宋玉應同，漁市孤煙嫋寒碧，水村殘葉舞愁
紅。楚天闊，浪浸斜陽，千里溶溶。　臨
風。想佳麗，別後愁顏，鎮斂眉峰。可惜當
年，頓乖雨跡雲蹤。雅態妍姿正歡洽，落花流
水忽西東。無慘恨，相思意盡，分付征鴻。（錄
自《彊村叢書》本）

## 雪梅春

即【雪梅香】。〔金〕王喆詞名【雪梅春】，見
《重陽全真集》卷十一。

睹塵世，人人盡總鬥芳容。衒珠珍金玉。綾羅
錦繡情悰。兒女妻孥共團聚，管弦歌舞趁時
從。沒休歇，昨夜今宵，來晚重重。　顯
顯。日常做，怎得回頭省悟，深灑直待陰公。
取來恁則方仲。千狀悲顏釘心劍，百端愁思斂
眉峰。見追帖，茲番悔恨，難已藏蹤。（錄自涵
芬樓影明《道藏》本）

## 雪獅兒

又名：獅兒曲、獅兒詞。

調見〔宋〕程垓《書舟詞》。

斷雲低晚，輕煙帶冥，風驚羅幕。數點梅花，
香倚雪窗搖落。紅爐對讌。正酒面、瓊酥初
削。雲屏煖、不知門外，月寒風惡。　迤邐
慵雲半掠。笑盈盈、閒弄寶箏弦索。暖極生
春，已向橫波先覺。花嬌柳弱。漸倚醉、要人
搜著。低告託。早把被香薰卻。（錄自汲古閣《宋
六十名家詞》本）

## 戚氏

又名：西施、夢遊仙。

（一）調見〔宋〕柳永《樂章集》卷中。

晚秋天。一霎微雨灑庭軒。檻菊蕭疏，井梧零
亂惹殘煙。淒然。望江關。飛雲黯淡夕陽間。
當時宋玉悲感，向此臨水與登山。遠道迢遞，
行人悽楚，倦聽隴水潺湲。正蟬吟敗葉，蛩響
衰草，相應喧喧。　孤館度日如年。風露漸
變，悄悄至更闌。長天淨、絳河清淺，皓月嬋
娟，思綿綿。夜永對景，那堪屈指，暗想從
前。未名未祿，綺陌紅樓，往往經歲遷延。
帝里風光好，當年少日，暮宴朝歡。況有狂
朋怪侶，遇當歌對酒競留連。別來迅景如梭，
舊遊似夢，煙水程何限。念利名、憔悴長縈
絆。追往事、空慘愁顏。漏箭移，稍覺輕寒。
漸鳴咽、畫角數聲殘。對閒窗畔，停燈向晚，
抱影無眠。（錄自《彊村叢書》本）

《樂章集》注：中呂調。

（二）調見〔宋〕蘇軾《東坡詞》。

玉龜山。東皇靈媲統群仙。絳闕岧嶤，翠房深
迥，倚霏煙。幽閒。志蕭然。金城千里鎖嬋

十畫

娟。當時穆滿巡狩，翠華曾到海西邊。風露明霽，鯨波極目，勢浮輿蓋方圓。正迢迢麗日，玄圃清寂，瓊草芊綿。　　爭解繡勒香韉。鸞輅駐蹕，八馬戲芝田。瑤池近、畫樓隱隱，翠鳥翩翩。肆華筵。間作脆管鳴弦。宛若帝所鈞天。稚顏皓齒，綠髮方瞳，圓極恬淡高妍。

盡倒瓊壺酒，獻金鼎藥，固大椿年。縹紗飛瓊妙舞，命雙成、奏曲醉留連。雲璈韻響瀉寒泉。浩歌暢飲，斜月低河漢。漸漸綺霞、天際紅深淺。動歸思、回兮塵寰。爛漫遊、玉輦東還。杏花風、數里響鳴鞭。望長安路，依稀柳色，翠點春妍。（錄自汲古閣《宋六十名家詞》本）

《姑溪居士前集》卷三十八〈跋戚氏〉：「中山控北虜，為天下重鎮，異時選寄，皆一時人物。然輕裘緩帶，折衝樽俎，韓忠獻、宋景文而已。元祐末，東坡老人自禮部尚書以端明殿學士加翰林侍讀學士為定州安撫史。開府延辟，多取其氣類。故之儀以門生從辟，而蜀人孫子發實相與俱。於是海陵滕興公、溫陵曾仲錫為定倅，五人者每辨色會於公廳，領所事竟，按前所約之地，窮日力盡歡而罷。或夜則以曉角動為期，方從容醉笑間，多令官妓隨意歌於坐側，各因其譜，即席賦詠。一日，歌者輒於老人之側作〈戚氏〉，意將索老人之才於倉卒，以驗天下之所向慕者。老人笑而領之，邂逅方論穆天子事，頗摘其虛誕，遂資以應之。隨聲隨寫，歌竟篇就，才點定五六字爾。坐中隨聲擊節，終席不間他辭，亦不容別進一語。臨分曰：『足以為中山一時盛事，前固莫與比，而後來未必能繼也。』方圖刻石以表之，而譙去，賓客皆分散。政和壬辰八月二十日夜，葛大川出此詞於寧國莊，姑溪居士李之儀書。」

## 戛金釵

即【握金釵】。〔宋〕無名氏詞名【戛金釵】，見《梅苑》卷七。

梅蕊破初寒，春來何太早。輕傅粉、向人先笑。比並年時較些少。愁底事，十分清瘦了。　　影靜野塘空，香寒霜月曉。風韻減、酒醒花老。可煞多情要人道。疏竹外，一枝斜更好。（錄自《楝亭十二種》本）

## 麥秀兩歧

又名：麥秀雙歧。

唐教坊曲名。

調見《尊前集》〔五代〕和凝詞。

涼簟鋪斑竹。駕枕並紅玉。臉蓮紅，眉柳綠。胸雪宜新浴。淡黃衫子裁春縠。異香芬馥。　　羞道教回燭。未慣雙雙宿。樹連枝，魚比目。掌上腰如束。嬌嬈不禁人拳踢。黛眉微蹙。（錄自《彊村叢書》本）

《碧雞漫志》卷五：「《文酒清話》云：唐封舜臣性輕佻，德宗時使湖南，道經金州，守張樂宴之，執杯索【麥秀兩歧】曲，樂工不能。封謂樂工曰：汝山民亦合聞大朝音律。守為杖樂工。復行酒，封又索此曲，樂工前乞侍郎舉一遍，封為唱徹，眾已盡記，於是終席動此曲。封既行，守密寫曲譜，言封宴席事，郵筒中送與潭州牧。封至潭，牧亦張樂宴之，倡優作襤褸婦人，抱男女筐筥，歌【麥秀兩歧】之曲，敘其拾秀勤苦之由。封面如死灰，歸過金州，不復言矣。今世所傳【麥秀兩歧】，今在黃鐘宮。唐《尊前集》載和凝一曲，與今曲不類。」

《後漢書》卷六十一〈張堪傳〉：「匈奴嘗以萬騎入漁陽，堪率數千騎奔襲，大破之，郡界以靜。乃於狐奴開稻田八千餘頃，勸民耕種。以致殷富。百姓歌曰：『桑無附枝，麥穗兩歧。張君為政，樂不可支。』」調名本此。

## 麥秀雙歧

即【麥秀兩歧】。〔清〕朱青長詞名【麥秀雙歧】，見《朱青長詞集》卷十三。

山下花如幄。高樹蔭叢竹。小桃開，柳丁熟。柳眼青於沐。許多春色鬧漁灣，有人如玉。　　客倚青溪曲。共處有郎不。小姑神，花勝佛。採採桑盈掬。老蠶已是三眠足，念歸何促。（錄自朱青長手稿本）

## 帶馬行

即【青玉案】。〔金〕王喆詞名【帶馬行】，見《重陽全真集》卷十二。

互初獨許能騎坐。這駿駒、從牽拖。直走盤旋雙慶賀。三山骨健，力筋偏大。馬輔佐。萬丈紅崖過。　　謝伊馳出深坑楇。銜玉轡金纓鞦。喊霧嘶風游水火。月華前面，四蹄輕鎖。馬負荷。

與我成因果。（錄自涵芬樓影明《道藏》本）

按：此詞又見《重陽教化集》卷三，調名為【青蓮池上客】，注曰：「俗【青玉案】。」詞中帶有「喝馬」，在王詞中「帶馬行」三字繫「喝馬」之義，故「帶馬行」三字恐非調名。今存其名，以備查考。

## 帶湖新月

即【謁金門】。〔宋〕韓淲詞有「雲外月」和「帶湖煙水闊」句，故名；見《澗泉詩餘》。

雲外月。畫出一痕清絕。梅已飄零桃未發。帶湖煙水闊。　汀渚尚留微雪。不恨酒融歌歇。老我多情膠漫結。半醒空自說。（錄自《全宋詞》本）

## 紫玉簫

調見〔宋〕晁補之《晁氏琴趣外篇》卷六。

羅綺叢中，笙歌叢裏，眼狂初認輕盈。無花解化，似一鉤新月，雲際初生。算不虛得，郎占與、第一佳名。輕歸去，那知有人，別後牽情。　襄王自是春夢，休謾說東牆，事更難憑。誰教慕宋，要題詩、曾倚寶柱低聲。似瑤台曉，空暗想、眾裏飛瓊。餘香冷，猶在小窗，一到魂驚。（錄自雙照樓影宋本）

## 紫金峰

即【浪淘沙】。〔清〕朱青長詞名【紫金峰】，見《朱青長詞集》卷二十五。

香閣夜遲遲。春意如絲。銀箏紅燭鏤金厄。記得玉奩親送到，月上花時。　腸斷錦中詩。雨散雲癡。葡萄花謝海棠垂。盼到去年今夜月，殺費人思。（錄自朱青長手稿本）

## 紫萸香

即【紫萸香慢】。〔元〕姚雲文詞名【紫萸香】，見《歷代詩餘》卷八十八。

近重陽、偏多風雨，絕憐此日喧明。問秋香濃未，待攜客，出西城。正自羈懷多感，怕荒台高處，更不勝情。向樽前、又憶漉酒插花人，只座上、已無老兵。　淒清。淺醉還醒。愁不肯、與詩平。記長楸走馬，雕弓笮柳，前事休評。紫萸一枝傳賜，夢誰到、漢家陵。盡烏紗、便隨風去，要天知道，華髮如此星星。歌罷涕零。（錄自清康熙內府本）

## 紫萸香慢

又名：茱萸香慢、紫萸香。

調見《鳳林書院草堂詩餘》卷中〔元〕姚雲文詞。

近重陽、偏多風雨，絕憐此日喧明。問秋香濃未，待攜客，出西城。正自羈懷多感，怕荒台高處，更不勝情。向樽前、又憶漉酒插花人，只座上、已無老兵。　淒清。淺醉還醒。愁不肯、與詩平。記長楸走馬，雕弓笮柳，前事休評。紫萸一枝傳賜，夢誰到、漢家陵。盡烏紗、便隨風去，要天知道，華髮如此星星。歌罷涕零。（錄自雙照樓影元本）

《欽定詞譜》卷三十六：「姚雲文自度腔，有『紫萸一枝傳賜』句，取以為名。」

## 紫蘭花慢

〔近人〕陳翥自度曲，見《香雪樓詞》。

紫玉簫聲，銀屏夢影，依稀馬跡蛛絲。悵嫁去蘭香，尋來崔護，空賦陳思。花枝。料應無恙，只而今、誰與扶持。憐汝空蹊皓露，戀他寸草春暉。　周郎自有香福，但欲三生，未畫雙眉。賴江淹彩筆，林逋妙想，描寫情癡。微辭。要防宋玉，說從頭、消瘦到腰肢。化作杜鵑須早，化為蝴蝶休遲。（錄自民國排印本）

## 紫蘭香

調見〔明〕劉夏《劉尚賓文集》續集卷二。

推官宅裏，聽得人言，酒船將到。舟師恰要，移屯去、卻是令人煩惱。急驅候吏，且迴棹、江心著好。怕有疏虞，孤負著好事，文人傾倒。　笑我為儒，落魄無錢使，心事與誰知道。今人不似唐人好。相覓應無杜老。龍王古廟，長想像、幾船芳草。船子來時，把春遊約定，開攄懷抱。（錄自《續修四庫全書》本）

詞序：「瑞陽郡推官張南湖，好與儒者共飲旨酒。一日，喜聞其家酒船將至，而官軍適移屯。舟行出瑞河口，於是又懼其見掠。凡飲者聞之，為之惆悵，不能自已。遂發而為詞，用饒博士【紫蘭香】，以寄推官也」。

## 逍遙令

即【憶江南】。〔元〕高道寬詞名【逍遙令】，見《圓明老人乘修真三要》卷下。

真大道，脫體做神仙。兩個一般無二樣，功成行滿玉皇宣。鶴駕赴朝元。　　浮空去。萬法總無言。我本獨超三界外，玄元不二妙真全。寰海度人船。（錄自《全金元詞》本）

## 逍遙樂

（一）調見〔宋〕黃庭堅《山谷詞》。

春意漸芳草。故國佳人，千里信沉杳杳。雨潤煙光，晚影澄明，極目危欄斜照。夢當年少。對樽前、上客鄰枚，小鬟燕趙。共舞雪歌塵，醉裏談笑。　　花色枝枝爭好。鬢絲年年漸老。如今遇風景，空瘦損，向誰道。東君幸賜與，天幕翠遮紅繞。休休醉鄉歧路，華胥蓬島。（錄自汲古閣《宋六十名家詞》本）

（二）調見《鳴鶴餘音》卷一〔元〕無名氏詞。

天邊月，初似弓。庚地又無蹤。龍尋虎，虎尋龍。兩相逢。結一朵，金花弄風。　　天邊月，似偃爐。鉛汞鼎中居。須憑火，煉流珠。一葫蘆。三百八十有四銖。（錄自清黃丕烈補明鈔本）

## 雀飛多

調見《全唐詩》〔唐〕張籍詞。

雀飛多，觸網羅，網羅高樹顛。汝飛蓬蒿下，勿復投身網羅間。粟積倉，禾在田。巢之雛，望其母來還。（錄自清康熙揚州詩局本）

按：此調依《全唐五代詞》例列入。

## 眼兒媚

又名：小欄干、東風寒、秋波媚。

調見《苕溪漁隱叢話·前集》卷十一〔宋〕阮閱詞。

樓上黃昏杏花寒。斜月小欄干。一雙燕子，兩行征雁，畫角聲殘。　　綺窗人在東風裏，灑淚戲春間。也應似舊，盈盈秋水，淡淡春山。

（錄自海山仙館本）

《于湖先生長短句》注：中呂調。

《苕溪漁隱叢話·前集》卷十一：「閩中近時又刊《詩話總龜》，此集即阮閱所編《詩總》也。余於《漁隱叢話》序中已備言之。阮字閎休，官至中大夫，嘗做監司守郡。廬州舒城人，其《詩總》十卷，分門編集，今乃為人易其舊序，去其姓名，略加以蘇黃門詩說，更號曰《詩話總龜》，以欺世盜名耳。世所傳《眼兒媚》詞（詞略），亦閎休所作也。閎嘗為錢塘幕官，眷一營妓，罷官去後，作此詞寄之。」

## 野庵曲

宋大曲名。

調見〔宋〕沈瀛《竹齋詞》。

野叟最昏迷。歎世間、光陰奔走如馳。逢這閒時。忽尋忖、一生事都無非。從頭到尾。都改了、重立根基。枕上披衣。渾無寐。時時摩挲行氣。

才睡起。避戶扉。爇一炷清香，煙氣霏霏。膜拜更歸依。冥心坐，看經念佛行持。消除穢惡，光瀲瀲、禪律威儀。佛力慈悲。願今世。永沒冤債相隨。

食將慚愧。才飯了、一杯茶香美。遲遲日長，覓伴相對圍棋。安排勢子，相望相窺。閉心機。輸贏成敗，卻似人居世。跳脫去、喚方帽杖藜。為伴侶、小橋那面一庵兒。登高望遠輸情思。歎物榮物枯，節換時移。

春到園中，見寒梅同春雪亂飛。冷豔冰肌。須臾李杏開遍，一日芳菲。和風駘蕩，兩岸細柳撚金絲。清明時候，景物尤韶媚。

春事退。歎萬紅狼藉飛滿堤。水平池。風到捲漣漪。荷花一望如霞綺。對好些景物，敵去炎威。秋景淒淒。長空明月正揚輝。蒹葭岸、浮雲側畔坐釣磯。正桂花香噴鼻。黃花滿眼，風勁霜墜。做寒來天氣。秋光老、草木一齊似洗。獨修篁徑，青松路，殘歲方知。

日將斜，園裏緩行歸。聽流水。明窗淨几。調素徽。到妙處，古曲幽閒韻漸稀。徐徐彈了融心意。忽然驚起。外時聞車履。故人來相對。

甕浮蟻。草草杯盤燈正輝。漏聲遲。浮罃飛觴，言漸嘻嘻。軒渠一笑，高歌野庵新唱，勸些兒。人聽村歌，一霎時、好娛戲。休笑顛狂，也是大奇。能趕氣悶憂悲。自然沉醉。

客都去後，睡龥龥地。一枕華胥驚又起。曉雞啼。重起著衣。心火燒臍。龍行虎馳。依前囉囉哩哩。從頭到尾今好此。若唱此曲沒休時。保取長年到期頤。（錄自《全宋詞》引紫芝漫鈔本）

按：【野庵曲】係由十首小曲組成，用本部三聲押。又無別首可參考，故是否為詞或大曲，尚待考證。今依《全宋詞》例列入。

## 啄木兒

（一）調見《傅幹注坡詞》卷八〔宋〕無名氏
殘句。

> 洗出養花天氣。（錄自《全宋詞》本）

（二）金大曲曲名。

調見〔金〕王嚞《重陽全真集》卷四。

> 觀浮世。為人貴。捨榮華，全神氣。保養丹田
> 絕滋味。便將來、免不諱。自諳自諱。修取長
> 生計。自誓。自誓。今朝說仔細。且通邊際。
> 開靈慧。酒色財氣一齊制。做深根，永固蒂。
> 　　怎生得、虎龍交位。如何令、姹嬰同睡。
> 把塵勞事俱捐棄。二道合和歸本類。想玄玄，
> 尋密秘。

又

> 自行。自行。見性不用命。自惺。自惺。黑飆
> 先定。使倒顛併。唯堪詠。兩脈來回皆吉
> 慶。辨清清、與靜靜。　　烏龜兒，從茲警
> 省。放眼耀、光明煥炳。泛水中游，濤間逞。
> 望見赫曦山上景，轉波恬、又浪靜。

又

> 自在。自在。離宮受坎戶。自悟。自悟。汞中
> 建鉛庫。好頻頻顧。長相覷。上下沖和知去
> 處。漸漸入、雲霞路。　　赤鳳兒、飛來振
> 羽。飲盡烏江見水府。與神為主作宗祖。只把
> 刀圭長安撫。方能教、子伴午。

又

> 自坐。自坐。木上見真火。自旬。自旬。從前
> 沒災禍。雨東方妥。誠堪可。潤葉滋枝成花
> 朵。結團團、寶珠顆。　　翠霧騰空外遍鎖。
> 白露凝、虛上負荷。換搆交睡同舒他。性命方
> 知無包裹。不由天、只由我。

又

> 自臥，自臥。西方憩息麼。自佐。自佐。靈台
> 聚真火。發庚辛課。相應和。物物拈來都打
> 破。元來現此一個。　　跳出後、無小無大。
> 敲著後、不剛不懦。便道如這音聲那。響亮玎
> 璫明堂過。遇玲瓏、共慶賀。

又

> 自知。自知。只此分明是。自此。自此。得一
> 併無四。在虛空裏。撒金藥。萬道霞光通表
> 裏。復元初。見本始。　　要煉正靈真範軌。
> 更不用、木金火水。把良因曡從心起。方寸清
> 涼無憂喜。證長生，並久視。重陽子。害風

是。王嚞名，知明字。說修行旨沒虛詭。啄木
詞中開真理。向諸公、取知委。（錄自涵芬樓影明
《道藏》本）

按：此調共六首組成，第一首及末首均多數句，
似為總序和總結。第二首至第五首，字句悉同，
較為整一，也見章法，故列為大曲。

## 晚山青

即【綠頭鴨】。〔清〕朱青長詞名【晚山青】，
見《朱青長詞集》卷二十六。

> 近重陽、幾番風雨難當。乍低佪、愁腸百結，
> 簷鈴打出宮商。客衣單、吳江夢冷，蓉衾薄，
> 楚寒風剛。懷舊生悲，感時罵座，自揮詞筆發
> 詩狂。詩好也無人要，天地正茫茫。玄龍野鬼
> 爭流血，月黯雲荒。問風塵、英雄誰是，可生
> 鐵鑄肝腸。斬神鼇、劍鋒快否，須磨得、吳鉤
> 生冷光。渣穢乾坤，蹉跎時序，喚紅巾搵淚千
> 行。獨自仰天無語，心事兩三樁。情難已、夜
> 來做夢，飛過長江。（錄自朱青長手稿本）

## 晚妝

〔清〕張台柱自度曲，見《西陵詞選》。

> 誰傍瑤階髻兒梳。罷手捲珍珠。索性教他細
> 認，魂銷莫怪奴奴。　　還怕鸚鵡調舌。待掩
> 窗兒又歌。春煙春霧隔紅牆，一派朦朧花月。
> （錄自清刻本）

詞注：「自度曲。」

## 晚春時候

即【西江月】。〔宋〕韓淲詞有「聞道晚春時
候」句，故名；見《澗泉詩餘》。

> 聞道晚春時候，暖風是處花飄。遊人爭渡水南
> 橋。多少池塘春草。　　躍馬誰聯玉勒，釣魚
> 應泛蘭橈。韶光何限不逍遙。輸與溪鷗野鳥。
> （錄自《彊村叢書》本）

## 晚香

即【暗香】。〔清〕夏寶晉詞名【晚香】，見
《冬生草堂詞》。

按：詞缺待補。

## 晚雲烘日

即【菩薩蠻】。〔宋〕韓淲詞有「晚雲烘日南北
枝」句，故名；見《澗泉詩餘》。

十畫

晚雲烘日枝南北。一杯未盡梅花曲。城郭小春回。暗香開未開。　留連吾欲醉，醉眼紅塵外。多少老心情。景清人亦清。（錄自《彊村叢書》本）

## 晚雲高

即【添聲楊柳枝】。〔宋〕賀鑄詞有「晚雲高」句，故名；見《東山詞》卷上。

秋盡江南葉未凋。晚雲高。青山隱隱水迢迢，接亭皋。　二十四橋明月下，弭蘭橈。玉人何處教吹簫，可憐宵。（錄自涉園影宋本）

## 晚華

〔清〕陸璣自度曲，見《鐵簫詞》卷六。

小有林亭，開晚寒花半畝。任打霜飄雨，英終不落，信清芬耐久。誰餐秀色，涼雲護帝女移家，秋在燈前屏後。釀液盡延齡，藐圃金仙，十二客原是壽。　還憶故園三徑，露冷露冷煙沉，更有何人送酒。早謝折腰，深愧紫桑叟。會當歸去。欣采采、滿頭盈袖。便五鬬非舊。從新補種靈苗，灌勤培厚。養天機、淡淡詩懷，笑領一蘺香瘦。（錄自手稿本）

詞注：「鐵簫自度曲。」

## 唱金縷

即【賀新郎】。〔宋〕柴元彪詞名【唱金縷】，見《柴氏四隱集》卷二。

春到雲中早。恰梅花、雪後□□，鎖窗寒悄。鼓吹喧天燈市鬧，在處鼇山蓬島。正新歲、金雞唱曉。一點魁星光焰裏，這水晶、庭院知多少。鳴鳳舞，洞簫嫋。　太平官府人嬉笑。道紫微、魁星聚會，參差聯照。借地栽花河陽縣，桃李芳菲正好。暖沁入、東風池沼。百里樓台天不夜，看祥煙、瑞靄相繚繞。生意滿，翠庭草。（錄自《全宋詞》本）

## 國門東

即【好女兒】。〔宋〕賀鑄詞有「會國門東」句，故名；見《東山詞》卷上。

車馬匆匆，會國門東。信人間、自古銷魂處，指紅塵北道，碧波南浦，黃葉西風。　堠館娟娟新月，從今夜、與誰同。想深閨、獨守空床思，但頻占鏡鵲，悔分釵燕，長望書鴻。（錄自《彊村叢書》本）

## 國香

又名：國香慢。

調見〔宋〕曹勳《松隱樂府》卷一。

十月新陽。喜桃李秀發，宮殿春香。寶曆開圖，文母協應時康。誕慶欣逢令旦，向花闈、罄列嬪嬙。歡榮是九五，侍膳芳筵，翠宸龍章。　天心人共喜，拱三釵瑞彩，同捧瑤觴。禁中和氣，都入法部絲簧。一片神仙錦繡，正珠簾、高捲雲光。遐齡祝億載，永奉慈顏，地久天長。（錄自《彊村叢書》本）

## 國香慢

即【國香】。〔宋〕周密詞名【國香慢】，見《蘋洲漁笛譜集外詞》。

玉潤金明。記曲屏小几，剪葉移根。經年汜人重見，瘦影娉婷。雨帶風襟零亂，步雲冷、鵝笳吹春。相逢舊京洛，素靨塵緇，仙掌霜凝。　國香流落恨，正冰消翠薄，誰念遺簪。水天空遠，應念顰弟梅兄。渺渺魚波望極，五十弦、愁滿湘雲。淒涼耿無語，夢入東風，雪盡江清。（錄自《彊村叢書》本）

## 崑崙曲

〔近人〕夏承燾自製曲，見《夏承燾詞集》。

環海攙槍，當衢虎兕。公先縛虜揮戈了。憑高叱吒動雷霆，一崑崙橫空出世。　老幼吞聲，工農隕涕。三分世界風雲際。遺編開闔放光芒，看喚醒六洲睡獅。（錄自浙江古籍出版社排印本）

## 梨花夢

調見〔清〕丁介《問鸝詞》。

珠箔重重捲。寄語相如，南枝梅萼，東風乍暖。睡起文君，青鏡鬢雲撩亂。問柳葉垂絲繫愁，何事風前慣。夕陽影裏，錦書欲附遊鱗遠。　記西樓琴几朱弦，那回賡和，花繁酒釅。渾不料、山長水沓，燕分春半。怕近日歸途，冷煙宿霧難消遣。正雨地幽樓，恰又五更風雨，幾聲啼鴂，梨花夢斷。（錄自《全清詞》本）

按：丁介詞有「幾聲啼鴂，梨花夢斷」句，故名【梨花夢】。

## 透碧霄

（一）調見〔宋〕柳永《樂章集》卷下。

　　月華邊。萬年芳村起祥煙。帝居壯麗，皇家熙盛，寶運當千。端門清晝，觚稜照日，雙闕中天。太平時、朝野多歡。遍錦街香陌，鈞天歌吹，閬苑神仙。　　昔觀光得意，狂遊風景，再睹更精妍。傍柳陰，尋花徑，空恁鞚轡垂鞭。樂遊雅戲，平康艷質，應也依然。仗何人、多謝嬋娟。道宦途蹤跡，歌酒情懷，不似當年。（錄自《彊村叢書》本）

《樂章集》注：南呂調。

（二）調見〔宋〕曹勳《松隱樂府》卷一。

　　閬苑喜新晴。正桂華、飄下太清。寶籬涼秋，夢祥明月，天開輔盈成。宮闈女職遵慈訓，見海宇儀型。奉東朝、晨夕趨承。化內外、咸知柔順，已看彤管賦和平。　　宴坤寧。香騰金猊，煙暖秘殿彩衣輕。六樂絲竹，繞雲紫水，總按新聲。天臨帝幄，親頒壽酒，恩意兼勤。雁行綴、宰府殊榮。願萬億斯年，南山並永，坤厚贊堯明。（錄自《彊村叢書》本）

## 笛家

又名：笛家弄、笛家弄慢。

（一）調見〔宋〕柳永《樂章集》。

　　花發西園，草薰南陌，韶光明媚，乍晴輕暖清明後。水嬉舟動，褉飲筵開，銀塘似染，金堤如繡。是處王孫，幾多遊妓，往往攜纖手。遣離人、對喜景，觸目傷情盡成，感舊別久。　　帝城當日，蘭堂夜燭，百萬呼盧，畫閣春風，十千沽酒。未省、宴處能忘管弦，醉裏不尋花柳。豈知秦樓，玉簫聲斷，前事難重偶。空遺恨，望仙鄉，一餉消淚沾襟袖。（錄自汲古閣《宋六十名家詞》本）

《樂章集》注：仙呂宮。

（二）調見〔清〕蔣進《蔣退庵遺稿·附詞》。

　　有何咸、常愛疏狂，禮不為吾設。誰知青眼逢君顧。步兵廚下，每到分曹，開樽命酌，只嫌酒戶偏小，讓姚生、張軍奮臂，獨當旗鼓。乃舖糟歠醨，老夫弗與非快聚。　　共語時流幾輩，未嘗臧否，望望然觀其去。鄉人正難心許。屢自忖、那容蒹葭倚，實見性情真處。嗜痂癖，從古會傳說，今日欣相遇。結交重黃金，誠如世上何須數。對爾終朝，談言微中，

會心自遠，縱然默默生機趣。盈箱芍藥，翻香倒豔，一篇篇、更撲人眉宇。十丈紅塵裏，那知尚有，竹林深處。但來時，我身似、位置清涼國土。　　把晤小樓坐臥，羈愁千萬，頃刻都消，放浪形骸，不思歸去。此間樂也，誰能伸紙握筆，復尋黃祖。寫伊腹中話，稱佳士、君有才如虎。看難肋寒甤，無寧直走青雲路。（錄自清康熙本）

## 笛家弄

即【笛家】。〔宋〕王質詞名【笛家弄】，見《永樂大典》卷八千六百二十八「行」字韻。

　　凌亂敗荷，既似沙莞，又如泚水。顛倒旌旗都靡。餘花欹謝，又似烏江，雖兮不逝。虞兮奈爾。凋柳蕭騷，又如軹道，故老何顏對。因緣斷。時節轉。自然如彼。自然如此。　　水邊沙際。蘆花搖曳。喚住行人，蓼花嫵媚。引翻遊子。又似江都酺夜延秋，建業望仙結綺。月下心飛，風前骨醉。共蘋花得意。今看昔、後看今未。一回頭，已百彈指。（錄自中華書局影印本）

## 笛家弄慢

即【笛家】。《欽定詞譜》卷三十六【笛家】調注：「【笛家】，一名【笛家弄慢】。」

## 笙歌會

即【海棠春】。〔宋〕秦觀詞有「別院笙歌宴早」句，故名；見《記紅集》卷一。

　　流鶯窗外啼聲巧。睡未足、把人驚覺。翠被曉寒輕。寶篆沉煙嫋。　　宿醒未解，雙娥報。道別院笙歌宴早。試問海棠花，昨夜開多少。（錄自清康熙刻本）

## 第一花

即【鷓鴣天】。〔宋〕賀鑄詞有「別有傾城第一花」句，故名；見《東山詞》卷上。

　　豆蔻梢頭莫漫誇。春風十里舊繁華。金樓玉蕊皆殊豔，別有傾城第一花。　　青雀舫，紫雲車。暗期歸路指煙霞。無端卻似堂前燕，飛入尋常百姓家。（錄自涉園影宋本）

## 側犯

調見〔宋〕周邦彥《片玉集》卷四。

> 暮霞霽雨，小蓮出水紅妝靚。風定。看步襪江
> 妃、照明鏡。飛螢度暗草，秉燭遊花徑。人
> 靜。攜豔質，追涼就槐影。　　金環皓腕，雪
> 藕清泉瑩。誰念省。滿身香、猶是舊荀令。見
> 說胡姬，酒壚寂靜。煙鎖漠漠，藻池苔井。（錄
> 自《彊村叢書》本）

《片玉集》注：大石調。

《欽定詞譜》卷十八：「陳暘《樂書》云：『唐
自天后末年，劍氣入渾脫，始為犯聲。明皇時，
樂人孫處秀善吹笛，好作犯聲，時人以為新意而
效之，因有犯調。』姜夔詞注云：『唐人《樂
書》以宮犯羽者為側犯。』此調創自周邦彥，調
名或本於此。」

## 側金盞

宋詞調名。原調已佚。

《老學庵筆記》卷七：「元豐七年秋宴，神廟舉
御觴示丞相王岐公以下，忽暴得風疾，手弱觴
側，餘酒沾御袍。是時京師方盛歌【側金盞】，
皇城司、中宮以為不祥，有歌者輒收繫之，由是
遂絕。」

## 偶相逢

即【訴衷情】。〔宋〕賀鑄詞有「偶相逢」句，
故名；見《東山詞》卷上。

> 彩山湧起翠樓空。簫鼓沸春風。桂娥喚回清
> 晝，夾路寶芙蓉。　　長步障，小紗籠。偶相
> 逢。豔妝宜笑，隱語傳情，半醉醒中。（錄自涉
> 園影宋本）

## 偷聲木蘭花

又名：梅花瘦。

調見〔宋〕張先《張子野詞》卷二。

> 雪籠瓊苑梅花瘦。外院重扉聯寶獸。海月新
> 生。上得高樓無奈情。　　簾波不動凝缸小。
> 今夜夜長爭得曉。欲夢高唐。只恐覺來添斷
> 腸。（錄自《彊村叢書》本）

《張子野詞》注：仙呂調。

《欽定詞譜》卷八：「此調亦本於【木蘭花】，
前後段第三句，減去三字。另偷平聲，故曰『偷
聲』。」

## 偷聲瑞鷓鴣

調見〔清〕陳祥裔《凝香集》卷二。

> 輕寒嫩暖鬥春華。草剪裙腰小徑斜。雨餘山
> 色，一番晴翠到窗紗。　　碧旗半捲芭蕉葉，
> 紅玉先抽芍藥芽。官寬無事，春來有分可看
> 花。（錄自清康熙刻本）

按：此調本【瑞鷓鴣】，唯前後段第三句減去三
字，成四字句，故曰「偷聲」。

## 斜陽遠

〔近人〕袁克文自度曲，見《洹上詞》。

> 斜陽漸遠。望舊經行處，垂楊綠遍。輕塵不礙
> 行人目，算無恙、眉顰隔窗猶見。看花節序，
> 恁便流光催換。　　黯黯恨芳陌，東頭畫樓，
> 西畔珠簾。翠幕逢迎久，怎飛鳥知還。那人無
> 倦。青衫自檢，多少漬愁啼怨。（錄自張伯駒編油
> 印本）

詞注：「自度曲。」

## 釣船曲

即【好事近】。〔清〕黃本驥詞名【釣船曲】，
見《紅雪詞鈔》附錄一。

> 雲黯短長亭，風笛一聲秋老。渺渺孤帆去也，
> 載離愁多少。　　板橋垂柳暗秦淮，半幅懷人
> 稿。除是曉窗冷燕，夢裏能飛到。（錄自清《三長
> 物齋叢書》本）

## 釣船笛

即【好事近】。〔宋〕張輯詞有「恰釣船橫笛」
句，故名；見《東澤綺語》。

> 載酒岳陽樓，秋入洞庭深碧。極目水天無際，
> 正白蘋風急。　　月明不見宿鷗驚，醉把玉欄
> 拍。誰解百年心事，恰釣船橫笛。（錄自《彊村叢
> 書》本）

## 釣船歸

即【添聲楊柳枝】。〔宋〕賀鑄詞有「夕陽長送
釣船歸」句，故名；見《東山詞》卷上。

> 綠淨春深好染衣。際柴扉。溶溶漾漾白鷗飛。
> 雨忘機。　　南去北來徒自老，故人稀。夕陽
> 長送釣船歸。鱠魚肥。（錄自涉園影宋本）

十一畫

**十畫**

## 釣魚詞

即【水調歌頭】。〔明〕邵寶詞名【釣魚詞】，見《容春堂後集》卷十三。

蘆花秋水淺，不用繫扁舟。便是被風飄去，不到海東頭。莫問蓬萊何處，適意是真遊。乾坤千萬古，遺下這風流。　一竿三尺線，輕颺釣魚鉤。更愛相親相近水中鷗。不看溪山風月，即看渚蒲汀草，自識春秋。滄洲吾道在，江漢日悠悠。（錄自文瀾閣《四庫全書》本）

## 釣台詞

即【步蟾宮】。〔宋〕韓淲詞名【釣台詞】，見《澗泉詩餘》。

三年重到嚴灘路。歎鬖鬖、衣冠塵土。倚孤蓬、閒自濯清風，見一片、飛鴻歸去。　人間何用論今古。漫贏得、個般情緒。雨吹來雲、亂處水東流，但只有、青山如故。（錄自《彊村叢書》本）

## 釵頭鳳

（一）即【擷芳詞】。〔宋〕陸游詞名【釵頭鳳】，見《渭南詞》卷一。

紅酥手。黃滕酒。滿城春色宮牆柳。東風惡。歡情薄。一懷愁緒，幾年離索。錯。錯。錯。　春如舊。人空瘦。淚痕紅浥鮫綃透。桃花落。閒池閣。山盟雖在，錦書難託。莫。莫。莫。（錄自雙照樓影宋本）

《齊東野語》卷一：「陸務觀初娶唐氏，閎之女也，於其母夫人為姑姪。伉儷相得，而弗獲於其姑。既出，而未忍絕之，則為別館，時時往焉。姑知而掩之，雖先知挈去，然事不能隱，竟絕之，亦人倫之變也。唐後改適同郡宗子士程，嘗以春日出遊，相遇於禹跡寺南之沈氏園。唐以語趙，遣致酒肴，翁悵然久之。為賦【釵頭鳳】一詞，題園壁間，云（詞略），實紹興乙亥歲也。」

清汪曰楨云：「【釵頭鳳】，即【惜分釵】，唯【惜分釵】末句二疊字平聲，此則三疊字入聲耳。凡詞有可叶平聲，亦可叶入聲之調，如【霜天曉角】、【憶秦娥】、【柳梢青】、【聲聲慢】、【三犯渡江雲】等，難更僕數。蓋入即可作平也。宋詞此調三疊字必用入聲，竹垞《茶煙閣體物集》乃叶上去聲，誤矣。」

（二）調見〔元〕張可久《張小山樂府》卷中。

芳亭飲。仙帷寢。蘭姬曾遣茱萸錦。蒼鬼烏。紅鸞席。煙林凝紫，土花生碧。憶。憶。（錄自《全金元詞》本）

按：張可久以半首【釵頭鳳】為之，末句少一疊。

（三）調見〔明〕陳繼儒《陳眉公詩餘》。

梧桐墜。秋光碎。一痕河影添嬌媚。錦梭撇。鵲橋結。今宵天上歡娛節。嫦娥凝望，也應癡絕。熱。熱。熱。　天如醉。雲如睡。朦朧方便雙星會。難饒舌。催離別。別時打弄閒年月。自從盤古，許多周折。歇。歇。歇。（錄自惜陰堂叢書本）

## 得道陽

金大曲名。

調見〔金〕王嚞《重陽全真集》卷八。

得道陽來得道陽。自然碧洞隱雲房。玉訣靈符清氣爽，金丹大藥勝衣裝。　豈似人間輕薄郎。徒誇黃白滿箱筐。我實三田常運轉，吾家一性沒驚惶。

正月寒威漸漸回。靈花九葉向東開。玉液流時專益氣，寶芝採處物生菶。　養就重陽現兩臉，蟠桃嫩臉笑瓊釵。七魄三尸隨臘去，五方九轉逐春來。

二月還知水氣和。風生木德自然歌。兀兀轉生離內女，怡怡笑殺月中娥。　耿耿分明天下河。我今回首出高坡。三萬六千神曜聚，重樓十二液津多。

三月清明減盡煙。百花堪綻豔陽天。姹女聚柴薪焰畔，嬰兒弄水舊池邊。　寶鑑當胸只自懸。翁婆媒合好因緣。朱雀騰雲方出眾，青龍駕霧得高邊。

四月朱明和氣清。心花七寶愈分明。教你會時獨自語，請公休慕百禽聲。　火焰纖長漸漸生。從茲萬木得嘉名。十千位中吾獨走，五行宮裏我先行。

五月炎蒸陽氣嘉。正堪端坐問南華。這個不能誇肝木，那人偏愛放心花。　煩惱俱無遠歎嗟。日當卓午不教斜。玉兔過來添白雪，金烏顯處吐黃芽。

方月純陽盡入莊。陰魔趕退出街坊。壬癸北方添腎水，丙丁南嶽燕真香。　鬼魅妖邪盡總忙。群魔難聚沒提防。子後看時知日短，午前坐處覺宵長。

七月庚辛海水深。一輪明月運天心。飯熟須知薪趁火，衣成不離線因針。　修就無為七寶身。還令當日到如今。白虎吼時頻擒捉，黑龜行處轉思尋。

八月清涼白露勻。萬民安樂養真身。窈窈冥冥雲外客，昏昏默默月中人。　雖是居塵不染塵。也無喜怒亦無瞋。既處逍遙生瑩滑，自然聚散去皮皴。

九月蒼天爽氣高。重樓復降雨瀟瀟。攪海赤龍真自在，迎風木馬肯無憀。　每向鄽中作繫腰。六銖衣掛勝紅綃。醉後恣眠青蘇榻，醒來頻領玉芝苗。

十月紅霜又更清。黃婆得半入深溟。乾盡水銀唯我健，復生神氣更誰聽。　有緯須知先有經。織成絪綺便堪行。離火便生紅芍藥，坎泉傾下雨霖零。

十一月嚴風作戒。月中玉走日金飛。結就三三三處寶，得披六六六銖衣。　乘鳳攜鸞跨霧歸。上天降敕不相違。功滿三千緣業盡，行成八百落塵稀。

十二月圓成錦繡，四時枝葉不乾枯。看取火中頻取水，自然水裏去安爐。　龍虎龜蛇認吸呼。百骸俱滿立須臾。一顆明珠三下有，三般惡物一齊無。

已得靈符萬事休。百冤退盡任他愁。好把瓊漿添滿腹，更將金髓灌盈頭。　都為十因得此由。翁婆嬰姹住綢繆。教我攜將三直柄，請公認取一彎鈎。（錄自涵芬樓影明《道藏》本）

按：此調單闋即【瑞鷓鴣】。王喆詞有「得道陽來得道陽」句，故名【得道陽】。

## 得寶子

原調已佚。

《填詞名解》卷四：「【得寶子】，唐明皇作，一名【得寶詞】。黃伯思《東觀餘論》云：『迦葉香爐上有金華，華內有金台，即台為寶子。』知寶子乃香爐耳，但圓若丁緩被中之制。梅鼎祚《玉合記》云：『【凌波曲】、【得寶詞】，譜入梨園，其調失傳。』」

《樂府雜錄》云：「【得寶歌】，一曰【得寶子】，又曰【得鞊子】。明皇初納太真妃，喜謂後宮曰：『朕得楊氏，如得至寶也。』遂製曲名【得寶子】。」

## 御帶花

又名：御戴花。

調見〔宋〕歐陽修《歐陽文忠公近體樂府》卷三。

青春何處風光好，帝里偏愛元夕。萬重繒彩，搆一屏峰嶺，半空金碧。寶檠銀釭，耀絳幕、龍虎騰擲。沙堤遠，雕輪繡轂，爭走五王宅。

雍容熙熙作晝，會樂府神姬，海洞仙客。拽香搖翠，稱執手行歌，錦街天陌。月淡寒輕，漸向曉、漏聲寂寂。當年少，狂心未已，不醉怎歸得。（錄自雙照樓影宋本）

## 御帶垂金縷

〔清〕丁澎新譜犯曲，見《扶荔詞》卷三。

小山攢翠清波繞，負郭都栽桑柘。漁蓑載酒，見竹籬燈火，居然村舍。更何論、尚書綠野。捉鼻東山猶未免，笑吾儕、早結者英社。但觴詠、共清夜。　客抱琴來深樹裏，暮雀爭喧，煙景如畫。冰弦乍拂，似楚峽猿吟，秋風葉下。正小雨、竹窗清話。傳語諸君須少住，聽搗衣、一曲多瀟灑。鼓琴者，莊生也。（錄自清康熙家刻本）

詞注：「飲嚴顥亭皋園聽白下莊蝶庵彈琴。新譜犯曲。上六句【御帶花】，下五句【金縷曲】；後段同。」

按：此調上片前五句採自【御帶花】第一句至第五句。詞注曰「上六句【御帶花】」，誤。下片未按【御帶花】律，於第二句添二字作四字二句。下五句採【金縷曲】第六句至第十句。言「後段同」，亦不確。

## 御街行

又名：孤雁兒、御街行令、御街河、御街遊、御階行。

（一）調見〔宋〕柳永《樂章集》卷中。

燔柴煙斷星河曙。寶輦回天步。端門羽衛簇雕欄，六樂舜韶先舉。鶴書飛下，雞竿高聳，恩霑均寰寓。　赤霜袍爛飄香霧。喜色成春煦。九儀三事仰天顏，八彩旋生眉宇。椿齡無盡，蘿圖有慶，常作乾坤主。（錄自《彊村叢書》本）

（二）調見〔宋〕柳永《樂章集》卷中。

前時小飲春庭院。悔放笙歌散。歸來中夜酒醺醺，惹起舊愁無限。雖看墜樓換馬，爭奈不是

鴛鴦伴。　朦朧暗想如花面。欲夢還驚斷。和衣擁被不成眠，一枕萬回千轉。唯有畫樑，新來雙燕，徹曙聞長歎。（錄自《彊村叢書》本）

（三）調見《喻世明言》第二十四卷依託〔宋〕韓師厚詞。

合和朱粉千餘兩。捻一個、觀音樣。大都卻似兩三分，少副玲瓏五臟。等待黃昏，尋好夢底，終夜空芳攘。　香魂媚魄知何往。料只在、船兒上。無言倚定小門兒，獨對滔滔雪浪。若將愁淚還做水，算幾個、黃天蕩。（錄自《中國話本大系》本）

《樂章集》、《張子野詞》注：雙調。

（四）調見〔明〕薛敬孟《擊鐵集》卷十。

扁舟江上老漁竿。青山款乃間。夢魂不離、蘆花港裏，任他風起波翻。釣絲早捲，船頭獨臥，煙水一蓑安。　紅塵入市賣魚難，江鱸三尺慳。銀絲細切，新成玉膾，月明爛醉無端。惱他鷗鷺，誰教無禮，占我舊沙灘。（錄自《四庫未收書輯刊》本）

詞注：「變體。叶平韻，平仄長短亦異。」

## 御街行令

即【御街行】。〔宋〕柳永詞名【御街行令】，見《高麗史・卷七十一・樂二》。

燔柴煙斷星河曙。寶輦回天步。端門羽衛簇雕欄，六樂舜韶先舉。鶴書飛下，雞竿高聳，恩霈均寰宇。　赤霜袍爛飄香霧。喜色成春煦。九儀三事仰天顏，八彩旋生眉宇。椿齡無盡，羅圖有慶，常作乾坤主。（錄自日本明治四十一年縮印本）

## 御街河

即【御街行】。〔明〕莫秉清詞名【御街河】，見《采隱詩餘》。

連宵敗葉風吹急。香砌冷，秋聲集。重帷疊嶂巧安排，何事閒愁易入。年年花底，牽裳惜別，歸夢偏難及。　孤蛩到曉音如泣。燕侶懶，鶯衣戢。淺斟低酌不勝情，寒食紅裙濕。生前飄蕩，風流死後，此生從誰給。（錄自惜陰堂叢書本）

## 御街遊

即【御街行】。〔明〕葉承宗詞名【御街遊】，見《濼函》卷五。

蒼蒼佳氣漳河曲。早秘得、汾河籙。名成懸卻國門金，又向濟陽鳴玉。弦歌阜眾笑譚卻，文武皆公屬。　琳琅寶色咸相觸。岳樓上、觀朝旭。孫陽一顧驥群空，遍識一時驊騄。佇看師弟，彈冠結綬，共調明王燭。（錄自《四庫未收書輯刊》本）

## 御階行

即【御街行】。〔明〕周詩詞名【御階行】，見《與鹿先生集》卷七。

人生南北無期數。秋弄蓋、經春暮。綠蔭幽鳥近端陽，不似江鄉煩暑。呼兒簪艾，呼童行酒，莫問沉湘處。　素心不受浮華汙。任炎熱、人爭聚。野情無那癖林泉，五斗未教留滯。蓮湖初放，蘭州初藝，夢賦滄浪去。（錄自明刻本）

## 御戴花

即【御帶花】。〔宋〕歐陽修詞名【御戴花】，見《醉翁琴趣外篇》卷一。

青春何處風光好，帝里偏愛元夕。萬重繒彩，構一屏峰嶺，半空金碧。寶蓋銀釭，耀絳幕、龍虎騰擲。沙堤遠，雕輪繡轂，爭走五王宅。　雍容熙熙晝，會樂府神姬，海洞仙客。拽香搖翠，稱執手行歌，錦街天陌。月淡寒輕，漸向曉、漏聲寂寂。當年少，狂心未已，不醉怎歸得。（錄自雙照樓影宋本）

## 貧也樂

即【梅花引】。〔金〕高憲詞有「須信在家貧也樂」句，故名；見《記紅集》卷一。

槐安夢。鼓笛弄。馳驟百年塵一閧。陶淵明。張季鷹。一杯濁酒，焉知身後名。　有溪可漁林可繳。須信在家貧也樂。熊門春。浿江雲。幾時作個，山間林下人。（錄自清康熙刻本）

## 悉曇頌

調見《敦煌歌辭總編》卷三〔唐〕釋曇中詞。

頗邏墮。頗邏墮。第一捨緣清淨坐。萬事不起真無我。直進菩提離因果。心心寂滅無殃禍。念念無念當印可。可底利摩。魯留盧樓頗邏墮。　諸佛弟子莫懶惰。自勸課。愛河苦海須渡過。憶食不餐常初餓。木頭不鑽不出火。那邏邏。端坐。娑訶耶。莫臥。（錄自上海古籍出

版社排印本）

按：原載（伯）二二〇四、二二一二。此調由八首組成，《敦煌歌辭總編》編入雜曲聯章體，今錄其一。

## 彩雲歸

調見〔宋〕柳永《樂章集》卷中。

　　蘅皋向晚驂輕航。卸雲帆、水驛魚鄉。當暮天、霽色如晴晝，江練靜、皎月飛光。那堪聽、遠村羌管，引離人斷腸。此際浪萍風梗，度歲茫茫。　　堪傷。朝歡暮宴，被多情、賦與淒涼。別來最苦，襟袖依約，尚有餘香。算得伊，鴛衾鳳枕，夜永爭不思量。牽情處，唯有臨歧，一句難忘。（錄自《彊村叢書》本）

《樂章集》注：中呂調。《宋史·樂志》屬仙呂調。

## 彩鳳飛

又名：彩鳳舞。

調見〔宋〕陳亮《龍川詞》。

　　人立玉，天如水，特地如何撰。海南沉，燒著欲寒猶暖。算從頭，有多少、厚德陰功，人家上，一一舊時香案。　　然經慣。小駐吾州才爾，依然歡聲滿。莫也教、公子王孫眼見。這些兒、穎脫處，高出書卷。經綸自入手，不了判斷。（錄自汲古閣《宋六十名家詞》本）

## 彩鳳舞

即【彩鳳飛】。〔宋〕陳亮詞名【彩鳳舞】，見《龍川詞》。

　　人立玉，天如水，特地如何撰。海南沉，燒著欲寒猶暖。算從頭，有多少、厚德陰功，人家上，一一舊時香案。　　然經慣。小駐吾州才爾，依然歡聲滿。莫也教、公子王孫眼見。這些兒、穎脫處，高出書卷。經綸自入手，不了判斷。（錄自汲古閣《宋六十名家詞》本）

詞注：「一作【彩鳳舞】。」

## 彩鸞歸

調見〔金〕蔡松年《蕭閒老人明秀集》卷六。

按：原調已佚。

## 彩鸞歸令

又名：青山遠。

調見〔宋〕張元幹《蘆川詞》卷下。

　　珠履爭圍。小立春風趁拍低。態閒不管樂催伊。整鈿衣。　　粉融香潤隨人勸，玉困花嬌越樣宜。鳳城燈夜舊家時。數他誰。（錄自雙照樓影宋本）

## 脫銀袍

調見〔宋〕晁端禮《閒齋琴趣外篇》卷五。

　　纖條綠沁。春色為伊難禁。傳芳意、東君信任。燕愁鶯懶，怕輕寒猶禁。護占得、幽香轉甚。　　粉面初勻，冰肌未飲。何須愛、妖桃勝錦。夜闌人靜，任月華來浸。待抱著、花枝醉寢。（錄自雙照樓影宋本）

## 魚水同歡

即【蝶戀花】。〔宋〕無名氏詞名【魚水同歡】，見《翰墨大全·丁集》卷四。

　　棣萼樓前佳氣藹。欣遇靜觴，正斗杓移亥。三兩日來連慶會。賀賓喜色增加倍。　　未遜徐雛分小大。好比晉朝，二陸休聲在。更祝靈椿顏不改。三蘇相繼居台宰。（錄自《全宋詞》本）

## 魚游春水

調見《樂府雅詞·拾遺》卷上〔宋〕無名氏詞。

　　秦樓東風裏。燕子還來尋舊壘。餘寒微透，紅日薄侵羅綺。嫩筍才抽碧玉簪，細柳輕窣黃金蕊。鶯囀上林，魚游春水。　　屈曲欄干遍倚。又是一番新桃李。佳人應念歸期，梅妝淡洗。鳳簫聲杳沉孤雁，目斷澄波無雙鯉。雲山萬重，寸心千里。（錄自《粵雅堂叢書》本）

《苕溪漁隱叢話·後集》卷三十九引《復齋漫錄》云：「政和中，一中貴人使越州回，得詞於古碑陰，無名無譜，不知何人作也。錄以進御，命大晟府填腔。因詞中語，賜名【魚游春水】，云（詞略）。《古今詞話》云：『東都防河卒，於汴河上掘地，得石刻有詞一闋，不題其目。臣僚進上，上喜其藻思珣麗，欲命其名，遂摭詞中四字，名曰【魚游春水】。命教坊倚聲歌之。詞凡九十四字（誤，應八十九字），而風花鶯燕，動植之物曲盡之，此唐人語也，後之狀物寫情不及之矣。』二說不同，未詳孰是。」

## 魚歌子

即【漁歌子】。〔唐〕無名氏詞名【魚歌子】，
見《雲謠集雜曲子》。

> 睹顏多，思夢誤。花枝一見恨無門路。聲哽
> 噎，淚如雨。見便不能移步。　　五陵兒，戀
> 嬌態女。莫阻來情從過與。暢平生，兩風醋。
> 若得丘山不負。（錄自《敦煌歌辭總編》）

《全唐五代詞》卷七：「【魚歌子】實非魚美
人之『魚』，因後者乃『虞』之訛。而此乃以
『魚』代『漁』也。崔令欽《教坊記》之《說
郛》本、《古今說海》本皆作【魚歌子】，與敦
煌寫卷不謀而合。若五代以後，自《花間集》
始，皆作【漁歌子】矣。」

《敦煌歌辭總編》卷一：「【魚歌子】之
『魚』，不得不改『漁』。因（〇一六六）兩
見漁翁，（〇八一二）有漁陽，其原本一一皆
寫魚翁、魚陽，勢不能已，唯有改正，統歸於
『漁』。而《初探》考【魚歌子】，與敦煌寫本
不謀而合，遂主張保存【魚歌子】之『魚』，實
淺狹幼稚可笑。唐教乃曰：『據《教坊記》所
載曲名中，有【魚歌子】，當作『魚』為是。
但查《教坊記》中之【漁父引】，諸刻又皆作
『魚』，將以何解？故重編予以扭轉，應將
『魚』改為『漁』為是。」按：此說甚是。今存
其名，並列為【漁歌子】之別名，恐不確切，為
方便查閱耳。

按：原載（伯）二八三八。

## 兜上鞋兒

調見《花草粹編》卷二十二〔宋〕鄭雲娘詞。

> 朦朧月影，黯淡花陰，獨立等多時。只恐冤家
> 乖約，又恐他、側畔人知。千回作念，萬般思
> 想，心下暗猜疑。驀地得來廝見，風露下、語
> 顫聲低。　　輕移蓮步，暗卸羅裳，攜手過廊
> 西。正是更闌人靜，向粉郎恣意矜持。片時雲
> 雨，幾多歡愛，依舊兩分離。報道情郎且住，
> 待奴兜上鞋兒。（錄自文淵閣《四庫全書》本）

按：鄭雲娘詞有「待奴兜上鞋兒」句，故名【兜
上鞋兒】。此調《醉翁談錄·乙集》卷一作連靜
女詞，但無調名。《古今詞統》卷六調名作【兜
上鞋兒曲】。

## 祭天神

（一）調見〔宋〕柳永《樂章集》卷中。

> 歡笑筵歌席輕拋擲。背孤城、幾舍煙村停畫
> 舸。更深釣叟歸來，數點殘燈火。被連綿宿酒
> 醺醺，愁無那。寂寞擁、重衾臥。　　又聞
> 得、行客扁舟過。篷窗近，蘭棹急，好夢還驚
> 破。念平生、單棲蹤跡，多感情懷，到此厭
> 厭，向曉披衣坐。（錄自《彊村叢書》本）

《樂章集》注：中呂調。

（二）調見〔宋〕柳永《樂章集》續添曲子。

> 憶繡衾相向輕輕語。屏山掩、紅蠟長明，金獸
> 盛薰蘭炷。何期到此，酒態花情頓孤負。柔腸
> 斷、還是黃昏，那更滿庭風雨。　　聽空階和
> 漏，碎聲鬥滴愁眉聚。算伊還共誰人，爭知此
> 冤苦。念千里煙波，迢迢前約，舊歡慵省，一
> 向無心緒。（錄自《彊村叢書》本）

《樂章集》注：歇指調。

## 祭祆神

調見《花草粹編》卷十四〔宋〕無名氏詞。

> 你自平生，行短不公正。欺物瞞心，交年夜時
> 燒毀，猶自昧神明。若還替得爾，亦可知、好
> 裏爭索無憑。　　我雖然無口，肚裏清醒。除
> 非闔家大伯，一時批判昏沉。休癡呵，臨時恐
> 內，各自要安身。（錄自文淵閣《四庫全書》本）

《花草粹編》卷十四引《因話錄》：「紙錢起自
唐時，紙畫人未知起於何時。今世禱祀禳襘者，
用之刻板印染。有男女之形而無口。北方之俗，
歲暮則人畫一板，於臘二十四日夜佩之於身，除
夕焚之。時有謔詞云（詞略）。」

《填詞名解》卷二：「《因話錄》載：『畫人不
知所從起，有形無口。北方季冬二十四日，率人
畫一板佩之，至除夕焚之，謂可辟眚，時有作為
謔詞者，調名【祭祆神】。』」

## 郭郎兒

即【郭郎兒近拍】。〔宋〕柳永詞名【郭郎
兒】，見《歷代詩餘》卷四十七。

> 下里。閑居小曲深坊，庭院沉沉朱戶閉。新
> 霽。畏景天氣。薰風簾幕無人，永晝厭厭如度
> 歲。愁悴。　　枕簟微涼，睡久輾轉慵起。硯
> 席塵生，新詩小闋，等閑都盡廢。這些兒、寂
> 寞情懷，何事新來常恁地。（錄自清康熙內府本）

## 郭郎兒近

即【郭郎兒近拍】。〔宋〕柳永詞名【郭郎兒近】，見《樂章集》卷下。

> 帝里。閒居小曲深坊，庭院沉沉朱戶閉。新霽。畏景天氣。薰風簾幕無人，永晝厭厭如度歲。愁悴。　枕簟微涼，睡久輾轉慵起。硯席塵生，新詩小闋，等閒都盡廢。這些兒、寂寞情懷，何事新來常恁地。（錄自《彊村叢書》本）

《樂章集》注：仙呂調。

## 郭郎兒近拍

又名：郭郎兒、郭郎兒近。

調見〔宋〕柳永《樂章集》。

> 帝里。閒居小曲深坊，庭院沉沉朱戶閉。新霽。畏景天氣。薰風簾幕無人，永晝厭厭如度歲。愁悴。　枕簟微涼，睡久輾轉慵起。硯席塵生，新詩小闋，等閒都盡廢。這些兒、寂寞情懷，何事新來常恁地。（錄自汲古閣《宋六十名家詞》本）

《樂章集》注：仙呂調。

《欽定詞譜》卷十七：「按《樂府雜錄》：『傀儡子戲，其引歌舞，有郭郎者，善優笑，閭里呼為郭郎，凡戲場必在俳兒之首。』柳詞調名，或取諸此。」

《樂府雜錄》「傀儡子」條：「自昔傳云，起於漢祖在平城為冒頓所圍，其城一面，即冒頓妻閼氏，兵強於三面。壘中絕食，陳平訪知閼氏妒忌，即造木偶人，運機美舞於陴間。閼氏望見，謂是生人，慮下其城，冒頓必納妓女，遂退軍。史家但云陳平以秘計免，蓋鄙其策下耳。後樂實翻為戲，其引歌舞有郭郎者，髮正禿，善優笑，閭里呼為郭郎，凡戲場必在俳兒之首也。」

## 郭郎兒慢

調見〔金〕王喆《重陽全真集》卷五。

> 日放銀霞，甘雨滴成珠露。召清風、氣神同助。便至令、相守鎮相隨，更實種三田，九轉靈丹聚。　碧虛前，遍生玉芝金樹。綻瑤滿空無數。爛熳開、瓊蕊吐馨香，正馥郁當中，一點光明住。（錄自涵芬樓影明《道藏》本）

## 庾樓月

即【憶秦娥】。〔宋〕秦觀詞名【庾樓月】，見《少游詩餘》。

> 碧天如水纖雲滅。可是高人清興發。徒倚危欄有所思，江頭一片庾樓月。
> 　庾樓月。水天涵映秋澄澈。秋澄澈。涼風清露，瑤台銀闕。　桂花香滿蟾蜍窟。胡床興發霏談雪。霏談雪。誰家鳳管，夜深吹徹。（錄自汲古閣《詞苑英華》本）

《欽定詞譜》卷五【憶秦娥】調注：「按秦詞四首，每首前各有口號四句，即以口號末句三字為起句，亦如【調笑令】例，樂府舞曲轉踏類如此。」

## 康老子

原調已佚。

《樂府雜錄》：「康老子，即長安富家子，落魄不事生計，常與國樂遊處。一旦家產蕩盡，偶一老嫗，持舊綿褥貨鬻，乃以半千獲之。尋有波斯見，大驚，謂康曰：『何處得，此是冰蠶絲所織，若暑月陳於座，可致一室清涼。』即酬千萬。康得之，還與國樂追歡，不經年復盡，尋卒。後樂人嗟惜之，遂製此曲，亦名【得至寶】。」

《蜀檮杌》卷下：「十四年春，周高祖即位，改元廣順。三月，宴後苑，放士庶入觀。時俳優有唱【康老子】者，昶問李昊等其曲所出，昊不能對。徐光溥曰：『康老而無子，故製此曲。』唐英按：老子即長安富家子，開元中，落拓不事生業，好與梨園樂工遊。一旦家資蕩盡，窮悴而卒，樂工歎之，因為此曲。又一名【得至寶】。光溥不知，而妄對也。」

## 章台月

即【一斛珠】。〔宋〕李彭老詞名【章台月】，見《龜溪二隱詞》。

> 露輕風細。中庭夜色涼如水。荷香柳影成秋意。螢冷無光，涼入樹聲碎。　玉簫金縷西樓醉。長吟短舞花陰地。素娥應笑人憔悴。漏歇簾空，低照半床睡。（錄自《彊村叢書》本）

十畫

## 章台柳

又名：妾十九、楊柳枝、瀟湘曲。

調見《全唐詩·附詞》〔唐〕韓翃詞。

> 章台柳。章台柳。往日依依今在否。縱使長條似舊垂，也應攀折他人手。（錄自清康熙揚州詩局本）

〈柳氏傳〉云：「天寶中，昌黎韓翃有詩名，性頗落托，羈滯貧甚。有李生者，與翃友善，家累千金，負氣愛才。其幸姬曰柳氏，豔絕一時，喜談謔，善謳詠。李生居之別第，與翃為宴歌之地。而館翃於其側。翃素知名，其所候問，皆當時之彥。柳氏自門窺之，謂其侍者曰：『韓夫子豈長貧賤者乎？』遂屬意焉。李生素重翃，無所吝惜。後知其意，乃具膳請翃飲。酒酣，李生曰：『柳夫人容色非常，韓秀才文章特異，欲以柳薦枕於韓君，可乎？』翃驚慄，避席曰：『蒙君之恩，解衣輟食久之，豈宜奪所愛乎？』李堅請之。柳氏知其意誠，乃再拜，引衣接席。李坐翃於客位，引滿極歡。李生又以資三十萬，佐翃之費。翃仰柳氏之色，柳氏慕翃之才，兩情皆獲，喜可知也。明年，禮部侍郎楊度擢翃上第，屏居間歲。柳氏謂翃曰：『榮名及親，昔人所尚。豈宜以濯浣之賤，稽採蘭之美乎？且用器資物，足以待君之來也。』翃於是省家於清池。歲餘，乏食，鬻妝具以自給。天寶末，盜覆二京，士女奔駭。柳氏以豔獨異，且懼不免，乃剪髮毀形，寄跡法靈寺。是時侯希逸自平盧節度淄青，素藉翃名，請為書記。洎宣皇帝以神武返正，翃乃遣使間行求柳氏，以練囊盛麩金題之曰（詞略）。柳氏捧金嗚咽，左右淒憫，答之曰：『楊柳枝，芳菲節。所恨年年贈離別。一葉隨風忽報秋，縱使君來豈堪折……」

《歷代詩餘》卷一：「【章台柳】，即【瀟湘神】仄韻。本唐翃寄柳姬詞，後人即名此詞為【章台柳】，以姬家章台街也。姬答詞起句為『楊柳枝』三字，故有名為【楊柳枝】第一體，名為【折楊柳】者，真實與此調同為二十七字，與【柳枝】二十八字者不同也。」

《古今詞話·詞辨》卷上：「將【章台柳】作為【搗練子】別名者，誤。」

按：《歷代詩餘》謂即【瀟湘神】仄韻，亦誤。

## 章台路

即【瑞龍吟】。《歷代詩餘》卷九十八【瑞龍吟】調注：「一名【章台路】。」

## 望夫歌

即【囉嗊曲】。

調見《花草粹編》卷一〔唐〕劉采春詞。

> 不喜秦淮水，生憎江上船。載兒夫婿去，經歲又經年。（錄自文淵閣《四庫全書》本）

《雲溪友議》卷九：「元公似忘薛濤而贈采春曰：『……更有惱人腸斷處，選詞能唱望夫歌。』【望夫歌】者，即囉嗊之曲也。采春所唱一百二十首，皆當代才子所作，五、六、七言，皆可和者。」

《欽定詞譜》卷一：「唐范攄《雲溪友議》云：『金陵有囉嗊樓，乃陳後主所建。』【囉嗊曲】，劉采春所唱，皆當代才子所作五、六、七言絕句，一名【望夫歌】。元積詩所謂：『更有惱人腸斷處，選詞能唱望夫歌』也。」

## 望月行

調見〔清〕傅維鱗《四思堂文集·附詞》。

> 征鞭帶著愁無數。忍令君歸去。瀟瀟風雨難留住。今夜樓何處。　人欲別。馬聲曳。更值清秋節。古道疏疏飛老葉。錯認作、離人淚。擡目斷、楚天遙空，教魂欲翮。（錄自清康熙本）

## 望月婆羅門

唐教坊曲名。

（一）調見《敦煌歌辭總編》卷三〔唐〕無名氏詞。

> 望月婆羅門。青霄現金身。面帶黑色齒如銀。處處分身千萬億，錫杖撥天門。雙林禮世尊。
> 望月隴西生。光明天下行。水精宮裏樂轟轟。兩邊仙人常瞻仰，鸞舞鶴彈箏。鳳凰說法聽。
> 望月曲彎彎。初生似玉環。漸漸圍圓在東邊。銀城周回星流遍，錫杖奪天關。明珠四畔懸。
> 望月在邊州。江東海北頭。自從親向月中遊。隨佛逍遙登上界，端坐寶花樓。千秋似萬秋。（錄自上海古籍出版社排印本）

《敦煌歌辭總編》卷三：「王集引用卷子一覽表，謂（斯）四五七八卷背有題作【詠月婆羅門】曲子四首。按調名帶題目，應以《教坊記》

所見【望月婆羅門】為準。望月是眾婆羅門之一項功課，彼此關係密切，涵義甚要。若改詠月，泛矣。」

《敦煌曲初探》：「蓋【望月婆羅門】之調名，既載在崔記，而此四辭之首，又皆冠『望月』二字，同題並無他篇，詞語復非泛設，可能即為此調原始之辭──一也。《婆羅門》大曲，乃開元中西涼節度使楊敬述所進，就此摘遍，乃成【婆羅門】雜曲，茲用以詠望月，時間上去大曲之進呈或不甚遠。試看玄宗時有【水調】、【涼州】、【伊州】等大曲，而諸調之單章雜曲，亦皆有於同時，可以類推──二也。遊月宮事，雖荒誕無稽，但其神話之流傳，並非始於後世，妙在玄宗生前，民間即已盛傳，樂曲乃隨之而興。故《教坊記》載開天間之曲名，已列有【月宮】一調。《異人錄》云：『開元六年，上皇與中天師，中秋夜同遊月宮。』河東先生《龍城錄》同說，亦『開元六年』云云，尤堪注意。上辭謂『自從親向月中遊』，當指玄宗而言──三也。」

按：原載（斯）四五七八、一五八九。（伯）二。此調《敦煌歌辭總編》編入雜曲聯章體。

（二）即【婆羅門引】。〔金〕蔡松年詞名【望月婆羅門】，見《明秀集》卷二。

> 妙齡秀髮，韻清冰玉洗羅紈。文章桂窟高寒。晤語平生風味，如對好江山。向雪雲遼海，笑裏春還。　宦情久闌。道勇退、豈吾難。老境哦君好句，張我蕭閒。一峰明秀，為傳語、浮月碧琅玕。歸意滿、水際林間。（錄自《四印齋所刻詞》本）

## 望月婆羅門引

即【婆羅門引】。〔金〕段克己詞名【望月婆羅門引】，見《遯庵樂府》。

> 暮雲收盡，柳梢華月轉銀盤。東風輕扇春寒。玉輦通宵遊幸，彩仗駕雙鸞。閒鳴弦脆管，鼎沸鼇山。　漏聲未殘。人半醉、尚追歡。是處燈圍繡轂，花簇雕鞍。繁華夢斷，醉幾度、春風雙鬢斑。回首處，不見長安。（錄自《彊村叢書》本）

## 望月婆羅門影子

即【婆羅門引】。〔清〕朱青長詞名【望月婆羅門影子】，見《朱青長詞集》卷四。

> 霞珠乍綴，一枝一葉唾絨絲。東風釅抹胭脂。薄雨細風經過，點點帶香垂。記春心正穩，不解愁思。　朝陽影遲。剪嫩綠、細如眉。彷彿猩羅細裏，紅豆稍肥。今宵濃露，想如日、應長一分兒。香透了、即是開時。（錄自朱青長手稿本）

## 望仙門

調見〔宋〕晏殊《珠玉詞》。

> 玉池波浪碧如鱗。露蓮新。清歌一曲翠眉顰。舞華茵。　滿酌蘭英酒，須知獻壽千春。太平無事荷君恩。荷君恩。齊唱望仙門。（錄自汲古閣《宋六十名家詞》本）

《填詞名解》卷一：「望仙門，漢武市之所建也。華陰有集靈宮。宮在華山下，帝欲以懷集仙者，故名殿為存仙。瑞門南向署曰望仙門。詞取以名。」

按：晏殊詞有「齊唱望仙門」句，故名【望仙門】。

## 望仙樓

即【胡搗練】。〔宋〕晏幾道詞名【望仙樓】，見《小山詞》。

> 小春花信日邊來，未上江樓先坼。今歲東君消息。還自南枝得。　素衣染盡天香，玉酒添成國色。一自故溪疏隔。腸斷長相憶。（錄自汲古閣《宋六十名家詞》本）

## 望江東

調見〔宋〕黃庭堅《山谷詞》。

> 江水西頭隔煙樹。望不見、江東路。思量只有夢來去。更不怕、江闌住。　燈前寫了書無數。算沒個、人傳與。直饒尋得雁分付。又還是、秋將暮。（錄自汲古閣《宋六十名家詞》本）

按：黃庭堅詞有「望不見江東路」句，故名【望江東】。

## 望江泣

即【望江怨】。〔清〕西泠狂者詞名【望江泣】，見《載花船》卷一。

> 東風急。吹折名花向誰說。嬌雛愁獨切。待學個縹縈女傑。承恩敕。含笑在泉源，粉香應罷泣。（錄自《中國話本大系》本）

十一畫

**十畫**

# 望江南

唐教坊曲名。

（一）調見《敦煌歌辭總編》卷二〔唐〕無名氏詞。

> 莫攀我，攀我太心偏。我是曲江臨池柳，者人折了那人攀。恩愛一時間。（錄自上海古籍出版社排印本）

按：原載（伯）二八〇九、二九一一。原題【望江南平】，任半塘先生曰：調名下有「平」字者尚有【酒泉子平】、【楊柳枝平】、【搗練子平】。認為此「平」字為清商樂內之平調，雖不周洽，但聲樂家則謂捨此清商平調外，「平」字別難有指。

（二）調見《敦煌歌辭總編》卷二〔唐〕無名氏詞。

> 敦煌郡，四面六蕃圍。生靈苦屈青天見，數年路隔失朝儀。目斷望龍墀。　新恩降，草木總光輝。若不遠仗天威力，河湟必恐陷戎夷。早晚聖人知。（錄自上海古籍出版社排印本）

按：原載（伯）三一二八、二八〇九、三九一一。

（三）即【望江怨】。〔清〕郭士璟詞名【望江南】，見《句雲堂詞》。

> 春將杪。蜀魄啼殘山月曉。起食吳蓴老。愁貪椹食鵑聲早。愁何了。不為著新絲，買種黃花稻。（錄自清刻本）

（四）即【憶江南】。〔唐〕溫庭筠詞名【望江南】，見《歷代詩餘》卷一。

> 梳洗罷，獨倚望江樓。過盡千帆皆不是，斜暉脈脈水悠悠。腸斷白蘋洲。（錄自清康熙內府本）

《金奩集》注：南呂宮。

（五）即【憶江南】。〔宋〕歐陽修詞名【望江南】，見《歐陽文忠公近體樂府》卷一。

> 江南蝶，斜日一雙雙。身似何郎全傅粉，心如韓壽愛偷香。天賦與輕狂。　微雨後，薄翅膩煙光。才伴遊蜂來小院，又隨飛絮過東牆。長是為花忙。（錄自雙照樓影宋本）

《片玉集》、《于湖先生長短句》注：大石調。《唐音癸籤》卷十三：「《海山記》：『隋煬帝為西苑鑿池泛龍鳳舸，製【望江南】八闋。後唐李德裕用其句拍改為【謝秋娘】。』又云：『李德裕鎮浙西日，悼亡妓謝秋娘，用隋煬帝所作【望江南】調撰【謝秋娘】曲，後仍從本名，亦曰【夢江南】。』」白樂天作此詞改為【憶江南】。後人又因樂天首句，以【江南好】名之。劉禹錫亦有作。凡曲名遞改換，多如此。」

# 望江怨

又名：望江泣、望江南、望江怨令。

調見《花間集》卷四〔五代〕牛嶠詞。

> 東風急。惜別花時手頻執。羅幃愁獨入。馬嘶殘雨春蕪濕。倚門立。寄語薄情郎，粉香和淚泣。（錄自雙照樓影明仿宋本）

《詞律箋榷》卷二：「【望江怨】唯牛嶠一首，《花間》不分段；或於『羅幃愁獨入』分段，《詞綜》從之。榮按牛詞，前半是別時語，後半是別後語。若作一段，則語意相牴迕，分之為是也。《詞律》注云：『此小令必不分。』不知小令分段者正多，而《詞律》所譜分段小令亦不少，忽謂小令不必分段，是誠奇絕。又唐五代詞，或有因傳寫不同，而體段遂異者，韋端己之【訴衷情】即分二段。此調分否無確據，但不解萬氏何以能必耳。」

# 望江怨令

即【望江怨】。〔清〕閔奕仕詞名【望江怨令】，見《載雲舫集詩餘》。

> 端陽了。梅子枝頭青尚小。角黍傷離弔。離騷欲讀聲聲悄。嗟懷抱。想去歲今年，這蹉跎不少。（錄自清甲子影嵐自書本）

# 望江梅

即【憶江南】。〔五代〕李煜詞名【望江梅】，見《南唐二主詞》。

> 閒夢遠，南國正芳春。船上管弦江面綠，滿城飛絮輥輕塵。忙殺看花人。（錄自王國維輯本）

# 望西飛

即【清商怨】。〔宋〕賀鑄詞名【望西飛】，見《東山詞》卷上。

> 十分持酒每□□，□□□□□。□計留春，春隨人去遠。　東流□□□□，□□□、好憑雙燕。望斷西風，高樓簾蓐捲。（錄自涉園影宋本）

# 望西湖

調見〔清〕鄭景會《柳煙詞》。

> 問斜陽。滿湖就衰草白楊。舞榭歌榭今餘幾，

敗壁危牆。可憐松柏荒煙冷，遊人尚說蘇娘。憶當年，泛霞觴。曾聽象管鸞簧。暮雲朝雨，有多少、翠袖紅妝。困柳嬌花呼不起，醒來扶上銀塘。　而今不似昔時，秋瀉寒沙，流水湯湯。誰念愁入庚腸。對峰頭、一痕新月微茫。累累荒塚如北邙。（錄自清刻本）

按：據詞注：「和沈弘宣新翻曲。」惜原詞未見。

## 望回心

即【寄我相思】。〔清〕徐旭旦詞名【望回心】，見《世經堂詞》。

願伊見。見我風流減。不為悲秋恨已深，只因誤識芙蓉面。願伊見。倘心轉。（錄自清刻本）

詞序：「余極寡情，非寡情也，以寡情用情之地也。近纏無形病鬼，不逢妙手醫王。潘安年少，星星鬢易二毛；沈約多愁，日日腰寬一束。桃花依舊，未同崔護題詩；柳絮狂吹，那得朝雲下淚。真可謂三生石冷，半笑全無。十院燈昏，二更空守。即有所期，竟如掬月水中；已知是夢，難說偷花鏡裏。姻緣若此，怨歎何如。然業案既成，況癡魂未斷。爰翻舊譜，更名新聲。四章雖舊，五內皆摧。人盡云：『此斷為依樣葫蘆。』我豈曰：『畢竟是空中樓閣。』」

## 望明河

調見〔宋〕劉一止《苕溪樂章》。

華旌耀日，報天上使星，初辭金闕。許國精忠，試此日傅巖，濟川舟楫。向來藝林外，況傳詠、篇章雄絕。問人地、真是唐朝第一，未論勳業。　鯨波霽雲千疊。望仙馭縹緲，神山明滅。萬里勤勞，也等是壯年，繡衣持節。丈夫功名事，未肯向、樽前輕傷別。看飛棹、歸侍宸遊，宴賞太平風月。（錄自《彊村叢書》本）

## 望長安

即【蝶戀花】。〔宋〕賀鑄詞有「長安不見令人老」句，故名；見《東山詞》卷上。

排辦張燈春事早。十二都門。物色宜新曉。金犢車輕玉驄小。拂頭楊柳穿馳道。　尊羨鱸鱠非吾好。去國謳吟，半落江南調。滿眼青山恨西照。長安不見令人老。（錄自涉園影宋本）

## 望春回

調見《樂府雅詞‧拾遺》卷下〔宋〕李甲詞。

霽霞散曉，射水村漸明，漁火方絕。灘露夜潮痕，注凍瀨淒咽。征鴻來時應負書，見疏柳、更憶伊同折。異鄉憔悴，那堪更逢，歲窮時節。　東風暗回暖律。算坼遍江梅，消盡巖雪。唯有這愁腸，也依舊千結。私言竊語些誓約，便眠思夢想無休歇。這些離恨，除非對著、說似明月。（錄自《粵雅堂叢書》本）

《詞律拾遺》卷五注：「此調與【桂枝香】頗相似，唯後起少一字，前後第七句多一字，第四、五句十字，俱作兩五字句為異，未敢決為一調。」

## 望南雲慢

調見《花草粹編》卷二十二〔宋〕沈唐詞。

木葉輕飛，乍雨歇亭皋，簾捲秋光。欄限砌角，綻拒霜幾處，蓓深淺紅芳。應恨開時晚，伴翠菊、風前並香。曉來寒露，嫩臉低凝，似帶啼妝。　堪傷。記得佳人，當時怨別，盈腮淚粉行行。而今最苦，奈千里身心，兩處淒涼。感物成消黯，念舊歡、空勞寸腸。月斜殘漏，夢斷孤幃，一枕思量。（錄自文淵閣《四庫全書》本）

## 望書歸

即【搗練子】。〔宋〕賀鑄詞有「過年唯望得書歸」句，故名；見《東山詞》卷上。

邊堠遠，置郵稀。附與征衣襯鐵衣。連夜不妨頻夢見，過年唯望得書歸。（錄自涉園影宋本）

## 望秦川

即【南歌子】。〔宋〕程垓詞名【望秦川】，見《書舟詞》

柳弱眠初醒，梅殘舞尚癡。春陰將冷傍簾幃。又是東風和恨、向人歸。　樂事燈前記，愁腸酒後知。老來無計遣芳時。只有閒情隨分、品花枝。（錄自汲古閣《宋六十名家詞》本）

## 望海潮

（一）調見〔宋〕柳永《樂章集》卷下。

東南形勝，三吳都會，錢塘自古繁華。煙柳畫橋，風簾翠幕，參差十萬人家。雲樹繞堤沙。

怒濤捲霜雪，天塹無涯。市列珠璣，戶盈羅綺
競豪奢。　　重湖疊巘清嘉。有三秋桂子，
十里荷花。羌管弄晴，菱歌泛夜，嬉嬉釣叟蓮
娃。千騎擁高牙。乘醉聽簫鼓，吟賞煙霞。
異日圖將好景，歸去鳳池誇。（錄自《彊村叢
書》本）

《樂章集》注：仙呂調。

《鶴林玉露・丙編》卷一：「孫何帥錢塘，柳
耆卿作【望海潮】詞贈之云（詞略）。此詞流
播，金主亮聞歌，欣然有慕『三秋桂子，十里
荷花』，遂起投鞭渡江之志。近時謝處厚詩云：
『誰把杭州曲子謳。荷花十里桂三秋。那知卉木
無情物，牽動長江萬里愁。』余謂此詞雖牽動長
江之愁，然卒為金主送死之媒，未足恨也。至於
荷豔桂香，妝點湖山之清麗，使士大夫流連於歌
舞嬉遊之樂，遂忘中原，是則深可恨耳。」

《歲時廣記》卷三十一引《古今詞話》：「柳
耆卿與孫相為布衣交。孫知杭州，門禁甚嚴。
柳卿欲見之不得，作【望海潮】詞，往謁名妓
楚楚曰：『欲見孫相，恨無門路，若因府會，願
借朱唇歌於孫相公之前。若問誰為此詞，但說柳
七。』中秋府會，楚楚宛轉歌之，孫日迎耆卿預
坐。詞曰（詞略）。」

（二）即【望雲間】。〔金〕趙可詞名【望海
潮】，見《中州樂府》。

雲朔南陲，全趙寶符，河山襟帶名藩。有朱樓
縹緲，千雉迴旋。雲度飛孤絕險，天圍紫塞高
寒。弔興亡遺跡，咫尺西陵，煙樹蒼然。
時移事改，極目春心，不堪獨倚危欄。唯是年
年飛雁，霜雪知還。樓上四時長好，人生一世
誰閒。故人有酒，一樽高興，不減東山。（錄自
雙照樓影元本）

## 望梅

即【解連環】。〔宋〕無名氏詞名【望梅】，見
《梅苑》卷四。

小寒時節，正同雲暮慘，勁風朝烈。信早梅、
偏占陽和，向日暖臨溪，一枝先發。時有香
來，望明豔、瑤枝非雪。想玲瓏嫩蕊，綽約橫
斜，旖旎清絕。　　仙姿更誰並列。有幽香映
水，疏影籠月。且大家、留倚欄干，對綠醑飛
觥，錦箋吟閱。桃李繁華，奈比此、芬芳俱
別。等和羹大用，休把翠條謾折。（錄自《棟亭
十二種》本）

《詞律》卷十九【解連環】調注：「【望梅】句
字平仄、音響俱同，豈非與【解連環】一調？後
結雖於大用斷句，然一氣不拘，正如補之前尾，
用負他句六字也。想此調或可兩名，或耆卿用前
調（此調《詞律》為柳永作。前調【解連環】）
作梅花詞，題曰【望梅】，因誤襲為調名。」

## 望梅花

唐教坊曲名。

又名：望梅花令。

（一）調見《花間集》卷六〔五代〕和凝詞。

春草全無消息。臘雪猶餘蹤跡。越嶺寒枝香自
坼。冷豔奇芳堪惜。何事壽陽無處覓。吹入誰
家橫笛。（錄自雙照樓影明仿宋本）

（二）調見《花間集》卷八〔五代〕孫光憲詞。

數枝開與短牆平。見雪萼、紅跗相映。引起誰
人邊塞情。　　簾外欲三更。吹斷離愁月正
明。空聽隔江聲。（錄自雙照樓影明仿宋本）

（三）調見《梅苑》卷二〔宋〕蒲宗孟詞。

一陽初起。暖力未勝寒氣。堪賞素華長獨秀，
不並開紅抽紫。青帝只應憐潔白，不使雷同眾
卉。　　淡然難比。粉蝶豈知芳蕊。半夜捲簾
如乍失，只在銀蟾影裏。殘雪枝頭君認取，自
有清香旖旎。（錄自《棟亭十二種》本）

（四）調見〔元〕張雨《貞居詞》。

何處仙家方丈。渾連水、隔他塵堁。放鶴天
寬，看雲窗小，萬幅丹青圖障。憑高望、笑掣
金鼇，人道是蓬萊頂上。　　時問葛陂龍杖。
更準備、雪中鶴氅。修月吳剛，收書東老，消
得百壺春釀。無盡藏。莫傲清閒，怕詔起、山
中宰相。（錄自吳訥《百家詞》本）

（五）調見《鳴鶴餘音》卷六〔元〕無名氏詞。

死生於身最大。從來與我為害。饑則求飱，渴
而索飲，寒來又尋衣蓋。好難捱。晝夜相隨，
唦得我來忔惚。　　捨了娘生皮袋。分付了、
兩家自在。行則穿雲，倦則臥月，遊戲太虛無
礙。甚輕快。捉住風輪，跨神鼇、遍超法界。
（錄自清黃丕烈補明鈔本）

《歷代詩餘》卷三：「和凝作望梅花詞，即以名
調。」

《詞律》卷二：「【望梅花】俱實詠梅花者是知
此調，未可作他用也。謹按：《欽定四庫全書・
克齋詞》提要云：『考《花間》諸集，往往調即
是題，如【女冠子】則詠女道士，【河瀆神】則

為送迎神曲，【虞美人】則詠虞姬之類，唐末五代諸詞例原如是。後人題詠漸繁，題與調兩不相涉。』然則【望梅花】之調，本係詠梅，而後人移如他用，亦無足異哉。」

## 望梅花令

即【望梅花】。〔五代〕和凝詞名【望梅花令】，見《梅苑》卷五。

春草全無消息。臘雪猶餘蹤跡。越嶺寒枝香自坼。冷豔奇芳堪惜。何事壽陽無處覓。吹入誰家橫笛。（錄自《棟亭十二種》本）

## 望梅詞

即【解連環】。〔宋〕善珍詞名【望梅詞】，見《藏叟摘稿》。

寸陰堪惜。趁身強健去，結茅蒼壁。錯料事，臨老方知，國師與高僧，二途俱失。識字吟詩，敵不得、死生何益。看寒山著語，李杜也輸，莫道元白。　　千年過如瞬息。共飛鴻縹緲，沉沒空碧。問懶瓚、因甚遭逢，芋魁亦聯翩，著名金石。遺臭流芳，老子勿、許多心力。旋消磨、數百甕齏，掩關入寂。（錄自《全宋詞》本）

## 望揚州

即【長相思慢】。〔宋〕賀鑄詞名【望揚州】，見《賀方回詞》卷一。

鐵甕城高，蒜山渡闊，干雲十二層樓。開樽待月，捲箔披風，依然燈火揚州。綺陌南頭。記歌名宛轉，鄉號溫柔。曲檻俯清流。想花蔭、誰繫蘭舟。　　念淒絕秦弦，感深荊賦，相望幾許凝愁。勤勤裁尺素，奈雙魚、難渡瓜洲。曉鑑堪羞。潘鬢點、吳霜漸稠。幸于飛、駕鴦未老，不應同是悲秋。（錄自《彊村叢書》本）

## 望湘人

調見《花庵詞選》卷四〔宋〕賀鑄詞。

厭鶯聲到枕，花氣動簾，醉魂愁夢相半。被惜餘薰，帶驚剩眼，幾許傷春春晚。淚竹痕鮮，佩蘭香老，湘天濃暖。記小江、風月佳時，屢約非煙遊伴。　　須信鸞弦易斷。奈雲和再鼓，曲終人遠。認羅襪無蹤，舊處弄波清淺。青翰棹艤，白蘋洲畔。盡目臨皋飛觀。不解寄、一字相思，幸有歸來雙燕。（錄自文淵閣《四庫全書》本）

## 望雲涯引

調見《樂府雅詞》卷下〔宋〕李甲詞。

秋容江上，岸花老，蘋洲白。露濕蒹葭，浦嶼漸增寒色。閒漁唱晚，鷺雁驚飛處，映遠磧。數點輕帆，送天際歸客。　　鳳台人散，漫回首。沉消息。素鯉無憑，樓上暮雲凝碧。時向西風下，認遠笛。宋玉悲懷，未信金樽消得。（錄自《粵雅堂叢書》本）

## 望雲間

又名：雨中花慢、望海潮。

調見《花草粹編》卷十八〔金〕趙可詞。

雲朔南陲，全趙寶符，河山襟帶名藩。有朱樓縹紗，千雉迴旋。雲度飛孤絕險，天圍紫塞高寒。弔興亡遺跡，咫尺西陵，煙樹蒼然。　　時移事改，極目春心，不堪獨倚危欄。唯是年年飛雁，霜雪知還。樓上四時長好，人生一世誰閒。故人有酒，一樽高興，不減東山。（錄自文淵閣《四庫全書》本）

按：《欽定詞譜》卷二十五【望雲間】調注：「調見《翰墨全書》，趙可登代州南樓，自度此腔。」但此詞與宋京鏜之【雨中花慢】極相似，恐係【雨中花慢】之又一體，非趙氏自度曲。朱彊村校《中州樂府》即改調名為【雨中花慢】，而元本《中州樂府》則調名為【望海潮】。惜《翰墨全書》原本未見，待考。

## 望漢月

即【憶漢月】。〔宋〕柳永詞名【望漢月】，見《樂章集》卷下。

明月明月明月。爭奈乍圓還缺。恰如年少洞房人，暫歡會、依前離別。　　小樓憑檻處，正是去年時節。千里清光又依舊，奈夜永、厭厭人絕。（錄自《彊村叢書》本）

## 望遠行

又名：秣陵磧。

唐教坊曲名。

（一）調見《敦煌歌辭總編》卷二〔唐〕無名氏詞

年少將軍佐聖朝。為國掃蕩狂妖。彎弓如月射雙雕。馬蹄到陣盡雲消。　　休寰海，罷槍

刀。銀鷺駕上超霄。行人南北盡歌謠。莫把堯
舜比今朝。（錄自上海古籍出版社排印本）

《金奩集》注：中呂宮。

按：原載（伯）四六九二。本調原名為【曲子望
遠行】。

（二）調見《花間集》卷二〔五代〕韋莊詞。

欲別無言倚畫屏。含恨暗傷情。謝家庭樹錦雞
鳴。殘月落邊城。　　人欲別，馬頻嘶。綠槐
千里長堤。出門芳草路萋萋。雲雨別來易東
西。不忍別君後，卻入舊香閨。（錄自雙照樓影明
仿宋本）

（三）調見《花間集》卷十〔五代〕李珣詞。

春日遲遲思寂寥。行客關山路遙。瓊窗時聽語
鶯嬌。柳絲牽恨一條條。　　休暈繡，罷吹
簫。貌逐殘花暗凋。同心猶結舊裙腰。忍辜風
月度良宵。（錄自雙照樓影明仿宋本）

（四）調見〔宋〕柳永《樂章集》卷中。

繡幃睡起。殘妝淺，無緒勻紅補翠。藻井凝
塵，金梯鋪蘚。寂寞鳳樓十二。風絮紛紛，煙
蕪苒苒，永日畫欄，沈吟獨倚。望遠行，南陌
春殘悄歸騎。　　凝睇。消遣離愁無計。但暗
擲、金釵買醉。對好景、空飲香醪，爭奈轉添
珠淚。待伊遊冶歸來，故故解放，翠羽輕裙
重繫。見纖腰圖，信人憔悴。（錄自《彊村叢
書》本）

《樂章集》注：中呂調、仙呂調。

（五）調見〔宋〕黃庭堅《山谷詞》。

自見來虛過，卻好時好日。這也尿、粘膩得處
煞是律。據眼前言定，也有十分七八。冤我無
心除告佛。　　管人閒底，且放我快活嘍。便
索些別茶祗待，又怎不遇偎花映月。且與一班
半點，只怕你沒丁香核。（錄自汲古閣《宋六十名
家詞》本）

（六）調見《樂府雅詞·拾遺》卷下〔宋〕無名
氏詞。

當時雲雨夢，不負楚王期。翠峰中、高樓十二
掩瑤扉。盡人間歡會，只有兩心自知。漸玉困
花柔香汗揮。　　歌聲翻別怨，雲取欲回時。
這無情紅日，何似休西。但涓涓朱露，濕透
仙郎羽衣。怎忍見、雙鴛相背飛。（錄自文淵閣
《四庫全書》本）

（七）調見《梅苑》卷二〔宋〕無名氏詞。

重陰未解，又早是、年時梅花爭綻。暗香浮
動，疏影橫斜，月淡水清亭院。好是前村，雪

裏一枝開處，昨夜東風布暖。動行人、多少離
愁腸斷。　　凝戀。天賦自然雅態，似壽陽、
初勻粉面。故人折贈，欣逢驛使，只恐隴春
晚。寄與高樓，休學龍吟三弄，留取瓊花爛
熳。正有人、同倚欄干爭看。（錄自文淵閣《四庫
全書》本）

## 望蓬萊

（一）即【憶江南】。〔宋〕趙希蓬詞名【望蓬
萊】，見《詩淵》。

真大道，損損做修持。到處受人欽供養，得便
宜是落便宜。步步入青漚。（錄自書目文獻出版社
影明鈔本）

（二）即【憶江南】。〔金〕王喆詞名【望蓬
萊】，見《重陽全真集》卷四。

重陽子，物物不追求。雲水閒遊真得得，茅庵
燒了事休休。別有好歸頭。　　存基址，決有
後人修。便做玲瓏真決烈，怎生學得我風流。
先已赴瀛洲。（錄自涵芬樓影明《道藏》本）。

金丘處機【望蓬萊】詞注：「四首本名【望江
南】，王喬二生架屋於渭水之南，頗遂幽曠，因
以【望蓬萊】詞贈之。」

## 情久長

又名：情長久。

調見〔宋〕呂渭老《聖求詞》。

鎖窗夜永，無聊盡作傷心句。甚近日、帶紅移
眼，梨臉擇雨。春心償未足，怎忍聽、啼血催
歸杜宇。暮帆掛、沈沈暝色，滾滾長江，流不
盡、來無據。　　點檢風光，歲月今如許。趁
此際、浦花汀草，一棹東去。雲窗霧閣，洞天
曉、同作煙霞伴侶。算誰見、梅簾醉夢，柳陌
晴遊，應未許、春知處。（錄自汲古閣《宋六十名
家詞》本）

## 情長久

即【情久長】。〔清〕張保謙詞名【情長久】，
見《墨花軒詩餘》。

鏡台寂寞，塵封觸目成悽楚。況剩得、病餘殘
繡，偏折鴛侶。流鶯聽不得，那更聽、啼血催
歸杜宇。最難是、花晨月夕，扇底樽前，都賦
出，傷心句。　　短夢匆匆，果是蘭因誤。便
不合、鏡盟釵約，一番歡聚。情長原是累，縱
情短、難解潘郎苦緒。歎今後、雲蹤雨跡，

十二巫峰，渾未許，人知處。（錄自清同治四年刻本）

《詞律》卷十八【情久長】調注：「又名【情長久】。」

## 惜分飛

又名：惜芳菲、惜春飛、惜雙雙、惜雙雙令。

調見〔宋〕晁補之《晁氏琴趣外篇》卷三。

消暑樓前雙溪市。盡住水晶宮裏。人共荷花麗。更無一點塵埃氣。　　不會史君匆匆至。又作匆匆去計。誰解連紅袂。大家都把蘭舟繫。（錄自雙照樓影宋本）

## 惜分釵

即【擷芳詞】。〔宋〕呂渭老詞名【惜分釵】，見《聖求詞》。

春將半。鶯聲亂。柳絲拂馬花迎面。小堂風。暮樓鐘。草色連雲，暝色連空。重。重。
秋千畔。何人見。寶釵斜照春妝淺。酒霞紅。與誰同。試問別來，近日情悰。忡。忡。（錄自汲古閣《宋六十名家詞》本）

《填詞名解》卷一：「太真住蓬萊仙山，見蜀道士楊通幽，問皇帝安否。取舊賜金釵鈿合，拆其半授之曰：『為我謝太上皇，謹獻是物，尋舊好也。』調名取此。」

## 惜奴嬌

又名：姹鶯嬌、惜嬰嬌。

（一）調見〔宋〕晁補之《晁氏琴趣外篇》卷四。

歌闋瓊筵，暗失金貂侶。說衷腸、丁寧囑付。棹舉帆開，黯行色、秋將暮。欲去。待卻回、高城已暮。　　漁火煙村，但觸目傷離緒。此情向、阿誰分訴。那裏思量，爭知我、思量苦。最苦。睡不著、西風夜雨。（錄自雙照樓影宋本）

（二）調見〔宋〕石孝友《金谷遺音》。

合下相逢，算鬼病、須沾惹。閒深裏、做場話霸。負我看承，枉馳我、許多時價。冤家。你教我、如何割捨。　　苦苦孜孜，獨自個、空嗟呀。使心腸、捉他不下。你試思量。亮從前、說風話。冤家。休直待，教人咒罵。（錄自汲古閣《宋六十名家詞》本）

（三）調見〔宋〕石孝友《金谷遺音》。

我已多情，更撞著、多情底你。把一心、十分

向你。盡他們，劣心腸、偏有你。共你。風了人、只為個你。　　宿世冤家，百忙裏、方知你。沒前程、阿誰似你。壞卻才名，到如今、都因你。是你。我也沒、星兒恨你。（錄自汲古閣《宋六十名家詞》本）

（四）宋大曲名。

調見《夷堅乙志》〔宋〕無名氏【巫山女神】詞。

### 其一

瑤闕瓊宮，高枕巫山十二。睹瞿塘、千載灩灩雲濤沸。異景無窮好，閒吟滿酌金卮。憶前時。楚襄王，曾來夢中相會。吾正鬟亂釵橫，斂霞衣雲縷。向前低揖。問我仙職。桃杏遍開，綠草萋萋鋪地。燕子來時，向巫山、朝朝行雨暮行雲，有閒時，只恁畫堂高枕。

### 瑤台景第二

繞繞雲梯，上徹青霄霞外。與諸仙同飲，鎮長春醉。虎嘯猿吟，碧桃香異風飄細。希奇。想人間難識，這般滋味。姮娥奏樂簫韶，有仙音異品，自然清脆。過住行雲不敢飛。空凝滯。好是波瀾澄湛，一溪香水。

### 蓬萊景第三

山染青螺縹渺，人間難陟。有珍珠光照，晝夜無休息。仙景無極。欲言時。汝等何知。且修心，要觀遊，亦非。大段難易。下俯浮生，尚自爭名逐利。豈不省，來歲擾擾兵戈起。天慘雲愁，念時衰如何是。使我筆、終日蓬宮下淚。

### 勸人第四

再啟諸公，百歲還如電急。高名顯位瞬息爾。泛水輕漚，霎那間、難久立。畫燭當風裏。安能久之。速往茅峰割愛，休名避世。等功成、須有上真相引指。放死求生，施良藥、功無比。千萬記。此個奇方第一。

### 王母宮食蟠桃第五

方結實累累。翠枝交映，蟠桃顆顆，仙味真香美。遂命雙成，持靈藥割來，耳服一粒，令我延年萬歲。堪笑東方，便啟私心盜餌。使宮中仙伴，遞互相尤攘。無奈雙成，向王母高陳之。遂指方，偷了蟠桃是你。

### 玉清宮第六

紫雲絳靄，高擁瑤砌。曉光中、無限剖列。肅整天仙隊。又有殊音欲舉，聲遏止。朝罷時。亦有清香飄世。玉駕才興，高上真仙盡退。有瓊花如雪，散漫飛空裏。玉女金童，捧丹文、傳仙誨。撫諸仙，早起勞卿過耳。

十一畫

扶桑宮第七

　　光陰奇。扶桑宮裏。日月常畫，風物鮮明可
愛。無陰晦。大帝頻鑑於瑤池。朱欄外，乘鳳
飛。教主開顏命醉。實樂齊吹。儘是瓊姿天
妹，每三杯，須用聖母親來揖。異果名花幾千
般，香盈袂。意欲歸。欲乘鸞車鳳翼。

太清宮第八

　　顯煥明霞，萬丈祥雲高布，望仙官衣帶，曳曳
臨香砌。玉獸齊焚，滿高穹、盤龍勢。大帝
起。玉女金童遍侍。奉敕宣言，甚荷諸仙厚
意。復回奏，感恩頓首皆躬袂。奏畢還宮，尚
依然雲霞密，奇更異。非我君，何聞耳。

歸第九

　　吾歸矣。仙宮久離。洞戶無人管之。專俟吾
歸。欲要開金鎖。千萬頻修己。言訖無忘之。
哩囉哩。此去無由再至。事冗難言，爾輩須能
自會。汝之言，還便是如吾意。大抵方寸平
平，無憂耳。雖改易之。愁何畏。（錄自涵芬樓排
印本）

《夷堅乙志》卷十三：「紹興九年，張淵道侍郎
家居無錫縣南禪寺，其女請大仙，忽書曰：『九
華天仙降。』問為誰，曰：『世人所謂「巫山神
女」者是也。』賦【惜奴嬌】大曲一篇，凡九闋
（詞略）。詞成，文不加點。又大書曰：『吾且
歸。』遂去。明日，別有一人自稱歌曲仙，曰：
『昨夕巫山神女見招，云在君家作詞，慮有不協
律處，令吾潤色之。』及閱視，但改數字而已。
其第三篇所云『來歲擾聲兵戈起』，時虜人方歸
河南，人以此說為不然。明年，淵道自祠官起提
舉秦司茶馬，度淮而北，至鄲陽，虜兵大至，倉
皇奔歸，盡室幾不免，河南復陷。考詞中之句，
神其知之矣。」

（五）調見《高麗史・卷七十一・樂二》〔宋〕
無名氏詞。

　　春早皇都冰泮。宮沼東風布輕暖。梅粉飄香，
柳帶弄色，瑞靄祥煙凝淺。正值元宵、行樂同
民總無閒。肆情懷，何惜相邀，是處裏容款。
　　　　無弄。仗委東君遍。有風光、占五陵閒
散。從把千金，五夜繼賞，並徹春宵遊玩。借
問花燈，金瑣瓊瑰果曾罕。洞天裏，一掉蓬
瀛，第恐今宵短。
　　誇帝里。萬靈咸集，永衛紫陌青樓，富臻既庶
矣。四海昇平，文武功勳蓋世。賴聖主，興賢
佐，恁致理。　　　　氣緒凝和，會景新、訪雅

致。列群公錫宴在遍。上元循典，勝古高超榮
異。望絳霄、龍香飄飄旖旎。

　　景雲披靡。露浥輕寒若冰，儘是遊人美。陌塵
潤、寶沉遞。笑指揚鞭，多少高門勝會。況
是。只有今夕誓無寐。　　盛日凝釭。羽巢可
窺。閬苑金關啟扉。爐連宵、寧防避。暗塵隨
馬，明月逐人無際。調戲。相歌穠李未闌已。
　　驂輪縱勒，翠羽花鈿比織。並雅同陪，共越九
衢遍，盡遨逸。料峭雲容，香惹風、紫懷袂。
遍寓目，幾處瑤席繡帘。
　　莫如勝概，景壓天街際。彩鼇舉、百仞聳倚。
鳳舞龍驤，滿目紅光寶翠。動霽色，餘霞映，
散成綺。　　漸灼蘭膏，覆滿青煙罩地。簇宮
花、摑蕩紛委。萬姓瞻仰，莘莘雲龍香細。共
稽首，同樂輿、眾方紀。
　　樓起宵宮裏。五福中天紛絳瑞。弦管齊諧，清
宛振逸天外。萬舞低佪紛繞，羅紈搖曳。頃刻
轉輪歸去，念感激天意。　　幸列熙台，洞天
遙遙望聖梓。五夕華宵，魚鑰並開十二。聖景
難逢無比。人間動且經歲。娩婉躊躇，再拜五
雲迤邐。（錄自日本明治四十一年縮印本）

按：原大曲調名下注有「曲破」二字。「曲破」
者唐宋樂舞名。大曲的第三段稱「破」，單調演
唱此段稱「曲破」。節奏緊促，有歌有舞。唐元
稹〈琵琶歌〉云：「月寒一聲深殿磬，驟彈曲破
音繁並。」陳暘《樂書》載宋仁宗云：「自排遍
以前，音聲不相侵亂，樂之正也。自入破以後，
侵亂矣，至此，鄭衛也。」由此可知大曲奏至入
破時，歌淫舞急，使觀眾目不暇接也。《宋史・
樂志》云：「太宗洞曉音律，前後親製大小曲及
舊曲創新聲者，總三百九十。凡製大曲十八……
曲破二十九。」

## 惜年華

即【惜秋華】。〔清〕曹貞吉詞名【惜年華】，
見《詞略・國朝》卷上。

　　河鼓星高，繞莓牆、幾點野花開了。不近夕
陽，橫斜曉風吹老。依稀雨過長天，誰脫下柴
窯新稿。杯小。縱金盤露濃，承來些少。
　　耐肯伴紅蓼。只深描淺畫，把秋容妝好。偷剪
碧霞，疑倩七襄人巧。佳期約略填橋，望翠
軿、欲來波渺。更悄。認蘺邊、暗螢相照。（錄
自清無名氏輯鈔校本）

## 惜花春起早

調見《詞源》卷下引〔宋〕張樞殘句。

　　鎖窗明。（錄自《詞話叢編》本）

《詞源》卷下：「先人曉暢音律，有《寄閒集》旁綴音譜，刊行於世。每作一詞，必使歌者按之，稍有不正，隨即改正。……又作【惜花春起早】云：『鎖窗深。』『深』字音不協，改為『幽』字，又不協，改為『明』字，歌之始協。」

按：此調疑即【惜花春起早慢】之別名。因張樞詞唯殘存一句，故不敢妄斷。另立一名，以備查考。

## 惜花春起早慢

調見《高麗史·卷七十一·樂二》〔宋〕無名氏詞。

　　向春來，睹林園，繡出滿檻鮮葶。流鶯海棠枝上弄舌，紫燕飛繞池閣。三眠細柳，垂萬條、羅帶柔弱。為思量，昨夜去看花，猶自斑駁。　　須拌盡日樽前，當媚景良辰，且恁歡謔。更闌夜深秉燭，對花酌、莫辜輕諾。鄰雞唱曉，驚覺來、連忙梳掠。向西園、惜群葩，恐怕狂風吹落。（錄自日本明治四十一年縮印本）

## 惜花容

調見《綠窗新話》卷上引《古今詞話》〔宋〕盼盼詞。

　　少年看花雙鬢綠。走馬章台管弦逐。而今老更惜花深，終日看花看不足。　　坐中美女顏如玉。為我一歌金縷曲。歸時壓得帽簷軟，頭上春風紅簌簌。（錄自明刻本）

《綠窗新話》卷上：「涪翁過瀘南，瀘留帥府。會有官妓盼盼，性頗聰慧，帥嘗寵之。涪翁贈【浣溪沙】曰：『腳上鞋兒四寸羅。唇邊朱粉一櫻多。見人無語但回波。　　料得有心憐宋玉，只應無奈楚襄何。今生有分共伊麼。』盼盼拜謝。涪翁令唱詞侑觴，盼盼唱【惜花容】曰（詞略）。涪翁大喜。翌日出城遊山寺，盼盼乞詞，涪翁作【驀山溪】以見意。」

《歷代詞人考略》卷十三引《藝苑雌黃》云：「黃魯直過瀘，瀘帥命寵妓盼盼侑觴。魯直贈以【浣溪沙】云：『料得有心憐宋玉，只應無奈楚襄何。』盼盼唱【惜春容】一曲云（詞略）。」

按：《綠窗新話》卷上引《古今詞話》調名為【惜花容】，而此為【惜春容】，未知孰是，待考。

## 惜芳時

即【思歸樂】。〔宋〕歐陽修詞名【惜芳時】，見《醉翁琴趣外篇》卷二。

　　因倚蘭台翠雲鬟。睡未足、雙眉尚鎖。潛身走向伊行坐。孜孜地、告他梳裹。　　發妝酒冷重溫過。道要飲、除非伴我。丁香嚼碎偎人睡，猶記恨、夜來些個。（錄自雙照樓影宋本）

## 惜芳菲

即【惜分飛】。〔宋〕曹冠詞名【惜芳菲】，見《燕喜詞》。

　　寓意登臨詩與酒。豪氣直沖牛斗。揮翰風雷吼。我生嗟在東坡後。　　流水高山琴靜奏。莫笑知音未偶。天意君知否。窮通在道吾何有。（錄自四印齋彙刻《宋元三十一家詞》本）

## 惜金釵

即【擷芳詞】。〔清〕黃壎詞名【惜金釵】，見《修竹山房詩草·附詞》。

　　秋將暮。人遠去。萋萋芳草長安路。送陽關。上征鞍。未斟別酒，珠淚先彈。潸。潸。　　河橋畔。楊柳岸。執手叮嚀千百遍。過青樓。莫掩留。若忘海誓，另覓鴛儔。休。休。（錄自《全清詞》本）

## 惜春令

（一）調見〔宋〕杜安世《壽域詞》。

　　今夕重陽秋意深。籬邊散、嫩菊開金。萬里霜天林葉墜，蕭索動離心。　　臂上茱萸新。似舊年、堪賞光陰。百盞香醪且酬身。牛山會難尋。（錄自汲古閣《宋六十名家詞》本）

（二）調見〔宋〕杜安世《壽域詞》。

　　春夢無憑猶懶起。銀燭盡、畫簾低垂。小庭楊柳黃金翠，桃臉兩三枝。　　妝閣慵梳洗。悶無緒、玉簫拋擲。絮飄紛紛人疏遠，空對日遲遲。（錄自汲古閣《宋六十名家詞》本）

## 惜春詞

〔清〕王源自度曲，見《耕餘詩餘》。

　　柳絮揉風，桃花作雨，客路又驚春去。便教亂

撒榆錢，買他不住。記年年、送往迎來，迫忙裏、笑問春光，依然無故。　回首惜春人，白髮又添幾許。　漫回顧，更有傷心處。舊日同盟，一半暮雲春樹。說甚蝸角蠅頭，總成遲暮。算不如、歸老樵漁，盡消受、木石閒情，煙波奇趣。放眼看青天，贏得酒杯無數。（錄自王氏稿本）

詞序：「辛卯端午前二日，夜雨愁眠，夢吟【惜春詞】，醒憶數句，勉足成之。故不暇按圖索譜也。」

按：原調上有「自度」二字。

## 惜春飛

即【惜分飛】。〔明〕無名氏詞名【惜春飛】，見《繡谷春容・吳生尋芳雅集》。

蝶怨蜂愁迷不醒。分得枕邊春興。何用鞋憑證。風流一時皆前定。　寄語多情須細聽。早辨通宵歡慶。還把新弦整。莫使妝台負明鏡。（錄自《中國話本大系》本）

## 惜春郎

調見〔宋〕柳永《樂章集》卷上。

玉肌瓊豔新妝飾。好壯觀歌席，潘妃寶釧，阿嬌金屋，應也消得。　屬和新詞多俊格。敢共我勍敵。恨少年、枉費疏狂，不早與伊相識。（錄自《彊村叢書》本）

《樂章集》注：大石調。

## 惜春容

即【玉樓春】。〔清〕吳綺詞名【惜春容】，見《蕭瑟詞》。

城邊曾記種楊柳。城裏興亡似翻手。流汗空驚跛腳奴。捨身不濟枯腸瘦。　金床宮女暗垂淚。石闕貢人空頓首。誰憐辛苦為江山，一錯難成值重九。（錄自清刻本）

《全唐詩・附詞》【木蘭花】調注：「一名【玉樓春】，一名【春曉曲】，一名【惜春容】。」

按：唐宋人無有名【惜春容】詞，更無有【玉樓春】又名【惜春容】者。《全唐詩》注未知何出。待考。

## 惜春纖

調見〔清〕陳壽祺《青芙館詞鈔》。

玉樣春纖，想琴鬢、銀衫微露。最好輕軀偷

約，宛轉相思縷。銷魂處。問琴絲搯冷，還教郎溫否。（錄自清同治《滂喜齋叢書》本）

詞序：「曩客都門，見仇十洲美人小幅旁，題有沈君徵【惜春纖】詞，聲韻頗新。歸檢前人詞譜，都無此拍，豈沈君自度腔？別無作者，選家未見，見之者，或又以明詞棄之耶。昨友人以美人指、足、肩、背四題，屬為倚聲，按拍填之，藉以質知音者。」

## 惜秋光

調見〔清〕李時震《去來吟・詩餘》。

玉漏停催天欲曉。金風拂檻秋容早。小院晝沉沉，報道海棠開了。　疏籬慢掩，空庭不掃。辜負梧桐人漸老。此際愁多少。（錄自《全清詞》本）

詞注：「本意。」

## 惜秋芳

〔清〕周濟自度曲，見《止庵詞》。

處處脂濃粉豔，甚餘生難口，一寸都慳。特地移栽，要他耐到秋殘。銅人縱有清鉛水，被西風、將去灑作湘斑。奈兩字相思，總在人間。　暗燈照影搖淒碧，向前身、可記紅淚曾彈。分與酸心，何須苦說才難。而今尚探花消息，剩啼螿三五，低訴頹垣。便盼得花開，也只閒看。（錄自清宣統刻本）

詞序：「階下秋海棠為群雞所殘，檢得一株，僅存半葉，手加培植，製曲弔焉。」

## 惜秋華

又名：惜年華。

（一）調見〔宋〕吳文英《夢窗詞集》。

細響殘蛩，傍燈前、似說深秋懷抱。怕上翠微，傷心亂煙殘照。西湖鏡掩塵沙，翳曉影、秦鬢雲擾。新鴻，喚淒涼、漸入紅萸烏帽。　江上故人老。視東籬秀色，依然娟好。晚夢趁、鄰杵斷，乍將愁到。秋娘淚濕黃昏，又滿城、雨輕風小。閒了。看芙蓉、畫船多少。（錄自《彊村叢書》本）

（二）調見〔宋〕吳文英《夢窗詞集》。

路遠仙城，自王郎去後，芳卿憔悴。錦段鏡空，重鋪步障新綺。凡花瘦不禁秋，幻膩玉、胭紅鮮麗。相攜。試新妝乍畢，交扶輕醉。　長記斷橋外。驟玉驄過處，千嬌凝睇。昨夢

頓醒，依約舊時眉翠。愁邊暮合碧雲，倩唱
入、六么聲裏。風起。舞斜陽、欄干十二。（錄
自《彊村叢書》本）

《夢窗詞集》注：夾鐘商。

《欽定詞譜》卷二十三【惜秋華】調注：「吳文
英自度曲。」

## 惜香心

調見〔清〕王翃《槐堂詞存》。

芳根中斷，惜香心暗死，寒沖月浪。西樓一夜
風箏，奈織花寄遠，恨迷煙曠。幾日嬌魂尋不
得，又嫣薰蘭被，翠幕輕帷搖揚。記蠟淚啼
紅，怨天難曙，獨照孤鸞影相向。　　瑤瑟暗
藏楚弄，怪鸚鵡驚霜。喚起南雲，夢與秋魂交
喪。私歎越羅冷薄，衣帶無情，寬窄多嫌，殘
佩離懸朱桁。回念畫舸乘流，釣蟾蜍靜渚，芙
蓉捲綠，青溪白石，塵滿鴛鴦裀上。並桃葉桃
根雙葬。（錄自清刻本）

按：王翃詞有「芳根中斷，惜香心暗死」句，故
名【惜香心】。

## 惜紅衣

（一）〔宋〕姜夔自度曲，見《白石道人歌曲》
卷五。

簟枕邀涼，琴書換日，睡餘無力。細灑冰泉，
并刀破甘碧。牆頭喚酒，誰問訊、城南詩客。
岑寂。高柳晚蟬，說西風消息。　　虹梁水
陌。魚浪吹香，紅衣半狼藉。維舟試望故國。
眇天北。可惜渚邊沙外，不共美人遊歷。問甚
時同賦，三十六陂秋色。（錄自《彊村叢書》本）

詞序：「吳興號『水晶宮』，荷花盛麗。陳簡
齋云：『今年何以報君恩。一路荷花相送到青
墩。』亦可見矣。丁未之夏，予遊千巖，數往來
紅香中。自度此曲，以無射宮歌之。」

（二）調見〔宋〕吳文英《夢窗詞甲稿》。

鷺老秋絲，蘋愁暮雪，鬢那不白。倒柳移栽，
如今暗溪碧。烏衣細語，傷絆惹、茸紅曾約。
南陌。前度劉郎，尋流花蹤跡。　　朱樓水
側。雪面波光，汀蓮沁顏色。當時醉近繡箔，
夜吟寂。三十六磯重到，清夢冷雲南北。買釣
舟溪上，應有煙蓑相識。（錄自汲古閣《宋六十名
家詞》本）

清戈載【惜紅衣】詞序：「皇甫墩觀荷有見，填
無射宮一解紀之。是曲殺聲當用下凡，白石則兼

借四字，前【杏花天影】詞內，予已論及之。已
觀白石旁譜，『力』字起韻，注下凡四，換頭以
下至『籍』字始注下凡四，可知『陌』字非韻
矣。玉田贈妓雙波一首不叶是也。予故復指出，
以正《詞律》之誤。」

## 惜時芳

即【思歸樂】。〔宋〕張繼先詞名【惜時芳】，
見《虛靖真君詞》。

虛心勁節爭蕭散。無冬夏、鈞欄側畔。霜風雪
色沉沉晚。殘不了、細枝纖幹。　　情中意裏
塵沙恨。試與聆、弦歌急慢。無嫌青翠開青
眼。相看似、太原家慣。（錄自《彊村叢書》本）

## 惜寒梅

調見《復雅歌詞》〔宋〕無名氏詞。

看盡千花，愛寒梅暗與、雪期霜約。雅態香
肌，迴有天然淡泊。五侯園囿姿遊樂。憑欄
處、重開繡幕。秦娥妝罷，遙相縱、豔過京
洛。　　天涯再見素萼。似凝然向人，玉容寂
寞。江上飄零，怎把芳心付託。那堪風雨夜來
惡。便減動、一分瘦削。直須沉醉，尤香繚
雲，莫待吹落。（錄自《詞話叢編》本）

## 惜黃花

又名：金蓮堂。

（一）調見《梅苑》卷五〔宋〕許將詞。

雁聲曉斷。寒宵雲捲。正一枝開，風前看，月
下見。花占千花上，香笑千香淺。化工與、最
爭先栽剪。　　誰把瑤林，閒拋江岸。恁素英
濃，芳心細，意何限。不恨宮妝色，不怨吹羌
管。恨天遠、恨春來晚。（錄自文淵閣《四庫全
書》本）

（二）調見〔宋〕史達祖《梅溪詞》。

涵秋寒渚，染霜丹樹。尚依稀，是來時、夢中
行路。時節正思家，遠道仍懷古。更對著滿城
風雨。　　黃花無數。碧雲欲暮。美人兮，美
人兮、未知何處。獨自捲簾櫳，誰為開樽俎。
恨不得、御風歸去。（錄自《四印齋所刻詞》本）

（三）調見〔金〕王喆《重陽全真集》卷五。

昨朝酒醉，被人縛肘。橋兒上、撲到一場漏。
逗任叫，沒人扶，妻兒總不救。猛省也、我咱
自咒。　　兒也空垂柳。女空花秀。我家妻、
假作一枝花狗。我謹切提防，恐怕著一口。這

王三、難為閒走。（錄自涵芬樓影明《道藏》本）

（四）即【惜黃花慢】。〔宋〕趙以夫詞名【惜黃花】，見《虛齋樂府》卷上。

　　眾芳凋謝。堪愛處、老圃寒花幽野。照眼如畫。爛然滿地金錢，買斷金錢無價。古香逸韻似高人，更野服、黃冠瀟灑。向霜夜。冷笑暖春，桃李夭冶。　　襟期問與誰同，記往昔、獨自徘徊籬下。採採盈把。此時一段風流，賴得白衣陶寫。而今為米負初心，且細摘、輕浮三雅。沉醉也。夢落故園茅舍。（錄自涉園影宋本）

## 惜黃花慢

又名：惜黃花。

（一）調見〔宋〕楊無咎《逃禪詞》。

　　霽空如水。襯落木墜紅，遙山堆翠。獨立閒階，數聲蟬度風前，幾點雁橫雲際。已涼天氣未寒時，問好處、一年誰記。笑聲裏。摘得半釵，金蕊來至。　　橫斜為插烏紗，更採碎、泛入金樽瓊蟻。滿酌霞觴，願人壽百千，可奈此時情味。牛山何必獨沾衣，對佳節、唯應歡醉。看睡起。曉蝶也愁花悴。（錄自汲古閣《宋六十名家詞》本）

（二）調見〔宋〕吳文英《夢窗詞集》。

　　送客吳皋。正試霜夜冷，楓落長橋。望天不盡，背城漸杳，離亭黯黯，恨水迢迢。翠香零落紅衣老，暮愁鎖、殘柳眉梢。念瘦腰。沈郎舊日，曾繫蘭橈。　　仙人鳳咽瓊簫。悵斷魂送遠，九辯難招。醉驣留盼，小窗剪燭，歌雲載恨，飛上銀霄。素秋不解隨船去，敗紅趁、一葉寒濤。夢翠翹。怨鴻料過南譙。（錄自《彊村叢書》本）

《夢窗詞集》注：夷則羽。

## 惜餘妍

即【露華】。〔宋〕曹邍詞名【惜餘妍】，見《陽春白雪‧外集》。

　　同根異色，看鏤玉雕檀，芳艷如簇。秀葉玲瓏，嫩條下垂修綠。禁華深鎖清妍，香滿架、風梳露浴。輕盈便，似覺酥釀，格調粗俗。　　蜂黃間塗蝶粉，疑舊日二喬，各樣妝束。費卻春工，鬥合靚芳穠馥。翠華臨檻清賞，飛鳳翣、休辭醉玉。晴晝鎮，貯春瑤台金屋。（錄自《粵雅堂叢書》本）

按：《詞律拾遺‧凡例》：「曹邍【惜餘妍】即【露華】也。」查曹詞題為：「被召賦二色木香。」調名當本於詞意。即【露華】之說，尚待就證。

## 惜餘春

（一）即【踏莎行】。〔宋〕賀鑄詞有「年年遊子惜餘春」句，故名；見《東山詞》卷上。

　　急雨收春，斜風約水。浮紅漲綠魚文起。年年遊子惜餘春，春歸不解招遊子。　　留恨城隅，關情紙尾。欄干長對西曛倚。鴛鴦俱是白頭時，江南渭北三千里。（錄自涉園影宋本）

（二）即【選冠子】。〔宋〕孔夷詞名【惜餘春】，見《百琲明珠》卷三。

　　弄月餘花，團風輕絮，露濕池塘春草。鶯鶯戀友，燕燕將雛，惆悵睡殘清曉。還似初相見時，攜手旗亭，酒香梅小。向登臨長是，傷春滋味淚多少。　　因甚卻、輕許風流，終非長久，又說分飛煩惱。羅衣瘦損，繡被香消，那更亂紅如掃。門外無窮路歧，天若有情，和天須老。念高唐歸夢，淒涼何處，水流雲繞。（錄自惜陰堂《明詞彙刊》本）

## 惜餘春慢

即【選冠子】。〔宋〕孔夷詞名【惜餘春慢】，見《妙選群英草堂詩餘‧前集》卷上。

　　弄月餘花，團風輕絮，露濕池塘春草。鶯鶯戀友，燕燕將雛，惆悵睡殘清曉。還似初相見時，攜手旗亭，酒香梅小。向登臨長是，傷春滋味，淚彈多少。　　因甚卻、輕許風流，終非長久，又說分飛煩惱。羅衣瘦損，繡被香消，那更亂紅如掃。門外無窮路歧，天若有情，和天須老。念高唐歸夢，淒涼何處，水流雲繞。（錄自雙照樓影明洪武本）

## 惜餘歡

調見〔宋〕黃庭堅《山谷詞》。

　　四時美景，正年少賞心，頻啟東閣。芳酒載盈車，喜朋侶簪合。杯觴交飛勸酬獻，正酣飲、醉主公陳榻。坐來爭奈，玉山未頹，興尋巫峽。　　歌闌旋燒絳蠟。況漏轉銅壺，煙斷香鴨。猶整醉中花，借纖手重插。相將扶上、金鞍騘背，碾春焙、願少延歡洽。未須歸去，重尋豔歌，更留時霎。（錄自汲古閣《宋六十名家詞》本）

《欽定詞譜》卷三十三：「黃庭堅自度腔。因詞有『少延歡洽』句，取以為名。」

## 惜霜華

調見〔清〕朱青長《朱青長詞集》卷二。

天上多情，到人間、種下一蘿秋影。也不是花，橫斜戰風難穩。依稀喚醒鵑魂，揉活曉煙一餅。遙認。只荒村月黃，鳴雞時分。　　渾不似紅槿。合輕藍淺紫，把春華銷盡。瀟灑出塵，心比避秦人冷。高吟別君歌倚，吷綠重報雙星信。好亂剪魚霞，織成天錦。（錄自朱青長手稿本）

## 惜嬰嬌

即【惜奴嬌】。〔金〕侯善淵詞名【惜嬰嬌】，見《上清太玄集》卷九。

猛悟回頭，把塵事都忘了。急收心、速歸大道。空裏尋真，向無中傳明教。最好。現丹華，迴光返照。　　探賾精微，表天奕幽深奧。明內外、浮沉顛倒。一炁雙關，混百神，分三要。玄妙。瑞雲扶，玉辰容貌。（錄自涵芬樓影明《道藏》本）

## 惜瓊花

調見〔宋〕張先《張子野詞·補遺》卷上。

汀蘋白。苕水碧。每逢花駐樂，隨處歡席。別時攜手看春色。螢火而今，飛破秋夕。　　旱河流，如帶窄。任身輕似葉，何計歸得。斷雲孤鶩青山極。樓上徘徊，無盡相憶。（錄自《彊村叢書》本）

## 惜雙雙

（一）調見《花草粹編》卷十一〔宋〕無名氏詞。

冒雪披風開數點。萬花壓、欺寒探暖。掩映閒庭院。月下疏影橫斜，幽香遠。　　命友開樽同宴玩。聽麗質、歌聲宛轉。對景側金盞。任他結實和羹，歸仙館。（錄自文淵閣《四庫全書》本）

（二）調見《花草粹編》卷十一〔宋〕無名氏詞。

庾嶺香前親寫得。子細看，粉勻無跡。月殿休尋覓。姑射人來，知是曾相識。　　不要青春閒用力。也會寄、江南信息。著意應難摘。留與梨花，比並真顏色。（錄自文淵閣《四庫全書》本）

（三）即【惜分飛】。〔宋〕張先詞名【惜雙雙】，見《張子野詞》卷一。

城上層樓天邊路。殘照裏、平蕪綠樹。傷遠更惜春暮。有人還在高高處。　　斷夢歸雲經日去。無計使、哀弦寄語。相望恨不相遇。倚橋臨水誰家住。（錄自《彊村叢書》本）

## 惜雙雙令

即【惜分飛】。〔宋〕劉弇詞名【惜雙雙令】，見《龍雲先生樂府》。

風外橘花香暗度。飛絮縈、殘春歸去。醞造黃梅雨。冷煙曉占橫塘路。　　翠屏人在天低處。驚夢斷、行雲無據。此恨憑誰訴。恁情卻倩危弦語。（錄自《彊村叢書》本）

## 清心月

即【緱山月】。〔金〕馬鈺詞名【清心月】，見《漸悟集》卷上。

起念破清齋。貪愛必為災。靈明何事別三台。竊蟠桃、非止兩三次，因謫降，出蓬萊。　　豈比棟樑林。仙質肯塵埋。大羅天上好安排。煉金丹、九轉功成日，重去也，免投胎。（錄自涵芬樓影明《道藏》本）

## 清心鏡

即【紅窗迥】。〔金〕馬鈺詞名【清心鏡】，見《洞玄金玉集》卷八。

我當初，為庵主。勤勤接待，雲朋霞侶。時時地、疏遠塵緣，漸漸成覺悟。　　悟心開，便得遇。本師遣我，專來化度。闡妙玄、穿鑿愚迷，要薦歸蓬府。（錄自涵芬樓影明《道藏》本）

## 清平令破子

調見《高麗史·卷七十一·樂二》〔宋〕無名氏詞。

滿庭羅綺流柈。清朝畫樓開宴。似初發芙蓉正爛熳。金樽莫惜頻勸。　　近看柳腰似折。更看舞回流雪。是歡樂、宴遊時節。且莫催、歡歌聲闋。（錄自日本明治四十一年縮印本）

按：此為高麗唐樂【拋毬樂】舞隊曲之一。

## 清平樂

又名：忔憎令、青年樂、破子清平樂、清平樂令、新平樂、醉東風、憶蘿月、鐘千殿。

唐教坊曲名。

（一）調見《尊前集》〔唐〕李白詞。

禁闌清夜。月探金窗蟀。玉帳鴛鴦噴蘭麝。時
落銀燈香妲。　　女伴莫話孤眠。六宮羅綺
三千。一笑皆生百媚，宸衷教在誰邊。（錄自
《彊村叢書》本）

（二）調見《尊前集》〔唐〕李白詞。
畫堂晨起。來報雪花墜。高捲簾櫳看佳瑞。皓
色遠迷庭砌。　　盛氣光引爐煙，素草寒生玉
佩。應是天仙狂醉。亂把白雲揉碎。（錄自《彊
村叢書》本）

《教坊記》、《宋史・樂志》、《張子野詞》
注：大石調。《金奩集》、《樂章集》注：越
調。《于湖先生長短句》注：正宮。

《填詞名解》卷四：「【清平樂】，教坊曲名。
王灼云：『此曲在越調，今世又有黃鐘宮、黃鐘
商兩音。』先舒案：李白有【清平調】詞三章，
今填詞又載白【清平樂】四闋，見《遏雲集》。
歐陽炯亦稱白有應制【清平樂】四首，皆非也。
蓋古樂有三調，曰：清調、平調、側調（側調
《通志・樂略》作瑟調）。云三調者，乃周室樂
中之遺聲。明皇但令白就上調中傳聲製詞，故名
【清平調】詞，今傳『雲想衣裳』三絕是也。本
與【清平樂】無關，《碧雞漫志》辨之甚悉。後
人緣『清平』字，誤謂白製即【清平樂】，或又
偽四首，皆謬妄也。今詞集有入白詩者，稱【清
平調引】。」

《唐聲詩》卷下：「李白應制為辭之事，不能限
其生平止於此一次而已。綜合先後，有作【清平
調】者，有作【清平樂】者，有作【宮中行樂
辭】者，各有本事，互不相妨。宋人或混之，或
辨之，皆爭在其事可一不可再之故。」

《全唐五代詞》卷一：「【清平樂】詞為南詔樂
調，當時南詔有清平官，司朝廷禮樂等事，相當
於唐朝宰相。【清平樂】當源於清平官。李白若
係氏人，似亦可填此樂調。」

（三）調見《高麗史・卷七十一・樂二》〔宋〕
無名氏詞。
眞主玉曆成康。德睿寧安國中良。時和歲豐稔，
民阜樂，何情泄、瑞木呈日五色，月華重有光。
更羽鶴來儀鳳凰。萬邦鄉。齊供明皇。祝遐
齡、聖壽無疆。（錄自日本明治四十一年縮印本）

（四）調見《絕妙好詞箋》卷四〔宋〕施嶽詞。
水遶花暝。隔岸炊煙冷，十里垂楊搖嫩影。宿
酒和愁都醒。（錄自清道光愛日軒本）

按：此調係雙調之上片，宋元詞人極少有如此填

者，或係殘編，存以備考。

## 清平樂令

（一）即【清平樂】。〔唐〕李白詞名【清平樂
令】，見《花庵詞選》卷一。
禁庭春晝。鶯羽披新繡。百草巧求花下鬥。祇
睹珠璣滿斗。　　日晚卻理殘妝。御前閒舞霓
裳。誰道腰肢窈窕，折旋笑得君王。（錄自文淵
閣《四庫全書》本）

（二）即【江亭怨】。〔宋〕吳城小龍女詞名
【清平樂令】，見《花庵詞選》卷十。
簾捲曲欄獨倚。山展暮天無際。淚眼不曾晴，
家在吳頭楚尾。　　數點雪花亂委。撲漉沙鷗
驚起。詩句欲成時，沒入蒼煙叢裏。（錄自文淵
閣《四庫全書》本）

詞注：「黃魯直登荊州亭，柱間有此詞。魯直淒
然曰：『以為余發也。筆勢類女子，又有「淚眼
不曾晴」之語，疑其鬼也。』是夕，有女子見夢
曰：『我家豫章吳城山，附客舟至此墮水死，登
江亭有感而作，不意公能識之。』魯直驚悟曰：
『此必吳城小龍女也。』」

## 清平調

又名：清平調引、清平調辭、清平辭、陽關曲、
緩緩歌。

（一）調見《全唐詩・附詞》〔唐〕李白詞。
雲想衣裳花想容。春風拂檻露華濃。若非群玉
山頭見，會向瑤臺月下逢。（錄自清康熙揚州詩
局本）

《松窗雜錄》：「開元中，禁中初重木芍藥，即
今牡丹也。得四本，紅、紫、淺紅、通白者。上
因移植於興慶池東，沉香亭前。花方繁開，上乘
月色，召太真妃以步輦從。詔特選梨園弟子中尤
者，得樂十六色。李龜年以歌擅一時之名，手捧
檀板押眾樂前欲歌之。上曰：『賞名花，對妃
子，焉用舊樂詞為？』遂命龜年持金花箋，宣
賜翰林學士李白進【清平調】詞三章。白欣承詔
旨，猶苦宿醒未解，因援筆賦之（詞略）。龜年
遽以詞進。上命梨園弟子，約略調撫絲竹，遂促
龜年以歌。太真妃持頗梨七寶杯，酌西涼州葡萄
酒，笑領意甚厚，上因調玉笛以倚曲，每曲遍將
換，則遲其聲以媚之。」

《碧雞漫志》卷五：「『清平樂』，《松窗錄》
云：『開元中，禁中初重木芍藥，得四本，紅、

紫、淺紅、通白。繁開，上乘照夜白，太妃真以步輦從。李龜年手捧檀板押眾樂前，將欲歌之。上曰：「焉用舊詞為？」命龜年宣翰林學士李白，立進《清平調》詞三章。白承詔賦詞，龜年以進。上命梨園弟子約格調、撫絲竹，促龜年歌。太真妃笑領歌意甚厚。」張君房《脞說》指此為【清平樂】曲。按：明皇宣白進【清平調】詞，乃是令白於【清平調】中製詞，蓋古樂取聲律高下合為三，曰清調、平調、側調，此之謂三調。明皇止令就擇上兩調，偶不樂側調故也。況白詞七言絕句，與今曲不類，而《尊前集》亦載此三絕句，止目曰【清平詞】。然唐人不深考，妄指此三絕句耳。此曲在越調，唐至今盛行，今世又有黃鐘宮、黃鐘商兩音者，歐陽炯稱白有應制【清平樂】四首，往往是也。」

《古今詞話・詞辨》卷上：「楚曲有清調、平調、【清平相和曲】。李供奉乃作【清平調】三章。《教坊記》作〈陽關曲〉即〈王維送元二使安西〉『渭城朝雨浥輕塵』也。寇萊公、蘇東坡俱有是曲，又作〈緩緩歌〉。」又曰：「吳越王妃每歲歸臨安，王以書遺之曰：『陌上花開，可緩緩歸矣。』吳人用其語為〈緩緩歌〉。蘇東坡為易其詞歌之：『陌上山花開無數，路人爭看翠輦來。』即名【陽關曲】，是古【清平調】也。」

《唐聲詩》下編：「按：相和歌辭中，備列平調、清調、瑟調、楚調諸曲，並無【清平相和曲】。相和原意乃絲與竹更相和，無此調與彼調相和說。今傳《教坊記》內無〈渭城曲〉名，無本調名，亦無〈陽關曲〉名，更無本調作【陽關曲】說。東坡【陽關曲】三首，均不涉〈緩緩歌〉與【清平調】。深說全出臆造。」

又曰：「『清平調』三字，是唐代曲牌名，前所未有。其始義指清商樂中之清調、平調。其後來之義乃就《古清商樂曲》內有聲無辭之平調、清調二曲名，從而更訂。——此二義彼此相貫通，從知其聲縱不全用古聲，也必以古聲為本。李白三章乃倚聲而成，李龜年之歌，乃循譜而發。至因清調、平調上推，原為周房中之樂，遂謂【清平調】之名，有擬李隆基、楊玉環為文王、后妃之意，未免迂遠附會。唐時清商樂雖較六朝為衰，但如李隆基所好之法曲內尚保存不少。本曲既以楊妃為主題，創於天寶間，疑以入法曲。《唐會要》三三謂林鐘羽時號平調，而其他平調

亦無不為羽音。其樂器在清商古曲之清調、平調者，尚載於《古今樂錄》。沉香亭畔李龜年樂隊所用之樂器如何，由此可推。當時樂手則特選其尤者，於辭則出於李白，於歌則出於李龜年，是樂、辭、歌三者品質之美，均臻上乘。故《松窗雜錄》稱為一時之極致。本曲雖有辭三章，乃雜曲之聯章，唱腔大同小異，逐章一一歌之，雖其聲或清或平，若節拍之快慢宜一致。因本曲非舞曲，與大曲辭體之聯合急曲、慢曲，亦多作三章者不同。」

（二）即【平調發引】。〔宋〕王禹偁詞名【清平調】，見《詞律拾遺》卷一。

> 玉宸朝晚，忽掩赭黃衣。愁霧鎖金閨。蓬萊待得仙舟至，人世已成非。　　龍軒天仗轉西畿。旌旆入雲飛。望陵宮女垂紅淚，不見翠輿歸。（錄自清同治本）

按：此詞係宋王珪作，見《類說》卷十六引《倦遊雜錄》。今依《詞律拾遺》之說，以備查閱。

## 清平調引

（一）調見《古今詞統》卷一〔宋〕蘇軾詞。

> 陌上花開蝴蝶飛。江山猶是昔人非。遺民幾度垂垂老，遊女還歌緩緩歸。（錄自明崇禎刊本）

按：此乃七言絕句，見《東坡集》卷五。今依《全宋詞》例列入。

（二）即【清平調】。〔唐〕李白詞名【清平調引】，見《歷代詩餘》卷一。

> 雲想衣裳花想容。春風拂檻露華濃。若非群玉山頭見，會向瑤台月下逢。（錄自清康熙內府本）

## 清平調辭

唐大曲名。

（一）調見《欽定詞譜》卷四十〔唐〕李白詞。

> 雲想衣裳花想容。春風拂檻露華濃。若非群玉山頭見，會向瑤台月下逢。

> 一枝紅豔露凝香。雲雨巫山枉斷腸。借問漢宮誰得似，可憐飛燕倚紅妝。

> 名花傾國兩相歡。常得君王帶笑看。解得春風無限恨，沉香亭北倚欄干。（錄自清康熙內府本）

（二）即【清平調】。〔唐〕李白詞名【清平調辭】，見《花庵詞選》卷一。

> 雲想衣裳花想容。春風拂檻露華濃。若非群玉山頭見，會向瑤台月下逢。（錄自文淵閣《四庫全書》本）

十畫

## 清平辭

即【清平調】。〔唐〕李白詞名【清平辭】，見《尊前集》。

> 雲想衣裳花想容。春風拂檻露華濃。若非群玉山頭見，會向瑤台月下逢。（錄自《唐聲詩》）

《唐聲詩》下編：「宋本《尊前集》內稱【清平辭】，茲引為別名。」

## 清江引

（一）調見〔明〕方鳳《改亭詩餘》。

> 江村四，適長自誇。客氣俱融化。歌舞任癡狂，爵祿無牽掛。須知道，一身餘，都是假。（錄自惜陰堂《明詞彙刊》本）

明大曲名。

（二）調見〔明〕沈演《止止齋集》卷七十。

> 五湖煙景誰爭管。一曲漁歌散。朗吟彭澤詞，勝吃惠州飯。晚渡歸來興不懶。
> 常勝軍中拿定管。肯使楸枰散。巧排白占棋，半熟黃粱飯。君自津津吾自懶。
> 非是是非吾不管。過眼浮雲散。頻婆上苑珍，禾黍田家飯。得味濃時誰較懶。
> 春蕚春禽春信管。春思效原散。春芹碧澗羹，春色雕胡飯。春物春遊春意懶。
> 夏雲夏日火龍管。夏雨田疇散。夏月水晶簾，夏粒漙沱飯。清晝日長人意懶。
> 一歲風雲秋月管。子夜吳歌散。蒹葭苜蓿灘，百黍黃雞飯。看盡落花秋夢懶。
> 大地陽回一寸管。似絮因風散。燔炙五侯鯖，脫粟千家飯。偷看玉獅添線懶。（錄自明崇禎刻本）

## 清江曲

又名：後清江曲。

調見《花草粹編》卷十一〔宋〕蘇庠詞。

> 屬玉雙飛水滿塘。菰蒲深處浴鴛鴦。白蘋滿棹歸來晚，秋著蘆花一岸霜。　扁舟繫岸依林樾。蕭蕭兩鬢吹華髮。萬事不理醉復醒，長占煙波弄明月。（錄自文淵閣《四庫全書》本）

《欽定詞譜》卷十二：「此宋蘇庠泛舟清江作也。體近古詩，因《花草粹編》採入，今仍之。」又曰：「此詞前段近【瑞鷓鴣】，後段近【玉樓春】。全似七言絕句，平仄可不拘。」

《歷代詞人考略》卷十四引《苕溪漁隱叢話》云：「東坡云：『屬玉雙飛水滿塘……。此篇若置李太白集中，誰疑其非者？乃吾家養直所作【清江曲】也。』苕溪漁隱曰：養直《後湖集》又有【後清江曲】『雲層波渺渺山蒼蒼……』，殊不及前篇也。按：蘇養直【清江曲】前篇《花草粹編》採錄。《詞律拾遺》云：『此調與【玉樓春】、【瑞鷓鴣】相似，唯後段用仄韻，不能混為一調也。』」

《全宋詞》附注：「乃古體詩，非詞。」

## 清江裂石

調見《明詞綜》卷四〔明〕屠隆詞。

> 淼淼重湖背郭斜。永日坐蒹葭。四面山青不斷，樓閣外、亂水明霞。有畫船、錦纜載詞客，金翹雜佩，強半挾吳娃。水窮處、長林古寺，夏木綠陰遮。　回首望空明，白鷗隱隱，飛來帶一片輕沙。把酒問西湖，今來古往，都不管興亡，舊恨年華。且與君棹扁舟，聽取哀弦急筑，散髮弄荷花。（錄自惜陰堂《明詞彙刊》本）

## 清夜遊

調見《陽春白雪》卷五〔宋〕周端臣詞。

> 西園昨夜，又一番、鬧風伏雨。清晨按行處。有新綠照人，亂紅迷路。歸吟窗底，但瓶幾留連春住。窺晴小蝶翩翩，等閒飛來似相妒。　遲暮。家山信杳，奈錦字難憑，清夢無據。春盡江頭，啼鵑最淒苦。薔薇幾度花開，誤風前、翠樽誰舉。也應念、留滯周南，思歸未賦。（錄自《粵雅堂叢書》本）

《陽春白雪》注：越調。

## 清波引

又名：清波影。

〔宋〕姜夔自度曲，見《白石道人歌曲》卷四。

> 冷雲迷浦。倩誰喚、玉妃起舞。歲華如許。野梅弄眉嫵。屐齒印蒼蘚，漸為尋花來去。自隨秋雁南來，望江國、渺何處。　新詩漫與。好風景、長是暗度。故人知否。抱幽恨難語。何時共漁艇，莫負滄浪煙雨。況有清夜啼猿，怨人良苦。（錄自《彊村叢書》本）

詞序：「予久客古沔，滄浪之煙雨，鸚鵡之草樹，頭陀、黃鶴之偉觀，郎官、大別之幽處，無一日不在心目間。勝友二三，極意吟賞。揭來湘

浦，歲晚淒然，步繞園梅，擿筆以賦。」

## 清波影

即【清波引】。〔清〕朱青長詞名【清波影】，見《朱青長詞集》卷九。

> 大風南捲。渺難記、豔歌舞伴。玉樓瑤殿。淚醒別人眼。話柄落人口，笑諸兒豚犬。寂然龍虎風雲，玉棺降、京華遠。　新愁無限。論天下、今尚未晚。何非人懶。看蝸角幽戰。何時起高臥，整理輕裘羽扇。略略收拾乾坤，再還仙館。（錄自朱青長手稿本）

## 清和風

即【浣溪沙】。〔宋〕韓淲詞有「清和風裏綠蔭初」句，故名；見《澗泉詩餘》。

> 買得船兒去下湖。這些天氣近來無。清和風裏綠蔭初。　酒不為渠閒放蕩，詩應嫌我太粗疏。酒徒詩社復何如。（錄自《彊村叢書》本）

## 清風八詠樓

調見〔明〕王行《半軒詞》。

> 遠興引遊蹤，遍踏天涯芳草。偏愛雙溪好。有隱侯舊跡，層樓雲表。碧霞丹嶂，看縹緲，憑欄吟嘯。偶佳遇、留搗玄霜，歲星又週了。　歸期誰道無據，幾回首興懷，故林猿鳥。今日相錞，但得翠樽同倒。南翔仍訴幽抱。擬待春空杳。與鶲離鴻侶，共還池島。（錄自惜陰堂《明詞彙刻》本）

《欽定詞譜》卷三十四：「沈隱侯守東陽，建八詠樓。其地又有雙溪之勝，故曰明月雙溪水，清風八詠樓。調名取此。王行詞注林鐘商曲。【清風八詠樓】者，南宋詞林所製也。」

## 清風滿桂樓

調見〔宋〕曹勛《松隱樂府》卷二。

> 涼飆霽雨。萬葉吟秋，團團翠深紅聚。芳桂月中來，應是染、仙禽頂砂勻注。晴光助絳色，更都潤、丹霄風露。連朝看、枝間粟粟，巧裁霞縷。　煙姿照瓊宇。上苑移時，根連海山佳處。回看碧岩邊，薇露過，殘黃韻低塵污。詩人謾自許。道曾向、蟾宮折取。斜枝戴，唯稱瑤池伴侶。（錄自《彊村叢書》本）

## 清商怨

又名：東陽歎、耍銷凝、望西飛、傷情怨、爾汝歌、關河令。

（一）調見〔宋〕歐陽修《歐陽文忠公近體樂府》卷一。

> 關河愁思望處滿。漸素秋向晚。雁過南雲，行人回淚眼。　雙鴛衾裯悔展。夜又永、枕孤人遠。夢未成歸，梅花聞塞管。（錄自雙照樓影宋本）

按：《歐陽文忠公近體樂府》「怨」作「志」，係刻誤。

（二）即【撷芳詞】。〔宋〕曾覿詞名【清商怨】，見《海野老人長短句》卷上。

> 華燈鬧。銀蟾照。萬家羅幕香風透。金樽側。花顏色。醉裏人人，向人情極。惜。惜。惜。　春寒峭。腰肢小。鬢雲斜嚲蛾兒嫋。清宵寂。香閨隔。好夢難尋，雨蹤雲跡。憶。憶。憶。（錄自《全宋詞》本）

按：汲古閣本《海野詞》作【釵頭鳳】。原注：「向誤作【清商怨】。」

《填詞名解》卷一：「【清商怨】晉樂府有【清商曲】、【子夜】諸歌辭是也，聲極哀苦。至唐舞曲有【清商伎】。詞採其意變今名。」

## 清朝慢

即【慶清朝】。〔明〕符俊詞名【清朝慢】，見《進修遺集》。

> 蓮幕香凝，苕溪化洽，年來贏得民安。之何治裝，山郭報政金鑾。驛路西風去好，揚帆千里遜難攀。人都道，幾多成績，一寸心丹。　君所見陳所見，為吾民興利，更有多般。想五雲深處，歡動天顏佇看。錫金增秩，春風指日又南還。東門外，壺觴父老，爭迓歸鞍。（錄自清刻本）

## 清溪怨

即【奪錦標】。〔元〕白樸詞名【清溪怨】，見《天籟集》卷上。

> 霜水明秋，霞天送晚，畫出江南江北。滿目山圍故國，三閣餘香，六朝陳跡。有庭花遺譜，□哀音、令人嗟惜。想當時、天子無愁，自古佳人難得。　惆悵龍沉宮井，石上啼痕，猶點胭脂紅濕。去去天荒地老，流水無情，落花

狼藉。恨青溪留在，渺重城、煙波空碧。對西風、誰與招魂，夢裏行雲消息。（錄自《四印齋所刻詞》本）

詞序：「【奪錦標】曲，不知始自何時。世所傳者，唯僧仲殊一篇而已。予每浩歌，尋繹音節，因欲效顰，恨未得佳趣耳。庚辰卜居建康，暇日訪古，採陳後主、張貴妃事，以成素志。按後主既脫景陽井之厄，隋元帥府長史高熲竟就戮麗華於青溪。後人哀之。其地立小祠，祠中塑二女郎，次則孔貴嬪也。今遺構荒涼，廟貌亦不存矣。感歎之餘，作樂府【清溪怨】。」

## 凄涼犯

又名：凄涼調、瑞鶴仙引、瑞鶴仙影。

〔宋〕姜夔自製曲，見《白石道人歌曲》卷六。

綠楊巷陌。秋風起、邊城一片離索。馬嘶漸遠，人歸甚處，戍樓吹角。情懷正惡。更衰草寒煙淡薄。似當時、將軍部曲，迤邐度沙漠。

追念西湖上，小舫攜歌，晚花行樂。舊遊在否，想如今、翠凋紅落。漫寫羊裙，等新雁來時繫著。怕匆匆、不肯寄與，誤後約。（錄自《彊村叢書》本）

詞序：「合肥巷陌皆種柳，秋風起，騷騷然。余客居闔戶，時聞馬嘶，出城四顧，則荒煙野草，不勝凄黯，乃著此解。琴有【凄涼調】，假以為名。凡曲言犯者，謂以宮犯商、商犯宮之類。如道調上字住，雙調亦上字住，所住字同，故道調曲中犯雙調，或於雙調曲中犯道調，其他準此。唐人《樂書》云：『犯有正、旁、偏、側，宮犯宮為正，宮犯商為旁，宮犯角為偏，宮犯羽為側。』此說非也。十二宮所住字各不同，不容相犯。十二宮特可犯商、角、羽耳。予歸行都，以此曲示國工田正德，使以啞觱栗吹之，其韻極美。亦曰【瑞鶴仙影】。」

《白石詞》注：仙呂調犯商調。《夢窗詞集》注：夷則羽、仙呂調犯雙調。

《詞律》卷十三【凄涼犯】調注：「按此篇載《白石集》，題下注云：『仙呂調犯雙調，合肥秋夕作。』而《夢窗乙稿》亦載之，題曰【凄涼調】，注云：『合肥巷陌皆種柳，秋風起，騷騷然。余客居闔戶，時聞馬嘶，出城四顧，則荒煙野草，不勝凄黯，乃著此體。琴有【凄涼調】，假以為名。歸行都，以此曲示國工田正德，使以啞觱栗吹之，其韻極美。亦曰【瑞鶴仙影】。』

據此，則是篇乃夢窗自製之調，非姜作明矣。想此二公交厚，同遊最久，故集中混入耳。」豈吳作此篇後，又以其調賦前詞詠重台水仙乎？余又思：焉為知非姜所作，此注亦姜所注，而混入吳稿乎？蓋姜有【淡黃柳】詞，亦是客合肥作也。既自注用琴曲名，則此詞宜曰【凄涼調】矣，而傳作犯字者亦有故，其題下又注云：「凡曲言犯者，謂乃以宮犯商、商犯宮之類。如道調宮上字住，雙調亦上字住，所住字同，故道調曲中犯雙調，或於雙調曲中犯道調，其他準此。唐人《樂書》云：『犯有正傍偏側，宮犯宮為正，宮犯商為傍，宮犯角為偏，宮犯羽為側。』此說非也。十二宮所住字各不同，不容相犯，十二宮特可犯商角羽耳。」據此，則因此詞用犯，故自注於下。而姜集題下所注，仙宮調犯商調，正與此注同在一處耳。愚謂宮商之理，今已失傳，自詩餘變為北曲，北曲變為南曲，雖亦相沿有宮調之殊，而莫能辨悉。南曲自故明中葉，有吳腔，傳習至今，但知某曲是如何唱法，音響各別，而宮調則置而不論。而北曲則併各宮各調，而一樣音響矣。元音不絕於天壤之間。我朝詞學甚盛，而宮調之理、律呂之學，無能通明者，大為恨事，安得起白石、夢窗輩於九京，而暢言之乎！其注云：「唯道調、雙調可以互犯。」而又云：「仙呂犯商。」恐「商」字即「雙」字，豈仙呂即道調乎？呂之名仙，或以道故耶？今南曲亦只有仙呂入雙調曲，他宮不入雙調，亦其證也。但北曲有仙呂，又有道宮，總不可解。

按：《詞律》之說不確。據夏承燾先生考證，姜夔約生於宋紹興二十五年，約卒於嘉定十四年，年六十七（1155—1221）。而吳文英生於慶元六年，卒於景定元年，年六十一（1200—1260）。吳文英後姜夔約有半個世紀。吳剛出生而姜已四十五歲矣。即使吳文英早年有才，十六七歲成名，而姜夔已六十餘老翁矣。古今忘年之交不乏其例，而「二公交厚」之說何來，四五年後姜即去世，故「同遊最久」之說何以為據。以吳、姜二人之年代推斷，此篇當為姜氏所作，不可推翻。況《詞律》成書之時，尚未發現《白石道人歌曲》一書最重要之證據，所以《詞律》之說誤矣。

## 凄涼調

即【凄涼犯】。〔宋〕吳文英詞名【凄涼調】，

見《夢窗乙稿》。

> 綠楊巷陌。秋風起、邊城一弓離索。馬嘶漸遠，人歸甚處，戍樓吹角。情懷甚惡。更衰草寒煙淡薄。似當時、將軍部曲，迤邐度沙漠。
> 追念西湖上，小舫攜歌，晚花行樂。舊遊在否，想如今、翠凋紅落。漫寫羊裙，等新雁來時繫著。怕匆匆、不肯寄與，誤後約。（錄自汲古閣《宋六十名家詞》本）

按：汲古閣《宋六十名家詞》本《夢窗乙稿》著錄之【淒涼調】詞，即宋姜夔之【淒涼犯】詞。詞序及論證參見【淒涼犯】條。

## 添字少年心

即【少年心】。〔宋〕黃庭堅詞名【添字少年心】，見《山谷詞》。

> 心裏人人，暫不見、霎時難過。天生你要憔悴我。把心頭從前鬼，著手摩挲。抖擻了、百病銷磨。　　見說那廝脾鱉熱。大不成、我便與拆破。待來時、扃上與廝噷則個。溫存著、且教推磨。（錄自汲古閣《宋六十名家詞》本）

按：此調與【少年心】相校，上片前三句添五字，以下同，下片前三句各添一字，末句減一字。

## 添字採桑子

即【採桑子】。〔宋〕李清照詞名【添字採桑子】，見《漱玉詞》。

> 窗前種得芭蕉樹，陰滿中庭。陰滿中庭。葉葉心心，舒捲有餘情。　　傷心枕上三更雨，點滴淒清。點滴淒清。愁損離人，不慣起來聽。（錄自《四印齋所刻詞》本）

按：此詞於上下片結句各添二字。

## 添字昭君怨

即【昭君怨】。〔明〕湯顯祖詞名【添字昭君怨】，見《牡丹亭·魂遊》。

> 昔日千金小姐。今日水流花謝。這淹淹惜惜杜陵花。太虧他。　　生性獨行無那。此夜星前一個。生生死死為情多。奈情何。（錄自汲古閣《六十種曲》本）

按：此調於【昭君怨】上下片各添兩字，成七字句，故名。《詞律》卷三【昭君怨】調注：「《詞統》等書收【添字昭君怨】，於第三句上添兩字，乃出湯義仍《牡丹亭》傳奇者。查唐宋

元未有此體，不宜載入。」萬氏此說太迂，詞調中添字、減字之例甚多，而此調卻不宜載入，豈非可笑。

## 添字風入松

即【風入松】。〔清〕華長發詞名【添字風入松】，見《草堂嗣響》。

> 禹陵梅市畫蒼煙。人代幾推遷。徒留萬壑千巖秀，雲門吼、幾曲奔泉。文種舊山孤峙，亡吳霸越依然。　　蘭亭修褉有群賢。真帖竟誰傳。鷓鴣啼雨荒亭破，山陰道、不假當年。蕭寺數聲清磬，剡溪催發漁船。（錄自清康熙刻本）

## 添字浣溪沙

即【山花子】。〔宋〕無名氏詞名【添字浣溪沙】，見《梅苑》卷八。

> 雪態冰姿好似伊。料應嘗笑水仙遲。驛使初傳芳信早，賞佳期。　　暗想花神多巧妙，粘酥綴玉壓纖枝。粉面臨鸞宜月殿，整妝時。（錄自《棟亭十二種》本）

## 添字虞美人

即【虞美人】。〔清〕包榮翰詞名【添字虞美人】，見《醉眠芳草詩餘》。

> 名花開到清秋節。似笑還顰豔初日。無端小謫蕊珠宮。拒得霜華醉倚、玉樓東。　　宜煙宜雨還宜月。絕妙傾城好顏色。當年不肯嫁東風。卻為西風點綴、十分紅。（錄自清鈔本）

按：此調與【虞美人】相校，唯前後段第二句增二字，故名。

## 添字漁家傲

即【漁家傲】。〔清〕曹貞吉詞名【添字漁家傲】，見《珂雪詞》卷上。

> 六月南窗無暑氣。幾點流螢，偏照青苔地。搖曳慣乘絲雨細。翩然起。隨幾又到簾櫳裏。　　紈扇撲來紛欲避。似明還滅，驚入蓮花蕊。露冷昔耶驚瓦膩。依稀是。摩訶池畔涼如此。（錄自清康熙全集本）

按：宋蔡伸【漁家傲】「煙鎖池塘秋欲暮」一詞，《欽定詞譜》卷十四【漁家傲】調注：「校晏（殊）詞（『畫鼓聲中昏又曉』）前後段第二句各添二字，攤破作兩句，名【添字漁家傲】其調近【蝶戀花】，唯以前後多第五句三字為分別

也。」但此詞蔡伸《友古詞》各本均名【漁家傲】。《欽定詞譜》未知何據，待考。

## 添字醜奴兒

即【採桑子】。〔宋〕李清照詞名【添字醜奴兒】，見《全芳備祖·後集卷十三·草部·芭蕉》。

> 窗前誰種芭蕉樹，蔭滿中庭。蔭滿中庭。葉葉心心，舒捲有餘情。　傷心枕上三更雨，點滴霖霪。點滴霖霪。愁損北人，不慣起來聽。
> （錄自日本藏宋刻本）

## 添字羅敷媚

即【採桑子】。〔清〕蔣敦復詞名【添字羅敷媚】，見《芬陀利室詞》卷四。

> 迷金醉紙銷魂地，有個人人。有個人人。獨自傷春。菱鏡滿啼痕。　薰籠冷遍愁時候，絲雨黃昏。絲雨黃昏。誰與溫存。花落舊朱門。
> （錄自清咸豐刻本）

按：此調與【採桑子】相校，唯前後段末句各加二字，成四五句式，故名。

## 添字鶯啼序

即【鶯啼序】。〔宋〕吳文英詞名【添字鶯啼序】，見《填詞圖譜·續集》卷下。

> 殘寒正欺病酒，掩沉香繡戶。燕來晚、飛入西城，似說春事遲暮。畫船載、清明過卻，晴煙冉冉吳宮樹。念羈情遊蕩，隨風化為輕絮。　十載西湖，傍柳繫馬，趁嬌塵軟霧。溯迴漸、招入仙溪，錦兒偷寄幽素。倚銀屏、春寬夢窄，斷紅濕、歌紈金縷。暝堤空，輕把斜陽，總還鷗鷺。　幽蘭旋老，杜若還生，水鄉尚寄旅。別後訪、六橋無信，事往花萎，瘞玉埋香，幾番風雨。長波妒盼，遙山羞黛，漁燈分影春江宿，記當時、短楫桃根渡。青樓彷彿，臨分敗壁題詩，淚墨慘澹塵土。　危亭望極，草色天涯，歎鬢侵半苧。暗點檢、離痕歡唾，尚染鮫綃，嚲鳳迷歸，破鸞慵舞。殷勤待寫，書中長恨，藍霞遼海沉過雁，謾相思、彈入哀箏柱。傷心千里江南，怨曲重招，斷魂在否。（錄自清木石居本）

## 添春色

即【醉鄉春】。〔宋〕秦觀詞有「春色又添多少」句，故名，見《全芳備祖·前集卷七·海棠門》。

> 喚起一聲人悄。衾冷夢寒曉。障雨過，海棠晴，春色又添多少。　社甕釀成微笑。半缺瘦瓢。覺健倒，急投床，醉鄉廣大人間小。（錄自日藏宋刻本）

## 添睡香

即【贊浦子】。〔五代〕毛文錫詞有「錦帳添香睡」句，故名；見《記紅集》卷一。

> 錦帳添香睡，金爐換夕薰。懶結芙蓉帶，慵拖翡翠裙。　正是桃夭柳媚，那堪暮雨朝雲。宋玉高唐意，裁瓊欲贈君。（錄自清康熙刻本）

## 添聲楊柳枝

又名：太平時、花幕暗、柳枝、晚雲高，釣船歸、喚春愁、替人愁、賀聖朝引、賀聖朝影、楊柳、愛孤雲、夢江南、辭百師、豔聲歌。

（一）調見《欽定詞譜》卷三〔五代〕顧敻詞。

> 秋夜香閨思寂寥。漏迢迢。鴛幃羅幌麝煙銷。燭光搖。　正憶玉郎遊蕩去。無尋處。更聞簾外雨瀟瀟。滴芭蕉。（錄自清康熙內府本）

《欽定詞譜》卷三【添聲楊柳枝】調注：「按《碧雞漫志》云：『黃鐘商有【楊柳枝】曲，乃是七言四句詩，與劉、白及五代諸子所製並同。但每句下各添三字一句，乃唐時和聲，如【竹枝】、【漁父】，今皆有和聲也。舊時多側字起頭，第三句亦復側字起，聲度差穩耳。今名【添聲楊柳枝】。」

按：此調源出於唐七言詩體【楊柳枝】，本宜為【楊柳枝】調之一體。《欽定詞譜》之所另列者，或為此調之和聲，非【柳枝】、【竹枝】之固定，已成為和聲辭，融入辭意之中。且五代以來，皆非七言絕句體而均按此調，故另立一調亦妥。今依《欽定詞譜》例另立調名，以區別唐七言絕句體。

（二）調見《花草粹編》卷一〔唐〕裴諴詞。

> 思量大是惡因緣。只得相看不得憐。願作琵琶槽即畔，美人常抱在胸前。（錄自文淵閣《四庫全書》本）

## 淮甸春

即【念奴嬌】。〔宋〕張輯詞有「舊遊休問、柳花淮甸春冷」句，故名；見《東澤綺語》。

短髯懷古，更文遊台上，秋生吟典。聞說坡仙來把酒，月底頻留清影。極目平蕪，孤城四水，畫角西風勁。曲欄猶在，十分心事誰領。　　詞卷空落人間，黃樓何處，回首愁深省。斜照寒鴉知幾度，夢想當年名勝。只有山川，曾窺翰墨，彷彿餘風韻。舊遊休問、柳花淮甸春冷。（錄自《彊村叢書》本）

## 涼州令

即【梁州令】。〔宋〕歐陽修詞名【涼州令】，見《歐陽文忠公近體樂府》卷三。

翠樹芳條颭。的的裙腰初染。佳人攜手弄芳菲，綠陰紅影，共展雙紋簟。插花照影窺鸞鑑。只恐芳容減。不堪零落春晚，青苔雨後深紅點。　　一去門閒掩。重來卻尋朱檻。離離秋實弄輕霜，嬌紅脈脈，似見胭脂臉。人非事往眉空歛。誰把佳期賺。芳心只願長依舊，春風更放明年豔。（錄自雙照樓影宋本）

《歷代詩餘》卷二十二：「涼或梁，雙調。唐伊、涼、甘、石、渭、氐六州皆有歌曲，總名曰【六州歌頭】。此調專以涼州名也。」

## 涼州歌

唐大曲名。

調見《全唐詩·樂府》〔唐〕無名氏詞。

第一

漢家宮裏柳如絲。上苑桃花連碧池。聖壽已傳千歲酒，天文更賞百僚詩。

第二

朔風吹葉雁門秋，萬里煙塵昏戍樓。征馬長思青海北，胡笳夜聽隴山頭。

第三

閒篋淚沾濡。見君前日書。夜台空寂寞，猶是子雲居。

排遍第一

三秋陌上早霜飛。羽獵平田淺草齊。錦背蒼鷹初出按，五花驄馬銀來肥。

第二

鴛鴦殿裏笙歌起，翡翠樓前出舞人。喚上紫微三五夕，聖明方壽一千春。（錄自清康熙揚州書局本）

詞注：「按【涼州】宮調曲，開元中西涼府都督郭知運進。本在正宮調中，有大遍小遍，至貞元初，康崑崙翻入琵琶玉宸宮調。初進曲在玉宸殿，故有此名。合諸樂，即黃鐘宮調也。段和尚善琵琶，自製【西涼州】，後傳康崑崙，即道調【涼州】，亦謂之【新涼州】。」

《碧雞漫志》卷三：「今【涼州】見於世者凡七，宮曲曰黃鐘宮、道調宮、無射宮、中呂宮、南呂宮、仙呂宮、高宮。」

《演繁露》卷七：「樂府所傳大曲，唯【涼州】最先出。《會要》曰：『自晉播遷內地，古樂府遂分散不存。』符堅滅涼，始得漢魏清商之樂，傳於前後二秦。及宋武定關中，收之於江南。隋平陳獲之，隋文曰：『此華夏之正聲也。』乃置清商署，總謂之清樂。至煬帝乃立清樂【西涼】等九部。武后朝，猶有六十三曲，如【公莫】、【巴渝】、【明君】、【子夜】等皆是也。後遂訛為【梁州】。」

《苕溪漁隱叢話·前集》卷十六：「《蔡寬夫詩話》云：『近時樂家多為新聲，其音譜轉移，類以新奇相勝，故古曲多不存。』頃見一教坊老工言，唯大曲不敢增損，往往猶是唐音，而弦索家守之尤嚴。故言以【涼州】者謂之濩索，取其音節繁雄。言【六么】者謂之轉開，取其聲調閒婉。元微之詩云：『【涼州】大曲最豪嘈，【錄要】散序多籠撚。』濩索、轉開豈所謂豪嘈、籠撚者邪？唐起樂皆以絲聲，竹聲次之，樂家所謂『細抹將來』者是也。」

## 淡黃柳

〔宋〕姜夔自度曲，見《白石道人歌曲》卷五。

空城曉角。吹入垂楊陌。馬上單衣寒惻惻。看盡鵝黃嫩綠，都是江南舊相識。　　正岑寂。明朝又寒食。強攜酒、小橋宅，怕梨花、落盡成秋色。燕燕飛來，問春何在，唯有池塘自碧。（錄自《彊村叢書》本）

詞序：「客居合肥城南赤闌橋之西，巷陌淒涼，與江左異。唯柳色夾道，依依可憐，明度此闋，以紓客懷。」

## 淡掃蛾眉

調見《東白堂詞選初集》卷十四〔清〕張星耀詞。

苔痕蘸雨，螺青和露，洗淨胭脂。似佳人睡

（局本）

十一畫

起，未施朱粉，淡掃蛾眉。月下含情偷照水，霜寒無奈曉風吹。瘦影依依。又疑是碧雲一片，天邊墮入小銀池。　　不用鬥紅爭紫，細看來、別有嬌姿。想傷秋蝴蝶，惜花無計，見了還疑。越女豔容應未似，吳娃新髻卻依稀。楊柳樓西。見一派、秋光黯淡，還須紅葉好扶持。（錄自清康熙十七年刻本）

按：張星耀詞有「未施朱粉，淡掃蛾眉」句，故名【淡掃蛾眉】。

## 淚珠彈

即【戀繡衾】。〔宋〕韓淲詞有「淚珠彈、猶帶粉香」句，故名；見《澗泉詩餘》。

溪風吹雨晚打窗。把心情、闌入醉鄉。記取在、山深處，我如今、雙鬢已蒼。　　夜闌寒影燈花淡，夢難成、清漏更長。寶瑟斷、鸞膠續，淚珠彈、猶帶粉香。（錄自《彊村叢書》本）

十畫

## 深夜月

即【搗練子】。《歷代詩餘》卷一【搗練子】調注：「一名【深院月】，又名【深夜月】。」

## 深院月

即【搗練子】。〔五代〕馮延巳詞有「深院靜」及「數聲和月到簾櫳」句，故名；見《欽定詞譜》卷一。

深院靜，小庭空。斷續寒砧斷續風。無奈夜長人不寐，數聲和月到簾櫳。（錄自清康熙內府本）

## 深院花

即【搗練子】。〔清〕馮體婧詞名【深院花】，見《眾香詞》。

花影漏，樹枝稀。牆上分明一片移。睡鳥朦朧飛欲起。聲聲夜半小窗西。（錄自石印本）

## 婆羅門

即【婆羅門引】。〔宋〕無名氏詞名【婆羅門】，見《梅苑》卷四。

江南地暖，數枝先得嶺頭春。分付似、剪玉裁冰。素質偏憐勻澹，羞殺壽陽人。算多情留意，偏在東君。　　暗香旋生。對澹月與黃昏。寂寞誰家院宇，斜掩重門。牆頭半開，卻望雕鞍無故人。斷腸處、容易飄零。（錄自《棟亭十二種》本）

按：文淵閣四庫本【梅苑】調名為【婆羅門引】。

## 婆羅門引

又名：望月婆羅門、望月婆羅門影子、望月婆羅門引、婆羅門、婆羅門令、菊潭秋。

（一）調見《苕溪漁隱叢話‧後集》卷三十九〔宋〕曹組詞。

溽雲暮捲，漏聲不到小簾櫳。銀河淡掃澄空。皓月當軒高掛，秋入廣寒宮。正金波不動，桂影朦朧。　　佳人未逢。歎此夕、與誰同。望遠傷懷對景，霜滿愁紅。南樓何處，想人在、長笛一聲中。凝淚眼、泣盡西風。（錄自《海山仙館叢書》本）

《近事會元》卷四：「《樂苑》云：『【菩羅門】曲改【霓裳羽衣】曲，入大乞食調。今之大食、越調聲相近，唯高一均，是二調俱可行之，皆屬商也。【婆羅門】曲，大乞食調、越調雙調，今時樂工盡知，其散序不復聞焉。近年樂工穿鑿，不明越與大食俱屬商聲，但見舊曲有仲呂商，即林鐘商也，便就其調草為八拍，曲破殊無和會，諒其曲必大也。自唐憲宗時猶奏此曲，今不傳者，有以巢賊之後泯然也。」

《苕溪漁隱叢話‧後集》卷三十九：「苕溪漁隱曰：曹元寵本善作詞，特以【紅窗迥】戲詞，盛行於世，遂掩其名。如望月【婆羅門】詞亦豈不佳？此詞病在『霜滿愁紅』之句，時太早耳。曾端伯編雅詞，乃以此詞為楊如晦作，非也。」

《欽定詞譜》卷十八【婆羅門引】調注：「按唐《教坊記》有【婆羅門】小曲，《宋史‧樂志》有【婆羅門】舞隊。《樂苑》曰：『【婆羅門】，商調曲也。開元中，西涼節度使楊敬述進。』《道理要訣》云：『天寶十三載，改【婆羅門】為【霓裳羽衣】，屬黃鐘商。』宋詞調名，疑出於此。」

《詞徵》卷二：「【婆羅門】，胡曲，屬太簇商調。宋時隊舞，亦名婆羅門舞。詞調【婆羅門引】，宋詞上或增『望月』二字。陽羨萬氏云：『「望月」二字是詞題，非牌名也。』刪上二字。徐誠庵謂：『唐教坊曲有【望月婆羅門引】，萬氏刪原題，非也。』今考隋大業中，遣常駿等使其國，赤土王遣婆羅門鳩摩羅以舶三十艘，吹螺擊鼓以迓常駿。迄唐開元中，西涼節度楊敬述始進【婆羅門】曲（一名【西涼調】、一

名【淒涼調】、一名【子母調】、一名【高宮調】）。』《唐會要》謂：『天寶十三載，改【婆羅門】為【霓裳羽衣】。』鑿鑿可證。《教坊記》之說，未可為據。至《樂府雅詞》、《陽春白雪》載楊如晦【婆羅門引】，亦無『望月』二字。元段復之《遯齋樂府》【望月婆羅門引】注云：『以【望月婆羅門引】歌之，酒酣擊節，將有墮開元之淚者。』以訛傳訛，沿誤久矣。」《填詞名解》卷二：「婆羅門，古獅子國，東晉時通焉。唐葉法善引明皇入月，聞樂聲，但記其半，遂寫入笛。今西涼州楊敬述進【婆羅門】曲，與其聲符。遂以月中所聞為散序，用楊敬述所進為腔，製為【霓裳羽衣】之曲。按：《唐會要》云：『天寶十三載，改【婆羅門】為【霓裳羽衣】。』《唐樂志》云：『睿宗時婆羅門國獻人倒行以足舞，植鉆萬於背，扈槊者立腹上，曲終不傷。』或此即敬述所進，而宋隊舞有婆羅門隊，則未知其曲調與填詞同否也。」

《夢窗詞集》注：無射羽，俗名羽調。

（二）即【菩薩蠻】。〔明〕盛于斯詞名【婆羅門引】，見《休庵詞》。

　　鴛鴦結就胭脂隊。醉倚欄干凝粉淚。贏得夢中身。相思直到今。　　何年花下死。做個風流鬼。一歲一清明。花前招成魂。（錄自惜陰堂《明詞彙刻》本）

## 婆羅門令

（一）調見〔宋〕柳永《樂章集》卷中。

　　昨宵裏、恁和衣睡。今宵裏、又恁和衣睡。小飲歸來，初更過、醺醺醉。中夜後、何事還驚起。霜天冷，風細細。觸疏窗、閃閃燈搖曳。　　空床展轉重追想，雲雨夢、任欹枕難繼。寸心萬緒，咫尺千里。好景良天，彼此空有相憐意。未有相憐計。（錄自《彊村叢書》本）

（二）即【婆羅門引】。〔近人〕朱庸齋詞名【婆羅門令】，見《分春館詞》卷一。

　　雙鴛夢醒，畫圖牽恨入西風。當時一鏡千紅。消盡淡妝濃抹，晴雨費春工。甚故山歸計，竟付匆匆。　　垂楊萬里。試認取、小簾櫳。未許鷗夷再辦，共覓鷗蹤。閒身轉蓬。悄換了、征衫年少容。棲遲處、燕老巢空。（錄自《歷代詞人詞集》排印本）

## 渌水曲

即【綠水曲】。〔清〕路傳經詞名【渌水曲】，見《曠觀樓詞》。

　　葉葉搖黃，層層舞雪，蕭蕭冷駐江臬。露宿聯拳，鴻排陣字，此景畫難描。迤了漁柯三雨，遙聞欸乃，向沙洲淺渚，傍青簾、沽取村醪。　　每到晚來風漸大，滿汀灣、颯颯似悲號。冥冥濛濛，和煙和雨，助他嗚咽寒潮。記那時、湔裙水畔，剛折嫩芽嬌。（錄自清刻本）

## 梁州令

又名：涼州令、梁州令疊韻。

（一）調見〔宋〕柳永《樂章集‧續添曲子》

　　夢覺紗窗曉。殘燈掩然空照。因思人事苦縈牽，離愁別恨，無限何時了。　　憐深定是心腸小。往往成煩惱。一生惆悵情多少。月不長圓，春色易為老。（錄自《彊村叢書》本）

《樂章集》注：中呂宮。

（二）調見〔宋〕晏幾道《小山詞》。

　　莫唱陽關曲。淚濕當年金縷。離歌自古最消魂，聞歌更在魂消處。　　南樓楊柳多情緒。不繫行人住。人情卻似飛絮。悠揚便逐春風去。（錄自汲古閣《宋六十名家詞》本）

## 梁州令疊韻

（一）即【梁州令】。〔宋〕晁補之合二首【梁州令】為一首，故名；見《晁氏琴趣外篇》卷一。

　　田野閒來慣。睡起初驚曉燕。樵青走掛小簾鉤，南園昨夜，細雨紅芳遍。平蕪一帶煙光淺。過盡南歸雁。俱遠。憑欄送目空腸斷。　　好景難常占。過眼韶華如箭。莫教鵾鷂送韶華，多情楊柳，為把長條絆。清樽滿酌誰為伴。花下提壺勸。何妨醉臥花底，愁容不上春風面。（錄自雙照樓影宋本）

（二）調見〔清〕王源《耕餘詩餘》。

　　萍梗同酸楚。難得中年歡聚。世間好事本多磨，誰知友亦遭天妒。　　他鄉正賴他山助。陡唱陽關曲。臨歧強盡樽俎。不堪回首空歸路。（以上【梁州令】頭）　　恨不能留住。一別相思一度。當年爭似不相逢，伯勞飛燕，各自尋儔侶。　　如今一旦分襟去。況值秋將暮。那堪更賦南浦。波光草色傷心句。

十一畫

君振凌霄羽。未敢攀轅深阻。鱸堂知勝舊
青氈。尺書頻寄，莫忘丁寧語。　　愁儂寂寞
憑誰訴。準備常扃戶。明年又在何處，浮生苦
被虛名誤。（以上【梁州令】疊韻）（錄自清王氏
稿本）

## 梁州序

調見〔明〕謝遷《歸田詞》。

中秋前夕，今辰初度，萬里清光快睹。香生叢
桂，廣寒真境清虛，但見斗牛相映，奎璧聯
輝，元是文章府。　　洞庭深處，好勝蓬壺，
青雀西來早，寄書王母，降玉娥舞。笑鶴南飛
曲吾來暮。遙祝贊，壽彭祖。（錄自惜陰堂《明詞
彙刻》本）

詞序：「戊寅臘月，予幸七十初度。同年王守溪
少傳，寄【梁州序】為壽，依韻奉答。」

十畫

## 寄我相思

又名：望回心。

調見〔清〕徐旭旦《世經堂詞》。

見伊人。盈盈淚滿巾。離恨一關難打破，相思
二字卻平分。見伊人。倍傷神。（錄自清刻本）

## 朗州慢

即【揚州慢】。〔清〕查慎行詞名【朗州慢】，
見《餘波詞》。

屈子亭荒，隱侯台廢，沅江苦霧難晴。聽鷓鴣
叫處，又春水初生。問仙路、紅霞遠近，匆匆
花事，愁滿刀兵。但煙扶殘柳，馬鞭青入空
城。　　風流司馬，向詩篇、都寄閒情。有曲
度南音，採菱歸晚，白馬湖平。併入竹枝歌
裏，遊人去、流盡澄聲。念劉郎前度，也如杜
牧三生。（錄自《清名家詞》本）

詞序：「余來武陵，當兵燹之際，觸目荒涼。溯
劉賓客之舊遊，悽愴憑弔，與姜白石追思小杜，
寄慨略同。因和其自度【揚州慢】一闋以見意。
用其韻而易其名，亦猶【春霽】、【秋霽】之不
改調云爾。」

## 剪半

調見〔清〕毛奇齡《毛翰林詞》卷三。

光宅坊前十字街。桃子花開。杏子花開。鈿頭
櫟子有人猜。恐是銅釵。不是金釵。（錄自《清
名家詞》本）

原詞注：「舊無此曲，疑分【一剪梅】之半，故
名。」

按：此調係截取【一剪梅】半闋，故名。

## 剪牡丹

調見〔宋〕張先《張子野詞·補遺》卷上。

野綠連空，天青垂水，素色溶漾都淨。柔柳搖
搖，墜輕絮無影。汀洲日落人歸，修巾薄袂，
擷香拾翠相競。如解凌波，泊煙渚春暝。
彩條朱索新整。宿繡屏、畫船風定。金鳳響、
雙槽彈出，今古幽思誰省。玉盤大小亂珠迸。
酒上妝面，花豔媚相並。重聽。盡漢妃一曲，
江空月靜。（錄自《彊村叢書》本）

## 剪征袍

即【搗練子】。〔宋〕賀鑄詞有「巧剪征袍鬥出
花」句，故名；見《東山詞》卷上。

拋練杵，傍窗紗。巧剪征袍鬥出花。想見隴頭
長戍客，授衣時節也思家。（錄自涉園影宋本）

## 剪春絲

調見《西陵詞選》〔清〕張台柱詞。

酒不將伊勸。怕醉了、離筵易散。這回分別，
畢竟是誰行情短。看芳草、送斜陽漸遠。恨青
山不阻行人，只遮儂望眼。　　怪情似春絲縈
絆。便剪去、又還不斷。餘寒未退，問今夜、
被兒誰暖。獨自個、把欄干倚遍。被東風吹落
啼痕，破胭脂一線。（錄自清刻本）

按：張台柱詞有「怪情似春絲縈絆。便剪去、又
還不斷」句，故名【剪春絲】。

## 剪梧桐

即【湘靈鼓瑟】。〔清〕納蘭性德詞名【剪梧
桐】，見《通志堂詞》。

新睡覺，聽漏盡、烏啼欲曉。任百種思量，都來
擁枕，薄衾顛倒。土木形骸，分甘拋擲，只平
白占伊懷抱。聽蕭蕭一剪梧桐，此日秋聲重到。
　　若不是憂能傷人，怎青鏡、朱顏易老。憶
少日清狂，花間馬上，軟風斜照。端的而今，
誤因疏起，卻懊惱、殢人年少。料應他此際閒
眠，一樣積愁難掃。（錄自《清名家詞》本）

詞注：「自度曲。」

按：納蘭性德詞有「聽蕭蕭一剪梧桐」句，故名
【剪梧桐】。

## 剪淞波

即【青門飲】。〔清〕易孺詞名【剪淞波】，見《大厂詞稿·絕影樓詞》。

> 攢草成灣，妖桃回溇，裁成戲濯，墩增秋錦。望汝來遲，翠催紅促，歸信眼波媮浸。酬到清陰未，掩層層、天涯芳社，淚忍寒醑，酹遍東風，寧喚花飲。　猶顧留情華寢。餘半段相思，棠絲新蔭。惆悵梁園，寂寥蕭寺，如送故人貧沉。蝶願隨春去，盡浦南、雨多衣沁。剩些標格，短條乍綠，長亭見稔。（錄自清易氏手稿本）

詞序：「甲子三月三十日，獨自餞春於半淞園。時小雨浥人，新綠如海。憶去年黎六禾來話畫市之樓。歸港後，補寄九日遊半淞園【青門飲】一詞，屢欲和聲未暇。昨聞素園言六禾又已在都門矣，不能同此舉餞。因次韻奉懷。『青門飲』三字不佳，輒改此名，以原詞有『半剪淞波』語也。」

## 剪朝霞

即【鷓鴣天】。〔宋〕賀鑄詞有「剪刻朝霞釘露盤」句，故名；見《東山詞》卷上。

> 雲弄輕陰穀雨乾。半垂油幕護殘寒。化工著意呈新巧，剪刻朝霞釘露盤。　輝錦繡，掩芝蘭。開元天寶盛長安。沉香亭子鉤欄畔，偏得三郎帶笑看。（錄自涉園影宋本）

## 剪湖雲

即【剪湘雲】。〔清〕朱青長詞名【剪湖雲】，見《朱青長詞集》卷十三。

> 大宅勻膏，松心擣麝，盡百度膠溶，杵白裁配。遍體龍紋雕細字，還讓廷珪指膩。想當時、半付與山陰，化秋池香水。　默數冷白澄心，與伊同歲。有北宋殘唐，研角風味。拈處微微汗指汗，究為何人磨淚。恨當年、寸紙不存留，負千秋才鬼。（錄自朱青長手稿本）

## 剪湘雲

又名：剪湖雲。

〔清〕顧貞觀自度曲，見《彈指詞》卷上。

> 瘦卻勝煙，嬌偏宜雨。傍窺宋牆陰，目斷初過。別是幽情脂粉外，那得紅絲輕許。繫天涯、歸夢綠羅裙，添兩眉愁聚。　誰念補屋牽蘿，賣珠回去。正袖薄天寒，風韻悽楚。小甓凌波鉛淚滴，剪破湘雲一縷。向西窗、密約美人蕉，和影兒私語。（錄自清鍾珦校錄本）

詞序：「秋海棠葉底多紅紋，偶從山中覓得一種，葉上下純綠，正面尤生翠可愛，花復耐久。因移入書閣，為製此詞。」

按：顧貞觀詞有「剪破湘雲一縷」句，故名【剪湘雲】。

## 被花惱

〔宋〕楊纘自度曲，見《浩然齋雅談》卷下。

> 疏疏宿雨釀寒輕，簾幕靜垂清曉。寶鴨微溫瑞煙少。簹聲不動，春禽對語，夢怯頻驚覺。琥珀枕，倚銀床，半窗花影明東照。　惆悵夜來風，生怕嬌香混瑤草。披衣便起，小徑迴廊，處處多行到。正蜂癡蝶呆戀芳妍，怎奈向、平生被花惱。驀忽地省得，而今雙鬢老。（錄自清乾隆武英殿本）

按：楊纘詞有「平生被花惱」句，故名【被花惱】。

《浩然齋雅談》卷下：「楊纘，字嗣翁，號『守齋』，又稱『紫霞』，本郡陽洪氏恭聖太后侄楊石之子。麟孫早夭，遂祝為嗣。……公廉介自將，一時貴戚無不敬憚……洞曉律呂，嘗自製琴曲二百操。又常云：『琴一弦，可以盡曲中諸調。』當廣樂合奏，一字之誤，公必顧之，故國工樂師無不歎服，以為近世知音無出其右者。任至司農卿……所度曲多自製譜，後皆失散。今書一闋於此。【被花惱】云（詞略）。」

## 晝夜樂

又名：真歡樂。

調見〔宋〕柳永《樂章集》卷上。

> 洞房記得初相遇。便只合、長相聚。何期小會幽歡，變作離情別緒。況值闌珊春色暮。對滿目、亂花狂絮。直恐好風光，盡隨伊歸去。　一場寂寞憑誰訴。算前言、總輕負。早知恁地難拚，悔不當時留住。其奈風流端正外，更別有、繫人心處。一日不思量，也攢眉千度。（錄自《彊村叢書》本）

《樂章集》注：中呂宮。

十一畫

## 畫錦堂

又名：知非引、畫堂春。

（一）調見〔宋〕周邦彥《片玉詞・補遺》

雨洗桃花，風飄柳絮，日日飛滿雕簷。懊惱一春幽恨，盡屬眉尖。愁聞雙飛新燕語，更堪孤枕宿醒歡。雲鬟亂，獨步畫堂，輕風暗觸珠簾。　　多厭。晴畫永，瓊戶悄，香銷金獸慵添。自與蕭娘別後。事事俱嫌。短歌新曲無心理。鳳簫龍管不曾拈。空悵悵，長是每年三月，病酒懨懨。（錄自汲古閣《宋六十名家詞》本）

《夢窗詞集》注：中呂商。

（二）調見〔宋〕蔣捷《竹山詞》。

染柳煙消，鼓蓝雨斷，歷歷猶寄斜陽。掩冉玉妃芳袂，擁出靈場。倩他鴛鴦來寄語，駐君舴艋亦何妨。漁柳靜，獨奏棹歌，邀妃試酌清觴。　　湖上。雲漸暝，秋浩蕩。鮮風支盡蟬糧。贈我非環非佩，萬斛生香。半蝸茅屋歸吹影，數螺苔石壓波光。鴛鴦笑，何似且留雙楫，翠隱紅藏。（錄自汲古閣《宋六十名家詞》本）

（三）調見〔宋〕陳允平《日湖漁唱》。

上苑寒收，西塍雨歇，東風是處花柳。步錦籠紗，依舊五陵台沼。繡簾珠箔金翠嬌，瑣窗雕檻青紅鬥。頻回首。茶灶酒壚，舊時幾番攜手。　　知否。人漸老。嗟眼為花狂，肩為詩瘦。喚醒鄉心，無奈數聲啼鳥。秉燭清遊嫌夜短，採香新意輸年少。歸來好。颭趁故園池閣，綠陰芳草。（錄自《彊村叢書》本）

（四）調見〔明〕陳循《芳洲文集續編》卷六。

碩望弘才，高文奧學，係出青白華宗。早自玉堂金馬，兼輔春宮。重將和羹調寶鼎，再扶紅日上瑤空。三紀內，歷事三朝，巍然舊德元功。　　曾受先朝貞一號，光榮今古稀逢。人道是、文章韓柳，事節夔龍。童顏鶴髮承恩寵。玉階黃閣步春風。咸祝願，百歲年年今日，壽酒千鍾。（錄自《續修四庫全書》本）

## 問梅花

〔清〕姚燮自度曲，見《疏影樓詞・石雲吟雅》。

銀海浩莊莊，問梅花寄我，何處好消息。家山東一角。村樹城巒失這碧。誰橫樓笛。喚醒荒驛棲鴉，馱平蕪冷色。水外沾簾，籬舍兩三恁蕭瑟。　　湖煙起，千峰夕。又昏黃、掛上斜日。瓊妃垂縞袂，獨夜空山定餘憶。夢須相見。奈一天、淒風愁月。翠羽明璫總迢隔。曉起重看，萬里依舊寒白。（錄自《清名家詞》本）

詞序：「登樓眺兩湖五磊、大茗諸峰，玉龍蜿蜒，上絕飛鳥，雲白天晶，千里一色，疑置人玉壺冰鑑中，清且列也。自製此聲，倚浮碧館綠萼梅下歌之，節拍婉楚，頗合越音。因邀蘭士摎箏，小譜撅笛。」

按：姚燮詞有「問梅花寄我，何處好消息」句，故名【問梅花】。

## 問歌顰

即【雨中花】。〔宋〕賀鑄詞有「問何意歌顰易皺」句，故名；見《東山詞》卷上。

清滑京江人物秀。富美髮、豐肌素手。寶子餘妍，阿嬌餘韻，獨步秋娘後。　　奈倦客襟懷先怯酒。問何意、歌顰易皺。弱柳飛綿，繁花結子，做弄傷春瘦。（錄自涉園影宋本）

## 尉遲杯

又名：玉磁杯慢、東吳樂、尉遲杯慢。

（一）調見〔宋〕柳永《樂章集》卷中。

寵佳麗。算九衢紅粉皆難比。天然嫩臉修蛾，不假施朱描翠。盈盈秋水。恣雅態、欲語先嬌媚。每相逢、月夕花朝，自有憐才深意。　　綢繆鳳枕鴛被。深深處、瓊枝玉樹相倚。困極歡餘，芙蓉帳暖，別是惱人情味。風流事、難逢雙美。況已斷、香雲為盟誓。且相將、共樂平生，未肯輕分連理。（錄自《彊村叢書》本）

（二）調見〔宋〕晁補之《晁氏琴趣外篇》卷三。

去年時。正愁絕，過卻紅杏飛。沉吟杏子青時。追悔負好花枝。今年又春到，傍小欄、日日數花期。花有信，人卻無憑，故教芳意遲遲。　　及至待得融怡。未攀條拈蕊，已歎春歸。怎得春如天不老，更教花與月相隨。都將命、拚與酬花，似峴山、落日客猶迷。盡歸路，拍手攔街，笑人沉醉如泥。（錄自雙照影宋本）

《樂章集》注：雙調。《片玉集》注：大石調。

《夢窗詞集》注：夾鐘商，俗名雙調。

## 尉遲杯慢

即【尉遲杯】。〔宋〕万俟詠詞名【尉遲杯慢】，見《全芳備祖・前集卷九・花部・李花》。

碎雲薄。向碧玉枝上、綴萬萼。如將丞粉勻
開，疑使柏麝薰卻。雪魄未應若。況天賦、標
豔仍綽約。當暄風暖日佳處，戲蝶遊蜂看著。

重重繡帘珠箔。障穠豔霏霏，異香漠漠。
見說徐妃，當年嫁了，信住玉鈿零落。無言自
啼露蕭索。夜深待、月上欄干角。廣寒宮、要
與姮娥，素妝一夜相學。（錄自文淵閣《四庫全
書》本）

## 將軍令

〔近人〕吳藕汀自度曲，見《畫牛閣詞集》。

聽來古樂將軍令。恍疑是、禹鐘周磬。驚雷天
不靜。千馬奔騰，裂石聲悲哽。　　他鄉愁客
安仁命。歎孤雁、分飛誰並。歸心成畫餅。
未見龜蛇，負了胎禽頸。（錄自《畫牛閣詞集》手
稿本）

詞序：「聽古樂【將軍令】有作。自度曲。」

按：吳藕汀詞有「聽來古樂將軍令」，故名【將
軍令】。

## 將進酒

即【梅花引】。〔宋〕賀鑄詞名【將進酒】，見
《東山詞》卷上。

城下路。淒風露。今人犂田古人墓。岸頭沙。
帶蒹葭。漫漫昔時，流水今人家。黃埃赤日長
安道。倦客無漿馬無草。開函關。掩函關。千
古如何，不見一人閒。　　六國擾。三秦掃。
初謂商山遺四老。馳單車。致緘書。襲荷焚
芰，接武曳長裾。高流端得酒中趣。深入醉鄉
安穩處。生忘形。死忘名。誰論二豪，初不數
劉伶。（錄自涉園影宋本）

按：宋本《東山詞》有缺字，依《陽春白雪‧外
集》補。

## 婉轉歌

（一）調見《唐詩箋要‧後集‧附詞》〔唐〕郎
大家宋氏詞。

風已清。月朗琴復鳴，掩抑非千態，殷勤是一
聲。歌婉轉，宛轉和且長。願為雙黃鵠，比翼
共翱翔。（錄自《全唐五代詞》本）

（二）調見《唐詩箋要‧後集‧附詞》〔唐〕郎
大家宋氏詞。

日已暮。長簷鳥聲度。望君君不來，思君君不
顧。歌婉轉，宛轉那能異棲宿。願為形與影，

出入恆相逐。（錄自《全唐五代詞》本）

按：此係古樂府體。如按宋詞體制，可分為二
片。換韻為此調之定格，平、仄韻體皆然。此二
首，《全唐詩》為崔液作。今依《全唐五代詞》
例列入，以備查考。

## 欸乃曲

又名：下瀧船。

調見《全唐詩‧附詞》〔唐〕元結詞。

偶存名跡在人間。順俗與時未安閒。來謁大官
兼問政，扁舟卻入九嶷山。（錄自清康熙揚州詩
局本）

詞序：「大曆丁未中，漫叟結為道州刺史，以軍
事詣都。使還州，逢春水，舟行不進。作【欸
乃】五首，令舟子唱之，蓋以取適於道路云。」

《演繁露》卷十三：「《元次山集》有【欸乃
歌】五章，章四句，正絕句詩耳。……如【竹
枝】、【柳枝】之類。其謂『欸乃』者，殆舟
人於歌聲之外，別出一聲，以互相其他歌耶。今
徽、嚴間舟行，猶聞其如此。顧其詩非昔詩耳，
而欸乃之聲可想也。【柳枝】、【竹枝】尚有存
者，其語度與絕句無異，但於句末隨加『竹枝』
或『柳枝』等語，遂即其語以名其歌，【欸乃】
殆其例耶？」

《苕溪漁隱叢話‧前集》卷十九：「山谷云：
『千里楓林……』右元次山【欸乃曲】。欸音
媼，乃音靄，湖中節歌聲。子厚【漁父詞】有
『欸乃一聲山水綠』之句，誤書『欵乃』，少年
多承誤妄用之，可笑。苕溪漁隱曰：余遊浯溪，
讀磨崖〈中興頌〉，於碑側有山谷所書【欸乃
曲】，因以百金買碑本以歸，今錄入【叢話】。
又《元次山集‧欸乃曲》注云：『欸音襖，乃音
靄。棹舡之聲。』洪駒父《詩話》謂：『欸音
靄，乃音襖。』遂反其音，是不曾看《元次山
集》及山谷此碑而妄為之音耳。」

《欽定詞譜》卷一：「【欸乃曲】五首，平仄不
拘，本唐七言絕句，如【竹枝】、【柳枝】之
類。今江南棹船有棹歌，每歌一句則群和一聲，
猶見遺意。其『欸乃』二字乃入聲，或注作船聲
者，非。」

《詞律》卷一：「按欸乃，俗訛作款乃，非。字
書作欵乃亦非。欸乃，棹船戛軋之聲。柳詩：
『欸乃一聲山水綠。』《嚴次山集》名【清江欸
乃】，是也。『欸』字與『唉』字同，是歎恨

發聲之辭。《通雅》曰：『唉，烏開切。又於解、於亥、於皆三切。』《楚辭》：『唉秋冬之緒風。』亞父曰：『唉豎子不足與謀。』此欸乃之欸，正當作『埃』字，上聲，讀為烏蟹切。蓋船聲如人聲耳。劉蛻〈湖中歌〉作靄迺，劉言史〈瀟湘詩〉作曖迺，皆『欸』字之借字。山谷（黃直翁）以為字異音同。陰氏謂『紫陽韻』，及《韻會》皆然。而梅氏《字彙》謂：『數處當各如其音，不必比而同之。』甚謬。升庵云：『欸，亞改切。柳詩本作靄襖，後人誤倒讀作襖靄。』近江右張爾公作《正字通》，以為宜讀作矮靄。然《正韻》於上聲六解內收『乃』字作依亥切，去聲六泰內收『乃』字作於蓋切，皆引欸乃為證，是乃有靄、愛二音；而欸則音襖，是欸之音襖，向來相傳，亦必有所本。魏校《六書精蘊》云：『語辭之乃，轉為欸乃之乃，音烏皓切。』正作襖音。是則『欸』字之為埃上聲無疑。而『乃』字則或作靄，或作襖，未確然耳。又陳氏謂：『當如「乃」字本音，奈上聲。』則必不然。而《冷齋夜話》載洪駒父云：『柳詩本是靄，俗誤分為二字。』則其說新奇，而無可考據也。」

《唐聲詩》下編：「此調之聲，應取自當時舟子之棹歌。元氏序中雖未道及，上辭『停橈靜聽曲中意』之曲是也。『欸乃』二字乃和聲，雖未見於傳辭，更無從知其曾照和聲辭形式另列，但料其原辭中必然有之。欸乃既是和聲，發於歌者之口，當然便非棹船咿軋之聲。前人於『欸乃』二字形、音、義之考訂，雖覺紛繁錯雜，要不外下列四點：（一）欸乃或作曖迺、靄迺，皆是。（二）或合欸乃為一字，作，而另綴靄字於其下，非。（三）欸乃讀如愛乃、靄乃，或如靄襖，是。（四）倒讀如襖靄，非。」

## 欸乃詞

調見〔宋〕蒲壽宬《心泉學詩稿》卷六。

白頭翁，白頭翁，江海為田魚作糧。相逢祇可喚劉四，不受人呼劉四郎。（錄自文淵閣《四庫全書》本）

## 陸州歌

唐大曲名。
調見《全唐詩·樂府》〔唐〕無名氏詞。

第一

分野中峰變，陰晴眾壑殊。欲投人處宿，隔浦問樵夫。

第二

共得煙霞徑，東歸山水遊。蕭蕭望林夜，寂寂坐中秋。

第三

香氣傳空滿，妝花映薄紅。歌聲天仗外，舞態御樓中。

排遍第一

樹發花如錦，鶯啼柳若絲。更逢歡宴地，愁見別離時。

第二

明月照秋葉，西風響夜砧。強言徒自亂，往事不堪尋。

第三

坐對銀釭曉，停留玉箸痕。君門常不見，無處謝前恩。

第四

曙月當窗滿，征人出塞遙。畫樓終日閉，清管為誰調。（錄自清康熙揚州書局本）

《唐音癸籤》卷十三：「曲有【大遍】、【小遍】，又有【簇拍陸州】。按唐邊地無陸州，嶺南雖有其州，名與此不合。唯寧朔境所置降胡州，魯、麗、含、塞、依、契，時稱為六胡州。『陸』字或『六』之誤也。宋人警曲，用【六州大遍】，疑即此。」

按：此大曲為五言絕句詩，多採唐人絕句或截詩句入樂，故平仄互有出入。例第一首係用王維〈終南山〉五律詩後四句，僅將「水」字改作「浦」字。

## 絆春思

即【喜遷鶯】。〔宋〕史達祖詞名【絆春思】，見《記紅集》卷三。

遊絲纖弱。謾著意絆春，春難憑託。水暖成紋，雲晴生影，雙燕又窺簾幕。露添牡丹新豔，風擺秋千閒索。對此景，動高歌一曲，何妨行樂。　　行樂。春正好，無奈綠窗，孤負敲棋約。錦幄調笙，銀瓶索酒，爭奈也曾迷著。自從發涸心倦，常倚鉤欄斜角。翠深處，看悠悠幾點，楊花飛落。（錄自清康熙刻本）

## 細雨吹池沼

即【蝶戀花】。〔宋〕韓淲詞有「細雨吹池沼」句，故名；見《澗泉詩餘》。

　　盡道今年春較早。梅與人情，覺得梅偏好。一樹南牆香未老。春風已自生芳草。　　來自城中猶帶曉。行到君家，細雨吹池沼。悵望沙坑須會到。玉溪此意年時少。（錄自《全宋詞》本）

## 細雨鳴春沼

即【蝶戀花】。《澗泉詩餘》朱孝臧校記曰：「【蝶戀花】（『盡道今年春較早』）原本題作【細雨鳴春沼】。」未知何據，待考。

# 十二畫

## 琴樓操

〔清〕易孺自度曲，見《雙清池館詩餘》。

　　小鶖踏荷翻。夏雲峰、鸑碎倒影，人意惜傾露盤。墩綠遙龍，岩嵐軟胃，塔鈴無語自圓。怪垂楊、未老先絲，似江心、為我生寒。但枇杷一樹，幾啄啄殘。　　真歡。問酥醪、今正小隱，賢主卻孤畫欄。玩日宜亭，談瀛敞閣，酒豪詩興未芟。更睡仙、塵夢應醒，有新鶯、念汝綿蠻。合操縵。梅黃已雨，弦潤待彈。（錄自清胡壻手鈔本）

詞序：「湖樓晨趣，自度此操，付彼琴絲，期主人伉儷兼簡馥庭。」

## 琴調相思引

（一）調見〔宋〕賀鑄《賀方回詞》卷一。

　　終日懷歸翻送客。春風祖席南城陌。便莫惜。離觴頻卷白。動管色。催行色。動管色。催行色。　　何處投鞍風雨夕。臨水驛。空山驛。臨水驛。空山驛。縱明月、相思千里隔。夢咫尺。勤書尺。夢咫尺。勤書尺。（錄自《彊村叢書》本）

（二）即【相思引】。〔宋〕趙彥端詞名【琴調相思引】，見《介庵詞》。

拂拂輕陰雨麴塵。小庭深幕墮嬌雲。好花無幾，猶是洛陽春。　　燕語似知懷舊主，水生只解送行人。可堪詩墨，和淚漬羅巾。（錄自汲古閣《宋六十名家詞》本）

## 琴調相思令

即【長相思】。〔宋〕趙鼎詞名【琴調相思令】，見《得全居士詞》。

　　歸去來。歸去來。昨夜東風吹夢回。家山安在哉。　　酒一杯。復一杯。準擬愁懷待酒開。愁多腸九回。（錄自《四印齋所刻詞》本）

## 琴調宴瑤池

即【越江吟】。〔近人〕汪東詞名【琴調宴瑤池】，見《夢秋詞》卷四。

　　瑤徽偷按宮商亂。粲粲。月華來照空院。成長歎。羅襟怕說。啼痕滿。　　望吳鄉迢遞天半。閨中怨。當初悔教分散。愁歸見。殘英似霰。朱顏變。（錄自齊魯書社影手稿本）

## 琴調瑤池宴

即【越江吟】。〔宋〕賀鑄詞名【琴調瑤池宴】，見《賀方回詞》卷二。

　　瓊鉤褰幔。秋風觀。漫漫。白雲聯度河漢。長宵半。參旗爛爛。何時旦。　　命閨人、金徽重按。商歌彈。依稀廣陵清散。低眉歎。危弦未斷。腸先斷。（錄自《彊村叢書》本）

## 琵琶仙

〔宋〕姜夔自度曲，見《白石道人歌曲》卷四。

　　雙槳來時，有人似、舊曲桃根桃葉。歌扇輕約飛花，蛾眉正奇絕。春漸遠、汀洲自綠，更添了、幾聲啼鴃。十里揚州，三生杜牧，前事休說。　　又還是、宮燭分煙，奈愁裏、匆匆換時節。都把一襟芳思，與空階榆莢。千萬縷、藏鴉細柳，為玉樽、起舞回雪。想見西出陽關，故人初別。（錄自《彊村叢書》本）

詞序：「〈吳都賦〉云：『戶藏煙浦，家具畫船。』唯吳興為然。春遊之盛，西湖未能過也。己酉歲，予與蕭時父載酒南郭，感遇成歌。」

《白石道人歌曲》注：黃鐘商。

## 琵琶亭

調見《東白堂詞選初集》卷十五〔清〕陳慈永詞。

　　萬玉藂中，看依舊、一曲清池環碧。輕浪暗蹙萍絲，喁喁漾金鯽。風自起、不搖羅扇，簾影薄、浮塵遠隔。尚憶當年，把朱李紅榴親摘。歡適。便痛飲高歌，肯容狂客。　　曾幾度、換物移星，奈轉眼、模糊是陳跡。屈指筍龍賈虎，半已玉埋珠擲，又何事、膏火空煎。早秋霜、雨鬢堆積。歲月驅馳，恨白日、繫之無策。堪惜。又鄰笛淒涼，淚痕狼藉。（錄自清康熙十七年刻本）

## 瑯天樂

〔明〕沈億年自度曲，見《支機集》卷三。

　　何處上真家。始青天際霞。龍車。人間歸路賒。　　瑤臺月，不焰燕山闕。此□□興亡。竟相忘。（錄自惜陰堂《明詞彙刊》本）

詞序：「夢至霄闕，引見一真官，官命合樂饗之，覺而依調成此詞。真官蓋曾主人間云。」

## 替人愁

即【添聲楊柳枝】。〔宋〕賀鑄詞有「替人愁」句，故名；見《東山詞》卷上。

　　風緊雲輕欲變秋。雨初收。江城水路漫悠悠。帶汀洲。　　正是客心孤迥處，轉歸舟。誰家紅袖倚津樓。替人愁。（錄自涉園影宋本）

## 款殘紅

調見〔明〕楊慎《升庵長短句》卷二。

　　花徑款殘紅，風沼縐新皺。有意惜餘春，無計消長晝。　　香醪瀉玉窪，瑞腦噴金獸。誰與共溫存，寂寞黃昏後。（錄自惜陰堂《明詞彙刻》本）

按：此詞《升庵長短句》為二首。《歷代詩餘》合二首為一首。

《歷代詩餘》卷五十：「此楊慎自名調，乃入韻五言古詩。實合【生查子】二調為一調，換頭用宋李之儀【謝池春慢】語，以其獨立一調存之。」

## 華表鶴

即【鷓鴣天】。〔明〕李培詞名【華表鶴】，見《水西全集》卷六。

　　澗鼠何曾悟李斯。龍駒不勇折旌危。魂遊上蔡牽黃日，恨繞華亭鶴唳時。　　憐馬革，痛鷗夷。英雄千載去何之。生憎林谷懷臍鹿，浪笑泥塗曳尾龜。（錄自《四庫未收書輯刊》本）

## 華胥引

又名：華胥夢。

（一）調見〔宋〕周邦彥《片玉集》卷五。

　　川原澄映，煙月冥濛，去舟如葉。岸足沙平，蒲根水冷留雁唼。別有孤角吟秋，對曉風鳴軋。紅日三竿，醉頭扶起還怯。　　離思相縈，漸看看、鬢絲堪鑷。舞衫歌扇，何人輕憐細閱。點檢從前恩愛，但鳳箋盈篋。愁剪燈花，夜來和淚雙疊。（錄自《彊村叢書》本）

《片玉集》注：黃鐘。

《列子》：「黃帝晝寢而夢，遊於華胥氏之國。華胥氏之國弇州之西，台州之北，不知斯齊國幾千萬里，蓋非舟車力之所及，神遊而已。其國無師長，自然而已。其民無嗜欲，自然而已。不知樂生，不知惡死，故無夭殤。不知親己，不知疏物，故無愛憎。……黃帝既寤，悟然自得。又二十有八年，天下大治，幾若華胥氏之國。」調名本此。

（二）即【華清引】。〔宋〕蘇軾詞名【華胥引】，見《東坡樂府》卷上。

　　平時十月幸蘭湯。玉甃瓊梁。五家車馬如水，珠璣滿路旁。　　翠華一去掩方床。獨留煙樹蒼蒼。至今清夜月，依前過繚牆。（錄自《彊村叢書》本）

詞注：「一作【華清引】。」

## 華胥夢

即【華胥引】。〔清〕鄭景會詞名【華胥夢】，見《柳煙詞》。

　　桃花帶霧，柳色含煙，紗窗月印。玉漏頻催，綺筵初散燈未燼。小婢扶上瓊樓，正臉霞微暈。馥馥香生，鏡中鬌卻雙鬢。　　錦帳春濃，似當時、洛神輕俊。低聲細語，幾回秋波微瞬。一段溫柔嬌膩，醒來難問。被冷幃空，暗風吹雨成陣。（錄自《全清詞》本）

## 華清引

又名：華胥引。

調見〔宋〕蘇軾《東坡詞》。

　　平時十月幸蓮湯。玉甃瓊梁。五家車馬如水，

十二畫

珠璣滿路旁。　　翠華一去掩方牀。獨留煙樹蒼蒼。至今清夜月，依舊過繚牆。（錄自汲古閣《宋六十名家詞》本）

《欽定詞譜》卷五【華清引】調注：「詞賦華清舊事，因以名調。」

## 華溪仄

即【憶秦娥】。〔金〕長筌子詞有「華溪仄」句，故名；見《洞淵集》卷五。

華溪仄。春風也是人間客。人間客。飄零南北，幾時休息。　　不如學個商山伯。石樓雲殿銷塵跡。銷塵跡。丹丘閒看，老松千尺。（錄自涵芬樓影明《道藏》本）

## 菱花怨

即【青門飲】。〔宋〕賀鑄詞有「菱花怨晚」句，故名；見《賀方回詞》卷一。

疊鼓嘲喧，彩旗揮霍，蘋汀薄晚，蘭舟催解。別浦潮平，小山雲斷，十幅飽帆風快。回想牽衣，愁掩啼妝，一襟香在。紈扇驚秋，菱花怨晚，誰共蛾黛。　　何處玉樽空對，松陵正美，鱸魚菰菜。露洗涼蟾，潦吞平野，三萬頃非塵界。覽勝情無奈。恨難招、越人同載。會憑紫燕西飛，更約黃鸝相待。（錄自《彊村叢書》本）

## 黃花慢

調見〔清〕賀雙卿《雪壓軒詩詞集》。

碧盡遙天。但暮霞散綺，碎剪紅鮮。聽時愁近，望時怕遠。孤鴻一個，去向誰邊。素霜已冷蘆花渚，更休倩、鷗鷺相憐。暗自眠。鳳凰縱好，寧是姻緣。　　淒涼勸你無言。趁一沙半天，且度流年。稻粱初盡，網羅正苦，夢魂易警，幾處寒煙。斷腸可是嬋娟意，寸心裏、多少纏綿。夜未闌，倦飛便宿平田。（錄自清刻本）

## 黃金縷

（一）即【蝶戀花】。〔宋〕司馬槱詞有「唱徹黃金縷」句，故名；見《張右史文集》卷四十七。

家在錢塘江上住。花落花開，不管年華度。燕子又將春色去。紗窗一陣黃昏雨。　　斜插犀梳雲半吐。檀板清歌，唱徹黃金縷。望斷雲行無去處。夢回明月生春浦。（錄自《四部叢刊》本）

《張右史文集》卷四十七：「〈書司馬槱事〉：『司馬槱，陝人，太師文正之姪也。制舉中第，調關中一幕官，待次里中。一日晝寐，恍惚間見一美婦人，衣裳甚古，入幄中，執版歌曰：「家在錢塘江上住。花落花開，不管年華度。燕子又將春色去。紗窗一陣黃昏雨。」歌半闋而去。槱因續成一曲：「斜插犀梳雲半吐。檀板清歌，唱徹黃金縷。望斷雲行無去處。夢回明月生春浦。」後易杭州幕官。或云其官舍下乃蘇小墓，而槱竟卒於官。』」

《吟窗雜錄》卷四十七：「賢良司馬槱，陝西夏台人也。一日，夢見一美人緩歌曰：『妾本錢塘江上住，花落花開，不管流年度。燕子銜將春色去。紗窗幾陣黃梅雨。』槱續其後云：『斜插犀梳雲半吐。檀板珠唇，唱徹黃金縷。望斷行雲無覓處。夢回明月生春浦。』君常以此夢為念。及赴餘杭幕，為【河傳】詞以思之。是夕寢，復夢向之美人，喜曰：『此來，妾亦願與郎為偶，況時當諧矣，又何去焉？』乃相與就寢，每夕無間。遂與僚屬具道其本末。眾謂之曰：『君公署之後，有蘇小小墓，得非是乎？』坐客或謂君曰：『君雖願之，安可得也？君創一畫舫，令舟卒守之。』一日昏後，卒至，見一少年衣綠袍，攜一美人同升畫舫。卒遽往止之，則舫中發火，不可向邇，頃之畫舫已沒。卒急以報，比之公署，則君已暴亡矣。」

《春渚紀聞》卷七：「司馬才仲初在洛下，晝寢，夢一美姝，牽帷而歌曰：『妾本錢塘江上住，花落花開，不管流年度。燕子銜將春色去。紗窗幾陣黃梅雨。』才仲愛其詞，因詢曲名，云是【黃金縷】，且曰：『後日相見於錢塘江上。』才仲以東坡先生薦，應制舉中等，遂為錢塘幕官。其廨舍後，唐蘇小墓在焉。時秦少章為錢塘尉，為續其詞後云：『斜插犀梳雲半吐。檀板清敲，唱徹黃金縷。夢斷彩雲無覓處。夜涼明月生春浦。』不逾年而才仲得疾，所乘畫水輿艤泊河塘，柁工遽見才仲攜一麗人登舟，即前聲喏，繼而火起舟尾，狼忙走報，家已慟哭矣。」

《西湖遊覽志餘》卷十六：「蘇小小者，錢塘名倡也，蓋南齊時人。其墓或云江干。古詞云：『妾乘油壁車，郎跨青驄馬。何處結同心，西陵松柏下。今西陵乃在錢塘江之西，則云江干者近是也。宋時司馬槱才仲初在洛下，晝寢，夢一

　　十二畫

美姝，牽帷而歌曰：『妾本錢塘江上住，花落
花開，不管流年度。燕子銜將春色去。紗窗幾陣
黃梅雨。』才仲愛其詞，因詢曲名，云是【黃金
縷】。後五年，才仲以蘇子瞻薦，應制舉中等，
遂為錢塘幕官。為秦少章道其事，少章為續其後
詞云：『斜插犀梳雲半吐。檀板清敲，唱徹黃金
縷。夢斷彩雲無覓處。夜涼明月生春浦。』頃
之，復為美姝迎笑曰：『夙願諧矣。』遂與同
寢。自是每夕必來，方仲為同僚談之，咸曰：
『公廨後有蘇小小墓，得無妖乎？』不逾年，而
才仲得疾。乘遊舫，艤泊河塘，柁工遽見才仲攜
一麗人登舟，即前喏之，聲斷，火起舟尾，倉忙
走報其衙，則才仲死，而家人慟哭矣。」

（二）調見《林下詞選》卷六〔明〕張紅橋詞。

> 記得紅橋西畔路。郎馬來時，繫在垂楊樹。漠
> 漠梨雲和夢度。錦屏翠幕留春住。（錄自清康熙十
> 年寧靜堂刻本）

十二畫

按：此詞原注：「即【蝶戀花】半闋。」錄之以
供參閱。《欽定詞譜》卷十三【蝶戀花】調注：
「馮延巳詞有『楊柳風輕，展盡黃金縷』句，名
【黃金縷】。」未知何據，待考。

## 黃河清

又名：黃河清慢。

調見〔宋〕晁端禮《閒齋琴趣外篇》卷六。

> 晴景初升風細細。雲收天淡如洗。望外鳳凰雙
> 闕，葱葱佳氣。朝罷香煙滿袖，近臣報、天顏
> 有喜。夜來連得封章，奏大河、徹底清泚。
>
> 君王壽與天齊，馨香動、上穹頻降嘉瑞。大
> 晟奏功，六樂初調清徵。合殿春風乍轉，萬花
> 覆、千官盡醉。內家傳敕，重開宴、未央宮
> 裏。（錄自雙照樓影宋本）

《鐵圍山叢談》卷二：「時燕樂初成，八音告
備，因作【徵招】、【角招】，有曲名【黃河
清】、【壽星明】，二者音調極韶美，次膺作一
詞曰（詞略）。時天下無問邇遐小大，雖偉男髫
女，皆爭氣唱之。」

《避暑錄話》卷上：「崇寧初，大樂缺徵調，有
獻議請補者，並以命教坊燕樂同為之。大使丁仙
現云：『音已久亡，非樂工所能為，不可以妄
增，徒為後人笑。』蔡魯公亦不喜，襄授之。嘗
語予曰：『見元長屢使度曲，皆辭不能，遂使以
次樂工為之。』逾旬獻數曲，即今【黃河清】之
類，而聲終不諧，末音寄殺他調。魯公本不通聲

律，但果於必為，大喜，亟召眾工試按。尚書少
庭，使仙現在旁聽之。樂闋，有得色，問仙現何
如。仙現徐前，環顧坐中曰：『曲甚好，只是落
韻。』坐客不覺失笑。」

## 黃河清慢

即【黃河清】。〔宋〕晁端禮詞名【黃河清
慢】，見《高麗史‧卷七十一‧樂二》。

> 晴景初升風細細。雲收天淡如洗。望外鳳凰雙
> 闕，葱葱佳氣。朝罷香煙滿袖，侍臣報、天顏
> 有喜。夜來連得封章，奏大河、徹底清泚。
>
> 君王壽與天齊，馨香動、上穹頻降佳瑞。大
> 晟奏功，六樂初調宮徵。合殿春風乍轉，萬花
> 福、千官盡醉。內家傳敕，重開宴、未央宮
> 裏。（錄自日本明治四十一年縮印本）

《歷代詞人考略》卷十九引《聽秋聲館詞話》：
「晁端禮以蔡京薦為大晟府協律，時值河清獻
詞，『晴景初升』云云，即以【黃河清慢】名
調。京子條《鐵圍山叢談》謂其：『音調極美，
天下無問邇遐大小，皆爭唱之。』……按葉少蘊
《避暑錄話》言：『崇寧初，大晟樂無徵調，蔡京
徇議者請，欲補其闕。教坊大使丁仙現云：「音
已久亡，不宜妄作。」京不聽，遂使他工為之，
逾旬得數曲，即【黃河清】之類。京喜極，召眾
工按試。使仙現在旁聽之。樂闋，問何如，仙現
曰：「曲甚好，只是落韻。」蓋末音寄煞他調，
俗所謂「落腔」是也。』詞中『六樂初調』句，
正以誚京，其時朝臣無不從風而靡。仙現一樂工
耳，獨矯矯不阿如此，與石工安民不肯刊名元祐
黨碑，正復相似。噫，是非風節，不在士大夫而
在草莽，宋之所以南渡歟。」

## 黃昏庭院

即【憶故人】。〔宋〕王詵詞有「黃昏庭院」
句，故名；見《記紅集》卷一。

> 燭影搖紅向夜闌，乍酒醒、心情懶。樽前誰為
> 唱陽關，離恨天涯遠。　　無奈雲沉雨散。憑
> 欄干、東風淚眼。海棠開後，燕子來時，黃昏
> 庭院。（錄自清康熙刻本）

## 黃葵花

〔清〕金農自度曲，見《冬心先生自度曲》。

> 秋在花枝上。花枝隨轉，偏向著、朝陽夕陽。
> 玉人最愛新涼。屬微黃。風前小病，病也何

妨。（錄自清乾隆刻本）

詞注：「七句，三十三字。」

## 黃嬰兒

即【黃鶯兒】。〔金〕侯善淵詞名【黃嬰兒】，
見《上清太玄集》卷九。

> 呆老。呆老。幻夢惑迷，一生顛倒。甚每日、
> 皺著眉兒，把身心作惱。　　勸汝回頭歸大
> 道。搜玄微幽奧。煉丹光混入中元，現玉辰容
> 貌。（錄自涵芬樓影明《道藏》本）

## 黃鶯兒

又名：水雲遊、金衣公子、黃嬰兒、黃鶯兒令。

（一）調見〔宋〕柳永《樂章集》卷上。

> 園林晴晝春誰主。暖律潛催，幽谷暄和，黃鸝
> 翩翩，乍遷芳樹。觀露濕縷金衣，葉映如簧
> 語。曉來枝上綿蠻，似把芳心、深意低訴。
> 　　無據。乍出暖煙來，又趁遊蜂去。恣狂蹤
> 跡，雨雨相呼，終朝霧吟風舞。當上苑柳穠
> 時，別館花深處。此際海燕偏饒，都把韶光
> 與。（錄自彊村叢書》本）

《樂章集》注：正宮。

（二）調見〔金〕王嚞《重陽全真集》卷十二。

> 平等。平等。復過萊州，須行救拯。害風兒、
> 闡化勻均，化良歸善肯。　　二儀三耀常為
> 正。察人心、恰如斗秤。若不高、更沒於低，
> 也神仙有應。（錄自涵芬樓影明《道藏》本）

（三）調見〔清〕徐旭旦《世經堂詞》。

> 風雨弄清明。燕街花，人踏青。官衙似水臣心
> 靜，花前勸耕，隨車鹿行。弦歌又聽南村近，
> 慶天成。太平天子，齊祝萬年春。（錄自清刻本）

## 黃鶯兒令

即【黃鶯兒】。〔金〕譚處瑞詞名【黃鶯兒
令】，見《水雲集》。

> 活鬼。活鬼。日日市鄽，爭名競利。為戀他、
> 好女嬌兒，把根源輕棄。　　早早不肯尋出
> 離。大限來何計。想你也、沒分升天，卻有緣
> 入地。（錄自涵芬樓影明《道藏》本）

## 黃鶴引

調見《泊宅編》卷一〔宋〕方資詞。

> 生逢垂拱。不識干戈免田隴。士林書圃終年，
> 庸非天寵。才初闖茸。老去支離何用。浩然歸

弄。似黃鶴、秋風相送。　　塵事塞翁心，浮
世莊生夢。漾舟遙指煙波，群山森動。神閒意
聳。回首利鞿名鞿。此情誰共。問幾斛、淋浪
春甕。（錄自《讀書齋叢書》本）

《泊宅編》卷一：「先子晚官鄧州，一日，秋風
起，忽思吳中山水，嘗信筆作長短句名【黃鶴
引】，遂致仕。其敘曰：『予生浙東，世業農。
總角失所天，稍從里閈儒者遊。年十八，婁以充
貢。凡七至禮部，始得一青衫。間關二十年，仕
不過縣令，摺才南陽教授。紹聖改元，實六十五
歲矣。秋風忽起，毆告老於有司，適所願也。謂
同志曰：「仕無補於上下，而退號朝士。婚嫁
既畢，公私無虞。將買扁舟放浪江湖中，浮家泛
宅，誓以此生，非太平之幸民而何？』因閱阮田
曹所製【黃鶴引】，愛其詞調清高，寄為一曲，
命稚子歌之，以侑樽焉。』詞曰（詞略）。」

## 黃鶴洞中仙

即【卜算子】。〔金〕王嚞詞名【黃鶴洞中
仙】，見《重陽教化集》卷一。

> 正被離家遠，衰草寒煙染。水隔孤村兩三家，
> 你不牽他上馬，獨立沙汀岸。　　叫得船離
> 岸，舉棹波如練。漁叟停船問行人，你不牽他
> 上馬，月照江心晚。（錄自涵芬樓影明《道藏》本）

## 黃鶴洞仙

（一）即【卜算子】。〔金〕馬鈺詞名【黃鶴洞
仙】，見《鳴鶴餘音》卷四。

> 終日駕鹽車，鞭棒時時打。自數精神久屈沉，
> 如病馬。怎得優遊也。　　伯樂祖師來，見後
> 頻嗟呀。巧計多方贖了身，得志馬。須報師恩
> 也。（錄自涵芬樓影明《道藏》本）

《欽定詞譜》卷八【黃鶴洞仙】調注：「此亦元
人小令，重押兩『馬』字、兩『也』字韻。想其
體例應爾。」

按：此調實【卜算子】之又名，唯加上所謂
「前後各喝馬一聲」也，並非均押兩「馬」、
兩「也」字韻。馬鈺在《重陽教化集》中列入
【黃鶴洞中仙】。《欽定詞譜》另立一調，似可
不必。

（二）調見〔清〕高士奇《竹窗詞》。

> 一角雨餘山，隔斷天邊樹。只寫蘺蕪滿地生，
> 溪盡處。定有人家住。　　閒興盡從容，小憩
> 何無侶。若愛村西野菜花，沙嘴路。須把柴蘺

補。（錄自清康熙本）

按：此調已將金馬鈺之「喝馬」二句改成實詞，故與【卜算子】調不同。分列於此，以待進一步考證。

## 黃鐘喜遷鶯

即【喜遷鶯】。〔宋〕史達祖詞名【黃鐘喜遷鶯】，見《絕妙好詞箋》卷二。

> 月波疑滴。望玉壺天近，了無塵隔。翠眼圈花，冰絲織練，黃道寶光相直。自憐詩酒瘦，難應接、許多春色。最無賴，是隨香趁燭，曾伴狂客。　蹤跡。謾記憶。老了杜郎，忍聽東風笛。柳院燈疏，梅廳雪在，誰與細傾春碧。舊情拘未定，猶自學、當年遊歷。怕萬一，誤玉人、夜寒簾隙。（錄自《清道光愛日軒》本）

按：「黃鐘」二字係宮調名。《絕妙好詞》作調名則誤。《詞源》卷下引史詞為：「黃鐘【喜遷鶯】賦元夕。」可知「黃鐘」係該詞之宮調名，【喜遷鶯】是詞調名，「賦元夕」係詞題。今存其名，以備查閱。

## 黃鐘喜遷鸚

即【喜遷鶯】。〔近人〕楊莊詞名【黃鐘喜遷鸚】，見《楊莊詞錄》

> 歲華如逝。恨玉人千里，鱗鴻難寄。腕雪珠寬，腰支素緩，盡日相思誰記。東君空有意，裝點得、江山如繪。年年見、總楊花榆莢，惹人憔悴。　凝思。念時世。輕薄朱顏，共歎狂花麗。金屋香銷，羅幃夢短，只是春愁無計。柳條初弄色，也自學、輕顰眉翠。縱嫋娜，怎禁他、秋風涼吹。（錄自民國間鉛印本）

## 黃鐘樂

唐教坊曲名。

調見《花間集》卷九〔五〕魏承班詞。

> 池塘煙暖草萋萋。惆悵閒宵含恨，愁坐思堪迷。遙想玉人情事遠，音容渾似隔桃溪。　偏記同歡秋月低。簾外論心花畔，和醉暗相攜。何事春來君不見，夢魂長在錦江西。（錄自雙照樓影明仿宋本）

## 黃壚曲

〔近人〕汪東自度曲，見《夢秋詞》卷五。

> 賞音人去後，寂寞情懷不堪表。青溪載月，桑泊看花，長記岸幘行吟，揮杯談笑。亂離先有兆。哲人萎矣，看舉世、波翻雲擾。向此日歸來，萬里只供憑弔。　心悄悄。重過藍家莊畔，一抹輕煙帶殘照。舊時門巷，何處亭軒，剩見菜種蘺根，蔓縈枝杪。黃壚今古道。雙雞斗酒，問誰識、平生遊好。指鍾阜，盈顛白雪，也如人老。（錄自齊魯書社影手稿本）

詞序：「商調。殘雪未消，訪季剛量守廬遺址，歸作此曲，使南青譜而歌之，音極淒婉。」

按：江東詞有「黃壚今古道」句，故名【黃壚曲】。

## 黃鸝繞碧樹

調見〔宋〕周邦彥《片玉集》卷八。

> 雙闕籠嘉氣，寒威日晚，歲華將暮。小院閒庭，對寒梅照雪，淡煙凝素。忍當迅景，動無限、傷春情緒。猶賴是、上苑風光漸好，芳容將煦。　草莢蘭芽漸吐。且尋芳、更休思慮。這浮世、甚驅馳利祿，奔競塵土。縱有魏珠照乘，未買得流年住。爭如盛飲流霞，醉偎瓊樹。（錄自《彊村叢書》本）

《片玉集》注：雙調。

## 越女鏡心

即【法曲獻仙音】。〔宋〕姜夔詞名【越女鏡心】，見《白石詞集》。

> 風竹吹香，水楓鳴綠，睡覺涼生金縷。鏡底同心，枕前雙玉，相看轉傷幽素。傍綺閣、輕陰度。飛來鑑湖雨。　近重午。燎銀篝、暗薰溽暑。羅扇小、空寫數行怨苦。纖手結芳蘭，且休歌、九辯懷楚。故國情多，對溪山、都是離緒。但一川煙草，恨滿西陵歸路。（錄自《四庫全書存目叢書》本）

《欽定詞譜》卷二十二【法曲獻仙音】調注：「姜夔詞名【越女鏡心】。按唐張籍酬朱慶餘詩有『越女新妝出鏡心』句，姜詞調名本此。」

## 越山青

即【長相思】。〔元〕仇遠詞名【越山青】，見《無弦琴譜》卷二。

十二畫

四月時。五月時。柳絮無風不肯飛。捲簾看燕
歸。　雨凄凄。草凄凄。及早關門睡起遲。
省人多少時。（錄自《彊村叢書》本）

## 越江吟

又名：秋風歎、宴瑤池、琴調宴瑤池、琴調瑤池
宴、瑤池宴、瑤池宴令。

調見《苕溪漁隱叢話・前集》卷十六引《冷齋夜
話》〔宋〕蘇易簡詞。

非雲非煙瑤池宴。片片。碧桃零亂。黃金殿。
蝦鬚半捲。天香散。　春雲和，孤竹清婉。
入霄漢。紅顏醉態爛熳。金輿轉。霓旌影亂。
簫聲遠。（錄自《海山仙館叢書》本）

《苕溪漁隱叢話・前集》卷十六：「《冷齋夜
話》云：『世傳琴曲宮聲十小調，皆隋賀若弼所
製，最為絕妙。一【不博金】、二【不換玉】、
三【峽泛】、四【越溪吟】、五【越江吟】、六
【孤猿吟】、七【清夜吟】、八【葉下聞蟬】、
九【三清】，十亡其名，琴家但名【賀若】而
已。太宗尤愛之，為之改【不博金】曰【楚澤涵
秋】、【不換玉】曰【塞門積雪】，仍命詞臣各
探調製詞。時北門學士蘇易簡探得【越江吟】，
其詞曰（詞略）。」

按：此首別本見《續湘山野錄》，與前詞不同。
今錄之以做參考：

神仙神仙瑤池宴。片片。碧桃零落春風晚。翠
雲開處，隱隱金輿挽。玉麟背冷清風遠。

《續湘山野錄》：「太宗嘗酷愛宮詞中十小調
子，乃隋賀若弼所撰。其聲與意及用指取聲之
法，古今無能加者。十調者，一曰【不博金】，
二曰【不換玉】，三曰【峽泛】，四曰【越溪
吟】，五曰【越江吟】，六曰【孤猿吟】，七
曰【清夜吟】，八曰【葉下聞蟬】，九曰【三
清】，外加一調最古，亡其名，琴家只名曰【賀
若】。太宗嘗謂【不博金】、【不換玉】二調之
名頗俗，御改【不博金】為【楚澤涵秋】、【不
換玉】為【塞門積雪】。命近臣十人各採一調撰
一詞。蘇翰林易簡採得【越江吟】。」

《填詞名解》卷一：「郭紹孔《詞譜》云：『世
傳琴曲宮聲十小調，皆隋賀若司弼製，其五曰
【越江吟】。唐太宗（宋太宗之誤）命詞臣採調
製詞，蘇易簡得此調。」

## 越溪春

調見〔宋〕歐陽修《歐陽文忠公近體樂府》卷三。

三月十三寒食日，春色遍天涯。越溪閬苑繁華
地，傍禁垣、珠翠煙霞。紅粉牆頭，秋千影
裏，臨水人家。　歸來晚駐香車。銀箭透窗
紗。有時三點兩點雨霽，朱門柳細風斜。沉麝
不燒金鴨冷，籠月照梨花。（錄自雙照樓影宋本）

按：歐陽修詞有「春色遍天涯。越溪閬苑繁華
地」句，故名【越溪春】。

## 超彼岸

即【河傳令】。〔金〕王喆詞名【超彼岸】，見
《重陽教化集》卷三。

凡軀莫藉。把惺惺了了，自然明明構架。行住
坐臥，須要清清閒暇。氣神和，結成珠，堪教
化。　張弓舉箭能覷射。紅心正中，趲退周
天卦。垜貼中間，迸出霞光無價。五行違，脫
陰陽，超造化。（錄自涵芬樓影明《道藏》本）

按：此詞王喆在《重陽全真集》卷十二，調名為
【河傳令】。

## 堪畫看

即【漁歌子】。〔宋〕徐積詞名【堪畫看】，見
《節孝先生文集》卷十四。

討得漁竿買得船。歸休何必待高年。深浪裏，
亂雲邊。只有逍遙是水仙。（錄自文淵閣《四庫全
書》本）

## 菖蒲綠

即【歸朝歡】。〔宋〕辛棄疾詞有「菖蒲自蘸清
溪綠」句，故名；見《稼軒長短句》卷五。

山下千林花太俗。山上一枝看不足。春風正在
此花邊，菖蒲自蘸清溪綠。與花同草木。問誰
風雨飄零速。莫怨歌，夜深巖下，驚動白雲
宿。　病怯殘年頻自卜。老愛遺編難細讀。
苦無妙手畫於菟，人間雕刻真成鵠。夢中人似
玉。覺來更憶腰如束。許多愁，問君有酒，何
不日絲竹。（錄自涉園影小草齋鈔本）

詞序：「齊庵菖蒲港，皆長松茂林，獨野櫻花
（一作梅花）一株，山上盛開，映照可愛。不數
日，風雨摧敗殆盡。意有感，因效介庵體為賦，
且以【菖蒲綠】名之。丙辰歲三月三日也。」

## 菊花天

調見〔金〕王嚞《重陽全真集》卷十二。

> 又是春來虛不空。今朝鬥撮和風。使我得飄蓬。前遊雲水，大路長通。　雖是心慵身莫懶，但予如藥名芎。服了身輕體健，積功。積功。須上穹窿。（錄自涵芬樓影明《道藏》本）

## 菊花心

即【菊花新】。〔明〕無名氏詞名【菊花心】，見《金瓶梅》卷五十。

> 欲掩香幃論繾綣。先斂雙蛾愁夜短。催促少年郎，先去睡，鴛衾圖暖。　須史整頓蝶蜂情，脫羅裳、恣情無限。留著帳前燈，時時看伊嬌面。（錄自張竹坡評本）

按：此詞係宋柳永詞，只不過換了幾個字而已，民間話本、小說往往如此。

## 菊花新

又名：菊花心。

（一）調見〔宋〕柳永《樂章集》卷下。

> 欲掩香幃論繾綣。先斂雙蛾愁夜短。催促少年郎，先去睡、鴛衾圖暖。　須史放了殘針線。脫羅裳、恣情無限。留取帳前燈，時時待、看伊嬌面。（錄自《彊村叢書》本）

《樂章集》、《張子野詞》注：中呂調。

《齊東野語》卷十六：「思陵朝，掖庭有菊夫人者，善歌舞，妙音律，為仙韶部之冠，宮中號為『菊部頭』。然頗以不獲際幸為恨，既而稱疾告歸。宦者陳源，以厚禮聘歸，蓄於西湖之適安園。一日，德壽按【梁州】曲舞，屢不稱旨。提舉官關禮，知上意不樂，因從容奏曰：『此事非菊部頭不可。』上遂令宣喚。於是再入掖禁，陳遂憾恨成疾。有某士者，頗知其事，演而為曲，名之曰【菊花新】以獻之。陳大喜，酬以田宅金帛甚厚。其譜則教坊都管王公謹所作也。陳每聞歌，輒淚下不勝情，未幾物故。園後歸重華宮，改名小隱園。孝宗朝撥賜張貴妃，為永寧崇福寺。」

（二）調見〔宋〕杜安世《壽域詞》。

> 坐臥雙眉鎮長斂。繡戶初開花滿院。羅幃翠屏空，風微動、玉爐煙颭。　兒夫心腸多薄倖，百計思、難為拘檢。幾回向伊言，交今後、更休拋閃。（錄自汲古閣《宋六十名家詞》本）

（三）調見〔清〕嗤嗤道人《五鳳吟》第十九回。

> 巡訪才得返星招。又把從戎卿誠叨。何苦獨賢勞。不因援友難，那得會多嬌。（錄自上海古籍出版社排印本）

## 菊潭秋

即【婆羅門引】。〔金〕元好問詞名【菊潭秋】，見《遺山先生新樂府》卷三。

> 商於六里，野塘千古□煙霞。靈苗鬱鬱無涯，浩蕩青冥風露，金素發清華。散霜叢彌岸，月國明沙。　仙經浪誇。種瑤草、養鉛砂。爭信瓊芳薦，藥鏡黃芽。秋香晚節，也分到、山中宰相家。休更羨、劉阮桃花。（錄自《全金元詞》本）

詞注：「亦名【菊潭秋】。」

## 菩提子

即【蝶戀花】。〔明〕李培詞名【菩提子】，見《水西全集》卷六。

> 逐逐歧途成白首。禪榻羈棲，悶勸頭陀酒。貝葉翻殘人抖擻。飯過香積蒲牢吼。　遮莫談空還說有。幾個英雄，乾坤能不朽。七聖防燒宜護口。等閒莫被塵根誘。（錄自《四庫未收書輯刊》本）

## 菩薩鬘

即【菩薩蠻】。〔清〕王夫之詞名【菩薩鬘】，見《鼓棹初集》。

> 相移不覺春前歲。相連不斷風前淚。淚已到今殘。乾坤醉夢闌。　紫山橫白靄。羃曆天如海。花月有時新。難留霜鬢人。（錄自清刻本）

《詞品》卷一：「西域諸國婦人，編髮垂髻，飾以雜花，如中華塑佛像瓔珞之飾曰菩薩鬘，曲名取此。」

《歷代詩餘·詞話》引胡應麟《筆叢》：「開元時，南詔入貢，危髻金冠，瓔珞被體，號『菩薩蠻』，因以製曲。楊慎改『蠻』為『鬘』，以戒經華鬘披首為據，殊失詳考。」

## 菩薩蠻

又名：一籫金、子夜、子夜啼、子夜歌、女王曲、江西造、巫山一片雲、花間意、花溪碧、金川曉行、飛仙曲、城裏鐘、重頭菩薩蠻、重疊令、重疊金、梅花句、晚雲烘日、菩薩鬘、菩薩

蠻令、減字重疊金、聯環結、婆羅門引。

唐教坊曲名。

（一）調見《敦煌歌辭總編》卷二〔唐〕無名氏詞。

> 霏霏點點迴塘雨。雙雙隻隻鴛鴦語。灼灼野花香。依依金柳黃。　盈盈江上女。兩兩溪邊舞。皎皎綺羅光。輕輕雲粉妝。（錄自上海古籍出版社排印本）

按：原載（伯）三九九四。

（二）調見《尊前集》〔唐〕李白詞。

> 平林漠漠煙如織。寒山一帶傷心碧。暝色入高樓。有人樓上愁。　玉階空佇立。宿鳥歸飛急。何處是回程。長亭接短亭。（錄自《彊村叢書》本）

（三）調見《絕妙好詞箋》卷六〔宋〕樓扶詞。

> 絲絲楊柳鶯聲近。晚風吹過秋千影。寒色一簾輕。燈殘夢不成。　耳邊消息在。笑指花梢待。又是不歸來。滿庭花自開。（錄自清道光愛日軒本）

《金奩集》、《尊前集》、《宋史·樂志》注：中呂宮。《張子野詞》注：中呂宮、中呂調。《片玉集》注：正平調。《于湖先生長短句》注：正平調。《古今詞話·詞辨》卷上引《古今詞話》：「屬正平，又中呂四換頭曲也。」

《碧雞漫志》卷五：「【菩薩蠻】，【南部新書】及【杜陽雜編】云：『大中初，女蠻國入貢，危髻金冠，纓絡被體，號『菩薩蠻隊』，遂製此曲。當時倡優李可及作菩薩蠻隊舞，文士亦往往聲其詞。』大中，乃宣宗紀號也。《北夢瑣言》云：『宣宗愛唱【菩薩蠻】詞，令狐相國假溫飛卿新撰密進之，戒以勿泄，而遽言於人，由是疏之。』溫詞十四首，載《花間集》，今曲是也。李可及所製蓋止此，則其舞隊不過如近世傳踏之類耳。」

《唐音癸籤》卷十三：「《杜陽雜編》云：『大中初，女蠻國入貢，其人危髻金冠，瓔珞被體，人謂之菩薩蠻。當時倡優遂製菩薩蠻曲，文士亦往往聲其詞。』〈溫庭筠傳〉亦有宣宗愛唱【菩薩蠻】之說。知此詞出於唐之晚季。今《李太白集》有其詞，後人妄託也。按《杜陽》謂倡優見菩薩蠻製曲，其說亦未盡，當是用其樂調為曲耳。考南蠻驃國當貢其國樂，其樂人冠金冠，左右珥璫，條貫花曼，珥雙簪，散以毳，如女師。而其國亦在女王蠻西南，整當時或以為女蠻。且

其曲多佛曲，具在後簡夷樂部，則其稱為【菩薩蠻】，尤可信。凡曲名中有稱【女王國】、【穿心蠻】、【八拍蠻】者，皆出蠻中曲調，以意求之可得。此詞後一名【重疊金】，一名【子夜歌】。」

《萍州可談》卷二：「樂府有【菩薩蠻】，不知何物。在廣中，見呼菩婦為菩薩蠻，因識之。」

《少室山房筆叢》：「【菩薩蠻】之名，當始於晚唐之世。案《杜陽雜編》云：『大中初，女蠻國貢雙犀、明霞錦，其國人危髻金冠，瓔珞被體，故謂之菩薩蠻。當時倡優遂製【菩薩蠻】曲，文士亦往往效其詞。』……太白在世，唐尚未有斯題，何得預製其曲耶？」

（四）即減字木蘭花。〔明〕楊士奇詞名【菩薩蠻】，見《東里文集·續編》卷六十二。

> 生朝謝客。草草家庭聊向夕。綠酒黃柑。慶我今年七十三。　燭花送喜。繞簇連枝金粟蕊。小小孫兒。也學諸兄跪獻詩。（錄自明嘉靖二十九年刻本）

十二畫

## 菩薩蠻引

即【菩薩蠻慢】。〔宋〕羅志仁詞名【菩薩蠻引】，見《花草粹編》卷二十三。

> 曉鶯催起。問當年秀色，為誰料理。恨別後、屏掩吳山，便樓燕月寒，鬢蟬雲委。錦字無憑，付銀燭、盡燒千紙。對寒泓靜碧，又把去鴻，往恨都洗。　桃花自貪結子。道東風有意，吹遂流水。謾記得當日、心嫁卿卿，是日暮天寒，翠袖堪倚。扇月乘鸞，盡夢隔、嬋娟千里。到嗔人、從今不信，盡簷鵲喜。（錄自文淵閣《四庫全書》本）

## 菩薩蠻令

即【菩薩蠻】。〔宋〕康與之詞名【菩薩蠻令】，見《中興以來絕妙詞選》卷一。

> 秦時宮殿咸陽裏。千門萬戶連雲起。復道互西東。不禁三月風。　漢唐乘王氣。萬歲千秋計。畢竟是荒丘。荊榛滿地愁。（錄自涉園影宋本）

## 菩薩蠻慢

又名：菩薩蠻引。

調見《欽定詞譜》卷三十五引《鳳林書院草堂詩餘》卷中〔宋〕羅志仁詞。

十二畫

曉鶯催起。問當年秀色，為誰料理。恨別後、屏掩吳山，便樓燕月寒，鬢蟬雲委。錦字無憑，付銀燭、盡燒千紙。對寒泓靜碧，又把去鴻，往恨都洗。　　桃花自貪結子。道東風有意，吹送流水。謾記得當日、心嫁卿卿，是日暮天寒，翠袖堪倚。扇月乘鸞，盡夢隔、嬋娟千里。到嗔人、從今不信，畫簷鵲喜。（錄自清康熙內府本）

按：元刻本《鳳林書院草堂詩餘》調名為【菩薩蠻】，無「慢」字。《欽定詞譜》未知所據何本。此詞較【解連環】多二字，似應作【解連環】之又一體。《詞律》不錄。但《欽定詞譜》認為【解連環】無添字之例，故不另列，今依之。宋元詞人無調名為【菩薩蠻慢】者，最先見此調名者，係明曹元方《淳村詞》卷下。今錄之以供參閱：

今日何日。正蘋香菱熟，清光滿席。懶稱觴、避跡湖山，數閱歷平生，外傅剛十。忽又十年，南國尋師負笈。三十對良朋，醉後倚欄，月華親覿。　　四十悲笳哀笛。棄妻孥狂走，風霜狼藉。五十坐蘺下，文酒流連。六十悼萱堂，吟袖半濕。七十攜兒臥聽，棘闈促織。拜廣寒、此後望賜，年年閒適。（錄自惜陰堂《明詞彙刊》本）

## 喜長新

唐教坊曲名。

調見《花草粹編》卷四〔宋〕王益柔詞。

秋雲朔吹曉徘徊。雪照樓台。宴召鄒枚。相如獨逞雄才。　　明燭薰爐香暖，深勸金杯。庭前粉豔有寒梅。昨夜一枝開。（錄自文淵閣《四庫全書》本）

## 喜春來

又名：陽春曲。

調見〔元〕張雨《貞居詞》。

江梅的的依茅舍。石瀨濺濺漱玉沙。瓦甌篷底送年華。問暮鴉。何處是戎家。（錄自《彊村叢書》本）

《欽定詞譜》卷二【喜春來】調注：「此亦元人小令，平仄韻互叶者。《太平樂府》注中呂宮，《太和正音譜》注正宮。」

按：《記紅集》卷一【喜春來】調注：「一名【漱玉沙】。」編者未見此調名，待考。

## 喜秋天

唐教坊曲名。

（一）調見《敦煌歌辭總編》卷一《雲謠集雜曲子》〔唐〕無名氏詞。

潘郎妄語多。夜夜道來過。賺妾更深獨弄琴，彈盡相思破。（錄自上海古籍出版社排印本）

按：原載（伯）二八三八。原本作【喜秋天】。《敦煌歌辭總編》卷一：「冒本曰：『此二詞（即指朱本以下各本所列之【喜秋天】二首，以同片作雙疊者）後片均換韻。……此調《詞律》不收，以聲響求之，即【巫山一段雲】。李珣（所作）……不換韻，多一叶耳。』按：自朱本以下各本，列出雙疊二首，並非唐人之所起迄，乃今人之所安排也。今人安排無原則，換韻不換韻，非詞業大師與詞學正宗所暇及——一也。【巫山一段雲】每片叶三平，不叶仄，去《雲謠》之【喜秋天】遠甚。而冒氏竟曰：『以聲響求之，喜調即巫調。』豈麼叶仄、叶平，多叶、少叶，舉不在所謂『聲響』範圍之內耶？冒氏脫離音樂，侈談聲響，本是文人主文之一種　解嘲而已，原可聽其自由，不必認真。今竟自動將全部叶韻關係排除於所謂『聲響』之外，導致無聲無響，雖解嘲亦從何解起——二也。唯揣冒氏之言外，似覺李珣所作雙疊而不換韻者較是，則朱本以下所安排之雙疊，下片無不換韻者，顯為贗品之雙疊耳——此種意向正確，可取。」

《全唐五代詞》卷七：「此調《彊村遺書》之《雲謠集雜曲子》開始判為雙疊二首，冒廣生、唐圭璋、王重民均從之。唐圭璋在《雲謠集雜曲子校釋》裏認為此調與北宋之【卜算子】相同。查晚唐鍾輻已有【卜算子慢】，因何不能先有【卜算子】。【卜算子】創始於唐無疑，【喜秋天】或即是【卜算子】之原名。冒廣生認為即【巫山一段雲】；查【巫山一段雲】係平韻仄起，此調乃仄韻平起，顯然絕非一調。」

（二）唐大曲名。

調見《敦煌歌辭總編》卷五〔唐〕無名氏詞。

一更每年七月七。此時壽□日。在處敷陳結交□。獻供數千般。　　□晨連天暮。一心待織女。忽若今夜降凡間。乞取一交言。

二更仰面碧霄天。參次眾星前。月明夜□□周旋。□□□□□。　　諸女彩樓畔，燒取玉爐煙。不知牽牛在那邊。望作眼睛穿。

三更女伴近彩樓。頂禮不曾休。佛前燈暗更添
油。禮拜再三候。　　會甚□北斗。漸覺更星
候。月落西山欤星流。將謂是牽牛。
四更緩步出門聽。直走到街庭。今夜斗末見流
星。奔逐向前迎。　　此時為將見。發卻千般
願。無福之人莫怨天。皆是少因緣。
五更敷設了□□，處分總交收。五個姮娥結彩
樓。那邊見牽牛。　　看看東方動。來把秦箏
弄。黃針撥鏡再梳頭。遙遙到來秋。（錄自上海
古籍出版社排印本）

按：原載（斯）一四九七。原題：「曲子【喜秋
天】。」

《敦煌歌辭總編》卷一：「本編卷五已載【五更
調】五首，其在原本亦題曲子【喜秋天】，但為
兩片，各五五七五。又於上片開端處分別加襯
『一更』、『二更』等字樣。內容詠牛女雙星七
夕相望。七夕，秋也；相望，喜也。未嘗離調名
本意，曰曲子【喜秋天】，宜也。」

（三）即【卜算子】。〔近人〕張伯駒詞名【喜
秋天】，見《張伯駒詞集》。

潘郎妄語多，夜夜道來過。賺妾更深獨弄琴，
彈盡相思破。　　寂寂更深坐，淚滴濃煙翠。
何處貪歡醉不歸，羞向鴛衾睡。（錄中中華書局排
印本）

## 喜朝天

（一）調見〔宋〕張先《張子野詞》卷二。

曉雲開。睨仙館陵虛，步入蓬萊。玉宇瓊甍，
對青林近，歸鳥徘徊。風月頓消清暑，野色
對、江山助詩才。簫鼓宴，璿題寶字，浮動持
杯。　　人多送目天際，識渡舟帆小，時見潮
回。故國千里，共十萬室，日日春台。睢社朝
京非遠，正如羹、民口渴鹽梅。佳景在，吳儂
還望，分閫重來。（錄自《彊村叢書》本）

《張子野詞》注：林鐘商。

《欽定詞譜》卷二十九【喜朝天】調注：「按唐
教坊有【朝天曲】。《宋史·樂志》有越調【朝
天樂】曲。此蓋借舊曲名，自翻新聲也。」

（二）即【踏莎行】。〔宋〕曹冠詞名【喜朝
天】，見《燕喜詞》。

繡水雕欄，綺霞遙宇。薰風颯至清無暑。花間
休唱遶雲歌，枝頭且聽嬌鶯語。　　景物撩
人，悠然得句。深杯戲把紋楸賭。胸中邱壑自
生涼，何須泉石尋佳趣。（錄自四印齋彙刻《宋元
三十一家詞》本）

## 喜園春

調見〔清〕朱青長《朱青長詞集》卷四。

纏著東風，吸完仙露，鳳花半開。數粒紺珠，
千提紅豆，鬆鬆密，錦繡樓台。自有芳菲，也
無言語，引得群鶯呼蝶來。牽情好，是華妝璀
璨，沒點塵埃。　　千年鶯信方回。記結子、
湖州生鬼猜。漸堆紅滿樹，漫枝沒葉，全身露
出，絕世風裁。昨夜歌聲，去年人面，心事重
重仍未乖。神仙路，度層霞疊翠，助到天台。
（錄自朱青長手稿本）

按：此調似【沁園春】，但上片有所不同。

## 喜團圓

又名：再團圓、與團圓、喜團圞。

（一）調見〔宋〕晏幾道《小山詞》。

危樓靜鎖，窗中遠岫，門外垂楊。珠簾不禁春
風度，解偷送餘香。　　眠思夢想，不如雙
燕，得到蘭房，別來只是，憑高淚眼，感舊離
腸。（錄自《彊村叢書》本）

（二）調見《梅苑》卷八〔宋〕無名氏詞。

輕攢碎玉，玲瓏竹外。脫去繁花。尤嫋東君，
最先點破，壓倒群花。　　瘦影生香，黃昏月
館，清淺溪沙。仙標淡佇，偏宜么鳳，肯帶棲
鴉。（錄自文淵閣《四庫全書》本）

## 喜團圞

即【喜團圓】。〔清〕朱青長詞名【喜團圞】，
見《朱青長詞集》卷二十。

打頭明月，照人今夜，又緩宵眠。模胡一枕，
興亡事、付與鼎詩箋　　已醒還醉，兩杯三
盞，短語長歎。鐵腸銅笛，英雄眼、草草河
山。（錄自朱青長手稿本）

## 喜遷喬

即【喜遷鶯】。〔清〕梁雲構詞名【喜遷喬】，
見《豹陵集》卷十八。

涼生秋早。正昨夜七夕，針樓乞巧。彩鳳集
肩，石麟應瑞，嶽神誕先元老。驥足小展蟻
封，百里難羈騄裹。誰人不、羨滿城桃李，三
河師表。　　縹緲。擁芝蓋，輾下雲軿，戴勝
飛青鳥。香藹寶雲，衣飄金節，來貢交梨火
棗。報道紺瞳綠髮，說甚十洲三島。願神君，

十二畫

光輔壽皇，岡陵永保。（錄自明崇禎刻本）

按：此調名似乎是刻誤，但此詞係祝壽之詞，況「遷喬」二字與「遷鶯」之意相近，故存其名待考。

## 喜遷鶯

又名：早梅芳、春光好、烘春桃李、絆春思、黃鐘喜遷鶯、喜遷喬、喜遷鶯令、喜遷鶯慢、萬年枝、燕歸來、鶴沖天。

（一）調見《花間集》卷三〔五代〕韋莊詞。

人洶洶，鼓冬冬。襟袖五更風。大羅天上月朦朧。騎馬上虛空。　香滿衣，雲滿路。鸞鳳繞身飛舞。霓旌絳節一群群。引見玉華君。（錄自雙照樓影明仿宋本）

《金奩集》注：黃鐘宮。

（二）調見《花間集》卷五〔五代〕毛文錫詞。

芳春景，曖晴煙。喬木見鶯遷。傳枝限葉語關關。飛過綺叢間。　錦翼鮮，金毳軟。百囀千嬌相喚。碧紗窗曉怕聞聲，驚破鴛鴦暖。（錄自雙照樓影明仿宋本）

（三）調見《墨客揮犀》卷五〔宋〕蔡挺詞。

霜天清曉。望紫塞古木，寒雲衰草。溪馬嘶風，邊鴻翻月，壟上鐵衣寒早。欲歌倚曲悲壯，盡道君恩須報。塞垣樂，盡櫜鞬錦領，山西年少。　談笑。刁斗靜。烽火一把，常報平安耗。聖主憂邊，威懷遐方，驕虜且寬天討。歲華向晚愁思，誰念玉關人老。太平也，且歡娛，須把金樽頻倒。（錄自《稗海》本）

（四）調見〔宋〕蔡伸《友古詞》。

青娥呈瑞。正慘慘暮寒，同雲千里。剪水飛花，漸漸瑤英，密灑翠筠聲細。遙館靜深，金鋪半掩，重簾垂地。明窗外。伴疏梅瀟灑，玉肌香膩。　幽人當此際。醒魂照影，永漏愁無寐。強拊清樽，慵添寶鴨，誰會黯然情味。幸有賞心人，奈咫尺、重門深閉。今夜裏。算忍教孤負，濃香鴛被。（錄自汲古閣《宋六十名家詞》本）

（五）調見《鐵圍山叢談》卷二〔宋〕江漢詞。

昇平無際。慶八載相業，君臣魚水。鎮撫風棱，調燮精神，合是聖朝房魏。鳳山政好，還被畫轂朱輪催起。按錦轡。映玉帶金魚，都人爭指。　丹陛。常注意。追念裕陵，元佐今無幾。繡袞香濃，鼎槐風細。榮耀滿門朱紫。四方具瞻師表，盡道一夔足矣。運化筆，又管

領年年，烘春桃李。（錄自《知不足齋叢書》本）

《鐵圍山叢談》卷二曰：「政和初，有江漢朝宗者，亦有聲獻魯公，詞曰（詞略）。時兩學盛謳，播諸海內。魯公喜，為將上進呈，命之以官，為大晟府製撰使，遇祥瑞，時時作為歌曲焉。」

《墨客揮犀》卷五：「蔡子正久在邊任，晚年以龍圖閣直學士再守平涼，作【喜遷鶯】詞一闋以自廣，曰（詞略）。此曲成，大傳都下。」

《梅溪詞》注：黃鐘宮。《夢窗詞集》注：太簇宮、中管商宮。《白石道人歌曲》注：太簇宮。

《靖康緗素雜記》卷五：「劉夢得《嘉話》云：『今謂進士登第為遷鶯者久矣，蓋自《毛詩·伐木篇》：「伐木丁丁，鳥鳴嚶嚶。出自幽谷，遷於喬木。」又曰：「嚶其鳴矣，求其友矣。」並無「鶯」字。頃歲省試〈早鶯求友〉詩，又〈鶯出谷〉詩，別書固無證據，斯大誤也。』余謂今人吟詠，多用遷鶯出谷事，又曲名【喜遷鶯】者，皆循襲唐人之誤也。」

按：此調義蓋出自《詩經·小雅·伐木》：「伐木丁丁，鳥鳴嚶嚶。出自幽谷，遷於喬木。」之詩。自唐宋以來，「遷鶯」或「鶯遷」遂以為祝訟之詞。更廣為掇取科舉登第之代名詞。

## 喜遷鶯令

即【喜遷鶯】。〔宋〕張元幹詞名【喜遷鶯令】，見《蘆川詞》卷下。

文倚馬，筆如椽。桂殿早登仙。舊遊冊府記當年。袞繡合貂蟬。　慶天申，瞻玉座，鵷鷺正陪班。看君穩步過花磚。歸院引金蓮。（錄自雙照樓本）

## 喜遷鶯慢

（一）即【喜遷鶯】。〔宋〕姜夔詞名【喜遷鶯慢】，見《白石道人歌曲》卷四。

玉珂朱組。又占了、道人林下真趣。窗戶新成，青紅猶潤，雙燕為君胥宇。秦淮貴人宅第，問誰記、六朝歌舞。總付與、在柳橋花館，玲瓏深處。　居士。閒記取。高臥未成，且種松千樹。覓句堂深，寫經窗靜，他日任聽風雨。列仙更教誰做，一院雙成儔侶。世間住，且休將雞犬，雲中飛去。（錄自《彊村叢書》本）

《白石道人歌曲》注：太簇宮。

（二）調見〔宋〕張元幹《蘆川詞》卷下。

> 雁塔題名，寶津盼宴，盛事薦紳常說。文物昭
> 融，聖代搜羅，千里爭趨丹闕。元侯勸駕，鄉
> 老獻書，發軔龜前列。山川秀，圜冠眾多，無
> 如閩越。　　豪傑。姓標紅紙，帖報泥金，喜
> 信歸來俱捷。驕馬蘆鞭醉垂，藍綬吹雪。芳
> 月，素娥情厚，桂華一任郎君折。須滿引，南
> 台又是，合沙時節。（錄自汲古閣《宋六十名家
> 詞》本）

按：此調與長調【喜遷鶯】不同，故另立。《欽
定詞譜》以為此詞「字多脫誤，無從校對，刪
之」。此詞或有脫誤，或原即如此。今錄以備
參考。

## 壺山好

即【憶江南】。〔宋〕戴復古詞名【壺山好】，
見《欽定詞譜》卷一【憶江南】調注。

> 壺山好，博古又通今。結屋三間藏萬卷，揮毫
> 一字直千金。四海有知音。　　門外路，咫尺
> 是湖陰。萬柳堤邊行處樂，百花洲上醉時吟。
> 不負一生心。（錄自雙照樓影末《石屏長短句》）

詞序：「壺山宋謙父寄新刊《雅詞》，內有【壺
山好】三十闋，自說平生。僕謂猶有說未盡處，
為續四曲。」

《欽定詞譜》卷一【憶江南】調注：「宋自遜詞
名【壺山好】。」

按：【壺山好】詞調，據戴復古詞序所云，當為
宋自遜首創，因自遜號「壺山」。據現存資料，
這三十首【壺山好】已佚。目前只存戴復古續詞
四首。查宋本《石屏長短句》、汲古閣本《石屏
詞》、吳訥《百家詞》本均無【壺山好】調名，
而「壺山好」詞，調名均為【望江南】，《欽定
詞譜》未知所據何本，待考。

## 壺中天

即【念奴嬌】。〔宋〕無名氏詞名【壺中天】，
見《撫掌詞》。

> 日長晴晝。厭厭地、懶向窗前絣繡。因倚屏風
> 無意緒，□把眉兒雙皺。似醉還醒，才眠又
> 起，頻撚梨花嗅。看他兒女，閒尋百草來鬥。
> 　　相思能幾何時，料歸期不到，清和時候。
> 生怕鴛鴦香被冷，旋爇沉檀薰透。欲把單衣，
> 鼎新裁剪，又怕供春瘦。試看今夜，孤燈還有
> 花否。（錄自四印齋彙刻《宋元三十一家詞》本）

## 壺中天慢

即【念奴嬌】。〔宋〕曾覿詞名【壺中天慢】，
見《海野詞》。

> 素飆漾碧，看天衢穩送、一輪明月。翠水瀛壺
> 人不到，比似世間秋別。玉手瑤笙，一時同
> 色，小按霓裳疊。天津橋上，有人偷記新闋。
> 　　當時誰幻銀橋，阿瞞兒戲，一笑成癡絕。
> 肯信群仙高宴處，移下水晶宮闕。雲海塵清，
> 山河影滿，桂冷吹香雪。何勞玉斧，金甌千古
> 無缺。（錄自汲古閣《宋六十名家詞》本）

《歷代詩餘》卷一百十七引《乾淳起居注》：
「淳熙九年八月十五日，駕過德壽宮起居。太
上留坐，至樂堂進早膳畢，命小內侍進彩竿垂
釣。上皇曰：『今日中秋，天氣甚清，夜間必有
好月色，可少留看月了去。』上恭領聖旨，索車
兒同過射廳射弓，觀御馬院使臣打球，進市食，
看水傀儡。晚宴香遠堂，堂東有萬歲橋，長六丈
餘，並用吳璘進到玉石礱成。四畔雕鏤欄檻，瑩
徹可愛。橋心中作四面亭，用白櫟木蓋造，極為
雅潔。大池十餘畝，皆是千葉白蓮。凡御榻、御
屏、酒具、香奩器用，並用水精。南岸列女童五
十人奏清樂，北岸芙蓉閣一帶並是教坊工，近二
百人。待月初上，簫韶齊舉，縹緲相應，如在霄
漢。既入座，樂少止。太上召劉貴妃，獨吹白玉
笙【霓裳中序】。上自起執玉杯奉兩殿酒，並以
壘金嵌寶注碗杯盤等物賜貴妃。侍宴官開府曾覿
恭進【壺中天慢】一首云（詞略）。上皇大喜
曰：『從來月詞不曾用金甌事，可謂新奇。』賜
金束帶、紫香羅水晶注碗一副，上亦賜寶盞古
香。至一更五點還內。是夜隔江西興，亦聞天樂
之聲。」

## 壺中仙

調見《南莊輯略》〔清〕楊瑚璉詞。

> 老宿名儒，散逸東海煙波地。有昆吾寶劍，照
> 人古色腰邊繫。受誤在詩書，擊斷唾壺歌伏
> 驥。今年七十平頭，還自許、壯志馳千里。貫
> 斗牛，如虹氣。　　龍門曾託，丰姿矍鑠洵超
> 異。但英雄收束，即便是神仙，何取丹砂秘
> 諦。及秋風介壽屏開，瑞起紫芝盈砌。況兒
> 孫、作賦總凌雲，撫長松，看蘭桂。（錄自《全
> 清詞》本）

**士畫**

## 壺天曉

即【西江月】。〔明〕馬守貞詞名【壺天曉】，見《眾香詞·數集》。

> 細雨花容如醉。新晴似夢初回。晴晴雨雨總相宜。正是養花天氣。　　曉日最添新恨。東風慣惹離思。風嬌日麗怎相宜。正是困人天氣。（錄自大東書局石印本）

## 報師恩

即【瑞鷓鴣】。〔金〕王喆詞名【報師恩】，見《重陽教化集》卷一。

> 地仙中仙與天仙。認得三田月正圓。自己若能施笑面，即人未肯使興拳。　　撇愬弄腳虛粘地，猛烈回頭合上天。若被利名牽絆住，十分失了好因緣。（錄自涵芬樓影明《道藏》本）

## 朝王坫

即【朝玉階】。〔清〕朱青長詞名【朝王坫】，見《朱青長詞集》卷八。

> 吐盡芳絲似老蠶。寸心還未死，寫紅箋。多愁多病要眠。風敲簾子動，夢魂顛。　　年年春暮不堪言。惱人花氣重，換晴天。而今休要說從前。久無閒腳步，到花邊。（錄自朱青長手稿本）

## 朝天子

又名：天門謠、思越人。

（一）調見〔宋〕晁補之《晁氏琴趣外篇》卷六。

> 酒醒情懷惡。金縷褪、玉肌如削。寒食過卻。海棠花零落。　　漸日照欄干、煙淡薄。繡額珠簾櫳畫閣。春睡著。覺來失、秋千期約。（錄自雙照樓影宋本）

按：此詞又見五代馮延巳《陽春集》調名為【思越人】。參見【思越人】條。

（二）調見〔明〕趙善鳴《巢雲館詩集》卷十二。

> 滿前。瑞煙。香繞蓬萊殿。風迴蓐收飄蓮片。歡錦雲霞絢。　　秋至蒙郊，涼生魯甸。延永算留奔箭。北闕綸宣，佇待瑤宮宴。（錄自明刻本）

（三）調見〔清〕樓儼《零雨集》。

> 江船慢牽，灘響如雷轉。春風幾日到蠻天，那管遊情倦。湟水依然。　　漢將當年。算功名、無後先。圍圍凱旋。料不負、元宵宴。（錄自《全清詞》本）

## 朝天曲

調見〔明〕閔珪《閔莊懿詩集》卷一。

> 府台應台宣政化，推仁愛。陰霾掃盡霽色開。窮谷歡聲藹。　　冊獻治功，恩加獎賚。進岩廊、不用猜。謝吳興相才，何蜀郡去，懷到今日遺風在。（錄自《四庫全書存目叢書》本）

## 朝中措

又名：芙蓉曲、梅月圓、照江梅、醉偎香。

（一）調見〔宋〕歐陽修《歐陽文忠公近體樂府》卷一。

> 平山欄檻倚晴空。山色有無中。手種堂前垂柳，別來幾度春風。　　文章太守，揮毫萬字，一飲千鍾。行樂直須年少，樽前看取衰翁。（錄自雙照樓影宋本）

（二）調見〔宋〕趙長卿《惜香樂府》卷四。

> 荷錢浮翠點前溪。梅雨日長時。恰是清和天氣，雕鞍又作分攜。　　別來幾日愁心折，針線小蠻衣。羞對綠陰庭院，銜泥燕燕于飛。（錄自汲古閣《宋六十名家詞》本）

## 朝玉階

又名：朝王坫。

調見〔宋〕杜安世《壽域詞》。

> 簾捲春寒小雨天。牡丹花落盡，悄庭軒。高空雙燕舞翩翩。無風輕絮墜，暗苔錢。　　擬將幽怨寫香箋。中心多少事，語難傳。思量真個惡姻緣。那堪長夢見，在伊邊。（錄自汲古閣《宋六十名家詞》本）

按：此調與【散天花】相校，在句式、用韻、平仄（除換頭句）均同。但二調未有宮調，也無旁詞作證，故作為【散天花】之別名恐有不妥。今依《欽定詞譜》例另立，待考。

## 聒龍謠

調見〔宋〕朱敦儒《樵歌》卷上。

> 憑月攜簫，溯空秉羽。夢踏絳霄仙去。花冷街榆，悄中天風露。並真官、蕊佩芬芳，望帝所、紫雲容與。享鈞天、九奏傳觴，聒龍嘯，看鸞舞。　　驚塵世，悔平生，歎萬感千恨，誰憐深素。群仙念我，好人間難住。勸阿母、偏與金桃，教酒星、剩斟瓊醑。醉歸時、手授丹經，指長生路。（錄自《四印齋所刻詞》本）

按：朱敦儒詞有「聒龍嘯，看鸞舞」句，故名
【聒龍謠】。

## 期夜月

調見《古今詞話》〔宋〕劉潗詞。

> 金鉤花綬繫雙月。腰肢軟低折。揎皓腕，縈繡
> 結。輕盈宛轉，妙若鳳鸞飛越。無別。香檀急
> 扣轉清切。翻纖手飄瞥。催畫鼓，追脆管，鏘
> 洋雅奏，尚與眾音為節。　　當時妙選舞袖，
> 慧性雅資，名為殊絕。滿座傾心注目，不甚窺
> 回雪。纖怯。逡巡一曲霓裳徹。汗透鮫綃肌
> 潤，教人傳香粉，媚容秀髮。宛降蕊珠宮闕。
> （錄自《詞話叢編》本）

《綠窗新話》卷下引《古今詞話》：「劉潗，瑙
州人，最有才名。樂部中唯杖鮮有能工之者，京
師官妓楊素娥最工，潗酷愛之。其狀妍態，作
【期夜月】詞曰（詞略）。素娥以此詞名振京
師。」

## 散天花

唐教坊曲名。

調見《樂府雅詞》卷中〔宋〕舒亶詞。

> 雲斷長空落葉秋。寒江煙浪靜，月隨舟。西風
> 偏解送離愁。聲聲南去雁、下汀洲。　　無奈
> 多情去復留。驪歌齊唱罷，淚爭流。悠悠別恨
> 幾時休。不堪殘酒醒、憑危樓。（錄自《粵雅堂叢
> 書》本）

## 散餘霞

調見〔宋〕毛滂《東堂詞》。

> 牆頭花口寒猶噤。放繡簾畫靜。簾外時有蜂
> 兒，趁楊花不定。　　欄干又還獨憑。念翠低
> 眉暈。春夢枉惱人腸，更厭厭酒病。（錄自汲古
> 閣《宋六十名家詞》本）

《欽定詞譜》卷五【散餘霞】調注：「謝朓詩餘
『霞散成綺』，調名本此。」

## 提壺鳥

即【金菊對芙蓉】。〔清〕王翃詞有「催花含
笑，命鳥提壺」句，故名；見《槐堂詞存》。

> 雨歇殘飛，風收餘淡，輕雲懶壓平蕪。又分陰
> 讓柳，剪草藏蕪。春光亦是他鄉客，也須知暫
> 到西湖。同人俱在，今朝晴好，忍不相呼。
> 　　約有燕子鶯雛。許青山列座，紅袖驂輿。向

芳堤小憩，且語聲奴。優遊薄取魚蝦醉，更呼
將火活磁爐。尋亭問水，催花含笑，命鳥提
壺。（錄自《全清詞》本）

## 揚州慢

又名：朗州慢。

〔宋〕姜夔自度曲，見《白石道人歌曲》卷五。

> 淮左名都，竹西佳處，解鞍少駐初程。過春風
> 十里。盡薺麥青青。自胡馬、窺江去後，廢池
> 喬木，猶厭言兵。漸黃昏，清角吹寒。都在空
> 城。　　杜郎俊賞，算而今、重到須驚。縱荳
> 蔻詞工，青樓夢好，難賦深情。二十四橋仍
> 在，波心蕩、冷月無聲。念橋邊紅藥，年年知
> 為誰生。（錄自《彊村叢書》本）

詞序：「淳熙丙申至日，予過維揚。夜雪初霽，
薺麥彌望。入其城則四顧蕭條，寒水自碧，暮色
漸起，戍角悲吟。予懷愴然，感慨今昔，因自度
此曲。千岩老人以為有黍離之悲也」。

《白石道人歌曲》注：中呂宮。

## 換追風

即【浣溪沙】。〔宋〕賀鑄詞有「當時曾約換追
風」句，故名；見《東山詞》卷上。

> 掌上香羅六寸弓。雍容胡旋一盤中。目成心許
> 兩匆匆。　　別夜可憐長共月，當時曾約換追
> 風。草生金埒畫堂空。（錄自涉園影宋本）

## 換骨骰

調見〔金〕王喆《重陽全真集》卷三。

> 幼慕清閑，長年間、便登道岸。上高坡、細搜
> 修煉。遇明師，授秘訣，分開片段。堪贊。真
> 性靈燦燦。也兀底。　　功行雙全，占逍遙、
> 出塵看玩。睹長天、仙成仙觀。向雲中，有一
> 個，青童來叫喚。風漢。凡骨骰換換。也兀
> 底。（錄自涵芬樓影明《道藏》本）

按：王喆詞有「凡骨骰換換」句，故名【換骨
骰】。結尾句「也兀底」並不叶韻。當屬和聲
之詞。

## 換巢彩鳳

即【換巢鸞鳳】。〔清〕傅世垚詞名【換巢彩
鳳】，見《詞覯》卷五。

> 天與閒愁。正鶗啼呼月，蟬語迎舟。石花斜點
> 鬢，涼雨細添流。波痕何故上眉頭。自今已

知，不堪賦秋。長凝恨，歡暗裏，迴腸依舊。
　　知否。如中酒。倦倚蘭橈，費盡描風手。
慢惜頭顱，徒傷懷抱，觸目淒花怨柳。不合生
來解吟哦，等閒信口新詞就。故園深，定誰
人，圍雲批岫。（錄自清天尺樓鈔校本）

## 換巢鸞鳳

又名：換巢彩鳳。

（一）〔宋〕史達祖自度曲，見《梅溪詞》。

　　人若梅嬌。正愁橫斷塢，夢繞溪橋。倚風融漢
粉，坐月怨秦簫。相思因甚到纖腰。定知我
今，無魂可銷。佳期晚，謾幾度、淚痕相照。
　　人悄。天眇眇。花外語香，時透郎懷抱。
暗握蕘苗，乍嘗櫻顆，猶恨侵階芳草。天念王
昌忒多情，換巢鸞鳳教偕老。溫柔鄉，醉芙
蓉、一帳春曉。（錄自汲古閣《宋六十名家詞》本）

《欽定詞譜》卷二十八【換巢鸞鳳】調注：「前
段用平韻，後段叶仄韻，換巢之義，疑出於
此。」

按：史達祖詞有「天念王昌忒多情，換巢鸞鳳教
偕老」句，故名【換巢鸞鳳】。

（二）即【踏莎行】。〔清〕胡用賓詞名【換巢
鸞鳳】，見《歷代蜀詞全輯》。

　　鳳巢凰配，鯤弦鸞接。聽隱隱鵲聲咿軋。未知黌
福幾生修，才把易安消受得。　　海棠初聘，山
梅新苗。冰霜冷黃綢潮熱。金閨生怕誤琴堂，
夜夜報雞鳴時節。（錄自重慶出版社排印本）

## 換遍歌頭

調見《歲時廣記》卷十〔宋〕王銑詞。

　　雪霽輕塵斂，好風初報柳。春寒淺、當三五。
是處鼇山聳，金羈寶乘，遊賞遍蓬壺。向黃昏
時候。對雙龍闕門前，皓月華燈射，變清晝。
　　彩鳳低銜天語。承宣詔傳呼。飛上層霄，
共陪霞觴頻舉。更漸闌，正回路。遙擁車佩珊
珊，籠紗滿香衢。指鳳樓、相將醉歸去。（錄自
《適園叢書》本）

《歲時廣記》卷十引《皇朝歲時雜記》：「闕下
前上元數月，有司轚治端樓，增丹艧之飾。至正
月初十日，簾幕帷幄綏及諸物皆備，十四日登
樓，近臣侍坐。酒行五，上有所令，下有所稟之
事，皆以仙人執書乘鶴，以彩繩升降出納。王都
尉作【換遍歌頭】云（詞略）。」

## 棹棹楫

調見〔金〕侯善淵《上清太玄集》卷七。

　　銳出玄金終宵末。陽焰瑛華祛妖惡。寶梵晶空通
照過。丹風秀。萬靈無不可。　　自然妙用無為
作。結角羅紋勿差錯。朋儔那裏全無過。說與
呵。清風明月我。（錄自涵芬樓影明《道藏》本）

## 握金釵

又名：戛金釵。

調見〔宋〕呂渭老《聖求詞》。

　　風日困花枝，晴蜂自相趁。晚來紅淺香盡。整
頓腰肢暈殘粉。弦上語，夢中人，天外信。
　　青杏已成雙，新樽薦櫻筍。為誰一和銷損。
數著佳期又不穩。春去也，怎當他，清晝永。
　　（錄自汲古閣《宋六十名家詞》本）

## 揉碎花箋

即【祝英台近】。〔宋〕江西烈婦詞有「揉碎花
箋」句，故名；見《填詞圖譜》卷三。

　　惜多才，憐薄命，無計可留汝。揉碎花箋，忍
寫斷腸句。道傍楊柳依依，千絲萬縷，抵不
住、一分愁緒。　　如何訴。便教緣盡今生，
此身已輕許。捉月盟言，不是夢中語。後回君
若重來，不相忘處，把杯酒、澆奴墳土。（錄自
《詞學全書》本）

《四庫全書總目《石屏詞》提要》：「其江右女
子一詞，不著調名。以各調證之，當為【祝英台
近】。但前闋三十七字俱完，後闋則逸去起處三
句十四字，當係流傳殘缺。宗儀既未經辨，及後
之作《圖譜》者，因詞中第四語有『揉碎花箋』
四字，遂另造一調名，殊為杜撰。」

《詞律》卷十一：「《詞品》載：『戴石屏所
娶江西女子作【惜多才】一首，即【祝英台】
也。』流傳殘缺，前後三十七字不少，後則逸去
起處三句十四字。《圖譜》不識，合前後為一，
另立一調，作六十三字，而於尾句「澆奴墳土」
作『墳上土』是六十四字矣。且即詞中第四語
「揉碎花箋」四字，命作調名，因即杜撰出許多
可平可仄來，乃以為譜，怪極矣。」

## 雁來紅

調見〔明〕鄭以偉《靈山藏詩餘》。

　　豐令從前說柳渾。於今重見愛棠存。一泓流水

清如水，的骨先朝相國孫。（錄自惜陰堂《明詞彙刊》本）

## 雁侵雲慢

調見〔宋〕曹勛《松隱樂府》卷二。

　　曉雲低。是殘暑漸消，涼意初至。翠簾燕去，覺商飆天氣。凝華吹、動繡額，乍殿閣、金莖風細。夜雨籠微陰，滿綺窗、疏影響清吹。

　　輕颺嫩細透衣。想宵長漏遲，香動羅袂。戲曾計日，憶賓鴻來期。杯盤排備宴適，乍好景、心情先喜。待淡月疏煙裏，試尋岩桂蕊。（錄自《彊村叢書》本）

## 雁後歸

即【臨江仙】。〔宋〕賀鑄詞有「人歸落雁後」句，故名；見《賀方回詞》卷二。

　　巧剪合歡羅勝子，釵頭春意翩翩。豔歌淺拜笑嫣然。願郎宜此酒。行樂駐華年。　　未是文園多病客，幽襟凄斷堪憐。舊遊夢掛碧雲邊。人歸落雁後，思發在花前。（錄自《彊村叢書》本）

《苕溪漁隱叢話·後集》卷二十五引《復齋漫錄》：「方回詞有【雁後歸】云：人歸落雁後，思發在花前。山谷守當塗，方回過焉，人日席上作也。腔本【臨江仙】，山谷以方回用薛濤衡詩，故易以【雁後歸】云。」

## 雁過妝樓

即【新雁過妝樓】。〔宋〕張炎詞名【雁過妝樓】。見《天機餘錦》卷四。

　　遍掃茱萸。人何處、客裏頓懶攜壺。雁影驚寒，絕似暮雨相呼。料得曾留堤上月，舊家伴侶有書無。謾吁嗟。數聲怨抑，翻致無書。

　　一笑飄零萬里，更可憐倦翼，同此江湖。飲啄關心，知是近日何如。陶潛漫存徑菊，最堪羨松風陶隱居。沙汀冷，揀寒枝、不似煙水寒蘆。（錄自明鈔本）

按：《欽定詞譜》卷二十七【新雁過妝樓】調注：「一名【雁過妝樓】。」

## 雁過南樓

即【新雁過妝樓】。〔清〕朱萬錦詞名【雁過南樓】，見《倚園詞略》。

　　手管繁華，何工善神，描水影雲葩。峰岑變

化，空飛朵朵霽霞。萬疊千重濤浪回，看流影、曲折爭差。卻何為，寫動傳飛，繪草添花。　　縱是塗蠅如活。江都神駿，彈指分影。還驚龍展，晴點瞬息凌遲。算來古今精妙，祇阿睹、傳神語近誇。千錢售，借青丹粉飾，任儞生涯。（錄自清刻本）

## 雁靈妙方

即【雙雁兒】。〔金〕馬鈺詞名【雁靈妙方】，見《洞玄金玉集》卷八。

　　幸遇風仙別束州。無縈繫、縱雲遊。得真歡樂恣情謳。這塵緣、一旦休。　　仿效田單用火牛。駕金木、倒顛流。大丹光顯不持修。在迷津、作渡舟。（錄自涵芬樓影明《道藏》本）

## 雲仙引

又名：雲仙影。

〔宋〕馮偉壽自度曲，見《中興以來絕妙詞選》卷十。

　　紫鳳台高，戲鸞鏡裏，霏霏幾度秋馨。黃金重，綠雲輕。丹砂鬢邊滴粟，翠葉玲瓏煙剪成。含笑出簾，月香滿袖，天霧縈身。　　年時花下逢迎。有遊女、翩翩如五雲。亂擲芳英，為簪斜朵，事事關心。長向金風，一枝在手，嗅蕊悲歌雙黛嚬。遠臨溪樹，對初弦月，露下更深。（錄自涉園影宋本）

《欽定詞譜》卷二十六【雲仙引】調注：「馮偉壽自度曲。原注夾鐘商。」

按：原注：「少鐘羽」，恐誤。四庫本《花庵詞選·續集》卷十注：「夾鐘羽。」

## 雲仙影

即【雲仙引】。〔清〕朱青長詞名【雲仙影】，見《朱青長詞集》卷十三。

　　壓齣雛花，吹簫弟子，風塵幾度流連。垂楊外，石橋邊。向人索詩索畫，笑眼靈瓏生可憐。初識恨遲，暫離恨久，情態厭厭。　　桃花開落整千次，夾人交鳳箋。獨我無愮，聽人憔悴，長遠耽延。辜負靈犀，啟思作怨，對月臨風深下簾。只今還說，磕牙茶熟，可有餘閒。（錄自朱青長手稿本）

## 雲淡秋空

即【柳梢青】。〔宋〕韓淲詞有「雲淡秋空」
句，故名；見《欽定詞譜》卷七。

> 雲淡秋空。一江流水，煙雨濛濛。岸轉溪回，
> 野平山遠，幾點征鴻。 行人獨倚孤篷。算
> 此景、如圖畫中。莫問功名，且尋詩酒，一棹
> 西風。（錄自《彊村叢書》本《澗泉詩餘》）

按：《欽定詞譜》卷七【柳梢青】調注：「宋韓
淲詞有雲淡秋空句，名【雲淡秋空】。」查《彊
村叢書》本《澗泉詩餘》調名為【柳梢青】。朱
孝臧校記云：「原本題作雲淡。」《欽定詞譜》
未知何據。

## 雲霧斂

即【蘇幕遮】。〔金〕譚處端詞名【雲霧斂】，
見《水雲集》卷中。

> 匿光輝，認愚魯。兀兀騰騰，閒裏尋步。垢面
> 蓬頭衣襤褸。乞食忘慚，方稱煙霞侶。 絕
> 驕矜，趣真素。不受人欽，不擇貧卑處。認正
> 丹陽師父語。了了惺惺，功滿歸蓬路。（錄自涵
> 芬樓影明《道藏》本）

## 悲切子

即【離別難】。詳見【離別難】條。

## 晴色入青山

即【生查子】。宋韓淲詞有「晴色入青山」句，
故名；見《澗泉詩餘》。

> 晴色入青山，更見飛花晚。不是不登臨，自是心
> 情懶。 試裛小紅箋，與寫天涯怨。 杜
> 宇一聲春，樓下滄波遠。（錄自《彊村叢書》本）

## 晴偏好

調見《山居新話》〔宋〕李霜涯詞有「波光瀲灩
晴偏好」句，故名。

> 平湖百頃生芳草。芙蓉不照紅顛倒。東坡道。
> 波光瀲灩晴偏好。（錄自《知不足齋叢書》本）

《山居新話》：「宋嘉熙庚子，歲大旱，杭之西
湖為平陸，茂草生焉，李霜涯作謔詞。管司捕
治，遂逃避之。」
《詞林紀事》卷十二：「西湖雖有山泉，而大旱
亦嘗龜坼。嘉熙庚子，水涸茂草生焉，祈雨無
應。李戲作此，邏者廉捕之不得。」

按：《山居新話》原無調名，依《花草粹編》補。

## 最上乘

調見《敦煌歌辭總編》卷三〔唐〕無名氏詞。

> 別無言，別無語。無言無語名不取。無量劫來
> 不思議，即應即捨生淨土。
> 莫謾喜，莫謾愁。歡喜憂愁早晚休。愚者眉頭
> 終日皺，達者如魚順水流。
> 放四大，離五欲。濁惡世中足榮辱。不如信運
> 且騰騰，免墜三途入地獄。
> 最上乘，無可造。不識工力自然了。識心見性
> 又知時，無心便是釋迦老。（錄自上海古籍出版社
> 排印本）

《敦煌歌辭總編》卷三：「其調『三三、七、七
七』三韻，或平或仄。用此格而失調名者太多，
爰以【最上乘】做擬名。」
按：原載（斯）五六九二。

## 最多宜

即【浣溪沙】。〔宋〕賀鑄詞有「可人風調最多
宜」句，故名；見《東山詞》卷上。

> 半解香銷撲粉肌。避風長下絳紗帷。碧琉璃水
> 浸瓊枝。 不學壽陽窺曉鏡，何煩京兆畫新
> 眉。可人風調最多宜。（錄自涉園影宋本）

## 最多情

即【遐方怨】。〔五代〕顧敻詞名【最多情】，
見《記紅集》卷二。

> 簾影細，簟紋平。象紗籠玉指，縷金羅扇輕。嫩
> 紅雙臉似花明。兩條眉黛遠山橫。 鳳簫歇，
> 鏡塵生。遼塞音書絕，夢魂長暗驚。玉郎經歲
> 負娉婷。教人爭不恨無情。（錄自清康熙刻本）

## 最高樓

又名：醉亭樓、醉高春、醉高樓。

（一）調見《全芳備祖・前集卷十五・花部・酴
醾》〔宋〕無名氏詞。

> 司春有序，排次到酴醾。遠預報，在庭知。蕊
> 珠宮裏晨妝罷，披香殿下曉班齊。探花正、驅
> 使問，賞花期。 元不遜、梅花浮月影，也
> 知妒、梨花帶雨枝。偏恨柳、綠條垂。與其向
> 晚包圍絮，不如對酒折芳蕤。謝東君，收拾
> 在，牡丹時。（錄自日本藏宋刻本）

（二）調見《梅苑》卷二〔宋〕無名氏詞。

梅花好，千萬君須愛。比杏兼桃猶百倍。分明學得嫦娥樣，不施朱粉天然態。蟾宮裏，銀河畔，風霜耐。　嶺上故人千里外。寄去一枝君要會。表江南信相思日然。清香素豔應難對，滿頭宜向樽前戴。歲寒心，春消息，年年在。（錄自《棟亭十二種》本）

（三）調見〔宋〕辛棄疾《稼軒詞》卷二。

花知否，花一似何郎。又似沉東陽。瘦棱棱地天然白，冷清清地許多香。笑東君，還又向，北枝忙。　著一陣、雲時間底雪。更一個、缺些兒底月。山下路，水邊牆。風流怕有人知處，影兒守定竹旁廂。且饒他，桃李趁，少年場。（錄自汲古閣《宋六十名家詞》本）

（四）調見〔宋〕陳亮《龍川詞補》。

春乍透，香早暗偷傳。深院落，鬥清妍。紫檀枝似流蘇帶，黃金鬚勝辟寒鈿。更朝朝，瓊樹好，笑當年。　花不向、沉香亭上看。樹不著、唐昌宮裏玩。衣帶水，隔風煙。鉛華不御凌波處，蛾眉淡掃至樽前。管如今，渾似了，更堪憐。（錄自四印齋彙刻《宋元三十一家詞》本）

## 景龍燈

即【探春令】。〔宋〕韓淲詞有「景龍燈火昇平世」句，故名；見《澗泉詩餘》。

暗塵明月小桃枝，舊家時情味。問而今、風轉蛾兒底。有誰把、春衫試。　景龍燈火昇平世。動長安能吹。這山城、不道人能記。甚村酒、偏教醉。（錄自《彊村叢書》本）

## 喝火令

調見〔宋〕黃庭堅《山谷詞》。

見晚情如舊，交疏分已深。舞時歌處動人心。煙水數年魂夢，無處可追尋。　昨夜燈前見，重題漢上襟。便愁雲雨又難尋。曉也星稀，曉也月西沉。曉也雁行低度，不會寄芳音。（錄自汲古閣《宋六十名家詞》本）

## 喝馬一枝花

即【促拍滿路花】。〔元〕無名氏詞名【喝馬一枝花】，見《鳴鶴餘音》卷四。

雨過山花綻。霧斂雲收天漢。清閒幽雅處遊玩。古洞岩前，時把金丹煉。不愛乘肥馬，富貴榮華，是非都不管。　獨坐茅齋看古傳。把道經時轉。橫琴膝上撫，鶴來見。紫綬金章，是則是，官高顯。五更忙上馬，爭如我仙家，日午柴門猶掩。（錄自清黃丕烈補明鈔本）

《欽定詞譜》卷二十【促拍滿路花】調注：「此詞見《鳴鶴餘音》，因前後段第六句各有『馬』字，故名【喝馬一枝花】。亦借用蜀道喝馬山嶺，意以驚世。」

## 喝馱子

原調已佚。

《碧雞漫志》卷五：「【喝馱子】，《洞微志》云：『屯田員外郎馮敢，景德三年為開封府丞檢撈戶田，宿史胡店。日落，忽見三婦人過店前，入西畔古佛堂，敢料其鬼也。攜僕王侃詣之，延坐飲酒，稱二十六舅母者，請王侃歌送酒，三女側聽。十四姨者曰：「何名也？」侃對曰：「【喝馱子】。」十四姨曰：「非也。」』此曲單州營妓教頭葛大姐所撰新聲，梁祖作四鎮時，駐兵魚台，值十月二十一日生日，大姐獻之。梁祖令李振填詞，付後騎唱之以押馬隊，因謂之【葛大姐】。及戰得勝回，始流傳河北軍中競唱以押馬隊，故訛曰【喝馱子】。莊皇入洛，亦歌此曲，謂左右曰：『此亦古曲，葛氏但更五七聲耳。』李珣顧瓊樂有【鳳台】曲，注云：『俗謂之【喝馱子】。』不載何宮調。今世道調宮有慢，句讀與古不類耳。」

## 喚春愁

即【添聲楊柳枝】。〔宋〕賀鑄詞有「喚春愁」句，故名；見《東山詞》卷上。

天與多情不自由。占風流。雲閒草遠絮悠悠。喚春愁。　試作小妝窺晚鏡，淡蛾羞。夕陽獨倚水邊樓。認歸舟。（錄自涉園影宋本）

## 凱歌

即【水調歌頭】。〔宋〕張榘詞名【凱歌】，見《芸窗詞》。

雙闕護仙境，萬壑渺清秋。台躔光動銀漢，神秀孕公侯。胸次千崖灝氣，筆底三江流水，姓字桂香浮。十載洞庭月，今喜照揚州。　捧丹詔，升紫殿，建碧油。胡兒深避沙漠，鈴閣揚輕裘。點檢召棠遺愛，醞釀潘輿喜色，英裔蔚文彪。整頓乾坤定，千歲侍宸旒。（錄自汲古閣《宋六十名家詞》本）

十二畫

## 黑漆弩

又名：江南煙雨、學士吟、鸚鵡曲。

調見《永樂大典》卷一萬四千三百八十一「寄」字韻，〔元〕盧摯詞。

> 湘南長憶松南住。只怕失約了巢父。艤歸舟、喚醒湖光，聽我蓬窗雨。　故人傾倒襟期，我也載愁東去。記朝來、一黯別江濱，又弭棹、蛾眉佳處。（錄自中華書局影印本）

詞序：「晚泊采石，醉歌田不伐【黑漆弩】，因次其韻，寄張長卿僉司、劉蕪湖巨川。」

《全金元詞》張可久【黑漆弩】調注：「按宋金人詞皆無【黑漆弩】一調流傳。唯元人盧摯作【黑漆弩】詞，序謂所作乃和田不伐韻，田不伐名為，宋徽宗時曾為大晟府典樂，可見【黑漆弩】詞調北宋時已有，惜今田不伐原作已不傳。可能此調乃採自民間，元人小令即沿用之，特唱時音律轉細。天一閣本《小山樂府》錄此二首歸入詞一類，亦可證此調原係詞調。」

## 買陂塘

即【摸魚兒】。〔宋〕趙膌齋詞，因晁補之詞有「買陂塘，旋栽楊柳」句，故名；見《截江網》卷五。

> 聞掀髯、嶺頭長嘯，梅花一夜香吐。正看鳴鳳朝陽影，何事驚鴻翩舉。來又去。但贏得、兒童拍手笑無據。人間何處。有九曲栽芹，一峰橫硯，江上聽春雨。　功名事，不信朝鱗暮羽。九關虎豹如許。午橋見有閒風月，正自不妨嘉趣。君記取。人盡道、東山安石難留住。伏龍三顧。待報了君恩，勳銘彝鼎，歸作子期侶。（錄自《全宋詞》本）

## 冒馬索

調見《梅苑》卷二〔宋〕無名氏詞。

> 曉窗明，庭外寒梅向殘月。吳溪庚嶺，一枝偷把陽和泄。冰姿素艷，自然天賦，品格真香殊常別。奈北人、不識南枝，喚作臘前杏先發。　奇絕。照溪臨水，素禽飛下，玉羽瓊芳聞清潔。懊恨春來何晚，傷心鄰婦爭先折。多情立馬，待得黃昏，疏影斜斜微酸結。恨馬融、一聲羌笛起處，紛紛落如雪。（錄自《棟亭十二種》本）

## 無一事

即【漁歌子】。〔宋〕徐積詞名【無一事】，見《節孝先生文集》卷十四。

> 見說紅塵罩九衢。貪名逐利各區區。論得失，問榮枯。爭似儂家占五湖。（錄自文淵閣《四庫全書》本）

## 無月不登樓

調見〔宋〕王質《雪山詞》。

> 池塘生春草，夢中共、水仙相識。細撥冰綃，低沉玉骨，攪動一池寒碧。吹盡楊花，慘甀消白。卻有青錢，點點如積。漸成翠、亭亭如立。　漢女江妃入奩室。擘破靚妝擁出。夜月明前，夕陽歛後，清妙世間標格。中貯瓊瑤汁。才嚼破、露飛霜泣。何益。未轉眼，度秋風，成陳跡。（錄自《彊村叢書》本）

《詞律拾遺》卷四【無月不登樓】調注：「景文自度曲。」

## 無如匹

調見《敦煌歌辭總編》卷三〔唐〕無名氏詞。

> 隱隱逸逸。天上天下無如匹。左邊升，右邊沒。如山岌岌雲中出。
>
> 崔崔嵬嵬。天堂地獄一時開。行如雨，動如雷。似月團團海上來。（錄自上海古籍出版社排印本）

按：原載（斯）二六一四、（伯）二三一九、（麗）八五。原本無調名，因詞有「天上天下無如匹」句，《敦煌歌辭總編》擬調名為【無如匹】。編入雜曲聯章體。

## 無俗念

即【念奴嬌】。〔金〕丘處機詞名【無俗念】，見《磻溪集》。

> 孤身蹭蹬，泛秦川、西入磻溪鄉域。曠岭岩前幽澗畔，高鑿雲龕棲跡。煙火俱無，簞瓢不置，日用何曾積。饑餐渴飲，逐時村巷求見。　選甚冷熱殘餘，填腸塞肚，不假珍羞力。好弱將來糊口過，免得庖廚勞役。壯貫皮囊，薰蒸關竅，圖使添津液。色身輕健，法身容易將息。（錄自涵芬樓影明《道藏》本）

## 無相珠

調見《敦煌歌辭總編》卷三〔唐〕無名氏詞。

　　無相珠，方丈覓。能青能黃能赤白。瑪瑙珊瑚
　　堆合成，慧線穿連無間隔。（錄自上海古籍出版社
　　排印本）

按：原載（斯）四二四三。原無調名，因詞有
「無相珠」句，《敦煌歌辭總編》擬調名為【無
相珠】。編入雜曲聯章體，今錄其一。
《敦煌歌辭總編》卷三：「此組十首，平仄兼
叶，亦由三三七七七之多首組成，屬雜言範圍。
中間四首叶平者，格調全同【搗練子】。劉目
（指《斯坦因劫經錄》）擬題為【念珠歌】。」

## 無悶

又名：閨怨無悶。
調見〔宋〕周邦彥《片玉集‧抄補》。

　　雲作輕陰，風逗細寒，小溪冰凍初結。更聽
　　得、悲鳴雁度空闊。暮雀喧喧聚竹，聽竹上清
　　響風敲雪。洞戶悄，時見香消翠樓，歇燼紅
　　燼。　　　凄切。念舊歡聚，舊約至此，方惜輕
　　別。又還是、離亭楚梅堪折。暗想鶯時似夢，
　　夢裏又卻是，似鶯時節，要無悶，除是擁爐對
　　酒，共譚風月。（錄自毛晉校汲古閣《片玉詞》）

## 無夢令

（一）即【如夢令】。〔金〕王喆詞名【無夢
令】，見《重陽教化集》卷一。

　　坐臥住行有別。自是消遙做徹。大道本來真，
　　蓦地哂中歡悅。無說。無說。勘破春花秋月。
　　（錄自涵芬樓影明《道藏》本）

（二）金大曲名。
調見〔金〕馬鈺《洞玄金玉集》卷七。

　　一鼓乾坤入洞。便把虛無拈弄。離坎自交宮，
　　澄湛寂然無夢。無夢。無夢。別我魔軍大慟。
　　二鼓孤清妙用。顛倒倒顛看供。遍地長黃芽，
　　便學個中無夢。無夢。無夢。八味水流梁棟。
　　三鼓玉金深種。始覺元陽運動。丹鼎紫煙生，
　　氣爽神清無夢。無夢。無夢。一點靈光堪寵。
　　四鼓嬰兒跨鳳。姹女欣然持鞚。性命兩停停，
　　自是睡輕無夢。無夢。無夢。瑞氣祥光簇捧。
　　五鼓眾星相供。應物無勞擒縱。時顯夜明珠，
　　無睡無眠無夢。無夢。無夢。五彩雲蹤繼踵。
　　（錄自涵芬樓影明《道藏》本）

按：馬鈺詞有「無夢。無夢。」句，故名【無夢
令】。

（三）調見〔清〕郭麐《蘅夢詞》卷一。

　　行過重重樓柱。隨意低低窗戶。一樹碧梧桐，
　　垂在小簾深處。小簾深處。簾外數聲殘雨。（錄
　　自清嘉慶刻本）

## 無愁可解

（一）調見〔宋〕陳慥詞，見蘇軾《東坡詞》。

　　光景百年，看便一世，生來不識愁味。問愁何
　　處來，更開解個甚底。萬事從來風過耳。何用
　　不著心裏。你喚做、展卻眉頭，便是達者，也
　　則恐未。　　　此理。本不通言，何曾道、歡遊
　　勝如名利。道即渾是錯，不道如何即是。這裏
　　元無我與你。甚喚做、物情之外。若須待醉
　　了，方開解時，問無酒、怎生醉。（錄自汲古閣
　　《宋六十名家詞》本）

詞序：「國工花日新作越調【解愁】，洛陽劉幾
伯壽聞而悅之，戲作俚語之詞，天下傳詠，以謂
幾於達者。龍丘子猶笑之。此雖免乎愁，猶有所
解也。若夫遊於自然而託於不得已，人樂亦樂，
人愁亦愁，彼且惡乎解哉。乃反其詞，作【無愁
可解】云。」
《山谷題跋》卷九：「『龍丘子』，陳慥季常之
別號也。作【無愁可解】，東坡為作序引，而世
人因號東坡為『龍丘』，所謂『蓋有不知而作
之』者。」
陳應行《于湖先生長短句‧于湖先生雅詞序》：
「昔陳季常晦其名，自稱龍丘子，嘗作【無愁可
解】，東坡為之序引。世之不知者，遂以『龍丘
子』為東坡之號，予故表而出之。」

（二）調見《鳴鶴餘音》卷一〔元〕無名氏詞。

　　返照人間，忙忙劫劫。晝夜辛苦無歇。大都能
　　幾許，這百年、又如春雪。可惜天真逐愛欲，
　　似傀儡、被他牽拽。暗悲嗟、苦海浮生，改頭
　　換殼，看何時徹。　　　聽說。古往今來名利
　　客，今只有、兔蹤狐穴。六朝並五霸，盡輸
　　他、雲水英傑。一味真慵為伴侶，養浩然、歲
　　寒清節。這些兒、冷淡生涯，與誰共賞，有松
　　窗月。（錄自清黃丕烈補明鈔本）

## 無漏子

即【更漏子】。〔金〕丘處機詞名【無漏子】，
見《磻溪集》。

十二畫

去年禾，今歲麥。陸地如雲充塞。豐稔世，太
平年。黎民各坦然。　眾心安，閒容易。到
處逍遙無事。昏告宿，餒求餐。坊村沒阻顏。
（錄自涵芬樓影明《道藏》本）

詞注：「三首本名【更漏子】。」

## 無邊風景

調見〔清〕陳鍾祥詞，見《香草詞》卷四。

無邊風景萬花洲。夢悠悠。飛瓊島在海東頭。
一覺仙遊便了卻，千秋。何苦更多愁。　晚
風亂，閒花怨。碧水青山，閱盡年光變。月明
秋一片。（錄自《黔南叢書》本）

詞序：「翩若仙史近降數闋，皆自度新腔。詞
旨精美，音律諧暢，各摘詞中句，命為【月娥
新】、【無邊風景】、【金魚佩】、【鳳凰
台】、【楓丹葭白】等調。因依韻各效其體，醜
女效顰，幸勿為夷光見哂也。」

## 十二畫

## 短橋月

詞調已佚。詳見【長橋月】條。

## 嵇康曲

調見《歷代詩餘》卷一百十三〔五代〕李煜詞。

薛九三十侍中郎。蘭香花媚生春堂。龍蟠王氣
變秋霧，淮聲泗水浮秋霜。　宜城酒煙生霧
服。與君試舞當時曲。玉樹遺詞悔重聽，黃塵
染鬢無前緣。（錄自清康熙內府本）

《歷代詩餘》卷一百十三引《客坐贅語》：「薛
九江南富家子，得侍李後主。宮中善舞【嵇康
曲】，曲為後主所製。江南平，流落江北，嘗一
歌之，座人皆泣。後易為【嵇康曲舞】。」

## 稍遍

即【哨遍】。〔宋〕蘇軾詞名【稍遍】，見《東
坡詞》。

為米折腰，因酒棄家，口體交相累。歸去來，
誰不遣君歸。覺從前皆非今是。露未晞。征夫
指予歸路，門前笑語喧童稚。嗟舊菊都荒，新
松暗老，吾年今已如此。但小窗容膝閉柴扉。
策杖看、孤雲暮鴻飛。雲山無心，鳥倦知還，
本非有意。　噫。歸去來兮。我今忘我兼忘
世。親戚無浪語，琴書中、有真味。步翠麓崎
嶇，泛溪窈窕，涓涓暗谷流春水。觀草木欣
榮，幽人自感，吾生行且休矣。念寓形宇內復

幾時。不自覺、皇皇欲何之。委吾心、去留誰
計。神仙知在何處，富貴非吾志。但知臨水登山
嘯詠，自引壺觴自醉。此生天命更何疑。且乘
流、遇坎還止。（錄自汲古閣《宋六十名家詞》本）

詞序：「陶淵明賦〈歸去來〉，有其詞而無其
聲。余治東坡，築雪堂於上，人俱笑其陋。獨鄱
陽董毅夫過而悅之，有卜鄰之意。乃取〈歸去來
詞〉，稍加檃括，使就聲律，以遺毅夫。使家僮
歌之，時相從於東坡，釋耒而和之，扣牛角而為
之節，不亦樂乎。」

## 喬牌兒

調見〔明〕楊儀《南宮詩餘》。

通波無盡處，望裏連天碧。沙頭白鳥雙雙立。
我本忘機人，歸舟莫急。　浮雲生遠浦，遮
卻西飛日。桃源有路無人識。縱有老漁郎，難
尋舊跡。（錄自惜陰堂《明詞彙刊》本）

## 集賢賓

（一）調見〔宋〕柳永《樂章集》卷中。

小樓深巷狂遊遍，羅綺成叢。就中堪人屬意，
最是蟲蟲。有畫難描雅態，無花可比芳容。幾
回飲散良宵永，鴛衾暖、鳳枕香濃。算得人間
天上，唯有兩心同。　近來雲雨忽西東。誚
惱損情悰。縱然偷期暗會，長是匆匆。爭似和
鳴偕老，免教斂翠啼紅。眼前時、暫疏歡宴，
盟言在、更莫忡忡。待作真個宅院，方信有初
終。（錄自《彊村叢書》本）

《樂章集》注：林鐘商。

（二）調見《鳴鶴餘音》卷一〔金〕王喆詞。

仔細曾窮究。想六地眾生，強攪閒愁。恰才得
食飽，又思量、駿馬輕裘。有駿馬，有輕裘。
又思量、建節封侯。假若金銀過北斗。置下萬
頃良田，蓋起百尺高樓。兒孫自有兒孫福，莫
與兒孫做馬牛。貪利祿，競虛名，惹機勾，豈
知身似、水上浮漚。貪戀氣財並酒色，不肯
上、釣魚舟。　荒盡丹田三頃，荊棘多稠。
寶藏庫、偷盜了明珠，鐵燈盞、滲漏了清油。
水銀迸散難再收。大丹砂甚日成就。殺曾叮嚀
勸，勸著後，幾曾僽。苦海深，波浪流。心閒
無事卻垂鉤。嗚呼，錦鱗終不省，搖頭擺尾，
恣縱來來，往戲波流。愚迷子，省貪求。只為
針頭占名利，等閒白了少年頭。（錄自清黃丕烈補
明鈔本）

## 飯松花

〔清〕毛先舒自度曲。

《填詞名解》卷四：「【飯松花】七十八字，毛先舒作。」

按：詞未見，待考。

## 番女八拍

〔清〕丁澎新譜犯曲，見《扶荔詞》卷一。

黃榆風急海鶩啼。馬頻嘶。蓬婆城外千山雪，錦緝蠻靴夜打圍。　　梧桐樹下軋鳴機。念征衣。孤鴻一去無消息，使盡西風喚不歸。（錄自清康熙家刻本）

詞注：「新譜犯曲。上二句【蕃女怨】，下二句【八拍蠻】；後段同。」

## 番禺調笑

即大曲【調笑】。〔宋〕洪適詞名【番禺調笑】，見《盤洲樂章》卷一。

### 句隊

蓋聞五嶺分疆，說番禺之大府；一樽屬客，見南伯之高情，摭遺事於前聞，度新詞而屢舞。宮商遞奏，調笑入場。

### 羊仙

黃木灣頭聲哄然。碧雲深處起非煙。騎羊執穗衣分錦，快睹浮空五列仙。騰空昔日持銅虎。嘉瑞能名灼前古。羽人叱石會重來，治行於今最南土。

南土。賢銅虎。黃木灣頭騰好語。騎羊執穗神仙五。拭目摩肩爭睹。無雙治行今猶古。嘉瑞流傳樂府。

### 藥洲

傳聞南漢學飛仙。煉藥名洲雉堞邊。爐寒灶毀無蹤跡，古木閒花不計年。唯餘九曜巉巖石。寸寸淪漪湛天碧。畫橋彩舫列歌亭，長與邦人作寒食。

寒食。人如織。藉草臨流羅飲席。陽春有腳森雙戟。和氣歡聲洋溢。洲邊藥灶成陳跡。九曜摩挲奇石。

### 海山樓

高樓百尺逼巖城。披舞雄風袂清。雲氣籠山朝雨急，海濤侵岸暮潮生。樓前簫鼓響相和。戢戢歸檣排幾柁。須信官廉蚌蛤回，望中山積皆奇貨。

奇貨。歸帆過。擊鼓吹簫相應和。樓前高浪風掀簸。漁唱一聲山左。胡床邀月輕雲破。玉麈飛談驚座。

### 素馨巷

南國英華賦眾芳。素馨聲價獨無雙。未知蟾桂能相比，不是人間草木香。輕絲結蕊長盈穗。一片瑞雲縈寶髻。水沉為骨麝為衣，剩馥三薰亦名世。

名世。花無二。高壓闔提傾末利。素絲縷縷聯芳蕊。一片雲生寶髻。屑沉碎麝香肌細。剩馥薰成心字。

### 朝漢台

尉佗怒臂帝番禺。遠屈王人陸大夫。只用一言回倔強，遂令魋結換襜裾。使歸自己實千槖。朝漢心傾比葵藿。高台突兀切星辰，後代登臨奏音樂。

音樂。傳佳作。蓋海旌幢開觀閣。綺霞飛渡青油幕。好是登臨行樂。當時朝漢心傾藿。望斷長安城郭。

### 浴日亭

扶胥之口控南溟。誰鑿山尖築此亭。俯窺貝闕蛟龍躍，遠見扶桑朝日升。蜃樓縹緲擎天際。鵬翼繽翻借風勢。蓬萊可望不可親，安得輕舟凌弱水。

弱水。天無際。相去扶胥知幾里。高亭東望陽烏起。杲杲晨光初洗。蓬萊欲往寧無計。一展彌天鵬翅。

### 蒲澗

古澗清泉不歇聲。昌蒲多節四時青。安期駕鶴丹霄去，萬古相傳此化城。依然丹灶留岩穴。桃竹連山仙境別。年年正月掃松關，飛蓋傾城賞佳節。

佳節。初春月。飛蓋傾城樽俎列。安期駕鶴朝金闕。丹灶分留岩穴。山中花笑秦皇拙。祠殿荒涼虛設。

### 貪泉

桃榔色暗芭蕉繁。中有貪泉湧石門。一杯便使人心改，屬意金珠萬事昏。晉時賢牧夷齊比。酌水題詩心轉厲。只今方伯擅真清，日日取泉供飲器。

飲器。貪泉水。山乳涓涓甘似醴。懷金嗜寶隨人意。枉受惡名難洗。真清方伯端無比。未使吳君專美。

### 沉香浦

炎區萬國侈奇香。稛載歸來有巨航。誰人不作
芳馨觀，巾匲寧無一片藏。飲泉太守回瓜戍。
搜索越裝舟未去。薏苡何從起謗言，沉香不惜
投深浦。

深浦。停舟處。只恐越裝相染污。奇香一見如
泥土。投著水中歸去。令公早晚回朝著。無物
遮留鳴櫓。

清遠峽

腰支尺六代難雙。霧鬢風鬟巧作妝。人間不似
山間樂，身在帝鄉思故鄉。南來萬里舟初歌。
三峽重過驚久別。玉環留著綴相思，歸向青山
嘯明月。

明月。舟初歌。三峽重過驚久別。玉環留與人
間說。詩罷離腸千結。相思朝暮流泉咽。霧鎖
青山愁絕。

破子

南海。繁華最。城郭山川雄嶺外。遺蹤嘉話垂
千載。竹帛班班俱在。元戎好古新聲改。調笑
花前分隊。

高會。樽罍對。笑眼茸茸回盼睞。蹋莚低唱眉
彎黛。翔鳳驚鸞多態。清風不用一錢買。醉客
何妨倒載。

遣隊

十眉爭豔眼波橫。霓袖回風曲已成。絳蠟飄花
香捲穗，月林烏鵲兩三聲。歌舞既終，相將好
去。（錄自《彊村叢書》本）

## 番槍子

又名：春草碧。

調見〔宋〕韓玉《東浦詞》。

莫把圍扇雙鷺隔。要看玉溪頭、春風客。妙處
風骨瀟閒，翠羅金縷瘦宜窄。轉面兩眉攢、青
山色。　　到此月想精神，花似秀質。待與不
清狂、如何得。奈向難駐朝雲，易成春夢恨又
積。送上七香車、春草碧。（錄自武進陶氏影汲古
閣本）

## 貂裘換酒

即【賀新郎】。〔宋〕張輯詞有「把貂裘換酒長
安市」句，故名；見《東澤綺語》。

笛喚春風起。向湖邊、臘前折柳，問君何意。
孤負梅花立晴晝，一舸淒涼雪底。但小閣、琴
棋而已。佳客清朝留不住，為康廬、只在家窗
裏。溢浦去，兩程耳。　　草堂舊日談經地。

更從容、南山北水，庾樓重倚。萬卷心胸幾今
古，牛斗多年紫氣。正江上、風寒如此。且趁
霜天鱸魚好，把貂裘、換酒長安市。明夜去，
月千里。（錄自《彊村叢書》本）

## 舜韶新

調見《花草粹編》卷二十〔宋〕郭子正詞。

香滿西風，催歲晚東蘺，黃花爭吐。嫩英細
蕊，金豔繁、妝點高秋偏富。寒地花媒少，算
自結、多情煙雨。妝面每年年，謝他拒霜相
顧。　　寶馬王孫，休笑孤芳，陶令因誰，便
思歸去。負春何事，此恨唯、才子登高能賦。
千古風流在，占定泛、重陽芳醑。堪吟看醉
賞，何須杏園深處。（錄自文淵閣《四庫全書》本）

《欽定詞譜》卷二十九【舜韶新】調注：「宋王
應麟《玉海》：『政和中，曹棐製徵調【舜韶
新】。』」

## 勝州令

調見《花草粹編》卷二十四〔宋〕鄭意娘詞。

杏花正噴火。朦朦微雨，曉來初過。夢回聽乳
鶯調舌，紫燕競穿簾幕。垂楊影裏，粉牆映出
秋千索。對媚景，贏得雙眉鎖。翠鬟信任軃。
誰更忺梳掠。　　追思向日，共個人、同攜
手，略無暫時拋墮。到今似、海角天涯，無由
見得則個。番思往事上心，向他誰行訴。卻會
舊歡，淚滴真珠顆。意中人未睹。覺鳳幃冷
落。　　都是俺差錯。被他閒言伏語啜做。到
此近、四五千里，為水遠山遙闊。當初曾言，
盡老更不重婚卻。甚鎮日、共人同歡樂。傅粉
在那裏，肯念人寂寞。　　終待把、雲箋細
寫，把衷腸、盡總破。問伊怎下得，憐新棄
舊，頓乖盟約。可憐命掩黃泉，細尋思、都為他
一個。你忒煞虧我。（錄自文淵閣《四庫全書》本）

## 勝長天

調見《金瓶梅》卷七十二〔明〕無名氏詞。

掉臂疊肩，情態炎涼，冷暖紛紜。與來閣豎長
兒孫。石女須教有孕。　　莫使一朝勢謝，親
生不若他生。爹爹媽媽向何來。撅轉窊臀不
認。（錄自張竹坡評本）

## 勝常

〔清〕沈謙自度曲，見《東江別集》卷二。

黃柳堆煙，別才半月，如今漸可藏烏。卻喜幽
期不爽，隔花鸚鵡驚呼。繫馬閒庭，見水簾風
過，鉤控珊瑚。　　西窗臥病，含羞強出，臉
暈紅酥。道罷勝常側坐，知他有意生疏。記得
書來，說魂迷別館，目斷征途。（錄自惜陰堂《明
詞彙刊》本）

詞注：「自度曲。唐詩『背人含羞道勝常』，即
今婦人萬福也。」

## 勝勝令

又名：聲聲令。

調見〔宋〕曹勛《松隱樂府》卷三。

梅風吹粉，柳影搖金。漸看春意入芳林。波明
草嫩，據征鞍，晚煙沉。向野館、愁緒怎禁。
　　過了燒燈，醉別院，阻同尋。瑣窗還是冷
瑤琴。燈花妯也，擁春寒，掩閒衾。念翠屏、
應倚夜深。（錄自《彊村叢書》本）

## 勝勝慢

即【聲聲慢】。〔宋〕晁補之詞名【勝勝慢】，
見《晁氏琴趣外篇》卷五。

朱門深掩，擺蕩春風，無情鎮欲輕飛。斷腸如
雪，撩亂去點人衣。朝來半和細雨，向誰家、
東館西池。算未肯、似桃含紅蕊，留待郎歸。
　　還記章臺往事，別後縱青青，似舊時垂。
灞岸行人多少，竟折柔支。而今恨啼露葉，鎮
香街、拋擲因誰。又爭可，妒郎誇春草，步步
相隨。（錄自雙照樓影宋本）

## 訶梨子

〔清〕毛先舒自度曲。詞未見，待考。

《填詞名解》卷四：「【訶梨子】凡六十字，
毛先舒自度曲也。和凝詞：『蛪蝀領上訶梨
子。』」

## 訴衷情

又名：步花間、花間訴衷情、桃花水、偶相逢、
試周郎、畫樓空。

唐教坊曲名。

（一）調見《花間集》卷二〔唐〕溫庭筠詞。

鶯語。花舞。春晝午。雨霏微。金帶枕。宮
錦。鳳皇帷。柳弱燕交飛。依依。遼陽音信
稀。夢中歸。（錄自雙照樓影明仿宋本）

《金奩集》注：越調。

（二）調見《花間集》卷七《五代》顧敻詞。

永夜拋人何處去，絕來音。香閣掩。眉斂。月
將沉。爭忍不相尋。怨孤衾。換我心、為你
心。始知相憶深。（錄自雙照樓影明仿宋本）

（三）調見《花間集》卷五〔五代〕毛文錫詞。

桃花流水漾縱橫。春晝彩霞明。劉郎去，阮郎
行。惆悵恨難平。　　愁坐對雲屏。算歸程。
何時攜手洞邊迎。訴衷情。（錄自雙照樓影明仿
宋本）

## 訴衷情令

又名：一絲兒、一絲風、漁父家風。

調見《中興以來絕妙詞選》卷一〔宋〕康與之詞。

鬱孤臺上立多時。煙晚暮雲低。山川城郭良
是，回首昔人非。　　今古事，只堪悲。此心
知。一樽芳酒，慷慨悲歌，月墮人歸。（錄自涉
園影宋本）

《張子野詞》注：林鐘商。《片玉集》、《于湖
先生長短句》注：商調。

按：《欽定詞譜》卷五【訴衷情令】所引之詞，
查詞集均為【訴衷情】，無有加「令」字者。
《欽定詞譜》將雙調分【訴衷情】和【訴衷情
令】二調，以唐、五代詞人所作【訴衷情】為原
調名，以宋詞人作【訴衷情】加一「令」字，以
示區別。《詞律》不分。

## 訴衷情近

調見〔宋〕柳永《樂章集》卷中。

雨晴氣爽，佇立江樓望處。澄明遠水生光，重
疊暮山聳翠。遙認斷橋幽徑，隱隱漁村，向晚
孤煙起。　　殘陽裏。脈脈朱欄靜倚。黯然情
緒，未飲先如醉。愁無際。暮雲過了，秋光
老盡，故人千里。竟日空凝睇。（錄自《彊村叢
書》本）

《樂章集》注：林鐘商。

## 詠春光

即【摸魚兒】。〔清〕顧千里詞名【詠春光】，
見《思適齋詞》。

看伊人、寫真周甲，翛然就致無比。曾酬不負
今生願，天許賦才驅使。偏示意。道拔俗、胸
中本色能如此。何妨弄蕊。但金帶繁華，珠簾
煙月，凡景總都洗。　　蕪城路，老去吾遊倦
矣。知交堪數還幾。三秋正好過君飯，瞥影經

年猶記。應各喜。得皺面、波斯頓徹觀河理。
從茲更擬。向退谷鑱銘，香山結社，長著畫圖
裏。（錄自思讀誤書室鈔校本）

按：原詞注有：「調出鳳林書院元詞。」查現存
三卷本《鳳林書院草堂詩餘》中無此調名，顧氏
未知何據，俟考。

## 詠燈花

即【如夢令】。〔清〕紀映鍾詞名【詠燈花】，
見《秋水軒倡和詞》。

　　道是春花不結。道是秋花不結。仔細看根芽，
　　種在黃昏時節。收拾。收拾。明夜珠林重出。
　　（錄自《全清詞》本）

## 詠歸來

〔明〕薛三省自度曲，見《四明近體樂府》。

　　逢場絕倒。此曲人間少。知音應自了。按霓
　　裳、舞腰嫋。袖長偏擾。解衣盤薄好。爭奇鬥
　　巧多煩惱。詠歸來，樓遲早。　　衡門轉杳。
　　風塵何時擾。一夢黃粱春曉。白雲間、青山
　　渺。日月何曾老。處處金莖瑤草。拾得來、餐
　　未飽。（錄自清刻本）

## 惱殺人

調名見〔金〕蔡松年《蕭閒老人明秀集》卷五。
詞佚目存。

## 曾經滄海難為水

〔近人〕吳藕汀新翻曲，見《畫牛閣詞集》。

　　海邊精衛。沒填恨、終身恚。燕孤巢墮，鶯去
　　鏡破，年年憔悴。萬難呼起芳魂，敧袖龍鍾，
　　如此心碎。　　含悲泣記，甚梅子、酸滋味。
　　故居回首，舊夢已杳，相思無謂。鳳簫惆悵重
　　泉，白柰花開未。（錄自《畫牛閣詞集》手稿本）

詞序：「先室忌辰，自製新翻曲以誌哀悼。用元
微之悼亡詩句做調名。前段上六句【海月謠】，
下三句【水雲遊】；後段上六句【海月謠】，下
二句【水雲遊】。」

## 湖上曲

即【憶江南】。〔明〕草衣道人詞名【湖上
曲】，見《精選古今詩餘醉》卷十一。

　　湖上月，生小便風流。花間遊女醒還醉，水面
　　笙歌散復留。夜半自悠悠。　　難描處，一點

還山浮。不共芙蓉憔悴死，西泠渡口冷如秋。
相伴是閒鷗。（錄自新世紀《萬有文庫》本）

## 湖中曲

〔清〕金農自度曲，見《冬心先生自度曲》。

　　西也菰蒲。東也菰蒲。湖尾蠡蠡有若天。
　　雨也模糊。雲也模糊。疑是彭郎娶小姑。（錄自
　　清乾隆刻本）

詞注：「六句，三十字。」

## 湘女怨

調見〔清〕魏學渠《青城詞》卷三。

　　漢臯神女遺蹤，偏雲鬟雨鬢屢愁。雄姿北海佳
　　人，南國花前攜手。珊瑚筆架，琉璃硯匣，由
　　房師友。便布帆無恙，三千里別離，辜負桃花
　　咒。　　迤邐津塗煙水瘦。腰肢頻鬆香扣。華
　　陀難遇，封姨先妒，狂瀾翻覆。離合神光，依
　　稀芳魄，湘靈之右。想水仙偏愛，凌波羅襪，
　　夢來依舊。（錄自清刻本）

## 湘中月

即【念奴嬌】。〔清〕黃恩綬詞名【湘中月】，
見《安蔬齋詞》。

　　秋蘭又放，蓦西風吹老，幾人華髮。中有先知
　　真達者，偏向夢中求醒。書味醇醇，琴心脈
　　脈，閒坐梧桐影。倚欄何事，阮彈且讀還飲。
　　　　閒昔四友堂前。一觴一詠，鎮日絲桐韻。
　　問道人生誰滿志，行樂及時自省。大白浮杯，
　　小紅按譜，豪氣雲天迥。菟裘老矣，從君物外
　　偕隱。（錄自清稿本）

## 湘月

即【念奴嬌】。〔宋〕姜夔詞名【湘月】，見
《白石道人歌曲》卷六。

　　五湖舊約，問經年底事，長負清景。暝入西
　　山，漸喚我、一葉夷猶乘興。倦網都收，歸禽
　　時度，月上汀洲冷。中流容與，畫橈不點清
　　鏡。　　誰解喚起湘靈，煙鬟霧鬢，理哀弦鴻
　　陣。玉麈談玄，歎坐客、多少風流名勝。暗柳
　　蕭蕭，飛星冉冉，夜久知秋信。鱸魚應好，舊
　　家樂事誰省。（錄自《彊村叢書》本）

詞序：「長溪楊聲伯典長沙楫棹，居瀕湘江。窗
間所見，如燕公郭熙畫圖，臥起幽適。丙午七月
既望，聲伯約予與趙景魯、景望、蕭和父、裕

父、時父、恭父大舟浮湘，放乎中流。山水空寒，煙月交映，淒然其為秋也。坐客皆小冠練服，或彈琴，或浩歌，或自酌，或援筆搜句。予度此曲，即【念奴嬌】之鬲指聲也，於雙調中吹之。鬲指亦謂之過腔，見《晁無咎集》。凡能吹竹者，便能過腔也。」

清凌廷堪《梅邊吹笛譜》【湘月】詞序：「宜興萬氏，專以四聲論詞，畏其嚴者多詆之，瀘州先著尤甚。以為宋詞宮調，必有秘傳，不在乎四聲。今按宋姜夔《白石集》【滿江紅】云：『末句「無心撲」，歌者將「心」字融入去聲，方諧音律。』【徵招】云：『正宮【齊天樂慢】前兩拍是徵調，故足成之。』及考【徵招】起二句，平仄與【齊天樂】吻合。又《宋史・樂志》載白石〈大樂議〉云：『七音之協四聲，各有自然之理。』然則宋人皆以四聲定宮調，而萬氏之說，與古闇合也。先著妄人，寧足哂乎？余恆謂推步必驗諸天行，律呂必驗諸人聲。淺求之樵歌牧唱，亦有律呂。若捨人聲而別尋所謂『宮調』者，則雖美言可市，終成郢書燕說而已。今秋，舟過荊溪，感而賦此，以酹紅友，即白石所云【念奴嬌】鬲指聲也。按鬲指亦謂之過腔，【念奴嬌】本大石調，今吹入雙調，故曰過腔，謂以黃鐘商過入夾鐘商也。」

清戈載【湘月】詞序：「秋日，同沈芷橋、蘭如、閨生、朱酉生、潘功甫、陳小雲、吳清如、王井叔遊畢園。廣池峻嶺，有山澤景象。惜其亭榭荒蕪，寒煙衰草，滿目淒涼，徘徊水竹間，不勝葵麥之感。相約各賦詩詞誌慨。予度此曲，即白石所製【念奴嬌】鬲指聲也。萬氏不明宮調，又不知鬲指為何義，遂謂【湘月】與【念奴嬌】字句無不相合，此實可發大噱。【湘月】係雙調中呂商，【念奴嬌】係大石調，乃太簇商，因同是商音，故其腔可過，而太簇商當用四字住，中呂商當用上字住。簫管四上字中間只隔一孔，笛則兩孔相聯。至起調畢曲，則一用一字，一用尺字，亦不隔指之間，是以謂之隔指聲。隔、鬲，古同字也。白石之詞，因用四字不諧，配以上字聲方協，故其腔不得不過耳。是其音同而律不同，安得謂欲填【湘月】，即仍是填【念奴嬌】乎？況句法平仄亦多異處，更屬顯然不可混。予悲宮調之理，知之者鮮，爰詳論及之，俟諸君子審定焉。」

## 湘江靜

又名：瀟湘靜。

調見〔宋〕史達祖《梅溪詞》。

　　暮草堆青雲浸浦。記匆匆、倦篙曾駐。漁榔四起，沙鷗未落，怕愁沾詩句。碧袖一聲歌，石城怨、西風隨去。滄波蕩晚，菰蒲弄秋，還重到、斷魂處。　　酒易醒，思正苦。想空山、桂香懸樹。三年夢冷，孤吟意短，屢煙鐘津鼓。展齒厭登臨，移橙後、幾番涼雨。潘郎漸老，風流頓減，閒居未賦。（錄自汲古閣《宋六十名家詞》本）

清杜文瀾《梅溪詞》校訂云：「此詞無別首可校，疑為梅溪自度曲。」

《宋詞舉》：「《樂府雅詞・拾遺》卷下收無名氏【瀟湘靜】，只第一句二四六各字，第四、第九二句末字平仄不同，並有平仄通用處。通變六字句，不協韻，其他句法協處悉同。用上去處亦多合，可知【湘江靜】即【瀟湘靜】。曾慥《雅詞》敘題紹興丙寅，梅溪生曾慥後，是舊有此調，杜說非也。」

## 湘春月夜

即【湘春夜月】。〔清〕陳善得詞名【湘春月夜】，見《三蕉詞》。

　　甚西風，夜來吹損花魂。一片瘦影離披，寒月逗黃昏。欲問竹枝消息，奈粉痕零落，舊雨啼春。倚曲欄遍數，憑時立處，塵跡空存。　　蕭齋漏靜，孤燈暈壁，殘葉敲門。不見瑤姬，唯見是、遠山如睡，閒鎖巫雲。迷茫夢境，盡劃除、難數情根。判此際、向愁城困坐何須，拂鑑偷驗眉痕。（錄自民國十九年鈔清史館原稿本）

按：此調名似筆誤，存以查閱。

## 湘春夜月

又名：湘春月夜。

〔宋〕黃孝邁自度曲，見《絕妙好詞箋》卷四。

　　近清明，翠禽枝上消魂。可惜一片清歌，都付與黃昏。欲共柳花低訴，怕柳花輕薄，不解傷春。念楚鄉旅宿，柔情別緒，誰與溫存。　　空樽夜泣，青山不語，殘月當門。翠玉樓前，唯是有、一波湘水，搖蕩湘雲。天長夢短，問甚時、重見桃根。這次第，算人間沒個并刀，剪斷心上愁痕。（錄自清道光愛日軒本）

十二畫

## 湘華

即【瑤華】。〔清〕姚燮詞名【湘華】，見《疏影樓詞》之《吳涇蘋唱》。

數嵐回合，濕露遙沉，弄夕光明媚。滿庭涼霰，秋淡淡、十二明璫橫翠。隔煙潮白，要篩得、花魂如水。怕碧天、么鳳飛來，褪了苔根粉蕊。　　昨宵枕角愁聽，問若個吹簫，華月浮地。枝疏照罘，黃雪影、欲向酒心吹起。秋千池閣，還憶否、露邊橫髻。剩今宵、薄袖欄干，只有纖鶯同倚。（錄自姚燮手稿本）

## 湘靈瑟

調見〔宋〕劉壎《水雲村詩餘》。

酸風冷冷。哀笳吹數聲。碎雨冥冥。泣瑤英。　　花心路，芙蓉城。相思幾回魂驚。腸斷墳草青。（錄自《彊村叢書》本）

《夷堅志・乙集》卷十四：「倪巨濟次子冶，為洪州新建尉，請告，送其妻歸寧。還至新淦境，遣行前者占一驛，及至欲入，遙聞其中人語，逼而聽之，嘻笑自如。而外間略無僕從，將詢為何人而不得。入門窺之，聲在堂上。暨入堂上，則又在房中。冶始懼，亟走出，遍訪驛外居民。一人云：『嘗遣小童來借筆硯去，未見其出也。』乃與健僕排闥直入，見西房壁間題小詞云：『霜風摧蘭。銀屏生曉寒。淡掃眉山。臉紅殷。　瀟湘浦，芙蓉灣。相思數聲哀歎。畫樓樽酒閒。』墨色尚濕，筆硯在地，曾無人跡。倪氏不敢宿而去。」

按：此詞未有調名，據唐圭璋先生《全宋詞》案語云：「此首原無調名，據劉壎詞補。」定為【湘靈瑟】，今依之，錄之以為參考。

《詞律拾遺》卷一【湘靈瑟】調注：「陶氏《詞綜補遺》云：『此調《歷代詩餘》、《詞譜》、《詞律》及前人詞集均不載。』按此詞為故妓周懿作。蓋自度腔也。」

按：此詞《水雲村詩餘》題為「故妓周懿葬橋南」，何曰周詞？《詞律拾遺》所論不確。

## 湘靈鼓瑟

又名：剪梧桐。

調見〔清〕納蘭性德《納蘭詞》卷四。

新睡覺，聽漏盡、烏啼欲曉。屏側墜釵扶不起，淚浥餘香悄悄。任百種思量，都來擁枕，薄衾顛倒。土木形骸，自甘憔悴，只平生白占伊懷抱。看蕭蕭一剪梧桐，此日秋光應到。

若不是憂能傷人，怎青鏡、朱顏便老。慧業重來偏命薄，悔不夢中過了。憶少日輕狂，花間馬上，軟風斜照。端的而今，誤因疏起，卻懊惱、誤人年少。料應他、此際閒眠，一樣百愁難掃。（錄自《叢書集成新編》本）

按：此調《通志堂集》卷九，詞調下注有「自度曲」三字。

## 減字木蘭花

又名：小木蘭花、天下樂令、木蘭花、木蘭花減字、木蘭香、四仙韻、金蓮出玉花、益壽美金花、菩薩蠻、減字木蘭詞、減蘭。

（一）調見〔宋〕柳永《樂章集》卷下。

花心柳眼。郎似遊絲常惹絆。慵困誰憐。繡線金針不喜穿。　　深房密宴。爭向好天多聚散。綠鎖窗前。幾日春愁廢管弦。（錄自《彊村叢書》本）

《樂章集》、《于湖先生長短句》注：仙呂調。《張子野詞》注：林鐘商。

（二）調見〔清〕陸家淑《辛齋遺稿》。

乍燕市相逢，追尋前事。真惜此生如寄。曾何幾時，朱顏青鬢，通人出處，無心捲舒，正如此耳。（錄自清刻本）

## 減字木蘭花慢

調見〔元〕陸文圭《牆東詩餘》。

九皋明月夜，跨一鶴赴仙都。聽佩玉鏘鳴，驂鸞小住，高閣憑虛。萋萋草生南浦，興未闌、歸去東吳。笑指樽前二客，昨宵良會非歟。　　莊周蝴蝶兩蘧如。變化一華胥。歎物換星移，壺中日月，鏡裏頭顱。芳洲獨醒人在，採芙蕖，歲晏孰華予。欲泛蘭舟容與，煙沙漠漠重湖。（錄自四印齋彙刻《宋元三十一家詞》本）

按：此詞與【木蘭花慢】格律相同。陸氏二首中，前首上片少一字，後首下片少一字，故曰【減字木蘭花慢】。

## 減字木蘭詞

即【減字木蘭花】。〔宋〕蘇軾詞名【減字木蘭詞】，見《侯鯖錄》卷四。

春庭月午。影落香醪光欲舞。步轉迴廊。半落梅花婉娩香。　　輕風薄霧。總是少年行樂

十三畫

處。不似秋光。只與離人照斷腸。（錄自《知不足齋叢書》本）

《侯鯖錄》卷四：「元祐七年正月，東坡先生在汝陰州，堂前梅花大開，月色鮮霽。先生王夫人曰：『春月色勝如秋月色，秋月色令人淒慘，春月色令人和悅。何如召趙德麟輩來飲此花下？』先生大喜曰：『吾不知子能詩耶，此真詩家語耳。』遂相召與二歐飲，用是語作【減字木蘭詞】云（詞略）。」

## 減字採桑子

即【攤破南鄉子】。〔金〕侯善淵詞名【減字採桑子】，見《上清太玄集》卷七。

嗟恨這形骸。百般做、紐捏狂乖。如今省也尋歸路，冰清玉潔，昂霄峻鄂，奚失俗崖。　心靜若冰台。靈光瑩、不染纖埃。厥然別有真奇妙，亭晟合璧，昇玄羽化，脫下凡胎。（錄自涵芬樓影明《道藏》本）

## 減字南鄉子

即【南鄉子】。〔明〕卓人月詞名【減字南鄉子】，見《徐卓晤歌》。

花影分明。闖入窗紗上翠屏。籠內鸚哥春夢醒，低聲。卻向床頭喚玉人。　俏髻盤成，縹緲虛無雲氣青。旭日薰人如卯酒，微醒。重倚瑤琴眼倦撐。（錄自惜陰堂《明詞彙刻》本）

## 減字重疊金

即【菩薩蠻】。〔清〕柯煜詞名【減字重疊金】，見《月中簫譜》。

寫盡翠眉紅粉。只是空中傳恨。夢斷竹西時。傷春杜牧之。　少年飄泊久。空載江湖酒。今日近官家。紅翻芍藥花。（錄自清刻本）

按：此調以前段首二七字句，改為六字句，故名。

## 減字浣溪沙

即【浣溪沙】。〔宋〕賀鑄詞名【減字浣溪沙】，見《賀方回詞》卷二。

秋水斜陽演漾金。遠山隱隱隔平林。幾家村落幾聲砧。　記得西樓凝醉眼，昔年風物似如今。只無人與共登臨。（錄自《彊村叢書》本）

## 減字臨江仙

即【臨江仙】。〔清〕洪亮吉詞名【減字臨江仙】，見《更生齋詩餘》卷二。

十日秋陰情緒減，乍眠卻喜新晴。紅牆千尺月華生。水明燈暗，依約捲簾聲。　溪口寂寥尋渡少，酒徒多分飄零。柳絲笑客眼猶青。好天涼夜，只剩一人行。（錄自清光緒三年授經堂刻本）

## 減字滿路花

即【促拍滿路花】。〔明〕查應光詞名【減字滿路花】，見《麗崎軒詩餘》。

露冷楚山低，月迴江雲濕。恨旅夢未成，雞聲急。寒夜迢迢，獨自憑欄立。萬事從頭集。病裏流光，迅若馳繩難繫。　問字無人，楊居寥寂。良書獨擁憑誰析。山盡水窮，莫笑阮生泣。時潛好封蟄。散落遺文，一任蠹魚蝕。（錄自惜陰堂《明詞彙刻》本）

按：此詞即仄韻【促拍滿路花】。下段第二句、第三句、末句各減一字，故名。

## 減字鷓鴣天

又名：妝閣梅。

〔清〕丁澎自度曲，見《扶荔詞》卷一。

妝閣梅。隨風吹送入君懷。玉肌香膩，傍人莫暗猜。　卜重諧。輕梢小朵厭橫釵。數來顛倒，成雙笑幾回。（錄自清康熙家刻本）

詞注：「妝閣梅。新譜自度曲，一名【妝閣梅】。」

## 減蘭

宋大曲名。

調見《梅苑》卷六〔宋〕李子正詞。

總題

梅萼香嫩。雪裏開時春粉潤。雨蕊風枝。暗與黃昏取次宜。　日邊月下。休問初開兼欲謝。卻最妖嬈。不似群花春正嬌。

風

東風吹暖。輕動枝頭嬌豔顫。成片驚飛。不是城南畫角吹。　香英飄處。定向壽陽妝閣去。莫損柔柯。今日清香遠更多。

雨

瀟瀟細雨。雨歇芳菲猶淡佇。密瀧輕籠。濕遍柔枝香更濃。　瓊腮微膩。疑是凝酥初點綴。冷豔相宜。不似梨花帶雨時。

雪

六花飛素。飄入枝頭無覓處。密綴輕堆。只似

香苞次第開。　　欄邊欲墜。姑射山頭人半
醉。牆外低垂。窺送佳人粉再吹。

月

寒蟾初滿。正是枝頭開爛熳。素質籠明。多少
風姿無限情。　　暗香疏影。冰麝蕭蕭山驛
靜。淺蕊輕枝。酒醒更闌夢斷時。

日

騰騰初照。半坼瓊苞還似笑。莫近柔條。只恐
凝酥暖欲消。　　三竿已上。點綴胭脂紅蕩
漾。剛道宜寒。不似前村雪裏看。

曉

急催銀漏。漸漸紗窗明欲透。點檢花枝。曉笛
吹時幾片飛。　　淡煙初破。彷彿夜來飛幾
朵。淺粉餘香。晨起佳人帶曉妝。

晚

天寒欲暮。別有一般姿媚處。半戴斜陽。寶鑑
微開試晚妝。　　淡煙輕處。漸近黃昏香暗
度。休怕春寒。秉燭重來子細看。

早

陽和初布。入萼春紅才半露。暖律潛催。與占
百花頭上開。　　香英微吐。折贈一枝人已
去。楊柳貪眠。不道春風已暗傳。

殘

香苞漸少。滿地殘英寒不掃。傳語東君。分付
南枝桃李春。　　東風吹暖。南北枝頭開爛
熳。一任飄吹。已占東風第一枝。（錄自《楝亭
十二種》本）

詞序：「竊以花雖多品，梅最先春。始因暖律之
潛催，正直冰澌之初泮。前村雪裏，已見一枝；
山上驛邊，亂飄千片。寄江南之春信，與隴上之
故人。玉臉娉婷，如壽陽之傅粉；冰肌瑩徹，逞
姑射之仙姿。不同桃李之繁枝，自有雪霜之素
質。香欺青女，冷耐霜娥。月淺溪明，動詩人之
清興；日斜煙暝，感行客之幽懷。偏宜淺蕊輕
枝，最好暗香疏影。況是非常之標格，別有一種
之風情。姮娥好景難拼，那更彩雲易散。憑欄賞
處，已遍南枝兼北枝；秉燭看時，休問今日與昨
日。且輳龍吟之三弄，更停畫角之數聲。庾嶺將
軍，久思止渴；傅巖元老，專待和羹。豈如凡卉
之嬌春，長賴化工而結實。又況風姿雨質，曉色
暮雲。日邊月下之妖嬈，雪裏霜中之豔冶。初開
微綻，欲落驚飛。取次芬芳，無非奇絕。錦囊佳
句，但能彷彿芳姿；皓齒清歌，未盡形容雅態。
追惜花之餘恨，舒樂事之餘情。試綴蕪詞，編成

短闋。曲盡一時之景，聊資四座之歡。女伴近
前，鼓子祇候。」
按：文淵閣四庫本《梅苑》調名為【減字木蘭
花】。

## 渭城三疊

即【蘭陵王】。〔近人〕楊恩霖詞名【渭城三
疊】，見《千禧詞》卷下。

長街直，市裏餐廳減客。廣場上，常見小偷，
扒手紛紛弄行色。登塔望兩國。誰識。東西牆
壁。菩提樹下，年去歲來，應折枝條越千尺。
　　多少舊蹤跡。又見重弦歌，燈照筵席。梨
花榴火迎寒食。喜一紙風快，萬里朝夕。回憶
遊日比良驛，望君在天北。　　反側。愁堆
積。漸緩上福岡，山海岑寂。斜陽冉冉金秋
極。念大阪同遊，琵琶湖碧。沉思當日，似翠
葉，露還滴。（錄自自印本）

## 渭城曲

即【陽關曲】。〔唐〕王維詞名【渭城曲】，見
《樂府詩集》卷八十。

渭城朝雨浥輕塵。客舍青青柳色新。勸君更
飲一杯酒，西出陽關無故人。（錄自中華書局排
印本）

《全唐詩》注：「渭城，一曰陽關，王維所作
也。本送人使西安詩，後遂被於歌。……渭城，
陽關之名蓋因辭云。」

《唐聲詩》下編：「此詩入樂以後名【渭城
曲】。凡稱『陽關』者，多數指聲，不指曲名。
宋人因其唱法有三疊句，甚突出，乃改稱【陽關
曲】或【陽關三疊】，以奪【渭城曲】之原名，
並與【小秦王】調相混。後世譜書知有宋，不知
有唐，遂列【陽關曲】或【小秦王】，而不列
【渭城曲】，殊非。據白居易詩，此曲曾入銀字
觱篥。宋人所奏在雙調與大石調。唐曲之宮調未
詳。」

## 渭江芙蓉

調見〔清〕佟世恩《與梅堂遺集》。

花眠鶯欲囀，馬蹄踏破，陌上草青青。這般孤
零也，早又華燈，撤去到清明。隔牆春色，看
楊柳、暗拖金。千萬種、離愁別緒，庭院恰黃
昏。　　東閣公子開樽。正竹籠月上，台榭沉
沉。拚倒傾罍落，醉斷愁魂清。光照徹，相思

苦，惜花老卻少年心。夭桃弱杏，深深淺淺，
都是啼痕。（錄自清刻本）

按：此調前段用【渡江雲】調之前段，後段用
【金菊對芙蓉】調之後段合併而成。

## 渡江雲

又名：三犯渡江雲、渡江雲三犯。

（一）調見〔宋〕周邦彥《片玉集》卷一。

晴嵐低楚甸，暖回雁翼，陣勢起平沙。驟驚春
在眼，借問何時，委曲到山家。塗香暈色，盛
粉飾、爭作妍華。千萬絲、陌頭楊柳，漸漸可
藏鴉。　　堪嗟。清江東注，畫舸西流，指長
安日下。愁宴闌、風翻旗尾，潮濺烏紗。今宵
正對初弦月，傍水驛、深艤蒹葭。沉恨處，時
時自剔燈花。（錄自《彊村叢書》本）

《片玉集》注：小石調。

（二）調見〔宋〕陳允平《日湖漁唱》。

桐花寒食近，青門紫陌，不禁綠楊煙。正長眉
仙客，來向人間，聽鶴語溪泉。清和天氣，為
栽培、種玉心田。鴛鷺長，一樽芳酒，容與看
芝山。　　庭間。東風榆莢，夜雨苔痕，滿地
欲流錢。愛牆陰、成蹊桃李，春自無言。殷勤
曉鵲憑簷喜，丹鳳下、紅藥階前。蘭砌曉，香
飄舞袖斕斒。（錄自《彊村叢書》本）

（三）調見〔宋〕陳允平《日湖漁唱》。

風流三徑遠，此君淡薄，誰與伴清足。歲寒人
自得，傍石鋤雲，閒裏種蒼玉。琅玕翠立，愛
細雨、疏煙初沐。春晝長，秋聲不斷，洗紅塵
凡俗。　　高獨。虛心共許，淡節相期，幾人
閒棋局。堪愛處，月明琴院，雪晴書屋。心盟
更許青松結，笑四時、梅礬蘭菊。庭砌曉，東
風旋添新綠。（錄自《彊村叢書》本）

詞序：「舊平聲，今改入聲，為竹友謝少保
壽。」

## 渡江雲三犯

即【渡江雲】。〔宋〕吳文英詞名【渡江雲三
犯】，見《夢窗詞集》。

羞紅顰淺恨，晚風未落，片繡點重茵。舊堤分
燕尾，桂棹輕鷗，寶勒倚殘雲。千絲怨碧，漸
路入、仙塢迷津。腸漫回，隔花時見，背面楚
腰身。　　遲巡。題門悵恨，墮屨牽縈，數幽
期難准。還始覺、留情緣眼，寬頻因春。明朝
事與孤煙冷，做滿湖、風雨愁人。山黛暝，塵

波澹綠無痕。（錄自《彊村叢書》本）

《夢窗詞集》注：中呂調。

按：汲古閣本《夢窗詞甲稿》名【渡江雲】，無
「三犯」二字。

## 寒松歎

即【聲聲慢】。〔宋〕賀鑄詞名【寒松歎】，見
《東山詞》卷上。

鵲鶯橋斷，鳳怨簫閒，彩雲薄晚蒼涼。難致祖
洲靈草，方士神香。寒松半欹澗底，恨女蘿、
先委冰霜。寶琴塵網，□□□□，□□□□。
　　依□履縶行處，酸心□，□□□□□□。
□□簾垂窣地，簟竟空床。傷春燕歸洞戶，更
悲秋、月皎迴廊。同誰消遣，一年年，夜夜
長。（錄自《彊村叢書》本）

## 寒食詞

即【祝英台近】。〔宋〕韓淲詞有「卻又在他鄉
寒食」句，故名；見《澗泉詩餘》。

館娃宮，採香徑，范蠡五湖側。子夜吳歌，聲
緩不須拍。崇桃積李花閒，芳洲綠遍，更冉
冉、柳絲無力。　　試思憶。老去一片身心，
孤負好春色。古往今來，時序惱行客。去年今
日山中，如何知得。卻又在、他鄉寒食。（錄自
《彊村叢書》本）

## 窗下繡

即【一落索】。〔宋〕賀鑄詞有「初見碧紗窗下
繡」句，故名；見《東山詞》卷上。

初見碧紗窗下繡。寸波頻溜。錯將黃暈壓檀
花，翠袖掩、纖纖手。　　金縷一雙紅豆。情
通色授。不應學舞愛垂楊，甚長為、春風瘦。
（錄自《彊村叢書》本）

## 畫中天

即【念奴嬌】。〔清〕鈕琇詞名【畫中天】，見
《臨野堂詩餘》卷上。

梅痕刻玉，見一枝庾嶺，春傳消息。二十四橋
明月夜，鶴背馱來仙客。盎橘分紅，杯霞流
紫，清奏盈瑤席。管聲吹暖，微陽初轉鄒律。
　　閒伯玉引年，衛稱君子，恰逢斯日。家在
菊潭人百歲，何似今纔半百。宛轉歌珠，翩躚
舞鳳，彩鬥江雲色。最憐瓊樹，早移向庭前森
立。（錄自清康熙刻本）

## 畫眉郎

即【好女兒】。〔宋〕賀鑄詞有「栽花潘令，真畫眉郎」句，故名；見《永樂大典》卷七千三百二十九「郎」字韻引《賀方回詞》。

> 雪絮凋章。梅粉華妝。小芒台、椎機羅細素，古銅蟾硯滴，金雕琴薦，玉燕釵梁。　　五馬徘徊長路，漫非意、鳳求凰。認蘭情、自有憐才處，似題橋貴客，栽花潘令，真畫眉郎。（錄自中華書局影印本）

## 畫眉灣

調見《名媛詩緯初編詩餘集》卷上〔明〕黃峻詞。

> 宿殘妝。未梳雲鬟，先學畫眉灣。簾外聲聲喚，喚道海棠開遍。　　愁春去，惜春殘。世事如今休怨。早知道，學道參禪，不負平生之願。（錄自惜陰堂《明詞彙刻》本）

按：黃峻詞有「未梳雲鬟，先學畫眉灣」句，故名【畫眉灣】。

## 畫屏春

即【臨江仙】。〔宋〕韓淲詞有「羅帳畫屏新夢悄」句，故名；見《澗泉詩餘》。

> 羅帳畫屏新夢悄，綠窗慵起香殘。重簾生怕倚欄干。春風吹玉水，春雪滿靈山。　　梁燕未來歸雁動，海棠才帶紅酣。酒愁花恨靄時間。煙雲催薄暮，絲雨濕輕寒。（錄自《彊村叢書》本）

## 畫屏秋色

即【秋思耗】。〔明〕曹元方詞名【畫屏秋色】，見《淳村詞》卷下。

> 回首斜陽夕。拋半生、煙水魚龍混蹤。蠻觸浮名，邯鄲熱夢，酒醒寂寂。絕世一紅顏，貯無人見處堪惜。西子捧心淒惻。聽犢鼻撾鼓，漁陽數弄，不禁飛揚跋扈，珊珊骨立。　　歎息。光陰駒隙。莫孤負、樓頭鐵笛。支離賓戲，揶揄窮鬼，付之疇昔。只赤近、逅仙梅花，栽遍還如織。幾葉楞嚴自適。莫早韭晚菘，忽然猿鶴驚怨。污卻北山顏色。（錄自惜陰堂《明詞彙刻》本）

## 畫堂春

又名：萬峰攢翠、畫堂春令、畫樓春。

（一）調見〔宋〕秦觀《淮海詞》。

> 落紅鋪徑水平池。弄晴小雨霏霏。杏園憔悴杜鵑啼。無奈春歸。　　柳外畫樓獨上，憑欄手撚花枝。放花無語對斜暉。此恨誰知。（錄自汲古閣《宋六十名家詞》本）

（二）調見〔明〕林大同《範軒集》卷九。

> 露洗庭梧，風翻池藕，早起新送微涼。四庭玳簪珠履，共進霞觴。萊衣斑斑深愛，日喜遲遲，畫景偏長。蟠桃會幾度，瑤池詩翁，曾獻詞章。　　評量從此，喜登壽域，安享康莊。復見德星咸聚，寶婺騰光。圖開家慶南薰爽，雪霄花貌奉姑嫜。重約取仙子，明年今日，同壽萱堂。（錄自《全明詞補編》引清鈔本）

（三）即【畫錦堂】。〔明〕毛紀詞名【畫堂春】，見《鰲峰類稿》卷二十六。

> 青山雨後，綠野秋深，幽興許誰堪共。上苑繁華，轉首一場春夢。故園陶徑未全荒，祖帳虞弦剛一弄。整星軺，曉沖微雨，輕輾纖塵不動。　　珍重。落紅香，閒晝永，社酒新醅滿甕。笑看桂子，傳衣班聯禁從。未輸霜鬢向磻溪，且卜江亭顏楚頌。望穴瀠，倏然遠引難留，冥鴻彩鳳。（錄自《四庫全書存目叢書》本）

## 畫堂春令

即【畫堂春】。〔宋〕王詵詞名【畫堂春令】，見《永樂大典》卷二千八百零九「梅」字韻。

> 畫堂霜重曉寒消，南枝紅雪妝成。捲簾疑是弄妝人。粉面帶春醒。　　最愛北江臨岸，含嬌淺淡精神。微風不動水紋平。倒影鬥輕盈。（錄自中華書局影印本）

## 畫蛾眉

即【憶王孫】。〔宋〕陸游詞有「畫得蛾眉勝舊時」句，故名；見《欽定詞譜》卷二。

> 春風樓上柳腰肢。初試花前金縷衣。嫋嫋娉娉不自持。晚妝遲。畫得蛾眉勝舊時。（錄自汲古閣本《放翁詞》）

按：此詞汲古閣本《放翁詞》調名為【憶王孫】。雙照樓影宋本《渭南文集》為【豆葉黃】。《欽定詞譜》未知何據，待考。

## 畫舸

即【南鄉子】。〔五代〕歐陽炯詞有「畫舸停橈」句，故名；見《記紅集》卷一。

> 畫舸停橈。槿花籬外竹橫橋。水上遊人沙上女。回顧。笑指芭蕉林裏住。（錄自清康熙刻本）

## 畫簾垂

即【荷葉杯】。〔五代〕韋莊詞有「水堂西面畫簾垂」句，故名；見《記紅集》卷一。

> 記得那年花下。深夜。初識謝娘時。水堂西面畫簾垂。攜手暗相期。　惆悵曉鶯殘月。相別。從此隔音塵。如今俱是異鄉人。相見更無因。（錄自清康熙刻本）

## 畫樓空

即【訴衷情】。〔宋〕賀鑄詞有「罨畫樓空」句，故名；見《東山詞》卷上。

> 吳門春水雪初融。觸處小橈通。滿城弄黃楊柳，著意惱春風。　弦管鬧，綺羅叢。月明中。不堪回首，雙板橋東，罨畫樓空。（錄自涉園影宋本）

## 畫樓春

即【畫堂春】。〔明〕商景蘭詞名【畫樓春】，見《錦囊詩餘》。

> 城樓吹漏聲長。玉爐寶篆生光。亂紅落盡晝遺香。浴後殘妝。　畫檻雕鏤花鳥，曲屏遠掛瀟湘。窗前漫整薄羅裳。無限思量。（錄自惜陰堂《明詞彙刊》本）

## 尋花柳

即【醉妝詞】。〔五代〕王衍詞有「只是尋花柳」句，故名；見《記紅集》卷一。

> 者邊走。那邊走。只是尋花柳。那邊走。者邊走。莫厭金杯酒。（錄自清康熙刻本）

## 尋芳草

又名：王孫信。

調見〔宋〕辛棄疾《稼軒長短句》卷十二。

> 有得許多淚。更閉卻、許多鴛被。枕頭兒、放處都不是。舊家時、怎生睡。　更也沒書來，那堪被、雁兒調戲。道無書、卻有書中意。排幾個、人人字。（錄自涉園影小草齋鈔本）

## 尋芳草詞

調見《名媛詩緯初編詩餘集》卷上〔明〕杜秀珩詞。

> 眼中許多淚。濕透羅襟鴛被。枕頭兒放處，都不是舊家時，怎生睡。　更也沒書來，那堪兒、被雁兒調戲。道無書卻有書中意，排幾個人字。（錄自惜陰堂《明詞彙刊》本）

原注：「杜秀珩，蘇州人孫之龍妻也，完姻方三月，遂從軍於蜀，去三年矣。妻思之，寄書於生，生作字覆妻。忽遺書於地，邊帥見之惻然。生復以妻之書呈帥，帥歎曰：『有是哉相思之苦也。』亟命其歸而完聚焉。」

## 尋芳詞

調見《繡谷春容・金蘭四友傳》〔明〕無名氏詞。

> 梧桐泣雨，滴作秋聲，小院閒晝永，木葉飄黃，正是惱人時候。夜悠悠，心耿耿，懶拈蘭麝燒金歐。捲簾兒、正憑高望遠，幾回翹首。　見愁顏滿面，瓦盞金鍾，珍珠紅酒。半醉醒來，此恨依還在，淚滴秋衫招舞袖。寒肌弱體仍消瘦。這情懷訴與誰，問君知否。（錄自《中國話本大系》本）

## 尋春樂

調見〔清〕黃恩綬《安蔬齋詞》。

> 下瑤台，同是天仙種。如花貌，宜花共。香肩怕壓花陰重。露玉手，纖纖弄。　人去也，寒衾獨擁。閒驚覺，暗香微送。消受月明紙帳，疑入羅浮夢。（錄自《安蔬齋詞》稿本）

## 尋紅葉

〔清〕范從徹自度曲，見《四明近體樂府》。

> 重重疊疊，十分清瘦。都是隔江山。到得無心雲出，忽深忽淡，忽舒忽捲，一刻不教閒。我本來尋紅葉，扁舟時去時還。　是誰家門外，三五樹，漸斑斑。連日看霜還淺，不應便作、如此頹顏。想西風料峭，學他春去了，一聲聲、淚灑林間。（錄自清刻本）

按：范從徹詞有「我本來尋紅葉，扁舟時去時還」句，故名【尋紅葉】。

十二畫

## 尋梅

調見《樂府雅詞》卷六〔宋〕沈蔚詞。

> 今年早覺花信踈。想芳心、未應誤我。一月小
> 徑幾回過。始朝來尋見，雪痕微破。　　眼前
> 大抵情無那。好景色、只消些個。春風爛熳卻
> 且可。是而今、枝上一朵兩朵。（錄自《粵雅堂叢
> 書》本）

《欽定詞譜》卷十三【尋梅】調注：「蓋詠梅花
也，因詞中有『朝來尋見』句，取以為名。」

## 尋瑤草

即【點絳唇】。〔宋〕韓淲詞有「更約尋瑤草」
句，故名；見《澗泉詩餘》。

> 山凹春生，探梅只道今年早。暗香迎曉。人
> 與花能好。　　歲歲持杯，天地同難老。須
> 吟嘯。放開懷抱。更約尋瑤草。（錄自《彊村叢
> 書》本）

十二畫

## 開元樂

即【三台】。〔宋〕沈括詞名【開元樂】，見
《侯鯖錄》卷七。

> 鸚鵡樓頭日暖，蓬萊殿裏花香。草綠煙迷步
> 輦，天高日近龍床。（錄自《知不足齋叢書》本）

《侯鯖錄》卷七：「沈存中括，元豐中入翰林為
學士，有【開元樂】詞四首，裕陵賞愛之。詞云
（詞略）。」

## 閗中好

又名：鴛鴦綺。

（一）調見《全唐詩·附詞》〔唐〕段成式詞。

> 閗中好，塵務不縈心。坐對當窗木。看移三面
> 陰。（錄自清康熙揚州詩局本）

（二）調見《全唐詩·附詞》〔唐〕鄭符詞。

> 閗中好，盡日松為侶。此趣人不知，輕風度僧
> 語。（錄自清康熙揚州詩局本）

《唐音癸籤》卷十三：「會昌中，段成式與鄭
符、張希復遊長安永壽寺，嘗同作此詞。」

《古今詞話·詞話》卷上：「唐人【閗中好】三
首，《詞品》不載。前人斥為三首三體，難入詞
調。殊不知梓人之誤。即《古今詞話》、《詞
隱》亦只登其二，以為二體。余於舊本按之其鄭
夢復、段成式、張善繼仍然三首矣，登之。」

《詞徵》卷一云：「南北朝尚書令王肅〈悲平
城〉詩云：『悲平城，驅馬入雲中。陰山嘗晦
雪，荒松無罷風。』祖瑩又作〈悲彭城〉詩云：
『悲彭城，楚歌四面起。屍積石梁亭，血流睢睢
水裏。』唐人製【閗中好】詞，其音響實祖二
詩。」又云：「長樂坊安國寺紅樓，睿宗在藩時
舞榭，東禪院亦曰本塔院。武宗癸亥三年，為諸
名流遊宴之所，鄭符、段成式、張希復【閗中
好】詞，乃寓居禪院時所撰者。」

## 閗忙令

調見《湘山錄》〔宋〕楊大年詞。

> 世上何人是好閗，司諫拂衣歸華山。世上何人
> 最好忙，紫微失卻張君房。（錄自《說郛》本）

《湘山錄》：「真廟時，日本國入貢，求本國
《神光寺記》。舍人辭不工，令學士張君房代
之。張退食，多潛飲市樓，掖垣求之不獲，大
窘。時種放以司諫歸華山。楊大年為【閗忙令】
云（詞略）。」

## 閗閗令

即【攤破南鄉子】。〔金〕趙秉文詞名【閗閗
令】，見《欽定詞譜》卷十四。

> 風雨替花愁。風雨罷，花也應休。勸君莫惜花
> 前醉，今年花謝，明年花謝，白了人頭。
> 乘興兩三甌，揀溪山好處追遊。但教有酒身無
> 事，有花也好，無花也好，選甚春秋。（錄自雙
> 照樓影元本）

《欽定詞譜》卷十四【攤破南鄉子】調注：
「《中州樂府》趙秉文詞有『但教有酒身無事』
句名【閗閗令】。」

按：元至大本、《彊村叢書》本《中州樂府》，
載趙詞均名【青杏兒】。《欽定詞譜》是否將
趙秉文自號「閗閗居士」而名詞調，或另有版本
待考。

## 賀來朝

調見〔清〕周稚廉《容居堂詞鈔》。

> 鬢護香貂拖弱線。丹的淡勻檀臉。行到海棠花
> 下，搗將猩紅，細裹鶯絹，玉指偷搋。　　摘
> 花行到深深院。爭忍見、濃朱淺碧風採片。翠
> 簾弄筆，輕勻花樣，合歡雙扇。（錄自清刻本）

## 賀明朝

又名：賀熙朝。

調見《花間集》卷六〔五代〕歐陽炯詞。

> 憶昔花間初識面。紅袖半遮，妝臉輕轉。石榴
> 裙帶，故將纖纖，玉指偷撚。雙鳳金線。
> 碧梧桐瑣深深院。誰料得兩情，何日教繾綣。
> 羨春來雙燕。飛到玉樓，朝暮相見。（錄自雙照
> 樓影明仿宋本）

《金奩集》注：雙調。

## 賀新年

即【賀新郎】。〔清〕胡微之詞名【賀新年】，
見《天倪閣詞》。

> 萬匯爭儇媚。自當時、三閭去後，無人結佩。
> 記取金閨滋九畹，曾與素心相對。和露種、馨
> 香未墜。一卷離騷才注罷，縱當門、也要勤澆
> 溉。羞從伍，閒蕭艾。　　那知天意容憔悴。
> 任幾番、摧燒拉雜，許多顛沛。唯有孤芳難採
> 擷，脈脈自開石背。看搖落、霜天冷晦。品量
> 群芳誰第一，有靈芬、超出群芳外。思空谷，
> 寄深慨。（錄自清光緒二十七年刻本）

## 賀新郎

又名：乳燕飛、金貂換酒、金縷曲、金縷衣、金
縷詞、金縷歌、風敲竹、風瀑竹、唱金縷、雪月
江山夜、賀新年、賀新涼、貂裘換酒。

（一）調見〔宋〕蘇軾《東坡詞》。

> 乳燕飛華屋。悄無人、桐蔭轉午，晚涼新浴。
> 手弄生綃白團扇，扇手一時似玉。漸困倚、孤
> 眠清熟。簾外誰來推繡戶，枉教人、夢斷瑤台
> 曲。又卻是，風敲竹。　　石榴半吐紅巾蹙。
> 待浮花、浪蕊都盡，伴君幽獨。穠豔一枝細看
> 取，芳心千重似束。又恐被、秋風驚綠。若待
> 得君來向此，花前對酒不忍觸。共粉淚，兩簌
> 簌。（錄自汲古閣《宋六十名家詞》本）

詞序：「余倅杭日，府僚湖中高會，群妓畢集，
唯秀蘭不來。營將督之再三，乃來。余問其故，
具曰：『沐浴倦臥。忽有叩門聲急，起詢之，乃
營將催督也，整妝趨命，不覺稍遲。』時府僚有
屬意於蘭者，見其不來，恚恨未已。云必有私
事。秀蘭含淚力辯，而僕亦從傍冷語陰為之解。
府僚終不釋然也。適榴花開盛，秀蘭以一枝藉手
獻座中，府僚愈怒，責其不恭。秀蘭進退無據，

但祇低首垂淚而已。僕乃作一曲名【賀新涼】
令秀蘭歌以侑觴，聲容妙絕，府僚大悅，劇飲而
罷。」

（二）調見〔宋〕葉夢得《石林詞》。

> 睡起流鶯語。掩青苔、房櫳向晚，亂紅無數。
> 吹盡殘花無人見，唯有垂楊自舞。漸暖靄、初
> 回輕暑。寶扇重尋明月影，暗塵侵、尚有乘鸞
> 女。驚舊恨，遽如許。　　江南夢斷橫江渚。
> 浪粘天、葡萄漲綠，半空煙雨。無限樓前滄波
> 意，誰採蘋花寄取。但悵望、蘭舟容與。萬里
> 雲帆何時到，送孤鴻、目斷千山阻。誰為我，
> 唱金縷。（錄自汲古閣《宋六十名家詞》本）

## 賀新郎半

調見〔清〕段昕《皆山堂詩餘偶存稿》。

> 有個人如玉。殢帶愁、病是三分，腸迴幾曲。
> 顰眉不語情多少，悄把金錢卜。　　憶君南浦
> 春波綠。夢君昨夜今宵續。恨啼鵑、月下聲
> 聲，心上鳴，取邊入。（錄自清刻本）

按：此調係選用【賀新郎】原詞句律組成。

## 賀新涼

即【賀新郎】。〔宋〕蘇軾詞名【賀新涼】，見
《苕溪漁隱叢話·後集》卷三十九。

> 乳燕飛華屋。悄無人、桐蔭轉午，晚涼新浴。
> 手弄生綃白團扇，扇手一時似玉。漸困倚、孤
> 眠清熟。簾外誰來推繡戶，枉教人、夢斷瑤台
> 曲。又卻是，風敲竹。　　石榴半吐紅巾蹙。
> 待浮花、浪蕊都盡，伴君幽獨。穠豔一枝細看
> 取，芳心千重似束。又恐被、秋風驚綠。若待
> 得君來向此，花前對酒不忍觸。共粉淚，兩簌
> 簌。（錄自《詞話叢編》本）

《苕溪漁隱叢話·後集》卷三十九：「《古今
詞話》云：『蘇子瞻守錢塘，有官妓秀蘭天性
點慧，善於應對。湖中有宴會，群妓畢至，唯
秀蘭不來。遣人督之，須臾方至。子瞻問其故，
具以髮結流浴，不覺困睡。忽有人叩門聲急，起
而問之，乃樂營將催督之，非敢怠忽，謹以實
告。子瞻亦恕之。坐中倅車屬意於蘭，見其晚
來，恚恨未已。責之曰：「必有他事，以此晚
至。」秀蘭力辯，不能止倅之怒。是時榴花盛
開，秀蘭以一枝藉手告倅，倅怒愈甚。秀蘭收淚
無言。子瞻作【賀新涼】以解之，其怒始息。其
詞曰（詞略）。子瞻之作，皆紀目前事，蓋取其

沐浴新涼，曲名【賀新涼】也。後人不知之，誤為【賀新郎】，蓋不得子瞻之意也。子瞻真所謂『風流太守』也，豈可與俗吏同日語哉。」苕溪漁隱曰：野哉，楊湜之言，真可入笑林。東坡此詞，冠絕古今，託意高遠，寧為一倡而發邪？『簾外誰來推繡戶，枉教人、夢斷瑤台曲。又卻是，風敲竹。』用古詩『捲簾風動竹，疑是故人來』之意。今乃云：『忽有人叩門聲急，起而問之，乃樂營將催督。』此可笑一也。『石榴半吐紅巾蹙。待浮花、浪蕊都盡，伴君幽獨。穠豔一枝細看取，芳心千重似束。』蓋初夏之時，千花事退，榴花獨放，因以寫幽閨之情。今乃云：『是時榴花盛開，秀蘭以一枝藉手告倅，倅怒愈甚。』此可笑者二也。此詞腔調寄【賀新郎】，乃古曲名也。今乃云：『其沐浴新涼，曲名【賀新涼】。後人不知之，誤為【賀新郎】。』此可笑者三也。《詞話》中可笑者甚眾，姑舉其尤者。第東坡此詞，深為不幸，橫遭點污，吾不可無一言雪其恥。宋子京云：『江左有文拙而好刻石者，謂之詅癡符。』今楊湜之言俚甚，而鏤板行世，殆類是也。」

### 賀新朝

調見〔明〕張寧《方洲詩餘》。

清歌美酒殷勤勤。莫匆匆分散。九年光景，八年已過，一年將半。　　來來往往，河陽桃李，春風開遍。只愁他、此去升騰速，淒涼花縣。（錄自惜陰堂《明詞彙刊》本）

### 賀聖朝

唐教坊曲名。

調見〔五代〕馮延巳《陽春集》。

金絲帳暖牙床穩。懷香方寸。輕顰輕笑，汗珠微透，柳沾花潤。　　雲鬟斜墜，春應未已，不勝嬌困。半欹犀枕，亂纏珠被，轉羞人問。（錄自《四印齋所刻詞》本）

《教坊記》注：南呂宮。《張子野詞》注：雙調。

按：「聖朝」一辭，係崇仰朝廷之意。《舊唐書‧禮儀志》云：「聖朝垂則，永播於芳規。」調名本此。

### 賀聖朝引

即【添聲楊柳枝】。〔明〕李漁詞名【賀聖朝引】，見《笠翁詩餘》。

草連春水水連雲。送王孫。一片桃花路不分。好迷津。　　到處有詩君莫懶，及芳辰。歸來不是舊行人。雪紛紛。（錄自惜陰堂《明詞彙刊》本）

### 賀聖朝影

即【添聲楊柳枝】。〔宋〕歐陽修詞名【賀聖朝影】，見《歐陽文忠公近體樂府》卷三。

白雪梨花紅粉桃。露華高。垂楊慢舞綠絲絛。草如袍。　　風過小池輕浪起，似江臯。千金莫惜買香醪。且陶陶。（錄自雙照樓影宋本）

### 賀熙朝

即【賀明朝】。〔五代〕歐陽炯詞名【賀熙朝】，見《欽定詞譜》卷十三。

憶昔花間初識面。紅袖半遮，妝臉輕轉。石榴裙帶，故將纖纖，玉指偷撚。雙鳳金線。　　碧梧桐瑣深深院。誰料得兩情，何日教繾綣。羨春來雙燕。飛到玉樓，朝暮相見。（錄自清康熙內府本）

按：此調名在編撰《欽定詞譜》時，因避「明朝」二字之諱，而改「明」為「熙」。

### 登仙門

調見〔金〕王喆《重陽全真集》卷十一。

歸也。歸也。本元歸也。兩郡人沒觀瞻也。被清風白雲，全日常招也。王害風，此翻去也。　　勸諸公，尋玄妙，更休思也。看假軀、不如無也。到今方超彼岸，我咱知也。要重見、這回難也。（錄自涵芬樓影明《道藏》本）

### 登江樓

調名見〔金〕李俊民《莊靖先生樂府》。
詞佚目存。

### 登樓怨

〔清〕顧翰自度曲，見《拜石山房詞鈔》卷二。

亂山圍古堞，向暮蟬聲裏，獨自登樓。葉葉西風，故園無此涼秋。幾叢遠樹牛毛細，有煙痕、綠剪雙眸。更淒然、似水斜陽，併入寒流。　　舊遊。空記省，在幽篁仙嶺，落木邢溝。渺渺平沙，天涯底事勾留。多年戍壘銷兵火，聽哀笳、尚帶邊愁。最無聊、城角孤花，相見回頭。（錄自清光緒刻本）

詞序：「登范陽城樓，西風乍涼，落葉如雨，不

禁有王粲依人之感。歸度此曲，以寫旅懷。」

## 疏紅

即【暗香】。〔清〕章樹福詞名【疏紅】，見
《竹塢詞》。

> 捲簾惜惜。問海棠睡否，春絲消息。費盡胭
> 脂，只有鵑痕淚空濕。珍重芳心未死，還相
> 憶、劉郎蹤跡。但醉裏、軃袖無言，人面小門
> 側。　　風色。晚來急。怨化蝶壞裙，掛雨無
> 力。玉纖未摘。含意看來已成碧。多謝殘陽照
> 取，兜不住、紅塵南陌。又寶馬、嘶盡也，那
> 人拾得。（錄自清刻本）

詞序：「昔白石自製【暗香】、【疏影】二闋，
玉田易其名曰【紅情】、【綠意】，近又有兼取
兩家調名曰【紅香】、【綠影】者。余作送春
詞，復變其例曰【疏紅】、【暗綠】而音旨一宗
仙呂宮舊譜，庶無於古人無刺謬云。」

## 疏煙淡月

即【水龍吟】。〔清〕沈時棟詞名【疏煙淡
月】，見《瘦吟樓詞》。

> 海天高聳蜃樓。玉虯天矯行雲斷。號風寒冽，
> 怒濤洶湧，橫空舒捲。黑霧埋鱗，層霄障日，
> 水痕深淺。對晚煙暮靄，望中歷歷，何慘澹，
> 愁無限。　　遙聽菱歌近遠。鎖秋江、征帆撩
> 亂。木蘭橋外，竹林深處，乍驚雷電。雨過河
> 源，涼侵庭戶，頓消炎暖。黯忘懷忽見，一輪
> 明月，素光如練。（錄自民國十七年鉛字排印本）

## 疏影

又名：佳色、疏影慢、暗綠、解佩環、綠意、
綠影。

〔宋〕姜夔自度曲，見《白石道人歌曲》卷五。

> 苔枝綴玉。有翠禽小小。枝上同宿。客裏相
> 逢，籬角黃昏，無言自倚修竹。昭君不慣胡沙
> 遠，但暗憶、江南江北。想佩環、月夜歸來，
> 化作此花幽獨。　　猶記深宮舊事，那人正睡
> 裏，飛近蛾綠。莫似春風，不管盈盈，早與安
> 排金屋。還教一片隨波去，又卻怨、玉龍哀
> 曲。等恁時、重覓幽香，已入小窗橫幅。（錄自
> 《彊村叢書》本）

## 疏影慢

即【疏影】。《名賢法帖》卷九載姜夔手跡【暗
香】、【疏影】詞後題：「此詞名【疏影慢】，
與前篇同時作。」

## 疏簾淡月

即【桂枝香】。〔宋〕張輯詞有「疏簾淡月，照
人無寐」句，故名；見《東澤綺語》。

> 梧桐雨細。漸滴作秋聲，被風驚碎。潤遍衣
> 篝，線嫋蕙爐沉水。悠悠歲月天涯醉。一分
> 秋、一分憔悴。紫簫吟斷，素箋恨切，夜寒鴻
> 起。　　又何苦、淒涼客裏。負草堂春綠，竹
> 溪空翠。落葉西風，吹老幾番塵世。從前語盡
> 江湖味。聽商歌、歸興千里。露侵宿酒，疏簾
> 淡月，照人無寐。（錄自《彊村叢書》本）

## 隋堤柳

即【浣溪沙】。〔清〕陳玉瑝詞名【隋堤柳】，
見《學文堂詩餘》卷一。

> 家對椒山震水隈。豆棚瓜架足生涯。芙蓉楊柳
> 夾溪栽。　　每為山高遲月上，不因簷矮礙雲
> 來。時呼鄰叟共銜杯。（錄自《常州先哲遺書》本）

## 陽春

又名：陽春曲。

（一）調見〔宋〕楊無咎《逃禪詞》。

> 蕙風輕，鶯語巧，應喜乍離幽谷。飛過北窗
> 前，迎晴曉，麗日明透翠幃縠。篆臺芬馥。初
> 睡起、橫斜簪玉。因甚自覺腰肢瘦，新來又寬
> 裙幅。　　對清鏡、無心忺梳裏，誰問著、餘
> 醒帶宿。尋思前歡往事，似驚回、好夢難續。
> 花亭遍倚檻曲。厭滿眼、爭春凡木。盡憔悴、
> 過了清明候，愁紅慘綠。（錄自汲古閣《宋六十名
> 家詞》本）

（二）即【驀山溪】。《歷代詩餘》卷五十一
【驀山溪】調注：「一名【陽春】。」

## 陽春曲

（一）即【陽春】。〔宋〕史達祖詞名【陽春
曲】，見《梅溪詞》。

> 杏花煙，梨花月，誰與暈開春色。坊巷曉惜
> 惜，東風斷、舊火銷處近寒食。少年蹤跡。愁
> 暗隔、水南山北。還是寶絡雕鞍，被鶯聲、喚

來香陌。　　記飛蓋西園，寒猶凝結，驚醉耳、誰家夜笛。燈前重簾不掛，嚲華裾、粉淚曾拭。如今故里資訊。賴海燕、年時相識。奈芳草、正鎖江南夢，春衫怨碧。（錄自《四印齋所刻詞》本）

（二）即【喜春來】。〔元〕白樸詞名【陽春曲】，見《太平樂府》卷四。

知榮知辱牢緘口。誰是誰非暗點頭。詩書叢裏且淹留。閒袖手。貧煞也風流。（錄自《全金元詞》本）

按：此係元人小令，原注中宮。今依《欽定詞譜》例列入。

## 陽春路

調見〔清〕鄧潛《牟珠詞》。

滿瓶水。問是誰贈與，春婆名字。嫁壺公、熱到心頭，恨足一冬同睡。寒夜勝薰籠，火伴有情，也拋閒地溫存意。當美人、華清池上同洗。　　笑我溫柔無分，擬似鐵多年，布被懶思燕玉，便賴爾暖將人替。香山叟、詩成枕上，老嫗可曾知味。東風起、又看看青奴來世。（錄自《黔南叢書》本）

## 陽羨歌

即【踏莎行】。〔宋〕賀鑄詞名【陽羨歌】，見《東山詞》卷上。

山秀芙蓉，溪明罨畫。真遊洞穴滄波下。臨風慨想斬蛟靈。長橋千載猶橫跨。　　解佩投簪，求田問舍。黃雞白酒漁樵社。元龍非復少時豪，耳根洗盡功名話。（錄自涉園影宋本）

按：賀鑄為詠陽羨山水之作，故名。

## 陽台怨

調見〔元〕仇遠《無弦琴譜》卷二。

月明如白日。遮徑花陰密密。未見黃雲襯襪來，空伴花陰立。　　疑是碧瑤台，不放彩鸞飛出。隱隱隔花清漏急。一巾紅露濕。（錄自《彊村叢書》本）

## 陽台路

調見〔宋〕柳永《樂章集》卷中。

楚天晚，墜冷楓敗葉，疏紅零亂。冒征塵、匹馬驅驅，愁見水遙山遠。追念少年時，正恁鳳幃，倚香偎暖。嬉遊慣。又豈知、前歡雲雨分

散。　　此際空勞回首，望帝里、難收淚眼。暮煙衰草，算暗鎖、路歧無限。今宵又、依前寄宿，甚處葦村山館。寒燈畔。夜厭厭、憑何消遣。（錄自《彊村叢書》本）

《樂章集》注：林鐘商。

## 陽台夢

（一）調見《尊前集》〔五代〕李存勗詞。

薄羅衫子金泥縫。困纖腰怯銖衣重。笑迎移步小蘭叢，嚲金翹玉鳳。　　嬌多情脈脈，羞把同心撚弄。楚天雲雨卻相和，又入陽台夢。（錄自《彊村叢書》本）

按：李存勗詞，有「楚天雲雨卻相和，又入陽台夢」句，故名【陽台夢】。

《古今詞話・詞話》卷上：「《北夢瑣言》曰：『唐莊宗自傅粉墨為優人之戲，【一葉落】、【陽台夢】皆其所製詞也。同光末兵變，登道旁塚上，野人獻雉，詢其地，曰：「此愁台也。」乃罷飲。』」

（二）調見《花草粹編》卷十二〔宋〕解昉詞。

仙姿本寓。十二峰前住。千里行雲行雨。偶因鶴馭過巫陽。邂逅他、楚襄王。　　無端宋玉誇才賦。誣誕人心素。至今狂客到陽台。也有癡心，望妾入、夢中來。（錄自文淵閣《四庫全書》本）

按：解昉詞有「至今狂客到陽台」及「望妾入、夢中來」句，故名【陽台夢】。

## 陽關三疊

（一）調見〔宋〕柴望《秋堂詩餘》。

西風吹鬢，殘髮早星星。歎故國斜陽，斷橋流水，榮悴本無憑。但朝朝、才雨又晴。人生飄聚等浮萍。誰知桃葉，千古是離情。　　正無奈、黯黯離情。渡頭煙暝，愁殺渡江人。傷情處，送君且待江頭月，人共月、千里難並。笳鼓發，戍雲平。　　此夜思君腸斷，不禁僅思君。送君立盡江頭月，奈此去、君出陽關，縱有明月，無酒酌故人。奈此去、君出陽關，明朝無故人。（錄自《彊村叢書》本）

按：此詞係柴望「庚戌送何師可之維揚」之作。詞有「奈此去、君出陽關，明朝無故人」之句，故名。

（二）調見〔明〕顏木《爨餘稿》卷三。

一疊

漢上諸侯國，海內風漉調。雙旌五馬，承恩
重，行春早。望郊原處處，無限桑麻好。問路
傍幾個，老叟足溫飽。　　薦剡兩台上，年年
草。渥恩異數，從天降，紫泥詔。正御台經
始，擇取冬官妙。總一麾、三載上上不須考。

**二疊**

盡省新郎署，緝部初供奉。金鑾玉陛，鈞簧
上，爐煙動。聽空中鳴鳳，遙見宮娥擁。望龍
顏咫尺，有喜近臣寵。　　絳續難人唱，環佩
竦。百花蔭裏，千官立，從星拱。看壯年風
致，管取朝端重。建幾場、勳業顯得我曹用。

**三疊**

池外輕雷漸，竹面流淼近。河橋細柳，摧行
色，牽離恨。聽笳聲何處，吹徹梅花韻。恨去
舟，無計挽住淚空搵。　　迢遞遠山外，客帆
隱。夕陽餘酌，班荊坐，倚欄慍。歎無情江
漢，不管離人悶。更幾時、歡會試把老天問。
（錄自清刻本）

按：此調由三首組成，每首稱一疊，共三疊，故
名【陽關三疊】，亦屬組詞。

（三）即【醉春風】。〔清〕王崇炳詞名【陽關
三疊】，見《學耨堂詩餘》。

宜興如耽飲。書投渾未省。嚴裝計日赴賢良，
憫。憫。憫。毛檄方傳，潘輿未御，玉樓已
請。　　老淚難禁忍。江楓不住殞。師資恩分
白頭新，忖。忖。忖。蘭砌寒芽，妝台殘夢，
萱庭晚景。（錄自清刻本）

## 陽關引

又名：古陽關。

（一）調見《苕溪漁隱叢話‧後集》卷九引《蘭
畹集》〔宋〕寇準詞。

塞草煙光闊，渭水波聲咽。春朝雨霽輕塵歇。
征鞍發。指青青楊柳，又是輕攀折。動黯然，
知有後會甚時節。　　更盡一杯酒，歌一闋。
歎人生，最難歡聚易離別。且莫辭沉醉，聽取
陽關徹。念故人，千里自此共明月。（錄自《海
山仙館叢書》本）

《苕溪漁隱叢話‧後集》卷九：「《復齋漫錄》
云：『〈送元二使安西〉絕句云：「渭城朝雨浥
輕塵。客舍青青柳色新。勸君更盡一杯酒，西
出陽關無故人。」李伯時取以為畫，謂之【陽
關曲】，予嘗以為失。按《漢書》，陽關去長安
二千五百里。唐人送客，西出都門三十里，特

是渭城耳，今有渭城館在焉。據其所畫，當謂之
《渭城圖》可也。東坡〈題陽關圖〉詩：「龍眠
獨識殷勤處，畫出陽關意外聲。」皆承其失耳。
山谷題此圖：「渭城柳色關何事，自是離人作許
悲。」然則詳味山谷詩意，謂之《渭城圖》宜
矣。』苕溪漁隱曰：右丞此絕句，近世人又歌入
【小秦王】，更名【陽關】，用詩中語也。舊本
《蘭畹集》載寇萊公【陽關引】，其語豪壯，
送別之曲，當為第一。亦以此絕句填入云（詞
略）。東坡取《蘭畹集》不載此詞，何也。」

按：此詞檃括王維【陽關曲】，故名。

（二）即【陽關三疊】。〔清〕劉榛詞名【陽關
引】，見《董園詞》。

搖落秋容老。慘澹霜華曉。遊梁倦客，歸思
切，離筵悄。問雞聲茅店，此夜情多少。便自
今、明月兩地隔江表。　　愛爾駕風舸，攜窈
窕。想人猜說，鴟夷子，泛湖了。看匝天烽
火，後會當須早。休故人、消息但向雁行討。
（錄自清刻本）

## 陽關曲

又名：古陽關、渭城曲。

（一）調見《欽定詞譜》卷一〔唐〕王維詞。

渭城朝雨浥輕塵。客舍青青柳色新。勸君更盡
一杯酒，西出陽關無故人。（錄自清康熙內府本）

《欽定詞譜》卷一【陽關曲】調注：「按此亦七
言絕句，唐人為送行之歌。三疊其歌法也。蘇軾
論三疊歌法云：『舊傳【陽關三疊】，然今世歌
者，每句再疊而已。若通一首言之，又是四疊，
皆非是，或每句三唱以應三疊之說，則叢然無復
節奏。余在密州，文勳長官以事至密，自云得古
本【陽關】，其聲宛轉淒斷，不類向之所聞。每
句皆再唱，而第一句不疊，乃知古本三疊蓋如
此。及在黃州，偶讀樂天對酒詩云：「相逢且莫
推辭醉，聽唱陽關第四聲。」注云：「第四聲，
勸君更盡一杯酒。」以此驗之，若一句再疊，
則此句為第五聲，今為第四聲，則第一句不疊審
矣。』」

（二）即【小秦王】。〔宋〕蘇軾詞名【陽關
曲】，見《東坡詞》。

暮雲收盡溢清寒。銀漢無聲轉玉盤。此生此夜
不長好，明月明年何處看。（錄自汲古閣《宋六十
名家詞》本）

詞注：「本名【小秦王】，入腔即【陽關

曲】」。

《東坡題跋》卷三：「〈書彭城觀月詩〉（詩略）。余十八年前中秋夜，與子由觀月彭城作此詩，以【陽關】歌之。今復此夜，宿於贛上，方遷嶺表，獨歌此曲，聊復書之，以識一時之事，殊未覺有今夕之悲，懸知有他日之喜也。」

（三）即【清平調】。《古今詞話・詞辨》卷上：「吳越王妃每歲歸安，王以書遺之曰：『陌上花開，可緩緩歸臨矣。』吳人用其語為【緩緩歌】。蘇東坡易其詞歌之：『陌上山花開無數，路人爭看翠輧來。』即名【陽關曲】，是古【清平調】也。」

## 陽關詞

即【小秦王】。〔宋〕蘇軾詞名【陽關詞】，見《詩淵》。

　　受降城下紫髯郎。戲馬台南古戰場。恨君不取契丹首，金甲牙旗歸故鄉。（錄自書目文獻出版社影明鈔本）

**士畫**

## 結帶巾

調見《花草粹編》卷五〔宋〕無名氏詞。

　　頭巾帶。誰理會。三千貫賞錢，新行條例。不得向後長垂。與胡服相類。　　法甚嚴，人盡畏。便縫闊大帶，向前面繫。和我太學先輩，被人呼保義。（錄自陶風樓影印本）

《中吳紀聞》卷六：「宣和初，予在上庠，時有旨令士人繫結帶巾，否則違制論，士人甚苦之，當時有謔詞，即此。」

## 結襪子

調見《全唐詩・樂府》〔唐〕李白詞。

　　燕南壯士吳門豪。築中置鉛魚隱刀。感君恩重許君命，泰山一擲輕鴻毛。（錄自清康熙揚州詩局本）

《詞名集解》卷五：「溫子升有【結襪子】辭。《樂府詩集》唐李白【結襪子】詞，大概言感恩之重，而以命相許也。」

按：此調依《全唐五代詞》例列入。

## 絳州春

又名：絳州春詞。

調見〔明〕蔣平階《支機集》卷一。

　　天外柳，三星泛玉河。銀沙靜，深夜織龍梭。

（錄自清順治九年刻本）

## 絳州春詞

即【絳州春】。〔清〕徐旭旦詞名【絳州春詞】，見《世經堂詞》。

　　新燕羽，春風掠短牆。能覓食，誰點舊泥香。

（錄自清刻本）

## 絳桃春

即【平湖樂】。〔元〕王惲詞名【絳桃春】，見《秋澗樂府》卷四。

　　社壇煙淡散林鴉。把酒觀多稼。霹靂弦聲鬥高下。笑喧嘩。　　壞歌亭外山如畫。朝來致有，西山爽氣，不羨日夕佳。（錄自《彊村叢書》本）

按：此係元人小令。《欽定詞譜》入【平湖樂】調，故列入以作參考。

## 絳都春

又名：絳都春慢。

（一）調見《妙選群英草堂詩餘》卷上〔宋〕丁仙現詞。

　　融和又報。乍瑞靄霽色，皇州春早。翠幰競飛，玉勒爭馳都門道。鼇山彩結蓬萊島。向晚色、雙龍銜照。絳綃樓上，彤芝蓋底，仰瞻天表。　　縹紗。風傳帝樂，慶三殿共賞，群仙同到。逶邐御香，飄滿人間聞嬉笑。須臾一點星球小。漸隱隱、鳴鞘聲杳。遊人月下歸來，洞天未曉。（錄自雙照樓影明本）

《夢窗詞集》注：夷則羽，俗名仙呂調。

（二）調見〔宋〕陳允平《日湖漁唱》。

　　秋千倦倚，正海棠半坼，不耐春寒。嬭雨弄晴，飛梭庭院繡簾間。梅妝欲試芳情懶。翠顰愁入眉彎。霧蟬香冷，霞綃淚搵，恨襲湘蘭。　　悄悄池台步晚，任紅薰杏靨，碧沁苔痕。燕子未來，東風無語又黃昏。琴心不度春雲遠，斷腸難託啼鵑。夜深猶倚，垂楊二十四欄。（錄自《彊村叢書》本）

詞注：「舊上聲韻，今改平聲。」

清蔣敦復【絳都春】序：「此調【日湖漁唱】自注云：『舊上聲，今改平聲。』案仄調中入聲、上聲俱可改平，唯去聲韻不可，【滿江紅】有平入兩調。以平仄論，上去入三聲為類、以音韻論，平上去三聲為類。萬氏律獨嚴去聲，此其是

處，但專論字句，未辨結聲耳。」

## 絳都春慢

即【絳都春】。〔宋〕丁仙現詞名【絳都春慢】，見《歲時廣記》卷十。

> 融和又報。乍瑞靄霽色，皇都春早。翠幰競飛，玉勒爭馳都門道。鼇山彩結蓬萊島。向晚雙龍銜照。絳綃樓上，瓊芝蓋底，仰瞻天表。　　縹緲。風傳帝樂，慶三班共賞，群仙同到。迤邐御香，飄落人間聞嬉笑。須臾一點星球小。隱隱鳴鞘聲杳。遊人月下歸來，洞天未曉。（錄自十萬卷樓本）

《歲時廣記》卷十引《東京夢華錄》：「正月十六日，車駕不出……五陵年少，滿路行歌，萬戶千門，笙簧未徹，自占太平之盛，未有斯也。《拾遺》詞中有【絳都春慢】云（詞略）。」

## 絲雨隔

即【中興樂】。〔清〕孔傳鋕詞有「絲雨隔，恨無窮」句，故名；見《清濤詞》卷下。

> 十二紅樓想像中。金屈戌，玉玲瓏。有人倚，旖旎怨東風。　　自從疊起霓裳舞。何曾譜。舊時眉嫵。絲雨隔，恨無窮。（錄自清康熙刻本）

# 十三畫

## 瑟瑟調

〔明〕沈億年自度曲，見《支機集》卷三。

> 塞外征人，機前思婦。月下烏啼，天邊雁過。音書千里無憑。夢難成。　　鴛鴦浦漲一江青。紅藕花殘桂棹輕。一片風帆，遮莫是歸程。笑相迎。（錄自清順治九年刻本）

詞序：「舊無此調，時秋風乍至，瑟瑟其聲，因為新曲以譜之。」

## 瑞庭花引

調見《詩淵》〔宋〕莫蒙詞。

> 對畫簾捲，正鉤掛蝦鬚細錦幃。展鳳屏，開朱戶。初啟寶獸，香飄龍麝，嫋嫋煙成穗。神仙

宴滿座，瑞色籠金翠。　　□□□□窈窕，秦娥唱，行雲散，梁□墜。花滿帽，酒盈樽，長富長貴。唯願如松似□，永保千秋歲。紅日晚笙歌，擁入瑤池醉。（錄自文獻書目出版社影印本）

## 瑞宮春

即【滿宮春】。《歷代詩餘》卷二十二【滿宮春】調注：「一名【瑞宮春】。」

## 瑞雪濃慢

即【瑞雲濃慢】。〔宋〕陳亮詞名【瑞雪濃慢】，見《龍川詞》。

> 蔗漿酪粉，玉壺冰醋，朝罷更聞宣賜。去天咫尺，下拜再三，幸今有母可遺。年年此日，共道月入懷中最貴。向暑天，正風雲會遇，有恁嘉瑞。　　鶴沖霄，魚得水。一超便、直入神仙地。植根江表，開拓兩河，做得黑頭公未。騎鯨赤手，問如何、長鞭尺箠。向來王謝風流，只今管是。（錄自汲古閣《宋六十名家詞》本）

## 瑞雲濃

調見〔宋〕楊無咎《逃禪詞》。

> 睽離謾久，年華誰信曾換。依舊當時似花面。幽歡小會，記永夜、杯行無算。醉裏屢忘歸，任虛簷月轉。　　能變新聲，隨語意、悲歡咸怨。可更餘音寄羌管。倦游江浙，問似伊、阿誰曾見。度已無腸，為伊可斷。（錄自汲古閣《宋六十名家詞》本）

## 瑞雲濃慢

又名：瑞雪濃慢。

調見〔宋〕陳亮《龍川先生文集》卷十七。

> 蔗漿酪粉，玉壺冰醋，朝罷更聞宣賜。去天咫尺，下拜再三，幸今有母可遺。年年此日，共道月入懷中最貴。向暑天，正風雲會遇，有恁嘉瑞。　　鶴沖霄，魚得水。一超便、直入神仙地。植根江表，開拓兩河，做得黑頭公未。騎鯨赤手，問如何、長鞭尺箠。向來王謝風流，只今管是。（錄自《全宋詞》本）

## 瑞龍吟

又名：章台路。

（一）調見〔宋〕周邦彥《片玉集》卷一。

> 章台路。還見褪粉梅梢，試花桃樹。愔愔坊陌

人家，定巢燕子，歸來舊處。　　黯凝佇。因念個人癡小，乍窺門戶。侵晨淺約宮黃，障風映袖，盈盈笑語。　　前度劉郎重到，訪鄰尋里，同時歌舞。唯有舊家秋娘，聲價如故。吟箋賦筆，猶記燕台句。知誰伴、名園露飲，東城閒步。事與孤鴻去。探春儘是，傷離意緒。官柳低金縷。歸騎晚、纖纖池塘飛雨。斷腸院落，一簾風絮。（錄自《彊村叢書》本）

《片玉集》注：大石調。《夢窗詞集》注：黃鐘商，俗名大石調犯正平調。

《欽定詞譜》卷三十七【瑞龍吟】調注：「黃昇云：『此調前兩段雙拽頭，屬正平調。後一段，犯大石調，歸騎晚以下，仍屬正平調也。』」

《唐宋諸賢絕妙詞選》卷七：「今按此詞，自『章台路』至『歸來舊處』是第一段。自『黯凝佇』至『盈盈笑語』是第二段，此謂雙拽頭，屬正平調。自『前度劉郎』以下即犯大石，係第三段。至『歸騎晚』以下四句，再歸正平。今諸本於『吟箋賦筆』處分段者，非也。」

（二）調見《陽春白雪》卷八〔宋〕翁元龍詞。

清明近。還是遞趁東風，做成花訊。芳時一刻千金，半晴半雨、酬春未准。　　雁歸盡。離字向人欲寫，暗雲難認。西園猛憶逢迎，翠綃障面，花間笑穩。　　曲徑池蓮平砌，絳裙曾與，濯香湔粉。無奈燕幕鶯簾，輕負嬌俊。青榆巷陌，蹋馬紅成寸。十年夢、秋千弔影，襪羅塵褪。事往憑誰問。晝長病酒添新恨。煙冷斜陽緊。山黛遠、曲曲欄干憑損。柳絲萬尺，不如輕鬢。（錄自《粵雅堂叢書》本）

## 瑞鶴仙

又名：一撚紅、睡鶴仙。

（一）調見《詩人玉屑》卷二十一〔宋〕黃庭堅詞。

環滁皆山也。望蔚然深秀，琅琊山也。山行六七里，有翼然泉上，醉翁亭也。翁之樂也。得之心、寓之酒也。更野芳佳木，風高日出，景無窮也。　　遊也。山肴野蔌，酒冽泉香，沸籌觥也。太守醉也。喧嘩眾賓歡也。況宴酣之樂、非絲非竹，太守樂其樂也。問當時、太守為誰，醉翁是也。（錄自《中國文學研究典籍叢刊》本）

（二）調見〔宋〕周邦彥《片玉集》卷二。

悄郊原帶郭。行路永，客去車塵漠漠。斜陽映山落。斂餘紅、猶戀孤城欄角。凌波步弱。過短亭、何用素約。有流鶯勸我，重解繡鞍，緩引春酌。　　不記歸時早暮，上馬誰扶，醒眠朱閣。驚飆動幕。扶殘醉，繞紅藥。歎西園、已是花深無地，東風何事又惡。任流光過卻。猶喜洞天自樂。（錄自《彊村叢書》本）

《片玉集》注：高平調。《夢窗詞集》注：林鐘羽，俗名高平調。

《揮塵餘話》卷二：「周美成晚歸錢塘鄉里，夢中得【瑞鶴仙】一闋（詞略）。未幾，方臘盜起，自桐廬擁兵入杭。時美成方會客，聞之倉皇出奔，趍西湖之墳庵，次郊外，適際殘臘，落日在山，忽見故人之妾徒步，亦為逃避計。約下馬，小飲於道旁旗亭，聞鶯聲於木杪。分背少焉，抵庵中，尚有餘醺，困臥小閣之上，恍如詞中。逾月，賊平。入城則故居皆遭蹂踐，旋營緝而處。繼而得請提舉杭州洞霄宮，遂老焉，悉符前作，美成嘗紀甚詳。今偶失其本，姑追記其略而書於編。」

《玉照新志》卷二：「明清《揮塵餘話》記周美成【瑞鶴仙】事，近於故篋中得先人所敘，特作詳備，今具載之。美成以待制提舉南京鴻慶宮，自杭徙居睦州，夢中作【瑞鶴仙】一闋，既覺猶能全記，了不詳其所謂也。未幾，青溪賊方臘起，逮其鴟張，方還杭州舊居，而道路兵戈已滿，僅得脫死。始入錢塘門，但見杭人倉皇奔避，如蜂屯蟻沸，視落日半在鼓角樓簷間，即詞中所謂『斜陽映山落。斂餘紅、猶戀孤城欄角』者應矣。當是時，天下承平日久，吳越享安閒之樂，而狂寇嘯聚，逕自睦州直搗蘇、杭，聲言遂踞二浙，浙人傳聞，內外響應，求死不暇。美成舊居既不可往，是日無處得食，饑甚。忽於稠人中有呼『待制何往』者。視之，鄉人之侍兒，素所識者也。且曰：『日昃，未必食，能捨車過酒家乎？』美成從之。驚遽間，連飲數杯散去，腹枵頓解，乃詞中所謂『凌波步弱。過短亭、何用素約。有流鶯勸我，重解繡鞍，緩引春酌』之句驗矣。飲罷，覺微醉，便耳目惶惑，不敢少留，逕出城北，江漲橋，諸寺士女已盈滿，不能駐足。獨一小寺經閣偶無人，遂宿其上，即詞中所謂『上馬誰扶，醒眠朱閣』又應矣。既見兩浙處處奔避，遂絕江，居揚州。未及息肩，而傳聞方賊已盡據二浙，將涉江之淮泗。因自計方領南京鴻慶宮，有齋廳可居，乃挈家往焉，則詞中所謂

『念西園、已是花深無地，東風又惡』之語應
矣。至鴻慶，未幾以疾卒，則『任流光過了。歸
來洞天自樂』又應驗於身矣。美成平生好作樂
府，將死之際，夢中得句，而字字俱應，卒章又
驗於身後，豈偶然哉！美成之守潁上，與僕相
知，其至南京，又以此詞見寄，尚不知此詞之
言。待其死，乃盡驗如此。」

（三）調見〔宋〕史達祖《梅溪詞》。

　　杏煙嬌濕鬢。過杜若汀洲，楚衣香潤。回頭翠
　　樓近。指鴛鴦沙上，暗藏春恨。歸鞭隱隱。便
　　不念、芳盟未穩。自簫聲、吹落雲東，再數故
　　園花信。　　誰問。聽歌窗罅，倚月鉤欄，舊
　　家輕俊。芳心一寸。相思後，總灰盡。奈春風
　　多事，吹花搖柳，也把幽情喚醒。對南溪、桃
　　萼翻紅，又成瘦損。（錄自《四印齋所刻詞》本）

（四）調見〔明〕張䒤《夢庵詞》。

　　盈盈羅襪。移芳步凌波，緩踏明月。清漪照
　　影，玉容凝素，鬢橫金鳳，裙拖翠纈。㲋㲋澄
　　江半涉。晚風生，寒料峭，消瘦想愁怯。
　　我儗為兄，山礬為弟，也同奇絕。餘芬剩馥，
　　尚薰透、霞綃重疊。春心未展，閒情在、兩鬢
　　眉葉。便蜂黃褪了，丰韻媚粉頰。（錄自《明詞彙
　　刊》本）

（五）調見〔宋〕蔣捷《竹山詞》。

　　玉霜生穗。也，渺洲雲翠痕，雁繩低。也，層
　　簾四垂。也，錦堂寒，早近開爐時。也，香風
　　遞。也，是東籬、花深處。也，料此花、伴我
　　仙翁，未肯放秋歸。也，　　嬉。也，縐波穩
　　舫，鏡月危樓，醉瓊酏。也，籠鶯睡。也，紅
　　妝旋舞衣。也，待紗燈客散，紗窗月上，便是
　　嚴凝序。也，換青氈、小帳圍春，又還醉。
　　也，（錄自汲古閣《宋六十名家詞》本）

《欽定詞譜》卷三十一【瑞鶴仙】調注：「按辛
棄疾【水龍吟】詞，尾用『些』字，蓋仿楚詞
體。此詞之用『也』字，亦其體也。韻腳又用平
上去三聲叶，雖屬創見，而句讀與史（史達祖）
詞如一。」

## 瑞鶴仙令

即【臨江仙】。〔宋〕康與之詞名【瑞鶴仙
令】，見《陽春白雪》卷三。

　　櫻桃落盡春歸去，蝶翻金粉雙飛。子規啼恨小樓
　　西。曲屏珠落晚，惆悵捲金泥。　　門巷寂寥人
　　去後，望殘煙草低迷。閒尋舊曲玉笙悲。關山

千里恨，雲漢月重規。（錄自《粵雅堂叢書》本）

## 瑞鶴仙引

即【淒涼犯】。
《歷代詩餘》卷五十四【淒涼犯】調注：「亦名
【瑞鶴仙引】。」

## 瑞鶴仙影

即【淒涼犯】。〔清〕朱彝詞名【瑞鶴仙影】，
見《畫亭詞草・紅豆續集》。

　　綠波池館，清秋夜、嬌歌倚盡弦索。玉山頹
　　處，銀鉤斜掛，翠樓西角。離懷最惡。記同把
　　玻璃淺薄。往來間、經三十載，心事付冥漠。
　　　　誰信秦淮客，一枕遊仙，夢中歡樂。畫簾
　　重捲，繞雕樑、暗塵猶落。試問王郎，可箏笛
　　洲邊憶著。望迢迢、艇子兩槳，忍負約。（錄自
　　清太岳山房本）

## 瑞鷓鴣

又名：十報恩、五拍、天下樂、太平樂、吹柳
絮、拾菜娘、桃花落、得道陽、般涉瑞鷓鴣、報
師恩、瑞鷓鴣慢、塞垣曲、塞垣瑞鷓鴣、舞春
風、鷓鴣曲、鷓鴣詞。

（一）調見〔宋〕蘇軾《東坡詞》。

　　城頭月落尚啼鳥。朱艦紅船早滿湖。鼓吹未容
　　迎五馬，水雲先已漾雙鳧。　　映山黃帽螭頭
　　舫，夾岸青煙鵲尾爐。老病逢春只思睡，獨求
　　僧榻寄須臾。（錄自汲古閣《宋六十名家詞》本）

《苕溪漁隱叢話・後集》卷三十九：「唐初歌
辭，都是五言詩或七言詩，初無長短句。自中
葉以後，至五代漸變成長短句。及本朝則盡為
此體。今所存止【瑞鷓鴣】、【小秦王】二闋，
是七言八句詩，並七言絕句詩而已。【瑞鷓鴣】
猶依字易歌，若【小秦王】必雜以虛聲，乃可歌
耳。」

按：此詞本七言律詩，亦見《東坡集》卷四。

（二）調見〔宋〕柳永《樂章集》卷下。

　　寶髻瑤簪。嚴妝巧，天然綠媚紅深。綺羅叢
　　裏，獨逞謳吟。一曲陽春定價，何嘗值千金。
　　傾聽處，王孫帝子，鶴蓋成陰。　　凝態掩霞
　　襟。動象板聲聲，怨思難任。嘹亮處，回厭
　　弦管低沉。時恁回眸斂黛，空役五陵心。須
　　通道，緣情寄意。別有知音。（錄自《彊村叢
　　書》本）

（三）調見〔宋〕柳永《樂章集》。

> 三吳嘉景古風流。渭南往歲憶來遊。西子方來，越相功成去，千里滄波一葉舟。　至今無限盈盈者，盡來拾翠芳洲。最好簇簇寒村，遙認南朝路、晚煙收。三兩人家古渡頭。（錄自汲古閣《宋六十名家詞》本）

《樂章集》注：南呂調。般涉調、平調。《于湖先生長短句》注：般涉調。

（四）即【鷓鴣天】。〔明〕李培詞名【瑞鷓鴣】，見《水西全集》卷六。

> 徑寸真罣耿不移。要令青史照襟期。閨中脆骨猶輕死，何況軒軒豎兩眉。　羞嫵媚，唾頑癡。百年忠義棄如遺。讀書范質將何用，識字揚雄未是奇。（錄自《四庫未收書輯刊》本）

## 瑞鷓鴣令

即【玉樓春】。〔清〕汪士鐸詞名【瑞鷓鴣令】，見《悔翁詩餘》卷三。

> 年年嘗遍歡娛味。追隨許史金張第。銀箏調笑送瓊杯，倦來斜倚薰籠睡。　不信刀光寒的水。新鬼啾啾尋故鬼。賢愚貧富總蟲沙，翠鈿血染長干地。（錄自清光緒味古齋本）

詞注：「即【玉樓春】。」

## 瑞鷓鴣慢

即【瑞鷓鴣】。〔宋〕無名氏詞名【瑞鷓鴣慢】，見《高麗史·卷七十一·樂二》。

> 海東今日太平天。喜望龍雲慶會筵。尾扇初開明黼座，畫簾高捲罩祥煙。　梯航交湊端門外，玉帛森羅殿陛前。妾獻皇齡千萬歲，封人何更祝遐年。（錄自日本明治四十一年縮印本）

按：此為高麗唐樂【獻仙桃】舞隊曲之一。

## 葉落秋窗

即【長相思】。〔清〕沈謙詞有「落葉秋窗眠不定」句，故名；見《東江別集》卷一。

> 人初靜。風偏橫。落葉秋窗眠不定。一床渾是病。　愁魂冷。悲啼凝。瘦得新來羞對鏡。對時心要硬。（錄自惜陰堂《明詞彙刊》本）

詞注：「新翻曲。即【長相思】用仄韻。秋宵書感。」

## 萬年枝

（一）即【喜遷鶯】。《欽定詞譜》卷六：「和凝詞有『飛上萬年枝』句，名【萬年枝】。」

按：此詞應為五代馮延巳詞。查馮延巳及和凝詞各本均名【喜遷鶯】，或【鶴沖天】，但無【萬年枝】者，《欽定詞譜》未知何據，待考。

（二）〔清〕沈謙新翻曲，見《東江別集》卷三。

> 昔日高台，恨聽歌未了，已見荊棘。野墅低雲，人道錦帆遺跡。寶襪花鈿士蝕。記笑倚、東窗無力。而今安在，亂峰荒寺，古碑誰識。　天涯寒食。正當那、落紅萬點，旅思淒惻。門對垂楊，住久黃鸝認得。愁淚不須沾臆。恐添注、太湖深黑。醉時獨嘯，滄波東逝，斜陽西匿。（錄自惜陰堂《明詞彙刊》本）

詞注：「新翻曲。上七句【萬年歡】，下三句【桂枝香】；後段同。唐李嘉祐詩『羨君談笑萬年枝』，晉和凝詞『飛上萬年枝』，即冬青。」

## 萬年春

即【點絳唇】。〔金〕王喆詞名【萬年春】，見《重陽教化集》卷三。

> 十化分梨，我於前生生機構。傳神秀。二人翁母。待教作拿雲手。　用破予心，笑破他人口。從今後。令伊依舊。且伴王風走。（錄自涵芬樓影明《道藏》本）

## 萬年歡

又名：滿朝歡、斷湘弦。

唐教坊曲名。

（一）調見《梅苑》卷四〔宋〕王安禮詞。

> 雅出群芳。占春前信息，臘後風光。野岸郵亭，繁似萬點輕霜。清淺溪流倒影，更黯淡、月色籠香。渾疑是、姑射冰姿，壽陽粉面初妝。　多情對景易感，況津天庚嶺，迢遞相望。愁聽清吟淒絕，畫角悲涼。念昔因誰醉賞，向此際、空惱危腸。終須待結實，恁時佳味堪嘗。（錄自文淵閣《四庫全書》本）

（二）調見〔宋〕晁補之《晁氏琴趣外篇》卷二。

> 心憶春歸，似佳人未來，香徑無跡。雪裏紅梅，因甚早知消息。百卉芳心正寂。夜不寐、幽姿脈脈。圖清曉、先作宮妝，似防人見偷得。　真香媚情動魄。算當時壽陽，無此標格。應寄揚州，何郎舊曾相識。花似何郎鬢

白。恐花笑、逢花羞摘。那堪羌管驚心，也隨
繁杏拋擲。（錄自雙照樓影宋本）

（三）調見〔元〕趙孟頫《松雪齋樂府》。

天上春來。正陽和布澤，斗柄初回。一朵祥雲
捧日，萬象生輝。帝德光昭四表，玉帛盡、梯
航來會。彤庭敞、花覆千官，紫霄鵷鷺徘徊。
　　　　仁風遍滿九垓。望霓旌緩引，寶扇齊開。
喜動龍顏，和氣藹然交泰。九奏簫韶舜樂，獸
樽舉、麒麟香靄。從今數、億萬斯年，聖主福
如天大。（錄自涉園影元本）

《松雪齋樂府》注：中呂宮、道宮。《宋史‧樂
志》屬中呂宮。

## 萬年歡慢

調見《高麗史‧卷七十一‧樂二》〔宋〕無名
氏詞。

禁籞初晴，見萬年枝上，巧囀鶯聲。藻殿連
雲，萍曦高照簷楹。好是簾開麗景，嫋金爐、
香暖煙輕。傳呼道、天蹕來臨，兩行拱引簪
纓。　　　看看筵敞三清。洞寶玉杯中，滿酌犀
觥。爛漫芳蕤斜簪，慶快春情。更有簫韶九
奏，簇魚龍、百戲俱呈。吾皇願、永保洪圖，
四方長樂昇平。

當今聖主，理化感四塞，永滅狼煙。太平朝野
無征戰，國內晏然。風調雨順歌聲喧。簫韶韻，
九奏鈞天。願王永壽，比南山、更奏延年。

婥娜要肢輕婀娜。學內樣、深深梳果。如五鳳
雙鸞相對舞，隨腰帶、乍遊璃。　　　鶯幕，滿
頭花，見綠楊撲蕀。金階獻，一庭細管繁弦
裏，誰把拋過。

舞鶯雙舂，香歜低。散瑞景煙微。投袂翩翩，
趁拍遲遲。按曲度瑤池。　　　曲遍新聲，敏繡
衣跪。彩袖高捧瓊卮。指月中丹桂。春難老，
祝仙壽維祺。（錄自日本明治四十一年縮印本）

按：此為高麗唐樂舞隊曲，《欽定詞譜》卷二十
六，以「禁籞初晴」一首作【萬年歡】之又一
體。據《高麗史‧樂志》共有四首，雖韻律字數
均不相同，應作為一舞隊曲之整體，不應以單首
為例。

## 萬里春

調見〔宋〕周邦彥《片玉詞》卷上。

千紅萬翠。簇定清明天氣。為憐他、種種清
香，好難為不醉。　　　我愛深如你。我心在、

個人心裏。便相看、老卻春風，莫無些歡意。
（錄自汲古閣《宋六十名家詞》本）

## 萬峰攢翠

即【畫堂春】。〔清〕沈謙新翻曲，有「萬峰攢
翠」句，故名；見《東江別集》卷一。

春暖玉屏風細細。蘭畹幽香如醉。唱遍新詞空
灑淚。旁人不會。　　　煙波何處毗陵，樓外斜
陽又墜。人不南來愁卻至。萬峰攢翠。（錄自惜
陰堂《明詞彙刊》本）

詞注：「新翻曲。【畫堂春】用仄韻。」

## 萬斯年

（一）即【天仙子】。〔清〕曹章詞名【萬斯
年】，見《觀瀾堂詩餘》。

戲水鴛鴦勞雙翼。新荷漾動露珠滴。木蘭輕蘭
棹各爭飛，瀨凝碧。天一色。斗酒自斟無主
客。（錄自清刻本）

（二）即【天仙子】。〔清〕田同之詞名【萬斯
年】，見《晚香詞》。

憶自將陵城下別。渭樹秦雲空仰月。關河迢遞
雁魚稀，水泜泜。山疊疊。三載相思無處說。
　　　卓魯襟期真寡絕。羨煞冰清兼玉潔。美原
何福得循良，心勞結。身周折。一片精誠通帝
闕。（錄自清《田氏叢書》本）

《樂府雜錄》：「【萬斯年】曲，是朱崖李太尉
進，此曲名即【天仙子】是也。」

《教坊記箋記》：「崔令欽《教坊記》所錄之
【天仙子】，與《樂府雜錄》內謂李德裕所進
【萬斯年】即【天仙子】無關。因【萬斯年】乃
宰相所進之頌聖大曲，不應有小曲之名。皇甫松
作及敦煌寫卷所見之【天仙子】，無不詠調名本
意，辭內各有天仙、仙子、仙娥等字，尤不合宰
相進樂之禮。《新唐書‧禮樂志》亦載其事，但
並無即【天仙子】之說。」

按：唐宋詞人無有詞名【萬斯年】者。

## 萬斯年曲

（一）即【思帝鄉】。《詞律》卷二【思帝鄉】
目次注：「【思帝鄉】又一體，三十四字體結
異。又名【萬斯年曲】。」

按：《詞律》所引三十四字體五代韋莊詞，查
《浣花集》、《花間集》、《尊前集》等詞
集，調名均為【思帝鄉】。《詞律》不知何據，

待考。

（二）即【天仙子】。〔唐〕皇甫松詞名【萬斯
年曲】，見《選聲集》卷一。

> 晴野鷺鷥飛一隻。水葓花發秋江碧。劉郎此日
> 別天仙，登綺席。淚珠滴。十二晚峰高歷歷。
> （錄自清大來堂刻本）

## 落日斜

即【梧桐影】。

《古今詞話・詞辨》卷上引《竹坡詩話》：「一
名【落日斜】。」

## 落花引

調見《七十二峰足徵集》卷八十七〔明〕徐國
瑞詞。

> 昨日見花開，今朝見花落。還是東君不肯留，
> 莫道東風惡。　芳草襯殘紅，翠點胭脂好。
> 多情一似未開時，休遣家僮掃。掃去又飛來，
> 恐使人煩惱。（錄自《四庫全書存目叢書補編》本）

## 落花時

又名：好花時。

〔清〕納蘭性德自度曲，見《飲水詞》。

> 夕陽誰喚下樓梯。一握香荑。回頭忍笑階前
> 立，總無語、也依依。　箋書直恁無憑據，
> 休說相思。勸伊好向紅窗醉，須莫及、落花
> 時。（錄自《天風閣叢書》本）

按：納蘭性德詞有「須莫及、落花時」句，故名
【落花時】。

## 落紅英

調見〔清〕李百川《綠野仙蹤》第三回。

> 書生受人愚。誤信鑽賚勢可趨。主賓激怒，立
> 成越與吳。　何須碎壺，棘闈自古多遺珠。
> 不學干祿，便是君子儒。（錄自嶽麓書社排印本）

## 落梅

又名：落梅風、落梅慢。

調見《歷代詩餘》卷八十四〔宋〕王詵詞。

> 壽陽妝晚，慵勻素臉，經宵醉痕堪惜。前村雪
> 裏，幾枝初綻，□冰姿仙格。忍被東風，亂飄
> 滿地，殘英堆積。可堪江上起離愁，憑誰說
> 寄，腸斷未歸客。　流恨聲傳羌笛。感行
> 人、水亭山驛。越溪信阻，仙鄉路杳，但風流

塵跡。香豔濃時，東君吟賞，已成輕擲。願身
長健，且憑欄，明年還放春消息。（錄自清康熙內
府本）

按：此詞《全宋詞》引《梅苑》卷三名【落梅
花】係誤。

## 落梅風

（一）即【落梅】。〔宋〕王詵詞名【落梅風】，
見《梅苑》卷三。

> 壽陽妝晚，慵勻素臉，經宵醉痕堪惜。前村雪
> 裏，幾枝初綻，出冰姿仙格。忍被東風，亂飄
> 滿地，殘英堆積。可堪江上起離愁，憑誰說
> 寄，腸斷未歸客。　流恨聲傳羌笛。感行
> 人、水亭山驛。越溪信阻，仙鄉路杳，但風流
> 塵跡。香豔濃時，東君吟賞，已成輕擲。願身
> 長健，且憑欄，明年還放春消息。（錄自文淵閣
> 《四庫全書》本）

（二）調見《梅苑》卷十〔宋〕無名氏詞。

> 宮煙如水溫芳晨。梅似雪相親。數枝春。惹香
> 塵。　壽陽嬌面偏憐惜，妝成一面花新。鏡
> 中重把玉纖勻。酒初醺。（錄自文淵閣《四庫全
> 書》本）

（三）即【壽陽曲】。〔明〕瞿佑詞名【落梅
風】，見《天機餘錦》卷四。

> 風光動，紙價高。似明蟾、半輪偏好。要團
> 圓、把輕羅重製造。卻提防、受他圈套。（錄自
> 明鈔本）

按：此乃元人小令，因《欽定詞譜》卷一在【壽
陽曲】調下注有【落梅風】之別名，故錄此，以
供參閱。

（四）調見《歷代詩餘》卷二〔明〕解縉詞。

> 嫦娥面。今夜圓。下雲簾。不著群仙見，拚今
> 宵、倚欄不去眠。看誰過，廣寒宮殿。（錄自清
> 康熙內府本）

《詞苑叢談》卷八：「永樂中秋，上方開宴賞
月，月為雲掩，召解縉賦詩，遂口占【落梅風】
一闋，上覽之歡甚。又賦長篇，上益喜，同縉
飲，過半夜，月復明朗。上大笑曰：『才子真可
謂奪天手段也。』《七修類稿》作【風落梅】，
誤。

（五）調見〔清〕傅燮詞《後琴台遺響》。

> 風聲攪。霜華悄。淹滯遲荒秋又老。啼殘促織
> 奈愁添，過盡征鴻還信杳。　春去了。秋去
> 了。兔弄黃昏烏弄曉。階前才淨落花塵，黃葉

堆苔慵更掃。（錄自清刻本）

## 落梅慢

即【落梅】。〔宋〕無名氏詞名【落梅慢】，見《梅苑》卷四。

> 帶煙和雪，繁枝澹佇，誰將粉融酥滴。疏枝冷蕊壓群芳，年年常占春色。江路溪橋謾到，嬝嬝風中無力。暗香浮動冰姿，明月裏，相無花比高格。　爭奈光陰瞬息。動幽怨、潛生羌笛。新花鬥巧，有天然閒態，倚欄堪惜。零亂殘英片片，飛上舞筵歌席。斷腸忍淚念前期，經歲還有芳容隔。（錄自《楝亭十二種》本）

## 落梅聲

〔清〕朱彝和自度曲，見《萬竹樓詞》。

> 小院無聲，悄簾櫳、有人廝守。半壁孤燈人靜侯。聽斷斷、山鬼吟前後。淒涼屏右。唯有梅花，伴儂依舊。驀地滴瀝一聲，陡驚起，空回首。　回首。疑是誰家，暗拋紅豆。還訝鮫人，淚落珍珠溜。凝佇久，愁來腸結丁香，倦若眼舒椒柳，姑射神仙，憐情款厚。說道為我無聊，也落拓，魂飛就。（錄自清刻本）

詞序：「辛亥冬日寒甚，意興寂寥，隱几微吟。瓶中忽墮一萼，滴瀝有聲，時則三更殘漏，一點孤燈。唐人有『空山松子落，幽人應未眠』詩句，彷彿似此景也。即效白石道人，任意作長短句，頗自適意。但不知所屬何宮，所填何腔。詞成後，即命其名曰『落梅聲』。」

## 落燈風

〔明〕楊慎自度曲，見《升庵長短句續集》卷二。

> 柳外落燈風乍起。杏靨梅鈿粉墜蕊。彩架閣鞦韆。紅繩緊，香塵滿地。春一分休矣。　銀塘初暖湔裙水。催莫愁、蘭身遙徙。沽酒趁梨花，聽雙歌溫柔鄉裏。且住為佳耳。（錄自惜陰堂《明詞彙刻》本）

## 萱草

〔清〕金農自度曲，見《冬心先生自度曲》。

> 花開笑口。北堂之上，百歲春秋。一生歡喜，從不向人愁。果然萱草可忘憂。（錄自清乾隆刻本）

詞注：「六句，二十八字。」

## 鼓子詞

即【漁家傲】。〔清〕周金然詞名【鼓子詞】，見《南浦詞》卷一。

> 眠柳毿毿風乍舉。顛蜂癡蝶連空舞。小徑陰埋迷激楚。蛙兩部。棠梨一樹深深雨。　芳草無言招杜宇。窈娘堤上稀乾土。九十韶光重細數。餘幾許。湘桃葉暗懷春浦。（錄自清康熙刻本）

## 鼓笛令

（一）調見〔宋〕黃庭堅《山谷詞》。

> 寶犀未解心先透。惱殺人、遠山微皺。意淡言疏情最厚。枉教作、著行官柳。　小雨勒花時候。抱琵琶、為誰清瘦。翡翠金籠思珍偶。忽拚與、山雞儔偶。（錄自汲古閣《宋六十名家詞》本）

（二）調見〔宋〕黃庭堅《山谷詞》。

> 見來便覺情於我。廝守著、新來好過。人道他家有婆婆。與一口、管教琢磨。　副靖傳語不大。鼓兒裏、且打一和。更有些兒得處囉。燒沙糖、香藥添和。（錄自汲古閣《宋六十名家詞》本）

## 鼓笛慢

即【水龍吟】。〔宋〕歐陽修詞名【鼓笛慢】，見《醉翁琴趣外篇》卷一。

> 縷金裙窣輕紗，透紅瑩玉真堪愛。多情更把，眼兒斜盼，眉兒斂黛。舞態歌闌，困倚香臉，酒紅微帶。便直饒、更有丹青妙手，應難寫、天然態。　長恐有時不見，每饒伊、百般嬌騃。眼穿腸斷，如今千種，思量無奈。花謝春歸，夢回雲散，欲尋難再。暗消魂，但覺鴛衾鳳枕，有餘香在。（錄自雙照樓影宋本）

## 感皇恩

又名：人南渡、感皇恩令、疊蘿花。
唐教坊曲名。

（一）調見《敦煌歌辭總編》卷三〔唐〕無名氏詞。

> 四海天下及諸州。皆言今歲永無憂。長圖歡宴在高樓。寰海內，束手願歸投。　朱紫盡風流。殿前卿相對，列封侯。叫呼萬歲願千秋。皆樂業，鼓腹滿田疇。
> 當今聖壽比南山。金枝玉葉競相連。百僚卿相

列排班。呼萬歲，盡在玉階前。　　金殿悅龍
顏。祥雲駕喜悅，兩盤旋。休將舜日比堯年。
人安泰，真是聖明天。

四海清平曲有年。黔黎歌聖德，樂相傳。修文
偃革習農田。欽皇化，雨露溉無邊。　　瑞氣
集諸賢。群僚趨玉砌。賀龍顏。磐石永固壽如
山。梯航路，相向共朝天。

萬邦無事減戈鋋。四夷來稽首，玉階前。龍樓
丸闕喜雲連。人爭唱，福祚比金璿。　　八水
對三川。昇平人道泰。帝澤鮮。修文罷武競題
篇。從此後，願皇帝壽如山。（錄自上海古籍出版
社排印本）

按：原載（伯）三一二八、（伯）三一二一。原
本調名作【感皇恩】。原調計四首，《敦煌歌辭
總編》編入雜曲聯章體。

《敦煌歌辭總編》引日本那波利貞《蘇幕遮
考》：「原則上它像是由五、七、四、三、五、
三字組成的。這一【感皇恩】的構句法，也許是
古體，它和《欽定詞譜》卷十五所載的七個體都
不能準確地合上。可否認為宋代的七個體正是從
這裏派生出來的呢？」

（二）即【蘇幕遮】。〔唐〕無名氏詞名【感皇
恩】，見《敦煌歌辭總編》卷三。

聰明兒，稟天性。莫把潘安，才貌相比並。弓
馬學來陣上騁。似虎入丘山，勇猛應難比。
　　善能歌，打難令。正是聰明，處處皆通嫻。
久後策官應決定。馬上盤槍，輔佐當今帝。（錄
自上海古籍出版社排印本）

按：原載（伯）三八二一。

《敦煌歌辭總編》卷三：「此二首與下列【感皇
恩】之後二首，原在伯三八二一之同卷內。此二
首前面題同前，前者指【感皇恩】也。王集（王
重民輯《敦煌曲子詞集》）改屬【蘇幕遮】曰：
『今按曲調不合，當是【蘇幕遮】。』舊編（任
二北編《敦煌曲校錄》）從之。陰法魯序王集，
謂此現象或出於寫卷者錯誤，或因二曲名當時可
以混用。因引《唐會要》紀天寶十三年，改金鳳
調【蘇幕遮】為【感皇恩】語，以證第二說。陰
氏所謂『當時』倘即指改曲名之天寶間而言，不
啻承認此二辭亦盛唐作品矣。」

（三）調見〔宋〕賀鑄《賀方回詞》卷一。

歌笑見餘妍，情生眄睞。擁髻揚蛾黛。多態。
小花深院，漏促離襟將解。惱人紅蠟淚。啼相
對。　　芳草喚愁，愁來難奈。蘭葉猶堪向誰

採。小樓妝晚，應念斑騅何在。碧雲長有待。
斜陽外。（錄自《彊村叢書》本）

《片玉集》注：大石調。

《樂書》：「祥符中，諸工請增龜茲部如教坊，
其曲有雙調【感皇恩】。」

（四）調見〔宋〕毛滂《東堂詞》。

綠水小河亭，朱欄碧甃。江月娟娟上高柳。畫
樓縹緲，盡掛窗紗簾繡。月明知我意，來相
就。　　銀字吹笙，金貂取酒。小小微風弄襟
袖。寶薰濃炷，人共博山煙瘦。露涼釵燕冷，
更深後。（錄自汲古閣《宋六十名家詞》本）

（五）即【小重山】。〔宋〕張先詞名【感皇
恩】，見《張子野詞》。

萬乘靸袍御紫宸。揮毫敷麗藻，盡經綸。第名
天陛首平津。東堂桂，重占一枝春。　　殊觀
彙簪紳。蓬山仙話重，霈恩新。暫時趨府冠談
賓。十年外，身是鳳池人。（錄自《知不足齋叢
書》本）

## 感皇恩令

即【感皇恩】。〔宋〕無名氏詞名【感皇恩
令】。見《高麗史・卷七十一・樂二》。

和袖把金鞭，腰如束素。騎介驢兒過門去。禁
街人靜，一陳香風滿路。鳳鞋宮樣小，彎彎
露。　　蓦地被他，回眸一顧。便是令人斷腸
處。願隨鞭鐙，又被名韁勒住。恨身不做個，
閒男女。（錄自日本明治四十一年縮印本）

## 感皇恩慢

即【泛青苔】。

《欽定詞譜》卷三十五【泛青苔】調注：「一名
【感皇恩慢】。」

## 感庭秋

唐教坊曲名。

（一）調見〔宋〕歐陽修《醉翁琴趣外篇》卷三。

紅箋封了還重拆。這添追憶。且教伊見我，別
來翠減，香銷端的。　　漆波平遠，暮山重
疊，算難憑鱗翼。倚危樓極目，無情細草長天
色。（錄自雙照樓影宋本）

（二）調見〔金〕王昌吉《會真集》卷三。

陰陽悉備道風淳。精粹保天真。分擘剛柔動
靜，煉九還、丹體清新。　　扶持一性已通
神。觸處露全身。了了三空無礙。混太虛、體

淨超塵。（錄自涵芬樓影明《道藏》本）

（三）即【摵庭秋】。《欽定詞譜》卷七【摵庭秋】調注：「唐教坊曲名。一作【感庭秋】。」《苕溪漁隱叢話・後集》卷三十八引〈高道傳〉：「唐末有狂道士，不知何許人，又晦其名氏，遊成都，忽詣紫極宮，謁杜光庭先生，求寓泊之所，先生諾之，而不與之通。道士日貨藥於市，所得錢隨多少沽酒飲之，唯唱【感庭秋】一詞。其意感蜀之將亡，如秋庭之衰落，然人未知曉，但呼『感庭秋道士』。凡半年，人亦不知其異。一夕，大醉歸，夜將闌，尚聞唱聲甚高，有訝之者隔戶窺之，見燈燭彩繡，筵具器皿，羅列甚盛。狂道士左右二青童應侍，時斟酒而唱。窺者具以白先生，先生乃款其戶曰：『光庭識星膚淺，不意上仙降鑑，深為罪戾。然不揆愚昧，而匍匐門下，冀一拜光靈，以消魔障。』道士曰：『何辱勤奉之若是，當出奉見。』乃令二童收筵具器皿及陳設，致於前撲之，則隨手而小，如符子狀，置冠中。又將二童按之，如木偶，可寸許，又置冠中。乃啟戶，光庭欣然而入，但空室而已。」

## 感恩多

唐教坊曲名。

調見《花間集》卷四〔五代〕牛嶠詞。

兩條紅粉淚。多少香閨意。強攀桃李枝。斂愁眉。　　陌上鶯啼蝶舞，柳花飛。柳花飛。願得郎心、憶家還早歸。（錄自雙照樓影明仿宋本）

按：唐李群玉有詩云：「唯有管弦知客意，分明吹出【感恩多】。」白居易詩云：「但有人家有遺愛，就中蘇小【感恩多】。」

## 感恩多令

調見《高麗史・卷七十一・樂二》〔宋〕無名氏詞。

羅帳半垂門半開。殘燈孤月照窗台。北斗漸移天欲曙、漏更催。　　攜手勸君離別酒，淚和紅紛滴金杯。嗚咽問問君今夜去、幾時回。（錄自日本明治四十一年縮印本）

## 感黃鸝

即【八六子】。〔宋〕秦觀詞有「黃鸝又啼數聲」句，名【感黃鸝】，見《欽定詞譜》卷二十二【八六子】調注。

倚危亭。恨如芳草，萋萋剗盡還生。念柳外青驄別後，水邊紅袂分時，愴然暗驚。　　無端天與娉婷。夜月一簾幽夢，春風十里柔情。怎奈向、歡娛漸隨流水，素弦聲斷，翠綃香減，那堪片片飛花弄晚，濛濛殘雨籠晴。正銷凝。黃鸝又啼數聲。（錄自明吳訥《百家詞》本）

按：《花草粹編》卷十六、《歷代詩餘》卷五十三秦觀【八六子】詞下均注有：「一名【感黃鸝】。」但未見秦觀詞集或總集中有名【感黃鸝】調名。

## 聖無憂

唐教坊曲名。

又名：紅袖扶、珠簾捲。

（一）調見〔宋〕歐陽修《醉翁琴趣外篇》卷六。

珠簾捲，暮雲愁。垂楊暗鎖青樓。煙雨濛濛如畫，輕風吹旋收。　　香斷錦屏新別，人閒玉簟初秋。多少舊歡新恨，書杳杳、夢悠悠。（錄自雙照樓影宋本）

（二）即【烏夜啼】。〔宋〕歐陽修詞名【聖無憂】，見《歐陽文忠公近體樂府》卷三。

世路風波險，十年一別須臾。人生聚散長如此，相見且歡娛。　　好酒能消光景，春風不染髭鬚。為公一醉花前倒，紅袖莫來扶。（錄自雙照樓影宋本）

## 聖葫蘆

調見〔金〕王喆《重陽全真集》卷五。

這一葫蘆兒有神靈。會會做惺惺。占得逍遙真自在，頭邊口裏，長是誦仙經。　　把善因緣，卻腹中盛。淨淨轉清清。玉杖將何處去，緊隨師父，雲水是前程。（錄自涵芬樓影明《道藏》本）

按：王喆詞有「這一葫蘆兒有神靈」句，故名【聖葫蘆】。

## 聖塘引

又名：人間何世。

〔清〕易孺自度曲，見《雙清池館詩餘》。

人間何世，又取湖山幽賞。兩湖圓荷，逸香在、簾波無恙。綠楊午夢深雙燕，打水驚孤槳。誰是桐花，定名桃葉，隔浦依稀菱唱。　　為問石林詞筆，幾疊煙思霞想。又攤鼻南村，苦吟料、驪醒珠朗。雨肥梅後琴絲潤，雅

抱希微尚。爭凝望，黛愁山暝，橋痕猶漲。
（錄自清胡壔手鈔本）

詞序：「又名【人間何世】。寓廬湖樓，自度
腔，呈遐公並簡榆生。」

## 禁煙

即【鷓鴣天】。〔宋〕韓淲詞有「煙禁荒荒雨濕
雲」句，故名；見《澗泉詩餘》。

煙禁荒荒雨濕雲。近郊爭出滿城人。兒童藉草
幾成市，杯酒沾花不覺村。　身又老，眼增
明。回頭一任是紅塵。山中誰信無寒食，澗上
何如且採蘋。（錄自《彊村叢書》本）

## 楚王妃

即【虞美人】。〔清〕徐旭旦詞名【楚王妃】，
見《世經堂詞》。

幽窗連日無情雨。愁向眉峰聚。是誰使我倍淒
然。悔殺芭蕉幾樹、種窗前。　捲簾千里青
山暮。回首人何處，傷心春盡雨聲中，我欲六
橋攜酒、勸東風。（錄自清刻本）

## 楚天遙

即【卜算子】。〔宋〕僧皎詞有「目斷楚天遙」
句，故名；見《欽定詞譜》卷五。

有意送春歸，無計留春住。畢竟年年用著來，
何似休歸去。　目斷楚天遙，不見春歸路。
風急桃花也似愁，點點飛紅雨。（錄自四庫本《花
草粹編》）

《欽定詞譜》卷五【卜算子】調注：「僧皎詞有
『目斷楚天遙』句，名【楚天遙】。」

按：僧如晦皎詞各選本均名【卜算子】，《欽定
詞譜》未知何據，待考。

## 楚天夢

〔明〕房超熙自度曲，見《百六琴趣》卷一。

楚天碧雲封。關塞重重。恨乏長房縮地術，空
怨東風。　夜來夢魂中。常睹芳容。也見當
時襟上淚，醒後成空。（錄自舊鈔本）

詞注：「自度腔。」

按：房超熙詞有「楚天碧雲封」及「夜來夢魂
中」句，故名【楚天夢】。

## 楚宮春

即【楚宮春慢】。〔宋〕周密詞名【楚宮春】，

見《蘋洲漁笛譜》卷一。

香迎曉白。看煙佩霞綃，弄妝金谷。倦倚畫
欄，無語情深嬌足。雲擁瑤房翠暖，繡帳捲、
東風傾國。半撚愁紅，念舊遊、凝佇蘭翹，瑞
鸞低舞庭綠。　猶想沉香亭北。人醉裏，芳
筆曾題新曲。自剪露痕，移取春歸華屋。絲障
銀屏靜掩，悄未許、鶯窺蝶宿。絳蠟良宵，酒
半闌、重護鴛機，醉魘爭妍紅玉。（錄自《彊村叢
書》本）

《蘋洲漁笛譜》注：無射宮。

## 楚宮春慢

又名：楚宮春。

調見《花草粹編》卷二十三〔宋〕仲殊詞。

輕盈絳雪。乍團聚同心，千點珠結。畫館繡幄
低飛，融融香徹。笑裏精神放縱，斷未許、年
華偷歇。信任芳菲都不管，漸漸南薰，別是一
家風月。　扁舟去後，回望處、娃宮淒涼凝
咽。身似斷雲零落，深心難說。不與雕欄寸
地，忍覷著、漂流離缺。盡日厭厭總無語，不
及高唐夢裏，相逢時節。（錄自文淵閣《四庫全
書》本）

## 楚宮腰

即【祝英台近】。〔清〕錢來修詞名【楚宮
腰】，見《東白堂詞選初集》卷九。

行宛轉，舞迴旋，看來柔似綿。不知多少瘦，
翻嫌裙帶寬。試問風前垂柳，還要誰憐。也學
人、三起三眠。　衫子單，輕束紅綃一縷，
同心雙結懸。困餘無力，不堪憑畫欄。撲蝶閒
過芳徑，似一段春煙。卻吹來、嫋向花間。（錄
自清康熙十七年刻本）

## 楚峰青

〔清〕張景祁自度曲，見《新蘅詞》卷三。

無限離情，正春寒似水，飛絮滿江城。倦倚繡
鞍，重扶宿醉，殘夢猶繞雲屏。蘭露重柳煙
輕。問此去、天涯知幾程。最銷魂處，珠簾坐
月，杏院吹笙。　盈盈。雅淡妝成。有接香
密意，織錦深盟。鬢嚲畫蟬，歌飄金縷，花外
應惱流鶯。芳草遠、暮雲停忍，更憶陽關腸斷
聲。容相見、愁蠶雨點，唯有楚峰青。（錄自清
光緒九年刻本）

詞注：「自度曲。」

按：張景祁詞有「愁鬟兩點，唯有楚峰青」句，故名【楚峰青】。

## 楚雲深

即【生查子】。〔宋〕朱希真詞有「遙望楚雲深」句，故名；見《欽定詞譜》卷三。

> 年年玉鏡台，梅蕊宮妝困。今歲未還家，怕見江南信。　酒從別後疏，淚向愁中盡。遙想楚雲深，人遠天涯近。（錄自《四印齋所刻詞》本《斷腸詞》）

《欽定詞譜》卷三【生查子】調注：「朱希真詞有『遙望楚雲深』句，名【楚雲深】。」

按：《欽定詞譜》所引之詞，《斷腸詞》為朱淑貞詞。《漱玉詞》為李清照詞。《樵歌拾遺》為朱敦儒詞。查以上三家之總別集，該詞均名【生查子】，無有題【楚雲深】之調名。此詞究為誰作，至今也無定論。而歷來詞總集中，此詞未有題朱希真作，《欽定詞譜》未知何據，待考。

## 楚台風

即【憶秦娥】。〔宋〕秦觀詞名【楚台風】，見《少游詩餘》。

> 誰將彩筆弄雌雄。長日君王在渚宮。
> 一段瀟湘涼意思，至今都入楚台風。
>
> 楚台風。蕭蕭瑟瑟穿簾櫳。穿簾櫳。滄江浩渺，綺閣玲瓏。　飄飄彩筆搖長虹。泠泠仙籟鳴虛空。鳴虛空。一欄修竹，幾壑疏松。（錄自汲古閣《詞苑英華》本）

## 楚澤吟

〔清〕金農自度曲，見《冬心先生自度曲》。

> 修琴客去，賣藥人無。近結溪翁一二，共泛菰蒲。　與鷗爭席，年的清夢落江湖。雲荒七澤，亭圯三吾。主領秋光有老夫。（錄自清乾隆刻本）

詞注：「九句，四十四字。」

## 搗衣聲

調見《敦煌歌辭總編》卷二〔唐〕無名氏詞。

> 良人去，住邊庭。三載長征。萬家砧杵搗衣聲。坐寒更。添玉漏，嫩頻聽。　向深閨，遠聞雁悲鳴。遙望行人。三春月影照階庭。簾前跪拜，人長命，月長生。（錄自上海古籍出版社排印本）

按：原載（斯）二六〇七。《唐雜言‧格調》因詞有「萬家砧杵搗衣聲」句，擬名【搗衣聲】。

## 搗練子

又名：古搗練子、杵聲齊、夜如年、夜搗衣、望書歸、深院月、深院花、深夜月、搗練子令、剪征袍、瀟湘神。

（一）調見《敦煌歌辭總編》卷三〔唐〕無名氏詞。

> 堂前立，拜辭娘。不覺眼中淚千行。勸你耶娘少悵望，為喫他官家重衣糧。
> 辭父娘了，入妻房。莫將生分向耶娘。君去前程但努力，不敢放慢向公婆。
> 孟姜女，杞梁妻。一去燕山更不歸。造得寒衣無人送，不免自家送征衣。
> 長城路，實難行。乳酪山下雪紛紛。喫酒只為隔飯病，願身強健早還歸。（錄自上海古籍出版社排印本）

按：原載（伯）二八〇九、三九一一、三三一九。原本調名【孟曲子搗練子平】。《敦煌歌辭總編》卷三：「四辭在原本，曾作雙疊二首形式，但相聯二片之叶韻皆不同，顯然是單片之調四首。」《敦煌歌辭總編》列入雜曲聯章體。

（二）調見《尊前集》〔五代〕馮延巳詞。

> 深院靜，小庭空。斷續寒砧斷續風。早是夜長人不寢，數聲和月到簾櫳。（錄自《彊村叢書》本）

（三）調見〔明〕商景蘭《錦囊詩餘》。

> 長相思，久離別。為誰憔悴憑誰說。捲簾貪看月明多，斜風卻打銀釭滅。（錄自惜陰堂《明詞彙刻》本）

（四）調見〔宋〕李石《方舟詞》。

> 斟別酒，問東君。一年一度一回新。看百花，飄舞茵。　斟別酒，問行人。莫將別淚裹羅巾。早歸來，依舊春。（錄自《彊村叢書》本）

## 搗練子令

即【搗練子】。〔五代〕李煜詞名【搗練子令】，見《南唐二主詞》。

> 深院靜，小庭空。斷續寒砧斷續風。無奈夜長人不寐，數聲和月到簾櫳。（錄自明吳訥《百家詞》本）

## 楊白花

調見《全唐詩》〔唐〕柳宗元詞。

> 楊白花，風吹渡江水。坐令宮樹無顏色，搖盪
> 春光千萬里。茫茫曉日下長秋，哀歌未斷城鴉
> 起。（錄自清康熙揚州書局本）

《野客叢書》卷二十一：「今市井人言快樂，則
有唱【楊白花】之說。其事見《北史》：『時有
楊華，本名白花，容貌瑰偉，胡太后逼幸之。華
懼禍及，改名華，遯去。太后追思不已，為作
〈楊白花〉歌，使宮人晝夜連臂踏足歌之，其聲
淒斷。』柳子厚有〈楊白花〉詩。」

《全唐五代詞》卷二：「按《樂府解題》載：
『魏楊白花，容貌瑰偉，胡太后逼幸之。白花懼
禍奔梁。太后追思不已，為作〈楊白花〉歌，使
宮人晝夜連臂踏足歌之，其聲淒斷。』柳宗元依
其調而作，言婉情深。」

按：此係詩非詞，依《全唐五代詞》例列入，以
備查考。

## 楊枝

即【楊柳枝】。〔清〕吳梅鼎詞名【楊枝】，見
《荊溪詞》。

> 東風無力落花輕。界破桃腮柳眼明。除卻遊湖
> 無個事，但拈紅豆打黃鶯。（錄自清刻本）

## 楊花落

調見《花草粹編》卷四〔宋〕李清臣詞。

> 楊花落。燕子橫穿高閣。長恨春醪如水薄。閒
> 愁無處著。　去年今日玉陵舍，鼓角秋風。
> 千歲遼東。回首人間萬事空。（錄自文淵閣《四庫
> 全書》本）

《塵史》卷中：「王樂道幼子鉒，少而博學，善
持論。嘗為予說：『李邦直作門下侍郎日，忽夢
一石室，有石床，李披髮坐於上，旁有人曰：
「此玉陵舍也。」夢中因為一詞。既覺，書之，
因示韓治循之。後李出北都，逾年而卒。』玉陵
舍乃近北都地名也。」

按：【楊花落】作為調名，始自《花草粹編》。
據宋賀鑄【謁金門】詞序云：「李黃門夢得一
曲，前編二十言，後編二十三言，而無其聲。余
採其前編，潤一『橫』字已，續成二十五字寫之
云。」可知李詞本無調名，而由賀鑄添成【謁金
門】調。故《欽定詞譜》以李清臣詞又名【謁

金門】者，誤矣。又讀李詞下闋，似半首【採桑
子】。《花草粹編》據《塵史》錄李詞，即以首
句「楊花落」為調名，沒有根據。

## 楊柳

即【添聲楊柳枝】。〔明〕楊宛詞名【楊柳】，
見《鍾山獻詩餘》。

> 嫋嫋疏枝帶露輕。隔窗櫺。絲絲綰著別離情。
> 最難勝。　　幽恨只憑羌管訴，調應清。臨
> 風吹作斷腸聲。不堪聽。（錄自惜陰堂《明詞彙
> 刊》本）

## 楊柳枝

又名：江南柳枝、折楊柳、柳枝、楊枝、新添聲
楊柳枝、壽杯詞。

唐教坊曲名。

（一）調見《花間集》卷一〔唐〕溫庭筠詞。

> 宜春苑外最長條，閒嫋春風伴舞腰。正是玉人
> 腸絕處，一渠春水赤欄橋。（錄自雙照樓影明仿
> 宋本）

《金奩集》注：高平調。

《欽定詞譜》卷一【楊柳枝】調注：「按白居易
詩注：『【楊柳枝】，洛下新聲。』其詩云：
『聽取新翻楊柳枝』是也。薛能詩序：『令部妓
作楊柳枝健舞，復度新聲。』其詩云：『試踏
吹聲作唱聲』是也。蓋樂府橫吹曲有【折楊柳】
名，此則借舊曲名，另創新聲，後遂入教坊。」
又曰：「按劉（禹錫）自唱和以後，為此詞者甚
多，皆賦柳枝本意。原屬絕句，因《花間集》載
此，故採以備體。」

《近事會元》卷四：「唐穆宗時，白居易《長慶
集》云：『【楊柳枝】，洛下小新聲也，小伎有
善歌者可聽，故試之云：「小妓攜桃葉，新聲蹋
柳枝。」』」

《碧雞漫志》卷五：「【楊柳枝】，《鑑戒錄》
云：『【柳枝歌】，亡隋之曲也。』前輩詩云：
『萬里長江一旦開。岸邊楊柳幾千栽。錦帆未起
干戈起，惆悵龍舟更不回。』又云：『樂苑隋堤
事已空。萬條猶舞舊春風。』皆指汴渠事。而張
祜【折楊柳枝】兩絕句，其一云：『莫折宮前楊
柳枝。玄宗曾向笛中吹。傷心日暮煙霞起，無限
春愁生翠眉。』則知隋有此曲，傳至開元。《樂
府雜錄》云：『白傅作【楊柳枝】。』予考樂天
晚年，與劉夢得唱和此曲詞。白云：『古歌舊曲

君休聽，聽取新翻楊柳枝。』又作【楊柳枝】二十韻云：『樂童翻怨調，才子與妍詞。』注云：『洛下新聲也。』劉夢得亦云：『請君莫奏前朝曲，聽唱新翻楊柳枝。』蓋後來始變新聲。而所謂『樂天作【楊柳枝】』者，稱其別創詞也。今黃鐘商有【楊柳枝】曲，仍是七字四句詩，與劉、白及五代諸子所製並同，但每句下各增三字一句，此乃唐時和聲，如【竹枝】、【漁父】，今皆有和聲也。舊詞多側字起頭，平字起頭者，十之一二。今詞盡皆側字起頭，第三句亦復側字起，聲度差穩耳。」

（二）調見《敦煌歌辭總編》卷二〔唐〕無名氏詞。

> 春來春去春復春。寒暑來頻。月生月盡月還新。又被老催人。只見庭前千歲月，長在常存。不見堂上百年人。盡總化為塵。（錄自上海古籍出版社排印本）

按：原載（伯）二八〇九。

（三）即【章台柳】。〔唐〕柳氏詞名【楊柳枝】，見《全唐詩・附詞》。

> 楊柳枝，芳菲節。可恨年年曾離別。一葉隨風忽報秋，縱使君來豈堪折。（錄自清康熙揚州詩局本）

## 楊柳陌

即【浣溪沙】。〔宋〕賀鑄詞有「祓禊歸□楊柳陌」句，故名；見《東山詞》卷上。

> 興慶宮池整月開。□□□□縷金鞋。後庭芳草綠緣階。　　祓禊歸□楊柳陌，□□□落鳳凰釵。細風拋絮入人懷。（錄自涉園影宋本）

## 想車音

即【兀令】。〔宋〕賀鑄詞有「想轆轤車音，幾度青門道」句，故名；見《東山詞》卷上。

> 盤馬樓前風日好。雪銷塵掃。樓上宮妝早。認簾箔微開，一面嫣妍笑。攜手別院車廊，窈窕花房小。　　任碧羅窗曉。間闊時多書問少。鏡鸞空老。身寄吳雲杳。想轆轤車音，幾度青門道。占得春色年年，隨處隨人到。恨不如芳草。（錄自《彊村叢書》本）

## 想娉婷

即【臨江仙】。〔宋〕賀鑄詞有「碧窗想見娉婷」句，故名；見《賀方回詞》卷二。

> 鴉背夕陽山映斷，綠楊風掃津亭。月生河影帶疏星。青松巢白鳥，深竹逗流螢。　　隔水彩舟然絳蠟，碧窗想見娉婷。浴蘭薰麝助芳馨。湘弦彈未半，淒怨不堪聽。（錄自《彊村叢書》本）

## 楓丹葭白

調見〔清〕陳鍾祥《香草詞》卷四。

> 楓丹葭白。好一派秋光，將迎詞客。曉月征鞍霜颯颯，早又是、玉笛吹寒。金貂換酒，日近長安迫。　　霄衣湛湛露華浥。香拂爐煙，甘流瓊液，歡初結。春風放到新桃纈。（錄自《黔南叢書》本）

詞序：「翩若仙史近降數闋，皆自度新腔。詞旨精美，音律諧暢，各摘詞中句，命為【月娥新】、【無邊風景】、【金魚佩】、【鳳凰台】、【楓丹葭白】等調。因依韻各效其體，醜女效顰，幸勿為夷光見哂也。」

## 極相思

又名：極相思令。

調見〔宋〕蔡伸《右古居士詞》。

> 碧簷鳴玉玎璫。金鎖小蘭房。樓高夜永，飛霜滿院，璧月沉缸。　　雲雨不成巫峽夢，望仙鄉、煙水茫茫。風前月底，登高念遠，無限淒涼。（錄自吳訥《百家詞》本）

## 極相思令

即【極相思】。〔宋〕太尉夫人詞名【極相思令】，見《墨客揮犀》卷八。

> 柳煙霽色方春。花露逼金荳。秋千院落，海棠漸老，才過清明。　　嫩玉腕托香脂臉，相傳粉、更與誰情。秋波綻處，相思淚迸，天阻深誠。（錄自《稗海》本）

《墨客揮犀》卷八：「仁廟朝，皇族中太尉夫人，一日入內再拜告帝曰：『臣妾有夫，不幸被婢妾所惑。』帝怒。流婢於千里，夫人亦得罪，居於瑤華宮，太尉罰俸而不得朝。經歲方春暮，夫人為詞曲，名【極相思令】云（詞略）。」

## 酹江月

即【念奴嬌】。〔明〕葉邦榮詞名【酹江月】，見《樸齋先生集》卷四。

> 澄空霽色，萬斛秋、風景不殊今古。牧笛一聲

草樹斜，起看落葉江湄。吸翠台前，鄰霄閣
上，時論天尺五。黃花駐景，夕陽還照林塢。
　　堪歎浮雲世事，流水生涯，尋常成散聚。
老去閒情誰與共，長為山川作主。檢點殘書，
鋪張新語，笑比城南杜。回首人間，不道黃鍾
瓦釜。（錄自明萬曆家刻本）

按：【酹江月】人以為是【酹江月】之刻誤。查
「酹」與「酹」形似同而義及音均異。故另立一
調名，求教於方家正之。

## 虞主歌

又名：虞神、虞神歌。

調見《宋史·樂志》卷十五〔宋〕無名氏詞。

轉紫芝。指東都帝畿。愁霧裏、簫聲宛轉，輦
路逶迤。那堪見、郊原芳菲。日遲遲。對列鳳
輦龍旗。輕陰黯四垂。樓台綠瓦汎琉璃。仙仗
歸。壽原清夜，寒月掩褕褋。翠幰雕輪，空反
靈蜍。　　憩長岐。嵩峰遠，伊川渺彌。此時
還帝里。旌幡上下，葆羽葳蕤。天街回、垂楊
依依。過端闈。閶闔正辟金扉。舳艫射暖暉。
虞神寶篆散輕絲。空涕洟。望陵宮女，嗟物
是人非。萬古千秋。煙慘風悲。（錄自清武英殿
二十四史本）

按：虞是古代一種祭祀名。《釋名·釋喪制》
曰：「既葬，還祭於殯宮曰虞，謂虞樂安神，使
還此也。」《禮記·檀弓》云：「有司以几筵舍
奠於墓左，反，日中而虞。」虞主是葬後虞祭時
所立的神主。《公羊傳·文公二年》曰：「主者
曷用，虞主用桑。」此調是古代虞祭時所用之樂
曲。今依《全宋詞》列入。

## 虞美人

又名：一江春水、玉壺冰、巫山十二峰、宣州
竹、添字虞美人、楚王妃、虞美人令、虞美人
影、虞姬、憶柳曲。

唐教坊曲名。

（一）調見《敦煌歌辭總編》卷三〔唐〕無名
氏詞。

東風吹綻海棠開。香麝滿樓台。香和紅豔一堆
堆。又被美人和枝折，綴金釵。
金釵頭上綴芳菲。海棠花一枝。剛被蝴蝶繞人
飛。拂于深深紅蕊落，污奴衣。（錄自上海古籍出
版社排印本）

按：原載（伯）三九九四。調名原作【魚美

人】。《敦煌歌辭總編》編入雜曲聯章體。

《全唐五代詞》卷七：「敦煌此調乃單片者，全
片叶三平韻，為過去傳辭之所未有，在譜書中應
列為【虞美人】之第一體。過去認為此調之作，
以五代李煜最早，全片叶二仄二平，後世宗之。
顧敻作全片叶四平，較敦煌體多一韻。依《詞
譜》之一般情形，單片發生在前，雙疊在後，叶
平韻在前，叶仄韻在後。韻疏在前，韻密在後。
敦煌此體，既具單片、叶平、韻疏之三條件，當
為此調最早之體。」

（二）調見《花間集》卷六〔五代〕顧敻詞。

觸簾風送景陽鐘。鴛被繡花重。曉幃初捲冷煙
濃。翠勻粉黛好儀容。思嬌慵。　　起來無語
理朝妝。寶匣鏡凝光。綠荷相倚滿池塘。露清
枕簟藕花香。恨悠揚。（錄自雙照樓影明仿宋本）

（三）調見《尊前集》〔五代〕李煜詞。

春花秋月何時了。往事知多少。小樓昨夜又東
風。故國不堪回首、月明中。　　雕欄玉砌依
然在。只是朱顏改。不知都有幾多愁。恰似一
江春水、向東流。（錄自《彊村叢書》本）

（四）調見《花間集》卷五〔五代〕毛文錫詞。

寶檀金縷鴛鴦枕。綬帶盤宮錦。夕陽低映小窗
明。南園綠樹語鶯鶯。夢難成。　　玉爐香暖
頻添炷。滿地飄輕絮。珠簾不捲度沉煙。庭前
閒立畫秋千。豔陽天。（錄自雙照樓影明仿宋本）

（五）調見《花間集》卷六〔五代〕顧敻詞。

少年豔質勝瓊英。早晚別三清。蓮冠穩篸鈿篦
橫。飄飄羅袖碧雲輕。畫難成。　　遲遲少轉
腰身嫋。翠靨眉心小。醮壇風急杏枝香。此時
恨不駕鸞鳳。訪劉郎。（錄自雙照樓影明仿宋本）

《尊前集》、《張子野詞》注：中呂宮。《片玉
集》、《于湖先生長短句》注：正宮。《古今詞
話·詞辨》引《古今詞譜》：「正宮曲，又入仙
呂。」

《碧雞漫志》：「【虞美人】，《脞說》稱起於
項籍『虞兮』之歌。予謂後世以此命名可也，曲
起於當時，非也……按《益州草木記》：『雅州
名山縣，出虞美人草，如雞冠花。葉兩兩相對，
為唱【虞美人】曲，應拍而舞，他曲則否。』賈
氏《談錄》：『褒斜山谷中有虞美人草，狀如
雞冠，大葉相對。或唱【虞美人】，見兩葉如
人拊掌之狀，頗中節拍。』《酉陽雜俎》云：
『舞草出雅州，獨莖三葉，葉如決明，一葉在莖
端，兩葉居莖之半相對。人或近之歌，及抵掌謳

曲，葉動如舞。」《益部方物圖贊》改虞作娛，云：『今世所傳【虞美人】曲，下音俚調，非楚虞姬作。意其草纖柔，為歌氣所動，故其葉至小者或若搖動，美人以為娛耳。』《筆談》云：『高郵桑景舒性知音，舊聞虞美人草，遇人作【虞美人】曲，枝葉皆動，他曲不然。試之，如所傳。詳其曲，皆吳音也。他日取琴，試用吳音製一曲，對草鼓之，枝葉亦動，乃目曰【虞美人操】。其聲調與舊曲始末不相近，而草輒應之者，律法同管也。今盛行江湖間，人亦莫知其如何為吳音。』《東齋記事》云：『虞美人草，唱他曲亦動，傳者過矣。』予考六家說，各有異同。《方物圖贊》最穿鑿，無所稽據。舊曲固非虞姬作，若便謂下音俚調，嘻其甚矣。亦聞蜀中數處有此草，予皆未之見，恐種族異，則所感歌亦異。然舊曲三，其一屬中呂調，其一中呂宮，近世轉入黃鐘宮。此草應拍而舞，應舊曲乎？新曲乎？桑氏吳音，合舊曲乎？新曲乎？恨無可問者。又不知吳草與蜀產有無同類也。」

## 虞美人令

即【虞美人】。〔宋〕李薦詞名【虞美人令】，見《樂府雅詞‧拾遺》卷上。

　玉欄干外清江浦。渺渺天涯雨。好風如扇雨如簾。時見岸花汀草、漲痕添。　　青林枕上關山路。臥想乘鸞處。碧蕪千里信悠悠。唯有雲時涼夢、到南州。（錄自《粵雅堂叢書》本）

## 虞美人慢

即【解連環】。〔清〕徐德元詞名【虞美人慢】，見《小酉山房倚聲》卷下。

　豔姿旖旎。認前身底是，楚王宮裏。只因他、芳魂猶存，便趁著，東風雲時吹起。嫩蕊纖牙，侶猶帶、粉痕香膩。更顰煙蹙露，恨雨愁雲，畫欄慵倚。　　虞兮一聲唱矣。解聽歌應拍，幾番搖曳。軟腰肢、嫋嫋亭亭，怕舞向風前，不勝憔悴。一縷香魂，還憶著、舊時情未。算風流只有，此花美人身世。（錄自清鈔校本）

詞注：「即【解連環】調。」

按：徐元德詠虞美人花，有「虞兮一聲唱矣」及「此花美人身世」等句，故名【虞美人慢】。

## 虞美人影

（一）即【桃源憶故人】。〔宋〕秦觀詞名【虞美人影】，見《淮海詞》。

　碧紗影弄東風曉。一夜海棠開了。枝上數聲啼鳥。妝點愁多少。　　妒雲恨雨腰支嫋。眉黛不堪重掃。薄倖不來春老。羞帶宜男草。（錄自汲古閣《宋六十名家詞》本）

（二）即【虞美人】。〔五代〕李煜詞名【虞美人影】，見《南唐二主詞》。

　春花秋月何時了。往事知多少。小樓昨夜又東風。故國不堪回首月明中。　　雕欄玉砌依然在。只是朱顏改。問君能有許多愁。恰似一江春水向東流。（錄自王國維輯本）

## 虞神

即【虞主歌】。〔宋〕無名氏詞名【虞神】，見《宋史‧樂志》卷十五。

　復士初。明旌下儲胥。回虞仗，簫笳互奏，旌旆隨驅。豈知飆御在蓬壺。道縈紆。風日慘、六馬躊躇。留恨滿山隅。不堪回首，翠柏已扶疏。帝城漸邇，愁霧鎖天衢。公卿百辟，鱗集雲敷。　　迓龍輿。端門闢，金碧凌虛。此時還帝都。嚴清廟，入空時升，文物燦爛極嘉娛。配三宗，號稱神，古所無。帝德協廟虞。九歌畢奏斐然殊。會軒朱。神具燕喜，錫福集皇居。更千萬祀，佑啟邦圖。（錄自清武英殿二十四史本）

按：依《全宋詞》例列入。

## 虞神歌

即【虞主歌】。〔宋〕范祖禹詞名【虞神歌】，見《范太史文集》卷三十二。

　駕玉龍。設初虞祭終。前旌舉，天回洛水，路轉崧峰。瞻寥廓，煙霏沖融。窅無蹤。震地鼓吹悲雄。誰何羽衛重。拂雲旗幟眩青紅。來漸東。清塵灑道，修職百神恭。回首蒼茫，霧雨吹風。掩泉宮。　　□□□□□□□□□寰畿入，山川改容。鼓鐘臨近次，千官望拜，涕淚衛從。人如堵，晨光蔥籠。閟穹隆。馳道禁水相通。當年遊幸空。皇儀事畢泣重瞳。哀未窮。巍巍餘烈，輝映簡編中。億萬斯年，覆載同功。（錄自《全宋詞》本）

《范太史文集》注：雙調。

按：此本宋導引曲名。依《全宋詞》例列入。

## 虞姬

即【虞美人】。〔宋〕蔣捷詞名【虞姬】，見《竹山詞》。

> 絲絲楊柳絲絲雨。春在溟濛處。樓兒忒小不藏愁。幾度和雲飛去、覓歸舟。　天憐客子鄉關遠。借與花消遣。海棠紅近綠欄干。才捲朱簾卻又、晚風寒。（錄自《彊村叢書》本）

## 歲寒三友

〔清〕沈謙新犯曲，見《東江別集》卷二。

> 南樓月夜寶燈紅，一飲千鍾。詩成鏤板，曲就上弦，春似情濃。醉臥錦屏，滿身花影重。　流年誰信太匆匆。南北西東。雨黑今宵話別，衰鬢如霜左耳聾。記取後期，桃花黃鶴峰。（錄自惜陰堂《明詞彙刻》本）

詞注：「新犯曲。上二句【風入松】，中三句【四園竹】，下二句【梅花引】；後段上二句【風入松】，中二句【四園竹】，下二句【梅花引】。」

## 暈眉山

即【踏莎行】。〔宋〕賀鑄詞有「鏡暈眉山」句，故名；見《東山詞》卷上。

> 鏡暈眉山，囊薰水麝。凝然風度長閒暇。歸來定解鵔鸃裘，換時應倍驊騮價。　瀲酒傷春，添香情夜。依稀待月西廂下。梨花庭院雪玲瓏，微吟獨倚秋千架。（錄自涉園影宋本）

## 遇仙槎

即【生查子】。〔金〕王喆詞名【遇仙槎】，見《重陽教化集》卷三。

> 鼇魚海裏游，首尾常搖擺。百日下金鉤，釣出娑婆界。　應無離水憂，鵬化扶風快。隨我上青霄，同赴龍華會。（錄自涵芬樓影明《道藏》本）

## 遇仙亭

即【山亭柳】。〔金〕王喆詞名【遇仙亭】，見《重陽教化集》卷一。

> 急急回頭。得得因由。物物更不追求。見見分明把個，般般打破優遊。淨淨自然瑩徹，清清至是真修。　妙妙中間通出入，玄玄裏面細

尋搜。了了達冥幽。穩穩拈銀棹，惺惺駕、般若神舟。速速去超彼岸，靈靈現住瀛洲。（錄自涵芬樓影明《道藏》本）

按：王喆《重陽全真集》卷四亦收此詞，唯下片第五句「般若」二字作「大法」，餘皆相同，調名為【山亭柳】。其句式與【山亭柳】略有不同。

## 遇陳王

即【新曲】。〔清〕毛奇齡詞名【遇陳王】，見《毛翰林詞》卷一。

> 枇杷花裏誰家院，近叢壇。青漆左廂開繡戶，坐雙鬟。著地畫簾飛燕燕，當階碧草映蘭蘭。車輪未必成三角，扠住門邊那得還。（錄自清刻本）

## 睡花蔭令

調見〔元〕仇遠《無弦琴譜》卷一。

> 愁雲歇雨，洗淨一匲秋霽。枝上鵲、欲棲還起。曲欄人獨倚。　持杯酌月，月未醉。忘醉倚、木犀花睡。滿衣花影碎。（錄自《彊村叢書》本）

## 睡鶴仙

即【瑞鶴仙】。〔清〕王闓運詞名【睡鶴仙】，見《惘恨詞前集》。

> 別愁淒滿院。正晚來、疏簾和雨都捲。春痕背燈見。又煙絲、碧潤露華紅斷。瀟瀟線線。繞回欄、寒輕夜淺。被東風迤逗，相思剛落，簷花一片。　休續。紅樓隔冷，珠箔通光，作成閨怨。天涯縱遠，詩共酒，盡消遣。但西窗、剪燭東欄對雪。年時幾回相見。好般勤、愛惜良宵，莫催銀箭。（錄自無名氏鈔本）

## 暗香

又名：大暗香、紅香、紅情、晚香、疏紅。

〔宋〕姜夔自度曲，見《白石道人歌曲》卷五。

> 舊時月色。算幾番照我，梅邊吹笛。喚起玉人，不管清寒與攀摘。何遜而今漸老，都忘卻、春風詞筆。但怪得、竹外疏花，香冷入瑤席。　江國。正寂寂。歎寄與路遙，夜雪初積。翠樽易泣。紅萼無言耿想憶。長記曾攜手處，千樹壓、西湖寒碧。又片片、吹盡也，幾時見得。（錄自《彊村叢書》本）

《白石道人歌曲》注：仙呂宮。《夢窗詞集》注：夷則商。

詞序：「仙呂宮辛亥之冬，予載雪詣石湖。止既月，授簡索句，且徵新聲。作此兩曲，石湖把玩不已，使二妓肄習之，音節諧婉，乃名之曰【暗香】、【疏影】。」

《研北雜誌》卷下：「小紅順陽公青衣也，有色藝。順陽公之請老，姜堯章詣之。一日，授簡徵新聲，製【暗香】、【疏影】兩曲。公使二妓肄習之，音節清婉。堯章歸吳興，公尋以小紅贈之。其夕大雪，過垂虹，賦詩曰：『自琢新詞韻最嬌。小紅低唱我吹簫。曲終過盡松陵路，回首煙波十四橋。』」

## 暗香疏影

調見〔宋〕吳文英《夢窗詞集》。

占春壓一。捲峭寒萬里，平沙飛雪。數點酥鈿，凌曉東風□吹裂。獨曳橫梢瘦影，入廣平、裁冰詞筆。記五湖、清夜推篷，臨水一痕月。

何遜揚州舊事，五更夢半醒，胡調吹徹。若把南枝，圖入凌煙，香滿玉樓瓊闕。相將初試紅鹽味，到煙雨、青黃時節。想雁空、北落冬深，澹墨晚天雲闊。（錄自《彊村叢書》本）

《夢窗詞集》校記：「【暗香疏影】原鈔調下注有『前用【暗香】腔，後用【疏影】腔』十字，疑出校者。毛本『暗香』二字脫。按是調《詞譜》未載。《拾遺》收張炎一闋，見《夢庵聯芳詞》。詞序標夾鐘宮，或仿夢窗而作。」

《欽定詞譜》卷三十四【暗香疏影】調注：「張炎自度曲，以【暗香】調前段，【疏影】調後段，合而為一。自注夾鐘宮。」

按：是調《欽定詞譜》卷三十四以張炎詞作譜，並云：「張炎自度曲。」查張炎係明代人，宋吳文英已有此調之作，何來張炎自度曲。《欽定詞譜》未做深考，誤矣。

清江藩【暗香疏影】詞序：「白石老仙製【暗香】、【疏影】二曲，本仙呂宮。考段安節《樂府雜錄》論五音二十八調，仙呂在去聲宮七調之內。則填此二曲，當用去聲。而白石用入聲者，北音入聲皆作去聲讀。今伶工歌北曲，所謂『入作去』也。蓋二曲本用去聲，以入代去纏聲而流美矣。此夢窗、蘋洲、玉田所以謹守成法而不變。又彭元遜【解佩環】調，即【疏影】用去聲韻，亦一證也。張炎又採【暗香】前段、【疏影】後段合成【暗香疏影】一闋，變而為夾鐘宮。夾鐘即燕樂之中呂宮，亦在去聲宮七調之內，當用去聲近入聲之韻，斯為協律。仙呂宮下工字住，中呂宮下乙字住，清上五字住，此曲用上五住也。春日讀《香研居詞麈》，忽悟此理，乃填是曲，以繼絕響。然自南宋以後三百年，世無知之者矣。嗟乎，倚聲之難也如此。」

## 暗綠

即【疏影】。〔清〕章樹福詞名【暗綠】，見《竹塢詞》。

林煙淺抹。漸澀鶯幾囀，催喚千葉。自別羅浮，春夢零星，還憑翠羽能說。垂楊搭上秋千影，慣做弄、青樓風月。想石家、絕世名珠，碎作碧霞蒼雪。　何時天涯綠遍，帶愁看未足，南浦先別。莫是萍涯，隔斷盈盈，怕過飛花時節。銷磨螺子知多少，點不盡、人間華髮。更罷琴、聽了蟬嘶，又是一場衰歇。（錄自清刻本）

## 照江梅

即【朝中措】。〔宋〕李祁詞有「初見照江梅」句，故名；見《樂府雅詞》卷下。

郎官湖上探春回。初見照江梅。過盡竹溪流水，無人知道花開。　佳人何處，江南夢遠，殊未歸來。喚取小叢教看，隔江煙雨樓台。（錄自文淵閣《四庫全書》本）

詞序：「探梅早春亭，逾鳳樓嶺，至三山閣，折花而歸。用歐公【朝中措】腔作【照江梅】詞，寄任蘊明。蘊明嘗許緣檄載侍兒見過，又於漢籍伎有目成者，因以為戲。」

《欽定詞譜》卷七【朝中措】調注：「李祁詞有『初見照江梅』句，名【照江梅】。」

按：《樂府雅詞》調名為【朝中措】，此據《欽定詞譜》。

## 跨金鸞

即【綠頭鴨】。〔元〕牛道淳詞名【跨金鸞】，見《鳴鶴餘音》卷四。

錦堂春，璚仙朝列璚莚。遇良辰、名香共爇，吐氤氳、瑞藹祥煙。慶三真、重陽五祖，願當今、聖主遐延。昔有軒轅，駕龍騰飛，上朝玉帝自爭先。恁時萬聖齋會，宴賞共留連。蕭韶美、金童捧盞，玉女傳宣。　觀神宮、仙苑

異景，降鸞鳳、鶴舞翩翩。仙童報，蟠桃正結，丹桂初圓。萬載金龜，千秋玉兔，老人星見。慶這些事，洞天佳景，還也勝塵緣。無來去，天地同壽，日月齊年。（錄自涵芬樓影明《道藏》本）

## 蜂蝶令

即【南歌子】。

《古今詞彙二編》卷二【南歌子】注：「一名【蜂蝶令】。」

## 過秦樓

（一）調見《樂府雅詞》卷下〔宋〕李甲詞。

賣酒壚邊，尋芳原上，亂花飛絮悠悠。已蝶稀鶯散，便擬把長繩、繫日無由。謾道草忘憂。也徒將、酒解閒愁。正江南春盡，行人千里，蘋滿汀洲。　有翠紅徑裏，盈盈侶簇，芳茵襯飲，時笑時謳。當暖風遲景，任相將永日，爛熳從遊。誰信盛狂中，有離情、忽到心頭。向樽前押問，雙燕來時，曾過秦樓。（錄自文淵閣《四庫全書》本）

按：李甲詞有「雙燕來時，曾過秦樓」句，故名【過秦樓】。《欽定詞譜》卷三十五【過秦樓】調注：「此調押平韻者，只有此詞，無別首宋詞可校。」《片玉集》以周邦彥【選官子】詞刻作【過秦樓】，各譜書遂名周詞為【仄韻過秦樓】。不知【選官子】調，其體不一，應以周詞編入【選官子】調內，不得以【仄韻過秦樓】名另分一體。而《詞律》將是詞與周邦彥「水浴清蟾」詞同列於【過秦樓】調內，不確。今依《欽定詞譜》之論另立。

（二）即【選官子】。〔宋〕周邦彥詞名【過秦樓】，見《片玉詞》卷下。

水浴清蟾，葉喧涼吹，巷陌馬聲初斷。閒依露井，笑撲流螢，惹破畫羅輕扇。人靜夜久憑欄，愁不歸眠，立殘更箭。歎年華一瞬，人今千里，夢沉書遠。　空見說、鬢怯瓊梳，容銷金鏡，漸懶趁時勻染。梅風地溽，虹雨苔滋，一架舞紅都變。誰信無聊，為伊才減江淹，情傷荀倩。但明河影下，還看稀星數點。（錄自汲古閣《宋六十名家詞》本）

《片玉集》注：大石調。《夢窗詞集》注：黃鐘商。

## 過澗歇

又名：過澗歇近。

調見〔宋〕柳永《樂章集》。

淮楚。曠望極，千里火雲燒空，盡日西郊無雨。厭行旅。數幅輕帆旋落，艤棹兼葭浦。避畏景，兩兩舟人夜深語。　此際爭可，便恁奔名競利去。九衢塵裏，衣冠冒炎暑。回首江鄉，月觀風亭，水邊石上，幸有散髮披襟處。（錄自汲古閣《宋六十名家詞》本）

《樂章集》注：中呂調。

## 過澗歇近

即【過澗歇】。〔宋〕柳永詞名【過澗歇近】，見《樂章集》卷下。

酒醒。夢才覺，小閣香炭成煤，洞戶銀蟾移影。人寂靜。夜永清寒，翠瓦霜凝。疏簾風動，漏聲隱隱，飄來轉愁聽。　怎向心緒，近日厭厭長似病。鳳樓咫尺，佳期杳無定。輾轉無眠，粲枕冰冷。香虬煙斷，是誰與把重衾整。（錄自《彊村叢書》本）

## 過龍門

即【浪淘沙】。〔宋〕史達祖詞名【過龍門】，見《梅溪詞》。

一帶古苔牆。多聽寒螿。匲中針線早銷香。燕尾寶刀窗下夢，誰剪秋裳。　宮漏莫添長。空費思量。鴛鴦難得再成雙。昨夜楚山花簟裏，波影先涼。（錄自汲古閣《宋六十名家詞》本）

## 過龍門令

即【浪淘沙】。〔明〕無名氏詞名【過龍門令】，見《警世通言》卷六。

冒險過秦關，跋涉長江。崎嶇萬里到錢塘。舉不成名歸計拙，趁食街坊。　命蹇苦難當，空有詞章。片言爭敢動吾皇。敕賜紫袍歸故里，衣錦還鄉。（錄自《中國話本大系》本）

## 蜀溪春

〔宋〕曹勳自度曲，見《松隱樂府》卷二。

蜀景風遲，浣花溪邊，誰種芬芳。天與薔薇，露華勻臉，繁蕊競拂嬌黃。枝上標韻別，渾不染、鉛粉紅妝。念杜陵、曾見時，也為賦篇章。　如今盛開禁掖，千萬朵鶯羽，先借朝

陽。待得君王，看花明豔，都道赭袍同光。須
趁排宴席，偏宜帶、疏雨籠香。占上苑，留住
春，奉玉觴。（錄自《彊村叢書》本）

## 蜀葵花

調見《鳴鶴餘音》卷五〔金〕王喆詞。

上仙傳秘訣。只要塵情滅。意馬與心猿，牢鎖
閉，莫放劣。戒慳貪是非，人我無明斷絕。把
巧辯聰明都守拙。　　紫殿元君歌。寶鼎丹砂
結，也休問龍虎，鉛汞絮繁說。向迷雲堆裏，
捧出一輪皎月。方表信，希夷門戶別。（錄自清
黃丕烈補明鈔本）

## 愁花令

調見〔明〕張鳳翼《處實堂續集》卷五。

花不開時花未好。待得花開，剩得春多少。憑
欄欲作賞花人，難教花知道。又怕花、嫌人
老。　　雨偬風僝，煙啼霧嘯。醞釀一春懊
惱。想司花吏年紀小，變調未諳曉。把花信、
都顛倒。（錄自《續修四庫全書》本）

## 愁春未醒

即【採桑子慢】。〔宋〕吳文英詞名【愁春未
醒】，見《夢窗丙稿》。

東風未起，花上纖塵無影。峭雲濕，凝酥深
塢，乍洗梅清。釣捲愁絲，冷浮虹氣海空明。
若耶門閉，扁舟去懶，客思鷗輕。　　幾度問
春，倡紅冶翠，空媚陰晴。看真色、千巖一
素，天澹無情。醒眼重開，玉鉤簾外曉峰青。
相扶輕醉，越王臺上，更最高層。（錄自汲古閣
《宋六十名家詞》本）

《夢窗丙稿》注：黃鐘商。

## 愁風月

即【生查子】。〔宋〕賀鑄詞有「處處愁風月」
句，故名；見《東山詞》卷上。

風清月正圓，信是佳時節。不會長年來，處處
愁風月。　　心將蕙麝焚，吟伴寒蛩切。欲遽
就床眠，解帶翻成結。（錄自涉園影宋本）

## 愁倚欄

即【春光好】。〔宋〕丘崈詞名【愁倚欄】，見
《定文公詞》。

風雨驟，妒花黃。忽斜陽。急手打開君會否，

是伊涼。　　深深密密傳觴。似差勝、落帽清
狂。滿引休辭還醉倒，卻何妨。（錄自《彊村叢
書》本）

## 愁倚欄干令

即【春光好】。〔清〕曹士勳詞名【愁倚欄干
令】，見《翠羽詞》。

鶯梭柳，蝶圍花。掩窗紗。怕把暮春消息報，
惱儂家。　　當初郎在天涯。不知道、水遠山
斜。今夜等他來夢裏，索留他。（錄自清康熙臥雲
書屋刻本）

## 愁倚欄令

即【春光好】。〔宋〕晏幾道詞有「拚卻一襟懷
遠淚，倚欄看」句，故名；見《小山詞》。

春羅薄，酒醒寒。夢初殘。欹枕片時雲雨事，
已關山。　　樓上斜日欄干。樓前路、曾試雕
鞍。拚卻一襟懷遠淚，倚欄看。（錄自汲古閣《宋
六十名家詞》本）

## 與團圓

即【喜團圓】。〔宋〕無名氏詞有「與個團圓」
句，故名；見《花草粹編》卷八。

絞綃霧縠，沒多重數，緊礙偷憐。孜孜覷著，
算前生、只結得眼因緣。　　眼是心媒，心為
情本，裏外勾連。天還有意，不違人願，與個
團圓。（錄自文淵閣《四庫全書》本）

## 傳言玉女

調見《樂府雅詞》卷中〔宋〕晁沖之詞。

一夜東風，吹散柳梢殘雪。御樓煙暖，正鼇山
對結。簫鼓向晚，鳳輦初歸宮闕。千門燈火，
九街風月。　　繡閣人人，乍嬉遊、困又歇。
笑勻妝面，把朱簾半揭。嬌波向人，手撚玉梅
低說。相逢常是，上元時節。（錄自《粵雅堂叢
書》本）

《漢武帝內傳》：「帝閒居承華殿，東方朔、董
仲舒在側。忽見一女子著青衣，美麗非常，帝愕
問之。女對曰：『我墉宮玉女王子登也，乃為王
母所使，從崑崙山來。』語帝曰：『聞子輕四海
之祿，尋道求生，降帝王之位，而屢禱山岳，勤
哉，有似可教者也。從今日清齋，不問人事，至
七月七日，王母暫來也。』帝下席跪諾，言訖忽
不知所在。帝問東方朔：『此何人？』朔曰：

『是西王母紫欄宮玉女，常傳使命，往來扶桑，出入靈州交關，常陽傳言元都阿母。昔日配北燭仙人，近又召還，使領命祿，真靈官也。』」調名本此。

## 傳妙道

即【傳花枝】。〔金〕馬鈺詞名【傳妙道】，見《洞玄金玉集》卷十。

山侗正撫，心琴仙調。驀然想、道契仇香姓趙。願吾官，早閒悟，事皆顛倒。匿知慧，裝懵懂，咄去奸俏。便仿效、許氏龐公，全家物外，個個總了了。　清心淨意，通禪明道。逍遙樂，永無憂惱。縱狂歌、任下士，聞之大笑。笑則笑，怎知得，內貌忒好。待異日、行滿功成，管決有紫書來到。（錄自涵芬樓影明《道藏》本）

詞注：「本名【傳花枝】，借柳詞韻。」

## 傳花枝

又名：傳妙道、轉花枝令。

調見〔宋〕柳永《樂章集》卷上。

平生自負，風流才調。口兒裏、道知張陳趙。唱新詞，改難令，總知顛倒。解劇扮，能兵嗽，表裏都峭。每遇著、飲席歌筵，人人盡道。可惜許老了。　閻羅大伯曾教來，道人生、但不須煩惱。遇良辰，當美景，追歡買笑。剩活取百十年，只恁廝好。若限滿、鬼使來追，待倩個、掩通著到。（錄自《彊村叢書》本）

《樂章集》注：大石調。

## 傾杯

（一）調見《永樂大典》卷二萬零三百五十三「席」字韻〔宋〕張先詞。

飛雲過盡，明河淺、天無畔。草色棲螢，霜華清暑，輕颺弄袂，澄瀾拍岸。宴玉塵談賓，倚瓊枝、秀抱雕觴滿。午夜中秋，十分圓月，香槽撥鳳，朱弦軋雁。　正是欲醒還醉，臨空悵遠。壺更疊換。對東西、數里回塘，恨零落芙蓉、春不管。籠燈待散。誰知道、座有離人，目斷雙歌伴。煙江艇子歸來晚。（錄自中華書局影印本）

（二）即【傾杯樂】。〔宋〕柳永詞名【傾杯】，見《樂章集》卷下。

水鄉天氣，灑蒹葭、露結寒生早。客館更堪秋杪。空階下、木葉飄零，颯颯聲乾，狂風亂掃。當無緒、人靜酒初醒，天外征鴻，知送誰家歸信，穿雲悲叫。　蛩響幽窗，鼠窺寒硯，一點銀缸閒照。夢枕頻驚，愁衾半擁，萬里歸心悄悄。往事追思多少。贏得空使方寸撓。斷不成眠，此夜厭厭，就中難曉。（錄自《彊村叢書》本）

《樂章集》注：黃鐘羽。

（三）即【傾杯樂】。〔宋〕柳永詞名【傾杯】，見《樂章集》卷下。

金風淡蕩，漸秋光老、清宵永。小院新晴天氣，輕煙乍斂，皓月當軒練淨。對千里寒光，念幽期阻、當殘景。早是多情多病。那堪細把，舊約前歡重省。　最苦碧雲信斷，仙鄉路杳，歸鴻難倩。每高歌、強遣離懷，慘咽、翻成心耿耿。漏殘露冷。空贏得、悄悄無言，愁緒終難整。又是立盡，梧桐碎影。（錄自《彊村叢書》本）

《樂章集》注：大石調。

（四）即【傾杯樂】。〔宋〕柳永詞名【傾杯】，見《樂章集》卷下。

鶩落霜洲，雁橫煙渚，分明畫出秋色。暮雨乍歇。小楫夜泊，宿葦村山驛。何人月下臨風處，起一聲羌笛。離愁萬緒，閒岸草、切切蛩吟如織。　為憶。芳容別後，水遙山遠，何計憑鱗翼。想繡閣深，爭知憔悴損、天涯行客。楚峽雲歸，高陽人散，寂寞狂蹤跡。望京國。空目斷、遠峰凝碧。（錄自《彊村叢書》本）

《樂章集》注：散水調。

## 傾杯令

調見〔宋〕呂渭老《聖求詞》。

楓葉飄紅，蓮房肥露，枕席嫩涼先到。簾外蟾華如掃。枝上啼鴉催曉。　秋風又送潘郎老。小窗明、疏螢淺照。登高送遠惆悵，白髮至今未了。（錄自汲古閣《宋六十名家詞》本）

## 傾杯近

調見〔宋〕袁去華《宣卿詞》。

遼館金鋪半掩，簾幕參差影。睡起槐陰轉午，鳥啼人寂靜。殘妝褪粉，鬆髻欹雲慵不整。盡無言，手接裙帶繞花徑。　酒醒時，夢回處，舊事何堪省。共載尋春，並坐調箏何時更。心情盡日，一似楊花飛無定。未黃昏，又

先愁夜永。（錄自汲古閣《宋六十名家詞》本）

## 傾杯序

調見《歲時廣記》卷三十五引《摭言》〔宋〕無名氏詞。

> 昔有王生，冠世文章，嘗隨舅遊江渚。偶爾停舟寓目，遙望江祠，依依陌上閒步。恭詣殿砌，稽首瞻仰，返回歸路。遇老叟，坐於磯石，貌純古。因語□，子非王勃，是致生驚詢之，片餉方悟。子有清才，幸對滕王高閣，可作當年詞賦。汝但上舟，休慮迢迢，仗清風去。　　到筵中、下筆華麗如神助。會俊侶。面如玉。大夫久坐覺生愁。報云落霞並飛孤鶩。秋水長天，一色澄素。閻公疎然，復坐華筵，次詩引序。道鳴鸞佩玉，鏘鏘罷歌舞。棟雲飛過南浦。暮簾捲向西山雨。閒雲潭影，淡淡悠悠，物換星移，幾度寒暑。閣中帝子，悄悄垂名，在於何處。算長江、儼然自東去。（錄自《十萬卷樓叢書》本）

《歲時廣記》卷三十五引《摭言》：「唐王勃，字子安，太原人也。六歲能文，詞章蓋世。年十三隨父宦遊江左，舟次馬當，寓目山半古祠，危欄跨水，飛閣懸崖。勃乃登岸閒步，見大門當道，榜曰中元水府之神，禁庭嚴肅，侍衛猙獰，勃詣殿砌，瞻仰稽首。返回歸路，遇老叟，年高貌古，骨秀神清，坐於磯上，與勃長揖曰：『子非王勃乎？』勃心驚異，虛己正容，談論款密。叟曰：『來日重九，南昌都督命客作〈滕王閣序〉，子有清才，曷往賦之？』勃曰：『此去南昌七百餘里，今日已九月八矣，夫復何言？』叟曰：『子誠能往，吾當助清風一席。』勃欣然再拜，且謝且辭，問叟：『仙耶？神耶？』心怯未悟。叟笑曰：『吾中元水府君也，歸帆當以濡毫均甘。』勃即登舟。翌旦昧爽，已抵南昌。會府師閣公宴僚屬於滕王閣，時公有婿吳子章，喜為文詞，公欲誇之賓友，乃宿構〈滕王閣序〉，俟賓公出而為之，若即席而就者。既會，公果授簡諸客，諸客辭。次至勃，勃輒受。公既非意，色甚不怡，歸內閣，密囑數吏伺勃下筆，當以口報。一吏即報曰：『南昌故郡，洪都新府。』公曰：『此亦儒生常談耳。』一吏復報曰：『星分翼軫，地接衡廬。』公曰：『故事也。』又報曰：『襟三江而帶五湖，控蠻荊而引甌越。』公即不語。俄爾數吏遝至以報，公但領頤而已。至

『落霞與孤鶩齊飛，秋水共長天一色』，公矍然拊几曰：『此天才也。』頃爾文成，公大悅。復出主席，謂勃曰：『子之文章，必有神助。使帝子聲流千古，老夫名聞他年。洪都風月增輝，江山無價，皆子之力也。』遍示坐客歡服。俄子章卒然叱勃曰：『三尺小童兒，敢將陳文以誑主公？』因對公覆誦，了無遺忘。坐客驚駭，公亦疑之。王勃湛然徐語曰：『陳文有詩乎？』子章對曰：『無詩。』勃亦了不締思，揮毫落紙作詩曰：『滕王高閣臨江渚。佩玉鳴鸞罷舞。畫棟朝飛南浦雲，珠簾暮捲西山雨。閒雲潭影日悠悠。物換星移幾度秋。閣中帝子今何在，檻外長江空自流。』子章聞之，大慚而退。公私宴勃，寵渥薦臻。既行，謝以五百縑。遂至故地，而叟已先坐磯石矣。勃拜以謝曰：『府君既借好風，又教不敏，當具菲禮，以答神庥。』叟笑曰：『幸勿相忘，倘過長蘆，焚陰錢十萬，吾有未償薄債。』勃領命。復告叟曰：『某之窮通壽夭何如？』叟曰：『子氣清體羸，神微骨弱，雖有高才，秀而不實。』言畢，冉冉沒於水際。勃聞此，厭厭不樂，過長蘆而忘叟之囑。俄有群鳥集檣，拖櫓弗進。勃曰：『此何處？』舟師曰：『長蘆也。』勃恍然，取陰錢如數，焚之而去。羅隱詩：『□□有意憐才子，歘忽威靈助去程。一席清風雷電疾，滿碑佳句雪冰清。煥然麗藻傳千古，赫爾英名動兩京。若匪幽冥□□客，至今佳景絕無聲。』後之人又作【傾杯序】云（詞略）。」

## 傾杯樂

又名：古傾杯、傾杯。

唐教坊曲名。

（一）調見《敦煌歌辭總編》卷一《雲謠集雜曲子》〔唐〕無名氏詞。

> 窈窕逶迤，體貌超群，傾國應難比。渾身掛綺羅，裝束□□，未省從天得知。臉如花、自然多嬌媚。翠柳畫蛾眉，橫波如同秋水。裙生石榴，血染羅衫子。　　觀豔質語軟言輕，玉釵綴素綰烏雲髻。年二八久鎖香閨，愛引猧兒鸚鵡戲。十指如玉如蔥，凝酥體、雪透羅裳裏。堪娉與公子王孫，五陵年少風流婿。（錄自上海古籍出版社排印本）

按：原載（伯）二八三八。原本作【傾盃樂】。

（二）調見《敦煌歌辭總編》卷一《雲謠集雜曲

子》〔唐〕無名氏詞。

　　憶昔笄年。未省離卜，生長深閨苑。閒憑著繡
　　床，時拈金針，擬貌舞鳳飛鸞。對妝台重整嬌
　　姿面。知身貌算料，豈交人見。又被良媒，苦
　　出言詞相誘詃。　　每道說水際鴛鴦，唯指梁
　　間雙燕。被父母將兒匹配，便認多生宿姻眷。
　　一旦娉得狂夫，攻書業拋妾求名宦。縱然選
　　得，一時朝要，榮華爭穩便。（錄自上海古籍出版
　　社排印本）

按：原載（伯）二八三八。原本作【傾盃樂】。

（三）調見〔宋〕柳永《樂章集》卷上。

　　禁漏花深，繡工日永，蕙風布暖。變韶景、都
　　門十二，元宵三五，銀蟾光滿。連雲複道凌飛
　　觀。聳皇居麗，嘉氣瑞煙蔥蒨。翠華宵幸，是
　　處層城閬苑。　　龍鳳燭、交光星漢。對咫尺
　　鼇山開羽扇。會樂府、兩籍神仙，梨園四部弦
　　管。向曉色、都人未散。盈萬井、山呼鰲抃。
　　顧歲歲，天仗裏、常瞻鳳輦。（錄自《彊村叢
　　書》本）

《樂章集》注：仙呂宮、大石調、散水調、林鐘
商、黃鐘調。

（四）調見〔宋〕柳永《樂章集》卷上。

　　皓月初圓，暮雲飄散，分明夜色如晴晝。漸消
　　盡、釅釅殘酒。危閣回、涼生襟袖。追舊事、
　　一餉憑欄久。如何媚容豔態，抵死孤歡偶。朝
　　思暮想，自家空恁添清瘦。　　算到頭、誰與
　　伸剖。向道我別來，為伊牽繫，度歲經年，偷
　　眼覷、也不忍覷花柳。可惜恁、好景良宵，不
　　曾略展雙眉暫開口。問甚時與你，深憐痛惜還
　　依舊。（錄自《彊村叢書》本）

《樂章集》注：大石調。

（五）調見〔宋〕柳永《樂章集・續添曲子》。

　　樓鎖輕煙，水橫斜照，遙山半隱愁碧。片帆岸
　　遠，行客路杳，簇一天寒色。楚梅映雪數枝
　　豔，報青春消息。年華夢促，音信斷、聲遠飛
　　鴻南北。　　算伊別來無緒，翠消紅減，雙帶
　　長拋擲。但淚眼沉迷，看朱成碧。蕙閉愁堆
　　積。雨意雲情，酒心花態，孤負高陽客。夢難
　　極。和夢也、多時間隔。（錄自《彊村叢書》本）

《樂章集》注：散水調。

《近事會元》卷四：「【傾杯樂】，唐太宗貞觀
初內宴，長孫無忌造此曲。又《樂府雜錄》云：
『唐宣宗喜吹蘆管，自製此曲，有數拍不均。上
初撚管，令俳兒辛骨胐拍，不中其節。上瞋目顧

之，胐憂，一日而卒。』上交詳此二說，恐先者
是宮調，後來宣宗轉於他調製之也。」又：「唐
明皇開元中三宴日，諸樂戲外有舞馬三十匹，為
【傾杯樂】曲。奮首鼓尾，縱橫應節。又施三層
寶床，乘馬而上，抃轉如飛。後安祿山亦將數匹
而歸，私習之。其後田承嗣代祿山，舞馬尚存
者，一旦於櫪上聞鼓聲，頓挫以舞之。廝人惡
之，舉箒以擊焉，其馬尚謂怒其未妍妙，因更奮
擊宛轉，曲盡其態。廝役告承嗣，以為妖，遂斃
之，而舞馬絕。」

《全唐五代詞》：「【傾杯樂】，前人謂起於晉
人之杯盤舞，殆附會之說。傾杯，全為進酒之動
作，與舞無涉。北周已有六言之【傾杯曲】。
《隋書・音樂志》敘隋之定樂，曾謂牛弘改周
樂之聲，獻奠登歌六言，像【傾杯曲】。至唐初
或已形成大曲，用龜茲樂，太宗曾命長孫無忌
等人作辭。至玄宗時曾配合於馬舞，有數十曲之
多。至觀於北宋時柳永一人所翻【傾杯】與【古
傾杯】，於八首之中即有七種不同之句法，而入
五種不同之宮調，益以張先、沈會宗諸人不同之
體。格律愈繁，宜其傳於當時之音譜，亦各類不
同也。」

《填詞名解》卷三：「《宋史・樂志》云：『置
教坊，凡四部，每春秋聖節三大宴：其第一皇帝
升坐，宰相進酒，庭中吹觱栗，以眾樂和之，賜
群臣酒，皆就坐，宰相飲，作【傾杯樂】。』
《唐書》謂玄宗嘗以馬舞【傾杯】數十曲。又
《樂府雜錄》云：『宣宗喜吹蘆管，自製【傾杯
樂】。』知此名起自唐代遠矣。」

## 催雪

調見〔宋〕姜夔《白石詩詞集》。

　　風急還收，雲凍又解，海闊無人剪水。算六出
　　工夫，怎教容易。剛被郢歌楚舞，鎮獨向、樽
　　前弄輕細。想謝庭吟詠，梁園宴賞，未成歡
　　計。　　天意。是則是。怎下得控持，柳梢梅
　　蕊。又爭奈、看看漸回春意。好趁東君未覺，
　　先把園林都裝綴。看是處、玉樹瓊枝，勝卻萬
　　紅千紫。（錄自清洪正治本）

按：姜夔此詞又見《陽春白雪》卷一，作者為宋
丁注，調名【無悶】，字句稍有不同。《欽定詞
譜》卷二十七【催雪】調注：「此調始自姜夔，
本催雪詞也，即以為名。吳文英、王沂孫俱有
此調詞，與【無悶】不同，《詞律》類列者，

誤。」今細校二調，相同之處多，相異之處較少。況吳、王兩家詞，均名【無悶】。據此【無悶】與【催雪】當係一調兩名。《詞律》類列亦可。今據《欽定詞譜》做分列處理。

## 催徵頭子

即【千秋歲】。〔宋〕僧惠洪詞名【催徵頭子】，見《天機餘錦》卷三。

> 半身屏外。睡覺唇紅退。春思亂，芳心碎。空餘簪髻玉，不見流水去。誰與問，今人秀韻誰宜對。　　湘浦曾同會。手弄青羅蓋。宜是夢，中猶在。十分春易盡，一點情難改。多少事，卻隨恨遠連雲海。（錄自明鈔本）

## 傷春曲

（一）即【滿江紅】。〔宋〕賀鑄詞有「題滿杏花箋，傷春作」句，故名；見《東山詞》卷上。

> 火禁初開，深深院、盡重簾箔。人自起、翠衾寒夢，夜來風惡。腸斷殘紅和淚落。半隨經雨飄池角。記採蘭、攜手曲江遊，年時約。　　芳物大，都如昨。自怨別，疏行樂。被無情雙燕，短封難託。誰念東陽銷瘦骨。更堪白紵衣衫薄。向小窗、題滿杏花箋，傷春作。（錄自《彊村叢書》本）

（二）調見《詞鵠初編》卷一〔唐〕無名氏詞。

> 芳菲時節。花壓枝折。蜂蝶撩亂，欄檻光發。　　一旦碎花魄。葬花骨，蜂兮蝶兮何不知，空使雕欄對明月。（錄自《全唐五代詞》本）

按：此調依《全唐五代詞》例列入。

## 傷春怨

調見《歷代詩餘》卷八〔宋〕王安石詞。

> 雨打江南樹。一夜花開無數。綠葉漸成陰，下有遊人歸路。　　與君相逢處。不道春將暮。把酒祝東風，且莫恁、匆匆去。（錄自清康熙內府本）

按：王安石詞見宋吳曾《能改齋漫錄》卷十六【傷春怨】條。【傷春怨】乃吳曾概言詞意而立之條目名，而詞注明：「右調【生查子】。」然此詞與【生查子】調句讀韻均異，是否是【生查子】之別體，因無旁證，不能臆斷。今依《詞律》、《欽定詞譜》另立備考。

## 傷情怨

即【清商怨】。〔宋〕周邦彥詞名【傷情怨】，見《片玉集》卷六。

> 枝頭風勢漸小。看暮鴉飛了。又是黃昏，閉門收返照。　　江南人去路杪。信未通、愁已先到。怕見孤燈，霜寒催睡早。（錄自《彊村叢書》本）

《片玉集》注：林鐘。

## 傷情遠

即【清商怨】。〔宋〕歐陽修詞名【傷情遠】，見《樂府雅詞》卷上。

> 關河愁思望處滿。漸素秋向晚。雁過南雲，行人回淚眼。　　雙鴛衾裯悔展。夜又永、枕孤人遠。夢未成歸，梅花聞塞管。（錄自文淵閣《四庫全書》本）

## 傷傷子

調見〔清〕王庭《秋間詞》。

> 春自芳菲人寂寞。妒他偏喜東風惡。紅英千片須臾落。喧蜂攘蝶今何莫。早則是、憐他應覺。　　私心舊託。縱棄擲、也傷他蕭索。飛揚幾被遊絲縛。又飄零、向流水相濁。思他鎖橋山閣。明歲開時非昨。（錄自《全清詞》本）

## 鈿帶長

即【鈿帶長中腔】。〔宋〕万俟詠詞名【鈿帶長】，見《全芳備祖·前集卷二十二·花部·瑞香》。

> 簇真香。似風前、拆麝囊。嫩紫輕紅，間鬥異芳。風流富貴，自覺蘭蕙荒。獨占蕊珠春光。　　繡結流蘇密緻，魂夢悠颺。氣融液、散滿洞房。朝寒料峭，孅嬌不易當。著意要得韓郎。（錄自日本藏宋刻本）

## 鈿帶長中腔

又名：鈿帶長。

調見《欽定詞譜》卷十五引《大聲集》〔宋〕万俟詠詞。

> 鈿帶長。簇真香。似風前、拆麝囊。嫩紫輕紅，間鬥異芳。風流富貴，自覺蘭蕙荒。獨占蕊珠春光。　　繡結流蘇密緻，魂夢悠颺。氣融液、散滿洞房。朝寒料峭，孅嬌不易當。著

意要得韓郎。（錄自清康熙內府本）

《欽定詞譜》卷十五【鈿帶第中腔】調注：「調見《大聲集》，即詠鈿帶香囊本意。《花草粹編》少起句『鈿帶長』三字，今從本集校正。」

## 獅兒曲

即【雪獅兒】。〔近人〕趙熙詞名【獅兒曲】，見《香宋詞》卷三。

大儺新典，西涼妙舞，金毛奇絕。瓦鼓聲聲，頭尾百般靈活。團團笑靨，要演過燒燈時節。波斯影，五台鑽處，白題高揭。　有宋風嬉未歇。欠婆羅門隊，教坊圍列。點綴昇平，一派龍衣齊擊。江東浩劫。問要到、孫郎幾摺。春夢熱。聽取野干饒舌。（錄自巴蜀書社排印本）

## 獅兒詞

即【雪獅兒】。〔元〕張雨詞名【獅兒詞】，見《貞居詞》。

含香弄粉，便勾引、遊騎尋芳，城南城北。別有西村，斷港冰澌微綠。孤山路熟。伴老鶴、晚先尋宿。怕凍損、三花兩蕊，寒泉幽谷。　幾番花陰濯足。記歸來、醉臥雪深平屋。春夢無憑，鬢底鬧蛾爭撲。不如圖畫。相對展、官奴風竹。燒黃燭。自聽瓶笙調曲。（錄自明吳訥《百家詞》本）

## 飲馬歌

調見〔宋〕曹勳《松隱樂府》卷三。

邊頭春未到。雪滿交河道。暮沙明殘照。塞烽雲間小。斷鴻悲。隴月低。淚濕征衣悄。歲華老。（錄自《彊村叢書》本）

詞序：「此腔自虜中傳至邊，飲牛馬即橫笛吹之，不鼓不拍，聲甚淒斷。聞兀朮每遇對陣之際，吹此則鏖戰無還期也。」

## 飲酒樂

調見〔明〕姚廣孝《逃虛子詞》

瑤席敷連雲影，羽觴流帶花馨。要識劉伶一醉，全勝屈原獨醒。（錄自惜陰堂《明詞彙刻》本）

## 愛月夜眠遲

即【愛月夜眠遲慢】。〔元〕仇遠詞名【愛月夜眠遲】，見《無弦琴譜》卷一。

小市收燈，漸柝聲隱隱，人語沉沉。月華如水，香街塵冷，欄干瑣碎花蔭。羅幃不隔嬋娟，多情伴人孤枕。最分明，見屏山翠疊，遮斷行雲。　因記款曲西廂，趁凌波步影，笑拾遺簪。元宵相次近也，沙河簫鼓，恰是如今。行行舞袖歌裙，歸還不管更深。黯無言，新愁舊月，空照黃昏。（錄自《彊村叢書》本）

## 愛月夜眠遲慢

又名：愛月夜眠遲。

調見《高麗史‧卷七十一‧樂二》〔宋〕無名氏詞。

禁鼓初敲，覺六街夜悄，車馬人稀。暮天澄淡，雲收霧捲，亭亭皎月如珪。冰輪碾出遙空，無私照臨千里。最堪憐、有情風，送得丹桂香微。　唯願素魄長圓，把流霞對飲，滿泛觥厄。醉憑欄處、賞玩不忍、辜卻好景良時。清歌妙舞連宵，跚蹣懶入羅幃。任佳人、盡嗔我，愛月每夜眠遲。（錄自日本明治四十一年縮印本）

按：無名氏詞有「盡嗔我，愛月每夜眠遲」句，故名【愛月夜眠遲慢】。詞中「厄」字原作「觴」字不押韻，依《欽定詞譜》改。

## 愛孤雲

即【添聲楊柳枝】。〔宋〕賀鑄詞有「閒愛孤雲靜愛僧」句，故名；見《東山詞》卷上。

閒愛孤雲靜愛僧。得良朋。清時有味是無能。矯聲丞。　況復早年豪縱過，病嬰仍。如今癡鈍似寒蠅。醉懵騰。（錄自涉園影宋本）

## 愛恩深

即【受恩深】。〔宋〕柳永詞名【愛恩深】，見《樂章集》。

雅致裝庭宇。黃花開淡濘。細香明豔盡天與。助秀色堪餐，向曉自有真珠露。剛被金錢妒。擬買斷秋天，容易獨步。　粉蝶無情蜂已去。要上金樽，唯有詩人曾許。待宴賞重陽，恁時盡把芳心吐。陶令輕回顧。免憔悴東籬，冷煙寒雨。（錄自汲古閣《宋六十名家詞》本）

## 愛蘆花

即【老君吟】。〔金〕王吉昌詞名【愛蘆花】，見《會真集》卷五。

心開五對忘，性逸六情絕。氣神形變化，首級

空飛血。功旌丹品瑩，產陽魂，奮威烈。始終
不變實相露，貫通無內外，貌難分別。　出
生滅。縱橫清淨體，無像天中徵。究竟真法
眼，剔眉毛纖翳抉。輝開萬古清光潔。圓明物
物顯，了然如缺。（錄自涵芬樓影明《道藏》本）

## 解仙佩

調見〔宋〕歐陽修《醉翁琴趣外篇》卷六。

> 有個人人牽繫。淚成痕、滴盡羅衣。問海約山
> 盟何時。鎮教人、目斷魂飛。　夢裏似偎人
> 睡。肌膚依舊骨香膩。覺來但堆鴛被。想忡
> 忡、那裏爭知。（錄自雙照樓影宋本）

## 解紅

又名：解紅兒。

（一）調見〔五代〕和凝《紅葉詞稿》。

> 百戲罷，五音清。解紅一曲新教成。兩個瑤池
> 小仙子，此時奪卻柘枝名。（錄自王國維輯本）

按：和凝詞有「解紅一曲新教成」句，故名【解
紅】。

《欽定詞譜》卷一【解紅】調注：「按《宋史·
樂志》小兒舞隊有【解紅】，其曲失傳。陳暘
《樂書》載和凝作，乃唐詞也。此與【赤棗
子】、【搗練子】、【桂殿秋】諸詞，字句悉
同，所辨在每句平仄之間，皆昔人音律所寓。」

《歷代詩餘》卷一百十二引《物外清音》：
「【解紅】相傳為呂仙作，余考【解紅】為和魯
公歌童，魯公自製曲也。按解紅舞，衣紫緋繡襦
銀帶，戴花鳳冠，五代時飾也。有回仙在唐季預
為此腔耶？」

《詞品》卷二：「曲名有【解紅】者，今俗傳為
呂洞賓作，見《物外清音》，其名未曉。近閱和
凝集，有【解紅歌】云：『百戲罷，五音清。解
紅一曲新教成。兩個瑤池小仙子，此時奪卻柘枝
名。』《樂書》云：『優童解紅舞，衣紫緋繡
襦、銀帶花鳳冠。』蓋五代時人也。焉有呂洞賓
在唐世預填此腔邪？」

（二）調見〔金〕王喆《重陽全真集》卷十一。

> 歎嗟浮世。初榮華、驅策名和利。人人鬥作機
> 心起。百般奸計。嫉妒愈增僥巧重，生俱相効
> 皆貪愛，何曾停住常若是。各衒女誇男孫奉
> 侍。更酒迷歌惑望長遂。還知七十應難值。便
> 百年限來，無有推避。　早早悟，前途不如
> 意。急回頭，便許脫了生死。投玄訪妙，搜微

密，察幽秘。管取自然，神氣雙全分明見，元
初個，真真圓性，誠恁似。玉貌瓊顏奇又異。
瑩寶光、瑤彩吐祥瑞。金丹結就虛空萃。處清
靜，大羅天上仙位。（錄自涵芬樓影明《道藏》本）

## 解紅兒

即【解紅】。〔清〕吳綺詞名【解紅兒】，見
《藝香詞》。

> 白項鴉，花冠雞。未明都向枕邊啼。為報東
> 風太狼藉，花落盡，玉窗西。（錄自《清名家
> 詞》本）

## 解紅慢

調見《鳴鶴餘音》卷一〔元〕無名氏詞。

> 杖藜徐步。過小橋，逍遙遊南浦。韶華暗改。
> 俄然又、翠紅疏。東郊雨霽，何處錦鬣黃鸝
> 語。見雲山掩映，煙溪外，斜陽暮。晚涼趁
> 竹，風清香度。這閒裏、光陰向誰訴。塵寰百
> 歲能幾許。似浮漚出沒，迷者難悟。　歸去
> 來，田園恐荒蕪。東籬畔，坦蕩笑傲琴書。青
> 松影裏，茅簷下，保養殘軀。一任世間，物態
> 翻騰催今古。爭如我、懶散生涯貧與素。興時
> 歌，困時眠，狂時舞。把萬事、紛紛總不顧。
> 從他人笑真愚魯。伴清風皓月，幽隱蓬壺。（錄
> 自清黃丕烈補明鈔本）

《欽定詞譜》卷三十八：「此元詞也。用魚、
虞、語、麌、御、遇本部三聲叶，與中原音韻北
曲不同。」

按：《鳴鶴餘音》黃丕烈補明鈔本及《道藏》本
均作【解紅】，無『慢』字。此【解紅慢】調
名，係據《欽定詞譜》卷三十八所引，而《欽定
詞譜》未知所據何本，待考。

## 解佩令

又名：解冤結、解環令。

（一）調見〔宋〕晏幾道《小山詞》。

> 玉階秋感，年華暗去。掩深宮、團扇無緒。記
> 得當時，自剪下、機中輕素。點丹青、畫成秦
> 女。　涼襟猶在，朱弦未改，忍霜紈、飄零
> 何處。自古悲涼，是情事、輕如雲雨。倚么
> 弦、恨長難訴。（錄自《彊村叢書》本）

（二）調見〔宋〕史達祖《梅溪詞》。

> 人行花塢。衣沾香霧。有新詞、逢春分付。屢
> 欲傳情，奈燕子、不曾飛去。倚珠簾、詠郎秀

〔側欄〕十三畫

句。　　相思一度。穠愁一度。最難忘、遮燈私語。澹月梨花,借夢來、花邊廊廡。指春衫、淚曾漬處。(錄自汲古閣《宋六十名家詞》本)

《太平御覽》卷八百零三引《列仙傳》:「鄭交甫將往楚,道至漢皋台下,見二女佩二珠,大如荊雞卵。交甫與之言曰:『欲予之佩。』二女解與之。既行,返顧二女不見,佩亦失矣。」調名似據此。

## 解佩環

即【疏影】。〔宋〕彭元遜詞有「遺珮浮沉澧浦」句,故名;見《鳳林書院草堂詩餘》卷上。

江空不渡,恨蓼蕪杜若,零落無數。遠道荒寒,婉娩流年,望望美人遲暮。風煙雨雪陰晴晚,更何須、春風千樹。盡孤城、落木蕭蕭,日夜江聲流去。　　日晏山深聞笛,恐他年流落,與子同賦。事闊心違,交淡媒勞,蔓草沾衣多露。汀洲窈窕餘醒寐,遺珮浮沉澧浦。有白鷗淡月,微波寄語,逍遙容與。(錄自雙照樓影元本)

## 解冤結

即【解佩令】。〔金〕丘處機詞名【解冤結】,見《磻溪詞》。

山河已定,干戈不起,太平時、八方和義。齋醮頻修,盛答報、虛空天地。謝洪恩,暗中慈惠。　　千年一遇,神仙出世。幸遭逢、莫生輕易。供養精嚴,但一歲、勝如一歲。遇良辰、大家沉醉。(錄自涵芬樓影明《道藏》本)

## 解連環

又名:玉連環、杏梁燕、望梅、望梅詞、虞美人慢。

調見〔宋〕周邦彥《片玉集》卷二。

怨懷無託。嗟情人斷絕,信音遼邈。信妙手、能解連環,似風散雨收,霧輕雲薄。燕子樓空,暗塵鎖、一床弦索。想移根換葉。儘是舊時,手種紅藥。　　汀洲漸生杜若。料舟依岸曲,人在天角。謾記得、當日音書,把閒語閒言,待總燒卻。水驛春回,望寄我、江南梅萼。拚今生,對花對酒,為伊淚落。(錄自《彊村叢書》本)

《片玉集》注:商調。《夢窗詞集》注:夷則商,俗名商調。

按:周邦彥詞有「信妙手、能解連環」句,故名【解連環】。

《填詞名解》卷三:「《莊子》云:『今日適越而昔來連環可解也。』又《戰國策》齊君王后當國,秦遣齊玉連環使之。君王后引椎碎之而謝使者曰:『謹以解矣。』至宋周美成閨情詞云:『信妙手、能解連環。』遂取三字以名。」

## 解愁

(一)〔宋〕范日新製,見宋蘇軾【無愁可解】詞序。

宋蘇軾【無愁可解】詞序:「國士范日新作越調【解愁】。洛陽劉幾伯壽聞而悅之,戲作俚語之詞,天下傳詠,以為幾應達者。」今詞已佚。

(二)調見〔金〕王喆《重陽全真集》卷十一。

堪歎世間迷誤,轉轉增隆,怎得越難。被他同等,一例相贊。每每攢頭聚復散。總做作、百端繚亂。這鬼使、暗裏常常,把你細算。　　待臨頭,看癡漢。越騁惺惺,伶俐高強,欺慢無憚。大遇尤、岡聖昧神廟玩。此則看看業限貫。怎生躲避,也難逃竄。見追帖、個個添煩惱,共拚盡,陰司斷。(錄自涵芬樓影明《道藏》本)

(三)調見〔金〕長筌子《洞淵集》卷五。

歲月匆匆,忙如奔騎。來往暗催浮世。愛河誰省悟,戲欲浪、苦爭名利。火院憂他妻共子。更不念、自身憔悴。你直待、大限臨頭,恁時悔恨,又成何濟。　　活鬼。販骨千回,空勞攘紛紛,鬧如螻蟻。丈夫心猛烈,秉慧劍、萬緣齊棄。劈碎凡籠無罣礙。任自在、玩山遊水。向林下、醉飲真風,坦然高臥,占清閒貴。(錄自涵芬樓影明《道藏》本)

## 解語花

調見〔宋〕周邦彥《片玉集》卷七。

風銷焰蠟,露浥烘爐,花市光相射。桂華流瓦。纖雲散,耿耿素娥欲下。衣裳淡雅。看楚女、纖腰一把。簫鼓喧,人影參差,滿路飄香麝。　　因念都城放夜。望千門如晝,嬉笑遊冶。鈿車羅帕。相逢處,自有暗塵隨馬。年光是也。唯只見、舊情衰謝。清漏移,飛蓋歸來,從舞休歌罷。(錄自《彊村叢書》本)

《片玉集》注:高平調。《蘋洲漁笛譜》注:羽調。《夢窗詞集》注:林鐘羽。

《天寶遺事》卷下：「明皇秋八月，太液池有千葉白蓮數枝盛開，帝與貴戚宴賞焉。左右皆歎羨，及之，帝指貴妃示於左右曰：『爭好我解語花。』」調名出此。

清蔣敦復【解語花】詞序：「草窗自注云：『從樂工籍中得羽調【解語花】，有譜無詞。』案此調自有美成一詞，前段四十九字，後段五十一字。公謹豈未之見耶？所云羽調者，玉田《詞源》云林鐘羽。今名羽調，謂之無射羽。《宋史・律曆志》林鐘羽為黃鐘調。大晟樂律與南渡高下不同，故同一林鐘，在美成時為黃鐘調，在公謹時為無射羽也。」

## 解蹀躞

又名：玉蹀躞。

（一）調見〔宋〕周邦彥《片玉集》卷六。

> 候館丹楓吹盡，面旋隨風舞。夜寒霜月，飛來伴孤旅。還是獨擁秋衾，夢餘酒困都醒，滿懷離苦。　甚情緒。深念凌波微步。幽房暗相遇。淚珠都作，秋宵枕前雨。此恨音驛難通，待憑征雁歸時，帶將愁去。（錄自《彊村叢書》本）

《片玉集》注：商調。《夢窗詞集》注：夷則商。

（二）調見〔宋〕吳文英《夢窗甲稿》。

> 醉雲又兼醒雨，楚夢時來往。倦蜂剛著梨花、蕙遊蕩。還做一段相思，冷波葉舞愁紅，送人雙槳。　暗凝想。情共天涯秋黯，朱橋鎖深巷。會稀投得輕分、頓惆悵。此去幽曲誰來，可憐殘照西風，半妝樓上。（錄自汲古閣《宋六十名家詞》本）

## 解環令

即【解佩令】。〔明〕瞿佑詞名【解環令】，見《天機餘錦》卷四。

> 晴煙薰草。新泉平沼。畫橋邊、花開多少。路轉峰迴，認得那家分曉。惜當爐、欠他小小。　雕盤粽巧。磁甌酒好。盡開懷、消除愁惱。會寡離頻，歎白頭、易催人老。怎能教醉狂到了。（錄自明鈔本）

## 遍地花

又名：遍地錦。

調見〔宋〕毛滂《東堂詞》。

> 白玉欄邊自凝佇。滿枝頭、彩雲雕霧。甚芳菲、繡得成團，砌合出、韶華好處。　暖風前、一笑盈盈，吐檀心、向誰分付。莫與他、西子精神，不枉了、東君雨露。（錄自《彊村叢書》本）

《花草粹編》注：小石調。

按：此調《欽定詞譜》卷十二目錄作【遍地花】，正文調名為【遍地錦】。

## 遍地錦

（一）即【遍地花】。《欽定詞譜》卷十二目錄作【遍地花】，正文調名為【遍地錦】。

《詞律》卷八【遍地花】調注：「按《東堂集》調名【遍地錦】，題為孫守席上詠牡丹。」

（二）元大曲名。

調見《鳴鶴餘音》卷七〔金〕孫不二詞。

> 吾本當初水竹村。甘河鎮上便狂風。七朵金蓮朵朵新，丘劉譚馬郝王孫。
>
> 又
>
> 吾本當初馬半州。因與先師說根由。獨坐圜牆向內修。功成行滿赴瀛州。
>
> 又
>
> 四大假合本姓譚。前緣相遇棄俗緣。天下雲遊不住庵。功成行滿赴仙壇。
>
> 又
>
> 萊州武觀是吾鄉。因遇先生號長生。穿街柳巷也無妨。不染塵埃性月朗。
>
> 又
>
> 三宣賜紫住天長。便是雲光鐵腳王。因遇先生赴洛陽。功成行滿到仙鄉。
>
> 又
>
> 十九拋家棄俗緣。磻溪下志便安然。悟得長生不夜天。大教門開萬古傳。
>
> 又
>
> 太古今日說因由。趙州橋下度春秋。唱住橋邊水不流。一葉落時天下秋。
>
> 又
>
> 吾本當初本姓孫。馬家門下結婚姻。因為先師點破心。各自分頭覓主人。（錄自清黃丕烈補明鈔本）

## 遍地雨中花

〔清〕沈謙新翻曲，見《東江別集》卷一。

> 昔日鴛幃春睡足。有此夜、睡難熟。蕉葉窗西，藕花池上，雨冷渾如哭。　怕他人，笑

我癡迷，恨和愁、都藏在腹。倚枕無言，停杯不飲，坐看秋燈綠。（錄自惜陰堂《明詞彙刊》本）

詞注：「新翻曲。上二句【遍地花】，下三句【雨中花】；後段同。」

## 試佳期

調見〔清〕徐旭旦《世經堂詞》。

明日傳柑佳節。今夕偏飛絳雪。銀花釵色共爭輝，不礙燈和月。　　休負此良宵，火樹光生烈。踏歌少婦來如雲，梅影橫窗立。（錄自清刻本）

## 試周郎

即【訴衷情】。〔宋〕賀鑄詞有「時誤新聲，翻試周郎」句，故名；見《永樂大典》卷七千三百二十九「郎」字韻。

喬家深閉鬱金堂。朝鏡事梅妝。雲鬟翠鈿浮動，微步擁釵梁。　　情尚秘，色猶莊。遞瞻相。弄絲調管，時誤新聲，翻試周郎。（錄自中華書局影印本）

《三國志・周瑜傳》：「瑜年二十四，吳中皆呼為周郎。瑜少精於音樂，雖三爵之後，其有闕誤，瑜必知之，知之必顧。故時人謠曰：『曲有誤，周郎顧。』」

## 試春衣

調見《東皋詩餘》卷三〔清〕許銳詞。

雪如銀。暖風揚處暗隨人。輕鬆纖軟嬌無力，鴛鴦瓦上，香銷影斷，畢竟是初春。（錄自清乾隆刻本）

按：此係依大曲【九張機】調中第一首，用「採桑陌上試春衣」句，故名。因是單調，故調名另立。《記紅集》卷一將【試春衣】為【九張機】之又名。似不妥，故另立。

## 試香羅

即【浣溪沙】。〔宋〕韓淲詞有「春衫初試薄香羅」句，故名；見《澗泉詩餘》。

風軟湖光遠蕩磨。春衫初試薄香羅。踏青無計奈君何。　　莫笑老來多歲月，肯教閒去少詩歌。長安陌上有銅駝。（錄自《彊村叢書》本）

## 話桐鄉

即【滿庭芳】。〔宋〕韓淲詞有「留與話桐鄉」句，故名；見《澗泉詩餘》。

玉水靈山，霜天清曉，非煙非霧琴堂。載臨初度，主壁記煌煌。百里民安撫字，歡呼處、禾黍登場。今年好，為茲春酒，莫惜醉淋浪。　　神仙，□領袖，山河勳業，星斗文章。便黃扉青瑣，會遇明良。願賜尚方之劍，攀檻折、于古輝光。飛鳧去，甘棠遺愛，留與話桐鄉。（錄自《彊村叢書》本）

## 遊月宮令

調見《高麗史・卷七十一・樂二》〔宋〕無名氏詞。

當今聖主座龍樓，聖壽應天長，寶錢噴香煙，玄宗遊月宮。　　海晏河清，盛朝侍，群臣喜呼萬萬歲，人民開樂業，願吾皇、增福壽。（錄自日本明治四十一年縮印本）

按：無名氏詞有「玄宗遊月宮」句，故名【遊月宮令】。此詞通篇無一句叶韻，詞調中無此先例，俟考。

## 遊仙詠

即【漁家傲】。〔宋〕賀鑄詞有「樽前聽我遊仙詠」句，故名；見《賀方回詞》卷二。

嘯度萬松千步嶺。錢湖門外非塵境。見底碧漪如眼淨。嵐光映。鏡屏百曲新磨瑩。　　好月為人重破暝。雲頭黤黤開金餅。傳語桂城應耐靜。堪乘興。樽前聽我遊仙詠。（錄自《彊村叢書》本）

## 新水令

調見《歲時廣記》卷十二引《本事詩》〔宋〕無名氏詞。

冒風連騎出金城，聞孤猿韻切，懷念親春。為笑徐都尉，徒誇彩繪，寫出盈盈嬌面。振旅闐闐。訝睹閬苑神仙。越公深聽萬馬，侵凌轉盼。感先鋒，容放鏡，收鸞鑑一半。　　歸前陣，慘怛切，同陪元帥恣歡戀。二歲偶爾，將軍沉醉連綿，私令婢捧菱花，都市尋遍。新官聽說邀郎宴。因令賦悲歡。孰敢。做人甚難。梅妝復照，傅粉重見。（錄自《十萬卷樓叢書》本）

《歲時廣記》卷十二引《本事詩》：「陳太子舍

人徐德言之妻，後主叔寶之妹，封樂昌公主，才色冠絕。時陳政方亂，德言知不相保，謂妻曰：『以君才容，國亡必入權豪之家，倘情緣未斷。猶冀相見，宜有以信之。』乃破一鏡，人執其半，約曰：『他時必以正月望日賣於都市，我當以是日訪之。』及陳亡，果入越公楊素之家，寵嬖殊厚。德言流離辛苦，僅能至京，以正月望訪於都市。有蒼頭賣半鏡者，大高其價，人皆笑之。德言直引至其居，具言其故，出半鏡以合之，乃題詩曰：『鏡與人俱去，鏡歸人不歸。無復嫦娥影，空餘明月輝。』公主得詩，悲泣不食。越公知之，愴然改容，即召德言至，還其妻，仍厚遣之。因與餞別，仍三人共宴，命公主作詩以自解。詩曰：『今日何遷次，新官對舊官。笑啼俱不敢，方信作人難。』遂與德言歸江南，竟以終老。後人作詞嘲之，寄聲【新水令】云（詞略）。」

## 新月沉鉤

調見〔清〕李百川《綠野仙蹤》第六十三回。

富貴何可求。執鞭不自由。浪子癡心肯便休。棄家鄉、奔走神州。　五氣朝元，三化聚首。乾坤大，一袖能收。繳天罡，歸原手。超萬劫，泮奐悠優。（錄自嶽麓書社排印本）

## 新平樂

即【清平樂】。〔明〕唐欽詞名【新平樂】，見《唐氏先世遺文》。

翁年幾許。老與魚蝦侶。問道家何所，家住佘溪別渚。　半世生涯一舟。往來湖尾湖頭。歌罷滄浪數曲，西風落日初收。（錄自民國鉛印本）

## 新曲

又名：遇陳王。

調見《全唐詩》〔唐〕長孫無忌詞。

儂阿家住朝歌下，早傳名。結伴來遊淇水上，舊長情。玉佩金鈿隨步遠，雲羅霧縠逐風輕。轉目機心懸自許，何須更待聽琴聲。（錄自清康熙揚州詩局本）

## 新安路

即【秋風清】。〔唐〕劉長卿詞名【新安路】，見《欽定詞譜》卷二。

新安路。人來去。早潮復晚潮，明日知何處。潮水無情亦解歸，自憐長在新安住。（錄自清康熙內府本）

《欽定詞譜》卷二【秋風清】調注：「劉長卿仄韻詞名【新安路】。」

按：此詞《全唐詩·劉長卿詩》卷五題為：「新安送陸澧歸江陰。」今依《欽定詞譜》列入。唯調名【新安路】，未知何據。

## 新念別

即【夜遊宮】。〔宋〕賀鑄詞有「江北江南新念別」句，見《瓊花集》卷三。

湖上蘭舟暮發。揚州夢斷燈明滅。想見瓊花開似雪。帽簷香，玉纖纖，曾為折。　漁管吹還咽。問何意、煎人愁絕。江北江南新念別。掩芳樽，與誰同，今夜月。（錄自上海古籍出版社排印本）

## 新荷葉

又名：折新荷引、泛蘭舟。

調見〔宋〕黃裳《演山先生文集》卷三十。

落日銜山，行雲載雨俄鳴。一頃新荷，坐間疑是秋聲。煙波醉客，見快哉、風悟娉婷。香和清點，為人吹在衣襟。　珠佩歡言，放船且向前汀。綠傘紅幢，自從天漢相迎。飛鷗獨落，蘆邊對、幾朵繁英。俏觴人唱，乍聞應似湘靈。（錄自文淵閣《四庫全書》本）

## 新添聲楊柳枝

即【楊柳枝】。〔唐〕裴諴詞名【新添聲楊柳枝】，見《雲溪友議》卷十。

思量大是惡姻緣，只得相看不得憐。願作琵琶槽那畔，美人常抱在胸前。（錄自《稗海》本）

《雲溪友議》卷十：「裴郎中諴，晉國公次子也。足情調，善談諧，與舉子溫歧為友。好作歌曲，迄今飲席多是其詞焉。裴君既入台，而為三院所誚曰：『能為淫豔之歌，有異清潔之士也。』裴君【南歌子】詞云（詞略）。二人又為【新添聲楊柳枝】詞，飲筵競唱其詞而打令也。詞云（詞略）。」

《唐音癸籤》卷十三：「【新添聲楊柳枝】，溫庭筠作。時飲筵競歌。獨女優周德華以聲太浮豔不收。」

按：此調依《全唐五代詞》例列入。

## 新雁度瑤台

〔清〕丁澎新譜犯曲，見《扶荔詞》卷三。

　　胡不歸哉。喜仲蔚、蓬門客到長開。茅簷月出，數灣淥水縈洄。此君誰伴，籬邊還種，老菊疏梅。唯此事，便一生足了，濁酒三杯。

　　　自稱煙波釣叟，泛溪南小艇，獨與予偕。紅鱗網得，白墮方沾，紫芋初煨。望臬亭如帶，平橋外、人醉蒿萊。漁蓑侶，向五湖爭長，終讓於翁。（錄自清康熙家刻本）

詞序：「歸里，過訪張祖望從野堂率贈。新譜犯曲。上五句【新雁過妝樓】，下六句【瑤台第一層】；後段上六句【新雁】，下同。」

## 新雁過妝樓

又名：八寶妝、百寶妝、雁過妝樓、雁過南樓、瑤台聚八仙。

調見〔宋〕吳文英《夢窗乙稿》。

　　閬苑高寒。金樞動、冰宮桂樹年年。剪秋一半，難破萬戶連環。織錦相思樓影下，鈿釵暗約小簾間。共無眠。素娥慣得，西墜欄干。

　　誰知壺中自樂，正醉圍夜玉，淺鬥嬋娟。雁風自勁，雲氣不上涼天。紅牙潤沾素手，聽一曲清歌雙霧鬟。徐郎老，恨斷腸聲在，離鏡孤鸞。（錄自汲古閣《宋六十名家詞》本）

《夢窗詞稿》注：夾鐘商。

## 意難忘

又名：空亭日暮。

（一）調見〔宋〕周邦彥《片玉集》卷十。

　　衣染鶯黃。愛停歌駐拍，勸酒持觴。低鬟蟬影動，私語口脂香。簷露滴，竹風涼。拚劇飲淋浪。夜漸深，籠燈就月，子細端相。　知音見說無雙。解移宮換羽，未怕周郎。長顰知有恨，貪耍不成妝。些個事，惱人腸。試說與何妨。又恐伊、尋消問息，瘦減容光。（錄自《彊村叢書》本）

《片玉集》注：中呂調。

（二）調見〔清〕沈豐垣《蘭思詞》。

　　畫堂西畔。見笑眼微回，嬌波一線。香唾潤煙鬟，玉纖彈粉汗。麗情濃，芳思亂。抱銀箏不按。關心處，行過花前，似聞微歎。　別後韶光又換。但門掩清宵，寒蛩吟怨。孤睡起偏慵，重衾溫不暖。恨西風，渾似剪。不管人腸

斷。東城路，鴻雁書沉，雲山夢遠。（錄自清刻本）

## 塞上秋

即【天淨沙】。〔元〕無名氏詞有「塞上清秋早寒」句，故名；見《歷代詩餘》卷一。

　　平沙細草斑斑。曲溪流水潺潺。塞上清秋早寒。一聲新雁。黃雲紅葉青山。（錄自清康熙內府本）

《歷代詩餘》卷一：「【天淨沙】一名【塞上秋】，以詞中有『塞上清秋早寒』之句也。」

## 塞姑

又名：塞姑調。

調見《歷代詩餘》卷一〔唐〕無名氏詞。

　　昨日盧梅塞口。整見諸人鎮守。都護三年不歸，折盡江邊楊柳。（錄自清康熙內府本）

《詞律》卷一：「【塞姑】二字不可解，然觀其詞意，塞者謂邊塞，姑者乃戍邊者之閨人耳。按柳耆卿集有【塞孤】一詞，題亦難解，余謂必即是此調之遺名，而訛以『姑』字為『孤』字也。」

按：【塞姑】、【塞孤】二調名均不可解，尚待進一步考證其涵義。《詞律》望文生義之說，難以徵信。

## 塞姑調

即【塞姑】。〔清〕朱青長詞名【塞姑調】，見《朱青長詞集》卷二十。

　　粉簇猇回護領。愛問中原書信。埋骨沙場者誰，夜夢模胡難認。（錄自朱青長手稿本）

## 塞孤

調見〔宋〕柳永《樂章集》卷下。

　　一聲雞，又報殘更歇。秣馬巾車催發。草草主人燈下別。山路險，新霜滑。瑤珂響、起棲鳥，金鐙冷、敲殘月。漸西風緊，襟袖淒冽。

　　遙指白玉京，望斷黃金闕。還道何時行徹。算得佳人凝恨切。應念念，歸時節。相見了、執柔夷，幽會處、偎香雪。免鴛衾、兩恁虛設。（錄自《彊村叢書》本）

《樂章集》注：般涉調。

《欽定詞譜》卷二十二【塞孤】調注：「《詞律》編入【塞姑】詞後者，誤。」

## 塞垣曲

即【瑞鷓鴣】。〔明〕楊慎詞名【塞垣曲】，見《精選古今詩餘醉》卷十五。

> 秦時明月玉弓懸。漢塞黃河錦帶連。都護羽書飛瀚海，單于獵火照甘泉。　鶯閨燕閣年三五，馬邑龍堆路十千。誰起東山安石臥，為君談笑靖風煙。（錄自新世紀萬有文庫本）

## 塞垣春

調見〔宋〕周邦彥《片玉集》卷五。

> 暮色分平野。傍葦岸、征帆卸。煙村極浦，樹藏孤館，秋景如畫。漸別離氣味難禁也。更物象、供瀟灑。念多才、渾衰減，一懷幽恨難寫。　追念綺窗人，天然自、風韻嫻雅。竟夕起相思，謾嗟怨遙夜。又還將、兩袖珠淚，沉吟向、寂寥寒燈下。玉骨為多感，瘦來無一把。（錄自《彊村叢書》本）

《片玉集》注：大石調。

## 塞垣瑞鷓鴣

即【瑞鷓鴣】。〔明〕楊慎詞名【塞垣瑞鷓鴣】，見《楊升庵先生長短句》。

> 秦時明月玉弓懸。漢塞黃河錦帶連。都護羽書飛瀚海，單于獵火照甘泉。　鶯閨燕閣年三五，馬邑龍堆路十千。誰起東山安石臥，為君談笑靜風煙。（錄自《全明詞》本）

按：惜陰堂《明詞彙刻》本《升庵長短句續集》卷一，調名為【瑞鷓鴣】。

## 塞翁吟

調見〔宋〕周邦彥《片玉集》卷四。

> 暗葉啼風雨，窗外曉色瓏璁。散水麝，小池東。亂一岸芙蓉。蘄州簟展雙紋浪，輕帳翠縷如空。夢念遠別、淚痕重。淡鉛臉斜紅。　忡忡。嗟憔悴、新寬頻結，羞豔冶、都銷鏡中。有蜀紙、堪憑寄恨，等今夜、瀝血書詞，剪燭親封。菖蒲漸老，早晚成花，教見薰風。（錄自《彊村叢書》本）

《片玉集》注：大石調。《夢窗詞集》注：黃鐘商。

《淮南子·人間訓》：「近塞上之人有善術者，馬無故亡而入胡，人皆弔之，其父曰：『此何遽不為福乎？』居數月，其馬將胡駿馬而歸。人皆賀之，其父曰：『此何遽不能為禍乎？』家富良馬，其子好騎，墮而折其髀，人皆弔之，其父曰：『此何遽不為福乎？』居一年，胡人大入塞，丁壯者引弦而戰，近塞之人，死者十九，此獨以跛之故，父子相保。」調名本此。

## 遂寧好

調見《輿地紀勝》卷一百五十五〔宋〕馬咸詞。

> 遂寧好，勝地產糖霜。不待千年成琥珀，真疑六月凍瓊漿。（錄自《全宋詞》本）

詞序：「武信舊藩，遂寧新府。乃東川之會邑，據涪江之上游。人物富繁，山川灑落。……宴東館之靚深，傲北湖之清曠。」

《全宋詞》注：「《輿地紀勝》中述及【遂寧好】詞凡三處：一處作馬成，兩處作馬咸。今從其多者作馬咸，俟考。」

按：此調疑即【憶江南】，未脫五字一句。

## 道成歸

即【阮郎歸】。〔金〕馬鈺詞有「阮郎歸改道成歸」句，故名；見《漸悟集》卷下。

> 阮郎歸改道成歸。修行人喜知。松峰影裏樂希夷。何須唱豔詞。　姹嬰動，虎龍隨。雲耕坎與離。三千功滿赴瑤池。神光相貌奇。（錄自涵芬樓影明《道藏》本）

## 道無情

即【昭君怨】。〔元〕尹志平詞名【道無情】，見《葆光集》卷下。

> 每夜三更問話。說破人情虛假。個個悟真宗。道心通。　要望秋陽迴意。莫縱高眠春睡。指日復歸來。笑顏開。（錄自涵芬樓影明《道藏》本）

## 煙雨樓慢

〔近人〕吳藕汀自度曲，見《畫牛閣詞集》。

> 水皺魚鱗片。開鏡奩、倒浸樓台波軟。蘭橈輕喚蕩煙痕，誰識前時鷗鷺伴。憑高望、最是怕春深，葉底殘紅滿眼。慵桃困李恨東皇，傷心淚、不由今泫。　歎息浮雲易散。指麥隴葵丘，荒亭敗院。飄零身世感滄桑，千古江山天不管。記當日、貰酒醉壺中，閒了晶燈玉碗。如今祇愛聽漁歌，偏沙外、笳音吹轉。（錄自《畫牛閣詞集》手稿本）

詞注：「自度曲。本意。」

《孤燈夜話》：「辛丑（1961）春三月，是我悼亡後之次年，去家鄉嘉興，此時已是無家可歸，借住朋友宅中。在禾僅與郭蔗庭、金蘭坡兩兄相見，可算得寥若晨星，各有頭白之感。也曾飲酒、聽書，在此窮途潦倒之時，得此相待，尚不失鄉里之風。正是陰雨天時，單身一人登上煙雨樓，遙望南壩老屋，迷惘之情，不言而喻，心情與前時迥有不同。由童時至中年，四十年中，朝暮與湖樓相見，此去不知何日再來，不免有離鄉背井之痛。因填自度【煙雨樓慢】一曲，以寫本意。隨意寫來，哪顧得長短之不合也。詞云（詞略）。」

## 煙波玉

即【滿江紅】。〔清〕柯煜詞有「煙波玉」句，故名；見《月中簫譜》。

人在樓上，南窗拓、盡蟬紗綠。正雨外、秋容如畫，娟娟花木。雙槳隨潮歸去也，木蘭艇子駕鴛逐。最無端、玉笛引新愁，欄干曲。　　雲淡淡，飛孤鶩。人唧唧，寒蛩續。把纖腰驗取，臨風一束。愛說相思常是病，貪看連理翻成獨。夢悠悠、江上月明時，煙波玉。（錄自清刻本）

詞注：「寓【滿江紅】。」

## 煙姿媚

調見〔清〕汪森【桐扣詞】。

雕欄靜，疏窗小。亭亭倚，幾朵雪明霜皎。無奈輕陰罩定，芳心欲向，把秋陽遮了。　　怪冉冉汀蒲風細嫋。衛纖趾、羅襪凌波歸早。掩映玉階一色，銀蟾墜處，吸露華清曉。（錄自清刻本）

## 煉石天

調見〔清〕李百川《綠野仙蹤》第五十四回。

情郎妓女兩相諧。豪奢暗減裁。虔婆朝暮恨無財。友情也疑猜。　　一過生辰情態見，幫閒龜子罷春台。陡遇送銀人至，小人側目來。（錄自《古本小說集成》本）

## 煉丹砂

即【浪淘沙】。〔金〕馬鈺詞名【煉丹砂】，見《漸悟集》卷上。

天水創雲庵。遠勝精藍。雲朋霞友日常參。恰似栽松招引鶴，豈是貪婪。　　若肯悟清談。管有香甘。田園分付與兒男。欲往蓬瀛先改作，落魄婪耽。（錄自涵芬樓影明《道藏》本）

## 滇春好

即【憶江南】。〔明〕楊慎詞名【滇春好】，見《升庵長短句》卷二。

滇春好，韶景媚遊人。拾翠東郊風嫋嫋，採芳南浦水粼粼。能不憶滇春。（錄自惜陰堂《明詞彙刻》本）

## 滇海竹枝

調見《古今詞統》卷二〔明〕楊慎詞。

羅漢孤峰只樹林。梁王輦道海中心。海垠青青堪牧馬，海眼只今無處尋。（錄自明崇禎刊本）

## 群玉軒

即【小重山】。〔宋〕賀鑄詞有「群玉軒中跡已陳」句，故名；見《東山詞》卷上。

群玉軒中跡已陳。江南重喜見，廣陵春。纖穠合度好腰身。歌水調，清囀□□□。　　圓扇掩櫻唇。七雙蝴蝶子，表□□。□□□復舊東鄰。風月夜，憐取眼前人。（錄自涉園影宋本）

## 遐方思

即【遐方怨】。〔清〕方中通詞名【遐方思】，見《陪詞》。

花爛熳，竹參差。總不相知。白雲橫斷風暮吹。夕陽才落燭還遲。小童行去也，獨癡癡。（錄自《全清詞》本）

## 遐方怨

又名：遐方思。

唐教坊曲名。

（一）調見《花間集》卷二〔唐〕溫庭筠詞。

憑繡檻，解羅幃。未得君書，斷腸瀟湘春雁飛。不知征馬幾時歸。海棠花謝也，雨霏霏。（錄自雙照樓影明仿宋本）

《金奩集》注：越調。

（二）調見《花間集》卷七〔五代〕顧敻詞。

簾影細，簟紋平。象紗籠玉指，縷金羅扇輕。嫩紅雙臉似花明。兩條眉黛遠山橫。　　鳳簫歇，鏡塵生。遼塞音書絕，夢魂長暗驚。玉郎

經歲負娉婷。教人爭不恨無情。（錄自雙照樓影明仿宋本）

## 殿前歡

又名：鳳將雛。

調見〔元〕張雨《貞居詞》。

> 小吳娃。玉盤仙掌載春霞。後堂絳帳重簾下。誰理琵琶。　香山處士家。玉局仙人畫。一刻春無價。老夫醉也，烏帽瓊華。（錄自明吳訥《百家詞》本）

按：此係元人小令。依《欽定詞譜》例列入。《欽定詞譜》卷四注云：「《太平樂府》注雙調。朱子有云：『古樂府只是詩中間添卻許多泛聲，後人怕失了那泛聲，逐一聲添個實字，遂成長短句，今曲子便是。』按朱子所云，為詩之變而為詞也，若詞變而為曲，則又就長短句之泛聲添上實字，如元人之過曲，有與詞同一調名而字句不同者，蓋以虛聲多而音節異也。其流為襯字之雜，即一調中亦多寡不一。如【殿前歡】、【水仙子】，襯字不拘，知音者可以類推。」

## 辟寒金

即【迎春樂】。〔宋〕賀鑄詞有「誰似辟寒金」句，故名；見《東山詞》卷上。

> 六華應臘妝吳苑。小山堂、晚張燕。賞心不厭杯行緩。待月度、銀河半。　縹緲郢人歌已斷。歸路指、玉溪南館。誰似辟寒金，聊借與、空床暖。（錄自《彊村叢書》本）

《拾遺記》卷七：「明帝即位二年，昆明國貢嗽金鳥……逢常吐金屑如粟，鑄之可以為器。……宮人爭以鳥吐之金用飾釵佩，謂之辟寒金。故宮人相嘲曰：『不服辟寒金，那得帝王心。』」

## 隔浦蓮

（一）即【隔浦蓮近拍】。〔宋〕周邦彥詞名【隔浦蓮】，見《片玉集》卷四。

> 新篁搖動翠葆。曲徑通深窈。夏果收新脆，金丸落、驚飛鳥。濃靄迷岸草。蛙聲鬧。驟雨鳴池沼。　水亭小。浮萍破處，簾花簷影顛倒。綸巾羽扇，困臥北窗清曉。屏裏吳山夢自到。驚覺。依然身在江表。（錄自《彊村叢書》本）

《片玉集》注：大石調。

（二）調見《全唐詩》〔唐〕白居易詞。

> 隔浦愛紅蓮，昨夜看猶在。夜夜風吹落，只得

一回採。花開雖有明年期，復愁明年還暫時。（錄自清康熙內府本）

按：白居易詞有「隔浦愛紅蓮」句，故名【隔浦蓮】。此調依《全唐五代詞》例列入。

## 隔浦蓮近

即【隔浦蓮近拍】。〔宋〕吳文英詞名【隔浦蓮近】，見《夢窗甲稿》。

> 榴花依舊照眼。愁褪紅絲腕。夢繞煙江路，汀菰綠薰風晚。年少驚送遠。吳蠶老、恨緒縈抽繭。　旅情懶。扁舟繫處，青簾濁酒須換。一番重午，旋買香蒲浮琖。新月湖光蕩素練。人散。紅衣香在南岸。（錄自汲古閣《宋六十名家詞》本）

《夢窗詞集》注：黃鐘商。

## 隔浦蓮近拍

又名：隔浦蓮、隔浦蓮近、隔渚蓮。

調見〔宋〕周邦彥《片玉詞》卷上。

> 新篁搖動翠葆。曲徑通深窈。夏果收新脆，金丸落、驚飛鳥。濃靄迷岸草。蛙聲鬧。驟雨鳴池沼。水亭小。　浮萍破處，簾花簷影顛倒。綸巾羽扇，困臥北窗清曉。屏裏吳山夢自倒。驚覺。依然身在江表。（錄自汲古閣《宋六十名家詞》本）

《欽定詞譜》卷十七注：「唐白居易集有【隔浦蓮曲】，調名本此。」

## 隔渚蓮

即【隔浦蓮近拍】。《歷代詩餘》卷四十七【隔浦蓮】調注：「浦或作渚。」故名。

按：在詞人中未見有【隔渚蓮】詞者。

## 隔溪花

調見〔清〕徐震詞，見《珍珠舶》卷四。

> 昨夜月華滿地。親見蘭閨姝麗。真有楊柳輕盈，桃花妖媚。迴溪尋常，豈淺白深紅而已。　欲把洛神賦擬。翻入巫山夢裏。正欲牽幌從容，憐香旖旎。咫尺天涯，恨彩燕將人驚起。（錄自《中國話本大系》本）

## 隔簾花

調見〔宋〕曹勳《松隱樂府》卷二。

> 宿雨初晴，花豔迎陽，檻前如繡如綺。向曉峭

寒輕，窠真珠十二。正朝曦、桃杏暖，透影簾
櫳烘春霽。似暫隔、祥煙香霧，朝仙侶庭際。
　　　　更值遲遲麗日。且休約尋芳，與開瑤席。
未擬上金鉤，盡圍紅遮翠。命佳名、坤殿喜，
為寫新聲傳新意。待向晚、迎香臨月須捲起。
（錄自《彊村叢書》本）

## 隔簾美人

調見〔清〕邵錫榮《二峰集》。

　　春去千金難贖。不管雙眉蹙。近來褪盡纖腰
　　束。但教青鏡似郎情。只恐阿昏時節、不分
　　明。　　　從頭相到。倚遍欄干了。一番雨過棠
　　梨老。今宵索性不思他。挑盡銀燈無數、並頭
　　花。（錄自清刻本）

按：此調為新犯曲。上三句【隔簾聽】，下二句
【虞美人】；後段同。

## 隔簾聽

唐教坊曲名。
調見〔宋〕柳永《樂章集》卷中。

　　咫尺鳳衾鴛帳，欲去無因到。蝦鬚窠地重門
　　悄。認繡履頻移，洞房杳杳。強語笑。逞如
　　簧、再三輕巧。　　　梳妝早。琵琶閒抱。愛品
　　相思調。聲聲似把芳心告。隔簾聽，贏得斷腸
　　多少。恁煩惱。除非共伊知道。（錄自《彊村叢
　　書》本）

《樂章集》注：林鐘商。
清蔣敦復【隔簾聽】序：「此調《樂章集》後段
『隔簾聽』九字，與前段『認繡履』九字對，唯
句法少異耳。《詞律》『隔簾』下脫一『聽』
字，不知調名即取此三字也。……余更謂末句亦
脫一字。凡結韻字數較少者，韻前一字去聲字為
多。【聲聲慢】、【齊天樂】第調是已，此仍用
平聲。當仍如前段三字豆，四字句，共七字。姑
識之以俟博雅。」

# 十四畫

## 瑣窗寒

又名：月下笛、鎖寒窗。
調見〔宋〕周邦彥《片玉集》卷一。

　　暗柳啼鴉，單衣佇立，小簾朱戶。桐花半畝，
　　靜鎖一庭愁雨。灑空階、夜闌未休，故人剪燭
　　西窗語。似楚江暝宿，風燈零亂，少年羈旅。
　　　　　遲暮。嬉遊處。正店舍無煙，禁城百五。
　　旗亭喚酒，付與高陽儔侶。想東園、桃李自
　　春，小唇秀靨今在否。到歸時、定有殘英，待
　　客攜樽俎。（錄自《彊村叢書》本）

《片玉集》注：越調。《夢窗詞集》注：無射
商，俗名越調，犯中呂宮，又犯正宮。
按：瑣或作鎖。不另立。
《夢窗詞集後箋》：「按《詞源》：『越調與正
宮皆合字住，中呂宮則下一住。』據《白石歌
曲》十二宮住字不同，不可相犯。中呂宮當是中
呂調之誤。中呂調夾鐘羽，亦合字住，可與越調
正宮相犯也。」

## 瑣窗漏永泣孤鸞

調見《東白堂詞選初集》卷十五〔清〕張星耀
詞。

　　斷雁迷雲，孤鸞嘯月，霜寒鴛被。小釵零玉，
　　拈著人心碎。簾外風搖翠竹，又疑是、歸來環
　　佩。寶爐香冷，菱鏡塵封，夜永梁空燕子。思
　　量那能得見，又何如、他鄉迢遞。還怕夜台無
　　伴，把香魂憔悴。　　　提起。當年事。但畫檻
　　花邊，疏簾月底。吟詩索和，不肯依人早睡。
　　此際看花對月，只博得、兩行珠淚。有情無
　　意。乍來還去，不奈五更夢裏。今番也知分
　　薄，得相逢不嫌來世。燈下芳姿，怎認有、玉
　　環為記。（錄自清康熙十七年刻本）

按：此調為悼亡而作。依【瑣窗寒】、【孤鸞】
等調互犯而成。

## 碧玉簫

調見《歷代詩餘》卷十九，〔宋〕無名氏詞。

　　輕暖吹香，薰風漲綠，此窗添得琅玕玉。新粉

微含，翠浪明如玉。　珠淚偷彈，纖腰減束，天涯勞我危樓目。燕子無情，斜語欄干曲。（錄自清康熙內府本）

## 碧牡丹

又名：碧牡丹慢、綠芙蓉。

（一）調見《花草粹編》卷十五〔宋〕張先詞。

步帳搖紅綺。曉月墮，沉煙砌。緩板香檀，唱徹伊家新製。怨入眉頭，斂黛峰橫翠。芭蕉寒，雨聲碎。　鏡華翳。閒照孤鸞戲。思量去時容易。鈿盒瑤釵，至今冷落輕棄。望極藍橋，但暮雲千里。幾重山，幾重水。（錄自文淵閣《四庫全書》本）

《道山清話》：「晏元獻公為京兆尹，辟張先為通判。新納侍兒，公甚屬意。先字子野，能為詩詞，公雅重之。每張來，即令侍兒出侑觴，往往歌子野詞。其後王夫人不容，公即出之。一日，子野至，公與之飲。子野作【碧牡丹】云（詞略），令營妓歌之。公聞之撫然，曰：『人生行樂耳，何苦如此？』亟命於宅庫支錢若干，復取前所出侍兒。既來，夫人亦不復誰何也。」

《綠窗新話》卷上：「晏元獻之子小晏，善詞章，頗有父風。有寵人善歌舞，晏每作新詞，先使寵人歌之。張子野與小晏厚善，每稱賞寵人善歌。偶一日，寵人觸小晏細君之怒，遂出之。子野作【碧牡丹】一曲以戲小晏曰（詞略）。小晏見之，淒然與子野曰：『人生以適意為貴，吾何咎之有？』乃多以金帛贖姬。及歸，使歌子野之詞。」

（二）調見《花草粹編》卷十八〔宋〕李致遠詞。

破鏡重圓，分釵合鈿，重尋繡戶珠箔。說與從前，不是我情薄。都緣利役名牽，飄蓬無定，翻成輕負，別後情懷，有萬千牢落。　經時最苦分攜，都為伊、甘心寂寞。縱滿眼、閒花媚柳，終是強歡不樂。待憑鱗羽，說與相思，水遠天長又難託。而今幸已再逢，把輕離斷卻。（錄自文淵閣《四庫全書》本）

## 碧牡丹慢

即【碧牡丹】。〔宋〕李致遠詞名【碧牡丹慢】，見《詞律拾遺》卷四。

破鏡重圓，分釵合鈿，重尋繡戶珠箔。說與從前，不是我情薄。都緣利役名牽，飄蓬無定，翻成輕諾。別後情懷，有萬千牢落。　經時

最苦分攜，都為伊、甘心寂寞。縱滿眼、閒花媚柳，終是強歡不樂。待憑鱗羽，說與相思，水遠天長又難託。而今幸已再逢，把輕離斷卻。（錄自清同治十二年刻本）

按：此詞《欽定詞譜》卷二十九列入【剪牡丹】之又一體，曰：「此詞見《花草粹編》，誤刻【碧牡丹】，細為校對，後段第二句以上，俱與張先詞（「野綠連空」）同，的係【剪牡丹】別體，因為類列。」今依《花草粹編》存其調名以備查閱。而《詞律拾遺》之【碧牡丹慢】調名未知何出，待考。

## 碧芙蓉

即【尾犯】。〔宋〕秦觀詞名【碧芙蓉】，見《歷代詩餘》卷七十五。

客裏遇重陽，孤館一杯，聊賞佳節。日暖天晴，喜秋光清絕。霜乍降、寒山凝紫，霧初消、澄潭皎潔。欄干閒倚，庭院無人，顛倒飄黃葉。　故園、當此際，遙想弟兄羅列。攜酒登高，把茱萸簪徹。歎籠鳥、羈蹤難去，望征鴻、歸心漫切。長吟抱膝，就中深意憑誰說。（錄自清康熙內府本）

《晁氏琴趣外篇》晁補之【尾犯·詠廬山】詞注：「一名【碧芙蓉】。」

按：此詞《全宋詞》列入秦觀存目詞，並疑是明張綖作。

## 碧空月

即【南歌子】。〔明〕崔廷槐詞名【碧空月】，見《樓溪樂府》。

六鰲滄海上，載得碧山迴。華燈萬點燭天開。不是十洲三島、即蓬萊。　花下金銀闕，雲中錦繡臺。若教有路達天台。吾欲尋真採藥、賦歸來。（錄自惜陰堂《明詞彙刊》本）

## 碧空月詞

即【南歌子】。〔明〕夏言詞有「正值碧空霜月，淨團團」句，故名；見《桂洲集》卷三。

漢廷真老吏，中台舊豸冠。威儀風節重朝端。自是廟堂器宇，路人看。　鬢帶星星白，胸藏炳炳丹。六旬壽酒醉長安。正值碧空霜月，淨團團。（錄自惜陰堂《明詞彙刊》本）

## 碧桃春

即【阮郎歸】。〔宋〕丁持正詞有「碧桃春晝長」句，故名；見《翰墨大全・乙集》卷十七。

> 幾年辛苦搗玄霜。一朝瓊粉香。雲英縹渺曳仙裳。相將騎鳳凰。　鈞帝樂，酌天漿。千年顏色芳，從茲歸去白雲鄉。碧桃春晝長。（錄自《全宋詞》本）

## 碧崖影

即【二郎神】。〔宋〕楊恢詞有「碧崖倒影」句，故名；見《詞林韻準》卷四十一。

> 碧崖倒影，浸一片、寒江如練。正岸岸梅花，村村修竹，喚醒春風筆硯。沂水舟輕輕如葉，只消得、溪風一箭。看水部雄文，太師健筆，月寒波捲。　遊倦。片雲孤鶴，江湖都遍。慨金屋藏妖，繡屏包禍，欲與三郎痛辨。回首前朝，斷魂殘照，幾度山花崖蘚。無限都付窗樽，漠漠水天遠。（錄自中華書局影原稿本）

按：此調見《絕妙好詞箋》卷五引《浯溪集》云：「眉山楊恢遊浯溪詞云（詞略），此詞甚佳，惜不著調名。」《全宋詞》作湯恢詞，題調名為【二郎神】未知何出。可能是按律杜撰，亦未可知。《詞林韻準》卷四十一調名為【碧崖影】並云：「西村自度曲，平仄應悉依之為準。」亦不知何出，待考。

## 碧窗怨

即【南歌子】。〔清〕趙起士詞名【碧窗怨】，見《萬青閣詩餘》。

> 夢醒愁香冷，妝成怨粉紅。背人偷自訴東風。何事眉峰長鎖，一重重。（錄自清刻本）

## 碧窗夢

（一）即【南歌子】。〔清〕薛彬詞名【碧窗夢】，見《東皋詩餘》卷二。

> 蕉影橫窗碧，花光逗幕紅。一聲孤雁叫樓東。驚破一番旅夢，半床空。（錄自清康熙文園本）

《欽定詞譜》卷一【南歌子】調注：「張泌詞有『驚破碧窗殘夢』句，名【碧窗夢】。」

（二）即【南歌子】。〔清〕朱駿聲詞名【碧窗夢】，見《臨嘯閣詞》

> 梅子和酸嚼，楊花帶恨搓。春眠不耐醒時多。自揀盒中紅豆、打鵶哥。（錄自近人張宗祥鈔本）

按：此即【南歌子】上闋。

（三）調見〔清〕吳綺《藝香詞》。

> 楊柳將煙細，梨花著月明。玉人忍淚按銀箏。低語沒人聽。（錄自《清名家詞》本）

（四）調見《古代名媛百花詩餘》〔清〕陸宛樗詞。

> 不入莊生夢，芊芊試早英。風翻若舞態輕盈。乘曉露，階前宿，娉娉婷。（錄自清康熙刻本）

## 碧雲春

即【阮郎歸】。

《歷代詩餘》卷十六【阮郎歸】調注：「一名【碧雲春】。」

## 碧雲深

（一）即【憶秦娥】。〔宋〕張輯詞有「碧雲暮合」句，故名；見《東澤綺語》。

> 風淒淒。井欄絡緯驚秋啼。驚秋啼。涼侵好夢，月正樓西。　捲簾望月知心誰。關河空隔長相思。長相思。碧雲暮合，有美人兮。（錄自《彊村叢書》本）

（二）即【憶秦娥】。〔清〕傅燮詷詞名【碧雲深】，見《浣塵涉趣》。

> 晴晝。鶯啄林花瘦。聲聲。不許離人夢不驚。　紫簾紅雨紛飛下。謾道春無價。榆錢。買斷春愁入夏天。（錄自《全清詞》本）

## 瑤池月

即【瑤臺月】。〔宋〕黃裳詞名【瑤池月】，見《演山先生文集》卷三十一。

> 微塵濯盡，棲真處、群山排在雲漢。青盤翠躍，掩映平林寒澗。流水急、數片桃花逝，自有留春仙館。秦漁問，前朝換。盧郎待，今生滿。誰伴。元翁笑語，相從未晚。　更安得、世味堪玩。道未立、身尤是幻。浮生一梭過，夢回人散。臥松庵、當會靈源，現萬象、無中須看。乾坤鼎，陰陽炭。瓊枝秀，金丸爛。何患。朝元事往，孤雲難管。（錄自《四庫全書》本）

詞序：「紫元翁一日公餘，危坐寂寥。幽懷逸思，偶往雲山煙波之間，想見其為樂也。因作雲山、煙波二行，歌之以【瑤池月】。精嚴禪老請刻之石，乃書以遺之。」

## 瑤池宴

即【越江吟】。〔宋〕蘇軾詞名【瑤池宴】，見
《東坡詞》。

　　飛花成陣。春心困。寸寸、別腸多少愁悶。無
　　人問。偷啼自搵。殘妝粉。　　抱瑤琴、尋出
　　新韻。玉纖趁。南風來解幽慍。低雲鬟、眉峰
　　斂暈。嬌和恨。（錄自汲古閣《宋六十名家詞》本）

詞序：「琴曲有【瑤池宴】，變其詞，作閨怨，
寄陳季常。」

《東坡題跋》卷六：「琴曲有【瑤池宴】，其詞
既不甚佳。或改其詞作閨怨云（詞略）。此曲奇
妙，季常勿妄以與人。」

《侯鯖錄》卷三：「東坡云：『琴曲有【瑤池
燕】，其詞不協，而聲亦怨咽，變其詞作閨怨寄
陳季常云：「此曲奇妙，勿妄與人。」云（詞
略）。』」

## 瑤池宴令

即【越江吟】。〔宋〕廖正一詞名【瑤池宴
令】，見《樂府雅詞‧拾遺》卷上。

　　飛花成陣。春心困。寸寸、別腸多少愁悶。無
　　人問。偷啼自搵。殘妝粉。　　抱瑤琴、尋出
　　新韻。玉纖趁。南風來解幽慍。低雲鬟、眉峰
　　斂暈。嬌秋恨。（錄自文淵閣《四庫全書》本）

按：據《東坡詞》此首乃蘇軾作，未知孰是。

## 瑤花

即【瑤華】。〔宋〕吳文英詞名【瑤花】，見
《夢窗丁稿》。

　　秋風採石，羽扇揮兵，認紫騮飛躍。江蘺塞
　　草，應笑春、空鎖凌煙高閣。胡歌秦隴，問鐃
　　鼓、新詞誰作。有秀蓀、來染吳香。瘦馬青蒭
　　南陌。　　冰澌細響長橋，蕩波底蛟腥，不浣
　　霜鍔。烏絲醉墨，紅袖暖、十里湖山行樂。老
　　仙何處，算洞府、光陰如昨。想地寬、多種桃
　　花，豔錦東風成幄。（錄自汲古閣《宋六十名家
　　詞》本）

按：古義「華」與「花」相同，但今義則不同。
故存其名備查。

## 瑤花慢

即【瑤華】。〔宋〕周密詞名【瑤花慢】，見
《草窗詞》卷上。

　　朱鈿寶玦。天上飛瓊，比人間春別。江南江
　　北，曾未見，謾擬梨雲梅雪。淮山春晚，問誰
　　識、芳心高潔。消幾番、花落花開，老了玉關
　　豪傑。　　金壺剪送瓊枝，看一騎紅塵，香度
　　瑤闕。韶華正好，應自喜、初識長安蜂蝶。杜
　　郎老矣，想舊事、花須能說。記少年，一夢揚
　　州，二十四橋明月。（錄自《四印齋所刻詞》本）

按：古義「華」與「花」相同，但今義則不同。
故存其名備查。

## 瑤花漫

即【瑤華】。〔清〕秦巘詞名【瑤花漫】，見
《思秋吟館詞集》。

　　濃雲低壓，雀噪簷牙，寫殘年詩思。漫空舞
　　絮，喜三白、今歲龍公初試。無人剝啄，徑未
　　掃、小門深閉。且料量、活火鼓冰，領取煮茶
　　風味。　　漏沉倦擁孤衾，聽徹夜蕭騷，飄灑
　　窗紙。江湖舊夢，夢不到、驢背灞橋千里。鴻
　　泥跡杳，記共立、蜜梅花底。想此時、翠袖籠
　　寒，竹外一枝斜倚。（錄自清鈔稿本）

詞序：「風雪橫空，閉門高臥，但覺園林澄映，
蕭寥無人。瑩然如在玉壺中。偶成此解，不禁渺
渺兮予懷也。」

## 瑤階草

調見〔宋〕程垓《書舟詞》。

　　空山子規叫，月破黃昏冷。簾幕風輕，綠暗紅
　　又盡。自從別後，粉銷香膩，一春成病。那堪
　　晝閒日永。　　恨難整。起來無語，綠萍破處
　　池光淨。悶理殘妝，照花獨自憐瘦影。睡來又
　　怕，飲來越醉，醒來卻悶。看誰似我孤零。（錄
　　自汲古閣《宋六十名家詞》本）

## 瑤華

又名：湘華、瑤花、瑤花漫、瑤花慢、瑤華慢、
瓊花慢。

調見〔宋〕吳文英《夢窗丁稿》。

　　秋風採石，羽扇揮兵，認紫騮飛躍。江蘺塞
　　草，應笑春、空鎖凌煙高閣。胡歌秦隴，問鐃
　　鼓、新詞誰作。有秀蓀、來染吳香。瘦馬青蒭
　　南陌。　　冰澌細響長橋，蕩波底蛟腥，不浣
　　霜鍔。烏絲醉墨，紅袖暖、十里湖山行樂。老
　　仙何處，算洞府、光陰如昨。想地寬、多種桃
　　花，豔錦東風成幄。（錄自《四印齋所刻詞》本）

**古畫**

## 瑤華慢

即【瑤華】。〔宋〕周密詞名【瑤華慢】，見《蘋洲漁笛譜》卷一。

> 朱鈿寶玦。天上飛瓊，比人間春別。江南江北，曾未見，謾擬梨雲梅雪。淮山春晚，問誰識、芳心高潔。消幾番、花落花開，老了玉關豪傑。　金壺剪送瓊枝，看一騎紅塵，香度瑤闕。韶華正好，應自喜、初識長安蜂蝶。杜郎老矣，想舊事、花須能說。記少年，一夢揚州，二十四橋明月。（錄自《彊村叢書》本）

## 瑤台月

又名：瑤池月。

（一）調見《梅苑》卷三〔宋〕無名氏詞。

> 嚴風凜冽，萬木凍，園林肅靜如洗。寒梅占早，爭先暗吐香蕊。逞素容、探暖欺寒，遍妝點、亭台佳致。通一氣，超群卉，值臘後，雪清麗。開筵共賞，南枝宴會。　好折贈、東君驛使。把嶺頭信息遠寄。遇詩間酒侶，樽前吟綴。且優遊，對景歡娛，更莫厭、陶陶沉醉。羌管怨，瓊花綴。結子用，調鼎餌。將軍止渴，思得此味。（錄自文淵閣《四庫全書》本）

（二）調見〔宋〕葛長庚《玉蟾先生詩餘》。

> 煙霄凝碧。問紫府清都，今夕何夕。桐蔭下、幽情遠，與秋無極。念陳跡、虎殿蚪宮，記往事、龍簫鳳笛。露華冷，蟾光白。雲影淨，天籟息。知得。是蓬萊不遠，身無羽翼。　廣寒宮、舞徹霓裳，白玉台、歌罷瑤席。爭不思下界，有人岑寂。羨博望、再泛仙槎，與曼倩、三偷蟠實。把丹鼎，暗融液。乘雲氣，醉揮斥。嗟惜。但城南老樹，人誰我識。（錄自《彊村叢書》本）

## 瑤台第一層

又名：瑤台第一會。

調見〔宋〕張元幹《蘆川詞》卷下。

> 寶曆祥開，飛練上、青冥萬里光。石城形勝，秦淮風景，威鳳來翔。臘餘春色早，兆鈞璜、賢佐興王。對熙旦，正格天同德，全魏分疆。　熒煌。五雲深處，化鈞獨運斗魁旁。繡裳龍尾，千官師表，萬事平章。景鐘文瑞世，醉尚方、難老金漿。慶垂芳。看雲屏間坐，象笏堆床。（錄自雙照樓影宋本）

《苕溪漁隱叢話》卷五十九引《後山詩話》：「武才人出慶壽宮，色最後庭，裕陵得之，會教坊獻新聲，因作詞，號【瑤台第一層】。」

《填詞名解》卷四：「【瑤台第一層】，《離騷經》：『瑤台之偃蹇兮，見有娀之佚女。』偃蹇，高貌，第一層亦言高也。」

## 瑤台第一會

即【瑤台第一層】。〔清〕秦巘詞名【瑤台第一會】，見《思醉吟館詞集》。

> 七寶樓台，彈指現、凌虛步步高。平天排出，琉璃世界，玉琢瓊雕。蕊珠仙子降，跨鶴飛、露佩冰綃。廣寒閬，喜蟾宮夢度，鹿苑難描。　岧嶢。五雲深處，瑤池宴罷奏琅璈。迷香洞裏，蓬壺漏靜，蓮界煙飄。妙鬘雲在望，問幾生、修到瓊霄。許淞遨。會相逢銀漢，不隔星橋。（錄自清秦氏手稿校本）

按：此調或係【瑤台第一層】之筆誤。但此書目錄和正文均為【瑤台第一會】，況此稿鈔本甚佳，並且校勘過，而未出校，是否筆誤，不敢妄斷。故存其調名以便查考。

## 瑤台聚八仙

即【新雁過妝樓】。〔宋〕張炎詞名【瑤台聚八仙】，見《山中白雲》卷四。

> 秋水涓涓。人正遠、魚雁待拂吟箋。也知遊意，多在第二橋邊。花底鴛鴦深處影，柳蔭淡隔裏湖船。路綿綿。夢吹舊笛，如此山川。　平生幾兩謝屐，任放歌自得，直上風煙。峭壁誰家，長嘯竟落松前。十年孤劍萬里，又何以、咄分抱甕泉。山中酒，且醉餐石髓，白眼青天。（錄自《彊村叢書》本）

## 蓮陂塘

即【摸魚兒】。〔清〕陳維崧詞名【蓮陂塘】，見《迦陵詞全集》卷二十九。

> 問何人、生綃滑筍，皴來寂歷如許。孤篷幾扇西風底，滴盡五湖疏雨。垂弱柳。儘水蔓江荑，信意牽他住。寄聲魴鱮。總來固欣然，去還可喜，知我者鷗鷺。　引藏事，不是如今才悟。浮名休再相誤。人間多少金貂客，輸卻綠蓑漁父。誰喚渡。早萬木酣霜，紅到消魂處。湛湛楓樹。又遙襯蘆花，搖晴織暝，閒了半汀絮。（錄自《四部叢刊》影患立堂本）

按：「蓮」字恐「邁」字之誤，存疑待考。

## 夢少年

調見〔清〕朱青長《朱青長詞集》卷二十五。

　　杯酒弔斜陽。滿眼風埃接戰場。誰據湖山爭一著。周郎。火戰曹公夜渡江。　　千古幾興亡。未捲旌旗骨已僵。虎鬥龍爭誰見得，吳剛。照見乾坤日夜忙。（錄自清朱長青手稿本）

## 夢中人

〔清〕桂延嗣自度曲，見《四明近體樂府》。

　　月將沉，天欲曉。看風動虛帷，一縷夢魂繚繞。薄命無緣，挽不住、蓬山青鳥。　　絮語溫未了。怕奉倩傷神，損卻當年懷抱。夢中人猶是，一瞬相逢草草。淒惻知多少。（錄自清刻本）

詞序：「癸未六月十日，夜夢亡妻董氏，索余填詞二闋。吟罷相對泣。夢中亦知其既死矣。覺而記其一，雖未合詞令，而精情淒婉，不堪卒讀也。古人嘗有自製體也，因採詞中【夢中人】以寄之。」

按：桂延嗣詞有「夢中人猶是，一瞬相逢草草」句，故名【夢中人】。

## 夢仙郎

又名：夢仙鄉。

調見《歷代詩餘》卷二十三〔宋〕張先詞。

　　江東蘇小。天斜窈窕。都不勝、彩鸞嬌妙。春豔上新妝。風過著人香。　　佳樹陰陰池院。華燈繡幔。花月好、豈能長見。離聚此生緣。無計問高天。（錄自清康熙內府本）

按：此調名《欽定詞譜》卷九【夢仙郎】調注：「調見張先詞集。」查現存張先詞集，此詞均名【夢仙鄉】，據此因以【夢仙鄉】為正名才是。今仍從《欽定詞譜》。但其所說之詞集，未知現在還存在否，待考。

## 夢仙鄉

即【夢仙郎】。〔宋〕張先詞名【夢仙鄉】，見《張子野詞》卷一。

　　江東蘇小。天斜窈窕。都不勝、彩鸞嬌妙。春豔上新妝。肌肉過人香。　　佳樹陰陰池院。華燈繡幔。花月好、可能長見。離聚此生緣。無計問天天。（錄自《彊村叢書》本）

《張子野詞》注：雙調。

## 夢仙遊

即【憶江南】。《欽定詞譜》卷一【憶江南】調注：「張滋詞有『飛夢去，閒到玉京遊』句，名【夢仙遊】。」

按：查《彊村叢書》本《南湖詩餘》、知不足齋本《南湖集》此詞調名均為【夢遊仙】。《欽定詞譜》未知所據何本，或屬刻誤，待考。

## 夢玉人引

（一）調見《樂府雅詞》卷下〔宋〕李甲詞。

　　漸東風暖，隴梅殘，齊雲碧。嫩草柔條，又回江城春色。乍促銀籤，便篆香紋蠟有餘跡。愁夢相兼，盡日高無力。　　這些離恨，依然是、酒醒又如織。料伊懷情，也應向人端的。何故近日，全然無消息。問伊看，伊教人到此，如何休得。（錄自《粵雅堂叢書》本）

（二）調見〔宋〕呂渭老《聖求詞》。

　　上危梯盡，畫閣迥，畫簾垂。曲水飄香，小園鶯喚春歸。舞袖弓彎，正滿城、煙草淒迷。結伴踏青，趁蝴蝶雙飛。　　賞心歡計，從別後、無意到西池。自檢羅囊，要尋紅葉留詩。懶約無憑，鶯花都不知。怕人問，強開懷、細酌酴醾。（錄自明吳訥《百家詞》本）

## 夢江口

即【憶江南】。〔清〕陳世祥詞名【夢江口】，見《含影詞》卷上。

　　春去罷，因甚卻關情。最是柳絲長不了，何來燕子語偏明。怕要下階行。（錄自清康熙留松閣刻本）

## 夢江南

（一）即【憶江南】。〔唐〕皇甫松詞有「閒夢江南梅熟日」句，故名；見《花間集》卷二。

　　蘭燼落，屏上暗紅蕉。閒夢江南梅熟日，夜船吹笛雨蕭蕭。人語驛邊橋。（錄自雙照樓影明仿宋本）

（二）即【添聲楊柳枝】。〔宋〕賀鑄詞有「夢江南」句，故名；見《東山詞》卷上。

　　九曲池頭三月三。柳毿毿。香塵撲馬噴金銜。涴春衫。　　苦筍鰣魚鄉味美，夢江南。閶門煙水晚風恬。落歸帆。（錄自《彊村叢書》本）

## 夢行雲

又名：六么花十八。

調見〔宋〕吳文英《夢窗丁稿》。

> 簟波皺纖縠。朝炊熟。眠未足。青奴細膩，未
> 拌真珠斛。素蓮幽怨風前影，搔頭斜墜玉。畫
> 欄枕水，垂楊梳雨，青絲亂、如乍沐。嬌笙微
> 韻，晚蟬理秋曲。翠蔭明月勝花夜，那愁春去
> 速。（錄自汲古閣《宋六十名家詞》本）

《夢窗丁稿》注：「即【六么花十八】。」

## 夢芙蓉

〔宋〕吳文英自度曲，見《夢窗甲稿》。

> 西風搖步綺。記長堤驟過，紫騮十里。斷橋南
> 岸，人在晚霞外。錦溫花共醉。當時曾共秋
> 被。自別霓裳，應紅銷翠冷，霜枕正慵起。
> 慘澹西湖柳底。搖盪秋魂，夜月歸環佩。畫
> 圖重展，驚認舊梳洗。去來雙翡翠。難傳眼恨
> 眉意。夢斷瓊娘，仙雲深路杳，城影蘸流水。
> （錄自汲古閣《宋六十名家詞》本）

按：此調乃吳文英題趙昌《芙蓉圖》，取以為名。

## 夢相親

即【玉樓春】。〔宋〕賀鑄詞有「此歡只許夢相
親」句，故名；見《東山詞》卷上。

> 清琴再鼓求鳳弄。紫陌屢盤驕馬鞚。遠山眉樣
> 認心期，流水車音牽目送。　歸來翠被和衣
> 擁。醉解寒生鐘鼓動。此歡只許夢相親，每向
> 夢中還說夢。（錄自涉園影宋本）

## 夢桃源

即【誤桃源】。〔宋〕無名氏詞名【夢桃源】，
見《花草粹編》卷二。

> 砥柱勒銘賦，本贊禹功勳。試官親處分，贊唐
> 文。　秀才冥子裏，鑾駕幸并汾。恰似鄭州
> 去，出曹門。（錄自文淵閣《四庫全書》本）

## 夢揚州

〔宋〕秦觀自度曲，見《淮海詞》。

> 晚雲收。正柳塘、煙雨初休。燕子未歸，惻惻
> 輕寒如秋。小欄外、東風軟，透繡幃、花蜜香
> 稠。江南遠，人何處，鷓鴣啼破春愁。　長
> 記曾陪燕遊。酬妙舞清歌，麗錦纏頭。殢酒困
> 花，十載因誰淹留。醉鞭拂面歸來晚，望翠

> 樓、簾捲金鉤。佳會阻，離情正亂，頻夢揚
> 州。（錄自汲古閣《宋六十名家詞》本）

按：秦觀詞有「離情正亂，頻夢揚州」句，故名
【夢揚州】。

《欽定詞譜》卷二十六【夢揚州】調注：「宋秦
觀自製詞，取詞中結句為名。」

## 夢遊仙

（一）即【憶江南】。〔宋〕張滋詞有「飛夢
去，閒到玉京遊」句，故名；見《南湖詩餘》。

> 飛夢去，閒到玉京遊。塵隔天高那得暑，月明
> 雲薄淡於秋。宮殿鎖金虯。　冰佩冷，風颭
> 紫綃裳。五色光中瞻帝所，方知碧落勝炎洲。
> 香霧濕簾鉤。（錄自《彊村叢書》本）

（二）即【戚氏】。〔金〕丘處機詞有「夢遊
仙」句，故名；見《鳴鶴餘音》卷五。

> 夢遊仙。分明曾過九重天。浩氣清英，素雪縹
> 紗貫無邊。森然。似朝元。金童玉女傳宣，當
> 時萬聖齊會，火光明罩紫金蓮。群仙謠唱，諸
> 天歡樂，盡皆得意忘言。流霞泛飲，蟠桃賜
> 宴，次第留連。皆秉道德咸權。神通自在，劫
> 劫未能遷。沖虛妙，昊天罔極，帝地之先。
> 透重玄。命駕恍惚，神遊擲火，萬里迴旋。
> 四維上下，八表縱橫，鸞鶴不用揮鞭。應念隨
> 時到，了無障礙，自有根源。看盡清都絳闕，
> 邁瀛洲紫府筆難傳。瑤台閬苑花前。瑞雲掩
> 映，百和香風散。四時下，夜長春暖。處處覺
> 閒想因緣，是一點功圓。混太虛，浩劫永綿
> 綿。任閻浮地，山摧洞府，海變桑田。（錄自清
> 黃丕烈補明鈔本）

（三）即【憶江南】。〔清〕沈時棟詞名【夢遊
仙】，見《瘦吟樓詞‧初集》。

> 金庭月，冷浸洞庭波。銷夏煙光迷翠嶂，石公
> 秋影嫋藤蘿。仙桂似婆娑。（錄自民國十七年排
> 印本）

## 夢歌處

即【浪淘沙】。〔清〕朱青長詞名【夢歌處】，
見《朱青長詞集》卷二十五。

> 憑欄望金焦。捲地波濤。英雄千古自寥寥。算
> 盡長江南北渡，幾個人豪。　遙聽廣陵潮。
> 絲管通宵。麗華偷按貴娘簫。多少遊魂歸不
> 得，血污宮袍。（錄自清朱青長手稿本）

## 夢橫塘

調見〔宋〕劉一止《苕溪樂章》。

浪痕經雨，鬢影吹寒，曉來無限蕭瑟。野色分橋，剪不斷、溪山風物。船繫朱藤，路迷煙寺，遠鷗浮沒。聽疏鐘斷鼓，似近還遙，驚心事、傷羈客。　新醅旋壓鵝黃，抍清愁在眼，酒病縈骨。繡閣嬌慵，爭解說、短封傳憶。念誰伴、塗妝綰結。嚼蕊吹花弄秋色。恨對南雲，此時淒斷，有何人知得。（錄自《彊村叢書》本）

## 夢還京

調見〔宋〕柳永《樂章集》卷上。

夜來匆匆飲散，欹枕背燈睡。酒力全輕，醉魂易醒，風揭簾櫳，夢斷披衣重起。悄無寐。　追悔當初，繡閣話別太容易。日許時、猶阻歸計。甚況味。旅館虛度殘歲。想嬌媚。那裏獨守鴛幃靜，永漏迢迢，也應暗同此意。（錄自《彊村叢書》本）

《樂章集》注：大石調。

## 夢還家

〔近人〕張伯駒自度曲，見《叢碧詞》。

無人院宇。靜明明、玉露濕珠樹。井梧初黃，庭莎猶綠，亂蛩自訴。良宵剪燭瑤窗，記與伊人對語。而今隻影飄流，念故園、在何處。想他兩地兩心，同比斷雁離鴛，哀鳴淺渚。　近時但覺衣單，問秋深幾許。病中乍見一枝花，不知是淚是雨。昨夜夢裏歡娛，恨醒來、卻無據。誰知萬緒千思，那不眠更苦。又離家漸久，還遙夢也不如不做。（錄自影稿本）

詞序：「自度曲。難中病臥，見桂花一枝，始知秋深，感賦寄慧素。」

## 夢蘭堂

調見〔宋〕馮時行《縉雲文集》卷四。

小雨清塵淡煙晚。官柳彌花待暖。君愁入傷眼。芳草綠、斷雲歸雁。　酒重斟，須再勸。今夕近、明朝乍遠。到時暗花飛亂。千里斷腸春不管。（錄自《全宋詞》本）

## 蒼梧謠

即【歸字謠】。〔宋〕蔡伸詞名【蒼梧謠】，見《友古詞》。

天。休使圓蟾照客眠。人何在，桂影自嬋娟。（錄自汲古閣《宋六十名家詞》本）

## 遠山橫

即【風入松】。〔宋〕韓淲詞有「小樓春映遠山橫」句，故名；見《澗泉詩餘》。

小樓春映遠山橫。綠遍高城。望中一片斜陽靜，更萋萋、芳草還生。疏雨冷煙寒食，落花飛絮清明。　數聲弦管忍重聽。猶帶微醒。問春何事春將老，春不語、春恨難平。莫把風流時節，都歸閒淡心情。（錄自《彊村叢書》本）

## 遠朝歸

調見《梅苑》卷一〔宋〕趙耆孫詞。

金谷先春，見乍開江梅，晶明玉膩。珠簾院落，人靜雨疏煙細。橫斜帶月，又別是、一般風味。金樽裏。任遺英亂點，殘粉低墜。　惆悵杜隴當年，念水遠天長，故人難寄。山城倦眼，無緒更看桃李。當時醉魄，算依舊、徘徊花底。斜陽外。謾回首、畫樓十二。（錄自《全宋詞》引景宋本《梅苑》）

按：文淵閣四庫本、棟亭十二種本《梅苑》均為無名氏詞。《花草粹編》卷十六為趙耆孫詞。

## 遠戀花

即【蝶戀花】。〔清〕黎庶燾詞名【遠戀花】，見《琴洲詞》卷二。

誰染生綃光皎瑩。近水如羅，遠水明如鏡。一片斜陽天倒映。淡黃色似玻璃褽。　古堞有人閒獨憑。目極長空，葉葉風帆正。倏忽長煙交欲暝。鶯鶯飛破青山影。（錄自清光緒戊午日本使署本）

## 台城路

即【齊天樂】。〔宋〕李萊老詞名【台城路】，見《龜溪二隱詞》。

半空河影流雲碎，亭皋嫩涼收雨。井葉還驚，江蓮亂落，弦月初生商素。堂深幾許。漸爽入雲幬，翠綃千縷。紈扇恩疏，晚螢光冷照窗戶。　文園憔悴頓老，又西風暗換，絲鬢無數。燈外殘砧，琴邊瘦枕，一一情傷遲暮。故人倦旅。料渭水長安，感時吟苦。正自多愁，砌蛩終夜語。（錄自《彊村叢書》本）

## 台城遊

即【水調歌頭】。〔宋〕賀鑄詞有「台城遊冶」句，故名；見《東山詞》卷上。

> 南國本瀟瀟。六代浸豪奢。台城遊冶。襲箋能賦屬宮娃。雲觀登臨清夏。璧月留連長夜，吟醉送年華。回首飛鴛瓦。卻羨井中蛙。　　訪烏衣，成白社，不容車。舊時王謝，堂前雙燕過誰家。樓外河橫斗掛。淮上潮平霜下，檣影落寒沙。商女蓬窗蟀，猶唱後庭花。（錄自涉園影宋本）

## 壽山曲

調見《花草粹編》卷十二〔五代〕馮延巳詞。

> 銅壺滴漏初盡，高閣雞鳴半空。催啟五門金鎖，猶垂三殿簾櫳。階前御柳搖綠，仗下宮花散紅。鴛瓦數行曉日，鸞旗百尺春風。侍臣舞蹈重拜，聖壽南山永同。（錄自文淵閣《四庫全書》本）

《侯鯖錄》卷一：「余往在中都，見一士大夫家，收江南李後主書一詞，下云『馮延巳』三字，詞中復云：『聖壽南山永同』，恐延巳作也。」

按：《侯鯖錄》未題調名。【壽山曲】之名始見於《花草粹編》，未詳其所據，或因憑詞末句之故耶。

## 壽仙翁

（一）即【明月逐人來】。〔明〕夏言詞名【壽仙翁】，見《桂洲集外詞》。

> 綺席含春，錦堂明畫。卻正值、小陽時候。九十仙翁，是三朝耆舊。風節如今那有。　　犀角霜稜，光映金章紫綬。只贏得、丹心皓首。彩筆新詞，遙獻南山壽。日醉百壺春酒。（錄自惜陰堂《明詞彙刊》本）

（二）調見〔清〕王惠《柘澗山房詞稿》。

> 蘿菊霜肥，嶺梅冰瘦，正是秋去冬來時候。有腳小陽春，漸回宇宙，濟濟一堂稱壽。　　階下斑衣，況復蘭枝都秀。殷勤齊捧萬年觴，小子何知，敬從諸舅後。笑指南山依舊。（錄自《全清詞》本）

## 壽延長中腔令

調見《高麗史・卷七十一・樂二》〔宋〕無名氏詞。

> 彤雲映彩色相映，御座中、天簇簪纓。萬花鋪錦滿高庭。慶敞需宴歡聲。　　千齡啟統樂功成。同意賀、元珪豐擎。寶觴頻舉俠群英。萬萬載、樂昇平。（錄自日本明治四十一年縮印本）

按：【壽延長】為高麗舞隊曲。「中腔」係從舞曲中摘單遍成詞調。《夢梁錄》有云：「唱中腔一遍訖，先笙與簫笛各一管和之，又一遍，眾樂齊和，獨聞歌者之聲。」

## 壽延長破字令

調見《高麗史・卷七十一・樂二》〔宋〕無名氏詞。

> 青春玉殿和風細。奏簫韶絡繹。瑞繞行雲飄飄曳。泛金樽、流霞豔溢。　　瑞日暉暉臨丹辰。廣布慈德宸遐邇。願聽歌聲舞綴。萬萬年、仰瞻宴啟。（錄自日本明治四十一年縮印本）

《欽定詞譜》卷十《壽延長破字令》調注：「此高麗【壽延長】舞隊曲也。因其雜用唐樂，故採用之。」

## 壽杯詞

即【楊柳枝】。

《古今詞話・詞辨》卷上：「【柳枝壽杯詞】，一曰【壽杯詞】，如：『千門萬戶喧歌吹，富貴人間只此聲。年年織作昇平字，高映南山獻壽觴。』」

## 壽南枝

即【念奴嬌】。〔宋〕韓淲詞有「年年眉壽，坐對南枝發」句，故名；見《澗泉詩餘》。

> 詔飛天上，看金狨繫馬，西湖風月。朝罷香煙摧滿袖，身在瓊樓玉闕。錦繡肝腸，珠璣欬唾，綠鬢非華髮。與誰經濟，河山應笑吳越。　　且把春酒尋梅，年年眉壽，坐對南枝發。兵衛朱門森畫戟，醉舞塵生羅襪。山面高堂，溪浮新艦，留取邦人說。等閒餘事，一時如此奇絕。（錄自《彊村叢書》本）

## 壽星明

（一）調見〔宋〕晁端禮《閒齋琴趣外篇》卷六。

露濕晴花，散紅香清影，建章宮殿。玉宇風來，銀河雲斂，天外老人星現。向曉千官入，稱慶山呼鼇抃。鳳髓香飄，龍墀翡翠，簾櫳高捲。　朝罷仗衛再整，肅鳴鞘，又向瑤池高宴。海寓承平，君臣相悅，樂奏微招初遍。治極將何報，檢玉泥金封禪。見說山中居民，待看雕輦。（錄自雙照樓影宋本）

（二）即【沁園春】。〔宋〕無名氏詞名【壽星明】，見《翰墨大全・丁集》卷三。

玉露迎寒，金風薦冷，正蘭桂香。覺秋光過半，日臨三九，蔥蔥佳氣，藹藹琴堂。見說當年，申生穀旦，夢葉長庚天降祥。文章伯，英聲早著，騰踏飛黃。　雙鳧暫駐東陽。已種得春陰千種棠。有無邊風月，幾多事業，安排青瑣，入與平章。百里民歌，一樽春酒，爭勸殷勤稱壽觴。願此去，龜齡難老，長侍君王。（錄自《全宋詞》本）

## 壽陽曲

又名：落梅風。

（一）調見《全元散曲》〔元〕張可久詞。

彈初罷，酒暫歌。醉詩人、滿山紅葉。問山中、許由何處也。老猿啼、冷泉秋月。（錄自中華書局排印本）

（二）調見《全元散曲》〔元〕張可久詞。

東風景，西子湖。濕冥冥、柳煙花霧。黃鶯亂啼蝴蝶舞。幾秋千、打將春去。（錄自中華書局排印本）

按：此乃元人小令，依《欽定詞譜》例列入。

## 壽樓春

調見〔宋〕史達祖《梅溪詞》。

裁春衫尋芳。記金刀素手，同在晴窗。幾度因風殘絮，照花斜陽。誰念我，今無腸。自少年、消磨疏狂。但聽雨挑燈，欹床病酒，多夢睡時妝。　飛花去，良宵長。有絲闌舊曲，金譜新腔。最恨湘雲人散，楚蘭魂傷。身是客，愁為鄉。算玉簫、猶逢韋郎。近寒食人家，相思未忘蘋藻香。（錄自《四印齋所刻詞》本）

《欽定詞譜》卷二十九【壽樓春】調注：「調見《梅溪詞》，蓋自度曲也。」

## 摸魚子

唐教坊曲名。

即【摸魚兒】。〔宋〕李彭老詞名【摸魚子】，見《龜溪二隱詞》。

過垂虹、四橋飛雨，沙痕初漲春水。腥波十里吳歈遠，綠蔓半縈船尾。連復碎。愛滑捲青綃，香嫋冰絲細。山人雋味。笑杜老無情，香羹碧澗，空只賦芹美。　歸期早，誰似季鷹高致。鱸魚相伴菰米。紅塵如海丘園夢，一葉又秋風起。湘湖外。看採擷、芳條際曉隨魚市。舊遊漫記。但望裹江南，秦鬟賀鏡，渺渺隔煙翠。（錄自《彊村叢書》本）

## 摸魚兒

又名：山鬼謠、安慶摸、陂塘柳、買陂塘、蓮陂塘、摸魚子、摸漁子、詠春光、舞蛟吟、邁陂塘、雙蕖怨、雙蓮。

（一）調見〔宋〕晁補之《晁氏琴趣外篇》卷一。

買陂塘、旋栽楊柳，依稀淮岸江浦。東皋嘉雨新痕漲，沙嘴鷺來鷗聚。堪愛處。最好是、一川夜月光流渚。無人獨舞。任翠幄張天，柔茵藉地，酒盡未能去。　青綾被，莫憶金閨故步。儒冠曾把身誤。弓刀千騎成何事，荒了邵平瓜圃。君試覷。滿青鏡、星星鬢影今如許。功名浪語。便似得班超，封侯萬里，歸計恐遲暮。（錄自雙照樓影宋本）

（二）調見〔宋〕歐陽修《歐陽文忠公近體樂府》卷三。

捲繡簾、梧桐秋院落，一霎雨添新綠。對小池、閒立殘妝淺，向晚水紋如縠。凝遠目。恨人去寂寂，鳳枕孤難宿。倚欄不足。看燕拂風簷，蝶翻露草，兩兩長相逐。　雙眉促。可惜年華婉娩，西風初弄庭菊。況伊家年少，多情未已難拘束。那堪更趁涼景，追尋甚處垂楊曲。佳期過盡，但不說歸來，多應忘了，雲屏去時祝。（錄自雙照樓影宋本）

（三）調見《梅苑》卷四〔宋〕無名氏詞。

歲華向晚，遠天布同雲，霰雪輕飛。前村昨夜漏春光，楚梅先放南枝。歡東君，運巧思。裁瓊鏤玉妝繁蕊。花中偏異。解向嚴冬逞芳菲。免使遊蜂粉蝶戲。　梁台上，漢宮裏。殷勤仗高樓，羌管休吹。何妨留取憑欄干，大家吟玩歡醉。待明年，念芳草、王孫萬里。歸未

得、仙源應是。又被花、開向天涯，淚灑東風對桃李。（錄自文淵閣《四庫全書》本）

（四）調見〔明〕曹大同《玉芝樓稿》卷八。

少壯不諳時事，老大方知懲愴。賭棋局樣輸贏注，正似世情翻掌。重迭想向前，不如退縮為上。三懸心榜。莫矜慷慨，莫做邪枉，莫從人俯仰。　　富貴功名，命中來往。人不增尺丈。等閒人手，亦難逃避，無緣消受焉矯強。見放著、有書堪讀，有田堪養。妻挐績紡。這後段行藏。從天發付，百念俱推蕩。（錄自明天啟刻本）

## 摸漁子

即【摸魚兒】。〔清〕王慶勳詞名【摸漁子】，見《詒安堂詩餘·沿波舫詞》。

一絲絲、柳才煙重，遙山低映如鏡。畫船自蕩春波膩，絕勝橋西清景。浮半頃。看隔岸斜陽，漸送歸雅近。暖風乍緊。喜槳划花紅，篙拖荇綠，衣影接湖影。　　還自省。要與天隨同證。漁兄漁弟偕隱。數聲水調雲邊出，詩夢偏教催醒。三尺艇。便泛宅浮家，煞愛林塘靜。塵囂洗淨。算篛笠生涯，鷗鷺境界，拚老此青鬢。（錄自清咸豐刻本）

按：《詒安堂詩餘》中有【摸魚子】五首。唯是首題《柳塘漁隱圖》調名【摸漁子】。詞中又有「漁兄漁弟偕隱」之句，恐非刻誤，故存其調名，以備查考。

## 摘紅英

即【撷芳詞】。〔宋〕趙汝茪詞名【摘紅英】，見《陽春白雪》卷七。

東風冽。紅梅坼。畫簾幾片飛來雪。銀屏悄。羅裙小。一點相思，滿塘春草。　　空愁切。何年徹。不歸也合分明說。長安道。簫聲鬧。去時驄馬，誰家繫了。（錄自《粵雅堂叢書》本）

## 摘得新

唐教坊曲名。

調見《花間集》卷二〔唐〕皇甫松詞。

摘得新。枝枝葉葉春。管弦兼美酒，最關人。平生都得幾十度，展香茵。（錄自雙照樓影明仿宋本）

按：皇甫松詞有「摘得新。枝枝葉葉春」句，故名【摘得新】。

## 酷相思

又名：春到也、哭相思。

調見〔宋〕程垓《書舟詞》。

月掛霜林寒欲墜。正門外、催人起。奈離別、如今真個是。欲住也、留無計。欲去也、來無計。　　馬上離魂衣上淚。各自個、供憔悴。問江路、梅花開也未。春到也、須頻寄。人到也、須頻寄。（錄自汲古閣《宋六十名家詞》本）

## 酥釀香

調見〔金〕王喆《重陽全真集》卷十一。

自在隨緣，信腳而、無思沒算。召清飆，邀皓月，同為侶伴。步長路，成歡樂，唇歌舌彈。忽經過、洞府嘉山。堪一玩。正逢著，祥瑞頻贊。　　異果名花，滋味美、馨香撒散。對良辰，雖好景，難為惹絆。任雲水，前程至，天涯海畔。便遭遇、清淨神舟，超彼岸。這回做、真害風漢。（錄自涵芬樓影明《道藏》本）

## 酹月

即【念奴嬌】。〔宋〕蘇軾詞有「一樽還酹江月」句，故名；見《欽定詞譜》卷二十八。

大江東去，浪淘盡、千古風流人物。故壘西邊，人道是、三國周郎赤壁。亂石穿空，驚濤拍岸，捲起千堆雪。江山如畫，一時多少豪傑。　　遙想公瑾當年，小喬初嫁了，雄姿英發。羽扇綸巾，談笑間、檣艣灰飛煙滅。故國神遊，多情應笑我，早生華髮。人間如寄，一樽還酹江月。（錄自清康熙內府本）

《欽定詞譜》卷二十八【念奴嬌】調注：「蘇軾詞有『一樽還酹江月』句，又名【酹月】。」

## 酹江月

（一）即【念奴嬌】。〔宋〕周紫芝詞，因蘇軾詞有「一樽還酹江月」句，故名；見《竹坡老人詞》卷三。

冰輪飛上，正金波翻動，玉壺新綠。風帽還敧清露滴，凜凜微生寒粟。白玉樓高，水精簾捲，十里堆瓊屋。千山人靜，怒龍聲噴蘄竹。　　夜久斗落天高，銀河還對瀉，冷懸雙瀑。此地人間何處有，難買明珠千斛。弄影人歸，錦袍何在，更誰知鴻鵠。素光如練，滿天空掛寒玉。（錄自毛晉校汲古閣本）

（二）調見《古今詞彙》〔明〕沈朝煥詞。

咄咄嗟嗟，一段猿啼，一番鶴叫，莽莽誰張
主。恨楊朱何意，雪涕臨歧，絲絲縷縷，天河
東注。人間多少不平事，灑不盡、血痕英雄千
古。　　也不管、腸過斷，眉雙蹙，杜鵑沾塞
土。但見悲來集，暗不知其數。調雍門琴，弄
三陽笛，百年生死都如許。況蝸蠅得喪，又何
須、愁阿堵。（錄自清刻本）

（三）〔清〕沈豐垣新譜犯曲，見《蘭思詞》。

花顫雲移迷月影。入夜鐘初定。蠻箋小疊譜新
聲。不羨鬧春紅杏。　　越州才子誰堪並。憶
江郎夢醒。曉窗眉蹙寫螺青。料是彩毫餘興。

（錄自《全清詞》引《百名家詞鈔》本）

詞注：「夜讀吳伯憩新詞。新犯曲。」

按：清康熙綠蔭堂本《名家詞鈔》未有《蘭思
詞》，《全清詞》所引不明，待考。

## 醆湘月

即【念奴嬌】。〔清〕陳良玉詞名【醆湘月】，
見《荔香詞鈔》

碧峰攜手，悵驚鴛前夢，冷雲吹散。探岫吟巖
人未老，轉眼干戈催換。浸月江深，棲霞洞
古，爭信烽煙滿。當時清狄，一聲聲定腸斷。
　　已是十五年餘，鄉園重見，舊事增淒惋。
聞說征蠻開幕府，賦罷從軍王粲。託命長檥，
隨身畫篋，此外天休管。重陽明日，登高君莫
辭懶。（錄自清鈔本）

## 歌頭

調見《尊前集》〔五代〕李存勗詞。

賞芳春、暖風飄箔。鶯啼綠樹，輕煙籠晚閣。
杏桃紅，開繁萼。靈和殿、禁柳千行，斜金絲
絡。夏雲多、奇峰如削。紈扇動微涼，輕綃
薄。梅雨霽，火雲爍。臨水檻、永日逃煩暑，
泛觥酌。　　露華濃，冷高梧，雕萬葉。一霎
晚風，蟬聲新雨歇。惜惜此，光陰如流水，東
籬菊殘時，歎蕭索。繁陰積，歲時暮，景難
留，不覺朱顏失卻。好容光，旦旦須呼賓友，
西園長宵，宴雲謠，歌皓齒，且行樂。（錄自
《彊村叢書》本）

按：【歌頭】當為大曲中之一遍，不應作為詞調
名。是詞疑是大曲中之一遍，而失其名。
《尊前集》注：大石調。

## 歌樂還鄉

調見《敦煌歌辭總編》卷二〔唐〕無名氏詞。

匈奴擾亂四方。丈夫按劍而王。鐵衣年年不
脫，龍馬歲歲長韁。腰間寶劍常掛，手裏遮月
恆張。一去掃除蕩陣，為須歌樂還鄉。為須歌
樂還鄉。（錄自上海古籍出版社排印本）

按：原本載（斯）〇二八九。原本缺調名，《敦
煌歌辭總編》因詞有「為須歌樂還鄉」句，擬名
【歌樂還鄉】。

## 厭世憶朝元

調見〔金〕侯善淵《上清太玄集》卷七。

雲收霧斂天風潔。顯出玲瓏月。形釋心凝澄
澈。亙古無圓缺。　　千潭現，家光攝。洞濟
溟陽哲。仙丹煉就真歡悅。異日朝金闕。（錄自
涵芬樓影明《道藏》本）

## 厭金杯

又名：獻金杯。

調見〔宋〕賀鑄《東山寓聲樂府》。

風軟香遲，花深漏短。可憐宵、畫堂春半。碧
紗窗影，捲帳蠟燈紅，鴛枕畔。密寫烏絲一
段。　　採蘋溪晚。拾翠沙空，盡愁倚、夢雲
飛觀。木蘭艇子，幾日渡江來，心目斷，桃葉
青山隔岸。（錄自《四印齋所刻詞》本）

## 奪錦標

又名：清溪怨、錦標歸。

調見〔元〕王惲《秋澗樂府》卷二。

六郡雄藩，會稽旁帶，兩浙風煙如昔。碧草莫
傷春浦，冠蓋東南，幾多行客。正新亭父老，
望雲霓、苦思休息。道朝家、雨露同春，問甚
江南江北。　　賀監歸舟逸興，何似雙旌。盡
慰元郎行色。鏡水綠通朱閣，咸暢恩宣，海波
春寂。笑東山老去，此心初、非□泉石。約海
樓、翡翠同遊，醉裏山陰陳跡。（錄自《彊村叢
書》本）

## 爾汝歌

即【清商怨】。〔宋〕賀鑄詞有「忘形相爾汝」
句，故名；見《東山詞》卷上。

勞生羈宦未易處。賴醉□□□。白眼青天，忘
形相爾汝。　　□□□□□□。□□□、送君

南浦。雪暗滄江，□□□□□。（錄自涉園影宋本）

《世說新語》：「晉武帝問孫皓：『聞南人好作【爾汝歌】，頗能為否？』皓正飲酒，因舉觴勸帝曰：『昔與汝為鄰。今與汝為臣。上汝一杯酒，令汝壽萬春。』帝悔之。」

## 熙州慢

調見〔宋〕張先《張子野詞》。

武林鄉，占第一湖山，詠畫爭巧。驚石飛來，倚翠樓煙靄，清猿啼曉。況值禁垣師帥，惠政流入歌謠。朝暮萬景，寒潮弄月，亂峰回照。　　天使尋春不早。並行樂，免有花愁花笑。持酒更聽，紅兒肉聲長調。瀟湘故人未歸，但目送、遊雲孤鳥。際天杪。離情盡寄芳草。（錄自明吳訥《百家詞》本）

《欽定詞譜》卷二十四【熙州慢】調注：「《唐書·禮樂志》：『天寶樂曲，皆以邊地名，若伊州、甘州、涼州之類。』按宋改鎮洮軍為熙州，本秦漢時隴西郡，亦邊地也。調名【熙州】，義或取此。」

《容齋隨筆》卷十四：「今樂府所傳大曲，皆出於唐，而以州名者五，伊、涼、熙、石、渭也。」

## 熙州摘遍

即【氐州第一】。〔宋〕周邦彥詞名【熙州摘遍】，見《片玉詞》注。

波落寒汀，村渡向晚，遙看數點帆小。亂葉翻鴉，驚風破雁，天角孤雲縹緲。官柳蕭疏，甚尚掛、微微殘照。景物關情，川途換目，頓來催老。　　漸解狂朋歡意少。奈猶被、思牽情繞。座上琴心，機中錦字，覺最縈懷抱。也知人、懸望久，薔薇謝、歸來一笑。欲夢高唐，未成眠、霜空又曉。（錄自汲古閣《宋六十名家詞》本）

《欽定詞譜》卷三十一【氐州第一】調注：「一名【熙州摘遍】。」

汲古閣本《片玉詞》【氐州第一】調注：「《清真集》作【熙州摘遍】，字句稍異。」

《唐宋大曲考》「熙州」條：「熙州一作氐州，周邦彥《片玉詞》、《清真集》有【氐州第一】詞。毛晉所藏《清真集》作【熙州摘遍】，蓋熙州之第一遍也。」

## 睿恩新

調見〔宋〕晏殊《珠玉詞》。

芙蓉一朵霜秋色。迎曉露、依依先坼。似佳人、獨立傾城，傍朱檻、暗傳消息。　　靜對西風脈脈。金蕊綻、粉紅如滴。向蘭堂、莫厭重深，免清夜、微寒漸逼。（錄自汲古閣《宋六十名家詞》本）

《欽定詞譜》卷十一【睿恩新】調注：「此調近【金蓮繞鳳樓】，但前後段第三句，亦用上三下四法，不押韻，與【金蓮繞鳳樓】的全屬七言詩句押韻者不同。」

## 對芳樽

調見〔明〕朱讓栩《長春競辰餘稿》。

酌金樽。萬事寬懷何理論。家山眼界尚初醒，退欲短歌天又昏。（錄自惜陰堂《明詞彙刻》本）

## 遣隊

調見《歷代詩餘》卷一〔宋〕毛滂詞。

歌長漸落杏梁塵。舞罷香風捲繡茵。更擬綠雲弄清切，樽前恐有斷腸人。（錄自清康熙內府本）

《歷代詩餘》：「亦七言絕句，宋人歌舞欲散時必作此一闋，蓋遣，猶散也。隊，舞隊也。後人曲終猶用之。」

按：此調依《歷代詩餘》例列入。

## 鳴梭

〔宋〕譚宣子自度曲，見《陽春白雪》卷七。

織綃機上度鳴梭。年光容易過。縈縈情緒，似水煙山霧雨相和。謾道當時何事，流盼動層波。巫影嵯峨。翠屏牽薜蘿。　　不須微醉自顏酡。如今難恁麼。燭花銷黰，但替人、垂淚滿銅荷。賦罷西城殘夢，猶問夜如何。星耿斜河。候蟲聲更多。（錄自《粵雅堂叢書》本）

詞注：「自度。」

按：譚宣子詞有「織綃機上度鳴梭」句，故名【鳴梭】。

## 幔捲綢

即【慢捲綢】。〔宋〕柳永詞名【幔捲綢】，見《歷代詩餘》卷八十七。

閒窗燭暗，孤幃夜永，敧枕難成寐。細屈指尋思，舊事前歡，都來未盡，平生深意。到得如

今，萬般追悔。空只添憔悴。對好景良辰，皺著眉兒，成甚滋味。　　紅茵翠被。當時事、一一堪垂淚。怎生得依前，似恁偎香倚暖，抱著日高猶睡。算得伊家，也應隨分，煩惱心兒裏。又爭似從前，淡淡相看，免恁牽繫。（錄自清康熙內府本）

## 舞迎春

即【迎春樂】。〔宋〕賀鑄詞有「粉□舞按迎春遍」句，故名；見《東山詞》卷上。

雲鮮日嫩東風軟。雪初融、水清淺。粉□舞按迎春遍。似飛動、釵頭燕。　　深折梅花曾寄遠。問誰為、倚樓淒怨。身伴未歸鴻，猶顧戀、江南暖。（錄自《彊村叢書》本）

## 舞春風

唐教坊曲名。

即【瑞鷓鴣】。〔五代〕馮延巳詞名【舞春風】，見《陽春集》。

嚴妝才罷怨春風。粉牆畫壁宋家東。蕙蘭有恨枝猶綠，桃李無言花自紅。　　燕燕巢時簾幕捲，鶯鶯啼處鳳樓空。少年薄倖知何處，每夜歸來春夢中。（錄自《四印齋所刻詞》本）

《陽春集箋》：「【舞春風】即【瑞鷓鴣】也。」《詞律》校勘云：『此調另有馮延巳一首，前結後起，二聯對偶，與七律正同。』蓋即此詞。《花草粹編》、《歷代詩餘》、《全唐詞》、《詞律拾遺》等，此詞調均作【瑞鷓鴣】。《古今詞話》引馮延巳詞，謂五代時已有【瑞鷓鴣】者。據此則別本《陽春集》於此闋已題【瑞鷓鴣】耳。」

《唐聲詩》下編：「在前則唐代並無【瑞鷓鴣】之名。在後則宋人並無【瑞鷓鴣】一名【舞春風】之說。至於【瑞鷓鴣】另有別名如何，與【舞春風】當更無涉。故本調（指《舞春風》）無別名。唐宋界限於此不能混。」又云：「宋調【瑞鷓鴣】之本事不明，從字面求，並無與【舞春風】相同之現實意義。二者格調雖同，聲情則未必同。此清初及近人詞集中，凡比附二調為一者所未及慮。」

## 舞馬詞

（一）調見《全唐詩・附詞》〔唐〕張說詞。

萬玉朝宗迎辰，千金率領龍媒。晼鼓凝驕蹀躞，聽歌弄影徘徊。（錄自清康熙揚州詩局本）

《唐書・禮樂志》卷十二：「玄宗又嘗以馬百匹盛飾，分左右，施三重榻，舞【傾杯】數十曲。壯士舉榻，馬不動。樂工少年恣秀者十數人，衣黃衫，文玉帶，立左右，每千秋節，舞於勤政樓下。後賜宴設酺，亦會勤政樓。其日未明，金吾引駕騎，北衙四軍陳仗，列旗幟，被金甲短後繡袍。太常卿引雅樂，每部數十人，間以胡夷之技。內閒廄使引戲馬，五坊使引象犀，入場拜舞。宮人數百，衣錦繡衣，出帷中，擊雷鼓，奏【小破陣樂】，歲以為常。」

《全唐五代詞》卷一：「按張說【舞馬詞】，後入樂府為雜曲歌辭，與【回波樂】同。【舞馬】據《新唐書・禮樂志》，此詞乃六言絕句，按疊入歌，其和聲前二首云【聖代昇平樂】，後四曲云【四海和平樂】。」

（二）附：舞馬千秋萬歲樂府詞。

調見《全唐詩・樂府》張說詞。

聖王至德與天齊。天馬來儀自海西。腕足齊行拜兩膝，繁驕奮進蹋千蹄。髤鬌奮鬣時蹲踏，鼓怒驤身忽上躋。更有銜杯終宴曲，垂頭掉尾醉如泥。

按：此調依王易《詞史》列入，以作參考。

## 舞蛟吟

即【摸魚兒】。〔近人〕吳藕汀詞名【舞蛟吟】，見《畫牛閣詞集》。

渡春波、扁舟容與，晴光目送明淨。棹頭分水墩邊去，已過烏菱時景。枯柳影。真比我、衰顏禿盡蕭蕭鬢。清流自命。念世事推移，蹤尋石友，太僕舊祠泯。　　峻嶒立，一朵奇雲孤冷。張牙探爪飛奮。蜿蜒蟠屈蛟騰起，風雨喚來無定。猶記省。記當日、珊瑚網漏花綱幸。湖心消領。算兩字蟲書，王孫手跡，隱約尚堪認。（錄自《畫牛閣詞集》手稿本）

詞序：「分水墩訪舞蛟石，效辛稼軒【山鬼謠】意，易調名。」

## 舞楊花

調見《貴耳集》卷下〔宋〕康與之詞。

牡丹半坼初經雨，雕檻翠幕朝陽。嬌困倚東風，羞謝了群芳。洗煙凝露向清曉，步瑤台、月底霓裳。輕笑淡拂宮黃。淺擬飛燕新妝。　　楊柳啼鴉畫永，正秋千庭館，風絮池塘。

三十六宮，簪黯粉濃香。慈寧玉殿慶清賞，占東君、誰比花王。良夜萬燭熒煌。影裏留住年光。（錄自《津逮秘書》本）

《貴耳集》卷下：「慈寧殿賞牡丹，時椒房受冊，三殿極歡。上洞達音律，自製曲，賜名【舞楊花】。停觴命小臣賦詞，俾貴人歌以侑玉卮為壽，左右皆呼萬歲。詞云（詞略）。康伯可樂府所載。」

## 稱人心

宋詞調名。原調已佚。宋無名氏【滿庭芳】集曲名詞有「一曲稱人心」句，輯名。集曲名詞見《事林廣記・戍集》卷二。

## 銅人捧露盤

即【金人捧露盤】。

《欽定詞譜》卷十八【金人捧露盤】調注：「一名【銅人捧露盤】。」

## 銅人捧露盤引

即【金人捧露盤】。〔宋〕賀鑄詞名【銅人捧露盤引】，見《東山詞》卷上。

斗儲祥，虹流祉，兆黃虞。未□□、□聖真府。千齡葉應，九河清、神物出龜圖。□□□□，□盛時、朝野歡娛。　靡不覆，旋穹□，□□□、□坤輿。致萬國、一變華胥。霞觴□□，□□□、□□□宸趨。五雲長在，望子□、□□□□。（錄自涉園影宋本）

## 銀燈映玉人

〔清〕丁澎新譜犯曲，見《扶荔詞》卷二。

石葉眉峰淡鎖。更襯入、臉霞雙朵。將近翻疑，欲前還怯，憐然鬢嬌釵嚲。對面情無那奈。怪佯羞、半晌抬身，別殘燈炧。　憶得曾窺青瑣。或恐三生未果。夢裏並肩，幾回生受，難道今宵真個，試問伊知麼。但低垂無語，淚綃紅浣。（錄自清康熙家刻本）

詞注：「新譜犯曲。上五句【剔銀燈】，下三句【玉人歌】；後段同。」

## 簡儂

調見《皴水軒詞筌》〔宋〕廖瑩中詞。

恨簡儂無賴，賣嬌眼、春心偷擲。蒼苔花落，先印下一雙春跡。花不知名，香才聞氣，似月下箜篌，蔣山傾國。半解羅襟，蕙薰微度，鎮宿粉、棲香雙蝶。語態眠情，感多情、輕憐細閱。休問望宋牆高，窺韓路隔。　尋尋覓覓。又暮雨凝碧。花徑橫煙，竹扉映月，盡一刻、千金堪值。卸襪薰籠，藏燈衣桁，任裏臂金斜，攙頭玉滑。更恨檀郎，惡憐深惜。盡顛娟、周旋傾側。軟玉香鉤，怪無端、鳳珠微脫。多少怕曉聽鐘，瓊釵暗擘。（錄自《詞話叢編》本）

按：廖瑩中詞有「恨簡儂無賴」句，故名【簡儂】。

《皴水軒詞筌》：「賈循州雖負乘，處其非據。然好集文士於館第，時推廖瑩中為最。其詩文不傳，唯《西湖遊志》載數篇，皆諛佞語耳，不為工也。偶見鈔本有【簡儂】一詞，頗豐豔。」

## 箜篌曲

即【唐多令】。〔元〕張翥詞有「花下鈿箜篌」句，故名；見《蛻巖詞》卷下。

花下鈿箜篌。樽前白雪謳。記懷中、朱李曾投。鏡約釵盟心已許，詩寫在，小紅樓。

忍淚上雲兜。斷魂隨彩舟。等閒閒、惹得離愁。欲寄長河魚信去，流不到，白蘋洲。（錄自《彊村叢書》本）

按：此詞原本作【唐多令】，題為「寄意箜篌曲」。《欽定詞譜》卷十三【唐多令】調注：「張翥詞有『花下鈿箜篌』句，名【箜篌曲】。」此據《欽定詞譜》。

## 遙天奉翠華引

調見〔宋〕侯寘《嬾窟詞》。

雪消樓外山。正秦淮、翠溢回瀾。香梢葀蔻，紅輕猶怕春寒。曉光浮畫戟，捲繡簾、風暖玉鉤閒。紫府仙人，花圍羽帔星冠。　蓬萊閬苑，意倦遊、常戲世間。佩麟舊都，江左襦袴歌歡。只恐催歸覲，剩宴都、休訴酒杯寬。明歲應看，盛鈞容、舞袖歌鬟。（錄自汲古閣《宋六十名家詞》本）

## 鳳池吟

又名：鳳池春。

調見〔宋〕吳文英《夢窗甲稿》。

萬丈巍台，碧罘罳外，衰衰野馬遊塵。舊文書幾閣，昏朝醉暮，覆雨翻雲。忽變清明，紫垣

敕使下星辰。經年事靜，公門如水，帝甸陽春。　　長安父老相語，幾百年見此，獨駕冰輪。又鳳鳴黃幕，玉霄平溯，鵲錦新恩。畫省中書，半紅梅子薦鹽梅。歸來晚，待賡吟、殿閣南薰。（錄自汲古閣《宋六十名家詞》本）

## 鳳池春

即【鳳池吟】。〔清〕王翃詞名【鳳池春】，見《槐堂詩餘》。

一剪莎禑，半簷桐乳，白日暖照朱門。向荒煙小涉，陰高岸色，又踏吟人。舊雨平池，絮花煙漲柳苗新。韶年漸晚，清和近也，布穀先聞。　　群峰宛轉相次，俯悠悠然深遠，樹影無根。記昔浮觴處，至今猶帶，酒氣濃春。覽物傷多，故時桃李思沾巾。零香盡，待夢來、淒斷黃昏。（錄自清刻本）

## 鳳求凰

即【聲聲慢】。〔宋〕賀鑄詞有「殷勤彩鳳求凰」句，故名；見《東山詞》卷上。

園林幕幕，燕寢凝香。華池繚繞飛廊。坐按吳娃清麗，楚調圓長。歌闌橫流美眄，乍疑生、綺席輝光。文園屬意，玉觴交勸，寶瑟高張。　　南薰難銷幽恨，金徽上，殷勤彩鳳求凰。便許卷收行雨，不戀高唐。東山勝遊在眼，待紉蘭、擷菊相將。雙棲安隱，五雲溪、是故鄉。（錄自涉園影宋本）

## 鳳來朝

調見〔宋〕周邦彥《片玉集》卷十。

逗曉看嬌面。小窗深、弄明未遍。愛殘朱宿粉、雲鬟亂。最好是、帳中見。　　說夢雙蛾微斂。錦衾溫、酒香春斷。待起難捨扮。任日炙、畫欄暖。（錄自《彊村叢書》本）

《片玉集》注：越調。

## 鳳孤飛

調見〔宋〕晏幾道《小山詞》。

一曲畫樓鐘動，宛轉歌聲緩。綺席飛塵滿。更少待、金蕉暖。　　細雨輕寒今夜短。依前是、粉牆別館。端的歡期應未晚。奈歸雲難管。（錄自《彊村叢書》本）

## 鳳時春

調見〔宋〕王質《雪山詞》。

標格風流前輩。才瞥見春風，蕭然無對。只有月娥心不退。依舊斷橋，橫在流水。　　我亦共、月娥同意。肯將情移在，粗紅俗翠。除丁香薔薇酴醿外。便做花王，不是此輩。（錄自汲古閣《宋六十名家詞》本）

## 鳳凰枝令

調見《歲時廣記》卷十一引《復雅歌詞》〔宋〕万俟詠詞。

人間天上。端樓龍鳳燈先賞。傾城粉黛月明中，春思蕩。醉金甌仙釀。　　一從鸞輅北向。舊時寶座應蛛網。遊人此際客江鄉，空悵望。夢連昌清唱。（錄自《適園叢書》本）

《歲時廣記》卷十一引《復雅歌詞》：「万俟雅言作【鳳凰枝令】，憶景龍先賞。序曰：『景龍門，古酸棗門也。自左掖門之東為夾城南北道，北抵景龍門。自臘月十五日放燈，縱郡人夜遊。婦女遊者，珠簾下邀住，飲以金甌酒。有婦人飲酒畢，輒懷金甌。左右呼之，婦人曰：「妾之夫性嚴，今帶酒容，何以自明。懷此金甌為證耳。」隔簾聞笑聲曰：「與之。」』」

按：閱詞序，此故事載《宣和遺事》甚詳，並有竊杯女子詞二首。今附於後，以供參閱。

《宣和遺事・前集》：「是夜，鼇山腳下人叢鬧裏，忽見一個婦人吃了御賜酒，將金杯藏在懷裏，吃光祿寺人喝住：『這金杯是御前寶玩，休得偷去！』當下內前等子拿住這婦人，到端門下。有閤門舍人具將偷金盞的事，奏知徽宗皇帝，聖旨問取因依。婦人奏道：『賤妾與夫婿同到鼇山下看燈，人鬧裏與夫相失。蒙皇帝賜酒，妾面帶酒容，又不與夫同歸，為恐公婆怪責，欲假皇帝金杯歸家與公婆為照。臣妾有一詞上奏天顏。』這詞名喚【鷓鴣天】：『月滿蓬壺燦爛燈。與郎攜手至端門。貪觀鶴降笙簫舉，不覺鴛鴦失卻群。　　天漸曉，感皇恩。傳宣賜酒臉生春。歸家切恐公婆責，乞賜金杯作照憑。』徽宗覽畢，就賜金杯與之。當有教坊大使曹元寵奏道：『適來歸人之詞，恐是伊夫宿構此詞，騙陛下金盞。只當押婦人當面命題，令他撰詞。做得之時，賜與金盞。做不得之時，明正典刑。』帝准奏，再令婦人做一詞。婦人請命題，准聖旨，

古畫

令將金盞為題，【念奴嬌】為調。女子領了聖旨，口占一詞道：『桂魄澄輝，禁城內、萬盞華燈羅列。無限佳人穿繡徑，幾多妖豔奇絕。鳳燭交光，銀燈相射，奏簫韶初歇。鳴梢響處，萬民瞻仰宮闕。　　妾自閨門給假，與夫攜手，共賞元宵節。誤到玉皇金殿砌，賜酒金杯滿設。量窄從來，紅凝粉面，尊見無憑說。假王金盞，免公婆責罰臣妾。』徽宗見了此詞大悅，不許後人攀例，賜盞與之。」

## 鳳凰台

調見〔清〕陳鍾祥《香草詞》卷四。

> 鳳凰台下路。又隔江風雨，瀟瀟瓜步。燈火樓船，剩煙橫月落，繁華前度。白雲低，碧山暮。　　何須更把前朝數，多半是、英雄誤。鐵馬春風，銅駝秋草，幾費思量苦。且醉倒、聽蓬山月下玉簫譜。（錄自《黔南叢書》本）

詞序：「翩若仙史近降數闋，皆自度新腔。詞旨精美，音律諧暢，各摘詞中句，命為【月娥新】、【無邊風景】、【金魚佩】、【鳳凰台】、【楓丹霞白】等調。因依韻各效其體，醜女效顰，幸勿為夷光見哂也。」

## 鳳凰台上憶吹簫

又名：鳳凰台上學吹簫、鳳凰台憶吹簫、憶吹簫、憶吹簫慢。

（一）調見〔宋〕晁補之《晁氏琴趣外篇》卷一。

> 千里相思，況無百里，何妨暮往朝還。又正是、梅初淡佇，禽未綿蠻。陌上相逢緩轡，風細細、雲日斑斑。新晴好，得意未妨，行盡青山。　　應攜後房小妓，來為我，盈盈對舞花間。便拚了、松醪翠滿，蜜炬紅殘。誰信輕鞍射虎，清世裏、曾有人閒。都休說，簾外夜久春寒。（錄自雙照樓影宋本）

《列仙傳》卷七：「蕭史者，秦穆公時人也，善吹簫，能致孔雀、白鶴於庭。穆公有女字弄玉，好之，公遂以女妻焉。日教弄玉作鳳鳴。居數年，吹似鳳聲，鳳凰來止其屋。公為作鳳台，夫婦止其上，不下數年，一旦皆隨鳳凰飛去。故秦人為作鳳女祠於雍宮中，時有簫聲而已。」

（二）〔清〕任兆麟自度曲，見《新聲譜》。

> 碧窗人悄，寶篆香微，荳蔻心紅漫撚。最舊夢無憑，新愁難剪。亦知第一損人，爭還奈、風光無限。劇可憐、起自徘徊，眼還輾轉。

誰伴。才子風流，疊新詞錦字，香生蘭畹。這幽恨離情，種種惱人魂斷。吟遍月樓鳳徑，只恁處、天涯人遠。人遠也、怕是綠紅新晚。（下半用吳元可填本）（錄自清宣統《懷豳雜俎》本）

## 鳳凰台上學吹簫

即【鳳凰台上憶吹簫】。〔清〕周稚廉詞名【鳳凰台上學吹簫】，見《容居堂詞鈔》。

> 翠滴松壇，嵐生檜社，六花飛上球欄。見敗榛叢堞，廢瓦頹垣。一望冰條飛霰，陰山外、凍裂旌旛。青冥遠、鳧肩雨滑，雁嘴風酸。　　漫漫。玉樓此際，桃公炭冷，石葉香寒。盡剖柑碌盎，貯橘晶盤。誰念書飄劍泊，郵籤斷、愁駐歸鞍。何日得，藤床跂腳，閉戶袁安。（錄自清康熙十七年刻本）

## 鳳凰台憶吹簫

即【鳳凰台上憶吹簫】。〔明〕李培詞名【鳳凰台憶吹簫】，見《水西全集》卷八。

> 蟻解穿珠，磁能引鐵，無端造物貪緣。笑伊優堂上，骯髒門邊。歷過瓶台吳楚，幾曾貯、些子囊錢。吾道在，從渠繞指，遮莫如弦。　　翩翩。五陵遊冶，把臂交相慰，勞炙慰談天。見舸隨馮盎，彈隨韓嫣。誰信多情貢禹，即那有負郭腴田。爭能學，封侯燕頷，悟帝鳶肩。（錄自《四庫未收書輯刻》本）

按：此調名恐脫一「上」字，存名，以備查閱。

## 鳳凰閣

又名：翠崿新、數花風。

（一）調見《天機餘錦》卷四〔宋〕柳永詞。

> 匆匆相見，懊惱恩情太薄。霎時雲雨兩人拋卻。教我行思坐想，肌膚如削。恨只恨、相違舊約。　　相思成病，那更瀟瀟雨落。斷腸人在欄干角。山遠水遠人遠，音信難託。這滋味、黃昏又惡。（錄自明鈔本）

（二）調見《天機餘錦》卷四〔宋〕無名氏詞。

> 遍園林綠暗，渾如翠幄。下無一片是花萼。可恨狂風橫雨，忒然情薄。盡底把、韻華送卻。　　楊花無賴，是處穿簾透幕。豈知人意正蕭索。春去也，這般愁、沒處安著。怎奈向、黃昏院落。（錄自明鈔本）

## 鳳凰橋令

〔近人〕吳藕汀自度曲，見《畫牛閣詞集》。

　　鳳凰橋，第一傷心境。黃葉臺東，夕陽亭近。無多土地堂邊徑。這就是、鴻妻殯。　　歷歷應宜細審。片石難留證。寒食清明，花飛煙禁。紙錢莫使墳前冷。教兒女、毋忘本。（錄自《畫牛閣詞集》手稿本）

詞注：「自度曲。」

按：吳藕汀詞有「鳳凰橋，第一傷心境」句，故名【鳳凰橋令】。

《孤燈夜話》：「先室墓地，在南潯南柵鳳凰橋之東北。庚子五月十二日有悼亡之痛，草草覓地營葬。自度有【鳳凰橋令】一曲（詞略），次年辛丑清明祭掃時，又填一曲，詞曰：『鳳凰橋，畢竟銷魂地。芳草低勻，野花紅紫。愁人那有憐春意。但攜楹，墳頭祭。　　無酒真堪慚愧。略略飄錢紙。魚薦鱸香，菜羞園味。寸心聊表歸來未。莫負了、生前志。』俟後生母王太棄養、幼子文獻夭殤，均葬於此。」

## 鳳將雛

即【殿前歡】。

《欽定詞譜》卷四【殿前歡】調注：「一名【鳳將雛】。」

按：此元人小令曲調名。

## 鳳棲梧

即【蝶戀花】。〔宋〕張先詞名【鳳棲梧】，見《張子野詞》卷一。

　　密宴厭厭池館暮。天漢沉沉，借得春光住。紅翠鬥為長袖舞。香檀拍過驚鴻翥。　　明日不知花在否。今夜圓蟾，後夜憂風雨。可惜歌雲容易去。東城楊柳東城路。（錄自《彊村叢書》本）

《張子野詞》注：小石調。《于湖先生長短句》注：商調

## 鳳銜杯

（一）調見〔宋〕柳永《樂章集》卷上。

　　有美瑤卿能染翰。千里寄、小詩長簡。想初裁苔箋，旋揮翠管紅窗畔。漸玉箸、銀鉤滿。　　錦囊收，犀軸卷。常珍重、小齋吟玩。更寶若珠璣，置之懷袖時時看。似頻見、千嬌面。

（錄自《彊村叢書》本）

《樂章集》注：大石調。

（二）調見〔宋〕晏殊《珠玉詞》。

　　柳條花額惱青春。更那堪、飛絮紛紛。一曲細絲清脆，倚朱唇。斟綠酒、掩紅巾。　　追往事，惜芳辰。暫時間、留住行雲。端的自家心下、眼中人。到處裏、覺尖新。（錄自汲古閣《宋六十名家詞》本）

## 鳳臺

原調已佚。

《碧雞漫志》卷五：「李珣《瓊瑤集》有【鳳臺】一曲，注云：『俗謂【喝馱子】。』不載何宮調。」

## 鳳樓仙

〔清〕丁澎新譜犯曲，見《扶荔詞》卷二。

　　芳樹繞紅橋。羅綺香飄。倩誰招。漱金斜颭綠花翹。簾開雲母豔，歌授雪兒嬌。　　趁春宵。倚遍瓊簫。窺人明月，惱人烏鵲，銅壺又滴花梢。揚州曾有夢，可奈是今朝。（錄自清康熙家刻本）

詞注：「紅橋夜玩。新譜犯曲。上四句【鳳樓春】，下二句【臨江仙】；後段同。」

## 鳳樓吟

即芳草。《詞律》卷十七【鳳簫吟】調注：「又名【鳳樓吟】。」

## 鳳樓春

唐教坊曲名。

調見《花間集》卷六〔五代〕歐陽炯詞。

　　鳳髻綠雲叢。深掩房櫳。錦書通。夢中相見覺來慵。勻面淚，臉珠融。因想玉郎何處去，對淑景誰同。　　小樓中。春思無窮。倚欄望，暗牽愁緒，柳花飛起東風。斜日照簾，羅幌香冷粉屏空。海棠零落，鶯語殘紅。（錄自雙照樓影明仿宋本）

《金奩集》注：雙調。

《教坊記箋訂》：「【唐詞紀】謂即【憶秦娥】之遺意。所傳五代人作【鳳樓春】，與【憶秦娥】句格全異，或唐五代另有其調。」

## 鳳歸雲

唐教坊曲名。

（一）調見《敦煌歌辭總編》卷一《雲謠集雜曲子》〔唐〕無名氏詞。

> 征夫數載，萍寄他邦。去便無消息，累換星霜。月下愁聽砧杵起，塞雁南行。孤眠鸞帳裏，枉勞魂夢，夜夜飛揚。　想君薄行，更不思量。誰為傳書與，表妾衷腸。倚牆無言垂血淚，暗祝三光。萬般無奈處，一爐香盡，又更添香。（錄自上海古籍出版社排印本）

按：原載（斯）一四四一、（伯）二八三八。《敦煌零拾》原調名為【鳳歸雲遍】。

《敦煌歌辭總編》卷一：「羅書乃作【鳳歸雲遍】，鄭本從之。是初期研究，對敦煌寫本內凡『門』字之多作『门』，尚不熟習，至造出『遍』字。唐代歌曲之調名下，向無綴『遍』字者。」

（二）調見〔宋〕柳永《樂章集》卷下。

> 向深秋，雨餘爽氣肅西郊。陌上夜闌，襟袖起涼飆。天末殘星，流電未滅，閃閃隔林梢。又是曉雞聲斷，陽烏光動，漸分山路迢迢。驅驅行役，苒苒光陰，蠅頭利祿，蝸角功名，畢竟成何事，漫相高。拋擲雲泉，狎玩塵土，壯節等閒消。幸有五湖煙浪，一船風月，會須歸去老漁樵。（錄自《彊村叢書》本）

《樂章集》注：仙呂調。

（三）調見〔宋〕柳永《樂章集》卷中。

> 戀帝里，金谷園林，平康巷陌，觸處繁華，連日疏狂，未嘗輕負，寸心雙眼。況佳人、盡天外行雲，掌上飛燕。向玳筵、一一皆妙選。長是因酒沉迷，被花縈絆。　更可惜、淑景亭台，暑天枕簟。霜月夜涼，雪霰朝飛，一歲風光，盡堪隨分，俊遊清宴。算浮生事，瞬息光陰，錙銖名宦。正歡笑，試恁暫時分散，卻是恨雨愁雲，地遙天遠。（錄自《彊村叢書》本）

《樂章集》注：林鐘商。

（四）調見《全唐詩•樂府》〔唐〕滕潛詞。

> 金井欄邊見羽儀。梧桐樹上宿寒枝。五陵公子憐文采，畫與佳人刺繡衣。（錄自清康熙揚州詩局本）

按：此調依《全唐五代詞》例，列入。

## 鳳簫曲

即【芳草】。〔清〕汪文柏詞名【鳳簫曲】，見《柯亭餘習•樂府》。

> 憶當年、隋家天子，行樂縱豪奢。蕪城方淑景，牙檣錦纜，欲遍天涯。宮闈饒粉黛，更嬌憨、輦畔司花。俄築起迷樓，金碧遙望如霞。　休誇。曲房邃宇，仙島靡加。嘆時成瓦礫，臨春結綺後，一樣興嗟。荒榛埋故址，聽琳宮、法鼓頻撾。祇剩取、香燈禪板，古樹昏鴉。（錄自清刻本）

## 鳳簫吟

即【芳草】。〔宋〕韓縝詞名【鳳簫吟】，見《全芳備祖•後集卷十•卉部•草》。

> 鎖離愁，連綿無際，來時陌上初熏。繡幃人念遠，暗垂珠淚送征輪。長行長在眼，更重重、遠水孤雲。但望極樓高，盡日目斷王孫。消魂。池塘別後，曾行處、綠妒輕裙。恁時攜素手，亂花飛絮裏，緩步香茵。朱顏空自改，向年年、芳意長新。遍綠野，嬉遊醉眼，莫負青春。（錄日本藏宋刻本）

《古今詞話•詞話》卷上引《樂府紀聞》：「元豐中，韓縝出使契丹，分割地界。韓有姬與別，姬作【蝶戀花】云：『香作風光濃著露。正恁雙棲，又遣分飛去。密訴東君應不許。淚波一灑奴衷素。』神宗知之，遣使送行。劉貢父贈以詩：『卷耳幸容留婉戀，皇華何啻有光輝。』莫測中旨何自而出，後知姬人別曲傳入內庭也。韓也有詞云（詞略）。此【鳳簫吟】以詠芳草留別，與【蘭陵王】詠柳以敘別同意。後人竟以芳草為調名，則失【鳳簫吟】原唱意矣。」

## 鳳鸞雙舞

調見〔宋〕汪元量《水雲詞》。

> 慈元殿、薰風寶鼎，噴香雲飄墜。環立翠羽，雙歌麗詞，舞腰新束，舞纓新綴。金蓮步、輕搖彩鳳兒，翩翻作戲。便似月裏仙娥謫來，人間天上，一番遊戲。　聖人樂意。任樂部、簫韶聲沸。眾妃歡也，漸調笑微醉。競奉霞觴，深深願、聖母壽如松桂。迢遞。更萬年千歲。（錄自《彊村叢書》本）

## 誤佳期

調見〔明〕楊慎《升庵長短句》卷二。

> 今夜風光堪愛。可惜那人不在。臨行多是不曾留，故意將人怪。　雙木架秋千，兩下深深拜。條香燒盡紙成灰，莫把心兒壞。（錄自惜陰堂《明詞彙刻》本）

《詞律》卷六：「按《詞統》載升庵、程鄩【誤佳期】各一首，四十六字。查舊詞無此體，或升庵自度，或調僻考訂不及耳。因其前段與此【竹香子】同，附錄於卷，以識余淺學疏漏之愧。」

按：【竹香子】詞宋人僅劉過一首，五十字，下片多用襯字。楊慎此詞之格調、句韻俱與之近似，或係【竹香子】之變體。

## 誤桃源

又名：夢桃源、憨郭郎。

調見《明道雜誌》〔宋〕無名氏詞。

> 砥柱勒銘賦，本贊禹功勳。試官親處分，贊唐文。　秀才冥子裏，鑾駕幸并汾。恰似鄭州去，出曹門。（錄自《說郛》本）

《明道雜誌》：「掌禹錫學士，厚德老儒，而性涉迂滯。嘗言一生讀書，但得佳賦題數個，每遇差考試輒用之，用亦幾盡。嘗試監生，試〈砥柱勒銘賦〉，此銘今俱在，乃唐太宗銘禹功，而掌公誤記為太宗自銘其功。宋渙中第一，其賦悉是太宗自銘。韓玉汝時為御史，因章劾之。有無名子作一闋嘲之云（詞略）。冥子裏，俗謂昏也。」

按：《說郛》本《明道雜誌》中未有調名，此處據《欽定詞譜》卷三。《欽定詞譜》所引之《明道雜誌》，未知何本，待考。

## 認宮裝

即【簇水近】。〔宋〕賀鑄詞有「認得宮妝，為誰重掃新眉嫵」句，故名；見《永樂大典》卷六千五百二十三「裝」字韻引《東山詞》。

> 一笛清風弄袖，新月梳雲縷。澄涼夜色，才過幾點黃昏雨。俠少朋遊，正喜九陌消塵土。鞭穗嫋、紫騮花步。過朱戶。　認得宮妝，為誰重掃新眉嫵。徘徊片晌難問，桃李都無語。十二青樓下，指燈火章台路。不念人、腸斷歸去。（錄自中華書局影印本）

按：《永樂大典》調名前有「認宮裝」三字，蓋

賀鑄另題新調名之慣例。

## 端正好

又名：於中好、秋千索。

調見〔宋〕杜安世《壽域詞》。

> 檻菊愁煙露秋露。天微冷、雙燕辭去。月明空照別離苦。透素光、穿朱戶。　夜來西風雕寒樹。憑欄望、迢遙長路。花箋寫就此情緒。特寄傳、知何處。（錄自汲古閣《宋六十名家詞》本）

## 端陽近

調見〔明〕王道通《簡平子詩餘》。

> 故人千里。夢渠鴛枕，雙雙依依，共起朦朧地。波淡山橫，香柔玉膩。一笑親相倚看，也兜肩抱住。　分明記得，嬌吒陽嗔，流連帳底。奈喚醒五更雞，採霞何處。剛剩得、長天如洗。想個時模樣，都變作、窗前花矣。（錄自惜陰堂《明詞彙刊》本）

## 韶光媚

即【鬥百花】。〔清〕段緯世詞名【韶光媚】，見《拾唾詩餘》。

> 垂葉徐翻晴旭。舊枝驚回新綠。閒園喜見霡霂。芳徑頓增清淑。暇日凝眸，堪暢茂對心情，未枉種蒔勤篤。頻把玫瑰祝。　不盡留連，待要遍題瑤幅。空庭競展，何須曲欄雙六。拋卷時來薰風，定觳濃香，冒雨幾曾看足。（錄自清康熙本）

詞序：「移玫瑰叢，得雨新發。本【鬥百花】，以柳永詞有『煦色韶光明媚』改。」

## 福壽千春

調見《翰墨大全・丁集》卷二〔宋〕無名氏詞。

> 柳暗三眠，蕖翻七莢，稟昂蕭生時葉。通道鳳毛池上種，卻勝河東鸑鷟。篤志典墳經旨，素得歐陽學。妙文章，赴飛黃，姓名即登雁塔。　要成發軔勳業。便先教濟川，整頓舟楫。兆朕於今，須從此超邁，榮膺異渥。它日趣裝事，待還鄉歡洽。頌椒觴，祝遐算，壽同龜鶴。（錄自《全宋詞》本）

古畫

## 齊天樂

又名：五福降中天、五福降中天慢、五福麗中天、如此江山、台城路。

（一）調見〔宋〕周邦彥《片玉集》卷五。

綠蕪凋盡台城路，殊鄉又逢秋晚。暮雨生寒，鳴蛩勸織，深閣時聞裁剪。雲窗靜掩。歎重拂羅裀，頓疏花簟。尚有練囊，露螢清夜照書卷。　荊江留滯最久，故人相望處，離思何限。渭水西風，長安亂葉，空憶詩情宛轉。憑高眺遠。正玉液新篘，蟹螯初薦。醉倒山翁，但愁斜照斂。（錄自《彊村叢書》本）

（二）調見〔明〕汪有泉《汪有泉集‧倚劍集》。

經綸手，樑棟材。貴陽標格出塵埃。帝簡賢良專倚注，五馬帶雲來。最是一番，雨露溶溶，濕透綠野蒼苔。　玉館風清，春光浩蕩。還發達、無陽根荄。一封丹詔，渠陽鼓吹。瑞得石阡萬仞，境界接蓬萊。（錄自明萬曆刻本）

《片玉集》注：正宮。《夢窗詞集》注：黃鐘宮，俗名正宮。《白石道人歌曲》注：黃鐘宮。

## 齊東曲

調見〔明〕夏言《桂洲集外詞》。

寶澤樓頭閒眺望，絕勝西山南浦。冰簟疏簾堪對弈，清涼不覺炎蒸苦。倒影入池塘，鷗鷺來尋主。紫禁黃扉，當年天上人爭睹。　又誰知、今日水閣山亭，不羨瑤池玄圃。安樂窩中風月好，高情未必殊今古。世事從渠，一任翻雲覆雨。　想廿載長安，每懷吾土。喜歸來、堂種槐三，門栽柳五。綠水青山光入戶，聽白晝林園簫鼓。看檻引春風，纜牽遲日，樓船歌舞。但從今，更休問、歲年多少，也不須、漫將甲子閒推數。（錄自惜陰堂《明詞彙刊》本）

## 齊破陣

即【破陣子】。〔清〕陳祥裔詞名【齊破陣】，見《凝香集》卷三。

暖日烘開萱草，薰風染透榴花。記得江南今日裏，畫舫笙歌鬥麗華。小扇簇輕紗。　又是一番重午，動人無限嗟呀。以官為家原是客，客中作客倍思家。兒女寄官衙。（錄自清康熙刻本）

## 廣州好

即【憶江南】。〔近人〕朱庸齋詞名【廣州好】，見《分春館集外詞》卷一。

廣州好，盆景露華濃。酌影回波春入座，蟠根尺木勢參空。西苑玉葱蘢。（錄自《歷代詞人詞集》本）

按：朱庸齋詞有「廣州好」句，名【廣州好】。

## 廣陵竹枝

調見〔清〕郭士璟《句雲堂詞》。

約指櫻桃熟始回。蜀岡一上一徘徊。為甚郎挑絲網去，鰣魚不見江邊來。（錄自清刻本）

## 廣寒枝

即【浣溪沙】。〔宋〕韓淲詞有「廣寒曾折最高枝」句，故名；見《澗泉詩餘》。

月角珠庭映伏犀。扶搖當上鳳凰池。廣寒曾折最高枝。　壯志還同諸葛膝，清名還似紫芝眉。梅花春壽酒行遲。（錄自《彊村叢書》本）

## 廣寒秋

（一）即【鵲橋仙】。〔宋〕張輯詞有「天風吹送廣寒秋」句，故名；見《東澤綺語》。

杯行將半，月來猶未，瀟灑水亭無暑。清宵數客一欄秋，對冰雪、荷花似語。　雄邊台上，文遊台上，咫尺紅雲容與。天風吹送廣寒秋，正畫舸、湖光佳處。（錄自《彊村叢書》本）

（二）即【浣溪沙】。《歷代詩餘》卷六【浣溪沙】調注：「一名【廣寒秋】。」

（三）即【折桂令】。見【折桂令】（二）詞注。

## 廣寒秋色

即【探春】，〔清〕陳祥裔詞名【廣寒秋色】，見《凝香集》卷四。

玉案陳瓜，金盤薦餅，道是今年月半。桂減疏香，桐添慘綠，故把良辰作踐。略放些雲影，早閉了、廣寒宮殿。無端禁住嬋娟，不教出頭露面。　萬戶千門開宴。儘曲盡團圝，嫦娥那見。簫鼓人間，傳來天上，都變作、清商怨。不管思鄉客，無眠待月空長歎。親舍迢迢，被昏煙、遮目斷。（錄自清康熙刻本）

## 廣寒遊

又名：白玉盤。

〔清〕董恂自度曲，見《紫藤花館詞》。

案：詞缺待補。

## 廣謫仙怨

即【謫仙怨】。〔唐〕竇宏餘詞名【廣謫仙怨】，見《全唐詩·附詞》。

> 胡塵犯闕沖關，金輅提攜玉顏。雲雨此時蕭散，君王何日歸還。　傷心朝恨暮恨，回首千山萬山。獨望天邊初月，蛾眉猶在彎彎。（錄自清康熙揚州詩局本）

詞序：「玄宗天寶十五載正月，安祿山反，陷沒洛陽，王師敗績，關門不守。車駕幸蜀，途次馬嵬驛，六軍不發，賜貴妃自盡，然後駕發。行次駱谷，上登高下馬，謂力士曰：『吾蒼惶出狩長安，不辭宗廟。此山絕高，望見秦川。吾今遙辭陵廟。』因下馬，望東再拜，嗚咽流涕，左右皆泣。謂力士曰：『吾聽九齡之言，不到如此。』乃命中使，往韶州以太牢祭之（中書令張九齡每因奏事對，未嘗不諫誅祿山。上怒曰：『卿豈有王夷甫識石勒，便殺祿山。』於是不敢諫矣）。因上馬，遂索長笛，吹于曲。曲成，潸然流涕，佇立久之。時有司旋錄成譜。及鑾駕至成都，乃進此譜，請曲名。上不記之，視左右曰：『何曲？』有司具以『駱谷望長安、下馬後索長笛吹』出對。上良久曰：『吾省矣。吾因思九齡，亦別有思意，可名此曲為【謫仙怨】。』其旨屬馬嵬之事，厥後以亂離隔絕，有人自西川傳得者，無由知，但呼為【劍南神曲】。其音怨切，諸曲莫比。大曆中，江南人盛為此曲，隨州刺史劉長卿左遷睦州司馬，祖筵之內，吹之為曲，長卿遂撰其詞，意頗自得。蓋亦不知本事。詞云：（略）。余在童幼，亦聞閭長老話謫仙之事頗熟。而長卿之詞，甚是才麗，與本事意興不同。余既備知，聊因暇日，輒撰其詞，復命樂工唱之，用廣不知者。」

## 精衛操

調見《詩淵》〔元〕楊維楨詞。

> 水在海，石在山。海水不縮石不刊。銜石向海安口血，離離海同乾。（錄自書目文獻出版社影明鈔本）

## 慢捲綢

又名：幔捲綢。

調見〔宋〕柳永《樂章集》卷中。

> 閒窗燭暗，孤幃夜永，欹枕難成寐。細屈指尋思，舊事前歡，都來未盡，平生深意。到得如今，萬般追悔。空只添憔悴。對好景良辰，皺著眉兒，成甚滋味。　紅茵翠被。當時事、一一堪垂淚。怎生得依前，似恁偎香倚暖，抱著日高猶睡。算得伊家，也應隨分，煩惱心兒裏。又爭似從前，淡淡相看，免恁牽繫。（錄自《彊村叢書》本）

《樂章集》注：雙調。

## 漢上襟

即【喝火令】。〔宋〕黃庭堅詞有「重題漢上襟」句，故名；見《記紅集》卷二。

> 見晚情如舊，交疏分已深。舞時歌處動人心。煙水數年魂夢，無處可追尋。　昨夜燈前見，重題漢上襟。便愁雲雨又難尋。曉也星稀，曉也月西沉。曉也雁行低度，不會寄芳音。（錄自清康熙刻本）

## 漢家春

即【漢宮春】。〔清〕謝章鋌詞名【漢家春】，見《酒邊詞》卷八。

> 此古戰場，倚危垣一角，大樹飄零。兵懦勇驕賊橫，幕府冥冥。走為上計，檀道濟、自號長城。腥風裏、饑烏萬點，啄肉得意而鳴。
> 回想牙旗卓立，大將軍高坐，鼓吹崢嶸。忽無消息一死，猶未分明。杜陵老矣，陳陶斜、哀淚盈盈。看故壘、人愁天醉，日邊飛過青磷。（錄自清光緒十五年刻本）

## 漢宮春

又名：漢家春、漢宮春慢、漢宮詞、慶千秋。

（一）調見〔宋〕張先《張子野詞·補遺》卷下。

> 紅粉苔牆。透新春消息，梅粉先芳。奇葩異卉，漢家宮額塗黃。何人鬥巧，運紫檀、剪出蜂房。應為是、中央正色，東君別與清香。
> 仙姿自稱霓裳。更孤標俊格，非雪凌霜。黃昏院落，為誰密解羅囊。銀瓶注水，浸數枝、小閣幽窗。春睡起，纖條在手，厭厭宿酒殘妝。（錄自《彊村叢書》本）

古畫

《夢窗詞集》注：夾鐘商。

（二）調見《中興以來絕妙詞選》卷一〔宋〕康與之詞。

雲海沉沉，峭寒收建章，雪殘鵁鶄。華燈照夜，萬井禁城行樂。春隨鬢影，映參差、柳絲梅萼。丹禁香，鰲峰對聳，三山上通寥廓。

春衫繡羅香薄。步金蓮影下，三千綽約。冰輪桂滿，皓色冷浸樓閣。霓裳帝樂，奏昇平、天風吹落。留鳳輦、通宵宴賞，莫放漏聲閒卻。（錄自涉園影宋本）

（三）調見〔清〕楊士凝《燕香詞》。

好好琵琶碧玉文。君王微盼盼昭君。莫愁續命無雙妹，喜玉郎來夢紫雲。（錄自清乾隆刻本）

## 漢宮春慢

即【漢宮春】。〔宋〕無名氏詞名【漢宮春慢】，見《高麗史·卷七十一·樂二》。

春日遲遲，稱遊人、盡日賞燕芳菲。新荷泛水，漸入夏景雲奇。炎光易息，又早是、零落風西。白露點，黃金菊蕊，朝雲暮雪霏霏。

光陰迅速如飛。邀酒朋共歡，且恁開眉。清歌妙舞，更兼玉管瑤篪。人生易老，遇太平、且樂嬉嬉。莫待解，朱顏頓覺，年來不似當時。（錄自日本明治四十一年縮印本）

## 漢宮詞

即【漢宮春】。〔明〕陳逅詞名【漢宮詞】，見《省庵漫稿》卷四。

天山春老，有孤雛腐鼠，嘯雨啼煙。投筆何人去也，指點鈴鍵。高秋幕府，幾回青眼相看。喜歸來，分功俎豆，舊時冠蓋依然。　　謾說宣威海嶠，只歸途車馬，多少安閒。金鼓聲中日暮，暫歇征鞍。都亭美酒，與君重賀生全。好事近，榮膺鵷薦，身歸青鎖朝班。（錄自《北京圖書館古籍珍本叢刊》本）

## 滿江紅

又名：上江虹、上江紅、平調滿江紅、念良遊、煙波玉、傷春曲、滿江紅慢。

（一）調見〔宋〕柳永《樂章集》卷下。

暮雨初收，長川靜、征帆夜落。臨島嶼、蓼煙疏淡，葦風蕭索。幾許漁人飛短艇，盡載燈火歸村落。遣行客、當此念回程，傷飄泊。

桐江好，煙漠漠。波似染，山如削。繞嚴陵灘

畔，鷺飛魚躍。遊宦區區成底事，平生況有雲泉約。歸去來、一曲仲宣吟，從軍樂。（錄自《彊村叢書》本）

《樂章集》、《于湖先生長短句》注：仙呂調。
《片玉集》注：仙呂調。

（二）調見〔宋〕姜夔《白石道人歌曲》卷四。

仙姥來時，正一望、千頃翠瀾。旌旗共、亂雲俱下，依約前山。命駕群龍金作軛，相從諸娣玉為冠。向夜深、風定悄無人，聞佩環。

神奇處，君試看。奠淮右，阻江南。遣六丁雷電，別守東關。卻笑英雄無好手，一篙春水走曹瞞。又怎知、人在小紅樓，簾影間。（錄自《彊村叢書》本）

詞序：「【滿江紅】舊調用仄韻，多不協律。如末句云『無心撲』三字，歌者將『心』字融入去聲，方諧音律。予欲以平韻為之，久不能成。因泛巢湖，聞遠岸簫鼓聲。問之舟師，云：『居人為此湖神姥壽也。』予因祝曰：『得一席風徑至居巢，當以平韻【滿江紅】為迎送神曲。』言訖，風與筆俱駛，頃刻而成。末句云『聞佩環』，則協律矣。書以綠箋，沉於白浪。辛亥正月晦也。是歲六月，復過祠下，因刻之柱間。有客來自居巢云：『士人祠姥，輒能歌此詞。』按曹操至濡須口，孫權遺操書曰：『春水方生，公宜速去。』操曰：『孫權不欺孤。』乃徹軍還。濡須口與東關相近，江湖水之所出入。予意春水方生，必有司之者，故歸其功於姥云。」

《夢窗詞集》注：夷則宮，俗名仙呂宮。

清汪曰楨云：「此調石帚謂末句『無心撲』『心』字融入去聲始諧，因改用平韻，末句云『聞佩環』則協律矣。以是知張詞人如削如字，亦須融作去聲也。又石帚後片末句作『簾影間』則上聲亦可用矣。凡詞叶入聲者，大致可改為平韻，叶上聲者間亦可改叶，而叶去聲者，必不能也。此腔作者最多，或入南呂宮，或入仙呂宮，皆宜叶入聲。有叶上去者，不可從也。」

（三）調見《青箱雜記》卷八〔宋〕張昇詞。

無名無利，無榮無辱，無煩無惱。夜燈前、獨歌獨酌，獨吟獨笑。況值群山初雪滿，又兼明月交光好。便假饒、百歲擬如何，從他老。

知富貴，誰能保。知功業，何時了。算簞瓢金玉，所爭多少。一瞬光陰何足道，但思行樂常不早。待春來、攜酒㳂東風，眠芳草。（錄自《稗海》本）

《青箱雜記》卷八：「樞相公張公昇，字杲卿，陽翟人。大中祥符八年蔡齊下及第，仕亦晚達。皇祐中，自潤州解官，時已六十餘，語三命僧化成曰：『運限恰好，去未得。』未幾除侍御史，知雜事，不十年做樞相。退歸陽翟，生計不豐，短氎輕絛，翛然自適。乃結庵於嵩陽紫虛谷，每日晨起焚香，讀《華嚴》，庵中無長物，荻簾、紙帳、布被、革履而已。年八十餘，自撰【滿江紅】一首，聞者莫不慕其曠達。詞曰（詞略）。」

（四）調見〔金〕侯善淵《上清太玄集》卷九。

> 春花秋月，古往今來暫時間。貴賤賢愚，曾經換幾翻。死生似蟻任循環。咫尺仙鄉人不到，出塵徑路，如隔萬山。省悟歸，真正恬然養素，自然清閒。世事俱無染，一身清淨，無為心定觀。　耀壁輝金向外看。迸萬斛明珠，推出二關。太極宮中，凝結內丹。純風馥奕透琅玕。萬炁周流歸一體，千真妙用，情無兩般。混入中元界，笙鶴縹緲，瑞炁盤桓。玉詔符空碧，名充仙舉，乘車駕鳳鸞。（錄自涵芬樓影明《道藏》本）

按：侯氏【滿江紅】二首，格律基本相同，與宋詞【滿江紅】調則迥異。若非調名失誤，定是侯氏以舊名另創新腔。

（五）調見〔清〕鄭燮《板橋詞鈔》。

> 細雨輕雷，驚蟄後、和風動土。正父老、催人早作，東畬南圃。夜月荷鋤村吠犬，晨星叱犢山沉霧。到五更、驚起是荒雞，田家苦。
> 疏籬外，桃華灼。池塘上，楊柳弱。漸茅簷日暖，小姑衣薄。春韭滿園隨意剪，臘醅半甕邀人酌。喜白頭、人醉白頭扶，田家樂。
> 麥浪翻風，又早是、秧針半吐。看壟上、鳴榰滑滑，傾銀潑乳。脫笠雨梳頭頂髮，耘苗汗滴禾根土。更養蠶、忙殺採桑娘，田家苦。
> 風蕩蕩，搖新茜。聲漸漸，飄新籜。正青蒲水面，紅榴屋角。原上摘瓜童子笑，池邊濯足斜陽落。晚風前、個個說荒唐，田家樂。
> 雲淡風高，送鴻聲、一聲悽楚。最怕是、打場天氣，秋陰秋雨。霜穗未儲終歲食，縣符已索逃租戶。更爪牙、常例急於官，田家苦。
> 紫蟹熟，紅菱剝。恍桔響，村歌作。聽喧填社鼓，漫山動郭。挾瑟靈巫傳吉兆，扶藜老子持康爵。祝年年、多似此豐穰，田家樂。
> 老樹槎枒，撼四壁、寒威正怒。掃不淨、牛溲滿地，糞渣當戶。茅舍日斜雲釀雪，長堤路斷風斂雨。盡村春、夜火到天明，田家苦。
> 草為榻，蘆為幕。土為銼，瓢為杓。砍松枝帶雪，烹葵煮藿。秫酒釀成歡里舍，官租完了離城郭。笑山妻、塗粉過新年，田家樂。（錄自掃葉山房石印本）

詞注：「田家四時苦樂歌。過橋新格。」

## 滿江紅慢

即【滿江紅】。〔金〕王吉昌詞名【滿江紅慢】，見《會真集》卷四。

> 勘破榮華，提智劍、急逃生死。要黜聰、隳體虛空，內專窮理。綠水青山成伴侶，清風明月為知己。得自歌、自樂樂天真，真常美。
> 胸襟靜，神情喜。從舒卷，恣行止。肖孤雲野鶴，往來難凝。釋氏真風勤整頓，淨除諸障如頑鄙，醒圓明、一點證菩提，功超彼。（錄自涵芬樓影明《道藏》本）

## 滿宮花

又名：滿宮春、瑞宮春、憶章台。

調見《花間集》卷九〔五代〕尹鶚詞。

> 月沉沉，人悄悄。一炷後庭香嫋。風流帝子不歸來，滿地禁花慵掃。　離恨多，相見少。何處醉迷三島。漏清宮樹子規啼，愁鎖碧窗春曉。（錄自雙照樓影明仿宋本）

華鍾彥《花間集注》卷九：「《教坊記》曲名中有【滿堂花】而無【滿宮花】，《詞譜》、《詞律》、《歷代詩餘》諸書中有【滿宮花】有無【滿堂花】，竊疑二者當是一調，宮、堂意同，傳鈔之誤也。」

## 滿宮春

即【滿宮花】。〔宋〕許棐詞名【滿宮春】，見《梅屋詩餘》。

> 懶捵香，慵弄粉。猶帶淺醒微困。金鞍何處掠新歡，偷倩燕尋鶯問。　柳供愁，花獻恨。哀絮獵紅成陣。碧樓能有幾番春，又是一番春盡。（錄自雙照樓影宋本）

## 滿庭花

即【滿庭芳】。〔元〕張埜詞名【滿庭花】，見《欽定詞譜》卷二十四。

> 珠箔含風，瑣窗凝霧，柳溪別是仙鄉。一枝

絕豔，嫋嫋動波光。消盡人間煩暑，冰紈膩、玉骨初涼。腸應斷，清商一曲，餘韻惹藁香。

　　幽情還解否，冰蓮數合，碧藕絲長。要滿斟芳醑，親舉荷觴。耳畔向人微道，便為儂、一醉何妨。歸來晚，新愁幾許，山雨夜浪浪。

（錄自《彊村叢書》本）

《欽定詞譜》卷二十四【滿庭芳】調注：「張埜詞名【滿庭花】。」

按：元張埜現存《彊村叢書》本《古山樂府》，唯一首名【滿庭芳】詞，《欽定詞譜》未知所據何本，待考。

## 滿庭芳

又名：山抹微雲、江南好、話桐鄉、滿庭花、滿庭芳慢、滿庭霜、鎖陽臺、瀟湘雨、瀟湘夜、瀟湘夜雨、轉調滿庭芳。

（一）調見〔宋〕蘇軾《東坡詞》。

歸去來兮，吾歸何處，萬里家在岷峨。百年強半，來日苦無多。坐見黃州再閏，兒童盡、楚語吳歌。山中友，雞豚社酒，相勸老東坡。

　　雲何。當此去，人生底事，來往如梭。待閒看，秋風洛水清波。好在堂前細柳，應念我、莫剪柔柯。仍傳語，江南父老，時與曬漁蓑。

（錄自汲古閣《宋六十名家詞》本）

《相山集》卷二十七〈跋李仲覽所藏東坡【滿庭芳】法帖〉：「東坡先生元豐間以抗議直言忤宰相，竟坐謫黃岡。方是時，親戚故舊，平日至厚善者，往往畏咎，絕不通問，況有能不遠數百里冒風濤之險，朝夕謦欬於其側以相顧恤者耶？五觀李仲覽之從先生遊，初非有求，徒以慕先生之高風，乃至於此。想其心亦固斷之天地，質之鬼神，正復以此獲罪上下，無所憾恨者，是豈小丈夫之所為哉！先生喜公詩，至謂氣節剛邁，讀之使人肅然自失。逮其還朝，遇公於富川，又書異時黃岡所製長短句以遺公。公之於先生亦至矣，而先生之所以待公，蓋不薄也。」

（二）調見《花草粹編》卷十七引《古今詞話》〔宋〕無名氏詞。

風急霜濃，天低雲淡，過來孤雁聲切。雁兒且住，略聽自家說。你是離群到此，我共那人才相別。松江岸，黃蘆影裏，天更待飛雪。

聲聲腸欲斷，和我也，淚珠點點成血。一江流水，流也嗚咽。告你高飛遠舉，前程事、永沒磨折。須知道、飄零聚散，終有見時節。（錄自

文淵閣《四庫全書》本）

《片玉集》注：中呂調。

（三）調見〔明〕包梧《白厓先生集》卷二。

步虛深暝，寶簡雲髻，輝瑩佩瓊文霓。羽迴清磬，爐薰結瑞氳。　玉女瑤池迴。清華夜氣戾。祇應天、咫尺度雲軿。（錄自明嘉靖刻本）

（四）調見《精選古今詩餘醉》卷一〔清〕陳繼儒詞。

家家祭掃，畫船容與，白馬迢遙。提壺挈榼沿村到，難畫難描。　青竹杖，半挑山色，紫藤筐，亂插花梢。紅衫粉面爭調笑，高呼低喚，齊度小溪橋。（錄自《新世紀萬有文庫》本）

## 滿庭芳慢

即【滿庭芳】。〔宋〕范致虛詞名【滿庭芳慢】，見《歲時廣記》卷十。

紫禁寒輕，瑤津冰泮，麗月光射千門。萬年枝上，甘露惹祥氛。北闕華燈預賞，嬉游盛、絲管紛紛。東風峭，雪殘梅瘦，煙鎖鳳城春。

　　風光何處好，彩山萬仞，寶炬凌雲。盡歡陪舜樂，喜贊堯仁。天子千秋萬歲，征招宴、宰府師臣。君恩重，年年此夜，長祝本嘉辰。（錄自《適園叢書》本）

《歲時廣記》卷十引《歲時雜記》：「宣和間，上元賜觀燈御筵，范左丞致虛進【滿庭芳慢】一闋。」

## 滿庭霜

即【滿庭芳】。〔宋〕葛勝仲詞名【滿庭霜】，見《丹陽詞》。

百不為多，一不為少，阿誰昔仕吾邦。共推任筆，洪鼎力能扛。不為桃花祿米，鑴書倦、一葦橫江。招尋處，徒行曳杖，曾不擁籃幢。

　　山川，真大好，魚磯無恙，密嶺難雙。聽訟訴多就，樵塢僧窗。歲月音容遠矣，風流在、遐想心降。雲煙路，搜奇弔古，時為醉空缸。（錄自汲古閣《宋六十名家詞》本）

## 滿院春

即【浣溪沙】。〔宋〕韓淲詞有「芍藥酴醾滿院春」句，故名；見《澗泉詩餘》。

芍藥酴醾滿院春。門前楊柳媚晴曛。重簾雙燕語沉沉。　花映綠嬌初日嫩，葉樓紅小晚煙昏。輕雷不覺送微陰。（錄自《彊村叢書》本）

## 滿朝歡

（一）調見〔宋〕柳永《樂章集》卷上。

花隔銅壺，露晞金掌，都門十二清曉。帝里風
光爛漫，偏愛春杪。煙輕晝永，引鶯囀上林，
魚游靈沼。巷陌乍晴，香塵染惹，垂楊芳草。
　　　因念秦樓彩鳳，楚觀朝雲，往昔曾迷歌
笑。別來歲久，偶憶歡盟重到。人面桃花，未
知何處，但掩朱扉悄悄。盡日佇立無言，贏得
淒涼懷抱。（錄自《彊村叢書》本）

《樂章集》注：大石調。

（二）調見《花草粹編》卷二十一〔宋〕無名
氏詞。

一點箕星，近天邊，光彩輝耀南極。竹馬兒
童，盡道使君生日。元是鳳池仙客。曾曳履、
持荷簪筆。稱觴處，晚節花香，月周猶待五
夕。　　　誰道久拘禁掖。任雙旌五馬，暫從遊
逸。九棘三槐，都是等閒親植。見說玉皇側
席。但早晚、促歸調燮。功成了，笑傲南山，
壽如南山松柏。（錄自文淵閣《四庫全書》本）

（三）即【鵲橋仙】。〔宋〕王仲甫詞名【滿朝
歡】，見《全芳備祖・前集卷二・牡丹門》。

憶得延州，舊曾相見，東城近東下住。被若著
意引歸家，放十分、以上抬舉。　　　小樣羅
衫，淡紅拂過，風流萬般做處。怕伊驀地憶人
時，夢中來、不要迷路。（錄自《全宋詞》本）

按：此詞宋本及四庫本《全芳備祖》均無此詞，
《全宋詞》未知所據何本。

《全宋詞》王仲甫【滿朝歡】詞注：「此首調名
【滿朝歡】，疑是【鵲橋仙】之誤。」

## 滿朝歡令

調見《高麗史・卷七十一・樂二》〔宋〕無名
氏詞。

未央宮闕丹霞住。十二玉樓揮錦繡。雲開雉扇
捲珠簾，煙粉氤氳添瑞歊。　　　瑤觴一舉簫韶
奏。環佩千官齊拜首。南山翠應北華高，共獻
君王千萬歲。（錄自日本明治四十一年縮印本）

## 滿園花

即【促拍滿路花】。〔宋〕秦觀詞名【滿園
花】，見《淮海詞》。

一向沉吟久。淚珠盈襟袖。我當初不合、苦摑
就。慣縱得軟頑，見底心先有。行待癡心守。

甚撚著脈子，倒把人來僝僽。　　　近日來、非
常羅皂醜。佛也鬚眉皺。怎掩得眾人口，待收
了字羅。罷了從來門。從今後。休道共我，夢
見也不能得勾。（錄自汲古閣《宋六十名家詞》本）

## 滿路花

即【促拍滿路花】。〔宋〕周邦彥詞名【滿路
花】，見《片玉集》卷六。

金花落爐燈，銀礫鳴窗雪。夜深微漏斷，行人
絕。風扉不定，竹圃琅玕折。玉人新閒闊。著
甚情悰，更當恁地時節。　　　無言欹枕，悵底
流清血。愁如春後絮，來相接。知他那裏，爭
信人心切。除共天公說。不成也還，似伊無個
分別。（錄自《彊村叢書》本）

《片玉集》注：仙呂調。

## 滿路花巖

即【促拍滿路花】。〔元〕無名氏詞名【滿路花
巖】，見《鳴鶴餘音》卷五。

肆大元無我，五蘊本來空。休爭人與我，逞英
雄。貴賤賢愚，到了夢魂中。百年親眷屬，電
裏紅光，早宜各自牢籠。　　　勸君勤修煉，常
照主人公。來時無一物，去時空。人生有限，
貪愛轉無窮。不如隨分過，一點靈光，自然明
月清風。（錄自清黃丕烈補明鈔本）

## 滿鏡愁

（一）〔清〕沈謙自度曲，見《東江別集》卷一。

煙草淒迷，風嬌畫簾不定。樓上斜陽人獨憑。
殘醉醒。春老黃鸝靜。　　　雨覆雲翻，豈是紅
顏心硬。病起誰憐腰帶剩。嫌瘦影。愁滿菱花
鏡。（錄自惜陰堂《明詞彙刻》本）

詞序：「自度曲。唐常理詩：『眉第滿鏡愁春
色。』」

按：沈謙詞有「嫌瘦影。愁滿菱花鏡」句，故名
【滿鏡愁】。

（二）即【西江月】。〔清〕黃雲詞名【滿鏡
愁】，見《古今詞彙》。

昨夜山陰雪後，木蘭艇子來過。離亭記得斷腸
歌。絲柳上河初霽。　　　舊日春情減半，狂奴
衰鬢添多。小台寒月影梅柯。莫負樽中白墮。
（錄自《全清詞》本）

詞注：「沈謙自度曲。」

按：與沈謙自度曲詞不合，黃雲詞注：「沈謙自

度曲。」未知何謂。

## 漁父

又名：漁父破子、漁父詞、漁父慢。

（一）調見〔宋〕蘇軾《東坡樂府》卷二。

漁父飲，誰家去。魚蟹一時分付。酒無多少醉
為期，彼此不論錢數。（錄自《彊村叢書》本）

（二）調見《錦繡萬花谷別集》卷十八〔宋〕戴
復古詞。

漁父飲，不須錢。柳枝斜貫錦鱗鮮。換酒卻歸
船。（錄自《全宋詞》本）

《詞律拾遺》卷一：「此調僅見戴復古作二首
（應有四首），其別作亦以『漁父』起。既與二
十七字之【漁歌子】不同，句法尤相逕庭，自宜
另列，不必附於別名【漁父】之【漁歌子】後
也。」

（三）即【漁歌子】。〔五代〕和凝詞名【漁
父】，見《花間集》卷六。

白芷汀寒立鷺鷥。蘋風輕剪浪花時。煙冪冪，日
遲遲。香引芙蓉惹釣絲。（錄自雙照樓影明仿本）

《金奩集》注：黃鐘宮。

## 漁父引

唐教坊曲名。

（一）調見《欽定詞譜》卷一〔唐〕顧況詞。

新婦磯邊月明。女兒浦口潮平。沙頭鷺宿魚
驚。（錄自清康熙內府本）

《欽定詞譜》卷一【漁父引】調注：「此詞與張
志和【漁歌子】極為宋人傳誦。黃庭堅、徐俯曾
取二詞合為【浣溪沙】歌之，見《樂府雅詞》
注。」

《樂府雅詞》卷中徐俯【鷓鴣天】注云：「張志
和【漁父詞】云：『西塞山邊白鷺飛。桃花流水
鱖魚肥。青箬笠，綠蓑衣。斜風細雨不須歸。』
顧況【漁父詞】云：『新婦磯邊月明。女兒浦口
潮平。沙頭鷺宿魚驚。』東坡云：『玄真語極
麗。』恨其曲度不傳，加數語以【浣溪沙】歌之
云：『西塞山邊白鷺飛。散花洲外片帆微。桃
花流水鱖魚肥。自庇一身青箬笠，相隨到處綠蓑
衣。斜風細雨不須歸。』山谷見之，擊節稱賞，
且云：『惜乎「散花」與「桃花」字重疊，又漁
舟少有使帆者。』乃取張、顧二詞合為【浣溪
沙】云：『新婦磯邊眉黛愁。女兒浦口眼波秋。
驚魚錯認月沉鉤。青箬笠前無限事，綠蓑衣底一

時休。斜風細雨轉船頭。』東坡跋云：『魯直此
詞清新婉麗，問其最得意處，以山色替卻玉肌花
貌，真得漁父家風也。然才出新婦磯，便入女兒
浦，此漁父無乃太瀾浪乎。』山谷晚年亦悔前作
之未工。因表弟李長篪言，【漁父詞】以【鷓鴣
天】歌之甚協律，恨語少聲多耳。因以憲宗畫像
求玄真子文章，及玄真之兄松齡勸歸之意，足前
後數句云：『西塞山邊白鷺飛。桃花流水鱖魚
肥。朝廷尚覓玄真子，何處如今更有詩。青箬
笠，綠蓑衣。斜風細雨不須歸。人間底是無波
處，一日風波十二時。』東坡笑曰：『魯直乃欲
平地起風波也。』東湖老人因坡、谷互有異同之
論，故作【浣溪沙】、【鷓鴣天】各二闋云。」
按：《樂府雅詞》卷中、《野客叢書》卷二十一
均載有此事。本二書皆曰【漁父詞】，不曰【漁
父引】，而《欽定詞譜》及《詞律拾遺》皆以為
即唐教坊曲之【漁父引】，未知何據。

（二）調見《歷代詞人考略》卷三引《群閣雅
談》〔唐〕李夢符詞。

村寺鐘聲度遠灘。半輪殘月落前山。徐徐撥棹
欲歸灣，浪疊朝霞錦繡翻。（錄自嘉業堂鈔本）

《歷代詞人考略》卷三引《群閣雅談》云：「李
夢符，不知何許人。梁開平中，鍾傳鎮洪州，日
與布衣飲酒，狂吟放逸。嘗以釣竿懸一魚向市肆
唱【漁父引】，賣其詞，好事者爭買之。得錢，
便入酒家。其詞有千餘首，傳與江表。略記其一
兩首云（詞略）。察考取狀，答曰：『插花飲酒
何妨事，樵唱漁歌不礙時。』遂不敢復問。或把
冰入水，及出，身上氣如蒸。鍾氏亡，亦不知所
在。」又云：「按：李夢符【漁父引】當時自立
調名，其必非七言絕句明矣。兩首平仄並同，詞
體固當如是。」

（三）調見〔清〕彭孫貽《茗齋詩餘》卷一。

白浪沒漁山。風雪扁舟懶下灘。青蓑不及煙波
綠，皓首漁翁把釣難。守凍鷺鷥還。　　天涯
千里，客況轉闌珊。環腳羊裘，蘆花絮被，且
蒙頭高臥，歸夢渡河關。（錄自清道光刻本）

## 漁父家風

即【訴衷情】。〔宋〕張元幹詞名【漁父家
風】，見《蘆川詞》卷下。

八年不見荔枝紅。腸斷故園東。風枝露葉新
採，悵望冷香濃。　　冰透骨，玉開容。想筠
籠。今宵歸去，滿頰天漿，更御冷風。（錄自雙

照樓影宋本）

黃庭堅【訴衷情】詞序：「在戎州登臨勝景，未曾不歌【漁父家風】以謝江山。門生請問先生家風如何，為擬金華道人作此章。」

《野客叢書》卷二十一：「東坡曰魯直此詞（指黃庭堅合張志和、顧況【漁父詞】而成之【浣溪沙】清新婉麗，其最得意處，以山光水色，替玉肌花貌，真得【漁父家風】。」

## 漁父破子

即【漁父】。〔宋〕蘇軾詞名【漁父破子】，見《東坡樂府》卷二。

　　漁父醉，蓑衣舞。醉裏卻尋歸路。輕舟短棹任斜橫，醒後不知何處。（錄自《彊村叢書》本）

《東坡樂府》卷二注：「《三希堂帖》公書此詞前二首，題作【漁父破子】，是確為長短句。而《詞律》未收，前人亦無之，或公自度曲也。」

## 漁父詠

（一）調見〔金〕王喆《重陽全真集》卷十二。

　　名宦為鹽判。室內同公案。閒心各一半。贅分過，如何斷。　好將雲水伴。夫婦山頭看。清風明月喚。玩結就，無涯算。（錄自涵芬樓影明《道藏》本）

（二）即【漁家傲】。〔金〕王喆詞名【漁父詠】，見《重陽全真集》卷十二。

　　北海鯤鯨人不識。金風長是傳消息。予把釣車寧費力。堪憐憶。香鉤擲下離灘側。　吐出神珠光焰赫。化鵬展起垂雲翼。日在扶搖無有極。能搏陟。青霄一舉應端直。（錄自涵芬樓影明《道藏》本）

## 漁父詞

（一）即【漁家傲】。〔宋〕圓禪師詞名【漁父詞】，見《羅湖野錄》卷二。

　　本是瀟湘一釣客。自東自西自南北。只把孤舟為屋宅。無寬窄。幕天席地人難測。　頃聞四海停戈革。金門懶去投書冊。時向灘頭歌月白。真高格。浮名浮利誰拘得。（錄自台灣影印《筆記小說大觀》本）

《羅湖野錄》卷二：「湖州甘露寺圓禪師有【漁父詞】二十餘首，世所傳者一而已。（詞略）遂以是得名於叢林。蓋放曠自如者，藉以暢情樂道，而謳於水雲影裏，真解脫遊戲耳。」

（二）即【漁父】。〔宋〕戴復古詞名【漁父詞】，見《歷代詩餘》卷一。

　　漁父醉，釣竿閒。柳下呼兒牢繫船。高眠風月天。（錄自清康熙內府本）

（三）即【漁歌子】。〔五代〕李煜詞名【漁父詞】，見《圖畫見聞志》卷二。

　　閬苑有意千重雪，桃李無言一隊春。一壺酒，一竿身。快活如儂有幾人。（錄自《四部叢刊續編》本）

《圖畫見聞志》卷二：「衛賢，京兆人，事江南李後主，為內供奉。工畫人物台閣。初師尹繼昭，後服膺吳體。張文懿家有《春江釣叟圖》，上有李後主書【漁父詞】二首：其一云（詞略）。其二曰：『一棹春風一葉舟。一輪繭縷一輕鉤。花滿渚，酒滿甌。萬頃波中得自由。』」

《五代名畫補遺》：「衛賢，京兆人，仕南唐為內供奉。初師尹繼昭，後刻苦不倦，執學吳生。長於樓觀殿宇、盤車水磨，於時見稱。予嘗於富商高氏家觀賢畫《盤車水磨圖》，及故大丞相文懿張公第有《春江釣叟圖》，上有南唐李煜金素書【漁父詞】二首（詞略）。」

（四）調見〔明〕徐渤《鼇峰集・附詞》。

　　髮蓬鬆、獨釣寒煙。桂棹蘭橈，萬里江天。杜若洲前，荻蘆港上，紅蓼潭邊。　披蓑笠、雨中扣舷。把綸經、月裏酣眠。得魚忘筌，雲濤雪浪，為樂年年。（錄自《續修四庫全書》本）

（五）即【鵲橋仙】。〔宋〕陸游詞名【漁父詞】，見《後村先生大全集》卷一百八十。

　　一竿風月，一蓑煙雨，家在釣台西住。賣魚生怕近城門，況肯到、紅塵深處。　潮生理棹，潮平理纜，潮落浩歌歸去。時人錯把比嚴光，我自是、無名漁父。（錄自《四部叢刊》本）

《後村先生大全集・卷一百八十・詩話・續集》：「放翁長短句云：『元知造物心腸別，老卻英雄似等閒、……』【漁父詞】云（詞略）。【鷓鴣天】云（詞略）。【好事近】云（詞略）。其激昂感慨者，稼軒不能過；飄逸高妙者，與陳簡齋、朱希賢相頡頏；流麗綿密者，欲出晏叔原、賀方回之上，而世歌之者絕少。」

## 漁父舞

宋大曲名。
調見〔宋〕史浩《鄮峰真隱漫錄》卷四十六。
四人分作兩行迎上，對筵立。漁父自勾，念：

鄭城中有蓬萊島。不是神仙那得到。萬頃澄波舞
鏡鸞，千尋疊嶂環旌纛。光天圓玉夜長清，襯地
濕紅朝不掃。賓主相逢欲盡歡，昇平一曲【漁家
傲】。

勾念了，二人念詩：
渺渺平湖浮碧滿，奇峰四合波光暖。綠蓑青笠鎮
相隨，細雨斜風都不管。

念了，齊唱【漁家傲】。舞，戴笠子。
　　細雨斜風都不管。柔藍軟綠煙堤畔。鷗鷺忘機
　　為主伴。無羈絆。等閒莫許金章換。

唱了，後行吹【漁家傲】，舞。舞了，念詩：
喜見同陰垂匝地。瓊珠薇薇隨風絮。輕絲圓影兩
相宜，好景儂家披得去。

念了，齊唱【漁家傲】。舞，披蓑衣。
　　好景儂家披得去。前村雪屋雲深處。一棹清歌
　　歸晚浦。真佳趣。知誰畫得歸嫌素。

唱了，後行吹【漁家傲】，舞，舞了，念詩：
波面初驚秋葉萎。風來又覺船頭起。滔滔平地盡
知津，濟涉還渠漁父子。

念了，齊唱【漁家傲】。取檝鼓動，舞：
　　濟涉還渠漁父子。生涯只在煙波裏。練靜忽然
　　風又起。贏得底。吹來別浦看桃李。

唱了，後行吹【漁家傲】，舞，舞了，念詩：
碧玉粼粼平似掌。山頭正吐冰輪上。水天一色印
寒光，萬斛黃金迷俯仰。

念了，齊唱【漁家傲】。將檝，做搖櫓勢：
　　萬斛黃金迷俯仰。輕舠不礙飛雙槳。光透碧霄
　　千萬丈。真堪賞。恰如鏡裏人來往。

唱了，後行吹【漁家傲】，舞，舞了，念詩：
手把絲綸浮短艇。碧潭清泚風初靜。未垂芳餌向
滄溟，已見白魚翻翠荇。

念了，齊唱【漁家傲】。取釣竿，做釣魚勢：
　　已見白魚翻翠荇。任公一擲波千頃。不是六鼇
　　休便領。清晝永。悠揚要在神仙境。

唱了，後行吹【漁家傲】，舞，舞了，念詩：
新月半鉤堪作釣，釣竿直欲干雲表。魚蝦細碎不
勝多，一引修鱗吾事了。

念了，齊唱【漁家傲】。釣，出魚：
　　一引修鱗吾事了。棹船歸去歌聲杳。門俯清灣
　　山更好。眠到曉。鳴榔艇子方雲擾。

唱了，後行吹【漁家傲】，舞，舞了，念詩：
提取賴鱗歸竹塢，兒孫迎笑交相語。西風滿袖有
餘情，試倩霜刀登玉縷。

念了，齊唱【漁家傲】。取魚在杖頭，各放魚，

指酒樽：
　　試倩霜刀登玉縷。銀鱗不忍供盤俎。擲向清波
　　方困困。休更取。小槽且聽真珠雨。

唱了，後行吹【漁家傲】，舞。舞了，念詩：
明月滿船唯載酒，漁家樂事時時有。醉鄉日月與
天長，莫惜清樽長在手。

念了，齊唱【漁家傲】。取酒樽，斟酒，對飲：
　　莫惜清樽長在手。聖朝化洽民康阜。說與漁家
　　知得否。齊稽首。太平天子無疆壽。起，面外
　　稽首祝聖。

唱了，後行吹【漁家傲】，舞。舞了，漁父自念
遣隊：
湖山佳氣靄紛紛。占得風光日滿門。賓主相陪歡
意足，卻橫煙笛過前村。歌舞既終，相將好去。

念了，舞者各吹【漁家傲】，兩行引退，出散。
（錄自文淵閣《四庫全書》本）

## 漁父慢

即【漁父】。〔宋〕戴復古詞名【漁父慢】，見
《詞律拾遺》卷一。
　　漁父飲，不須錢。柳枝斜貫錦鱗鮮。換酒卻歸
　　船。（錄自清光緒刻本）
《詞律拾遺》卷一【漁父】調注：「或加『慢』
字」。

## 漁父樂

即【漁歌子】。〔宋〕徐積詞名【漁父樂】，見
《節孝先生文集》卷十四。
　　水曲山隈四五家。夕陽煙火隔蘆花。漁唱歌，
　　醉眠斜。綸竿蓑笠是生涯。（錄自文淵閣《四庫全
　　書》本）

## 漁火

即【漁歌子】。〔清〕傅衡詞名【漁火】，見
《師古堂詞鈔》。
　　茅屋數間對落暉。漁家風味各依依。隨網
　　去，捕魚歸。鸕鷀貼水繞船飛。（錄自《黔南叢
　　書》本）
按：「火」字似「父」字，是否是刻誤，待考。

## 漁家竹枝

調見《古今詞統》卷二〔明〕釋仲光詞。
　　沿湖一帶住漁家。破壁風窗舊網遮。一夜桃花
　　春水發，天明灶底拾魚蝦。（錄自明崇禎刊本）

## 漁家傲

又名：水鼓子、吳門柳、忍辱仙人、定風波、荊溪詠、浣花溪、添字漁家傲、遊仙詠、鼓子詞、醉薰風、漁父詠、漁父詞、漁歌、漁家樂、增字漁家傲、綠蓑令。

（一）調見〔宋〕范仲淹《范文正公詩餘》。

　　塞下秋來風景異。衡陽雁去無留意。四面邊聲連角起。千嶂裏。長煙落日孤城閉。　　濁酒一杯家萬里。燕然未勒歸無計。羌管悠悠霜滿地。人不寐。將軍白髮征夫淚。（錄自《彊村叢書》本）

《張子野詞》、《于湖先生長短句·拾遺》注：般涉調。《片玉集》注：般涉調。

（二）調見〔宋〕杜安世《壽域詞》。

　　疏雨才收淡淨天。微雲綻處月嬋娟。寒雁一聲人正遠。添幽怨。那堪往事思量遍。　　誰道綢繆兩意堅。水萍風絮不相緣。舞鑑鸞腸虛寸斷。芳容變。好將憔悴教伊見。（錄自汲古閣《宋六十名家詞》本）

（三）調見〔宋〕歐陽修《歐陽文忠公近體樂府》卷二。

　　正月斗杓初轉勢。金刀剪綵功夫異。稱慶高堂歡幼稚。看柳意。偏從東面春風至。　　十四新蟾圓尚未。樓前乍看紅燈試。冰散綠池泉細細。魚欲戲。園林已是花天氣。

　　二月春耕昌杏密。百花次第爭先出。唯有海棠梨第一。深淺拂。天生紅粉真無匹。　　畫棟歸來巢未失。雙雙款語憐飛乙。留客醉花迎曉日。金盞溢。卻憂風雨飄零疾。

　　三月清明天婉娩。晴川被禊歸來晚。況是踏青來處遠。猶不倦。秋千別閉深庭院。　　更值牡丹開欲遍。酴醾壓架清香散。花底一樽誰解勸。增眷戀。東風回晚無情絆。

　　四月園林春去後。深深密幄陰初茂。折得花枝猶在手。香滿袖。葉間梅子青如豆。　　風雨時時添氣候。成行新筍霜筠厚。題就送春詩幾首。聊對酒。櫻桃色照銀盤溜。

　　五月榴花妖豔烘。綠楊帶雨垂垂重。五色新絲纏角粽。金盤送。生綃畫扇盤雙鳳。　　正是浴蘭時節動。菖蒲酒美清樽共。葉裏黃鸝時一弄。猶鬆。等閒驚破紗窗夢。

　　六月炎天時霎雨。行雲湧出奇峰露。沼上嫩蓮腰束素。風兼露。梁王宮闕無煩暑。　　畏日亭亭殘蕙炷。傍簾乳燕雙飛去。碧碗敲冰傾玉

處。朝與暮。故人風快涼輕度。

　　七月新秋風露早。渚蓮尚坼庭梧老。是處瓜華時節好。金樽倒。人間彩縷爭祈巧。　　萬葉敲聲涼乍到。百蟲啼晚煙如掃。箭漏初長天杳杳。人語悄。那堪夜雨催清曉。

　　八月秋高風歷亂。衰蘭敗芷紅蓮岸。皓月十分光正滿。清光畔。年年常願瓊筵看。　　社近愁看歸去燕。江天空闊雲容漫。宋玉當時情不淺。成幽怨。鄉關千里危腸斷。

　　九月霜秋秋已盡。烘林敗葉紅相映。唯有東籬黃菊盛。遺金粉。人家簾幕重陽近。　　曉日陰陰晴未定。授衣時節輕寒嫩。新雁一聲風又勁。雲欲凝。雁來應有吾鄉信。

　　十月小春梅蕊綻。紅爐畫閣新裝遍。鴛帳美人貪睡暖。梳洗懶。玉壺一夜輕澌滿。　　樓上四垂簾不捲。天寒山色偏宜遠。風急雁行吹字斷。紅日晚。江天雪意雲撩亂。

　　十一月新陽排壽宴。黃鐘應管添宮線。獵獵寒威雲不捲。風頭轉。時看雪霰吹人面。　　南至迎長知漏箭。書雲紀候冰生研。臘近探春春尚遠。閒庭院。梅花落盡千千片。

　　十二月嚴凝天地閉。莫嫌台榭無花卉。唯有酒能欺雪意。增豪氣。直教耳熱笙歌沸。　　隴上雕鞍唯數騎。獵圍半合新霜裏。霜重鼓聲寒不起。千人指。馬前一雁寒空墜。（錄自雙照樓影宋吉州本）

詞注：「荊公嘗對客誦永叔小闋云：『五彩新絲纏角粽。金盤送。生綃畫扇盤雙鳳。』曰：『三十年前見其全篇，今才記三句，乃永叔在李太尉端願席上所作【十二月鼓子詞】，數問人求之不可得。』嗚呼，荊公之沒二紀，余自永平幕召還，過武陵始得於州將李君誼。追恨荊公之不獲見也。誼太尉猶子也。某年中秋日，金陵記（闕其名）。」

## 漁家傲引

宋大曲名。

調見〔宋〕洪適《盤洲樂章》卷一。

伏以黃童白叟，皆是煙波之釣徒；青笠綠蓑，不識衣冠之盛事。長浮家而醉月，更輟棹以吟風。樂哉生涯，翻在樂府。相煩女伴，漁父分行。
詞

　　正月東風初解凍。漁人撒網波紋動。不識雕樑並綺棟。扁舟重。眠鷗浴雁相迎送。　　溪北

畫橋彎蟛蜞。溪南古岸添青莎。長把魚錢尋酒甕。春一夢。起來拈笛成三弄。

二月垂楊花糝地。荻芽迸綠春無際。細雨斜風渾不避。青笠底。三三兩兩鳴榔起。　新婦磯邊雲接袂。女兒浦口山堆髻。一擁河豚千百尾。搖食指。城中虛卻魚蝦市。

三月愁霖多急雨。桃江綠浪迷洲渚。西塞山邊飛白鷺。煙橫素。一聲欸乃山深處。　紅雨繽紛因水去。行行得得神仙侶。樓閣五雲心不住。分鳳侶。重來翻恨花相誤。

四月圓荷錢學鑄。鱗鱗波暖鴛鴦語。無數燕雛來又去。魚未取。釣絲直上蜻蜓聚。　風弄碧漪搖島嶼。奇雲蘸影千峰舞。騎馬官人江上駐。天且暮。借舟送過滄浪渡。

五月河中菱荇遍。絲綸欲下相縈絆。卻掉船來芳草岸。呼侶伴。蓑衣不把金章換。　碧落雲高星爛爛。波心舉網星光亂。躍出鯉魚長尺半。回首看。孤燈一點風吹散。

六月長江無暑氣。怒濤漱齧侵沙嘴。颮颮輕舟隨浪起。何不畏。從來慣作風波計。　別澨藕花舒錦綺。採蓮三五誰家子。問我買魚相調戲。飄荇制。笑聲咭咭花香裏。

七月凜秋飛葉響。長吟杳杳澄江上。禿尾槎頭添一網。絲自紡。新炊菰飯更相餉。　渡口青煙藏疊嶂。岸旁紅蓼翻輕浪。鸂鶒沉浮雙漾漾。聞鳴槳。高飛拍拍穿林莽。

八月紫蓴浮綠水。細鱗巨口鱸魚美。畫舫問漁篙暫艤。欣然喜。金齏頃刻嘗珍味。　湧霧驅雲天似洗。靜看星斗迎蟾桂。枕棹眠蓑清不睡。無名利。誰人分得逍遙意。

九月蘆香霜旦旦。丹楓落盡吳江岸。長瀨黃昏張蟹斷。燈火亂。圓沙鷺起行行雁。　半夜繫船橋北岸。三杯睡著無人喚。睡覺只疑橋不見。風已變。纜繩吹斷船頭轉。

十月橘洲長鼓枻。瀟湘一片塵纓洗。斫得釣竿斑染淚。中夜裏。時聞鼓瑟湘妃至。　白髮垂綸孫又子。得錢沽酒長長醉。小艇短篷真活計。家雲水。更無王役並田稅。

子月水寒風又烈。巨魚漏網成虛設。圍圍從它歸丙穴。謀自拙。空歸不管旁人說。　昨夜醉眠西浦月。今宵獨釣南溪雪。妻子一船衣百結。長歡悅。不知人世多離別。

臘月行舟冰鑿蠔。潛鱗透暖偏堪射。歲歲年年篷作舍。三冬夜。牛衣自暖何須借。　滕六

晚來方命駕。千山絕影飛禽怕。江上雪如花片下。宜入畫。一蓑披著歸來也。

**破子**

漁父飲時花作陰。羹魚煮蟹無它品。世代太平除酒禁。漁父飲。綠蓑藉地勝如錦。

漁父醉時收釣餌。魚梁煞翅閒烏鬼。白浪撼船眠不起。漁父醉。灘聲無盡清雙耳。

漁父醒時清夜永。澄瀾過盡征鴻影。略略風來欹舴艋。漁父醒。月高露下衣裳冷。

漁父笑時鶯未老。提魚入市歸來早。一葉浮家生計了。漁父笑。笑中起舞漁家傲。

**遣隊**

春留冬及一年中。杜若洲邊西又東。舞散曲終人不見，一天明月一溪風。水綠山青，持竿好去。（錄自《彊村叢書》本）

## 漁家樂

即【漁家傲】。〔明〕曹元方詞名【漁家樂】，見《淳村詞》卷下。

前身巴蜀來吳地。偶然傀儡登場戲。走遍名山忽有憶。忙拈偈。蕭蕭獨往心無繫。　本來面目原無異。這回歸去有得未。珍重他生莫浪寄。從前昧。而今跳出虛空碎。（錄自惜陰堂《明詞彙刻》本）

## 漁歌

（一）即【漁家傲】。〔宋〕李彭老詞名【漁歌】，見《釋曉瑩感山雲臥紀談》卷下。

南院嫡孫唯此個。西河獅子當門坐。絹扇清涼隨手簸。君知麼。無端吃棒休尋過。（錄自《全宋詞》本）

按：此調係【漁家傲】半闋。

（二）即【漁歌子】。〔明〕鍾梁詞名【漁歌】，見《西皋集存逸》卷一。

條風協候上微溫。水沫旋消宿草痕。裁短竹，理新綸。小舟還繫舊蘆根。（錄自明刻本）

## 漁歌子

唐教坊曲名。

又名：君不悟、君看取、秋日田父辭、魚歌子、堪畫看、漁父、漁父詞、漁父樂、漁火、漁歌、無一事、誰學得。

（一）調見《尊前集》〔唐〕張志和詞。

西塞山邊白鷺飛。桃花流水鱖魚肥。青箬笠，綠

蓑衣。斜風細雨不須歸。（錄自《彊村叢書》本）《金奩集》注：黃鐘宮。

《雲笈七籤》卷一百十三云：「玄真子姓張，名志和，會稽山陰人也。博學能文，進士擢第。善畫，飲酒三斗不醉，守真養氣，臥雪不寒，入水不濡，天下山水皆所遊覽。魯公顏真卿與之友善。真卿為湖州刺史，及閒客會飲，乃唱和為【漁父詞】。其首唱，即志和之詞。曰：『西塞山邊白鷺飛。桃花流水鱖魚肥。青箬笠，綠蓑衣。斜風細雨不須歸。』真卿與陸鴻漸、徐士衡、李成矩共唱和二十五首。遞相誇賞，而志和命丹青剪素，寫景夾詞，須臾成五本。花木、禽魚、山水，景象奇絕蹤跡，今古無倫焉。」

《詞林紀事》卷一引《樂府紀聞》：「張志和嘗謁顏真卿於湖州，以舴艋敝，請更之，願為浮家泛宅，來往苕霅間，作【漁歌子】。」

（二）調見《敦煌歌辭總編》卷一《雲謠集雜曲子》〔唐〕無名氏詞。

　　睹顏多，思夢誤。花枝一見恨無門路。聲哽噎，淚如雨。見便不能移步。　　五陵兒，戀嬌態女。莫阻來情從過與。暢平生，兩風醋。若得丘山不負。（錄自上海古籍出版社排印本）

按：原載（伯）二八三八。

（三）調見《花間集》卷七〔五代〕顧敻詞。

　　曉風清，幽沼綠。倚欄凝望珍禽浴。畫簾垂，翠屏曲。滿袖荷香馥郁。　　好攄懷，堪寓目。身閒心靜平生足。酒杯深，光影促。名利無心較逐。（錄自雙照樓影明仿宋本）

## 漁歌曲

調見〔清〕莊士彥《梅笙詞》。

　　波平展鏡，望一片空明，照來清影。殘蓮剛謝，柔菂綴朵，似沾零粉。漁娃摘試纖纖手，插雲鬟、助添妝靚。奩光揩處，蘋香同採，遜茲娟靜。　　正柳下撐停小艇。唱月子灣灣，夜涼人靜。細瓣含嬌，水面輕浮露沁。西風吹結鮮紅角，看一鉤羅襪同印。煙絲冐瘦，秋痕易老，野塘增冷。（錄自莊氏稿本）

## 滴滴金

又名：縷縷金。

調見《能改齋詞話》卷二〔宋〕李遵勗詞。

　　帝城五夜宴遊歇。殘燈外、看殘月。都人猶在醉鄉中，聽更漏初徹。　　行樂已成閒話說。如春夢、覺時節。大家同約探春行，問甚花先發。（錄自《詞話叢編》本）

《能改齋詞話》卷二：「李駙馬正月十九所撰【滴滴金】詞也。京師上元，國初放燈止三及。時錢氏納土，進錢買兩夜。其後十七、十八兩夜燈，因錢氏而添，故詞云五夜。」

《填詞名解》卷一：「【滴滴金】取菊以名也。史鑄《菊譜辯疑》稱越俗有菊，由花梢引露入土，卻生新根而出，故名【滴滴金】。」

## 閨怨無悶

即【無悶】。〔宋〕程垓詞名【閨怨無悶】，見《書舟詞》。

　　天與多才，不合更與，瘳柳憐花情分，甚總為才情，惱人方寸。早是春殘花褪。也不料、一春都成病。自失笑，因甚腰圍半減，珠淚頻搵。　　難省。也怨天、也自恨。怎免千般思忖。倩人說與，又卻不忍。拚了一生愁悶。又只恐、愁多無人問。到這裏，天也憐人，看他穩也不穩。（錄自汲古閣《宋六十名家詞》本）

《欽定詞譜》卷二十七【無悶】調注：「汲古閣本刻【閨怨無悶】者誤。」

## 聞喜鵲

即【謁金門】。〔宋〕周密詞名【聞喜鵲】，見《蘋洲漁笛譜》卷二。

　　天水碧。染就一江秋色。鼇戴雪山龍起蟄。快風吹海立。　　數點煙鬟青滴。一杼霞綃紅濕。白鳥明邊帆影直。隔江聞夜笛。（錄自《彊村叢書》本）

## 翠羽吟

〔宋〕蔣捷自度曲，見《竹山詞》。

　　紺露濃。映素空。樓觀峭玲瓏。粉凍霽英，冷光搖盪古青松。半規黃昏淡月，梅氣山影溟濛。有麗人、步依修竹，蕭然態若遊龍。　　綃袂微皺水溶溶。仙莖清澄，淨洗斜紅。勸我浮香桂酒，環佩暗解，聲飛芳靄中。弄春弱柳垂絲，慢按翠舞嬌童。醉不知何處，驚剪剪、淒緊霜風。夢醒尋痕訪蹤。但留殘星掛穹。梅花未老，翠羽雙吟，一片曉峰。（錄自《彊村叢書》本）

詞序：「響林王君本示予越調【小梅花引】，俾以飛仙步虛之意為其辭。予謂泛泛言仙，似乎寡

味，越調之曲與梅花宜，羅浮梅花，真仙事也。演而成章，名【翠羽吟】。」

按：蔣捷詞有「梅花未老，翠羽雙吟」句，故名【翠羽吟】。

## 翠凌波

〔清〕顧貞立自製曲，見《樓香閣詞》。

> 香透衾鸞，鬟軟釵鳳。斷鼓零鐘，薄醉香愁擁。哀雁啼蛩清露重。翠生生，幻出凌波夢。
> 靈根知是瑤台種。豔葉柔絲，不與凡花共。待展研粉吳綾，寫幅屏山清供。珠箔深沉，不教風雨吹送。（錄自清刻本）

按：顧貞立詞有「翠生生，幻出凌波夢」句，故名【翠凌波】。

## 翠雲吟

調見《金瓶梅》卷六十八回〔明〕無名氏詞。

> 鍾情太甚，到老也無休歇。月露煙雲都是態，況與玉人明說。　軟語叮嚀，柔情婉戀，熔盡肝腸鐵。岐亭把盞，水流花謝時節。（錄自張竹坡評本）

按：此調原本於詞末注「半」字，係半首之意。經校對係【念奴嬌】上闋，唯少第二句三字。今做上下片處理，以存其調名。

## 翠湘風

調見〔明〕陳霆《水南詞》。

> 輕雷送雨過池塘。煩蒸頓解，柳外水亭涼。手弄冰綃新浴起，半墮釵鳳。風裏芰荷香滿，憑欄十里湖光。　流蘇垂下絳廚張。水晶枕底，紋簟展清湘。攜手月中人似玉，懶上牙床。起向閒階佇立，紫微影轉迴廊。（錄自惜陰堂《明詞彙刊》本）

## 翠華引

（一）即【三台】。〔明〕沈億年詞名【翠華引】，見《支機集》卷三。

> 三月桃花吹盡，雙雙蝶影飛迴。搖曳東風何限，不見劉郎信來。（錄自惜陰堂《明詞彙刊》本）

《欽定詞譜》卷一【三台】調注：「沈括詞名【開元樂】，因結句有『翠華滿陌東風』句，名【翠華引】」。

（二）即【調笑令】。〔清〕袁寒篁詞名【翠華引】，見《綠窗小草》。

明月。明月。光照瑤台銀闕。階前花影重重。何處飄來細風。風細。風細。吹到漏聲三矣。（錄自《全清詞》本）

## 翠幄新

即【鳳凰閣】。〔清〕段緯世詞名【翠幄新】，見《拾唾詩餘》。

> 看還魂芍藥，輕衫拖碧。舞風漸覺曬光易。最是士滋露濃，雲憐雨惜。也不枉、流年暗擲。
> 芳心一點，依舊黛濃顏赤。肯將豔質委狼藉。總拋卻，暫時春、錦朝繡夕。終不負、維揚勝跡。（錄自清康熙本）

詞序：「晚栽芍藥，以葉道卿詞『園林綠暗，渾如翠幄』易名。」

## 翠圓枝

即【好事近】。〔宋〕韓淲詞有「吟到翠圓枝上，是歸來時節」句，故名；見《澗泉詩餘》。

> 一澗水南山，臘盡春生梅雪。行過小橋深處，帶疏鐘橫月。　征衫閒著指東吳，休怕與人別。吟到翠圓枝上，是歸來時節。（錄自《彊村叢書》本）

## 翠樓吟

〔宋〕姜夔自度曲，見《白石道人歌曲》卷六。

> 月冷龍沙，塵清虎落，今年漢酺初賜。新翻胡部曲，聽氈幕、元戎歌吹。層樓高峙。看檻曲縈紅，簷牙飛翠。人姝麗。粉香吹下，夜寒風細。　此地。宜有詞仙，擁素雲黃鶴，與君遊戲。玉梯凝望久，歎芳草、萋萋千里。天涯情味。仗酒祓清愁，花銷英氣。西山外。晚來還捲，一簾秋霽。（錄自《彊村叢書》本）

詞序：「淳熙丙午冬，武昌安遠樓成，與劉去非諸友落之，度曲見志。予去武昌十年，故人有泊舟鸚鵡洲者，聞小姬歌此詞，問之頗能道其事，還吳為予言之。興懷昔遊，且傷今之離索也。」

## 翠樓怨

調見〔近人〕秋瑾《秋瑾詩詞集》卷四。

> 寂寞庭寮，喜飛來畫軸，破我無聊。試展朝雲遺態，費維摩、幾許清宵。　紫玉煙沉，驚鴻影在，歷劫紅羊跡未消。賴有故人高誼，贖得生綃。（錄自《歷代詞人詞集》本）

## 綺窗秋

調見〔清〕吳綺《蕭瑟詞》。

> 山色秋來晚更蒼。花宮遙帶平岡。鐘聲隱隱出斜陽。亂雲堆裏，寺古葉初黃。　寶志遺碑空有愾，不堪人費思量。小樓斜倚對寒江。簷前風鐸，猶似說興亡。（錄自清刻本）

詞序：「雞鳴寺在國子監東半里，即齊時雞鳴山也。齊武帝早遊鍾山射雉，至此雞始鳴，故名雞鳴埭。晉永康時，建寺五所，迄無遺址。明初復建，迎寶志公法函瘞於此。內有憑虛閣，登眺城西北諸勝概，峰壑無際，誠臨覽之極觀也。作【綺窗秋】。」

## 綺筵張

即【好兒女】。〔宋〕賀鑄詞有「綺繡張筵」句，故名；見《東山詞》卷上。

> 綺繡張筵。粉黛爭妍。記六朝、舊數閨房秀，有長圍壁月，永新瓊樹，隨步金蓮。　不減麗華標韻，更能唱、想夫憐。認情通、色受纏綿處，似靈犀一點，吳鸞八繭，漢柳三眠。（錄自《彊村叢書》本）

## 綺寮怨

調見〔宋〕周邦彥《片玉集》卷九。

> 上馬人扶殘醉，曉風吹未醒。映水曲、翠瓦朱簷，垂楊裏，乍見津亭。當時曾題敗壁，蛛絲罩、淡墨苔暈青。念去來、歲月如流，徘徊久、歎息愁思盈。　去去倦尋路程。江陵舊事，何曾再問楊瓊。舊曲淒清。斂愁黛、與誰聽。樽前故人如在，想念我、最關情。何須渭城。歌聲未盡處，先淚零。（錄自《彊村叢書》本）

## 綺羅春

即【綺羅香】。〔明〕陳士元詞名【綺羅春】，見《歸雲詞》。

> 雪水才消，春天漸暖，窗外又生芳草。獨坐茅堂，卻喜歸來最早。談玄浮白任疏狂，虛名薄利無煩惱。看門前、柳媚花嬌，溪山妝點春光好。　故人多在霄漢，恐萍蹤聚散，晨昏難保。富貴由天，何用千機萬巧。休盼望、玉案香煙，莫矜誇、龍宮奇寶。棄一世、福淺緣低，便寬懷到老。（錄自惜陰堂《明詞彙刊》本）

## 綺羅香

又名：綺羅春。

調見〔宋〕史達祖《梅溪詞》。

> 做冷欺花，將煙困柳，千里偷催春暮。盡日冥迷，愁裏欲飛還住。驚粉重、蝶宿西園，喜泥潤、燕歸南浦。最妨它、佳約風流，鈿車不到杜陵路。　沉沉江上望極，還被春潮晚急，難尋官渡。隱約遙峰，和淚謝娘眉嫵。臨斷岸、新綠生時，是落紅、帶愁流處。記當日、門掩梨花，剪燈深夜語。（錄自《四印齋所刻詞》本）

## 維揚好

調見《能改齋漫錄》卷十七〔宋〕韓琦詞殘句。

> 二十四橋千步柳，春風十里上珠簾。（錄自清乾隆武英殿聚珍本）

《能改齋漫錄》卷十七：「韓魏公皇祐初鎮揚州。《本事集》載公親撰【維揚好】詞四章，所謂『二十四橋千步柳，春風十里上珠簾』者也」。

## 綿搭絮

調見《金瓶梅》三十八回〔明〕無名氏詞。

> 銀箏宛轉，促柱調弦。聲繞樑間。巧作秦聲獨自憐。指輕妍。風回雪旋。　緩揚清曲，響奪鈞天。說甚麼、別鶴烏啼，試按羅敷陌上篇。休按羅敷陌上篇。（錄自張竹坡批校本）

## 綠水曲

又名：淥水曲。

〔明〕屠隆自度曲，見《四明近體樂府》。

> 萬疊青山，千層綠水，蘭舟蕩入涼雲。鶴墮無聲，鷗飛不斷，歌吹隔花聞。我欲喚起琴高，邀來邢鳳，借仙人玉笛，傍蒼龍，叫破氤氳。　行到湖天空闊處，畫大江、吳越此中分。酒滿珊瑚，賓明不滅，看來只少湘裙。但醉時、微吟散髮，高揖洞庭君。（錄自清刻本）

按：屠隆詞有「千層綠水，蘭舟蕩入涼雲」句，故名【綠水曲】。

## 綠芙蓉

即【碧牡丹】。〔宋〕程垓詞名【綠芙蓉】，見《記紅集》卷二。

睡起情無著。曉雨盡，春寒弱。酒盞飄零，幾日頓疏行樂。試數花枝，問此情何若。為誰開，為誰落。　　正愁卻。不是花情薄。花元笑人蕭索。舊觀千紅，至今冷夢難託。燕參春風，更幾人驚覺。對花羞，為花惡。（錄自清康熙刻本）

## 綠珠怨

調見《萬首唐人絕句》〔唐〕喬知之詞。

石家金谷重新聲。明珠十斛買娉婷。此日可憐君自許，此時歌舞得人情。（錄自《全唐五代詞》本）

《詞名集解》卷二：「武后時，補闕喬知之有妾碧玉，美麗善歌舞。武承嗣借教童，納之不還。知之作【綠珠怨】密寄之。」

按：此詞有三首，《全唐詩》合為一首，題作【綠珠篇】。今依《全唐五代詞》例列入。

## 綠意

即【疏影】。〔宋〕張炎詞名【綠意】，見《山中白雲》卷六。

碧圓自潔。向淺洲遠渚，亭亭清絕。猶有遺簪，不展秋心，能捲幾多炎熱。鴛鴦密語同傾蓋，且莫與、浣紗人說。恐怨歌、忽斷花風，碎卻翠雲千疊。　　回首當年漢舞，怕飛去、謾皺留仙裙褶。戀戀青衫，猶染枯香，還歎鬢絲飄雪。盤心清露如鉛水，又一夜、西風吹折。喜靜看、匹練秋光，倒瀉半湖明月。（錄自《彊村叢書》本）

## 綠窗並倚

調見〔清〕徐逢吉《浣花詞》。

忽地西風起。指衡陽縹緲，又早征鴻來矣。故園在何處，怎不把書相寄。念昨夜舟中，今宵夢裏，多少愁滋味。欲住也、渾無計。欲去也、渾無計。　　還憶綠窗並倚。正天長地久，不道這回拋棄。想伊更多病，那受得、恁般憔悴。對湘竹簾兒。芙蓉鏡子，彈了千行淚。一半是、西湖水。一半是、西江水。（錄自清刻本）

按：徐逢吉詞有「還憶綠窗並倚」句，故名【綠窗並倚】。

## 綠腰

即【六么令】。〔近人〕嚴文黼詞名【綠腰】，見《東甌詞徵》卷十四。

垂虹橋畔，一舸載風雪。飄然倚篷，心事無限煙波闊。休道新詞解唱，只恐簫聲咽。賞音今絕。天寒如許，猶有嵌空舊時月。　　如見清歌，自放鶴氅，輕拂。還又詩句留題，異代音塵接。都向孤山印影，韻事無休歇。峻嶒風骨。高枝獨倚，除是梅花肯腰折。（錄自《溫州文獻叢書》本）

《齊東野語》卷八引《演繁露》云：「唐有新翻羽調【綠腰】，白樂天詩自注云：即【六么】也。」

按：宋元以降，未見有【綠腰】詞調名者。

## 綠腰令

即【六么令】。〔清〕唐壽莘詞名【綠腰令】，見《全清詞鈔》卷二十一。

綠陰清晝，過了水嬉節。煙波畫船何處，縹渺夢雲碧。那有舊時雙槳，弄個湖山月。湘累幽咽。翠屏風底，一曲雕弦再三絕。　　羅襪凌波去遠，留此田田葉。須待菡萏花開，更喚疏篷揭。笑問蘭期誰省，暗與東風說。素琴才闋，渺然身世，又聽江湖夜吹笛。（錄自中華書局排印本）

## 綠蓑令

即【漁家傲】。《歷代詩餘》卷四十二【漁家傲】調注：「一名【綠蓑令】。」

## 綠蓋舞風輕

〔宋〕周密自度曲，見《蘋洲漁笛譜》卷一。

玉立照新妝，翠蓋亭亭，凌波步秋綺。真色生香，明璫搖淡月，舞袖斜倚。耿耿芳心，奈千縷、情絲縈繫。恨開遲、不嫁東風，顰怨嬌蕊。　　花底謾卜幽期，素手採珠房，粉豔初退。雨濕鉛腮，碧雲深、暗影軟綃清淚。訪藕尋蓮，楚江遠、相思誰寄。棹歌回，衣露滿身花氣。（錄自《彊村叢書》本）

## 綠影

即【疏影】。〔清〕蔣敦復詞名【綠影】，見《芬陀利室詞》卷一。

煙霏霧結。擁寶釵十二，鬢影飄騺。一夢羅
浮，碎佩零璠，定有翠禽能說。萼華省讕瑤天
渺，問幾度、羊家風月。莫破瓜、負了芳年，
粉鏡曉妝猶怯。　　誰點石螺冷黛，瘦細微貼
額，剛近眉顱。羌笛橫飛，珠淚盈盈，金谷墜
煙銷歌。佳人而見空延佇，想日莫、碧雲初
合。倚竹間、短袖天寒，還未綠陰時節。（錄自
清咸豐本）

### 綠頭鴨

唐教坊曲名。

又名：多麗、南山壽、晚山青、跨金鸞、鴨頭
綠、隴頭泉。

（一）調見〔宋〕晁端禮《閒齋琴趣外篇》卷一。

錦堂深，獸爐輕噴沉煙。紫檀槽、金泥花面，
美人斜抱當筵。掛羅綬、素肌瑩玉，近鶯翅、
雲鬢梳蟬。玉筍輕攏，龍香細抹，鳳凰飛出四
條弦。碎牙板、煩襟消盡，秋飛滿庭軒。今宵
月，依稀向人，欲鬥嬋娟。　　變新聲、能翻
往事，眼前風景依然。路漫漫、漢妃出塞，夜
悄悄、商婦移船。馬上愁思，江邊怨感，分明
都向曲中傳。因無力、勸人金盞，須要倒垂
蓮。拚沉醉，身世恍然，一夢遊仙。（錄自雙照
樓影宋本）

（二）調見〔宋〕曹勛《松隱樂府》卷一。

喜雨薰泛景，翠雲低柳。正涼生殿閣，梅潤曉
天，暑風時候。應乘乾、彩虹流渚，驚電繞、
璿霄樞斗。大業輝光，益建火德，梯航四海盡
奔走。六府煥修，多方平定，寰宇歌元首。凝
九有。三辰拱北，萬邦孚佑。　　對祥煙、霽
色清和，鳳韶九成儀晝。聽山聲、響傳呼舞，
騰紫府、香濃金歐。禁御昇平，慈闈燕適，褘
衣共上玉觴酒。齊奉舜圖，南山同永，合殿備
金奏。祝聖壽。聖壽無疆，兩儀並久。（錄自
《彊村叢書》本）

### 綠羅裙

即【生查子】。〔宋〕賀鑄詞有「記得綠羅裙」
句，故名；見《東山詞》卷上。

東風柳陌長，閒月花房小。應念畫眉人，拂鏡
啼新曉。　　傷心南浦波，回首青門道。記得
綠羅裙，處處憐芳草。（錄自《彊村叢書》本）

# 十五畫

### 鬧紅

〔清〕張景祁自度曲，見《新蘅詞》卷三。

畫橋側。蕩煙水半湖，秋思涵碧。月溶波灔，花
深霧細，晃漾繁燈千色。水窗荷氣入。早涼沁、
綺香瑤席。玉宇奮開，銀塘粉墮，仙掌錄盤露
華白。　　簾隙。蟬紗暈濕。對采扇傳歌，銖
袂橫笛。酒鱗微動，蘋絲暗度，吹起嬌雲無
力。鬧紅圍四壁。怕洛浦襪塵難覓。更堪鏡裏
青霜，偷換那時重憶。（錄自清光緒九年刻本）

詞序：「月夜西泠觀荷，自度此曲，以洞簫按
之，聲律諧婉。因採白石詞意名其調。」

### 暮花天

即【花發沁園春】。〔宋〕陳亮詞名【暮花
天】，見《全芳備祖・前集卷三・芍藥門》。

天意微慳，春工多裕，長須末後殷勤。骨瘦挽
先，肌韻恰好，花頭徑尺徐陳。紅黃粉紫，更
牛家、姚魏為真。留幾種，蒂殢中州，異時齊
頓渾身。　　承平當日開多少，笙歌何限，是
甚人人。氣入江南，心知芍藥，彷彿前事猶
存。名品應須，認舊家、雨露方新。成一處，
蓓蕾根株，剩看諸譜紛紛。（錄自《全宋詞》本）

### 暮雲碧

即【弔嚴陵】。〔宋〕李甲詞有「回首暮雲千古
碧」句，故名；見《歷代詩餘》卷九十七。

蕙蘭香泛，孤嶼潮平，驚鷗散雪。迤邐點破，
澄江秋色。暝靄向斂，疏雨乍收，染出藍峰千
尺。漁舍孤煙鎖寒磧。畫鷁翠帆旋解，輕觿晴
霞岸側。正念往悲酸，憶鄉慘切。何處引羌
笛。　　追惜。當時富春佳地，嚴光釣址空遺
跡。華星沉後，扁舟泛去，瀟灑閒名圖籍。離
觴弔終寓目，意斷魂消淚滴。漸洞天晚，回首
暮雲千古碧。（錄自清康熙內府本）

### 蓬萊閣

即【憶秦娥】。〔金〕丘處機詞名【蓬萊閣】，
見《磻溪集》。

棲霞客。西遊樓在南溪側。南溪側。千尋赤
岸，萬林蒼柏。　　無心只有輕雲白。舉頭不
見繁華色。繁華色。空華雜亂，世人貪得。（錄
自涵芬樓影明《道藏》本）

## 賣花美人

〔清〕陳祥裔新譜犯曲，見《凝香集》卷二。

蜂老蜜初乾。誰撚為丸。梅花風韻菊花妍。應
是玉兒病也、瘦厭厭。　　貼額小花鈿。宮樣
新翻。深黃一點暈眉間。笑口淺含香舌、吐紅
尖。（錄自清康熙刻本）

詞注：「詠臘梅花。上三句【賣花聲】，下二句
【虞美人】。」

## 賣花聲

（一）即【浪淘沙令】。〔宋〕康與之詞名【賣
花聲】，見《中興以來絕妙詞選》卷一。

瘦損遠山眉。幽怨誰知。羅衾滴盡淚胭脂。夜
過春寒愁未起，門外鴉啼。　　惆悵阻佳期。
人在天涯。東風頻動小桃枝。正是銷魂時候
也，撩亂花飛。（錄自涉園影宋本）

（二）即【謝池春】。〔元〕黃澄詞名【賣花
聲】，見《詞品》卷六。

人過天街，曉色擔頭紅紫。滿筠筐、浮花浪
蕊。畫樓睡醒，正眼橫秋水。聽新腔、一聲催
起。　　吟紅叫白，報道蜂兒知未。隔東西、
餘音軟美。迎門爭買，早斜簪雲髻。助春嬌、
粉香簾底。（錄自《詞話叢編》本）

按：此詞《歷代詩餘》卷四十三為宋黃裳詞。

（三）即【浪淘沙】。〔唐〕皇甫松名【賣花
聲】，見《填詞圖譜》卷一。

蠻歌荳蔻北人愁。蒲雨杉風野艇秋。浪起鵁鶄
眠不得，寒沙細細入江流。（錄自清木石居本）

《詞律》卷一【浪淘沙】調注：「《圖譜》改調
名，並前唐亦曰【賣花聲】，無理。」

（四）調見《蘭皋明詞匯選》〔明〕裴昌今詞。

數竿疏竹野人家。夜來雪打偏斜。無端低弄又
還遮。數枝橫影，道人睡起，疑是月籠沙。
　　一圍雪色掩蘺笆。縱秋水難比這銀沙。呼童
快煮建溪茶。個個堪描，枝枝若畫，留著伴梅
花。（錄自明刻本）

按：此詞與【浪淘沙】和【謝池春】又名【賣花
聲】均不同。

（五）〔清〕王蜆自度曲，見《芙蓉秋水詞》

卷三。

歸夢碧天遙。才上吳艖，鄉心已共水迢迢。寂
寞楓涇橋畔月，何處紅樓，何處教吹簫。
　　愁倚木蘭橈。唱徹江南，離人獨自說魂銷。不
見亭臯霜葉下，一任西風，一任去來潮。（錄自
《清代稿本百種彙刊》本）

詞注：「自度曲。楓涇舟中。」

## 駐馬聽

（一）調見〔宋〕柳永《樂章集》卷中。

鳳枕鸞帷。二三載，如魚似水相知。良天好
景，深憐多愛，無非盡意依隨。奈何伊。恣性
靈、忒煞些兒。無事孜煎，萬回千度，怎忍分
離。　　而今漸行漸遠，漸覺雖悔難追。漫寄
消寄息，終久奚為。也擬重論繾綣，爭奈翻覆
思維。縱再會，只恐恩情，難似當時。（錄自
《彊村叢書》本）

《樂章集》注：林鐘商。

（二）即【應天長】。〔宋〕無名氏詞名【駐馬
聽】，見《歲時廣記》卷十六引《古今詞話》。

雕鞍成謾駐。望斷也不歸，院深天暮。倚遍舊
日，曾共憑肩門戶。踏青何處所。想醉拍、春
衫歌舞。征旆舉，一步紅塵，一步回顧。
　　行行愁獨語。想媚容今宵，怨郎不住。來為相
思苦。又空將愁去。人生無定據。歎後會、不
知何處。愁萬縷。仗東風、和淚吹與。（錄自
《十萬卷樓叢書》本）

《歲時廣記》卷十六引《古今詞話》：「瀘南營
二十餘寨，各有武臣主之。中有一知寨，本太學
士人，為壯歲流落隨軍邊防，因改右選，最善詞
章。嘗與瀘南一妓相款，約寒食再會。知寨以是
日求便相會，既而妓為有位者拉住踏青，其人終
日待之不至。次日，又逼於回期，然不敢輕背前
約，遂留【駐馬聽】一曲以遺之而去。其詞曰
（詞略），亦名【應天長】。妓歸見之，輒逃樂
籍，往寨中從之，終身偕老焉。」

## 增字木蘭花

調見〔明〕周用《周恭肅詞》。

白水青山從此去。舊是留情處。自來勳業付吾
儒。莫負一心、歲晚抱區區。　　商家大旱須
霖雨。帝曰仍咨汝。幾人林下得休官。前日誰
將、此語答韋丹。（錄自惜陰堂《明詞彙刻》本）

按：此調實即【虞美人】，何以用此調名，令人

不解。故不入【虞美人】之別名，待考。

## 增字漁家傲

即【漁家傲】。〔清〕朱彝尊詞名【增字漁家傲】，見《曝書亭詞·靜志居琴趣》。

> 百蝶仙裙風易嫋。藕覆低垂，淺露驚鴻爪。元夕初過寒尚峭。呼別棹。雪花點點輕帆杪。　　別院羊燈收未了。高揭珠簾，特地留人照。眾裏偏他迴避早。猜不到。羅幃昨夜曾雙笑。（錄自《清名家詞》本）

## 增減浣溪沙

（一）調見《精選古今詩餘醉》卷十五〔清〕陳繼儒詞。

> 曉來露井看櫻桃。羅袖迎風不奈飄。轉向碧窗還小立，再吹簫。　　簫咽春愁愁正劇，自拈香在博山燒。日暮欄干楊柳外，落紅敲。（錄自《新世紀萬有文庫》本）

（二）調見《精選古今詩餘醉》卷十五〔清〕陳繼儒詞。

> 黃冠白塵太清閒。家在山青水碧間。竹籬門、蕉葉參差見，槿為牆、草閣茅簷。　　酒腸鬆，詩債畢。彈一曲高山調，讀一行秋水篇。笑呵呵，如醉如顚。（錄自《新世紀萬有文庫》本）

（三）調見《精選古今詩餘醉》卷十五〔清〕陳繼儒詞。

> 有個人家，半藏山翠楓丹裏。獨坐屏風，消受香煙縷。檢點生平，默默常無語。　　何方避暑。但思量、泰山松，峨眉雪，渭川萬竹瀟淚雨。是誰共與嵇阮，真爾汝。（錄自《新世紀萬有文庫》本）

## 撒金錢

調見《宣和遺事·前集》〔宋〕袁綯詞。

> 頻瞻禮。喜昇平、又逢元宵佳致。鼇山高聳翠。對端門、珠璣交制。似嫦娥降仙宮，乍臨凡世。　　恩露勻施，憑御欄、聖顏垂視。撒金錢，亂拋墜。萬姓推搶沒理會。告官裏。這失儀、且與免罪。（錄自《中國話本大系》本）

《宣和遺事·前集》：「宣和六年正月十四日夜，去大內門，直上一條紅綿繩，上飛下一個仙鶴兒來，口內銜一道詔書。有一員中使接得展開，奉聖旨宣萬姓。有那快行家，手中把著金字牌，喝道：『宣萬姓。』少刻，京師民有似雲浪盡頭，上戴著玉梅雪柳鬧娥兒，直到鼇山下看燈。卻去宣得門，直上有三四個貴官，金燃線襆頭舒角，紫羅窄袖袍簇花羅。那三四貴官，姓甚名誰？楊戩、王仁、何霍六、黃太尉。這四個得了聖旨，交撒下金錢，與萬姓搶金錢。那教坊大使袁綯曾作一詞，名做【撒金錢】（詞略）。是夜撒金錢後，百姓各各遍遊市井。可謂是：『燈火熒煌天不夜，笙歌嘈雜地長春。』」

## 撲蝴蝶

又名：撲蝴蝶近。

（一）調見《樂府雅詞》卷下〔宋〕曹組詞。

> 人生一世。思量爭甚底。花開十日，已隨塵共水。且看欲盡花枝，未厭傷多酒盞，何須細推物理。幸容易。　　有人爭奈，只知名與利。朝朝日日，忙忙劫劫地。待得一晌閒時，又卻三春過了，何如對花沉醉。（錄自文淵閣《四庫全書》本）

（二）調見《梅苑》卷四〔宋〕邵叔齊詞。

> 蘭摧蕙折，霜重曉風惡。長安何處，孤根謾自託。水寒斷續溪橋，月破黃昏簾幕。相逢儼然瘦削。　　最蕭索。星星蓬鬢，杳杳家山路正邈。攀枝嘆喚，露陪清淚閣。已無蝶使蜂媒，不共鶯期燕約。甘心伴人淡泊。（錄自文淵閣《四庫全書》本）

## 撲蝴蝶近

即【撲蝴蝶】。〔宋〕呂渭老詞名【撲蝴蝶近】，見《聖求詞》。

> 分釵縮髻，洞府難分手。離觴短閣，啼痕冰舞袖。馬嘶霜滑，橋橫路轉，人依古柳。曉色漸分星斗。　　怎分剖。心兒一似，傾入離愁萬千斗。垂鞭佇立，傷心還病酒。十年夢裏嬋娟，二月花中荳蔻。春風為誰依舊。（錄自汲古閣《宋六十名家詞》本）

## 樓上曲

又名：四望樓、倚東風。

調見〔宋〕張元幹《蘆川詞》卷下。

> 樓外夕陽明遠水。樓中人倚東風裏。何事有情怨別離。低鬟背立君應知。　　東望雲山君去路。斷腸迢遞盡愁處。明朝不忍見雲山。從今休傍曲欄干。（錄自雙照樓影宋本）

《欽定詞譜》卷十二：「此詞七言八句，前後段

上二句近【玉樓春】，下二句換平韻。當是【玉樓春】偷聲變體。」

## 樓下柳

即【天香】。〔宋〕賀鑄詞有「樓下會看細柳」句，故名；見《賀方回詞》卷二。

滿馬京□，裝懷春思，翻然笑度江南。白鷺芳洲，青蟾雕艦，勝遊三月初三。舞裙濺水，浴蘭佩、綠梁纖纖。歸路要同步障，迎風會捲珠簾。　　離觴未容半酣。恨烏檣、已張輕帆。秋鬢重來淮上，幾換新蟾。樓下會看細柳，正搖落清霜拂畫簷。樹猶如此，人何以堪。（錄自《彊村叢書》本）

## 樓心月

調見《陽春白雪》卷六〔宋〕無名氏詞。

柳下爭挈畫槳搖。水痕不覺透紅綃。月明相顧羞歸去，都坐池頭合鳳簫。（錄自《粵雅堂叢書》本）

## 撥不斷

調見〔明〕楊儀《南宮詩餘》。

菊苗肥，菖蒲瘦。生涯此外吾何有。竹影閒侵枕畔書，花香自入杯中酒。玉樓春畫。　　心無縈，眉無皺。今朝過也明朝又。屋外江山是主賓，窗前烏兔從飛走。青壇依舊。（錄自惜陰堂《明詞彙刊》本）

## 撥香灰

〔清〕毛先舒自度曲，見《瑤華集》卷四。

嫩黃楊柳東風後。熨未展、眉梢雙皺。猶記長條復短條，親折處、牽郎袖。　　隔年人面何如舊。拖引得、紅偎綠愁。除卻鞋尖似昔時，餘多時、今春瘦。（錄自清康熙天藜閣刻本）

《填詞名解》卷四：「【撥香灰】，五十四字，毛先舒自度曲也。嘗作憶詩云：『憶，飲時含嬌背燭台。聽歌心，似解擎杯顏未開。酒事無事謝，尋香更撥灰。』」

## 撥棹子

唐教坊曲名。

（一）調見《尊前集》〔五代〕尹鶚詞。

風切切。深秋月。十朵芙蓉繁艷歌。憑小檻、細腰無力。空贏得、目斷魂飛何處說。　　寸

心恰似丁香結。看看瘦盡胸前雪。偏掛恨、少年拋擲。羞覷見、繡被堆紅閒不徹。（錄自《彊村叢書》本）

（二）調見〔宋〕黃庭堅《山谷琴趣外篇》卷三。

歸去來。歸去來。攜手舊山歸去來。有人共月對樽罍。橫一琴，甚處不逍遙自在。　　閒世界。無利害。何必向、世間甘幻愛。與君釣晚煙寒瀨。蒸白魚稻飯，溪童供筍菜。（錄自《彊村叢書》本）

按：【撥棹子】是由水手唱的棹歌。《三輔黃圖》有云：「漢昆明池……池中有龍首船。常令宮女泛舟池中，張鳳蓋，建華旗，作棹歌，雜以鼓吹」。注：「棹歌，棹發歌也。」「棹歌，謳舟人歌也。」「棹發歌」係「撥棹，發舟」時唱號子之義，亦調名之由來。

## 撥棹歌

調見《機緣集》卷上〔唐〕釋德誠詞。

（一）千尺絲綸直下垂。一波才動萬波隨。夜靜水寒魚不食，滿船空載月明歸。（錄自清刻本）

（二）莫學他家弄釣船。海風起也不知邊。風拍岸，浪掀天。不易安排得帖然。（錄自清刻本）

《機緣集》卷上：「少名德誠，至嘉禾上一小舟，常泛吳江、朱涇，日以輪釣舞棹，隨緣而度，以接往來，時人號為『船子和尚』。師一日泊舟岸次閒坐，有官人問：『如何是日用事。』師豎起橈云：『會麼？』官人云：『不會。』師云：『撥棹清波，金鱗罕遇。』師因有頌云（詞略）。」

《全唐五代詞》卷一釋德誠詞〈考辨〉曰：「元刻本《機緣集》卷上〈華亭朱涇船子和尚機緣〉謂此三首（指『三十年來江上遊』、『三十餘年坐釣台』、『千尺絲綸直下垂』）為頌，明謝榛《四溟詩話》卷三引下首（三十餘年坐釣台）亦作頌，《五燈會元》卷五謂是偈，《冷齋夜話》卷五、《苕溪漁隱叢話・前集》卷五十六、《詩話總龜・前集》卷四十二、《詩人玉屑》卷二十引『千尺絲綸直下垂』一首亦作偈，《至元嘉禾志》卷三十二又題作『自題三絕』，似非詞。然宋呂益柔總編於【撥棹歌】內而不別出另題，當亦可歌。今人施蟄存謂此：三首形式上雖為七言絕句，然若破第三句為四三法，仍可以【撥棹子】歌之，唯添一襯字而已。」

## 撥棹過澗

調見《東白堂詞選初集》卷九〔清〕俞士彪詞。

> 霜風促。燈影綠。強結雙花人自宿。風過處、亂敲簷竹。爐火頻添頻減，被冷眠難熟。更漏緩，今夜柔腸斷還續。　三年舊事相觸。夢去夢來空翻覆。離別後、歲華偏速。此際傷情，旅雁啼寒，山猿嘯月。博得繡枕流紅玉。（錄自清康熙十七刻本）

按：此詞前段上四句【撥棹子】，下四句【過澗歇】；後段上三句【撥棹子】，下三句【過澗歇】。唯稍有異同。

## 撥燕巢

即【南鄉子】。〔宋〕周邦彥詞有「自折長條撥燕巢」句，故名；見《片玉詞》卷下。

> 輕軟舞時腰。初學吹笙苦未調。誰遣有情知事早，相撩。暗舉羅巾遠見招。　癡騃一團嬌。自折長條撥燕巢。不道有人潛看著，從教。掉下鬢心與鳳翹。（錄自汲古閣《宋六十名家詞》本）

## 撥禪關

調見《敦煌歌辭總編》卷三〔唐〕無名氏詞。

> 第一勸汝學參禪，心須堅。禪門禪理性甚玄。悟者少，迷多般。　欲得學人悟本性，出巡環。不在內外不中間。無住相，遍三千。彌陀佛（錄自上海古籍出版社排印本）

按：此調應是大曲，其有十首，惜缺八首之多。《敦煌歌辭總編》編入雜曲聯章體，現錄其一。原載（斯）二二〇四。原本無調名，《敦煌歌辭總編》擬調名為【撥禪關】。

《敦煌歌辭總編》卷三：「原本題：『十勸鉢禪關，彌陀佛和。』惜闕八首之多。此二首均作七三七三三之兩片，五十六字（應四十六字）。二首之平仄，十九相同，顯為依腔填詞。從前後比勘，後片首句不叶。《詞譜》五十六字左右之諸調中，尚未備此格。第一、第二字樣是否應入正文，待考。首句亦可能是五言。」

## 輥金丸

元大曲名。

調見《鳴鶴餘音》卷六〔元〕楊明真詞。

其一

> 一更裏，擒意馬。猿猴兒，莫顛耍。大悟來，心地覺清涼，管自然都放下。　本來面目常瀟灑。真清淨，更幽雅。更減口頤養氣神全，按四時，分造化。

其二

> 二更裏，夫婦會。和嬰兒姹女交泰。復宇宙，顛倒任循環，把坎離相匹配。　土牛木馬撼山海。隨羊運搬載。潑焰都輥入泥丸，教鬼神，須驚駭。

其三

> 三更裏，根蒂固。玲瓏現日端午。要返覆，泥裏倒推車，便即時揚勃土。　木金間隔騰烏兔。刀圭至，汞鉛聚。降滿地白雪注黃芽，看玉華，金蓮朵朵。

其四

> 四更裏，法鼓響。金雞兒木頭唱。便斡旋，升降透雙關，早起隨明堂過。　虎龍自在通來往。能抽添，運水火。煉黑赤爐內輥金丸，迸白雪，硃砂顆。

其五

> 五更裏，天欲曉。功圓滿行都了。便脫殼，來往無間，顯出真容貌。　古今快樂仙家，延長生，永無老。降紫詔傳報玉皇宣，駕祥雲，歸蓬島。（錄自清黃丕烈補明鈔本）

按：此調乃大曲，從一更至五更，凡五首，當屬【五更轉】一類。第四首有「煉黑赤爐內輥金丸」句，故名。

## 輥繡球

調見〔宋〕趙長卿《惜香樂府》卷十。

> 流水奏鳴琴，風月淨、天無星斗。翠嵐堆裏，蒼巖深處，滿林霜膩，暗香凍了，那禁頻嗅。　馬上再三回首。因記省、去年時候。十分全似，那人風韻，柔腰弄影，冰腮退粉做成清瘦。（錄自汲古閣《宋六十名家詞》本）

## 輪台子

（一）調見〔宋〕柳永《樂章集》卷中。

> 一枕清宵好夢，可惜被、鄰雞喚覺。匆匆策馬登途，滿目淡煙衰草。前驅風觸鳴珂，過霜林、漸覺驚棲鳥。冒征塵遠況，自古淒涼長安道。行行又歷孤村，楚天闊、望中未曉。　念勞生，惜芳年壯歲，離多歡少。歎斷梗難停，暮雲漸杳。但黯黯魂消，寸腸憑誰表。恁

驅馳、何時是了。又爭似、卻返瑤京,重買千金笑。(錄自《彊村叢書》本)

《樂章集》注:中呂調。

(二)調見《花草粹編》卷二十四〔宋〕柳永詞。

霧斂澄江,煙消藍光碧。彤霞襯遙天,掩映斷續,半空殘堞。孤村望處人寂寞,聞釣叟、甚處一聲羌笛。九嶷山畔才雨過,斑竹作、血痕添色。感行客。翻思故鄉,恨因循阻隔。路久沉消息。　正老松枯柏情如織。聞野猿啼愁聽得。見釣舟初出,芙蓉渡頭,鴛鴦灘側。千名利祿終無益。念歲歲間阻,迢迢紫陌。翠蛾嬌豔,從別後經今,花開柳折傷魂魄。利名牽役。又爭忍、把光景拋擲。(錄自文淵閣《四庫全書》本)

《唐聲詩》:「輪台,地名,今新疆輪台縣。玄宗時邊地舞曲,六言四句,四句地方色彩甚濃,應是唐代原地所傳始辭,中國舊籍不傳【輪台】歌辭。宋詞有中呂調【輪台子】,六言句法不少。本調六言四句可能尚在其內,特已小變,可資探索。此曲應即起於莫賀地方之民間歌舞。天寶間,封常清西征時,輪台為重鎮,輪台歌舞或即於此時傳至內地,精製為舞曲,流入晚唐、五代不廢。宋調既曰【輪台子】,足見原本於大曲【輪台】,必有舞。」

## 醉木犀

即【浣溪沙】。〔宋〕韓淲詞有「一曲西風醉木犀」句,故名;見《澗泉詩餘》。

一曲西風醉木犀。天香吹夢入瑤池。釵橫猶記未開枝。　花重嫩舒紅笑臉,葉稀輕拂翠鬟眉。酒醒殘月雁聲遲。(錄自《彊村叢書》本)

## 醉太平

又名:四字令、凌波曲、醉思凡、醉思仙。

(一)調見〔宋〕辛棄疾《稼軒長短句》卷十二。

態濃意遠。眉顰笑淺。薄羅衣窄絮風軟。鬢雲欺翠捲。　南園花樹春光暖。紅香徑裏榆錢滿。欲上秋千又驚懶。且歸休怕晚。(錄自涉園影小草齋鈔本)

(二)調見〔宋〕戴復古《石屏長短句》。

長亭短亭。春風酒醒。無端惹起離情。有黃鸝數聲。　芙蓉繡茵。江山畫屏。夢中昨夜分明。悔先行一程。(錄自雙照樓影宋本)

(三)調見《太平樂府》卷五〔元〕無名氏詞。

釵分鳳凰。被剩鴛鴦。錦箋遺恨愛花香。寫新愁半張。　晚妝樓閣空凝望。舊遊台榭添愁悵。落花庭院又黃昏。正離人斷腸。(錄自《全元散曲》本)

《太平樂府》注:南呂宮。《太和正音譜》注:正宮、仙呂宮、中呂宮。

《欽定詞譜》卷三【醉太平】調注:「此元人小令三聲叶者,其前段第三句,後段第一、二、三句皆七字,與宋詞異……此詞以二十三漾叶七陽,猶存古法。」

(四)調見《南村輟耕錄》卷二十三〔元〕無名氏詞。

堂堂大元。奸佞專權。開河變鈔禍根源。惹紅巾萬千。　官法濫,刑法重,黎民怨。人喫人,鈔買鈔,何曾見。賊做官,官做賊,混賢愚。哀哉可憐。(錄自陶氏影元本)

《南村輟耕錄》卷二十三:「(詞略)右【醉太平】小令一闋,不知誰所造。自京師以至江南,人人能道之。古人多取里巷之歌謠者,以其有關於世教也,今此數語切中時病,故錄之,以俟採民風者焉。」

## 醉中

即【一剪梅】。〔宋〕韓淲詞有「醉倒城中不過溪」句,故名;見《澗泉詩餘》。

醉倒城中不過溪。溪外無塵,唯掩柴扉。水浮橋漾翠煙霏。一片閒情,能幾人知。　留飲君家絮帽欹。爆竹聲中,萬事如斯。梅催春動已熹微。爾既能來,我亦何疑。(錄自《全宋詞》本)

## 醉中真

即【浣溪沙】。〔宋〕賀鑄詞有「物情唯有醉中真」句,故名;見《東山詞》卷上。

不信芳春厭老人。老人幾度送餘春。惜春行樂莫辭頻。　巧笑豔歌皆我意,惱花顛酒拚君瞋。物情唯有醉中真。(錄自涉園影宋本)

## 醉中歸

調見〔金〕長筌子《洞淵集》卷五。

過隙時光促。人身似風燭。誰信神明,暗裏報人災福。觀二耀如轉轂。晝夜翻騰榮辱。群情苦,攢攢簇簇,貪迷嗜欲。　獨我回頭,歸來隱山谷。水釣雲耕,雅種數枝松菊。閒來

後、歌一曲。不羨權門紅綠。養愚魯，清貧自在，平生願足。（錄自涵芬樓影明《道藏》本）

# 醉公子

又名：四換頭、醉翁子。

唐教坊曲名。

（一）調見《花間集》卷七〔五代〕顧敻詞。

漠漠愁雲澹。紅藕香侵檻。枕倚小山屏。金鋪向晚烏。　　睡起橫波慢。獨望情何限。衰柳數聲蟬。魂銷似去年。（錄自雙照樓影明仿本）

（二）調見《花間集》卷七〔五代〕顧敻詞。

岸柳垂金線。雨晴鶯百囀。家住綠楊邊。往來多少年。　　馬嘶芳草遠。高樓簾半捲。斂袖翠蛾攢。相逢儞許難。（錄自雙照樓影明仿本）

（三）調見〔宋〕史達祖《梅溪詞》。

神仙無臬澤。瓊裾珠佩，捲下塵陌。秀骨依依，誤向山中，得與相識。溪岸側。倚高情、自鎖煙翠，時點空碧。念香襟沾恨，酥手剪愁，今後夢魂隔。　　相思暗驚清吟客。想玉照堂前、樹三百。雁翅霜輕，鳳羽寒深，誰護春色。詩鬢白。總多因、水村攜酒，煙墅留屐。更時帶、明月同來，與花為表德。（錄自《四印齋所刻詞》本）

《填詞名解》卷一：「【醉公子】，唐人詞云：『門外猧兒吠，知是蕭郎歸。劃襪下香階，冤家今夜醉。扶得入羅幃，不肯脫羅衣。醉則從他醉，還勝獨睡時。』緣此詞詠醉公子，即用此名。」

按：「醉公子」三字在唐代意與輕薄兒、繁華子等相並。唐李山甫有詩云：「千隊國娥輕似雪，一群公子醉如泥。」在開元、天寶間，詠官宦及富家子弟，尋芳買醉的生活。後即用此名為詞調名。

# 醉江南

調見〔清〕邵錫榮《二峰集》。

忽聽雞聲短。要得殘更緩。淚花落枕結紅冰。百遍更丁寧。　　總是難留住。去也由伊去。門前霜滑未天明。驕馬且須停。（錄自清刻本）

# 醉吟商

又名：醉吟商小品。

〔宋〕姜夔自度曲，見《欽定詞譜》卷二。

正是春歸，細柳暗黃千縷。暮鴉啼處。　　夢逐金鞍去。一點芳心休訴。琵琶解語。（錄自清康熙內府本）

《欽定詞譜》卷二【醉吟商】調注：「姜夔自序云：『石湖老人謂予言：「琵琶有四曲，今不傳矣，曰：濩索【梁州】、轉關【綠腰】、醉吟商【胡渭州】、歷弦【薄媚】也。」予每念之。辛亥夏，謁楊廷秀於金陵邸中，遇琵琶工，解作醉吟商【胡渭州】，因求得品弦法，譯成【醉吟商】小令，實雙調也。』」又：「按【胡渭州】，唐教坊曲名，醉吟商，其宮調也。姜夔自度，乃夾鐘商曲，蓋借舊曲名，另倚新腔耳。」

《五總志》：「余先友田不伐，得音律三昧，能度【醉吟商】、【應聖羽】，其聲清越，不可名狀。不伐死矣，恨此曲不傳。」

# 醉吟商小品

即【醉吟商】。〔宋〕姜夔詞名【醉吟商小品】，見《白石道人歌曲》卷三。

又正是春歸，細柳暗黃千縷。暮鴉啼處。夢逐金鞍去。一點芳心休訴。琵琶解語。（錄自《彊村叢書》本）

詞序：「石湖老人謂予云：『琵琶有四曲，今不傳矣，曰：濩索（一曰濩弦）【梁州】、轉關【綠腰】、醉吟商【湖渭州】、歷弦【薄媚】也。』予每念之。辛亥之夏，予謁廷秀丈於金陵邸中，遇琵琶工，解作醉吟商【湖渭州】，因求得品弦法，譯成此譜，實雙聲耳。」

# 醉妝詞

又名：尋花柳。

調見《全唐詩·附詞》〔五代〕王衍詞。

者邊走。那邊走。只是尋花柳。那邊走。者邊走。莫厭金杯酒。（錄自清康熙揚州詩局本）

《北夢瑣言》：「蜀主衍常裹小巾，其尖如錐。宮妓多衣道服，簪蓮花冠，施胭脂夾臉，號『醉妝』。衍作【醉妝詞】。」

# 醉垂鞭

調見〔宋〕張先《張子野詞》卷一。

雙蝶繡羅裙。東池宴。初相見。朱粉不深勻。閒花淡淡春。　　細看諸處好。人人道。柳腰身。昨日亂山昏。來時衣上雲。（錄自《彊村叢書》本）

《張子野詞》注：正宮。

## 醉東風

即【清平樂】。〔元〕張翥詞名【醉東風】，見《欽定詞譜》卷五。

> 東風陣陣。第幾番春信。駭李癡桃消息近。寫取鶯箋試問。　君家楊柳牆東。杏花初吐生紅。好喚一床金雁，明朝來醉春風。（錄自《彊村叢書》本）

《欽定詞譜》卷五【清平樂】調注：「張翥詞有『明朝來醉東風』句，名【醉東風】。」

按：《蛻巖詞》卷下有【清平樂】四首。《欽定詞譜》所引詞，即題為「寄山居道人約看杏花」者，但所引之句不同。《彊村叢書》本《蛻巖詞》、《歷代詩餘》均為「明朝來醉春風」。《欽定詞譜》未知所據何本，待考。

## 醉花去

即【醉花蔭】。〔明〕端淑卿詞名【醉花去】，見《林下詞選·明詞》卷三。

> 春到人間能幾日。愁近清明節。花柳正爭妍，妒雨紛紛，杜宇聲啼血。　茫茫山水經年別。感事歸心切。無計可留春，一片飛花，兩鬢堆霜雪。（錄自惜陰堂《明詞彙刻》本）

**去畫**

## 醉花春

即【謁金門】。〔宋〕韓淲詞名【醉花春】，見《澗泉詩餘》。

> 人已醉。溪北溪南春意。擊鼓吹簫花落未。杏梅桃共李。　水底魚龍驚起。推枕月明千里。伊呂衰翁徒爾耳。我懷猶未是。（錄自《彊村叢書》本）

## 醉花蔭

又名：醉花去、醉春風。

調見〔宋〕毛滂《東堂詞》。

> 檀板一聲鶯起速。山影穿疏木。人在翠陰中，欲覓殘春，春在屏風曲。　勸君對客杯須覆。燈照瀛洲綠。西去玉堂深，魄冷魂清，獨引金蓮燭。（錄自汲古閣《宋六十名家詞》本）

## 醉花間

唐教坊曲名。

（一）調見〔五代〕馮延巳《陽春集》。

> 獨立階前星又月。簾櫳偏皎潔。霜樹盡空枝，腸斷丁香結。　夜深寒不徹。凝恨何曾歇。憑欄干欲折。兩條玉箸為君垂，此宵情，誰共說。（錄自《四印齋所刻詞》本）

（二）調見《花間集》卷五〔五代〕毛文錫詞。

> 深相憶。莫相憶。相憶情難極。銀漢是紅牆，一帶遙相隔。　金盤珠露滴。兩岸榆花白。風搖玉佩清，今夕為何夕。（錄自雙照樓影明仿宋本）

《欽定詞譜》卷四【醉花間】調注：「《嘯餘譜》注：【生查子】與【醉花間】調相近。不知【生查子】正體，前後段皆五字句，間有用六字者，變格耳。【醉花間】正體，則前必六字，後必五字也。」

## 醉亭樓

即【最高樓】。〔宋〕無名氏詞，名【醉亭樓】，見《京本通俗小說·志誠張主管》。

> 平生性格，隨分好些春色。沉醉戀花陌。雖然年老心未老，滿頭花壓巾帽側。鬢如霜，須似雪，自嗟惻。　幾個相知勸我染，幾個相知勸我摘。染摘有何益。當初怕成短命鬼，如今已過中年客。且留些，妝晚景，盡教白。（錄自《中國話本大系》本）

《志誠張主管》：「世上之物，少則有壯，壯則有老，古之常理，人人都免不得的。原來諸物都是先白後黑，唯有髭鬚卻是先黑後白。又有戴花劉使君，對鏡中見這頭髮斑白，曾作【醉亭樓】。」

## 醉春風

又名：怨東風、陽關三疊。

（一）調見《樂府雅詞·拾遺》卷下〔宋〕無名氏詞。

> 陌上清明近。行人難借問。風流何處不來歸，悶。悶。悶。回雁峰前，戲魚波上，試尋芳信。　夜久蘭膏爐。春睡何曾穩。枕邊珠淚幾時乾，恨。恨。恨。唯有窗前，過來明月，照人方寸。（錄自文淵閣《四庫全書》本）

（二）即【醉花蔭】。〔宋〕米友仁詞名【醉春風】，見《寶真齋法書贊》卷二十四。

> 一陽來復群陰往。吾道從今長。萬事莫關情，月夕風前，依舊須豪放。　卿雲舒捲浮青嶂。從古書珍賞。滿引唱新詞，春意看看，又

到梅梢上。（錄自《全宋詞》本）

## 醉思凡

即【醉太平】。〔宋〕孫唯信詞名【醉思凡】，
見《絕妙好詞箋》卷二。

吹簫跨鸞。香銷夜闌。杏花樓上春殘。繡羅衾
半閒。　　衣寬頻寬。千山萬山。斷腸十二欄
干。更斜陽暮寒。（錄自清道光愛日軒刻本）

## 醉思仙

（一）調見〔宋〕呂渭老《聖求詞》。

斷人腸。正西樓獨上，愁倚斜陽。稱鴛鴦鸂
鶒，兩兩池塘。春又老，人何處，怎慣不思
量。到如今，瘦損我，又還無計禁當。　　小
院呼盧夜，當時醉倒殘釭。被天風吹散，鳳翼
難雙。南窗雨，西廊月，尚未散、拂天香。聽
鶯聲，悄記得，那時舞板歌梁。（錄自明吳訥《百
家詞》本）

按：呂渭老詞有「怎慣不思量」及「當時醉倒殘
釭」句，故名【醉思仙】。

（二）即【醉太平】。〔宋〕劉壎詞名【醉思
仙】，見《水雲村詩餘》。

瓊樓幾間。瑤徽幾彈。覓花聲繞回欄。悄微聞
佩環。　　簾櫳畫閒。爐薰畫殘。午風搖曳屏
山。露裙紅一班。（錄自《彊村叢書》本）

## 醉美人

〔清〕陳祥裔新譜犯曲，見《凝香集》卷二。

臉花桃紅。眉花柳松。怕人猜著心鬆。推病和
衣不起、閉房櫳。　　酥雨香濃。粉汗珠融。
那人花下相逢。記得兒郎作做、浣春風。（錄自
清康熙刻本）

詞注：「上三句【醉太平】，下二句【虞美
人】。」

## 醉香春

即【醉鄉春】。〔清〕魏荔彤詞名【醉香春】，
見《懷舫詞》。

似塵又疑如意。擬鼎能調佳味。秉直道，具虛
心，不學腸迴口閉。　　谺谽浩然之氣。藏顯
無心順致。時閒適，偶留賓，盈腔熱念聊相
慰。（錄自清康熙本）

## 醉秋風

〔清〕戈載自度曲，見《新聲譜》。

空林昨夜霜飛早。殘葉舞、一徑誰掃。想丹
墀、夕照爭妍，定縷縷、紅情低嫋。　　攜樽
曾訪白雲深，幾度停車歌嘯。莫西風吹緊，流
水荒溝，已是賦情人老。（錄自《懷豳雜俎》本）

## 醉紅妝

又名：醉紅樓、雙燕兒。

（一）調見〔宋〕張先《張子野詞》卷二。

瓊枝玉樹不相饒。薄雲衣、細柳腰。一般妝樣
百般嬌。眉眼細、好如描。　　東風搖草百花
飄。恨無計、上青條。更起雙歌郎且飲，郎未
醉、有金貂。（錄自《彊村叢書》本）

《張子野詞》注：中呂調。

《欽定詞譜》卷九：「調見張先詞集。因詞中有
『一般妝樣百般嬌』及『郎未醉、有金貂』句，
取以為名。」又：「此調近【雙雁兒】，唯後段
不押韻異。」

（二）即【燕歸梁】。《詞律拾遺》卷一【燕歸
梁】調注：「又名【醉紅妝】。」

按：張先【醉紅妝】詞，與柳永【燕歸梁】詞，
字句相同。但張詞換頭用韻，第四句不押韻，平
仄亦有差異，況兩人所注之宮調也有不同。故
【醉紅妝】是【燕歸梁】之別名，《詞律拾遺》
依據不足，恐誤。

## 醉紅樓

即【醉紅妝】。〔宋〕張先詞名【醉紅樓】，見
《嘯餘譜》卷十三。

瓊枝玉樹不相饒。薄雲衣、細柳腰。一般妝樣
百般嬌。眉眼細、總如描。　　東風搖草雜花
飄。恨無計、上青條。更起雙歌郎且飲，郎未
醉、有金貂。（錄自惜陰堂《明詞彙刊》本）

## 醉桃園

即【桃源憶故人】。〔宋〕趙鼎詞名【醉桃
園】，見《得全居士詞》。

青春不與花為主。花正開時春暮。花下醉眠休
訴。看取春歸去。　　鶯愁蝶怨春知否。欲問
春歸何處。只有一樽芳醑。留得青春住。（錄自
《四印齋所刻詞》本）

## 醉桃源

即【阮郎歸】。〔宋〕張先詞名【醉桃源】，見《張子野詞》卷一。

> 落花浮水樹臨池。年前心眼期。見來無事去還思。如今花又飛。　淺螺黛，淡胭脂。開花取次宜。隔簾燈影閉門時。此情風月知。（錄自《彊村叢書》本）

《張子野詞》注：大石調、仙呂調。《片玉集》注：大石調。

## 醉高春

即【最高樓】。〔宋〕柳富詞名【醉高春】，見《欽定詞譜》卷十九引《情史》。

> 人間最苦，最苦是分離。伊愛我，我憐伊。青草岸頭人獨立，畫船東去櫓聲遲。楚天低，回望處，兩依依。　後會也難期，未知何日重歡會，心下事、亂如絲。好天良夜還虛過，辜負我、兩心知。願伊家，衷腸在，一雙飛。（錄自清康熙內府本）

《欽定詞譜》卷十九【最高樓】調注：「《情史》云：『東都柳富別王幼玉作，名【醉高春】。』」

《填詞名解》卷二：「【醉高春】，他譜少見此名。《情史》載：『柳富別王幼玉作，詞名【醉高春】。富自唱勸酒，悲婉不能終曲。詞雙調，凡八十字。』《情史》不詳柳何代人，然按其詞頗有盛宋風味。詞調或起於柳，然莫可考也。」

《歷代詞人考略》卷二十四引《古今詞話》云：「《毛駮詞譜》載有【醉高春】一闋，傳是宋東都柳富別王幼玉詞，曰（詞略）。」又按：「王幼玉，京師人，宋時衡州名妓，柳富眷之久。既為柳之親促其歸里，不忍別，賦此詞贈幼玉。玉念富致疾竟死。柳富別王幼玉詞調名【醉高樓】，即【最高樓】小變其體。《毛駮詞譜》作【醉高春】誤。」

## 醉高歌

（一）調見《詞品》卷五〔元〕姚燧詞。

> 十年燕月歌聲。幾點吳霜鬢影。西風吹起鱸魚興。已在桑榆暮景。　榮枯枕上三更。傀儡場中四並。人生幻化如泡影。幾個臨危自省。（錄自《詞話叢編》本）

《太平樂府》注：中呂宮。

《詞品》卷五：「姚牧庵【醉高歌】詞。牧庵一代文章巨公，此詞高古，不減東坡、稼軒也。」

《欽定詞譜》卷八【醉高歌】調注：「元姚燧自度曲。此元人葉兒樂府也，平仄互叶，採入以備一體。」

（二）即【西江月】。《古今詞話·詞辨》卷上【西江月】條注：「又名【醉高歌】。」

按：【醉高歌】係元人小令，字數句型雖與【西江月】同，但平仄與押韻均異，不應作【西江月】之別名。

## 醉高樓

（一）即【最高樓】，〔宋〕張鎡詞名【醉高樓】，見《南湖集》卷十。

> 浮雲散，天似碧琉璃。月正是、上弦時。姮娥蟾兔俱何在，廣寒宮殿不應虧。這神功，千萬世，有誰知。　甚只解、催人鬢鬢老。更不算、將人情緒惱。擷掇酒，撼搖詩。山頭望伴疏星落，庭前看照好花移。夜無眠，無笑我，怎如癡。（錄自《知不足齋叢書》本）

（二）即【憶江南】。〔明〕劉夏詞名【醉高樓】，見《劉尚賓文續集》卷二。

> 今古事，來往似風飄。百尺高城留古觀，千年舊跡去如潮。何處覓文簫。　雙白鷺，飛去上青霄。鐵笛仙歌方欲起，香爐篆火未全消。悵望暮山遙。（錄自《續修四庫全書》本）

詞序：「飲酒洪之紫極宮，賦寫韻軒，次戴仲靜【醉高樓】。」

## 醉偎香

即【朝中措】。〔宋〕歐陽修詞名【醉偎香】，見《醉翁琴趣外篇》卷三。

> 平山欄檻倚晴空。山色有無中。手種堂前垂柳，別來幾度春風。　文章太守，揮毫萬字，一飲千鍾。行樂直須年少，樽前看取衰翁。（錄自雙照樓影宋本）

## 醉梅花

即【鷓鴣天】。〔宋〕盧祖皋詞有「弄孫教子婆娑醉，歲歲疏梅入壽觥」句，故名；見《蒲江詞稿》。

> 傳得西林一派清。年華垂過欠官稱。居無多地花常好，客有來時鶴自鳴。　分蕊館，駐屏星。齊眉相對眼尤明。弄孫教子婆娑醉，歲歲

疏梅入壽觥。（錄自《彊村叢書》本）

詞序：「葉行之府判自號『從好居士』，外舅趙西林先生上足也。文學、政事皆不愧師承。宣路雖不逮，而壽過之。結屋姑蘇臺之北，種花弄孫以自適，世念甚輕。今七十有四矣，耳目聰明，髭鬢未白。因其初度，賦【醉梅花】一首壽之。」

## 醉翁子

（一）即【醉公子】。〔五代〕顧敻詞名【醉翁子】，見《嘯餘譜》卷八。

　　岸柳垂金線。雨晴鶯百囀。家住綠楊邊。往來
　　多少年。　　馬嘶芳草遠。高樓簾半捲。斂
　　袖翠蛾攢。相逢爾許難。（錄自惜陰堂《明詞彙
　　刊》本）

（二）即【醉翁操】。〔近人〕吳梅詞名【醉翁子】，見《霜厓詞錄》。

　　開天。當年。淒然。總難言。樽前。招攜素雲
　　來詞仙。白頭經慣無眠。拚放顛。醉對舊山
　　川。覺九洲渺如點煙。　　灞陵夜望，重認長
　　安。大和浪沸，還忍津橋聽鵑。君聽悲兮江
　　關。我所思兮蘭荃。匆匆今歲邊。高邱無嬋
　　娟。鼓吹到愁邊。未知何處張舞筵。（錄自夏敬
　　觀輯本）

## 醉翁操

又名：醉翁子。

調見〔宋〕蘇軾《東坡樂府》卷二。

　　琅然。清圓。誰彈。響空山。無言。唯翁醉中
　　知其天。月明風露娟娟。人未眠。荷蕢過山
　　前。曰有心也哉此賢。　　醉翁嘯詠，聲和流
　　泉。醉翁去後，空有朝吟夜怨。山有時而童
　　巔。水有時而回川。思翁無歲年。翁今為飛
　　仙。此意在人間。試聽徽外三兩弦。（錄自《彊
　　村叢書》本）

詞序：「琅邪幽谷，山水奇麗，泉鳴空澗，若中音會。醉翁喜之，把酒臨聽，輒欣然忘歸。既去十餘年，而好奇之士沈遵聞之往遊，以琴寫其聲，曰【醉翁操】，節奏疏宕，而音指華暢，知琴者以為絕倫。然有其聲而無其辭。翁雖為作歌，而與琴聲不合。又依楚詞作【醉翁引】，好事者亦倚其辭以製曲。雖粗合韻度，而琴聲為詞所繩約，非天成也。後三十餘年，翁既捐館舍，遵亦歿久矣。有廬山玉澗道人崔閑，特妙於琴。

恨此曲之無詞，乃譜其聲，而請於東坡居士以補之云。」

《澠水燕談錄》卷七：「慶曆中，歐陽文忠謫守滁州，有琅琊幽谷，山川奇麗，鳴泉飛瀑，聲若佩環。公臨聽忘歸。僧智仙作亭其上，公刻石為記以遺州人。既去十年，太常博士沈遵，好奇之士，聞而往遊，愛其山水秀絕，以琴寫其聲為【醉翁吟】，蓋宮聲三疊。後會公河朔，遵援琴作之，公歌以遺遵，並為【醉翁引】以敘其事。然詞不主聲，為知琴者所惜。後三十餘年，公薨，遵亦歿。其後廬山道人崔閑，遵客也，妙於琴理，常恨此曲無詞，乃譜其聲，請於東坡居士子瞻以補其闕，然後聲詞皆備，遂為琴中絕妙，好事者爭傳。其詞曰（詞略）。方補其詞，閒為弦其聲，居士倚為詞，頃刻而就，無所點竄。」

《詞徵》卷一云：「【醉翁操】，乃琴調泛聲。歐陽文忠初作醉翁亭於滁州，既為之記。時太常博士沈遵遊焉，為作【醉翁吟】三疊，寫以琴。然有聲無詞，故文忠復為醉翁述以補之。或病其琴聲為詞所繩約，殆非天成。後三十餘年，有廬山玉澗道人崔閒，工鼓琴，請於蘇東坡為之詞，律呂和協。」

## 醉歌白苧

調見《東白堂詞選初集》卷十五〔清〕佟世南詞。

　　向閒階斜傍，不假東君，偏饒豐致。微醉潮
　　紅，問消魂何事。風寒露冷，垂頭忘睡起。揭
　　簾櫳，香細細，芙蓉苑、相映一枝開。還堪
　　對、薄情惆悵，空憶儂家姊妹。知甚時、蕭郎
　　代拭清宵淚。　　疑是佳人，環佩歸也，促膝
　　留歡，月華增媚。莫待秋深，怨朝陽憔悴，一
　　霎催殘。芭蕉和雨碎。悔悔。過東籬，難攜
　　手。無言恨多，苦被拋棄。搔首因思，解語當
　　年，猶剩名字。豈道春來，看看天桃似。（錄自
　　清康熙十七年刻本）

## 醉落托

即【一斛珠】。〔宋〕李彌遜詞名【醉落托】，見《筠溪詞》。

　　霜林變綠。畫簾桂子排香粟。一聲檀板驚飛
　　鶩。弦管樓高，誰在欄干曲。　　人生一笑難
　　相屬。滿堂何必堆金玉。但求身健兒孫福。鶴
　　髮年年，同泛清樽菊。（錄自《四庫珍本》本）

## 醉落拓

即【一斛珠】。〔宋〕張炎詞名【醉落拓】，見《山中白雲詞》卷四。

> 柳侵欄角。畫簾風軟香紅落。引人蝴蝶翻輕薄。已自關情，和夢近來惡。　眉梢輕把閒愁著。如今愁重眉梢弱。雙眉不畫愁消卻。不道愁痕，來傍眼邊覺。（錄自《彊村叢書》本）

## 醉落魄

即【一斛珠】。〔宋〕張先詞名【醉落魄】，見《張子野詞》卷二。

> 雲輕柳弱。內家髻要新梳掠。生香真色人難學。橫管孤吹，月淡天垂幕。　朱唇淺破桃花萼。倚樓誰在欄干角。夜寒手冷羅衣薄。聲入霜林，簌簌驚梅落。（錄自《彊村叢書》本）

《張子野詞》注：林鐘商。《片玉詞》注：中宮。《于湖先生長短句》注：仙呂調。

## 醉溪山

〔近人〕金天羽自製曲，見《天放樓詩季集》附【紅鶴詞】。

> 襖桃紅到無人管。恰酒波迎面，對花分暖。花外起春山，伽藍壯、梵音舒緩。我是看花使節，盡荒村古剎，不攜吟伴。醉臥溪邊，水聲似把，一山旋轉。　廿年行盡江湖，覺人歌人哭，了無長算。錦繡裏江山，婆樓跡，去人更遠。剩許逢春買醉，對魚肥筍美，絮羹自勸。海氣東愁，好春劇怕，過江雨斷。（錄自民國排印本）

詞序：「自製曲。杭州理安寺外，當九溪十八澗尾閭入江處。春暮來遊，賞花飲酒。」

## 醉鄉曲

調見〔宋〕沈瀛《竹齋詞》。

> 說與賢瞞，這軀殼、安能久仗憑。幸樽中有酒澆磊塊，先交神氣平。醉鄉道路無他徑。任陶陶、現出真如性。沒閒惱、沒閒爭。　也能使情懷長似春。也能使飄然逸氣如雲。饒君萬劫修功行。又爭如、一盞樂天真。這些兒，休放過、且重斟。（錄自《全宋詞》引紫芝漫鈔本）

按：沈瀛詞有「醉鄉道路無他徑」句，故名【醉鄉曲】。

## 醉鄉春

又名：添春色、醉香春。

調見《花草粹編》卷八〔宋〕秦觀詞。

> 喚起一聲人悄。衾冷夢寒窗曉。瘴雨過，海棠晴，春色又添多少。　社甕釀成微笑。半缺瘦瓢共舀。覺健倒，急投床，醉鄉廣大人間小。（錄自文淵閣《四庫全書》本）

《苕溪漁隱叢話・前集》卷五十引《冷齋夜話》：「少游在黃州，飲於海棠橋，橋南北多海棠。有老書生家於海棠叢間，少游醉宿於此，明日題其柱。東坡愛其句，恨不得其腔，當有知者」。

按：秦觀詞有「春色又添多少」及「醉鄉廣大人間小」句，故名【醉鄉春】。

## 醉厭厭

即【南歌子】。〔宋〕賀鑄詞有「醉厭厭」句，故名；見《東山詞》卷上。

> 紫陌青絲鞚，紅塵白紵衫。誰憐繡戶閉香奩。分付一春心事、兩眉尖。　怯冷重薰被，羞明半捲簾。歡歸斜□□□□。□□□□□□、醉厭厭。（錄自《彊村叢書》本）

## 醉夢迷

即【採桑子】。〔宋〕賀鑄詞有「一枕濃香醉夢迷」句，故名；見《東山詞》卷上。

> 深坊別館蘭閨小，障掩金泥。燈映玻璃。一枕濃香醉夢迷。　醒來擬作清晨散，草草分攜。柳巷鴉啼。又是明朝日向西。（錄自涉園影宋本）

## 醉瑤池

調見《截江網》卷六〔宋〕無名氏詞。

> 柳撚金絲花吐繡。蝶拍鶯歌，來獻天人壽。一點紅黃眉上秀。玻璃滿泛長生酒。　丁祝遐齡天樣久。年年歲歲笙歌奏。早晚郎君紆紫綬。歸來色共斑衣鬥。（錄自《全宋詞》本）

按：此調極似【蝶戀花】，唯下片第二句作七字異。如讀成「年年歲歲，□□笙歌奏」，似可作【蝶戀花】之別名。因無旁證，不敢妄斷。

五畫

## 醉瑤瑟

即【金錯刀】。〔清〕丁煒詞名【醉瑤瑟】，見《紫雲詞》。

> 山如黛，柳如煙。明湖卵色尚依然。花迎羅綺晴堤外，磬引袈裟晚寺前。　揮玉罦，弄珠弦。醉來便臥鴨頭船。多情風月留人住，莫負秋光鏡裏天。（錄自清康熙希韡堂刻本）

## 醉蓬萊

又名：玉宇無塵、冰玉風月、雪月交光、醉蓬萊慢。

調見〔宋〕柳永《樂章集》卷中。

> 漸亭皋葉下，隴首雲飛，素秋新霽。華闕中天，鎖蔥蔥佳氣。嫩菊黃深，拒霜紅淺，近寶階香砌。玉宇無塵，金莖有露，碧天如水。　正值昇平，萬幾多暇，夜色澄鮮，漏聲迢遞。南極星中，有老人呈瑞。此際宸遊，鳳輦何處，度管弦清脆。太液波翻，披香簾捲，月明風細。（錄自《彊村叢書》本）

《樂章集》注：林鐘商。《夢窗詞集》注：夷則商。

《歲時廣記》卷十七引《古今詞話》：「柳耆卿祝仁宗聖壽，作【醉蓬萊】一曲云（詞略）。此詞　傳，天下皆稱妙絕。蓋中間誤使『宸遊鳳輦』挽章句。耆卿作此詞，唯務鉤摘好語，卻不參考出處，仁宗皇帝覽而惡之。及御注差，注至耆卿，抹其名曰：『此人不可仕宦，盡從他「花下淺斟低唱」。』由是淪落貧窘，終老無子，掩骸僧舍。京師妓者鳩錢葬於棗陽縣花山崗，即出郊原。有浪子數人戲曰：『這大伯做鬼也愛打鬧。』其後遇清明日，遊人多狎飲墳墓之側，謂之弔柳七。」

《苕溪漁隱叢話・前集》卷五十九引《後山詩話》云：「柳三變遊東都南北二巷，作新樂府，骪骳從俗，天下詠之，遂傳禁中。宋仁宗頗好其詞，每對酒，必使侍妓歌之再三。三變聞之，作宮詞號【醉蓬萊】，因內官達後宮，且求其助。後仁宗聞而覺之，自是不復歌此詞矣。會改京官，乃以無行黜之。後改名永，仕至屯田員外郎。」

## 醉蓬萊慢

即【醉蓬萊】。〔宋〕柳永詞名【醉蓬萊慢】，見《高麗史・卷七十一・樂二》。

> 漸亭皋葉下，隴首雲飛，素秋新霽。華闕中天，鉦蔥蔥佳氣。嫩菊黃深，拒霜紅淺，近寶階香砌。玉宇無塵，金莖有露，碧天如水。　正值昇平，萬幾多暇，夜色澄鮮，漏聲迢遞。南極星中，有老人呈瑞。此處宸遊，鳳輦何處，度管弦清脆。太液波翻，披香簾捲，月明風細。（錄自日本明治四十一年縮印本）

《澠水燕談錄》卷八：「柳三變景祐末登進士第，少有俊才，尤精樂章。後以疾更名永，字耆卿。皇祐中，久困選調，入內都知史某，愛其才而憐其潦倒。會教坊進新曲【醉蓬萊】，時司天台奏老人星見。史乘仁宗之悅，以耆卿應制。耆卿方冀進用，欣然走筆，甚自得意，詞名【醉蓬萊慢】。比進呈，上見首有『漸』字，色若不悅。讀至『宸遊鳳輦何處』，乃與御製真宗挽詞暗合，上慘然。又讀至『太液波翻』，曰：『何不言「波澄」！』乃擲之於地。永自此不復進用。」

## 醉薰風

即【漁家傲】。〔明〕劉淑詞名【醉薰風】，見《個山遺集》卷六。

> 闍人如畫臨風唱。翠幄香帆側敧蕩。獨買小舟輕輕撞，呼儂上。沉醉花間不肯放。　酒醒明月波心訪。並語碧流，猛觸心頭壯。人生四海任所之，空惆悵。勺水浮沉何足量。（錄自《全明詞》本）

## 醉羅歌

即【一斛珠】。《古今詞話・詞辨》卷上【一斛珠】條注：「又名【醉羅歌】。」

## 醉瓊枝

即【破陣子】。〔宋〕賀鑄詞有「瓊枝半醉醒」句，故名；見《東山詞》卷上。

> 檻外雨波新漲，門前煙柳渾青。寂寞文園淹臥久，推枕援琴涕自零。無人著意聽。　緒緒風披芸幌，駸駸月到萱庭。長記合歡東館夜，與解香羅掩繡屏。瓊枝半醉醒。（錄自《彊村叢書》本）

《歷代詞人考略》卷十四引《敬齋古今黈》：「賀方回《東山寓聲樂府》別集有【定風波】異名【醉瓊枝】者云（詞略）。尋其聲律，與【破陣子】正同。不知此曲真為【破陣子】而但改名【定風波】乎，或別有聲調也。予以為但改其名，不然何為遍考諸樂府中，無有詞語類此而名之為【定風波】者也。」按：「《蕙風簃隨筆》、四印齋所刻《東山寓聲樂府》此闋調名正作【破陣子】，不作【定風波】，亦不云異名【醉瓊枝】。」

## 醉蘆花

（一）調見〔明〕陳孝逸《癡山詞》。

雞嫌犧，牛憚繡。不材天年才不壽。招邀莊老問魂洲，擘浪敲嵐巢海岫。　萬里淪江同細溜。乾坤提取此中漱。時人不許飲上流，恐妨乃公、雨腳湯污垢。（錄自惜陰堂《明詞彙刊》本）

（二）調見〔明〕高濂《芳芷棲詞》。

山青青，水綠綠。蘆花兩岸風簌簌。白雲引惹共飛揚，寒霜點綴憐披拂。　牽動行人江上愁。低垂漁父灘頭宿。月明洲渚櫓咿啞，誰歌白苧西風曲。（錄自惜陰堂叢書本）

## 殢人嬌

又名：恣逍遙。

調見〔宋〕柳永《樂章集》卷中。

當日相逢，便有憐才深意。歌筵罷、偶同鴛被。別來光景，看看經歲。昨夜裏、方把舊歡重繼。　曉月將沉，征驂已鞴。愁腸亂、又還分袂。良辰好景，恨浮名牽繫。無分得、與你恣情濃睡。（錄自《彊村叢書》本）

《樂章集》注：林鐘商。

## 殢天涯

調見〔清〕陳祥裔《凝香集》卷四。

夜夜殢孤城。厭江聲到枕，月影依床，風入窗櫺。都來客裏，醞作許多情。欲教翠被蓋愁，奈愁長被短，還倩銀燈慰淚，恁淚澀燈明。今宵真個是、分外淒清。　聲聲麗譙近也，耳邊廂、不住催更。只解道、敲人夢破，怎知我、未曾合眼，無夢與伊驚。可憐夏夜猶如此，更何堪、能幾日，又秋生。（錄自清康熙刻本）

## 賞先春

調見《眾香詞・御集》〔清〕夏沚詞。

畫閣紅梅映照。流蘇帳曉。隔紗窗，啼春鳥。春漸融了。繡茵金屋輕寒峭。麝蘭縹緲。綺羅勝致誇仙眷，風流少。賞先春，春意早。（錄自大東書局影印本）

按：夏沚詞有「賞先春，春意早」句，故名【賞先春】。

## 賞芳春

調見《朱淑真集注・前集》卷二〔宋〕無名氏殘句。

櫻桃新薦小梅紅。（錄自浙江古籍出版社排印本）

## 賞松菊

〔宋〕曹勳自度曲，見《松隱樂府》卷一。

涼飆應律驚潮韻，曉對彩蟾如水。慶宵占夢月，已祥開天地。聖主中興大業，二南化、恭勤輔翊。撫宮闈，看儀型，海宇盡成和氣。
　禁掖西瑤宴席。泛天風、響鈞韶空外。貴是至尊母，極人間崇貴。緩引長生麗曲，翠林正、香傳瑞桂。向靈華，奉光堯，同萬萬歲。（錄自《彊村叢書》本）

## 賞南枝

〔宋〕曾鞏自度曲，見《梅苑》卷一。

暮冬天地閉，正柔木凍折，瑞雪飄飛。對景見南山，嶺梅露、幾點清雅容姿。丹染萼、玉綴枝。又豈是、一陽有私。大抵是、化工獨許，使占卻先時。　霜威莫苦凌持。此花根性，想群卉爭知。貴用在和羹，三春裏、不管綠是紅非。攀賞處、宜酒卮。醉撚嗅、幽香更奇。倚欄干、仗何人去，囑羌管休吹。（錄自《楝亭十二種》本）

## 嘻樂歌

調見〔明〕鄭汝璧《由庚堂集》卷十四。

嘻。樂哉。山之阿。松竹薜蘿。三徑綠蔭多。新詩句句堪哦。抱琴時有裘羊過。向蒼苔白石一高歌。坐看東山月上共婆娑。似這等清光不醉待如何。（錄自《續修四庫全書》本）

詞注：「自一字至十字。」

按：鄭汝璧詞有「嘻。樂哉」句，故名【嘻樂

歌】。

## 數花風

即【鳳凰閣】。〔宋〕張炎詞有「又漸數、花風第一」句，故名；見《山中白雲》卷四。

> 好遊人老，秋鬢蘆花共色。征衣猶戀去年客。古道依然黃葉。誰家蕭瑟。自笑我、如何是得。　　酒樓仍在，流落天涯醉白。孤城寒樹美人隔。煙水此程應遠，須尋梅驛。又漸數、花風第一。（錄自《彊村叢書》本）

## 數落花

調見《梅里詞輯》卷一〔清〕王翃詞。

> 林花罷露。鶯報上陽春暮。奈愁何。想見御園風雨、夜來過。柳邊多。　　君恩一線，夢裏錦衾猶薦，未嘗疏。莫道夢中恩幸、不如無。慰情孤。（錄自清同治稿本）

## 影雪詞

即【蝶戀花】。〔清〕章永康詞名【影雪詞】，見《海粟樓詞》。

> 雁語淒涼冰柱澀。錦瑟如人，忍使年華絕。一曲哀蟬吟落葉。梧桐雨冷湘煙瞥。　　蕙帶餘香猶未減。鳳紙迷茫，無處尋仙蝶。燕子依依飛又怯。晶奩空壓泥金睫。（錄自《黔南叢書》本）

## 閱金經

即【金字經】。《欽定詞譜》卷二【金字經】調注：「一名【閱金經】。」

按：此元人小令曲調名。依《欽定詞譜》例列入，以備查閱。

## 踏月

即【霜天曉角】。〔宋〕程垓詞有「須共踏、夜深月」句，故名；見《欽定詞譜》卷四。

> 玉清冰樣潔。幾夜相思切。誰料濃雲遮擁，同心帶、甚時結。　　匆匆休惜別。還有來時節。記取江陰歸路，須共踏、夜深月。（錄自汲古閣《宋六十名家詞》本）

按：《欽定詞譜》卷四【霜天曉角】調注：「程垓詞有『須共踏、夜深月』句，名【踏月】。」查明吳訥《百家詞》本及汲古閣《宋六十名家詞》本程垓《書舟詞》，《欽定詞譜》所引句之

詞，均名【霜天曉角】。《欽定詞譜》未知所據何本，待考。

## 踏青遊

（一）調見《全芳備祖・後集卷十・卉部・草》〔宋〕蘇軾詞。

> 改火初晴，綠遍禁池芳草。鬥錦繡、大堤馳道。踏青遊，拾翠惜，襪羅弓小。蓮步嫋。腰支佩蘭輕妙。　　行過上林春好。今困天涯，何限舊情相惱。念搖落、玉京寒早。任劉郎、目斷蓬山難到。仙夢杳。良宵又過了。樓台萬家清曉。（錄自文淵閣《四部全書》本）

按：蘇軾詞有「踏青遊，拾翠惜」句，故名【踏青遊】。

（二）調見《能改齋漫錄》卷十七〔宋〕無名氏詞。

> 識個人人，恰正二年歡會。似賭賽、六隻渾四。向巫山、重重去，如魚水。兩情美。同倚畫樓十二。倚了又還重倚。　　兩日不來，時時在人心裏。擬問卜、常占歸計。拚三八清齋，望永同鴛被。到夢裏。驀然被人驚覺，夢也有頭無尾。（錄自清乾隆武英殿聚珍本）

《能改齋漫錄》卷十七云：「政和間，一貴人未達時，不欲書名，嘗遊妓崔念四之館，因其行第作【踏青遊】詞云（詞略）。都下盛傳。」

## 踏花天

即【浣溪沙】。《歷代詩餘》卷六【浣溪沙】調注：「一名【踏花天】。」

## 踏莎心

即【踏莎行】。〔清〕沈傳桂詞名【踏莎心】，見《夢盦二白詞・今雪雅餘》。

> 暝絮飄煙，暗塵隨霧。征鞭駐影長亭暮。有情芳草送斜陽，誰知不是江南路。　　翠掩樓台，綠深門戶。看花覺道春懷苦。紅心滿地淚痕多。東風冷隔垂楊浦。（錄自清同治刻本）

## 踏莎行

又名：平陽興、江南曲、芳心苦、芳洲泊、度新聲、思牛女、柳長春、惜餘春、梅花影、換巢鸞鳳、喜朝天、陽羨歌、繞彬山、暈眉山、踏莎心、踏雪行、踏雲行、題醉袖、轉調踏莎行、瀟瀟雨、靈壽杖。

（一）調見〔宋〕張先《張子野詞》卷一

> 衾鳳猶溫，籠鸚尚睡。宿妝稀淡眉成字。映花避月上行廊，珠裙褶褶輕垂地。　　翠幕成波，新荷貼水。紛紛煙柳低還起。重牆繞院更重門，春風無路通深意。（錄自《彊村叢書》本）

《張子野詞》注：中呂宮。《于湖先生長短句》注：中呂調。

《詞品》卷一：「韓翃詩：『踏莎行草過春溪。』詞名【踏莎行】本此。」

（二）調見《嶺南文獻》卷三十二〔明〕戴璉詞。

> 拍岸波狂，接天浪惡。生把鴛鴦分拆。暗思花下別時言，忍不住、香腮淚滴。　　煙檻春花，露台秋月。總是傷心色。知他今後病如何，無計尋消問息。（錄自《四庫全書存目補編》本）

## 踏莎行慢

調見〔宋〕歐陽修《醉翁琴趣外篇》卷五。

> 獨自上孤舟，倚危檣目斷。難成暮雨，更朝雲散。涼勁殘葉亂。新月照、澄波淺。今夜裏，厭厭離緒難銷遣。　　強來就枕，燈殘漏水，合相思眼。分明夢見如花面。依前是、舊庭院。新月照，羅幕掛，珠簾捲。漸向曉，脈然睡覺如天遠。（錄自雙照樓影宋本）

## 踏莎美人

〔清〕顧貞觀自度犯曲，見《彈指詞》。

> 齋閣香泉，岩扉火樹。秋來總是相思處。扶輪承蓋許重招。為遣西飛，一雁促歸橈。　　酒嘆煙宵，筆揮風雨。金華殿上聞高語。羨君才思湧江潮。憔悴如余，應愧舊題橋。（錄自《清名家詞》本）

按：此調上三句【踏莎行】，下二句【虞美人】；下段同。

## 踏雪行

即【踏莎行】。〔元〕無名氏詞名【踏雪行】，見《鳴鶴餘音》卷六。

> 曉古通今，明經解義。紛紛說得天花墜。逐朝看盡餅怎充饑，竹影難掃堂前地。　　寡欲少思，忘言得意。諸家放下難為貴。若離方寸這些兒，踏破鐵鞋無覓處。（錄自清黃丕烈補明鈔本）

## 踏雲行

即【踏莎行】。〔金〕王喆詞名【踏雲行】，見《重陽全真集》卷二。

> 東海汪洋，西山詳審。金鉤釣得歡無恁。一頭活樂大鯨魚，萬鱗燦爛鋪白錦。　　隨我遨遊，水雲信任。青山綠水相過甚。張公吃酒李公來，李公奪了張公飲。（錄自涵芬樓影明《道藏》本）

## 踏陽春

調見《歷代詩餘》卷一〔唐〕無名氏詞。

> 踏陽春。人間二月雨和塵。陽春踏盡秋風起，腸斷人間鶴髮人。（錄自清康熙內府本）

按：無名氏詞有「踏陽春」句，故名【踏陽春】。

## 踏歌

調見〔宋〕朱敦儒《樵歌》卷上。

> 宴闋。散津亭、鼓吹扁舟發。離魂黯、隱隱陽關徹。更風愁雨細添淒切。　　恨結。歎良朋、雅會輕離訣。一年價、把酒風花月。便山遙水遠分吳越。　　書倩雁，夢借蝶。重相見、且把歸期說。只愁到他日，彼此萍蹤別。總難如前會時節。（錄自《彊村叢書》本）

## 踏歌詞

（一）調見《全唐詩》〔唐〕崔液詞。

> 彩女迎金屋，仙姬出畫堂。鴛鴦裁錦袖，翡翠帖花黃。歌響舞分行，豔色動流光。（錄自清康熙揚州詩局本）

（二）調見《詞律》卷一〔唐〕崔液詞。

> 庭際花微落，樓前漢已橫。金壺催夜盡，羅袖舞寒輕。調笑暢歡情未半，著天明。（錄自清光緒二年刻本）

《輦下歲時記》：「先天初，上御安福門觀燈，令朝士能文者為【踏歌】，調聲入雲。」

《填詞名解》卷一：「【踏歌辭】，《西京雜記》載漢宮女以十月十五日相與連臂踏地為節，歌【亦鳳凰來】，此【踏歌】之始。古清商有【躡銅蹄】，唐樂有【繚踏歌】、【踏金蓮】、【踏謠娘】及【踏歌辭】、【踏歌行】之類，皆【踏歌】也。詞沿其名，其歌法宜亦同耳。」

《焦氏筆乘》卷三：「崔氏【踏歌詞】二首，末

十字上七下三，新體妙思，前此未有。」

《欽定詞譜》卷二：「此調五言六句，崔詞二首皆然。舊譜於此詞第五句作七字，第六句作三字者，非。」

《全唐詩·附詞》【踏歌詞】注：「此詞五言六句與【拋球樂】相似。唯於第五句用韻不同。或將第二首（「庭際花微落」）末二句作上七言下三言讀，改入詞調者誤。」

《詞律拾遺》卷七：「後二句萬氏分上七下三，以唐作五言六句為誤。按此二句『歡情』、『天明』叶韻，唐詩不誤也。崔別作第五、六句，亦『分行』、『流光』為叶可證。」

（三）調見《全唐詩·樂府》〔唐〕張說詞。

> 花萼樓前雨露新。長安城裏太平人。龍銜火樹千燈豔，雞踏蓮花萬歲春。（錄自清康熙揚州詩局本）

按：此調依《全唐五代詞》例列入。

## 蝴蝶兒

調見《花間集》卷五〔五代〕張泌詞。

> 蝴蝶兒。晚春時。阿嬌初著淡黃衣。倚窗學畫伊。　還似花間見，雙雙對對飛。無端和淚拭燕脂。惹教雙翅垂。（錄自雙照樓影明仿宋本）

按：張泌詞有「蝴蝶兒」句，故名【蝴蝶兒】。

《詞律》卷三：「溫詞及孫詞均名【玉蝴蝶】，然與張泌【蝴蝶兒】相近，決是一調，故類聚於此。」杜文瀾校勘記云：「句法不同，似非一調。萬氏以同有蝴蝶之名類聚，原無不可，若謂決是一調，則恐未必。」

《詞律箋榷》：「《碎金詞譜》曰：【蝴蝶兒】第三句俱七字，此則五字，殆猶未細校也。首句下【玉蝴蝶】多五字一句，【蝴蝶兒】則無此句，若但變七字二句，則同調之詞常有，萬氏一調之說，未為誣也。唯其既變二句，復少一句，而兩段起句則前同孫而異溫，後則同溫而異孫，於是八句之調，已變其半，遂不得同調矣。然細為比勘，則前段起句，孫已先變，後段起句，則孫變而【蝴蝶兒】不變，仍是溫體。若五字句之變七字，則各調中常見者，然則所異者，實只前段少五字一句耳。故知【蝴蝶兒】實由【玉蝴蝶】變化而出，而諸家皆起而難之，蓋因『決是一調』之語未免孟浪，而其『相近』之說亦無復從而勘之者。然萬氏之自相矛盾，既曰『相近』，又曰『決是一調』，豈相同者即可同為一

調哉，又無怪諸家之不復留意矣。至杜氏謂『同有蝴蝶之名，類聚原無不可』，見亦未然。一曰【蝴蝶兒】，一曰【玉蝴蝶】，如以類列為可，則【粉蝶兒】、【撲蝴蝶】皆可矣，皆可反謂之罣漏矣，此有以知其必不然者。」

## 蝶戀小桃紅

〔清〕沈謙新翻曲，見《東江別集》卷二。

> 多情卻被秋儕愁。冷落西風，正在重陽後。別淚淋漓淹錦袖。漫將人、憔悴比黃花，比黃花還瘦。　三年不鼓鳳凰奏。愁壓眉山，鏡裏時時鬥。別畫殘燈捱玉漏。要紗廚、重照影幾雙，問今生能彀。（錄自惜陰堂《明詞彙刻》本）

詞注：「新翻曲。上四句【蝶戀花】，下二句【小桃紅】；後段同。」

## 蝶戀玉樓春

調見《東白堂詞選初集》卷七〔清〕張星耀詞。

> 近來腰兒盡瘦盡。因甚春來，便自多愁恨。腮邊總是不曾乾，索性不將羅袖搵。　薄倖飄流無處問。目斷天涯，何處尋芳信。夕陽門外亂山青，細雨樓頭寒食近。（錄自清康熙十七年刻本）

按：此調係新譜犯曲，前段前三句【蝶戀花】，後二句【玉樓春】；後段同。

## 蝶戀花

唐教坊曲名。

又名：一籮金、玉籮金、江如練、西笑吟、捲珠簾、明月生南浦、風入松、桃源行、桐花鳳、望長安、細雨吹池沼、細雨鳴春沼、魚水同歡、菩提子、黃金縷、遠戀花、鳳棲梧、蝶蠻花、影雪詞、濛籠淡月、鵲踏枝、鵲踏枝翻、轉調蝶戀花。

（一）調見〔五代〕李煜《南唐二主詞》。

> 遙夜亭皋閒信步。乍過清明，早覺傷春暮。數點雨聲風約住。朦朧淡月雲來去。　桃李依依春暗度。誰在秋千，笑裏低低語。一片芳心千萬緒。人間沒個安排處。（錄自明吳訥《百家詞》本）

（二）調見〔宋〕石孝友《金谷遺音》。

> 別後相思無限期。欲說相思，要見終無計。擬寫相思持送似。如何畫得相思意。　眼底相思心裏事。縱把相思，寫盡憑誰寄。多少相思

都做淚。一齊淚損相思字。（錄自汲古閣《宋六十名家詞》本）

《樂章集》注：小石調。《張子野詞》注：林鐘商。【侯鯖錄】、【片玉詞】、【于湖先生長短句】注：商調。

（三）調見《侯鯖錄》卷五〔宋〕趙令畤詞。

夫傳奇者，唐元微之所述也。以不載於本集而出於小說，或疑其非是。今觀其詞，自非大手筆孰能與於此。至今士大夫極談幽玄，訪奇述異，無不舉此以為美話。至於娼優女子，皆能調說大略。惜乎不被之以音律，故不能播之聲樂，形之管弦。好事君子極飲肆歡之際，願欲一聽其說，或舉其末而忘其本，或紀其略而不及終其篇，此吾曹之所共恨者也。今於暇日，詳觀其文，略其煩褻，分之為十章。每章之下，屬之以詞。或全摭其文，或止取其意。又別為一曲，載之傳前，先敘前篇之義。調曰商調，曲名【蝶戀花】。句句言情，篇篇見意。奉勞歌伴，先定格調，後聽蕪詞。

> 麗質仙娥生月殿。謫向人間，未免凡情亂。宋玉牆東流美盼。亂花深處曾相見。　　密意濃歡方有便。不奈浮名，旋遣輕分散。最恨多才情太淺。等閒不念離人怨。

去畫

傳曰：「余所善張君，性溫茂，美丰儀，寓於蒲之普救寺。適有崔氏孀婦將歸長安，路出於蒲，亦止茲寺。崔氏婦，鄭女也。張出於鄭，緒其親，乃異派之從母。是歲，丁文雅不善於軍，軍人因喪而擾，大掠蒲人。崔氏之家，財產甚厚，多奴僕。旅寓惶駭，不知所措。先是張與蒲將之黨有善，請吏護之，遂不及於難。鄭厚張之德甚，因飾饌以命張，中堂宴之。復謂張曰：『姨之孤嫠未亡，提攜幼稚。不幸屬師徒大潰，實不保其身。弱子幼女，猶君之所生也，豈可比常恩哉。今俾以仁兄之禮奉見，冀所以報恩也。』乃命其子曰歡郎，可十餘歲，容甚溫美。次命女曰：『鶯鶯，出拜爾兄。爾兄活爾。』久之，辭疾。鄭怒曰：『張兄保爾之命。不然，爾且虜矣，能復遠嫌乎？』又久之，乃至。常服晬容，不加新飾。垂鬟淺黛，雙臉斷紅而已。顏色豔異，光輝動人。張驚，為之禮。因坐鄭旁，凝睇怨絕，若不勝其體。張問其年歲。鄭曰：『十七歲矣。』張生稍以詞導之，不對，終席而罷。」奉勞歌伴，再和前聲。

> 錦額重簾深幾許。繡履彎彎，未省離朱戶。強

出嬌羞都不語。絳綃頻掩酥胸素。　　黛淺愁紅妝淡佇。怨絕情凝，不肯聊回顧。媚臉未勻新淚汙。梅英猶帶春朝露。

「張生自是惑之，願致其情無由得也。崔之婢曰紅娘，生私為之禮者數四，乘間遂道其衷。翌日，復至，曰：『郎之言，所不敢言，亦不敢泄。然而崔之族姻，君所詳也，何不因其媒而求娶焉！』張曰：『予始自孩提時，性不苟合。昨日一席間，幾不自持。數日來，行忘止，食忘飯，恐不能逾旦暮。若因媒氏而娶，納采、問名，則三數月間，索我於枯魚之肆矣。』婢曰：『崔之貞順自保，雖所尊不可以非語犯之。然而善屬文，往往沉吟章句，怨慕者久之。君試為諭情詩以亂之。不然，無由得也。』張大喜，立綴春詞二首以授之。」奉勞歌伴，再和前聲。

> 懊惱嬌癡情未慣。不道看看，役得人腸斷。萬語千言都不管。蘭房跬步如天遠。　　廢寢忘餐思想遍。賴有青鸞，不必憑魚雁。密寫香箋論繾綣。春詞一紙芳心亂。

「是夕紅娘復至，持彩箋以授張曰：『崔所命也。』題其篇云【明月三五夜】，其詞曰：『待月西廂下，迎風戶半開。拂牆花影動，疑是玉人來。』」奉勞歌伴，再和前聲。

> 庭院黃昏春雨霽。一縷深心，百種成牽繫。青翼蹁然來報喜。魚箋微諭相容意。　　待月西廂人不寐。簾影搖光，朱戶猶慵閉。花動拂牆紅萼墜。分明疑是情人至。

「張亦微諭其旨。是夕歲二月旬又四日矣。崔之東牆有杏花一樹，攀援可逾。既望之夕，張因梯樹而逾焉。達於西廂，則戶半開矣。無幾紅娘復來，連曰：『至矣，至矣。』張生且喜且駭，謂必獲濟。及女至，則端服儼容，大數張曰：『兄之恩，活我家厚矣，由是慈母以弱子幼女見依。奈何因不令之婢，致淫泆之詞。始以護人之亂為義，而終掠亂而求之。是以亂易亂，其去幾何。誠欲寢其詞，則保人之奸不義；明之母，則背人之惠不祥；將寄於婢妾，又恐不得發其真誠。是用短章，願自陳啟。猶懼兄之見難，是用鄙靡之詞以求必至。非禮之動，能不愧心。特願以禮自持，毋及於亂。』言畢，翩然而逝。張自失者久之，復逾而出，由是絕望矣。」奉勞歌伴，再和前聲。

> 屈指幽期唯恐誤。恰到春宵，明月當三五。紅影壓牆花密處。花蔭便是桃源路。　　不謂蘭

誠金石固。斂袂怡聲，恣把多才數。惆悵空回誰共語。只應化作朝雲去。

「後數夕張君臨軒獨寢，忽有人驚之。驚欻而起，則紅娘斂衾攜枕而至。撫張曰：『至矣至矣，睡何為哉？』並枕重衾而去。張生拭目危坐久之，猶疑夢寐。俄而紅娘捧崔而至，則嬌羞融冶，力不能運支體。曩時之端莊，不復同矣。是夕，旬有八日，斜月晶熒，幽輝半床。張生飄飄然，且疑神仙之徒，不謂從人間至也。有頃，寺鐘鳴曉。紅娘促去。崔氏嬌啼宛轉，紅娘又捧而去。終夕無一言。張生辨色而興，自疑曰：『豈其夢耶？』所可明者，妝在臂，香在衣，淚光熒熒然，猶瑩於茵席而已。」奉勞歌伴，同和前聲。

數夕孤眠如度歲。將謂今生，會合終無計。正是斷腸凝望際。雲心捧得嫦娥至。　　玉困花柔羞搵淚。端麗妖嬈，不與前時比。人去月斜疑夢寐。衣香猶在妝留臂。

「是後又十數日，杳不復知。張生賦〈會真詩〉三十韻未畢，紅娘適至，因授之以貽崔氏，自是復容之。朝隱而出，暮隱而入，同安於曩所謂『西廂』者，幾一月矣。張生將之長安，先以情諭之。崔氏宛無難詞，然愁怨之容動人矣。欲行之再夕，不復可見，而張生遂西。」奉勞歌伴，再和前聲。

一夢行雲還暫阻。盡把深誠，綴作新詩句。幸有青鸞堪密付。良宵從此無虛度。　　兩意相歡朝又暮。爭奈郎鞭，暫指長安路。最是動人愁怨處。離情盈抱終無語。

「不數月張生復遊於蒲，舍於崔氏者又累月。張雅知崔氏善屬文，求索再三終不可見。雖待張之意甚厚，然未嘗以詞繼之。異時，獨夜操琴，愁弄淒惻。張竊聽之，求之，則不復鼓矣。以是愈惑之。張生俄以文調及期，又當西去。當去之夕，崔恭貌怡聲，徐謂張曰：『始亂之，今棄之，固其宜矣，愚不敢恨。必也君始之，君終之，君之惠也。則沒身之誓，有其終矣，又何必深憾於此行。然而君既不懌，無以奉寧。君嘗謂我善鼓琴，今且往矣。既達君此誠。』因命拂琴，鼓〈霓裳羽衣〉序，不數聲，哀音怨亂，不復知其曲也。左右皆歔欷，張說遽止之。崔投琴擁面，泣下流漣，趨歸鄭所，遂不復至。」奉勞歌伴，再和前聲。

碧沼鴛鴦交頸舞。正恁雙棲，又遣分飛去。瀟翰贈言終不許。援琴請盡始衷素。　　曲未成聲先怨慕。忍淚凝情，強作霓裳序。彈到離愁淒咽處。弦腸俱斷梨花雨。

「詰旦，張生遂行。明年文戰不利，遂止於京。因貽書於崔，以廣其意。崔氏緘報之詞，粗載於此，曰：『捧覽來問，撫愛過深。兒女之情，悲喜交集。兼惠花勝一合，口脂五寸。致耀首膏唇之飾，雖荷多惠，誰復為容。睹物增懷，但積悲歎耳。伏承便於京中就業，於進修之道，固在便安。但恨鄙陋之人，永以遐棄。命也如此，知復何言！自去秋以來，常忽忽如有所失。於喧嘩之下，或勉為笑語。閒宵自處，無不淚零。乃夢寐之間，亦多敘感咽離憂之思。綢繆繾綣，暫若尋常，幽會未終，驚魂已斷。雖半衾如暖，而思之甚遙。一昨拜辭，倏逾舊歲。長安行樂之地，觸緒牽情。何幸不忘幽微，眷念無斁。鄙薄之志，無以奉酬。至於終始之盟，則固不忒。鄙昔中表相因，或同宴處；婢僕見誘，遂致私誠。兒女之情，不能自固。君子有援琴之挑，鄙人無投梭之拒。及薦枕席，義盛恩深。愚幼之情，永謂終託。豈期既見君子，不能以禮定情，致有自獻之羞，不復明侍巾櫛。沒身永恨，含歎何言，儻若仁人用心，俯遂幽劣，雖死之日，猶生之年。如或達士略情，捨小從大，以先配為醜行，謂要盟之可欺，則當骨化形銷，丹忱不泯，因風委露，猶託清塵。存歿之誠，言盡於此。臨紙嗚咽，情不能申，千萬珍重。』」奉勞歌伴，再和前聲。

別後相思心目亂。不謂芳音，忽寄南來雁。卻寫花箋和淚捲。細書方寸教伊看。　　獨寐良宵無計遣。夢裏依稀，暫若尋常見。幽會未終魂已斷。半衾如暖人猶遠。

『玉環一枚，是兒嬰年所弄，寄充君子下體之佩。玉取其堅潔不渝，環取其終始不絕。兼致彩絲一絇，文竹茶合碾子一枚。此數物不足見珍，意者欲君子如玉之潔，鄙志如環不解。淚痕在竹，愁緒縈絲。因物達誠，永以為好耳。心邇身遐，拜會無期。幽憤所鍾，千里神合。千萬珍重。春風多厲，強飯為佳。慎言自保，毋以鄙為深念也。』」奉勞歌伴，再和前聲。

尺素重重封錦字。未盡幽閨，別後心中事。佩玉彩絲文竹器。願君一見知深意。　　環玉長圓絲萬繫。竹上斕斑，總是相思淚。物會見郎人永棄。心馳魂去神千里。

「張之友聞之，莫不聳異。而張之志固絕之矣。

十五畫

歲餘，崔已委身於人，張亦有所娶。適經其所居，乃因其夫言於崔，以外兄見。夫已諾之，而崔終不為出。張怨念之誠，動於顏色。崔知之，潛賦一詩寄張曰：『自從消瘦減容光。萬轉千回懶下床。不為旁人羞不起，為郎憔悴卻羞郎。』竟不之見。後數日張君將行，崔又賦一詩以謝絕之。詞曰：『棄置今何道，當時且自親。還將舊來意，憐取眼前人。』」奉勞歌伴，再和前聲。

　　夢覺高唐雲雨散。十二巫峰，隔斷相思眼。不為旁人移步懶。為郎憔悴羞郎見。　青翼不來孤鳳怨。路失桃源，再會終無便。舊恨新愁無計遣，情深何似情俱淺。

逍遙子曰：樂天謂微之能道人意中語。僕於是益知樂天之言為當也。何者？夫崔之才華婉美，詞采豔麗，則於所載緘書詩章盡之矣。如其都愉淫冶之態，則不可得而見。及觀其文，飄飄然彷彿出人人目前。雖丹青摹寫其形狀，未知能如是工且至否？僕嘗採摭其意，撰成【鼓子詞】十一章，示余友何東白先生。先生曰：「文則美矣，意猶有不盡者，胡不復為一章於其後，具道張之於崔，既不能以理定其情，又不能合之於義。始相遇也，如是之篤；終相失也，如是之遽。必及於此，則完矣。」余應之曰：「先生真為文者也。言必欲有終篇戒而後已。大抵鄙靡之詞，止歌其事之可歌，不必如是之備。若夫聚散離合，亦人之常情，古今所共惜也。又況崔之始相得而終至相失，豈得已哉。如崔已他適，而張詭計以求見；崔知張之意，而潛賦詩以謝之，其情蓋有未能忘者矣。」樂天曰：「天長地久有時盡，此恨綿綿無盡期。」豈獨在彼者耶？予因命此意，復成一曲，綴於傳末云：

　　鏡破人離何處問。路隔銀河，歲會知猶近。只道新來消瘦損。玉容不見空傳信。　棄擲前歡俱未忍。豈料盟言，陡頓無憑準。地久天長終有盡，綿綿不似無窮恨。（錄自《知不足齋叢書》本）

《歷代詞人考略》卷十六：「曲話，宋人集中多樂語一種，又謂之致語，又謂之念語。更有兼作舞詞者，秦觀、晁無咎、毛滂、鄭僅等之【調笑轉踏】是也。諸家【調笑】雖合多曲而成，然一曲分詠一事，非就一人一事之首尾而詠之也。唯石曼卿作【拂霓裳轉踏】述開元、天寶遺事，今其辭不傳。傳者唯趙德麟之商調【蝶戀花】，述《會真記》事，凡十闋，並置原文於曲前，又以一闋起，一闋結之。視後世戲曲之格律，幾於具體而微。德麟於子瞻守潁州時，為其屬官，至紹興時尚存。其詞作於何時雖不可考，要在元祐之後，靖康之前。原詞其載《侯鯖錄》中，雖猶用通行詞調，而毛西河《詞話》已視為戲曲之祖矣。」

（三）即【阮郎歸】。〔明〕陳德文詞名【蝶戀花】，見《陳建安詩餘》。

　　曉窗初日透新晴。長空曙露平。江澄霧淨一帆輕。他鄉復送行。　冰覆岸，雪圍城。天清萬樹橫。此時羈客若為情。青山眠倍明。（錄自明嘉靖刻本）

## 蝶戀後庭花

〔清〕沈彩新翻曲，見《採香詞》卷下。

　　二月春愁連語燕。要把香泥，高築愁城塹。一縷愁痕終莫剪。畫梁空占。　漸見枝頭紅杏豔。吹恨風姨，多在花陰站。欲券相思花上誓。不教春欠。（錄自羅氏影印本）

按：上三句【蝶戀花】，下二句【後庭花】；下片同。

## 蝶蠻花

即【蝶戀花】。〔清〕李若虛詞名【蝶蠻花】，見《海棠巢詞稿》。

　　被禊湔裙江上洗。碧草如茵，斜襯朱茸屣。渾酪醉商消遣計。紅絨綰定同超距。　疾似投梭雙足起。繩影悠揚，月戶圓如水。笑語喧騰呼小妹。牽牛更學雙頭戲。（錄自清道光本）

按：詞序云：「蠻姬跳索為戲，亦絕伎也。」故名。

## 稻花雞

〔近人〕吳藕汀自度曲，見《畫牛閣詞集》。

　　柳色初勻金線，桃李正芳姿。深潭淺水見烏衣。池邊依草，村外含煙，如社鼓、月下群嘶。　誰知。田家良伴，何事釜中炊。人心負義莫能醫。待東方、未晞朝露，街頭高叫稻花雞。（錄自《畫牛閣詞集》手稿本）

詞序：「自度曲，哀蛙。」

按：吳藕汀詞有「街頭高叫稻花雞」句，故名【稻花雞】。

《藥窗雜談》（一九七五年七月七日）云：「南潯端午節艾葉算是迷信之物，不許進入市場。這

去畫

兩天私相授受賣田雞，倒沒有人去顧問了。乙巳年我有自度曲【稻花雞】題作〈哀蛙〉的一首（詞略）。有人笑我不吃田雞，所以寫這首詞，倘然自己也吃就不寫了。我看也是正確的，人的偏見要免掉，除非上帝造過。」

《十年鴻跡》己巳卷：「我野塘蛙噪，亦頗愛聽。奈近居離田漸遠，大為建築所阻，更難聞得矣。近許多年來，農民捉青蛙賣錢，居民吃青蛙實惠，青蛙的命運，真是可憐得很。我在二十四年前的乙巳，已有自度曲【稻花雞】一首，題作〈哀蛙〉詞云（詞略）。人心不古，於此可鑑矣。」

## 銷夏

即【風入松】。〔清〕沈謙詞有「忽憶東頭銷永夏」句，故名；見《今詞苑》。

> 窗外葡桃珠一架。蘇蘇雨下。把卷科頭怯晚寒，映斜陽、玉虹遙掛。香凝楚簞重鋪潤，遍吳箋嫩砑。　忽憶東頭銷永夏。湖山如畫。唱遍旗亭絕妙詞，有按拍、雙鬟低亞。峰臨高閣青來，珠滴小槽紅榨。（錄自清刻本）

詞注：「翻【風入松】，用仄韻。」

## 劍南神曲

即【謫仙怨】。〔明〕楊儀詞名【劍南神曲】，見【南宮詩餘】。

> 青鞋獨立江橋。試看春生近郊。紫霧橫舟溪叟，蒼煙擁路山樵。　梅花一樹二樹，楊柳千條萬條。身是玉皇吏，不妨杖屨逍遙。（錄自惜陰堂《明詞彙刊》本）

詞注：「此詞本明皇幸蜀時笛中譜。劉長卿寫其調，當時賜名【謫仙怨】。時人未知，故有今名。事見【劇談錄】。」

## 劍氣近

即【劍器近】。〔宋〕袁去華詞名【劍氣近】，見《歷代詩餘》卷六十二。

> 夜來雨。願倩得、東風吹住。海棠正妖饒處。且留取。悄庭戶。試細聽、鶯啼燕語。分明共人愁緒。怕春去。　佳樹。翠陰初轉午。重簾未捲，乍睡起、寂寞看風絮。偷彈清淚寄煙波，見江頭故人，為言憔悴如許。彩箋無數。去卻寒暄，到了渾無定據。斷腸落日千山暮。（錄自清康熙內府本）

## 劍器近

又名：劍氣近。

調見〔宋〕袁去華《宣卿詞》。

> 夜來雨。賴倩得、東風吹住。海棠正妖饒處。且留取。悄庭戶。試細聽、鶯啼燕語。分明共人愁緒。怕春去。　佳樹。翠陰初轉午。重簾未捲，乍睡起、寂寞看風絮。偷彈清淚寄煙波，見江頭故人，為言憔悴如許。彩箋無數。去卻寒暄，到了渾無定據。斷腸落日千山暮。（錄自四印齋彙刻《宋元三十一家詞》本）

《欽定詞譜》卷二十四【劍器近】調注：「《宋史·樂志》，教坊奏【劍器曲】，其一屬中呂宮，其二屬黃鐘宮。又有劍器舞隊。此云近者，其聲調相近也。」

## 劍器詞

唐大曲名。

調見《敦煌歌辭總編》卷七〔唐〕無名氏詞。

第一

> 皇帝持刀強，一一上秦王。聞賊勇勇勇，擬欲向前湯。應手五三個，萬人誰敢當。從家緣業重，終日事三郎。

第二

> 丈夫氣力全，一個擬當千。猛氣沖心出，視死亦如眠。彎弓不離手，恆日在陣前。譬如鶻打雁，左右悉皆穿。

第三

> 排備白旗舞，先自有由來。合如花焰秀，散若電光開。喊聲天地裂，騰踏山嶽摧。劍器呈多少，渾脫向前來。

按：原載（斯）六五三七。

《文獻通考·舞部》：「【劍器】，古武舞之曲名，其舞用女妓雄裝，空手而舞。」

《全唐五代詞·正編》卷四：「宋陳暘《樂書》載武則天末年即有劍器入渾脫之犯聲。《教坊記》曲名表列有【西河劍器】、【劍器子】二調，當即在初唐以來民間舞曲基礎上採製加工而成。」

## 劍舞

宋大曲名。

調見〔宋〕史浩《鄮峰真隱漫錄》卷四十六。

二舞者對廳立茵上。竹竿子勾，念：

去畫

伏以玳席歡濃，金樽興逸。聽歌聲之融曳，思舞態之飄搖。爰有仙童，能開寶匣。佩干將、莫邪之利器，擅龍泉、秋水之嘉名。鼓三尺之瑩瑩，雲間閃電；橫七星之涼涼，掌上生風。宜到芳筵，同翻雅戲。

二舞者自念：

伏以五行擢秀，百鍊呈功。炭熾紅爐，光噴星日；硎新雪刃，氣貫虹霓。斗牛間紫霧浮游，波濤裏蒼龍締合。久因佩服，粗習回翔。茲聞閬苑之群仙，來會瑤池之重客。輒持薄技，上侑清歡。未敢自專，伏候處分。

竹竿子問：「既有清歌妙舞，何不獻呈？」

二舞者答：「舊樂何在？」

竹竿子再問：「一部儼然。」

二舞者答：「再韻前來。」

樂部唱【劍器曲破】，作舞一段了，二舞者同唱【霜天曉角】：

熒熒巨闕。左右凝霜雪。且向玉階掀舞，終當有、用時節。　　唱徹。人盡說。寶此制無折。內使奸雄落膽，外須遣、豺狼滅。

樂部唱曲子，作舞【劍器曲破】一段。舞罷，二人分立兩邊，別二人漢裝者出，對坐，桌上設酒果。

竹竿子念：

伏以斷蛇大澤，逐鹿中原。佩赤帝之真符，接蒼姬之正統。皇威既振，天命有歸。勢雖盛於重瞳，德難勝於隆準。鴻門設宴，亞父翰謀。徒矜起舞之雄姿，厥有解紛之壯士。想當時之賈勇，激烈飛揚；宜後世之效顰，迴旋宛轉。雙鸞奏技，四座騰歡。

樂部唱曲子，舞【《劍器曲破》】一段。一人左立者上舞袿，有欲刺右坐客之勢，又一人舞，進前翼蔽之。舞罷，兩人舞者並退，漢裝者亦退。復有兩人唐裝者出，對坐，桌上設筆硯紙，一人換婦人裝，獨立袿上。

竹竿子念：

伏以雲鬟聳蒼壁，霧縠罩香肌。袖翻素霓以連軒，手握青蛇而的皪。花影下遊龍自躍，錦袿上蹌鳳來儀。軼態橫生，瑰姿譎起。傾此入神之技，誠為駭目之觀。巴女心驚，燕姬色沮。豈唯張長史草書大進，抑亦杜工部麗句新成。稱妙一時，流芳萬古。宜呈雅態，以洽濃歡。

樂部唱曲子，舞【劍器曲破】一段。作龍蛇蜿蜒曼舞之勢，兩人唐裝者起，二舞者，一男一女對

士畫

舞，結【劍器曲破】徹。

竹竿子念：

項伯有功扶帝業，大娘馳譽滿文場。合茲二妙甚奇特，堪使佳賓酹一觴。霍如羿射九日落，矯如群帝驂龍翔。來如雷霆收震怒，罷如江海凝清光。歌舞既罷，相將好去。（錄自文淵閣《四庫全書》本）

## 德報怨

即【昭君怨】。〔金〕馬鈺詞名【德報怨】，見《漸悟集》。

急性更為慢性。意靜自然心靜。憎愛兩俱忘。絕炎涼。　　虎遶龍蟠光瑩。丹結玉童邀請。舞袖出崑岡。赴蓬莊。（錄自涵芬樓影明《道藏》本）

## 徵招

〔宋〕姜夔自度曲，見《白石道人歌曲》卷五。

潮回卻過西陵浦，扁舟僅容居士。去得幾何時，黍離離如此。客途今倦矣。漫贏得、一襟詩思。記憶江南，落帆沙際，此行還是。　　迢遞。剡中山，重相見、依依故人情味。似怨不來遊，擁愁鬢十二。一丘聊復爾。也孤負、幼輿高志。水葓晚，漠漠搖煙，奈未成歸計。（錄自《彊村叢書》本）

詞序：「越中山水幽遠。予數上下西興、錢清間，襟抱清曠。越人善為舟，捲篷方底，舟師行歌，徐徐曳之，如偃臥榻上，無動搖突兀勢，以故得盡情騁望。予欲家焉而未得，作【徵招】以寄興。【徵招】、【角招】者，政和間，大晟府嘗製數十曲，音節駁矣。予嘗考唐田畸《聲律要訣》云：『徵與二變之調，咸非流美，故自古少徵調曲也。徵為去母調，如黃鐘之徵，以黃鐘為母，不用黃鐘乃諧。』故隋唐舊譜，不用母聲，琴家無媒調、商調之類。皆徵也，亦皆具母弦，而不用其說，詳於予所作【琴書】。然黃鐘以林鐘為徵，住聲於林鐘。若不用黃鐘聲，便自成林鐘宮矣。故大晟府徵調兼母聲，一句似黃鐘均，一句似林鐘均，所以當時有落韻之語。予嘗使人吹而聽之，寄君聲於臣民事物之中，清者高而亢，濁者下而遺，萬寶常所謂『宮離而不附』者是已。因再三推尋唐譜並琴弦法乃得其意。黃鐘徵雖不用母聲，亦不可多用變徵蕤賓、變宮慶鐘聲，若不用黃鐘而用蕤賓、應鐘，即是林鐘宮

矣。餘十一均徵調仿此。其法可謂善矣。然無清
聲，只可施之琴瑟，難入燕樂。故燕樂闕徵調，
不必補，可也。此一曲乃予昔所製，因舊曲正宮
【齊天樂慢】前兩拍是徵調，故足成之。雖兼用
母聲，較大晟曲為無病矣。此曲依《晉史》名曰
黃鐘下徵調，【角招】曰黃鐘清角調。」
《宋史·樂志》：「政和間，詔以大晟雅樂，
旋於燕饗。御殿按試，補徵、角二調，播之教
坊》。」
清戈載【徵招】詞序：「韋君繡以《鶴阜看雲
圖》屬題，因賦此解。此黃鐘下徵調，白石道人
所製，言之精且詳矣。予考其旁譜，起韻、末韻
自用凡四，而換頭第二字，亦注凡四。其詞用紙
置韻，第二乃『邇』字，其為叶韻顯然。況趙虛
齋【詠雪】一首，用『際』字叶紙置韻。張玉田
有二首，一用『裏』字亦叶紙置韻，一用『洛』
字，作郎到切，叶葆嘯韻，更為明證。唯同草九
日詞未叶，此闋不見《笛譜》，即非偽託，亦屬
弁陽之疏漏處。萬氏《詞律》取以為法，謬矣。
予故揭出之，以俟世之知音者。」

## 徵招調中腔

調見〔宋〕王安中《初寮詞》。

紅雲茜霧籠金闕。聖運葉、星虹佳節。紫禁曉
風馥天香，奏九韶、帝心悅。　瑤階萬歲蟠
桃結。睿算永、壺天風月。日觀幾時六龍來，
金縷玉牒告功業。（錄自汲古閣《宋六十名家詞》
本）

《欽定詞譜》卷十一【徵招調中腔】調注：「唐
段安節《樂府雜錄》云：『徵音有其聲而無其
字。』宋大晟樂府，始補【徵招】調，凡曲有歌
頭，有中腔。此【徵招】調之中腔也。」

## 劉潑帽

調見〔清〕沈渭《柘澗山房詞稿》。

凝眸為玉人情勾。相思寄、眼底眉頭。千言萬
語將神逗。從茲後，形影兒、因他瘦。（錄自清
刻本）

## 調笑

宋大曲名。
又名：番禹調笑、調笑令、調笑集句、調笑轉
踏、調笑歌。
（一）調見〔宋〕毛滂《東堂詞》。

掾　白語

竊以綠雲之音，不羞春燕；結風之袖，若翩秋
鴻。勿謂花月無情，長寄綺羅之遺恨。試為調
笑，戲追風流。少延重客之餘歡，聊發清樽之
雅興。

詩詞

珠樹蔭中翡翠兒。莫論生小被雞欺。鸛鵲樓高
蕩春思，秋瓶盼碧雙琉璃。御酥作肌花作骨。
燕釵橫玉雲堆髮。使梁年少斷腸人，凌波襪冷
重城月。
城月。冷羅襪。郎睡不知鸞帳揭。香淒翠被燈
明滅。花困釵橫時節。河橋楊柳催行色。愁黛
有人描得。

右一　崔徽

隼旟佩馬昌門西。泰娘紺幰為追隨。河橋春風
弄鬢影，桃花髻暖黃蜂飛。繡茵錦薦承回雪。
水犀梳斜抱明月。銅駝夢斷江水長，雲中月墮
韓香歇。
香歇。袂紅皺。記立河橋花自折。隼旟紺幰城
西闋。教妾驚鴻回雪。銅駝春夢空愁絕。雲破
碧江流月。

右二　泰娘

武寧節度客最賢。後車摘藻爭春妍。曲眉豐頰
亦能賦，惠中秀外誰爭憐。花嬌葉困春相逼。
燕子樓頭作寒食。月明空照合歡床，霓裳舞罷
猶無力。
無力。倚瑤瑟。罷舞霓裳今幾日。樓空雨小春
寒逼。鈿暈羅衫煙色。簾前歸燕看人立。卻趁
落花飛入。

右三　盼盼

臨邛重客蜀相如。被服容冶入閒都。上宮煙娥
笑迎客，繡屏六曲紅氍毹。霞珠穿簾洞房晚。
歌倚瑤琴半羞懶。天寒日暮可奈何，掛客冠纓
玉釵冷。
釵冷。鬢雲晚。羅袖拂人花氣暖。風流公子來
應遠。半倚瑤琴羞懶。雲寒日暮天微霰。無處
不堪腸斷。

右四　美人賦

寒雲夜捲霜倒飛。一聲水調凝秋悲。錦靿玉帶
舞回雪，丞相筵前看柘枝。河東詞客今何地。
密寄軟綃三尺淚。錦城春色隔瞿唐，故華灼灼
今憔悴。
憔悴。何郎地。密寄軟綃三尺淚。傳心語眼郎
應記。翠袖猶芬仙桂。願郎學做蝴蝶子。去去

來來花裏。

右五　灼灼

春風戶外花蕭蕭。綠窗繡屏阿母嬌。白玉郎君
恃恩力，樽前心醉雙翠翹。西廂月冷濛花霧。
落霞零亂牆東樹。此夜靈犀已暗通，玉環寄恨
人何處。

何處。長安路。不記牆東花拂樹。瑤琴理罷霓
裳譜。依舊月窗風戶。薄情年少如飛絮。夢逐
玉環西去。

右六　鶯鶯

白蘋溪邊張水嬉。紅蓮上客心在誰。丹山鶯雛
離鷗鷺，暮雲晚浪相透迤。十年東風未應老。
斗量明珠結裹塭。花房著子青春深，朱輪來時
但芳草。

芳草。恨春老。自是尋春來不早。落花風起紅
多少。記得一枝春小。綠蔭青子空相惱。此恨
平生懷抱。

右七　苕子

半天高閣倚晴江。使君宴客羅紈香。一聲離鳳
破凝碧，洞房十三春未央。沙暖鴛鴦堤下上。
煙輕楊柳絲飄蕩。佩瑤棄置洛城東，風流雲散
空相望。

相望。楚江上。紫水縈雲聞妙唱。龍沙醉眼看
花浪。正要風將月傍。雲車瑤佩成惆悵。衰柳
白須相向。

右八　張好好

破子

酒美。從酒貴。濯錦江邊花滿地。鸕鷀換得文
君醉。暖和一圍春意。怕將醒眼看浮世。不換
雲芽雪水。

破子

花好。怕花老。暖日和風將養到。東君須願長
年少。圖不看花草草。西園一點紅猶小。早被
蜂兒知道。

遣隊

歌長漸落杏梁塵。舞罷香風捲繡茵。更擬綠
雲弄清切，樽前恐有斷腸人。（錄自《彊村叢
書》本）

（二）即【古調笑】。〔清〕繆泳詞名【調
笑】，見《南枝詞》卷二。

春曉。春曉。簾外綠楊煙嫋。東風不向樓西。
殘夢唯聞鳥啼。啼鳥。啼鳥。愁黛窺來慵掃。
（錄自繆氏手稿本）

## 調笑令

又名：翠華引。

（一）調見〔宋〕蘇軾《東坡樂府》卷三。

漁父。漁父。江上微風細雨。青蓑黃蒻裳衣。
紅酒白魚暮歸。歸暮。歸暮。長笛一聲何處。
（錄自《彊村叢書》本）

（二）即【古調笑】。詳見【古調笑】條。

（三）調見《詞律》卷二〔五代〕馮延巳詞。

明月。明月。照得離人愁絕。更深影入空床。
不道幃屏夜長。長夜。長夜。夢到庭花蔭下。
（錄自清光緒二年刻本）

（四）調見〔金〕王嚞《重陽全真集》卷三。

調笑。說玄妙。姹女嬰兒舞跳。青龍白虎搖交
叫。赤鳳烏龜鐇繞。蓊然鼎丞召。性命從茲了
了。　　山峭。日光照。碧漢盈盈圓月耀。森
羅萬象長圍罩。一道清風嫋嫋。真靈空外天皇
詔。住在蓬萊關要。（錄自涵芬樓影明《道藏》本）

（五）調見〔明〕陳孝逸《癡山詞》。

春色千林表。紅樹芳菲如火燒。桃英半坼青娥
笑。笑把菱花低照。伊腮我面爭多少。可道並
皆佳妙。（錄自惜陰堂叢書本）

（六）即【清江曲】。〔清〕方桑者詞名【調笑
令】，見《桑者新詞》。

多愁公子薄衣裳。夜夜機頭織素忙。到得三更
還未睡，卻教繡被冷鴛鴦。　　郎睡孤棲呼欲
罷。幾回猛把梭停架。為酬無限海天恩，不向
羅幃圖逸暇。（錄自《全清詞》本）

（七）宋大曲名。

即【調笑】。〔宋〕秦觀詞名【調笑令】，見
《淮海居士長短句》卷下。

其一　王昭君

詩曰

漢宮選女適單于。明妃斂袂登氈車。玉容寂寞
花無主，顧影低徊泣路隅。行行漸入陰山路。
目送征鴻入雲去。獨抱琵琶恨更深，漢宮不見
空回顧。

曲子

回顧。漢宮路。杆撥檀槽鸞對舞。玉容寂寞花
無主。顧影偷彈玉箸。未央宮殿知何處。目送
征鴻南去。

其二　樂昌公主

詩曰

金陵往昔帝王州。樂昌主第最風流。一朝隋兵

到江上，共抱淒淒去國愁。越公萬騎鳴笳鼓。劍擁玉人天上去。空攜破鏡望江塵，千古江楓籠輦路。

曲子

輦路。江楓古。樓上吹簫人在否。菱花半璧香塵汙。往日繁華何處。舊歡新愛誰是主。啼笑兩難分付。

### 其三　崔徽

詩曰

蒲中有女號崔徽。輕似南山翡翠兒。使君當日最寵愛，坐中對客常擁持。一見裴郎心似醉。夜解羅衣及門吏。西門寺裏樂未央，樂府至今歌翡翠。

曲子

翡翠。好容止。誰使庸奴輕點綴。裴郎一見心如醉。笑裏偷傳深意。羅衣中夜與門吏。暗結城西幽會。

### 其四　無雙

詩曰

尚書有女名無雙。蛾眉如畫學新妝。姊家仙客最明後，舅母唯只呼王郎。尚書往日先曾許。數載睽違今復遇。聞說襄王二十年，當時未必輕相慕。

曲子

相慕。無雙女。當日尚書先曾許。王郎明俊神仙侶。腸斷別離情苦。數年睽恨今復遇。笑指襄江歸去。

### 其五　灼灼

詩曰

錦城春暖花欲飛。灼灼當庭舞柘枝。相君上客河東秀，自言那復旁人知。妾願身為樑上燕。朝朝暮暮長相見。雲收月墮海沉沉，淚滿紅綃寄腸斷。

曲子

腸斷。繡簾捲。妾願身為樑上燕。朝朝暮暮長相見。莫遣恩邊情變。紅綃粉淚知何限。萬古空傳遺怨。

### 其六　盼盼

詩曰

百尺樓高燕子飛。樓上美人顰翠眉。將軍一去音容遠，只有年年舊燕歸。春風昨夜來深院。春色依然人不見。只餘明月照孤眠，唯望舊恩空戀戀。

曲子

戀戀。樓中燕。燕子樓空春色晚。將軍一去音容遠。空鎖樓中深怨。春風重到人不見。十二欄干倚遍。

### 其七　鶯鶯

詩曰

崔家有女名鶯鶯。未識春風先有情。河橋兵亂依蕭寺，怨紅愁綠見張生。張生一見春情重。明月拂牆花影動。夜半紅娘擁抱來，脈脈驚魂若春夢。

曲子

春夢。神仙洞。冉冉拂牆花樹動。西廂待月知誰共。更覺玉人情重。紅娘深夜行雲送。困擘釵橫金鳳。

### 其八　採蓮

詩曰

若耶溪邊天氣秋。採蓮女兒溪岸頭。笑隔荷花共人語，煙波渺渺蕩輕舟。數聲水調紅嬌晚。棹轉舟回笑人遠。腸斷誰家遊冶郎，盡日踟躕臨柳岸。

曲子

柳岸。水清淺。笑折荷花呼女伴。盈盈日照新妝面。水調空傳幽怨。扁舟日暮笑聲遠。對此令人腸斷。

### 其九　煙中怨

詩曰

鑑湖樓閣與雲齊。樓上女兒名阿溪。十五能為綺麗句，平生未解出幽閨。謝郎巧思詩裁剪。能使佳人動幽怨。瓊枝璧月結芳期，斗帳雙雙成眷戀。

曲子

眷戀。西湖岸。湖面樓台侵雲漢。阿溪本是飛瓊伴。風月朱扉斜掩。謝郎巧思詩裁剪。能動芳懷幽怨。

### 其十　離魂記

詩曰

深閨女兒嬌復癡。春愁春恨那復知。舅兄唯有相拘意，暗想花心臨別時。離舟欲解春江暮。冉冉香魂逐君去。重來兩身復一身，夢覺春風話心素。

曲子

心素。與誰語。始信別離情最苦。蘭舟欲解春江暮。精爽隨君歸去。異時攜手重來處。夢覺春風庭戶。（錄自《彊村叢書》本）

（八）調見《事林廣記‧癸集》卷十二〔宋〕無

五畫

名氏詞。

花酒。指花，指酒。滿筵有。指席上。酒滿金杯花在手。指酒，指花。頭上戴花方飲酒。以花插頭上，舉杯飲。飲罷了。放下杯。高叉手。叉手。琵琶撥盡相思調。作彈琵琶手勢。更向當筵舞袖。起身，舉兩袖舞。（錄自《和刻本類書集成》本）

按：此為宋代宴飲酒令，共一組四首，此其中之一。每句皆伴有動作，大概邊唱邊做，在筵席上勸酒之用。

## 調笑歌

宋大曲名。

即【調笑】。〔宋〕黃庭堅詞名【調笑歌】，見《山谷琴趣外篇》卷三。

詩曰

海上神仙字太真、昭陽殿裏稱心人。猶思一曲霓裳舞，散作中原胡馬塵。方士歸來說風度，梨花一枝春帶雨。分釵半鈿愁殺人，上皇倚欄獨無語。

無語。恨如許。方士歸時腸斷處。梨花一枝春帶雨。半鈿分釵親付。天長地久相思苦。渺渺鯨波無路。（錄自《彊村叢書》本）

## 調笑集句

宋大曲名。

即【調笑】。〔宋〕無名氏詞名【調笑集句】，見《樂府雅詞》卷上。

蓋聞：行樂須及良辰，種情正在吾輩。飛觴舉白，目斷巫山之暮雲；綴玉聯珠，韻勝池塘之春草。集古人之妙句，助今日之餘歡。

珠流璧合暗連文。月入千江體不分。此曲只應天上有，歌聲豈合世間聞。

巫山

巫山高高十二峰。雲想衣裳花想容。欲往從之不憚遠，丹峰碧障深重重。樓閣玲瓏五雲起。美人娟娟隔秋水。江邊一望楚天長，滿懷明月人千里。

千里。楚江水。明月樓高愁獨倚。井梧宮殿生秋意。望斷巫山十二。雪肌花貌參差是。朱閣五雲仙子。

桃源

漁舟容易入春山。別有天地非人間。玉顏亭亭花下立，鬢亂釵橫特地寒。留君不住君須去。

不知此地歸何處。春來偏是桃花水，流水落花空相誤。

相誤。桃源路。萬里蒼蒼煙水暮。留君不住君須去。秋月春風閒度。桃花零亂如紅雨。人面不知何處。

洛浦

豔陽灼灼河洛神。態濃意遠淑且真。入眼平生未曾有，緩步佯羞行玉塵。凌波不過橫塘路。風吹仙袂飄飄舉。來如春夢不多時，天非花豔輕非霧。

非霧。花無語。還似朝雲何處去。凌波不過橫塘路。燕燕鶯鶯飛舞。風吹仙袂飄飄舉。擬倩遊絲惹住。

明妃

明妃初出漢宮時。青春繡服正相宜。無端又被東風誤，故著尋常淡薄衣。上馬即知無返日。寒山一帶傷心碧。人生憔悴生理難，好在氈城莫相憶。

相憶。無消息。目斷遙天雲自白。寒山一帶傷心碧。風土蕭疏胡國。長安不見浮雲隔。縱使君來爭得。

班女

九重春色醉仙桃。春嬌滿眼睡紅綃。同輦隨君待君側，雲鬟花顏金步搖。一霎秋風驚畫扇。庭院蒼苔紅葉遍。蕊珠宮裏舊承恩，回首何時復來見。

來見。蕊宮殿。記得隨班迎鳳輦。餘花落盡蒼苔院。斜掩金鋪一片。千金賣笑無方便。和淚盈盈嬌眼。

文君

錦城絲管日紛紛。金釵半醉坐添春。相如正應居客右，當軒下馬入錦茵。斜倚綠窗鸞鑑女。琴彈秋思明心素。心有靈犀一點通。感君綢繆逐君去。

君去。逐鸞侶。斜倚綠窗鸞鑑女。琴彈秋思明心素。一寸還成千縷。錦城春色知何許。那似還山眉嫵。

吳娘

素枝瓊樹一枝春。丹青難寫是精神。偷啼自搵殘妝粉，不忍重看舊寫真。佩玉鳴鸞罷歌舞。錦瑟華年誰與度。暮雨瀟瀟郎不歸，含情欲說獨無處。

無處。難輕訴。錦瑟華年誰與度。黃昏更下瀟瀟雨。況是青春將暮。花雖無語鶯能語。來道

曾逢郎否。

琵琶

十三學得琵琶成。翡翠簾開雲母屏。暮雨朝來顏色故，夜半月高弦索鳴。江水江花豈終極。上下花間聲轉急。此恨綿綿無絕期。江州司馬青衫濕。

衫濕。情何極。上下花間聲轉急。滿船明月蘆花白。秋水長天一色。芳年未老時難得。目斷遠空凝碧。

放隊

玉爐夜起沉香煙。喚起佳人舞繡筵。去似朝雲處覓。遊間陌上拾花鈿。（錄自《粵雅堂叢書》本）

## 調笑轉踏

宋大曲名。

即【調笑】。〔宋〕鄭僅詞名【調笑轉踏】，見《樂府雅詞》卷上。

良辰易失，信四者之難並；佳客相逢，實一時之盛事。用陳妙曲，上助清歡。女伴相將，調笑入隊。

秦樓有女字羅數。二十未滿十五餘。金鐶約腕攜籠去，攀枝摘葉城南隅。使君春思如飛絮。五馬徘徊芳草路。東風吹鬢不可親，日晚鸞饑欲歸去。

歸去。攜籠女。南陽柔桑三月暮。使君春思如飛絮。五馬徘徊頻駐。鸞饑日晚空留顧。笑指秦樓歸去。

石城女子名莫愁。家住石城西渡頭。拾翠每尋芳草路，採蓮時過綠蘋洲。五陵豪客青樓上。醉倒金壺待清唱。風高江闊白浪飛，爭催艇子操雙槳。

雙槳。小舟蕩。喚取莫愁迎疊浪。五陵豪客青樓上。不道風高江廣。千金難買傾城樣。那聽繞樑清唱。

繡戶朱簾翠幕張。主人置酒宴華堂。相如年少多才調，消得文君暗斷腸。斷腸初認琴心挑。么弦暗寫相思調。從來萬曲不關心，此度傷心何草草。

草草。最年少。繡戶銀屏人窈窕。瑤琴暗寫相思調。一曲關心多少。臨邛客舍成都道。苦恨相逢不早。

湲湲流水武陵溪。洞裏春長日月遲。紅英滿地無人掃，此度劉郎去後迷。行行漸入清流淺。

香風引到神仙館。瓊漿一飲覺身輕，玉砌雲房瑞煙暖。

煙暖。武陵晚。洞裏春長花爛熳。紅英滿地溪流淺。漸聽雲中雞犬。劉郎迷路香風遠。誤到蓬萊仙館。

少年錦帶佩吳鉤。鐵馬追風塞草秋。憑仗匣中三尺劍，掃平驕虜取封侯。紅顏少婦桃花臉。笑倚銀屏施寶靨。明眸妙齒起相迎，青樓獨占陽春豔。

春豔。桃花臉。笑倚銀屏施寶靨。良人少有平戎膽。歸路光生弓劍。青樓春永香幃掩。獨把韶華都占。

翠蓋銀鞍馮子都。尋芳調笑酒家胡。吳姬十五天桃色，巧笑春風當酒壚。玉壺絲絡臨朱戶。結就羅裙表情素。紅裙不惜裂香羅，區區私愛徒相慕。

相慕。酒家女。巧笑明眸年十五。當壚春永尋芳去。門外落花飛絮。銀鞍白馬金吾子。多謝結裙情素。

樓上青簾映綠楊。江波千里對微茫。潮平越賈催船發，酒熟吳姬喚客嘗。吳姬綽約開金盞。的的嬌波流美盼。秋風一曲採菱歌，行雲不度人腸斷。

腸斷。浙江岸。樓上青簾新酒軟。吳姬綽約開金盞。的的嬌波流盼。採菱歌罷行雲散。望斷儂家心眼。

花蔭轉午漏頻移。寶鴨飄簾繡幕垂。眉山斂黛雲堆髻，醉倚春風不自持。偷眼劉郎年最少。雲情雨態知多少。花前月下惱人腸，不獨錢塘有蘇小。

蘇小。最嬌妙。幾度樽前曾調笑。雲情雨態知多少。悔恨相逢不早。劉郎襟韻正年少。風月今宵偏好。

金翹斜軃淡梳妝。綽約天葩自在芳。幾番欲奏陽關曲，淚濕春風眼尾長。落花飛絮青門道。濃愁不散連芳草。驂鸞乘鶴上蓬萊，應笑行雲空夢悄。

夢悄。翠屏曉。帳裏薰爐殘蠟照。賞心樂事能多少。忍聽陽關聲調。明朝門外長安道。悵望王孫芳草。

綽約妍姿號太真。肌膚冰雪怯輕塵。霞衣乍舉紅搖影，按出霓裳曲最新。舞釵斜軃烏雲髮。一點春心幽恨切。蓬萊雖說浪風輕，翻恨明皇此時節。

十五畫

時節。白銀闕。洞裏春晴百和燕。蘭心底事多
悲切。消盡一團冰雪。明皇恩愛雲山絕。誰道
蓬萊安悅。

江上新晴暮靄飛。碧蘆紅蓼夕陽微。富貴不牽
漁父目，塵勞難染釣人衣。白鳥孤飛煙柳杪。
採蓮越女清歌妙。腕呈金釧棹鳴榔，驚起鴛鴦
歸棹笑。

調笑。楚江渺。粉面修眉花鬥好。擘荷折柳爭
相調。驚起鴛鴦多少。漁歌齊唱催殘照。一葉
歸舟輕小。

千里潮平小渡邊。簾歌白紵絮飛天。蘇蘇不怕
梅風軟，空遣春心著意憐。燕釵玉股橫青髮。
怨託琵琶恨難說。擬將幽恨訴新愁，新愁未盡
弦聲切。

聲切。恨難說。千里潮平春浪闊。梅風不解相
思結。忍送落花飛雪。多才一去芳音絕。更對
珠簾新月。

放隊

新詞宛轉遞相傳。振袖傾鬟風露前。月落烏
啼雲雨散，遊童陌上拾花鈿。（錄自《粵雅堂叢
書》本）

去畫

## 調嘯令

即【古調笑】。〔清〕徐大鏞詞名【調嘯令】，
見《見五真齋詩餘》。

春草。春草。一碧天涯浩渺。池塘無限詩情。
枕上客兒夢驚。驚夢。驚夢。佳句至今傳誦。
（錄自清徐氏手稿本）

## 調嘯詞

即【古調笑】。〔宋〕蘇轍詞名【調嘯詞】，見
《欒城集》卷十三。

漁父。漁父。江上微風細雨。青蓑黃蒻裳衣。
紅酒白魚暮歸。歸暮。歸暮。長笛一聲何處。
（錄自文淵閣《四庫全書》本）

## 誰學得

即【漁歌子】。〔宋〕徐伸詞名【誰學得】，見
《節孝先生文集》卷十四。

飽則高歌醉即眠。只知頭白不知年。江繞屋，
水隨船。買得風光不著錢。（錄自文淵閣《四庫全
書》本）

## 慶千秋

（一）調見《翰墨大全・丁集》卷二〔宋〕無名
氏詞。

點檢堯蓂，自元宵過了，雨莢初飛。蔥蔥鬱
鬱，佳氣喜溢庭闈。唯知降、月裏姮娥，欣對
良時。但見婺星騰瑞彩，年年輝映南箕。

好是庭階蘭玉，伴一枝丹桂，戲舞萊衣。椒觴
迭將捧獻，歌曲吟詩。如王母、款對群仙，同
宴瑤池。萱草茂長春不老，百千祝壽無期。（錄
自《全宋詞》本）

（二）即【漢宮春】。《詞律》卷十四目次【漢
宮春】調注：「又名【慶千秋】。」

## 慶同天

即【河傳】。〔宋〕張先詞有「海宇，稱慶」
及「與天同」句，故名；見《張子野詞・補遺》
卷上。

海宇，稱慶。復生元聖。風入南薰。拜恩遙
闕，衣上曉色猶春。望堯雲。　　遊鈞廣樂人
疑夢。仙聲共。日轉旗光動。無疆帝算，何獨
待祝華封。與天同。（錄自《彊村叢書》本）

## 慶金枝

又名：慶金枝令。

（一）調見〔宋〕張先《張子野詞》卷一。

青螺添遠山。兩嬌靨、笑時圓。抱雲勾雪近燈
看。妍處不堪憐。　　今生但願無離別，花月
下、繡屏前。雙鸞成繭共纏綿。更結後生緣。
（錄自《彊村叢書》本）

《張子野詞》注：中呂宮。

（二）詞見《梅苑》卷六〔宋〕無名氏詞。

新春入舊年，綻梅萼、一枝先。隴頭人待信音
傳。算楚岸、未香殘。　　小枕風雪憑欄干。
下簾幕、護輕寒。年華永占入芳筵。付樽前、
漸成歡。（錄自文淵閣《四庫全書》本）

## 慶金枝令

即【慶金枝】。〔宋〕無名氏詞名【慶金枝
令】，見《高麗史・卷七十一・樂二》。

莫惜金縷衣。勸君惜、少年時。花開堪折直須
折，莫待折空枝。　　一朝杜宇才鳴後，便從
此、歇芳菲。有花有酒且開眉。莫待滿頭絲。
（錄自日本明治四十一年縮印本）

## 慶長春

即【念奴嬌】。〔宋〕鐵筆翁詞名【慶長春】，見《翰墨大全‧丙集》卷十四。

有酒如澠，便開懷痛飲，我歌君拍。世事輪雲都莫問，只要顏紅鬢黑。鶗燕風清，鴛鴦水暖，打當生申節。薰風來也，幾人感戴翁德。　　好是駕海胸襟，屠龍手段，一笑乾坤窄。門外塵濤三百尺，不博剡溪一雪。綠幕紅圍，妙歌細舞，且醉三千客。問翁年紀，廣成千有二百。（錄自《全宋詞》本）

## 慶青春

調見《朱淑真集注‧後集》卷一〔宋〕無名氏殘句。

平明一陣催花雨。（錄自浙江古籍出版社排印本）

## 慶佳節

（一）調見〔宋〕張先《張子野詞》卷一。

莫風流。莫風流。風流後有閑愁。花滿南園月滿樓。偏使我、憶歡遊。　　我憶歡遊無計奈，除卻且醉金甌。醉了醒來春復秋，我心事、幾時休。（錄自《彊村叢書》本）

《張子野詞》注：雙調。

（二）調見〔宋〕張先《張子野詞》卷一。

芳菲節。芳菲節。天意應不虛設。對酒高歌玉壺缺。慎莫負、狂風月。　　人間萬事何時歇。空贏得、鬢成雪。我有閑愁與君說。且莫用、輕離別。（錄自《彊村叢書》本）

《張子野詞》注：雙調。

## 慶宣和

調見〔元〕張可久《小山樂府》。

雲影天光乍有無。老樹扶疏。萬柄高荷小西湖。聽雨。聽雨。（錄自中華書局排印本）

《欽定詞譜》卷一【慶宣和】調注：「此元人小令，亦名葉兒樂府，即元曲所自始也。因仿明楊慎《詞林萬選》例，擇其尤雅者，採入以備一體。」

## 慶春宮

又名：慶宮春

（一）調見〔宋〕周邦彥《片玉集》卷六。

雲接平岡，山圍寒野，路回漸轉孤城。衰柳啼鴉，驚風驅雁，動人一片秋聲。倦途休駕，淡煙裏、微茫見星。塵埃憔悴，生怕黃昏，離思牽縈。　　華堂舊日逢迎。花豔參差，香霧飄零。弦管當頭，偏憐嬌鳳，夜深簧暖笙清。眼波傳意，恨密約、匆匆未成。許多煩惱，只為當時，一餉留情。（錄自《彊村叢書》本）

《片玉集》注：越調。《夢窗詞集》注：無射商。

（二）調見〔宋〕王沂孫《碧山詞》。

明玉擎金，纖羅飄帶，為君起舞回雪。柔影參差，幽芳零亂，翠圍腰瘦一捻。歲華相誤，記前度、湘皋怨別。哀弦重聽，都是淒涼，未須彈徹。　　國香到此誰憐，煙冷沙昏，頓成愁絕。花惱難禁，酒銷欲盡，門外冰澌初結。試招仙魄，怕今夜、瑤簪凍折。攜盤獨出，空想咸陽，故宮落月。（錄自清道光范鍇《三家詞》本）

（三）即【高陽台】。《欽定詞譜》卷二十八【高陽台】調注：「王沂孫詞名【慶春宮】。」按：清道光范鍇《三家詞》本《碧山詞》所載【慶春宮】詞，係一百零二字仄韻，與【高陽台】不相關聯。況王沂孫之【慶春宮】詞《欽定詞譜》已列入卷三十之【慶春宮】調。《欽定詞譜》所指不明。

## 慶春時

調見〔宋〕晏幾道《小山詞》。

倚天樓殿，昇平風月，彩仗春移。鶯絲鳳竹，長生調裏，迎得翠輿歸。　　雕鞍遊罷，何處還有心期。濃薰翠被，深停畫燭，人約月西時。（錄自汲古閣《宋六十名家詞》本）

## 慶春澤

（一）調見〔宋〕張先《張子野詞‧補遺》卷上。

飛閣危橋相倚。人獨立東風，滿衣輕絮。還記憶江南，如今天氣。正白蘋花，繞堤漲流水。　　寒梅落盡誰寄。方春意無窮，青空千里。愁草樹依依，關城初閉。對月黃昏，角聲傍煙起。（錄自《彊村叢書》本）

（二）調見《梅苑》卷二〔宋〕無名氏詞。

曉風嚴，正蕭然兔園，薄霧微罩。梅漸弄白，聳危苞、勻勝胭脂，半點瓊瑰小。望江南、信息何杳。縱壽陽妍姿，學就新妝，暗香須少。　　幽豔滿寒梢，更遊蜂舞蝶，渾無飛繞。天賦品格，借東皇施巧。孤根占得春前俊，笑雪霜、謾欺容貌。況此花高強，終待和羹，肯饒

芳草。（錄自文淵閣《四庫全書》本）

（三）即【高陽台】。〔宋〕劉鎮詞名【慶春澤】，見《中興以來絕妙詞選》卷八。

　　燈火烘春，樓台浸月，良宵一刻千金。錦步承蓮，彩雲簇仗難尋。蓬壺影動星球轉，映兩行、寶珥瑤簪。恣嬉遊，玉漏聲催，未歇芳心。　　笙歌十里誇張地，記年時行樂，憔悴而今。客裏情懷，伴人閒笑閒吟。小桃未靜劉郎老，把相思、細寫瑤琴。怕歸來，紅紫欺風，三徑成陰。（錄自涉園影宋本）

## 慶春澤慢

即【高陽台】。〔清〕沈學淵詞名【慶春澤慢】，見《桂留山房詞集》。

　　舊憶詞箋，新添酒侶，偶來倚棹城西。兩兩萍花，峭風約住前溪。相逢況有登臨癖，喜招涼、先醒詩脾。共留題，雨罨岩扃，樹壓禪扉。　　官齋暫飽桃花米，奈文無遠寄，便賦歸兮。今雨無多，愁雲直恁淒迷。關情唱到江南曲，問鵑聲、何苦宵啼。且沖泥，一路看山，竹傘油衣。（錄自清道光刻本）

按：《欽定詞譜》卷二十八【高陽台】調注：「劉鎮詞名【慶春澤慢】。」未知何據，待考。

## 慶宮春

即【慶春宮】。〔清〕何鼎詞名【慶宮春】，見《香草詞》。

　　鴨嘴船拋，羊頭車上，硯囊劍匣齊駕。擊腦雄風，粘鬚雌霧，濁汎偏漙平野。幾枝枯柳，杳不見、香簾粉榭。驢逢店喜，馬遇橋停，戍墩旗下。　　賣漿竹舍無煙，斫獲支垣，伐蘆充瓦。殘鐺粥冷，破簾酒澀，設在松棚瓜架。昇夫先懶，土屋內、呼人宿罷。客途極目，怎及家山，卷天圖畫。（錄自清乾隆鈔稿本）

清蔣敦復《慶宮春》序：「此調《詞律》以為【慶春宮】作【慶宮春】者誤。然調名如【帝台春】、【春樓春】、【沁園春】、【越溪春】、【漢宮春】者不一，而足何所據而必非【慶宮春】乎。至《詞綜》【慶春澤】之誤，亦【慶春宮】誤之也。」

## 慶清明

即【慶清朝】。〔清〕張景祈詞名【慶清明】，見《新衡詞》卷六。

　　柳色侵袍，蘋絲度鏡，江南芳暗年年。新詩袖裏醉吟，獨自垂鞭。更與倚欄縱目，蕩胸雲氣五湖天。西窗下，翠生硯几，涼偏琴弦。

　　金谷俊遊易冷，記霧深花密，曲奏靈仙。蓬山夢遠，空尋海嶠風煙。待約米家畫舫，兩頭簫管酒如泉。香溪去，聽歌最好，一路紅蓮。（錄自清光緒九年刻本）

## 慶清朝

又名：清朝慢、慶清明、慶清朝慢。

（一）調見〔宋〕曹勛《松隱樂府》卷二。

　　絳羅紫色，茸金麗蕊，秀格壓盡群芳。人間第一嬌嬈，深紫輕黃。乍過夜來穀雨，盈盈明豔惹天香。春風暖，寶幄競倚，名稱花王。　　朝檻五雲擁秀，護曉日、偏宜翠幕高張。穠姿露葉，臨賞須趁韶光。最喜鑑鸞初試，數枝姚魏插宮妝。然絳蠟，共花拚醉，莫靳瑤觴。（錄自《彊村叢書》本）

（二）調見《陽春白雪》卷六〔宋〕李宏模詞。

　　碧玉雲深，形綃霧薄，芳叢亂迷秋渚。重城傍水，中有吹簫儔侶。應是瓊樓夜冷，月明誰伴乘鸞女。仙遊處。翠帟障塵，紅綺隨步。　　別岸玉容佇倚，愛淺抹蜂黃，淡籠紈素。嬌羞未語，脈脈悲煙泣露。彩扇何人，妙筆丹青，招得花魂住。歌聲暮。夢入錦江，香裏歸路。（錄自清吟閣刻本）

## 慶清朝慢

即【慶清朝】。〔宋〕王觀詞名【慶清朝慢】，見《唐宋諸賢絕妙詞選》卷五。

　　調雨為酥，催冰做水，東君分付春還。何人便將輕暖，點破殘寒。結伴踏青去好，平頭鞋子小雙鸞。煙郊外，望中秀色，如有無間。　　晴則個，陰則個，餖飣得天氣，有許多般。須教鎔花撥柳，爭要先看。不道吳綾繡襪，香泥斜沁幾行斑。東風巧，盡收翠綠，吹在眉山。（錄自文淵閣《四庫全書》本）

## 慶新壽

宋詞調名。原調已佚。〔宋〕無名氏《驀山溪》集曲子詞有「慶新壽」句，輯名。集曲子詞見《翰墨大全‧丁集》卷四。

## 慶壽光

〔宋〕晁端禮自度曲，見《閒齋琴趣外篇》卷三。

> 丹宸疏恩，慶闈受命，聖朝廣孝非常。大邑高封，名兼壽考輝光。閭巷相傳盛事，煥絲五色成章。崇新棟，天語榮誇，共瞻積善華堂。　靈龜薦社，紫鸞稱壽，千鍾泛酒，百和焚香。況有新教歌舞，妙選絲篁。餘慶從今遝至，看兒孫、朱紫成行。聞說道，賢德陰功，姓名仍在仙鄉。（錄自校輯宋金元人詞引星鳳閣鈔本）

詞序：「叔祖母黃氏，年九十一歲。其長子嘗齒仕籍。大觀赦恩，例許敘封。事在可疑，有司難之。次子論列於朝，特封壽光縣太君。誥詞有【蘊仁積善】之褒，因採綸言，以名所居之堂曰『積善』，日與親舊歌酒為壽於其間，命族孫端禮作【慶壽光】曲，以紀一時之美。」

## 慶雙椿

即【浣溪沙】。〔宋〕王以寧詞名【慶雙椿】，見《王用士詞》。

> 問政山頭景氣嘉。仙家綠酒薦菖芽。仙郎玉女共乘槎。　學士文章舒錦繡，夫人冠帔爛雲霞。壽香來是道人家。（錄自《彊村叢書》本）

## 慶靈椿

即【攤破南鄉子】。〔宋〕無名氏詞有「壽堂已慶靈椿老」句，故名；見《截江網》卷六。

> 瑞溪庭，滿閫秋色好，簾幕低垂。一床簪笏人間盛，沉檀影裏，笙歌沸處，齊捧瑤卮。　習禮復明詩。胡氏清畏人知。壽堂已慶靈椿老，年年歲歲，重添嫩葉，頻長繁枝。（錄自《全宋詞》本）

## 憐薄命

即【祝英台近】。〔宋〕戴復古妻詞有「惜多才，憐薄命」句，故名；見《輟耕錄》卷四。

> 惜多才，憐薄命，無計可留汝。揉碎花箋，忍寫斷腸句。道傍楊柳依依，千絲萬縷，抵不住、一分愁緒。　如何訴。便教緣盡今生，此身已輕許。捉月盟言，不是夢中語。後回君若重來，不相忘處，把杯酒、澆奴墳土。（錄自《四部叢刊》本）

《輟耕錄》卷四：「戴石屏先生未遇時，流寓江

右江寧，武寧有富家翁愛其才，以女妻之。居二三年，忽欲作歸計。妻問其故，告以曾娶。妻白之父，父怒。妻宛曲解釋，盡以奩具贈夫，仍餞於詞云（詞略）。夫既別，遂赴水死，可謂賢烈也已。」

## 養家苦

調見〔金〕馬鈺《洞玄金玉集》卷七。

> 養家苦，火坑深。萬塵埋沒不能禁。遇風仙，物外尋。　修行好，煉陽陰。淨清能見水中金。現光輝，罩寶岑。（錄自涵芬樓影明《道藏》本）

按：馬鈺詞有「養家苦，火坑深」句，故名【養家苦】。

## 慣饒人

調見《朱淑真集注‧前集》卷九〔宋〕無名氏詞殘句。

> 盡啜情一飽，淚珠彈了重搵，背人睡也。（錄自浙江古籍出版社排印本）

## 鄭郎子辭

調見《敦煌歌辭總編》卷二〔唐〕無名氏詞。

> 青絲弦，揮白玉。宮商角徵羽，五音足。何時得對明主彈，一弦彈卻天下曲。（錄自上海古籍出版社排印本）

按：原載（斯）六五三七、（伯）三二七一。原本「辭」作「詞」。

《敦煌歌辭總編》卷二：「鄭郎子三字原為樂工名，猶之【何滿子】詞何滿子亦樂工名。唐樂工多以子名，如《通典》載：『開元後，歌工李郎子』，《太平廣記》三四八郭鄩條引《劇談錄》載：『安品子善歌，是日歌數曲。』皆是。」

## 澗底松

調見〔清〕陳克常《藤花館詩餘》。

> 奇奇怪怪，數百年前物，只今猶在。縱橫舒八跪似蟹。旁行態。蝴蚪僵寒，又若蒼龍睡。雪壓苔埋，鳥剝蟲穿，不受樵天賣。　難繪一株檜，森森鬱鬱，滿地涼雲蓋。盡有十圍，恨無千尺，漫想參天黛。寶晉齋中君記否，松身柏葉高還大。想如今、定歸劫火，廢地滿蕭艾。（錄自清光緒家刻本）

詞序：「海陵城中書院，有古檜一株，高僅數

尺。而屈伸拿攫，橫出畝餘，百年物也。旅次偕周君繼倫往觀。因憶吾郡寶晉齋中古檜，形勢高大，較此為優，但已遭賊氛，不免彼此之感，為譜此詞。」

## 劈瑤釵

調見《詞綜補遺》卷九十五〔清〕吉珠詞。

　　懶畫眉。自顰眉。一晌相思一晌悲。昨夜夢郎郎似舊，攜手。醒來無計挽郎衣，曉鶯啼。（錄自書目文獻出版社影印本）

## 嬌木笪

調見《曲律》卷四引《樂府渾成》〔宋〕無名氏詞。

　　酒入愁腸，誰通道、都是淚珠兒滴。又怎知道恁他憶。再相逢、瘦了才信得。（錄自《全宋詞》本）

## 絅梅

〔清〕毛先舒自度曲。

《填詞名解》卷四：「范成大《梅譜》載百葉絅梅，亦名黃香梅。毛稚黃自度曲名之【絅梅】，字九十五。」

按：詞未見，待補。

## 緱山月

又名：步雲鞋、軟翻鞋、清心月。

調見〔元〕梁寅《石門詞》。

　　急雨響岩阿。陰雲暗薜蘿。山中春去更寒多。縱柴門不閉，花滿徑，蒼苔滿，少人過。蘭舟曾記蘭汀宿，牽恨是煙波。而今林下和樵歌。看風風雨雨，滋造物，時時變，總心和。（錄自《彊村叢書》本）

《列仙傳》卷上：「王子喬者，周靈王太子晉也，好吹笙，作鳳凰鳴。遊伊、洛之間，道士浮丘公接以上嵩山。三十餘年後，求之於山，見桓良曰：『告我家，七月七日待我於緱氏山巔。』至時，果乘白鶴駐山頭，望之不得到。舉手謝時人，數日而去。」

## 緩緩歌

即【清平調】。

《古今詞話·詞辨》卷上：「吳越王妃每歲歸臨安，王以書遺之云：『陌上花開，可緩緩歸矣。』吳人用其語為【緩緩歌】。」

按：詳見【清平調】調。

## 緩緩歸曲

即【憶江南】。〔清〕柴才詞名【緩緩歸曲】，見《百一草堂集集唐詩餘》。

　　三春暮，步步惜風花。幽榭名園臨紫陌，小橋流水接平沙。芳草引還家。（錄自清乾隆刻本）

## 樂世

即【六么令】。

《唐音癸籤》卷十三：「《樂世》羽調曲。初，唐人賀朝詩有：『上客無勞散，聽歌樂世娘。』張說集亦有【樂世】詞。」

按：參見【六么令】調。

## 樂世辭

調見《敦煌歌辭總編》卷二〔唐〕沈宇詞。

　　菊黃蘆白雁南飛。羌笛胡琴淚濕衣。見君長別秋江水，一去東流何日歸。（錄自上海古籍出版社排印本）

按：原載（斯）六五三七、（伯）三二七一。原本「辭」作「詞」。今依《敦煌歌辭總編》。

## 樂府合歡曲

又名：百衲錦。

調見〔元〕王惲《秋澗樂府》卷四。

　　驛塵紅。荔枝風。吹斷繁華一夢空。玉輦不來宮殿閉，青山依舊御牆中。（錄自《彊村叢書》本）

詞序：「讀《開元遺事》去取唐人詩而為之，一名【百衲錦】，因觀任南麓所畫《華清宮》圖而作。」

按：此係元曲，因在詞集中，故錄而備閱。

## 樂府烏衣怨

即【點絳唇】。〔金〕元好問詞名【樂府烏衣怨】，見《遺山先生新樂府》卷三。

　　香冷雲兜，後期紅線知何許。謝家兒女。解得辭巢語。　　畫棟珠簾，恨不經年住。匆匆去。岸花汀樹。寂寞瀟湘雨。（錄自《全金元詞》本）

詞注：「舊名【點絳唇】。」

## 樂春風

調見《繡谷春容・吳生尋芳雅集》〔明〕無名氏詞。

> 錦褥香棲，幽閨深鎖。幾番神思蓬瀛，今得身遊夢所。風流何處值錢多。　　蘭蕙舒芬更，桃榴破顆。嬌羞嫣娜，情重處、玉堂金谷皆左。才識得、一刻千金價果。（錄自《中國話本大系》本）

## 樂遊曲

調見《全唐詩・附詞》〔五代〕陳金鳳詞。

> 龍舟搖曳東復東。採蓮湖上紅更紅。波淡淡，水溶溶。奴隔荷花路不通。（錄自清揚州詩局本）

《金鳳外傳》略云：「二月上巳，閩主延鈞修禊桑溪，金鳳偕後宮新衣文錦，列坐水次，流觴娛暢，沉麝之氣，環佩之香，達於遠近。途中絲竹管弦，更番迭奏。端陽日，造彩舫數十於西湖，每舫載宮女二十餘人，衣短衣鼓楫爭先，延鈞御大龍舟以觀。金鳳作【樂遊曲】，使宮女同聲歌之。」

《賭棋山莊詞話》卷六：「按【樂遊】諸家選詞概不收錄。其音節與張志和【漁歌子】極相類，是固絕妙好詞者。紅友《詞律》據以為譜，真不為無見也。」

《詞律》卷一【樂游曲】調注：「是調二首。此首與【漁歌子・松江蟹舍】一首相近。想其腔各異也。」杜按：「《詞譜》未收此調。萬氏謂與【漁歌子・松江蟹舍】相近，誠然疑即【漁歌子】也。」

《詞律箋榷》卷一：「《詞律》謂【樂遊曲】與【漁歌子・松江蟹舍】相近，想其腔各異。杜氏校勘記謂疑即【漁歌子】。余按：所謂【漁歌子】者，謂張子【漁父】也。【漁父】之調，張志和已成四體，而其句平易似近體詩。此則二首皆用古詩句為之。若僅以『龍舟搖曳』一首比『松江蟹舍』猶可，譬諸近體詩之有拗句；無如其更有一首，絕難與【漁父】相比者。」

## 樂語

宋大曲名。

調見〔宋〕王義山《稼村樂府》。

> 八葉蓂香夏氣清。坤闈有慶佛同生。楓宸稱壽雲霄迥，蘋野沾恩雨露深。祚永萬年齊晉福，

孝濡九有樂昇平。電樞又報祥光繞，虎拜揚休天子明。

唱

> 金闕深深，正夏日初長禁柳青。祥煙紛簇，紅雲一朵，飛度彤庭。千妃隨步處，覺薰風、微拂觚棱。天顏喜，向東朝長樂，獻九霞觥。　　分明。西崑王母，來從光碧駕飛軿。為言今日，金仙新浴，共慶長生。捧桃上壽，天一笑、賜宴蓬瀛。沸歡聲。道明朝前殿，又祝椿齡。

勾問隊心

> 妾聞舜殿重華，薰風初奏；唐宮興慶，壽日新逢。遠方稱讚效微誠，女隊蹁躚呈妙舞。腰翻翠柳，步趁金蓮。豈無皓齒之歌，可表丹心之祝。相攜纖手，共舞華茵。

唱柘枝令

> 西山元是神仙境，瑞氣鬱森森。彩鸞飛下五雲深。急管遞繁音。　　碧鬢影斜花欲顫，輕盈蓮步移金。紫檀催拍莫沉吟。傳入柘枝心。

花心唱

> 慈元宮殿五雲開。壽獻九霞杯。步隨王母共徘徊。仙子下瑤台。　　紅袖引翻鸞鏡媚，婆娑雪□風回。繁弦脆管莫相催。齊唱柘枝來。

四角唱

> 風吹仙袂飄飄舉，底事下蓬萊。東朝遙祝萬年杯。玉液瀉金罍。　　天上蟠桃又熟，暈酡顏、紅染芳腮。年年摘取獻天階。齊舞柘枝來。

遣隊

> 銅壺漏轉，屢驚花影之移；桂棹風輕，已覺蓬萊之近。覆茵已慁，雪鼓重催。歌舞既周，好去好去。

勾隊

> 瞻壽星於南極，瑞啟東朝；移仙馭於西山，望傾北闕。式歌且舞，共祝無疆。

吳仙詩

> 一曲清歌豔彩鸞。金爐香擁氣如蘭。西山高與南山接，剩有當時卻老丹。

唱

> 千年紫極鎖煙蘿。豔質含羞斂翠蛾。遠睇慈元稱壽處，不妨連臂，大家重與，楚舞更吳歌。

諶仙詩

> 冉冉飛霜綴綺裳。遙知諶母下丹陽。黃金煉就三山藥，來採蒲花獻壽觴。

**唱**

秘傳玉訣自靈修。家在仙山最上頭。更有仙茅香馥郁，年年今日，薰風時候，掇取獻龍樓。

**鶴山詩**

飲馬池邊號浴仙。仙姿化鶴古今傳。金經尤有延年訣，未數莊椿壽八千。

**唱**

自在雲間白鶴飛。晴川浴罷不勝衣。旋裁五色冰蠶錦，千花覆處，三呼聲裏，惹得御香歸。

**龍仙詩**

楚尾吳頭風乍薰。滄波深擁小龍君。願朝帝母龍樓晚，來曳霞裾駕五雲。

**唱**

閒雲潭影日悠悠。暮倚朱簾更少留。龍壽本齊箕與翼，□從今日，一年一度，東極慶千秋。

**柏仙詩**

古柏林間小劍仙。雲鬟低綰轡輕蟬。願持天上長生籙，來祝東朝億萬年。

**唱**

新吳曾遇許旌陽。寶氣橫空一劍長。願祝慈闈長不老，天長地久，有如此柏，萬古鎮蒼蒼。

**遣隊**

花朝日轉，睹妙舞之初停；蓮步雲生，學飛仙之難駐。遙瞻翠閣，已啟金烏。待擬重來，不妨好去。　壺嶠天低樂聖時。南薰初試度蘭池。影飛霞佩朝金殿，曲奏雲和獻玉卮。稽首萬年堯曆永，承顏五色舜衣垂。仙家更有蟠桃在，明日重來謁帝墀。

**唱**

龍樓日永，鶴禁風薰，拂曉壽星光現。無限霞裾，欣傳帝母，與佛同生華旦。佳氣慈闈，看龍顏歡動，玉卮親勸。捧祝殷勤，對萱草青松，菖蒲翠軟。奇香噴，階前芍藥，頻繁紅深紫淺。　遙望千官鷺序，曉仗初齊，趨觀慈元宮殿。更喜明朝，虹流佳節，同聽嵩山呼萬。湛露重重，燕慶兩宮，盛事如今親見。齊祝願、西崑凝碧，南山增綠，與天齊算。身長好，年年拜舞宮花顯。

**勾隊**

萬歲山前，三呼祝壽；千花海裏，一□□□。從來無日不春，況是薰風初夏。薔薇□□，芍藥翻階。葵欲向陽，榴將噴火。正好共尋奇卉，來獻芳筵。對仙李之盤根，今朝一轉；慶蟠桃之結實，明日重來。上侑清歡，千花入隊。

**萬年枝詩**

百子池邊景最奇。無人識是萬年枝。細花密葉青青子，常得披香雨露滋。東風向晚薰風早。禁路飛花沾壽草。年年聖主壽慈闈，先獻此花名字好。

**唱**

先獻此花名字好。密葉長青，翠羽搖仙葆。紫禁風薰驚夏到。花飛細□香堪掃。　拂曉宮娃爭報道。無限瓊妃，縹緲來蓬島。來向慈闈勤頌禱。萬年枝□同難老。

**長春花詩**

東風不與世情同。多付春光向此中。葉裏盡藏雲外綠，枝頭剩帶日邊紅。百花能占春多少。何似春顏長自好。清和時候捲紅綃，端的長春春不老。

**唱**

端的長春春不老。玉頰微紅，酒暈精神好。多謝天工相懊惱。花間不問春遲早。　風外新篁搖翠葆。長樂宮邊，綠蔭籠馳道。此際稱觴非草草。絳仙親下蓬萊島。

**菖蒲花詩**

昔年有母見花輪。富貴長年不記春。今報紫茸依碧節，獻來慈極壽莊椿。漢家天子嵩山路。又見蒲仙相與語。而今帝母兩怡愉，莫忘九疑山上侶。

**唱**

莫忘九疑山上侶。住在山中，白石清泉處。好與長年沾雨露。靈根下遣蟠虯護。　青青九節長如許。早晚成花，教見薰風度。十二節添須記取。千年一節從頭數。

**萱草花詩**

當年子建可詩章。綠葉丹花有曄光。為道宜男仍永世，福齊太姒熾而昌。猶記夏侯曾與賦。灼灼朱華人嘉句。紫微右極是慈闈，歲歲丹霞天近處。

**唱**

歲歲丹霞天近處。借問殷勤，何以逢蘭杜。碧砌玉欄春不去。清香長逐薰風度。　況是恩光新雨露。綠葉青青，蔥翠長如許。端的萱花仙伴侶。年年今日階前舞。

**石榴花詩**

待闋南風欲上場。陰陰稚綠繞丹牆。石榴已著乾紅蕾，無盡春光盡更強。不因博望來西域。安得名花出安石。朝元閣上舊風光，猶是太真

親手植。

唱

猶是太真親手植。猩染鮮葩，歲歲如曾拭。絳節青旄光耀日。分明是個神仙匹。　　引領金扉紅的的。下有仙妃，纖手輕輕摘。為道朱顏常似得。今朝摘取呈慈極。

### 梔子花詩

當年曾記晉華林。望氣紅黃梔子深。有敕諸官勤守護，花開如玉子如金。此花端的名薝蔔。千佛林中清更潔。從知帝母佛同生，移向慈元供壽佛。

唱

移向慈元供壽佛。壓倒群花，端的成清絕。青萼玉包全未坼。薰風微處留香雪。　　未坼香包香已冽。沉水龍涎，不用金爐爇。花露輕輕和玉屑。金仙付與長生訣。

### 薔薇花詩

碎剪紅綃間綠叢。風流疑在列仙宮。朝真更欲薰香去，爭擲霓衣上寶籠。忽驚錦浪洗春色。又似宮娃逞妝飾。會當一遺移花根，還比蒲桃天上植。

唱

還比蒲桃天上植。稚柳陰中，蜀錦開如織。萬歲藤邊嬌五色。宜春館裏香尋覓。　　七十二行鮮的的。歲歲如今，早趁薰風摘。金掌露濃堪愛惜。龍涎華潤凝光碧。

### 芍藥花詩

倚竹佳人翠袖長。阿姨天上舞霓裳。嬌紅凝臉西施醉，青玉欄干說疊香。晚春早夏揚州路。濃妝初試鵝紅妒。何如御傘披垣中，日日傳宣金掌露。

唱

日日傳宣金掌露。當殿芳菲，似約春長駐。微紫深紅渾謾與。淡妝偏趁泥金縷。　　拂早薰風花裏度。吹送香塵，東殿稱觴處。歌罷花仙歸洞府。采鸞駕霧來南浦。

### 宮柳花詩

御牆側畔綠垂垂。接夏連春花點衣。好似雪茵胡旋舞，樓台簾幕燕初飛。薰風日永龍墀曉。宮妃簇仗呈千巧。就中妙舞最工奇，戲袞玉球添一笑。

唱

戲袞玉球添一笑。笑道輕狂，似惹人間少。偏倚龍池依鳳沼。隨風得得低徊繞。　　掠面點

衣誇百巧。似雪飛花，點束梁園好。葱住金虯香篆嫋。上林不放春光老。

### 蟠桃花詩

蕊珠仙子駕紅雲。來說瑤池□□春。道是當年和露種，三千花實又從新。紅雲元透西崑路。青鳥銜枝花□□。薰風初動子成初，消息一年傳一度。

唱

消息一年傳一度。萬歲枝香，總是留春處。曾倚東風嬌不語。玉階霞袂飄飄舉。　　蓬萊清淺紅雲路。結子新成，要薦金盤去。一實三千須記取。東朝宴罷回青羽。

眾唱

十樣仙葩天也愛。留住春光，一一嬌相賽。萬里鶯花開世界。園林點檢隨時採。　　□□□眉仙體態。天與司花，舞徹歌還再。獻與千官頭上戴。年年萬歲聲中拜。（錄自《彊村叢書》本）

# 十六畫

## 蕙香囊

即【鵲橋仙】。〔宋〕歐陽修詞名【蕙香囊】，見《醉翁琴趣外篇》卷五。

身作琵琶，調全宮羽，佳人自然用意。寶檀槽在雪胸前，倚香臍、橫枕瓊臂。　　組帶金鉤，背垂紅綬，纖指轉弦韻細。願伊只恁撥梁州，且多時、得在懷裏。（錄自雙照樓影宋本）

## 蕙清風

調見〔宋〕賀鑄《賀方回詞》卷一。

何許最悲秋，淒風殘照。臨水復登山，莞然西笑。車馬幾番塵，自古長安道。問誰是、後來年少。　　飛集兩悠悠，江濱海島。乘雁與雙鳧，強分多少。傳語酒家胡，歲晚從吾好。待做個、醉鄉遺老。（錄自《彊村叢書》本）

## 蕙蘭芳

即【蕙蘭芳引】。〔宋〕方千里詞名【蕙蘭芳】，見《和清真詞》。

庭院雨晴，倚斜照、睡餘雙鶯。正學染修蛾，官柳細勻黛綠。繡簾半捲，透笑語、瑣窗華屋。帶脆聲咽韻，遠近時聞絲竹。　乍著單衣，才拈圓扇，氣候暄燠。趁驕馬香車，同按繡坊畫曲。人生如寄，浪勤耳目。歸醉鄉，猶勝旅情愁獨。（錄自汲古閣《宋六十名家詞》本）

## 蕙蘭芳引

又名：蕙蘭芳。

調見〔宋〕周邦彥《片玉集》卷五。

寒瑩晚空，點清鏡、斷霞孤鶩。對客館深扃，霜草未衰更綠。倦遊厭旅，但夢繞、阿嬌金屋。想故人別後，盡日空疑風竹。　塞北氍毹，江南圖障，是處溫燠。更花管雲箋，猶寫寄情舊曲。音塵迢遞，但勞遠目。今夜長，爭奈枕單人獨。（錄自《彊村叢書》本）

《片玉集》注：仙呂調。《夢窗詞集》注：林鐘商，俗名歇指調。

## 憨郭郎

（一）即【誤桃源】。〔金〕王喆詞名【憨郭郎】，見《重陽全真集》卷五。

深憎憎愈甚，深愛愛尤多。兩般多在意，看如何。　他歡如自喜，他病似身病。心中成一體，各消磨。（錄自涵芬樓影明《道藏》本）

《樂府雜錄》「傀儡子」條：「其引歌舞有郭郎者，髮正禿，善優笑，閭里呼為郭郎。凡戲場必在俳兒之首也。」

（二）調見〔金〕馬鈺《洞玄金玉集》卷七。

休要強貪名利，休要戀妻男。免輪迴、生死苦，做癡憨。　清淨自然明道，神氣自相參，功成朝玉帝，跨雲驂。（錄自涵芬樓影明《道藏》本）

## 蕃女怨

調見《花間集》卷二〔唐〕溫庭筠詞。

萬枝香雪開已遍。細雨雙燕。鈿蟬箏，金雀扇。畫梁相見。雁門消息不歸來。又飛回。（錄自雙照樓影明仿宋本）

《金奩集》注：南呂宮。

## 蕉林聽雨

〔清〕金農自度曲，見《冬心先生自度曲》。

翠幄遮蔭。碧帷搖影。清夏風光暝。窠石連

綿，高梧相掩映。轉眼秋來，憔悴恰如酒病。　雨聲偏在芭蕉上，僧廊下、白頭人聽。聽了還聽。夜長數不盡。覺空階點滴，無些兒分。（錄自清乾隆刻本）

詞注：「十三句，六十四字。」

## 蕉葉怨

即【南鄉子】。〔清〕蔣起榮詞名【蕉葉怨】，見《眾香詞·御集》。

雨霽晚煙收。嫩綠微黃映小樓。占得妝台新畫樣，眉頭。常伴佳人翠黛鉤。　青眼為誰投。瘦盡纖腰只帶愁。日永三眠渾未起，悠悠。萬縷情絲漾釣舟。（錄自大東書局影誦芬室本）

## 蕊花結

〔清〕沈豐垣自製曲，見《瑤華集》卷七。

怪無端、黯黯孤燈，蕊花欲結。料沒此憑據，賺人何事，拚教撲滅。別離恨，支離句，總未曉、甚時歇。　誰還信、斂雙眉，長是為伊愁絕。夜深時，只欲把、紫簫吹裂。還睡也，枕兒畔，掛一片、明河月。（錄自清康熙天藜閣刻本）

詞注：「自製曲。」

按：沈豐垣詞有「怪無端黯黯孤燈，蕊花欲結」句，故名【蕊花結】。

## 蕊珠

〔清〕丁澎新譜犯曲，見《扶荔詞》卷一。

東風慣鎖雙眉結。難掃愁峰千疊。小樓同夢桃花月。私語分明，牢記與伊說。　花欄綠蕪藏迷蝶。也羞妾。偷將寫恨紅箋摺。迸淚和愁，錦字半明滅。（錄自清康熙家刻本）

詞注：「和愁。新譜犯曲。上二句【秋蕊香】，下三句【一斛珠】；後段同。」

## 蕊珠宮

即【夜遊宮】。〔金〕王喆詞名【蕊珠宮】，見《重陽分梨十化集》卷下。

栗子二三個。這芋頭的端六個。分付清閒唯兩個。尋思個。甘甜味，怎生個。　五臟明明個。又六腑、不差此個。更有金丹此一個。十二個。請翁婆，會則個。（錄自涵芬樓影明《道藏》本）

## 蕊珠間

調見〔宋〕趙彥端《介庵趙寶文雅詞》卷三。

浦雲融，梅風斷，碧水無情輕度。有嬌黃上林梢，向春欲舞。綠煙迷畫，淺寒欺暮。不勝小樓凝佇。　倦遊處。故人相見易阻。花事從今堪數。片帆無恙，好在一篙新雨。醉袍宮錦，畫羅金縷。莫教恨傳幽句。（錄自明吳訥《百家詞》本）

## 燕山竹枝

調見〔清〕郭士璟《句雲堂詞》。

春風是處解人歡。走馬兒郎挾彈看。最喜半空雙蝶舞，又來橋畔賽拋丸。（錄自清刻本）

## 燕交飛

調見〔清〕茅麟《溯紅詞》。

微醉貪睡薰繡被，掩紅窗。春夢殘。合眼。見蕭郎。無語意偏忙。雙雙。風花一霎狂。盡思量。（錄自《全清詞》本）

## 燕樓巢

〔清〕陸進自度曲，見《巢青閣詩餘・付雪詞》。

滿路落花三月暮，羈人已是魂消。那堪風雨又蕭蕭。回首故園何處是，聊貰酒，把愁澆。　年少幾時成老大，徒憐鬢髮蕭騷。無憑蹤跡似蓬飄。燕子重來弄畫棟，空冷落、舊樓巢。（錄自清康熙刻本）

詞注：「自度曲。」

按：陸進詞有「燕子重來弄畫棟，空冷落、舊樓巢」句，故名【燕樓巢】。

## 燕銜花

〔清〕丁澎自度曲，見《扶荔詞》卷一。

吹落燕銜花絮。著意留他住。簾櫳斜入復飛來，凝眸乍，已隨春暗去。　欹枕小眠鶯起，沒個安排處。剔勻殘穗又燈花，郎歸也、正蕭蕭暮雨。（錄自清康熙家刻本）

詞注：「新譜自度曲。」

按：丁澎詞有「吹落燕銜花絮」句，故名【燕銜花】。

## 燕賀鶯遷

詞見《東白堂詞選初集》卷十一〔清〕陳嘨永詞。

郡亭春晚，正吏散鶯啼，客來花笑。高山流水，千古幾人同調。潤逼爐煙暗嫋。看簾幕、低籠翠篠。知為我、久懸塵榻，徑蕪重掃。　素練新詞絕妙。似鶯嘯穿雲，蛇驚入草。不知英傑，何日濟時才了。公輔顛頭非早。須記取、青樽重倒。今遠宦，有湖山佳麗，漫縈懷抱。（錄自清康熙十七年刻本）

按：此調係新譜犯曲。前八句【雙雙燕】，後三句【喜遷鶯】；後段同。唯其間句律，稍有不同。

## 燕台春

即【宴春台】。〔宋〕張先詞名【燕台春】，見《填詞圖譜》卷五。

麗日千門，紫煙雙闕，瓊林又報春回。殿閣風微，當時去燕還來。五侯池館頻開。探芳菲、走馬天街。重簾人語，轔轔繡軒，遠近輕雷。　雕觴霞灧，翠幕雲飛，楚腰舞柳，宮面妝梅。金猊夜暖，羅衣暗嫋香煤。洞府人歸，放笙歌、燈火下樓台。蓬萊。猶有花上月，清影徘徊。（錄自清康熙《詞學全書》本）

《詞律》卷十五【燕春台】調注：「按《嘯餘譜》於『春』字題內收【燕台春】，又於『宮室』題內收【燕春台】，將二字顛倒，遂收兩調。又兩處所載俱即張子野此篇，豈不貽笑千古。」又：「此調沈氏作【燕春台】，《圖譜》作【燕台春】。若作【燕春台】，則『燕』字當作宴會之燕。若作【燕台春】，則是黃金台事，當作幽燕之燕。」

## 燕覆巢

調見〔清〕李百川《綠野仙蹤》第二十回。

十婦九客，半杯茶，惱人吃盡。今朝出首害食客，可憐血濺無情棍。　守備逃生，官兵遠遁。猶欣幸、不拖不累，走得乾淨。（錄自嶽麓書社排印本）

## 燕雙飛

調見〔清〕李百川《綠野仙蹤》第六十八回。

數聲凱歌奏軍營。片時煙塵淨。君王頒詔慶功成，榮封在，甘棠鎮。　新主多疑隱。又兼新黨勾兵。別離妻子赴金城。無奈此一行。（錄自嶽麓書社排印本）

六畫

## 燕歸來

即【喜遷鶯】。〔宋〕晏幾道詞名【燕歸來】，見《小山詞》。

> 蓮葉雨，蓼花風。秋恨幾枝紅。遠煙收盡水溶溶。飛雁碧雲中。　衷腸事。魚箋字。情緒年年相似。憑高雙袖晚寒濃。人在月橋東。（錄自汲古閣《宋六十名家詞》本）

## 燕歸梁

又名：悟黃粱、醉紅妝。

（一）調見〔宋〕柳永《樂章集續添曲子》。

> 輕躡羅鞋掩絳綃。傳音耗、苦相招。語聲猶顫不成嬌。乍得見、兩魂消。　匆匆草草難留戀、還歸去、又無聊。若諧雨夕與雲朝。得似個、有囂囂。（錄自《彊村叢書》本）

《樂章集》注：平調、中呂調。《片玉集·抄補》注：高平調。《張子野詞》、《于湖先生長短句》注：高平調。

（二）即【喜遷鶯】。〔宋〕晏幾道詞名【燕歸梁】，見《小山詞》。

> 蓮葉雨，蓼花風。秋恨幾枝紅。遠煙收盡水溶溶。飛雁碧雲中。　衷腸事。魚箋字。情緒年年相似。憑高雙袖晚寒濃。人在月橋東。（錄自《彊村叢書》本）

按：《彊村叢書》本《小山詞》目錄作【燕歸來】，正文為【燕歸梁】。《歷代詩餘》卷十六【喜遷鶯】調注：「一名【燕歸梁】。」

## 燕歸慢

調見〔元〕梁寅《石門詞》。

> 花徑蕭條。恰桃霞已盡，梨雪初飄。雲霏瞑麗景，風雨妒佳朝。山中行樂本寥寥。那更值、年荒酒價高。諸生共高詠，只閒靜，勝嬉遊。　千嶂暝，故人遠，潯舫馬，水平橋。象筵寶瑟何由見，與誰共羽觴浮。蘭亭遺跡長蓬蒿。怎能勾、山陰棹小舟。對景度新曲，獨堪向，故人求。（錄自《彊村叢書》本）

## 燕鶯語

即【祝英台近】。〔宋〕韓淲詞有「燕鶯語。溪岸點點飛綿」句，故名：見《澗泉詩餘》。

> 海棠開，春已半，桃李又如許。一朵梨花，院落欄干雨。不禁中酒情懷，愛閒懊惱，都忘

卻、舊題詩處。　燕鶯語。溪岸點點飛綿，楊柳無重數。帶得愁來，莫恁空休去。斷腸芳草天涯，行雲荏苒，和好夢、有誰分付。（錄自《彊村叢書》本）

## 鞓紅

（一）調見《梅苑》卷七〔宋〕無名氏詞。

> 粉香尤嫩，霜寒可慣。怎奈向、春心已轉。玉容別是，一般閒婉。悄不管、桃紅杏淺。　月影玲瓏，金隄波面。漸細細、香風滿院。一枝折寄，故人雖遠，輒莫使、江南信斷。（錄自文淵閣《四庫全書》本）

（二）即《鵲橋仙》。

《古今詞話·詞辨》卷上：「《天機餘錦》有無名氏【鞓紅】一曲，前後第四句各添一字，仍是【鵲橋仙】詠梅也。按鞓紅者，服帶之飾，天子用黃鞓，王侯用紅鞓，卿士用墨鞓，見《藝苑》。」

《欽定詞譜》卷十三【鞓紅】調注：「【鞓紅】起結近【鵲橋仙】詞，然中三句句讀，實與【鵲橋仙】不同。」

按：鞓紅係牡丹品種之一，據宋歐陽修《洛陽牡丹記》云：「鞓紅者，單葉，深紅花。出青州，亦曰青州紅。故張射僕齊賢有第西京賢相坊，自青州以馱駄其種，遂傳洛中。其色類腰帶鞓，故謂之鞓紅。」故詞調名【鞓紅】應是指牡丹，而非指腰帶。

## 撼庭竹

（一）調見〔宋〕黃庭堅《山谷詞》。

> 鳴咽南樓吹落梅。聞鴉樹驚棲。夢中相見不多時。隔城今夜也應知。坐久水空碧，山月影沉西。　買個宅兒住著伊。剛不肯相隨。如今果被天瞋作，永落難群被難欺。空恁可憐伊。風日損花枝。（錄自汲古閣《宋六十名家詞》本）

（二）調見《花草粹編》卷十五〔宋〕王詵詞。

> 綽略青梅弄春色。真豔態堪惜。經年費盡東君力。有情先到探春客。無語泣寒香，時暗度瑤席。　月下風前空悵望，思攜未同摘。畫欄倚遍無消息。佳辰樂事再難得。還是夕陽天，空暮雲凝碧。（錄自文淵閣《四庫全書》本）

## 撼庭秋

又名：感庭秋。

唐教坊曲名。

調見〔宋〕晏殊《珠玉詞》。

> 別來音信千里。恨此情難寄。碧紗秋月，梧桐夜雨，幾回無寐。　　樓高目斷，天遙雲黯，只堪憔悴。念蘭堂紅燭，心長焰短，向人垂淚。（錄自汲古閣《宋六十名家詞》本）

## 撼膏雨

即【瀟湘逢故人】。〔明〕鄒枚詞名【撼膏雨】，見《鄒荻翁集》。

> 芳晨都去，幸餘春未了，首夏清和。鈞月照沈痾。剛詹牙覰見，憾隔纖羅。來朝病減，翻油雲、猛蘸星河。掉身轉、高懷且貯，清光三五或多。　　惱農事，快劇雨，似妒人、奇懷盼煞冰娥。桂影透庭莎，正萬片琉璃，晃動金波。驚風堪厭，驅碧霧、忽爾滂沱。添湘水、載去湘妃，何時返、竹下同歌。（錄自清康熙刻本）。

詞序：「易名【撼膏雨】。」

## 擇紅英

即【攤芳詞】。〔清〕屠莘佩詞名【擇紅英】，見《眾香詞》。

> 雨般色。雨根出。娉娉爭豔東蘺側。銅台暮。春空度。姊妹多情，海棠猶妒。　　女幾值。錦屏立。雙雙蛺蝶分紅白。妝束素。臨軒顧。風動嫣然，凌波微步。（錄自大東書局石印本）

## 摑毬樂

即【拋毬樂】。〔清〕蔣敦復詞名【摑毬樂】，見《芬陀利室詞集》卷三。

> 陌上香車早盼晴。淡雲微雨近清明。腰身嬌嬋欲眠柳，簫語軟吹來買錫。小院傷春燕，花底紅情絮不停。（錄自清咸豐刻本）

## 橫雲

調見〔清〕金烺《綺霞詞》二編。

> 秋來返棹，正蓬窗夢斷，忽聽征鴻。憑沙渚、羈遲塞北，依洲嶼、嘹嚦長空。翱翔天際，最憐他、影逐丹楓。多應是、伴我倦遊孤客，共向江東。　　憶爾玉關早度，更重過鐵嶺，羽刷西風。淒雨後、三秋蘆荻，明月下、五夜芙蓉。隨行學字，傍南樓、哀怨簾櫳。頻分付、仗汝音書早寄，先慰家中。（錄自清康熙觀文堂刻本）

## 橫塘路

即【青玉案】。〔宋〕賀鑄詞有「凌波不過橫塘路」句，故名；見《東山詞》卷上。

> 凌波不過橫塘路。但目送、芳塵去。錦瑟華年誰與度。月橋花院，瑣窗朱戶。只有春知處。　　飛雲冉冉蘅皋暮。彩筆新題斷腸句。若問閒情都幾許。一川煙草，滿城風絮。梅子黃時雨。（錄自涉園影宋本）

## 擁鼻吟

即【吳音子】。〔宋〕賀鑄詞有「擁鼻微吟，斷腸新句」句，故名；見《賀方回詞》卷一。

> 別酒初銷。憮然弭棹兼葭浦。回首不見高城，青樓更何許。大舸軒峨，越商巴賈。萬恨龍鍾，篷下對語。　　指征路。山缺處，孤煙起，歷歷聞津鼓。江豚吹浪，晚來風轉夜深雨。擁鼻微吟，斷腸新句。粉碧羅箋，封淚寄與。（錄自《彊村叢書》本）

## 頭盞曲

調見《皇朝事實類苑》卷四十〔宋〕無名氏殘句。

> 黃閣方開。金鼎和羹正待梅。（錄自《誦芬樓室叢書》本）

《皇朝事實類苑》卷四十：「一曹僚撰【頭盞曲】，有『黃閣方開。金鼎和羹正待梅』之句，二吏因受知，蒙二公薦擢。不數年，並升於台閣，皆繫乎幸不幸爾。」

## 霓裳中序

即【霓裳中序第一】。〔宋〕羅志仁詞名【霓裳中序】，見《天下同文》。

> 來鴻又去燕。看罷江潮收畫扇。湖曲雕欄倚倦。正船過西陵，快篙如箭。凌波不見。但陌花、遺曲淒怨。孤山路，晚蒲病柳，淡綠鎖深院。　　誰恨。五雲深處宮殿。記舊日、曾遊翠輦。青紅如寫便面。下鵠池荒，放鶴人遠。粉牆隨岸轉。漏碧瓦、殘陽一線。蓬萊夢，人間那信，坐看海濤淺。（錄自涉園影汲古閣鈔本）

## 霓裳中序第一

又名：霓裳中序。

調見〔宋〕姜夔《白石道人歌曲》卷四。

亭皋正望極。亂落江蓮歸未得。多病卻無氣力。況紈扇漸疏，羅衣初索。流光過隙。歎杏梁、雙燕如客。人何在，一簾淡月，彷彿照顏色。　　幽寂。亂蛩吟壁。動庾信、清愁似織。沉思年少浪跡。笛裏關山，柳下坊陌。墜紅無信息。漫暗水、涓涓溜碧。漂零久，而今何意，醉臥酒壚側。（錄自《彊村叢書》本）

詞序：「丙午歲，留長沙，登祝融，因得其祠神之曲曰【黃帝鹽】、【蘇合香】。又於樂工故書中得商調【霓裳曲】十八闋，皆虛譜無辭。按沈氏《樂律》【霓裳】道調，此乃商調。樂天詩云：『散序六闋。』此特兩闋，未知孰是？然音書閒雅，不類今曲。予不暇盡作，作中序一闋傳於世。予方羈遊，感此古音，不自知其辭之怨抑也。」

《欽定詞譜》卷二十九【霓裳中序第一】調注：「唐白居易【霓裳羽衣舞】歌有云：『散序六奏未動衣，陽台宿雲慵不飛。中序擘騞初入拍，秋竹竿裂春冰坼。』自注云：『散序六遍無拍，故不舞。中序始有拍，亦名拍序。』宋沈括《筆談》云：『【霓裳曲】凡十二疊，前六疊無拍，至第七疊方謂之疊遍，自此始有拍而舞。』按此知霓裳曲十二疊，至七疊中序始舞，故以第七疊為中序第一，蓋舞曲之第一遍也。」

## 頻載酒

即【浣溪沙】。〔宋〕賀鑄詞有「金斗城南載酒頻」句，故名；見《東山詞》卷上。

金斗城南載酒頻。東西飛觀跨通津。漾舟聊送雨餘春。　　桃李趣行無算酌，桑榆收得自由身。酣歌一曲太平人。（錄自涉園影宋本）

## 鴨頭綠

即【綠頭鴨】。〔宋〕晁端禮詞名【鴨頭綠】，見《樂府雅詞》卷中。

晚雲收，淡天一片琉璃。爛銀盤、來從海底，皓色千里澄輝。瑩無塵、素娥淡佇，靜可數、丹桂參差。玉露初零，金風未凜，一年無似此佳時。露坐久，疏螢時度，烏鵲正南飛。瑤台冷，欄干憑暖，欲下遲遲。　　念佳人、音塵別後，對此應解相思。最關情、漏聲正永，暗斷腸、花影偷移。料得來宵，清光未減，陰晴天氣又爭知。共凝戀、如今別後，還是隔年期。人強健，清樽素影，長願相隨。（錄自《粵雅堂叢書》本）

《詞林紀事》卷六引《苕溪漁隱叢話》：「中秋詞自東坡【水調歌頭】一出，餘詞盡廢，然其後亦無佳詞，如晁次膺【鴨頭綠】一詞，殊清婉。但樽俎間歌喉，以其篇長憚唱，故湮沒無聞焉。」

按：文淵閣四庫本《梅苑》調名為【綠頭鴨】。

## 戰掉醜奴兒

即【採桑子】。〔金〕馬鈺詞名【戰掉醜奴兒】，見《洞玄金玉集》卷七。

萊州道眾修黃籙，各各虔誠，無不專精，邀我加持默念經。救亡靈。　　奈何鄰舍屠魁劊，不顧前程，宰殺為生。豬痛哀鳴不忍聽。最傷情。（錄自涵芬樓影明《道藏》本）

詞注：「本名【添字醜奴兒】。紫極宮加持，忽聞左右宰豬之聲，因作是詞。」

## 穆護砂

調見〔元〕宋褧《燕石近體樂》。

底事蘭心苦。便淒然、泣下如雨。倚金台獨立，搵香無主，腸斷封家相妒。亂撲簌、驪珠愁有許。向午夜、銅盤傾注。便不似、紅冰綴頻，也濕透、仙人煙樹。羅綺筵前，海棠花下，淫淫常怕鳳脂枯。比洛陽年少，江州司馬，多少定誰如。　　照破別離心緒。學人生、有情酸楚。想洞房佳會，而今寥落，誰能暗收玉筯，算只有、金釵曾巧補。輕濕了、粉痕如故。愁思減、舞腰纖細，清血盡、媚臉膚腴。又恐嬌羞，絳紗籠卻，綠窗伴我檢詩書。更休教、鄰壁偷窺，幽蘭啼曉露。（錄自《彊村叢書》本）

《詞品》卷一：「樂府有【穆護砂】，隋朝曲也。與【水調】、【河傳】同時，皆開汴河時詞人所製勞歌也。其聲犯角。」

《唐音癸籤》卷十三：「【穆護子】即【穆護砂】也，犯角。姚寬《叢語》云：『波斯國奉火祆神。貞觀初，有傳法穆護何祿以其教入長安，作歌祀祆祠，其賽神曲也。』《崇文書目》有李燕【牧護詞】，《傳燈錄》有蘇溪和尚【穆護

歌】，並六言。又黃山谷云：『黔中聞賽神者，夜歌五七十語，初云「聽說儂家牧護」，末云「奠酒燒錢歸去」，長短不同。』」

《墨莊漫錄》卷四云：「蘇溪和尚作【穆護歌】，又地埋風水家亦有【穆護歌】，皆以六言為句，而用仄韻。黃直魯云：『黔南、巴巰間賽神者，皆歌【穆護】。其略云：「聽唱商人穆護，四海五湖曾去。」因問穆護之義。父老云：『蓋木瓠耳。曲木狀如瓠，擊之以節歌耳。』予見淮西村人多作炙手歌，以大長竹數尺，剡去中節，獨留其底，築地篷篷若鼓聲。男女把臂成圍，撫髀而歌，亦以竹筒築地為節。四方風俗不同，吳人多作山歌，聲怨咽如悲，聞之使人酸辛。柳子厚云：『欸乃一聲山水綠。』此又嶺外之音，皆此類也。」

按：今詞調中有【穆護砂】，一百六十九字，不作六言，疑即從【穆護歌】出。

## 學士吟

即【黑漆弩】。

《欽定詞譜》卷十【鸚鵡曲】調注：「又名【學士吟】。」

## 錄要

即【六么令】。

《唐音癸籤》卷十三：「【樂世】，羽調曲。初，唐人賀朝詩有：『上客無勞散，聽歌樂世娘。』張說集亦有【樂世】詞。初，貞元中，樂工進曲，德宗命錄出要名，因名為【錄要】。《唐書》所謂【錄要雜曲】是也。後語偽為【錄腰】，又作【六么】。白樂天聽【六么】詩云：『管爭絲繁拍漸稠。六么宛轉曲終頭。誠知樂世聲聲急，老病人聽未免愁。』視此知【樂世】亦【錄要】中一曲也。」

《青箱雜記》卷八：「曲有【錄要】者，錄【霓裳羽衣曲】之要拍，即《唐書・土蕃傳》所謂【涼州】、【胡渭】、【錄要】雜曲，而今世語訛謂之【綠要】。」

## 錄要令

調見〔清〕朱青長《朱青長詞集》卷二十六。

怪風妖雨，池館清於沐。江南夢中曾到，聽唱歌人哭。說些亡國恨，哭了還重述。蔣公橫玉，韶光尚早，來下東山半殘局。　重波綿

渺，惡浪撼地，驚心目花滿。後庭遊魂可在，愛聽銷魂曲。偏有劉郎不死，惆悵生髀肉。新歡難卜。因循如此，只怕冰車碾人骨。（錄自朱青長手稿本）

## 錦香囊

調見〔宋〕歐陽修《醉翁琴趣外篇》卷三。

一寸相思無著處。甚夜長難度。燈花前、幾轉寒更，桐葉上、數聲秋雨。　真個此心終難負。況少年情緒。已交共、春繭纏綿，終不學、鈿箏移柱。（錄自雙照樓影宋本）

## 錦被堆

即【攤破南鄉子】，〔宋〕徐去非詞名【錦被堆】，見《詩淵》。

一種兩容儀，紅共白、交映南枝。紫霞仙指冰翁語。花如醉玉，香同臭雪，別樣風姿。

相守歲寒期。春造化、密與天知。羞將脂粉隈桃李，獨先結實，還同戴勝，歸宴瑤池。（錄自書目文獻出版社影明鈔本）

## 錦堂月

（一）調見〔明〕趙時春《洗心亭詩餘》。

花老春柔，綠肥紅瘦，柳毛如雪難收。園外啼鶯，正是豔陽時候。啟顏朱、香醪自傾，尋芳翠、芒鞋穿透。還依舊。看簾捲青山，階飛紅溜。　閒遊。碧漲新流。紅消芳樹，煙生萬壑千丘。轉眼韶光，一樽翻自生愁。腰間劍、龍文半橫，越上弦、鳳飛空又。憑誰究。且共閒懷，抱事事休休。（錄自惜陰堂《明詞彙刻》本）

（二）即【烏夜啼】。〔明〕王立道詞名【錦棠月】，見《具茨詩餘》。

二月春添富貴，千秋人對芳菲。朱顏綠髮金樽裏，笑道古來稀。　柳外歌傳金縷，花前舞襯斑衣。瑤池宴是承歡處，此日報春暉。（錄自惜陰堂《明詞彙刻》本）

## 錦堂春

（一）即【烏夜啼】。〔宋〕趙令時詞名【錦堂春】，見《歷代詩餘》卷十八。

樓上紫簾弱絮，牆頭礙月低花。年年春事關心事，腸斷欲棲鴉。　舞鏡鶯衾翠減，啼珠鳳蠟紅斜。重門不鎖相思夢，隨意繞天涯。（錄自清康熙內府本）

十六畫

《欽定詞譜》卷六【烏夜啼】調注：「按此調
（指【烏夜啼】）五字者，或名【聖無憂】，六
字起者，或名【錦堂春】。宋人俱填【錦堂春】
體，其實始於南唐李煜，本名【烏夜啼】也。
《詞律》所以【烏夜啼】為別名者，誤。唯【相
見歡】一詞，乃別名【烏夜啼】，與此無涉。」

（二）即【雨中花慢】。〔宋〕柳永詞名【錦堂
春】，見《樂章集》。

> 墜髻慵梳，愁蛾懶畫，心緒是事闌珊。覺新來
> 憔悴，金縷衣寬。認得這疏狂意下，向人誚譬
> 如閒。把芳容整頓，恁地輕孤，爭忍心安。
>
> 依前過了舊約，甚當初賺我，偷剪雲鬟。幾
> 時得歸來，香閣深關。待伊要、尤雲殢雨，纏
> 繡衾、不與同歡。盡更深款款，問伊今後，敢
> 更無端。（錄自《彊村叢書》本）

（三）即【錦堂春慢】。〔宋〕無名氏詞名【錦
堂春】，見《梅苑》卷三。

> 臘雪初晴，冰銷凝泮，尋幽閒賞名園。時向長
> 亭登眺，倚遍朱欄。拂面嚴風凍薄，滿階前、
> 霜葉聲乾。見小台深處，數葉紅梅，漏泄春
> 權。　　百花休恨開晚，奈韶華瞬息，常放教
> 先。非是東君私語，和煦恩偏。欲寄江南音
> 耗，念故人、隔闊雲煙。一枝贈春色，待把金
> 刀，剪倩人傳。（錄自文淵閣《四庫全書》本）

（四）調見《鳴鶴餘音》卷五〔元〕無名氏詞。

> 話衷腸。悟南柯一夢黃粱。破繁華、雲龕布
> 素，認宗派、返照回光。憑慧劍、揮開愛網，
> 橫藜杖、擊碎塵寰。那裏相逢，峨嵋山下，韜
> 光速迸，東華山旁。林泉隱，南辰北斗，日月
> 袖中藏。朱顏久，天崩地塌，真性如常。
>
> 舞袍袖，乾坤恨窄，但展手，天地平量。醉醄
> 醄、囊盛四海，笑盈盈、腹注三江。幾度瑤
> 池，龍華會上，諸仙筵宴捧霞觴。鍾離至，玉
> 皇御宴，無我不成行。重陽會，金蓮七朵，齊
> 放神光。（錄自清黃丕烈補明鈔本）

（五）調見〔明〕江南錦《猊嶠書屋文集》卷
十二。

> 家世舊文明，春風火樹晴。鳳窠簇簇明珠炯。
> 猜蕊絳梅岑。　　訝花爛桃林。龍光漫費尋
> 常，忖細停晴。滇雲蜀錦，焰蠟作花生。（錄自
> 明崇禎刻本）

## 錦堂春慢

又名：錦堂春、鏡堂春慢。
調見《苕溪漁隱叢話‧後集》卷二十二〔宋〕司
馬光詞。

> 紅日遲遲，虛郎轉影，槐蔭迤邐西斜。彩筆工
> 夫，難狀晚景煙霞。蝶尚不知春去，謾繞幽砌
> 尋花。奈猛風過後，縱有殘紅，飛向誰家。
>
> 始知青鬢無價，歎飄零官路，荏苒年華。今
> 日笙歌叢裏，特地咨嗟。席上青衫濕透，算感
> 舊、何止琵琶。怎不教人易老，多少離愁，散
> 在天涯。（錄自耘紅樓覆宋刻本）

《東皋雜記》：「司馬溫公，人得所製樂府詞有
【西江月】流傳最久。今又得一解，名【錦堂
春】（詞略）。」
按：此詞《苕溪漁隱叢話》、《行營雜錄》及
《東皋雜記》調名均為【錦堂春】。現存《青箱
雜記》中無此詞，未知《欽定詞譜》所據何本，
待考。現調名依《欽定詞譜》，以便查閱。

## 錦帳留春

〔清〕沈謙新翻曲，見《東江別集》卷二。

> 花竹蔭森，路通幽沼。樓角銀河低繞。度流
> 螢，簾乍捲。海牛輕掉。微月朦朧故窺人，更
> 不用、蘭燈照。　　玉簟涼生，畫屏人悄。愁
> 聽哀蟬微噪。記年時，曾在此，香肩斜靠。手
> 執齊紈暗思量，悶只把、荷風扇。（錄自惜陰堂
> 《明詞彙刊》本）

詞注：「新翻曲。上四句【錦帳春】，下三句
【留春令】；後段同。」

## 錦帳春

（一）調見〔宋〕丘崈《丘文定公詞》。

> 翠竹如屏，淺山如畫。小池面、危橋一跨。著棕
> 亭臨水，宛然郊野。竹籬茅舍。　　好是天寒，
> 倍添幽雅。正雪意、垂垂欲下。更朦朧月影，
> 弄明初夜。梅花動也。（錄自《彊村叢書》本）

（二）調見〔宋〕辛棄疾《稼軒詞‧丙集》。

> 春色難留，酒杯常淺。把舊恨、新愁相間。五
> 更風，千里夢，看飛紅幾片。這般庭院。
> 幾許風流，幾般嬌懶。問相見、何如不見。燕
> 飛忙，鶯語亂。恨重簾不捲。翠屏平遠。（錄自
> 雙照樓影宋本）

六畫

## 錦瑟清商引

即【高山流水】。〔宋〕汪元量詞有「拂鴛弦、先奏清商」句，故名；見《詩淵》。

> 玉窗夜靜月流光。拂鴛弦、先奏清商。天外塞鴻飛呼，群夜渡瀟湘。風回處，戛玉鏗金，翩翻作新勢，聲聲字字，歷歷鏘鏘。忽低顰有恨，此意極淒涼。　爐香簾櫳正清灑，轉調促柱成行。機籟雜然鳴，素手擊碎琳琅。翠雲深、夢裏昭陽。此心長。回顧窮陰絕漠，片影悠揚。那昭君更苦，香淚濕紅裳。（錄自書目文獻出版社影明鈔本）

## 錦園春

（一）調見《全芳備祖・前集卷七・花部・海棠》〔宋〕張孝祥詞。

> 醉痕潮玉。愛柔英未吐，露花如簇。絕豔矜春，分流芳金谷。　風梳雨沐。偏只欠、夜闌清淑。杜老情疏，黃州恨冷，誰憐幽獨。（錄自文淵閣《四庫全書》本）

《欽定詞譜》卷五【錦園春】調注：「此詞《于湖集》不載，舊譜亦遺之，今從《全芳備祖》採入。」

按：此詞又見宋盧祖皋【錦園春三犯】上半闋。

（二）即【四犯剪梅花】。《欽定詞譜》卷二十三【四犯剪梅花】調注：「又名【錦園春】。」

## 錦園春三犯

即【四犯剪梅花】。〔宋〕盧祖皋詞名【錦園春三犯】，見《蒲江詞稿》。

> 醉痕潮玉。愛柔英未吐，露叢如簇。絕豔矜春，分流芳金谷。風梳雨沐。耿空抱、夜闌清淑。杜老情疏，黃州賦冷，誰憐幽獨。　玉環睡醒未足。記傳榆試火，高照宮燭。錦幄風翻，渺春容難續。迷紅怨綠。漫唯有、舊愁相觸。一舸東遊，何時更約，西飛鴻鵠。（錄自《彊村叢書》本）

按：此調上三句【解連環】，四、五句【醉蓬萊】，六、七、八句【雪獅兒】，九、十、十一句【醉蓬萊】；下段同。

## 錦鷓鴣

即【鷓鴣天】。〔明〕楊慎詞名【錦鷓鴣】，見《升庵長短句》。

> 夢斷羅浮綽約叢。玉龍鱗甲綴簾櫳。自孤花底三更月，卻怨樓頭一笛風。　寒料峭，曉蔥瓏。勸君莫放酒杯空。雪兒清唱山香舞，要把霜毛暈醉紅。（錄自清刻本）

## 錦標歸

即【奪錦標】。〔宋〕曹勳詞名【錦標歸】，見《松隱樂府》卷二。

> 風攪長空，冷入寒雲，正是嚴凝初至。圍爐坐久，珠簾捲起，準擬六花飛砌。漸苒苒晴煙，更暗覺、遠天開霽。阻瓊瑤、不舞藍田，但有蟾華鋪地。　想像如今剡溪，應誤幽人訪客，輕舟閑艤。翠幕登臨處，散無限清興，頓孤沉醉。念好景佳時，謾望極、祥霙為瑞。卻梅花、知我心情，故把飛英飄墜。（錄自《彊村叢書》本）

## 錦纏

即【錦纏道】。〔清〕陳榮昌詞名【錦纏】，見《虛齋詞》卷下。

> 但醉紅裙，恐惹退之嘲誚。盡風流、不須妖姣。學詩能得風人窔，譜出榛苓，絕妙相思調。　論當筵侑觴，楚歌尤妙。讀離騷、美人齊到。願與君、沅澧搴蘭芷，一枝聊贈，當買蛾眉笑。（錄自清陳氏手稿本）

按：原注：「一作【錦纏道】。」

## 錦纏帶

即【憶王孫】。〔明〕楊慎詞名【錦纏帶】，見《升庵長短句》卷二。

> 誰家紅袖倚江樓。手捲珠簾上玉鉤。眼波嬌溜滿眶秋。笑抬頭。頭上花枝顫未休。（錄自惜陰堂《明詞彙刻》本）

## 錦纏絆

即【錦纏道】。〔宋〕江衍詞名【錦纏絆】，見《異聞總錄》卷二。

> 屈曲新堤，占斷滿村佳氣。畫簷兩行連雲際。亂山疊翠水回還，岸邊樓閣，金碧遙相倚。　柳蔭低，豔映花光美。好昇平、為誰初起。大都風物只由人，舊時荒壘，今日香煙地。（錄自《稗海》本）

《異聞總錄》卷二：「邵武惠應廟神，初封祐民公。建中靖國元年，建陽江屯里亦立祠事之，士

人江衍謁祠下，夜夢往溪南之神宇，聞歌聲，闇者止之，曰：『公與夫人方坐白雲障下，調按新詞，汝勿遽進。』少選，神命呼衍，問曰：『汝得此詞否？』衍恐懼，謝曰：『世間那復可聞？』神曰：『此黃鐘宮【錦纏絆】也。』乃誦其詞曰（詞略）。衍驚覺，即錄而傳之，然無有能歌者。」

## 錦纏道

又名：錦纏、錦纏絆、錦纏頭。

調見《妙選群英草堂詩餘‧前集》卷上〔宋〕無名氏詞。

> 燕子呢喃，景色乍長春晝。睹園林、萬花如繡。海棠經雨胭脂透。柳展宮眉，翠拂行人首。　　向郊原踏青，恣歌攜手。醉醺醺、尚尋芳酒。問牧童、遙指孤村道。杏花深處，那裏人家有。（錄自雙照樓影明本）

## 錦纏頭

（一）即【錦纏道】。〔宋〕馬子嚴詞名【錦纏頭】，見《全芳備祖‧後集卷二十二‧農桑部‧桑》。

> 雨過園林，觸處落紅凝綠。正桑葉、齊如沃。嬌羞只恐人偷目。背立牆陰，慢展纖纖玉。　　聽鳩啼幾聲，耳邊相促。念蠶饑、四眠初熟。勸路旁、立馬莫踟躕，是那口裏，道秋胡曲。（錄自日本藏宋刻本）

（二）即【浣溪沙】。〔宋〕賀鑄詞有「一標爭勝錦纏頭」句，故名；見《東山詞》卷上。

> 舊說山陰禊事修。漫書繭紙敘清遊。吳門千載更風流。　　繞郭煙花連茂苑，滿船絲竹載涼州。一標爭勝錦纏頭。（錄自涉園影宋本）

《演繁露》卷七【錦纏頭】條：「《唐書》：『代宗詔許大臣，燕郭子儀於其第，魚朝恩出錦三十疋為纏頭之費。舊俗賞歌舞人，以錦彩置頭上，謂之纏頭。宴饗加惠，借以為詞。』」

## 鋸解令

調見〔宋〕楊無咎《逃禪詞》。

> 送人歸後酒醒時，睡不穩、衾翻翠縷。應將別淚灑西風，盡化作、斷腸夜雨。　　卸帆浦潊。一種淒惶兩處。尋思卻是我無情，便不解、寄將夢去。（錄自汲古閣《宋六十名家詞》本）

## 獨倚樓

即【更漏子】。〔宋〕賀鑄詞有「江南獨倚樓」句，故名；見《東山詞》卷上。

> 上東門，門外柳。贈別每煩纖手。一葉落，幾番秋。江南獨倚樓。　　曲欄干，凝佇久。薄暮更堪搔首。無際恨，見閒愁。侵尋天盡頭。（錄自涉園影宋本）

## 獨腳令

即【憶王孫】。〔宋〕莫將詞名【獨腳令】，見《梅苑》卷八。

> 絳唇初點粉紅新。鳳鏡臨妝已逼真。苒苒釵頭香趁人。惜芳晨。玉骨冰姿別是春。（錄自清宣統錫福堂本）

按：此詞文淵閣《四庫全書》本、棟亭十二種本《梅苑》，調名均為【憶王孫】。《歷代詞人考略》卷二十四有云：「莫少虛其【豆葉黃】調名改作【獨腳令】，甚奇。」此論未知何出，待考。

《歷代詞人考略》卷二十三：「按史遠道詞【獨腳令】詠梅云：『牆頭梅蕊一枝新。宋玉東鄰算未真。折與冰姿綽約人。怯霜晨。桃李紛紛不當春。』見《梅苑》。【獨腳令】即【憶王孫】，又名【豆葉黃】，又名【欄干萬里心】。他書無作【獨腳令】者。」

## 鴛湖竹枝

調見《古今詞統》卷二〔明〕鴛湖女郎詞。

> 鴛鴦湖上浪生花。煙雨樓頭月吐華。此夜與君溪上別，夢隨水月到君家。（錄自明崇禎刊本）

## 鴛鴦怨曲

即【于飛樂】。〔宋〕史達祖詞名【鴛鴦怨曲】，見《梅溪詞》。

> 綺翼鵷鶵，問誰常借春陂。生愁近渚風微。紫山深，金殿暖，日暮同歸。白頭相守，情雖定、事卻難期。　　帶恨飛來，煙埋秦草，年年枉夢紅衣。舊沙間，香頸冷，合是單棲。將終怨魂，何年化、連理芳枝。（錄自汲古閣《宋六十名家詞》本）

《欽定詞譜》卷十六【于飛樂】調注：「史達祖詞名【鴛鴦怨曲】。」

按：汲古閣《宋六十名家詞》本《梅溪詞》調名

為【于飛樂】。史達祖用【于飛樂】調詠鴛鴦，題為【鴛鴦怨曲】。《欽定詞譜》以詞題為調名誤。此依《欽定詞譜》，存名以備查閱。

## 鴛鴦結

調見〔清〕李百川《綠野仙蹤》第七十七回

> 欽差促至，兵權掃地，覥顏問、個中情事。恐懼。恐懼。老花面、無策躲避。　細詢賊情，度時量力，預行定、埋伏奇計。知趣。知趣。大元戎、威揚異域。（錄自嶽麓書社排印本）

## 鴛鴦夢

即【臨江仙】。〔宋〕賀鑄詞有「鴛鴦春夢初驚」句，故名；見《賀方回詞》卷二。

> 午醉厭厭醒自晚，鴛鴦春夢初驚。閒花深院聽啼鶯。斜陽如有意，偏傍小窗明。　莫倚雕欄懷往事，吳山楚水縱橫。多情人奈物無情。閒愁朝復暮，相應兩潮生。（錄自《彊村叢書》本）

## 鴛鴦綺

（一）即【憶眠時】。〔五代〕韓偓詞名【鴛鴦綺】，見《記紅集》卷一。

> 憶眠時，春夢困騰騰。輾轉不能起，玉釵垂枕棱。（錄自清康熙刻本）

（二）即【閒中好】。〔清〕吳綺詞名【鴛鴦綺】，見《藝香詞》。

> 小欄干。倚近百花寒。只被東風覺，吹人衣袖單。（錄自《清名家詞》本）

## 鴛鴦語

即【七娘子】。〔宋〕賀鑄詞有「奈玉壺、難叩鴛鴦語」句，故名；見《東山詞》卷上。

> 京江抵、海邊吳楚。鐵甕城、形勝無今古。北固陵高，西津橫渡。幾人攜手分襟處。　淒涼淥水橋南路。奈玉壺、難叩鴛鴦語。行雨行雲，非花非霧。為誰來為誰還去。（錄自《彊村叢書》本）

## 謁金門

又名：不怕醉、出塞、東風吹酒面、空相憶、花自落、垂楊碧、垂楊鬢、長楊碧、春早湖山、帶湖新月、聞喜鵲、醉花春、斷腸草。

唐教坊曲名。

（一）調見《敦煌歌辭總編》卷二〔唐〕無名氏詞。

> 雲水客。書劍十年功積。聚盡螢光鑿盡壁。不逢青眼識。　終日塵驅役飲食。□□淚珠常滴。欲上龍門希借力。莫教重點額。（錄自上海古籍出版社排印本）

按：原載（伯）三八二一。

（二）調見〔五代〕馮延巳《陽春集》。

> 楊柳陌。寶馬嘶空無跡。新著荷衣人未識。年年江海客。　夢覺巫山春色。醉眼花飛狼藉。起舞不辭無氣力。愛君吹玉笛。（錄自《四印齋所刻詞》本）

《金奩集》注：雙調。

《敦煌曲初探》：「唐帝自信為老子之一裔，多好神仙。故道儒並尊，而黃冠之幸進，殆與儒士相等。《敦煌三辭》已說明【儒士謁金門】名稱之由，正為有別於黃冠之【謁金門】耳。」

《詞牌彙釋》：「金門即漢時金馬門之簡稱。《史記·東方朔傳》：『金馬門者，宦署門也。門旁有銅馬，故謂之金馬門。』漢武帝嘗使學士公孫宏等待詔金馬門。至唐始用作樂曲名曰【謁金門】，後並引用作詞調名。」

## 辨弦聲

即【迎春樂】。〔宋〕賀鑄詞有「幾多方寸關情話。都付與、弦聲寫」句，故名；見《東山詞》卷上。

> 瓊瓊絕藝真無價。指尖纖、態閒暇。幾多方寸關情話。都付與、弦聲寫。　三月十三寒食夜。映花月、絮風台榭。明月待歡來，久背面、秋千下。（錄自涉園影宋本）

## 龍山會

調見〔宋〕趙以夫《虛齋樂府》卷上。

> 重整登高屐。群玉峰頭，萬里秋無極。遠山青欲滴。新雁過、縹緲孤雲天北。煙入小橋低，水痕退、寒流澄碧。對佳辰，驚心客裏，鬢絲堪摘。　風流晉宋諸賢，騎台龍山，俯仰皆陳跡。憑欄看落日。嗟往事、唯有黃花如昔。醉袖舞西風，任教笑、參差凫舄。但回首、東籬久負，有誰知得。（錄自涉園影宋本）

《虛齋樂府》注：商調。《夢窗詞集》注：夷則商。

《晉書》卷九十八〈孟嘉傳〉：「後為征西桓溫

大畫

參軍，溫甚重之。九月九日，溫宴龍山，寮佐吏並著戎服。有風至，吹嘉帽墮落，嘉不之覺。溫使左右勿言，欲觀其舉止。嘉良久如廁，溫令取還之，命孫盛作文嘲嘉。著嘉坐處，嘉還見即答之，其文甚美，四座嗟歎。」

## 龍吟曲

即【水龍吟】。〔宋〕史達祖詞名【龍吟曲】，見《梅溪詞》。

> 夜寒幽夢飛來，小梅影下東風曉。蝶魂未冷，吾身良是，悠然一笑。竹杖敲苔，布鞋踏凍，歲常先到。傍蒼林卻恨，儲風養月，須我輩、新詩弔。　　永以南枝為好。怕從今、逢花漸老。愁消秀句，寒回斗酒，春心多少。之子逃空，伊人遁世，又還驚覺。但歸來對月，高情耿耿，寄白雲杪。（錄自汲古閣《宋六十名家詞》本）

詞注：「即【水龍吟】。」

## 憶人人

即【鵲橋仙】。〔宋〕無名氏詞名【憶人人】，見《梅苑》卷七。

> 密傳春信。微妝曉景，淡佇香苞欲綻。臨風雖未吐芳心，奈暗露、盈盈粉面。　　何人月下，一聲長笛，即是飛英凌亂。憑欄無惜賞芳姿，更莫待、傾筐已滿。（錄自文淵閣《四庫全書》本）

## 憶王孫

又名：一半兒、一半兒令、一半兒詞、豆葉黃、怨王孫、畫蛾眉、錦纏帶、獨腳令、憶西方、憶君王、闌干萬里心。

（一）調見《唐宋諸賢絕妙詞選》卷七〔宋〕李重元詞。

> 萋萋芳草憶王孫。柳外樓高空斷魂。杜宇聲聲不忍聞。欲黃昏。雨打梨花深閉門。（錄自《四部叢刊》本）

（二）調見《欽定詞譜》卷二〔元〕白樸詞。

> 瑤階月色晃疏櫺。銀燭秋光冷畫屏。消遣此時此夜景。步閒庭。苔浸凌波羅襪冷。（錄自清康熙內府本）

（三）調見《樂府雅詞·拾遺》卷下〔宋〕無名氏詞。

> 楊柳風前旗鼓鬧。正陌上、閒花芳草。忍將愁

眼覷芳菲，人未老。春先老。　　長安此日知多少。日易見、長安難到。無情苕水不西流，漸迤邐、仙舟小。（錄自《粵雅叢書》本）

《填詞名解》卷一：「漢劉安〈招隱士辭〉：『王孫兮歸來，山中不可久留。』詩人多用此語。《北里志》天水光遠題楊萊兒室詩曰：『萋萋芳草憶王孫。』宋秦觀【憶王孫】詞全用其句，詞名或始此。」

## 憶少年

又名：十二時、桃花曲、隴首山。

調見〔宋〕晁補之《晁氏琴趣外篇》卷四。

> 無窮官柳，無情畫舸，無根行客。南山尚相送，只高城人隔。　　罨畫園林溪紺碧。算重來、盡成陳跡。劉郎鬢如此，況桃花顏色。（錄自雙照樓影宋本）

## 憶少年令

調見《陽春白雪》卷一〔宋〕康與之詞。

> 雙龍燭影，千門夜色，三五宴瑤台。舞蝶隨香，飛蟬撲鬢，人自蕊宮來。　　太平簫鼓宸居曉，清漏玉壺催。步輦歸時，綺羅生潤，花上月徘徊。（錄自《粵雅堂叢書》本）

## 憶分飛

〔清〕沈謙新翻曲，見《東江別集》卷一。

> 芙蓉帳。燈銜鳳□東西向。曲罷鵾弦放。羅衣怕解垂咽項。　　誰知別後多魔障。平蕪翠剪迷深巷。今夜天難亮。雪晴茅店寒難唱。（錄自惜陰堂《明詞彙刻》本）

詞注：「新翻曲。上二句【憶秦娥】，下二句【惜分飛】；後段同。」

## 憶仙姿

即【如夢令】。〔五代〕李存勗詞名【憶仙姿】，見《尊前集》。

> 曾宴桃園深洞。一曲清歌舞鳳。長記欲別時，和淚出門相送。如夢。如夢。殘月落花煙重。（錄自《彊村叢書》本）

《苕溪漁隱叢話·後集》卷三十九：「苕溪漁隱曰：東坡言【如夢令】曲名本唐莊宗製，一名【憶仙姿】，嫌其不雅，改云【如夢】。莊宗作此詞卒章云：『如夢。如夢。和淚出門相送。』取以為名。《古今詞話》云：『後唐莊宗

修內苑，掘得殘碑，中有三十二字，曰：「曾宴桃園深洞。一曲舞鸞歌鳳。長記欲別時，殘月落花煙重。如夢。如夢。和淚出門相送。」莊宗使樂工入律歌之，名曰【古記】。』但《詞話》所記多是臆說，初無所據，故不可信，當以坡言為正。」

## 憶西方

即【憶王孫】。〔明〕吳鼎芳詞有「憶西方」句，故名；見《雲外集》卷十一。

> 彌陀一句不尋常。揚下多多少少忙。鼻觀唯聞薝蔔香。憶西方。平步高登聖覺場。（錄自清刻本）

## 憶西湖

即【憶餘杭】。《古今詞話·詞辨》卷上【憶餘杭】調注：「又名【憶西湖】。」

按：【憶西湖】實非調名。據《詞品》卷三：「潘閬……有憶西湖【虞美人】云云（楊慎作【虞美人】，誤）。」潘閬詞首句有「長憶西湖」，《古今詞話》以此為詞調，誤矣。

## 憶多嬌

即【長相思】。

《詞律》卷二【長相思】調注：「又名【憶多嬌】。」

## 憶江南

又名：正春風、四季妝、叩叩詞、白玉樓步虛詞、百花時、曳腳望江南、安陽好、江南好、江南曲、江南柳、江南夢、江南憶、步虛聲、思晴好、南徐好、春去也、紅樓憶、逍遙令、望江南、望江梅、望蓬萊、湖上曲、壺山好、滇春好、夢仙遊、夢江口、夢江南、夢遊仙、廣州好、醉高樓、緩緩歸曲、憶江南曲、憶長安、憶滇南、憶鄉關、歸來曲、歸塞北、謝秋娘、謝娘秋、鐙市詞。

（一）調見《尊前集》〔唐〕白居易詞。

> 江南好，風景舊曾諳。日出江花紅勝火，春來江水綠如藍。能不憶江南。（錄自《彊村叢書》本）

（二）調見〔五代〕馮延巳《陽春集》。

> 去歲迎春樓上月。正是西窗，夜涼時節。玉人貪睡墜釵雲。粉消香薄見天真。　　人非風月

長依舊。破鏡塵箏，一夢經年瘦。今宵簾幕揚花陰。空餘枕淚獨傷心。（錄自《四印齋所刻詞》本）

（三）調見〔宋〕劉辰翁《須溪詞》卷二。

> 花幾許，已報八分催。卻問主人何處去，且容老子個中來。花外主人回。　　年時客，如今安在哉。正喜錦官城爛漫，忽驚花鳥使摧頹。世事只添杯。（錄自《彊村叢書》本）

《碧雞漫志》卷五：「【望江南】，《樂府雜錄》云：『李衛公為亡妓謝秋娘撰，【望江南】亦名【夢江南】。』白樂天作【憶江南】三首，第一首【江南好】，第二、第三【江南憶】。自注云：『此曲亦名【謝秋娘】，每首五句。』予考此曲自唐至今，皆南呂宮，字句亦同。止是今曲兩段，蓋近世曲子無單遍者。然衛公為謝秋娘作此曲，已出兩名，樂天又名以【憶江南】，又名以【謝秋娘】，近世又取樂天首句名以【江南好】。予嘗歎世間有改易錯亂誤人者，是也。」

（四）調見〔明〕殷奎《殷強齋先生文集》卷七。

> 江南憶，何處憶當先。先憶吾家春水船。有酒有花重慶日，無風無雨太平年。朝夕侍賓筵。（錄自文淵閣《四庫全書》本）

## 憶江南曲

即【憶江南】。〔明〕朱讓栩詞名【憶江南曲】，見《長春競辰集》卷十三。

> 春去也，野馬無所羈。試看碧桃輕逐水，更兼飛絮化流澌。閒情只自知。（錄自《四庫未收書輯刊》本）

## 憶吹簫

即【鳳凰台上憶吹簫】。〔宋〕曹勛詞名【憶吹簫】，見《松隱樂府》卷二。

> 煩暑衣襟，乍涼院宇，梧桐吹下新秋。望鵲羽、橋成上漢，綠霧初收。喜見西南月吐，簾盡捲、玉宇珠樓。銀潢晚，應是絳河，已度牽牛。　　何妨翠煙深處，佳麗擁綺筵，鬥巧嬉遊。是向夕、穿針競立，香靄飛浮。別有迴廊影裏，應鈿合、釵股空留。江天曉，蕭蕭雨入潮頭。（錄自《彊村叢書》本）

## 憶吹簫慢

即【鳳凰台上憶吹簫】。〔宋〕無名氏詞名【憶吹簫慢】，見《高麗史·卷七十一·樂二》。

十六畫

血瀝霜羅，淚薄豔錦，伊方教我成行。漸望斷、斜橋暮柳，曲水歸雲。月暗風高露冷，獨自才抵孤城。江南遠，今夜就中，愁損行人。

愁人。舊香遺粉，空淡淡餘暖，隱隱殘痕。到這裏、思量是我，忒然無情。水更無情侶我，催畫航、一日三程。休煩惱，相見定約新春。（錄自日本明治四十一年縮印本）

## 憶君王

即【憶王孫】。〔宋〕謝克家有「憶君王」句，故名；見《澗泉日記》卷下。

依依宮柳拂宮牆。樓殿無人春晝長。燕子歸來依舊忙。憶君王。月破黃昏人斷腸。（錄自《說郛》本）

《靖康紀聞》：「靖康二年正月二十八日，雪始開霽。黎明，御史台告報百官赴南薰門接駕，士民奔湊，充滿道路，延頸企望，以俟駕回，已而殊未聞耗。謝元及作【憶君王】，其詞甚哀，曰（詞略）。是日，金人索尚樂大晟府樂器、太常寺禮物、戲儀，以迨樽罍籩豆，至於弈棋博戲之具，無不徵索，載而往者不可勝計。民情動搖，殊不安帖。」

《澗泉日記》卷下：「謝克家作【憶君王】，其詞甚哀（詞略）。」

《鼠璞》卷下：「舊傳靖康淵聖狩虜營，有人作【憶君王】，詞語意悲淒，讀之令人淚墮，真愛君憂國之語也。」

《詞品》卷五：「徽宗被擄北行。謝克家作【憶君王】（詞略）。忠憤之氣，寓於聲律，宜表出之。其調即【憶王孫】也。」

## 憶東坡

調見〔宋〕王之道《相山居士詞》。

雪霽柳舒容，日薄梅搖影。新歲換符來天上，初見頌桃梗。試問我酬君唱，何如博塞歡娛，百萬呼盧勝。投珠報玉，須放騷人遣春興。

詩成談笑，寫出無窮景。不妨時作顛草，馳騁張芝聖。誰念杜陵野老，心同流水必東，與物初無競。公侯應有種哉，傾否由天命。（錄自《彊村叢書》本）

按：《欽定詞譜》卷二十六【憶東坡】調注：「蓋憶東坡作也，即以題為調名。」又云：「此相山自度曲。」查《相山居士詞》現存二首【憶東坡】詞，題為「追和黃魯直」。據此黃庭堅

原有【憶東坡】詞，惜今已佚。《欽定詞譜》作「王之道自度曲」，失考。

## 憶長安

（一）調見《全唐詩》〔唐〕謝良輔詞。

憶長安，正月時，和風喜氣相隨。獻壽彤庭萬國，燒燈青玉五枝。終南往往殘雪，渭水處處流澌。（錄自清康熙揚州詩局本）

《唐聲詩》上編：「【憶長安】，岑參作，題：『【憶長安】曲二章寄龐催。』只此『曲二章』三字大可注意。因【憶長安】本為雜言曲名，在齊言，一般是詩題而已。既有此一『曲』字在，不僅詩曲名落實，並雜言【憶長安】之為填詞，亦完全肯定無疑。」

（二）即【憶江南】。〔明〕俞彥詞名【憶長安】，見《俞少卿近體樂府》。

長安憶，最憶是灰塵。地有寸膚皆著糞，天無三日不焚輪，並作十分春。（錄自《四庫未收書輯刊》本）

詞序：「丙寅、丁卯間，俞子不仕。客曰：『子忘長安耶？』俞子曰：『曷敢忘？正爾憶之甚。』口占十憶賜客，客笑去。詞即【望江南】，唐人曾改為【憶江南】，今借為【憶長安】云。」

## 憶故人

又名：黃昏庭院、歸去曲。

（一）調見《能改齋漫錄》卷十七〔宋〕王詵詞。

燭影搖紅，向夜闌，乍酒醒、心情懶。樽前誰為唱陽關，離恨天涯遠。　　無奈雲沉雨散。憑欄干、東風淚眼。海棠開後，燕子來時，黃昏庭院。（錄自《守山閣叢書》本）

《能改齋漫錄》卷十七：「王都尉有【憶故人】詞。徽宗喜其詞意，猶以不豐容宛轉為恨，遂令大晟府撰腔。周美成增損其詞，而以首句為名，謂之【燭影搖紅】。」

按：此調《欽定詞譜》、《詞律》均列入【燭影搖紅】調之又名。今據《能改齋漫錄》所記另立。

（二）即【燭影搖紅】。〔清〕薛時雨詞名【憶故人】，見《藤香館詞·江舟欸乃》。

如此豐神，佛心仙骨文章伯。天教領郡浙西東，山水吟情愜。過眼雲煙一瞥。更懶學、北平射獵。花間補讀，松下清齋，茗香泉冽。

六畫

　　宦海茫茫，唯公與我盟冰雪。三年蹤跡又西州，惆恨人琴歇。一瓣心香私爇。好燈宵、風酸雨咽。棕鞋桐帽，老帶莊襟，遺徽如接。（錄自清同治刻本）

## 憶帝京

（一）調見〔宋〕柳永《樂章集》卷下。

薄衾小枕天氣。乍覺別離滋味。輾轉數寒更，起了還重睡。畢竟不成眠，一夜長如歲。也擬待、卻回征轡。又爭奈、已成行計。萬種思量，多方開解，只恁寂寞厭厭地。繫我一生心，負你千行淚。（錄自《彊村叢書》本）

《樂章集》注：南呂調。

（二）調見〔宋〕黃庭堅《山谷詞》。

銀燭生花如紅豆。占好事、而今有。人醉曲屏深，借寶瑟、輕招手。一陣白蘋風，故減燭、教相就。　　花帶雨、冰肌香透。恨啼烏、轆轆聲曉。柳岸微涼吹殘酒。斷腸人，依舊鏡中消瘦。恐那人知後。鎮把你、來僝僽。（錄自汲古閣《宋六十名家詞》本）

## 憶柳曲

即【虞美人】。〔宋〕張炎詞名【憶柳曲】，見《山中白雲》卷四。

修眉刷翠春痕聚。難剪愁來處。斷絲無力綰韶華。也學落紅流水、到天涯。　　那回錯認章台下。卻是陽關也。待將新恨趁楊花。不識相思一點、在誰家。（錄自《彊村叢書》本）

詞序：「余昔賦柳兒詞，今有杜牧重來之歎。劉夢得詩云：『春盡絮飛留不住，隨風好去落誰家。』作【憶柳曲】。」

## 憶皇州

調見《今詞初集》卷上〔清〕金俊明詞。

節近清明花事遍。信斗酒、雙柑遊屐。射眼汀光，照眉山氣，一片江南碧。　　不堪追憶，虹螮梁高，珠翻井滿，何時重領，帝京風色。往事分明，底隔年華二十。悒悒淡煙冪歷，芳草連天織。（錄自清光緒二十三年重刻本）

## 憶真妃

即【相見歡】。〔宋〕康仲伯詞名【憶真妃】，見《樂府雅詞‧拾遺》卷上。

匆匆一望關河。聽離歌。艇子急催雙槳、下清波。　　淋浪醉。欄干淚。奈情何。明日畫橋西畔、暮雲多。（錄自《粵雅堂叢書》本）

## 憶真娘

即【相見歡】。〔清〕吳綺詞名【憶真娘】，見《林蕙堂全集‧鳳鄉詞》。

人生只有情腸。最難忘。便道吳儂重色、又何妨。　　丘之下，累累者。豈堪傷。想見芳魂絕倒、憺見郎。（錄自文淵閣《四庫全書》本）

《歷代詩餘》卷三【相見歡】調注：「又名【憶真娘】。」

## 憶桃源

即【阮郎歸】。〔宋〕張繼先詞名【憶桃源】，見《虛靖真君詞》。

長生之話口相傳。求丹金液全。混成一物作神仙。丁寧說與賢。　　休嗑氣，莫胡言。豈知造化玄。用鉛投汞汞投鉛。分明顛倒顛。（錄自《彊村叢書》本）

## 憶桃源慢

〔清〕納蘭性德自度曲，見《通志堂詞》。

斜倚薰籠，隔簾寒徹，微夜寒於水。離魂何處，一片月明千里。兩地淒涼多少恨，分付藥爐煙細。近來情緒，非關病酒，如何擁鼻長如醉。轉尋思、不如睡也，看道夜深怎睡。　　幾年消息浮沉，把朱顏頓成憔悴。紙窗風裂，寒到個人衾被。篆字香消燈地冷，忽聽塞鴻嘹唳。加餐千萬，寄聲珍重，而今始會當時意。早催人、一更更漏，殘雪月華滿地。（錄自《清名家詞》本）

## 憶秦郎

即【憶秦娥】。《麗情集》：「沈翹翹，文宗時宮人，有白玉方響，以犀為椎，以紫檀為架。後出宮，歸秦氏。秦出，翹製曲以寄之，名曰【憶秦郎】。」

《填詞名解》卷四：「唐吳元濟女，沒入掖庭，易姓沈氏，名翹翹。因配樂籍本藝。方響乃白玉也，以響玉為槌，紫檀為架，制度精妙。一日奏曲，文宗喜謂曰：『卿欲適人耶？』翹翹不對。上知其意，選金吾判官秦誠聘之。出宮之夕，宮人伴送。後誠奉使日本，久不返。翹翹自製一曲名【憶秦郎】。執玉方響登樓歌之，聞者悽愴。

其畫

方響應二十八調，調今不傳。」

《古今詞話・詞辨》卷上引《樂府紀聞》：「相傳文宗宮妓沈翹翹舞【何滿子】詞。文宗曰：『浮雲蔽白日，此文選中，念君臣值奸邪所蔽，正是今日。』乃賜金玉環。翹翹泣曰：『妾本吳元濟女，投入掖庭，本藝方響。』因奏【梁州】，音節殊妙。文宗選金吾秦誠聘之出宮。誠後使日本，翹翹製曲曰【憶秦郎】，即【憶秦娥】也。」

## 憶秦娥

又名：子夜歌、中秋月、玉交枝、曲江花、花深深、秦娥怨、秦樓月，庾樓月、華溪仄、楚台風、碧雲深、蓬萊閣、憶秦郎、憶秦蛾、憶情娥、雙荷葉、隴頭月、灞橋雪。

（一）調見《全唐詩・附詞》〔唐〕李白詞。

簫聲咽。秦娥夢斷秦樓月。秦樓月。年年柳色。灞橋傷別。　樂遊原上清秋節。咸陽古道音塵絕。音塵絕。西風殘照，漢家陵闕。（錄自清康熙揚州詩局本）

（二）調見賀鑄《賀方回詞》卷二。

曉朦朧。前溪百鳥啼匆匆。啼匆匆。凌波人去，拜月樓空。　去年今日東門東。鮮妝輝映桃花紅。桃花紅。吹開吹落，一任東風。（錄自《彊村叢書》本）

（三）調見〔宋〕毛滂《東堂詞》。

醉醉。醉擊珊瑚碎。花花。先借春光與酒家。　夜寒我醉誰扶我。應抱瑤琴臥。清清。攬月吟風不用人。（錄自汲古閣《宋六十名家詞》本）

《于湖先生長短句》注：黃鐘宮。

（四）調見〔元〕倪瓚《雲林樂府》。

扶疏玉。蟾宮樹影欄干曲。一襟香霧，幾枝金粟。　姮娥鏡掩秋雲綠。無端風雨聲相續。不須澄霽，為沾醽醁。（錄自《百家詞》本）

（五）調見《天下同文》〔元〕顏奎詞。

水雲幽。怕黃霜竹生新愁。如今何處，倚月明樓。　龍吟杳杳天悠悠。騰蛟起舞鳴笙篌。聽吹短氣，江上無秋。（錄自雙照樓影汲古閣鈔本）

（六）調見〔明〕唐寅《唐伯虎先生外編續刻》卷九。

解縷投散，抽簪辭鬧。此意誰知至妙。其間樂地，吾儒自有名教。春台玉燭，霽月光風，翹首堪長嘯。　世間名利境苦勞。勞爭似、清風一枕高。孔北海，沈東老。祝長生，梁上歌

聲繞。黃粱夢先覺。（錄自《續修四庫全書》本）

## 憶秦蛾

即【憶秦娥】。〔明〕沈宜修詞名【憶秦蛾】，見《鸝吹》。

清露滴。鳥聲悄出花陰寂。花陰寂。井梧殘月，曉光零碧。　斷雲依約巫山色。鉤簾待燕無消息。無消息。一江秋愁，亂煙愁織。（錄自《明詞彙刊》本）

## 憶眠時

又名：鴛鴦綺。

調見〔五代〕韓偓《香奩詞》。

憶眠時，春夢困騰騰。輾轉不能起，玉釵垂枕稜。（錄自王國維輯本）

## 憶娥眉

調見〔清〕嗤嗤道人《五鳳吟》第三回。

山盟海誓，攜手同心。喜孜孜、笑把牙床近。魂魄膽又銷，今宵才得鴛鴦趁。　繡帶含羞解，香肌著意親。恨喬奴、何事虛驚。又打斷風流佳興。（錄自上海古籍出版社排印本）

## 憶章台

調見〔明〕陳霆《水南詞》。

連環手。分違久。離恨濃如酒。畫欄十二鎖朱樓，憑高不見章台柳。　從歸後。知安否。錦字何曾有。春雲閣雨晴陽台，不堪夢裏空回首。（錄自惜陰堂《明詞彙刊》本）

按：陳霆詞有「憑高不見章台柳」句，故名【憶章台】。

## 憶情娥

即【憶秦娥】。〔清〕謝章鋌詞名【憶情娥】，見《酒邊詞》卷一。

殘更盡。一奩明月懸新鏡。懸新鏡。無人梳洗，不如收竟。　離情一樣遙相證。怨山怨水傷春病。傷春病。溫存非我，誰知心性。（錄自清光緒十五年刻本）

## 憶悶令

調見〔宋〕晏幾道《小山詞》。

取次臨鸞勻畫淺。酒醒遲來晚。多情愛惹閒愁，長黛眉低斂。　月底相逢花不見。有深

深良願。願期信、似月如花，須更教長遠。（錄自《彊村叢書》本）

## 憶黃梅

調見《梅苑》卷三〔宋〕王觀詞。

枝上葉兒未展。已有墜紅千片。春意怎生防，怎不怨。被我安排遍，牙床斗帳和嬌豔。移在花叢裏面。　　請君看。惹清香，偎媚暖。愛香愛暖金杯滿。問春怎管。大家拚、便做東風，總吹交零亂。猶肯自、輸我鴛鴦一半。（錄自文淵閣《四庫全書》本）

## 憶湖上

〔清〕金農自度曲，見《冬心先生自度曲》。

定香橋下白泱泱。湖雲透袖涼。最好一方鷗席，八尺萍床。　　何不歸故鄉。仍作釣漁郎。為春忙。薴羹薺菜，向僧饌分嘗。（錄自清乾隆刻本）

詞注：「九句，四十五字。」

## 憶鄉關

即【憶江南】。〔清〕傅詗詞名【憶鄉關】，見《繩庵詞・借閒歌譜》。

雁度榆關芳草綠。春到天涯，兩眉常蹙。謾雲珠淚肯輕彈。只因未去倚欄干。　　倚欄極目山河杳。漠漠黃塵，千里燕南道。家書幾月不曾來，離懷爭得暫時閒。（錄自清康熙刻本）

詞注：「望家信。按此調馮延巳亦名【憶江南】，然【憶江南】自有本調，予因改今名。」

## 憶楚宮

即【金菊對芙蓉】。〔清〕陸進詞名【憶楚宮】，《巢清閣詩餘・付雪詞》。

漢水東流，斜陽西逝，俯仰漫傷古今。但望中歷歷，晴川煙樹。宋玉台前雲雨迷，渾難認、巫山朝暮。誰乎禰衡，芳草無言，賦傳鸚鵡。　　還憶當年黃祖。笑碌碌庸才，妄思割據。看金湯轉眼，灰飛檣艣。只有湘娥怨未銷，點竹上、淚痕難去。寂寞憑高，南望衡陽，青山無數。（錄自清康熙刻本）

詞注：「新翻曲。楚中懷古。」

按：陸進將【金菊對芙蓉】調用仄韻成新翻曲。題意「楚中懷古」，故名【憶楚宮】。

## 憶滇南

即【憶江南】。〔明〕周復俊詞有「能不憶滇南」句，故名；見《涇林詞》。

滇南好，所憶憶澄潭。金馬樓船春載汎，碧雞歌舞月方圓。能不憶滇南。（錄自惜陰堂《明詞彙刊》本）

詞序：「白傅有【憶江南】三首，予甚愛其辭。而予遊滇南，也久俛仰今昔，不無白傅之思。漫效其體，亦賦三篇。」

## 憶醉鄉

〔清〕丁澎新譜犯曲，見《扶荔詞》卷一。

鹿門未老，蹉跎雙鬢，歸尋舊里。探囊中，酒瓢存，足了一生唯醉。　　蝸角浮名如戲耳。笑裘馬、無如芒履。君行矣，莫停杯，醉鄉即在桃源裏。（錄自清康熙家刻本）

詞注：「送孫無言歸黃山。新譜犯曲。上三句【憶少年】，下三句【醉鄉春】；後段同。」

## 憶漢月

唐教坊曲名。

又名：望漢月。

（一）調見《全唐詩》〔唐〕李紳詞。

花開花落無時節，春去春來有底憑。燕子不藏雷不蟄，燭煙昏霧暗騰騰。（錄自清康熙揚州詩局本）

按：此係齊言體，依《全唐五代詞》例列入。

（二）調見〔宋〕歐陽修《歐陽文忠公近體樂府》卷三。

紅豔幾枝輕嫋。新被東風開了。倚煙啼露為誰嬌，故惹蝶憐蜂惱。　　多情遊賞處，留戀向、綠叢千繞。酒闌歡罷不成歸，腸斷月斜春老。（錄自雙照樓影宋本）

## 憶瑤姬

又名：別素質、別瑤姬慢。

（一）調見《花草粹編》卷二十二〔宋〕曹組詞。

雨細雲輕，花嬌玉軟，於中好個情性。爭奈無緣相見，有分孤零。香箋細寫頻相問。我一句句兒都聽。到如今，不得同歡，伏唯與他耐靜。　　此事憑誰執證。有樓前明月，窗外花影。拚了一生煩惱，為伊成病。只恐更把風流逞。便因循、誤人無定。恁時節、若要眼兒廝

覬，除非會聖。（錄自文淵閣《四庫全書》本）

（二）調見〔宋〕蔡伸《友古居士詞》。

> 微雨初晴。洗瑤空萬里，月掛冰輪。廣寒宮闕
> 近，望素娥綠紗，丹桂亭亭。金盤露冷，玉樹
> 風輕。倍覺秋思清。念去年，曾共吹簫侶，同
> 賞蓬瀛。　　奈此夜、旅泊江城。謾花光眩
> 目，綠酒如澠。幽懷終有恨，恨綺窗清影，虛
> 照娉婷。藍橋□杳，楚館雲深。擬憑歸夢去，
> 強就枕，無奈孤衾夢易驚。（錄自明吳訥《百家
> 詞》本）

《詞徵》卷一：「《水經注》謂天帝之季女名曰
瑤姬。按《襄陽耆舊傳》云：『赤帝女曰瑤姬，
未行而卒，葬於巫山之陽，故曰巫山之女。楚懷
王遊於高唐，畫寢夢見與神遇，自稱是巫山之
女，遂為置觀於巫山之陽。』」

## 憶餘杭

又名：憶西湖。

〔宋〕潘閬自度曲，見《湘山野錄》卷下。

> 長憶錢塘，不是人寰是天上。萬家掩映翠微
> 間。處處水潺潺。　　異花四季當窗放。出入
> 分明在屏障。別來隋柳幾經秋。何日得重遊。
> （錄自古籍出版社排印本）

《湘山野錄》卷下：「閬有清才，嘗作【憶餘
杭】一闋。錢希白愛之，自寫於玉堂後壁。」
《古今詞話・詞辨》卷上：「潘閬字逍遙，太宗
朝人，狂逸不羈，坐事繫獄，往往有出塵之語。
《語品》曰：『有憶西湖【虞美人】一闋，於是
盛傳。東坡愛之，書於玉堂屏風。』《詞綜》
曰：『潘閬有【酒泉子】二闋，石曼卿見此詞，
使畫工繪之作圖。柳塘沈雄起而辯之，非【虞
美人】，亦非【酒泉子】，乃自製【憶餘杭】
也。」
《詞律》卷三【酒泉子】調注：「按：潘作此詞
三首，前四十九字者二，此五十二字者一。舊原
係【酒泉子】，即石曼卿取作畫圖，錢希白自書
於玉堂屏風者。尾句雖稍變，實【酒泉子】。而
《詞統》收此一篇，作【憶餘杭】，誤也。縱
有此別名，亦應附入【酒泉子】，不得另立一
調。」
《欽定詞譜》卷七【憶餘杭】調注：「【憶餘
杭】，見《湘山野錄》，潘閬自度曲。因憶西湖
諸勝，故名【憶餘杭】。《詞律》編入【酒泉
子】者，誤。」

《詞律》卷三杜文瀾曰：「按釋文瑩《湘山野
錄》云：『長憶二首是潘閬自度曲。因憶西湖諸
勝，故名【憶餘杭】，與【酒泉子】不同。』所
論與《詞譜》、《詞統》均合，應另為一調。」

## 憶黛眉

即【夜行船】。〔清〕孔毓埏詞名【憶黛眉】，
見《蕉露詞》。

> 木落天寒日再九。又何妨、重登高阜。黃菊猶
> 新，紅萸如故，莫道不堪回首。　　兩度欣逢
> 開笑口。續舊遊、淵明知否。天際征鴻，籬邊
> 粉蝶，不與秋容同瘦。（錄自清刻本）

## 憶舊遊

又名：憶舊遊慢。

調見〔宋〕周邦彥《片玉集》卷二。

> 記愁橫淺黛，淚洗紅鉛，門掩秋宵。墜葉驚離
> 思，聽寒螿夜泣，亂雨瀟瀟。鳳釵半脫雲鬢，
> 窗影燭光搖。漸暗竹敲涼，疏螢照晚，雨地魂
> 銷。　　迢迢。問音信，道徑底花陰，時認鳴
> 鑣。也擬臨朱戶，歎因郎憔悴，羞見郎招。舊
> 巢更有新燕，楊柳拂河橋。但滿目京塵，東風
> 竟日吹露桃。（錄自《彊村叢書》本）

《片玉集》注：越調。

## 憶舊遊慢

即【憶舊遊】。〔宋〕趙以夫詞名【憶舊遊
慢】，見《虛齋樂府》卷上。

> 望紅渠影裏，冉冉斜陽，十里堤平。喚起江湖
> 夢，向沙鷗住處，細說前盟。水鄉六月無暑，
> 寒玉散清冰。笑老去心情，也將醉眼，鎮為花
> 青。　　亭亭。步明鏡，似月浸華清，人在秋
> 庭。照夜銀河落，想粉香濕露，恩澤初承。十
> 洲綠紗何許，風引彩舟行。尚憶得西施，餘情
> 嫋嫋煙水汀。（錄自涉園影宋本）

## 憶蘿月

即【清平樂】。〔宋〕張輯詞有「憶著故山蘿
月」句，故名；見《東澤綺語》。

> 新涼窗戶。閒對琴言語。彈到無人知得處。兩
> 袖五湖煙雨。　　坐中斗轉參橫。珠瓏碎落瑤
> 觥。憶著故山蘿月，今宵應為誰明。（錄自《彊
> 村叢書》本）

## 憑欄人

（一）調見〔元〕邵亨貞《蟻術詞選》卷二。

誰寫江南一段秋。妝點錢塘蘇小樓。樓中多少愁。楚山無斷頭。（錄自涉園影明好德軒本）

《欽定詞譜》卷一【憑欄人】調注：「《太平樂府》注：『越調。』按：《唐書・禮樂志》：『越調，即黃鐘之商聲也。』」

按：此係元人小令，依《欽定詞譜》列入。

（二）調見〔清〕丁煒《紫雲詞》。

睡起江妃傅粉遲。紅袖薰殘香未已。高樓笛漫吹。愧憑欄，空折枝。（錄自清康熙希鄴堂刻本）

## 導引

（一）調見《宋史・樂志》卷十六〔宋〕無名氏詞。

皇家盛事，三殿慶重重。聖主極推崇。瑤編寶列相輝映，歸美意何窮。鈞韶九奏度春風。彩仗煥容。歡聲和氣彌寰宇，皇壽與天同。（錄自上海古籍《二十五史》本）

（二）調見《宋史・樂志》卷十五〔宋〕無名氏詞。

民康俗阜，萬國樂平。慶海晏河清。唐堯禹垂衣化，詎比我皇明。九天寶命垂丕毗，雲物效祥英。星羅羽衛登喬嶽，親告禪雲亭。　我皇垂拱，惠化洽文明。盛禮慶重行。登封降禪燔柴畢，天仗入神京。雲雷布澤遍寰瀛。遐邇振歡聲。巍巍聖壽南山固，千載賀承平。（錄自上海古籍《二十五史》本）

《范太史文集》卷二十二注：雙調。

《欽定詞譜》卷九【導引】調注：「按宋鼓吹四曲，悉用教坊新聲，車駕出入奏【導引】，此調是也。《宋史・樂志》正宮、道調宮、黃鐘宮、大石調、黃鐘羽調、正平調、仙呂調凡七曲。或五十字，或加一疊一百字。《金史・樂志》五十字屬無射宮。按無射宮，俗呼黃鐘宮。」

《填詞名解》卷三：「【導引】，宋鼓吹曲歌也。鼓吹自唐製大駕、法駕、小駕皆有其樂，宋初因之。車駕前後部用金鉦、搁鼓等樂，歌【導引】一曲。然亦有正宮、黃鐘宮、仙呂調之異，各隨所用奏之。政和七年詔改名，《熙事備成》云：『【導引】曲俱雙遍，凡一百字。亦有單遍者，用各有宜，語在宋《樂志》。大抵與赤城夫人之詞異也。』」

## 導引曲

即【法駕導引】。〔清〕龔自珍詞名【導引曲】，見《定盦詞》。

無情緒，無情緒，寂寞掩重門。銀蠟心多才有淚，寶香字斷更無痕。梨花浸黃昏。（錄自《清名家詞》本）

## 濛籠澹月

即【蝶戀花】。〔清〕朱青長詞名【濛籠澹月】，見《朱青長詞集》卷二十五。

江晚城頭風急起。爭渡聲停，煙水茫無際。古樹蕭蕭雲北去。寒鴉亂落斜陽裏。　多少相思誰共語。拍遍欄干，總是無情緒。萬古英雄呼不起。阿誰來會登臨意。（錄自清朱青長手稿本）

## 澡蘭香

〔宋〕吳文英自度曲，見《夢窗甲稿》。

盤絲繫腕，巧篆垂簪，玉隱紺紗睡覺。銀瓶露井，彩箑雲窗，往事少年依約。為當時、曾寫榴裙，傷心紅綃褪萼。炊黍夢、光陰漸老，汀洲煙蒻。　莫唱江南古調，怨抑難招，楚江沉魄。薰風燕乳，暗雨梅黃，午鏡澡蘭簾幕。念秦樓、也擬人歸，應剪菖蒲自酌。但悵望、一縷新蟾，隨人天角。（錄自汲古閣《宋六十名家詞》本）

《夢窗詞集》注：林鐘羽。

按：吳文英詞有「午鏡澡蘭簾幕」句，故名【澡蘭香】。

## 澹紅絲

即【千秋歲引】。

《歷代詩餘》卷五十二【千秋歲引】調注：「一名【澹紅絲】。」

《詞律拾遺》卷三【千秋歲引】調注：「一名【澹紅絲】。」

## 澹紅簾

〔清〕楊夒生自度曲，見《真松閣詞》。

薺麥孤城，是那角麗譙吹徹。風葉填渠，寒苔篆井，切切蟲娘荒織。空題偏多麗香詞，正燈漏澹紅簾隙。夜長一片秋聲，怪被桐飆偷接。　相思萬里頓隔。問臨妝翠釵，幾回蟇地輕

六畫

擲。淚浥羅巾，塵拋玉局，憶我天涯遊歷。想前度、鶯老晴湖。更此際、鴉驕煙驛。可憐獨對黃花，應是不勝凄絕。（錄自《清名家詞》本）

詞序：「無射宮自度腔，寄內子。」

按：楊夔生詞有「正燈漏澹紅簾隙」句，故名【澹紅簾】。

## 燈市詞

即【憶江南】。〔明〕李漁詞有「燈時好」句，故名；見《笠翁詩餘》。

燈時好。人物聚星橋。誰道秣陵風景異，不觀終歲是今宵。依舊六家朝。（錄自惜陰堂《明詞彙刊》本）

## 寰海清

調見〔宋〕王庭珪《盧溪詞》。

畫鼓轟天。暗塵隨寶馬，人似神仙。天恁不教晝短，明月長圓。天應未知道，天天。須肯放、三夜如年。　　流酥擁上香軒。為個甚、晚妝特地鮮妍。花下清陰乍合，曲水橋邊。高人到此也乘興，任橫街、一一須穿。莫言無國豔，有朱門、鎖嬋娟。（錄自趙萬里校本）

《欽定詞譜》卷二十一【寰海清】調注：「《宋史‧樂志》：『琵琶曲名，大石調。』」

七畫

## 選官子

即【選冠子】。〔宋〕楊澤民詞名【選官子】，見《和清真詞》。

塞雁呼雲，寒蟬噪晚，繞砌夜蛩凄斷。迢迢玉宇，耿耿銀河，明月又歌團扇。行客暮泊郵亭，孤枕難禁，一窗風箭。念松荒三徑，門低五柳，故山猶遠。　　堪歡處。對敵風光，題評景物，惡句斐然揮染。風埃世路，冷暖人情，一瞬幾分更變。唯有芳姿為人，歌意尤深，笑容偏倩。把新詞拍段，偎人低唱，鳳鞋輕點。（錄自《全宋詞》本）

## 選冠子

又名：惜餘春、惜餘春慢、過秦樓、選官子、轉調選冠子、蘇武幔、蘇武慢。

調見《樂府雅詞‧拾遺》卷上〔宋〕張景修詞。

嫩水挼藍，遙堤映翠，半雨半煙橋畔。鳴禽弄舌，蔓草縈心，偏稱謝家池館。紅粉牆頭，柳搖金縷，纖柔舞腰低軟。被和風、搭在欄干，

終日繡簾誰捲。　　春易老，細葉舒眉，輕花吐絮，漸覺綠陰垂暖。章台繫馬，灞水維舟，追念鳳城人遠。惆悵陽關故國，杯酒飄零，惹人腸斷。恨青青客舍，江頭風笛，亂雲空晚。（錄自文淵閣《四庫全書》本）

# 十七畫

## 薦金蕉

調見〔宋〕仇遠《無弦琴譜》卷二。

梅邊當日江南信。醉語無憑準。斜陽丹葉一簾秋。燕去鴻來，相憶幾時休。（錄自《彊村叢書》本）

按：此詞是否是【虞美人】之半首，還是原是此調，因宋元人中僅此一首，無他詞可做參考，只存疑待考。

## 邁陂塘

即【摸魚兒】。〔宋〕張炎詞名【邁陂塘】，見《山中白雲詞》卷一。

愛吾廬、傍湖千頃，蒼茫一片清潤。晴嵐暖翠融融處，花影倒窺天鏡。沙浦迥。看野水涵波，隔柳橫孤艇。眠鷗未醒。甚占得莼鄉，都無人見，斜照起春暝。　　休重省。莫問山中秦晉。桃源今度難認。林間即是長生路，一笑元非捷徑。更深靜。待散髮吹簫，背天風冷。憑高露飲。正碧落塵空，光搖半壁，月在萬松頂。（錄自《四印齋所刻詞》本）

## 薄雨催寒

調名見〔清〕朱青長《朱青長詞集》存目。

## 薄命女

即【長命女】。〔五代〕和凝詞名【薄命女】，見《花間集》卷六。

天欲曉。宮漏穿花聲繚繞。窗裏星光少。冷霧寒侵帳額，殘月光沉樹杪。夢斷錦幃空悄悄。強起愁眉小。（錄自雙照樓影明仿宋本）

詞注：「一名【長命女】。」

## 薄命妾

即【長命女】。〔五代〕馮延巳詞名【薄命妾】，見《全唐詩‧附詞》。

> 春日宴。綠酒一杯歌一遍。再拜陳三願。一願
> 郎君千歲，二願妾身常健。三願如同梁上燕。
> 歲歲長相見。（錄自清康熙揚州詩局本）

## 薄倖

（一）調見〔宋〕賀鑄《東山詞》卷上。

> 豔真多態。更的的、頻回盼睞。便認得、琴心
> 相許，與寫宜男雙帶。記畫堂、斜月朦朧，輕
> 顰微笑嬌無奈。便翡翠屏開，芙蓉帳掩，與把
> 香羅偷解。　　自過了收燈後，都不見、踏青
> 挑菜。幾回憑雙燕，丁寧深意，往來翻恨重簾
> 礙。約何時再。正春濃酒暖，人閒晝永無聊
> 賴。厭厭睡起，猶有花梢日在。（錄自《彊村叢
> 書》本）

（二）〔清〕魏際瑞自製體，見《魏伯子文
集》。

> 鍾情太甚，似天荒地老，唯予與汝。誰信鍾
> 情，日親日近，日疏日遠，翻受多情苦。我自
> 不茶不飯，卿更不言不語。傷心何處。是天
> 涯，對面杳如今古。　　空有鸞箋尺素。奈紙
> 上分明，心頭怳惚，莫莫此情難據。待不思
> 量，怎不思量，忍把初心辜負。相思只恨不相
> 見，才相見、早成間阻。衷腸斷盡，到底不如
> 歸去。（錄自清刻本）

詞注：「自製體。」

## 薄媚

唐教坊大曲名。

調見《樂府雅詞》卷上〔宋〕董穎詞。

排遍第八

> 怒潮捲雪，巍岫布雲，越襟吳帶如斯。有客經
> 遊，月伴風隨。值盛世。觀此江山美。合放
> 懷、何事卻興悲。不為回頭，舊谷天涯。為想
> 前君事。越王嫁禍獻西施。吳即中深機。
> 闔廬死。有遺誓。勾踐必誅夷。吳未干戈出
> 境，倉辛越兵，投怒夫差。鼎沸鯨鯢。越遭勁
> 敵，可憐無計脫重圍。歸路茫然，城郭丘墟，
> 飄泊稽山裏。旅魂暗逐戰塵飛。天日慘無輝。

排遍第九

> 自笑平生，英氣凌雲，凜然萬里宣威。那知此

> 際。熊虎塗窮，來伴麋鹿卑棲。既甘臣妾，猶
> 不許，何為計。爭若都燔寶器。盡誅吾妻子。
> 徑將死戰決雄雌。天意恐憐之。　　偶聞太
> 宰，正擅權，貪賂市恩私。因將寶玩獻誠，雖
> 脫霜戈，石室囚繫。憂嗟又經時。恨不如巢燕
> 自由歸。殘月朦朧，寒雨蕭蕭，有血都成淚。
> 備嘗險厄返邦畿。冤憤刻肝脾。

第十攧

> 種陳謀，謂吳兵正熾。越勇難施。破吳策，唯妖
> 姬。有傾城妙麗。名稱西子。歲方笄。算夫差惑
> 此。須致顛危。范蠡微行，珠貝為香餌。苧蘿不
> 釣釣深閨。吞餌果殊姿。　　素肌纖弱，不勝羅
> 綺。鸞鏡畔、粉面淡勻，梨花一朵瓊壺裏。嫣
> 然意態嬌春，寸眸剪水。斜鬟松翠。人無雙、
> 宜名動君王，繡履容易。來登玉陛。

入破第一

> 窣湘裙，搖漢佩。步步香風起。斂雙蛾，論時
> 事。蘭心巧會君意。殊珍異寶，猶自朝臣未與。
> 妾何人，被此隆恩，雖令效死。奉嚴旨。　　隱
> 約龍姿忻悅。重把甘言說。辭俊雅，質娉婷，
> 天教汝、眾美兼備。聞吳重色，憑汝和親，應
> 為靖邊陲。將別金門，俄揮粉淚。靚妝洗。

第二虛催

> 飛雲駛。香車故國難回睇。芳心漸搖，迤邐吳
> 都繁麗。忠臣子胥，預知道為邦祟。諫言先
> 啟。願勿容其至。周亡褒姒。商傾妲己。
> 吳王卻嫌胥逆耳。才經眼、便深恩愛。東風暗
> 綻嬌蕊。彩鸞翻妒伊。得取次、于飛共戲。金
> 屋看承，他宮盡廢。

第三袞遍

> 華宴夕，燈搖醉。粉菡萏；籠蟾桂。揚翠袖，
> 含風舞，輕妙處，驚鴻態。分明是。瑤台瓊
> 榭，閬苑蓬壺，景盡移此地。花繞仙步，鸞隨
> 管吹。　　寶帳暖留春，百和馥郁融鴛被。銀
> 漏永，楚雲濃，三竿日、猶褪霞衣。宿酲輕
> 腕，喚宮花，雙帶繫。合同心時。波下比目，
> 深憐到底。

第四催拍

> 耳盈絲竹，眼搖珠翠。迷樂事。宮闈內。爭
> 知。漸國勢凌夷。奸臣獻佞，轉恣奢淫，天譴
> 歲屢饑，從此萬姓離心解體。　　越遣使。陰
> 窺虛實，蚤夜營邊備。兵未動，子胥存，雖堪
> 伐、尚畏忠義。斯人既戮，又且嚴兵捲土，赴
> 黃池觀釁，種蠡方云可矣。

第五衰遍

　　機有神，征鼙一鼓，萬馬襟喉地。庭喋血，誅留守，憐屈服，斂兵還，危如此。當除禍本，重結人心，爭奈竟荒迷。戰骨方狸，靈旗又指。　　勢連敗。柔荑攜泣。不忍相拋棄。身在兮，心先死。宵奔兮，兵已前圍。謀窮計盡，唳鶴啼猿，閒處分外悲。丹穴縱近，誰容再歸。

第六歇拍

　　哀誠屢吐，甬東分賜。垂暮日，置荒隅，心知愧。寶鍔紅委。鸞存鳳去，辜負恩憐，情不似虞姬。尚望論功，榮還故里。　　降令曰，吳亡赦汝，越與吳何異。吳正怨，越方疑。從公論、合去妖類。蛾眉宛轉，竟殞鮫綃，香骨委塵泥。渺渺姑蘇，荒蕪鹿戲。

第七煞衰

　　王公子。青春更才美。風流慕連理。耶溪一日，悠悠回首凝思。雲鬟煙鬢，玉珮霞裾，依約露妍姿。送目驚喜。俄迁玉趾。　　同仙騎。洞府歸去，簾櫳窈窕戲魚水。正一點犀通，遽別恨何已。媚魄千載，教人屬意。況當時。金殿裏。（錄自文淵閣《四庫全書》本）

《樂府雅詞》注：道宮。《本史‧樂志》屬道調宮、南呂宮。

《歷代詞人考略》卷二十八：「《曲原》有董穎仲達者，作道宮【薄媚】詠西施事。道宮【薄媚】乃教坊十八調，四十六曲之一。董詞所撰詞凡十首排遍第八、排遍第九、第十擷、入破第一、第二虛催、第三衰遍、第四催拍、第五衰遍、第六歇拍至第七煞衰而止。陳氏《樂書》謂：『優伶常舞大曲，唯一工獨進，但以手袖為容，踏足為節。其妙串者，雖風旋鳥騫不逾其速矣。然大曲前緩疊不舞，至入破則羯鼓、襄鼓、大鼓與絲竹合作，句拍蓋急。舞者入場，投節制容，故有催拍、歇拍，姿制俯仰，百態橫出。』由此觀之，則合歌舞，以演稍長之故事，而具戲曲之形者，實始於此。董詞蓋合十曲而詠一事，又有起有結，以舞演之，其去戲曲尤近。」又：「董仲達《霜傑集》已佚。陶氏《詞綜補遺》錄仲達【薄媚】西子詞，末附按云：『宋曾端伯《樂府雅詞》以此為道宮大曲，並稱九重傳出。』竹垞跋云：『道宮【薄媚】排遍之後有入破、虛催、衰遍、催拍、歇拍、煞衰，其音義不傳。』及閱張叔夏《詞源》：『道宮即仲呂宮，

為黃鐘七宮之一，蓋即今上（《詞源》作勹）字調也。』又云：『道宮是乚，勾字結聲要平下莫太下。而折則帶入（尺）一（一）聲，即犯中呂宮。其論拍眼有法曲、大曲之分，又稱法曲之拍與大曲相類。如大曲【降黃龍】、【花十六】，當用十六拍。前衰、中衰六字一拍，要停聲待拍，取氣輕巧。煞衰則三字一拍，蓋其曲將終也。』叔夏精通音律，附著其說於此。」

## 薄媚摘遍

調見〔宋〕趙以夫《虛齋樂府》卷上。

　　桂香消，梧影瘦，黃菊迷深院。倚西風，看落日，長江東去如練。先生底事，有賦飄然。剛道為田園。獨醒何為，持杯自勸。未能免。　　休把茱萸吟玩。但管年年健。千古事、幾憑欄。吾生早、九十強半。歡娛終日，富貴何時，一笑醉鄉寬。倒載歸來，迴廊月滿。（錄自涉園影宋本）

《夢溪筆談》卷五：「所謂『大遍』者……凡數十解，每解有數疊。裁截用之則謂之摘遍。」

按：【薄媚】大曲凡十遍。趙以夫詞仄韻中間押入平韻，係本部三聲叶。蓋摘取入破第一遍也，基本上與【薄媚】大同小異。

## 聲聲令

即【勝勝令】。〔宋〕無名氏詞名【聲聲令】，見《妙選群英草堂詩餘‧前集》卷上。

　　簾移碎影，香褪衣襟。舊家庭院嫩苔侵。東風過盡，暮雲鎖，綠窗深。怕對人、閒枕剩衾。　　樓底輕陰。春信斷，怯登臨。斷腸魂夢沉沉。花飛水遠，便從今。莫追尋。又怎禁、驀地上心。（錄自雙照樓影宋本）

## 聲聲慢

又名：人在樓上、平調聲聲慢、神光燦、梧桐雨、勝勝慢、寒松歎、鳳求凰、聲聲漫。

（一）調見〔宋〕晁補之《晁氏琴趣外篇》卷五。

　　朱門深掩，擺蕩春風，無情鎮欲輕飛。斷腸如雪撩亂，去點人衣。朝來半和細雨，向誰家、東館西池。算未肯、似桃含紅蕊，留待郎歸。　　還記章台往事，別後縱青青，似舊時垂。灞岸行人多少，競折柔支。而今恨啼露葉，鎮香街、拋擲因誰。又爭可、妒郎誇春草，步步相隨。（錄自雙照樓影宋本）

七畫

（二）調見〔宋〕李清照《漱玉詞》。

尋尋覓覓，冷冷清清，淒淒慘慘戚戚。乍暖還寒時候，最難將息。三杯兩盞淡酒，怎敵他、晚來風急。雁過也，正傷心，卻是舊時相識。　滿地黃花堆積。憔悴損，如今有誰堪摘。守著窗兒，獨自怎生得黑。梧桐更兼細雨，到黃昏、點點滴滴。這次第，怎一個、愁字了得。（錄自《四印齋所刻詞》本）

## 聲聲漫

即【聲聲慢】。〔明〕沈宜修詞名【聲聲漫】，見《鸝吹》。

春光難問，煙草忘情，憑將彩管新聲。宮額初消，雕梁紫燕聲聲。湘簾半捲影碧，畫欄干、幾樹鵑聲。杏花下、把瓊簫低按，試學秦聲。　綺陌香車競豔，聽清歌、緩緩是處春聲。小院人閒，飛花悄悄無聲。松風忽來繡戶，韻生涼、吹作濤聲。更有那、楊柳外，鶯語數聲。（錄自惜陰堂《明詞彙刊》本）

詞注：「仿舊人作。韻用八聲字。」

## 聯珠炮

即【擷芳詞】。〔近人〕許白鳳詞名【聯珠炮】，見《亭橋詞》。

腰間笛。槍頭筆。花招耍盡偷天力。紅纓帽。猢猻套。揭開來看，漫街畫報，肖。肖。肖。　陽光遍。妖骸滅。雲旗四聚歌聲疊。仙人跳。金籠罩。英明果斷，時機趁早。好。好。好。（錄自《平湖文史資料》第五輯）

按：詞序：「【聯珠炮】和山西大學羅元貞教授。」詞原注：【聯珠炮】，羅教授新名，原【釵頭鳳】。」原詞未見。

## 聯娟淡眉

調見〔唐〕韓偓《香奩集》。

一燈前，雨落夜，三月盡，草青時。半寒半暖正好，花開花謝相思。　惆悵空教夢見，懊惱多成酒悲。細袖不乾誰會，揉損聯娟淡眉。（錄自王國維輯本）

《隋唐五代燕樂雜言歌辭集》正編卷六：「《香奩集》內原編為六言三首之一，而於此首之前片中讀為『前雨，盡草』。此不辭，非六言句。王國維改題為【謫仙怨】更大誤。茲同【六合】、【金陵】二調之例，取名如上。並句讀前片為三

言四句，六言二句，二平韻；後片為六言四句，二平韻。」

按：任半塘先生所論極是，今據任氏所取之名錄之。

## 聯環結

即【菩薩蠻】。〔清〕翁與淑詞用迴文體，故名；見《林下詞選》卷十一。

淺雲行散紅霞斂。斂霞紅散行雲淺。中可月亭空。空亭月可中。　砌蛩吟雨細。細雨吟蛩砌。燈盡欲闌更。更闌欲盡燈。（錄自清康熙十年寧靜堂刻本）

## 檐前鐵

調見《古今詞話》〔宋〕無名氏詞。

悄無人，宿雨厭厭，空庭乍歇。聽簷前、鐵馬戞叮噹，敲破夢魂殘結。丁年事，天涯恨，又早在、心頭咽。　誰憐我、綺簾前，鎮日鞋兒雙趿。今番也，石人應下千行血。擬展青天，寫作斷腸文，難盡說。（錄自《詞話叢編》本）

按：無名氏詞有「聽簷前、鐵馬戞叮噹」句，故名【簷前鐵】。

## 檀板新聲

即【相思兒令】。〔清〕吳綺詞名【檀板新聲】，見《鳳嬚詞》。

幾片白雲秋冷，何人鋪在空山。愛襯清宵羅綺，月底賭歌弦。　看盡吳宮花草，問何如、酒社歌壇肯留些子苔痕，無端惹上弓彎。（錄自清康熙刻本）

## 擊梧桐

（一）調見〔宋〕柳永《樂章集》卷中。

香靨深深，姿姿媚媚，雅格奇容天與。自識伊來，便好看承，會得妖嬈心素。臨歧再約同歡，定是都把、平生相許。又恐恩情，易破難成，不免千般思慮。　近日書來，寒暄而已，苦沒忉忉言語。便認得、聽人教當，擬把前言輕負。見說蘭台宋玉，多才多藝善詞賦。試與問、朝朝暮暮。行雲何處去。（錄自《彊村叢書》本）

《樂章集》注：中呂調。

《綠窗新話》卷上：「柳耆卿嘗在江淮倦一官

妓，臨別，以杜門為期。既來京師，日久未還，妓有異圖。耆卿聞之怏怏。會朱儒林往江淮，柳因作【擊梧桐】以寄之，曰（詞略）。妓得此詞，遂負愧，竭產泛舟來輦下，遂終身從耆卿焉。」

（二）調見《樂府雅詞》卷下〔宋〕李甲詞。

杳杳春江闊。收細雨、風懔波聲無歇。雁去汀洲暖，岸蕪靜，翠染遙山一抹。群鷗聚散，征航來去，隔水相望楚越。對此，凝情久，念往歲上國，嬉遊時節。　　鬥草園林，賣花巷陌，觸處風光奇絕。正恁濃歡裏，悄不意、頓有天涯離別。看那梅生翠實，柳飄狂絮，沒個人共折。把而今，愁煩滋味，教向誰說。（錄自文淵閣《四庫全書》本）

## 醜奴兒

（一）調見〔宋〕黃庭堅《山谷詞》。

濟楚好得些。憔悴損、都是因它。那回得句閒言語，傍人盡道，你管又還鬼那人吵。　　得過口兒嘛。直勾得、風了自家。是即好意也毒害，你還甜殺人了，怎生申報孩兒。（錄自汲古閣《宋六十名家詞》本）

（二）即【採桑子】。〔宋〕周邦彥詞名【醜奴兒】，見《片玉集》卷七。

肌膚綽約真仙子，來伴冰霜。洗盡鉛黃。素面初無一點妝。　　尋花不用持銀燭，暗裏聞香。零落池塘。分付餘妍與壽陽。（錄自《彊村叢書》本）

## 醜奴兒令

即【採桑子】。〔宋〕康與之詞名【醜奴兒令】，見《中興以來絕妙詞選》卷一。

馮夷剪碎澄溪練，飛下同雲。著地無痕。柳絮梅花處處春。　　山陰此夜明如畫，月滿前村。莫掩溪門。恐有扁舟乘興人。（錄自涉園影宋本）

## 醜奴兒近

即【採桑子慢】。〔宋〕辛棄疾詞名【醜奴兒近】，見《稼軒長短句》卷六。

千峰雲起，驟雨一霎時價。更遠樹斜陽，風景怎生圖畫。青旗賣酒，山那畔、別有人間，只消山水光中，無事過這一夏。　　午醉醒時，松窗竹戶，萬千瀟灑。野鳥飛來，又是一般閒

暇。卻怪白鷗，覷著人、欲下未下。舊盟都在，新來莫是，別有說話。（錄自涉園影小草齋鈔本）

## 醜奴兒慢

即【採桑子慢】。〔宋〕蔡伸詞名【醜奴兒慢】，見《友古居士詞》。

明眸秀色，別是天真瀟灑。更鬖鬖髮堆雲，玉臉淡拂輕霞。醉裏精神，眾中標格誰能畫。當時攜手，花籠淡月，重門深亞。　　巫峽夢回，已成陳事，豈堪重話。謾贏得、羅襟清淚，鬢邊霜華。念□傷懷，憑欄煙水渺無涯。秦源目斷，碧雲暮合，難認仙家。（錄自明吳訥《百家詞》本）

## 霜天曉月

即【霜天曉角】。〔宋〕韓玉詞名【霜天曉月】，見《東浦詞》。

竹籬茅屋。一樹扶疏玉。客裏十分清絕，有人在、江南北。　　佇目。詩思促。翠袖倚修竹。不是月媒風聘，誰人與、伴幽獨。（錄自明吳訥《百家詞》本）

## 霜天曉角

又名：山莊勸酒、月當窗、長橋月、踏月、梅花令、霜天曉月、霜角。

（一）調見《全芳備祖·前集卷一·花部·梅花》〔宋〕林逋詞。

冰清霜潔。昨夜梅花發。甚處玉龍三弄，聲搖動、枝頭月。　　夢絕。金獸爇。曉寒蘭爐滅。要捲珠簾清賞，且莫掃、階前雪。（錄自文淵閣《四庫全書》本）

（二）調見〔宋〕趙長卿《惜香樂府》卷六。

閣兒幽靜處，圍爐面小窗。好是鬥頭兒坐，梅煙炷、返魂香。　　對火怯夜冷，猛飲消漏長。飲罷且收拾睡，斜月照、滿簾霜。（錄自汲古閣《宋六十名家詞》本）

《于湖先生長短句》注：越調。

（三）調見〔明〕查應光《麗崎軒詩餘》。

暑雨初收，新漲高浮雨岸。林木陰森，山雲靉靆，溪光如練。揚舠青翰飛，擊汰浪花濺。見天外、青螺一點。鶴摩空、唳聲遠。　　雨沐郊原，野外蒼葭欲遍。看玉翼夷猶，去往渾無羈絆。荷香遠煽，旋摘碧筒相勸。正喜遊興方濃，恨疏林就暝，前山銜日將半。（錄自《惜陰堂

叢書》本）

（四）宋大曲名

調見《咸淳臨安志》卷七十四〔宋〕楊均詞。

**初獻**

> 丹楹轉月。金繡紛幢鉞。勳在有唐宗社，人千載、仰英烈。　　維辰嗟盡節。故里昭虔揭。臨御離離來下，歆初薦、俎羞潔。

**亞獻**

> 當年宋壁。血壅河流赤。全護東南形勝，百易萬、五神力。　　人心同奮激。立此生民極。哀角載歌霜曉，把瓊齊、聖容懌。

**終獻**

> 忠忱誼愊。對越如丹赤。緬想遺風餘烈，猶身見、古顏色。　　唯馨非黍稷。穆穆歆明德。簞醊芳彝須醉，回雲旆、佑鄉國。
> 送神裸獻終，禮紀具靈禋。禋回霄馭人，祇分福祉聚。（錄自《宋元方志叢刊》本）

《咸淳臨安志》卷七十四云：「許國公廟在縣西半里，梁大同二年建，後增祀張中丞，亦號『雙廟』。……咸淳三年，令吳由始以十月十六日率邑官寓士祭於廟，識公盡節之日也。邑人楊均作侑祭樂歌迎神辭，……三獻詞【霜天曉角】（詞略）。」

## 霜花腴

〔宋〕吳文英自度曲，見《夢窗甲稿》。

> 翠微路窄，醉晚風、憑誰為整欹冠。霜飽花腴，燭消人瘦，秋光做也都難。病懷強寬。恨雁聲、偏落歌前。記前時、舊宿淒涼，暮煙秋雨野橋寒。　　妝嬀鬢英爭豔，度清商一曲，暗墜金蟬。芳節多陰，蘭情稀會，晴暉稀拂吟箋。更移畫船。引佩環、邀下嬋娟。算明朝、未了重陽，紫萸應耐看。（錄自汲古閣《宋六十名家詞》本）

《山中白雲詞》卷上【聲聲慢】詞序：「題夢窗自度曲【霜花腴】卷後。」

《夢窗甲稿》注：無射商。

按：吳文英詞有「霜飽花腴，燭消人瘦」句，故名【霜花腴】。

## 霜角

即【霜天曉角】。〔元〕張可久詞名【霜角】，見《張小山樂府》卷中。

> 初日滄涼。海霞搖曙光。幾摺好山如畫，晴藹

藹、鬱蒼蒼。　　眾芳。雲景香。道人眠石床。喚起南華夢蝶，鶯啼在、綠垂楊。（錄自《全金元詞》本）

## 霜飛曲

即【霜葉飛】。〔清〕金平詞名【霜飛曲】，見《致遠堂詩餘》。

> 冬風吹透。暮雲陰，飄飄飛雪盈岫。遙天一望總淒其，塞外寒笳奏。葉盡長林悲非舊。溪清日落波光瘦。孤客意何如，且覓取、前村煙火，沉醉沽酒。　　回首。渺渺歸路，蕭蕭征雁，儘是頹壋衰柳。長亭窅寂無人到，狐兔啼清晝。梅放嶺香春色逗。舟依野凍冰紋皺。猶喜奚囊作伴，一曲松濤，坐深銀漏。（錄自民國九年本）

## 霜飛葉

即【霜葉飛】。〔清〕鄒祇謨詞名【霜飛葉】，見《麗農詞》卷下。

> 煙生芳草。斜陽外，尺書可來天表。空庭懶婦正心驚，齊女吟聲悄。漸葉葉、梧桐報曉。銀床金井苔痕小。見月浪橫天，又鵜鵊、侵霜欲語，簷花相照。　　此際腸斷伊人，西風捲透，一點夢魂難到。晴窗如雨滴愁聲，動孤眠懷抱。似別院、哀箏響急，四弦摵摵離鶯調。爭奈銅龍漏徹，聽過三更，雁飛多少。（錄自清康熙留松閣刻本）

## 霜菊黃

即【浣溪沙】。〔宋〕韓淲詞有「霜後黃花尚自開」句，故名；見《澗泉詩餘》。

> 霜後黃花尚自開。老年情緒為何哉。株株渾是手親栽。　　秋際有言揮玉塵，冬來無夢繞金釵。相思一夜發窗梅。（錄自《彊村叢書》本）

## 霜華

即【露華】。〔清〕金烺詞名【霜華】，見《綺霞詞二編》。

> 披襟岸幘。喜到浦停橈，暫卸囊笈。旅店淒涼，籬舍版床支隔。屋角鼪鼠窺燈，砌畔蛩螿啼壁。梁月白，窗欞紙穿，淡影偷入。　　坐來不覺岑寂。且手把村醪，消遣此夕。奈是長夜霜冷，愈增愁感。忽聽亂唱鄰雞，起看星稀天黑。行半晌，才逢江郎片石。（錄自清康熙觀文堂刻本）

## 霜葉紅

〔清〕吳法乾自度曲，見《全清詞鈔》卷九。

霜風淒切。漸木下亭皋，四山清絕。誰把鉛紅，向冷落吳江，染就半林新樾。東君去也，似愛惜、芳華便歇。還裝做、鬧春時節。

休說。那漢殿秋螢，秦宮夜月。別有傷心，去小院閒階，獨自怨題一葉。銅溝暗水，問那個、情人拾得。相將看、淚花凝血。（錄自中華書局排印本）

## 霜葉飛

又名：霜飛曲、霜飛葉、鬥嬋娟。

（一）調見〔宋〕周邦彥《片玉集》卷五。

露迷衰草。疏星掛，涼蟾低下林表。素娥青女鬥嬋娟，正倍添淒悄。漸颯颯、丹楓撼曉。橫天雲浪魚鱗小。似故人相看，又透入、清輝半餉，特地留照。　　迢遞望極關山，波穿千里，度日如歲難到。鳳樓今夜聽秋風，奈五更愁抱。想玉匣、哀弦閉了。無心重理相思調。見皓月、牽離恨，屏掩孤顰，淚流多少。（錄自《彊村叢書》本）

《片玉集》注：大石調。《夢窗詞集》注：黃鐘商。

（二）調見《畫墁錄》〔宋〕沈唐詞

霜林凋晚，危樓迥，登臨無限秋思。望中閒想，洞庭波面，亂紅初墜。更蕭索、風吹渭水。長安飛舞千門裏。變景摧芳榭，唯有蘭衰蕙叢，菊殘餘蕊。　　回念花滿華堂，美人一去，鎮掩香閨經歲。又觀珠露，碎點蒼苔，敗梧飄砌。謾贏得、相思淚眼，東君早作歸來計。便莫惜丹青手，重與芳菲，萬紅千翠。（錄自《說郛》本）

《畫墁錄》云：「沈唐善詞曲，始為楚州職官。胡知府楷差打蝗蟲，唐方年少，負氣不堪。其後作【蝗蟲三疊】，且曰：『不是這，下輩無理，都終是我，自家遭逢。』楷大怒，科其帶禁軍隨行，坐贓三十年。至熙寧，魏公札子，特旨改官，辟充大名府簽判。作【霜葉飛】云：『願早作歸來計』之語，介甫大怒。」

## 臨江仙

又名：合歡羅勝、庭院深深、採蓮回、海棠嬌、減字臨江仙、臨江仙令、臨江曲、畫屏春、雁後

歸、瑞鶴仙令、想娉婷、鴛鴦夢、謝新恩。

唐教坊曲名。

（一）調見《花間集》卷六〔五代〕和凝詞。

海棠香老春江晚，小樓霧谷涳濛。翠鬟初出繡簾中。麝煙鸞佩惹蘋風。　　碾玉釵搖鸂鶒戰，雪肌雲鬢將融。含情遙指碧波東。越王台殿蓼花紅。（錄自雙照樓影明仿宋本）

（二）調見《花間集》卷四〔五代〕張泌詞。

煙收湘渚秋江靜，蕉花露泣愁紅。五雲雙鶴去無蹤。幾迴魂斷，凝望向長空。　　翠竹暗留珠淚怨，閒調寶瑟波中。花鬟月鬢綠雲重。古祠深殿，香冷雨和風。（錄自雙照樓影明正德仿宋本）

（三）調見〔宋〕賀鑄《東山詞》卷上。

巧剪合歡羅勝子，釵頭春意翩翩。豔歌淺拜笑嫣然。願郎宜此酒。行樂駐華年。　　未是文園多病客，幽襟淒黯堪憐。舊遊夢掛碧雲邊。人歸落雁後，思發在花前。（錄自陶氏涉園影宋本）

《張子野詞》注：高平調。《于湖先生長短句》注：仙呂調。《古今詞話·詞辨》卷上引《古今詞譜》注：仙呂宮曲。

（四）即【臨江仙引】。〔宋〕柳永詞名【臨江仙】，見《樂章集》。

上國。去客。停飛蓋、促離筵。長安古道綿綿。見岸花啼露，對堤柳愁煙。物情人意，向此觸目，無處不淒然。　　醉擁征驂猶佇立，盈盈淚眼相看。況繡幃人靜，更山館春寒。今宵怎向漏永，頓成兩處孤眠。（錄自汲古閣《宋六十名家詞》本）

## 臨江仙引

又名：臨江仙。

調見〔宋〕柳永《樂章集》卷下。

渡口、向晚，乘瘦馬、陟崇岡。西郊又送秋光。對暮山橫翠，襯殘葉飄黃。憑高念遠，素景楚天，無處不淒涼。　　香閨別來無信息，雲愁雨恨難忘。指帝城歸路，但煙水茫茫。凝情望斷淚眼，盡日獨立斜陽。（錄自《彊村叢書》本）

《樂章集》注：南呂調。

## 臨江仙令

即【臨江仙】。〔宋〕柳永詞名【臨江仙令】，見《柳屯田樂章集》卷下。

> 鳴珂碎撼都門曉，旌幢擁下天人。馬搖金轡破香塵。壺漿盈路，歡動帝城春。　　揚州曾是追遊地，酒台花徑仍存。鳳簫依舊月中聞。荊王魂夢，應認嶺頭雲。（錄自明吳訥《百家詞》本）

《柳屯田樂章集》注：仙呂調。

## 臨江仙慢

調見《欽定詞譜》卷二十三引《樂章集》〔宋〕柳永詞。

> 夢覺小庭院，冷風漸漸，疏雨瀟瀟。綺窗外，秋聲敗葉狂飄。心搖。奈寒漏永，孤幃悄，淚燭空燒。無端處，是繡衾鴛枕，閒過清宵。　　蕭條。牽情繫恨，爭向年少偏饒。覺新來、憔悴舊日風標。魂消。念歡娛事，煙波阻、後約方遙。還經歲，問怎生禁得，如許無聊。（錄自清康熙內府本）

《樂章集》注：仙呂調。

清蔣敦復【臨江仙慢】詞序：「此調《詞律》所載五十四字至七十四字，或令，或中腔，茲其慢聲也。調屬中呂羽，即仙呂調。《詞源》謂之夷則羽。南宋七羽一均，亦用黃鐘以下七律，此調居六，當夷則之位。所用九聲與仙呂宮、林鐘商同，殺聲用上字與雙調同。白石【淒涼犯】自注云：『仙呂調犯商調。』商調殺聲用凡字，所住字不同，何由相犯。商當作雙，傳寫之訛也。」

按：此詞《樂章集》各本均作【臨江仙】，《花草粹編》卷十七名【臨江仙引】，無有用【臨江仙慢】為調名者。《欽定詞譜》所引《樂章集》未知何本，待考。

## 臨江曲

即【臨江仙】。〔清〕周濟詞名【臨江曲】，見《止庵詞》。

> 種得芭蕉供聽雨，雨聲偏帶愁聲。可憐好月幾分明。宵來都逐，江上暗潮生。　　爭怪海棠垂素朵，年年怕說秋晴。本來蓄淚與君傾。長雲連樹，並作遠山青。（錄自清宣統刻本）

## 臨江梅

〔清〕陳祥裔新譜犯曲，見《凝香集》卷三。

> 細雨斜風秋意鬧，竹聲夾帶蕉聲。眼從睡裏淚珠生。最不堪聽。最惹人聽。　　燈暈凝寒寒乍重，照人夢不分明。關山客路八千程。夢也難行。魂也難行。（錄自清康熙刻本）

詞注：「上三句【臨江仙】，下二句【一剪梅】。」

## 臨江憶美人

〔清〕鄭景會新譜犯曲，見《柳煙詞》。

> 記得玉人分手處，淡煙新柳盈眸。別來魂夢斷溫柔。怎比月兒，夜夜到妝樓。　　乍暖乍寒空抱病，那堪虛度三秋。鸞箋拭淚倩誰投。儂自思伊，伊莫為儂愁。（錄自清刻本）

詞注：「新犯。」

按：此調前段上三句【臨江仙】，下二句【虞美人】；後段同。

## 點絳唇

又名：一痕沙、二士入桃源、十八香、沙頭雨、南浦月、尋瑤草、萬年春、點櫻桃。

（一）調見〔五代〕馮延巳《陽春集》。

> 蔭綠圍紅，夢瓊家在桃源住。畫橋當路。臨水雙朱戶。　　柳徑春深，行到關情處。顰不語。意憑風絮。吹向郎邊去。（錄自《四印齋所刻詞》本）

（二）調見〔明〕朱厚煜《居敬堂集》卷三。

> 淫霖初霽。不起纖塵生清氣。碧天如洗。縹緲霞衣仙袂。　　剖李敲冰，此際方深入倦睡。閒行玉砌。身在廣寒宮裏。（錄自明嘉靖刻本）

《片玉集》注：仙呂調。《于湖先生長短句》注：仙呂調。《古今詞話‧詞辨》引《古今詞譜》注：本仙呂宮，又入高平調。

按：江淹詩有「白雪凝瓊貌，明珠點絳唇」句，鮑照〈蕪城賦〉有「東安妙姬，南安佳人。蕙心蘭質，玉貌絳唇」，此蓋調名之由來也。

## 點櫻桃

即【點絳唇】。〔清〕汪觀詞名《點櫻桃》，見《夢香詞》。

> 人約黃昏，月明枝上花陰動。好風吹送，笑語燈前共。　　一刻春宵，雨雨鳳求鳳。衾兒

七畫

擁。綠雲香重，綰住鴛鴦夢。（錄自清康熙松蘿書
屋刻本）

《欽定詞譜》卷四【點絳唇】調注：「宋王禹偁
詞名【點櫻桃】。」

按：據《全宋詞》著錄，王禹偁詞唯存一首調
名【點絳唇】，見《唐宋詩賢絕妙詞選》卷三。
其餘各本皆然。《欽定詞譜》未知所據何本，
待考。

## 還京洛

調見《敦煌歌辭總編》卷三〔唐〕無名氏詞。

知道終驅猛勇，世間專。能翻海。解移山。捉
鬼不曾閑。（錄自上海古籍出版社排印本）

按：原載（蘇）一四六五、（列寧格勒）一三六
九。《敦煌歌辭總編》卷三調名作【還京樂】，
原本名【曲子還京洛】，今從原本。此調原存四
首，《敦煌歌辭總編》編入雜曲聯章體，今錄
其一。

## 還京樂

唐教坊曲名。

調見〔宋〕周邦彥《片玉集》卷一。

禁煙近，觸處浮香、秀色相料理。正泥花時
候，奈何客裏，光陰虛費。望箭波無際。迎風
漾日黃雲委。任去遠，中有萬點，相思清淚。
　　到長淮底。過當時樓下，殷勤為說，春來
羈旅況味。堪嗟誤約乖期，向天涯、自看桃
李。想而今、應恨墨盈箋，愁妝照水。怎得青
鸞翼，飛歸教見憔悴。（錄自《彊村叢書》本）

《片玉集》注：大石調。《夢窗詞集》注：黃
鐘商。

《樂府雜錄》【夜半樂】條：「明皇自潞州入平
內難，正夜半，斬長樂門關，領兵入宮剪逆人。
後撰此曲名【還京樂】。」

## 還宮樂

調見《高麗史·卷七十一·樂二》〔宋〕無名
氏詞。

喜賀我皇，有感蓬萊，盡降神仙。到乘鸞駕鶴
御樓前。來獻長壽仙丹。玉殿階前排筵會，今
宵秋日到神仙。笙歌寥亮呈玉庭，為報聖壽萬
年。（錄自日本明治四十一年縮印本）

## 邀醉舞破

詞調已佚。

《填詞名解》卷四：「南唐大周后，嘗雪夜酣
舞，舉杯屬後主起舞。後主曰：『汝能創新聲則
可矣。』即命箋綴譜，喉無滯音，筆無停思，俄
頃譜成，所謂【邀醉舞破】是也。調今失之。」

## 簇水

調見〔宋〕趙長卿《惜香樂府》卷八。

長憶當初，是他見我心先有。一鈎才下，便引
得、魚兒開口。好是重門深院，寂寞黃昏後。
靦覷著、一面兒酒。　　試捫就。便把我、
得人意處，閤子裏、施纖手。雲情雨意，似
十二巫山舊。更向枕前言約，許我長相守。
忔人也，猶自眉頭皺。（錄自汲古閣《宋六十名
家詞》本）

## 簇水近

又名：認宮裝。

調見《永樂大典》卷六千五百二十三「裝」字韻
引《東山詞》〔宋〕賀鑄詞。

一笛清風弄袖，新月梳雲縷。澄涼夜色，才過
幾點黃昏雨。俠少朋遊，正喜九陌消塵土。鞭
穗嫋、紫騮花步。　　過朱戶。認得宮妝，為
誰重掃新眉嫵。徘徊片餉難問，桃李都無語。
十二青樓下，指燈火章台路。不念人、腸斷歸
去。（錄自中華書局影印本）

## 優曇華

調見〔明〕李培《水西全集》卷六。

十地莊嚴，諸天普照。毫光玉相幢瓔繞。三千
世界化微塵，金剛杵破閑煩惱。　　金粟繽
紛，缽羅娜嫋。祥枝忍草扶疏好。滿林詹蔔逆
風香，瞿波妙德無顛倒。（錄自《四庫未收書輯
刊》本）

## 謝池春

又名：玉蓮花、怕春歸、風中柳、風中柳令、賣
花聲。

調見《全芳備祖·後集卷十七·木部·楊柳》
〔宋〕李石詞。

煙雨池塘，綠影乍添春漲。鳳樓高、珠簾捲
上。金柔玉困，舞腰肢相向。似玉人、瘦時模

樣。　　離亭別後，試問陽關誰唱。對青春、翻成悵望。重門靜院，度香風屏障。吐飛花、伴人來往。（錄自文淵閣《四庫全書》本）

## 謝池春慢

調見〔宋〕張先《張子野詞》卷一。

繚牆重院，時聞有、啼鶯到。繡被掩餘寒，畫幕明新曉。朱檻連空闊，飛絮無多少。徑莎平，池水淼。日長風靜，花影閒相照。　　塵香拂馬，逢謝女、城南道。秀豔過施粉，多媚生輕笑。鬥色鮮衣薄，碾玉雙蟬小。歡難偶，春過了。琵琶流怨，都入相思調。（錄自《彊村叢書》本）

詞序：「玉仙觀中逢謝媚卿。」

《張子野詞》注：中呂宮。

《綠窗新話》卷上引《古今詞話》：「張子野往玉仙觀，中路逢謝媚卿，初未相識，但兩相聞名。子野才韻既高，謝亦秀色出世，一見慕悅，目色相授。張領其意，緩轡久之而去。明作【謝池春慢】，以敘一時之遇。」

## 謝秋娘

（一）即【憶江南】。〔唐〕白居易詞名【謝秋娘】，見《選聲集》卷上。

江南好，風景舊曾諳。日出江花紅勝火，春來江水綠如藍。能不憶江南。（錄自清大來堂刻本）

（二）即【南歌子】。〔清〕曹士勳詞名【謝秋娘】，見《翠羽詞》。

旅雁三更月，寒螿一院秋。許多舊恨又新愁。捱得幾聲殘角，斷譙樓。（錄自清刻本）

按：曹士勳詞以【南歌子】半闋名【謝秋娘】。

## 謝師恩

即【青玉案】。〔金〕王處一詞名》【謝師恩】，見《雲光集》卷四。

謝師提挈沉淪外。生死難交代。不墮輪迴超法界。諸天運度，化生無相，一點圓明在。　　蕩搖浮世常安泰。閒把瓊芝採。護法神君威力大。流鈴擲火，掃塵千里，摒盡諸魔害。（錄自涵芬樓影明《道藏》本）

## 謝娘秋

即【憶江南】。〔清〕鄭熙績詞名【謝娘秋】，見《蕊樓詞》。

金山好，風正一帆過。突兀孤峰環白浪，琉璃一塔漾清波。古寺歷年多。（錄自清含英閣刻本）

按：此調與【謝秋娘】只顛倒一字，似乎植錯。但目錄與正文均作【謝娘秋】，況《蝶庵詞》亦有此調名，故錄之以便查考。

## 謝新恩

即【臨江仙】。〔五代〕李煜詞名【謝新恩】，見《南唐二主詞》。

秦樓不見吹簫女，空餘上苑風光。粉英金蕊自低昂。東風惱我，才發一衿香。　　瓊窗夢笛留殘日，當年得恨何長。碧闌干外映垂楊。暫時相見，如夢懶思量。（錄自王國維輯本）

## 謝燕闋

調見《西陵詞選》〔清〕柴紹炳詞。

野客謝燕闋。歸來八月，去是九秋天。向京華回首，誰共留連。有撲面黃沙，連天白草，遍地蒼煙。　　岸柳拂行船。布帆風裏，計日到家園。喜故人攜手，一笑相看。剩樹繞峰頂，澗流檻外，月照樽前。（錄自《全清詞》本）

按：柴紹炳詞有「野客謝燕闋」句，故名【謝燕闋】。

## 襄城遺曲

調見〔明〕韓邦奇《苑洛詞》。

多才自累，百感攢結。天涯渴病思歸客。渭水新豐，家山在那些。南南北北賓士，歲歲年年飄泊。淒切淒切淒切。鴻雁又來也，天末數聲哀，聚散梧桐葉。　　幾陣西風瑟瑟，玉簫聲斷秦樓月。秦樓月。星河縹緲，萬里波搖照徹。長江千折，長江東下何時歇。六代繁華都泯滅。夜半寒潮，蓼岸荒洲，石頭建業。（錄自惜陰堂《明詞彙刊》本）

## 應天長

又名：秋夜別思、應天長令、應天長慢、應天歌、駐馬聽。

（一）調見〔五代〕馮延巳《陽春集》。

石城山下桃花綻。宿雨初收雲未散。南去棹，北歸雁。水闊天遙腸欲斷。　　倚樓情緒懶。惆悵春心無限。忍淚兼葭風晚。欲歸愁滿面。（錄自《四印齋所刻詞》本）

（二）調見〔五代〕馮延巳《陽春集》。

一鉤新月臨鸞鏡，雲鬢鳳釵慵不整。珠簾靜。重樓迥。惆悵落花風不定。　綠煙低柳徑。何處轆轤金井。昨夜更闌酒醒。春愁勝卻病。（錄自《四印齋所刻詞》本）

（三）調見〔宋〕柳永《樂章集》卷中。

殘蟬漸絕。傍碧砌修梧，敗葉微脫。風露淒清，正是登高時節。東籬霜乍結。綻金蕊、嫩香堪折。聚宴處，落帽風流，未饒前哲。　把酒與君說。恁好景佳辰，怎忍虛設。休效牛山，空對江天凝咽。塵勞無暫歇。遇良會、剩偷歡悅。歌聲闋。杯興方濃，莫便中輟。（錄自《彊村叢書》本）

（四）調見〔宋〕周邦彥《片玉詞》卷上。

條風布暖，霏霧弄晴，池塘遍滿春色。正是夜堂無月，沉沉暗寒食。梁間燕，社前客。似笑我、閉門愁寂。亂花過，隔院芸香，滿地狼藉。　長記那回時，邂逅相逢，郊外駐油壁。又見漢宮傳燭，飛煙五侯宅。青青草，迷路陌。強載酒、細尋前跡。市橋遠，柳下人家，猶自相識。（錄自汲古閣《宋六十名家詞》本）

《金奩集》注：雙調。《樂章集》注：林鐘商。《片玉集》注：商調。《夢窗詞集》注：夷則商。

## 應天長令

即【應天長】。〔宋〕毛开詞名【應天長令】，見《樵隱詞》。

曲欄十二閑亭沼。屐跡雙沉人悄悄。被池寒，香爐小。夢短女牆鶯喚曉。　柳風輕嫋嫋。門外落花多少。日日離愁縈繞。不知春過了。（錄自汲古閣《宋六十名家詞》本）

## 應天長慢

即【應天長】。〔宋〕周邦彥詞名【應天長慢】，見《花草粹編》卷十九。

條風布暖，霏霧弄晴，池塘遍滿春色。正是夜堂無月，沉沉暗寒食。梁間燕，前社客。似笑我、閉門愁寂。亂花過，隔院芸香，滿地狼藉。　長記那回時，邂逅相逢，郊外駐油壁。又見漢宮傳燭，飛煙五侯宅。青青草，迷路陌。強載酒、細尋前跡。市橋遠，柳下人家，猶自相識。（錄自文淵閣《四庫全書》本）

## 應天歌

即【應天長】。〔明〕楊榮詞名【應天歌】，見《楊文敏公詞》。

星馳一線，寶炬騰空，千花一時開遍。萬斛金蓮恍似，紅妝映波面。香風轉雲半捲。見舞袖、翩翩輕旋。想勝景、即是仙宮，蓬萊閬苑。　歡樂意留戀，歲歲年年，長沐賜宴。五色紅雲瑞氣，祥氛忽蔥蒨。移鑾輅開雉扇。仙仗擁、九華春殿。向蘌宸、更祝南山，壽觴頻勸。（錄自惜陰堂《明詞彙刊》本）

## 應景樂

調見《花草粹編》卷十五〔宋〕蕭回詞。

金陵故國。極目長江，浩渺千重隔。山無際。臨湍怒濤磧。俯春城葦寂。芳晝迤邐，一簇煙村將晚，嚴光舊台側。　何處舊遊客。對此景、惹起離愁，頓覺舊日意，魂黯愁積。幽恨綿綿，何計消溺。回首洛城東，千里暮雲碧。（錄自文淵閣《四庫全書》本）

## 燭影搖紅

又名：玉珥墜金環、秋色橫空、憶故人。

（一）調見《能改齋漫錄》卷二〔宋〕周邦彥詞。

芳臉勻紅，黛眉巧畫宮妝淺。風流天付與精神，全在嬌波眼。早是縈心可慣。向樽前、頻頻顧眄。幾回相見，見了還休，爭如不見。　燭影搖紅，夜闌飲散春宵短。當時誰會唱陽關，離恨天涯遠。爭奈雲收雨散。憑欄干、東風淚滿。海棠開後，燕子來時，黃昏深院。（錄自《詞話叢編》本）

《夢窗詞集》注：黃鐘商。《古今詞話·詞辨》卷下注：大石調。

《能改齋漫錄》卷十六：「王都尉有【憶故人】詞，徽宗喜其詞意，猶以不豐容宛轉為恨，遂令大晟府撰腔。周美成增損其詞，而以首句為名，謂之【燭影搖紅】。」

（二）即【憶故人】。〔宋〕毛滂詞名【燭影搖紅】，見《東堂詞》。

一畝清陰，半天瀟灑松窗午。床頭秋色小屏山，碧帳垂煙縷。　枕畔風搖綠戶。喚人醒、不教夢去。可憐恰到，瘦石寒泉，冷雲幽處。（錄自《彊村叢書》本）

## 濕羅衣

即【中興樂】。〔五代〕牛希濟詞有「淚濕羅衣」句，故名；見《全唐詩・附詞》。

> 池塘暖碧浸晴暉。濛濛柳絮輕飛。紅蕊凋來，醉夢還稀。　春雲空有雁歸。珠簾垂。東風寂寞，恨郎拋擲，淚濕羅衣。（錄自清康熙揚州詩局本）

## 濯纓曲

即【阮郎歸】。〔宋〕韓淲詞有「濯纓一曲可流行」句，故名；見《澗泉詩餘》。

> 殘春風雨繞簷聲。山空分外鳴。閒來落佩倒冠纓。尚餘親舊情。　人不見，句還成。又聽求友鶯。濯纓一曲可流行。何須觀我生。（錄自《彊村叢書》本）

詞序：「昌甫有曲，名之濯纓，因和。」

## 賽天香

即【念奴嬌】。〔明〕楊慎詞名【賽天香】，見《升庵長短句續集》卷一。

> 芙蓉屏外，倒金樽、滿庭豔歌凝咽。半面新妝香透幌，環佩珊珊步怯。接黛垂鬟，低聲小語，問採香仙妾。柳嬾花停，鶯鶯燕燕標格。　媚眼射注檀郎，雙鴛全露，裙底凌波襪。萬斛胭脂傾在水，染就銀河一色。天作紅牆，山為翠幕，生把伊儂隔。離魂牽夢，夢回南浦涼月。（錄自惜陰堂《明詞彙刊》本）

## 擘瑤釵

調見《梅里詞緒》〔清〕徐楩詞。

> 曉煙清。曉風輕。淺綠柔柔潤遠汀。春意苗條先到柳。未久。新鶯語澀似嬌羞。喚人愁。（錄自薛廷文稿本）

## 避少年

即【鷓鴣天】。〔宋〕賀鑄詞有「袖手低徊避少年」句，故名，見《東山詞》卷上。

> 誰愛松陵水似天。畫船聽雨奈無眠。清風明月休論價，賣與愁人直幾錢。　揮醉筆，掃吟箋。一時朋輩飲中仙。白頭□□江湖上，袖手低徊避少年。（錄自《彊村叢書》本）

## 隱去來

調見《敦煌歌辭總編》卷三〔唐〕無名氏詞。

> 隱去來，尋空空有有。畢竟兩無名，二境安心欲何守。不長不短鑑空心，君見空心還是有。空有俱遣法無依，智者融心自安偶。隱去來，勿浪波波走。
> 隱去來，隱去遊朝市。不離煩惱原，無希真妙理。對境息貪癡。何假求高士。是非不二見，法界同昆季。隱去來，大樂無基地。（錄自上海古籍出版社排印本）

按：原載（蘇聯）未編號。此調共二首，《敦煌歌辭總編》編入雜曲聯章體。

《敦煌歌辭總編》卷三：「二辭一組，唯原無作者與調名。首句既同，又有和聲辭，茲故取首句為調名。又有襯字，故二首句法不全同。」

## 縷縷金

（一）即【滴滴金】。〔清〕董元愷詞名【縷縷金】，見《蒼梧詞》。

> 玉人梔貌天然別。換冰肌，塗嬌額。磬口檀心兩奇絕。映來真蘁顏色。　移來真蠟霜姿潔。點酡酥，釀蜂蜜。暖發幽香擅冬日。逗春工消息。（錄自《清名家詞》本）

（二）調見《花草粹編》卷四引《清湖三塔記》〔宋〕無名氏詞。

> 幾回見你簾兒下。佯不采、把人斜抹。問著他、插地推聾啞。到學三郎改話。不也。不和我巧時休，和我巧時都不怕。（錄自文淵閣《四庫全書》本）

按：《花草粹編》所錄二首【縷縷金】，似非詞調，錄一以待考。

# 十八畫

六畫

## 豐年瑞

即【水龍吟】。〔宋〕曾覿詞名【豐年端】見《花草粹編》卷二十一。

> 紫皇高宴仙臺，雙成戲擎璃瓟碎。何人為把，

銀河水剪，甲兵都洗。玉樣乾坤，八荒同色，
了無塵翳。喜冰銷太液，暖融鳷鵲，端門曉、
班初退。　　聖主憂民深意。轉鴻鈞、滿天和
氣。太平有象，三宮二聖，萬年千歲。雙玉杯
深，五雲樓迥，不妨頻醉。看來不是飛花，片
片是、豐年瑞。（錄自文淵閣《四庫全書》本）
《欽定詞譜》卷三十【水龍吟】調注：「曾覷詞
結句有『是豐年瑞』句，名【豐年瑞】。」
按：此詞曾覷《海野詞》無。據《武林舊事》卷
七係宋吳琚【水龍吟】詞。

## 豐樂樓

即【鶯啼序】。〔宋〕吳文英詞名【豐樂樓】，
見《夢窗乙稿》。

天吳駕雲闖海，凝春空燦綺。倒銀海、蘸影西
城，四碧天鏡無際。彩翼曳、扶搖宛轉，雲龍
降尾交新霽。近玉虛高處，天風笑語吹墜。
　　清濯緇塵，快展曠眼，傍危欄醉倚。面屏
障、一一鶯花。薜蘿浮動金翠。慣朝昏、晴光
雨色，燕泥動、紅香流水。步新梯，覷視年
華，頓非塵世。　　麟翁袞烏，領客登臨，座
有誦魚美。翁笑起、離席而語，敢詫京兆，以
役為功，落成奇事。明良慶會，賡歌熙載，隆
都觀國多閒暇，遣丹青、雅飾繁華地。平瞻太
極，天街潤納璿題，露床夜沈秋緯。　　清風
觀闕，麗日杲愚，正午長漏遲。為洗盡、脂痕
茸唾，淨捲麴塵，永晝低垂，繡簾十二。高軒
駟馬，峨冠鳴佩，班回花底修禊飲，御爐香、
分惹朝衣袂。碧桃數點飛花，湧出宮溝，溯春
萬里。（錄自汲古閣《宋六十名家詞》本）
詞序：「節齋新建此樓，夢窗淳熙十一年二月甲
子作是詞，大書於壁，望幸焉。」
《詞徵》卷五：「豐樂樓在杭州府西湧金門外，
初名眾樂樓，又名聳翠樓，政和中易名豐樂樓。
《咸淳臨安志》云：『樓據西湖之會，千峰環
繞，一碧萬頃，柳汀花塢，歷歷檻間。而遊橈畫
船，棹謳堤唱，往往會合於樓下，為遊覽之最。
故趙子真、韓子耕、吳夢窗皆有題【豐樂樓】
詞。』」

## 舊雨來

〔清〕宋琬自度曲，見《二鄉亭詞》。

曾記當年雨後，門前冠蓋客，一何多。銀燭西
窗螢火亂，聽枯荷。直到晴時方去，濕鳴珂。

今日雨聲猶作，蕭條三徑裏，有誰過。料
得故人無疾病，卻因何。只把天公埋怨，太滂
沱。（錄自《清名家詞》本）
詞序：「自度曲。客金陵雨中作。」

## 蕭條庭院

即【念奴嬌】。〔清〕朱青長詞名【蕭條庭
院】，見《朱青長詞集》卷二十五。

淒涼情況，又柔風懶雨。一派愁絲消不盡，自
把院門深閉。巧語流鶯，窺簾燕子，叼探愁人
意。滿腔心事，被他來與猜去。　　連朝怕暖
防寒，垂窗鎖慢，不管閒桃李。午夢醒來陰冪
冪，冷冷清清天氣。坐到黃昏，無聊依舊，蟬
鬢重新理。隔花凝睇，盼松梢月來未。（錄自朱
青長手稿本）

## 擷芳詞

又名：玉瓏璁、折紅英、惜分釵、惜金釵、清商
怨、釵頭鳳、摘紅英、擇紅英、聯珠炮。
調見《古今詞話》〔宋〕無名氏詞。

風搖盪，雨濛茸。翠條柔弱花頭重。春衫窄。
香肌濕。記得年時，共伊曾摘。　　都如夢。
何曾共。可憐孤似釵頭鳳。關山隔。晚雲碧。
燕兒來也，又無消息。（錄自《詞話叢編》本）
《古今詞話》：「政和間，京都妓之姥曾嫁伶
官，常入內教舞，傳禁中【擷芳詞】以教其妓。
人皆愛其聲，又愛其詞，類唐人所作也。張尚
書帥成都，蜀中傳此詞競唱之，卻於前段下添
『憶，憶，憶』三字，後段下添『得，得，得』
三字。又名【摘紅英】。其所添字又皆鄙俚，豈
傳之者誤耶。」

## 轉花枝令

即【傳花枝】。〔宋〕柳永詞名【轉花枝令】，
見《高麗史·卷七十一·樂二》。

平生自負，風流才調。口兒裏、道得些張陳
趙。唱新詞，改難令，總知顛倒。解刷扮，能
兵嗽，表裏都峭。每遇著、飲席歌筵，人人盡
道。可惜許老了。　　閻羅大伯曾教來，道人
生、但寬懷不須煩惱。遇良辰，當美景，追歡
買笑。剩活取百千年，只恁廝好。若限滿、
鬼使來追，待倩個、掩通著到。（錄自日本明治
四十一年縮印本）

六畫

## 轉調二郎神

即【二郎神】。〔宋〕徐伸詞名【轉調二郎神】，見《樂府雅詞・拾遺》卷上。

> 悶來彈雀，又攪破、一簾花影。謾試著春衫，還思纖手，薰徹金爐爐冷。動是愁多如何向，但怪得、新來多病。想舊日沈腰，而今潘鬢，不堪臨鏡。　　重省。別來淚滴，羅衣猶凝。料為我厭厭，日高慵起，長託春酲未醒。雁翼不來，馬蹄輕駐，門閉一庭芳景。空佇立，盡日欄干倚遍，晝長人靜。（錄自《粵雅堂叢書》本）

《詞苑叢談》卷八：「徐幹臣伸，三衢人。政和初，以知音律為太常典樂，出知常州。嘗自製【轉調二郎神】詞。既成，會開封尹李孝壽來牧吳門。李以嚴治京兆，人號『閻羅』。道出郡下，幹臣合樂大燕勞之。諭群娼令謳此詞，必待其問乃止。娼如戒，歌至三四，李果詢之。幹臣蹙額曰：『某頃有一侍婢，色藝冠絕，前歲以亡室不容遂去，今聞在蘇州一兵官處。屢遣信欲復來，而主人靳之，感慨賦此。詞中所敘，多其書中語，今適有天幸，公擁旄於彼，不審能為我地否？』李云：『此甚不難，可無慮也。』既至無錫，賓贊者請受謁次第。李云：『郡官當至楓橋，距城十里而迎。』翌日，艤舟其所，官吏上下，望風股栗。李一閱刺，忽大怒曰：『都監在法不許出城，乃而至此。使郡中萬一有火盜之虞，豈不殆矣！』斥此都監下階，荷校送獄。又數日，取其供牘判奏字，其子震懼求援，宛轉哀鳴致懇。李笑云：『且還徐典樂之妾來理會。』即日承命，然後舍之。」

## 轉調木蘭花

（一）即【玉樓春】。〔宋〕歐陽修詞名【轉調木蘭花】，見《醉翁琴趣外篇》卷四。

> 沈沈庭院鶯吟弄。日暖煙和春氣重。綠楊嬌眼為誰回，芳草深心空自動。　　倚欄無語傷離鳳。一片風情無處用。尋思還有舊家心，蝴蝶時時來役夢。（錄自雙照樓影宋本）

（二）調見〔金〕王吉昌《會真集》卷五。

> 氣融和，風韻切。龍蟠虎繞，戊庭交結。溫存寸體縈春雪。神光月樣，九天渾徹。　　照破迷雲魔陣滅。三台六腑，八關冰潔。純陽體證無為訣。優遊法界，道情清絕。（錄自涵芬樓影明《道藏》本）

## 轉調採桂枝

即【添字採桑子】。〔金〕侯善淵詞名【轉調採桂枝】，見《上清太玄集》卷九。

> 分明相外歸宗祖，道眼俱全。出入綿綿。昇降浮沉任往還。最幽玄。　　日精月髓安爐內，一炁烹煎。丹就凝然。皎皎光明衰上天。化飛仙。（錄自涵芬樓影明《道藏》本）

## 轉調定風波

即【定風波】。〔宋〕胡銓詞名【轉調定風波】，見《澹庵長短句》。

> 從古將軍自有真。引杯看劍坐生春。擾擾介鱗何足掃。談笑。綸巾羽扇典刑新。　　試問天山何日定。佇聽。雅歌長嘯靜煙塵。解道汾陽是人傑。見說。如今也有謫仙人。（錄自《四印齋所刻詞》本）

## 轉調賀聖朝

調見《古今詞話》〔宋〕無名氏詞。

> 漸覺一日，濃如一日，不比尋常。若知人、為伊瘦損，成病又何妨。　　相思到了，不成模樣，收淚千行。把從前淚，來做水流，也流到伊行。（錄自《詞話叢編》本）

按：此調《欽定詞譜》列於卷六【賀聖朝】。此調字句韻均與仄韻【賀聖朝】不同。既名謂「轉調」，故另立。

## 轉調滿庭芳

即【滿庭芳】。〔宋〕劉燾詞名【轉調滿庭芳】，見《樂府雅詞・拾遺》卷上。

> 風急霜濃，天低雲淡，過來孤雁聲切。雁兒且住，略聽自家說。你是離群到此，我共那人才相別。松江岸，黃蘆影裏，天更待飛雪。　　聲聲腸欲斷，和我也、淚珠點點成血。一江流水，流也嗚咽。告你高飛遠舉，前程事、永沒磨折。須知道、飄零聚散，終有見時節。（錄自文淵閣《四庫全書》本）

## 轉調蝶戀花

即【蝶戀花】。〔宋〕沈蔚詞名【轉調蝶戀花】，見《樂府雅詞》卷下。

> 溪上清明初過雨。春色無多，葉底花如許。輕暖時聞燕雙語。等閒飛入誰家去　　短牆東

六畫

畔新朱戶。前日花前，把酒人何處。彷彿橋邊船上路。綠楊風裏黃昏鼓。（錄自文淵閣《四庫全書》本）

## 轉調踏莎行

即【踏莎行】。〔宋〕曾覿詞名【轉調踏莎行】，見《海野詞》。

翠幄成陰，誰家簾幕。綺羅香擁處、觥籌錯。清和將近，□春寒更薄。高歌看簌簌、梁塵落。　好景良辰，人生行樂。金杯無奈是、苦相虐。殘紅飛盡，嫋垂楊輕弱。來歲斷不負、鶯花約。（錄自汲古閣《宋六十名家詞》本）

## 轉調選冠子

即【選冠子】。〔清〕田同之詞名【轉調選冠子】，見《晚香詞》。

二水遙分，孤峰深注，突兀芙蓉橫翠。崢嶸欲競，窈窕如含，巒影散溢天際。鳥道崎嶇，虎牙巉峭，螺髻煙環蔚蔽。想金輿陳跡，瀠洄漓灤，一往奔騰勢。　曾此是、太白登臨，詩篇憑弔，勝地千秋永記。青龍霧遠，白鹿雲寒，難溯赤松首尾。唯見花光黛色，堆藍凝碧，遠承霞綺。更山靈鍾秀，文明四照華浮起。（錄自清《田氏叢書》本）

按：《欽定詞譜》卷三十五【選冠子】調注：「此見《松隱集》，別名【轉調選冠子】。」現存曹勳詞集中無此調名。

## 轉調醜奴兒

即【攤破南鄉子】。〔宋〕黃庭堅詞名【轉調醜奴兒】，見《山谷琴趣外篇》卷一。

得意許多時。長醉賞、月影花枝。暴風狂雨年年有，金籠鎖定，鶯雛燕友，不被雞欺。　紅旆轉逶迤。悔無計、千里追隨。再來應縉盧南印，而念目下，悽惶怎向，日永春遲。（錄自《彊村叢書》本）

## 轉調鬪鵪鶉

調見〔金〕王嚞《重陽全真集》卷十一。

一個靈明，作仙子材。響徹瑤宮，蕊金自開。為忒玲瓏出蓬萊。降下來。謫在凡間，託生俗胎。　只恐身便，酒色氣財。混一迴。風流此心便灰。復悟前真免輪迴沒甚災。看看卻得，重上玉台。（錄自涵芬樓影明《道藏》本）

## 轉應曲

即【古調笑】。〔唐〕戴叔倫詞名【轉應曲】，見《全唐詩》。

邊草。邊草。邊草盡來兵老。山南山北雪晴。千里萬里月明。明月。明月。胡笳一聲愁絕。（錄自清康熙揚州詩局本）

詞注：「即【轉應曲】。」

《欽定詞譜》卷二【古調笑】調注：「此詞凡三換韻，起用疊句，第六七句，即倒疊第五句末二字轉以應之。戴叔倫所謂『轉應』者，意蓋取此。」

## 轉應詞

即【古調笑】。〔唐〕戴叔倫詞名【轉應詞】，見《唐詞紀》卷八。

邊草。邊草。邊草盡來兵老。山南山北雪晴。千里萬里月明。明月。明月。胡笳一聲愁絕。（錄自《四庫全書存目叢書》本）

## 轉聲虞美人

即【桃源憶故人】。〔宋〕張先詞名【轉聲虞美人】，見《張子野詞》卷二。

使君欲醉離亭酒。酒醒離愁轉有。紫禁多時虛右。茗雪留難久。　一聲歌掩雙羅袖。日落亂山春後。猶有東城煙柳。青蔭長依舊。（錄自《彊村叢書》本）

《張子野詞》注：高平調。

## 轆轤金井

即【四犯剪梅花】。〔宋〕劉過詞名【轆轤金井】，見《龍洲詞》。

翠眉重掃。後房深、自喚小鬟嬌小。繡帶羅垂，報濃妝才了。堂虛夜悄。但依約、鼓簫聲鬧。一曲梅花，樽前舞徹，梨園新調。　高陽醉、玉山未倒。看鞋飛鳳翼，釵梁微嫋。秋滿東湖，更西風涼早。桃源路杳。記流水、泛舟曾到。桂子香濃，梧桐影轉，月寒天曉。（錄自汲古閣《宋六十名家詞》本）

《欽定詞譜》卷二十三【四犯剪梅花】調注：「前後段首句，不押韻者名【四犯剪梅花】，押韻者名【轆轤金井】。」

## 題醉袖

即【踏莎行】。〔宋〕賀鑄詞有「濃染吟毫，偷題醉袖」句，故名；見《東山詞》卷上。

> 淺黛宜嚬，明波欲溜。逢迎宛似平生舊。低鬟促坐認弦聲，霞觴灩灩持為壽。　　濃染吟毫，偷題醉袖。寸心百意分攜後。不勝風月雨厭厭，年來一樣傷春瘦。（錄自《彊村叢書》本）

## 蟲吟秋

調見〔清〕于光褧《翠芝山房詩餘》。

> 亂愁飛過萬山來，多少人人，卻獨見儂留住。十斛真珠，千端文錦，買不得他飛去。況遇孤角吟秋，曉風鳴樹。唧唧蟲兒，抵死窗前語。　　離思相縈，怎能夠、鬢絲如故。紛紛餘子，誰把范蠡金鑄。檢點平生遭際，廿載分離，向誰深訴。記當年、燭剪春紅，一樹梨花香夜雨。（錄自清鈔本）

按：于光褧詞有「況遇孤角吟秋」及「唧唧蟲兒」等句，故名【蟲吟秋】。此調似于氏自度曲，但無資料相佐，存疑待考。

## 雙星引

〔明〕蔣平階自度曲，見《支機集》卷一。

> 瑤草幾番花。任天風扶起，飛上鶯車。何處說丹砂。兩行朱鷺，碧落為家。　　雙髻引風斜。一灣銀海浪，萬里玉堤沙。記取山頭博著，便留與，後人誇。（錄自清順治九年刻本）

詞注：「新調。」

## 雙飛燕

（一）即【雙雙燕】。〔清〕徐石麒詞名【雙飛燕】，見《坦庵詞》。

> 知他甚日，被風雨、催將雁兒來了。霜蘺冷落，困煞黃花多少。持酒又翻新調。留不住、斜陽樹杪。眼前無數關情，十里野田秋燒。　　可是英雄易老。但水渺山濛，不堪登眺。勸人歸去，只有子規聲好。仿得煙波舊稿。穩睡足、漁翁一覺。都來不管離憂，一任楚天芳草。（錄自《清名家詞》本）

（二）即【西江月】。〔近人〕謝雲聲詞名【雙飛燕】，見《煮夢廬詞草》題詞。

> 一卷纏綿麗句，半生流浪天涯。好教蒐刻寄相思。綠波春縱再，明鏡髮如絲。　　屈指廿年

不見，如今壇占鳴時。愁予海島感無依。會當蘭桂棹，一飲十朝期。（錄自黃松鶴自印本）

## 雙紅豆

（一）即【長相思】。〔清〕吳綺詞名【雙紅豆】，見《鳳鄉詞》。

> 一溪雲。一山雲。讀盡奇書日閉門。庭花飛異芬。　　曉煙新。暮煙新。顆顆珊瑚綴得勻。長懷故國春。（錄自文淵閣《四庫全書》本）

詞序：「娑羅樹子，一名紅豆，因作【雙紅豆】以紀之。時有人號余為『紅豆詞人』者，余不能辭也。」

《歷代詩餘》卷三、《詞律》卷二《長相思》調注：「又名【雙紅豆】。」

（二）即【長相思慢】。〔清〕冒廣生詞名【雙紅豆】，見《小三吾亭詞》卷二。

> 一卷牛腰，百年鵑淚，翻來揭去如新。江東孫楚憔悴，當時青衫，多少銷魂。醉酒花神。願東風著力，種出情根。寄語並頭人。莫等閒、忘了前身。　　歎水逝光陰，輪迴風火，天涯我亦沾巾。床頭明月在算，難瞞舊日溫存。夢醒琴樽，只襟上、啼痕酒痕。惹相思、捱他今夕黃昏。（錄自《如皋冒氏叢書》本

## 雙紅豆慢

即【長相思慢】。〔清〕蔣敦復詞名【雙紅豆慢】，見《芬陀利室詞》卷四。

> 海樣相思，天邊昨夜，杯酒莫勸無情。佳人私語暗祝，檀心微吐，一點芳櫻。燕燕鶯鶯。到年光去也，總可憐生。望遠愁凝。化啼鵑、珠淚先零。　　又還是、碧桃嫁了，如今淒絕，落絮飄萍。黃昏讀曲，有個紅紅，小字分明。偷呼絳樹，恁鸚哥、也學雙聲。莫斷腸、鴛塚澆取，寒煙碎佩瓏玲。（錄自清咸豐刻本）

詞序：「題玉壺山人『把酒祝東風，種出雙紅豆』圖。」

## 雙帶子

調見〔清〕毛奇齡《毛翰林詞》卷三。

> 紅藕香銷暑殿涼。玉梭橫枕墮釵長。東樓賦得新來怨，中夜看沉龜甲黃。　　黃甲龜沉看夜中。怨來新得賦樓東。長釵墮枕橫梭玉，涼殿暑銷香藕紅。（錄自清刻本）

按：此調有八首，均由二首迴文詩組成，故名

【雙帶子】。

## 雙荷葉

即【憶秦娥】。〔宋〕蘇軾詞有「清光偏照雙荷葉」句，故名；見《東坡詞》。

> 雙溪月。清光偏照雙荷葉。雙荷葉。紅心未偶，綠衣偷結。　背風迎雨流珠滑。輕舟短棹先秋折。先秋折。煙鬟未上，玉杯微缺。（錄自汲古閣《宋六十名家詞》本）

詞序：「湖州賈耘老小妓名雙荷葉。」

《大鶴山人詞話》：「集中【雙荷葉】本耘老侍兒小名，公即以為曲名。且詞中以荷葉貼切，尤盡清妙之致，此犀麗玉並姓字亦曲寫出，獨何疑乎。」

## 雙魚兒

即【醉紅妝】。〔清〕岳照詞名【雙魚兒】，見《歷代蜀詞全輯》。

> 一輪皓月正圓時。慶懸弧，奉玉卮。鱗鴻遠致自滇池。開錦字，展愁眉。　寶釵不寄寄新詩。藏繾綣，寫迷離。參透秦嘉懷徐淑，書未達，意先馳。（錄自重慶出版社排印本）

## 雙清

即【採桑子慢】。〔清〕易孺詞名【雙清】，見《大厂詞稿‧雙清詞館詞》。

> 高華自斂，風響簷柯零亂。際枲主、襟江城外，嘯引蒼鷺。地適雙清，繞池枝蠹立湖干。空青籠地，簣深護鳥，忘畏宵寒。　前面細漪，拍天開照，葛（濁）嶺煙鬟。記初為、飛仙綠萼（去），畫與詩還。香海羅浮，故鄉幽夢正春殘。留鶯招鶴，聞簫奏水，情館雲間。（錄自清易氏手稿本）

詞序：「和夢窗『錢塘門外雙清樓』一首聲韻，詠南陽小廬之雙清池館。即以【雙清】易原調名。此調嘗以潘元質詞起語為名也。」

## 雙雁兒

又名：化生兒、雁靈妙方、雙燕子。

調見〔宋〕楊無咎《逃禪詞》。

> 窮陰急景暗推遷。減綠鬢，損朱顏。利名牽役幾時閒。又還驚，一歲圓。　勸君今夕不須眠。且滿滿，泛觥船。大家沉醉對芳筵。願新年，勝舊年。（錄自汲古閣《宋六十名家詞》本）

《欽定詞譜》卷十【雙雁兒】調注：「《中原音韻》入商調。按：此調微近【醉紅妝】，但【醉紅妝】後段第三句不用韻，此則前後俱用韻也。」

按：《花草粹編》卷一將此詞分成二首。

## 雙瑞蓮

調見〔宋〕趙以夫《虛齋樂府》卷下。

> 千機雲錦裏。看並蒂新房，駢頭芳蕊。清標豔態，雨雨翠裳霞袂。似是商量心事。倚綠蓋、無言相對。天醮水。彩舟過處，鴛鴦驚起。　縹緲漾影搖香，想劉阮風流，雙仙妹麗。閒情不斷，猶戀人間歡會。莫待西風吹老，薦玉醴、碧筒拚醉。清露底。明月一襟歸思。（錄自涉園影宋本）

《詞律》卷十四【雙瑞蓮】調注：「按此調比【玉漏遲】只第二句多一字。『清標』、『閒情』二句平仄顛倒。其餘句子，通首皆同，應是一體。想趙公原以【玉漏遲】詠雙頭瑞蓮，或自變其名，或後人因題而誤也，不然何長調而相同若此。本應合【玉漏遲】之後，終以多一字，顛倒四字，不敢確信同調，故仍另列於此。」

杜文瀾《詞律》校記：「萬氏注謂此調與【玉漏遲】應是一體。秦玉笙云：『此二調宮調不同，不得以句同而混之也。』按【雙瑞蓮】屬小石調，【玉漏遲】屬黃鐘宮，誠不同。」

《欽定詞譜》卷二十四【雙瑞蓮】調注：「詞詠並頭蓮，即以為名。此調近【玉漏遲】，但前段第二句多一字，前後段第四句平仄不同耳。」

## 雙翠羽

即【念奴嬌】。〔宋〕趙鼎詞有「竹塢無人雙翠羽」句，故名；見《得全居士詞》。

> 小園曲徑，度疏林深處，幽蘭微馥。竹塢無人雙翠羽，飛觸珊珊寒玉。更欲題詩，晚來孤興，卻恐傷幽獨。不如花下，一樽芳酒相屬。　慨念故國風流，楊花春夢短，黃粱初熟。卷白千觴須勸我，洗此胸中榮辱。醉揖南山，一聲清嘯，休把離騷讀。遲留歸去，月明猶掛喬木。（錄自《四印齋所刻詞》本）

詞序：「二月十三日夜飲南園作，舊名【念奴嬌】。」

## 雙蓮

即【摸魚兒】。〔元〕李冶詞名【雙蓮】，見《花草粹編》卷二十四。

為多情、和天也老，不應情遽如許。請君試聽雙葉怨，方見此情真處。誰點注。香瀲灔銀塘，對抹胭脂露。藕絲幾縷。絆玉骨春心，金沙曉淚，漠漠瑞紅吐。　　連理樹。一樣驪山懷古。古今朝暮雲雨。六郎夫婦三生夢，斷幽恨從前沮。須會取。共鴛鴦翡翠，照影長相聚。秋風不住。恨寂寞芳魂，輕煙北渚，涼月又南浦。（錄自文淵閣《四庫全書》本）

詞注：「大名有男女以私情不遂赴水者，後三日，二屍相攜出水濱。是歲陂荷俱並蒂。」

## 雙調水晶簾

即【江城子】。〔清〕夏溎詞名【雙調水晶簾】，見《新竹盧詞稿》。

欄干喜不界蟾光。搭垂楊。枕新簹。如我幽情、蔼蔼一池香。喚把簾兒鈎盡上，要四面，好迎涼。　　調冰雪藕未輸將。折蘭芳。洗蘭湯。浴罷憑欄小拍譜新腔。何處高樓吹玉笛，聲縹緲，韻悠揚。（錄自清稿本）

## 雙調行香子

調見〔清〕華長卿《臒香館詞鈔》。

昭代衣冠，不便長鬆。結冠縗、雙手齊掀，喉間鈕扣，五指糾纏。銜杯慢撚，對鏡輕拈。有六分白，三分黑，剩得一分藍。　　喚余鬚子，民賊同然。啟硃唇、紅粉尤嫌。本來面目，俯仰何慙。學坡翁頻上毫添，改烏紗帽，素圓領，才得壯觀瞻。（錄自華氏稿本）

## 雙調江城子

即【江城子】。〔清〕洪亮吉詞名【雙調江城子】，見《更生齋詩餘》。

深秋門巷動涼飂。掩關遲。雨如絲。折得一枝、紅豆立多時。天上亦添新別恨，人不見，渺相思。　　拈來枝葉影參差，意誰知。酒難辭。且與梁園、賓客譜離詞。只有文園消渴甚，賦不到，九秋枝。（錄自《清名家詞》本）

## 雙調南歌子

調見《梁溪詞選·惜軒詞》〔清〕侯晰詞。

軟語鎔心鐵，柔腸續意膠。袖香偷擁乍驚抛。約略畫樓雙影，燕雛嬌。　　少別千年闊，迴看萬里遙。個中眉眼夢中消。那禁輕魂一瓣，落花敲。（錄自《全清詞》本）

## 雙調南湘子

調見〔清〕朱青長《朱青長詞集》卷二十六。

煮酒問西風。天下莫是阿儂。椎破玉杯無一語。最苦。顧曲周郎今在否。　　夜起望神洲。未睹興亡白了頭。思捲冷雲和海睡。還未。只怕潛龍流血淚。（錄自朱青長手稿本）

## 雙調南鄉子

調見〔清〕英瑞《疏簾淡月屋詞草》第一集。

寒柝忒無情。做弄帷燈一點青。霜氣暗圍風力勁。聲聲。怕又胡笳促拍鳴。　　客睡慣伊驚。夢裏還家怎便行。喚起天涯羈泊恨。更更。越是今宵不肯明。（錄自清鈔本）

## 雙調風流子

調見〔清〕朱駿聲《臨嘯閣詞拾遺》卷二。

廣寒仙境也，清幽甚、天與讀書堂。看金緻千重，者般福地，雪揉四出，如許秋光。多少□、哦騷挤酒膽，咀杜泗詩腸。□喜生花，南窗張祐，廊疑不夜，東觀黃香。　　小山真獨占，奚寂寞枝頭，好鳥情長。聞得木犀香否，子細評量。想明月前身，從教悟得，林花入夢，未合形相。怪底幼安當日，苦憶吳江。（錄自近人張宗祥鈔本）

## 雙調望江南

調見〔宋〕劉辰翁《須溪詞》卷一。

長欲語，欲語又蹉跎。已是厭聽夷甫頌，不堪重省越人歌。孤負水雲多。　　羞拂拂，懊惱自摩挲。殘燭不教人徑去，斷雲時有淚相和。恨恨欲如何。（錄自《彊村叢書》本）

## 雙調望梅花

調見《徐卓晤歌》〔明〕徐士俊詞。

舊枝寒勒夜聲疏。聽竹折、梅魂相助，偎暖三更文燕爐。　　雲凍月愁無。夢未來時酒醒

大畫

初。窗外玉凝膚。（錄自惜陰堂《明詞彙刊》本）

## 雙調望梅花

調見〔清〕陳玉璂《學文堂詩餘》卷一。

天近中秋時節。清絕。人坐木蘭船。一點青山
面面看。流水帶晴巒。　　兩岸小橋雙跨。如
畫。秋月漸婆娑。綠楊影裏動漁歌。回首暮煙
多。（錄自《常州先哲遺書》本）

## 雙調翠樓吟

即【翠樓吟】。〔明〕楊慎詞名【雙調翠樓
吟】，見《類編箋釋國朝詩餘》卷五。

月晃蒼山，風清黑水，花滿原鱗城雉。樅松明
夜火，歌來暮似城都市。五華樓閣，看五馬迎
恩，雙鴻送喜。遲遲謾行春金碧，照春金紫。
　　　此邦宜有循良，擁玉麟銅虎，旆旌葉榆難
借寇，望登仙香塵遙起。攀軒處、正紅頹窺
簾，華顛臥軌。畫圖外、甘棠陰裏，心馳千
里。（錄自惜陰堂《明詞彙刊》本）

## 雙調憶江南

調見〔清〕陳作霖《可園詞存》卷三。

傾國色，生長亂離中。偕姊觀書心善悟，隨夫
顧曲耳尤聰。兒女亦英雄。　　千古恨，鵑淚
血啼紅。巴戍人空悲夜月，女貞木落弔秋風。
彤史述江東。（錄自清宣統二年刻本）

六畫

## 雙調雞叫子

調見〔清〕王翃《槐堂詞存》。

吟魂未斂黃昏靜。獨據高秋誰與並。斜穿簾影
月心偏，仰受露華花面正。　　深林蕭颯風還
作。生逼衣襟涼不薄。側看山鬼逐流螢，嘯摘
寒蕉空處撲。（錄自清刻本）

## 雙燕入珠簾

〔清〕丁澎新譜犯曲，見《扶荔詞》卷三。

層軒半落，偏近沼依雲，倚欄孤眺。披襟謖
謖，隔水笙簧幽窈。孫綽庭前陶令宅，秋枕
上、數聲清曉。堪效。似黃庭慣寫，君家逸
少。　　把鏡王蒙自照。羨斯人，宜置海山蓬
島。輕陰滿地，洗耳科頭都好。一曲樵歌三弄
笛，盡消受、斷鴻殘蓼。應笑。念幾度悲秋，
著書人老。（錄自清康熙家刻本）

詞注：「題王丹麓聽松軒圖像。新譜犯曲。上五

句【雙雙燕】，下五句【真珠簾】；後段同。」

## 雙燕子

即【雙雁兒】。《欽定詞譜》卷十《雙雁兒》調
注：「一名【雙燕子】。」

## 雙燕兒

調見〔宋〕張先《張子野詞》卷二。

榴花簾外飄紅。藕絲罩、小屏風。東山別後，
高唐夢短，猶喜相逢。　　幾時再與眠香翠，
悔舊歡、何事匆匆。芳心念我，也應那裏，蹙
破眉峰。（錄自《彊村叢書》本）

《張子野詞》注：歇指調。

按：《歷代詩餘》卷二十三【醉紅妝】調注：
「一名【雙燕兒】。」不確。

## 雙燕笑孤鶯

〔清〕沈謙新翻曲，見《東江別集》卷二。

正殘夢醒，見斜月窺窗，晚鐘初撼。披衣坐
起，仍在亂山孤店。嘹嘹斷鴻過也，宿蘆花水
村煙斂。空說遠遊豪邁，只博此傷感。　　下
箸泛來酒釅。若比著離愁，酒兒全淡。西風淒
緊，獨自把燈長點。幾番寄書不到，料佳人怪
儂拋閃。爭信為他垂淚，有羅巾為驗。（錄自惜
陰堂《明詞彙刊》本）

詞注：「新犯曲。上五句【雙雙燕】，下四句
【孤鶯】；後段同。」

## 雙蕖怨

即【摸魚兒】。〔元〕李治詞有「請君試聽雙蕖
怨」句，故名；見〔金〕元好問《遺山樂府》卷
上附詞。

為多情、和天也老，不應情遽如許。請君試聽
雙蕖怨，方見此情真處。誰點注。香潋灩銀
塘，對抹胭脂露。藕絲幾縷。絆玉骨春心，金
沙曉淚，漠漠瑞紅吐。　　連理樹。一樣驪山
懷古。古今朝暮雲雨。六郎夫婦三生夢，腸斷
目成眉語。須喚取。共鴛鴦翡翠，照影長相
聚。西風不住。恨寂寞芳魂，輕煙北渚，涼月
又南浦。（錄自《彊村叢書》本）

元好問【摸魚兒】詞序：「泰和中，大名民家小
兒女有私情不如意赴水者，官為蹤跡之，無見
也。其後踏藕者，得二屍水中，衣服仍可驗，其
事乃白。是歲此陂荷花開無不並蒂者。沁水梁國

用時為錄事判官，為李用章內翰言如此。此曲以樂府【雙藥怨】命篇。咀五色之靈芝，香生九竅，嚥三清之瑞露，春動七情。韓偓《香奩集》中自敍語。」

## 雙頭蓮

（一）調見〔宋〕周邦彥《片玉集·抄補》。

一抹殘霞，幾行新雁，天染雲斷，紅迷陣影，隱約望中，點破晚空澄碧。助秋色。門掩西風，橋橫斜照，青翼未來，濃塵自起，咫尺鳳幃，合有人相識。　歎乖隔。知甚時恣與，同攜歡適。度曲傳觴，並轡飛轡，綺陌畫堂連夕。樓頭千里，悵恨三更，盡堪淚滴。怎生向，無聊但只聽消息。（錄自明吳訥《百家詞》本）

《片玉集·抄補》注：雙調。

《清真集》鄭文焯校記：「按調名【雙頭蓮】當為雙拽頭曲。以『助秋色』三字屬上為第一段。以『歎乖隔』句屬上為第二段。分兩排起調，揆之句法字數平仄悉無少異。唯『合有人相識』句，『人』上疑脫一『個』字。考宋柳耆卿詞【曲玉管】一闋，起拍亦分兩排，即以三字句結，是調正合。宋譜例，凡曲之三疊者謂之雙拽頭，是亦【雙頭蓮】曲名之一證焉。」

（二）調見〔宋〕陸游《渭南文集》卷五十。

華鬢星星，驚壯志成虛，此身如寄。蕭條病驥。向暗裏。消盡當年豪氣。夢斷故國山川，隔重重煙水。身萬里。舊社凋零，青門俊遊誰記。　盡道錦里繁華，歎官閒晝永，柴荊添睡。清愁自醉。念此際。付與何人心事。縱有楚柂吳檣，知何時東逝。空悵望，鱠美菰香，秋風又起。（錄自雙照樓影宋本）

## 雙頭蓮令

調見〔宋〕趙師俠《坦庵詞》。

太平和氣兆嘉祥。草木總成雙。紅苞翠蓋出橫塘。兩兩鬥芬芳。　幹搖碧玉並青房。仙髻擁新妝。連枝不解引鴛鴦。留取映鴛鴦。（錄自汲古閣《宋六十名家詞》本）

按：趙師俠詞詠「信豐雙蓮」，故名【雙頭蓮令】。

## 雙錦瑟

即【西江月】。〔清〕徐惺詞名【雙錦瑟】，見《橫江詞》。

二十四番花信，春風便是良宵。秦樓弄玉夜深簫。引出鳳鞋輕小。　也算天孫織女，月明鵲駕星橋。微風楊柳舞宮腰。怕是洞天清曉。（錄自清刻本）

## 雙聲子

調見〔宋〕柳永《樂章集》卷中。

晚天蕭索，斷蓬蹤跡，乘興蘭棹東遊。三吳風景，姑蘇台榭，牢落暮靄初收。夫差舊國，香徑沒、徒有荒丘。繁華處，悄無睹，唯聞麋鹿呦呦。　想當年、空運籌決戰，圖王取霸無休。江山如畫，雲濤煙浪，翻輸范蠡扁舟。驗前經舊史，嗟漫載、當日風流。斜陽暮草茫茫，盡成萬古遺愁。（錄自《彊村叢書》本）

《樂章集》注：林鐘商。

## 雙聲雞叫子

調見《梅里詞緒》〔清〕王翃詞。

吟魂未斂黃昏靜。獨據高秋誰與並。斜穿簾影月心偏，仰受露華花面正。　深林蕭颯風還作。生逼衣襟涼不薄。側看山鬼逐流螢，暗摘寒蕉空處撲。（錄自清薛廷文稿本）

詞注：「此即仄韻絕句，唐人以入樂府，唐人謂之【阿那曲】，宋人謂之【雞叫子】。雙聲者，兩絕句也。」

按：《槐堂詞存》調名作【雙調雞叫子】。

## 雙雙燕

又名：雙飛燕。

（一）調見〔宋〕史達祖《梅溪詞》。

過春社了，度簾幕中間，去年塵冷。差池欲住，試入舊巢相並。還相雕樑藻井。又軟語、商量不定。飄然快拂花梢，翠尾分開紅影。　芳徑。芹泥雨潤。愛貼地爭飛，競誇輕俊。紅樓歸晚，看足柳昏花暝。應自棲香正穩。便忘了、天涯芳信。愁損翠黛雙蛾，日日畫欄獨憑。（錄自汲古閣《宋六十名家詞》本）

（二）調見《眾香詞》〔明〕李萼詞。

柳絮輕盈，梨花風味。點點穿簾，巧語春碎。舞裙微轉，雙剪掠波搖翠。雪滿梁園，月明湘水，此際歸來還未。紫頷偎紅，香泥烘壘，簡種風流越媚。想應王謝堂前，杏花村裏，怎和尋常作對。　期似春前，人如玉樹，便日日、喃喃何啐。怕雁唳西江，草吹南浦，不管

大畫

社中姊妹。好把紅絲，祝付烏衣，緊緊鬆鬆，將伊牢繫。柳昏花暝，正合作、雕樑佳配。叮嚀細。再莫問、昭陽殿裏，飛來尋隊。（錄自石印本）

按：此詞一百四十二字，與史達祖、吳文英體均異。

## 雙韻子

調見〔宋〕張先《張子野詞・補遺》卷上。

鳴鞘電過曉闈靜。斂龍旗風定。鳳樓遠出霏煙，聞笑語、中天迥。　清光近。歡聲競。鴛鴦集、仙花鬥影。更聞席曲瑤山，升瑞日、春宮永。（錄自《彊村叢書》本）

## 雙疊望江南

調見〔明〕唐世濟《瓊靡集詞選》。

平生志，不望改頭銜。時到自知梅子熟，饑來不羨棗兒甜。江北望江南。　眠又起，茌苒作紅氍。酒具摩娑新玉斗，書倉增補舊牙籤。消得老天潛。（錄自明崇禎刻本）

## 雙鸂鶒

調見〔宋〕朱敦儒《樵歌》卷下。

拂破秋江煙碧。一對雙飛鸂鶒。應是遠來無力。捎下相偎沙磧。　小艇誰吹橫笛。驚起不知消息。悔不當時描得。如今何處尋覓。（錄自《四印齋所刻詞》本）

按：朱敦儒詞有「一對雙飛鸂鶒」句，故名【雙鸂鶒】。

《稗史匯海》卷一百四十四：「【雙鸂鶒】，《劇談錄》：『伊闕前臨大溪，每僚佐有入朝者，即水中先有石灘漲出。牛相國為縣尉，一旦，忽報灘出。翌日，邑宰同僚列筵亭上觀之。有老吏曰：「若是西灘上，當有雙鸂鶒。」相國舉杯祀曰：「既能有灘，何惜有雙鸂鶒？」宴未終，俄有飛下者。不旬日，拜西台御史。』又杜甫詩：『一雙鸂鶒對沉浮。』」

## 雙鶯

調見《歷代詩餘》卷九十七〔明〕吳胐詞。

雨浴幽庭，冰簟清涼足。篆煙微宿醒作醒，枕痕消玉。驚聞咽微諧商，卻是鐺烹泉熟。傾瑤杯、露芽清撲。更萱花黃嫩，細榴紅簇，十二欄干閒倚，引卻雙眉蹙。　心事悠悠，唯有

吟清竹。晚風輕、雲疏蟾漏，重巒改目。且開花下金樽，得趣偏宜幽獨。捲湘簾、清光滿屋。有句穿溟漠，花飛酹餘，報道紫簫人返，共引雙鶯曲。（錄自清康熙內府本）

按：吳胐詞有「報道紫簫人返，共引雙鶯曲」句，故名【雙鶯】。

## 雙鸞怨

調見〔清〕俞士彪《玉蕤詞鈔》。

春漠漠。任晚風、吹亂雲鬟，慵去梳掠。倚著欄干無一語，紅日看看欲落。卻早有、月窺簾幕。才聽杜鵑啼過，隔牆又動弦索。紅酥冷了，更重溫、誰同酌　虛弱渾瘦削。惜嬌波血淚，絲絲都凝床角。不合當初曾詠絮，今日似伊飄泊。又何怪、柔條難託。一日千頭萬緒，難得舊恨忘卻。待箋心事問天公，如何著。（錄自清刻本）

《填詞名解》卷四：「【雙鸞怨】，字百十四，稚黃子製此曲也。」

按：原詞序云：「和毛稚黃先生韻。」惜毛原詞未見，待查考。

## 歸平遙

即【歸國遙】。〔宋〕顏奎詞名【歸平遙】，見《天下同文》。

春□□拂拂。簷花雙燕入。少年湖上風日。問天何處見。　湖山畫屏晴碧。夢華知鳳昔。東風忘了前跡。上青蕪半壁。（錄自涉園影汲古閣鈔本）

## 歸去曲

即【憶故人】。〔宋〕毛滂詞名【歸去曲】，見《東堂詞》。

鬢綠飄蕭，漫郎已是青雲晚。古槐蔭外小欄干，不負看山眼。　此意悠悠無限。有雲山、知人醉懶。他年尋我，水邊月底，一蓑煙短。（錄自《彊村叢書》本）

## 歸去好

（一）即【鷓鴣天】。〔明〕李培詞名【歸去好】，見《水西全集》卷六。

震主威名可自由。英雄回首一荒丘。殘魂夜夜啼鐘室，怨魄依依笑杜郵。　才勘破，便歸休。山中歲月足夷猶。言從榮叟尋三樂，不逐

六畫

張衡賦四愁。（錄自《四庫未收書輯刊》本）

（二）調見〔清〕魯之裕《式馨堂詩集・附詞》。

　　似曾堅訂。說園花爛熳，盍乘幽興。朝來鶯燕
　　報春晴，緩步直尋三徑。見雙扉，煙鎖碧苔
　　封。任剝啄、推敲全不應。豈昨宵、夢裏晤芝
　　眉，朦朧聽。　　曳歸筇，殊興盡。賦遯心，
　　非爽信。或瀰雨迷雲，神昏體困。君既能、背
　　約掩重關，我何難、絕交申命峻命。念生平、
　　器量頗含宏，姑遣訊。（錄自清刻本）

## 歸去來

（一）調見《敦煌歌辭總編》卷四〔唐〕釋法
照詞。

　　歸去來。寶門開。正見彌陀昇寶座，菩薩散花
　　稱善哉。稱善哉。（錄自上海古籍出版社排印本）

按：原載（伯）二〇六六。

（二）調見《敦煌歌辭總編》卷四〔唐〕釋法
照詞。

　　歸去來。誰能惡道受輪迴。且共念彼彌陀佛，
　　往生極樂坐花台。（錄自上海古籍出版社排印本）

按：原載：（伯）二二五〇、三三七三、（文）
八九。

《敦煌歌辭總編》卷四：「【歸去來】之格調，
句法縱有變化，要以辭韻叶『來』為主，庶幾確
切為【歸去來】。」

（三）調見〔宋〕柳永《樂章集》卷下。

　　初過元宵三五。慵困春情緒。燈月闌珊嬉遊
　　處。遊人盡、厭歡聚。　　憑仗如花女。持杯
　　謝、酒朋詩侶。餘酲更不禁香醑。歌筵罷、且
　　歸去。（錄自《彊村叢書》本）

《樂章集》注：平調、中呂宮。《片玉集》注：
仙呂宮。

（四）調見〔宋〕柳永《樂章集續添曲子》。

　　一夜狂風雨。花英墜、碎紅無數。垂楊漫結黃
　　金縷。盡春殘、縈不住。　　蝶稀蜂散知何
　　處。瀰樽酒、轉添愁緒。多情不慣相思苦。休
　　惆悵、好歸去。（錄自《彊村叢書》本）

《樂章集續添曲子》注：平調。

（五）調見〔近人〕汪東《夢秋詞》卷四。

　　客鬢添霜縷。登高望、怨懷誰訴，飄花墜葉身
　　難主。儘思歸，歸不去。　　密封書字相分
　　付。道花底、一樽休誤。殷勤欲報無佳語。空
　　牽引，兩眉聚。（錄自齊魯書社影手稿本）

## 歸去來兮引

宋大曲名。

調見〔宋〕楊萬里《誠齋集》卷九十七。

　　儂家貧甚訴長飢。幼稚滿庭闈。正坐瓶無儲
　　粟，漫求為稻東西。　　偶然彭澤近鄰圻。公
　　秫滑流匙。葛巾勸我求為酒，黃菊怨、冷落東
　　籬。五斗折腰，誰能許事，歸去來兮。

　　老圃半榛茨。山田欲蒺藜。念心為形役又奚
　　悲。獨惆悵前迷。不諫後方追。覺今來是了，
　　覺昨來非。

　　扁舟輕颺破朝霏。風細漫吹衣。試問征夫前
　　路，晨光小，恨熹微。　　乃瞻衡宇載奔馳。
　　迎候滿荊扉。已荒三徑存松菊，喜諸幼、入室
　　相攜。有酒盈樽，引觴自酌，庭樹遺顏怡。

　　容膝易安棲。南窗寄傲睨。更小園日涉趣尤
　　奇。盡雖設柴門，長是閉斜暉。縱遐觀矯首，
　　短策扶持。

　　浮雲出岫豈心思。鳥倦亦歸飛。翳翳流光將
　　入，孤松撫處淒其。　　息交絕友塹山溪。世
　　與我相違。駕言復出何求者，曠千載、今欲從
　　誰。親戚笑談，琴書觴詠，莫遺俗人知。

　　邂逅又春熙。農人欲載菑。告西疇有事要耘
　　耔。容老子舟車，取意任委蛇。歷崎嶇窈窕，
　　丘壑隨宜。

　　欣欣花木向榮滋。泉水始流澌。萬物得時如
　　許，此生休笑吾衰。　　寓形宇內幾何時。豈
　　問去留為。委心任運無多慮，顧皇皇、將欲何
　　之。大化中間，乘流歸盡，喜懼莫隨伊。

　　富貴本危機。雲鄉不可期。趁良辰、孤往恣遊
　　嬉。獨臨水登山，舒嘯更哦詩。除樂天知命，
　　了復奚疑。（錄自《四部叢刊》本）

按：此大曲為櫽括陶潛〈歸去來兮〉辭之作，詞
名取此。全詞共八首，以兩首為一對。

## 歸去難

即【促拍滿路花】。〔宋〕周邦彥詞名【歸去難】，見《片玉集》卷八。

佳約人未知，背地伊先變。惡會稱停事，看深淺。如今信我，委的論長遠。好來無可怨。洎合教伊，因些事後分散。　密意都休，待說先腸斷。此恨除非是，天相念。堅心更守，未死終相見。多少閒磨難。到得其時，知他做甚頭眼。（錄自《彊村叢書》本）

《片玉集》注：仙呂調。

## 歸田樂

又名：孤館深沉、歸田樂引。

（一）調見〔宋〕晁補之《晁氏琴趣外篇》卷一。

春又去，似別佳人幽恨積。閒庭院，翠陰滿，添晝寂。一枝梅最好，至今憶。　正夢斷，爐煙嫋，參差疏簾隔。為何事、年年春恨，問花應會得。（錄自雙照樓影宋本）

（二）調見〔宋〕蔡伸《友古居士詞》。

風生蘋末蓮香細。新浴晚涼天氣。猶自倚朱欄，波面雙雙彩鴛戲。　鸞釵委墜雲堆髻。誰會此時情意。冰簟玉琴橫，還是月明人千里。（錄自明吳訥《百家詞》本）

（三）調見〔宋〕晏幾道《小山詞》。

試把花期數。便早有、感春情緒。看即梅花吐。願花更不謝，春且長住。只恐花飛又春去。　花開還不語。問此意、年年春還會否。絳唇青鬢，漸少花前語。對花又記得、舊曾遊處。門外垂楊未飄絮。（錄自明吳訥《百家詞》本）

（四）調見〔明〕俞彥《俞少卿近體樂府》。

學秉犁鋤，解下腰章，頓拋手板。只悔回頭晚。肉眼共盲眼。饞眼。妒眼。合與君山一時剗。　仕途原自坦。誰似爾、憊鑽熱趕。老臣無狀，只不貪而懶。雪盞更雨盞。月盞。花盞。美滿生涯世間罕。（錄自《四庫未收書輯刊》本）

## 歸田樂引

即【歸田樂】。〔宋〕黃庭堅詞名【歸田樂引】，見《山谷詞》。

對景還銷瘦。被個人、把人調戲，我也心兒有。憶我又喚我，見我嗔我，天甚教人怎生受。　看承幸廝勾。又是樽前眉峰皺。是人

驚怪，冤我太捆就。拆了又捨了，定是這回休了，及至相逢又依舊。（錄自汲古閣《宋六十名家詞》本）

## 歸田樂令

（一）調見〔宋〕黃庭堅《山谷詞》。

引調得、甚近日心腸不戀家。寧寧地、思量他，思量他。兩情各自肯甚忙。　咱意思裏，莫是賺人吵。噇奴真個嗶、共人嗶。（錄自汲古閣《宋六十名家詞》本）

（二）即【如夢令】。〔宋〕黃庭堅詞名【歸田樂令】，見《寶真齋法書贊》卷十五。

前歲迷藏花柳。恰恰如今時候。諸事幾時忺。鏡中贏得清瘦。生受。生受。更被養娘催繡。（錄自清乾隆武英殿聚珍本）

《寶真齋法書贊》卷十五：「《黃魯直催繡詞帖》（行書，四行）（詞略）【歸田樂令】。右山谷先生催繡詞帖真蹟一卷，先生平生語壯，此帖故遊戲耳。觀其序晏小山詞有曰：『余少時間作樂府，使酒玩世，道人法秀獨罪余以「筆墨勸淫，於我法中當下犁舌之獄」。』其悔雕篆至矣，此豈自放毫楮間。」

## 歸田歡

即【歸朝歡】。〔清〕朱彝尊詞名【歸田歡】，見《曝書亭詞‧蕃錦集》。

寂寞江天雲霧裏。破屋數間而已矣。風光便是武陵春，逍遙自有蒙莊子。起來花滿地。清溪一道穿桃李。　闕前軒，田風拂拂，得酒且歡喜。　盤餐市遠無兼味。客到但知留一醉。濁醪粗飯任吾年，憑君莫話封侯事。外物非本意。世情付與東流水。為君題、洞天石扇，丘壑趣如此。（錄自《天風閣叢書》本）

詞序：「柯翰周見過村舍夜話。即【歸朝歡】。」

## 歸字謠

又名：十六字令、月穿窗、花嬌女、蒼梧謠、歸自謠、歸梧謠。

調見〔宋〕袁去華《宣卿詞》。

歸。目斷吾廬小翠微。斜陽外，白鳥傍山飛。（錄自四印齋彙刻《宋元三十一家詞》本）

《于湖先生長短句》注：高平調。

## 歸自謠

又名：思佳客、思佳客令、風光子。

（一）調見〔宋〕歐陽修《歐陽文忠公近體樂府》卷一。

> 寒水碧。水上何人吹玉笛。扁舟遠送瀟湘客。蘆花千里霜月白。傷行色。來朝便是關山隔。（錄自雙照樓影宋本）

《樂府雅詞》注：道宮調。

（二）即【歸字謠】。涉園影宋本《于湖先生長短句》第五卷目錄，調名為【歸自謠】，恐刻誤。故不立條目。

（三）即【歸國謠】。《詞律》卷二【歸國謠】調注：「國一作自，謠一作遙。」

按：《詞律》將宋歐陽修【歸自謠】編入【歸國謠】，與唐溫庭筠【歸國謠】列為一體則誤。

## 歸來曲

即【憶江南】。〔金〕侯善淵詞名【歸來曲】，見《上清太玄集》卷七。

> 長生道，日用在虛無。一氣初分明動靜，三才應化見沉浮。玉兔趁靈烏。　轟宇宙，一撞出昏衢。光射三山白虎頷，焰飛兩道赤龍鬚。照見夜明珠。（錄自涵芬樓影明《道藏》本）

## 歸風便

即【玉樓春】。〔宋〕賀鑄詞有「□□會有歸風便」句，故名；見《東山詞》卷上。

> 津亭薄晚張離燕。紅粉□歌持酒歡。歌聲煎淚欲沾襟，酒色□□□□□。　□□會有歸風便。休道相忘秋後□。□□□抵故人心，惆悵故人心不見。（錄自涉園影宋本）

## 歸洞仙

調見《金瓶梅》卷二十〔明〕無名氏詞。

> 步花徑，欄干狹。防人覷，常驚嚇。荊刺抓裙釵，倒閃在、茶薝架。　勾引嫩枝咿啞。討歸路，尋空蟀。被舊家梁燕，引入窗紗。（錄自張竹坡評本）

## 歸梧謠

即【歸字謠】。〔宋〕張孝祥詞名【歸梧謠】，見《于湖先生長短句》卷五。

> 歸。獵獵薰風颭繡旗。攔教住，重舉送行杯。

（錄自涉園影宋本）

《欽定詞譜》卷一【歸字謠】調注：「有刻【歸梧謠】者，誤。」

## 歸國謠

又名：玉籠鸚鵡、歸平謠、歸自謠。

唐教坊曲名。

（一）調見《花間集》卷一〔唐〕溫庭筠詞。

> 雙臉。小鳳戰篦金颭豔。舞衣無力風斂。藕絲秋色染。　錦帳繡幃斜掩。露珠清曉簟。粉心黃蕊花靨。黛眉山兩點。（錄自雙照樓影明仿宋本）

《詞徵》：【歸國謠】「劉氏延禧謂即樂府之【刮骨鹽】。『謠』、『鹽』聲之轉，『刮骨』與『歸國』聲近，殆一名訛別為二也」。

《金奩集》注：雙調。

（二）參見【歸自謠】條（三）。

## 歸朝歌

即【歸朝歡】。〔宋〕劉辰翁詞名【歸朝歌】，見《須溪詞》卷二。

> 最是一人稱好處。昨日小春留得住。梅花信信望東風，須待公歸香滿路。年時今已度。長是巴山深夜雨。宣又召，凱還簇簇，要見壽觴舉。　掃盡窩蜂閒繡斧。疊歌鼓春聲歡歲暮。燕台劍履趣鋒車，銀信低低傳好語。紫貂裘脫與。肘印累累映三組。但重省，西來斗水，忘卻愛卿取。（錄自《彊村叢書》本）

## 歸朝歡

又名：菖蒲綠、歸田樂、歸朝歌。

調見〔宋〕柳永《樂章集》卷中。

> 別岸扁舟三兩隻。葭葦蕭蕭風淅淅。沙汀宿雁破煙飛，溪橋殘月和霜白。漸漸分曙色。路遙山遠多行役。往來人，隻輪雙槳，儘是利名客。　一望鄉關煙水隔。轉覺歸心生羽翼。愁雲恨雨兩牽縈，新春殘臘相催逼。歲華都瞬息。浪萍風梗誠何益。歸去來，玉樓深處，有個人相憶。（錄自《彊村叢書》本）

## 歸朝歡令

即【玉樓春】。《欽定詞譜》卷十二【玉樓春】調注：「《高麗史·樂志》詞名【歸朝歡令】。」

## 歸塞北

即【憶江南】。《欽定詞譜》卷一【憶江南】調注：「《太平樂府》名【歸塞北】，注大石調。」

## 鎮西

即【小鎮西犯】。〔宋〕蔡伸詞名【鎮西】，見《友古詞》。

> 秋風吹雨，覺重衾寒透。傷心聽、曉鐘殘漏。凝情久。記紅窗夜雪，促膝圍爐，交杯勸酒。如今頓孤歡偶。　念別後。菱花清鏡裏。眉峰暗鬥。想標容、怎禁銷瘦。忍回首。但雲箋妙墨，鴛錦啼妝，依然似舊。臨風淚沾襟袖。
> （錄自汲古閣《宋六十名家詞》本）

## 鎖寒窗

即【瑣窗寒】。〔宋〕吳文英詞名【鎖寒窗】，見《夢窗甲稿》。

> 紺縷堆雲，清腮潤玉，記人初見。蠻腥未洗，梅谷一懷淒惋。沙征槎、去乘閬風，占香上國幽心展。遺芳掩色，真恣凝淡，返魂騷畹。
> 　一盼。千金換。又笑伴鷗夷，共歸吳苑。離煙恨水，夢杳南天秋晚。比來時、瘦肌更銷，冷薰沁骨悲鄉遠。最傷情、送客咸陽，佩結西風怨。（錄自汲古閣《宋六十名家詞》本）

六畫

## 鎖陽台

即【滿庭芳】。〔宋〕周邦彥詞名【鎖陽台】，見《片玉詞》卷下。

> 山崦籠春，江城吹雨，暮天煙淡雲昏。酒旗漁市，冷落杏花村。蘇小當年秀骨，縈蔓草、空想羅裙。潮聲起，高樓噴笛，五兩了無聞。
> 　淒涼，懷故國，朝鐘暮鼓，十載紅塵。似夢魂迢遞，長到吳門。聞道花開陌上，歌舊曲、愁殺王孫。何時見、名娃喚酒，同倒甕頭春。
> （錄自汲古閣《宋六十名家詞》本）

## 翻香令

調見〔宋〕蘇軾《東坡樂府》卷三。

> 金爐猶暖麝煤殘。惜香更把寶釵翻。重聞處，餘薰在，這一番、氣味勝從前。　背人偷蓋小蓬山。更將沉水暗同然。且圖得，氤氳久，為情深、嫌怕斷頭煙。（錄自《彊村叢書》本）

《東坡樂府》注：「元本題下注曰：『此詞蘇次言傳於伯固家，云老人自製腔名。』」
按：蘇軾詞有「惜香更把寶釵翻」句，故名【翻香令】。

## 翻翠袖

即【更漏子】。〔宋〕賀鑄詞有「翻翠袖，怯春寒」句，故名；見《東山詞》卷上。

> 繡羅垂，花蠟換。問夜何其將半。侵舄屨，促杯盤。留歡不作難。　令隨闒，歌應彈。舞按霓裳前段。翻翠袖，怯春寒。玉欄風牡丹。
> （錄自涉園影宋本）

## 雞叫子

即【阿那曲】。〔宋〕張耒詞名【雞叫子】，見《詞品》卷一。

> 平池碧玉秋波瑩。綠雲擁扇青搖柄。水宮仙子鬥紅妝，輕步凌波踏明鏡。（錄自《詞話叢編》本）

《詞品》卷一：「仄韻絕句，唐人以入樂府。唐人謂之【阿那曲】，宋人謂之【雞叫子】。」
按：【阿那曲】、【雞叫子】皆七言絕句。《詞品》所謂張耒【雞叫子】詞，實乃張氏古詩『對蓮花戲寄晁應之』之中四句，見《張右史文集》卷十二，非【雞叫子】本調。楊慎恐是杜撰，沒有根據。【雞叫子】調至今未見，【阿那曲】是否即【雞叫子】，尚不可知，待考。
《宋史・樂志》：「太平興國中，伶官蔚茂多侍大宴。聞雞聲，殿前都虞侯崔翰聞之曰：『此可被管弦乎？』茂即法其聲，製曲曰【雞叫子】。」

## 謫仙怨

又名：劍南神曲、廣謫仙怨。
調見《全唐詩・附詞》〔唐〕劉長卿詞。

> 晴川落日初低。惆悵孤舟解攜。鳥去平蕪遠近，人隨流水東西。　白雲千里萬里，明月前溪後溪。獨恨長沙謫去。江潭春草萋萋。（錄自清康熙揚州詩局本）

《詞律拾遺》卷一【謫仙怨】調注：「本唐時樂府新聲，後用以填詞，實即【回波】而加後疊也。」
《填詞名解》卷一：「【謫仙怨】，明皇幸蜀，路感馬嵬事，索長笛製新樂，樂工一時競習。其

調六言八句。後劉長卿、竇弘餘多製填之。疑明皇初製此曲時，第有調無詞也。」

《香奩集》王國維跋：「比【三台】多二韻，比馮延巳【壽山曲】少一韻。考唐人劉長卿、竇弘餘等皆填此，調名【謫仙怨】。」

《詞徵》云：「【謫仙怨】，劉文房所創調也。竇弘餘云：『天寶十五載正月，安祿山反，陷沒洛陽。五師敗績，關門不守，車駕幸蜀。途次馬嵬驛，六軍不發，賜貴妃自盡，然後駕行。次駱谷，上登高，下馬望秦川，遙辭陵廟，再拜嗚咽流涕，左右皆泣。謂力士曰：「吾聽九齡之言，不到於此。」乃命中使往韶州，乙太牢祭之。因上馬索長笛吹，笛曲成，淒然流涕，佇立久之。時有司旋錄成譜，及鑾駕至成都，乃進此譜請名曲，帝謂：「吾因思九齡，亦別有意，可名此曲為【謫仙怨】。」其旨屬馬嵬之事，厥後以亂離隔絕，有人自西川傳者，無由知，但呼為【劍南神曲】，其音怨切，諸曲莫比。謂有賢宰思，乃深為彼美惜耳。』」

《唐聲詩》：「據竇弘餘辭序，此曲乃李隆基入蜀，途中有感，馬上索長笛吹成。有司錄譜請名，李謂因思九齡，亦有別意，命曰【謫仙怨】。傳者不知，呼為【劍南神曲】。其音哀切，詩曲莫比云云。足見此乃完全獨立創製之調，與他曲無干。後人不尊其聲，但循其句格，以為即【回波樂】雙調，或【三台】多二韻，或【壽山曲】少一韻，使悲者、喜者、悼者、祝者一概無別。枉唐人之於聲樂幼稚如此，豈不太過！論其意向，比宋人將【渭城曲】與【小秦王】諸調漫為通用者尤謬。」

## 潑羅裙

即【泛清苔】。《歷代詩餘》卷八十五【泛清苔】調注：「一名【潑羅裙】。」

## 璧月堂

即【小重山】。〔宋〕賀鑄詞有「夢草池南璧月堂」句，故名；見《東山詞》卷上。

　　夢草池南璧月堂。綠陰深蔽日，囀鸝黃。淡蛾輕鬢似宜妝。歌扇小，煙雨畫瀟湘。　　薄晚具蘭湯。雪肌英粉膩，更生香。簟紋如水竟檀床。雕枕並，得意兩鴛鴦。（錄自涉園影宋本）

## 繞池遊

調見《樂府雅詞・拾遺》卷下〔宋〕無名氏詞。

　　漸春工巧，玉漏花深寒淺。韻景變、融晴蕙風暖。都門十二，三五銀蟾光滿。瑞煙蔥蒨，禁城閬苑。　　棚山雄扇。絳蠟交輝星漢。神仙籍、梨園奏弦管。都人遊玩。萬井山呼歡抃。歲歲天仗，願瞻鳳輦。（錄自《粵雅堂叢書》本）

## 繞池遊慢

調見〔宋〕韓淲《澗泉詩餘》。

　　荷花好處，是紅酣落照，翠蓋餘涼。繞郭從前無此樂，空浮動、山影林篁。幾度薰風晚，留望眼、立盡濠梁。誰知好事，初移畫舫，特地相將。　　驚起雙飛鷺玉，紫小楫沖岸，猶帶生香。莫問西湖西畔□，□九裏、松下侯王。且舉觴寄興，看閒人、來伴吟章。寸折柏枝，蓮分蓮實，徒繫柔腸。（錄自《彊村叢書》本）

詞序：「趙倅遊濠，作【繞池遊慢】，約同賦。」

## 繞佛天香

〔清〕丁澎新譜犯曲，見《扶荔詞》卷三。

　　茅庵小築。疏梅幾樹，能伴幽獨。無生晤速。長齋繡佛，前身是金粟。經翻貝葉，清磬裏、蓮根似浴。微花拈笑，儼然是先生天竺。　　染翰恣湘竹。慧業文人更清福。坐老蒲團，空階秋草綠。映不染禪心，一枝芬郁。誰道仙子麈凡，料兜率蓬山任歸宿。花雨吹煙，團成香玉。（錄自清康熙家刻本）

詞序：「祝姚江維極女禪師初度。新譜犯曲。上六句【繞佛閣】，下四句【天香】；後段同。」

## 繞佛閣

調見〔宋〕周邦彥《片玉集》卷九。

　　暗塵四斂。樓觀迥出，高映孤館。清漏將短。厭聞夜久，鐵聲動書幔。桂華又滿。閒步露草，偏愛幽遠。花氣清婉。望中迤邐，城陰度河岸。　　倦客最蕭索，醉倚斜橋穿柳線。還似汴堤，虹梁橫水面。看浪颭春燈，舟下如箭。此行重見。歡故友難逢，羈思空亂。兩眉愁、向誰舒展。（錄自《彊村叢書》本）

《片玉集》注：大石調。《夢窗詞集》注：黃鐘商。

大畫

### 繞紅樓

調見《眾香詞・數集》〔清〕周青霞詞。

　　紅日三竿羞起時。枕屏際、強欲支頤。嬌倩誰扶懶嗔人，喚梳洗，故遲遲。　　淡掃春煙眉曲曲，臨寶鏡、幾度徘徊。粉白才勻鴉黃正，上綠鬢，幾添絲。（錄自大東書局影誦芬室本）

### 繞彬山

即【踏莎行】。〔清〕朱青長詞名【繞彬山】，見《朱青長詞集》卷二十五。

　　江岸晴初，柁樓風峭。巴江路接黃陵道。美人峰下水茫茫，柹歸聲裏斜陽小。　　楚帳雲歸，陽台人杳。莫莫暮雨巫山曉。蕭王明月夜淒清，招魂千古東坡老。（錄自朱青長手稿本）

### 織錦曲

調見《升庵詩話》卷十一〔唐〕虞世南詞。

　　寒閨織素錦，含怨斂雙蛾。綜新交縷澀，經脆斷絲多。衣香逐舉袖，釧動應鳴梭。還恐裁縫罷，無信往交河。（錄自《全唐五代詞》本）

按：此調依《全唐五代詞》例列入。

### 斷湘弦

即【萬年歡】。〔宋〕賀鑄詞有「初沈漢佩，永斷湘弦」句，故名；見《東山詞》卷上。

　　淑質柔情，靚妝艷笑，未容桃李爭妍。紅粉牆東，曾記窺宋三年。不問雲朝雨暮，向西樓、南館留連。何嘗信，美景良辰，賞心樂事難全。　　青門解袂，畫橋回首，初沈漢佩，永斷湘弦。漫寫濃愁幽恨，封寄魚箋。擬話當時舊好，問同誰、與醉樽前。除非是，明月清風，向人今夜依然。（錄自涉園影宋本）

### 斷腸草

即【謁金門】。〔清〕朱青長詞名【斷腸草】，見《朱青長詞集》卷二十五。

　　春欲半。觸目風光無限。薄霧濃雲來又散。愁人天黯黯。　　記得梅邊柳畔。秋雲魂銷一轉。病裏思量腸寸斷。思量都不敢。（錄自朱青長手稿本）

### 斷腸詞

即【河滿子】。《古今詞話・詞辨》卷上引《杜陽雜編》：「文宗宮人沈阿翹，為舞【何滿子】，則一舞曲。誤刻『河』字。一名【斷腸詞】。人傳文宗疾亟，目孟才人。孟請歌畢。指笙囊就縊。爰歌【何滿子】，一聲腸斷而殞。」

### 斷腸悲

調見〔清〕李百川《綠野仙蹤》第四十二回。

　　酒兄肉弟交相愛。須知咫尺炎涼態。富則親，窮則壞。誰說人在人情在。（錄自嶽麓書社排印本）

### 斷腸聲

即【南歌子】。〔宋〕張輯詞有「無奈愁人把做、斷腸聲」句，故名；見《東澤綺語》。

　　柳戶朝雲濕，花窗午篆清。東風未放十分晴。留戀海棠顏色、過清明。　　疊潤樓新燕，籠深鎖舊鶯。琵琶可是不堪聽。無奈愁人把做、斷腸聲。（錄自《彊村叢書》本）

# 十九畫

### 瓊花慢

即【瑤華】。〔清〕鈕琇詞名【瓊花慢】，見《臨野堂詩餘》卷上。

　　花撥垂鞭，削縱攜劍，是舊時遊跡。齊宮燕市，記淋漓、醉墨尚留紅壁。逢迎若個，笑衰衰、少年裙屐。但賦成、換取黃金，付酒旗歌席。　　偶然天子呼來，便芍藥欄前，起弄吟筆。玉堂月俸，堪貰酒、鈔給烏翎三百。宦塵如海，曾不點、山人衣白。好夢在、一枕松風，仍繞故園泉石。（錄自清家刻本）

### 瓊林第一枝

即【東風第一枝】。〔清〕鮑芳蒨詞名【瓊林第一枝】，見《眾香詞・射集》。

　　蕉捲迎風，桐蔭飾月，金爐一嫋冉冉。畫眉香

黛初凝，握管錦毫淺染。春山何麗，同去把、鏡兒細覽。指纖纖、佳處輕描，那筆問卿無忝。　才少四、銀河夜犯。運偏乖、灞亭秋慘。誰知柳汁衣侵，自爾宮花冠卷。英華叫絕，直推倒、王盧班范。妾笑撚、月窟香枝，先代嫦娥無毬。（錄自大東書局影誦芬室本）

## 瓊台

調見〔宋〕李光《莊簡集》卷七。

危閣臨流，渺滄波萬頃，湧出冰輪。星河澹，天衢迴絕纖塵。瓊樓玉館，遍人間、水月精神。清江瘴海，乘流處處分身。　邦侯盛集佳賓。有香風縹緲，和氣氤氳。華燈耀綺席，競笑語烘春。窺簾映牖，眷素娥、偏顧幽人。空悵望，通明觀闕，遙瞻一朵紅雲。（錄自文淵閣《四庫全書》本）

詞序：「元夕和太守韻。」

按：《四印齋所刻詞》本《莊簡詞》調名為【漢宮春】，題為「瓊台，元夕次太守韻」。該詞似【漢宮春】，四印齋本在「水月精神」後加入三缺字，以便在句讀上更接近【漢宮春】，此係杜撰，沒有概據，不足為信。

《詞律拾遺》卷三【瓊台】調注：「此從陶氏《詞綜補遺》收入。前後第二三句同，第四五句互異，第六七句亦同。原題云：『元夕和太守韻。』意當時酬唱者不止一人，而僅傳此詞，知古人篇什，湮沒者正不少耳。」

## 蓻心香

即【行香子】。〔金〕王喆詞名【蓻心香】，見《重陽分梨十化集》卷上。

坐殺王風。立殺扶風。只因伊、貪戀家風。爭如猛舍，認取清風。好同行，好同坐，共攜風。　我即真風。你即伴風。省春天、總賴溫風。將來雪下，怎奈寒風。窗兒裏，門兒外，兩般風。（錄自涵芬樓影明《道藏》本）

## 難忘曲

調見〔唐〕李賀《李長吉詩歌集》。

夾道開洞門，弱楊低畫戟。簾影竹華起，簫聲吹日色。蜂語繞妝鏡，畫蛾學春碧。亂繫丁香梢，滿欄花向夕。（錄自《全唐五代詞》本）

按：此調依《全唐五代詞》例列入。

## 鵲巢仙

即【鵲橋仙】。〔清〕何鼎詞名【鵲巢仙】，見《香草詞》。

橫塘殘照，片帆高掛，離別而今真個。柳絲不肯繫征橈，一路上、青青送過。　無心坐月，無心對酒，詩也無心酬和。歸來莫又是前番，直等到、梅花紅破。（錄自清乾隆鈔稿本）

## 鵲踏枝

唐教坊曲名。

（一）調見《敦煌歌辭總編》卷二〔唐〕無名氏詞。

叵耐靈鵲多瞞語。送喜何曾有憑據。幾度飛來活捉取。鎖上金籠休共語。　比擬好心來送喜。誰知鎖我在金籠裏。欲他征夫早歸來，騰身欲放我向青雲裏。（錄自上海古籍出版社排印本）

按：原載《敦煌拾零》。此調羅振玉作【雀踏枝】。跋曰：「此小曲三種，【魚歌子】寫小紙上，【長相思】及【雀踏枝】寫《心經》紙背。偽字甚多，未敢臆改，姑仍其舊。甲子孟春，松翁羅振玉記。」今依《敦煌歌辭總編》作【鵲踏枝】，而另立【雀踏枝】之調名，以備查閱。

（二）調見《敦煌歌辭總編》卷二〔唐〕無名氏詞。

獨坐更深人寂寂。憶念家鄉，路遠關山隔。寒雁飛來無消息。教兒牽斷心腸憶。　仰告三光珠淚滴。教他耶娘。甚處傳書覓。自歎宿緣作他邦客。辜負尊親虛勞力。（錄自上海古籍出版社排印本）

按：原載（伯）四○一七。《敦煌零拾》、《敦煌詞掇》，原本題「曲子【鵲踏枝】」。

（三）即【蝶戀花】。〔五代〕馮延巳詞名【鵲踏枝】，見《陽春集》。

梅花繁枝千萬片。猶自多情，學雪隨風轉。昨夜笙歌容易散。酒醒添得愁無限。　樓上春山寒四面。過盡征鴻，暮景煙深淺。一晌憑欄人不見。鮫綃掩淚思量遍。（錄自《四印齋所刻詞》本）

## 鵲踏花翻

又名：鵲踏枝翻。

調見〔明〕徐渭《徐文長先生詞》。

鑼鼓聲頻，街坊眼慢，不知怎上高高騎。生來

少骨多筋，軟陡騰翻，依稀略藉鞍和轡。作時
鶻打風雪天，停猶燕掠桃花地。　　下地。不
動些兒珠翠。堪描耐舞單裝枝。務少柳外妖
嬌，樓中笑指，顛倒金釵墜。無端歸路又逢
誰，斜陽繫馬陪他醉。（錄自惜陰堂《明詞彙
刊》本）

《歷代詩餘》卷五十三注：「明徐渭自度曲
也。」

## 鵲踏枝翻

（一）即【鵲踏花翻】。〔清〕王詒壽詞名【鵲
踏枝翻】，見《笙月詞》卷四。

柳影閒街，笛波飛起，是誰調按龜茲徹。曾記
涼蟬聲中，步履相尋，老屋疏燈漏黃葉。茂陵
人病已經年，藥爐小火香初發。　　今日。重
過黃壚淒咽。疏林依舊涼煙織。猶認故人無
恙，蒼苔仄徑，來躞花如雪。西風門巷夜烏
啼，秋陰掩了濛濛月。（錄自清同治十一年刻本）

（二）即【蝶戀花】。〔清〕李兆泳詞名【鵲踏
枝翻】，見《養一齋詩餘》。

清露泣花芳意淺。珠網瓊疏，隔著窗痕見。
十二層樓山四面。鏡屏屈曲隨心轉。　　幾許
江南青一剪。柳暗花濃，無處留清晏。鎮日爐
香還自遣。東風寒峭垂銀蒜。（錄自清思讀誤書室
鈔校本）

## 鵲橋仙

又名：金風玉露曲、金風玉露相逢曲、風雪慢、
秦樓月、梅已謝、滿朝歡、漁父詞、廣寒秋、輕
紅、憶人人、蕙香囊、鵲巢仙、鵲橋仙令、鵲橋
仙慢。

（一）調見〔宋〕歐陽修《醉翁琴趣觀篇》卷四。

月波清霽，煙容明淡，靈漢舊期還至。鵲迎橋
路接天津，映夾岸、星榆點綴。　　雲屏未
捲，仙雞催曉，腸斷去年情味。多應天意不教
長，恁恐把、歡娛容易。（錄自雙照樓影宋本）

按：歐陽修詞有「鵲迎橋路接天津」句，故名
【鵲橋仙】。

（二）調見〔宋〕柳永《柳屯田樂章集》卷中。

屆征途，攜書劍，迢迢匹馬東去。慘離懷，嗟
少年易分難聚。佳人方恁繾綣，便忍分鴛侶。
當媚景，算密意幽歡，盡成輕負。　　此際寸
腸萬緒。慘愁顏、斷魂無語。和淚眼、片時幾
番回顧。傷心脈脈誰訴。但黯然凝佇。暮煙寒

雨。望秦樓何處。（錄自明吳訥《百家詞》本）

《樂章集》注：歇指調。《于湖先生長短句》
注：仙呂調。《于湖先生長短句·拾遺》注：中
呂調。《古今詞話·詞辨》引《古今詞譜》注：
仙呂宮曲，又入高平調。

## 鵲橋仙令

即【鵲橋仙】。〔宋〕周邦彥詞名【鵲橋仙
令】，見《片玉集·抄補》。

浮花浪蕊，人間無數，開遍朱朱白白。瑤池一
朵玉芙蓉，秋露洗、丹砂真色。　　晚涼拜
月，六銖衣動，應被姮娥認得。翩然欲上廣
寒宮，橫玉度、一聲天碧。（錄自明吳訥《百家
詞》本）

《片玉集·抄補》注：歇指調。

## 鵲橋仙慢

即【鵲橋仙】。〔清〕柯崇樸詞名【鵲橋仙
慢】，見《振雅堂稿·附詞》。

玉繩斜，金波淡，微茫碧落銷霧。看雙星，又
此時、鵲橋飛渡。莫言歡事苦短，贏得情無
數。怕一水，又旋隔盈盈，相看無語。　　此
際有人更苦。恨排雲、九閶難訴。空羨爾、暫
停錦雲機杼。追尋尚得重晤。甚佩環歸去。冷
風寒雨。竟淒涼終古。（錄自清康熙刻本）

## 攀鞍態

即【迎春樂】。〔宋〕賀鑄詞有「想花下、攀鞍
態」句，故名；見《東山詞》卷上。

逢迎一笑金難買。小櫻唇、淺蛾黛。玉環風調
依然在。想花下、攀鞍態。　　佇倚碧雲如有
待。望新月、為誰雙拜。細語人不聞，微風
動、羅裙帶。（錄自涉園影宋本）

## 願成雙

調見〔金〕元好問《遺山先生新樂府》卷五。

繡簾高捲沉煙細。燕堂深、玳筵初開。階下芝
蘭勸金卮。有多少、雍容和氣。　　翠眉偕老
應難比。效鴛鳳、鎮日于飛。唯願一千二百
歲。永同歡、如魚如水。（錄自《全金元詞》本）

按：此調即北曲【願成雙】，下片為【么篇】
換頭。

## 繫流鶯

調見〔明〕王屋《草閒堂詞箋》。

> 春愁何事來，定為東風使。宛轉玉樓前，歷亂
> 珠堆裏。剛待欲眠時，故故催人起。妝閣掛蟬
> 蛸，殘黛無心理。　　行過碧欄西，一樹青梅
> 子。萱草為誰主，薜荔為誰死。牽柳繫流鶯，
> 柳斷鶯飛去。垂手語春愁，汝定纏儂底。（錄自
> 清刻本）

詞序：「升庵集有詞名【款殘紅】者，十六句皆
五言，蓋取【生查子】詞重疊之，而自以首句
『花徑款殘紅』為名耳。余仿之作【繫流鶯】二
闋，亦詞中語也。」

按：王屋詞有「牽柳繫流鶯」句，故名【繫流
鶯】。

## 繫裙腰

又名：芳草渡、繫雲腰。

（一）調見〔宋〕張先《張子野詞·補遺》卷上。

> 惜霜蟾照夜雲天。朦朧影、畫勾欄。人情縱似
> 長情月，算一年年。又能得、幾番圓。　　欲
> 寄西江題葉字，流不到、五亭前。東池始有荷
> 新綠，尚小如錢。問何日藕、幾時蓮。（錄自
> 《彊村叢書》本）

（二）調見《花草粹編》卷十三〔宋〕魏夫人詞。

> 燈花耿耿漏遲遲。人別後、夜涼時。西風瀟灑
> 夢初回。誰念我，就單枕，皺雙眉。　　錦屏
> 繡幌與秋期。腸欲斷、淚偷垂。月明還到小窗
> 西。我恨你，我憶你，你爭知。（錄自文淵閣《四
> 庫全書》本）

## 繫雲腰

即【繫裙腰】。〔金〕王嚞詞有「繫雲腰，上青
霄」句，故名；見《重陽全真集》卷五。

> 終南山頂重陽子，真自在，最逍遙。清風明月
> 長為伴，噢靈呶，空外愈，韻偏饒。　　蓬萊
> 穩路頻頻往，只能訪，古王喬。丹霞翠霧常攢
> 簇，弄輕飆。繫雲腰，上青霄。（錄自涵芬樓影明
> 《道藏》本）

## 麗人曲

調見《全唐詩·樂府》〔唐〕崔國輔詞。

> 紅顏稱絕代，欲並真無侶。獨有鏡中人，自來
> 自相許。（錄自清康熙揚州詩局本）

按：此調依《全唐五代詞》例列入。

## 蟾宮曲

即【折桂令】。《欽定詞譜》卷十【折桂令】調
注：「【折桂令】又名【蟾宮曲】。」

按：此係元人小令曲調名，依《欽定詞譜》例列
入，存名備查。

## 羅衣濕

即【中興樂】。〔五代〕毛文錫詞名羅衣濕，見
《填詞圖譜》卷一。

> 蔻花繁煙豔深。丁香軟結同心。翠鬟女。相與
> 共淘金。　　紅蕉葉裏猩猩語。鴛鴦浦。鏡中
> 鸞舞。絲雨隔，荔枝陰。（錄自《詞學全書》本）

## 羅敷令

即【採桑子】。〔清〕安璿詞名【羅敷令】，見
《今詞初集》卷下。

> 篝衣細撥沉香火，綠篝親遮。自此天涯。冷雨
> 寒潮獨枕斜。　　遙知素縷銀瓶響，只隔紗
> 窗。打合棲鴉。不許離人夢落花。（錄自清光緒
> 二十三年重刻本）

《花草粹編》卷四【採桑子】】調注：「一名
【羅敷令】。」

## 羅敷媚

即【採桑子】。〔宋〕陳師道詞名【羅敷媚】，
見《後山詞》。

> 春風吹盡秋光照，瘦減初黃。改樣新妝。特地
> 相逢只認香。　　南臺九日登臨處，不共飛
> 觴。鏡裏伊傍。獨秀釵頭殿眾芳。（錄自汲古閣
> 《宋六十名家詞》本）

## 羅敷媚歌

即【採桑子】。《欽定詞譜》卷五【採桑子】
調注：「【採桑子】，馮延巳詞名【羅敷媚
歌】。」

按：「媚」恐係「豔」字之誤。

## 羅敷豔歌

即【採桑子】。〔五代〕馮延巳詞名【羅敷豔
歌】，見《尊前集》。

> 小庭雨過春將盡，片片花飛。獨折殘枝。無語
> 憑欄只自知。　　玉堂香暖珠簾捲，雙燕來

歸。舊約難期。肯信韶華得幾時。（錄自《彊村叢書》本）

## 羅敷歌

即【採桑子】。〔宋〕賀鑄詞名【羅敷歌】，見《賀方回詞》卷二。

東山未辦終焉計，聊爾西來。花苑平台。倦客登臨第幾回。　連延複道通馳道，十二門開。車馬塵埃。悵望江南雪後梅。（錄自《彊村叢書》本）

## 贊成功

調見《花間集》卷五〔五代〕毛文錫詞。

海棠未坼，萬點深紅。香包緘結一重重。似含羞態，邀勒春風。蜂來蝶去，任繞芳叢。昨夜微雨，飄灑庭中。忽聞聲滴井邊桐。美人驚起，坐聽晨鐘。快教折取，戴玉瓏璁。（錄自雙照樓影明仿宋）

## 贊浦子

又名：添睡香。

調見《花間集》卷五〔五代〕毛文錫詞。

錦帳添香睡，金爐換夕薰。懶結芙蓉帶，慵拖翡翠裙。　正是桃天柳媚，那堪暮雨朝雲。宋玉高唐意，裁瓊欲贈君。（錄自雙照樓影明仿宋）

## 贊普子

九畫

唐教坊曲名。

調見《敦煌歌辭總編》卷二〔唐〕無名氏詞。

本是蕃家將，年年在□頭。夏月披甎帳，冬天掛皮裘。　語即令人難會，朝朝牧馬在荒丘。若不為拋沙塞，無因拜玉樓。（錄自上海古籍出版社排印本）

按：原載（斯）二六○七。贊普乃吐番語。《唐書‧吐蕃傳》：「強雄曰贊，丈夫曰普，號君長曰『贊普』。」《酉陽雜俎》云：「蕃將賞以羊革數百。因轉近牙帳，贊普子愛其了事，遂令執囊。」調名當取於此。

## 鏡中人

即【相思引】。〔宋〕無名氏詞名【鏡中人】，見《古今詞話》。

柳煙濃，梅雨潤。芳草綿綿離恨。花塢風來幾

陣。羅袖沾春粉。　獨上小樓迷遠近。不見浣溪人信。何處笛聲飄隱隱。吹斷相思引。（錄自《詞話叢編》本）

## 鏡中眉

調見《曲阿詞綜》卷三〔清〕荊擂詞。

無端疏箔相望處，想卻前宵。愁卻明朝。一副柔腸兩樣焦。　果然人遠黃昏到，坐則無聊。夢則難招。兩穗殘燈一樣挑。（錄自清道光本）

## 鏡堂春慢

即【錦堂春慢】。〔清〕顧景星詞名《鏡堂春慢》，見《白茅堂詞》。

寶戟雲旆，碧油黃卷。聞君說禮敦詩。緩帶投壺，畫長春靜蘭錡。清燕雅歌嘉客，算誰北海南皮。有繡段裝簾，金花帖鼓，玉局彈棋。

軍令分明無擾，好杯揮峽月，粉浣香溪。翻使杜陵遺老，喜見旌旗。說與時賢誰是，風流蓋代庾征西。肯信揚眉李白，解裘脫劍，換酒呼兒。（錄自清康熙綠蔭堂《名家詞鈔》本）

## 鏡湖竹枝

調見《古今詞統》卷二〔明〕宋濂詞。

戀郎思郎非一朝。好似幷州花剪刀。一股在南一股北，幾時栽得合歡袍。（錄自明崇禎刊本）

## 簾幕深

〔清〕江士鐸自度曲，見《悔翁詩餘》卷四。

簾幕深深深幾許。小院迴欄寂無語。綠窗漏靜調鸚鵡。碧苔芳暉蝴蝶舞。酒微醒，時過午。滿屋秋蘭，人坐最香處。（錄自清光緒九年味古齋刻本）

按：江士鐸詞有「簾幕深深深幾許」句，故名【簾幕深】。詞注：「新調。」

## 辭百師

即【添聲楊柳枝】。〔金〕侯善淵詞名【辭百師】，見《上清太玄集》卷七。

野鶴孤雲去復還。欲留難。斷腸恩愛兩情關。淚瓓珊。　秋後淒涼歸路遠，速躋攀。洛西煙浦柳標間。望家山。（錄自涵芬樓影明《道藏》本）

## 餹多令

即【唐多令】。《欽定詞譜》卷十三【唐多令】
調注：「一名【餹多令】。」
按：【唐多令】之「唐」字亦作「糖」或
「餹」，刻本上往往通用，故不另立。

## 臘前梅

（一）即【太常引】。〔宋〕韓淲詞有「小春時
候臘前梅」句，故名；見《澗泉詩餘》。

小春時候臘前梅。還知道、為誰開。應繞百千
回。夜色轉、參橫斗魁。　　十分孤靜，替伊
愁絕，片月共徘徊。一陣暗香來。便覺得、詩
情有涯。（錄自《彊村叢書》本）

（二）即【一剪梅】。〔宋〕韓淲詞名【臘前
梅】，見《澗泉詩餘》。

一朵梅花百和香。淺色春風，別樣宮妝。西湖
衣鉢更難忘。雪意江天，渾斷人腸。　　清夜
橫斜竹影窗。贏得相思，魂夢悠揚。玉溪山外
水雲鄉。茅舍疏籬，不換金章。（錄自《彊村叢
書》本）

## 臘梅香

又名：梅香慢。
（一）調見《梅苑》卷四〔宋〕無名氏詞。

愛日初長。正園林才見，萬木凋黃。檻外朝
來，已見數枝，復欲掩映迴廊。賜與東皇。付
芳信、妝點江鄉。想玉樓中，誰家豔質，試學
新妝。　　桃杏苦尋芳。縱成蹊，豈能似恁清
香。素豔妖嬈，應是盡夜，曾與明月風光。瑞
雪冰霜。渾疑是、粉蝶輕狂。待拼吟賞，休聽
畫樓，橫管悲傷。（錄自文淵閣《四庫全書》本）

（二）調見《梅苑》卷四〔宋〕吳師孟詞。

錦里陽和，看萬木凋時，早梅獨秀。珍館瓊樓
時，正絳趺初吐，穠華將茂。國豔天葩，真澹
佇、雪肌清瘦。似廣寒宮，鉛華未御，自然妝
就。　　凝睇倚朱欄，噴清香暗度，易襲襟
袖。好與花為主，宜秉燭、頻觀泛湘酎。莫待
南枝，隨樂府、新聲吹後。對賞心人，良辰好
景，須信難偶。（錄自文淵閣《四庫全書》本）

（三）即【一剪梅】。〔宋〕韓淲詞有「一朵梅
花百和香」句，故名；見《欽定詞譜》卷十三。

一朵梅花百和香。淺色春風，別樣宮妝。西湖
衣鉢更難忘。雪意江天，渾斷人腸。　　清夜
橫斜竹影窗。贏得相思，魂夢悠揚。玉溪山外
水雲鄉。茅舍疏籬，不換金章。（錄自《彊村叢
書》本《澗泉詩餘》）

## 臘梅春

即【一剪梅】。〔宋〕韓淲詞名【臘梅春】，見
《永樂大典》卷二千八百十一。

一朵梅花百和香。淺色春風，別樣宮妝。西湖
衣鉢更難忘。雪意江天，渾斷人腸。　　清夜
橫斜竹影窗。贏得相思，魂夢悠揚。玉溪山外
水雲鄉。茅舍疏籬，不換金章。（錄自中華書局影
印本）

## 證無為

調見《敦煌歌辭總編》卷三〔唐〕無名氏詞。

聽說牟尼佛，初學修道時。歸宮啟告父王知。
道我證無為。釋迦牟尼佛（錄自上海古籍出版社排
印本）

按：原載（斯）二二〇四、〇一二六。《敦煌歌
辭總編》編入雜曲聯章體，今錄其一。
《敦煌歌辭總編》卷三：「此組二十七首，茲用
其首章之末三字作為擬調名，曰【證無為】。格
調為五五七五，四句，三平韻，二十二字。此綱
首首依腔著辭，三十六首（另【歸常樂】九首）
如一首，又無書手訛火之干擾，殊罕見。敦煌曲
內格調與此相近者，有【喜秋天】四首，【五更
轉】五首及【五更轉】十五首。在〇〇三一辭
（指【喜秋天】）後之校語中，並曾推到劉宋之
【讀書歌】及晚唐始見【巫山一段雲】，北宋始
見之【卜算子】。讀十二調均句法同而叶韻異，
唯巫調與【證無為】校，句法與叶韻均同。斯堪
注意，平仄方面，【證無為】有部分粗糙者，流
傳已久，難免失真耳。巫調在早期之沿革與名
稱如何，難以查明，見【證無為】之擬名終不能
廢。」

## 證道歌

調見《敦煌歌辭總編》卷三〔唐〕釋真覺詞。

窮釋子，口稱貧。實是身貧道不貧。貧即身常
披縷褐，道即心藏無價珍。
無價珍，用無盡。隨物應時時不吝。六度萬行
體中圓。八解六通心地印。（錄自上海古籍出版社
排印本）

按：原載（伯）三三六〇，（斯）二一六五、六

○○○。原本二首，《敦煌歌辭總編》編入雜曲聯章體。

《敦煌歌辭總編》卷三：「此辭應以【證道歌】為其主名。叶平韻者格調同【搗練子】。」

## 離別難

唐教坊曲名。

又名：大郎神、悲切子、怨回鶻、離苦海。

（一）調見《花間集》卷三〔五代〕薛昭蘊詞。

　　寶馬曉韉雕鞍。羅幛乍別情難。那堪春景媚。送君千萬里。半妝珠翠落，露華寒。紅蠟燭。青絲曲。偏能鉤引淚欄干。　　良夜促。香塵緣。魂欲迷。檀眉半斂愁低。未別心先咽。欲語情難說。出芳草、路東西。搖袖立。春風急。櫻花楊柳雨淒淒。（錄自雙照樓影明仿宋本）

（二）調見〔宋〕柳永《樂章集》卷中。

　　花謝水流倏忽，嗟年少光陰。有天然、蕙質蘭心。美韶容、何啻值千金。便因甚、翠弱紅衰，纏綿香體，都不勝任。算神仙、五色靈丹無驗，中路委瓶簪。　　人悄悄，夜沉沉。閉香閨、永棄鴛衾。想嬌魂媚魄非遠，縱洪都方士也難尋。最苦是、好景良天，樽前歌笑，空想遺音。望斷處，杳杳巫峰十二，千古暮雲深。（錄自《彊村叢書》本）

《樂府雜錄》：「【離別難】，天后朝，有士人陷冤獄，籍沒家族，其妻配入掖庭。本初善吹觱篥，乃撰此曲，以寄哀情。始名【大郎神】，蓋取良人引第也。既畏人知，遂三易其名，亦名【悲切子】，終號【怨迴鶻】。」

## 離別難詞

調見《唐詞紀》卷六〔唐〕白居易詞。

　　綠楊陌上送行人。馬去車回一望塵。不覺別時紅淚盡，歸來無可更沾巾。（錄自《四庫全書存目叢書》本）

## 離苦海

（一）調見〔金〕丘處機《蟠溪集》。

　　知君好事從來慕。爭奈染浮華難去。雖然欲意學飄蓬，被繫腳繩兒縛住。　　匆匆頂上旋烏兔。切莫把、光陰虛度。神仙咫尺道非遙，但只恐、人心不悟。（錄自涵芬樓影明《道藏》本）

按：《全金元詞》注有影金本《蟠溪集》注：「一首名【離別難】。」查【離別難】係長調，

與丘詞異。依丘詞字數句型近【玉欄干】，唯平仄時有不同。

（二）即【離別難】。〔金〕馬鈺詞有「緣遇離苦海」句，故名；見《洞玄金玉集》卷七。

　　緣遇離苦海，修真寂真寥。向真風裏捉真飆。種琪瑤真真，瑞滿青霄。引個真玉兔，真個金雞，自是能消。更收聚真龍真虎，繚繞真象肯偏饒。　　真恍惚，真彰昭。見真嬰真姹相招。訪真離真坎真處，要真真相濟服靈苗。忽結亙古真容，因真清淨，功力和調。蓬島去，拜禮重陽師父，永逍遙。（錄自涵芬樓影明《道藏》本）

## 離亭宴

調見〔宋〕張先《張子野詞·補遺》卷上。

　　捧黃封詔卷。隨處是、離亭別宴。紅翠成輪歌未遍。已恨野橋風便。此去濟南非久，唯有鳳池鸞殿。　　三月花飛幾片。又減卻、芳菲過半。千里恩深雲海淺。民愛比、春流不斷。更上玉樓西，歸雁與、征帆共遠。（錄自《彊村叢書》本）

按：張先詞有「隨處是、離亭別宴」句，故名【離亭宴】。

## 離亭煞

即【離亭燕】。〔明〕鄭汝璧詞名【離亭煞】，見《由庚堂集》卷十四。

　　千古江山如許。秋色蕭蕭平楚。離恨不隨江水去，聊倩綠樽為主。欸乃起中流，煙外數聲柔櫓。　　南部煙花舊侶。玉樹猶新譜。惆悵前朝興廢事，草際髑髏夜語。獨自下平台，風度半江殘雨。（錄自《續修四庫全書》本）

按：此「煞」字是否誤刻，存作又名，以便查閱。然《詞品》卷四孫浩然「一帶江山如畫」一詞云：「此孫浩然【離亭煞】詞也，悲壯可傳。」楊慎未知何據？鄭汝璧是否依楊慎而名調，待考。

## 離亭燕

又名：離亭煞。

（一）調見《唐宋諸賢絕妙詞選》卷七〔宋〕孫浩然詞。

　　一帶江山如畫。風物向秋瀟灑。水浸碧天何處斷，翠色冷光相射。蓼岸荻花洲，隱映竹籬茅

舍。　　云際客帆高掛。煙外酒旗低迓。多少六朝興廢事，盡入漁樵閒話。悵望倚層樓，寒日無言西下。（錄自文淵閣《四庫全書》本）

（二）即【江亭怨】。〔明〕季孟蓮詞名【離亭燕】，見《月當樓詩稿》卷八。

花石捐除不供。筆墨拋翻不用。侍史拂銀鬚，忘紀青衫輕重。　　一卷昭陵護送。幾軸遠夷朝貢。潤筆不嫌無，仍倒先生金甕。（錄自《四庫禁毀書叢刊補編》本）

## 離歌

即【鷓鴣天】。《古今詞話・詞辨》卷上【鷓鴣天】調注：「又名【離歌】。」

## 離鸞

〔清〕沈謙新翻曲，見《東江別集》卷二。

春去漸疏杯酌。無奈晚風偏虐。吹散柳棉空外轉，尚解亂投池閣。雙燕教離飛，競銜花、巢泥香落。鎮日手披團扇，怎腰圍如削。　　只尺音書難託。況是連宵夢惡。桃葉桃李無處問，淚盡春江都涸。空把喜為名，到誤人、半生行樂。不許燈花發焰，又悶來彈鵲。（錄自惜陰堂《明詞彙刻》本）

詞序：「【離鸞】，琴曲名。新犯曲。上五句【離亭宴】，下三句【孤鸞】；後段同。陸蓋思憶婢喜兒，次幹臣韻。予亦翻此和之。」

## 韻令

又名：三光會合。

調見〔宋〕程大昌《文簡公詞》。

是男是女，都有官稱。孫兒仕也登。時新衣著，不待經營。寒時火櫃，春裏花亭。星辰上履，我只喚卿卿。　　壽開八秩，兩鬢全青。顏紅步武輕。定知前面，大有年齡。芝蘭玉樹，更願充庭。為詢王母，桃顆幾時禎。（錄自《彊村叢書》本）

《欽定詞譜》卷十八【韻令】調注：「按《教坊記》有【上韻】、【中韻】、【下韻】三小曲。【韻令】調名疑出於此。宋周輝《清波雜志》云：『宣和間衣著曰「褙」，果實曰「韻梅」，詞曲曰「韻令」。』」

《歷代詞人考略》卷二十六引《織餘瑣述》云：「近人稱壽，五十一歲曰開六，六十一歲曰開七。程大昌【韻令・碩人生日】云：『壽開八秩，兩鬢全青。顏紅步武輕。』自注：『白樂天〈開六秩詩〉自注云：「年五十歲，即曰開六秩矣。」』」原注云：「宋人稱詞曰【韻令】，此以為調名僅見。」

《遊宦紀聞》卷三：「程公衡字子平，沙隨先生之父也。知音律，宣和間，聞市井競唱【韻令】，程曰：『五聲皆往而不返，不祥也。』後二帝播遷。」

## 瀟湘曲

（一）即【瀟湘神】。《詞律》卷一【瀟湘神】調注：「又名【瀟湘曲】。」

（二）即【章台柳】。〔明〕魏偁詞名【瀟湘曲】，見《詞綜補遺》卷八十五。

湘江曲。湘江曲。十里青雲漾寒綠。鷓鴣深處啼一聲，月明思殺人如玉。（錄自書目文獻出版社影稿本）

## 瀟湘夜

即【滿庭芳】。〔清〕唐之鳳詞名【瀟湘夜】，見《天香閣詞》卷二。

巴蜀冰消，瞿塘雪盡，楚江朝暮東流。秦淮飛浪，畫舫恣嬉遊。夾岸笙歌不斷，臨湖水、都是朱樓。輕橈動，平波似練，無處覓沙鷗。　　當年曾記得，湘簾綺閣，武定橋頭。更夜深涼月，小拍清謳。欲覓桃根舊處，重門掩、柳暗芳洲。紅煙晚，酒闌客散，歸夢過蘇州。（錄自清康熙刻本）

## 瀟湘夜雨

（一）調見〔宋〕趙長卿《惜香樂府》卷六。

斜點銀釭，高擎蓮炬，夜寒不奈微風。重重簾幕掩堂中。香漸遠、長煙嫋嫋，光不定、寒影搖紅。偏奇處，當庭月暗，吐焰如虹。　　紅裳呈艷麗，翠娥一見，無奈狂蹤。試煩他纖手，捲上紗籠。開正好、銀花照夜，堆不盡、金粟凝空。叮嚀語，頻將好事，來報主人公。（錄自汲古閣《宋六十名家詞》本）

《詞律》卷十三：「此調與【滿庭芳】相近，而實不同。或曰：『此即【滿庭芳】也。起三句無異。「重重簾幕」句雖只七字，然其後段「試煩他」九字與【滿庭芳】無異。則此句或於「掩堂中」上落二字，未可知。前結句，雖只四字，然其後結，與【滿庭芳】無異，或於「吐焰」上下

落一字。故周紫芝集【瀟湘夜雨】凡四首，實即【滿庭芳】，是一調而異名耳。」余曰：此說固是，但其中前後兩七字句，對偶整齊，揣其音響，竟與【滿庭芳】相去甚遠。豈可將『香漸遠』與『開正好』亦各刪一字，以合【滿庭芳】調乎？其另為一調無疑。」

按：此調《欽定詞譜》卷二十四列為【滿庭芳】之又一體。趙詞字數各有不同，因又爭議，故另立以求證之。

（二）即【滿庭芳】。〔宋〕周紫芝詞名【瀟湘夜雨】，見《竹坡詞》卷二。

> 樓上寒深，江邊雪滿，楚臺煙靄空濛。一天飛絮，零亂點孤篷。似我華顛雪領，渾無定、飄泊孤蹤。空淒黯，江天又晚，風袖倚蒙茸。
>
> 吾廬，猶記得，波橫素練，玉做寒峰。更短坡煙竹，聲碎玲瓏。擬問山陰舊路，家何在、水遠山重。漁蓑冷，遍舟夢斷，燈暗小窗中。（錄自汲古閣《宋六十名家詞》本）

## 瀟湘雨

（一）即【滿庭芳】。〔宋〕賀鑄詞名【瀟湘雨】，見《東山詞》卷上。

> 一闋離歌，滿樽紅淚，解攜十里長亭。木蘭歸棹，猶倚採蘋汀。鴉噪黃陵廟掩，因想像、鼓瑟湘靈。漁村遠，煙昏雨淡，燈火兩三星。
>
> 愁聽。檐影外，繁聲聽點，□□□□。□□□□，濃睡香屏。入夢難留□□，□□□、□□□□。□窗曉，雲容四斂，江上數峰青。（錄自《彊村叢書》本）

（二）調見〔清〕納蘭性德《飲水詞》。

> 長安一夜雨，便添了、幾分秋色。奈此際蕭條，無端又聽，渭城風笛。尺尺層樓留不住，久相忘、到此偏相憶。依依白露丹楓，漸行漸遠，天涯南北。　　淒寂。黔婁當日事，總名士如何消得。只皂帽寒驢，西風殘照，倦遊蹤跡。廿載江南猶落拓，歎一人、知己總難覓。君須愛酒能詩，鑑湖無恙，一蓑一笠。（錄自清刻本）

## 瀟湘神

又名：瀟湘曲。

（一）調見《尊前集》〔唐〕劉禹錫詞。

> 湘水流。湘水流。九疑雲物至今秋。若問二妃何處所，零陵芳草露中愁。（錄自《彊村叢書》本）

（二）即【搗練子】。《古今詞話·詞辨》卷上：「劉禹錫作【瀟湘神】，起即疊三字一句便是，亦即【搗練子】，但為迎神、送神之詞。」

按：【搗練子】起句不用韻，何來疊三字一句？況【瀟湘神】與【搗練子】平仄有異，不可為【搗練子】之別名。《古今詞話·詞辨》所說不確。

## 瀟湘逢故人

即【瀟湘逢故人慢】。〔明〕陸世儀詞名【瀟湘逢故人】，見《桴亭詞》。

> 薰風微扇，正庭際榴開，樓前燕戲。華屋芳筵啟。喜江上朋來，山中客至。節俠風流，滿座上、師師濟濟。問今朝、是恁時光，有此一堂祥瑞。　　倒金樽，傾綠醑，念彼此行藏，牢騷徒倚。灑數行清淚。天意近如何，欲醒還睡。解帶披襟，拚得個、此宵沉醉。莫漫言、歸去來兮，共聽胡床橫吹。（錄自惜陰堂《明詞彙刊》本）

## 瀟湘逢故人慢

又名：瀟湘逢故人、瀟湘憶故人慢。

（一）調見《妙選群英草堂詩餘·前集》卷下〔宋〕王安禮詞。

> 薰風微動，方櫻桃弄色，萱草成窠。翠幬敞輕羅。試冰簟初展，幾尺湘波。疏簾廣廈，寄瀟瀧、一枕南柯。引多少、夢中歸緒，洞庭雨棹煙蓑。　　驚回處，閒晝永，但時時，燕雛鶯友相過。正綠影婆娑。況庭有幽花，池有新荷。青梅煮酒，幸隨分、贏得高歌。功名事、到頭終在，歲華忍負清和。（錄自雙照樓影明本）

（二）調見《明詞綜》卷十二〔明〕王秋英詞。

> 春光將暮。見嫩柳拖煙，嬌花帶露。頃刻間風雨。把堂上深恩，閨中遺事，鑽火留錫，都付卻、落花飛絮。又何心、挈榼提壺，鬥草踏青盈路。　　子規啼，蝴蝶舞，遍南北山頭，紙灰綠醑。莫一丘黃土。歎海角飄零，湘陰悽楚。無主。泉扃也有得，有情難黍。畫角聲、吹落梅花，又帶離愁歸去。（錄自惜陰堂《明詞彙刊》本）

《詞苑叢談》卷十二引《詞統》：「福清諸生韓夢雲，嘉靖甲子，過石湖山，見遺骸掩之。其夜，夢一麗人，自稱：『王秋英，字澹容，楚人

也。元至元間，從父之任，遇寇石湖山，投崖而死。今感掩骼之恩，願諧伉儷。』自是數日一至，詩詞甚多。明年寒食，夢雲攜雞黍奠其墓。秋英出見韓，作【瀟湘逢故人慢】一闋。遂與夢雲同歸，產一子。萬曆癸巳年，自言緣已盡，揮涕而別。」

## 瀟湘憶故人慢

即【瀟湘逢故人慢】。〔宋〕王安禮詞名【瀟湘憶故人慢】，見《樂府雅詞‧拾遺》卷上。

薰風微動，方櫻桃弄色，萱草成窠。翠幬敞輕羅。試冰簟初展，幾尺湘波。疏簾廣廈，寄瀟灑、一枕南柯。引多少、夢中歸緒，洞庭雨棹煙蓑。　　驚回處，閒晝永，更時時，燕雛鶯友相過。正綠影婆娑。況庭有幽花，池有新荷。青梅煮酒，幸隨分、贏得高歌。功名事，到頭終在，歲華忍負清和。（錄自《粵雅堂叢書》本）

## 瀟湘靜

即【湘江靜】。〔宋〕無名氏詞名【瀟湘靜】，見《樂府雅詞‧拾遺》卷下。

畫簾微捲香風透。正明月、午圓時候。金盤露冷，玉爐篆消，漸紅鱗生酒。嬌唱倚繁弦，瓊枝碎、輕迴雲袖。風台歌短，銅壺漏永，人欲醉、夜如晝。　　因念流年迅景，被浮名、暗辜歡偶。人生大抵，離多會少，更相將白首。何似猛尋芳，都莫問、積金過斗。歌闌宴閣，雲窗鳳枕，釵橫鬢透。（錄自文淵閣《四庫全書》本）

## 瀟瀟雨

（一）即【八聲甘州】。〔宋〕張炎詞名【瀟瀟雨】，見《山中白雲》卷四。

空山彈古瑟，揀長流、洗耳復誰聽。倚闌干不語，江潭樹老，風挾波鳴。愁裏不須啼鴂，花落石床平。歲月鷗前夢，耿耿離情。　　記得相逢竹外，看詞源倒瀉，一雪塵纓。笑匆匆呼酒，飛雨夜舟行。又天涯、零落如此，掩閒門、得似晉人清。相思恨，趁楊花去，錯到長亭。（錄自《彊村叢書》本）

按：張炎詞因柳永【八聲甘州】詞有「對瀟瀟暮雨灑江天」句，故名【瀟瀟雨】。

（二）即【踏莎行】。〔宋〕賀鑄詞有「篷窗今夜瀟瀟雨」句，故名；見《賀方回詞》卷二。

鴉軋齊橈，□鼕疊鼓。浮驂晚下金牛渚。莫愁應自有愁時，篷窗今夜瀟瀟雨。　　杜若芳洲。芙蓉別浦。依依豔笑逢迎處。隨潮風自石城來，潮回好寄人傳語。（錄自《彊村叢書》本）

## 瀘江月

〔清〕顧貞觀自度曲，見《彈指詞》卷上。

記寒宵攜手，一籬新月，三徑微霜。臂綃乍惜殷紅減，平生意、百劫難忘。為我飄蓬，由他飛絮，惡風吹墮何方。燕台尺素，猶自祝勝常。怪啼痕、浥透香囊。心知從此別，但寄聲珍重，莫更思量。蜀道如天，侯門似海，陌頭容易盼蕭郎。除非是、星軺捧節，便出瀘江。　　縱然金屋深藏。清笳拍遍，料依舊情傷。側身西望貂裘贈，雙魚杳、不上瞿塘。邛筰煙迷，牂牁瘴合，夢魂可到家鄉。烏衣門巷，別後總凄涼。又誰過、昔日幽窗。掃眉安鏡處，任泥翻燕壘，蜜涴蜂房。黃菊休問，紫薇空老，見伊枝葉幾回腸。歸來也，重逢滿願，所願才償。（錄自清鍾珣校錄本）

按：顧貞觀詞有「一籬新月」及「便出瀘江」句，故名【瀘江月】。

## 關山令

調見〔清〕李百川《綠野仙蹤》第二十四回。

蕭蕭孤雁任天涯。何處是伊家。宵來羽倦落平沙。風雨亦堪嗟。　　蓬瀛瑤島知何處，羞對故鄉花。關山苦歷泣殘霞。隨地去，可棲鴉。（錄自嶽麓書社排印本）

## 關河令

即【清商怨】。〔宋〕周邦彥詞名【關河令】，見《片玉詞》卷上。

秋陰時晴向暝。變一庭凄冷。佇聽寒聲，雲深無雁影。　　更深人去寂靜。但照壁、孤燈相映。酒已都醒，如何宵夜永。（錄自汲古閣《宋六十名家詞》本）

按：周邦彥因晏殊詞有「關河愁處望處滿」句，故名【關河令】。

## 懶卸頭

即【生查子】。〔清〕毛奇齡詞有「制得懶卸頭」句，故名；見《毛翰林詞》卷一。

糺糺珠臂繩，宛轉轆轤上。那知雙穗絛，夜夜空垂帳。　楚雀緣釵橋，胡蜂咂衣桁。制得懶卸頭，殷勤與誰唱。（錄自清刻本）

## 懶畫眉

（一）調見〔明〕范壺貞《范蓉裳胡繩詩鈔》卷下。

池塘秋暮水痕收。隔浦尋芳花徑幽。玉人應上晚香樓。　須知此夕何夕，只見他人，月雙清，共九秋。（錄自清刻本）

（二）調見《金瓶梅》第六回〔明〕無名氏詞。

別後誰知，珠分主別。忘海誓山盟天共久。偶戀著山雞，輒棄鸞儔。　從此蕭郎淚暗流。過秦樓。幾空回首。縱新人勝舊。也應須一別，灑淚登舟。（錄自張竹坡批評本）

## 隴首山

即【憶少年】。〔宋〕万俟詠詞有「上隴首、凝眸天四闊」句，故名；見《花庵詞選》卷七。

隴雲溶泄，隴山峻秀，隴泉鳴咽。行人暫駐馬，已不勝愁絕。　上隴首、凝眸天四闊。更一聲、塞雁淒切。征書待寄遠，有知心明月。（錄自文淵閣《四庫全書》本）

## 隴頭月

（一）即【柳梢青】。〔宋〕無名氏詞有「隴頭殘月」句，故名；見《投轄錄》。

曉星明滅。白露點、秋風落葉。故址頹垣，荒煙衰草，溪前宮闕。　長安道上行客，念依舊、名深利切。改變容顏，銷磨古今，隴頭殘月。（錄自《宋詞紀事》本）

《投轄錄》：「己未歲，虜人入我河南故地，大將張中孚、中彥兄弟，自陝右來朝行在所，道出洛陽建昌宮故基之側，與二三將士張燭夜飲於郵亭。忽有婦人衣服奇古而姿色絕妙，執役來歌於樽前曰（詞略）。中孚兄弟大驚異，詰其所自，不應而去。」

按：此詞《歷代詩餘》卷十七、《詞律拾遺》卷一均作【賀聖朝】，所引詞之字句稍有不同；《投轄錄》未注調名。《欽定詞譜》卷七【柳梢青】調注：「《古今詞話》無名氏詞有『隴頭殘月』句，名【隴頭月】。」今據《欽定詞譜》作【柳梢青】之別名。

（二）即【憶秦娥】。〔清〕樓儼詞以平韻詞名

【隴頭月】，見【戴月吟】。

天陰陰。曉風人立微寒侵。微寒侵。恐交日午，暑又難禁。　芙蓉花發江之潯。綠雲慘慘紅雲深。紅雲深。初秋行路，直到如今。（錄自清刻本）

## 隴頭泉

即【綠頭鴨】。〔宋〕張元幹詞名【隴頭泉】，見《蘆川詞》卷下。

少年時，壯懷誰與重論。視文章、真成小技，要知吾道稱尊。奏公車、治安秘計，樂油幕、談笑從軍。百鎰黃金，一雙白璧，坐看同輩上青雲。事大謬，轉頭流落，徒走出修門。三十載，黃梁未熟，滄海揚塵。　念向來、浩歌獨往，故園松菊猶存。送飛鴻、五弦寓目，望爽氣、西山忘言。整頓乾坤，廓清宇宙，男兒此志會須伸。更有幾、渭川垂釣，投老策奇勳。天難問，何妨袖手，且作閒人。（錄自雙照樓影宋本）

# 二十畫

## 勸金船

又名：泛金船。

調見〔宋〕張先《張子野詞·補遺》卷上。

流泉宛轉雙開竇。帶染輕紗皺。何人暗得金船酒。擁羅綺前後。綠定見花影，並照與、豔妝爭秀。行盡曲名，休更再歌楊柳。　光生飛動搖瓊甃。隔障笙簫奏。須知短景歡無足，又還過清畫。翰圖遲歸來，傳騎恨、留住難久。異日鳳凰池上，為誰思舊。（錄自《彊村叢書》本）

詞序：「流杯堂唱和，翰林主人元素自撰腔。」

蘇軾【勸金船】詞序：「和元素韻自撰腔命名。」

按：此詞係宋楊繪自度曲。楊詞已佚，現存張先及蘇軾各一首。

## 蘆花雪

即【金人捧露盤】。〔清〕丁澎詞有「蘆花如雪」句，故名，見《扶荔詞》卷二。

　　君不見，阪上車，江頭楫。恁消磨、古今豪傑。斷岸橫流，銅駝不鎖瑤台月。秋風夜吼，更吹來、楚宮秦闕。　　歎人生，能幾何，多半是、傷離別。灞橋柳、年年空折。露白園荒，武陵人去誰家笛。江天又早，塞鴻飛、蘆花如雪。（錄自清康熙家刻本）

詞注：「旅感。新譜翻曲。【金人捧露盤】用仄韻。」

## 蘋香

即【西江月】。〔清〕汪輝麟詞名【蘋香】，見《花鈿集》。

　　道路初經淮浦，煙花重下揚州。青樽紅燭見山樓。一夕匆匆分手。　　明日邘江關外，尋君已放歸舟。浮橋橫渡水悠悠。惆悵夕陽疏柳。（錄自清刻本）

## 蘇武令

調見《雲麓漫鈔》卷十四〔宋〕李綱詞。

　　塞上風高，漁陽秋早。惆悵翠華音杳。驛使空馳，征鴻歸盡，不寄雙龍消耗。念白衣、金殿除恩，歸黃閣、未成圖報。　　誰信我、致主丹衷，傷時多故，未作救民方召。調鼎為霖，登壇作將，燕然即須平掃。擁精兵十萬，橫行沙漠，奉迎天表。（錄自《全宋詞》本）

按：此調與周邦彥之【選冠子】有相似之處。如上下片第一句至第六句，除平仄稍有不同外，基本相同。況【選冠子】之別名有【蘇武慢】，與本調僅一字之差。但因字數相差太大，有二十四字之多，難為【選冠子】調之減字體。故另列。

## 蘇武幔

即【選冠子】。〔清〕董元愷詞名【蘇武幔】，見《蒼梧詞》卷十一。

　　紫馬家聲，青門世澤，爭羨延陵公子。八斗才華，五車書卷，少小名馳萬里。寶劍嘶風，畫船泛月咫尺，雲煙生紙。更園亭北郭，青山花鳥，盡供驅使。　　忽翩然、歷過燕都，邯鄲道士，列鼎重茵堪擬。脫屣功名，破除慧業，始覺昨非今是。松下長齋，竹間清磬，消得半

生彈指。五十年，細數從前，幾葉楞伽而已。（錄自清康熙刻本）

## 蘇武慢

即【選冠子】。〔宋〕蔡伸詞名【蘇武慢】，見《友古居士詞》。

　　雁落平沙，煙籠寒水，古壘鳴笳聲斷。青山隱隱，敗葉蕭蕭，天際暝鴉零亂。樓上黃昏，片帆千里歸程，年華將晚。望碧雲空暮，佳人何處，夢魂俱遠。　　憶舊遊、邃館朱扉，小園香徑，尚想桃花人面。書盈錦軸，恨滿金徽，難寫寸心幽怨。兩地離愁，一樽芳酒，淒涼危欄倚遍。盡遲留，憑仗西風，吹乾淚眼。（錄自明吳訥《百家詞》本）

## 蘇堤曲

調見〔明〕尹耕《朔埜山人集》卷四。

　　一曲風光千夜長。翰林酒熱詩狂。黨家只醉飲羔羊。萄蔔當場。　　纖手輕輕送盞，雙蛾淡淡成妝。叮嚀莫忘在他行。點點春香。（錄自明崇禎本）

## 蘇台竹枝

調見《古今詞統》卷二〔明〕薛氏詞。

　　姑蘇台上月團團。姑蘇台下水潺潺。月落西邊有時出，水流東去幾時還。（錄自明崇禎刊本）

## 蘇幕遮

又名：古調歌、雲霧斂、感皇恩、鬢雲鬆、鬢雲鬆令。

唐教坊曲名。

（一）調見〔宋〕范仲淹《范文正公詩餘》。

　　碧雲天，黃葉地。秋色連波，波上寒煙翠。山映斜陽天接水。芳草無情，更在斜陽外。　　黯鄉魂，追旅思。夜夜除非，好夢留人睡。明月樓高休獨倚。酒入愁腸，化作相思淚。（錄自《彊村叢書》本）

《希通錄》：「周邦彥樂府有【蘇幕遮】之曲。按《唐書·宋務光傳》：『比見坊邑相率為渾脫隊，駿馬胡服，名曰蘇幙遮。』蓋本於此。今誤為『幕』。」

《歷代詩餘》卷四十一：「蘇幕遮本西域婦女飾。唐呂元濟言，渾脫駿馬胡服名曰蘇幕遮。張說有〈蘇幕遮〉詩，云是西海歌舞，蓋本其國舞

人之飾，後隸教坊，因以名詞調也。」

《古今詞話・詞辨》卷下引《柳塘詞話》曰：「【蘇幕遮】，古曲名，《古今詞譜》曰『般涉調。張說詩云：『摩遮本出海西胡，琉璃寶眼紫髯鬚。』楊慎曰：『考之，即舞回回也，宋人作【蘇幕遮】。』注云：『胡服。一云高昌女子所戴油帽。』……《教坊記》有【醉渾脫】之稱。唐呂元濟上書：『比見方邑，相率為渾脫隊，駿馬胡服，名蘇幕遮。』曲名取此。」

（二）唐大曲名。

調見《敦煌歌辭總編》卷七〔唐〕無名氏詞。

第一

　　大聖堂，非凡地。左右龍盤，唯有台相倚。嶺岫嵯峨朝務已。花木芬芳，菩薩多靈異。
　　面慈悲，心歡喜。西國神僧，遠遠來瞻禮。瑞彩時時巖下起。福祚當今，萬古千秋歲。

第二

　　上東台，過北斗。望見扶桑，海畔龍神鬥。雨雹相和驚林藪。霧捲雲收，現化千般有。
　　吉祥鳴，師子吼，聞者狐疑，怕往羅延走。才念文殊三兩口。大聖慈悲，方便潛身救。

第三

　　上北台，登險道。石徑峻嶒，緩步行多少。遍地名花異軟草。定水潛流，一日三回到。
　　駱駝崖，風嫋嫋。往來巡遊，須是身心好。羅漢巖前觀漆瀑，不敢久停，為有神龍澡。

第四

　　上中台，盤道遠。萬仞迢迢，彷彿迴天半。寶石巉巖光燦爛。異草名花，似錦堪遊玩。
　　玉華池，金沙畔。冰窟千年，到者身心顫。禮拜虔誠重發願。五色祥雲，一日三回現。

第五

　　上西台，真聖境。阿耨池邊，好似金橋影。兩道圓光明似鏡。一朵香山，萃岻堪吟詠。
　　師子蹤，深印定。八德泉中，甘露常清淨。菩薩行時龍眾請。居士談揚，為有天人聽。

第六

　　上南台，林嶺別。淨境孤高，巖下觀星月。遠眺遐方情思悅。或聽神鐘，感愧撚香爇。
　　蜀錦花，銀絲結。供養諸天，薗苕無人折。往日塵勞今消滅。福壽延年，為見真菩薩。（錄自上海古籍出版社排印本）

按：原載（伯）三三六〇，（斯）〇四六七、四〇一二、二〇八〇、二九八五。

## 蘇摩遮

調見《全唐詩・樂府》〔唐〕張說詞。

　　摩遮本出海西胡。琉璃寶服紫髯鬚。聞道皇恩遍宇宙，來將歌舞助歡娛。（錄自清康熙揚州詩局本）

詩注：「潑寒胡戲所歌，其和聲云『億歲樂』。」

《詞徵》卷一：「【蘇幕遮】即【蘇摩遮】，本唐時曲名。幕乃摩之轉聲，西域婦帽也。唐張說有【蘇摩遮】詞四首。其第一首云：『摩遮本出海西胡。琉璃寶眼紫髯鬚。』義蓋取此。」

按：此乃唐聲詩，依《全唐五代詞》例列入。

## 獻天壽

調見《欽定詞譜》卷六引《高麗史・樂志》〔宋〕無名氏詞。

　　日暖風和春更遲。是太平時。我從蓬島整容姿。來降賀丹墀。　　幸逢燈夕真佳會，喜近天威。神仙壽算遠無期。獻君壽、萬千斯。（錄自清康熙內府本）

## 獻天壽令

調見《高麗史・卷七十一・樂二》〔宋〕無名氏詞。

　　閬苑人間雖隔，遠聞聖德彌高。西離仙境下雲霄。來獻千歲靈桃。　　上祝皇齡齊天久，猶舞蹈、賀賀聖朝。梯航交湊四方遙。端拱永何宗祧。（錄自日本明治四十一年縮印本）

詞注：「嗺子。」

按：此為高麗唐樂【獻仙桃】舞隊曲之一。

## 獻天壽慢

調見《高麗史・卷七十一・樂二》〔宋〕無名氏詞。

　　日暖風和春更遲。是太平時。我從蓬島整容姿。來降賀丹墀。　　幸逢燈夕真佳會，喜近天威。神仙壽算遠無期。獻君壽、萬千斯。（錄自日本明治四十一年縮印本）

按：此為高麗唐樂【獻仙桃】舞隊曲之一。

## 獻仙音

即【法曲獻仙音】。〔宋〕周密詞名【獻仙音】，見《蘋洲漁笛譜集外詞》。

松雪飄寒，嶺雲吹凍，紅破數椒春淺。襯舞台
荒，浣妝池冷，淒涼市朝輕換。歎花與人凋
謝，依依歲華晚。　　共淒黯。問東風、幾番
吹夢，應慣識當年，翠屏金輦。一片古今愁，
但廢綠、平煙空遠。無語消魂，對斜陽、衰草
淚滿。又西泠殘笛，低送數聲春怨。（錄自《彊
村叢書》本）

## 獻仙桃

調見《高麗史・卷七十一・樂二》〔宋〕無名
氏詞。

元宵嘉會賞春光。盛事當年憶上陽。堯顙喜瞻
天北極，舜衣深拱殿中央。　　歡聲浩蕩連韶
曲，和氣氤氳帶御香。壯觀大平何以報，蟠桃
一朵獻千祥。（錄自日本明治四十一年縮印本）

按：此為高麗唐樂【獻仙桃】舞隊曲之一。無
名氏詞有「蟠桃一朵獻千祥」句，故名【獻仙
桃】。

## 獻金杯

即【厭金杯】。〔宋〕賀鑄詞名【獻金杯】，見
《東山詞補》。

風軟香遲，花深漏短。可憐宵、畫堂春半。碧
紗窗影，捲帳蠟燈紅，鴛枕畔。密寫烏絲一
段。　　採蘋溪晚。拾翠沙空，盡愁倚、夢雲
飛觀。木蘭艇子，幾日渡江來，心目斷。桃葉
青山隔岸。（錄自《彊村叢書》本）

《東山詞補》夏敬觀批語：「此調與【驀山溪】
音節略相似，或由彼調減字而成。」

《東山詞》校記：「【獻金杯】，《花草粹編》
卷七亦園本、《詞譜》卷十四四印齋本作【厭金
杯】。按：『獻』、『厭』二字，音形相近，義
者風馬牛不相及。二者必有一偽。唯宋詞中今僅
見此一首，《樂府雅詞》、《花草粹編》又皆選
集，未詳何所據，無從證矣。」

## 獻忠心

唐教坊曲名。

（一）調見《敦煌歌辭總編》卷二唐無名氏詞。
自從黃巢作亂，直到今年。傾動遷移，每驚
天。京華飄颻　因此荒□。空有心，長思戀，
明皇□。　　願聖明主。久居宮宇。臣等默
佑，有望□。常輪弓劍，更拋涯計。會將鸞
駕，一步步卻西邊。（錄自上海古籍出版社排印本）

按：原載（斯）二六〇七。

（二）調見《敦煌歌辭總編》卷二唐無名氏詞。
時清海晏定風波。恩光六塞，瑞氣遍山河。風
調雨順，野老行歌。四塞休征罷戰，放將士，
盡回戈。　　君臣道泰，禮樂宴中和。此時快
活感恩多。願聖壽萬歲，同海岳山河。似生佛
□，向宮殿裏，絕勝兜大羅。（錄自上海古籍出版
社排印本）

按：原載（斯）二六〇七。此調與《欽定詞譜》
卷十四之【獻衷心】似係同調。「衷」與「忠」
字義不同而音同。敦煌詞各體之字句，參差不
一，乃襯字所致，非兩調也。因敦煌詞與五代
詞有一定差異，故另立不做同調處理，與【獻衷
心】調可比較參閱。

## 獻衷心

調見《花間集》卷六〔五代〕歐陽炯詞。

見好花顏色，爭笑東風。雙臉上，晚妝同。閉
小樓深卜，春景重重。三五夜，偏有恨，月明
中。　　情未已，信曾通。滿衣猶自染檀紅。
恨不如雙燕，飛舞簾櫳。春欲暮，殘絮盡，柳
條空。（錄自雙照樓影明仿宋本）

《金奩集》注：雙調。

## 鐘千殿

即【清平樂】。〔清〕朱青長詞名【鐘千殿】
見《朱青長詞集》卷十五。

桃花開亂。飛簷教雛燕。水畔晚晴天色澹。歸
去同舟有伴。　　小荷初點青錢。玉波照見嬋
娟。舟入夜深風定，水光人月團圓。（錄自朱青
長手稿本）

## 寶釵分

即【祝英台近】。〔宋〕辛棄疾詞有「寶釵分，
桃葉渡」句，故名；見《欽定詞譜》卷十八。

寶釵分，桃葉渡。煙柳暗南浦。怕上層樓，十
日九風雨。斷腸片片飛紅，都無人管，倩誰
喚、流鶯聲住。　　鬢邊覷。試把花卜心期，
才簪又重數。羅帳燈昏，嗚咽夢中語。是他春
帶愁來，春歸何處。卻不解、將愁歸去。（詞錄
自雙照樓影宋本《稼軒詞・甲集》）

《欽定詞譜》卷十八【祝英台近】調注：「辛
棄疾詞有『寶釵分，桃葉渡』句，名【寶釵
分】。」

按：此詞宋本《稼軒詞・甲集》調名作【祝英台令】，其他各本及選本中均名【祝英台近】，無有名【寶釵分】詞調者。《欽定詞譜》未知何據，待考。

## 寶鼎見

即【寶鼎現】。〔宋〕陳允平詞名【寶鼎見】，見《日湖漁唱》。

六鼇初駕，縹緲蓬壺，移來洲島。還又是、梅飄冰泮，一夜青陽回海表。漸媚景、傍元宵時候，花底餘寒料峭。更喜報、三邊晏靜，人樂清平宇宙。　　畫鼓簫隊行春早。擁煙花、粉黛繚繞。開洞府、桃源路窈。載外東風吹岸柳。正翠靄、映星橋月榭，十里紅蓮綻了。慶萬家、珠簾半捲，綽約歌裙舞袖。　　重錦繡幄園香，閬鳳管鸞絲環奏。望非煙非霧，春在壺天易曉。早隱隱、半空星斗。看取收燈後。趁鳳書、吹入黃扉，立馬金門玉漏。（錄自《彊村叢書》本）

按：「現」、「見」二字古義同。但在今義上又有不同之處，故列為別名，以備參考。

## 寶鼎兒

即【寶鼎現】。〔宋〕陳郁詞名【寶鼎兒】，見《隨隱漫錄》卷二。

虞弦清暑，佳氣蔥鬱，非煙非霧。人正在、東閣堂上，分瑞祥輝騰翠渚。奉玉斝，總歡呼稱頌，爭美神光葆聚。慶誕節、彌生二佛，接踵瑤池仙母。　　最好英慧由天賦。有仁慈、寬厚襟宇。每留念、修身忱意，博問謙勤親保傅。染寶翰、鎮規隨宸畫，心授家傳有素。更吟詠、形容雅頌，隱隱賡歌風度。　　恩重漢殿傳籌，宣付祝、恭承天語。對南薰初試，宮院笙簫競舉。但長願，際昇平世，萬載皇基因睹。問寢日，俟鸞鳴舞拜，龍樓深處。（錄自《稗海》本）

《隨隱漫錄》卷二：「庚申八月，太子請兩殿幸本宮清霽亭賞芙蓉、木犀，詔部頭陳盼兒捧牙板唱『尋尋覓覓』句，上曰：『愁悶之詞，非所宜聽。』顧太子曰：『可令陳藏一撰一即景快活【聲聲慢】。』先臣再拜承命，五進酒而成。二進酒，數十人已群謳矣。天顏大悅，於本宮官屬支賜外，特賜百疋兩。明年四月九日，儲皇生辰，令述【寶鼎兒】，俾本宮內人群唱為壽，上

稱得體。詞曰（詞略）。」

《欽定詞譜》卷三十八【寶鼎現】調注：「陳合詞名【寶鼎兒】。」

按：陳合詞現唯存「壽賈師憲」【寶鼎現】一首，見《齊東野語》卷十二。《絕妙好詞箋》續鈔箋注錄陳合詞，調名為【寶鼎詞】。《欽定詞譜》未知何據。

## 寶鼎現

又名：三段子、寶鼎見、寶鼎兒、寶鼎詞。

調見《中吳紀聞》卷五〔宋〕范周詞。

夕陽西下，暮靄紅隘，香風羅綺。乘麗景、華燈爭放，濃焰燒空連錦砌。睹皓月、浸嚴城如畫，花影寒籠絳蕊。漸掩映、芙蓉萬頃，迤邐齊開秋水。　　太守無限行歌意。擁麾幢、光動珠翠。傾萬井、歌台舞樹，瞻望朱輪駢鼓吹。控寶馬、耀貔貅千騎。銀燭交光數里。似亂簇、寒星萬點，擁入蓬壺影裏。　　宴閣多才，環豔粉、瑤簪珠履。恐看看、丹詔催奉，宸遊燕侍。便趁早、占通宵醉。緩引笙歌妓。任畫角、吹老寒梅，月落西樓十二。（錄自《全宋詞》本）

《中吳紀聞》卷五：「范周少負不羈之才，工於詩詞，不求聞達，士林甚推重之。所居號『范家園亭』。安貧樂道，未曾屈折於人……盛季文作守時，頗漫士，嘗於元宵作【寶鼎現】詞投之，極蒙嘉獎，因遣酒五百壺。其詞播於天下，每遇燈夕，諸郡皆歌之。」

## 寶鼎詞

即【寶鼎現】。〔宋〕陳合詞名【寶鼎詞】，見《齊東野語》卷十二。

神鼇誰斷，幾千年再，乾坤初造。算當日、枰棋如許，爭一著、吾其袒左。談笑頃、又十年生聚，處處齒風葵棗。江如鏡，楚氛餘幾，猛聽甘泉捷報。　　天衣細意從頭補。爛山龍、華蟲黼藻。宮漏永、千門魚鑰，截斷紅塵飛不到。街九軌，看千貂避路，庭院五侯深鎖。好一部、太平六典，一一周公手做。　　赤烏繡裳，消得道、斑斕衣好。盡龐眉鶴髮，天上千秋難老。甲子平頭才一過，未說汾陽考。看金盤，露滴瑤池，龍尾放班回早。（錄自《學津討原》本）

《齊東野語》卷十二：「賈師憲當國日，臥治湖

山，作堂曰『半閒』，又治圃曰『養樂』。然名為就養，其實怙權固位，欲罷不能也。每歲八月八日生辰，四方善頌者以數千計，悉俾翹館謄考，以第甲乙，一時傳誦，為之紙貴，然皆謟諛語也。偶得首選者數闋，戲書於此，陳唯善合【寶鼎詞】云（詞略）。」

## 寶彝香

調名見〔金〕蔡松年《蕭閒老人明秀集》卷五。詞佚目存。

## 繡定針

即【繡停針】。〔全〕王吉昌詞名【繡定針】，見《會真集》卷四。

道忠告。想射日回天，到頭虛耗。曠劫沉埋，名利財氣識破，餘風一掃。寸心清操。會得過、個中三盜。斡旋星斗，銀河運轉，浪傾丹灶。　　玄黃氣相導。結地髓天精，蠢然騰倒。烹玉燒金，神化至虛，體合希夷深奧。彩雲高蹈。露妙體、真空長傲。這些風味，咫尺世人不到。（錄自涵芬樓影明《道藏》本）

## 繡停針

又名：成功了、雪夜漁舟、繡定針。
調見〔宋〕陸游《渭南文集》卷五十。

歎半紀，跨萬里秦吳，頓覺衰謝。回首鵷行，英俊並遊，咫尺玉堂金馬。氣凌嵩華。負壯略、縱橫王霸。夢經洛浦梁園，覺來淚流如瀉。　　山林定去也。卻自恐說著，少年時話。靜院焚香，閒倚素屏，今古總成虛假。趁時婚嫁。幸自有、湖邊茅舍。燕歸應笑，客中又還過社。（錄自雙照樓影宋本）

## 繡帶子

即【好女兒】。〔宋〕黃庭堅詞名【繡帶子】，見《山谷琴趣外篇》卷一。

小院一枝梅。衝破曉寒開。晚到芳園遊戲，滿袖帶香回。　　玉酒覆銀盃。盡醉去、猶待重來。東鄰何事，驚吹怨笛，雪片成堆。（錄自涉園影宋本）

## 繡帶兒

即【好女兒】。〔宋〕曾覿詞名【繡帶兒】，見《海野詞》。

瀟灑隴頭春。取次一枝新。還是東風來也，猶作未歸人。　　微月淡煙村。謾佇立、惆悵黃昏。暮寒香細，疏英幾點，盡奈銷魂。（錄自汲古閣《宋六十名家詞》本）

## 繡薄眉

調見《鳴鶴餘音》卷六〔金〕孫不二詞。

勸人悟。修行脫免三塗苦。明放著、跳出門戶。譚馬丘劉，孫王郝太古。法海慈航，寰中善度。（錄自清黃丕烈補明鈔本）

## 繡鸞鳳花犯

即【花犯】。〔宋〕周密詞名【繡鸞鳳花犯】，見《蘋洲漁笛譜》卷一。

楚江湄，湘娥乍見，無言灑清淚。淡然春意。空獨倚東風，芳思誰寄。凌波路冷秋無際。香雲隨步起。謾記得，漢宮仙掌，亭亭明月底。　　冰弦寫怨更多情，騷人恨，枉賦芳蘭幽芷。春思遠，誰歎賞、國香風味。相將共、歲寒伴侶。小窗淨、沉煙薰翠袂。幽夢覺，涓涓清露，一枝燈影裏。（錄自《彊村叢書》本）

# 二十一畫

## 鶯山溪

又名：上陽春、心月照雲溪、弄珠樓、陽春。
調見〔宋〕歐陽修《歐陽文忠公近體樂府》卷三。

新正初破，三五銀蟾滿。纖手染香羅，剪紅蓮、滿城開遍。樓台上下，歌管咽春風，駕香輪，停寶馬，只待金烏晚。　　帝城今夜，羅綺誰為伴。應卜紫姑神，問歸期、相思望斷。天涯情緒，對酒且開顏，春宵短。春寒淺。莫待金杯暖。（錄自雙照樓影宋本）
《片玉集》、《于湖先生長短句》注：大石調。

## 蘭陵王

又名：渭城三疊、蘭陵王慢。
唐教坊曲名。
（一）調見〔宋〕秦觀《少游詩餘》。

雨初歇。簾捲一鈎淡月。望河漢、幾點疏星，冉冉纖雲度林樾。此景清更絕。誰念溫柔蘊結。孤燈暗，獨步華堂，蟋蟀莎階弄時節。

沉思恨難說。憶花底相逢，親贈羅纈。春鴻秋雁輕離別。擬尋個錦鱗，寄將尺素，又恐煙波路隔越。歌殘唾壺缺。淒咽。意空切。但醉損瓊卮，望斷蕉瑤闕。御溝曾解流紅葉。待何日重見，霓裳聽徹。彩樓天遠，夜夜襟袖染啼血。（錄自汲古閣《詞苑英華》本）

（二）調見〔宋〕周邦彥《片玉集》卷八。

柳蔭直。煙裏絲絲弄碧。隋堤上、曾見幾番，拂水飄綿送行色。登臨望故國。誰識。京華倦客。長亭路，年去歲來，應折柔條過千尺。

閒尋舊蹤跡。又酒趁哀弦，燈照離席。梨花榆火催寒食。愁一箭風快，半篙波暖，回頭迢遞便數驛。望人在天北。　淒惻。恨堆積。漸別浦縈迴，津堠岑寂。斜陽冉冉春無極。念月榭攜手，露橋聞笛。沉思前事，似夢裏，淚暗滴。（錄自雙照樓影宋本）

《片玉集》注：越調。

《貴耳集》卷下：「道君幸李師師家，偶遇周邦彥先在焉。知道君至，遂匿於床下。道君自攜新橙一顆，云江南初進來，遂與師師謔語。邦彥悉聞之，隱括成【少年游】云：『并刀如水，吳鹽勝雪，纖手破新橙。錦幄初溫，獸煙不斷，相對坐調笙。　低聲問向誰行宿，城上已三更。馬滑霜濃，不如休去，直是少人行。』李師師因歌此詞。道君問誰作，李師師奏云周邦彥詞。道君大怒，坐朝宣諭蔡京云：『開封府有監稅周邦彥者，聞課額不登，如何京尹不按發來？』蔡京罔知所以，奏云：『容臣退朝，呼京尹叩聞，續得復奏。』京尹至，蔡以御前聖旨論之。京尹云：『唯周邦彥課額增羨。』蔡云：『上意如此，只得遷就。』將上，得旨周邦彥職事廢弛，可日下押出國門。隔一二日，道君復幸李師師家，不見李師師，問其家，知送周稅監。道君方以邦彥出國門為喜，既至不遇，坐久，至更初李始歸，愁眉淚睫，憔悴可掬，道君大怒云：『爾去那裏去？』李奏云：『臣妾萬死，知邦彥得罪押出國門，略致一杯相別，不知官家來。』道君問：『曾有詞否？』李奏：『有【蘭陵王】詞。』今『柳蔭直』者是也。道君云：『唱一遍看。』李奏云：『容臣妾奉一杯，歌此詞為官家壽。』曲終，道君大喜，復召為大晟樂正。」

《碧雞漫志》：「蘭陵王，《北齊史》及《隋唐佳話》稱齊文襄之子長宮封蘭陵王，與周師戰，嘗著陣圖對敵，擊周師金塘城下，勇冠三軍。武士共歌謠曰〈蘭陵王入陣曲〉。今越調【蘭陵王】，凡三段二十四拍，或曰遺聲也。此曲犯正宮，管色用大凡字，大一字、勾字，故亦曰『大犯』。又有大石調【蘭陵王慢】，殊非舊曲。周齊之際，未有前後十六拍慢曲耳。」

《碧湖雜記》：「今樂府有【蘭陵王】，乃北齊文襄之子長恭，一名孝瓘，為蘭陵王。邙山之戰，長恭為中軍，率五百騎再入周軍，遂至金塘之下，被圍甚急。城上人弗識，長恭免胄示之面，乃下弩手救之，於是大捷。武士因歌謠之，為〈蘭陵王入陣曲〉是也。」

## 蘭陵王慢

即【蘭陵王】。《樵隱筆錄》：「紹興初，都下盛行周清真詠柳【蘭陵王慢】，西樓南瓦皆歌之，謂之【渭城三疊】。以周詞凡三換頭，至末段聲尤激越，唯教坊老笛師能倚之節歌者。其譜傳自趙忠簡家。忠簡於建炎丁未九日，南渡泊舟儀真江口，遇宣和大晟樂府協律郎某，叩獲九重故譜，因令家伎習之，遂流於外。」

按：現存周邦彥詞名【蘭陵王】無「慢」字。參見【蘭陵王】條。

## 蘭鄉子

即【南鄉子】。〔清〕朱青長詞名【蘭鄉子】，見《朱青長詞集》卷二十六。

野寺評花。萬株春色漢宮霞。佩響行來遊倦女。歸去。小板橋西花塢住。（錄自朱青長手稿本）

## 櫻桃歌

調見《全唐詩》〔唐〕元稹詞。

櫻桃花，一枝兩枝千萬朵。花磚曾立採花人，窣破羅裙紅似火。（錄自清康熙揚州詩局本）

《古今詞話・詞話》卷上：「《才調集》曰：『此亦長短句，比【章台柳】少疊三字，然不可列之古風，錄之為【櫻桃歌】。』」

《詞史》第二章：「元稹【櫻桃歌】，即仄韻七言絕作，於第一句減四字，改作三字一句。按《古今詞話》曰：『此亦長短句，比【章台柳】少疊三字。』《詞譜》不收，應補。」

《歷代詞人考略》卷二：「元微之詞，未經前人

著錄。『櫻桃花』云云，格調於詞為近，惜無調名，即名【櫻桃歌】可耳。」

## 欄干萬里心

即【憶王孫】。〔宋〕張輯詞有「幾曲欄干萬里心」句，故名；見《東澤綺語》。

> 小樓柳色未春深。湘月牽情入苦吟。翠袖風前冷不禁。怕登臨。幾曲欄干萬里心。（錄自《彊村叢書》本）

## 露下滴新荷

〔清〕沈謙自度曲，見《西陵詞選》。

> 憶長年，長橋畔，水微波。正邀他、同賞新荷。彩舟銀燭詞成，先付雪兒歌。纏頭錦、醉中親與，十丈紅羅。歡呼不覺夜深，影動星河。　　怪今宵、風兼雪，人不見，恨如何。待題詩、手冷時呵。鳳箋仍捲，自將金鴨暖衾窩。小樓深巷，應相念、皺損雙蛾。常擬策蹇再尋，奈不肯晴和。（錄自清刻本）

## 露華

又名：霜華、露華慢、露華憶。

（一）調見〔宋〕王沂孫《花外集》。

> 晚寒佇立，記鉛輕黛淺，初認冰魂。紺羅襯玉，猶凝茸唾香痕。淨洗妒春顏色，勝小紅、臨水湔裙。煙渡遠，應憐舊曲，換葉移根。　　山中去年人到，怪月悄風輕，閒掩重門。瓊肌瘦損，那堪燕子黃昏。幾片故溪浮玉，似夜歸、深雪前村。芳夢冷，雙禽誤宿粉雲。（錄自《四印齋所刻詞》本）

（二）調見〔宋〕王沂孫《花外集》。

> 紺萼乍坼。笑爛漫嬌紅，不是春色。換了素妝，重把青螺輕拂。舊歌共渡煙江，卻占玉奴標格。風霜峭、瑤台種時，付與仙骨。　　閒門畫掩淒惻。似淡月梨花，重化清魄。尚帶唾痕香凝，怎忍攀摘。嫩綠漸滿溪陰，蔌蔌粉雲飛出。芳豔冷、劉郎未應認得。（錄自《四印齋所刻詞》本）

## 露華春慢

〔清〕姚燮自製曲，見《疏影樓詞》。

> 棹回雲墊。又溶溶流水，緋桃照晴葶。小笠短笻，擔酒自過橫約。斜陽舊時樓閣。恁無人、閉了珠箔。況青山笑淺，黃鶯語懶，春氣猶弱。　　漫思昨。送畫扇鈿車，芳草繡成幄。

望斷晚霞，依依此情誰著。嫩香乍颭，小紅欲墮，煙起林薄。歸去也，倚篷延酌。空回首，亂峰崿。（錄自《清名家詞》本）

詞序：「五溪桃花徑春輒盛，怡曰悅水，妖靡妖蕩，天台、武陵，若無以逾。晴時嘗舟詣焉。風景喧寂，因遊屢變，忽忽似中感，不能無詞，製商調以寫之。商調者，即俗之六字調也。唐商調曲俱用仩字製音，為商之宮。仩，商清也。九聲，宮四、商上、角尺、工徵、羽六，其清聲：則宮仩、商仩、角尺、徵仩。羽有下無高則無清。羽之下，即今之合是也。是調以工製音，由低工序而升之，為商之商。蓋起於大簇，以夾鐘為變宮，姑洗為商，中呂為角也。禮云：『商亂則陂。』余按簫求之，幸不失正，名曰【姑洗清商曲】。」

按：無名氏輯《惆悵詞前集》【露華春慢】調下注：「自製曲。」《姑洗清商曲》作《姑洗清商調》。

## 露華慢

即【露華】。〔宋〕周密詞名【露華慢】，見《欽定詞譜》卷二十二。

> 暖消蕙雪，漸水紋漾錦，雲淡波溶。岸香弄蕊，新枝輕嫋條風。次第燕歸將近，愛柳眉、桃靨煙濃。鶯徑小，芳屏聚蝶，翠渚飄鴻。　　六橋舊情如夢，記扇底宮眉，花下遊驄。選歌試舞，連宵戀醉瑤叢。怕春早鶯啼醒，問杏鈿、誰點愁紅。心悄春嬌，又入翠峰。（詞錄自四印齋所刻詞本《草窗詞》）

《欽定詞譜》卷二十二【露華】調注：「周密平韻詞名【露華慢】。」

按：周密此詞，各本均無名【露華慢】，《欽定詞譜》未知何據，待考。

## 露華憶

即【露華】。〔宋〕周密詞名【露華憶】，見《歷代詩餘》卷五十四。

> 暖消蕙雪，漸水紋漾錦，雲淡波溶。岸香弄蕊，新枝輕嫋條風。次第燕歸將近，愛柳眉、桃靨煙濃。鶯徑小，芳屏聚蝶，翠渚飄鴻。　　六橋舊情如夢，記扇底宮眉，花下遊驄。選歌試舞，連宵戀醉瑤叢。怕春早鶯啼醒，問杏鈿、誰點愁紅。心悄春嬌，又入翠峰。（錄自清康熙內府本）

三畫

## 鶯穿柳

調見〔清〕王吉昌《會真詞》卷五。

觀天能盡，向三山四海，氤氳風趁。金木玄冥，雲聚一時，六卦火記潛進。七返功宜緊。煉丹質、蕙蘭香陣。到此鬼神欽，不許三尸親近。　　塵情碎為殘粉。澄無明恚火，翻作冷爐。智藏揮開神耀，占上清選院，名科精俊。實相崢嶸障。步虛際、爛霞光襯。體顯九陽，騰出塵堪信。（錄自涵芬樓影明《道藏》本）

## 鶯啼序

又名：鶯啼敘、豐樂樓。

（一）調見〔金〕王喆《重陽全真集》卷四。

鶯啼序時繞紅樹。應當做主。聘嚶嚶、瑩瑩聲音，弄晴調舌秆羽。潛身在、朱林茂處。愈綿變百般言語。喜新鉛、新汞俱齊，叫歸祖宗。　　喚覺呼惺，頓曉本元初，天然規矩。定分他、甲乙庚辛，九宮八卦門戶。驅四象、通推七返，用千朝、煉成文武。這金丹，由此三年，漸令堪睹。　　嬰兒跨虎。姹女騎龍，白雲招翠霧。各各擎、鋼刀慧劍，接刃交鋒，隱密藏機，兩家無懼。烏龜赤鳳，前來降伏，和合罷戰休兵戍。被靈童、結構同相聚。從茲慢慢，搜尋寶貝完全，要見便教知數。　　明珠萬顆，吐出神光，倒顛籠罩住。迸一條、銀霞嫋嫋，撞透清霄，晃耀晴空，偏開瓊路。中間獨現，真妙真玄，星冠月帔端嚴具。把雙眸、高舉頻回顧。觀瞻了了清清，湛湛澄澄，害風得遇。（錄自涵芬樓影明正統《道藏》本）

按：金王喆詞有「鶯啼序時繞紅樹」句，故名【鶯啼序】。此調歷來以宋吳文英詞為首選。考王喆詞當是始詞，因王詞文學性不強，為歷來文人所不注重。

（二）調見〔宋〕吳文英《夢窗詞集》。

殘寒正欺病酒，掩沉香繡戶。燕來晚、飛入西城，似說春事遲暮。畫船載、清明過卻，晴煙冉冉吳宮樹。念羈情遊蕩，隨風化為輕絮。　　十載西湖，傍柳繫馬，趁嬌塵軟霧。溯紅漸、招入仙溪，錦兒偷寄幽素。倚銀屏、春寬夢窄，斷紅濕、歌紈金縷。暝堤空、輕把斜陽，總還鷗鷺。　　幽蘭旋老，杜若還生，水鄉尚寄旅。別後訪、六橋無信，事往花委，瘞玉埋香，幾番風雨。長波妒盼，遙山羞黛，漁

燈分影春江宿，記當時、短楫桃根渡。青樓彷彿，臨分敗壁題詩，淚墨慘澹塵土。　　危亭望極，草色天涯，歎鬢侵半苧。暗點檢、離痕歡唾，尚染鮫綃，嚲鳳迷歸，破鸞慵舞。殷勤待寫，書中長恨，藍霞遼海沉過雁，漫相思、彈入哀箏柱。傷心千里江南，怨曲重招，斷魂在否。（錄自《彊村叢書》四校定本）

（三）調見〔明〕吳熙《非水居詞箋》。

禽聲徹晝，鳩更亂，非關喚雨。胡然見、遠樹生煙，前村頓隔千里。柳老杏殘都足恨，春光今日方休矣。漸野田微綠，農歌聒破吾耳。　　盆覆菖蒲，草掩蘭蕙，幸去冬無事。春過了、須露根來，問今年、葉何似。伴高閒、詩兼花酒，詩須如我、花如爾。事尋常，頻醉何妨，果堪自喜。　　烹茶供客，香美無如新芥，愛小童頗慧，頃盡便添水。又向西窗，書臨子敬，須臾數紙。每軌雅好，灌花時節常早起。也能頑、也善窺人意。錦囊著背，歸來探出偷看，於中改換幾許。　　主人豪放，食客多能，任管繁曲雜，見說一時齊舉。汝唱我評，響雪堂前，一番笑語。長飲無辭，留連且久，待明朝又來這裏。我無歡、真愧人弟。病餘酒更難勝，已醉欲眠，急須歸去。（錄自《全明詞》本）

按：此詞二百三十五字，與始詞和吳文英、汪元量等均不同，錄以待考。

（四）調見《鳴鶴餘音》卷三〔唐〕呂巖詞。

三峰路險，雪滿空崖，瑞祥煙霧起。澗畔聽、龍吟虎嘯，電閃星輝，迸出紅光，鬼神驚避。　　鉛凝汞結，爐中養就丹點，瓦礫成至寶，愚人食一粒，延年紀。那堪更有，神珠萬顆，流霞晃耀，遍穿宮裏。（錄自清黃丕烈補明鈔本）

按：呂巖詞均係後人託名之作。此詞與【鶯啼序】相校，與律不相符，或係別調，或係脫誤，錄之以供參閱。

## 鶯啼敘

即【鶯啼序】。〔清〕俞樾詞名【鶯啼敘】，見《春在堂詞錄》卷二。

金張舊推貴姓，更遭逢盛世。有瓊樹、秀出蘭芽，玉麟天上飛至。彩毫寫、高軒麗句，傳鈔壓貴三都紙。早雲英來降，人間赤繩雙繫。　　車馬長安，燒尾宴罷，問年華正綺。控金勒、內廏飛龍，杏花紅滿十里。更連翩、軺車四出，收多少、春風桃李。拜車前、門下門

生，鬢絲猶翠。　　高牙大纛，叱吒風雲，受百城重寄。絕徼外、繩行沙度，墨旣青馬，匍匐軍門，那容平視。元戎小隊，平原大獵，三千珠履從遊宴，樂昇平、譜入鐃歌裏。飛來玉詔，金甌名字親題，鼎鉉更待調劑。　　黃扉鄭重，赤舄從容，曆中書廿四。看膝下、森森蘭玉。驥子龍孫，鳳閣鸞台，後先相繼。朱顏未改，黑頭歸去，平泉花木春正好，憶蓬山、舊館多年閒。青鸞一夕雙飛，方丈瀛洲，千秋萬歲。（錄自清原刻本）

按：古義「序」與「敘」可同，但又有所不同。俞氏所作此詞序云：「余曾作〈廣樂志論〉極富貴神仙之樂，遣抑塞磊落之懷。今存《賓萌外集》中，頗膾炙人口。舟窗無事，復衍此意，而成長調。」據此意，此敘字是作為記敘述言之意，而非文體之意。故存其調名，是非之處，望請方家教之。

## 鶯聲繞紅樓

調見〔宋〕姜夔《白石道人歌曲》卷三。

十畝梅花作雪飛。冷香下、攜手多時。兩年不到斷橋西。長笛為予吹。　　人妒垂楊綠，春風為、染作仙衣。垂楊卻又妒腰肢。近前舞絲絲。（錄自《彊村叢書》本）

## 鶴回翔

〔近人〕金天羽自製曲，見《天放樓詩季集》附《紅鶴詞》。

仙禽鎩翮樊籠住。恰伴著，梅花千樹。花落繁英如雪，東風惡，便棖觸、思鄉情緒。鄉關何處，卻望高閣遐舉，翅輪側注。見落日天涯，瀹海上，別寫出、紺樓黛宇。　　空際似聞天語。說風起、毗嵐太遽。投我幾行丹敕，仙路遠，還自向、靈峰來去。殘春猛雨。斷送流紅無主。傷鵾夜詛。試高唳一聲，夢初回，隱約見、閶浮天曙。（錄自民國排印本）

## 鶴沖天

（一）即【喜遷鶯】。〔五代〕馮延巳詞名【鶴沖天】，見《陽春集》。

曉月墜，宿雲披。銀燭錦屏幃。建章鐘動玉繩低。宮漏出花遲。　　春態淺。來雙燕。紅日初長一線。嚴妝欲罷囀黃鸝。飛上萬年枝。（錄自《四印齋所刻詞》本）

（二）調見〔宋〕柳永《樂章集》卷下。

黃金榜上。偶失龍頭望。明代暫遺賢，如何向。未遂風雲便，爭不恣狂蕩。何須論得喪。才子詞人，自是白衣卿相。　　煙花巷陌，依約丹青屏障。幸有意中人，堪尋訪。且恁偎紅翠，風流事、平生暢。青春都一餉。忍把浮名，換了淺斟低唱。（錄自《彊村叢書》本）

《樂章集》注：大石調。

《能改齋漫錄》卷十六：「仁宗留意儒雅，務本理道，深斥浮豔虛薄之文。初進士柳三變，好為淫冶謳歌之曲，傳播四方。嘗有【鶴沖天】詞云：『忍把浮名，換了淺斟低唱。』及臨軒放榜，特落之曰：『且去淺斟低唱，何要浮名？』景祐年方及第，後改名永，方得磨勘轉官。」

（三）即【春光好】。《詞律》卷二【春光好】調注：「此曲一名【愁倚欄令】。不知誰人又名之【鶴沖天】。夫【喜遷鶯】之所以名【鶴沖天】者，因韋莊詞尾三字也，與【春光好】何與？」

（四）即【阮郎歸】。《歷代詩餘》卷十六【阮郎歸】調注：「一名【鶴沖天】。」

## 續春遊

調見〔近人〕張伯駒《張伯駒詞集・秦遊集》。

一枰棋劫換舊，江山都無主。望晉水沽雲，迢遞路猶阻。醉中風景重看，夢裏繁華空顧。對斜陽、倚遍欄干，獨自暗凝佇。　　春暮。奈落花無言，燕又雙飛去。金鞭腸斷王孫，玉樹歌殘商女。縱有犀梳理還亂，愁絲恨縷。已深深孽海難填，情天更待媧皇補。（錄自中華書局排印本）

詞序：「和夢碧、機峰、牧石自度曲聯句。」

## 續漁歌

即【玉樓春】。〔宋〕賀鑄詞名【續漁歌】，見《東山詞》卷上。

中年多辦收身具。投老歸來無著處。四肢安穩一漁舟，只許樵青相伴去。　　滄洲大勝黃塵路。萬頃月波難滓污。阿儂原是個中人，非謂鱸魚留不住。（錄自涉園影宋本）

《東山詞》箋注：「【續漁歌】，賀鑄詩集有【漁歌】。甲子十一月，張謀父、陳傳道、王子立，會於城東禪佛寺，分漁、樵、農、牧四題，以代酒令。余賦【漁歌】。蓋元豐七年徐州寶豐

監錢官任上作。詞在詩後，故曰續也。」

## 續斷令

即【念奴嬌】。〔清〕顧貞觀詞名【續斷令】，見《彈指詞》。

> 斷虹兼雨，夢當歸、身世等閒蕉鹿。角枕涼生，冰簟滑，石鼎聲中幽獨。活火泉甘，松濤嫩乳，香候龍團熟。地偏叢桂，枝陰又吐叢菊。　　花時約過柴桑，白衣寒蚤，休負深杯綠。青鏡流光看逝水，銀漢漂殘落木。瓜蔓連錢，草蟲吟細，辛苦驚髀肉。從容烏兔，絲絲短髮難續。（錄自《清名家詞》本）

按：顧貞觀詞，以首字為斷，末字為續，故名【續斷令】。

# 二十二畫

## 攤破木蘭花

調見〔宋〕賀鑄《賀方回詞》卷二。

> 南浦東風落暮潮。被褉人歸，相並蘭橈。回身昵語不勝嬌。猶礙華燈，扇影頻搖。　　重泛青翰頓寂寥。魂斷高城手漫招。佳期應待鵲成橋。為問行雲，誰伴朝朝。（錄自《彊村叢書》本）

按：此調係將【木蘭花】上下片第二、四句之七言句，各添一字，攤破成四言兩句。

## 攤破江城子

即【江城梅花引】。〔宋〕程垓詞名【攤破江城子】，見《書舟詞》。

> 娟娟霜月又侵門。對黃昏。怯黃昏。愁把梅花，獨自泛清樽。酒又難禁花又惱，漏聲遠，一更更，總斷魂。　　斷魂。斷魂。不堪聞。被半溫。香半溫。睡也睡也，睡不穩、誰與溫存。只有床前、紅獨伴啼痕。一夜無眠連曉角，人瘦也，比梅花，瘦幾分。（錄自汲古閣《宋六十名家詞》本）

按：程垓以藏頭短韻體名【攤破江城子】。

## 攤破採桑子

調見《欽定詞譜》卷十三〔宋〕趙長卿詞。

> 樹頭紅葉飛都盡，景物淒涼。秀出群芳。又見江梅淺淡妝。也囉，真個是、可人香。　　蘭魂蕙魄應羞死，獨占風光。夢斷高堂。月送疏枝過女牆。也囉，真個是、可人香。（錄自清康熙內府本）

《欽定詞譜》卷十三【攤破採桑子】調注：「調見《惜香樂府》，即【採桑子令】也。因前後各添入和聲，自成一體。」又：「楚詞押韻句，或用助語詞，漢賦亦多如此。故此詞第四句，當應『也』字點句；坊本或於『妝』字點句，及『也囉』二字相連點句者，非。按金詞高平調【唐多令】，兩結句俱有『也』字、『囉』字。南北曲【水紅花】結句亦有『也』字、『囉』字。又按《廣韻》七歌：『囉，歌詞也。』此詞兩結『香』字重押，其為歌時之和聲無疑。」

按：汲古閣本《惜香樂府》此調為【一剪梅】。下注或刻【攤破醜奴兒】，汲古閣本誤。【攤破採桑子】調名《欽定詞譜》未知何據，待考。

## 攤破南鄉子

又名：似娘兒、青杏兒、促拍山花子、促拍醜奴兒令、閒閒令、減字採桑子、錦被堆、慶靈椿。調見〔宋〕程垓《書舟詞》。

> 休賦惜春詩。留春住、說與人知。一年已負東風瘦，說愁說恨，數期數刻，只望歸時　　莫怪杜鵑啼。真個也、喚得人歸。歸來休恨花開了，梁間燕子，且教知道，人也雙飛。（錄自汲古閣《宋六十名家詞》本）

《欽定詞譜》卷十四【攤破南鄉子】調注：「此詞前後段一二三句近【南鄉子】，與【醜奴兒】無涉。自宋黃庭堅集誤刻【醜奴兒】，元好問仿其體，加以促拍二字。《詞律》相沿，遂編入【醜奴兒】體。今照《樂府雅詞》改定。」又：「《太平樂府》、《中原音韻》俱注：『大石調。』高拭詞注：『南呂宮。』《太和正音譜》注：『小石調，亦入仙呂宮。』」

按：此調將【南鄉子】上、下片第四、五句之二七句式，添入三字，攤破成四四四句式。

## 攤破浣溪沙

（一）即【山花子】。〔宋〕周紫芝詞名【攤破浣溪沙】，見《竹坡詞》卷一。

> 蒼璧新敲小鳳團。赤泥開印煮清泉。醉捧纖纖雙玉筍，鷓鴣斑。　雪浪濺翻金縷袖，松風吹醒玉酡顏。更待微甘回齒頰，且留連。（錄自汲古閣《宋六十名家詞》本）

（二）即【相思引】。〔宋〕無名氏詞名【攤破浣溪沙】，見《樂府雅詞·拾遺》卷下。

> 相恨相思一個人。柳眉桃臉自然春。別離情思，寂寞向誰論。　映地殘霞紅照水，斷魂芳草碧連雲。水邊樓上，回首倚黃昏。（錄自文淵閣《四庫全書》本）

## 攤破訴衷情

調見《永樂大典》卷一萬四千三百八十一「寄」字韻〔宋〕蔡枏詞。

> 夕陽低戶水當樓。風煙慘澹秋。亂雲飛盡碧山留。寒沙臥海鷗。　渾似畫，只供愁。相看空淚流。故人如欲問安不。病來今白頭。（錄自中華書局影印本）

按：此詞將【訴衷情】下片三三四四四句式，添入二字，攤破成三三五七五句式。

## 攤破醜奴兒

（一）調見〔宋〕向滈《樂齋詞》。

> 自笑好癡迷。只為俺、忒日煞雛兒。近來都得傍人道，帖兒上面，言兒語子，那底都是虛脾。　樓上等多時。兩地裏、人馬都饑。低低說與當直底，轎兒抬轉，喝聲靠裏，看俺麼、裸而歸。（錄自《全宋詞》引紫芝漫鈔本）

（二）調見〔宋〕趙長卿《惜香樂府》卷六。

> 樹頭紅葉飛都盡，景物淒涼。秀出群芳。又見江梅淺淡妝。也囉，真個是、可人香。　蘭魂蕙魄應羞死，獨占風光。夢斷高堂。月送疏枝過女牆。也囉，真個是、可人香。（錄自汲古閣《宋六十名家詞》本）

《詞律》卷四【攤破醜奴兒】調注：「按本集此詞題作【一剪梅】，又注：『或作【攤破醜奴兒】。』但觀『也囉』以上端端正正是【醜奴兒】，只添『也囉』二字，並『真個是』六字，所謂『攤破』也，與【一剪梅】無干。想因此詞是詠梅，而首句七字，下二句皆四字，有似【一

剪梅】故訛傳耳。」

按：此詞即《欽定詞譜》所引【攤破採桑子】詞。

## 攤聲浣溪沙

即【山花子】。〔宋〕毛滂詞名【攤聲浣溪沙】，見《東堂詞》。

> 日轉堂陰一線添。使君和氣作春妍。只有北山輕帶雪，見豐年。　殘月夜來收不盡，行雲早起更留連。急剪垂楊迎秀色，到窗前。（錄自汲古閣《宋六十名家詞》本）

## 鷗江弄

調見〔明〕夏樹芳《消暍詞》卷上

> 芙蓉城上彩雲停。壽域天開現歲星。大江南北祝長生。祝長生。醉豐鎬。舞斑衣，頌天保。（錄自惜陰堂《明詞彙刻》本）

## 疊青錢

即【採桑子慢】。〔宋〕無名氏詞名【疊青錢】，見《歷代詩餘》卷五十三。

> 夏日正長，無奈如焚天氣。火雲聳、奇峰天外。未雨先雷。畏日流金，六龍高駕火輪飛。紋簟紗廚，風車謾攪，月扇空揮。　金爐煙細。午風輕轉，堪避炎威。漸涼生池閣，捲起簾幕珠璣。嬌城美麗。天然秀色冰肌。玉欄深徑，荷香猗旎。玉管聲齊。（錄自清康熙內府本）

## 疊蘿花

即【感皇恩】。〔宋〕黨懷英詞名【疊蘿花】，見《欽定詞譜》卷十五。

> 碧玉撚柔條，藍袍裁葉，明豔黃深軟金疊。道裝仙子，謫墮蕊珠仙闕。為春閒管領，花時節。　漢額妝濃，楚腰舞怯。褪積裙餘舊宮褶。東君著意，留伴小庭風月。任教鸚鵡喚，群芳歇。（詞錄自《彊村叢書》本《中州樂府》）

《欽定詞譜》卷十五【感皇恩】調注：「黨懷英詞名【疊蘿花】。」

按：黨懷英詞現存五首，《中州樂府》有二首【感皇恩】；此首有詞題曰「賦疊蘿花」，而未注明是調名。《欽定詞譜》以為調名，誤。

## 囉嗊曲

又名：江南曲、望夫歌。

（一）調見《雲溪友議》卷下〔唐〕無名氏詞。

莫作商人婦，金釵當卜錢。朝朝江口望，錯認
幾人船。（錄自清康熙本）

（二）調見《雲溪友議》卷下〔唐〕無名氏詞。
　　閒向江頭採白蘋。常隨女伴賽江神。眾中不敢
　　分明語，暗擲金錢卜遠人。（錄自清康熙本）
《雲溪友議》卷下：「有俳優周季南、季崇及劉
采春，自淮甸而來。善弄陸參軍，歌聲徹雲。篇
韻雖不及濤容華莫之比也。元公似忘薛濤，而贈
采春詩曰：『……更有惱人腸斷處，選詞能唱望
夫歌。』【望夫歌】者，即【囉嗊】之曲也。」

## 彎環曲

〔清〕謝章鋌自度曲，見《酒邊詞》卷四。
　　願作鴛鴦枕，莫作芙蓉帶。枕受夜來情。帶自
　　黃昏冷到明。　　昔說同心話，今欠相思債。
　　寶押總彎環。帳內溫存帳外寒。（錄自清光緒十五
　　年刻本）
按：謝章鋌詞有「寶押總彎環」句，故名【彎環
曲】。

## 鷓鴣天

又名：一井金、七花蚪、千葉蓮、玉鷓鴣、半花
桐、於中好、拾菜娘、思佳客、思越人、思歸
引、洞中天、看瑞香、秣陵礄、第一花、瑞鷓
鴣、禁煙、華表鶴、剪朝霞、醉梅花、錦鷓鴣、
避少年、歸去好、離歌、鷓鴣引、鷓鴣飛、驪歌
一疊。

（一）調見〔宋〕夏竦詞，見《詞林萬選》卷二。
　　鎮日無心掃黛眉。臨行愁見理征衣。樽前只恐
　　傷郎意，閣淚汪汪不敢垂。　　停寶馬，捧瑤
　　巵。相斟相勸忍分離。不如飲待奴先醉，圖得
　　不知郎去時。（錄自汲古閣《詞宛英華》本）
《于湖先生長短句》注：大石調。

（二）調見〔清〕李興祖《課慎堂詩餘》。
　　湘簾初捲上銀鈎。繡帳才拈旋復收。香沉心字
　　閒金獸。怯清宵，欹素秋。　　最愁人，風猥
　　月瘦。恨悠悠。倦理雲鬟，魂悄悄、慵開脂
　　口。淚汪汪、暗滴床頭。（錄自清刻本）

## 鷓鴣引

即【鷓鴣天】。〔元〕王惲詞名【鷓鴣引】，見
《秋澗樂府》。
　　波蕩江湖萬里餘。歸來縮首伴凡魚。門從席後
　　軒車盛，鬢自霜來官味疏。　　思往事，注殘

書。閒鋤明月種秋蔬。傍人莫笑揚雄宅，好事
時趨載酒壺。（錄自《彊村叢書》本）

## 鷓鴣曲

即【瑞鷓鴣】。《百琲明珠》卷一【舞春風】
詞注：「此即七言律而音節婉麗。又名【瑞鷓
鴣】，見後賀方回《東山詞》。又名【鷓鴣
曲】。」

## 鷓鴣和

調見〔清〕嘻嘻道人《五鳳吟》第九回。
　　最險人藏暗裏槍。樁樁俱是雪加霜。淒涼難忍
　　傷心淚，即見豪雄鐵石腸。　　熱血滿懷眼橫
　　張。囊時提絜出忠良。誰言巧語皆能就，始信
　　奸謀狂自忙。（錄自上海古籍出版社排印本）
按：此調似【鷓鴣天】，唯下片首句，由二句三
字句加一字成七字句，不同。

## 鷓鴣飛

即【鷓鴣天】。〔清〕筆煉閣主人詞名【鷓鴣
飛】，見《五色石》卷八。
　　紀信滎陽全主身。捐軀杅白趙家臣。可憐未受
　　生時祿，贈死難回墓裏春。　　奇女子，篤忠
　　貞。移桃代李事尤新。縱令婢學夫人慣，赴難
　　欣然有幾人。（錄自《中國話本大系》本）

## 鷓鴣詞

（一）即【瑞鷓鴣】。〔宋〕汪晫詞名【鷓鴣
詞】，見《西園康範詩集》。
　　傷時懷抱不勝愁。野水粼粼綠遍洲。滿地落花
　　春病酒，一簾明月夜登樓。　　明眸皓齒人難
　　得，寒食清明事又休。只是鷓鴣三兩曲，等閒
　　白了幾人頭。（錄自《全宋詞》本）
按：汪晫詞有「只是鷓鴣三兩曲」句，故名【鷓
鴣詞】。

（二）調見〔清〕陳洪綬《寶綸堂集・附詞》。
　　行不得也哥哥。我也圖蘭不作坡。無山無水不
　　風波。　　是非顛倒似飛梭。飛不起，可奈
　　何。行不得也哥哥。（錄自《全清詞》本）

## 鷓鴣啼

即【南鄉子】。〔五代〕李珣詞有「岸花零落鷓
鴣啼」句，故名；見《記紅集》卷一。
　　煙漠漠，雨淒淒。岸花零落鷓鴣啼。遠客扁舟

臨野渡。思鄉處。潮退水平春色暮。（錄自清康熙刻本）

# 二十三畫

## 讀書引

即【行香子】。〔明〕朱有燉詞名【讀書引】，見《誠齋詞》。

> 一色天低，千里雲垂。舞飄飄、六出花飛堆。銀積玉填合山溪。也宜松，也宜竹，也宜梅。　　色晃犀幛。寒透貂衣，慶豐年、滿飲金杯。紅牙板撤，羯鼓頻催。聽歌聲，裁曲調，寫詩題。（錄自惜陰堂《明詞彙刊》本）

## 戀芳春慢

調見《花庵詞選》卷七〔宋〕万俟詠詞。

> 蜂蕊分香，燕泥破潤，暫寒天氣清新。帝里繁華，昨夜細雨初勻。萬品花藏四苑，望一帶、柳接重津。寒食近，蹴鞠秋千，又是無限遊人。　　紅妝趁戲，綺羅夾道，青簾賣酒，台榭侵雲。處處笙歌，不負治世良辰。共見西城路好，翠華定、將出嚴宸。誰知道，仁主祈祥為民，非事行春。（錄自文淵閣《四庫全書》本）

《欽定詞譜》卷三十一【戀芳春】調注：「調見万俟詠《大聲集》，崇寧中，詠充大晟府製撰，依月用律製詞，多應制之作。此詞自注『寒食前進』，故以【戀芳春】為名也。」

## 戀香衾

調見〔宋〕呂渭老《聖求詞》。

> 記得花蔭同攜手，指定日、許我同歡。喚做真成，耳熱心安。打疊從來不成器，待做個、平地神仙。又卻不成些事，驀地心殘。　　據我如今沒投奔，見著你、淚早偷彈。對月臨風，一味埋冤。笑則人前不妨笑，行笑裏、鬥覺心煩。怎生分得煩惱，兩處勻攤。（錄自明吳訥《百家詞》本）

## 戀情深

唐教坊曲名。

調見《花間集》卷五〔五代〕毛文錫詞。

> 滴滴銅壺寒漏咽。醉紅樓月。宴餘香殿會鴛衾。蕩春心。　　真珠簾下曉光侵。鶯語隔瓊林。寶帳欲開慵起，戀情深。（錄自雙照樓影明仿宋本）

按：毛文錫詞有「寶帳欲開慵起，戀情深」句，故名【戀情深】。

## 戀繡衾

又名：淚珠彈。

調見〔宋〕朱敦儒《樵歌》卷中。

> 木落江南感未平。雨蕭蕭、衰鬢到今。甚處是長安路，水連空、山鎖暮雲。　　老人對酒今如此，一番新、殘夢暗驚。又是灑黃花淚，問明年、此會怎生。（錄自《四印齋所刻詞》本）

## 纖纖月

〔清〕洪雲來自度曲，見《東白堂詞選初集》卷十五。

> 才知道、一時輕別。任鶯嬌燕軟，繞樹間關，柳媚花柔，隔牆搖曳。總空亭、徙倚情難說。思量何處可消愁，只終朝、強飲中山酒，酒和淚、又成血。盼到夕陽西去，更無端、水光如雪。依舊是、綺窗簾底纖纖月。　　鵾缺。啼得聲聲悲咽。看半床枕冷，情緒淒涼，一點殘燈，影兒孤子。想紅樓、此際應愁絕。除非夢裏訴相思，怕深閨、不識燕山路，縱有夢、也難接。為憶舊時珠閣，盡溫柔、繡衾香爇。空剩有、一庭春草飛蝴蝶。（錄自清康熙十七年刻本）

按：洪雲來詞有「綺窗簾底纖纖月」句，故名【纖纖月】。

# 二十四畫

## 鬢雲鬆

即【蘇幕遮】。〔宋〕周邦彥詞有「鬢雲鬆，眉葉聚」句，故名；見《片玉集・抄補》。

　　鬢雲鬆，眉葉聚。一闋離歌，不為行人駐。檀板停時君看取。數尺鮫綃，半是梨花雨。

　　鶯飛遽，天尺五。鳳閣鶯坡，看即飛騰去。今夜長亭臨別處。斷梗飛雲，儘是傷情緒。（錄自明吳訥《百家詞》本）

詞注：「送傅國華奉使三韓。一名【蘇幕遮】，般涉。」

## 鬢雲鬆令

即【蘇幕遮】。〔宋〕周邦彥詞名【鬢雲鬆令】，見《片玉集》卷下。

　　鬢雲鬆，眉葉聚。一闋離歌，不為行人駐。檀板停時君看取。數尺鮫綃，果是梨花雨。

　　鶯飛遽，天尺五。鳳閣鶯坡，看即飛騰去。今夜長亭臨別處。斷梗飛雲，儘是傷情緒。（錄自汲古閣《宋六十名家詞》本）

## 鬢邊華

調見《梅苑》卷八〔宋〕無名氏詞。

　　小梅香細豔淺。過楚岸、樽前偶見。愛閒淡，天與精神，掠青鬢、閒人醉眼。　　如今拋擲經春，恨不見、芳枝寄遠。向心上、誰解相思，賴長對、妝樓粉面。（錄自《楝亭十二種》本）

## 驟雨打新荷

即【小聖樂】。〔金〕元好問詞有「驟雨過」及「打遍新荷」句，故名；見《太平樂府》卷二。

　　綠葉蔭濃，遍池亭水閣，偏趁涼多。海榴初綻，朵朵蹙紅羅。乳燕雛鶯弄語，對高柳、鳴蟬相和。驟雨過，似瓊珠亂撒，打遍新荷。

　　人生百年有幾，念良辰美景，休放虛過。富貴前定，何用苦奔波。命友邀賓宴賞，飲芳醑、淺斟低歌。且酩酊，從教二輪，來往如梭。（錄自《全元散曲》本）

按：此元人小令曲調名。《欽定詞譜》卷二十四

調注：「此元曲也，舊譜亦編入詞調，故為採入。」

## 靈壽杖

即【踏莎行】。〔金〕劉志淵詞名【靈壽杖】，見《啟真集》卷中。

　　靈壽一枝，瘦同鶴脛。肌輕體赤幽人稱。住行坐臥不相離，穿雲過水常隨定。　　谺散迷津，指回斜徑。扶危助險通神聖。依時攬撥虎龍爭，尖挑日月乾坤瑩。（錄自涵芬樓影明《道藏》本）

## 鹽角兒

調見〔宋〕歐陽修《醉翁琴趣外篇》卷四。

　　增之太長，減之太短，出群風格。施朱太赤，施粉太白，傾城顏色。　　慧多多，嬌的的。天付與、教誰憐惜。除非我、偎著抱著，更有何人消得。（錄自雙照樓影宋本）

《碧雞漫志》卷五：「【鹽角兒】，《嘉祐雜志》云：『梅聖俞說，始教坊人家市鹽，於紙角得一曲譜，翻之遂以名。』今雙調【鹽角兒令】是也。歐陽永叔嘗製詞。」

## 瀟橋雪

即【憶秦娥】。〔宋〕秦觀詞名【瀟橋雪】，見《少游詩餘》。

驢背吟詩清到骨。人間別是閒勳業。

雲台煙閣久銷沉。千載人圖瀟橋雪。

　　瀟橋雪。茫茫萬徑人蹤滅。人蹤滅。此時方見，乾坤空闊。　　騎驢老子真奇絕。肩山吟聳清寒冽。清寒冽。只緣不禁，梅花撩撥。（錄自汲古閣《詞苑英華》本）

# 二十五畫

## 廳前柳

又名：亭前柳。

調見〔宋〕趙師俠《坦庵詞》。

　　晚秋天。過暮雨，雲容斂，月澄鮮。正風露淒

清處，砌蛩喧。更黃蝶，舞翩翩。　念故里、千山雲水隔，被名韁利鎖縈牽。莫作悲秋意，對樽前。且同樂。太平年。（錄自汲古閣《宋六十名家詞》本）

# 二十八畫

## 豔聲歌

即【添聲楊柳枝】。〔宋〕賀鑄詞有「纖纖持酒豔聲歌」句，故名；見《東山詞》卷上。

蜀錦塵香生襪羅。小婆娑。個儂無賴動人多。是橫波。　樓角雲開風捲幕，月侵河。纖纖持酒豔聲歌。奈情何。（錄自涉園影宋本）

## 鸚鵡舌

即【河滿子】。〔五代〕和凝詞有「桃李精神鸚鵡舌」句，故名；見《記紅集》卷一。

正是破瓜年幾，含情慣得人饒。桃李精神鸚鵡舌，可堪虛度良宵。卻愛藍羅裙子，羨他長束纖腰。（錄自清康熙刻本）

## 鸚鵡曲

即【黑漆弩】。〔元〕白賁詞有「儂家鸚鵡洲邊住」句，故名；見《陽春白雪‧後集》卷一。

儂家鸚鵡洲邊住。是個不識字的漁父。浪花中、一葉扁舟，睡熬江南煙雨。　覺來時、滿眼青山，抖擻綠蓑歸去。算從前、錯怨天公，甚也有、安排我處。（錄自《全金元詞》本）

《全金元詞》注：「按【鸚鵡曲】原名【黑漆弩】，王惲、盧摯、姚燧、劉敏中等人所作，皆名【黑漆弩】。白賁所作起句有『儂家鸚鵡洲邊住』語，因名【鸚鵡曲】。馮子振和白詞亦名【鸚鵡曲】，實即【黑漆弩】調。北宋田不伐曾作【黑漆弩】，可能原為民間詞，流傳至元，音律有變。」

# 二十九畫

## 驪歌一疊

即【鷓鴣天】。〔宋〕韓淲詞有「只唱離歌一疊休」句，故名；見《澗泉詩餘》。

只唱離歌一疊休。玉溪浮動木蘭舟。如何又對雲煙晚，不道難禁草樹秋。　空脈脈，忍悠悠。綢繆終是轉綢繆。相思相見知何處，記取新歡說舊遊。（錄自《彊村叢書》本）

## 驪山石

即【風流子】。〔元〕無名氏詞名【驪山石】，見《填詞圖譜》卷六。

三郎年少客，風流夢，繡嶺蠱瑤環。漸浴酒發春，海棠睡暖，笑波生媚，荔子漿寒。況此際曲江人不見，偃月事無端。羯鼓三聲，打開蜀道，霓裳一曲，舞破潼關。　馬嵬西去路，愁來無會處，但淚滿關山。空有香囊遺恨，錦襪傳看。歎玉笛聲沉，樓頭月下，金釵信杳，天上人間。幾度秋風渭水，落葉長安。（錄自清木石居本）

《詞律》卷二【風流子】調注：「升庵云：『於驪山見石刻一詞，必元人作。即《詞統》所選「三郎年少客」一首也。《圖譜》竟於【風流子】外，另收此詞，別加一名，曰【驪山石】，因而分句處與【風流子】兩樣，以此作譜，可怪之極。』」

按：此詞係金僕散汝弼【風流子】詞，見《金石萃編》卷一百五十八。與此詞相校，字句稍有異。原注云：「近侍副使僕散公，博學能文，尤工於詩。昔過華清，嘗作【風流子】長短句，題之於壁，其清新婉麗，不減秦晏。四方衣冠，爭誦傳之，稱為今之絕唱。恐久而湮滅，命刻於石，以傳不朽。正大三年重九日承務郎主簿幕蘭記。」王昶跋云：「升庵謂必元人作者，蓋匆匆見石刻，未及細檢記有『正大三年』字耳。」而《填詞圖譜》之【驪山石】調名未知何出，恐杜撰矣。

## 鬱金香

（一）調見〔清〕徐惺《橫江詞》。

少年春恨不曾忘。膩粉口脂香。雙綰同心紅
縷，花底鶯藏。一撚細腰迴抱，訴幽情、湘竹
動清商。卻惜玉關魂夢杳，憑雁寄、兩三行。

別鶯離鵠淚沾裳。良夜未渠央。恨煞地南
天山，底事春忙。誰憶玉台人去，卻無端、語
燕度新芳。尚記錦箋書恨字，腸欲斷、寄檀
郎。（錄自清刻本）

（二）調見〔日本〕林海洞詞，見《日本詞
選》。

一聲雲路鵑。一聲雲路鵑。血淚白泫然，毛衣
映枝轉。　　叫落兩岸天。叫落兩岸天。旅客
驚巨眠，思鄉情不淺。（錄自塵齋藏書本）

# 附錄

## 一畫

### 一斗鹽
唐教坊大曲名。原調已佚，見《教坊記》。

### 一片雲
宋太宗趙炅製。原調已佚，見《宋史・樂志》。《宋史・樂志》屬雙調。

### 一林紅
宋太宗趙炅製。原調已佚，見《宋史・樂志》。《宋史・樂志》屬小石調。

### 一院香
宋太宗趙炅製。原調已佚，見《宋史・樂志》。《宋史・樂志》屬雙調。

### 一撚鹽
唐教坊曲名。原調已佚，見《教坊記》。

### 一陽生
宋太宗趙炅製。原調已佚，見《宋史・樂志》。《宋史・樂志》屬正宮。

### 一園花
宋太宗趙炅製。原調已佚，見《宋史・樂志》。《宋史・樂志》屬中呂宮。

### 一爐香
宋太宗趙炅製。原調已佚，見《宋史・樂志》。《宋史・樂志》屬大石角。

## 二畫

### 十寶冠
宋太宗趙炅製。原調已佚，見《宋史・樂志》。《宋史・樂志》屬小石調。

### 七夕子
唐教坊曲名。原調已佚，見《教坊記》。《唐音癸籤》卷十三：「隋煬帝有【七夕相逢樂】，唐曲子【七夕子】疑本此。」

### 七德舞
《近事會元》卷四：「唐太宗貞觀元年宴日，奏【秦王破陣】之曲，蓋太宗在藩為秦王時，士庶軍人相與作之。被甲持戟象戰事。上歎曰：『豈意今日登於雅樂，朕雖以武功定天下，終以文德綏海內。』遂令虞世南等改製歌詞，更名【七德舞】。」

### 七星管
唐教坊曲名。原調已佚，見《教坊記》。

### 七盤樂
宋太宗趙炅製曲破。原調已佚，見《宋史・樂志》。《宋史・樂志》屬南呂宮。

### 八拍子
唐教坊曲名。原調已佚，見《教坊記》。

### 人歡樂
宋太宗趙炅製。原調已佚，見《宋史・樂志》。《宋史・樂志》屬雙調。

### 九曲清
宋太宗趙炅製琵琶獨彈曲破。原調已佚，見《宋史・樂志》。《宋史・樂志》屬應鐘調。

### 九門開
宋太宗趙炅製。原調已佚，見《宋史・樂志》。《宋史・樂志》屬雙調。

### 九霞觴
宋太宗趙炅製曲破。原調已佚，見《宋史・・樂志》。《宋史・樂志》屬越調。

### 九穗禾
宋太宗趙炅製曲破。原調已佚，見《宋史・樂志》。《宋史・樂志》屬歇指調。

### 又中春
唐教坊大曲名。原調已佚，見《教坊記》。

# 三畫

**下水舡**
　唐教坊曲名。原調已佚，見《教坊記》。
**下韻**
　唐教坊曲名。原調已佚，見《教坊記》。
**大呂子**
　唐教坊曲名。原調已佚，見《教坊記》。
**大宋朝歡樂**
　宋太宗趙炅製大曲名。原調已佚，見《宋史·樂志》。《宋史·樂志》屬中呂調。
**大名樂**
　宋教坊曲名。原調已佚，見《宋史·樂志》。《宋史·樂志》屬大石調。
**大姊**
　唐教坊大曲名。原調已佚，見《教坊記》。
**大定樂**
　唐教坊曲名。原調已佚，見《教坊記》。
**大定寰中樂**
　宋太宗趙炅製大曲名。原調已佚，見《宋史·樂志》。《宋史·樂志》屬歇指調。
**大明樂**
　唐教坊曲名。原調已佚，見《教坊記》。
**大惠帝恩寬**
　宋太宗趙炅製大曲名。原調已佚，見《宋史·樂志》。《宋史·樂志》屬林鐘商。
**大輔樂**
　唐教坊曲名。原調已佚，見《教坊記》。
**大寶**
　唐教坊大曲名。原調已佚，見《教坊記》。
**大獻壽**
　唐教坊曲名。原調已佚，見《教坊記》。
**上元子**
　唐教坊曲名。原調已佚，見《教坊記》。
**上林果**
　宋太宗趙炅製。原調已佚，見《宋史·樂志》。《宋史·樂志》屬林鐘角。
**上馬林**
　宋太宗趙炅製。原調已佚，見《宋史·樂志》。《宋史·樂志》屬中呂調。

**上韻**
　唐教坊曲名。原調已佚，見《教坊記》。
**千春樂**
　（一）唐教坊大曲名。原調已佚，見《教坊記》。
　（二）宋教坊曲名。原調已佚，見《宋史·樂志》。《宋史·樂志》屬黃鐘羽。
**千秋子**
　唐教坊大曲名。原調已佚，見《教坊記》。
**千秋樂**
　（一）唐教坊曲名。原調已佚，見《教坊記》。
　（二）唐教坊大曲名。原調已佚，見《教坊記》。
　（三）宋太宗趙炅製。原調已佚，見《宋史·樂志》。《宋史·樂志》屬仙呂宮。
　《唐音癸籤》卷十三：「【千秋子】、【千秋樂】，大曲。玄宗八月十五日生，開元十七年是日賜宴花萼樓下，百僚表請以每年是日為千秋節。王公以下獻鏡及承露囊，天下請咸宴樂，著為令，曲名以此。」
**千秋歲**
　宋太宗趙炅製。原調已佚，見《宋史·樂志》。《宋史·樂志》屬歇指調。
**千家月**
　宋太宗趙炅製。原調已佚，見《宋史·樂志》。《宋史·樂志》屬歇指調。
**千萬年**
　宋太宗趙炅製。原調已佚，見《宋史·樂志》。《宋史·樂志》屬雙調。
**千樹柳**
　宋太宗趙炅製。原調已佚，見《宋史·樂志》。《宋史·樂志》屬雙調。
**女王國**
　唐教坊曲名。原調已佚，見《教坊記》。

# 四畫

**王母桃**
　宋太宗趙炅製曲破名。原調已佚，見《宋史·樂志》。《宋史·樂志》屬仙呂宮。

**王澤新**

　　宋太宗趙炅製。原調已佚，見《宋史・樂志》。《宋史・樂志》屬雙調。

**天外聞**

　　唐教坊曲名。原調已佚，見《教坊記》。

**五色雲**

　　宋太宗趙炅製。原調已佚，見《宋史・樂志》。《宋史・樂志》屬歇指角。

**五雲仙**

　　唐教坊曲名。原調已佚，見《教坊記》。

**太白星**

　　唐教坊曲名。原調已佚，見《教坊記》。

**太邊郵**

　　唐教坊曲名。原調已佚，見《教坊記》。

**中和樂**

　　宋教坊曲名。原調已佚，見《宋史・樂志》。《宋史・樂志》屬黃鐘宮。

　　《近事會元》卷四：「唐德宗貞元十四年二月一日中和節，以雨雪，改於二月七日宴群臣，因奏上所製【中和樂】曲也。」

**中韻**

　　唐教坊曲名。原調已佚，見《教坊記》。

**日南至**

　　宋太宗趙炅製。原調已佚，見《宋史・樂志》。《宋史・樂志》屬高角。

**化生子**

　　唐教坊曲名。原調已佚，見《教坊記》。

**月中歸**

　　宋太宗趙炅製。原調已佚，見《宋史・・樂志》。《宋史・樂志》屬歇指調。

**月宮仙**

　　宋太宗趙炅製。原調已佚，見《宋史・樂志》。《宋史・樂志》屬仙呂調。

**月遮樓**

　　唐教坊曲名。原調已佚，見《教坊記》。

**文風盛**

　　宋太宗趙炅製。原調已佚，見《宋史・樂志》。《宋史・樂志》屬高角。

**文興禮樂歡**

　　宋太宗趙炅製大曲名。原調已佚，見《宋史・樂志》。《宋史・樂志》屬南呂宮調。

**心事子**

　　唐教坊曲名。原調已佚，見《教坊記》。

**引角子**

　　唐教坊曲名。原調已佚，見《教坊記》。

**孔雀扇**

　　宋太宗趙炅製。原調已佚，見《宋史・樂志》。《宋史・樂志》屬道調宮。

**水沽子**

　　唐教坊曲名。原調已佚，見《教坊記》。

**水精簟**

　　宋太宗趙炅製。原調已佚，見《宋史・樂志》。《宋史・樂志》屬林鐘角。

# 五畫

**玉如意**

　　宋太宗趙炅製。原調已佚，見《宋史・樂志》。《宋史・樂志》屬正宮。

**玉芙蓉**

　　（一）宋太宗趙炅製。原調已佚，見《宋史・樂志》。《宋史・樂志》屬高般涉調。

　　（二）宋太宗趙炅製琵琶獨彈曲破名。原調已佚，見《宋史・樂志》。《宋史・樂志》屬玉仙商。

**玉唾盂**

　　宋太宗趙炅製。原調已佚，見《宋史・樂志》。《宋史・樂志》屬小石調。

**玉鉤欄**

　　宋太宗趙炅製。原調已佚，見《宋史・樂志》。《宋史・樂志》屬仙呂調。

**玉階曉**

　　宋太宗趙炅製。原調已佚，見《宋史・樂志》。《宋史・樂志》屬雙調。

**玉照台**

　　宋太宗趙炅製。原調已佚，見《宋史・樂志》。《宋史・樂志》屬越調。

**玉窗深**

　　宋太宗趙炅製。原調已佚，見《宋史・樂志》。《宋史・樂志》屬般涉調。

**玉搔頭**

　　唐教坊曲名。原調已佚，見《教坊記》。

**玉樹花**

　　宋太宗趙炅製。原調已佚，見《宋史・樂志》。《宋史・樂志》屬般涉調。

**玉樓寒**

太宗趙炅製。原調已佚，見《宋史・樂志》。《宋史・樂志》屬大石角。

**玉爐香**

宋太宗趙炅製。原調已佚，見《宋史・樂志》。《宋史・樂志》屬黃鐘羽。

**甘雨足**

宋太宗趙炅製。原調已佚，見《宋史・樂志》。《宋史・樂志》屬高大石調。

**甘露降龍庭**

宋太宗趙炅製大曲名。原調已佚，見《宋史・樂志》。《宋史・樂志》屬仙呂宮。

**石州**

宋教坊曲名。原調已佚，見《宋史・樂志》。《宋史・樂志》屬越調。

**平戎破陣樂**

宋太宗趙炅製大曲名。原調已佚，見《宋史・樂志》。《宋史・樂志》屬南呂宮。

**平晉普天樂**

宋太宗趙炅製大曲名。原調已佚，見《宋史・樂志》。《宋史・樂志》屬南呂宮。

**平翻**

唐教坊曲名。原調已佚，見《教坊記》。

**四會子**

唐教坊曲名。原調已佚，見《教坊記》。

**四塞清**

宋太宗趙炅製。原調已佚，見《宋史・樂志》。《宋史・樂志》屬黃鐘宮。

**北庭子**

唐教坊曲名。原調已佚，見《教坊記》。

**北門西**

唐教坊曲名。原調已佚，見《教坊記》。

**仙洞開**

宋太宗趙炅製。原調已佚，見《宋史・樂志》。《宋史・樂志》屬中呂調。

**仙露盤**

宋太宗趙炅製。原調已佚，見《宋史・樂志》。《宋史・樂志》屬南呂宮。

**仙鶴子**

唐教坊曲名。原調已佚，見《教坊記》。

**冬夜長**

宋太宗趙炅製。原調已佚，見《宋史・樂志》。《宋史・樂志》屬大石角。

**汀洲綠**

宋太宗趙炅製。原調已佚，見《宋史・樂志》。《宋史・樂志》屬雙調。

**汀洲雁**

宋太宗趙炅製。原調已佚，見《宋史・樂志》。《宋史・樂志》屬林鐘商。

**出谷鶯**

宋太宗趙炅製。原調已佚，見《宋史・樂志》。《宋史・樂志》屬大石調。

# 六畫

**西河劍氣**

唐教坊曲名。原調已佚，見《教坊記》。

**西河獅子**

唐教坊曲名。原調已佚，見《教坊記》。

**西涼州**

《近事會元》卷四：「唐《幽閒鼓吹》云：『元載子名伯和，勢傾中外。時閩帥寄樂伎十人，僅半歲無因得達。伺其門下彈琵琶人康崑崙，得通伯和，一試之，盡遺崑崙矣。先有和尚段善本者，自製【西涼州】，崑崙求之不與，至是以樂伎半贈之，乃肯傳焉。今道調【涼州】是也。」

**西國朝天**

唐教坊曲名。原調已佚，見《教坊記》。

**百和香**

宋太宗趙炅製。原調已佚，見《宋史・樂志》。《宋史・樂志》屬仙呂宮。

**百樹花**

宋太宗趙炅製。原調已佚，見《宋史・樂志》。《宋史・樂志》屬中呂宮。

**曳佩珠**

宋太宗趙炅製。原調已佚，見《宋史・樂志》。《宋史・樂志》屬林鐘商。

**同心樂**

唐教坊曲名。原調已佚，見《教坊記》。

**回戈子**

唐教坊曲名。原調已佚，見《教坊記》。

**回鶻朝**

宋太宗趙炅製。原調已佚，見《宋史・樂志》。《宋史・樂志》屬林鐘商。

### 朱頂鶴

宋太宗趙炅製。原調已佚，見《宋史·樂志》。《宋史·樂志》屬越調。

### 伊州

（一）唐教坊曲名。原調已佚，見《教坊記》。

（二）宋教坊名。原調已佚，見《宋史·樂志》。《宋史·樂志》屬越調、歇指調。

### 合羅縫

唐教坊曲名。原調已佚，見《教坊記》。

### 多利子

唐教坊曲名。原調已佚，見《教坊記》。

### 羊頭神

唐教坊曲名。原調已佚，見《教坊記》。

### 冰盤果

宋太宗趙炅製。原調已佚，見《宋史·樂志》。《宋史·樂志》屬南呂宮。

### 宇宙荷皇恩

宋太宗趙炅製大曲名。原調已佚，見《宋史·樂志》。《宋史·樂志》屬黃鐘宮。

### 守陵官

唐教坊曲名。原調已佚，見《教坊記》。

### 安邊塞

宋太宗趙炅製。原調已佚，見《宋史·樂志》。《宋史·樂志》屬高宮。

### 如意娘

唐教坊曲名。原調已佚，見《教坊記》。

《唐音癸籤》卷十三：「【如意娘】曲，商調，蓋閨辭也。宋張君房以為如意年中，后為淫毒男子作，說近俚，不取。」

### 好郎君

唐教坊曲名。原調已佚，見《教坊記》。

### 羽觴飛

宋太宗趙炅製。原調已佚，見《宋史·樂志》。《宋史·樂志》屬中呂宮。

# 七畫

### 劫家雞

唐教坊曲名。原調已佚，見《教坊記》。

### 芝殿樂

宋太宗趙炅製。原調已佚，見《宋史·樂志》。《宋史·樂志》屬高般涉調。

### 杏園春

宋太宗趙炅製曲破名。原調已佚，見《宋史·樂志》。《宋史·樂志》屬中呂宮。

### 折仙枝

宋太宗趙炅製。原調已佚，見《宋史·樂志》。《宋史·樂志》屬小石調。

### 折枝花

宋太宗趙炅製。原調已佚，見《宋史·樂志》。《宋史·樂志》屬道調宮。

### 折紅杏

宋太宗趙炅製。原調已佚，見《宋史·樂志》。《宋史·樂志》屬中呂宮。

### 折紅渠

宋太宗趙炅製。原調已佚，見《宋史·樂志》。《宋史·樂志》屬仙呂宮。

### 折紅蓮

唐教坊曲名。原調已佚，見《教坊記》。

### 折茱萸

宋太宗趙炅製。原調已佚，見《宋史·樂志》。《宋史·樂志》屬黃鐘宮。

### 杜韋娘

唐教坊曲名。原調已佚，見《教坊記》。

### 巫山女

唐教坊曲名。原調已佚，見《教坊記》。

### 夾竹桃

宋太宗趙炅製。原調已佚，見《宋史·樂志》。《宋史·樂志》屬大石調。

### 步玉珊

宋太宗趙炅製。原調已佚，見《宋史·樂志》。《宋史·樂志》屬仙呂調。

### 步瑤階

宋太宗趙炅製。原調已佚，見《宋史·樂志》。《宋史·樂志》屬仙呂宮。

### 呂太后

唐教坊大曲名。原調已佚，見《教坊記》。

### 吟風蟬

宋太宗趙炅製。原調已佚，見《宋史·樂志》。《宋史·樂志》屬越角。

**別趙幹**

唐教坊曲名。原調已佚，見《教坊記》。

《唐音癸籤》卷十三：「李可及能歌【別趙幹】、【憶趙幹】，可及轉喉為新聲，須臾變態百數，亨師效之，呼為拍彈。」

**吳吟子**

唐教坊曲名。原調已佚，見《教坊記》。

**牡丹開**

宋太宗趙炅製。原調已佚，見《宋史・樂志》。《宋史》樂志》屬南呂調。

**伴侶**

唐教坊曲名。原調已佚，見《教坊記》。

**皂貂裘**

宋太宗趙炅製。原調已佚，見《宋史・樂志》。《宋史・樂志》屬高角。

**冷飛白**

《清異錄》卷上：「教伶官黃世明常言，逮事莊宗，大雪內宴，敬新磨進詞，號【冷飛白】。」

**冷淘歌**

《南部新書》卷九：「袁州蔣動處士作【冷淘歌】，詞甚惡，投郡守溫公受知。」

**沙磧子**

唐教坊曲名。原調已佚，見《教坊記》。

**初漏歸**

唐教坊曲名。原調已佚，見《教坊記》。

**君臣相遇樂**

宋教坊曲名。原調已佚，見《宋史・樂志》。《宋史・樂志》屬歇指調。

《近事會元》卷四引《樂府雜錄》云：「唐明皇天寶中命譚淨眼等撰。」

**君臣宴會樂**

宋太宗趙炅製大曲名。原調已佚，見《宋史・樂志》。《宋史・樂志》屬般涉調。

**阮郎迷**

唐教坊曲名。原調已佚，見《教坊記》。

# 八畫

**奉宸歡**

宋太宗趙炅製琵琶獨彈曲破名。原調已佚，見《宋史・樂志》。《宋史・樂志》屬蘭陵角。

**奉聖樂**

唐教坊曲名。原調已佚，見《教坊記》。

**青絲騎**

宋太宗趙炅製。原調已佚，見《宋史・樂志》。《宋史・樂志》屬仙呂調。

**青驄馬**

宋太宗趙炅製。原調已佚，見《宋史・樂志》。《宋史・樂志》屬南呂宮。

**玩中秋**

唐教坊曲名。原調已佚，見《教坊記》。

**玩花子**

唐教坊曲名。原調已佚，見《教坊記》。

**長慶樂**

唐教坊曲名。原調已佚，見《教坊記》。

**芙蓉園**

宋太宗趙炅製。原調已佚，見《宋史・樂志》。《宋史・樂志》屬南呂宮。

**芰荷新**

宋太宗趙炅製。原調已佚，見《宋史・樂志》。《宋史・樂志》屬仙呂調。

**花下醉**

宋太宗趙炅製。原調已佚，見《宋史・樂志》。《宋史・樂志》屬中呂宮。

**花下宴**

宋太宗趙炅製。原調已佚，見《宋史・樂志》。《宋史・樂志》屬高大石調。

**花王發**

唐教坊曲名。原調已佚，見《教坊記》。

**芳草洞**

唐教坊曲名。原調已佚，見《教坊記》。

**林下風**

宋太宗趙炅製。原調已佚，見《宋史・樂志》。《宋史・樂志》屬南呂宮。

**拋繡毬**

宋太宗趙炅製。原調已佚，見《宋史・樂志》。《宋史・樂志》屬高大石調。

**披風襟**

宋太宗趙炅製。原調已佚，見《宋史・樂志》。《宋史・樂志》屬道調宮。

**拂長袂**

宋太宗趙炅製。原調已佚，見《宋史・樂志》。《宋史・樂志》屬中呂調。

**臥沙堆**

唐教坊曲名。原調已佚，見《教坊記》。

**刺歷子**

　　唐教坊曲名。原調已佚，見《教坊記》。

**昊破**

　　唐教坊曲名。原調已佚，見《教坊記》。

**和風柳**

　　唐教坊曲名。原調已佚，見《教坊記》。

**牧羊怨**

　　唐教坊曲名。原調已佚，見《教坊記》。

**垂衣定八方**

　　宋太宗趙炅製大曲名。原調已佚，見《宋史·樂志》。《宋史·樂志》屬高道調宮。

**秉燭遊**

　　宋太宗趙炅製。原調已佚，見《宋史·樂志》。《宋史·樂志》屬高大石調。

**延壽樂**

　　宋教坊曲名。原調已佚，見《宋史·樂志》。《宋史·樂志》屬仙呂宮。

**佩珊珊**

　　宋太宗趙炅製。原調已佚，見《宋史·樂志》。《宋史·樂志》屬仙呂宮。

**金步搖**

　　（一）宋太宗趙炅製曲破名。原調已佚，見《宋史·樂志》。《宋史·樂志》屬歇指調。

　　（二）宋人宗趙炅製。原調已佚，見《宋史·樂志》。《宋史·樂志》屬仙呂調。

**金枝玉葉春**

　　宋太宗趙炅製大曲名。原調已佚，見《宋史·樂志》。《宋史·樂志》屬小石調。

**金雀兒**

　　唐教坊曲名。原調已佚，見《教坊記》。

**金蛾子**

　　唐教坊曲名。原調已佚，見《教坊記》。

**金蕢嶺**

　　唐教坊曲名。原調已佚，見《教坊記》。

**金殿樂**

　　唐教坊曲名。原調已佚，見《教坊記》。

**金樽滿**

　　宋太宗趙炅製。原調已佚，見《宋史·樂志》。《宋史·樂志》屬道調宮。

**金鏑流**

　　宋太宗趙炅製。原調已佚，見《宋史·樂志》。《宋史·樂志》屬越調。

**金錯落**

　　宋太宗趙炅製。原調已佚，見《宋史·樂志》。《宋史·樂志》屬仙呂調。

**金錢花**

　　宋太宗趙炅製。原調已佚，見《宋史·樂志》。《宋史·樂志》屬般涉調。

**金觴祝壽春**

　　宋太宗趙炅製。原調已佚，見《宋史·樂志》。《宋史·樂志》屬平調。

**金鸚鵡**

　　宋太宗趙炅製。原調已佚，見《宋史·樂志》。《宋史·樂志》屬大石角。

**征戍回**

　　宋太宗趙炅製。原調已佚，見《宋史·樂志》。《宋史·樂志》屬雙調。

**征步郎**

　　唐教坊曲名。原調已佚，見《教坊記》。

**征馬嘶**

　　宋太宗趙炅製。原調已佚，見《宋史·樂志》。《宋史·樂志》屬高角。

**念邊功**

　　宋太宗趙炅製曲破名。原調已佚，見《宋史·樂志》。《宋史·樂志》屬大石角。

**念邊戍**

　　宋太宗趙炅製。原調已佚，見《宋史·樂志》。《宋史·樂志》屬正宮。

**迎春風**

　　唐教坊大曲名。原調已佚，見《教坊記》。

**迎春花**

　　唐教坊曲名。原調已佚，見《教坊記》。

**武士朝金闕**

　　唐教坊曲名。原調已佚，見《教坊記》。

**武媚娘**

　　唐教坊曲名。原調已佚，見《教坊記》。

　　《唐音癸籤》卷十三：「【舞媚娘】、【大舞媚娘】，舞亦作武，並羽調曲。永徽後民間多歌此曲。史以為天后之讖。今按隋〈李綱傳〉有諫止太子勇奏【舞媚娘】曲事。梁庾信、陳後主並有【舞媚娘】詞，則曲名本不作武。意後來許家為妖曌獻諛，改作【武媚娘】耳。」

**夜遊闌**

　　宋教坊曲名。原調已佚，見《宋史·樂志》。《宋史·樂志》屬平調。

**放鶴樂**

　　唐教坊曲名。原調已佚，見《教坊記》。

**放鷹樂**

　　唐教坊曲名。原調已佚，見《教坊記》。

**羌心怨**

　　唐教坊曲名。原調已佚，見《教坊記》。

**泛玉池**

　　唐教坊曲名。原調已佚，見《教坊記》。

**泛仙槎**

　　宋太宗趙炅製琵琶獨彈曲破。原調已佚，見《宋史‧樂志》。《宋史‧樂志》屬林鐘商。

**泛舟樂**

　　唐教坊曲名。原調已佚，見《教坊記》。

**泛金英**

　　宋太宗趙炅製。原調已佚，見《宋史‧樂志》。《宋史‧樂志》屬黃鐘宮。

**泛春池**

　　宋太宗趙炅製。原調已佚，見《宋史‧樂志》。《宋史‧樂志》屬小石調。

**泛秋菊**

　　宋太宗趙炅製。原調已佚，見《宋史‧樂志》。《宋史‧樂志》屬高般涉調。

**泛清波**

　　宋教坊曲名。原調已佚，見《宋史‧樂志》。《宋史‧樂志》屬林鐘商。

**泛濤溪**

　　唐教坊曲名。原調已佚，見《教坊記》。

**阿也黃**

　　唐教坊曲名。原調已佚，見《教坊記》。

**阿罨迴**

　　原調已佚。《唐音癸籤》卷十三：「【阿罨迴】本北魏【阿那環】曲。阿那環者，蠕蠕國主名，用為曲，後訛為【阿罨迴】，唐沿之為名。那，乃可切。罨，典可切。環，即瓌，姑回切。以音相近故訛。顏正卿詩：『莫唱阿罨迴，應云夜半樂』是也。楊用修以為即笛曲之【阿濫堆】，此自明皇時曲，失之遠矣。」
　　《詞品》卷一：「【阿罨迴】，太白詩：『羌笛橫吹阿罨迴。』番曲名。張祜集有【阿濫堆】，即此也。番人無字，止以聲傳，故隨中國所書，人各不同耳，難以意求也。」

# 九畫

**春日遲**

　　宋太宗趙炅製。原調已佚，見《宋史‧樂志》。《宋史‧樂志》屬小石調。

**春冰折**

　　宋太宗趙炅製。原調已佚，見《宋史‧樂志》。《宋史‧樂志》屬雙角。

**春波綠**

　　宋太宗趙炅製。原調已佚，見《宋史‧樂志》。《宋史‧樂志》屬中呂宮。

**春飛雪**

　　宋太宗趙炅製。原調已佚，見《宋史‧樂志》。《宋史‧樂志》屬平調。

**春景麗**

　　宋太宗趙炅製。原調已佚，見《宋史‧樂志》。《宋史‧樂志》屬南呂調。

**奏明庭**

　　宋太宗趙炅製。原調已佚，見《宋史‧樂志》。《宋史‧樂志》屬道調宮。

**玳瑁簪**

　　宋太宗趙炅製。原調已佚，見《宋史‧樂志》。《宋史‧樂志》屬雙調。

**苑中鶴**

　　宋太宗趙炅製。原調已佚，見《宋史‧樂志》。《宋史‧樂志》屬黃鐘宮。

**胡相問**

　　唐教坊曲名。原調已佚，見《教坊記》。

**胡僧破**

　　唐教坊曲名。原調已佚，見《教坊記》。

**蝴蝶子**

　　唐教坊曲名。原調已佚，見《教坊記》。

**胡攢子**

　　唐教坊曲名。原調已佚，見《教坊記》。

**南天竺**

　　唐教坊曲名。原調已佚，見《教坊記》。

**南浦子**

　　唐教坊曲名。原調已佚，見《教坊記》。

**拾麥子**

　　唐教坊曲名。原調已佚，見《教坊記》。

**拾落花**

宋太宗趙炅製。原調已佚，見《宋史・樂志》。《宋史・樂志》屬道調宮。

**柘枝**

唐教坊大曲名。原調已佚，見《教坊記》。

**相馳逼**

唐教坊大曲名。原調已佚，見《教坊記》。

**柳垂絲**

宋太宗趙炅製。原調已佚，見《宋史・樂志》。《宋史・樂志》屬中呂宮。

**柳如煙**

宋太宗趙炅製。原調已佚，見《宋史・樂志》。《宋史・樂志》屬雙調。

**思友人**

唐教坊曲名。原調已佚，見《教坊記》。

**毗砂子**

唐教坊曲名。原調已佚，見《教坊記》。

**映山雞**

唐教坊大曲名。原調已佚，見《教坊記》。

**看月宮**

唐教坊大曲名。原調已佚，見《教坊記》。

**看江波**

唐教坊大曲名。原調已佚，見《教坊記》。

**看秋月**

宋太宗趙炅製。原調已佚，見《宋史・樂志》。《宋史・樂志》屬般涉調。

**香牖旎**

宋太宗趙炅製。原調已佚，見《宋史・樂志》。《宋史・樂志》屬越調。

**香煙細**

宋太宗趙炅製。原調已佚，見《宋史・樂志》。《宋史・樂志》屬中呂調。

**秋氣清**

宋太宗趙炅製。原調已佚，見《宋史・樂志》。《宋史・樂志》屬越角。

**秋雲飛**

宋太宗趙炅製。原調已佚，見《宋史・樂志》。《宋史・樂志》屬高般涉調。

**保全枝**

宋教坊曲名。原調已佚，見《宋史・樂志》。《宋史・樂志》屬仙呂宮。

**待春來**

宋太宗趙炅製。原調已佚，見《宋史・樂志》。《宋史・樂志》屬高宮。

**待花開**

宋太宗趙炅製。原調已佚，見《宋史・樂志》。《宋史・樂志》屬大石調。

**剗碓子**

唐教坊大曲名。原調已佚，見《教坊記》。

**風中帆**

宋太宗趙炅製。原調已佚，見《宋史・樂志》。《宋史・樂志》屬仙呂調。

**風中琴**

宋太宗趙炅製。原調已佚，見《宋史・樂志》。《宋史・樂志》屬林鐘宮。

**風雨調**

宋太宗趙炅製。原調已佚，見《宋史・樂志》。《宋史・樂志》屬南呂宮。

**風飛花**

宋太宗趙炅製。原調已佚，見《宋史・樂志》。《宋史・樂志》屬南呂調。

**急月記**

唐教坊曲名。原調已佚，見《教坊記》。

**負陽春**

唐教坊曲名。原調已佚，見《教坊記》。

**怨胡天**

唐教坊曲名。原調已佚，見《教坊記》。

**怨陵三台**

唐教坊曲名。原調已佚，見《教坊記》。

**怨黃沙**

唐教坊曲名。原調已佚，見《教坊記》。

**帝道昌**

宋太宗趙炅製。原調已佚，見《宋史・樂志》。《宋史・樂志》屬高調。

**帝歸京**

唐教坊曲名。原調已佚，見《教坊記》。

**度春江**

唐教坊曲名。原調已佚，見《教坊記》。

**恨無媒**

唐教坊曲名。原調已佚，見《教坊記》。

**美時清**

宋太宗趙炅製琵琶獨彈曲破。原調已佚，見《宋史・樂志》。《宋史・樂志》屬聖德商。

**美唐風**

唐教坊曲名。原調已佚，見《教坊記》。

**洞中春**

宋太宗趙炅製。原調已佚，見《宋史・樂志》。《宋史・樂志》屬平調。

**穿心蠻**

唐教坊大曲名。原調已佚，見《教坊記》。

**降真香**

宋太宗趙炅製。原調已佚，見《宋史・樂志》。《宋史・樂志》屬雙角。

**降聖萬年春**

宋太宗趙炅製大曲。原調已佚，見《宋史・樂志》。《宋史・樂志》屬黃鐘羽。

**降聖樂**

宋教坊曲名。原調已佚，見《宋史・樂志》。《宋史・樂志》屬雙調。

**紅桃露**

宋太宗趙炅製。原調已佚，見《宋史・樂志》。《宋史・樂志》屬南呂調。

**紅梅花**

宋太宗趙炅製。原調已佚，見《宋史・樂志》。《宋史・樂志》屬平調。

**紅樓夜**

宋太宗趙炅製。原調已佚，見《宋史・樂志》。《宋史・樂志》屬越調。

**紅爐火**

宋太宗趙炅製。原調已佚，見《宋史・樂志》。《宋史・樂志》屬大石角。

# 十畫

**泰邊陲**

《南部新書》卷七：「宣宗製【泰邊陲】曲，撰其詞云：『海嶽晏咸通。』此符武皇之號也。」

**鬥春雞**

宋太宗趙炅製。原調已佚，見《宋史・樂志》。《宋史・樂志》屬平調。

**草芊芊**

宋太宗趙炅製。原調已佚，見《宋史・樂志》。《宋史・樂志》屬仙呂調。

**夏木繁**

宋太宗趙炅製。原調已佚，見《宋史・樂志》。《宋史・樂志》屬林鐘商。

**破南蠻**

唐教坊曲名。原調已佚，見《教坊記》。

**唧唧子**

唐教坊曲名。原調已佚，見《教坊記》。

**倒金罍**

宋太宗趙炅製。原調已佚，見《宋史・樂志》。《宋史・樂志》屬般涉調。

**倚欄殿**

宋太宗趙炅製。原調已佚，見《宋史・樂志》。《宋史・樂志》屬仙呂宮。

**射飛雁**

宋太宗趙炅製。原調已佚，見《宋史・樂志》。《宋史・樂志》屬高角。

**息鼙鼓**

宋太宗趙炅製。原調已佚，見《宋史・樂志》。《宋史・樂志》屬正宮。

**師子**

唐教坊曲名。原調已佚，見《教坊記》。

**留征騎**

宋太宗趙炅製。原調已佚，見《宋史・樂志》。《宋史・樂志》屬林鐘商。

**留諸錯**

唐教坊曲名。原調已佚，見《教坊記》。

**唐四姐**

唐教坊曲名。原調已佚，見《教坊記》。

**送行人**

唐教坊曲名。原調已佚，見《教坊記》。

**迷神子**

唐教坊曲名。原調已佚，見《教坊記》。

**海山青**

宋太宗趙炅製。原調已佚，見《宋史・樂志》。《宋史・樂志》屬仙呂調。

**宴新春**

宋太宗趙炅製曲破。原調已佚，見《宋史・樂志》。《宋史・樂志》屬雙角。

**宴嘉賓**

宋太宗趙炅製。原調已佚，見《宋史・樂志》。《宋史・樂志》屬中呂調。

**宴朝簪**

宋太宗趙炅製曲破。原調已佚，見《宋史・樂志》。《宋史・樂志》屬林鐘商。

**宴鈞台**

宋太宗趙炅製曲破。原調已佚，見《宋史・樂志》。《宋史・樂志》屬正宮。

**宴鄒雲**

宋太宗趙炅製。原調已佚，見《宋史・樂志》。《宋史・樂志》屬黃鐘羽。

**宴蓬萊**

宋太宗趙炅製琵琶獨彈曲破。原調已佚，見《宋史・樂志》。《宋史・樂志》屬龍仙羽。

**宮人怨**

唐教坊曲名。原調已佚，見《教坊記》。

**展芳茵**

宋太宗趙炅製。原調已佚，見《宋史・樂志》。《宋史・樂志》屬南呂調。

# 十一畫

**莫壁子**

唐教坊曲名。原調已佚，見《教坊記》。

**措大子**

唐教坊曲名。原調已佚，見《教坊記》。

**採明珠**

宋太宗趙炅製。原調已佚，見《宋史・樂志》。《宋史・樂志》屬中呂調。

**採秋蘭**

宋太宗趙炅製。原調已佚，見《宋史・樂志》。《宋史・樂志》屬林鐘商。

**採紅蓮**

宋太宗趙炅製。原調已佚，見《宋史・樂志》。《宋史・樂志》屬大石調。

**採蓮**

宋教坊曲名。原調已佚，見《宋史・樂志》。《宋史・樂志》屬雙調。

**採蓮回**

宋太宗趙炅製曲破。原調已佚，見《宋史・樂志》。《宋史・樂志》屬黃鐘宮。

**捲珠箔**

宋太宗趙炅製。原調已佚，見《宋史・樂志》。《宋史・樂志》屬平調。

**麥隴雉**

宋太宗趙炅製。原調已佚，見《宋史・樂志》。《宋史・樂志》屬雙調。

**曹大子**

唐教坊曲名。原調已佚，見《教坊記》。

**連理枝**

宋太宗趙炅製琵琶獨彈曲破。原調已佚，見《宋史・樂志》。《宋史・樂志》屬蕤賓調。

**帶竿子**

唐教坊曲名。原調已佚，見《教坊記》。

**雪飄飄**

宋太宗趙炅製。原調已佚，見《宋史・樂志》。《宋史・樂志》屬高角。

**紫蘭香**

宋太宗趙炅製。原調已佚，見《宋史・樂志》。《宋史・樂志》屬仙呂宮。

**紫絲囊**

宋太宗趙炅製。原調已佚，見《宋史・樂志》。《宋史・樂志》屬林鐘商。

**紫桃花**

宋太宗趙炅製。原調已佚，見《宋史・樂志》。《宋史・樂志》屬小石調。

**紫桂叢**

宋太宗趙炅製。原調已佚，見《宋史・樂志》。《宋史・樂志》屬歇指角。

**透碧空**

唐教坊曲名。原調已佚，見《教坊記》。《教坊記》注：小石調。

**偃干戈**

宋太宗趙炅製。原調已佚，見《宋史・樂志》。《宋史・樂志》屬般涉調。

**得賢臣**

宋太宗趙炅製。原調已佚，見《宋史・樂志》。《宋史・樂志》屬越調。

**得蓬子**

唐教坊曲名。原調已佚，見《教坊記》。

**魚上冰**

宋太宗趙炅製。原調已佚，見《宋史・樂志》。《宋史・樂志》屬平調。

**麻婆子**

唐教坊曲名。原調已佚，見《教坊記》。

**章台春**

唐教坊曲名。原調已佚，見《教坊記》。

**旋絮錦**

宋太宗趙炅製。原調已佚，見《宋史・樂志》。《宋史・樂志》屬仙呂調。

**望回戈**

宋太宗趙炅製。原調已佚，見《宋史・樂志》。《宋史・樂志》屬黃鐘宮。

望回車

　　宋太宗趙炅製。原調已佚，見《宋史・樂志》。《宋史・樂志》屬大石調。

望行宮

　　宋太宗趙炅製。原調已佚，見《宋史・樂志》。《宋史・樂志》屬林鐘商。

望春雲

　　宋太宗趙炅製。原調已佚，見《宋史・樂志》。《宋史・樂志》屬黃鐘宮。

望征人

　　宋太宗趙炅製。原調已佚，見《宋史・樂志》。《宋史・樂志》屬般涉調。

望明堂

　　宋太宗趙炅製。原調已佚，見《宋史・樂志》。《宋史・樂志》屬越角。

望星斗

　　宋太宗趙炅製。原調已佚，見《宋史・樂志》。《宋史・樂志》屬般涉調。

望梅愁

　　唐教坊曲名。原調已佚，見《教坊記》。

望陽台

　　宋太宗趙炅製。原調已佚，見《宋史・樂志》。《宋史・樂志》屬南呂宮。

望蓬島

　　宋太宗趙炅製。原調已佚，見《宋史・樂志》。《宋史・樂志》屬雙角。

清風來

　　宋太宗趙炅製。原調已佚，見《宋史・樂志》。《宋史・樂志》屬林鐘角。

清世歡

　　宋太宗趙炅製。原調已佚，見《宋史・樂志》。《宋史・樂志》屬仙呂調。

涼州

　　唐教坊曲名。原調已佚，見《教坊記》。

　　《近事會元》卷四：「【涼州】，唐明皇開元六年，西涼州都督郭知運進。又有【新涼州】，並在宮調上宮。竊詳七宮有八，【涼州】內，正宮別有【小涼州】，亦曰【碎宮涼州】，其慢遍中來。七宮，【涼州】中美聲聚而為之，此有似【新涼州】也。」

梁州

　　宋教坊曲名。原調已佚，見《宋史・樂志》。《宋史・樂志》屬仙呂宮、正宮、黃鐘宮、道調宮。

# 十二畫

琥珀杯

　　宋太宗趙炅製。原調已佚，見《宋史・樂志》。《宋史・樂志》屬高角。

替楊柳

　　唐教坊曲名。原調已佚，見《教坊記》。

黃羊兒

　　唐教坊曲名。原調已佚，見《教坊記》。

菊花杯

　　宋太宗趙炅製。原調已佚，見《宋史・樂志》。《宋史・樂志》屬黃鐘宮。

華池露

　　宋太宗趙炅製。原調已佚，見《宋史・樂志》。《宋史・樂志》屬越角。

朝兒蠻

　　宋太宗趙炅製。原調已佚，見《宋史・樂志》。《宋史・樂志》屬雙調。

朝天樂

　　（一）唐教坊曲名。原調已佚，見《教坊記》。

　　（二）宋太宗趙炅製琵琶獨彈曲破。原調已佚，見《宋史・樂志》。《宋史・樂志》屬正仙呂調。

惠化樂堯風

　　宋太宗趙炅製大曲。原調已佚，見《宋史・樂志》。《宋史・樂志》屬雙調。

喜回鑾

　　唐教坊曲名。原調已佚，見《教坊記》。

喜春鸚

　　唐教坊曲名。原調已佚，見《教坊記》。

喜春雨

　　宋太宗趙炅製。原調已佚，見《宋史・樂志》。《宋史・樂志》屬小石調。

喜見時

　　宋太宗趙炅製。原調已佚，見《宋史・樂志》。《宋史・樂志》屬仙呂宮。

喜秋成

　　宋太宗趙炅製。原調已佚，見《宋史・樂志》。《宋史・樂志》屬般涉高調。

**喜清和**

　　宋太宗趙炅製。原調已佚，見《宋史・樂志》。《宋史・樂志》屬雙調、仙呂調。

**喜新晴**

　　宋太宗趙炅製。原調已佚，見《宋史・樂志》。《宋史・樂志》屬小石調。

**喜聞聲**

　　宋太宗趙炅製。原調已佚，見《宋史・樂志》。《宋史・樂志》屬仙呂調。

**喜還京**

　　唐教坊曲名。原調已佚，見《教坊記》。

**雁來賓**

　　宋太宗趙炅製。原調已佚，見《宋史・樂志》。《宋史・樂志》屬般涉調。

**雲紛紜**

　　宋太宗趙炅製。原調已佚，見《宋史・樂志》。《宋史・樂志》屬高宮。

**雲中雁**

　　宋太宗趙炅製。原調已佚，見《宋史・樂志》。《宋史・樂志》屬大石角。

**雲中樹**

　　宋太宗趙炅製。原調已佚，見《宋史・樂志》。《宋史・樂志》屬黃鐘羽。

**博山爐**

　　宋太宗趙炅製。原調已佚，見《宋史・樂志》。《宋史・樂志》屬高宮。

**開月幌**

　　宋太宗趙炅製。原調已佚，見《宋史・樂志》。《宋史・樂志》屬南呂宮。

**貯香囊**

　　宋太宗趙炅製。原調已佚，見《宋史・樂志》。《宋史・樂志》屬越角。

**嵇琴子**

　　唐教坊曲名。原調已佚，見《教坊記》。

**集百祥**

　　宋太宗趙炅製。原調已佚，見《宋史・樂志》。《宋史・樂志》屬中呂調。

**眾仙樂**

　　唐教坊曲名。原調已佚，見《教坊記》。《教坊記》注：正平。

**普恩光**

　　唐教坊曲名。原調已佚，見《教坊記》。

**湛恩新**

　　宋太宗趙炅製。原調已佚，見《宋史・樂志》。《宋史・樂志》屬歇指調。

**遊月宮**

　　宋太宗趙炅製。原調已佚，見《宋史・樂志》。《宋史・樂志》屬大石調。

**遊兔園**

　　宋太宗趙炅製。原調已佚，見《宋史・樂志》。《宋史・樂志》屬高宮。

**遊春夢**

　　唐教坊曲名。原調已佚，見《教坊記》。

**遊春苑**

　　唐教坊曲名。原調已佚，見《教坊記》。

**遊春歸**

　　宋太宗趙炅製。原調已佚，見《宋史・樂志》。《宋史・樂志》屬中呂宮。

**寒雁子**

　　唐教坊曲名。原調已佚，見《教坊記》。

**畫屏風**

　　宋太宗趙炅製。原調已佚，見《宋史・樂志》。《宋史・樂志》屬黃鐘宮。

**畫秋千**

　　宋太宗趙炅製。原調已佚，見《宋史・樂志》。《宋史・樂志》屬高大石調。

**賀元正**

　　宋太宗趙炅製。原調已佚，見《宋史・樂志》。《宋史・樂志》屬大石調。

**賀昌時**

　　宋太宗趙炅製琵琶獨彈曲破。原調已佚，見《宋史・樂志》。《宋史・樂志》屬孤雁調。

**賀皇化**

　　唐教坊曲名。原調已佚，見《教坊記》。

**賀皇恩**

　　宋教坊曲名。原調已佚，見《宋史・樂志》。《宋史・樂志》屬林鐘商。

**賀聖樂**

　　唐教坊大曲名。原調已佚，見《教坊記》。

**登高樓**

　　宋太宗趙炅製。原調已佚，見《宋史・樂志》。《宋史・樂志》屬雙調。

**登春台**

　　宋太宗趙炅製。原調已佚，見《宋史・樂志》。《宋史・樂志》屬小石調。

**陽台雲**

> 宋太宗趙炅製曲破。原調已佚,見《宋史‧樂志》。《宋史‧樂志》屬高角。

**隊踏子**

> 唐教坊曲名。原調已佚,見《教坊記》。

# 十三畫

**瑞雪飛**

> 宋太宗趙炅製。原調已佚,見《宋史‧樂志》。《宋史‧樂志》屬黃鐘羽。

**萬民康**

> 宋太宗趙炅製。原調已佚,見《宋史‧樂志》。《宋史‧樂志》屬般涉調。

**萬年安**

> 宋太宗趙炅製。原調已佚,見《宋史‧樂志》。《宋史‧樂志》屬雙調。

**萬國朝**

> 宋太宗趙炅製。原調已佚,見《宋史‧樂志》。《宋史‧樂志》屬平調。

**萬國朝天樂**

> 宋太宗趙炅製大曲。原調已佚,見《宋史‧樂志》。《宋史‧樂志》屬越調。

**落梁塵**

> 宋太宗趙炅製。原調已佚,見《宋史‧樂志》。《宋史‧樂志》屬南呂宮。

**落梅花**

> 宋太宗趙炅製。原調已佚,見《宋史‧樂志》。《宋史‧樂志》屬平調調。

**落梅香**

> 宋太宗趙炅製。原調已佚,見《宋史‧樂志》。《宋史‧樂志》屬雙角。

**煮羊頭**

> 唐教坊曲名。原調已佚,見《教坊記》。

**聖琉璃**

> 《清異錄》卷上:「王衍伶官家樂侍宴,小池水澄天見,家樂應制云一段【聖琉璃】。」

**楊下採桑**

> 唐教坊曲名。原調已佚,見《教坊記》。
> 《唐音癸籤》卷十三:「【採桑】晉清商曲,羽調。唐有大曲。【楊下採桑】出於【採桑】。」

**楊花飛**

> 宋太宗趙炅製。原調已佚,見《宋史‧樂志》。《宋史‧樂志》屬雙調。

**想夫憐**

> 唐教坊曲名。原調已佚,見《教坊記》。
> 《唐音癸籤》卷十三:「羽調曲。白居易詩:『嘗受夫憐第二句,請君重唱夕陽開。』王維『秦一小半夕陽開』是也。又有簇拍【想夫憐】。《國史補》云:『司空於頔以樂曲有【想夫憐】,其名不雅將改之。客曰:「南朝相府曾有瑞蓮,故歌為【相府蓮】,後人語偽耳。」《樂府解題》遂用其說。』按:此亦客之曲逢頔指妄為之說耳。假果名【相府蓮】,豈不尤為不雅乎!」

**榆塞清**

> 宋太宗趙炅製。原調已佚,見《宋史‧樂志》。《宋史‧樂志》屬歇指調。

**感皇化**

> 宋太宗趙炅製。原調已佚,見《宋史‧樂志》。《宋史‧樂志》屬歇中呂。

**感恩多**

> 唐教坊曲名。原調已佚,見《教坊記》。

**當庭月**

> 唐教坊曲名。原調已佚,見《教坊記》。

**暑氣清**

> 宋太宗趙炅製。原調已佚,見《宋史‧樂志》。《宋史‧樂志》屬林鐘角。

**照秋池**

> 宋太宗趙炅製。原調已佚,見《宋史‧樂志》。《宋史‧樂志》屬越角。

**路逢花**

> 唐教坊曲名。原調已佚,見《教坊記》。

**傾杯曲**

> 《侯鯖錄》卷一:「唐太宗貞觀初,內宴長孫無忌造【傾杯曲】。又《樂府雜錄》云:『宣宗善吹蘆管,自製此曲。』」

**催花發**

> 宋太宗趙炅製。原調已佚,見《宋史‧樂志》。《宋史‧樂志》屬雙角。

**會天仙**

> 宋太宗趙炅製曲破。原調已佚,見《宋史‧樂志》。《宋史‧樂志》屬高般涉調。

**會佳賓**

> 唐教坊曲名。原調已佚,見《教坊記》。

會群仙
　　宋太宗趙炅製。原調已佚，見《宋史・樂志》。《宋史・樂志》屬中呂調。

會夔龍
　　宋太宗趙炅製。原調已佚，見《宋史・樂志》。《宋史・樂志》屬道調宮。

靖邊塵
　　宋太宗趙炅製。原調已佚，見《宋史・樂志》。《宋史・樂志》屬越角。

新水調
　　宋教坊曲名。原調已佚，見《宋史・樂志》。《宋史・樂志》屬雙調。

塞雲平
　　宋太宗趙炅製。原調已佚，見《宋史・樂志》。《宋史・樂志》屬大石調。

塞鴻度
　　宋太宗趙炅製。原調已佚，見《宋史・樂志》。《宋史・樂志》屬林鐘商。

塞鴻飛
　　宋太宗趙炅製。原調已佚，見《宋史・樂志》。《宋史・樂志》屬正宮。

道人歡
　　宋教坊曲名。原調已佚，見《宋史・樂志》。《宋史・樂志》屬中呂調。

道調子
　　《近事會元》卷四：「【道調子】，唐懿宗命樂工史敬約吹蘆管，初弄道調，上誤謂曲拍子，敬約隨其拍，轉成此曲，以隨其誤也。」

辟塵犀
　　宋太宗趙炅製。原調已佚，見《宋史・樂志》。《宋史・樂志》屬小石調。

# 十四畫

瑤林風
　　宋太宗趙炅製。原調已佚，見《宋史・樂志》。《宋史・樂志》屬般涉調。

碧池魚
　　宋太宗趙炅製。原調已佚，見《宋史・樂志》。《宋史・樂志》屬歇指調。

碧霄吟
　　唐教坊大曲名。原調已佚，見《教坊記》。

夢鈞天
　　宋太宗趙炅製曲破。原調已佚，見《宋史・樂志》。《宋史・樂志》屬仙呂調。

嘉禾生九穗
　　宋太宗趙炅製。原調已佚，見《宋史・樂志》。《宋史・樂志》屬大石調。

嘉順成
　　宋太宗趙炅製。原調已佚，見《宋史・樂志》。《宋史・樂志》屬高宮。

嘉慶樂
　　宋太宗趙炅製。原調已佚，見《宋史・樂志》。《宋史・樂志》屬小石調。

嘉宴樂
　　宋太宗趙炅製。原調已佚，見《宋史・樂志》。《宋史・樂志》屬般涉調。

壽星現
　　宋太宗趙炅製琵琶獨彈曲破。原調已佚，見《宋史・樂志》。《宋史・樂志》屬仙呂調。

壽無疆
　　宋太宗趙炅製。原調已佚，見《宋史・樂志》。《宋史・樂志》屬中呂宮。

摻工不下
　　唐教坊大曲名。原調已佚，見《教坊記》。

翡翠帷
　　宋太宗趙炅製。原調已佚，見《宋史・樂志》。《宋史・樂志》屬越調。

聞新雁
　　宋太宗趙炅製。原調已佚，見《宋史・樂志》。《宋史・樂志》屬越角。

團亂旋
　　唐教坊曲名。原調已佚，見《教坊記》。

歎疆場
　　唐教坊曲名。原調已佚，見《教坊記》。

舞一姝
　　唐教坊大曲名。原調已佚，見《教坊記》。

舞霓裳
　　宋太宗趙炅製。原調已佚，見《宋史・樂志》。《宋史・樂志》屬小石調。

鳳來賓
　　宋太宗趙炅製。原調已佚，見《宋史・樂志》。《宋史・樂志》屬南呂宮。

鳳來儀
　　宋太宗趙炅製琵琶獨彈曲破。原調已佚，見《宋史・樂志》。《宋史・樂志》屬金石角。

**鳳城春**

　　宋太宗趙炅製曲破。原調已佚，見《宋史・樂志》。《宋史・樂志》屬南呂調。

**鳳登樓**

　　宋太宗趙炅製。原調已佚，見《宋史・樂志》。《宋史・樂志》屬雙角。

**鳳戲雛**

　　宋太宗趙炅製。原調已佚，見《宋史・樂志》。《宋史・樂志》屬大石角。

**齊天長壽樂**

　　宋太宗趙炅製大曲。原調已佚，見《宋史・樂志》。《宋史・樂志》屬仙呂調。

**煖寒杯**

　　宋太宗趙炅製。原調已佚，見《宋史・樂志》。《宋史・樂志》屬高宮。

**滿林花**

　　宋太宗趙炅製。原調已佚，見《宋史・樂志》。《宋史・樂志》屬南呂調。

**滿堂花**

　　唐教坊曲名。原調已佚，見《教坊記》。

**滿庭香**

　　宋太宗趙炅製。原調已佚，見《宋史・樂志》。《宋史・樂志》屬小石調。

**滿園春**

　　唐教坊曲名。原調已佚，見《教坊記》。

**滿簾霜**

　　宋太宗趙炅製。原調已佚，見《宋史・樂志》。《宋史・樂志》屬黃鐘宮。

**漨水吟**

　　唐教坊曲名。原調已佚，見《教坊記》。

**漏丁丁**

　　宋太宗趙炅製。原調已佚，見《宋史・樂志》。《宋史・樂志》屬正宮。

**翠簾新**

　　宋太宗趙炅製。原調已佚，見《宋史・樂志》。《宋史・樂志》屬黃鐘宮。

**翠雲裘**

　　宋太宗趙炅製。原調已佚，見《宋史・樂志》。《宋史・樂志》屬大石角。

**綺筵春**

　　宋太宗趙炅製。原調已佚，見《宋史・樂志》。《宋史・樂志》屬小石調。

**綠雲歸**

　　宋教坊曲名。原調已佚，見《宋史・樂志》。《宋史・樂志》屬仙呂調。

**綠鈿子**

　　唐教坊曲名。原調已佚，見《教坊記》。

# 十五畫

**蓼花紅**

　　宋太宗趙炅製。原調已佚，見《宋史・樂志》。《宋史・樂志》屬林鐘商。

**駐征遊**

　　唐教坊曲名。原調已佚，見《教坊記》。

**撒金沙**

　　唐教坊曲名。原調已佚，見《教坊記》。

**醉鬍子**

　　唐教坊曲名。原調已佚，見《教坊記》。

**醉思鄉**

　　唐教坊曲名。原調已佚，見《教坊記》。

**醉渾脫**

　　唐教坊曲名。原調已佚，見《教坊記》。

**醉鄉遊**

　　唐教坊曲名。原調已佚，見《教坊記》。

**整華裾**

　　宋太宗趙炅製。原調已佚，見《宋史・樂志》。《宋史・樂志》屬仙呂調。

**賜征袍**

　　宋太宗趙炅製。原調已佚，見《宋史・樂志》。《宋史・樂志》屬黃鐘宮。

**踏青回**

　　宋太宗趙炅製。原調已佚，見《宋史・樂志》。《宋史・樂志》屬高大石調。

**罷金鎮**

　　宋教坊曲名。原調已佚，見《宋史・樂志》。《宋史・樂志》屬南呂調。

**稻稼成**

　　宋太宗趙炅製。原調已佚，見《宋史・樂志》。《宋史・樂志》屬黃鐘宮。

**劍器子**

　　唐教坊曲名。原調已佚，見《教坊記》。

**劍閣子**

　　唐教坊曲名。原調已佚，見《教坊記》。

廣陵散
　　唐教坊曲名。原調已佚，見《教坊記》。
慶時康
　　宋太宗趙炅製。原調已佚，見《宋史・樂志》。《宋史・樂志》屬林鐘角。
慶年豐
　　宋太宗趙炅製。原調已佚，見《宋史・樂志》。《宋史・樂志》屬南呂宮。
慶成功
　　（一）宋太宗趙炅製琵琶獨彈曲破。原調已佚，見《宋史・樂志》。《宋史・樂志》屬鳳鸞商。
　　（二）宋太宗趙炅製。原調已佚，見《宋史・樂志》。《宋史・樂志》屬大石角。
慶雲見
　　宋太宗趙炅製。原調已佚，見《宋史・樂志》。《宋史・樂志》屬林鐘商。
慶雲飛
　　宋太宗趙炅製。原調已佚，見《宋史・樂志》。《宋史・樂志》屬小石調。
慶雲樂
　　（一）唐教坊曲名。原調已佚，見《教坊記》。
　　（二）宋太宗趙炅製。原調已佚，見《宋史・樂志》。《宋史・樂志》屬歇指調。
剪春羅
　　唐教坊曲名。原調已佚，見《教坊記》。
潑火雨
　　宋太宗趙炅製。原調已佚，見《宋史・樂志》。《宋史・樂志》屬高大石調。
駕回鑾
　　宋太宗趙炅製曲破。原調已佚，見《宋史・樂志》。《宋史・樂志》屬黃鐘羽。

# 十六畫

憑朱欄
　　宋太宗趙炅製。原調已佚，見《宋史・樂志》。《宋史・樂志》屬中呂調。
靜三邊
　　宋太宗趙炅製曲破。原調已佚，見《宋史・樂志》。《宋史・樂志》屬高宮。

靜戎煙
　　唐教坊曲名。原調已佚，見《教坊記》。
蕃將子
　　唐教坊曲名。原調已佚，見《教坊記》。
牆頭花
　　唐教坊曲名。原調已佚，見《教坊記》。
蕊宮春
　　宋太宗趙炅製琵琶獨彈曲破。原調已佚，見《宋史・樂志》。《宋史・樂志》屬芙蓉調。
燕初來
　　宋太宗趙炅製。原調已佚，見《宋史・樂志》。《宋史・樂志》屬高大石調。
燕初雛
　　宋太宗趙炅製。原調已佚，見《宋史・樂志》。《宋史・樂志》屬仙呂調。
樹青蔥
　　宋太宗趙炅製。原調已佚，見《宋史・樂志》。《宋史・樂志》屬歇指角。
霓裳
　　唐教坊大曲名。原調已佚，見《教坊記》。
曉風度
　　宋太宗趙炅製。原調已佚，見《宋史・樂志》。《宋史・樂志》屬越角。
踏金蓮
　　唐教坊大曲名。原調已佚，見《教坊記》。
穆護子
　　唐教坊曲名。原調已佚，見《教坊記》。
儒士謁金門
　　唐教坊曲名。原調已佚，見《教坊記》。
錦步帳
　　宋太宗趙炅製。原調已佚，見《宋史・樂志》。《宋史・樂志》屬高宮。
龜茲樂
　　唐教坊大曲名。原調已佚，見《教坊記》。
龍池柳
　　宋太宗趙炅製曲破。原調已佚，見《宋史・樂志》。《宋史・樂志》屬小石角。
龍飛樂
　　唐教坊曲名。原調已佚，見《教坊記》。
憶先皇
　　唐教坊曲名。原調已佚，見《教坊記》。
憶趙十
　　唐教坊曲名。原調已佚，見《教坊記》。

遵渚鴻

　　宋太宗趙炅製。原調已佚，見《宋史・樂志》。《宋史・樂志》屬林鐘商。

燎金爐

　　宋太宗趙炅製。原調已佚，見《宋史・樂志》。《宋史・樂志》屬黃鐘羽。

燈下見

　　唐教坊曲名。原調已佚，見《教坊記》。

寰海清

　　宋太宗趙炅製琵琶獨彈曲破。原調已佚，見《宋史・樂志》。《宋史・樂志》屬大石調。

隨風簾

　　宋太宗趙炅製。原調已佚，見《宋史・樂志》。《宋史・樂志》屬歇指角。

隨陽雁

　　宋太宗趙炅製。原調已佚，見《宋史・樂志》。《宋史・樂志》屬般涉調。

# 十七畫

戴仙花

　　宋太宗趙炅製。原調已佚，見《宋史・樂志》。《宋史・樂志》屬仙呂調。

聲聲好

　　宋太宗趙炅製。原調已佚，見《宋史・樂志》。《宋史・樂志》屬道調宮。

戲馬台

　　宋太宗趙炅製。原調已佚，見《宋史・樂志》。《宋史・樂志》屬高般涉調。

嶺頭梅

　　宋太宗趙炅製。原調已佚，見《宋史・樂志》。《宋史・樂志》屬黃鐘羽。

濮陽女

　　唐教坊曲名。原調已佚，見《教坊記》。

# 十八畫

瓊樹春

　　宋太宗趙炅製。原調已佚，見《宋史・樂志》。《宋史・樂志》屬正宮。

轉春鶯

　　宋太宗趙炅製曲破。原調已佚，見《宋史・樂志》。《宋史・樂志》屬高大石調。

轉輕車

　　宋太宗趙炅製。原調已佚，見《宋史・樂志》。《宋史・樂志》屬林鐘角。

擊珊瑚

　　宋太宗趙炅製。原調已佚，見《宋史・樂志》。《宋史・樂志》屬中呂宮。

翻羅袖

　　宋太宗趙炅製。原調已佚，見《宋史・樂志》。《宋史・樂志》屬平調。

鎮西子

　　唐教坊曲名。原調已佚，見《教坊記》。

鎮西樂

　　唐教坊曲名。原調已佚，見《教坊記》。

獵騎還

　　宋太宗趙炅製。原調已佚，見《宋史・樂志》。《宋史・樂志》屬高宮。

繚踏歌

　　唐教坊曲名。原調已佚，見《教坊記》。

斷弓弦

　　唐教坊曲名。原調已佚，見《教坊記》。

繞池春

　　唐教坊曲名。原調已佚，見《教坊記》。

繞殿樂

　　唐教坊曲名。原調已佚，見《教坊記》。

# 十九畫

鵲度河

　　宋太宗趙炅製。原調已佚，見《宋史・樂志》。《宋史・樂志》屬仙呂宮。

攀露華

　　宋太宗趙炅製。原調已佚，見《宋史・樂志》。《宋史・樂志》屬高大石調。

羅步底

　　唐教坊大曲名。原調已佚，見《教坊記》。

羅裙帶

　　唐教坊曲名。原調已佚，見《教坊記》。

瀛府
　　宋教坊曲名。原調已佚，見《宋史・樂志》。
　　《宋史・樂志》屬南呂宮、正宮。

# 二十畫

聽秋風
　　宋太宗趙炅製。原調已佚，見《宋史・樂志》。《宋史・樂志》屬歇指調。
聽秋砧
　　宋太宗趙炅製。原調已佚，見《宋史・樂志》。《宋史・樂志》屬高般涉調。
聽秋蟬
　　宋太宗趙炅製。原調已佚，見《宋史・樂志》。《宋史・樂志》屬歇指調。
勸流霞
　　宋太宗趙炅製。原調已佚，見《宋史・樂志》。《宋史・樂志》屬正宮。
蘇合香
　　唐教坊曲名。原調已佚，見《教坊記》。
獻天花
　　唐教坊曲名。原調已佚，見《教坊記》。
獻玉杯
　　宋太宗趙炅製曲破。原調已佚，見《宋史・樂志》。《宋史・樂志》屬中呂宮。
獻春盆
　　宋太宗趙炅製。原調已佚，見《宋史・樂志》。《宋史・樂志》屬平調。

# 二十一畫

蘭堂宴
　　宋太宗趙炅製。原調已佚，見《宋史・樂志》。《宋史・樂志》屬歇指角。
蘭堂燭
　　宋太宗趙炅製。原調已佚，見《宋史・樂志》。《宋史・樂志》屬越調。
露如珠
　　宋太宗趙炅製曲破。原調已佚，見《宋史・樂志》。《宋史・樂志》屬越角。

囀林鶯
　　宋太宗趙炅製。原調已佚，見《宋史・樂志》。《宋史・樂志》屬南呂調。
鶴盤旋
　　宋太宗趙炅製。原調已佚，見《宋史・樂志》。《宋史・樂志》屬歇指調。

# 二十二畫

攤破拋毬樂
　　宋太宗趙炅製。原調已佚，見《宋史・樂志》。《宋史・樂志》屬黃鐘宮。

# 二十三畫

戀皇恩
　　唐教坊曲名。原調已佚，見《教坊記》。
戀情歡
　　唐教坊曲名。原調已佚，見《教坊記》。

# 二十四畫

鸂鶒杯
　　宋太宗趙炅製。原調已佚，見《宋史・樂志》。《宋史・樂志》屬高般涉調。

# 二十五畫

鸑鷟裘
　　宋太宗趙炅製。原調已佚，見《宋史・樂志》。《宋史・樂志》屬正宮。

# 二十六畫

**讚成功**

《南部新書》卷八：「光化四年正月，宴於保寧殿，上自製曲，名曰【讚成功】。時鹽州雄毅軍使孫德昭等殺劉季述，帝返正，乃製曲以褒之，仍作【樊噲排君難】戲以為樂。」

# 二十八畫

**鸚鵡杯**

唐教坊曲名。原調已佚，見《教坊記》。

# 後　記

　　少時隨父學詞，酷愛詞集校勘與詞名源流之考訂。兩宋以來，新聲迭創而詞名云繁。後人厭常喜新，更舊名而立新名，因之同調異名，日益增多。家父曾有《詞名索引》一書，為查檢詞調名及詞譜之最便利的工具書。一九五八年，在「北方冷空氣南下」，大刮「厚今薄古」之風時，由中華書局出版，故而一出世就默默無聞，幾乎無人知曉。後香港、台灣有多家出版社相繼翻印，父曰足可慰之。但對於詞調名之始詞、源流，未曾窮深廣袤，導流探源。「文革」結束後，父親對我說：「吾已年老，精力不濟，況架空篋盡，無米難炊，汝可作總編計。但必須溯根本，正名實，旁搜博采，考覈精嚴。」於是，每當工作之餘，搜集資料，鈔錄條目，擬作調名總編。但家中書籍和當年所收集之資料，在「文革」中被焚殆盡。意欲重編，覺困難重重。但父之教誨，時時在心。其後燈窗之夜，與家父往復商討，搜集調名，查閱始詞，考訂本事，注釋源流。續接草稿，積迭成冊。時來南林，養病於鸕鶿溪畔，讀書於畫牛閣中。時有二三好友，風雨過我，談論所及，無非詞者。因出舊稿整理，誤者糾之，疏者訂之，闕者補之，棼者理之，先後達十年之久。其間得家父悉心指導，詞友之幫助鼓勵，而成此編。在顧兄國華之推薦下，一九九八年與上海書店出版社簽約出版，不料一拖再拖，時隔七年方見問世。時我家已遷回嘉興，而父親也棄我仙去。嗚呼！人生到此，無可言哉。

　　詞學家施議對先生曾對我父親說過：「《詞名索引》是詞學研究的地基，我們都在此基礎上蓋樓，受益無窮。吳藕老的同輩人，都沒有在此下過工夫，好多詞學研究者還不會用。搞詞的如果不會用《詞名索引》很傻。《詞調名辭典》是《詞名索引》的姐妹篇，同樣是詞學研究的地基。」惜很少有人認同。

　　慈父仙去後，客居上海，極感無聊，撫身世如浮萍，惜光陰似流水。回想父親的告誡：「虛名何益，薄宦徒勞。少出驚人言語，莫誇生花辭筆。干戈滿地，甚處用儒雅風騷；援筆賦歸，何地有鳴禽春草？」嗚呼！人生如寄，不過數十寒暑；勢位富貴，均係過眼煙雲。遂依網路傳播之廣，借上圖閱書之便。重整此稿，以解寂寞。自思地基雖淺且薄，亦需加深加固。若不為無益之事，何以遣有涯之生。幾年來，高山流水，鍾期未遇，清風朗月，元度相憶。今日殺青此稿，可告慰慈父母在天之靈。辛卯清明，初步整理畢，統計詞調名，較初稿已增三分之一。其間紕漏謬誤，甚盼方家賜正。

　　最幸運的是本書能在台灣出版，首先我要感謝好友張建智先生和蔡登山先生，由於兩位的大力推薦，才得問世。我要感謝責編蔡曉雯女士和秀威出色的團隊，為本書付出了辛

勤的勞動。我還要感謝我的妻子紀美紅，在我重整本書的數年裡，一個人默默地忙碌家務，使我能安心讀書，查閱資料。我不能忘記我的小外孫女，每次放學回家時給我帶來的歡樂。

主後二〇一三年六月吳小汀時客上海

# 作者簡介

吳藕汀（1913-2005）

　　浙江嘉興人。號藥窗、小鈍、信天翁等。1951 年，被徵派往南潯嘉業藏書樓整理藏書。1958 年，經浙江省文化局同意因病退職。「文革」期間，靠變賣家什度日，以寫作、填詞、種藥、養貓「閒適鄉里」。1986 年被聘為浙江省文史研究館館員。2000 年，在外鄉經歷五十年後，回到嘉興。弱冠即負才名，有「藕汀少日便能文」之譽。工詩詞，擅丹青，喜好拍曲，兼通版本，旁及金石篆刻，縱情畫藝，淡泊名利。著述出版有《詞名索引》、《鴛湖煙雨》、《藥窗雜談》、《戲文內外》、《十年鴻跡》、《吳藕汀畫集》、《近三百年嘉興印畫人名錄》、《詞調名辭典》、《藥窗詩話》、《藥窗詞集》、《孤燈夜話》、《落花殘片》、《藥窗詩詞集》、《嘉興詞徵》等。

吳小汀（1940- ）

　　藕汀子，編著有《徽州詞徵》、《中國歷代詞調名辭典》等。

秀威經典　　　　　　　　　　　　　　　　　新視野04　　PH0171

# 中國歷代詞調名辭典（新編本）

作　　者／吳藕汀、吳小汀
主　　編／蔡登山
責任編輯／蔡曉雯
校　　對／吳小汀、李鳳珠
圖文排版／賴英珍
封面設計／陳佩蓉


出版策劃／秀威經典
發 行 人／宋政坤
法律顧問／毛國樑　律師
印製發行／秀威資訊科技股份有限公司
　　　　　114台北市內湖區瑞光路76巷65號1樓
　　　　　電話：+886-2-2796-3638　傳真：+886-2-2796-1377
　　　　　http://www.showwe.com.tw
劃撥帳號／19563868　戶名：秀威資訊科技股份有限公司
　　　　　讀者服務信箱：service@showwe.com.tw
展售門市／國家書店（松江門市）
　　　　　104台北市中山區松江路209號1樓
　　　　　電話：+886-2-2518-0207　傳真：+886-2-2518-0778
網路訂購／秀威網路書店：http://www.bodbooks.com.tw
　　　　　國家網路書店：http://www.govbooks.com.tw

2015年7月　BOD一版
定價：1600元
版權所有　翻印必究
本書如有缺頁、破損或裝訂錯誤，請寄回更換

國家圖書館出版品預行編目

中國歷代詞調名辭典 (新編本) / 吳藕汀, 吳小汀著. --
　一版. -- 臺北市：秀威經典, 2015.07
　　面；　公分. -- (新視野 ; 4)
　BOD版
　ISBN 978-986-91819-7-6 (精裝)

　1. 漢語詞典　2. 詞譜

802.39　　　　　　　　　　　　　　104011783

# 讀者回函卡

感謝您購買本書，為提升服務品質，請填妥以下資料，將讀者回函卡直接寄回或傳真本公司，收到您的寶貴意見後，我們會收藏記錄及檢討，謝謝！
如您需要了解本公司最新出版書目、購書優惠或企劃活動，歡迎您上網查詢或下載相關資料：http:// www.showwe.com.tw

您購買的書名：_____

出生日期：_____年_____月_____日

學歷：□高中 (含) 以下　　□大專　　□研究所 (含) 以上

職業：□製造業　□金融業　□資訊業　□軍警　□傳播業　□自由業

　　　□服務業　□公務員　□教職　　□學生　□家管　□其它_____

購書地點：□網路書店　□實體書店　□書展　□郵購　□贈閱　□其他

您從何得知本書的消息？

　　□網路書店　□實體書店　□網路搜尋　□電子報　□書訊　□雜誌

　　□傳播媒體　□親友推薦　□網站推薦　□部落格　□其他_____

您對本書的評價：（請填代號　1.非常滿意　2.滿意　3.尚可　4.再改進）

　　封面設計____　版面編排____　內容____　文／譯筆____　價格____

讀完書後您覺得：

　　□很有收穫　□有收穫　□收穫不多　□沒收穫

對我們的建議：_____

_____

_____

_____

11466
台北市內湖區瑞光路 76 巷 65 號 1 樓

**秀威資訊科技股份有限公司** 收

BOD 數位出版事業部

......................................................................

（請沿線對折寄回，謝謝！）

姓　　名：＿＿＿＿＿＿＿＿　年齡：＿＿＿＿　性別：□女　□男

郵遞區號：□□□□□

地　　址：＿＿＿＿＿＿＿＿＿＿＿＿＿＿＿＿＿＿＿

聯絡電話：(日)＿＿＿＿＿＿＿＿＿　(夜)＿＿＿＿＿＿＿＿＿

E-mail：＿＿＿＿＿＿＿＿＿＿＿＿＿＿＿＿＿＿＿